U0450429

湖北省学术著作出版专项资金资助项目

新修康熙词谱

上册

罗 辉 编著

长江出版传媒
湖北人民出版社

图书在版编目(CIP)数据

新修康熙词谱 / 罗辉编著．

武汉：湖北人民出版社，2016.6

ISBN 978－7－216－08760－5

Ⅰ．新… Ⅱ．罗… Ⅲ．词谱—诗词研究—中国

Ⅳ．①I207.23

中国版本图书馆CIP数据核字(2015)第252513号

责任部门：文史古籍分社
责任编辑：皮　明
封面设计：汪　汉
责任校对：范承勇
责任印制：王　超

出版发行：湖北人民出版社	地址：武汉市雄楚大道268号
印刷：武汉中远印务有限公司	邮编：430070
开本：880毫米×1230 毫米1/16	印张：149.5
版次：2016年6月第1版	印次：2016年6月第1次印刷
字数：2765千字	插页：1
书号：ISBN 978－7－216－08760－5	定价：680.00元（上下册）

本社网址：http://www.hbpp.com.cn
本社旗舰店：http://hbrmcbs.tmall.com.
读者服务部电话：027-87679656
投诉举报电话：027-87679757
（图书如出现印装质量问题，由本社负责调换）

坚持求正容变 "表"述唐宋词谱

——运用统计分析方法还原唐宋词人填词的自由空间

（代前言）

罗 辉

以格律诗词为代表的传统诗词犹如中华文化皇冠上的一颗璀璨明珠。传承中华诗词文化，既需要吟诵古典名篇，又需要学习创作。而今人创作格律诗词的最大难关就是格律问题。词作为一种合乐的文艺体裁，寄于声调，"字之多寡有定数，句之长短有定式，韵之平仄有定声"，其格律规则就反映在词谱当中，自古以来词人的创作就称之为依谱填词。数百年来，以《康熙词谱》为代表的传统词谱，其共同的特点主要是：

（1）以某位词人的一首词为正体（或称正格），并参照同一格式其他词作同一位置用字的平仄变化，标注各句各字的平仄与用韵，其他句读与用韵有些变化的词作则被称之为变体（或称变格）。

（2）不同词书对同一词牌所列的正体词例不尽相同。与此同时，各词书的平仄标注方式与宽严程度又不尽相同。例如，《卜算子》第一句清万树《词律》和清舒梦兰《白香词谱》都标为"＋｜｜－－（句）"，而《康熙词谱》则标为"＋＋＋＋－（句）"。[①] 显然，根据这些词谱来填词，将今人的创作局限于一首词作的格式中，让本来就不轻的格律"镣铐"更加沉重了。像《康熙词谱》"＋＋＋＋－（句）"这样的标注，又让那些不精通格律的作者，以为能任意选用前四字的平仄，从而导致习作违律。

（3）一词一谱只能反映一部分词作格律，一些句读或用韵有些变化的词例（其中，不乏名家的词作，有的还是名作），其格式却不一定包括在这些"一词一谱"之中。

实证分析表明，唐宋词人填词所遵循的格律要求，其"自由空间"还是很大的，而传统一词一谱的方式却难于表现这些"自由空间"，从而给今人填词带来更大的难度，让本来就"小众化、边缘化和老龄化"的格律诗词创作，就更为神秘了。为了进一步传承中华诗词文化，更好地发挥"诗可以兴，可以观，可以群，可以怨"的社会功能，促进格律诗词创作

[①] "－"表示平声，"｜"表示仄声；"＋"表示可平可仄。《康熙词谱》用"宜平可仄"或"宜仄可平"符号标注，不精通格律的初学者往往都理解为"可平可仄"。

的普及与提高，必须坚持"求正容变"思路，让古典诗词在吟诵中继承，在吟诵与创作中传承。然而，"求正"的前提需要"知正"，"容变"的目的在于"用变"。为此，必须首先知道何为"正"，何为"变"，进而做到"求正"与"知正"贯通、"容变"与"用变"统一。于是，作者以《康熙词谱》为基础，运用统计分析方法研究唐宋词格律，进而用表格的形式来描述（简称"表"述）唐宋词谱，力争全面反映唐宋词格律的本来面目，以实现在"求正"的基础上"知变"和"用变"，尽可能为今人填词提供广阔的"自由空间"。

一、运用统计分析方法研究各词牌的长短句结构

与"等长句"的格律诗相比，唐宋词的最大特点是句子有长有短，故词的别称为"长短句"。"长短句合乐歌词是燕乐歌辞中的一种主要形式。诗坛上，长短句的出现是词体成立的重要标志。[①]"所以，唐宋词各个词牌的自身特点首先体现为它的长短句结构，也就是该词牌长短各句的字数组合。统计分析表明，有些词牌所收集词例的长短句结构相当稳定，只是一些句式的平仄格式有些变化；而有些词牌，其变化不但体现为一些句子平仄格式的变化，还体现为一些句子字数组合的变化。这种变化规律，体现为每阕的长短各句，其实可分为若干个乐段。由于唐宋词是合乐的，这些乐段对应为音乐中的"乐节"，故称之为"乐段"。一般而言，在各个乐段中，各句的总字数大体不变，就是有些变化也是略有添减。对于某个乐段而言，句子的数量有多有少，各句的字数组合可能只有一种，也可能有多种；句子的韵脚数可能固定，也可能有些变化，但包括末句韵脚在内的基本韵脚却相对稳定。

《词与音乐关系研究》一书明确指出，"词中句式变化、句法组织必须与乐曲的'乐节'，即乐曲的节奏与旋律相应合。""乐曲的'乐节'是由乐句，亦即乐曲的'拍'构成的。""就乐曲本身讲，当以均拍为主，乐谱标志，谱字以外，尤重节拍；就歌词与乐曲的关系讲，所谓'依曲拍为句'，歌词的'句'，即句法（句读），同样必须与曲调的均拍变化相应合。但是，这种应合并非以一句应一拍，而是以有规则的句式变化和句法组织与整个乐段（乐句）的曲度（即节拍）相应合。"[②] 上述关于"词"与"乐"关系的论述，正好可以从各个词牌（也就是各调）的长短句结构得到证实。实证分析表明，通过对某个词牌的各种字数组合与韵脚分布进行分析，从中发现相应的乐段，可以用表格的形式标注出该词牌的长短句结构，也可以为下一步标注长短各句不同的平仄格式及具体韵脚位置，也就是该词牌的词谱奠定基础。

例如，《康熙词谱》一共收集了十四体《满江红》，有仄韵和平韵两种用韵格式，以仄韵为主。本书收集了包括《康熙词谱》所列十四体《满江红》在内的十八体《满江红》，其字数组合如表一所示。从表一可以看出，该调上下阕分别有四个乐段，进而可以得到该调的长短句结构（见表二）。从表二可知，《满江红》上阕乐段一有两种字数组合，乐段二有

[①] 施议对：《词与音乐关系研究》，中华书局，2008年版，第45页。
[②] 同上，第177页。

六种字数组合，乐段三有两种字数组合，乐段四有三种字数组合；下阕乐段一有三种字数组合，乐段二有三种字数组合，乐段三有四种字数组合，乐段四有三种字数组合。当然，不同长短句结构的《满江红》在唐宋词例中出现的频率是不同的，词书中所举正体或正格的词例，则是那些出现频率最高的长短句结构，如《康熙词谱》以九十三字体柳永词为仄韵《满江红》的正体，也就是说，按照柳词的这种长短句结构（即上阕为"4 34 34 4 7 7 35 3"，下阕为"3 3 3 3 5 4 7 7 35 3"）填词者最多。其他变体或变格，与正格相比，则首先体现为某些乐段字数组合的变化。

表一　《满江红》的各种字数组合

作者	上阕（八句或七句、九句）					下阕（十句或九句、八句）				
柳	4 34	34 4	7 7	35 3		3 3 3 3	5 4	7 7	35 3	
张	4 34	34 4	7 7	35 3		3 3 3 3	5 4	7 7	35 3	
戴	4 34	34 4	7 7	35 3		3 3 3 3	3 6	7 7	35 3	
吕	4 34	5 4	7 7	35 3		3 3 3 3	5 4	7 7	35 3	
吕	4 34	34	7 7	35 3		3 3 3 3	5 4	7 7	35 3	
苏	4 34	34 4	7 7	35 3		3 3 3 3	5 4	35 7	35 3	
赵	4 34	34 4	7 7	35 3		3 3 3 3	5 4	7 8	35 3	
辛	4 34	35 4	7 7	35 3		3 3 3 3	5 4	7 7	35 3	
杜	4 4 4	34 4	7 7	35 3		3 3 3 3	5 4	7 7	35 3	
叶	4 34	3 6	7 7	35 3		3 3 3 3	5 4	7 7	35 3	
叶	4 34	5 4	7 7	35 3		6 3 3	5 4	7 7	35 3	
姜	4 34	34 4	7 7	35 3		3 3 3 3	5 4	7 7	35 3	
柳	4 34	34 4	35 35	35 3		3 3 3 3	5 4	35 35	35 3	
王	4 34	34 4	7 7	6 5		6 6	4 4	7 7	33 5	
马	4 34	34 4	7 7	8 3		3 3 3 3	5 4	7 7	8 3	
石	4 34	34 4	7 7	35 3		3 3 3 3	5 4	7 7	8 3	
游	4 34	5 6	7 7	35 3		3 3 3 3	5 4	7 7	35 3	
杜	4 4 4	34 4	7 7	35 3		3 3 3 3	5 4	7 7	35 3	

注：表中共收集十八首《满江红》，前十四首为《康熙词谱》所收录，后四首为新收录（具体可参见本书《满江红》词例）。

表二 《满江红》的长短句结构

上阕，四个乐段			
乐段一 （十一字或十二字）	乐段二（十一字或十二字、九字、七字）	乐段三 （十四字或十六字）	乐段四 （十一字）
4　　　34	34　　　4	7　　　7	35　　　3
4　　4　　4	5　　　4	35　　35	8　　　3
	3　　　6		6　　　5
	34		
	35　　　4		
	5　　　6		

下阕，四个乐段			
乐段一 （十二字）	乐段二 （九字或八字）	乐段三（十四字或十五字、十六字）	乐段四 （十一字）
3　3　3　3	5　　　4	7　　　7	35　　　3
6　　3　　3	3　　　6	35　　35	8　　　3
6　　　　6	4　　　4	35　　　7	33　　　5
		7　　　8	

　　这里，顺便指出，分析各个词牌的长短句结构，还有如下作用：

　　（1）通过对相关词牌的长短句结构分析，可以看出那些单调，或五字四句或七字四句的词牌，其长短句结构完全相同，实质上是同调的"题名"，从中反映了传统诗词史由"歌诗之法"向"歌词之法"的转变。正如方成培《香研居词麈（卷一）》所说："唐人所歌，多五言、七言绝句，必杂以散声，然后可比之管弦，如《阳关》诗，必至三叠而后成音，此自然之理。后来遂谱其散声，以字句实之，而长短句兴焉。"①

　　（2）通过对相关词牌的长短句结构分析，可以弄清它们之间的内在联系。例如，《潇湘神》和《捣练子》这两个词牌的长短句结构就完全相同。又如，六体长调《女冠子》，尽管词牌名称相同，却有三种长短句结构。柳永一人的两体《女冠子》，其长短句结构却不尽相同。再如，《菩萨蛮慢》的长短句结构与三体《解连环》基本相同，而与《菩萨蛮》却毫无干系。还如，有些词牌有小令、中调或长调等多种体式，但是，它们之间的长短句结构却完全不同，所以，它们除名称相同外，则无内在联系。

　　（3）通过对相关词牌的长短句结构分析，有利于合理分段。例如，《康熙词谱》共收

---

① 施议对：《词与音乐关系研究》，中华书局2008年版，第21页。

集六体《八六子》，其中，杜牧词九十字，按照书中的分段，杜词上下阕的句子组合与其他五体不同，且上阕末句（第九句）"椒殿闲扃"的"扃"字还不在该词的韵部。综合分析这六首词的长短句结构，可以发现杜词的上下阕分段应是上阕为六句而不是九句，下阕为十一句而不是八句。这样一来，无论是长短句结构，还是用韵都一致了。又如《瑞龙吟》，《康熙词谱》将其分为三阕，而从它们的长短句结构看，上阕与中阕合为一阕似更为合适。再如，《康熙词谱》共收集四体《垂丝钓》，上下阕共十五句，有三体按上阕八句，下阕七句分段；有一体按上阕七句，下阕八句分段。但结合长短句结构分析，并分析词句的语意，似统一按上阕七句，下阕八句为宜（如表三所示）。

（4）通过对相关词牌的长短句结构分析，有利于合理判断带"读"的句子。由于古人当时没有标点符号，所以，现在词谱中的标点符号均为后人所标注。但由于不同人的习惯不同，所以一些带"读"句式的标注不尽一致，例如，"上三下五"的八字句，有的标注"读"，有的则不标注"读"。然而，通过长短句结构的比较，再配合句子的平仄分析，则很容易判断是否用"读"。同时，这种分析也表明，对有些词牌而言，三字读与三字句也可相互变换。

表三　《垂丝钓》的长短句结构

上阕，三个乐段		
乐段一（十字）	乐段二（八字或九字）	乐段三（十一字）
4　　　6	4　　4 5　　3 4　　5	3　　5　　3

下阕，三个乐段		
乐段一（十五字）	乐段二（九字）	乐段三（十三字）
5　　　　6	4　　5	5　　3　　5

二、运用统计分析方法研究长短各句的平仄格式

在格律诗词中，诗的句子一般只有五字一句（习惯上称之为"五言"）与七字一句（习惯上称之为"七言"）两种，但因为词是长短句，所以句子的字数变化较大，少的一字，多的达十一字。笔者在研究律诗格律时发现，七言和五言诗句的平仄规律可概括为"四种定格与三种变格"，如表四和表五所示[①]。

---

① 罗辉：《诗词格律与创作》，湖北人民出版社2008年版，第29页。

对传统诗词句式平仄格式的统计分析表明，七言与五言诗句的"四种定格与三种变格"，不但是诗句的基础，也是词句的基础。在格律诗与大多数格律词中，绝大多数五言句与七言句都符合这个规则，即便是三字句、四字句、六字句、九字句，也可以看成是由这些"定格或变格"演变而来的。为了后面叙述方便，我们将七字句和五字句的"四种定格与三种变格"以及由它演变而来的三字句、四字句和六字句甚至八字句，称之为句子的统计分析格式，而句子的实际格式称之为实证分析格式。

表四　七言诗句正格、定格与变格的比较

正格	定格	变格
— — ∣ ∣ ∣ — —（句）	＋ — ＋ ∣ ∣ — —（韵）	该格式的变格"＋ — ＋ ∣ — ∣ —"，尚未得到公认
— — ∣ ∣ ∣ — —（句）	＋ — ＋ ∣ ＋ — ∣（句）	该格式所组成的联句"＋ — ＋ ∣ ＋ — ∣（句）＋ ∣ — — ＋ ∣ —（韵）"，其变格为："＋ — ＋ ∣ ＋ ∣ ∣（句）＋ ∣ ＋ — — ∣ —（韵）"
∣ ∣ — — ∣ ∣ —（韵）	＋ ∣ — — ＋ ∣ —（韵）	该格式的变格为"＋ ∣ ∣ — — ∣ —（韵）"
∣ ∣ — — — ∣ ∣（句）	＋ ∣ ＋ — — ∣ ∣（句）	该格式的变格为"＋ ∣ — — ∣ ＋ ∣（句）"

表五　五言诗句正格、定格与变格的比较

正格	定格	变格
∣ ∣ ∣ — —（韵）	＋ ∣ ∣ — —（韵）	该格式的变格"＋ ∣ — ∣ —"，尚未得到公认
∣ ∣ — — ∣（韵）	＋ ∣ ＋ — ∣（句）	该句型所组成的联句"＋ ∣ ＋ — ∣（句）— — ＋ ∣ —（韵）"，其变格为"＋ ∣ ＋ ∣ ∣（句）＋ — — ∣ —（韵）"
— — ∣ ∣ —（韵）	— — ＋ ∣ —（韵）	该句型变格为"∣ — — ∣ —（韵）"
— — — ∣ ∣（句）	＋ — — ∣ ∣（句）	该句型变格为"— — ∣ ＋ ∣（句）"

这里还需要说明的是，有个别解读诗词格律的作者提出[①]，七言诗句还可以有"＋－＋｜－｜－"，五言诗句还可以有"＋｜－｜－"这种拗救句式。从古人的诗作来看，只有少数情况下有这种句式，如（唐）孟浩然《望洞庭湖赠张丞相》中的首联"八月湖水平，涵虚混太清"，其第一句便是这种句式；（唐）万楚《骢马》中的首联："金络青骢白玉鞍，长鞭紫陌游野盘。"其第二句便是此句式。但从统计的角度看，在格律诗中符合此句式的诗句却很少，绝大多数学者也不认同这种句式。所以，为不引起争议，在律诗的平仄格式中，暂且不认为"＋－＋｜－｜－"七言诗句和"＋｜－｜－"五言诗句有这种变格。但是，在词句中这种句式不乏词例。所以，对于七字或五字词句而言，可以将"＋－＋｜－｜－"和"＋｜－｜－"看成是"＋－＋｜｜－－"句式和"＋｜－－"句式的变格。于是，在阐述七字或五字词句的平仄规则时，诗句的"四种定格与三种变格"实际上已成为"四种定格与四种变格"。为不至于产生混淆，干脆简称为"定格与变格"。此外，由于词句没有"孤平"之说，所以，七字词句"＋｜－－＋｜－"和五字词句"－－＋｜－"这种变格还可进一步分别放宽为"＋｜＋－＋｜－"和"＋－＋｜－"，以与实证分析时很多词中类似的句子相适应。还有，七言诗句"＋｜－－｜＋｜"或五言诗句"－－｜＋｜"，在有的词牌里，还可进一步放宽为"＋｜＋－｜＋｜"或"＋－｜＋｜"。

下面，我们先介绍七字句与五字句，再逐一阐述一字句、二字句、三字句、四字句、六字句以及八字及其以上的句子。

（一）七字句与五字句

1. 七字句

词中的七字句，除有领字的七字句外，大多数词牌中的七字句平仄格式与七言诗句基本相同。如苏轼《浣溪沙》"垂白杖藜抬醉眼（＋｜＋－－｜｜），捋青捣麨软饥肠（＋－＋｜｜－－）"、秦观《鹧鸪天》"一春鱼雁无消息（＋－＋｜＋｜－｜），千里关山劳梦魂（＋｜－－＋｜－）"。又如"为谁娇鬓尚如许"（王沂孙《齐天乐》）等词句，其平仄格式也属于"＋－＋｜＋｜－"这种七言句的定格。统计分析表明，在《白香词谱》中，七字句（不包括有领字的"上一下六"句式）的平仄标注与七字句的"定格与变格"相对应的平仄格式，占七字词句总句数的97%以上。

2. 五字句

词中的五字句，除有领字的五字句外，其他五字句的平仄格式与诗句基本相同。如朱敦儒《卜算子》"旅雁向南飞（＋｜｜－－）"、范仲淹《苏幕遮》"波上寒烟翠（＋｜－－｜）"、李白《菩萨蛮》"玉阶空伫立（＋－－｜｜）"、晏几道《阮郎归》"云随雁字长（－－＋｜－）"、李白《菩萨蛮》"有人楼上愁（｜－－｜－）"、辛弃疾《摸鱼儿》"烟柳断肠处（＋｜＋－｜）"等。统计分析表明，在《白香词谱》中，五字句（不包括"上一下四"句式）的平仄标注，与五字句"定格与变格"相对应者占五字句总句数

[①] 余浩然：《格律诗词写作》，岳麓书社2001年版，第99页。

的95%以上。这里，附带说明一下"五字读"。实证分析表明，尽管"五字读"的出现率较低，但其平仄格式却与五字句相同。

（二）其他长短各句

1. 一字句

一字句的平仄，有的要求平声，有的则要求仄声，且往往要求押韵。总的来说，词中的一字句不多。例如："天。休使圆蟾照客眠。"（蔡伸《十六字令》）"一怀愁绪，几年离索。错。错。错。"（陆游《钗头凤》，又名《撷芳词》）

这里，顺便介绍一下"领字"的概念。所谓"领字"，是指用来领起句中除本身外其他字、词构成的句子和后面与本句相关的若干句子（这些句子往往对仗）。"领字"一般为一个字，有时也可以是两个甚至三个字。用一个字作为"领字"，也叫"一字读"或"一字逗"。其中，所谓"读"或"逗"，是说读到此处稍作停顿以带动下文的意思。如有些四字句、五字句、八字句等的第一个字，就要求用一个"领字"，来带领后面的几个字。"一字读"多为虚词，且多为仄声字（尤其以去声字为主）。例如，"正江涵秋影雁初飞"（辛弃疾《木兰花慢》）中的"正"字就是"领字"。又如，"似楚江暝宿，风灯零乱，少年羁旅"（周邦彦《琐窗寒·寒食》）中的"似"字。但是，实证分析表明，领字也有个别用平声字的现象。值得注意的是，"一字读"领字与一字句不是一回事。

2. 二字句

二字句可以看成是七字句的前二字，它的平仄格式有"— —"、"｜ ｜"、"— ｜"、"｜ —"四种。二字句多用在换头处或句中押韵处，其他地方用得较少。例如，用于换头处的，如"芳径。芹泥雨润"（史达祖《双双燕》）。用于协句中韵的，如"倾城。尽寻胜去，骤雕鞍绀幰出郊坰"（柳永《木兰花慢》）。二字句还有用作叠韵的，如"知否。知否。应是绿肥红瘦"（李清照《如梦令》）。二字句有一个显著的特点，即绝大多数都入韵。

这里，顺便介绍一下"二字读"，它与"一字读"的意义相同，"二字读"即指在某种特殊结构的句子中，以两个字领起后面的几个字，既有领单句的，如"休说鲈鱼堪鲙"（辛弃疾《水龙吟》）；也有领偶句的，如"那堪片片飞花弄晚，濛濛残雨笼晴"（秦观《八六子》）。在词例中，一般"二字读"都不用顿号，但也有例外。

3. 三字句

对于七言诗句而言，它最主要的句式是"上四下三"，所以，三字句最多的句式可以看成是七字句的末三字。统计分析表明，七字句"定格与变格"后三字的平仄格式，包含大多数三字句的平仄格式。三字句是较常用的句式，起句、结句或换头处常使用。一般情况下，就声律和谐而言，尽管有时三字句的三个字都可平可仄，如《水调歌头》下片开头的第一句就是"＋ ＋ ＋（句）"、但一般而言，三字句中的三个字最好要有平有仄为宜，并根据这一词调的格律规定来具体安排平仄。例如，苏舜钦《水调歌头》下阕的前三句"丈夫志，当景盛，耻疏闲"，尽管各句三字的平仄位置不同，但每一句都是有平有仄。

这里，也顺便介绍一下"三字读"。它与"一字读"、"二字读"的意义相同。如"更能消、几番风雨"（辛弃疾《摸鱼儿》），"更那堪、冷落清秋节"（柳永《雨霖铃》）等。若是进一步分析似还可发现：对于平仄标注为"＋＋＋（读）"的"三字读"，绝大多数情况下三个字中都是有平有仄，但三连仄现象也时而可见，却是三连平现象极少。

4. 四字句

对七言诗句而言，它最主要的句式是"上四下三"，四字句最多的句式则是七言诗句的前四字，七言诗句"定格与变格"的前四字，可以看成是四字句的统计分析格式。通常，四字句的平仄格式主要有两种：一是"＋｜－－"，如"暮雨初收"（柳永《满江红》）、"江汉西来"（苏轼《满江红》）；二是"＋－＋｜"，如"惊涛拍岸"（苏轼《念奴娇》）、"月流烟渚"（张元幹《贺新郎》）、"尚能饭否"（辛弃疾《永遇乐》）等。此外，四字句的平仄还有其他一些格式："＋｜＋－"，如"换尽旧人"（陆游《沁园春》）；"＋＋－｜"，如"孙仲谋处"（辛弃疾《永遇乐》）等。统计分析表明，在《白香词谱》中，尽管有些四字句的平仄标注，与统计分析格式不同，但从数量上讲，仍然是绝大多数四字句的平仄标注，都符合四字句的统计分析格式。这里，也顺便说明一下"四字读"，尽管在词例中出现率不高，但其平仄格式与四字句相同。

5. 六字句

通常，六字句可以看成是七字句的前六字，所以，将七言诗句"定格与变格"的前六字的平仄格式作为六字句的统计分析格式。此外，也可看成是四字句之前或之后再加上两字，其方式绝大多数是在"＋－＋｜"之前加"＋｜"，之后加"＋－"或"－－"；在"＋｜－－"（或"＋｜＋－"）之前加"＋－"，之后加"＋｜"，进而产生多种格式。主要格式为：一是"＋｜＋－＋｜"，如"未放扁舟夜渡"（张元幹《贺新郎》）、"三国周郎赤壁"（苏轼《念奴娇》）；二是"＋－＋｜－－"，如"何时忘却营营"（苏轼《临江仙》）、"两三点雨山前"（辛弃疾《西江月》）；三是"＋－＋｜－｜"，如"关河梦断何处"（陆游《诉衷情》）、"蛾眉曾有人妒"（辛弃疾《摸鱼儿》）；三是"＋－｜－＋｜"，如"年年翠阴庭树"（王沂孙《齐天乐》）等。当然，也有在"＋－＋｜"之前加"＋－"，或之后加"＋｜"；在"＋｜＋－"之前加"＋｜"，或之后加"＋－"的情形。这时，无论是六字句的前四字，还是后四字平仄标注为"＋＋＋－"或"＋｜＋｜"，对大多数词例而言，可平可仄的两字，尽管有个别四连平或四连仄的词例，但原则上宜有平有仄。例如，《声声慢》中高观国的词句"光风荡摇金碧"，贺铸的词句"歌阑横流美盻"、"南薰难消幽恨"，李清照的词句"凄凄惨惨戚戚"、"三杯两盏淡酒"，曹勋的词句"桂子秋借蟾光"等。统计分析表明，在《白香词谱》中，将六字句的平仄标注与七字句"定格与变格"前六字的平仄格式对比，相符合者大体上占总数的90%。

6. 八字及以上长句

在词中，八字及以上的句子称为长句，有八字、九字、十字、十一字四种。从总体上讲词中的长句不算常见。一般而言，长句还常用逗号将其分隔成两部分。对于那些逗号固定的词牌而言，从平仄上讲，实际上是将句式确定了，即分隔后的长句，其平仄格式大体遵循破为两句后短句的平仄规则。对于有些词牌，若是其长句不规定句式（也就是不规定逗号的位置），那么其平仄格式就因所采用的句式不同而不同，不可概而论之。

最后，再顺便谈一下诗词句子的标点符号问题。对于诗来说，标点符号很简单，除问句用问号或特别需要时"对句"用惊叹号外，一般则往往是出句用逗号，对句用句号。而词的标点符号问题，细心的读者若通过比较，则可以发现同一个词牌的同一种格式，在不同的介绍词谱的书籍中，却出现标点符号不完全一致的现象。其中，一致的地方是：用句号的地方肯定是韵脚，不是韵脚的地方肯定不能用句号。然而，不一致的地方在于押韵的地方，有的词谱用的是句号，而有的词谱用的是逗号。之所以出现这个问题的原因之一，恐怕与古人当时不用标点符号，而是靠读者来断句不无关系。根据作者的创作体会，依谱填词时，对于那些标点符号不尽一致的句子，则可根据用字造句的需要来确定是用句号、逗号或其他标点符号。本书为了表示的方便，凡是入韵的句子（包括平韵与仄韵）全用句号。

三、用表格形式描述（简称"表"述）各个词牌的词谱

当明确某个词牌的长短句结构之后，接着的问题就是如何描述各个句式的平仄格式。统计分析表明，对很多词牌而言，明显地存在四个方面的多样性：一是有的乐段，其长短句结构存在多样性。例如，《满江红》上下阕的大多数乐段，都有不同的字数组合（见表二）。二是同一句子平仄格式的多样性，也就是对于同一词牌的同一个句子，其平仄格式也有多种。例如，在唐宋词人的《菩萨蛮》词中，上阕第一句的七字，就有两种平仄格式："＋－＋｜－－｜（韵）"和"＋｜＋－－｜｜（韵）"；上阕第二句七字则有三种平仄格式："＋－＋｜－－｜（韵）"、"＋｜＋－－｜｜（韵）"和"＋｜－－｜－｜（韵）"。三是相关句子平仄格式组合的多样性，也就是一组两个以上的句子，不但各个句子的平仄格式有多样性，就是这些句子不同平仄格式之间的组合也有多种格式。还是以《菩萨蛮》上阕第一句和第二句的组合为例，唐宋词人的词作就有四种组合，如"＋－＋｜－－｜（韵）＋－＋｜－－｜（韵）"（李白"平林漠漠烟如织，寒山一带伤心碧"）；"＋－＋｜－－｜（韵）＋｜＋－－｜｜（韵）"（王之道"香鬟倭堕兰膏腻，睡起搔头红玉坠"）；"＋－＋｜－－｜（韵）＋｜－－｜－｜（韵）"（刘辰翁"殷勤欲送春归去，白首题将断肠句"）；"＋｜＋－－｜｜（韵）＋－＋｜－－｜（韵）"（陆游"小院蚕眠春欲老，新巢燕乳花如扫"）。四是同一句子用韵与否的多样性，即同一句

子，既可用韵，又可不用韵；就是用韵，既可叶韵，又可换韵，或是还可叠韵。

显然，传统词谱以某位词人的一首词来定谱的习惯做法，无法表现这些多样性，进而只能将依谱填词束缚在某个更为狭小的空间。因此，为了充分表现唐宋词格律中的多样性，必须创新词谱的表现形式，以表格的形式来描述词谱（简称"表"述词谱），其目的就是为了把唐宋词格律中的各种变化充分体现出来，为依谱填词提供充足的"自由空间"。用一句俗话说，传统的词谱给词人提供的只有一条路径，而用"表"述词谱，则可以提供多条路径，填词时可以根据思想和意境表达的需要，灵活选择不同的"路径"，包括选用不同的字数组合、不同的平仄格式或平仄格式组合、不同的用韵格式，进而让形式最大限度地为内容服务。

这里，相对复杂的问题是如何表述一个句子的平仄格式，具体地说就是如何科学合理地确定一个词句的哪些字必须是"平"（用"—"表示）或必须是"仄"（用"｜"表示），哪些字"可平可仄"（用"＋"表示）。解决这个问题的方法，可通过实证分析与统计分析相结合的方式来解决。其中，实证分析包括"四个比较"，即"同格同位比较"、"同牌同位比较"、"同牌同类比较"和"同牌参照比较"；统计分析则是指运用统计分析方法，所得到的七言句和五言句的"定格与变格"，及其由此派生的三字句、四字句、六字句和八字以上长句的相关格式。下面，先介绍"四个比较"，再通过实例来阐述如何结合实证分析与统计分析，具体确定句子各字的平仄问题。

（一）实证分析的"四种比较"

1. 同格同位比较。所谓"同格同位比较"，也就是比较同一词牌格式相同的不同词例，若同一句子同一位置的某个字，有的用平声，有的用仄声，则标注此字可平可仄。这也是传统词书编制词谱的通用做法。例如，《卜算子》上阕第二句，《康熙词谱》以苏轼《卜算子》为词例，在该句"漏断人初静"下面标注为"＋｜——｜（韵）"，下面的文字注解："苏词别首前段第二句'长忆吴山好'，'长'字平声，谱内据之。其余可平可仄悉参下词。"又如，《青玉案》上阕第二句，由于只是进行有限的词例比较，所以，《康熙词谱》等多本词书的标注都为"｜＋｜（读）——｜（韵）"。然而，实证分析与统计分析都表明，只是通过少数词例，简单地进行"同格同位比较"后标注平仄格式存在三个问题：

（1）当所比较的词例较少时，容易出现过紧的平仄标注。如宋黄大临《青玉案》上阕第二句"天黯淡、知人去"，显然就与传统词书所标注的平仄格式"｜＋｜（读）——｜（韵）"不同。所以，只有比较的词例较多时，才可能得到较为实际的结果。

（2）若是机械地标注"可平可仄"，把一个句子中的大多数字都标注为可平可仄（"宜平可仄"或"宜仄可平"，从实用的角度都是"可平可仄"），容易让今人不知所措，甚至误导读者。例如，《卜算子》上阕的第一句和第三句，《康熙词谱》的标注分别是"＋＋＋＋—（句）"和"＋｜——＋＋（句）"。其实，前一句所代表的是两种句式"＋｜｜一一（句）"和"＋一一｜一（句）"，后一句所代表也是两种句式"＋｜一一＋｜一（句）"和"＋一一｜＋一｜（句）"。如果按照上述标注，填词时连用五个平声或仄声字那就大错特错了。

（3）如果只有一首词，或者同一个词牌的某个句子，只有一位词人用了不同的句式，那么，"同格同位比较"就是自身的实际平仄格式。这样，对于那些古人只有一首词的词牌，传统词谱就是这首词各字平仄格式的机械模仿，今人填词就只能依样画葫芦了。然而，实证分析表明，古人仿效某位词人的"自度曲"或"自创曲"填词时，绝不是简单的机械模仿。与此同时，对于那些词例很多的词牌，但某个句式的变化只有一首词出现，传统词书中也是要求"照此办理"。例如，《满江红》是一个有相当多词作的词牌，它的上阕第三句和第四句有好几种句式，而《康熙词谱》等传统词书，则只是对所谓正体（或正格）通过"同格同位比较"后进行平仄标注，如按照柳永词这两句为一个带"三字读"的七字句和一个四字句，其平仄标注为"＋＋＋（读）＋一＋｜（句）＋一一｜（韵）"，而还有一种由一个领字带后面两个四字句的情况，其平仄标注只是在某首词的下面，按照其用字实际情况来标，如为"｜｜一一｜（句）｜一一｜（韵）"。显然，这种标注对今人依谱填词的束缚是可想而知的，更重要的是这种束缚并不符合唐宋词人生动灵活的创作实践。但是，传统的那种"单通道"的词谱编制方法却无法实现这种"多通道"的标注。

针对上述问题，实证分析时，还可进行"同牌同位比较"、"同牌同类比较"和"同牌参照比较"，并参照统计分析格式来具体确定相关句式的平仄。

2. 同牌同位比较。所谓"同牌同位比较"，就是比较同一词牌不同格式同一位置某个句子的平仄格式，也就是将某调某一句"同格同位比较"后的各种平仄格式归集起来再进行比较。例如，《康熙词谱》收集了十体《汉宫春》，第一句均为四字，各格"同格同位比较"后的平仄格式有三种，分别为"＋｜一一（句）"、"｜｜一一（句）"、"一｜一一（句）"。然而，若是进行"同牌同位比较"，它们的平仄格式就可归纳为"＋｜一一（句）"。

3. 同牌同类比较。所谓"同牌同类比较"，也就是比较同一词牌同一类句子的平仄格式。这里所说的"同类"既包括句子的字数要相同，又包括句子的句式要相同，还包括句子的用韵与否要相同。例如，《青玉案》上阕大多数格式都有"三字读"，所以，还可在"同格同位比较"的基础上进行"同牌同类比较"。这些"三字读"的平仄格式有"｜＋｜（读）"、"｜一｜（读）"、"｜｜｜（读）"三种，且可归纳成"｜＋｜（读）"。然而，下阕只有个别格式有"三字读"（如毛滂词"但莫负、团圆愿"），这时传统词书就严格按照"同格同位比较"原则，标注成"｜｜｜（读）一一｜（韵）"。但若是根据"同牌同类比较"的话，我们则可以将其标注为"｜＋｜（读）一一｜（韵）"。又如，《满江红》上阕第四句，《康熙词谱》根据有限的几首词进行"同格同位比较"后的标注为"＋一一｜（韵）"。然而，若是进行"同牌同位比较"和"同牌同类比较"，同样是入韵的第二句四字，其平仄却是为"十 一 十 ｜（韵）"，所以，该句的平仄标注也可以为"十 一 十 ｜（韵）"。若扩大样本量（即词例的数量），又可得到实证的支持，如岳飞《满江红》相应的句子则是"壮怀激烈"。

4．同牌参照比较。所谓"同牌参照比较"，是指必要时可以按照用韵与否的区别，将相应的两字句同四字句或六字句的后两字比较，或将四字句同六字句的后四字比较，或将三字句与七字句的后三字比较等。例如，对《翠楼吟》而言，既有四字句，还有二字句。对于入韵的相应句子而言，四字句和二字句的平仄标注分别有"— — — ｜（韵）"、"｜ — — ｜（韵）"、"｜ ｜（韵）"等格式，通过参照比较，并借鉴统计分析格式，可将有关的四字句和二字句的平仄格式，分别标注成"十 一 十 ｜（韵）"和"十 ｜（韵）"。

（二）比较实证分析与统计分析格式，标注各词句平仄格式的具体步骤

对于某个具体的词牌而言，根据其长短句结构，"表"述词谱的关键就是确定词谱中各词句的平仄格式。这项工作可按照实证分析"四个比较"后的平仄格式，依次与统计分析格式进行比较后再合理确定。所谓"统计分析格式"，就是七言和五言诗句的"定格与变格"，以及由它们派生出来的其他字句的平仄格式。所谓"实证分析格式"，也就是与上述四种实证分析相对应的"同格同位比较格式"、"同牌同位比较格式"、"同牌同类比较格式"和"同牌参照比较格式"。在具体确定各词句的平仄格式时，一般遵循如下步骤：

1．将同格同位比较格式与统计分析格式进行比较。传统词书所提供的词谱，基本上都属于"同格同位比较格式"。将它们与统计分析格式进行比较后，如果两者基本吻合，则据此确定词谱中各词句的平仄格式。如果出现连续多字都是"可平可仄"的标注，则需要对照词例，将几种不同的句式各自单列出来，并参照统计分析格式标注。如果同格同位比较分析格式与统计分析格式相比，有些字仍有"放宽"的余地（如四字句的平仄标注为"— — ｜ ｜"），则可进入下一步骤，进行"同牌同位比较"。

2．在同格同位比较分析的基础上，再进行同牌同位比较，并将同牌同位比较分析格式与统计分析格式进行比较，如果两者基本吻合，原则上可据此确定词谱中相应句子各字的平仄格式。如果这一步做完后，与统计分析格式相比，仍然有些字还有"放宽"的余地，同样再进入下一步骤，进行"同牌同类比较"。

3．对于那些难于进行同位比较分析，或同位比较分析后仍然存在可能放宽个别字"可平可仄"的情况，在"同格同位比较"和"同牌同位比较"的基础上，再进行"同牌同类比较"，将同牌同类比较分析格式与统计分析格式进行比较，并本着慎重原则，对那些两者基本吻合的格式，原则上可参照比较结果来确定词谱中相应句子的平仄格式。

4．在进行上述三个比较之后，如果有些字的平仄仍然有放宽的可能，则可进行"同牌参照比较"，将比较结果与统计分析格式进行比较，对那些两者基本吻合的格式，按照宽严适度的原则，参照比较结果来确定词谱中相应句子的平仄格式。

（三）统筹实证分析与统计分析格式，确定各句平仄格式的标注

根据上述实证分析的"四个比较"，再结合不同字数句子的统计分析格式，就可以标注长短各句的平仄格式了。

1. 五字句和七字句平仄格式的确定。五字句和七字句不但是"等长句"诗词的基本句式，也是"长短句"诗词的基础句式。如第二部分所述，根据对《白香词谱》所标注的平仄格式，也就是五字和七字词句"同格同位比较"后平仄格式的统计分析表明，表四和表五分别所示的七言和五言诗句的"定格和变格"，与这两种句子"同格同位比较"后平仄格式的吻合程度达97%以上。所以，在确定五字或七字词句平仄格式时，应优先考虑采用这些统计分析格式。

（1）确定五字词句平仄格式举例：例一，《水调歌头》上阕第一句，《词学全书》的标注为"＋｜＋ 一｜（句）"；《词律》、《白香词谱》和《唐宋词格律》的标注为"＋｜｜一｜（句）"；《康熙词谱》的标注则为"＋ ＋ ＋ ＋｜（句）"。根据"同格同位比较"的实证分析，《水调歌头》第一句的平仄格式存在三种情况：一为"＋｜＋一｜（句）"（如苏轼"明月几时有"，傅公谋"草草三间屋"）；二为"＋ 一 一｜｜（句）"（如毛滂"九金增宋重"，王之道"斜阳明薄暮"）；三为"＋ 一｜一｜（句）"（如张孝祥"江山自雄丽"，石孝友"美人在何许"）。显然，这三种"同格同位比较"的实证分析结果，正好与五字句"定格与变格"中的相关格式对应。所以，在《水调歌头》的词谱中，上阕第一句的平仄格式应定为上述三种平仄格式均可。

例二：《菩萨蛮》上下阕末句五字。《词学全书》、万树《词律》和《康熙词谱》的标注均为"＋ 一 ＋｜一（韵）"，《白香词谱》和《唐宋词格律》的标注均为"＋ 一 一｜一（韵）"。然而，根据对《菩萨蛮》上下阕末句五字的实证分析，它有两种平仄格式，一为"一 一 ＋｜一（韵）"（如李白"长亭更短亭"）；二为"｜一 一｜一（韵）"（如李白"有人楼上愁"）。而这两种平仄格式正好就是五字句"定格与变格"中的两种。所以，在《菩萨蛮》的词谱中，上下阕末句这五字的平仄格式可定为上述这两种。

例三，《青玉案》下阕第二句，有一种句式是一个带"三字读"的八字句，如曹组词："凤楼远、回头漫凝睇。"毛滂词："也不用、多情似玉燕。"根据"同牌同位比较"的结果，该句的后五字的平仄格式对应着统计分析中的一种变格"一 一｜＋｜"，所以，在《青玉案》的词谱中，该句式就用这种平仄格式。

（2）确定七字词句平仄格式举例：例一，《卜算子》上下阕第三句，《词律》、《白香词谱》和《唐宋词格律》的标注均为"＋｜一 一｜｜一（句）"；《康熙词谱》的标注则为"＋｜一 一 ＋ ＋（句）"。然而，根据对《卜算子》上下阕第三句七字的实证分析，该两句有三种平仄格式，一为"＋｜一 一｜｜一（句）"（如苏轼"时见幽人独往来"和"拣尽寒枝不肯栖"）；二为"＋ 一 ＋｜｜一 一（句）"（如李石"不知辛苦为谁甜"和"人间唤着返魂梅"）；三是"＋｜一 一 ＋｜（句）"（如杜安世"水榭风亭

朱明景"和"欲把罗巾暗传寄")。而这三种平仄格式，除个别词句外，基本对应着七字句的"定格和变格"中的三种。所以，在《卜算子》的词谱中，上下阕第三句七字的平仄格式就是上述这三种。

例二，《青玉案》下阕起首两句，不但有两个七字句的字数组合，又有一个七字句和一个带"三字读"的六字句的字数组合，还有一个七字句和一个带"三字读"的八字句的字数组合。单就两个七字句的字数组合而言，《康熙词谱》、《白香词谱》和《唐宋词格律》的标注均为"十一十｜一一｜（韵）十｜一一｜一｜（韵）"。然而，对《青玉案》下阕起首两个七字句的实证分析表明，就有两种平仄组合格式，一为"十一十｜一一｜（韵）十｜一一｜一｜（韵）"（如贺铸"碧云冉冉蘅皋暮，彩笔空题断肠句"）；一为"十一十｜一一｜（韵）十｜十一一｜（韵）"（如赵长卿"利名萦绊何时住。恼乱愁肠成万缕"）。所以，在《青玉案》的词谱中，下阕起首两句七字的情形，就有这两种平仄格式组合。

例三，《青玉案》下阕第三句七字，《词律》和《康熙词谱》的标注均为"十｜十一一｜｜（韵）"，《白香词谱》的标注为"十｜一一一｜｜（韵）"，《唐宋词格律》的标注为"｜｜一一一｜｜（韵）"。而这三种宽严不同的平仄格式，都对应着七字句定格"十｜十一一｜｜"，所以，在《青玉案》的词谱中，则将上述三种不完全相同的平仄标注，统一到七字句的统计分析格式中来。此外，《青玉案》下阕第三句和第四句还有两个七字句的字数组合，如毛滂"问取婵娟学长远，不必清光夜夜见"词句。根据"同牌同类比较"，这两个七字句的平仄格式又正对应着七字句的一种变格"十｜一一｜十｜"，所以，在具体确定该词的词谱时，这两句的平仄格式则同时标为这种平仄格式。

（3）少数平仄格式"例外"的五字和七字词句平仄格式的界定问题。尽管统计分析格式表明，五字和七字词句的平仄格式，绝大多数符合统计分析格式，即"定格和变格"。但是，实证分析也表明，的确有少数不符合。对于这种情况，在确定相关词牌的词谱时，本着审慎的态度进行分类处理。一是对那些处于字数组合不稳定乐段的相关词句，通过让个别字标注"可平可仄"的办法，使这种平仄格式既与原有词作协调，又让该词句平仄格式也能与统计分析格式相衔接。例如，郑子玉《八声甘州》中词句"相伴连水复连云"，李彭老《高阳台》中词句"幺凤叫晚吹晴雪"，柳永《御街行》中词句"争奈不是鸳帏伴"等。显然，这些词句不完全符合七字句的统计分析格式，在标注这些词句的平仄格式时，则让该句的第二字"可平可仄"。又如，吴潜《青玉案》中"惆怅方回断肠句"，胡铨《青玉案》中"感动节物愁多少"。前者与平仄格式统计分析中的"十｜一一｜｜（韵）"一致，而后者却因第二字是仄声而与平仄格式统计分析中的"十一十｜十一｜"相异。于是，界定此种句式的平仄格式时，让该句第二字"可平可仄"。再如张元幹《贺新郎》"唤取谪仙平章看"，李煜《破阵子》"凤阁龙楼连霄汉"，苏轼《少年游》"恰似嫦娥怜双燕"，杜安世《卜算子》"水榭风亭朱明景"，周邦彦《浪淘沙（长调）》"罗带光销纹衾叠"，方千里《浪淘沙（长调）》"烟浪无穷青山叠"，朱彝尊《暗香》"先向绿窗饲鹦鹉"等等。对于这类句式，可将相应句子的第六字标为"可平可仄"。上述做法，既与原作协调，也与统计分析格式所表述的一般格式相衔接。

2. 其他字句平仄格式的确定。在唐宋词中，除五字句和七字句外，主要的句子还有三字句、四字句和六字句三种。由于《解连环》各句的字数全为三字句、四字句（"上一下四"的五字句或"上三下四"的七字句，后四字算作四字句）和六字句组成。这里，就以《解连环》为例，来讨论如何确定这些句子的平仄格式。

（1）四字句平仄格式的确定。在《解连环》中，四字句最多。根据《康熙词谱》所列三体词例，《解连环》上下阕各个四字句平仄格式的"同牌同位比较"与"同牌同类比较"如表六所示。从中可以看出，与四字句的统计分析格式相比，该词牌四字句的大多数"同牌同位比较"格式都相当严格［如上阕第一句为"｜－－｜（句）"］，所以，还需要继续研究分析"同牌同类比较"格式。上下阕不入韵的四字句，主要有仄脚与平脚两种格式。按照"同牌同类比较"结果，对于不入韵的仄脚四字句来说，它们对应的统计分析格式为"＋－＋｜（句）"；对于不入韵的平脚四字句来说，则为"＋｜－－（句）"；对于入韵的四字句来说，它们对应的统计分析格式为"＋－＋｜（韵）"。所以，在编制该词牌的词谱时，除上阕末句的平仄格式保持"同格同位比较"的结果"＋＋－｜（韵）"外，其余相应位置的四字句均采用"＋－＋｜（韵）"。

表六　《解连环》三词例中"四字句"的"同类比较"

《解连环》上阕各个四字句"同格同位比较"的平仄格式 （含"上一下四"和"上三下四"的四字句）			
第一句	第二句	第三句	第四句
｜－－｜（句） ｜－－｜（句） ｜－－｜（句）	－－｜｜（句） －－｜｜（句） －－｜｜（句）	｜－－｜（韵） ｜－－｜（韵） ｜－－｜（韵）	－｜－－（句） ＋｜－－（句） ｜｜－－（句）
第五句	第六句	第七句	第八句
（三字句） ＋｜＋－（句） ｜｜｜－（句）	（六字句） ｜－－｜（韵） ｜－－｜（韵）	｜－－｜（句） ＋－＋｜（句） ｜｜｜－（句）	｜｜－｜（韵） ＋－－｜（韵） ｜｜－｜（韵）
第九句至第十一句（或第九句和第十句）			
－－｜｜（句）｜｜｜－（句）｜｜－｜（韵） ＋－｜｜（句）＋｜＋－（句）＋＋－｜（韵） ｜－｜｜（句）（后依次接一个带三字读的七字句和一个六字句）			

《解连环》下阕各个四字句"同格同位比较"的平仄格式			
（含"上一下四"和"上三下四"的四字句）			
第二句	第三句	第四句	第五句
— — | |（句）	— | — |（韵）	— | — —（句）	| | — —（句）
— — | |（句）	＋ ＋ — |（韵）	| | — —（句）	＋ | — —（句）
— — | |（句）	— | — |（韵）	— | — —（句）	| | — —（句）
第六句	第七句	第八句	第九句
| — —（韵）	— | |（句）	— | —（韵）	| — | |（句）
| — |（韵）	| | —（句）	| | —（韵）	| — | |（句）
| — |（韵）	| | —（句）	| | —（韵）	| — | |（句）
第十句			
（六字句）			
| — | |（韵）			
| — | |（韵）			

（2）三字句或"三字读"平仄格式的确定。在《解连环》中，三字句或"三字读"不多。《康熙词谱》所列的三首《解连环》中，只有一首词有一个三字句，而每一首词上下阕大体都有两个或三个带"三字读"的七字句。这些三字句或"三字读"的同类比较如表七所示。

首先，讨论三字句平仄格式的确定。柳永词的这个三字句的平仄格式为"\| \| \|（句）"。与三字句的统计分析格式相比（参见表七），这种三连仄的三字句，所对应的平仄格式为"\| ＋ \|"或"＋ \| \|"。参考本词牌"三字读"的"同类比较"，有"\| \| \|（读）"和"\| ＋ \|（读）"两种格式。若再有足够的词例，估计三字句的平仄大体可为"＋ ＋ \|（句）"。但是，在词例很少的情况下，本着慎重原则，在确定该词牌的词谱时，三字句的平仄格式则确定为"\| ＋ \|（句）"。

其次，再讨论"三字读"的平仄格式。首先，将相应句子的"同牌同类比较"格式与统计分析格式进行比较。显然，从表七可以看出，上阕第四句，其"三字读"平仄格式为"\| \| ＋（读）"，上阕第八句，其"三字读"的平仄格式为"＋ ＋ \|（读）"，上阕第九句，其"三字读"的平仄格式为"\| — —（读）"；下阕第四句，其"三字读"的平仄格式为"\| \| ＋（读）"，下阕第八句，其"三字读"的平仄格式为"\| ＋ \|（读）"，下阕第九句，其"三字读"的平仄格式为"＋ — ＋（读）"。其次，再进行"同牌同类比较"。显然，相应的平仄格式为"＋ ＋ ＋（读）"，所以，该词牌"三字读"的平仄标注可为"＋ ＋ ＋（读）"，但要求三字应有平有仄。

实证分析表明，当词例足够多时，不少词牌"三字读"的平仄标注均可为"＋ ＋ ＋

（读）"，具体词例尽管有些"三连仄"、甚至个别"三连平"现象，但绝大多数情况下都是有平有仄。

表七 《解连环》三词例中"三字句"或"三字读"的"同类比较"

上阕	下阕
（第四句）｜｜ 一 （读）（第五句）｜｜｜（句）（第八句）｜ 一 ｜（读）	（第四句）｜｜ 一 （读）（第八句）｜｜｜（读）
（第四句）｜｜ ＋ （读）（第八句）＋ ＋ ｜ （读）	（第四句）｜｜ ＋ （读）（第八句）｜ ＋ ｜（读）（第九句）＋ 一 ＋ （读）
（第四句）｜｜ 一 （读）（第八句）｜｜｜（读）（第九句）｜ 一 一 （读）	（第四句）｜｜｜（读）（第八句）｜｜ （读）（第九句）｜ 一 一 （读）

（3）六字句平仄格式的确定。仍以《解连环》为例（见表八），首先，对有条件的六字句进行"同牌同位比较"。显然，下阕第一句的"同牌同位比较"格式为"一 一 ｜ 一 ｜"；而"同牌同类比较"的结果则为两种格式："＋ 一 ｜ 一 ＋ ｜"与"一 ｜ 一 ｜ ｜"。于是，对照六字句的统计分析格式，与前一种对应的格式为"＋ 一 ｜ 一 一 ｜"，与后一种对应的格式为"＋ ｜ ＋ 一 ＋ ｜"。统筹实证分析与统计分析格式后，在编制该词牌词谱时，上下阕相应位置六字句的平仄格式可分别确定为"＋ 一 ｜ 一 ＋ ｜"和"＋ ｜ ＋ 一 ＋ ｜"。

表八 《解连环》三词例中"六字句"的"同类比较"

上阕	下阕
（第六句）一 一 ｜ 一 一 ｜（韵）	（第一句）一 一 ｜ 一 ｜ ｜（韵）
	（第十句）一 ｜ ｜ 一 ｜ ｜（韵）
（第十句）｜ 一 ｜ 一 ｜（韵）	（第一句）一 一 ｜ 一 ｜ ｜（韵）
	（第一句）一 一 ｜ 一 ｜ ｜（韵）

（4）其他句子的"例外"问题。三字句、四字句和六字句，与五字句、七字句相比，其平仄格式总体来说相对灵活一些，如在有些词牌中，仍然个别可见三连平或四连平、三连仄或四连仄现象。但实证分析表明，这些句子的统计分析格式还是较为稳定。当这些句子中个别字的平仄与统计分析格式不同时，谓之例外，其处理原则与五字句和七字句相同。

四、关于使用"表"述词谱的说明

坚持求正容变,"表"述唐宋词谱的目的在于还原唐宋词格律的本来面目,给传统的词谱松绑,以减轻格律"镣铐",为当今填词者提供足够的自由空间,最大限度地让格律这种形式为内容服务。使用"表"述词谱,既可以像传统词谱那样,遵循古人的某一首词作(正格或变格)来填词,又可以较好地防止"以'格'害意",在一定范围内自由选择各乐段(即各列)中的相关格式来表达作者的思想,还可以在意境表达需要时,参照唐宋词人的变化规则,运用"谱外之谱"创制新的变格。具体运用时可参照"凡例",这里就不再重复了。

凡　例

1. 本词谱各个词牌的小序出自《康熙词谱》，《康熙词谱》所收录的词例全部保留。另外，为了说明某些乐段新的格式，还补充了部分新的词例，并在"例×"下加下划线以示区别。各词牌的"长短句结构"是参照全部词例，在实证分析的基础上，本着方便制谱的原则作出的。

2. 《康熙词谱》标明了正体的词牌，以该词为本词牌的正格，其他词例则作为变格；《康熙词谱》收集了两体以上、但未明确何为正体或正格时，原则上就用其标谱的词例作为本词牌的正格（标谱词例为两体以上时，参照长短句结构，一般以第一标谱词例为正格），其他词例作为变格。对于只有一体或结构大体相同的词牌，一般称之为基本格式。

3. 在各个词牌的长短句结构表中，单个数字（如2、3、4、5、6、7、8等）表示该句的字数，连写的两个数字（如34）则表示为"上三下四"且带"读"的句式。

4. 词谱用"表"的形式表述，具体是根据该词牌长短句结构所分的乐段来标注各种格式的平仄与用韵。当一个乐段有多种格式时，用带括弧的序数字表示。只有一种格式时，不标注序号，但视为格式（1）。在"表"述词谱中：

（1）注有"韵"字者，即每首词中的第一韵脚及随后与之同声又同韵部的韵脚。对于平仄韵转换格或平仄韵错叶格，为醒目起见，则在第一韵脚或变换韵脚处注"平韵"或"仄韵"。

（2）注有"叶"字者，即平仄韵通押。

（3）注有"换韵"字者（包括"换仄韵"或"换平韵"），即较之上一同声韵脚换了韵部。个别情况注有"韵或换韵"或"换韵或韵"字样者，即该韵脚较之上一同声韵脚，有的在同一韵部，有的则换了同声的其他韵部。

（4）注有"叠"字者，即"叠韵"，也就是该韵脚字与上一韵脚字相同。从韵脚的角度看，用韵的"叠句"必然"叠韵"。

（5）注有"重韵"字者，是指隔句韵脚字要求相同的现象。对于这种情况，只在后面的韵脚注"重韵"。注有"重叠"字者，是指与前面出现的叠韵再隔句重复的韵脚。对于"重韵"与"叠韵"现象而言，尽管韵脚字相同，但要求叠韵的词句，下一韵脚紧接上一韵脚；而要求重韵的词句，则隔着其他句子，甚至在不同乐段。需要说明的是，个别词牌的个别词例有重韵现象，但《康熙词谱》未标注重韵要求，似为例外，不作为格式对待。

（6）注有"句"字者，即不押韵之句。

（7）注有"读"字者，即一句中停顿处，亦即今人加顿号的地方。需要说明的是，由于不同版本的词谱，对用"读"的标注不完全一致，本书的标注是在统计分析与实证分析的基础上，本着尽可能统一格式的思路来确定的。

（8）个别情况下，注有"读或句"或"句或读"字者，即这种格式有的用"读"，而有的用"句"。

（9）个别情况下，注有"句或韵"或"韵或句"字者（对于既用平韵又用仄韵的情况，"韵"字之前加注"平"字或"仄"字），即这种格式有的用"句"，而有的用"韵"。

（10）个别情况下，注有"叶或韵"或"韵或叶"字者，即这种格式有的用"叶"，而有的用"韵"。

（11）个别情况下，注有"叶或句"或"句或叶"字者，即这种格式有的用"叶"，而有的用"句"。

（12）极个别情况下，注有"句、叶或韵"字者，即这种格式有的用"句"，而有的用"叶"，还有的用"韵"。

（13）若两句（可连续，也可不连续）注有"韵或句"、"叶或韵"等字时，应注意前后句子保持一致，即同时用"韵"或同时用"句"；同时用"叶"或同时用"韵"。

（14）为便于读者使用，有些实证格式可能符合"表"述词谱中的两种格式，例如，实证格式"｜－－｜"或"－－－｜"，就既符合格式"＋＋－｜"，又符合格式"＋－＋｜"，在词例后的"注"中，则视具体情况标注一种格式。

（15）对于《康熙词谱》明确了的正体或正格的词牌，如果在某个乐段中，正格的长短句结构与平仄格式与某种变格相同、但用韵不同时，则作为不同的格式分别标注。在其他情况下，则通过标注"句或韵"或"韵或句"的方式作为一种格式标注。

（16）个别句式有要求的非常见平仄格式或可平可仄处有要求的格式，则在"表"后附加说明。

需要说明的是，由于古人用韵的习惯，有些词牌的个别词例，若用《词林正韵》对照，不在同一韵部，但总体来看是要求协韵的，这种情况不另标注。

5. 词谱中的每一格式除标"句"、"读"、"韵"外，每字逐一标明平仄，以"－"表示平声，"｜"表示仄声，"＋"表示可平可仄。需要说明的是：（1）古人有"以入代平"（即用入声字代替平声字的现象，对于个别词例出现这种现象，不标另格）。（2）个别词例的个别字，也许是由于读音的历史变化，若对照《词林正韵》，其平仄声与《康熙词谱》的标注不同，但"表"述词谱中的平仄声标注，仍结合实证分析与统计分析确定。在"表"述词谱中，对可平可仄"＋"有要求的"常见平仄标注"及其优先选择与个别允许选择可参照下表选取。为简化起见，词谱表的注释部分不再重复说明。

常见平仄标注的优先选择与个别允许选择

相关句子	常见平仄标注	优先选择	备注
三字读	＋ ＋ ＋（读） ＋ － ＋（读） ＋ ＋ ｜（读） ｜ ＋ ＋（读）	三字宜有平有仄	个别允许，但应尽量避免三连仄；原则上不应有三连平
三字句	＋ ＋ ｜	三字宜有平有仄	避免出现三连仄
三字句	＋ ＋ －	"｜ － －"或"｜ ｜ －"或"－ ｜ －"	原则上不应有三连平
四字句	＋ － ＋ ｜	"－ － ｜ ｜"或"｜ － － ｜"或"－ － － ｜"	个别允许，但应尽量避免"｜ － ｜ ｜"
四字句	＋ ｜ ＋ －	"｜ ｜ － －"或"－ ｜ － －"、"－ ｜ ｜ －"	个别允许，但应尽量避免"｜ ｜ ｜ －"
四字句	＋ ＋ － ｜	"｜ － － ｜"或"－ － － ｜"、"－ ｜ － ｜"	个别允许，但应尽量避免"｜ ｜ － ｜"
五字句	＋ － ＋ ｜ －	"－ － ＋ ｜ －"或"｜ － － ｜ －"	个别允许，但应尽量避免"｜ － ｜ ｜ －"
五字句	＋ ｜ ＋ － ｜	"＋ ｜ － － ｜"或"－ ｜ ｜ － ｜"	个别允许，但应尽量避免"｜ ｜ ｜ － ｜"
五字句	＋ － ｜ ＋ ｜	"－ － ｜ ＋ ｜"	个别允许，但应尽量避免"｜ － ｜ － ｜"，原则上应避免"｜ － ｜ ｜ ｜"
五字句	＋ ｜ ＋ ＋ ｜	"＋ ｜ ＋ － ｜"或"＋ ｜ － ｜ ｜"	原则上应避免四个或五个连仄现象
"上一下四"五字句	后四字与相应的四字句要求相同	领字宜选择仄声字（优先用去声字）	参照词例，领字标"＋"时，亦可选择平声字

续表

相关句子	常见平仄标注	优先选择	备注
六字句	＋｜＋－＋｜	"＋｜－－＋｜"或"－｜＋－＋｜"	个别允许，但应尽量避免"｜｜｜－｜｜"
六字句	＋－＋｜－－	"＋－｜｜－－"或"｜－＋｜－－"	个别允许，但应尽量避免"－－－｜－－"
六字句	＋－＋－＋｜	"｜－＋－｜｜"或"＋－｜－＋｜"	原则上应避免四个或五个连平现象
六字句	＋｜＋｜－－	"＋｜－｜－－"或"－｜＋｜－－"	个别允许，但应尽量避免四个连仄现象
六字句	＋－＋｜＋｜	"＋－－｜＋｜"或"＋－｜｜－｜"	
六字句	＋＋＋｜－－	＋－＋｜－－＋｜－｜－－	
"上一下五"六字句	后五字与相应的五字句要求相同	领字宜选择仄声字（优先选择去声字）	参照词例，领字标"＋"时，亦可选择平声字
七字句	＋－＋｜＋－｜	"＋－｜｜－－｜"或"＋－－｜｜－｜"	个别允许，但应尽量避免"｜－｜｜｜－｜"
七字句	＋－＋｜－＋｜	"＋－＋｜＋－｜"或"＋－＋｜－｜｜"	原则上应避免四个或五个连仄现象
"上一下六"七字句	后六字与相应的六字句要求相同	领字宜选择仄声字（优先选择去声字）	参照词例，领字标"＋"时，亦可选择平声字

◇ 凡　　例 ◇

6. 由于"上一下四"的五字句，其格式主要为"｜＋ 一 ＋｜"或为"｜＋｜一 一"、"｜＋｜＋ 一"，且相当普遍。为减少篇幅，对于这些常见的"上一下四"的五字句在词谱表后不再注释。而与此格式不同的"上一下四"句式或其他特殊句式，则另作注释。

7. 对于有正格与变格区别的词牌，在词谱表中，各乐段中的格式，哪些为正格句式，哪些为变格句式，均在每个词牌的导言中予以说明，且在表中通过空行形式分开。通常，词谱表各乐段中的格式（1）为正格句式。对于一个词牌有两种正体时，正格句式又可能不局限于相关乐段中的格式（1）。

8. 词例中凡用韵的句子，用句号"。"；不用韵的句子，用逗号"，"；须停顿的"读"处，用顿号"、"。对于有些词牌的某些句子，若大多词例用对仗句时，则在每个词牌的导言中说明。

9. 使用"表"述词谱，既可以像传统词谱那样，根据前人的某一"正格"或"变格"填词，又可以在一定的范围内，自主选择相关乐段中的某个格式填词。这里需要注意的是：

（1）对于只有一体作为正体或正格的词牌，按照各乐段中的正格句式填词，则该词为正格，否则为变格。对于有两体以上作为正体或正格的词牌，参照某一正体的格式填词，则为该词牌的正格。若只是采用不同的正格句式，而不一定完全遵循某一正体的格式，则为该词牌的变格。

（2）自主选择某个乐段中的变格句式时，既可以该词牌正格的长短句结构为参照，也可以该词牌某一变格的长短句结构为参照，对那些与参照格式相比，总字数有变化的句式，一阕只选用一种变格句式为宜。当某词牌上下阕某些乐段的句式以对称为宜时，还应注意上下阕尽可能选择对称句式。

（3）对于那些乐段较多（一般在四个以上）的词牌，每阕也可选择一种或两种变格句式，但总字数有变化的变格句式，一般以选用一种为宜。

10. "表"述词谱中的长短句结构是根据现有词例来描述的；长短各句的平仄格式则是在对所收集词例实证分析的基础上，结合统计分析格式来确定的；各乐段的韵脚是根据现有词例标注的。显然，与传统词谱相比，"表"述词谱已经是提供了较大的自由空间。不仅如此，"表"述词谱还有一个特别功能，那就是揭示了唐宋词的变化规则。使用"表"述词谱，不止是使用根据现有词例编制的有形谱式；还可以参照唐宋词的变化规则，运用"谱外之谱"，即举一反三，创制新的变格。使用"表"述词谱填词时，在形式服从内容的前提下，若确有需要，可以在长短句结构、长短各句的平仄格式以及用韵等方面作出灵活选择，具体包括：

（1）关于长短句结构变化问题。对某个词牌而言，在坚持该词牌正格或某个变格长短句结构的基础上，可以通过增字、减字、合并、摊破、重组或结合两种以上方式，对个别乐段的长短句结构作出适当调整。这种调整的方式，既可以是保持该乐段的总字数不变，只是字数组合发生变化（例如，现有词例的某个乐段，总字数为十一字，一个五字句和一个六字句，需要时可调整为一个七字句加一个四字句，或一个四字句加一个七字句）或句读发生变化（例如，三字句变为三字读或三字读变为三字句）；也可以是让该乐段的总字数与字数组合都发生变化［例如，现有词例的某个乐段，总字数为十一字，一个五字句和一个六字句，需要时可增加（或减少）一字，成为两个六字句（或两个五字句）］。

（2）关于长短各句的平仄选择问题。现有词例长短各句的平仄格式可能只有一种，但根据需要可选择同类的相关平仄格式。例如，对某个词牌而言，现有词例不入韵的四字句既有"十丨－－（句）"，也有"十－十丨（句）"，但现有词例的某个乐段不入韵四字句的平仄格式为"十丨－－（句）"，那么，需要时也可选择"十－十丨（句）"；又如，对某个词牌而言，现有词例某乐段五字句的平仄格式为"十－－丨丨（韵）"，需要时也可以使用"十丨十－丨（韵）"或"－－丨十丨（韵）"等格式；再如，现有词例的五字句可能是"上二下三"句式，需要时也可以使用"上一下四"句式及其与之相适应的平仄格式。

（3）关于用韵的变化问题。现有词例可能只有一种用韵格式，但需要时可以根据现有的长短句结构，在保持各个乐段基本韵脚（特别是各乐段末句韵脚）相对稳定的基础上，通过加韵、减韵、换韵、叶韵等方式形成该词牌新的变格。

（4）关于创造自度曲或自制曲问题。自南宋以来，词人填词，多沿用旧谱，自度曲或自制曲很少。所以，今人填词尽可能参照已有的词牌，或按照正格填词，或按照某个变格填词，或创制新的变格。确有需要也可以创作自度曲，特别是吸取新诗或民歌特点创作自制曲。在这种情况下，"表"述词谱可为词人提供一个更为宽阔的参照空间。

目 录

卷一

1 / 竹枝
3 / 归字谣（又名《苍梧谣》、《十六字令》）
4 / 渔父引
4 / 闲中好
6 / 纥那曲
7 / 拜新月
8 / 梧桐影（又名《明月斜》）
9 / 啰唝曲（又名《望夫歌》）
11 / 醉妆词
12 / 庆宣和
13 / 南歌子（又名《春宵曲》、《水晶帘》、《碧窗梦》、《十爱词》、《南柯子》、《望秦川》、《风蝶令》）
18 / 荷叶杯
20 / 回波乐
21 / 舞马词
22 / 三台（又名《开元乐》、《翠华引》）
24 / 柘枝引
24 / 塞姑
25 / 晴偏好
26 / 凭栏人
27 / 花非花
28 / 摘得新
29 / 梧叶儿
32 / 渔歌子（又名《渔父》、《渔父乐》）
36 / 忆江南（又名《谢秋娘》、《江南好》、《春去也》、《望江南》、《梦江南》、《梦江口》、《望江梅》、《安阳好》、《梦仙游》、《步虚声》、《壶

山好》、《望蓬莱》、《归塞北》)

40 / 潇湘神
41 / 章台柳
43 / 解红
44 / 赤枣子
44 / 南乡子
50 / 捣练子（又名《捣练子令》、《深院月》)
51 / 春晓曲（又名《西楼月》)
53 / 桂殿秋
54 / 寿阳曲（又名《落梅风》)
56 / 阳关曲
57 / 欸乃曲
58 / 采莲子
59 / 浪淘沙
61 / 杨柳枝
62 / 八拍蛮
63 / 字字双
64 / 十样花
65 / 天净沙（又名《塞上秋》)

卷二

67 / 甘州曲（又名《甘州子》)
68 / 醉吟商
69 / 干荷叶
70 / 喜春来（又名《阳春曲》)
72 / 踏歌词
73 / 秋风清（又名《秋风引》、《江南春》、《新安路》)
75 / 抛球乐（又名《莫思归》)
79 / 法驾导引
80 / 蕃女怨
81 / 一叶落
82 / 忆王孙（又名《独脚令》、《忆君王》、《豆叶黄》、《画蛾眉》、《阑干万里心》、《怨王孙》)
85 / 金字经（又名《阅金经》)

87 / 古调笑（又名《宫中调笑》、《转应曲》、《三台令》）

88 / 遐方怨

90 / 后庭花破子

93 / 如梦令（又名《忆仙姿》、《宴桃源》、《不见》、《比梅》、《古记》、《无梦令》、《如意令》）

96 / 诉衷情（又名《桃花水》）

100 / 西溪子

102 / 天仙子（又名《万斯年》）

106 / 风流子

113 / 归自谣（又名《风光子》、《思佳客》）

114 / 饮马歌

115 / 定西番

117 / 江城子（又名《江神子》、《村意远》）

121 / 望江怨

122 / 长相思（又名《吴山青》、《山渐青》、《青山相送迎》、《长相思令》、《相思令》）

125 / 思帝乡

卷三

127 / 相见欢（又名《秋夜月》、《上西楼》、《西楼子》、《忆真妃》、《月上瓜洲》、《乌夜啼》）

129 / 河满子（又名《何满子》）

134 / 风光好

135 / 误桃源

136 / 望梅花（又名《望梅花令》）

140 / 醉太平（又名《凌波曲》、《醉思凡》、《四字令》）

143 / 上行杯

146 / 感恩多

147 / 长命女（又名《薄命女》）

149 / 春光好（又名《愁倚阑令》、《愁倚阑》、《倚阑令》）

154 / 酒泉子

163 / 怨回纥

165 / 生查子（又名《楚云深》、《梅和柳》、《晴色入青山》）

170 / 蝴蝶儿

171 / 添声杨柳枝（又名《贺圣朝影》、《太平时》）

173 / 醉公子（又名《四换头》）

176 / 昭君怨（又名《洛妃怨》、《宴西园》）

卷四

179 / 玉蝴蝶（又名《玉蝴蝶慢》）

184 / 女冠子（又名《女冠子慢》）

194 / 中兴乐（又名《湿罗衣》）

197 / 纱窗恨

198 / 醉花间

200 / 点绛唇（又名《点樱桃》、《十八香》、《南浦月》、《沙头雨》、《寻瑶草》）

203 / 平湖乐（又名《小桃红》、《采莲词》）

205 / 归国遥（又名《归平遥》）

207 / 恋情深

209 / 赞浦子（又名《赞普子》）

210 / 浣溪沙（又名《小庭花》、《减字浣溪沙》、《满院春》、《东风寒》、《醉木犀》、《霜菊黄》、《广寒枝》、《试香罗》、《清和风》、《怨啼鹃》）

213 / 醉垂鞭

214 / 雪花飞

215 / 沙塞子（又名《沙碛子》）

218 / 殿前欢（又名《凤将雏》）

220 / 水仙子

222 / 霜天晓角（又名《月当窗》、《踏月》、《长桥月》）

229 / 清商怨（又名《关河令》、《伤情怨》）

231 / 伤春怨

卷五

233 / 菩萨蛮（又名《重叠金》、《子夜歌》、《菩萨鬘》、《花间意》、《梅花句》、《花溪碧》、《晚云烘日》）

240 / 采桑子（又名《丑奴儿令》、《罗敷媚歌》、《丑奴儿》、《罗敷媚》）

242 / 后庭花（又名《玉树后庭花》）

245 / 诉衷情令（又名《渔父家风》、《一丝风》）

249 / 减字木兰花（又名《减兰》、《木兰香》、《天下乐令》）

250 / 卜算子（又名《缺月挂疏桐》、《百尺楼》、《楚天遥》、《眉峰碧》）

257 / 一落索（又名《洛阳春》、《玉连环》、《一络索》）

261 / 好时光

262 / 谒金门（又名《空相忆》、《花自落》、《垂杨碧》、《杨花落》、《出塞》、《东风吹酒面》、《不怕醉》、《醉花春》、《春早湖山》）

266 / 柳含烟

267 / 杏园芳

268 / 好事近（又名《钓船笛》、《翠圆枝》）

271 / 华清引

272 / 天门谣

273 / 忆闷令

274 / 散余霞

275 / 好女儿（又名《绣带儿》）

277 / 万里春

278 / 彩鸾归令（又名《青山远》）

279 / 锦园春

280 / 太平年

281 / 清平乐（又名《清平乐令》、《忆萝月》、《醉东风》）

285 / 忆秦娥（又名《秦楼月》、《双荷叶》、《蓬莱阁》、《碧云深》、《花深深》）

卷六

291 / 更漏子

297 / 巫山一段云

299 / 望仙门

300 / 占春芳

301 / 朝天子（又名《思越人》）

302 / 忆少年（又名《陇首山》、《十二时》、《桃花曲》）

304 / 西地锦

306 / 相思引（又名《玉交枝》、《定风波令》、《琴调相思引》、《镜中人》）

309 / 落梅风

310 / 江亭怨（又名《清平乐令》、《荆州亭》）

311 / 喜迁莺（又名《鹤冲天》、《万年枝》、《春光好》、《喜迁莺令》、《燕归来》、《早梅芳》、《烘春桃李》）

323 / 乌夜啼（又名《圣无忧》、《锦堂春》）
325 / 相思儿令（又名《相思令》）
326 / 阮郎归（又名《碧桃春》、《醉桃源》、《宴桃源》、《濯缨曲》）
328 / 贺圣朝
334 / 甘草子
336 / 珠帘卷
337 / 画堂春
340 / 喜长新
341 / 金盏子令
342 / 献天寿

卷七

343 / 三字令
345 / 山花子（又名《南唐浣溪沙》、《添字浣溪沙》、《摊破浣溪沙》、《感恩多令》）
346 / 忆余杭
348 / 秋蕊香
351 / 胡捣练（又名《望仙楼》）
353 / 桃源忆故人（又名《虞美人影》、《胡捣练》、《桃园忆故人》、《醉桃园》、《杏花风》）
354 / 撼庭秋（又名《感庭秋》）
355 / 庆金枝（又名《庆金枝令》）
357 / 烛影摇红（又名《忆故人》、《归去曲》、《玉珥坠金环》、《秋色横空》）
361 / 朝中措（又名《照江梅》、《芙蓉曲》、《梅月圆》）
363 / 洞天春
364 / 庆春时
365 / 眼儿媚（又名《小栏干》、《东风寒》、《秋波媚》）
367 / 人月圆（又名《青衫湿》）
369 / 喜团圆（又名《与团圆》）
371 / 海棠春（又名《海棠花》、《海棠春令》）
373 / 武陵春（又名《武林春》）
375 / 东坡引
378 / 双鸂鶒
379 / 鬲溪梅令（又名《高溪梅令》）

380 / 伊州三台

381 / 双头莲令

382 / 梅弄影

383 / 茅山逢故人

384 / 阳台梦

386 / 月宫春（又名《月中行》）

388 / 河渎神

391 / 归去来

393 / 惜春郎

394 / 极相思（又名《极相思令》）

395 / 双韵子

396 / 凤孤飞

397 / 柳梢青（又名《云淡秋空》、《雨洗元宵》、《玉水明沙》、《早春怨》、《陇头月》）

402 / 醉乡春（又名《添春色》）

403 / 太常引（又名《太清引》、《腊前梅》）

卷八

405 / 应天长（又名《应天长令》、《应天长慢》）

412 / 满宫花

414 / 少年游（又名《玉蜡梅枝》、《小阑干》）

422 / 偷声木兰花

424 / 滴滴金

426 / 忆汉月（又名《望汉月》）

429 / 西江月（又名《白蘋香》、《步虚词》、《江月令》）

432 / 惜春令

434 / 留春令

437 / 梁州令（又名《凉州令》、《梁州令叠韵》）

440 / 盐角儿

441 / 归田乐（又名《归田乐引》）

445 / 惜分飞（又名《惜双双》、《惜双双令》、《惜芳菲》）

449 / 孤馆深沉

450 / 促拍采桑子（又名《促拍丑奴儿》）

451 / 怨三三

452 / 使牛子

453 / 折丹桂

454 / 竹香子（又名《误佳期》）

455 / 城头月

456 / 四犯令（又名《四和香》、《桂华明》）

458 / 醉高歌

459 / 黄鹤洞仙

460 / 破字令

461 / 花前饮

卷九

463 / 导引

467 / 思越人

468 / 探春令（又名《景龙灯》）

475 / 越江吟（又名《宴瑶池》、《瑶池宴》、《瑶池宴令》）

476 / 燕归梁

479 / 雨中花令（又名《送将归》）

485 / 凤来朝

486 / 秋夜雨

487 / 伊州令（又名《伊川令》）

488 / 木笪

489 / 迎春乐

493 / 梦仙郎

494 / 青门引

495 / 菊花新

497 / 醉红妆

498 / 思远人

499 / 醉花阴

501 / 望江东

502 / 入塞

503 / 品令

卷十

511 / 引驾行（又名《长春》）

515 / 玉团儿

516 / 倾杯令

517 / 锯解令

518 / 双雁儿（又名《双燕子》）

519 / 寻芳草（又名《王孙信》）

520 / 恨来迟（又名《恨欢迟》）

522 / 珍珠令

523 / 寿延长破字令

524 / 献天寿令

525 / 折花令

526 / 红窗听（又名《红窗睡》）

527 / 上林春令

528 / 红窗迥

530 / 红罗袄

531 / 折桂令（又名《秋风第一枝》、《天香引》、《蟾宫曲》）

537 / 荔子丹

538 / 临江仙（又名《谢新恩》、《雁后归》、《画屏春》、《庭院深深》）

546 / 浪淘沙令（又名《曲入冥》、《卖花声》、《过龙门》、《炼丹砂》）

550 / 金错刀（又名《醉瑶瑟》、《君来路》）

552 / 端正好（又名《於中好》）

554 / 杏花天（又名《杏花风》）

556 / 天下乐

557 / 恋绣衾（又名《泪珠弹》）

560 / 撷芳词（又名《折红英》、《清商怨》、《惜分钗》、《钗头凤》、《玉珑璁》）

565 / 鬓边华

566 / 玉楼人

567 / 江月晃重山

568 / 南乡一剪梅

569 / 鹦鹉曲（又名《黑漆弩》、《学士吟》）

卷十一

571 / 一七令

574 / 河传（又名《怨王孙》、《庆同天》、《月照梨花》、《秋光满目》）

587 / 望远行

594 / 木兰花令

596 / 金莲绕凤楼

597 / 睿恩新

598 / 芳草渡

603 / 夜行船（又名《明月棹孤舟》）

608 / 金凤钩

610 / 鹧鸪天（又名《思越人》、《思佳客》、《剪朝霞》、《骊歌一叠》、《醉梅花》）

612 / 鼓笛令

613 / 徵招调中腔

卷十二

615 / 虞美人（又名《虞美人令》、《玉壶冰》、《忆柳曲》、《一江春水》）

620 / 瑞鹧鸪（又名《舞春风》、《桃花落》、《鹧鸪词》、《拾菜娘》、《天下乐》、《太平乐》、《五拍》）

626 / 玉楼春（又名《惜春容》、《西湖曲》、《玉楼春令》、《归朝欢令》）

631 / 凤衔杯

635 / 鹊桥仙（又名《鹊桥仙令》、《忆人人》、《金风玉露相逢曲》、《广寒秋》）

640 / 玉阑干

641 / 思归乐

642 / 遍地锦

643 / 翻香令

644 / 茶瓶儿

646 / 柳摇金

647 / 卓牌子（又名《卓牌子令》、《卓牌子慢》）

650 / 清江曲

651 / 楼上曲

652 / 厅前柳（又名《亭前柳》）

655 / 二色宫桃

656 / 市桥柳

657 / 一斛珠（又名《一斛夜明珠》、《醉落魄》、《怨春风》、《醉落拓》）

661 / 夜游宫（又名《新念别》）

663 / 梅花引（又名《贫也乐》、《小梅花》）

669 / 荷叶铺水面

671 / 家山好

672 / 步虚子令

卷十三

673 / 小重山（又名《小冲山》、《小重山令》、《柳色新》）

675 / 踏莎行（又名《喜朝天》、《柳长春》、《踏雪行》、《转调踏莎行》）

680 / 宜男草

682 / 花上月令

683 / 倚西楼

684 / 扫地舞（又名《扫市舞》）

685 / 接贤宾（又名《集贤宾》）

687 / 步蟾宫（又名《钓台词》、《折丹桂》）

690 / 恨春迟

691 / 冉冉云（又名《弄花雨》）

693 / 蝶恋花（又名《鹊踏枝》、《黄金缕》、《卷珠帘》、《明月生南浦》、《细雨吹池沼》、《凤栖梧》、《一箩金》、《鱼水同欢》、《转调蝶恋花》）

695 / 寿山曲

696 / 秋蕊香引

697 / 惜琼花

698 / 朝玉阶

699 / 散天花

700 / 荷华媚

701 / 少年心（又名《添字少年心》）

703 / 七娘子

705 / 一剪梅（又名《腊梅香》、《玉簟秋》）

711 / 寻梅

712 / 锦帐春

715 / 唐多令（又名《糖多令》、《南楼令》、《箜篌曲》）

717 / 摊破采桑子（又名《采桑子令》）

718 / 后庭宴

719 / 鞓红

720 / 贺熙朝

722 / 拨棹子

725 / 玉堂春

726 / 系裙腰（又名《芳草渡》）

卷十四

729 / 赞成功

730 / 定风波（又名《定风流》、《定风波令》）

734 / 破阵子（又名《十拍子》）

736 / 金蕉叶

740 / 渔家傲

743 / 苏幕遮（又名《鬓云松令》）

744 / 摊破南乡子（又名《青杏儿》、《似娘儿》、《庆灵椿》、《闲闲令》）

746 / 明月逐人来

747 / 甘州遍

749 / 别怨

750 / 麦秀两岐

751 / 献衷心

753 / 黄钟乐

754 / 醉春风（又名《怨东风》）

755 / 握金钗（又名《戛金钗》）

757 / 侍香金童

759 / 猴山月

760 / 喝火令

761 / 芭蕉雨

762 / 淡黄柳

764 / 辊绣球

766 / 锦缠道（又名《锦缠头》、《锦缠绊》）

768 / 厌金杯（又名《献金杯》）

769 / 庆春泽

772 / 行香子

卷十五

779 / 酷相思

780 / 解佩令

783 / 垂丝钓

786 / 谢池春（又名《风中柳》、《风中柳令》、《玉莲花》、《卖花声》）

789 / 胜胜令（又名《声声令》）

790 / 玉梅令

792 / 青玉案（又名《西湖路》）

798 / 感皇恩（又名《叠萝花》）

804 / 钿带长中腔

805 / 梦行云（又名《六幺花十八》）

806 / 三奠子

808 / 凤凰阁（又名《数花风》）

811 / 看花回

818 / 殢人娇

卷十六

823 / 两同心

828 / 拾翠羽

830 / 连理枝（又名《红娘子》、《小桃红》、《灼灼花》）

832 / 月上海棠（又名《玉关遥》、《月上海棠慢》）

837 / 惜黄花

840 / 且坐令

841 / 佳人醉

842 / 西施

844 / 小镇西犯（又名《小镇西》、《镇西》）

847 / 千秋岁（又名《千秋节》）

851 / 惜奴娇

857 / 卓牌子近

858 / 三登乐

861 / 檐前铁

862 / 甘露歌（又名《古祝英台》）

863 / 忆帝京

865 / 于飞乐（又名《鸳鸯怨曲》）

868 / 撼庭竹

870 / 粉蝶儿

873 / 绕池游

卷十七

875 / 师师令

876 / 隔浦莲近拍（又名《隔浦莲》、《隔浦莲近》）

879 / 郭郎儿近拍

881 / 临江仙引

883 / 碧牡丹

886 / 百媚娘

887 / 风入松（又名《风入松慢》、《远山横》）

890 / 传言玉女

892 / 枕屏儿

894 / 剔银灯（又名《剔银灯引》）

898 / 隔帘听

899 / 越溪春

901 / 长生乐

903 / 诉衷情近

905 / 下水船

908 / 解蹀躞（又名《玉蹀躞》）

911 / 扑蝴蝶（又名《扑蝴蝶近》）

914 / 千年调（又名《相思会》）

916 / 蕊珠闲

918 / 瑞云浓

919 / 番枪子（又名《春草碧》）

卷十八

923 / 荔枝香（又名《荔枝香近》）

929 / 婆罗门引（又名《婆罗门》、《望月婆罗门引》）

933 / 御街行（又名《孤雁儿》）

936 / 韵令

938 / 春声碎

939 / 凤楼春

941 / 祝英台近（又名《宝钗分》、《月底修箫谱》、《燕莺语》、《寒食词》）

947 / 四园竹

950 / 侧犯

953 / 离亭宴

956 / 阳关引（又名《古阳关》）

958 / 一丛花

960 / 甘州令

961 / 山亭柳

964 / 梦还京

965 / 忆黄梅

967 / 红林檎近

969 / 快活年近拍

970 / 金人捧露盘（又名《铜人捧露盘》、《上平西》、《上西平》、《西平曲》、《上平南》）

卷十九

975 / 过涧歇

978 / 瑶阶草

980 / 安公子

986 / 应景乐

987 / 柳初新

989 / 斗百花（又名《夏州》）

991 / 皂罗特髻

993 / 最高楼

1000 / 倒垂柳

1002 / 彩凤飞（又名《彩凤舞》）

1004 / 有有令

1005 / 拂霓裳

1008 / 柳腰轻

1009 / 爪茉莉

1010 / 蓦山溪（又名《上阳春》）

1017 / 千秋岁引（又名《千秋岁令》、《千秋万岁》）

1021 / 早梅芳（又名《早梅芳近》）

1024 / 新荷叶（又名《折新荷引》、《泛兰舟》）

1027 / 南州春色

卷二十

1029 / 长寿乐

1032 / 迷仙引

1035 / 促拍满路花（又名《满路花》、《满园花》、《归去难》、《一枝花》、《喝马一枝花》）

1044 / 黄鹤引

1045 / 洞仙歌（又名《洞仙歌令》、《羽仙歌》、《洞仙词》、《洞中仙》、《洞仙歌慢》）

1068 / 望云涯引

1069 / 泛兰舟

1070 / 踏歌

卷二十一

1073 / 秋夜月

1075 / 祭天神

1078 / 鹤冲天

1081 / 少年游慢

1083 / 兀令

1084 / 踏青游

1088 / 梦玉人引

1092 / 蕙兰芳引（又名《蕙兰芳》）

1094 / 倾杯近

1095 / 清波引

1098 / 簇水

1099 / 受恩深（又名《爱恩深》）

1101 / 婆罗门令

1102 / 华胥引

1104 / 五福降中天（又名《五福降中天慢》）

1105 / 离别难

1109 / 江城梅花引（又名《摊破江城子》、《四笑江梅引》、《梅花引》、《明月引》、《西湖明月引》）

1114 / 寰海清

1116 / 劝金船

1119 / 醉思仙

1122 / 玉人歌

1124 / 惜红衣

1127 / 鱼游春水

1130 / 卜算子慢

1133 / 雪狮儿

1135 / 石湖仙

卷二十二

1137 / 八六子（又名《感黄鹂》）

1141 / 谢池春慢

1143 / 采桑子慢（又名《丑奴儿慢》、《愁春未醒》、《丑奴儿近》、《叠青钱》）

1148 / 探芳信（又名《西湖春》）

1152 / 遥天奉翠华引

1153 / 夏云峰

1158 / 采莲令

1159 / 醉翁操

1161 / 红芍药

1162 / 法曲献仙音（又名《献仙音》、《越女镜心》）

1167 / 金盏倒垂莲

1171 / 塞翁吟

1173 / 意难忘

1175 / 东风齐着力

1177 / 远朝归

1179 / 露华（又名《露华慢》）

1183 / 薄媚摘遍

1185 / 恋香衾

1186 / 满江红

卷二十三

1199 / 凄凉犯（又名《瑞鹤仙影》）

1202 / 浣溪沙慢（又名《浣溪纱慢》）

1203 / 四犯剪梅花（又名《辘轳金井》、《月城春》、《锦园春》、《三犯锦园春》）

1206 / 高平探芳新

1208 / 临江仙慢

1210 / 雪明鸪鹊夜

1211 / 玉漏迟

1217 / 尾犯（又名《碧芙蓉》）

1222 / 驻马听

1224 / 雪梅香

1226 / 六幺令（又名《绿腰》、《乐世》、《录要》）

1229 / 保寿乐

1231 / 惜秋华

1235 / 古香慢

1236 / 芙蓉月

1238 / 一枝春

1241 / 梅子黄时雨

1243 / 如鱼水

1244 / 赏松菊

1246 / 二色莲

1247 / 塞孤

1250 / 水调歌头（又名《元会曲》、《凯歌》）

卷二十四

1259 / 扫地游（又名《扫花游》）

1262 / 满庭芳（又名《锁阳台》、《满庭霜》、《潇湘夜雨》、《话桐乡》、《江南好》、《满庭花》、《转调满庭芳》）

1271 / 白雪

1273 / 徵招

1276 / 双瑞莲

1278 / 玉京秋

1279 / 小圣乐（又名《骤雨打新荷》）

1281 / 玉女迎春慢

1283 / 玉梅香慢

1284 / 金浮图

1285 / 阳台路

1287 / 黄莺儿

1290 / 天香

1297 / 熙州慢

1298 / 汉宫春（又名《汉宫春慢》）

1308 / 倦寻芳（又名《倦寻芳慢》）

1310 / 剑器近

1312 / 秋兰香

1313 / 凤鸾双舞

1315 / 行香子慢

1317 / 甘露滴乔松

1318 / 庆千秋

卷二十五

1321 / 塞垣春

1324 / 望云间

1326 / 步月

1329 / 早梅香

1330 / 八声甘州（又名《甘州》、《萧萧雨》、《宴瑶池》）

1337 / 迷神引

1340 / 醉蓬莱（又名《雪月交光》、《冰玉风月》）

1345 / 凤凰台上忆吹箫（又名《忆吹箫》）

1351 / 夜合花

1355 / 采明珠

1356 / 庆清朝（又名《庆清朝慢》）

1360 / 黄鹂绕碧树

1361 / 帝台春

1363 / 瑶台第一层

1366 / 暗香（又名《红情》）

1368 / 梦芙蓉

1370 / 西子妆（又名《西子妆慢》）

1371 / 玉京谣

1373 / 被花恼

1374 / 绿盖舞风轻

1376 / 月边娇

1378 / 松梢月

1379 / 四槛花
1381 / 长亭怨慢（又名《长亭怨》）
1385 / 玉簟凉

卷二十六

1387 / 留客住
1389 / 昼夜乐
1392 / 雨中花慢
1401 / 万年欢
1409 / 燕春台（又名《夏初临》）
1412 / 逍遥乐
1414 / 八节长欢
1416 / 忆东坡
1418 / 粉蝶儿慢
1419 / 并蒂芙蓉
1421 / 黄河清慢
1423 / 春草碧
1424 / 芰荷香
1427 / 绣停针
1429 / 扬州慢
1432 / 舞杨花
1433 / 双双燕
1436 / 孤鸾
1439 / 云仙引
1440 / 玲珑玉
1442 / 陌上花
1443 / 福寿千春
1445 / 夏日燕黉堂
1447 / 水晶帘
1449 / 三部乐
1453 / 梦扬州

卷二十七

1455 / 声声慢（又名《胜胜慢》、《人在楼上》）

1468 / 紫玉箫

1469 / 无闷

1471 / 月下笛

1476 / 玲珑四犯

1482 / 丁香结

1485 / 琐窗寒（又名《锁寒窗》）

1489 / 大有

1491 / 燕山亭

1494 / 聒龙谣

1497 / 金菊对芙蓉

1500 / 催雪

1501 / 十月桃（又名《十月梅》）

1504 / 蜀溪春

1506 / 秋宵吟

1507 / 三姝媚

1511 / 凤池吟

1512 / 新雁过妆楼（又名《雁过妆楼》、《瑶台聚八仙》、《八宝妆》、《百宝妆》）

1517 / 月华清

1519 / 国香（又名《国香慢》）

1521 / 飞龙宴

卷二十八

1523 / 御带花

1524 / 定风波慢

1529 / 芳草（又名《凤箫吟》）

1534 / 念奴娇（又名《大江东去》、《酹江月》、《赤壁词》、《酹月》、《壶中天慢》、《大江西上曲》、《太平欢》、《寿南枝》、《古梅曲》、《湘月》、《淮甸春》、《白雪词》、《百字令》、《百字谣》、《无俗念》、《千秋岁》、《庆长春》、《杏花天》）

1544 / 解语花

1547 / 绕佛阁

1549 / 渡江云（又名《三犯渡江云》）

1553 / 腊梅香

1556 / 大椿

1558 / 八音谐

1559 / 绛都春

1566 / 琵琶仙

1567 / 换巢鸾凤

1569 / 东风第一枝

1573 / 高阳台（又名《庆春泽慢》、《庆春宫》）

1576 / 春夏两相期

1578 / 垂杨

1581 / 采绿吟

1582 / 长寿仙

1584 / 雪夜渔舟

1585 / 惜寒梅

1587 / 惜花春起早慢

卷二十九

1589 / 凤归云

1593 / 木兰花慢

1601 / 彩云归

1602 / 满朝欢

1605 / 桂枝香（又名《疏帘淡月》）

1609 / 锦堂春慢（又名《锦堂春》）

1613 / 喜朝天

1616 / 剪牡丹

1619 / 马家春慢

1620 / 梅香慢

1622 / 玉烛新

1625 / 六花飞

1626 / 清风满桂楼

1628 / 映山红慢

1630 / 真珠帘

1633 / 曲江秋

1637 / 翠楼吟

1639 / 霓裳中序第一

1642 / 月当厅

1644 / 寿楼春

1645 / 秋色横空

1647 / 舜韶新

卷三十

1649 / 西平乐（又名《西平乐慢》）

1655 / 山亭宴

1656 / 望春回

1658 / 水龙吟（又名《丰年瑞》、《鼓笛慢》、《龙吟曲》、《小楼连苑》、《庄椿岁》）

1673 / 斗百草

1675 / 石州慢（又名《柳色黄》、《石州引》）

1680 / 上林春慢

1683 / 宴清都（又名《四代好》）

1690 / 庆春宫（又名《庆宫春》）

1695 / 忆旧游（又名《忆旧游慢》）

1700 / 花犯（又名《绣鸾凤花犯》）

1704 / 倒犯（又名《吉了犯》）

卷三十一

1707 / 瑞鹤仙（又名《一捻红》）

1718 / 齐天乐（又名《台城路》、《五福降中天》、《如此江山》）

1724 / 昼锦堂

1728 / 氐州第一（又名《熙州摘遍》）

1731 / 花发状元红慢

1732 / 恋芳春慢

1734 / 瑶华（又名《瑶华慢》）

1736 / 湘春夜月

1738 / 曲游春

1741 / 竹马儿（又名《竹马子》）

1743 / 长相思慢

1748 / 雨霖铃（又名《雨霖铃慢》）

1751 / 还京乐

1756 / 双头莲

1760 / 忆瑶姬（又名《别素质》、《别瑶姬慢》）

卷三十二

1765 / 安平乐慢

1768 / 望南云慢

1769 / 情久长

1771 / 西江月慢

1774 / 杏花天慢

1775 / 探春慢（又名《探春》）

1780 / 眉妩（又名《百宜娇》）

1782 / 湘江静（又名《潇湘静》）

1785 / 金盏子

1790 / 龙山会

1792 / 春云怨

1794 / 升平乐

1796 / 迎新春

1797 / 归朝欢（又名《菖蒲绿》）

1800 / 双声子

1802 / 永遇乐（又名《消息》）

1810 / 二郎神（又名《转调二郎神》、《十二郎》）

1817 / 倾杯乐（又名《古倾杯》、《倾杯》）

1828 / 百宜娇

1830 / 月中桂（又名《月中仙》）

1833 / 澡兰香

卷三十三

1835 / 宴琼林

1837 / 潇湘逢故人慢

1840 / 惜余欢

1841 / 拜星月慢（又名《拜新月》）

1845 / 绮寮怨

1848 / 花心动（又名《好心动》、《桂飘香》、《上升花》、《花心动慢》）

1855 / 向湖边

1857 / 阳春（又名《阳春曲》）

1859 / 送入我门来

1860 / 绕池游慢

1862 / 索酒

1863 / 瑞云浓慢

1865 / 霜花腴

1867 / 绮罗香

1869 / 玉连环

1871 / 春从天上来

1875 / 西湖月

1877 / 爱月夜眠迟慢

1879 / 合欢带

1882 / 曲玉管

1883 / 早梅芳慢

1885 / 尉迟杯

1891 / 花发沁园春

1894 / 赏南枝

1896 / 南浦

卷三十四

1901 / 西河（又名《西河慢》、《西湖》）

1906 / 梦横塘

1907 / 西吴曲

1909 / 秋霁（又名《春霁》）

1913 / 清风八咏楼

1914 / 暗香疏影

1916 / 真珠髻

1918 / 征部乐

1919 / 解连环（又名《望梅》、《杏梁燕》）

1922 / 内家娇

1924 / 夜飞鹊慢（又名《夜飞鹊》）

1926 / 泛清波摘遍

1928 / 望明河

1930 / 楚宫春慢

1932 / 望海潮
1935 / 望湘人
1937 / 青门饮（又名《青门引》）
1940 / 落梅（又名《落梅慢》）
1943 / 飞雪满群山（又名《扁舟寻旧约》、《飞雪满堆山》）
1946 / 角招
1948 / 一寸金
1953 / 击梧桐
1956 / 折红梅

卷三十五

1959 / 泛清苕（又名《感皇恩慢》）
1960 / 薄幸
1963 / 倚阑人
1965 / 惜黄花慢
1969 / 一萼红
1973 / 夺锦标（又名《清溪怨》）
1976 / 菩萨蛮慢（又名《菩萨蛮引》）
1977 / 杜韦娘
1980 / 无愁可解
1983 / 过秦楼
1984 / 江城子慢（又名《江神子慢》）
1987 / 江南春慢
1988 / 胃马索
1990 / 八宝妆（又名《八宝玉交枝》）
1992 / 疏影（又名《绿意》、《解佩环》）
1997 / 大圣乐
2001 / 高山流水
2002 / 慢卷䌷
2005 / 选冠子（又名《选官子》、《转调选冠子》、《惜余春慢》、《苏武慢》、《过秦楼》）
2015 / 霜叶飞（又名《斗婵娟》）
2021 / 五彩结同心
2023 / 透碧霄

卷三十六

2027 / 玉山枕

2028 / 期夜月

2030 / 轮台子

2033 / 沁园春（又名《东仙》、《寿星明》、《洞庭春色》）

2041 / 丹凤吟

2045 / 紫萸香慢

2047 / 瑶台月（又名《瑶池月》）

2051 / 宣清

2052 / 八归

2056 / 摸鱼儿（又名《摸鱼子》、《买陂塘》、《陂塘柳》、《迈陂塘》、《山鬼谣》、《双蕖怨》）

2063 / 贺新郎（又名《金缕歌》、《金缕曲》、《金缕词》、《乳燕飞》、《贺新凉》、《风敲竹》、《貂裘换酒》）

2070 / 子夜歌

2072 / 吊严陵（又名《暮云碧》）

2073 / 金明池（又名《昆明池》、《夏云峰》）

2076 / 送征衣

2078 / 笛家（又名《笛家弄慢》）

2080 / 秋思耗（又名《画屏秋色》）

2082 / 春风袅娜

2084 / 春雪间早梅

2086 / 白苎

卷三十七

2089 / 翠羽吟

2091 / 六州

2093 / 十二时慢

2099 / 兰陵王

2107 / 大酺

2111 / 破阵乐

2113 / 瑞龙吟

2118 / 浪淘沙慢

2123 / 歌头
2125 / 多丽（又名《鸭头绿》、《陇头泉》）

卷三十八

2135 / 玉女摇仙佩
2137 / 六丑
2141 / 玉抱肚
2142 / 六州歌头
2153 / 夜半乐
2157 / 宝鼎现（又名《三段子》、《宝鼎儿》）
2165 / 个侬
2167 / 解红慢

卷三十九

2169 / 穆护砂
2171 / 三台
2173 / 哨遍（又名《稍遍》）
2188 / 戚氏（又名《梦游仙》）
2192 / 胜州令
2195 / 莺啼序（又名《丰乐楼》）

卷四十

2203 / 清平调辞
2205 / 水调歌
2208 / 凉州歌
2210 / 伊州歌
2213 / 陆州歌
2214 / 调笑令
2222 / 九张机
2226 / 梅花曲
2230 / 薄媚

2243 / **附录一：诗谱**

2243 / 五绝（首句平起）

2245 / 五绝（首句仄起）
2247 / 七绝（首句平起）
2250 / 七绝（首句仄起）
2252 / 五律（首句平起）
2254 / 五律（首句仄起）
2260 / 七律（首句平起）
2263 / 七律（首句仄起）
2267 / 排律

2269 / **附录二：索引**

2291 / **附录三：词林正韵**

2333 / **后记**

卷 一

竹 枝

　　唐教坊曲名。元郭茂倩《乐府诗集》云："竹枝本出于巴渝，唐贞元中，刘禹锡在沅、湘，以里歌鄙陋，乃依骚人九歌，作竹枝新词九章，教里中儿歌之。由是盛于贞元元和之间。"按《刘禹锡集》，与白居易唱和竹枝甚多，其自叙云：竹枝，巴歈也。巴儿联歌，吹短笛击鼓以赴节，歌者扬袂睢舞。其音协黄钟羽，但刘白词俱无和声，今以皇甫松、孙光宪词作谱，以有和声也。

单调《竹枝》的长短句结构

《竹枝》单调，两个乐段	
乐段一（七字）	乐段二（七字）
7	7

双调《竹枝》的长短句结构

上阕，两个乐段		下阕，两个乐段	
乐段一（七字）	乐段二（七字）	乐段一（七字）	乐段二（七字）
7	7	7	7

　　《康熙词谱》共收集三体《竹枝》，其中，单调《竹枝》二体，十四字，有平韵或仄韵两种用韵格式。另外，孙光宪《竹枝》，《康熙词谱》标为单调，二十八字，四句，三平韵，但综合分析，似作为双调更为合理，故本谱以双调标谱。单调或双调《竹枝》的每一阕可分为两个乐段，各自的长短句结构与基本格式如表所示。

《竹枝》（平韵）的基本格式（单调）

《竹枝》，二句，两平韵	
乐段一（一句，七字）	乐段二（一句，七字）
＋ － ＋ ｜ 竹枝 ｜ － － （韵）女儿	＋ － ＋ ｜ 竹枝 ｜ － － （韵）女儿

例　竹枝（十四字）

（宋）皇甫松

芙蓉并蒂 竹枝 一心连 女儿。花侵槛子 竹枝 眼应穿 女儿。

注：全词单调，十四字，两句，两平韵。

《竹枝》（仄韵）的基本格式（单调）

《竹枝》，二句，两平韵	
乐段一（一句，七字）	乐段二（一句，七字）
＋＋－－ 竹枝 ＋｜｜（韵）女儿	＋－＋｜ 竹枝 －－｜（韵）女儿

例　竹枝（十四字）

（宋）皇甫松

山头桃花 竹枝 谷底杏 女儿。两花窈窕 竹枝 遥相映 女儿。

注：全词单调，十四字，两句，两仄韵。

《竹枝》（平韵）的基本格式（双调）

《竹枝》上阕，二句，二平韵	
乐段一（一句，七字）	乐段一（一句，七字）
＋－＋｜ 竹枝 ｜－－（韵）女儿	＋｜－－ 竹枝 ＋｜－（韵）女儿

《竹枝》下阕，二句，一平韵	
乐段一（一句，七字）	乐段一（一句，七字）
＋｜＋－ 竹枝 －｜｜（句）女儿	＋－＋｜ 竹枝 ｜－－（韵）女儿

例　竹枝（二十八字）

（五代）孙光宪

门前春水 竹枝 白蘋花 女儿。岸上无人 竹枝 小艇斜 女儿。　商女经过 竹枝 江欲暮 女儿，散抛残食 竹枝 饲神鸦 女儿。

注：全词双调，二十八字，四句，三平韵。

归 字 谣

蔡伸词名《苍梧谣》；周玉晨词名《十六字令》；袁去华词亦名《归字谣》，有刻《归梧谣》者，误。

《归字谣》的长短句结构

两个乐段	
乐段一（八字）	乐段二（八字）
1　　　　7	3　　　　5

《康熙词谱》只收集一体《归字谣》，单调，可分为两个乐段。该调十六字，四句，三平韵。其长短句结构和基本格式如表所示。

《归字谣》的基本格式（单调）

《归字谣》，四句，三平韵	
乐段一（二句，八字）	乐段二（二句，八字）
－（韵）＋｜－－＋｜－（韵）	－＋｜（句）＋｜｜－－（韵）

例一　归字谣
（宋）张孝祥

归。猎猎薰风飐绣旗。阑教住，重举送行杯。

例二　归字谣
（宋）蔡　伸

天。休使圆蟾照客眠。人何在，桂影自婵娟。

注：上述两词，单调，十六字，四句，三平韵。

渔 父 引

唐教坊曲名。

《渔父引》的长短句结构

《渔父引》单调，三个乐段		
乐段一（六字）	乐段二（六字）	乐段三（六字）
6	6	6

《康熙词谱》只收集一体《渔父引》，单调，可分为三个乐段，其长短句结构如表所示。该调十八字，三句，三平韵，其基本格式如表所示。

《渔父引》的基本格式（单调）

《渔父引》单调，三句，三平韵		
乐段一（一句，六字）	乐段二（一句，六字）	乐段三（一句，六字）
＋｜－－｜－（韵）	＋－＋｜－－（韵）	＋－＋｜－－（韵）

例　渔父引（十八字）

（唐）顾　况

新妇矶边月明。女儿浦口潮平。沙头鹭宿鱼惊。

注：全词单调，十八字，三句，三平韵。

闲 中 好

调见唐段成式《酉阳杂俎》，有平韵、仄韵二体，即以首句三字为调名也。

《闲中好》的长短句结构

《闲中好》单调，两个乐段	
乐段一（八字）	乐段二（十字）
3　　　5	5　　　5

　　《康熙词谱》共收集两体《闲中好》，平韵与仄韵各一体，单调，可分为两个乐段，其长短句结构如表所示。该调十八字，四句，平韵格两平韵；仄韵格两仄韵，各自的基本格式分别如表所示。

《闲中好》（平韵）的基本格式（单调）

《闲中好》单调，四句，两平韵	
乐段一（二句，八字）	乐段二（二句，十字）
— — ｜（句）＋ ｜ ｜ — —（韵）	＋ ｜ — — ｜（句）— — ＋ ｜ —（韵）

例　闲中好（十八字）

（唐）段成式

　　闲中好，尘务不萦心。坐对当窗木，看移三面阴。

注：全词单调，十八字，四句，两平韵。

《闲中好》（仄韵）的基本格式（单调）

《闲中好》单调，四句，两仄韵	
乐段一（二句，八字）	乐段二（二句，十字）
— — ｜（句）＋ ｜ — — ｜（韵）	＋ ｜ — ｜ —（句）— — ｜ — ｜（韵）

例　闲中好（十八字）

（唐）郑　符

　　闲中好，尽日松为侣。此趣人不知，轻风度僧语。

注：全词单调，十八字，四句，两仄韵。

纥 那 曲

明胡震亨《唐音癸签》云,纥那曲,不知所出。考唐天宝中,崔成甫翻得体歌,有得体纥那也。纥囊得体那之句,岂其所本欤?按唐人于舟中唱《得体》歌,有号头,即和声。纥那者,或曲之和声也。

《纥那曲》的长短句结构

《纥那曲》单调,两个乐段	
乐段一(十字)	乐段二(十字)
5　　5	5　　5

《康熙词谱》只收集一体《纥那曲》,单调,可分为两个乐段,其长短句结构如表所示。该调二十字,四句,三平韵,其基本格式如表所示。

《纥那曲》的基本格式(单调)

《纥那曲》单调,四句,三平韵	
乐段一(二句,十字)	乐段二(二句,十字)
十丨丨— —(韵)十— — 丨 —(韵)	— — 丨—丨(句)十丨丨— —(韵) (1) 十— — 丨丨(句)十丨丨— —(韵) (2)

例一　纥那曲(二十字)

(唐)刘禹锡

杨柳郁青青。竹枝无限情。同郎一回顾,听唱纥那声。

注:该词第三句和第四句为乐段二中的格式(1)。全词单调,二十字,四句,三平韵。

例二　纥那曲（二十字）

（唐）刘禹锡

踏曲兴无穷。调同辞不同。愿郎千万寿，长作主人翁。

注：该词第三句和第四句为乐段二中的格式（2）。全词单调，二十字，四句，三平韵。

拜　新　月

唐教坊曲名。

《拜新月》的长短句结构

《拜新月》单调，两个乐段	
乐段一（二句，十字）	乐段二（二句，十字）
5　　　5	5　　　5

《康熙词谱》只收集一体《拜新月》，单调，可分为两个乐段，其长短句结构如表所示。该调二十字，四句，两仄韵，其基本格式如表所示。

《拜新月》的基本格式（单调）

《拜新月》单调，四句，两仄韵	
乐段一（二句，十字）	乐段二（二句，十字）
－－｜－｜（句）十｜－｜－｜（韵）	十｜－｜－（句）－－十｜（韵）

例　拜新月（二十字）

（唐）李　端

开帘见新月，便即下阶拜。细语人不闻，北风吹裙带。

注：全词单调，二十字，四句，两仄韵。

梧 桐 影

宋周紫芝《竹坡诗话》云："大梁景德寺峨嵋院壁间，有吕岩题字。寺僧相传，有蜀僧号峨嵋院道者，戒律甚严，不下席者二十年。一日，有布衣青裘，昂然一伟人，来与语良久，期以明年是日，复相见于此，愿少见待。明年是日，日方午，道者沐浴端坐而逝。至暮，伟人果来，问道者，曰'亡矣'。伟人叹息良久，忽不见。明日书数语于堂侧壁间绝高处。宣和间，余游京师，犹及见之。"《庚溪诗话》亦载此事，与此小异。后人因词中有"明月斜"句，更名《明月斜》。

《梧桐影》的长短句结构

《梧桐影》单调，两个乐段	
乐段一（六字）	乐段二（十四字）
3　　3	7　　7

《康熙词谱》只收集一体《梧桐影》，单调，可分为两个乐段，其长短句结构如表所示。该调二十字，四句，两仄韵，其基本格式如表所示。

《梧桐影》的基本格式（单调）

《梧桐影》单调，四句，两仄韵	
乐段一（六字）	乐段二（十四字）
＋｜－（句）－－｜（韵）	＋｜＋－－｜（句）＋－＋｜－－｜（韵）

例　梧桐影（二十字）

（唐）吕　岩

明月斜，秋风冷。今夜故人来不来，教人立尽梧桐影。

注：全词单调，二十字，四句，两仄韵。

啰唝曲

唐范摅《云溪友议》云:"金陵有啰唝楼,乃陈后主所建。啰唝曲,刘采春所唱,皆当代才子所作五六七言绝句,一名《望夫歌》,元稹诗所谓'更有恼人肠断处,选词能唱望夫歌'也。"

五言《啰唝曲》的长短句结构

《啰唝曲》单调,两个乐段	
乐段一(十字)	乐段二(十字)
5　　　5	5　　　5

七言《啰唝曲》的长短句结构

《啰唝曲》单调,两个乐段	
乐段一(十四字)	乐段二(十四字)
7　　　7	7　　　7

《康熙词谱》共收集《啰唝曲》三体,五言(即每句五字)二体,七言(即每句七字)一体,单调,各自可分为两个乐段,四句,三平韵或两平韵,各自的长短句结构如表所示。五言《啰唝曲》,其实就是一首不讲"粘对"规则的五言绝句。《康熙词谱》以刘采春词为标谱词例,该词其实就是一首首句仄起不入韵五言绝句。该调的正格与变格如表所示。七言《啰唝曲》的基本格式分别如表所示,该词例其实就是一首首句仄起入韵式七言绝句。参照五言《啰唝曲》,七言《啰唝曲》也可视为是不讲"粘对"规则的七言绝句。

例一　啰唝曲(二十字)

(唐)刘采春

不喜秦淮水,生憎江上船。载儿夫婿去,经岁又经年。

注:该词第一句和第二句为乐段一中的格式(1),第三句和第四句为乐段二中的格式(1)。全词单调,四句,二十字,两平韵。

五言体《啰唝曲》的正格与变格（单调）

《啰唝曲》单调，四句，两平韵或三平韵	
乐段一（二句，十字）	乐段二（二句，十字）
＋｜－－｜（句）－－＋｜－（韵） （1）	＋－－｜｜（句）＋｜｜－－（韵） （1）
＋－－｜｜（句）＋｜｜－－（韵） （2）	－－｜＋｜（句）＋｜｜－－（韵） （2）
＋｜｜－－（韵）－－＋｜－（韵） （3）	

例二　啰唝曲（二十字）
《云溪友议》无名氏

那年离别日，只道往桐庐。桐庐人不见，今得广州书。

注：该词第一句和第二句为乐段一中的格式（2），第三句和第四句为乐段二中的格式（1）。全词单调，四句，二十字，两平韵。

例三　啰唝曲（二十字）
（唐）刘采春

昨夜黑风寒。牵船浦里安。潮来打缆断，摇橹始知难。

注：该词第一句和第二句为乐段一中的格式（3），第三句和第四句为乐段二中的格式（2）。全词单调，四句，二十字，三平韵。

七言体《啰唝曲》的基本格式（单调）

《啰唝曲》单调，四句，三平韵	
乐段一（二句，十四字）	乐段二（二句，十四字）
＋｜－－＋｜－（韵）＋－ ＋｜｜－－（韵）	＋－＋｜－－｜（句）＋｜－ －＋｜－（韵）

例　啰唝曲（二十八字）

（唐）刘采春

闲向江头采白蘋。常随女伴赛江神。众中不敢分明语，暗掷金钱卜远人。

注：全词单调，二十八字，四句，三平韵。

醉　妆　词

唐孙光宪《北梦琐言》云："蜀王衍尝裹小巾，其尖如锥。宫人皆衣道服，簪莲花冠，施胭脂夹脸，号醉妆，因作《醉妆词》。"

《醉妆词》的长短句结构

《醉妆词》单调，两个乐段	
乐段一（十一字）	乐段二（十一字）
3　　3　　5	3　　3　　5

《康熙词谱》只收集一体《醉妆词》，单调，可分为两个乐段，其长短句结构如表所示。该调二十二字，六句，三仄韵三叠韵，其基本格式如表所示。

《醉妆词》的长短句结构

《醉妆词》单调，六句，三仄韵三叠韵	
乐段一（三句，十一字）	乐段二（三句，十一字）
＋ － ｜（韵）＋ － ｜（叠）＋ ｜ － － ｜（韵）	＋ － ｜（韵）＋ － ｜（叠）＋ ｜ － ｜（韵）

例　醉妆词（二十二字）

（五代）王　衍

者边走。那边走。只是寻花柳。那边走。者边走。莫厌金杯酒。

注：全词单调，二十二字，六句，三仄韵三叠韵。

庆 宣 和

元张可久《小山乐府》，自注"双调"（不同于词牌的所谓"双调"）。按《唐书·礼乐志》，双调乃夹钟之商声也。

《庆宣和》的长短句结构

《庆宣和》单调，两个乐段	
乐段一（十一字）	乐段二（十一字）
7　　4	7　　2　　2

《康熙词谱》只收集一体《庆宣和》，单调，可分为两个乐段，其长短句结构如表所示。该调为平仄韵通叶格，二十二字，五句，三平韵两叶韵，其基本格式如表所示。

《庆宣和》的基本格式（单调）

《庆宣和》单调，五句，三平韵两叶韵	
乐段一（二句，十一字）	乐段二（三句，十一字）
＋｜－－＋｜－（韵）＋｜ －－（韵）	＋｜－－｜＋－（韵）＋｜（叶韵） ＋｜（叶）

例　庆宣和（二十二字）

（元）张可久

云影天光乍有无。老树扶疏。万柄高荷小西湖。听雨。听雨。

注：全词单调，二十二字，五句，三平韵两叶韵。

南 歌 子

唐教坊曲名。此词有单调、双调。单调者始自二十三字温庭筠词,有"恨春宵"句,又名《春宵曲》;张泌词本此添字,因词有"高卷水晶帘额"句,又名《水晶帘》;又有"惊破碧窗残梦"句,又名《碧窗梦》;郑子聃有《我爱沂阳好》词十首,更名《十爱词》。双调者有平韵和仄韵两体。周邦彦词名《南柯子》;程垓词名《望秦川》;田不伐词有"帘风不动蝶交飞"句,名《风蝶令》。

《南歌子》的长短句结构(单调)

两个乐段	
乐段一(十字)	乐段二(十三字或十六字)
5　　　5	5　　　5　　　3 7　　　6　　　3

《南歌子》的长短句结构(双调)

上阕,两个乐段		下阕,两个乐段	
乐段一 (十字)	乐段二 (十六字或十七字)	乐段一 (十字)	乐段二 (十六字或十七字)
5　　5	7　　63 7　　45 7　　64	5　　5	7　　63 7　　45 7　　64 7　　55

《南歌子》有平韵和仄韵两种格式,大多用平韵。单调、双调《南歌子》的长短句结构如表所示。单调《南歌子》有二十三字、二十六字等格式;双调《南歌子》有五十二字、五十三字、五十四字等格式。单调《南歌子》,五句,三平韵。双调《南歌子》上下阕各四句,三平韵或三仄韵。对于单调《南歌子》而言,《康熙词谱》以二十三字体温庭筠词为正体或正格,其正格与变格如表所示,其中,各乐段中的格式(1)为正格句式,其余为变格句式。双调《南歌子》有平韵与仄韵两种格式,对于平韵格而言,《康熙词谱》以五十二字体毛熙震词为标谱词例。该调的正格与变格如表所示,其中,上下阕各乐段中的格式(1)为正格句式,其余为变格句式。《南歌子》的仄韵格如表所示。

《南歌子》的正格与变格（单调）

《南歌子》，五句，三平韵	
乐段一（二句，十字）	乐段二（三句，十三字或十六字）
＋｜－－｜（句）－－＋｜－（韵）	＋｜｜－－（韵）＋－－｜｜（句）｜－－（韵）（1）
	＋－＋｜｜－－（韵）＋｜＋－＋｜（句）｜－－（韵）（2）

例一　南歌子（二十三字）

（唐）温庭筠

手里金鹦鹉，胸前绣凤凰。偷眼暗形相。不如从嫁与，作鸳鸯。

注：该词第三句至第五句为乐段二中的格式（1）。全词单调，二十三字，五句，三平韵。

例二　南歌子（二十六字）

（唐）张　泌

锦荐红鸂鶒，罗衣绣凤凰。绮疏飘雪北风狂。帘幕昼垂无事，郁金香。

注：该词第三句至第五句为乐段二中的格式（2）。全词单调，二十六字，五句，三平韵。

例一　南歌子（五十二字）

（五代）毛熙震

惹恨还添恨，牵肠即断肠。凝情不语一枝芳。独映画帘闲立、绣衣香。　　暗想为云女，应怜傅粉郎。晚来轻步出闺房。髻慢钗横无力、纵猖狂。

注：该词上阕第三句和第四句为乐段二中的格式（1）；下阕第三句和第四句为乐段二中的格式（1）。全词双调，五十二字，上下阕各四句，三平韵。

《南歌子》（平韵）的正格与变格（双调）

《南歌子》上阕，四句，三平韵	
乐段一（二句，十字）	乐段二（二句，十六字或十七字）
＋|－－|（句）－－＋|－（韵）	＋－＋||－－（韵）＋|＋－＋|（读）|－－（韵） （1） ＋－＋||－－（韵）＋|－－（读）＋||－－（韵） （2） ＋－＋||－－（韵）＋|－＋|（读）＋|－－（韵） （3）
注：上阕乐段二中的末句，九字时，还有"上二下七"格式，如欧阳修词句"爱道画眉深浅入时无"。	

《南歌子》下阕，四句，三平韵	
乐段一（二句，十字）	乐段二（二句，十六字或十七字）
＋|－－|（句）－－＋|－（韵）	＋－＋||－－（韵）＋|＋－＋|（读）|－－（韵） （1） ＋－＋||－－（韵）＋|－－（读）＋||－－（韵） （2） ＋－＋||－－（韵）＋|－＋|（读）＋|－－（韵） （3） ＋－＋||－－（韵）＋|＋－－（读）＋||－－（韵） （4）
注：下阕乐段二中的末句，九字时，还有"上二下七"格式，如欧阳修词句"笑问鸳鸯两字怎生书"。	

例二　南歌子（五十二字）

（宋）辛弃疾

散发披襟处，浮瓜沉李时。涓涓流水细侵阶。凿个池儿、唤个月儿来。　　画栋频摇动，红蕖尽倒开。斗匀红粉照香腮。有个人儿、把个镜儿猜。

注：该词上阕第三句和第四句为乐段二中的格式（2）；下阕第三句和第四句为乐段二中的格式（2）。全词双调，五十二字，上下阕各四句，三平韵。

例三　南歌子（五十三字）

《花草粹编》无名氏

夕露霑芳草，斜阳带远村。几声残角起谯门。撩乱栖鸦、飞舞闹黄昏。　　天共高城远，香余绣被温。客程常是可销魂。怎向人心头、横着个人人。

注：该词上阕第三句和第四句为乐段二中的格式（2）；下阕第三句和第四句为乐段二中的格式（4）。全词双调，五十三字，上下阕各四句，三平韵。

例四　南歌子（五十四字）

（宋）周邦彦

腻颈凝酥白，轻衫淡粉红。碧油凉气透帘栊。指点庭花低映、云母屏风。　　恨逐瑶琴写，书劳玉指封。等闲赢得瘦仪容。何事不教云雨、略下巫峰。

注：该词上阕第三句和第四句为乐段二中的格式（3）；下阕第三句和第四句为乐段二中的格式（3）。全词双调，五十四字，上下阕各四句，三平韵。

例一　南歌子（五十二字）

（宋）石孝友

春浅梅红小，山寒岚翠薄。斜风吹雨入帘幕。梦觉西楼、呜咽数声角。　　歌酒工夫懒，别离情绪恶。舞衫宽尽不堪著。若比那回、相见更消削。

注：该词上阕第一句和第二句为乐段一中的格式（1），第三句和第四句为乐段二中的格

式（1）；下阕第一句和第二句为乐段一中的格式（1），第三句和第四句为乐段二中的格式（1）。全词双调，五十二字，上下阕各四句，三仄韵。

《南歌子》的仄韵格（双调）

《南歌子》上阕，四句，三仄韵	
乐段一（二句，十字）	乐段二（二句，十六字）
＋｜－－｜（句）＋－－｜｜（韵）（1）	＋－＋｜＋－｜（韵）＋－－（读）＋｜＋－｜（韵）（1）
＋－－｜｜（句）－－＋｜｜（韵）（2）	＋－＋｜＋－｜（韵）＋｜＋｜（读）＋－｜（韵）（2）

《南歌子》下阕，四句，三仄韵	
乐段一（二句，十字）	乐段二（二句，十六字）
＋｜－－｜（句）＋－－｜｜（韵）（1）	＋－＋｜＋－｜（韵）＋｜＋－（读）＋｜＋－｜（韵）（1）
＋｜－｜－（句）＋－＋｜｜（韵）（2）	＋－－＋｜＋－｜（韵）＋－＋｜（读）＋－｜（韵）（2）

例二　南歌子（五十二字）

《乐府雅词》无名氏

　　阁儿虽不大，都无半点俗。窗儿根底数竿竹。画展江南山景、两三幅。　　彝鼎烧异香，胆瓶插嫩菊。倏然无事净心目。共那人人相对、弈棋局。

　　注：该词上阕第一句和第二句为乐段一中的格式（2），第三句和第四句为乐段二中的格式（2）；下阕第一句和第二句为乐段一中的格式（2），第三句和第四句为乐段二中的格式（2）。全词双调，五十二字，上下阕各四句，三仄韵。

荷 叶 杯

唐教坊曲名。此词有单调、双调,单调者有温庭筠、顾夐二体,双调者只韦庄一体,俱见《花间集》。

《荷叶杯》的长短句结构(单调)

两个乐段	
乐段一(十一字或十三字)	乐段二(十二字或十三字)
6　　2　　3	7　　2　　3
6　　2　　5	7　　3　　3

《荷叶杯》的长短句结构(双调)

上阕,两个乐段		下阕,两个乐段	
乐段一(十三字)	乐段二(十二字)	乐段一(十三字)	乐段二(十二字)
6　2　5	7　5	6　2　5	7　5

《康熙词谱》共收集三体《荷叶杯》,每阕可分为两个区间,其长短句结构如表所示。单调与双调《荷叶杯》的长短句结构如表所示。《康熙词谱》未明确何为正体或正格,故各体均作为基本格式(如表所示)。该调以平韵为主,间押仄韵,属平仄韵错叶格。单调有二十三字和二十六字等格式,六句,两平韵四仄韵或三平韵一叠韵两仄韵;双调五十字,上下阕各五句,两仄韵三平韵。

例一　荷叶杯(二十三字)

(唐)温庭筠

一点露珠凝冷。波影。满池塘。绿茎红艳两相乱。肠断。水风凉。

注:该词第一句至第三句为乐段一中的格式(1),第四句至第六句为乐段二中的格式(1)。全词单调,二十三字,六句,两平韵四仄韵。

《荷叶杯》的基本格式（单调）

《荷叶杯》，六句，两平韵四仄韵或三平韵一叠韵两仄韵	
乐段一（三句，十一字或十三字）	乐段二（三句，十二字或十三字）
＋｜＋－＋｜（仄韵）＋｜（韵） ｜－－（平韵） （1）	＋－＋｜＋－｜（换仄韵）＋｜（韵） ｜－－（平韵） （1）
＋｜＋－＋｜（仄韵）＋｜（韵） ＋｜｜－－（平韵） （2）	＋－＋｜｜－－（韵）＋｜－－（韵） ＋｜－（韵或叠） （2）

例二　荷叶杯（二十六字）

（五代）顾　敻

春尽小庭花落。寂寞。凭槛敛双眉。忍教成病忆佳期。知么知。知么知。

注：该词第一句至第三句为乐段一中的格式（2），第四句至第六句为乐段二中的格式（2）。全词单调，二十六字，六句，三平韵一叠韵两仄韵。

《荷叶杯》的基本格式（双调）

《荷叶杯》上阕，五句，两仄韵三平韵	
乐段一（三句，十三字）	乐段二（二句，十二字）
＋｜＋－＋｜（仄韵）－｜（韵）＋ ｜｜－－（平韵）	＋－＋｜｜－－（韵）＋｜｜ －（韵）

《荷叶杯》下阕，五句，两仄韵三平韵	
乐段一（三句，十三字）	乐段二（二句，十二字）
＋｜＋－＋｜（仄韵）－｜（韵）＋ ｜｜－－（平韵）	＋－＋｜｜－－（韵）＋｜｜ －（韵）

例　荷叶杯（五十字）

（唐）韦　庄

记得那年花下。深夜。初识谢娘时。水堂西面画帘垂。携手暗相期。　　惆怅晓莺残月。相别。从此隔音尘。如今俱是异乡人。相见更无因。

注：全词双调，五十字，上下阕各五句，两仄韵三平韵。

回 波 乐

唐刘肃《大唐新话》："景龙中，中宗尝游兴庆池，侍宴者递起鼓舞，并唱回波词。给事中李景伯亦起舞，歌词云云。"《乐府诗集》："《回波》，商调曲，唐中宗时造，盖出于曲水引流泛觞也。后亦为舞曲。"《教坊记》谓之《软舞》。

《回波乐》的长短句结构

《回波乐》单调，两个乐段	
乐段一（十二字）	乐段二（十二字）
6　　　　6	6　　　　6

《康熙词谱》共收集两体《回波乐》，单调，可分为两个乐段，其长短句结构如表所示。该调二十四字，四句，有平韵或仄韵两种用韵格式，或三平韵，或三仄韵，各自的基本格式分别如表所示。

《回波乐》（平韵）的基本格式（单调）

《回波乐》单调，四句，三平韵	
乐段一（二句，十二字）	乐段二（二句，十二字）
＋　－　｜　｜　－（韵）＋　－　＋　｜　－　－（韵）	＋　｜　＋　－　－　｜（句）＋　－　＋　｜　－　－（韵）

例　回波乐（二十四字）
（唐）李景伯

回波尔时酒卮。微臣职在箴规。侍宴既过三爵，喧哗窃恐非仪。

注：全词单调，二十四字，四句，三平韵。

《回波乐》（仄韵）的基本格式（单调）

《回波乐》单调，四句，三仄韵	
乐段一（二句，十二字）	乐段二（二句，十二字）
＋－｜－＋｜（韵）＋｜＋｜＋ ｜（韵）	＋－＋｜－－（句）＋｜＋ －＋｜（韵）

例　回波乐（二十四字）

《本事诗》无名氏

回波尔时栲栳。怕妇也是大好。外边只有裴谈，内里无过李老。

注：全词单调，二十四字，四句，三仄韵。

舞　马　词

《唐书·礼乐志》："明皇尝命教舞马四百蹄，各为左右分部目，衣以文绣，络以金珠，每千秋节舞于勤政楼下。赐宴设酺，其曲数十叠，马闻声奋首鼓尾，纵横应节。又施三层板床，乘马而上，抃转如飞。或命壮士举榻，马舞其上，岁以为常。"

《舞马词》的长短句结构

《舞马词》单调，两个乐段			
乐段一（十二字）		乐段二（十二字）	
6	6	6	6

《康熙词谱》共收集两体《舞马词》，单调，可分为两个乐段，其长短句结构如表所示。该调二十四字，单调，四句，三平韵或两平韵。《康熙词谱》以张说词为标谱词例。该调的正格与变格如表所示，其中，各乐段中的格式（1）为正格句式，其余为变格句式。

《舞马词》的基本格式（单调）

《舞马词》单调，四句，三平韵或两平韵	
乐段一（二句，十二字）	乐段二（二句，十二字）
＋－＋｜－－（韵）＋－＋｜－－（韵）（1）	＋｜＋－＋｜（句）＋－＋｜－－（韵）
＋｜＋－＋｜（句）＋－＋｜－－（韵）（2）	

例一 舞马词（二十四字）

（唐）张　说

彩旄八佾成行。时龙五色因方。屈膝衔杯赴节，倾心献寿无疆。

注：该词第一句和第二句为乐段一中的格式（1）。全词单调，二十四字，四句，三平韵。

例二 舞马词（二十四字）

（唐）张　说

天鹿遥徵卫叔，日龙上借羲和。将共两骖争舞，来随八骏齐歌。

注：该词第一句和第二句为乐段一中的格式（2）。全词单调，二十四字，四句，两平韵。

三　台

唐教坊曲名。宋李济翁《资暇录》："三台，今之啐酒三十拍促曲。啐，送酒声也。"宋张表臣《珊瑚钩诗话》："乐部中有促拍催酒，谓之三台。"沈括词，名《开元乐》。因结有"翠华满陌东风"句，名《翠华引》。

《三台》的长短句结构

《三台》单调，两个乐段			
乐段一（十二字）		乐段二（十二字）	
6	6	6	6

《康熙词谱》共收集两体《三台》，单调，可分为两个乐段，其长短句结构如表所示，与《舞马词》相同。该调二十四字，四句，两平韵或三平韵。《康熙词谱》以王建词为标谱词例。该调的正格与变格如表所示，其中，各乐段中的格式（1）为正格句式，其余为变格句式。

《三台》的正格与变格（单调）

《三台》单调，四句，两平韵或三平韵	
乐段一（二句，十二字）	乐段二（二句，十二字）
＋｜＋ー＋｜（句）＋ー＋｜ー ー（韵）（1）	＋｜＋ー＋｜（句）＋ー＋｜ー ー（韵）（1）
＋ー＋｜ー ー（韵）＋｜ー｜ー ー（韵）（2）	＋｜＋ー＋｜（句）＋ー＋｜ー ー（韵）（2）

例一　三台（二十四字）

（唐）王　建

池北池南草绿，殿前殿后花红。天子千秋万岁，未央明月清风。

注：该词第一句和第二句为乐段一中的格式（1），第三句和第四句为乐段二中的格式（1）。全词单调，二十四字，四句，两平韵。

例二　三台（二十四字）

（唐）王　建

树头花落花开。道上人去人来。朝愁暮愁即老，百年几度三台。

注：该词第一句和第二句为乐段一中的格式（2），第三句和第四句为乐段二中的格式（2）。全词单调，二十四字，四句，三平韵。

柘 枝 引

　　唐教坊曲名。《乐府杂录》注"健舞曲"。《乐苑》注"羽调曲"。按此舞因曲为名，用二女童，帽施金铃，抃转有声，其来也，藏二莲花中，花坼而后见。对舞相占，实舞中雅妙者也。

《柘枝引》的长短句结构

《柘枝引》单调，两个乐段	
乐段一（十二字）	乐段二（十二字）
7　　　5	5　　　7

　　《康熙词谱》只收集一体《柘枝引》，单调，可分为两个乐段，其长短句结构如表所示。该调二十四字，四句，三平韵，其基本格式如表所示。

《柘枝引》的基本格式（单调）

《柘枝引》单调，四句，三平韵	
乐段一（二句，十二字）	乐段二（二句，十二字）
＋ － ＋ ∣ ∣ － －（韵）＋ ∣ ∣ － －（韵）	＋ ∣ － － ∣（句）＋ － ＋ ∣ ∣ －（韵）

例　柘枝引（二十四字）

《乐府诗集》无名氏

　　将军奉命即须行。塞外领强兵。闻道烽烟动，腰间宝剑匣中鸣。

　　注：全词单调，二十四字，四句，三平韵。

塞　　姑

　　调见《乐府诗集》。盖唐时边塞闺人之词也。

《塞姑》的长短句结构

《塞姑》单调，两个乐段	
乐段一（十二字）	乐段二（十二字）
6　　6	6　　6

《康熙词谱》只收集一体《塞姑》，单调，可分为两个乐段，其长短句结构如表所示，与《舞马词》和《三台》相同。该调二十四字，四句，三仄韵，其基本格式如表所示。

《塞姑》的基本格式（单调）

《塞姑》单调，四句，三仄韵	
乐段一（二句，十二字）	乐段二（二句，十二字）
＋｜＋ － ＋｜（韵）＋｜＋ － ＋｜（韵）	＋｜＋ －｜－（句）＋｜＋ － ＋｜（韵）

例　塞姑（二十四字）

《乐府诗集》无名氏

昨日卢梅塞口。整见诸人镇守。都护三年不归，折尽江边杨柳。

注：全词单调，二十四字，四句，三仄韵。

晴　偏　好

明陈耀文《花草粹编》云："西湖虽有山泉，而大旱亦尝龟坼。嘉熙庚子水涸，茂草生焉。李霜崖作《晴偏好》词纪之。取词中结句为调名。"

《晴偏好》的长短句结构

《晴偏好》单调，两个乐段	
乐段一（十四字）	乐段二（十字）
7　　7	3　　7

《康熙词谱》只收集一体《晴偏好》，单调，可分为两个乐段，其长短句结构如表所示。该调二十四字，四句，四仄韵，其基本格式如表所示。

《晴偏好》的基本格式（单调）

《晴偏好》单调，四句，四仄韵	
乐段一（二句，十四字）	乐段二（二句，十字）
＋－＋｜－－｜（韵）＋－ ＋｜－－｜（韵）	－－｜（韵）＋－＋｜－－｜（韵）

例 晴偏好（二十四字）

（宋）李霜崖

平湖千顷生芳草。芙蓉不照红颠倒。东坡道。波光潋滟晴偏好。

注：全词单调，二十四字，四句，四仄韵。

凭 栏 人

《太平乐府》注"越调"。按《唐书·礼乐志》："越调，即黄钟之商声也。"

《凭栏人》的长短句结构

《凭栏人》单调，两个乐段	
乐段一（十四字）	乐段二（十字或十一字）
7　7	5　　5 5　3　3

《康熙词谱》共收集两体《凭栏人》，单调，可分为两个乐段，其长短句结构如表所示。该调有二十四字或二十五字等格式，四句，四平韵或三平韵一叶韵。《康熙词谱》以二十四字体邵亨贞词为标谱词例。该调的正格与变格如表所示，其中，各乐段中的格式（1）为正格句式，其余为变格句式。

《凭栏人》的正格与变格（单调）

《凭栏人》单调，四句或五句，四平韵或三平韵一叶韵	
乐段一（二句，十四字）	乐段二（二句或三句，十字或十一字）
＋ ｜ － － ＋ ｜ －（韵）＋ ｜ ｜ － ＋ ｜ －（韵） （1）	＋ － ＋ ｜ －（韵）＋ － ＋ ｜ －（韵） （1）
＋ ｜ － － ＋ ｜ －（韵）＋ ｜ ＋ － － ｜ ｜（叶） （2）	＋ － ＋ ｜ －（韵）｜ ＋ －（句） ＋ ｜ －（韵） （2）
注：乐段二中的格式"＋ － ＋ ｜ －（韵）"，可平可仄两字不可同时用仄。	

例一　凭栏人（二十四字）

（元）邵亨贞

谁写江南一段秋。妆点钱塘苏小楼。楼中多少愁。楚山无尽头。

注：该词第一句和第二句为乐段一中的格式（1），第三句和第四句为乐段二中的格式（1）。单调，二十四字，四句，四平韵。

例二　凭栏人（二十五字）

（元）倪　瓒

客有吴郎吹洞箫。明月沉江春雾晓。湘灵不可招。水云中，环佩摇。

注：该词第一句和第二句为乐段一中的格式（2），第三句和第四句为乐段二中的格式（2）。单调，二十五字，五句，三平韵一叶韵。

花　非　花

调见白居易《长庆集》，以首句为调名。

《花非花》的长短句结构

《花非花》单调,两个乐段	
乐段一(十二字)	乐段二(十四字)
3　　3　　3　　3	7　　　　7

《康熙词谱》只收集一体《花非花》,单调,可分为两个乐段,其长短句结构如表所示。该调二十六字,六句,三仄韵,其基本格式如表所示。

《花非花》的基本格式(单调)

《花非花》单调,六句,三仄韵	
乐段一(四句,十二字)	乐段二(二句,十四字)
＋ 一 一(句)＋ 一 丨(韵)丨 ＋ 一(句)＋ 一 丨(韵)	＋ 一 ＋ 丨 丨 一 一(句)＋ 丨 ＋ 一 一 丨 丨(韵)

例　花非花(二十六字)

(唐)白居易

花非花,雾非雾。夜半来,天明去。来如春梦不多时,去似朝云无觅处。

注:全词单调,二十六字,六句,三仄韵。

摘 得 新

调为唐教坊曲名。

《摘得新》的长短句结构

《摘得新》单调,三个乐段		
乐段一(八字)	乐段二(八字)	乐段三(十字)
3　　5	5　　3	7　　3

《康熙词谱》只收集一体《摘得新》，单调，可分为三个乐段，其长短句结构如表所示。该调二十六字，六句，四平韵，其基本格式如表所示。

《摘得新》的基本格式（单调）

《摘得新》单调，六句，四平韵		
乐段一（二句，八字）	乐段二（二句，八字）	乐段三（二句，十字）
｜｜ －（韵）－ － ＋ ｜ －（韵）	＋ － ｜｜（句） － －（韵）	＋ － ＋ ｜ ＋ － ｜（句） － －（韵） （1） ＋ － ＋ ｜ ＋ ｜｜（句） － －（韵） （2）

例一　摘得新（二十六字）

（唐）皇甫松

酌一卮。须教玉笛吹。锦筵红蜡烛，莫来迟。繁红一夜经风雨，是空枝。

注：该词第五句和第六句为乐段三中的格式（1）。全词单调，二十六字，六句，四平韵。

例二　摘得新（二十六字）

（唐）皇甫松

摘得新。枝枝叶叶春。管弦兼美酒，最关人。平生都得几十度，展香茵。

注：该词第五句和第六句为乐段三中的格式（2）。全词单调，二十六字，六句，四平韵。

梧　叶　儿

《太平乐府》注：商调。《唐书·礼乐志》：商调，乃夷则之商声也。

《梧叶儿》的长短句结构之一

《梧叶儿》单调，三个乐段		
乐段一（十一字）	乐段二（九字）	乐段三（六字或七字）
3　　3　　5	3　　3　　3	6
		34

《梧叶儿》的长短句结构之二

《梧叶儿》单调，三个乐段		
乐段一（十一字或十五字）	乐段二（十字）	乐段三（十一字或十二字）
3　　3　　5	5　　5	5　　6
5　　5　　5		5　　34

《康熙词谱》共收集《梧叶儿》五体，单调，可分为三个乐段，有两种长短句结构，分别如表所示。比较这两种长短句结构，除乐段一相同或相似外，其他乐段迥异。《梧叶儿》以平韵为主，有的词例通叶一仄韵。

对于第一种长短句结构（记为三十字以下），该调有二十六字或二十七字等格式，七句，四平韵一叶韵或五平韵。《康熙词谱》以二十六字体吴西逸词为标谱词例。该调的正格与变格如表所示，其中，各乐段中的格式（1）为正格句式，其余为变格句式。

对于第二种长短句结构（记为三十字以上），该调有三十二字或三十三字、三十七字等格式，七句，五平韵或四平韵一叶韵。《康熙词谱》以三十二字体张可久词为标谱词例。该调的正格与变格如表所示，其中，各乐段中的格式（1）正格句式，其余为变格句式。

《梧叶儿》（三十字以下）的正格与变格（单调）

《梧叶儿》，七句，四平韵一叶韵或五平韵		
乐段一 （三句，十一字）	乐段二 （三句，九字）	乐段三 （一句，六字或七字）
＋　一　｜（句）＋　｜ 一　（韵）＋　｜　｜　一 一　（韵）	＋　一　｜（句）＋　｜　一（韵） ｜　一　一（韵）	＋　｜　＋　一　＋　｜（叶） （1） ＋　＋　＋（读）＋　一　｜ 一（韵） （2）

例一　梧叶儿（二十六字）
（元）吴西逸

韶华过，春色休。红瘦绿阴稠。花凝恨，柳带愁。泛兰舟。明日寻芳载酒。

注：该词第七句为乐段三中的格式（1）。全词单调，二十六字，七句，四平韵一叶韵。

例二　梧叶儿（二十七字）
（元）张可久

鸳鸯浦，鹦鹉洲。竹叶小渔舟。烟中树，山外楼。水边鸥。扇面儿、潇湘暮秋。

注：该词第七句为乐段三中的格式（2）。全词单调，二十七字，七句，五平韵。

《梧叶儿》（三十字以上）的正格与变格（单调）

《梧叶儿》单调，七句，五平韵或四平韵一叶韵		
乐段一 （三句，十一字或十五字）	乐段二 （二句，十字）	乐段三 （二句，十一字或十二字）
十 一 ｜（句）十 ｜ 一（韵） 十 ｜ ｜ 一 一（韵） （1）	十 ｜ 一 一 ｜（句）一 一 十 ｜ 一（韵） （1）	十 ｜ ｜ 一 一（韵） 十 ｜ 十 一 ｜ 一（韵） （1）
十 ｜ 一 一 ｜（句）一 一 十 ｜ 一（韵）十 ｜ ｜ 一 一（韵） （2）	十 一 一 十 ｜（句） 一 一 十 ｜ 一（韵） （2）	十 ｜ ｜ 一 一（韵） 十 十 十（读） 十 一 ｜ 一（韵） （2）
		十 ｜ ｜ 一 一（韵） 十 十 十（读） 十 一 十 ｜（叶） （3）

例一　梧叶儿（三十二字）
（元）张可久

花垂露，柳散烟。苏小酒楼前。舞队飞琼佩，游人碾玉鞭。诗句缕金笺。懒上苏堤画船。

注：该词第一句至第三句为乐段一中的格式（1），第四句和第五句为乐段二中的格式（1），第六句和第七句为乐段三中的格式（1）。全词单调，三十二字，七句，五平韵。

例二　梧叶儿（三十三字）

（元）张　雨

移家去，市隐间。幽事颇相关。刘商观棋罢，韩康卖药还。点检绿云鬟。数不尽、龟溪好山。

注：该词第一句至第三句为乐段一中的格式（1），第四句和第五句为乐段二中的格式（2），第六句和第七句为乐段三中的格式（2）。全词单调，三十三字，七句，五平韵。

例三　梧叶儿（三十七字）

（元）张可久

乘兴诗人棹，新烹学士茶。风味属谁家。瓦甃悬冰箸，天风起玉沙。海树放银花。愁压拥、蓝关去马。

注：该词第一句至第三句为乐段一中的格式（2），第四句和第五句为乐段二中的格式（1），第六句和第七句为乐段三中的格式（3）。全词单调，三十七字，七句，四平韵一叶韵。

渔　歌　子

唐教坊曲名。按《唐书·张志和传》："志和居江湖，自称'烟波钓徒'，每垂钓不设饵，志不在鱼也。宪宗图真求其人不能致，尝撰《渔歌》，即此词也。单调体，实始于此。"至双调体昉自《花间集》顾敻、孙光宪。有魏承班、李珣诸词可校。若苏轼单调词则又从双调词脱化耳。和凝词更名《渔父》；徐积词名《渔父乐》。

《渔歌子》的长短句结构（单调）

两个乐段	
乐段一（十四字或十二字）	乐段二（十三字）
7　　　7	3　　3　　7
3　　3　　6	7　　　6

《渔歌子》的长短句结构（双调）

上阕，两个乐段		下阕，两个乐段	
乐段一（十三字）	乐段二（十二字）	乐段一（十三字）	乐段二（十二字）
3　3　7	3　3　6	3　3　7	3　3　6

《康熙词谱》共收集六体《渔歌子》，其中，单调四体，双调两体。每阕可分为两个乐段，单调和双调《渔歌子》的长短句结构分别如表所示。从用韵的角度看，单调《渔歌子》有平韵和仄韵两种格式，前者二十七字，五句，四平韵或三平韵；后者二十五字，五句，三仄韵。双调《渔歌子》用仄韵，五十字，上下阕各六句，四仄韵或三仄韵。对单调《渔歌子》而言，《康熙词谱》以平韵格的二十七字体张志和词为标谱词例。该调的正格与变格如表所示，其中，各乐段中的格式（1）为正格句式，其余为变格句式。《渔歌子》的仄韵格如表所示。对双调《渔歌子》而言，其基本格式如表所示。实证分析表明，对于两个三字句，用对仗的词例较多。

《渔歌子》（平韵）的正格与变格（单调）

《渔歌子》，五句，四平韵或三平韵	
乐段一（二句，十四字）	乐段二（三句，十三字）
＋｜－－＋｜－（韵）＋－ ＋｜｜－－（韵） （1）	＋＋｜（句）｜－－（韵）＋－ ＋｜｜－－（韵） （1）
＋－＋｜｜－－（韵）＋｜－ －＋｜－（韵） （2）	＋＋｜（句）｜－－（韵）＋｜－ －＋｜－（韵） （2）
＋｜＋－－｜｜（句）＋｜－ －＋｜－（韵） （3）	

例一　渔歌子（二十七字）

（唐）张志和

西塞山前白鹭飞。桃花流水鳜鱼肥。青箬笠，绿蓑衣。斜风细雨不须归。

注：该词第一句和第二句为乐段一中的格式（1），第三句至第五句为乐段二中的格式（1）。全词单调，二十七字，五句，四平韵。

例二　渔歌子（二十七字）

（唐）张志和

松江蟹舍主人欢。菰饭莼羹亦共餐。枫叶落，荻花干。醉宿渔舟不觉寒。

注：该词第一句和第二句为乐段一中的格式（2），第三句至第五句为乐段二中的格式（2）。全词单调，二十七字，五句，四平韵。

例三　渔歌子（二十七字）

（五代）李　煜

阆苑有情千里雪，桃李无言一队春。一壶酒，一竿身。快活如侬有几人。

注：该词第一句和第二句为乐段一中的格式（3），第三句至第五句为乐段二中的格式（2）。全词单调，二十七字，五句，三平韵。

《渔歌子》的仄韵格（单调）

《渔歌子》，五句，三仄韵	
乐段一（三句，十二字）	乐段二（二句，十三字）
－ ＋ ｜（句）－ ＋ ｜（韵）＋ ｜ ＋ － ＋ ｜（韵）	＋ － ＋ ｜ ｜ － －（句）＋ ｜ ＋ － ＋ ｜（韵）

例　渔歌子（二十五字）

（宋）苏　轼

渔父饮，谁家去。鱼蟹一时分付。酒无多少醉为期，彼此不论钱数。

注：全词单调，二十五字，五句，三仄韵。

《渔歌子》的基本格式（双调）

《渔歌子》上阕，六句，四仄韵或三仄韵	
乐段一（三句，十三字）	乐段二（三句，十二字）
| ＋ －（句）－ ＋ |（韵）＋ － ＋ | － － |（韵） 　　　　　　（1）	| ＋ －（句）＋ ＋ |（韵）＋ | ＋ － ＋ |（韵） 　　　　（1）
| ＋ －（句）－ ＋ |（韵）＋ － ＋ | － | |（韵） 　　　　　　（2）	＋ ＋ |（句）| ＋ －（句）＋ | ＋ － ＋ |（韵） 　　　　　　（2）

《渔歌子》下阕，六句，四仄韵或三仄韵	
乐段一（三句，十三字）	乐段二（三句，十二字）
| ＋ －（句）－ ＋ |（韵）＋ － ＋ | － |（韵）	| ＋ －（句）＋ ＋ |（韵）＋ | ＋ － ＋ |（韵） 　　　　（1） ＋ ＋ |（句）| ＋ －（句）＋ | ＋ － ＋ |（韵） 　　　　（2）

注：上下阕乐段二中的格式"＋　＋　\|（韵）"，可平可仄两处不可同时用仄。

例一　渔歌子（五十字）

（五代）顾　敻

晓风清，幽沼绿。倚阑凝望珍禽浴。画帘垂，翠屏曲。满袖荷香馥郁。　　好揽怀，堪寓目。身闲心静平生足。酒杯深，光影促。名利无心较逐。

注：该词上阕第一句至第三句为乐段一中的格式（1），第四句至第六句为乐段二中的格式（1）；下阕第四句至第六句为乐段二中的格式（1）。全词双调，五十字，上下阕各六句，四仄韵。

例二　渔歌子（五十字）
（五代）李　珣

楚山青，湘水绿。春风淡荡看不足。草芊芊，花簇簇。渔艇棹歌相续。　　信浮沈，无管束。钓回乘月归湾曲。酒盈尊，云满屋。不见人间荣辱。

注：该词上阕第一句至第三句为乐段一中的格式（2），第四句至第六句为乐段二中的格式（1）；下阕第四句至第六句为乐段二中的格式（1）。全词双调，五十字，上下阕各六句，四仄韵。

例三　渔歌子（五十字）
（五代）孙光宪

泛流萤，明又灭。夜凉水冷东湾阔。风浩浩，水寥寥，万顷金波重叠。　　杜若洲，香郁烈。一声宿雁霜时节。经雪水，过松江，尽属侬家风月。

注：该词上下阕第一句至第三句为乐段一中的格式（1），第四句至第六句为乐段二中的格式（2）；下阕第四句至第六句为乐段二中的格式（2）。全词双调，五十字，上下阕各六句，三仄韵。

忆　江　南

宋王灼《碧鸡漫志》："此曲自唐至今皆'南吕宫'，字句皆同。止是今曲两段，盖近世曲子无单遍者。"按唐段安节《乐府杂录》："此词乃李德裕为谢秋娘作，故名《谢秋娘》。"因白居易词更今名，又名《江南好》；又因刘禹锡词有"春去也，多谢洛城人"句，名《春去也》；温庭筠词有"梳洗罢，独倚望江楼"句，名《望江南》；皇甫松有"闲梦江南梅熟日"句，名《梦江南》，又名《梦江口》；李煜词名《望江梅》。此皆唐词单调，至宋词始为双调。王安中词有"安阳好，曲水似山阴"句，名《安阳好》；张滋词有"飞梦去，闲到玉京游"，名《梦仙游》；蔡真人词有"铿铁板，闲引步虚声"句，名《步虚声》；宋自逊词名《壶山好》；丘长春词名《望蓬莱》；《太平乐府》名《归塞北》，注"大石调"。

《忆江南》的长短句结构（单调）

两个乐段	
乐段一（八字或十字）	乐段二（十九字）
3　　5 5　　5	7　　7　　5

《忆江南》（平韵）的长短句结构（双调）

上阕，两个乐段		下阕，两个乐段	
乐段一（八字）	乐段二（十九字）	乐段一（八字）	乐段二（十九字）
3　　5	7　　7　　5	3　　5	7　　7　　5

《忆江南》（平仄韵转换格）的长短句结构（双调）

上阕，两个乐段		下阕，两个乐段	
乐段一（十五字）	乐段二（十四字）	乐段一（十六字）	乐段二（十四字）
7　　4　　4	7　　7	7　　4　　5	7　　7

　　《康熙词谱》共收集三体《忆江南》，有单调或双调两种；有平韵或平仄韵转换两种用韵格式。各阕分别可分为两个乐段，各自的长短句结构如表所示。从表中可以看出，平仄韵转换格（冯延巳词）的长短句结构与平韵格不同，只是用同一词牌名而已。《康熙词谱》在冯延巳词后注："（该词）实与唐宋《忆江南》本调不同，因调名同，故为类列。"

　　对单调《忆江南》而言，《康熙词谱》以二十七字体白居易词为正体或正格。该调的正格与变格如表所示，其中，各乐段中的格式（1）为正格句式，其余为变格句式。对双调《忆江南》而言，《康熙词谱》以五十四字体欧阳修词为正体或正格，上下阕各五句，三平韵。单调或双调《忆江南》每阕乐段二中两个七言句，以对仗为宜。宋人多用双调，上下阕相同。冯延巳词为平仄韵转换格，双调，五十九字，其格式如表所示。

《忆江南》的正格与变格（单调）

《忆江南》，五句，三平韵	
乐段一（二句，八字或十字）	乐段二（三句，十九字）
— ＋ ｜（句）＋ ｜ ｜ — —（韵） （1）	＋ ｜ ＋ — — ｜ ｜（句）＋ — ＋ ｜ ｜ — —（韵）＋ ｜ ｜ — （韵）
＋ — — ｜ ｜（句）＋ ｜ ｜ — —（韵） （2）	

例一　忆江南（二十七字）

（唐）白居易

江南好，风景旧曾谙。日出江花红胜火，春来江水绿如蓝。能不忆江南。

例二　忆江南（二十七字）

（五代）李　煜

多少恨，昨夜梦魂中。还似旧时游上苑，车如流水马如龙。花月正春风。

注：上述两词，第一句和第二句为乐段一中的格式（1）。全词单调，二十七字，五句，三平韵。

例三　忆江南（二十九字）

（唐）崔怀宝

平生无所愿，愿作乐中筝。近得佳人纤手子，砑罗裙上放娇声。便死也为荣。

注：该词第一句和第二句为乐段一中的格式（2）。全词单调，二十九字，五句，三平韵。

《忆江南》（平韵）的正格与变格（双调）

《忆江南》上阕，五句，三平韵	
乐段一（二句，八字）	乐段二（三句，十九字）
一 十 ｜（句）十 ｜ ｜ 一 一（韵） （1） ｜ 十 ｜（句）十 ｜ ｜ 一 一（韵） （2）	十 ｜ 十 一 一 ｜ ｜（句）十 一 十 ｜ ｜ 一 一（韵）十 ｜ ｜ 一 一（韵）

《忆江南》下阕，五句，三平韵	
乐段一（二句，八字）	乐段二（三句，十九字）
一 十 ｜（句）十 ｜ ｜ 一 一（韵） （1） ｜ 十 ｜（句）十 ｜ ｜ 一 一（韵） （2）	十 ｜ 十 一 一 ｜ ｜（句）十 一 十 ｜ ｜ 一 一（韵）十 ｜ ｜ 一 一（韵）

例一　忆江南（五十四字）

（宋）欧阳修

江南蝶，斜日一双双。身似何郎曾傅粉，心如韩寿爱偷香。天赋与轻狂。　微雨过，薄翅腻烟光。才伴游蜂来小苑，又随飞絮过东墙。长是为花忙。

注：该词上阕第一句和第二句为乐段一中的格式（1）；下阕第一句和第二句为乐段一中的格式（1）。全词双调，五十四字，上下阕各五句，三平韵。

例二　忆江南（五十四字）

（宋）戴复古

石屏老，长忆少年游。自谓虎头须食肉，谁知猿臂不封侯。身世一虚舟。　平生事，说着也堪羞。四海九州双脚底，千愁万恨两眉头。白发早归休。

注：该词上阕第一句和第二句为乐段一中的格式（2）；下阕第一句和第二句为乐段一中的格式（1）。全词双调，五十四字，上下阕各五句，三平韵。

例三 望江南（五十四字）

（宋）吴 潜

家山好，好处是三冬。梨栗甘鲜输地客，鲂鳊肥美献溪翁。醉滴小槽红。　　识破了，不用计穷通。下泽车安如驷马，市门卒稳似王公。一笑等鸡虫。

注：该词上阕第一句和第二句为乐段一中的格式（1）；下阕第一句和第二句为乐段一中的格式（2）。全词双调，五十四字，上下阕各五句，三平韵。

《忆江南》（平仄韵转换格）的基本格式（双调）

《忆江南》上阕，五句，两平韵两仄韵	
乐段一（三句，十五字）	乐段二（二句，十四字）
＋｜＋－－｜｜（仄韵）＋｜＋－－（句）＋－＋｜（韵）	＋－＋｜｜－－（平韵）＋｜－＋｜｜－－（韵）

《忆江南》下阕，五句，两平韵两仄韵	
乐段一（三句，十六字）	乐段二（二句，十四字）
＋－＋｜－－｜（换仄韵）＋｜－（句）＋｜－－｜（韵）	＋－＋｜｜－－（换平韵）＋｜－＋｜｜－－（韵）

例 忆江南（五十九字）

（五代）冯延巳

去岁迎春楼上月。正是西窗，夜凉时节。玉人贪睡坠钗云。粉消妆薄见天真。　　人非风月长依旧。破镜尘筝，一梦今年瘦。今宵帘幕飔花阴。空余枕泪独伤心。

注：全词双调，五十九字，上下阕各五句，两仄韵两平韵。

潇 湘 神

调始自唐刘禹锡咏湘妃词，所谓赋题本意也。

《潇湘神》的长短句结构

两个乐段	
乐段一（十三字）	乐段二（十四字）
3　　3　　7	7　　　　7

　　《康熙词谱》只收集一体《潇湘神》，单调，可分为两个乐段，其长短句结构和基本格式分别如表所示。该调二十七字，五句，三平韵一叠韵。比较单调《潇湘神》和单调《捣练子》的长短句结构，可知两者完全相同。

《潇湘神》的基本格式（单调）

《潇湘神》，五句，三平韵一叠韵	
乐段一（三句，十三字）	乐段二（二句，十四字）
＋│一（韵）＋│一（叠）＋一＜br＞＋││一一（韵）	＋│＋一一││（句）＋一一＋＜br＞││一一（韵）

例　潇湘神（二十七字）

（唐）刘禹锡

斑竹枝。斑竹枝。泪痕点点寄相思。楚客欲听瑶瑟怨，潇湘深夜月明时。

注：全词单调，二十七字，五句，三平韵一叠韵。

章　台　柳

调为唐韩翃所制，以首句为调名。

《章台柳》的长短句结构

《章台柳》单调，两个乐段	
乐段一（十三字）	乐段二（十四字）
3　　3　　7	7　　　　7

《康熙词谱》共收集两体《章台柳》，单调，可分为两个乐段，其长短句结构如表所示。该调二十七字，五句，三仄韵一叠韵或三仄韵。《康熙词谱》以韩翃词为标谱词例，该调的正格与变格如表所示。其中，各乐段中的格式（1）为正格句式，其余为变格句式。

《章台柳》的正格与变格（单调）

《章台柳》单调，四句，三仄韵一叠韵或三仄韵	
乐段一（三句，十三字）	乐段二（二句，十四字）
一 十 丨（韵）一 十 丨（叠）十 丨 十 一 一 丨 丨（韵） （1）	十 丨 一 一 十 丨 一（句）十 一 十 丨 一 一 一 丨（韵） （1）
十 丨 一（句）一 十 丨（韵）十 丨 十 一 丨 一 丨（韵） （2）	十 丨 一 一 十 丨 一（句）十 丨 一 一 丨 一 丨（韵） （2）

例一　章台柳（二十七字）

（唐）韩　翃

　　章台柳。章台柳。昔日青青今在否。纵使长条似旧垂，也应攀折他人手。

　　注：该词第一句至第三句为乐段一中的格式（1），第四句和第五句为乐段二中的格式（1）。全词单调，二十七字，五句，三仄韵一叠韵。

例二　章台柳（二十七字）

唐妓柳氏

　　杨柳枝，芳菲节。可恨年年赠离别。一叶随风忽报秋，纵使君来岂堪折。

　　注：该词第一句至第三句为乐段一中的格式（2），第四句和第五句为乐段二中的格式（2）。全词单调，二十七字，五句，三仄韵。

解 红

按《宋史·乐志》："小儿舞队有解红。"其曲失传。陈旸《乐书》，载和凝作，乃唐词也。若《鸣鹤余音》。有《解红儿慢》，系元人所制，与此不同。

《解红》的长短句结构

《解红》单调，两个乐段	
乐段一（十三字）	乐段二（十四字）
3　3　7	7　7

《康熙词谱》只收集一体《解红》，单调，可分为两个乐段，其长短句结构如表所示。该调二十七字，五句，三平韵，其基本格式如表所示。

《解红》的基本格式（单调）

《解红》单调，五句，三平韵	
乐段一（三句，十三字）	乐段二（二句，十四字）
｜＋｜（句）｜－－（韵）＋－＋｜ －｜－（韵）	＋｜－－｜－｜（句）＋－ ＋｜｜－－（韵）

例　解红（二十七字）

（五代）和　凝

百戏罢，五音清。解红一曲新教成。两个瑶池小仙子，此时夺却柘枝名。

注：全词单调，二十七字，五句，三平韵。

赤 枣 子

唐教坊曲名。

《赤枣子》的长短句结构

《赤枣子》单调，两个乐段	
乐段一（十三字）	乐段二（十四字）
3　　3　　7	7　　7

《康熙词谱》只收集一体《赤枣子》，单调，可分为两个乐段，其长短句结构如表所示，与《解红》相同。该调二十七字，五句，三平韵，其基本格式如表所示。

《赤枣子》的基本格式（单调）

《赤枣子》单调，五句，三平韵	
乐段一（三句，十三字）	乐段二（二句，十四字）
＋｜｜（句）｜－－（韵）＋－＋｜｜－－（韵）	＋｜＋－－｜｜（句）＋－＋｜｜－－（韵）

例　赤枣子（二十七字）
（五代）欧阳炯

夜悄悄，烛荧荧。金炉香尽酒初醒。春睡起来回雪面，含羞不语倚云屏。

注：全词单调，二十七字，五句，三平韵。

南 乡 子

唐教坊曲名。此词有单调、双调。单调者，始自二十七字欧阳炯词。冯延巳、李珣俱本此。添字双调者，始自冯延巳词。《太和正音谱》注"越调"，欧阳修本此减字，王之道、黄机、赵长卿俱本此添字也。

《南乡子》的长短句结构（单调）

两个乐段	
乐段一（十一字或十二字、十三字）	乐段二（十六字或十七字）
4　　　7	7　　2　　7
5　　　7	7　　3　　7
3　　3　　7	

《南乡子》的长短句结构（双调）

上阕或下阕，两个乐段	
乐段一（十二字或十一字、十三字）	乐段二（十六字或十七字）
5　　　7	7　　2　　7
4　　　7	4　　5　　7
5　　4　　4	4　　4　　2　　7

　　《康熙词谱》共收集九体《南乡子》，有单调和双调两种格式，每阕可分为两个乐段，单调和双调《南乡子》的长短句结构分别如表所示。从用韵的角度看，单调《南乡子》为平仄韵转换格，有二十七字或二十八字、三十字等格式，五句或六句，两平韵三仄韵。《康熙词谱》以二十七字体欧阳炯词为标谱词例，该调的正格与变格如表所示，其中各乐段中的格式（1）为正格句式，其余为变格句式。双调《南乡子》全押平韵，有五十四字或五十六字、五十八字等格式，上下阕各五句或六句，四平韵。《康熙词谱》以五十六字体冯延巳词为正格。双调《南乡子》的正格与变格如表所示，其中，各乐段中的格式（1）为正格句式，其余为变格句式。

例一　南乡子（二十七字）

（五代）欧阳炯

　　画舸停桡。槿花篱外竹横桥。水上游人沙上女。回顾。笑指芭蕉林里住。

　　注：该词第一句和第二句为乐段一中的格式（1），第三句至第五句为乐段二中的格式（1）。全词单调，二十七字，五句，两平韵三仄韵。

《南乡子》的正格与变格（单调）

《南乡子》，五句或六句，两平韵三仄韵	
乐段一 （二句或三句，十一字或十二字、十三字）	乐段二 （三句，十六字或十七字）
＋｜－－（平韵）＋－＋｜｜ －－（韵） （1）	＋｜＋－－｜｜（仄韵）－｜（韵） ＋｜＋－－｜｜（韵） （1）
＋｜｜－－（平韵）＋｜－－ ＋｜－（韵） （2）	＋｜＋－－｜｜（仄韵）＋＋｜ （韵）＋｜＋－－｜｜（韵） （2）
＋＋｜（句）｜－－（平韵）＋ ＋｜｜－（韵） （3）	＋－＋－－＋｜（仄韵） ｜（韵）＋｜＋＋－－｜｜（韵） （3）
	－＋－｜－－｜（仄韵）＋＋｜ （韵）＋｜＋－－｜｜（韵） （4）

例二　南乡子（二十八字）

（五代）欧阳炯

　　路入南中。桃榔叶暗蓼花红。两岸人家微雨后。收红豆。叶底纤纤抬素手。

　　注：该词第一句和第二句为乐段一中的格式（1），第三句至第五句为乐段二中的格式（2）。全词单调，二十八字，五句，两平韵三仄韵。

例三　南乡子（二十八字）

（五代）冯延巳

　　细雨湿秋风。金凤花残满地红。闲慼黛眉慵不语。情绪。寂寞相思知几许。

　　注：该词第一句和第二句为乐段一中的格式（2），第三句至第五句为乐段二中的格式（1）。全词单调，二十八字，五句，两平韵三仄韵。

例四　南乡子（三十字）

（五代）李　珣

烟漠漠，雨凄凄。岸花零落鹧鸪啼。远客扁舟临野渡。思乡处。潮退水平春色暮。

注：该词第一句至第三句为乐段一中的格式（3），第三句至第五句为乐段二中的格式（2）。全词单调，三十字，六句，两平韵三仄韵。

例五　南乡子（三十字）

（五代）李　珣

拢云髻，背犀梳。蕉红衫映绿罗裾。越王台下春风暖。花盈岸。游赏每邀邻女伴。

注：该词第一句至第三句为乐段一中的格式（3），第三句至第五句为乐段二中的格式（3）。全词单调，三十字，六句，两平韵三仄韵。

例六　南乡子（三十字）

（五代）李　珣

云带雨，浪迎风。钓翁回棹碧湾中。春酒香熟鲈鱼美。谁同醉。缆却扁舟篷底睡。

注：该词第一句至第三句为乐段一中的格式（3），第三句至第五句为乐段二中的格式（4）。全词单调，三十字，六句，两平韵三仄韵。

例一　南乡子（五十六字）

（五代）冯延巳

细雨湿流光。芳草年年与恨长。回首凤楼无限事，茫茫。鸾镜鸳衾两断肠。　魂梦任悠扬。睡起杨花满绣床。薄幸不来门半掩，斜阳。负你残春泪几行。

注：该词上下阕第一句和第二句为乐段一中的格式（1），第三句至第五句为乐段二中的格式（1）。全词双调，五十六字，上下阕各五句，四平韵。

《南乡子》的正格与变格（双调）

《南乡子》上阕，五句或六句，四平韵	
乐段一 （二句或三句，十二字或十一字、十三字）	乐段二 （三句或四句，十六字或十七字）
十丨丨一一（韵）十丨一一十 丨一（韵） （1）	十丨十一一丨丨（句）一一（韵） 十丨十一十丨一（韵） （1）
十丨一一（韵）十丨一一十丨 一（韵） （2）	十丨一一（句）十丨丨一一（韵） 十丨一一十丨一（韵） （2）
十丨丨一一（韵）十一十丨（句） 十丨一一（韵） （3）	十丨十一一（句）十一十丨（句） 一一（韵）十丨一一十丨一（韵） （3）

《南乡子》下阕，五句或六句，四平韵	
乐段一 （二句或三句，十二字或十一字、十三字）	乐段二 （三句或四句，十六字或十七字）
十丨丨一一（韵）十丨一一十 丨一（韵） （1）	十丨十一一丨丨（句）一一（韵） 十丨十一十丨一（韵） （1）
十丨一一（韵）十丨一一十丨 一（韵） （2）	十丨一一（句）十丨丨一一（韵） 十丨一一十丨一（韵） （2）
十丨丨一一（韵）十一十丨（句） 十丨一一（韵） （3）	十丨十一一（句）十一十丨（句） 一一（韵）十丨一一十丨一（韵） （3）

注：该调词例表明，上下阕长短句结构相同。

例二　南乡子（五十四字）

（宋）欧阳修

翠密红繁。水国凉生未是寒。雨打荷花珠不定，轻翻。冷泼鸳鸯锦翅斑。　　尽日凭栏。弄蕊拈花仔细看。偷得袅蹄新铸样，无端。藏在红房粉艳间。

　　注：该词上下阕第一句和第二句为乐段一中的格式（2），第三句至第五句为乐段二中的格式（1）。全词双调，五十四字，上下阕各五句，四平韵。

例三　南乡子（五十六字）
（宋）王之道

　　天际彩虹垂。风起痴云快一吹。原隰畇畇，春水更弥弥。布谷声从野鸟知。　　初霁卷帘时。巷陌泥融燕子飞。午醉醒来，红日欲平西。一碗新茶乳面肥。

　　注：该词上下阕第一句和第二句为乐段一中的格式（1），第三句至第五句为乐段二中的格式（2）。全词双调，五十六字，上下阕各五句，四平韵。

例四　南乡子（五十八字）
（宋）黄机

　　帘幕閴深沉。灯暗香销夜正深。花落画屏，檐鸣细雨，岑岑。滴破相思万里心。　　晓色未平分。翠被寒生不自禁。待得梦成，翻多恶况，堪擎。飞雁新来也误人。

　　注：该词上下阕第一句和第二句为乐段一中的格式（1），第三句至第六句为乐段二中的格式（3）。全词双调，五十八字，上下阕各六句，四平韵。

例五　南乡子（五十八字）
（宋）赵长卿

　　楚楚窄衣裳。腰身占却，多少风光。共说春来春去事，凄凉。懒对菱花晕晓妆。　　闲立近红芳。游蜂戏蝶，误采真香。何事不归巫峡去，思量。故到人间恼客肠。

　　注：该词上下阕第一句至第三句为乐段一中的格式（3），第四句至第六句为乐段二中的格式（1）。全词双调，五十八字，上下阕各六句，四平韵。

捣 练 子

《太和正音谱》注"双调"。一名《捣练子令》。因冯延巳词起结有"深院静"及"数声和月到帘栊"句,更名《深院月》。

《捣练子》的长短句结构(单调)

两个乐段	
乐段一(十三字)	乐段二(十四字)
3　　3　　7	7　　7

《捣练子》的长短句结构(双调)

上阕,两个乐段		下阕,两个乐段	
乐段一(十三字)	乐段二(六字)	乐段一(十三字)	乐段二(六字)
3　3　7	3　3	3　3　7	3　3

《康熙词谱》分别收集单调和双调《捣练子》各一体,每一阕分别可分为两个乐段。单调《捣练子》的长短句结构和基本格式分别如表所示,该调二十七字,五句,三平韵。比较单调《捣练子》和单调《潇湘神》的长短句结构,可知两者完全相同。双调《捣练子》的长短句结构和基本格式分别如表所示,该调三十八字,上下阕各五句,三平韵。

《捣练子》的基本格式(单调)

《捣练子》,五句,三平韵	
乐段一(三句,十三字)	乐段二(二句,十四字)
＋｜｜(句)｜－－(韵)＋｜－－＋｜－(韵)	＋｜＋－－｜｜(句)＋－＋｜｜－－(韵)

例　捣练子(二十七字)

(五代)冯延巳

深院静,小庭空。断续寒砧断续风。无奈夜长人不寐,数声和月到帘栊。

注：全词单调，二十七字，五句，三平韵。

《捣练子》的基本格式（双调）

《捣练子》上阕，五句，三平韵	
乐段一（三句，十三字）	乐段二（二句，六字）
— ╋ ❘（句）❘ — —（韵）╋ — ╋ ❘ ❘ — —（韵）	❘ — ╋（句）╋ ❘ —（韵）

《捣练子》下阕，五句，三平韵	
乐段一（三句，十三字）	乐段二（二句，六字）
— ╋ ❘（句）❘ — —（韵）╋ — ╋ ❘ ❘ — —（韵）	❘ — ╋（句）❘ ╋ —（韵）

例一　捣练子（三十八字）
（宋）李　石

心自小，玉钗头。月娥飞下白蘋洲。水中仙，月下游。　　江汉佩，洞庭舟。香名薄幸寄青楼。问何如，打拍浮。

例二　捣练子（三十八字）
无名氏

林下路，水边亭。凉吹水曲散余醒。小藤床，随意横。　　犹记得，旧时经。翠荷闹雨做秋声。恁时节，不堪听。

注：上述两词，双调，三十八字，上下阕各五句，三平韵。

春　晓　曲

朱敦儒词有"西楼月落鸡声急"句，又名《西楼月》。

《春晓曲》的长短句结构

《春晓曲》单调，两个乐段	
乐段一（十三字）	乐段二（十四字）
7　6 7　3　3	7　7

《康熙词谱》共收集两体《春晓曲》，单调，可分为两个乐段，其长短句结构如表所示。该调二十七字，四句或五句，三仄韵。《康熙词谱》以朱敦儒词为标谱词例。该调的正格与变格如表所示，其中，各乐段中的格式（1）为正格句式，其余为变格句式。

《春晓曲》的正格与变格（单调）

《春晓曲》单调，四句或五句，三仄韵	
乐段一（二句或三句，十三字）	乐段二（二句，十四字）
＋ － ＋ ｜ － － ｜（韵）＋ ｜ ＋ － ＋ ｜（韵） （1） ＋ － － ｜ － － ｜（韵）｜ ｜ ＋ －（句） － ＋ ｜（韵） （2）	＋ － ＋ ｜ ｜ － －（句）＋ ｜ ＋ － － ｜ ｜（韵）

例一　春晓曲（二十七字）

（宋）朱敦儒

西楼月落鸡声急。夜浸疏香浙沥。玉人酒渴嚼春冰，晓色入帘横宝瑟。

注：该词第一句和第二句为乐段一中的格式（1）。全词单调，二十七字，四句，三仄韵。

例二　春晓曲（二十七字）

（宋）张元幹

瑶轩倚槛春风度。柳垂烟，花带露。半闲鸳被怯余寒，燕子时来窥绣户。

注：该词第一句和第二句为乐段一中的格式（2）。全词单调，二十七字，五句，三仄韵。

桂 殿 秋

本唐李德裕送神迎神曲，有"桂殿夜凉吹玉笙"句，取为调名。

《桂殿秋》的长短句结构

《桂殿秋》单调，两个乐段	
乐段一（十三字）	乐段二（十四字）
3　　3　　7	7　　　　7

《康熙词谱》只收集一体《桂殿秋》，单调，可分为两个乐段，其长短句结构如表所示。该调二十七字，五句，三平韵，其正格与变格如表所示。

《桂殿秋》的正格与变格（单调）

《桂殿秋》单调，五句，三平韵	
乐段一（三句，十三字）	乐段二（二句，十四字）
一＋｜（句）｜＋一（韵）＋一＋ ＋｜｜一一（韵） （1）	＋一＋｜＋一｜（句）＋｜一 一＋｜一（韵） （1）
一＋｜（句）｜＋一（韵）＋｜＋ 一一｜一（韵） （2）	＋一｜一＋｜一（句）＋｜一 一＋｜一（韵） （2）

例一　桂殿秋（二十七字）

（宋）向子諲

秋色里，月明中。红旌翠节下蓬宫。蟠桃已结瑶池露，桂子初开玉殿风。

例二　桂殿秋（二十七字）

（唐）李　白

河汉女，玉炼颜。云軿往往在人间。九霄有路去无迹，嫋嫋香风生佩环。

注：上述两词，第一句至第三句为乐段一中的格式（1），第四句和第五句为乐段二中的格式（1）。全词单调，二十七字，五句，三平韵。

例三　桂殿秋（二十七字）

（唐）李德裕

仙女侍，董双成。桂殿夜寒吹玉笙。曲终却从仙官去，万户千门空月明。

注：该词第一句至第三句为乐段一中的格式（2），第四句和第五句为乐段二中的格式（2）。全词单调，二十七字，五句，三平韵。

寿　阳　曲

《太平乐府》注"双调"，又名《落梅风》。

《寿阳曲》的长短句结构

《寿阳曲》单调，两个乐段					
乐段一（十三字或十七字）			乐段二（十四字或十五字）		
3	3	34	7	34	
5	5	34	35	34	

《康熙词谱》共收集《寿阳曲》三体，单调，可分为两个乐段，其长短句结构如表所示。《寿阳曲》主要用仄韵，有的格式通叶一平韵。该调有二十七字、二十八字、三十二字等格式，五句，三仄韵一叶韵或四仄韵。《康熙词谱》以二十七字体张可久词为标谱词例。该调的正格与变格如表所示，其中，各乐段中的格式（1）为正格句式，其余为变格句式。

《寿阳曲》的正格与变格（单调）

《寿阳曲》，五句，一叶韵三仄韵或四仄韵	
乐段一（三句，十三字或十七字）	乐段二（二句，十四字或十五字）
一 一 ｜（句）＋ ｜ 一（叶）＋ ＋ ＋（读）＋ ＋ 一 ＋ ｜（韵） （1）	＋ ＋ ｜ 一 一 ｜ ｜（韵）＋ ＋ ＋（读）＋ ＋ 一 ＋ ｜（韵） （1）
＋ ＋ ｜（句）＋ ＋ ＋ ｜（韵）＋ ＋ ＋（读）＋ ＋ 一 ＋ ｜（韵） （2）	＋ ＋ ＋（读）＋ ＋ 一 一 ｜ ｜（韵）＋ ＋ ＋（读）＋ ＋ 一 ＋ ｜（韵） （2）
＋ ｜ 一 一 ｜（句）＋ 一 一 ｜ 一（叶）＋ ＋ ＋（读）＋ ＋ 一 ＋ ｜（韵） （3）	

例一　寿阳曲（二十七字）

（元）张可久

东风景，西子湖。湿冥冥、柳烟花雾。黄莺乱啼蝴蝶舞。几秋千、打将春去。

注：该词第一句至第三句为乐段一中的格式（1），第四句和第五句为乐段二中的格式（1）。全词单调，二十七字，五句，一叶韵三仄韵。

例二　寿阳曲（二十八字）

（元）张可久

弹初罢，酒暂歇。醉诗人、满山红叶。问山中、许由何处也。剩猿啼、冷泉秋月。

注：该词第一句至第三句为乐段一中的格式（2），第四句和第五句为乐段二中的格式（2）。全词单调，二十八字，五句，四仄韵。

例三　寿阳曲（三十二字）

（元）张可久

载酒人何处，倚阑花又开。忆秦娥、远山眉黛。锦云香、鉴湖宽似海。还不了、五年诗债。

注：该词第一句至第三句为乐段一中的格式（3），第四句和第五句为乐段二中的格式（2）。全词单调，三十二字，五句，一叶韵三仄韵。

阳 关 曲

本名《渭城曲》。宋秦观云："《渭城曲》绝句，近世又歌入《小秦王》，更名《阳关曲》。属双调，又属大石调。"按唐《教坊记》，有《小秦王曲》，即《秦王小破阵乐》也，属坐部伎。

《阳关曲》的长短句结构

《阳关曲》单调，两个乐段	
乐段一（十四字）	乐段二（十四字）
7　　7	7　　7

《康熙词谱》只收集一体《阳关曲》，单调，可分为两个乐段，其长短句结构如表所示。该调二十八字，四句，三平韵，其基本格式如表所示。

《阳关曲》的基本格式（单调）

《阳关曲》单调，四句，三平韵	
乐段一（二句，十四字）	乐段二（二句，十四字）
＋ － ＋ ｜ ｜ － －（韵）＋ ｜ － － ＋ ｜ －（韵）	＋ － ＋ ｜ ＋ － ｜（句）＋ ｜ － － ＋ ｜ －（韵）

例　阳关曲（二十八字）

（唐）王　维

渭城朝雨浥轻尘。客舍青青柳色新。劝君更进一杯酒，西出阳关无故人。

注：全词单调，二十八字，四句，三平韵。

欸 乃 曲

唐元结诗自序："大历初，结为道州刺史，以军事诣都。使还州，逢春水，舟行不进，作《欸乃曲》，令舟子唱之，以取适于道路云。"宋程大昌《演繁露》云："元次山《欸乃曲》五章，全是绝句，如《竹枝》之类。其谓'欸乃'者，殆舟人于歌声之外，别出一声，以互相其歌也。《柳枝》、《竹枝》，尚有存者，其语度与绝句无异，但于句末，随加'竹枝'或'柳枝'等语，遂即其语以名其歌。'欸乃'亦其例也。"黄公绍《韵会》云："'欸'，叹声也，读若哀，鸟来切。又应声也，读若霭，上声，倚亥切。又去声，於代切。无袄音。'乃'，难辞，又继事之辞。无霭音。今二字连读之，为棹船相应声。"按《广韵》十五海："欸"，于改切，相然应也。"乃"，奴亥切，语辞也。欸乃之声，或如唐人唱歌和声，所谓号头者。盖逆流而上，棹船劝力之声也。黄山谷题跋、洪驹父诗话，皆音作袄、蔼者误。

《欸乃曲》的长短句结构

《欸乃曲》单调，两个乐段	
乐段一（十四字）	乐段二（十四字）
7　　7	7　　7

《康熙词谱》只收集一体《欸乃曲》，单调，可分为两个乐段，其长短句结构如表所示，与《阳关曲》相同。该调二十八字，四句，三平韵，其基本格式如表所示。

《欸乃曲》的基本格式（单调）

《欸乃曲》单调，四句，三平韵	
乐段一（二句，十四字）	乐段二（二句，十四字）
＋｜－－＋｜－（韵） ＋｜｜｜－－（韵）	＋－＋｜＋｜－｜（句）＋｜－ －＋｜－（韵）

例　欸乃曲（二十八字）

（唐）元　结

千里枫林烟雨深。无朝无暮有猿吟。停桡静听曲中意，好似云山韶濩音。

注：全词单调，二十八字，四句，三平韵。

采 莲 子

唐教坊曲名。

《采莲子》的长短句结构

《采莲子》单调，两个乐段	
乐段一（十四字）	乐段二（十四字）
7　　7	7　　7

《康熙词谱》只收集一体《采莲子》，单调，可分为两个乐段，其长短句结构如表所示，实为四句七言诗。该调二十八字，四句，三平韵，其基本格式如表所示。

《采莲子》的基本格式（单调）

《采莲子》单调，四句，三平韵	
乐段一（二句，十四字）	乐段二（二句，十四字）
＋｜－－＋｜－（韵）＋－ ＋｜｜－－（韵）	＋－＋｜＋－｜（句）＋｜＋ －＋｜－（韵）

例　采莲子（二十八字）

（唐）皇甫松

菡萏香连十里陂　举棹。小姑贪戏采莲迟　年少。晚来弄水船头湿　举棹，更脱红裙裹鸭儿　年少。

注：该词亦七言绝句，其"举棹"、"年少"乃歌时相和之声，与竹枝体同。但"竹枝"二字和于句中，"女儿"二字和于句尾，此则一句一和声耳。全词单调，二十八字，四句，三平韵。

浪 淘 沙

唐教坊曲名。

《浪淘沙》的长短句结构

两个乐段	
乐段一（十四字）	乐段二（十四字）
7　　　7	7　　　7

唐代早期诗人多作七言四句体《浪淘沙》，至南唐李煜，始制两段令词。《康熙词谱》列有《浪淘沙》与《浪淘沙令》两个词牌，前者为四句七言体，后者为令体。四句七言体《浪淘沙》的基本格式如表所示。该调二十八字，四句，三平韵或两平韵。与七言绝句相比，其显著特点在于可以不受"粘对规则"约束。

《浪淘沙》的基本格式（单调）

《浪淘沙》，四句，三平韵或两平韵	
乐段一（二句，十四字）	乐段二（二句，十四字）
＋｜－－＋｜－（韵）＋－＋｜ －＋｜｜－－（韵） （1）	＋－＋｜＋－｜（句）＋｜－ －＋｜－（韵） （1）
＋－＋｜｜－－（韵）＋｜－ ＋｜－（韵） （2）	＋｜＋－－｜｜（句）＋－＋ ｜｜－－（韵） （2）
＋｜＋－－｜｜（句）＋－＋ ｜｜－－（韵） （3）	＋｜－－｜＋｜（句）＋－＋ ｜｜－－（韵） （3）
＋｜－－＋｜（句）＋｜－ －＋｜－（韵） （4）	

例一 浪淘沙（二十八字）

（唐）刘禹锡

九曲黄河万里沙。浪淘风簸自天涯。如今直上银河去，同到牵牛织女家。

注：该词第一句和第二句为乐段一中的格式（1）；第三句和第四各句为乐段二中的格式（1）。全词单调，二十八字，四句，三平韵。

例二 浪淘沙（二十八字）

（唐）皇甫松

蛮歌豆蔻北人愁。蒲雨杉风野艇秋。浪起鵁鶄眠不得，寒沙细细入江流。

注：该词第一句和第二句为乐段一中的格式（2），第三句和第四句为乐段二中的格式（2）。全词单调，二十八字，四句，三平韵。

例三 浪淘沙（二十八字）

（唐）白居易

海底飞尘终有日，山头化石岂无时。谁道小郎抛小妇，船头一去没回期。

注：该词第一句和第二句为乐段一中的格式（3），第三句和第四句为乐段二中的格式（2）。全词单调，二十八字，四句，两平韵。

例四 浪淘沙（二十八字）

（唐）白居易

借问江潮与海水，何似君情与妾心。相恨不如潮有信，相思始觉海非深。

注：该词第一句和第二句为乐段一中的格式（4），第三句和第四句为乐段二中的格式（2）。全词单调，二十八字，四句，两平韵。

例五 浪淘沙（二十八字）

（唐）白居易

青草湖中万里程。黄梅雨里一人行。愁见滩头夜泊处，风翻暗浪打船声。

注：该词第一句和第二句为乐段一中的格式（1），第三句和第四句为乐段二中格式（3）。全词单调，二十八字，四句，三平韵。

杨 柳 枝

唐教坊曲名。按白居易诗注："《杨柳枝》，洛下新声。"其诗云"听取新翻杨柳枝"是也。薛能诗序："令部伎作杨柳枝健舞，复度新声。"其诗云"试踏吹声作唱声"是也。盖乐府横吹曲，有《折杨柳》名。此则借旧曲名，另创新声。后遂入教坊耳。此本唐人七言绝句，与顾敻词四十字体、朱敦儒词四十四字体，添声者不同。

《杨柳枝》的长短句结构

《杨柳枝》单调，两个乐段			
乐段一（十四字）		乐段二（十四字）	
7	7	7	7

《康熙词谱》只收集一体《杨柳枝》，单调，可分为两个乐段，其长短句结构如表所示，实为四句七言诗。该调二十八字，四句，三平韵，其基本格式如表所示。

《杨柳枝》的基本格式（单调）

《杨柳枝》单调，四句，三平韵	
乐段一（二句，十四字）	乐段二（二句，十四字）
＋｜－－＋｜－（韵）＋－ ＋｜｜－－（韵）	＋－＋｜－－｜（句）＋｜｜ －＋｜－（韵）

例 杨柳枝（二十八字）

（唐）温庭筠

金缕毿毿碧瓦沟。六宫眉黛惹香愁。晚来更带龙池雨，半拂阑干半入楼。

注：全词单调，二十八字，四句，三平韵。

八 拍 蛮

唐教坊曲名。按孙光宪词，所咏俱越中事，或即八拍之蛮歌也。

《八拍蛮》的长短句结构

《八拍蛮》单调，两个乐段	
乐段一（十四字）	乐段二（十四字）
7　　　　7	7　　　　7

《康熙词谱》共收集两体《八拍蛮》，单调，可分为两个乐段，其长短句结构如表所示，实为四句七言诗。该调二十八字，四句，三平韵或两平韵。《康熙词谱》以孙光宪词为标谱词例。该调的正格与变格如表所示，其中，各乐段中的格式（1）为正格句式，其余为变格句式。

《八拍蛮》的正格与变格（单调）

《八拍蛮》单调，四句，三平韵或两平韵	
乐段一（二句，十四字）	乐段二（二句，十四字）
＋｜＋－－｜－（韵）＋－ ＋｜｜－－（韵） （1）	＋｜＋－－｜｜（句）＋－＋ ｜｜－－（韵）
＋｜＋－－｜｜（句）＋－＋ ｜｜－－（韵） （2）	

例一　八拍蛮（二十八字）
（五代）孙光宪

孔雀尾拖金线长。怕人飞起入丁香。越女沙头争拾翠，相呼归去背斜阳。

注：该词第一句和第二句为乐段一中的格式（1）。全词单调，二十八字，四句，三平韵。

例二　八拍蛮（二十八字）
（五代）阎　选

　　云锁嫩黄烟柳细，风吹红带雪梅残。光景不胜闺阁恨，行行坐坐黛眉攒。

　　注：该词第一句和第二句为乐段一中的格式（2）。全词单调，二十八字，四句，两平韵。

字　字　双

　　调见《才鬼记》。因每句有叠字，故名《字字双》。

《字字双》的长短句结构

《字字双》单调，两个乐段	
乐段一（十四字）	乐段二（十四字）
7　　　7	7　　　7

　　《康熙词谱》只收集一体《字字双》，单调，可分为两个乐段，其长短句结构如表所示，实为四句七言诗。该调二十八字，四句，四平韵，其基本格式如表所示。

《字字双》的基本格式（单调）

《字字双》单调，四句，四平韵	
乐段一（二句，十四字）	乐段二（二句，十四字）
＋－｜＋－｜－（韵）＋｜－ ＋｜－（韵）	＋－＋｜－｜－（韵）＋－ ＋｜－｜－（韵）

例　字字双（二十八字）
（唐）王丽真

　　床头锦衾斑复斑。架上朱衣殷复殷。空庭明月闲复闲。夜长路远山复山。

注：全词单调，二十八字，四句，四平韵。

十 样 花

宋李弥逊词十首，分咏十样花，故名。

《十样花》的长短句结构

《十样花》单调，两个乐段			
乐段一（十二字）		乐段二（十六字）		
6	6	5	3	3	5

《康熙词谱》共收集两体《十样花》，可分为两个乐段，其长短句结构如表所示。该调二十八字，六句，四仄韵或五仄韵。《康熙词谱》以李弥逊词为标谱词例。该调的正格与变格如表所示，其中，各乐段中的格式（1）为正格句式，其余为变格句式。

《十样花》的正格与变格（单调）

《十样花》单调，六句，四仄韵或五仄韵
乐段一（二句，十二字）   乐段二（四句，十六字）

（表略：平仄格律符号）

例一 十样花（二十八字）

（宋）李弥逊

陌上风光浓处。第一寒梅先吐。待得春来也，香消减，态凝伫。百花休漫妒。

注：该词第三句至第六句为乐段二中的格式（1）。全词单调，二十八字，六句，四仄韵。

例二　十样花（二十八字）

（宋）李弥逊

陌上风光浓处。红药一番经雨。把酒绕芳丛，花解语。劝春住。莫教容易去。

注：该词第三句至第六句为乐段二中的格式（2）。全词单调，二十八字，六句，五仄韵。

天　净　沙

《太平乐府》注：越调。无名氏词有"塞上清秋早寒"句，又名《塞上秋》。

《天净沙》的长短句结构

《天净沙》单调，两个乐段	
乐段一（十二字）	乐段二（十六字）
6　　6	6　　4　　6

《康熙词谱》共收集两体《天净沙》，可分为两个乐段，其长短句结构如表所示。该调二十八字，五句，四平韵一叶韵或三平韵两叶韵，《康熙词谱》以乔吉词为标谱词例。该调的正格与变格如表所示，其中，各乐段中的格式（1）为正格句式，其余为变格句式。

《天净沙》的基本格式（单调）

《天净沙》单调，五句，四平韵一叶韵或三平韵两叶韵	
乐段一（二句，十二字）	乐段二（三句，十六字）
＋ － ＋ ｜ － －（韵）＋ － ＋ ｜ － －（韵） （1）	＋ ｜ － － ｜ －（韵）＋ － ＋ ｜（叶） ＋ － ＋ ｜ － －（韵） （1）
＋ ｜ ＋ ｜ － －（韵）＋ － ｜ － －（韵） （2）	＋ ｜ ＋ － ＋ ｜（叶）＋ － ＋ ｜（叶） ＋ － ＋ ｜ － －（韵） （2）

例一　天净沙（二十八字）

（元）乔　吉

一从鞍马西东。几番衾枕朦胧。薄幸虽来梦中。争如无梦。那时真个相逢。

注：该词第一句和第二句为乐段一中的格式（1），第三句至第五句为乐段二中的格式（1）。全词单调，二十八字，五句，四平韵一叶韵。

例二　天净沙（二十八字）

（元）马致远

枯藤老树昏鸦。小桥流水平沙。古道凄风瘦马。夕阳西下。断肠人在天涯。

注：该词第一句和第二句为乐段一中的格式（1），第三句至第五句为乐段二中的格式（2）。全词单调，二十八字，五句，三平韵两叶韵。

例三　天净沙（二十八字）

（元）孟　昉

七十二候环催。葭灰玉琯重飞。莫道光阴似水。羲和迁辔。金鞭懒著龙媒。

注：该词第一句和第二句为乐段一中的格式（2），第三句至第五句为乐段二中的格式（2）。全词单调，二十八字，五句，三平韵两叶韵。

卷 二

甘 州 曲

唐教坊曲名。《唐书·礼乐志》："天宝间乐曲。皆以边地为名,甘州其一也。"顾敻词名《甘州子》。

《甘州曲》的长短句结构

《甘州曲》单调,三个乐段		
乐段一(十三字或九字)	乐段二(十二字)	乐段三(八字)
7　3　3 3　3　3	7　5	3　5

《康熙词谱》共收集两体《甘州曲》,单调,可分为两个乐段,其长短句结构如表所示。该调有三十三字或二十九字等格式,《康熙词谱》以三十三字体顾敻词为标谱词例。该调的正格与变格如表所示,其中,各乐段中的格式(1)为正格句式,其余为变格句式。

《甘州曲》的基本格式(单调)

《甘州曲》单调,六句,五平韵		
乐段一 (三句,十三字或九字)	乐段二 (二句,十二字)	乐段三 (一句,八字)
＋－＋｜｜－－ (韵)－｜｜(句)｜－ －(韵) (1) ｜－－(韵)－｜｜(句) ｜－－(韵) (2)	＋－＋｜｜－－ (韵)＋｜｜－－ (韵)	＋＋＋(读)＋｜｜ －－(韵)

例一　甘州曲（三十三字）
（五代）顾　夐

一炉龙麝锦帷旁。屏掩映，烛荧煌。禁城刁斗喜初长。罗荐绣鸳鸯。山枕上、私语口脂香。

注：该词第一句至第三句为乐段一中的格式（1）。全词单调，三十三字，六句，五平韵。

例二　甘州曲（二十九字）
（五代）王　衍

画罗裙。能结束，称腰身。柳眉桃脸不胜春。薄媚足精神。可惜许、沦落在风尘。

注：该词第一句至第三句为乐段一中的格式（2）。全词单调，二十九字，六句，五平韵。

醉　吟　商

姜夔自序云：石湖老人为予言琵琶有四曲，今不传矣。曰㵎索梁州、转关绿腰、醉吟商胡渭州、历弦薄媚也。予每念之。辛亥夏，谒杨廷秀于金陵邸中，遇琵琶工，解作醉吟商胡渭州，因求得品弦法，译成《醉吟商》小令，实双调也。按胡渭州，唐教坊曲名，醉吟商，其宫调也。姜夔自度，乃夹钟商曲，盖借旧曲名，另倚新腔耳。

《醉吟商》的长短句结构

《醉吟商》双调，上下阕各为一个乐段					
上阕，一个乐段，十四字			下阕，一个乐段，十五字		
4	6	4	5	6	4

《康熙词谱》只收集一体《醉吟商》，双调，上下阕各为一个乐段，其长短句结构和基本格式如表所示。

《醉吟商》的基本格式（双调）

《醉吟商》双调，上下阕各为一个乐段	
上阕，十四字，三句，两仄韵	下阕，十五字，三句，三仄韵
＋｜－－（句）＋｜＋－＋｜（韵） ＋｜＋－＋｜（韵）	＋｜－－｜（韵）＋｜＋－ ＋｜（韵）＋－＋｜（韵）

例　醉吟商（二十九字）

（宋）姜　夔

正是春归，细柳暗黄千缕。暮鸦啼处。梦逐金鞍去。　　一点芳心休诉。琵琶解语。

注：该词双调，二十九字，上阕三句，两仄韵；下阕三句，三仄韵。

干 荷 叶

元刘秉忠自度曲，属南吕宫，取起句三字为调名。

《干荷叶》的长短句结构

《干荷叶》单调，三个乐段		
乐段一（十一字）	乐段二（十三字）	乐段三（五字或六字）
3　　3　　5	3　　3　　7	5 33

《康熙词谱》共收集两体《干荷叶》，单调，可分为三个乐段，其长短句结构如表所示。该调二十九字或三十字，四平韵两叶韵，为平仄韵通叶格，其基本格式如表所示。

《干荷叶》的基本格式（单调）

《干荷叶》单调，七句，四平韵两叶韵		
乐段一（三句，十一字）	乐段二（三句，十三字）	乐段三（一句，五字或六字）
― ― ｜（句）｜ ― ―（韵）＋ ｜ ― ― ｜（叶）	｜ ― ―（韵）｜ ― ―（韵）＋ ｜ ＋ ｜ ｜ ― （韵）	＋ ｜ ― ― ｜（叶）（1） ― ＋ ｜（读）― ― ｜（叶）（2）

例一　干荷叶（二十九字）

（元）刘秉忠

干荷叶，色苍苍。老柄风摇荡。减清香。越添黄。都因昨夜一番霜。寂寞秋江上。

注：该词第七句为乐段三中的格式（1）。全词单调，二十九字，七句，四平韵两叶韵。

例二　干荷叶（三十字）

（元）刘秉忠

干荷叶，映枯蒲。柄折难擎露。藕丝芜。倩风扶。待擎无力不成珠。难盖宿、滩头鹭。

注：该词第七句为乐段三中的格式（2）。全词单调，三十字，七句，四平韵两叶韵。

喜 春 来

《太平乐府》注"中吕宫"。《太和正音谱》注"正宫"。又名《阳春曲》。

《喜春来》的长短句结构

《喜春来》单调，三个乐段		
乐段一（十四字）	乐段二（七字或九字）	乐段三（八字或九字）
7　　7	7 3　　3　　3	3　　5 3　　3　　3

卷 二

《康熙词谱》共收集《喜春来》四体,单调,可分为两个乐段,其长短句结构如表所示。《喜春来》的韵脚以平韵为主,间或叶一韵或两韵。该调有二十九字或三十字、三十一字等格式,五句或六句、七句;一叶韵四平韵或两叶韵三平韵。《康熙词谱》以二十九字体张雨词为标谱词例。该调的正格与变格如表所示,其中,各乐段中的格式(1)为正格句式,其余为变格句式。

《喜春来》的正格与变格(单调)

《喜春来》单调,五句或六句、七句,一叶韵四平韵或两叶韵三平韵		
乐段一(二句,十四字)	乐段二 (一句或三句,七字或九字)	乐段三 (二句或三句,八字或九字)
十 一 十 丨 一 一 丨 (叶)十 丨 一 一 十 丨 一 (韵)	十 一 十 丨 丨 一 一 (韵) (1) 丨 十 一 (句)一 十 丨 (句)丨 十 一 (韵) (2)	十 丨 一 (韵)十 丨 丨 一 一 (韵) (1) 一 十 丨 (叶)十 丨 丨 (韵) (2) 十 丨 (叶)一 十 丨 (句)丨 一 一 (韵) (3)

例一 喜春来(二十九字)

(元)张 雨

江梅的的依茅舍。石濑溅溅漱玉沙。瓦瓯篷底送年华。问暮鸦。何处阿戎家。

注:该词第三句为乐段二中的格式(1),第四句和第五句为乐段三中的格式(1)。全词单调,二十九字,五句,一叶韵四平韵。

例二 喜春来(二十九字)

(宋)周德清

闲花酝酿蜂儿蜜。细雨调和燕子泥。绿窗蝶梦觉来迟。谁唤起。帘外晓莺啼。

注：该词第三句为乐段二中的格式（1），第四句和第五句为乐段三中的格式（2）。全词单调，二十九字，五句，两叶韵三平韵。

例三　喜春来（三十字）

（宋）司马九皋

岁云暮矣虽无补。时复中之尽有余。老来吾亦爱吾庐。清债苦。尊有酒，且消除。

注：该词第三句为乐段二中的格式（1），第四句和第五句为乐段三中的格式（3）。全词单调，三十字，六句，两叶韵三平韵。

例四　喜春来（三十一字）

《太平乐府》无名氏

海棠过雨红初淡。杨柳无风睡正寒。杏烧红，桃剪锦，草拖蓝。三月三。和气盛东南。

注：该词第三句至第五句为乐段二中的格式（2），第六句和第七句为乐段三中的格式（1）。全词单调，三十一字，七句，一叶韵四平韵。

踏 歌 词

唐《辇下岁时记》："先天初，上御安福门观灯，令朝士能文者，为《踏歌》。"陈旸《乐书》云："《踏歌》，队舞曲也。"

《踏歌词》的长短句结构

《踏歌词》单调，三个乐段				
乐段一（十字）		乐段二（十字）		乐段三（十字）
5	5	5	5	5	5

《康熙词谱》只收集一体《踏歌词》，单调，可分为三个乐段，其长短句结构如表所示。该调三十字，六句，四平韵，其基本格式如表所示。

《踏歌词》单调，六句，四平韵		
乐段一（二句，十字）	乐段二（二句，十字）	乐段三（二句，十字）
＋｜――｜（句）――＋｜―（韵）	＋――｜｜（句）＋｜｜――（韵）	＋｜｜――（韵）＋｜｜――（韵）

例　踏歌词（三十字）

（唐）崔　液

彩女迎金屋，仙姬出画堂。鸳鸯裁锦袖，翡翠贴花黄。歌响舞分行。艳色动流光。

注：该词单调，三十字，六句，四平韵。

秋　风　清

一名《秋风引》；寇准词名《江南春》；刘长卿仄韵词名《新安路》。

《秋风清》的长短句结构

三个乐段		
乐段一（六字）	乐段二（十字）	乐段三（十四字）
3　　3	5　　5	7　　7

《康熙词谱》共收集三体《秋风清》，单调，可分为三个乐段。该调三十字，六句，有平韵与仄韵两种格式。平韵格有四平韵或三平韵；仄韵格有四仄韵。《秋风清》的长短句结构和平韵格或仄韵格的基本格式分别如表所示。

《秋风清》（平韵）的基本格式（单调）

《秋风清》，六句，四平韵或三平韵		
乐段一（二句，六字）	乐段二（二句，十字）	乐段三（二句，十四字）
＋－－（韵） －（韵） （1）	＋｜＋－｜（句）＋－－｜（韵） （1）	＋－＋｜－－｜（句） ＋－＋｜＋－－（韵） （1）
－＋｜（句） （韵） （2）	＋－－｜｜（句） ＋｜｜－－（韵） （2）	＋｜－－＋｜－（句） ＋｜－－＋｜－（韵） （2）

例一　秋风清（三十字）

（唐）李　白

秋风清。秋月明。落叶聚还散，寒鸦栖复惊。相思相见知何日，此时此夜难为情。

注：该词第一句和第二句为乐段一中的格式（1），第三句和第四句为乐段二中的格式（1），第五句和第六句为乐段三中的格式（1）。全词单调，三十字，六句，四平韵。

例二　秋风清（三十字）

（宋）寇　准

波渺渺，柳依依。孤村芳草远，斜日杏花飞。江南春尽离肠断，蘋满汀洲人未归。

注：该词第一句和第二句为乐段一中的格式（2），第三句和第四句为乐段二中的格式（2），第五句和第六句为乐段三中的格式（2）。全词单调，三十字，六句，三平韵。

《秋风清》（仄韵）的基本格式（单调）

《秋风清》，六句，四仄韵		
乐段一（二句，六字）	乐段二（二句，十字）	乐段三（二句，十四字）
－＋｜（韵）－＋｜（韵）	＋－＋｜－（句） ＋｜－－｜（韵）	＋｜－－＋｜－（句） ＋－＋｜＋｜－｜（韵）

例　秋风清（三十字）

（唐）刘长卿

新安路。人来去。早潮复晚潮，明日知何处。潮水无情亦解归，自怜长在新安住。

注：全词单调，三十字，六句，四仄韵。

抛　球　乐

唐教坊曲名。《唐音癸签》云："《抛球乐》，酒筵中抛球为令，其所唱之词也。"《宋史·乐志》："女弟子舞队，三曰抛球乐。" 按此调三十字者，始于刘禹锡词，皇甫松本此填，多一和声。三十三字者，始于冯延巳词，因词有"且莫思归去"句，或名《莫思归》。然皆五七言小律诗体。至宋柳永，则借旧曲名，别倚新声，始有两段一百八十七字体。《乐章集》注"林钟商调"。与唐词小令体制，迥然各别。以同一调名，故类列之。

三十字或三十三字体单调《抛球乐》的长短句结构

三十字或三十三字体单调《抛球乐》，三个乐段		
乐段一（十字或十三字）	乐段二（十字）	乐段三（十字）
5　　5　　　　　　5　5　3	5　　　　5	5　　　　5

四十字体单调《抛球乐》的长短句结构

四十字体单调《抛球乐》，三个乐段		
乐段一（十四字）	乐段二（十四字）	乐段三（十二字）
7　　　　7	7　　　　7	5　　　　7

长调《抛球乐》的长短句结构

长调《抛球乐》上阕，七个乐段						
乐段一（十字）	乐段二（十五字）	乐段三（十四字）	乐段四（十五字）	乐段五（十七字）	乐段六（十三字）	乐段七（十三字）
6　4	3 4　4	3 4　　3 4	6　4　5	5 4　4　4	5　　3 5	5　4　4

长调《抛球乐》下阕，七个乐段													
乐段一 （十四字）		乐段二 （十二字）		乐段三 （十字）		乐段四 （十五字）		乐段五 （十七字）		乐段六 （十三字）		乐段七 （九字）	
6	35	3	3 6	4	6	4	4 7	5	6 6	5	35	5	4

《康熙词谱》共收集四体《抛球乐》，有单调小令三体，长调一体。单调可分为三个乐段，有两种长短句结构，分别如表所示。从中可以看出，它们之间只是用同一个词牌名称，实则是两种迥然不同的格式。长调上下阕分别可分为七个乐段，其长短句结构如表所示。

三十字或三十三字体单调《抛球乐》，六句或七句，四平韵或三平韵一叠韵，其基本格式如表所示；四十字体单调《抛球乐》，六句，四平韵，其基本格式如表所示。长调《抛球乐》一百八十七字，上阕十九句，七仄韵；下阕十七句，七仄韵，其基本格式如表所示。

三十字或三十三字体《抛球乐》的基本格式（单调）

《抛球乐》单调，六句或七句，四平韵或三平韵一叠韵		
乐段一（二句或三句，十字或十三字）	乐段二 （二句，十字）	乐段三 （二句，十字）
＋∣∣ー ー（韵）ー ー ＋∣ー（韵） （1） ＋∣ー ー∣（句）ー ー ＋∣ー（韵）∣＋ ー（叠） （2）	＋ー ー∣∣（句）＋ ∣∣ー ー（韵） 	＋∣ー ー∣（句）ー ー ＋∣ー（韵） （1） ＋∣ー ー∣（句）＋ ー ー∣ー（韵） （2）

例一　抛球乐（三十字）

（唐）刘禹锡

　　五色绣团圆。登君玳瑁筵。最宜红烛下，偏称落花前。上客如先起，应须赠一船。

　　注：该词第一句和第二句为乐段一中的格式（1），第五句和第六句为乐段三中的格式（1）。全词单调，三十字，六句，四平韵。

例二　抛球乐（三十字）

（唐）刘禹锡

　　春早见花枝，朝朝恨发迟。及看花落后，却忆未来时。幸有抛球乐，一杯君莫辞。

　　注：该词第一句和第二句为乐段一中的格式（1），第五句和第六句为乐段三中的格式（2）。全词单调，三十字，六句，四平韵。

例三　抛球乐（三十三字）

（唐）皇甫松

　　金蹙花球小，真珠绣带垂。绣带垂。几回冲蜡烛，千度入香怀。上客终须醉，觥盂且乱排。

　　注：该词第一句至第三句为乐段一中的格式（2），第六句和第七句为乐段三中的格式（1）。全词单调，三十三字，七句，三平韵一叠韵。

四十字体《抛球乐》的基本格式（单调）

四十字体《抛球乐》单调，六句，四平韵		
乐段一 （二句，十四字）	乐段二 （二句，十四字）	乐段三 （二句，十二字）
＋│－　－＋│－（韵） ＋－＋│││－（韵）	＋－＋│＋－│（句） ＋│＋│＋│－（韵） （1） ＋－＋│＋－│（句） ＋││－－│－（韵） （2）	＋│－　－│（句）＋│ －　－＋│－（韵）

例一　抛球乐（四十字）

（五代）冯延巳

　　霜积秋山万树红。倚岩楼上挂朱栊。白云天远重重恨，黄叶烟深渐渐风。仿佛梁州曲，吹在谁家玉笛中。

　　注：该词第三句和第四句为乐段二中的格式（1）。全词单调，四十字，六句，四平韵。

例二 抛球乐（四十字）

（五代）冯延巳

坐对高楼千万山。雁飞秋色满栏杆。烧残红烛暮云合，飘尽碧梧金井寒。咫尺人千里，犹忆笙歌昨夜欢。

注：该词第三句和第四句为乐段二中的格式（2）。全词单调，四十字，六句，四平韵。

长调《抛球乐》的基本格式（双调）

《抛球乐》上阕，十九句，七仄韵	
乐段一（二句，十字）	乐段二（三句，十五字）
＋ － ＋ ｜ －｜（句）＋ ＋ － ｜（韵）	＋ ＋ ＋（读）－ ＋ ＋ ｜（句）＋ ｜ － －（句）＋ － ＋ ｜（韵）

《抛球乐》上阕，十九句，七仄韵	
乐段三（二句，十四字）	乐段四（三句，十五字）
＋ ＋ ＋（读）＋ ｜ －（句）＋ ＋ ＋（读）＋ － ＋ ｜（韵）	＋ ｜ ＋ ｜ ＋（句）＋ ｜ － －（句）＋ ｜ － － ｜（韵）

《抛球乐》上阕，十九句，七仄韵		
乐段五（四句，十七字）	乐段六（二句，十三字）	乐段七（三句，十三字）
＋ ｜ － － ｜（句）＋ － ＋ ｜（句）＋ － － ＋ ｜（句）＋ － ＋ ｜（韵）	＋ ｜ ｜ － －（句）＋ ＋ ＋（读）－ －｜ ｜（韵）	｜ ＋ － ＋ ｜（句）＋ － ＋ －（句）－ ＋ ｜（韵）

《抛球乐》下阕，十七句，七仄韵	
乐段一（二句，十四字）	乐段二（三句，十二字）
＋ ｜ － ｜ － －（句）＋ ＋ ＋（读）＋ ｜ ｜ － －｜（韵）	｜ ＋ －（句）－ ＋ ｜（句）＋ ｜ ＋ － ＋ ｜（韵）

《抛球乐》下阕，十七句，七仄韵	
乐段三（二句，十字）	乐段四（三句，十五字）
＋－＋｜（句）＋｜＋－＋｜（韵）	＋－＋｜（句）＋－＋｜（句）＋＋＋－｜－－｜（韵）

《抛球乐》下阕，十七句，七仄韵		
乐段五（三句，十七字）	乐段六（二句，十三字）	乐段七（二句，九字）
＋＋｜－＋｜（句）＋－＋｜＋－（句）＋｜＋－＋｜（韵）	＋｜｜－－（句）＋＋（读）＋｜｜－｜（韵）	｜＋｜＋－（句）＋－＋｜（韵）

例　抛球乐（一百八十七字）

（宋）柳　永

晓来天气浓淡，微雨轻洒。近清明、风絮巷陌，烟草池塘，尽堪图画。艳杏暖、妆脸匀开，弱柳困、宫腰低亚。是处丽质盈盈，巧笑嬉嬉，争簇秋千架。戏彩球罗绶，金鸡芥羽，少年驰骋，芳郊绿野。占断五陵游，奏脆管、繁弦声和雅。向名园深处，争泥画轮，竞羁宝马。　　取次罗列杯盘，就芳树、绿影红阴下。舞婆娑，歌宛转，仿佛莺娇燕姹。寸珠片玉，争似浓欢无价。任他美酒，十千一斗，饮竭仍解金貂贳。恣幕天席地，陶陶尽醉太平，且乐唐虞景化。须信艳阳天，看未足、已觉莺花谢。对绿蚁翠蛾，怎生轻舍。

注：全词双调，一百八十七字，上阕十九句，七仄韵；下阕十七句，七仄韵。

法驾导引

宋陈与义词序云：世传顷年都下市肆中，有道人携乌衣椎髻女子，买斗酒独饮，女子歌词以侑。凡九阕，皆非人世语。或记之，以问一道士。道士惊曰：此赤城韩夫人所制水府蔡真人《法驾导引》也，乌衣女子疑龙云。得其三而忘其六，拟作三阕。

《法驾导引》的长短句结构

《法驾导引》单调，两个乐段	
乐段一（十一字）	乐段二（十九字）
3　　3　　5	7　　7　　5

　　《康熙词谱》只收集一体《法驾导引》，单调，可分为两个乐段，其长短句结构如表所示。该调三十字，六句，三平韵，其基本格式如表所示。

《法驾导引》的基本格式（单调）

《法驾导引》单调，六句，三平韵	
乐段一（三句，十一字）	乐段二（三句，十九字）
一十丨（句）一十丨（叠）十丨丨一一（韵）	十丨十一一丨丨（句）十一十丨丨一一（韵）十丨丨一一（韵）

例　法驾导引（三十字）

（宋）陈与义

　　朝元路，朝元路，同驾玉华君。千乘载花红一色，人间遥指是祥云。回望海光新。

　　注：该词单调，三十字，六句，三平韵。

蕃　女　怨

　　唐温庭筠二词，俱咏蕃女之怨，故词中有"雁门沙碛"诸语。

《蕃女怨》的长短句结构

三个乐段		
乐段一（十一字）	乐段二（十字）	乐段三（二句，十字）
7　　　　4	3　　3　　4	7　　3

《康熙词谱》只收集一体《蕃女怨》，单调，可分为三个乐段，其长短句结构如表所示。该调为平仄韵转换格，三十一字，七句，四仄韵两平韵，其基本格式如表所示。

《蕃女怨》的基本格式（单调）

《蕃女怨》，七句，四仄韵两平韵		
乐段一（二句，十一字）	乐段二（三句，十字）	乐段三（二句，十字）
＋ － ＋ ｜ － ＋ ｜（仄韵）＋ ＋ － ｜（韵）	｜ － －（句）－ ｜ ｜（韵）＋ － ＋ ｜（韵）	＋ － ＋ ｜ ｜ － －（平韵）｜ － －（韵）

例 蕃女怨（三十一字）

（唐）温庭筠

万枝香雪开已遍。细雨双燕。钿蝉筝，金雀扇。画梁相见。雁门消息不归来。又飞回。

注：全词单调，三十一字，七句，四仄韵两平韵。

一 叶 落

《五代史》云，后唐庄宗能自度曲，此其一也。取首句为调名。

《一叶落》的长短句结构

《一叶落》单调，两个乐段					
乐段一（十三字）			乐段二（十八字）		
3	3	7	5	5	3	5

《康熙词谱》只收集一体《一叶落》，单调，可分为两个乐段，其长短句结构如表所示。该调三十一字，七句，五仄韵一叠韵，其基本格式如表所示。

《一叶落》的基本格式（单调）

《一叶落》单调，七句，五仄韵一叠韵	
乐段一（三句，十三字）	乐段二（四句，十八字）
十 十 丨（韵）一 一 丨（韵）十 一	十 一 十 丨 一（句）十 十 一 一
十 丨 十 一 丨（韵）	丨（韵）一 一 丨（叠）十 丨 一 一 丨（韵）

例　一叶落（三十一字）
（五代）后唐庄宗

　　一叶落。褰珠箔。此时景物正萧索。画楼月影寒，西风吹罗幕。吹罗幕。往事思量着。

　　注：全词单调，三十一字，七句，五仄韵一叠韵。

忆 王 孙

　　此词单调三十一字者创自秦观，宋元人照此填。《太平乐府》注"黄钟宫"；《太和正音谱》注"仙吕宫"。《梅苑》词名《独脚令》；谢克家词名《忆君王》；吕渭老词名《豆叶黄》；陆游词有"画得蛾眉胜旧时"句，名《画蛾眉》；张辑词有"几曲阑干万里心"句，名《阑干万里心》。双调五十四字者见《复雅歌词》，或名《怨王孙》，与单调绝不同，坊刻又有仄韵单调《忆王孙》，查系《渔家傲》一段，故谱内不收。

《忆王孙》的长短句结构（单调）

两个乐段	
乐段一（十四字）	乐段二（十七字）
7　　　7	7　　3　　7

《忆王孙》的长短句结构（双调）

上阕，两个乐段		下阕，两个乐段	
乐段一（十四字）	乐段二（十三字）	乐段一（十四字）	乐段二（十三字）
7　　34	7　　33	7　　34	7　　33

《康熙词谱》共收集三体《忆王孙》，有单调和双调两种格式，各阕分别可以分为两个乐段，各自的长短句结构如表所示。单调《忆王孙》三十一字，有两种用韵格式，或全押平韵，五句，五平韵；或平仄韵通叶，五句，三平韵两叶韵；《康熙词谱》以秦观词为标谱词例。双调《忆王孙》，五十四字，其长短各句的字数组合与单调不同，且全用仄韵，上下阕各四句，三仄韵。单调《忆王孙》的正格与变格如表所示，其中，上下阕各乐段中的格式（1）为正格句式，其余为变格句式。双调《忆王孙》的基本格式如表所示。

《忆王孙》的正格与变格（单调）

《忆王孙》，五句，五平韵或三平韵两叶韵	
乐段一（二句，十四字）	乐段二（三句，十七字）
＋ － ＋ ｜ ｜ － －（韵） ｜ － － ＋ ｜ －（韵）	＋ ｜ － － ＋ ｜ －（韵）｜ － －（韵） ＋ ｜ － ＋ ＋ ｜ －（韵） （1） ＋ ｜ ＋ － ＋ ｜ ｜（叶）｜ － －（韵）＋ ｜ ＋ － － ｜ ｜（叶） （2）

例一　忆王孙（三十一字）

（宋）秦　观

萋萋芳草忆王孙。柳外楼高空断魂。杜宇声声不忍闻。欲黄昏。雨打梨花深闭门。

注：该词第三句至第五句为乐段二中的格式（1）。全词单调，三十一字，五句，五平韵。

例二　忆王孙（三十一字）

（元）白　朴

瑶阶月色晃疏棂。银烛秋光冷画屏。消遣此时此夜景。步闲庭。苔浸凌波罗袜冷。

注：该词第三句至第五句为乐段二中的格式（2）。全词单调，三十一字，五句，三平韵两叶韵。

《忆王孙》的基本格式（双调）

《忆王孙》上阕，四句，三仄韵	
乐段一（二句，十四字）	乐段二（二句，十三字）
＋｜＋ー ー｜｜（韵）＋＋｜（读） ＋ー＋｜（韵）	＋ー＋｜｜ー ー（句）＋＋｜ （读）ー ー｜（韵）

《忆王孙》下阕，四句，三仄韵	
乐段一（二句，十四字）	乐段二（二句，十三字）
＋｜＋ー ー｜｜（韵）＋＋｜（读） ＋ー＋｜（韵） （1） ＋ー＋｜ー ー｜（韵）＋＋｜ （读）＋ー＋｜（韵） （2）	＋ー＋｜｜ー ー（句）＋＋｜ （读）ー ー｜（韵）

例一　忆王孙（五十四字）

《复雅歌词》无名氏

　　湖上风来波浩渺。秋已暮、红稀香少。水光山色与人亲，说不尽、无穷好。　　莲子已成荷叶老。清露洗、蘋花汀草。眠沙鸥鹭不回头，似应恨、人归早。

　　注：该词下阕第一句和第二句为乐段一中的格式（1）。全词双调，五十四字，上下阕各四句，三仄韵。

例二　忆王孙（五十四字）

（宋）周紫芝

　　梅子生时春渐老。红满地、落花谁扫。旧年池馆不归来，又绿尽、今年草。　　思量千里乡关道。山共水、几时得到。杜鹃只解怨残春，也不管、人烦恼。

　　注：该词下阕第一句和第二句为乐段一中的格式（2）。全词双调，五十四字，上下阕各四句，三仄韵。

金 字 经

《太平乐府》注:"南吕宫"。《元史·乐志》说法舞队,有《金字经》曲,一名《阅金经》。

《金字经》的长短句结构

《金字经》单调,四个乐段			
乐段一 (十字)	乐段二 (七字或八字)	乐段三 (六字或七字)	乐段四 (八字或九字)
5　　5	7 35	1　　5 1　　33	3　　5 3　　33

《康熙词谱》共收集《金字经》三体,单调,可分为四个乐段,长短结构如表所示。该调有三十一字或三十二字、三十四字等格式,七句,平仄韵通叶,五平韵一叶韵或四平韵两叶韵。《康熙词谱》以三十一字体张可久词为标谱词例。该调的正格与变格如表所示,其中,各乐段的格式(1)为正格句式,其余为变格句式。

例一　金字经(三十一字)

(宋)张可久

水冷溪鱼贵,酒香霜蟹肥。环绿亭深掩翠微。梅。落花浮玉杯。山翁醉。笑随明月归。

注:该词第三句为乐段二中的格式(1),第四句和第五句为乐段三中的格式(1),第六句和第七句为乐段四中的格式(1)。全词单调,三十一字,七句,五平韵一叶韵。

例二　金字经(三十二字)

《太平乐府》徐(失名)

犀箸丝鱼脍,象盘冰蔗浆。池阁南风红藕香。将。紫霞白玉觞。低低唱。唱着道、今夜凉。

注：该词第三句为乐段二中的格式（1），第四句和第五句为乐段三中的格式（1），第六句和第七句为乐段四中的格式（2）。全词单调，三十二字，七句，五平韵一叶韵。

《金字经》的正格与变格（单调）

《金字经》单调，七句，五平韵一叶韵或四平韵两叶韵	
乐段一（二句，十字）	乐段二（一句，七字或八字）
＋｜－＋｜（句）＋－＋｜－（韵）	＋｜－－＋｜－（韵） （1） ＋＋＋（读）＋－－｜｜（叶） （2）

《金字经》单调，七句，五平韵一叶韵或四平韵两叶韵	
乐段三（二句，六字或七字）	乐段四（二句，八字或九字）
－（韵）＋－＋｜－（韵） （1） －（韵）＋＋＋（读）＋｜－（韵） （2）	－＋｜（叶）＋－＋｜－（韵） （1） －＋｜（叶）＋＋＋（读）＋｜－（韵） （2）

注：相关乐段中的格式"＋－＋｜－（韵）"，可平可仄两处，以不同时用仄为宜。

例三　金字经（三十四字）

《太平乐府》徐（失名）

　　紫燕寻旧垒，翠鸳栖暖沙。一处处、绿杨堪系马。他。问前村、沽酒家。秋千下。粉墙边、红杏花。

　　注：该词第三句为乐段二中的格式（2），第四句和第五句为乐段三中的格式（2），第六句和第七句为乐段四中的格式（2）。全词单调，三十四字，七句，四平韵两叶韵。

古 调 笑

《乐苑》注"商调曲",一名《宫中调笑》。白居易诗"打嫌《调笑》易",自注"调笑,抛打曲名也"。戴叔伦词名《转应曲》;冯延巳词名《三台令》,与宋词《调笑令》不同。

《古调笑》的长短句结构

三个乐段							
乐段一（十字）			乐段二（十二字）		乐段三（十字）		
2	2	6	6	6	2	2	6

《康熙词谱》只收集一体《古调笑》,单调,可分为三个乐段,其长短句结构如表所示。该调三十二字,八句,四仄韵两叠韵两平韵,基本格式如表所示。该调的特点为第六和第七两句两字,是第五句的末两字的颠倒。

《古调笑》的基本格式（单调）

《古调笑》，八句，四仄韵两叠韵两平韵		
乐段一（三句，十字）	乐段二（二句，十二字）	乐段三（三句，十字）
－ ｜（仄韵）－ ｜（叠） ＋ ｜ ＋ － ＋ ｜（韵） （1） － ｜（仄韵）－ ｜（叠） ＋ － ｜ － ＋ ｜（韵） （2）	＋ － ＋ ｜ －（平韵） ＋ ｜ ＋ － ｜ －（韵）	－ ｜（换仄韵）－ ｜（叠） ＋ ｜ ＋ － ＋ ｜（韵）

例一 古调笑（三十二字）

（唐）王 建

蝴蝶。蝴蝶。飞上金枝玉叶。君前对舞春风。百叶桃花树红。红树。红树。燕语莺啼日暮。

注：该词第一句至第三句为乐段一中的格式（1）。全词单调，三十二字，八句，四仄韵两平韵两叠韵。

例二　古调笑（三十二字）
（唐）王　建

团扇。团扇。美人病来遮面。玉颜憔悴三年，谁复商量管弦。弦管。弦管。春草昭阳路断。

注：该词第一句至第三句为乐段一中的格式（2）。全词单调，三十二字，八句，四仄韵两平韵两叠韵。

遐　方　怨

唐教坊曲名。此调有两体。单调者始于温庭筠，双调者始于顾敻、孙光宪。惟《花间集》有之，宋人无填此者。

单调《遐方怨》的长短句结构

《遐方怨》单调，两个乐段					
乐段一（十七字）				乐段二（十五字）	
3	3	4	7	7	5	3

双调《遐方怨》的长短句结构

上阕，两个乐段						下阕，两个乐段					
乐段一（十六字）				乐段二（十四字）		乐段一（十六字）				乐段二（十四字）	
3	3	5	5	7	7	3	3	5	5	7	7

《康熙词谱》共收集两体《遐方怨》，其中，单调一体，双调一体，每阕可分为两个乐段，各自的长短句结构如表所示。从两者的长短句结构可以看出，它们只是词牌名称相同而已。单调《遐方怨》三十二字，七句，四平韵，其基本格式如表所示；双调《遐方怨》六十字，上下阕各六句，四平韵，其基本格式如表所示。

《遐方怨》的基本格式（单调）

《遐方怨》单调，七句，四平韵	
乐段一（四句，十七字）	乐段二（三句，十五字）
— ｜｜（句）｜ — —（句）＋｜ — —（句）｜＋ — — ＋｜ —（韵） （1） — ｜｜（句）｜ — —（句）＋｜ — —（句）＋ — ＋｜ — ｜ —（韵） （2）	＋ — ＋｜｜ — —（韵）＋ — — ｜｜（句）｜ — —（韵）

例一　遐方怨（三十二字）

（唐）温庭筠

凭绣槛，解罗帏。未得君书，断肠潇湘春雁飞。不知征马几时归。海棠花尽也，雨霏霏。

注：该词第一句至第四句为乐段一中的格式（1）。全词单调，三十二字，七句，四平韵。

例二　遐方怨（三十二字）

（唐）温庭筠

花半拆，雨初晴。未卷珠帘，梦残惆怅闻晓莺。宿妆眉浅粉山横，约鬟鸾镜里，绣罗轻。

注：该词第一句至第四句为乐段一中的格式（2）。全词单调，三十二字，七句，四平韵。

例一　遐方怨（六十字）

（五代）孙光宪

红绶带，锦香囊。为表花前意，殷勤赠玉郎。此时更自役心肠。转添秋夜梦魂长。　　思艳质，想娇妆。愿早传金盏，同欢卧醉乡。任人猜妒尽提防。到头须使是鸳鸯。

注：该词上阕第一句至第四句为乐段一中的格式（1）。全词双调，六十字，上下阕各六句，四平韵。

《遐方怨》的基本格式（双调）

《遐方怨》上阕，六句，四平韵	
乐段一（四句，十六字）	乐段二（二句，十四字）
一 十 丨（句）丨 一 一（韵）十 丨 一 一 丨（句）一 一 十 丨 一（韵） （1） 一 十 丨（句）丨 一 一（韵）十 一 一 丨 丨（句）十 一 一 丨 一（韵） （2）	十 一 十 丨 丨 一 一（韵）十 一 十 丨 丨 一 一（韵）

《遐方怨》下阕，六句，四平韵	
乐段一（四句，十六字）	乐段二（二句，十四字）
十 十 丨（句）丨 一 一（韵）十 丨 一 一 丨（句）十 一 十 丨 一（韵）	十 一 十 丨 丨 一 一（韵）十 一 十 丨 丨 一 一（韵）

注：①上下阕乐段一中的格式"十 十 丨（句）"，可平可仄二处，不宜同时用仄。②上下阕乐段一中的格式"十 一 十 丨 一（韵）"，可平可仄两处，不宜同时用仄。

例二 遐方怨（六十字）

（五代）顾　夐

帘影细，簟纹平。象纱笼玉指，缕金罗扇轻。嫩红双脸似花明，两条眉黛远山横。　　凤萧歇，镜尘生。辽塞音书绝，梦魂长暗惊。玉郎经岁负娉婷，教人怎不恨无情。

注：该词上阕第一句至第四句为乐段一中的格式（2）。全词双调，六十字，上下阕各六句，四平韵。

后庭花破子

《太平乐府》注"仙吕调"。《唐书·礼乐志》："夷则羽，俗呼仙吕调。"此金元小令，与唐词《后庭花》、宋词《玉树后庭花》异。所谓破子者，以其繁声入破也。

《后庭花破子》的长短句结构

《后庭花破子》单调，三个乐段					
乐段一（十字）		乐段二（十字）		乐段三（十二字或十三字）	
5	5	5	5	3　　4	5
				3　　4	33

《康熙词谱》共收集两体《后庭花破子》，单调，可分为三个乐段，其长短句结构如表所示。该调三十二字或三十三字，七句，五平韵。《康熙词谱》以王恽词为标谱词例。该调的正格与变格如表所示，其中，各乐段中的格式（1）为正格句式，其余为变格句式。

《后庭花破子》的正格与变格（单调）

《后庭花破子》单调，七句，五平韵		
乐段一（二句，十字）	乐段二（二句，十字）	乐段三（三句，十二字或十三字）
＋丨丨－－（韵） －＋丨－（韵） （1）	＋丨－丨（句） ＋－＋丨－（韵） （1）	丨＋－（韵）＋－＋丨 （句）＋－＋丨－（韵） （1）
＋－＋丨－（韵） ＋－＋丨－（韵） （2）	＋－－丨（句） ＋－＋丨－（韵） （2）	丨＋－（韵）＋－＋丨 （句）＋＋＋（读）＋丨 －（韵） （2）
＋－＋丨－（韵） ＋丨－丨－（韵） （3）		
＋丨丨－－（韵）＋ 丨－丨－（韵） （4）		
注：词例表明，相关乐段中的格式"＋－＋丨－（韵）"，可平可仄二字，不可同时用仄。		

例一　后庭花破子（三十二字）

（元）王　恽

　　绿树远连洲。青山压树头。落日高城望，烟霏翠满楼。木兰舟。彼汾一曲，春风佳可游。

注：该词第一句和第二句为乐段一中的格式（1），第三句和第四句为乐段二中的格式（1），第五句至第七句为乐段三中的格式（1）。全词单调，三十二字，七句，五平韵。

例二　后庭花破子（三十二字）
（元）邵亨贞

铜壶更漏残。红妆春梦阑。江上花无语，天涯人未还。倚楼闲。月明千里，隔江何处山？

注：该词第一句和第二句为乐段一中的格式（2），第三句和第四句为乐段二中的格式（1），第五句至第七句为乐段三中的格式（1）。全词单调，三十二字，七句，五平韵。

例三　后庭花破子（三十二字）
《太平乐府》无名氏

孤身万里游，寸心千古愁。霜落吴江冷，云高楚甸秋。认归舟。风帆无数，斜阳独倚楼。

注：该词第一句和第二句为乐段一中的格式（2），第三句和第四句为乐段二中的格式（1），第五句至第七句为乐段三中的格式（1）。全词单调，三十二字，七句，五平韵。

例四　后庭花破子（三十二字）
《花草粹编》无名氏

玉树后庭前。瑶草妆镜边。去年花不老，今年月又圆。莫教偏。和花和月，天教长少年。

注：该词第一句和第二句为乐段一中的格式（4），第三句和第四句为乐段二中的格式（2），第五句至第七句为乐段三中的格式（1）。全词单调，三十二字，七句，五平韵。

例五　后庭花破子（三十三字）
（元）赵孟頫

清溪一叶舟。芙蓉两岸秋。采菱谁家女，歌声起暮鸥。乱云愁。满头风雨，戴荷叶、归去休。

注：该词第一句和第二句为乐段一中的格式（2），第三句和第四句为乐段二中的格式（2），第五句至第七句为乐段三中的格式（2）。全词单调，三十三字，七句，五平韵。

如 梦 令

宋苏轼词注："此曲本唐庄宗制，名《忆仙姿》。嫌其名不雅，故改为《如梦令》。盖因此词中有'如梦。如梦'叠句也。"周邦彦又因此词首句，改名《宴桃源》；沈会宗词有"不见。不见"叠句，名《不见》；张辑词有"比着梅花谁瘦"句，名《比梅》；《梅苑》词名《古记》。《鸣鹤余音》词名《无梦令》；魏泰双调词名《如意令》。

《如梦令》的长短句结构（单调）

三个乐段		
乐段一（十二字）	乐段二（十一字）	乐段三（十字）
6　　　6	5　　　6	2　2　6 4　　6

《如梦令》的长短句结构（双调）

上阕，三个乐段			下阕，三个乐段		
乐段一（十二字）	乐段二（十一字）	乐段三（十字）	乐段一（十二字）	乐段二（十一字）	乐段三（十字）
6　6	5　6	2　2　6	6　6	5　6	2　2　6

《康熙词谱》共收集六体《如梦令》，其中，单调五体，双调一体，每阕可分为两个乐段，它们的长短句结构分别如表所示。该调以仄韵格为主，也有用平韵的词例，叠韵是《如梦令》的一大特色，有一叠或两叠等格式。《康熙词谱》以仄韵格一叠韵的后唐庄宗词为正体或正格。单调《如梦令》仄韵格的正格与变格分别如表所示，其中，各乐段中的格式（1）为正格句式，其余为变格句式。单调《如梦令》的平韵格、双调《如梦令》的基本格式如表所示。

《如梦令》（仄韵）的正格与变格（单调）

《如梦令》，七句或六句，五仄韵一叠韵或四仄韵一叠韵、四仄韵两叠韵六仄韵		
乐段一 （二句，十二字）	乐段二 （二句，十一字）	乐段三 （三句或二句，十字）
＋｜＋－＋｜（韵） ＋｜＋－＋｜（韵）	＋｜｜－　＋｜（句） ｜＋－＋｜（韵）	＋｜（韵）＋｜（叠）＋｜＋－＋｜（韵） （1） ＋｜（韵）＋｜（韵）＋｜＋－＋｜（韵） （2） ＋｜（叠）＋｜（叠）＋｜＋－＋｜（韵） （3） ＋－＋｜（叠）＋｜＋－＋｜（韵） （4）

例一　如梦令（三十三字）

（五代）后唐庄宗

曾宴桃源深洞。一曲舞鸾歌凤。长记别伊时，和泪出门相送。如梦。如梦。残月落花烟重。

注：该词第五句至第七句为乐段三中的格式（1）。全词单调，三十三字，七句，五仄韵一叠韵。

例二　如梦令（三十三字）

《梅苑》无名氏

腊半雪梅初绽。玉屑琼英碎剪。素艳与清香，别有风流堪羡。苞嫩。蕊浅。羞破寿阳人面。

注：该词第五句至第七句为乐段三中的格式（2）。全词单调，三十三字，七句，六仄韵。

例三　如梦令（三十三字）

《梅苑》无名氏

　　疑是水晶宫殿。云女天仙宝宴。吟赏欲黄昏，风送一声羌管。烟淡。霜淡。月在画楼西畔。

　　注：该词第五句至第七句为乐段三中的格式（1），但叠韵不叠句。全词单调，三十三字，七句，五仄韵一叠韵。

例四　如梦令（三十三字）

（宋）朱敦儒

　　好个中秋时节。莫恨今宵无月。岩窜一灯青，寒浸水香留客。留客。留客。相对无言无说。

　　注：该词第五句至第七句为乐段三中的格式（3）。全词单调，三十三字，七句，四仄韵两叠韵。

例五　如梦令（三十三字）

《鸣鹤余音》无名氏

　　学道非难非易。怎敢已而不已。专下死功夫，悟得长生活计。长生活计。收得精光神气。

　　注：该词第五句和第六句为乐段三中的格式（4）。全词单调，三十三字，六句，四仄韵一叠韵。

《如梦令》的平韵格（单调）

《如梦令》，七句，五平韵一叠韵		
乐段一（二句，十二字）	乐段二（十一字）	乐段三（三句，十字）
＋ － ＋ ｜ ＋ －（韵） ＋ － ＋ ｜ － －（韵）	＋ ｜ ＋ － ｜（句）＋ － ＋ ｜ － －（韵）	＋ －（韵）＋ －（叠） ＋ ｜ ＋ ｜ － －（韵）

例　如梦令（三十三字）

（宋）吴文英

　　秋千争闹粉墙。闲看燕紫莺黄。啼到绿阴处，唤回浪子闲忙。春光。春光。正是拾翠寻芳。

注：全词单调，三十三字，七句，五平韵一叠韵。

《如梦令》的基本格式（双调）

《如梦令》上阕，七句，五仄韵一叠韵		
乐段一（二句，十二字）	乐段二（二句，十一字）	乐段三（三句，十字）
＋｜＋－＋｜（韵） ＋｜＋－＋｜（韵）	＋｜｜－－（句）＋ ｜＋－＋｜（韵）	＋｜（韵）＋｜（叠）＋ ｜＋－＋｜（韵）

《如梦令》下阕，七句，五仄韵一叠韵		
乐段一（二句，十二字）	乐段二（二句，十一字）	乐段三（三句，十字）
＋｜＋－＋｜（韵） ＋｜＋－＋｜（韵）	＋｜｜－－（句）＋ ｜＋－＋｜（韵）	＋｜（韵）＋｜（叠）＋ ｜＋－＋｜（韵）

例 如梦令（六十六字）

（宋）魏　泰

炎暑尚余八日。火老金柔时节。闻道间生贤，储秀降神崧极。无敌。无敌。当代人伦准的。　　射策当为第一。高跃龙门三级。荣看绿袍新，帝渥必加宠锡。良弼。良弼。真个国家柱石。

注：全词双调，六十六字，上下阕各七句，五仄韵一叠韵。

诉　衷　情

唐教坊曲名。毛文锡词有"桃花流水漾纵横"句，又名《桃花水》。

《诉衷情》的长短句结构（单调）

三个乐段		
乐段一（十字）	乐段二（八字）	乐段三（十五字或十九字）
2　2　3　3 　7　　3	3　　2　　3	5　2　5　3 　5　3　33　5

《诉衷情》的长短句结构（双调）

上阕，两个乐段		下阕，两个乐段	
乐段一 （十二字）	乐段二 （十一字或十二字）	乐段一 （八字或九字）	乐段二 （十字或十二字）
7　　5	3　　3　　5 　6　　33	5　　3 3　　3　　3	7　　3 4　　4　　4

　　《康熙词谱》共收集五体《诉衷情》，其中，单调，三体；双调，两体。单调《诉衷情》可分为三个乐段，双调《诉衷情》上下阕分别可分为两个乐段，各自的长短句结构分别如表所示。

　　单调《诉衷情》有三十三字或三十七字等格式，为平仄韵错叶格，以平韵为主，或间入一仄韵，或间入两仄韵。该调十一句或九句，五仄韵六平韵或六平韵两仄韵。《康熙词谱》以三十三字体温庭筠词为标谱词例，其正格与变格如表所示。其中，各乐段中的格式（1）为正格句式，其余为变格句式。

　　双调《诉衷情》，有四十一字或四十五字等格式，上阕五句或四句，四平韵或三平韵；下阕四句或六句，四平韵或三平韵。《康熙词谱》以四十一字体毛文锡词为标谱词例，其正格与变格如表所示。其中，各乐段中的格式（1）为正格句式，其余为变格句式。

《诉衷情》的正格与变格（单调）

《诉衷情》，十一句或九句，五仄韵六平韵或六平韵两仄韵		
乐段一 （四句或二句，十字）	乐段二 （三句，八字）	乐段三 （四句，十五字或十九字）
— ｜（仄韵）— ｜（韵） — ｜ ｜（韵）｜ — —（平韵） （1） ＋ ｜ ＋ — — ｜ ｜（句） ｜ — —（平韵） （2）	— ｜ ｜（换仄韵）— ｜（韵） ｜ — —（韵）	＋ ｜ ｜ — —（韵）— —（韵）＋ — — ｜ —（韵）｜ — —（韵） （1） ＋ ｜ ｜ — —（韵）｜ — —（韵）｜ ＋ —（读） ＋ ｜ —（韵）＋ — — ｜ —（韵） （2）

例一　诉衷情（三十三字）

（唐）温庭筠

莺语。花舞。春昼午。雨霏微。金带枕。宫锦。凤凰帷。柳弱燕交飞。依依。辽阳音信稀。梦中归。

注：该词第一句至第四句为乐段一中的格式（1），第八句至第十一句为乐段三中的格式（1）。全词单调，三十三字，十一句，五仄韵六平韵。

例二　诉衷情（三十三字）

（唐）韦　庄

碧沼红芳烟雨静，倚兰桡。垂玉佩。交带。袅纤腰。鸳梦隔星桥。迢迢。越罗香暗销。坠花翘。

注：该词第一句和第二句为乐段一中的格式（2），第六句至第九句为乐段三中的格式（1）。全词单调，三十三字，九句，六平韵两仄韵。

例三　诉衷情（三十七字）

（五代）顾　夐

永夜抛人何处去，绝来音。香阁掩。眉敛。月将沉。争忍不相寻。怨孤衾。换我心、为你心。始知相忆深。

注：该词第一句和第二句为乐段一中的格式（2），第六句至第九句为乐段三中的格式（2）。全词单调，三十七字，九句，六平韵两仄韵。

例一　诉衷情（四十一字）

（五代）毛文锡

桃花流水漾纵横。春昼彩霞明。刘郎去，阮郎行。惆怅恨难平。　　愁坐对云屏。算归程。何时携手洞边迎。诉衷情。

注：该词上阕第一句和第二句为乐段一中的格式（1），第三句至第五句为乐段二中的格式（1）；下阕第一句和第二句为乐段二中的格式（1），第三句和第四句为乐段二中的格式（1）。全词双调，四十一字，上阕五句，四平韵；下阕四句，四平韵。

《诉衷情》的正格与变格（双调）

《诉衷情》上阕，五句或四句，四平韵或三平韵	
乐段一（二句，十二字）	乐段二（三句或二句，十一字或十二字）
＋－＋｜｜－－（韵）＋｜｜ －（韵） （1）	－＋｜（句）｜－－（韵）＋｜｜ （韵） （1）
＋－＋｜｜－－（韵）－－ ＋｜－（韵） （2）	＋－＋｜－｜（句）＋＋＋＋（读） ｜－－（韵） （2）
＋｜－－＋｜－（韵）－－ ＋｜－（韵） （3）	

《诉衷情》下阕，四句，四平韵或三平韵	
乐段一（二句或三句，八字或九字）	乐段二（二句或三句，十字或十二字）
＋｜｜－－（韵）｜－－（韵） （1）	＋－＋｜｜－－（韵）｜－－ （韵） （1）
－＋｜（韵）｜－－（韵）｜－－ （韵） （2）	＋－＋｜－｜（句）｜－－（韵） （2）
	＋－＋｜（句）＋｜－－（句） ＋｜－（韵） （3）

例二　诉衷情（四十一字）

（五代）魏承班

春深花簇小楼台。风飘锦绣开。新梦觉，步香阶。山枕映红腮。　鬓乱坠金钗。语檀偎。临行执手重重嘱，几千回。

注：该词上阕第一句和第二句为乐段一中的格式（2），第三句至第五句为乐段二中的格式（1）；下阕第一句和第二句为乐段二中的格式（1），第三句和第四句为乐段二中的格式（2）；全词双调，四十一字，上阕五句，四平韵；下阕四句，三平韵。

例三　诉衷情（四十一字）
（五代）魏承班

银汉云晴玉漏长。蛩声悄画堂。筠簟冷，碧窗凉。红蜡泪飘香。　　皓月泻寒光。割人肠。那堪独自步池塘。对鸳鸯。

注：该词上阕第一句和第二句为乐段一中的格式（3），第三句至第五句为乐段二中的格式（1）；下阕第一句和第二句为乐段一中的格式（1），第三句和第四句为乐段二中的格式（1）；全词双调，四十一字，上阕五句，四平韵；下阕四句，四平韵。

例四　诉衷情（四十五字）
（宋）欧阳修

清晨帘幕卷轻霜。呵手试梅妆。都缘自有离恨，故画作、远山长。　　思往事，惜流光。易成伤。拟歌先敛，欲笑还颦，最断人肠。

注：该词上阕第一句和第二句为乐段一中的格式（1），第三句和第四句为乐段二中的格式（2）；下阕第一句至第三句为乐段一中的格式（2），第四句至第六句为乐段二中的格式（3）。全词双调，四十五字，上阕四句，三平韵；下阕六句，三平韵。

西　溪　子

唐教坊曲名。

《西溪子》的长短句结构

《西溪子》单调，三个乐段		
乐段一（十二字）	乐段二（十五字）	乐段三（八字或六字）
6　　6	3　　3　　3　　6	5　　3 3　　3

《康熙词谱》共收集两体《西溪子》，单调，可分为三个乐段，其长短句结构如表所示。该调有三十五字或三十三字等格式，八句，用韵特点体现为平仄韵转换，即两仄两平三换韵，或五仄韵两平韵，或四仄韵一叠韵两平韵。《康熙词谱》以三十五字体毛文锡词为标谱词例。该调的正格与变格如表所示，其中，各乐段中的格式（1）为正格句式，其余为变格句式。

《西溪子》的正格与变格（单调）

《西溪子》单调，八句，五仄韵两平韵或四仄韵一叠韵两平韵		
乐段一（二句，十二字）	乐段二（四句，十五字）	乐段三（二句，八字或六字）
＋｜＋－＋｜（仄韵） ＋｜＋－＋｜（韵）	｜－－（句）－＋｜（换仄韵）＋＋｜（韵）＋｜ ＋－＋｜（韵）	＋｜｜－－（平韵）｜ －－（韵） （1） ｜－－（平韵）｜－ －（韵） （2）

注：乐段二中的格式"＋＋｜（韵）"，可平可仄二处，不宜同时用仄。

例一　西溪子（三十五字）

（五代）毛文锡

　　昨夜西溪游赏。芳树奇花千样。锁春光，金尊满。听弦管。娇妓舞衫香暖。不觉到斜晖。马驮归。

　　注：该词第七句和第八句为乐段三中的格式（1）。全词单调，三十五字，八句，五仄韵两平韵。

例二　西溪子（三十三字）

（唐）牛　峤

　　捍拨双盘金凤。蝉鬓玉钗摇动。画堂前，人不语。弦解语。弹到昭君怨处。翠娥愁。不抬头。

　　注：该词第七句和第八句为乐段三中的格式（2）。全词单调，三十三字，八句，四仄韵一叠韵两平韵。

天 仙 子

唐教坊曲名。段安节《乐府杂录》:"《天仙子》本名《万斯年》,李德裕进,属龟兹部舞曲。因皇甫松词有'懊恼天仙应有以'句,取以为名。"

《天仙子》的长短句结构(单调)

两个乐段				
乐段一(十四字)		乐段二(二十字)		
7	7	7	3	3	7

《天仙子》的长短句结构(双调)

上阕,两个乐段						下阕,两个乐段					
乐段一(十四字)		乐段二(二十字)				乐段一(十四字)		乐段二(二十字)			
7	7	7	3	3	7	7	7	7	3	3	7

《康熙词谱》共收集五体《天仙子》,其中,单调四体,双调一体,每阕可分为两个乐段,各自的长短句结构分别如表所示。单调始于唐人,六句,三十四字,有仄韵和平仄韵转换、平韵三种格式:仄韵格五仄韵或四仄韵;平仄韵转换格两仄韵三平韵;平韵格五平韵。《康熙词谱》以仄韵格皇甫松词为正体。该调的正格与变格如表所示,其中各乐段中的格式(1)为正格句式,其余为变格句式。单调《天仙子》的平韵格如表所示。双调始于宋人,上下阕各六句,五仄韵,其基本格式如表所示。

《天仙子》的正格与变格（单调）

《天仙子》，六句，五仄韵或四仄韵、两仄韵三平韵	
乐段一（二句，十四字）	乐段二（四句，二十字）
＋｜＋－－｜｜（仄韵）＋－ ＋｜＋－－｜（韵） （1）	＋－＋｜｜－－（句）－＋ ｜（韵）＋－｜（韵）＋｜＋－ ｜｜（韵） （1）
＋｜＋－－｜｜（仄韵）＋｜＋ －－｜｜（韵） （2）	＋｜＋｜｜－－（句）｜－ （句）－＋｜（韵）＋｜＋－－ ｜｜（韵） （2）
	＋－＋｜｜－－（平韵）＋＋ ｜（句）｜＋－（韵）＋｜－－＋ ｜－（韵） （3）

例一　天仙子（三十四字）

（唐）皇甫松

晴野鹭鸶飞一只。水荭花发秋江碧。刘郎此日别天仙，登绮席。泪珠滴。十二晚峰高历历。

注：该词第一句和第二句为乐段一中的格式（1），第三句至第六句为乐段二中的格式（1）。全词单调，三十四字，六句，五仄韵。

例二　天仙子（三十四字）

（五代）和　凝

柳色披衫金缕凤。纤手轻拈红豆弄。翠蛾双敛正含情，桃花洞。瑶台梦。一片春愁谁与共。

注：该词第一句和第二句为乐段一中的格式（2），第三句至第六句为乐段二中的格式（1）。全词单调，三十四字，六句，五仄韵。

例三　天仙子（三十四字）

（五代）和　凝

洞口春红飞蔌蔌。仙子含愁眉黛绿。阮郎何事不归来，懒烧金，慵篆玉。流水桃花空断续。

注：该词第一句和第二句为乐段一中的格式（2），第三句至第六句为乐段二中的格式（2）。全词单调，三十四字，六句，四仄韵。

例四　天仙子（三十四字）

（唐）韦　庄

深夜归来长酩酊。扶入流苏犹未醒。醺醺酒气麝兰和。惊睡觉，笑呵呵。长道人生能几何。

注：该词第一句和第二句为乐段一中的格式（2），第三句至第六句为乐段二中的格式（3）。全词单调，三十四字，六句，两仄韵三平韵。

《天仙子》（平韵）的基本格式（单调）

《天仙子》，六句，五平韵	
乐段一（二句，十四字）	乐段二（四句，二十字）
＋｜－－＋｜－（韵）＋－ ＋｜｜－－（韵） （1） ＋｜－－＋｜－（韵）＋｜ －－＋｜－（韵） （2）	＋－＋｜｜－－（韵）＋｜｜（句） ｜－－（韵）＋｜－－＋｜－（韵）

例一　天仙子（三十四字）

（唐）韦　庄

怅望前回梦里期。看花不语苦寻思。露桃宫里小腰肢。眉眼细，鬓云垂。惟有多情宋玉知。

注：该词第一句和第二句为乐段一中的格式（1）。全词单调，三十四字，六句，五平韵。

例二　天仙子（三十四字）

（唐）韦　庄

蟾彩霜华夜不分。天外鸿声枕上闻。绣衾香冷懒重薰。人寂寂，叶纷纷。才睡依前梦见君。

注：该词第一句和第二句为乐段一中的格式（2）。全词单调，三十四字，六句，五平韵。

《天仙子》的基本格式（双调）

《天仙子》上阕，六句，五仄韵	
乐段一（二句，十四字）	乐段二（四句，二十字）
十丨十一一丨丨（韵）十丨十一一丨丨（韵）	十一十丨丨一一（句）十十丨（韵）十十丨（韵）十丨十一一丨丨（韵）

《天仙子》下阕，六句，五仄韵	
乐段一（二句，十四字）	乐段二（四句，二十字）
十丨十一一丨丨（韵）十丨十一一丨丨（韵）	十一十丨丨一一（句）十十丨（韵）十十丨（韵）十丨十一一丨丨（韵）

注：上下阕乐段二中的格式"十　十　丨（韵）"三字，宜有平有仄。

例　天仙子（六十八字）

（宋）张　先

醉笑相逢能几度。为报江头春且住。主人今日是行人，红袖舞。清歌女。凭仗东风交点取。　三月柳枝柔似缕。落叶倦飞还恋树。有情宁不惜西园，莺解语。花无数。应讶使君何处去。

注：全词双调，六十八字，上下阕各六句，五仄韵。

风 流 子

唐教坊曲名。

单调《风流子》的长短句结构

《风流子》单调，三个乐段							
乐段一（十二字）		乐段二（十二字）			乐段三（十字）		
6	6	3	3	6	2	2	6

双调《风流子》的长短句结构

《风流子》上阕，四个乐段										
乐段一 （十三字）		乐段二 （十七字或十六字）				乐段三 （十三字或十二字）			乐段四 （十六或十七字）			
5	35	5	4	4	4	35		5	4	4	4	4
		4	4	4	4	7		5	5	4	4	4

《风流子》下阕，四个乐段										
乐段一 （十四字或十五字）			乐段二 （十字）		乐段三 （十七字或十六字）				乐段四 （十字）	
5		36	6	4	5	4	4	4	6	4
5	5	4	4	6	4	4	4	4	4	6
5	5	5								
5	3	3	3							

《康熙词谱》共收录《风流子》九体，其中，单调一体；双调八体。单调《风流子》可分为三个乐段，三十四字，八句，六仄韵，其长短句结构与基本格式分别如表所示。双调《风流子》为长调，上下阕分别可分为四个乐段，其长短句结构如表所示。该调有一百十字或一百八字、一百九字、一百十一字等格式，《康熙词谱》以一百十字体周邦彦词为标谱词例。双调《风流子》的正格与变格如表所示，其中，上下阕各乐段中的格式（1）为正格句式，其余为变格句式。

《风流子》的基本格式（单调）

《风流子》单调，八句，六仄韵		
乐段一（二句，十二字）	乐段二（三句，十二字）	乐段三（三句，十字）
＋｜＋－＋｜（韵） ＋｜＋－＋｜（韵）	－｜｜（句）｜－－（句） ＋｜＋－＋｜（韵）	－｜（韵）－｜（韵） ＋｜＋－＋｜（韵）

例　风流子（三十四字）

（五代）孙光宪

楼倚长衢欲暮。瞥见神仙伴侣。微傅粉，拢梳头，隐映画帘开处。无语。无绪。慢曳罗裙归去。

注：全词单调，三十四字，八句，六仄韵。

―――――――――――――――――――――――

例一　风流子（一百十字）

（宋）周邦彦

枫林凋晚叶，关河迥、楚客惨将归。望一川暝霭，雁声哀怨，半规凉月，人影参差。酒醒后、泪花销凤蜡，风幕卷金泥。砧杵韵高，唤回残梦，绮罗香减，牵起余悲。　　亭皋分襟地，难堪处、偏是掩面牵衣。何况怨怀长结，重见无期。想寄恨书中，银钩空满，断肠声里，玉箸还垂。多少暗愁密意，惟有天知。

注：该词上阕第一句和第二句为乐段一中的格式（1），第三句至第六句为乐段二中的格式（1），第七句和第八句为乐段三中的格式（1），第九句至第十二句为乐段四中的格式（1）；下阕第一句和第二句为乐段一中的格式（1），第三句和第四句为乐段二中的格式（1），第五句至第八句为乐段三中的格式（1），第九句和第十句为乐段四中的格式（1）。该词双调，一百十字，上阕十二句，四平韵；下阕十句，四平韵。

《风流子》的正格和变格（双调）

《风流子》上阕，十二句，四平韵或五平韵	
乐段一（二句，十三字）	乐段二（四句，十七字或十六字）
＋ － － ｜ ｜（句）＋ ＋ ＋（读） ＋ ｜ ｜ － －（韵） （1）	｜ ＋ － ＋ ｜（句）＋ － ＋ ｜（句） ＋ － ＋ ｜（句）＋ ｜ － －（韵） （1）
－ － ｜ ＋ ｜（句）＋ ＋ ＋（读） ＋ ｜ ｜ － －（韵） （2）	｜ ＋ ｜ ＋ －（句）＋ － ＋ ｜（句） ＋ － ＋ ｜（句）＋ ｜ － －（韵） （2）
＋ ｜ ＋ － ｜（句）＋ ＋ ＋（读） ＋ ｜ ｜ － －（韵） （3）	＋ ｜ ＋ －（句）＋ － ＋ ｜（句） ＋ － ＋ ｜（句）＋ ｜ － －（韵） （3）
＋ ｜ ｜ － －（韵）＋ ＋ ＋（读） ＋ ｜ ｜ － －（韵） （4）	

《风流子》上阕，十二句，四平韵或五平韵	
乐段三（二句，十三字或十二字）	乐段四（四句，十六字或十七字）
＋ ＋ ＋（读）＋ － － ｜ ｜（句） ＋ ｜ ｜ － －（韵） （1）	＋ ｜ ＋ －（句）＋ － ＋ ｜（句） ＋ － ＋ ｜（句）＋ ｜ － －（韵） （1）
＋ ｜ ＋ － －（句）＋ ｜ － －（韵） （2）	＋ ｜ ｜ － －（句）＋ － ＋ ｜（句） ＋ － ＋ ｜（句）＋ ｜ － －（韵） （2）

《风流子》下阕，十句或十一句或十二句，四平韵或五平韵	
乐段一（二句或三句、四句，十四字或十五字）	乐段二（二句，十字）
＋ー ー＋｜（句）＋＋＋（读）ー＋＋｜ーー（韵） （1）	＋｜＋ー＋｜（句）＋｜ーー（韵） （1）
＋ー ー＋｜（句）ーー｜＋｜（句）＋｜ーー（韵） （2）	＋｜＋ー（句）＋ー＋｜ーー（韵） （2）
＋ー ー＋｜（句）｜＋ー＋｜（句）＋｜ーー（韵） （3）	
＋｜｜ーー（句）ーー｜＋｜（句）＋｜｜ーー（韵） （4）	
＋｜｜ーー（句）ーー｜＋｜（句）＋｜ーー（韵） （5）	
＋ーー＋｜（句）ー＋｜（句）＋｜｜（句）｜ーー（韵） （6）	

《风流子》下阕，十句或十一句或十二句，四平韵或五平韵	
乐段三（四句，十七字或十六字）	乐段四（二句，十字）
｜＋｜ーー（句）＋ー＋｜（句）＋ー＋｜（句）＋｜ーー（韵） （1）	＋｜＋ー＋｜（句）＋｜ーー（韵） （1）
｜＋ー＋｜（句）＋ー＋｜（句）＋｜ーー（韵） （2）	＋｜ーー（句）＋ー＋｜ー（韵） （2）
＋｜ーー（句）＋ー＋｜（句）＋ー＋｜（句）＋｜ーー（韵） （3）	
＋ー＋｜（句）＋ー＋｜（句）＋ー＋｜（句）＋｜ーー（韵） （4）	

例二　风流子（一百十字）
（宋）张耒

亭皋木叶下，重阳近、又是捣衣秋。奈愁入庾肠，老侵潘鬓，误簪黄菊，花也应羞。楚天晚、白蘋烟尽处，红蓼水边头。芳草有情，夕阳无语，雁横南浦，人倚西楼。　　玉容知安否，香笺共锦字，两处悠悠。空恨白云离合，青鸟沉浮。向风前懊恼，芳心一点，寸眉两叶，禁甚闲愁。情到不堪言处，分付东流。

注：该词上阕第一句和第二句为乐段一中的格式（2），第三句至第六句为乐段二中的格式（2），第七句和第八句为乐段三中的格式（1），第九句至第十二句为乐段四中的格式（1）；下阕第一句至第三句为乐段一中的格式（2），第四句和第五句为乐段二中的格式（1），第六句至第九句为乐段三中的格式（2），第十句和第十一句为乐段四中的格式（1）。该词双调，一百十字，上阕十二句，四平韵；下阕十一句，四平韵。

例三　风流子（一百十一字）
（宋）王之道

扁舟南浦岸，分携处、鸣佩忆珊珊。见十里长堤，数声啼鴂，至今清泪，襟袖斓斑。谁信道、沈腰成瘦损，潘鬓就衰残。漫把酒临风，看花对月，不言拄笏，无绪凭阑。　　相逢还相感，但凝情秋水，送恨青山。应念马催行色，泥溅征衫。况芳菲将过，红英晼晚，追随正乐，黄鸟间关。争得此心无着，浑是云闲。

注：该词上阕第一句和第二句为乐段一中的格式（1），第三句至第六句为乐段二中的格式（2），第七句和第八句为乐段三中的格式（1），第九句至第十二句为乐段四中的格式（2）；下阕第一句至第三句为乐段一中的格式（3），第四句和第五句为乐段二中的格式（1），第六句至第九句为乐段三中的格式（2），第十句和第十一句为乐段四中的格式（1）。该词双调，一百十一字，上阕十二句，四平韵；下阕十一句，四平韵。

例四　风流子（一百十字）
（宋）王千秋

夜久烛花暗，仙翁醉、丰颊缕红霞。正三行钿袖，一声金缕，卷茵停舞，侧火分茶。笑盈盈、溅汤温翠碗，拆印启缃纱。玉笋缓摇，云头初起，竹龙停战，雨脚微斜。　　清风生两腋，尘埃尽，留白雪，长黄芽。解使芝眉长秀，潘鬓休华。想行宫异日，衮衣寒夜，小团分赐，新样金花。还记玉麟春色，曾在仙家。

注：该词上阕第一句和第二句为乐段一中的格式（3），第三句至第六句为乐段二中的格式（1），第七句和第八句为乐段三中的格式（1），第九句至第十二句为乐段四中的格式（1）；下阕第一句至第四句为乐段一中的格式（6），第五句和第六句为乐段二中的格式（1），第七句至第十句为乐段三中的格式（2），第十一句和第十二句为乐段四中的格式（1）。该词双调，一百十字，上下阕各十二句，四平韵。

例五　风流子（一百九字）
（元）罗志仁

歌咽翠眉低。湖船客、尊酒谩重携。正断续斋钟，高峰南北，飘零野褐，太乙东西。凄凉处、翠连松九里，僧马溅障泥。葛岭楼台，梦随烟散，吴山宫阙，恨与云齐。　　灵峰飞来久，飞不去，有落日，断猿啼。无限风荷废港，露柳荒畦。岳公英骨，麒麟旧冢，坡仙吟魄，莺燕长堤。欲吊梅花无句，素壁慵题。

注：该词上阕第一句和第二句为乐段一中的格式（4），第三句至第六句为乐段二中的格式（2），第七句和第八句为乐段三中的格式（1），第九句至第十二句为乐段四中的格式（1）；下阕第一句至第四句为乐段一中的格式（5），第五句和第六句为乐段二中的格式（1），第七句至第十句为乐段三中的格式（4），第十一句和第十二句为乐段四中的格式（1）。该词双调，一百九字，上阕十二句，五平韵；下阕十二句，四平韵。

例六　风流子（一百九字）
（宋）周邦彦

新绿小池塘。风帘动、碎影舞斜阳。羡金屋去来，旧时巢燕，土花缭绕，前度莓墙。绣阁凤帏深几许，听得理丝簧。欲说又休，虑乖芳信，未歌先咽，愁近清觞。　　遥知新妆了，开朱户、应自待月西厢。最苦梦魂，今宵不到伊行。问甚时说与，佳音密耗，寄将秦镜，偷换韩香。天便教人，霎时厮见何妨。

注：该词上阕第一句和第二句为乐段一中的格式（4），第三句至第六句为乐段二中的格式（2），第七句和第八句为乐段三中的格式（2），第九句至第十二句为乐段四中的格式（1）；下阕第一句和第二句为乐段一中的格式（1），第三句和第四句为乐段二中的格式（2），第五句至第八句为乐段三中的格式（2），第九句和第十句为乐段四中的格式（2）。该词双调，一百九字，上阕十二句，五平韵；下阕十句，四平韵。

例七　风流子（一百九字）
（宋）吴文英

金谷已空尘。薰风转、国色返春魂。半欹雪醉霜，舞低鸾翅，绛笼蜜炬，绿映龙盆。窈窕绣窗人睡起，临砌默无言。慵整堕鬟，怨时迟暮，可怜憔悴，啼雨黄昏。　　轻桡移花市，秋娘渡、飞浪溅湿行裙。二十四桥南北，罗荐香分。念碎劈芳心，萦思千缕，赠将幽素，偷剪重云。终待凤池归去，催咏红翻。

注：该词上阕第一句和第二句为乐段一中的格式（4），第三句至第六句为乐段二中的格式（2），第七句和第八句为乐段三中的格式（2），第九句至第十二句为乐段四中的格式（1）；下阕第一句和第二句为乐段一中的格式（1），第三句和第四句为乐段二中的格式（1），第五句至第八句为乐段三中的格式（1），第九句和第十句为乐段四中的格式（1）。该词双调，一百九字，上阕十二句，五平韵；下阕十句，四平韵。

例八　风流子（一百八字）
（宋）贺　铸

何处最难忘。方豪健、放乐五云乡。彩笔赋诗，禁池芳草，香鞯调马，辇路垂杨。绮筵上、扇偎歌黛浅，汗浥舞衣香。兰烛伴归，绣轮同载，闭花别馆，隔水深坊。　　零落少年场。琴心漫流怨，带眼偷长。无奈占床燕月，欺鬓吴霜。塞北音尘，鱼封永断，便桥烟雨，鹤表相望。好在后庭桃李，应记刘郎。

注：该词上阕第一句和第二句为乐段一中的格式（4），第三句至第六句为乐段二中的格式（3），第七句和第八句为乐段三中的格式（1），第九句至第十二句为乐段四中的格式（1）；下阕第一句至第三句为乐段一中的格式（5），第四句和第五句为乐段二中的格式（1），第六句至第九句为乐段三中的格式（3），第十句和第十一句为乐段四中的格式（1）。该词双调，一百八字，上阕十二句，五平韵；下阕十一句，五平韵。

例九　风流子（一百十一字）
（金）吴　激

书剑忆游梁。当时事、底处不堪伤。望兰楫嫩漪，向吴南浦，杏花微雨，窥宋东墙。凤城外、燕随青步障，丝惹紫游缰。曲水古今，禁烟前后，暮云楼阁，春草池塘。　　回首断人肠。年芳但如雾，镜发已成霜。独自吷尊陶写，蝶梦悠扬。听出塞琵琶，风沙淅沥，寄书鸿雁，烟月微茫。不似海门潮信，犹到浔阳。

注：该词上阕第一句和第二句为乐段一中的格式（4），第三句至第六句为乐段二中的格式（2），第七句和第八句为乐段三中的格式（1），第九句至第十二句为乐段四中的格式（1）；下阕第一句至第三句为乐段一中的格式（4），第四句和第五句为乐段二中的格式（1），第六句至第九句为乐段三中的格式（1），第十句和第十一句为乐段四中的格式（1）。该词双调，一百十一字，上阕十二句，五平韵；下阕十一句，五平韵。

归 自 谣

《乐府雅词》注"道调宫"。一名《风光子》。赵彦端词名《思佳客》。《词律》编入《归国谣》者误。

《归自谣》的长短句结构（双调）

上阕，两个乐段		下阕，两个乐段	
乐段一（十字）	乐段二（七字）	乐段一（七字）	乐段二（十字）
3　7	7	7	3　7

《康熙词谱》只收集一体《归自谣》，双调，上下阕分别可分为两个乐段，其长短句结构如表所示。该调三十四字，上下阕各三句，三仄韵，其基本格式如表所示。

《归自谣》的基本格式（双调）

《归自谣》上阕，三句，三仄韵	
乐段一（二句，十字）	乐段二（一句，七字）
一　｜　｜（韵）＋　｜　＋　一　一　｜　｜（韵）	＋　一　＋　｜　一　一　｜（韵）

《归自谣》下阕，三句，三仄韵	
乐段一（一句，七字）	乐段二（二句，十字）
＋　一　＋　｜　一　＋　｜（韵） （1） ＋　｜　＋　一　｜　｜（韵） （2）	一　＋　｜（韵）＋　一　＋　｜　一　一　｜（韵）

例一　归自谣（三十四字）

（宋）欧阳修

春艳艳。江上晚山三四点。柳丝如剪花如染。　　香闺寂寞门半掩。愁眉敛。泪珠滴破胭脂脸。

例二　归自谣（三十四字）

（宋）欧阳修

何处笛。深夜梦回情脉脉。竹风檐雨寒窗隔。　　离人几岁无消息。今头白。不眠特地重相忆。

注：上述两词，下阕第一句为乐段一中的格式（1）。全词双调，三十四字，上下阕各三句，三仄韵。

例三　归自谣（三十四字）

（宋）赵彦端

天似水，秋到芙蓉如乱绮，芙蓉意与黄花倚。　　历历黄花矜酒美。清露委，山间有个闲人喜。

注：该词下阕第一句为乐段一中的格式（2）。全词双调，上下阕各三句，三仄韵。

饮 马 歌

调见《松隐集》。自序："此曲自金源传至边城，饮牛马，即横笛吹之，不鼓不拍，声甚凄断。"

《饮马歌》的长短句结构

《饮马歌》单调，三个乐段						
乐段一（十字）		乐段二（十字）		乐段三（十四字）		
5	5	5	5	3	3	5	3

《康熙词谱》仅收集一体《饮马歌》，单调，可分为三个乐段，其长短句结构如表所示。该调三十四字，八句，六仄韵，其基本格式如表所示。

《饮马歌》的基本格式（单调）

《饮马歌》单调，三个乐段		
乐段一（二句，十字）	乐段二（二句，十字）	乐段三（四句，十四字）
⊕ － － ∣ ∣（韵） ⊕ ∣ － － ∣（韵）	⊕ － － ⊕ ∣（韵）⊕ － － ⊕ ∣（韵）	∣ ⊕ －（句）∣ ⊕ －（句） ⊕ ∣ － － ∣（韵）⊕ － ∣（韵）

例　饮马歌（三十四字）

（宋）曹　勋

边城春未到。雪满交河道。暮沙明残照。塞烽云间小。断鸿悲，陇月低，泪湿征衣悄。岁华老。

注：全词单调，三十四字，八句，六仄韵。

定　西　番

唐教坊曲名。

《定西番》的长短句结构

上阕，两个乐段		下阕，两个乐段	
乐段一（十二字）	乐段二（三字或九字）	乐段一（十一字）	乐段二（九字）
6　3　3	3 6　3	6　5	6　3

《康熙词谱》共收集五体《定西番》，双调，上下阕分别可分为两个乐段，其长短句结构如表所示。该调以平韵为主，有的词例间押仄韵，有三十五字或四十一字等格式，上阕四句或五句，一仄韵两平韵或两平韵；下阕四句，两仄韵两平韵或一仄韵两平韵或两平韵。《康熙词谱》未明确何为正体或正格，故均作为基本格式（如表所示）。

《定西番》的基本格式（双调）

《定西番》上阕，四句或五句，一仄韵两平韵或两平韵	
乐段一（三句，十二字）	乐段二（一句或二句，三字或九字）
＋｜＋－＋｜（仄韵或句）－｜｜（句）｜－－（平韵）	｜－－（韵）（1） ＋｜＋－＋｜（句）｜－－（韵）（2）

《定西番》下阕，四句，两仄韵两平韵或一仄韵两平韵或两平韵	
乐段一（二句，十一字）	乐段二（二句，九字）
＋｜＋－＋｜（仄韵或句）＋－＋｜－（韵）	＋｜＋－＋｜（韵或句）｜－－（韵）

注：下阕乐段一中的格式"＋－＋｜－（韵）"，可平可仄两处，不可同时用仄。

例一　定西番（三十五字）

（唐）温庭筠

汉使昔年离别。攀弱柳，折寒梅。上高台。　千里玉关春雪。雁来人不来。羌笛一声愁绝。月徘徊。

注：该词上阕第四句为乐段二中的格式（1）。全词双调，三十五字，上阕四句，一仄韵两平韵；下阕四句，两仄韵两平韵。

例二　定西番（三十五字）

（唐）温庭筠

细雨晓莺春晚。人似玉，柳如眉。正相思。　罗幕翠帘初卷。镜中花一枝。肠断塞门消息，雁来稀。

注：该词上阕第四句为乐段二中的格式（1）。全词双调，三十五字，上下阕各四句，一仄韵两平韵。

例三　定西番（三十五字）

（唐）韦　庄

挑尽金灯红烬，人灼灼，漏迟迟。未眠时。　斜倚银屏无语。闲愁上翠眉。闷煞梧桐残雨。滴相思。

注：该词上阕第四句为乐段二中的格式（1）。全词双调，三十五字，上阕四句，两平韵；下阕四句，两仄韵两平韵。

例四　定西番（三十五字）

（五代）孙光宪

鸡禄山前游骑，边草白，朔天明。马蹄轻。　　鹊面弓离短帐，弯来月欲成。一只鸣骹云外，晓鸿惊。

注：该词上阕第四句为乐段二中的格式（1）。全词双调，三十五字，上下阕各四句，两平韵。

例五　定西番（四十一字）

（宋）张　先

捍拨紫檀金衬，双秀耸，两回弯。齐学汉宫妆样，竞婵娟。　　三十六弦蝉闹，小弦蜂作团。听尽昭君幽怨，莫重弹。

注：该词上阕第四句和第五句为乐段二中的格式（2）。全词双调，四十一字，上阕五句，两平韵；下阕四句，两平韵。

江　城　子

唐词单调，以韦庄词为正体，余俱照韦词添字。至宋人始作双调，晁补之改名《江神子》；韩淲词有"腊后春前村意远"句，更名《村意远》。

《江城子》的长短句结构（单调）

三个乐段		
乐段一 （十三字或十五字、十四字）	乐段二 （九字）	乐段三 （十三字或十四字）
7　　3　　3	45	7　　3　　3
7　　5　　3		7　　4　　3
3　3　5　3		

《江城子》的长短句结构（双调）

上阕，三个乐段		
乐段一（十三字）	乐段二（九字）	乐段三（十三字）
7　　3　　3	45	7　　3　　3

下阕，三个乐段		
乐段一（十三字）	乐段二（九字）	乐段三（十三字）
7　　3　　3	45	7　　3　　3

《康熙词谱》共收集五体《江城子》，单调四体，双调一体，每阕可分为三个乐段，单调与双调的《江城子》的长短句结构分别如表所示。单调《江城子》有三十五字或三十六字、三十七字等格式，七句或八句，五平韵；双调《江城子》七十字，实质上是将三十五字体单调《江城子》重填一阕，上下阕各七句，五平韵。单调《江城子》的正格与变格、双调《江城子》的基本格式分别如表所示。在单调《江城子》的正格与变格表中，各乐段中的格式（1）为正格句式，其余为变格句式。

例一　江城子（三十五字）

（唐）韦　庄

髻鬟狼藉黛眉长。出兰房。别檀郎。角声呜咽、星斗渐微茫。露冷月残人未起，留不住，泪千行。

注：该词第一句至第三句为乐段一中的格式（1），第四句为乐段二中的格式（1），第五句至第七句为乐段三中的格式（1）。全词单调，三十五字，七句，五平韵。

例二　江城子（三十五字）

（唐）韦　庄

恩重娇多情易伤。漏更长。解鸳鸯。朱唇未动、先觉口脂香。缓揭绣衾抽皓腕，移凤枕，枕檀郎。

注：该词第一句至第三句为乐段一中的格式（2），第四句为乐段二中的格式（1），第五句至第七句为乐段三中的格式（1）。全词单调，三十五字，七句，五平韵。

《江城子》的正格与变格（单调）

《江城子》，七句或八句，五平韵		
乐段一（三句或四句，十三字或十五字、十四字）	乐段二（一句，九字）	乐段三（三句，十三字或十四字）
＋－＋｜｜－（韵）｜－－（韵）｜－－（韵） （1）	＋－＋｜（读）＋｜｜－－（韵） （1）	＋｜＋－｜｜（句）－＋｜（句）｜－－（韵） （1）
＋｜－＋｜－（韵）｜－－（韵）｜＋｜－（韵） （2）	＋｜＋－（读）＋｜｜－－（韵） （2）	＋｜＋－｜｜（句）＋－＋｜（句）｜－－（韵） （2）
＋｜－－＋｜－（韵）｜＋－（韵）＋｜－（韵） （3）		
＋｜－－＋｜－（韵）－－＋｜－（韵）｜＋－（韵） （4）		
－－｜（句）｜－－（韵）－－＋｜－（韵）｜＋－（韵） （5）		

例三　江城子（三十五字）

（五代）和　凝

　　迎得郎来入绣闱。语相思。连理枝。鬓乱钗垂、梳堕印山眉。姹姹含情娇不语，纤玉手，抚郎衣。

　　注：该词第一句至第三句为乐段一中的格式（3），第四句为乐段二中的格式（2），第五句和第六句为乐段三中的格式（1）。全词单调，三十五字，七句，五平韵。

例四　江城子（三十五字）
（唐）张　泌

碧阑干外小中庭。雨初晴。晓莺声。飞絮落花、时节近清明。睡起卷帘无一事，匀面了，没心情。

注：该词第一句至第三句为乐段一中的格式（1），第四句为乐段二中的格式（2），第五句至第七句为乐段三中的格式（1）。全词单调，三十五字，七句，五平韵。

例五　江城子（三十六字）
（五代）欧阳炯

晚日金陵岸草平。落霞明。水无情。六代繁华、暗逐逝波声。空有姑苏台上月，如西子镜，照江城。

注：该词第一句至第三句为乐段一中的格式（2），第四句为乐段二中的格式（2），第五句至第七句为乐段三中的格式（2）。全词单调，三十六字，七句，五平韵。

例六　江城子（三十七字）
（五代）牛　峤

极浦烟消水鸟飞。离筵分手时。送金卮。渡口杨花、如雪任风吹。日暮空江波浪急，芳草岸，雨如丝。

注：该词第一句至第三句为乐段一中的格式（4），第四句为乐段二中的格式（2），第五句至第七句为乐段三中的格式（1）。全词单调，三十七字，七句，五平韵。

例七　江城子（三十六字）
（五代）尹　鹗

裙拖碧，步飘香。纤腰束素长。鬟云光。拂面珑璁、腻玉碎凝妆。宝柱秦筝弹向晚，弦促雁，更思量。

注：该词第一句至第四句为乐段一中的格式（5），第五句为乐段二中的格式（2），第六句至第八句为乐段三中的格式（1）。全词单调，三十六字，八句，五平韵。

《江城子》的基本格式（双调）

《江城子》上阕，七句，五平韵		
乐段一（三句，十三字）	乐段二（一句，九字）	乐段三（三句，十三字）
＋ － ＋ ｜ ｜ － －（韵）｜ － －（韵）｜ － －（韵）	＋ ｜ ＋ －（读）＋ ｜ ｜ － －（韵）	＋ ｜ ＋ － － ｜ ｜（句）－ ＋ ｜（句）｜ － －（韵）

《江城子》下阕，七句，五平韵		
乐段一（三句，十三字）	乐段二（一句，九字）	乐段三（三句，十三字）
＋ － ＋ ｜ ｜ － －（韵）｜ － －（韵）｜ － －（韵）	＋ ｜ ＋ －（读）＋ ｜ ｜ － －（韵）	＋ ｜ ＋ － － ｜ ｜（句）－ ＋ ｜（句）｜ － －（韵）

例 江城子（七十字）

（宋）苏 轼

凤凰山下雨初晴。水风清。晚霞明。一朵芙蕖、开过尚盈盈。何处飞来双白鹭，如有意，慕娉婷。　忽闻江上弄哀筝。苦含情。遣谁听。烟敛云收、依约是湘灵。欲待曲终寻问取，人不见，数峰青。

注：全词双调，七十字，上下阕各七句，五平韵。

望 江 怨

调见《花间集》。

《望江怨》的长短句结构

《望江怨》单调，三个乐段		
乐段一（十字）	乐段二（十二字）	乐段三（十三字）
3　　7	5　　7	3　　5　　5

《康熙词谱》仅收集一体《望江怨》，单调，可分为三个乐段，其长短句结构如表所示。该调三十五字，七句，六仄韵，其基本格式如表所示。

《望江怨》的基本格式（单调）

《望江怨》单调，七句，六仄韵		
乐段一（二句，十字）	乐段二（二句，十二字）	乐段三（三句，十三字）
＋一｜（韵）＋｜一一｜一｜（韵）	＋一一｜｜（韵）＋一｜＋一一｜（韵）	＋一｜（韵）＋｜｜一一（句）＋一一｜｜（韵）

例　望江怨（三十五字）

（唐）牛　峤

东风急。惜别花时手频执。罗帏愁独入。马嘶残雨春芜湿。倚门立。寄语薄情郎，粉香和泪泣。

注：该词单调，三十五字，七句，六仄韵。

长 相 思

唐教坊曲名。林逋词有"吴山青"句，名《吴山青》；张辑词有"江南山渐青"句，名《山渐青》；王行词名《青山相送迎》；《乐府雅词》名《长相思令》，又名《相思令》。

《长相思》的长短句结构

上阕，两个乐段		下阕，两个乐段	
乐段一（十三字）	乐段二（五字）	乐段一（十三字）	乐段二（五字）
3　3　7	5	3　3　7	5

《康熙词谱》共收集五体《长相思》，双调，上下阕分别可分为两个乐段，其长短句结构如表所示。该调三十六字，上阕四句，三平韵一叠韵或四平韵；下阕四句，三平韵一叠韵或四平韵、三平韵；有的词例上下阕甚至还换韵（如刘光祖词）。《康熙词谱》以白居易词（首句为"汴水流"）和欧阳修词为正体或正格。该调的正格与变格如表所示，其中，上下

阕各乐段中的格式（1）为正格句式，其余为变格句式。

《长相思》的正格与变格（双调）

《长相思》上阕，四句，三平韵一叠韵或四平韵	
乐段一（三句，十三字）	乐段二（一句，五字）
＋ ＋ －（韵）＋ ＋ －（叠韵或韵）＋ ｜ － － ＋ ｜ －（韵）	＋ － ＋ ｜ －（韵）

《长相思》下阕，四句，三平韵一叠韵或四平韵、三平韵	
乐段一（三句，十三字）	乐段二（一句，五字）
＋ ＋ －（韵）＋ ＋ －（叠韵或韵）＋ ｜ － － ＋ ｜ －（韵） （1） ｜ ＋ －（句）｜ ＋ －（换平韵）＋ ｜ ＋ ｜ －（韵） （2）	＋ － ＋ ｜ －（韵）
注：上下阕乐段二中的格式"＋ － ＋ ｜ －（韵）"，可平可仄两处，不可同时用仄。	

例一　长相思（三十六字）

（唐）白居易

汴水流。泗水流。流到瓜洲古渡头。吴山点点愁。　　思悠悠。恨悠悠。恨到归时方始休。月明人倚楼。

注：该词下阕第一句至第三句为乐段一中的格式（1）。全词双调，三十六字，上下阕各四句，三平韵一叠韵。

例二　长相思（三十六字）

（宋）欧阳修

蘋满溪。柳绕堤。相送行人溪水西。回时陇月低。　　烟霏霏。雨凄凄。重倚朱门听马嘶。寒鸦相对飞。

注：该词下阕第一句至第三句为乐段一中的格式（1）。全词双调，三十六字，上下阕各四

句，四平韵。

例三　长相思（三十六字）
（唐）白居易

深画眉。浅画眉。蝉鬓鬅鬙云满衣。阳台行雨回。　　巫山高，巫山低。暮雨萧萧郎不归。空房独守时。

注：该词下阕第一句至第三句为乐段一中的格式（1）。全词双调，三十六字，上阕四句，三平韵一叠韵；下阕四句，三平韵。

例四　长相思（三十六字）
（宋）晏几道

长相思。长相思。若问相思甚了期。除非相见时。　　长相思。长相思。欲把相思说与谁。浅情人不知。

注：该词下阕第一句至第三句为乐段一中的格式（1），且上下阕起首叠用"长相思"四句。全词双调，三十六字，上下阕各四句，三平韵一叠韵。

例五　长相思（三十六字）
（宋）刘光祖

玉尊凉。玉人凉。若听离歌须断肠。休疑成鬓霜。　　画桥西，画桥东。有泪分明清涨同。如何留醉翁。

注：该词下阕第一句至第三句为乐段一中的格式（2）。全词双调，三十六字，上阕四句，三平韵一叠韵；下阕四句，三平韵。

思 帝 乡

唐教坊曲名。

《思帝乡》的长短句结构（单调）

《思帝乡》，四个乐段			
乐段一 （七字或八字、六字）	乐段二 （九字）	乐段三 （十一字或九字）	乐段四 （九字或八字）
2　　　5	6　　　3	6　　　5	63
3　　　5		6　　　3	53
3　　　3			

《康熙词谱》共收集三体《思帝乡》，单调，可分为四个乐段，其长短句结构如表所示。全词单调，三十六字或三十四字、三十三字，七句，五平韵或四平韵，《康熙词谱》以三十六字体温庭筠词为标谱词例。该调的正格与变格如表所示，其中，各乐段中的格式（1）为正格句式，其余为变格句式。

例一　思帝乡（三十六字）
（唐）温庭筠

花花。满枝红似霞。罗袖画屏肠断，卓金车。回面共人闲语，战篦金凤斜。惟有阮郎春尽、不还家。

注：该词第一句和第二句为乐段一中的格式（1），第五句和第六句为乐段三中的格式（1），第七句为乐段四中的格式（1）。全词单调，三十六字，七句，五平韵。

例二　思帝乡（三十四字）
（唐）韦　庄

春日游。杏花吹满头。陌上谁家年少，足风流。妾拟将身嫁与，一生休。纵被无情弃、不能羞。

注：该词第一句和第二句为乐段一中的格式（2），第五句和第六句为乐段三中的格式（2），第七句为乐段四中的格式（2）。全词单调，三十四字，七句，五平韵。

《思帝乡》的正格与变格（单调）

《思帝乡》单调，七句，五平韵或四平韵	
乐段一（二句，七字或六字或八字）	乐段二（二句，九字）
＋ －（韵）＋ － － ｜ －（韵） （1）	＋ ｜ ＋ － ＋ ｜（句）｜ － －（韵）
＋ ｜ －（韵）＋ － － ｜ －（韵） （2）	
－ ＋ ｜（句）｜ － －（韵） （3）	

《思帝乡》单调，七句，五平韵或四平韵	
乐段三（二句，十一字或九字）	乐段四（一句，八字或九字）
＋ ｜ ＋ － ＋ ｜（句）＋ － ＋ ｜ －（韵） （1）	＋ ｜ ＋ － ＋ ｜（读）｜ － －（韵） （1）
＋ ｜ ＋ － ＋ ｜（句）｜ － －（韵） （2）	＋ ｜ － － ｜（读）｜ － －（韵） （2）

例三　思帝乡（三十三字）

（唐）韦　庄

云髻坠，凤钗垂。髻坠钗垂无力，枕函欹。翡翠屏深月落，漏依依。说尽人间天上、两心知。

注：该词第一句和第二句为乐段一中的格式（3），第五句和第六句为乐段三中的格式（2），第七句为乐段四中的格式（1）。全词单调，三十三字，七句，四平韵。

卷 三

相 见 欢

唐教坊曲名。南唐李煜词有"无言独上西楼，月如钩"句，更名《秋夜月》，又名《上西楼》，又名《西楼子》；康与之词名《忆真妃》；张辑词有"唯有渔竿，明月上瓜洲"句，因名《月上瓜洲》，或名《乌夜啼》。

《相见欢》的长短句结构

上阕，两个乐段		下阕，两个乐段	
乐段一（九字）	乐段二（九字）	乐段一（九字）	乐段二（九字）
6　　3	63	3　3　3 6　　3	63

《康熙词谱》共收集五体《相见欢》，双调，上下阕分别可分为两个乐段，其长短句结构如表所示。该调三十六字，上阕三句，三平韵；下阕四句或三句，两仄韵两平韵或一叶韵一叠韵两平韵、两平韵、三平韵。《康熙词谱》以薛昭蕴词为标谱词例，该调的正格与变格如表所示，其中，上下阕各乐段中的格式（1）为正格句式，其余为变格句式。

例一　相见欢（三十六字）

（五代）薛昭蕴

罗襦绣袂香红。画堂中。细草平沙蕃马、小屏风。　　卷罗幕。凭妆阁。思无穷。暮雨轻烟魂断、隔帘栊。

注：该词下阕第一句至第三句为乐段一中的格式（1）。全词双调，三十六字，上阕三句，三平韵；下阕四句，两仄韵两平韵。

《相见欢》的正格与变格（双调）

《相见欢》上阕，三句，三平韵	
乐段一（二句，九字）	乐段二（一句，九字）
＋ － ＋ ｜ － －（平韵）｜ － －（韵）	＋ ｜ ＋ － ＋ ｜（读）｜ － －（韵）

《相见欢》下阕，四句或三句， 两仄韵两平韵或一叶韵一叠韵两平韵、两平韵、三平韵	
乐段一（三句或二句，九字）	乐段二（一句，九字）
＋ － ｜（仄韵）－ ＋ ｜（韵）｜ － －（韵） （1） ＋ － ｜（仄韵）－ ＋ ｜（叠）｜ － －（韵） （2） ＋ ＋ ｜（句）－ ＋ ｜（句）｜ － －（韵） （3） ＋ ＋ ｜（句）｜ － －（韵）｜ － －（韵） （4） ＋ ｜ ＋ － ＋ ｜（句）｜ － －（韵） （5）	＋ ｜ ＋ － ＋ ｜（读）｜ － －（韵）

注：上下阕乐段二中的九字句，也有"上四下五"等句式。

例二　相见欢（三十六字）

（宋）杨无咎

不禁枕簟新凉。夜初长。又是惊回好梦、叶敲窗。　　江南望。江北望。水茫茫。赢得一襟清泪、伴余香。

注：该词下阕第一句至第三句为乐段一中的格式（2）。全词双调，三十六字，上阕三句，三平韵；下阕四句，一叶韵一叠韵两平韵。

例三　相见欢（三十六字）

（宋）蔡　伸

楼前流水悠悠。驻行舟。满目寒云衰草、使人愁。　多少恨，多少泪，漫迟留。何事蓦然拌舍、去来休。

注：该词下阕第一句至第三句为乐段一中的格式（3）。全词双调，三十六字，上阕三句，三平韵；下阕四句，两平韵。

例四　相见欢（三十六字）

（宋）张　镃

晓来闲立回塘。一襟香。玉飐云妆风外、数枝凉。　相并浑如私语，恼人肠。飞去方知白鹭、在花傍。

注：该词下阕第一句和第二句为乐段一中的格式（5）。全词双调，三十六字，上阕三句，三平韵；下阕三句，两平韵。

例五　相见欢（三十六字）

（宋）吴文英

西风先到岩扃。月胧明。金露啼珠滴碎、小云屏。　一颗颗，一星星。是秋情。香裂碧窗烟破、醉魂醒。

注：该词下阕第一句至第三句为乐段一中的格式（4）。全词双调，三十六字，上阕三句，三平韵；下阕四句，三平韵。

河　满　子

唐教坊曲名。一名《何满子》。白居易诗注："开元中，沧州歌者姓名。"元稹诗云"便将何满为曲名，御府新题乐府篆"是也。又《卢氏杂说》："唐文宗命宫人沈翘翘，舞河满子词。"又属舞曲。

《河满子》的长短句结构（单调）

三个乐段		
乐段一（十二字）	乐段二（十二字或十三字）	乐段三（十二字）
6　　6	6　　6 7　　6	6　　6

《河满子》的长短句结构（双调）

上阕，三个乐段			下阕，三个乐段		
乐段一 （十二字）	乐段二（十三字或十二字）	乐段三（十二字）	乐段一（十二字）	乐段二（十三字或十二字）	乐段三（十二字）
6　　6	7　　6 6　　6	6　　6	6　　6	7　　6 6　　6	6　　6

　　《康熙词谱》共收集五体河满子，其中，单调两体，双调三体。从用韵角度看，以平韵格为主，惟有毛滂一词用仄韵。单调或双调每一阕可分为三个乐段，各自的长短句结构如表所示。单调《河满子》有三十六字或三十七字等格式，六句，三平韵。双调《河满子》有七十四字和七十三字等格式，上下阕各六句，三平韵或四仄韵。对单调《河满子》而言，《康熙词谱》以三十六字体和凝词为标谱词例。单调《河满子》的正格和变格如表所示，其中，各乐段中的格式（1）为正格句式，其余为变格句式。对双调《河满子》而言，《康熙词谱》在平韵格七十四字体毛熙震词后注："宋词两段者俱照此填。"所以，双调《河满子》以此为正格，其正格与变格如表所示，其中，各乐段中的格式（1）为正格句式，其余为变格句式。就《河满子》的仄韵格而言，上下阕各六句，四仄韵。双调《河满子》的仄韵格如表所示。

例一　河满子（三十六字）
（五代）和　凝

　　写得鱼笺无限，其如花锁春辉。目断巫山云雨，空教残梦依依。却爱熏香小鸭，羡他长在屏帏。

　　注：该词第三句和第四句为乐段二中的格式（1）。全词单调，三十六字，六句，三平韵。

《河满子》的正格与变格（单调）

《河满子》，六句，三平韵		
乐段一 （二句，十二字）	乐段二 （二句，十二字或十三字）	乐段三 （二句，十二字）
＋｜＋－＋｜（句） ＋－＋｜－－（韵)	＋｜＋－＋｜（句） ＋－＋｜－－（韵） （1） ＋｜＋－－｜｜（句） ＋－＋｜－－（韵） （2）	＋｜＋－＋｜（句） ＋－＋｜－－（韵）

例二　河满子（三十七字）

（五代）和　凝

正是破瓜年纪，含情惯得人饶。桃李精神鹦鹉舌，可堪虚度良宵。却爱蓝罗裙子，羡他长束纤腰。

注：该词第三句和第四句为乐段二中的格式（2）。全词单调，三十七字，六句，三平韵。

例一　河满子（七十四字）

（五代）毛熙震

寂寞芳菲暗度，岁华如箭堪惊。缅想旧欢多少事，转添春思难平。曲槛丝垂金柳，小窗弦断银筝。　　深院空闻燕语，满园闲落花轻。一片相思休不得，忍教长日愁生。谁见夕阳孤梦，觉来无限伤情。

注：该词上阕第三句和第四句为乐段二中的格式（1）；下阕第三句和第四句为乐段二中的格式（1）。全词双调，七十四字，上下阕各六句，三平韵。

《河满子》的正格与变格（双调）

《河满子》上阕，六句，三平韵		
乐段一 （二句，十二字）	乐段二 （二句，十三字或十二字）	乐段三 （二句，十二字）
＋｜＋－＋｜（句） ＋－＋｜－－（韵）	＋｜＋－－｜｜（句） ＋－＋｜－－（韵）（1） ＋－＋｜－＋｜（句） ＋－＋｜－－（韵）（2） ＋｜＋－＋｜（句） ＋－＋｜－－（韵）（3）	＋｜＋－＋｜（句） ＋－＋｜－－（韵）

《河满子》下阕，六句，三平韵		
乐段一 （二句，十二字）	乐段二 （二句，十三字或十二字）	乐段三 （二句，十二字）
＋｜＋－＋｜（句） ＋－＋｜－－（韵）	＋｜＋－－｜｜（句） ＋－＋｜－－（韵）（1） ＋－＋｜－＋｜（句） ＋－＋｜－－（韵）（2） ＋｜＋－＋｜（句） ＋－＋｜－－（韵）（3）	＋｜＋－＋｜（句） ＋－＋｜－－（韵）

例二　河满子（七十四字）

（宋）晏几道

　　绿绮琴中心事，齐纨扇上时光。五陵年少浑薄幸，轻如曲水飘香。夜夜魂消梦峡，年年泪尽啼湘。　　归雁行边远字，惊鸾舞处离肠。蕙楼多少铅华在，从来错倚红妆。可羡邻姬十五，金钗早嫁王昌。

注：该词上阕第三句和第四句为乐段二中的格式（2）；下阕第三句和第四句为乐段二中的格式（2）。全词双调，七十四字，上下阕各六句，三平韵。

例三　河满子（七十三字）

（五代）尹　鹗

云雨常陪胜会，笙歌惯逐闲游。锦里风光应占，玉鞭金勒骅骝。戴月潜穿深曲，和香醉脱轻裘。　　方喜正同鸳帐，又言将往皇州。每忆良宵公子伴，梦魂长挂红楼。欲表伤离情味，丁香结在心头。

注：该词上阕第三句和第四句为乐段二中的格式（3）；下阕第三句和第四句为乐段二中的格式（1）。全词双调，七十三字，上下阕各六句，三平韵。

例四　河满子（七十三字）

（宋）苏　轼

见说岷峨凄怆，旋闻江汉澄清。但觉秋来归梦好，西南自有长城。东府三人最少，西山八国初平。　　莫负花溪纵赏，何妨药市微行。试问当垆人否，空教是处闻名。唱著子渊新曲，应须分外含情。

注：该词上阕第三句和第四句为乐段二中的格式（1）；下阕第三句和第四句为乐段二中的格式（3）。全词双调，七十三字，上下阕各六句，三平韵。

《河满子》的仄韵格（双调）

《河满子》上阕，六句，四仄韵		
乐段一（二句，十二字）	乐段二（二句，十三字）	乐段三（二句，十二字）
＋｜＋－＋｜（韵） ＋－＋｜－｜（韵）	＋－＋｜＋－｜（句） ＋｜＋－＋｜（韵）	＋－｜－＋｜（句） ＋｜＋－＋｜（韵）

《河满子》下阕，六句，四仄韵		
乐段一（二句，十二字）	乐段二（二句，十三字）	乐段三（二句，十二字）
＋｜＋－＋｜（韵） ＋｜＋－＋｜（韵）	＋－＋｜＋－｜（句） ＋｜＋－＋｜（韵）	＋｜＋－＋｜（句） ＋｜＋－＋｜（韵）

例　河满子（七十四字）

（宋）毛　滂

　　急雨初收珠点，云峰才绝天半。辘轳金井卷甘冽，帘外翠阴遮遍。波翻水晶重箔，秋在琉璃双簟。　　漏永流花缓缓，未放崦嵫晼晚。红荷绿芰暮天好，小宴水亭风馆。云乱香喷宝鸭，月冷钗横玉燕。

　　注：全词双调，七十四字，上下阕各六句，四仄韵。

风　光　好

调见《本事曲》，陶穀作。

《风光好》的长短句结构

上阕，两个乐段		下阕，两个乐段	
乐段一（六字）	乐段二（十字）	乐段一（十字）	乐段二（十字）
3　3	7　3	7　3	7　3

　　《康熙词谱》只收集一体《风光好》，双调，上下阕分别可分为两个乐段，其长短句结构如表所示。该调三十六字，为平仄韵转换格，上阕四句，四平韵；下阕四句，两仄韵两平韵，其基本格式如表所示。

《风光好》的基本格式（双调）

《风光好》上阕，四句，四平韵	
乐段一（二句，六字）	乐段二（二句，十字）
｜｜＋－（平韵）｜＋－（韵）	＋｜｜－－＋｜－（韵）｜＋－（韵）

《风光好》下阕，四句，两仄韵两平韵	
乐段一（二句，十字）	乐段二（二句，十字）
＋－＋｜－－｜（仄韵）－－｜（韵）	＋｜－－＋｜－（平韵）｜＋－（韵）

例 风光好（三十六字）

（宋）欧 良

柳阴阴。水沉沉。风约双凫立不禁。碧波心。　　孤村桥断人迷路。舟横渡。旋买村醪浅浅斟。更微吟。

注：全词双调，三十六字，上阕四句，四平韵；下阕四句，两仄韵两平韵。

误 桃 源

宋张耒《明道杂志》云："掌禹锡学士，考试太学生，出'砥柱勒铭赋'题，此铭今俱在，乃唐太宗铭禹功，而掌公误记为太宗自铭其功。宋浃中第一，其赋悉是太宗自铭，有无名子作此嘲之。"

《误桃源》的长短句结构

上阕，两个乐段		下阕，两个乐段	
乐段一（十字）	乐段二（八字）	乐段一（十字）	乐段二（八字）
5　　5	5　　3	5　　5	5　　3

《康熙词谱》只收集一体《误桃源》，双调，上下阕可分为两个乐段，其长短句结构如表所示。该调三十六字，上阕四句，三平韵；下阕四句，两平韵，其基本格式如表所示。

《误桃源》的基本格式（双调）

《误桃源》上阕，四句，三平韵	
乐段一（二句，十字）	乐段二（二句，八字）
＋｜＋－｜（句）＋｜｜－－（韵）	＋－－｜－（韵）｜＋－（韵）

《误桃源》下阕，四句，两平韵	
乐段一（二句，十字）	乐段二（二句，八字）
＋－＋｜｜（句）＋｜｜－－（韵）	＋｜＋－｜（句）｜＋－（韵）

例　误桃源（三十六字）

《明道杂志》无名氏

砥柱勒铭赋，本赞禹功勋。试官亲处分。赞唐文。　　秀才冥子里，銮驾幸并汾。恰似郑州去，出曹门。

注：全词双调，三十六字，上阕四句，三平韵；下阕四句，两平韵。

望　梅　花

唐教坊曲名。《梅苑》词作《望梅花令》。

单调小令《望梅花》的长短句结构

《望梅花》三个乐段					
乐段一（十二字）		乐段二（十三字）		乐段三（十三字）	
6	6	7	6	7	6

双调小令《望梅花》的长短句结构

上阕，两个乐段		下阕，两个乐段	
乐段一（七字）	乐段二（二句，十四字）	乐段一（五字）	乐段二（十二字）
7	3　4　7	5	7　5

中调《望梅花》的长短句结构

中调《望梅花》上阕，三个乐段		
乐段一 （十字或十三字）	乐段二 （十二字或十三字、十四字）	乐段三 （十三字或十四字）
4　6 6　3　4	3　5　4 7　6 4　4　6	7　6 3　4　3　4

中调《望梅花》下阕，三个乐段		
乐段一 （十字或十三字）	乐段二 （十二字或十三字、十四字）	乐段三 （十三字或十四字）
4　　　6 6　　　34	35　　　4 7　　　6 4　　4　　6	7　　　6 3　　4　　34

《康熙词谱》共收集五体《望梅花》，其中，单调小令一首，双调小令一首，中调三首。

对单调小令而言，可分为三个乐段，三十八字，六句，六仄韵，其长短句结构与基本格式分别如表所示。

对双调小令而言，上下阕分别可分为两个乐段，三十八字，上阕三句，两平韵；下阕三句，三平韵，其长短句结构与基本格式分别如表所示。

对中调而言，上下阕分别可分为三个乐段，其长短句结构如表所示。该调有七十字或七十二字、八十二字等格式，上下阕长短句结构对称，六句或八句，六仄韵或四仄韵、五仄韵。《康熙词谱》以七十字体蒲孟宗词为标谱词例，其正格与变格如表所示。其中，各乐段中的格式（1）为正格句式，其余为变格句式。

小令《望梅花》的基本格式（单调）

《望梅花》单调，三十八字，六句，六仄韵		
乐段一（二句，十二字）	乐段二（二句，十三字）	乐段三（二句，十三字）
＋｜＋ー＋｜（韵） ＋｜＋ー＋｜（韵）	＋｜＋ーー｜｜（韵） ＋｜＋ー＋｜（韵）	＋｜＋ーー｜｜（韵） ＋｜＋ー＋｜（韵）

例　望梅花（三十八字）

（五代）和　凝

春草全无消息。腊雪犹余踪迹。越岭寒枝香自圻。冷艳奇芳堪惜。何事寿阳无处觅。吹入谁家横笛。

注：全词单调，三十八字，六句，六仄韵。

小令《望梅花》的基本格式（双调）

双调小令《望梅花》上阕，三句，两平韵	
乐段一（一句，七字）	乐段二（二句，十四字）
＋ － ＋ ｜ ｜ － －（韵）	＋ ＋ ＋（读）＋ － ＋ ｜（句）＋ ｜ － － ＋ ｜ －（韵）

双调小令《望梅花》下阕，三句，三平韵	
乐段一（一句，五字）	乐段二（二句，十二字）
＋ ｜ ｜ － －（韵）	＋ ｜ － － ＋ ｜ －（韵）＋ ｜ ｜ － －（韵）

例　望梅花（三十八字）

（五代）孙光宪

　　数枝开与短墙平，见雪萼、红跗相映。引起离人边塞情。　　帘外欲三更，吹断离愁月正明，空听隔江声。

注：全词双调，三十八字，上阕三句，两平韵；下阕三句，三平韵。

中调《望梅花》的正格与变格（双调）

中调《望梅花》上阕，六句或八句，六仄韵或四仄韵、五仄韵		
乐段一 （二句，十字或十三字）	乐段二（二句或三句，十二字或十三字、十四字）	乐段三（二句或三句，十三字或十四字）
＋ － ＋ ｜（韵）＋ ｜ ＋ － ＋ ｜（韵） （1） ＋ ｜ ＋ － ＋ ｜（韵）＋ ＋ ＋（读）－ ＋ ｜（韵） （2）	＋ ＋ ＋（读）｜ ＋ － ＋ ｜（韵）＋ ＋ ＋ ｜（韵） （1） ＋ ｜ ＋ － － ｜ ｜（句）＋ ｜ ＋ ＋ ｜（韵） （2） ＋ ｜ － －（句）＋ ＋ ｜（句）＋ ＋ － ＋ ｜（韵） （3）	＋ ｜ ＋ － － ｜ ｜（韵）＋ ｜ ＋ ＋ ｜（韵） （1） － ＋ ｜（韵）＋ －（句）＋ ＋ ＋（读）＋ － ＋ ｜（韵） （2）

乐段一 （二句，十字或十三字）	乐段二（二句或三句，十二字或十三字、十四字）	乐段三（二句或三句，十三字或十四字）
＋－＋｜（韵）＋ ｜＋－＋｜（韵） （1）	＋＋＋（读）＋｜－ －｜（韵）＋－＋｜（韵） （1）	＋｜＋－－｜｜（韵） ＋｜＋－＋｜（韵） （1）
＋｜＋－＋｜（韵） ＋＋＋｜（读）＋ －＋｜（韵） （2）	＋｜＋＋－＋｜（句） ＋｜＋－＋｜（韵） （2） ＋｜－－（句）＋ ｜＋｜＋－ ＋｜（韵） （3）	－＋｜（韵）＋＋＋＋（读） ＋－＋｜（韵） （2）

例一　望梅花（七十字）

（宋）蒲宗孟

寒梅堪羡。堪羡轻苞初展。被天人、制巧妆素艳。群芳皆贱。碎剪月华千万片。缀向琼枝欲遍。　　小庭幽院。雪月相交无辨。影玲珑、何处临溪见。谢家新宴。别有清香风际转。缥缈着人头面。

注：该词上阕第一句和第二句为乐段一中的格式（1），第三句和第四句为乐段二中的格式（1），第五句和第六句为乐段三中的格式（1）；下阕第一句和第二句为乐段一中的格式（1），第三句和第四句为乐段二中的格式（1），第五句和第六句为乐段三中的格式（1）。全词双调，七十字，上下阕各六句，六仄韵。

例二　望梅花（七十二字）

（宋）蒲宗孟

一阳初起。暖力未胜寒气。堪赏素华长独秀，不并开红抽紫。青帝只应怜洁白，不使雷同众卉。　　淡然难比。粉蝶岂知芳蕊。夜半卷帘如乍失，只在银蟾影里。残雪枝头君认取，自有清香旖旎。

注：该词上阕第一句和第二句为乐段一中的格式（1），第三句和第四句为乐段二中的格式（2），第五句和第六句为乐段三中的格式（1）；下阕第一句和第二句为乐段一中的格式（1），第三句和第四句为乐段二中的格式（2），第五句和第六句为乐段三中的格式（1）。全

词双调，七十二字，上下阕各六句，四仄韵。

例三 望梅花（八十二字）

（宋）张 雨

　　何处仙家方丈。浑连水、隔他尘块。放鹤天空，看云窗小，万幅丹青图障。凭高望。笑掣金鳌，人道是、蓬莱顶上。　　时问葛陂龙杖。更准备、雪中鹤氅。修月吴刚，收书东老，消得百壶春酿。无尽藏。莫傲清闲，怕诏起、山中宰相。

　　注：该词上阕第一句和第二句为乐段一中的格式（2），第三句至第五句为乐段二中的格式（3），第六句至第八句为乐段三中的格式（2）；下阕第一句和第二句为乐段一中的格式（2），第三句至第五句为乐段二中的格式（3），第六句至第八句为乐段三中的格式（2）。全词双调，八十二字，上下阕各八句，五仄韵。

醉 太 平

　　一名《凌波曲》。孙惟信词名《醉思凡》；周密词名《四字令》。《太平乐府》注"南吕宫"。《太和正音谱》注"正宫"，又入"仙吕宫"、"中吕宫"。

《醉太平》的长短句结构

上阕，两个乐段		下阕，两个乐段	
乐段一 （二句，八字）	乐段二（二句，十一字或十二字）	乐段一（二句或三句，八字或十四字、十三字）	乐段二（二句，十一字或十二字）
4　　4	6　　5 7　　5	4　　4 7　　7 7　　3　　3	6　　5 7　　5

　　《康熙词谱》共收集三体《醉太平》，双调，上下阕分别可分为两个乐段，其长短句结构如表所示。从用韵的角度看，该调有平韵格和平仄韵通叶格、仄韵格三种格式。平韵格三十八字，上下阕各四句，四平韵；平仄韵通叶格四十六字，上阕四句，四平韵；下阕四句，两叶韵两仄韵；仄韵格四十五字，上阕四句，四仄韵或两仄韵一叠韵；下阕五句，四仄韵或三仄韵。《醉太平》的平韵或平仄韵通叶格的基本格式以及仄韵格的基本格式分别如表所示。

《醉太平》（平韵或平仄韵通叶）的基本格式（双调）

《醉太平》上阕，四句，四平韵	
乐段一（二句，八字）	乐段二（二句，十一字或十二字）
＋ － ｜ －（韵）＋ － ｜ －（韵） （1） ＋ － ｜ －（韵）＋ ｜ － －（韵） （2）	＋ － ＋ ｜ － －（韵）｜ ＋ － ｜ －（韵） （1） ＋ － ＋ ｜ ｜ － －（韵）｜ ＋ － ｜ －（韵） （2）

《醉太平》下阕，四句，四平韵或两平韵两仄韵	
乐段一（二句，八字或十四字）	乐段二（二句，十一字或十二字）
＋ － ｜ －（韵）＋ － ｜ －（韵） （1） ＋ － － ＋ ｜ ＋ － ｜（叶）＋ － ＋ ｜ ＋ － ｜（叶） （2）	＋ － ＋ ｜ － －（韵）｜ ＋ － ｜ －（韵） （1） ＋ － ＋ ｜ ｜ － －（韵）｜ ＋ － ｜ －（韵） （2）

注：上下阕乐段二中的格式"｜ ＋ － ｜ －（韵）"为"上一下四"句式，且仄平脚用韵句，仄声宜用去声。

例一　醉太平（三十八字）

（宋）刘　过

情高意真。眉长鬓青。小楼明月调筝。写春风数声。　　思君忆君。魂牵梦萦。翠绡香暖银屏。更那堪酒醒。

注：该词上阕第一句和第二句为乐段一中的格式（1），第三句和第四句为乐段二中的格式（1）；下阕第一句和第二句为乐段一中的格式（1），第三句和第四句为乐段二中的格式（1）。全词双调，三十八字，上下阕各四句，四平韵。

例二　醉太平（四十六字）

《太平乐府》无名氏

钗分凤凰。被剩鸳鸯。锦笺遗恨爱花香。写新愁半张。　　晚妆楼阁空凝望。旧游台榭添惆怅。落花庭院又昏黄。正离人断肠。

注：该词上阕第一句和第二句为乐段一中的格式（2），第三句和第四句为乐段二中的格式（2）；下阕第一句和第二句为乐段一中的格式（2），第三句和第四句为乐段二中的格式（2）。全词双调，四十六字，上阕四句，四平韵；下阕四句，两叶韵两平韵。

《醉太平》（仄韵）的基本格式（双调）

《醉太平》上阕，四句，四仄韵或两仄韵一叠韵	
乐段一（二句，八字）	乐段二（二句，十二字）
＋ － ＋ ｜（韵）＋ － ＋ ｜（韵或叠）	＋ － ＋ ｜ ＋ － ｜（韵）＋ － － ｜ ｜（韵） （1） ＋ － ＋ ｜ ＋ － ｜（句）｜ ＋ － ＋ ｜（韵） （2）

《醉太平》下阕，五句或四句，四仄韵或三仄韵	
乐段一（三句或二句，十三字）	乐段二（二句，十二字）
＋ － ＋ ｜ ＋ － － ｜（韵）－ ＋ ｜（句）＋ － ｜（韵） （1） ＋ － ｜ ＋ － ｜（韵）＋ － ＋ ｜ － ｜（韵） （2）	＋ ｜ － － ｜ － ｜（韵）＋ － － ｜ ｜（韵） （1） ＋ ｜ － － ＋ ｜ －（句）＋ ｜ ＋ － ｜（韵） （2）

例一 醉太平（四十五字）

（宋）辛弃疾

态浓意远。眉颦笑浅。薄罗衣窄絮风软。鬓云欹翠卷。　　南园花树春光暖。香径里，榆钱满。欲上秋千又惊懒。且归休怕晚。

注：该词上阕第三句和第四句为乐段二中的格式（1）；下阕第一句至第三句为乐段一中的格式（1），第四句和第五句为乐段二中的格式（1）。全词双调，四十五字，上阕四句，四仄韵；下阕五句，四仄韵。

例二　醉太平（四十五字）

《高丽史·乐志》无名氏

怏怏闷着。怏怏闷着。奴儿近日听人咬，把初心忘却。　　教人病深漫摧折。凭谁与我分说。仔细思量怎奈何，见了伏些弱。

注：该词上阕第三句和第四句为乐段二中的格式（2）；下阕第一句和第二句为乐段一中的格式（2），第三句和第四句为乐段二中的格式（2）。全词双调，四十五字，上阕四句，两仄韵一叠韵；下阕四句，三仄韵。

上 行 杯

唐教坊曲名。

《上行杯》的长短句结构

四个乐段			
乐段一 （十三字）	乐段二 （十一字或十三字）	乐段三 （八字或九字）	乐段四 （七字或六字）
6　　34	7　　4 7　　6	3　3　2 7　　2	3　　4 2　　4 3　　3

《康熙词谱》共收集三体《上行杯》，单调，可分为四个乐段，其长短句结构如表所示。该调有三十八字或三十九字、四十一字等格式，九句或八句，且有多种用韵格式。有的词例平仄韵错叶，如孙光宪词（首句为"草草离亭鞍马"）两平韵五仄韵；有的词例全押仄韵（还有换韵或不换韵之别），如例中另一首孙词八仄韵且换韵，两首韦庄词，七仄韵不换韵。《上行杯》仄韵格与平仄韵错叶格的基本格式分别如表所示。

《上行杯》（仄韵）的基本格式（单调）

《上行杯》，九句或八句，八仄韵或七仄韵	
乐段一（二句，十三字）	乐段二（二句，十一字或十三字）
＋｜＋－＋｜（仄韵）＋＋＋ （读）＋＋－＋｜（韵） （1）	＋｜＋－－｜｜（韵）＋－＋ ｜（韵） （1）
＋｜＋－＋｜（仄韵）＋＋＋ （读）＋＋＋－｜（韵） （2）	＋｜＋－－｜｜（韵）＋｜＋ －＋｜（韵） （2）

《上行杯》，九句或八句，八仄韵或七仄韵	
乐段三（三句或二句，八字或九字）	乐段四（二句，七字或六字）
｜－－（句）－｜｜（换仄韵）＋｜（韵） （1）	－｜｜（韵）＋｜－｜（韵） （1）
＋｜＋－－｜｜（韵）＋｜（韵） （2）	－｜｜（韵或句）｜－｜（韵） （2）
＋｜＋－｜－｜（韵）＋｜（韵） （3）	

例一　上行杯（三十九字）

（五代）孙光宪

离棹逡巡欲动。临极浦、故人相送。去住心情知不共。金船满捧。绮罗愁，丝管咽。迥别。帆影灭。江浪如雪。

注：该词第一句和第二句为乐段一中的格式（1），第三句和第四句为乐段二中的格式（1），第五句至第七句为乐段三中的格式（1），第八句和第九句为乐段四中的格式（1）。全词单调，三十九字，九句，八仄韵（仄韵在两个韵部）。

例二　上行杯（四十一字）

（唐）韦　庄

芳草灞陵春岸。柳烟深、满楼弦管。一曲离声肠欲断。今日送君千万。红缕玉盘金镂盏。须劝。珍重意，莫辞满。

注：该词第一句和第二句为乐段一中的格式（1），第三句和第四句为乐段二中的格式

（2），第五句和第六句为乐段三中的格式（2），第七句和第八句为乐段四中的格式（2）。全词单调，四十一字，八句，七仄韵（仄韵在一个韵部）。

例三　上行杯（四十一字）

（唐）韦　庄

白马玉鞭金辔。少年郎、离别容易。迢递去程千万里。惆怅异乡云水。满酌一杯劝和泪。须愧。珍重意。莫辞醉。

注：该词第一句和第二句为乐段一中的格式（2），第三句和第四句为乐段二中的格式（2），第五句和第六句为乐段三中的格式（3），第七句和第八句为乐段四中的格式（2）。全词单调，四十一字，八句，八仄韵（仄韵在一个韵部）。

《上行杯》（平仄韵错叶）的基本格式（单调）

《上行杯》，九句，两平韵五仄韵	
乐段一（二句，十三字）	乐段二（二句，十一字）
＋｜＋－＋｜（句）＋＋＋（读） ＋｜－－（平韵）	＋｜＋－－｜｜（仄韵）＋－ ＋｜（韵）

《上行杯》，九句，两平韵五仄韵	
乐段三（三句，八字）	乐段四（二句，六字）
｜－－（句）－｜｜（换仄韵）＋｜（韵）	＋｜（韵）＋｜－－（韵）

例　上行杯（三十八字）

（五代）孙光宪

草草离亭鞍马，从远道、此地分襟。燕宋秦吴千万里。无辞一醉。野棠开，江草湿。伫立。沾泣。征骑骎骎。

注：全词单调，三十八字，九句，两平韵五仄韵。

感 恩 多

唐教坊曲名。

《感恩多》的长短句结构

上阕，两个乐段		下阕，两个乐段	
乐段一（十字）	乐段二（八字）	乐段一（十二字或十三字）	乐段二（九字）
5　　5	5　　3	6　　3　　3 7　　3　　3	4　　5

《康熙词谱》共收集两体《感恩多》，双调，上下阕分别可分为两个乐段，其长短句结构如表所示。该调有三十九字或四十字等格式，为平仄韵转换格，上阕四句，两仄韵两平韵；下阕五句，两平韵一叠韵，其基本格式如表所示。

《感恩多》的基本格式（双调）

《感恩多》上阕，四句，两仄韵两平韵	
乐段一（二句，十字）	乐段二（二句，八字）
＋ － －｜｜（仄韵）＋｜－ －｜（韵）	＋ － －｜－（平韵）｜＋ －（韵）

《感恩多》下阕，五句，两平韵一叠韵	
乐段一（三句，十二字或十三字）	乐段二（二句，九字）
＋｜＋ － ＋｜（句）｜＋ －（韵） ｜＋ －（叠） （1） ＋｜－ －｜－｜（句）｜＋ －（韵） ｜＋ －（叠） （2）	＋｜－ －（句）＋ － －｜－（韵）

注：该调下阕第三句必用叠句。

例一　感恩多（三十九字）

（唐）牛　峤

两条红粉泪。多少香闺意。强攀桃李枝。敛愁眉。　　陌上莺啼蝶舞，柳花飞。柳花飞。愿得郎心，忆家还早归。

注：该词下阕第一句至第三句为乐段一中的格式（1）。全词双调，三十九字，上阕四句，两仄韵两平韵；下阕五句，两平韵一叠韵。

例二　感恩多（四十字）

（唐）牛　峤

自从南浦别。愁见丁香结。近来情转深。忆鸳衾。　　几度将书托烟雁，泪盈襟。泪盈襟。礼月求天，愿君知我心。

注：该词下阕第一句至第三句为乐段一中的格式（2）。全词双调，四十字，上阕四句，两仄韵两平韵；下阕五句，两平韵一叠韵。

长　命　女

唐教坊曲名。杜佑《理道要诀》云："《长命女》在林钟羽时号'平调'，今俗呼'高平调'。"《碧鸡漫志》云："《长命女令》，前七拍，后九拍，属仙吕调。"仙吕调即夷则羽，皆羽声也。和凝词名《薄命女》。

《长命女》的长短句结构

上阕，两个乐段		下阕，两个乐段	
乐段一（十字）	乐段二（五字）	乐段一（十二字）	乐段二（十二字）
3　7	5	6　6	7　5

《康熙词谱》只收集一体《长命女》，双调，上下阕分别可分为两个乐段，其长短句结构如表所示。该调三十九字，上阕三句，三仄韵；下阕四句，三仄韵。《康熙词谱》以冯延巳词为标谱词例。该调的正格与变格如表所示，其中，上下阕各乐段中的格式（1）为正格句式，其余为变格句式。

《长命女》的正格与变格（双调）

《长命女》上阕，三句，三仄韵	
乐段一（二句，十字）	乐段二（一句，五字）
— + ｜（韵）+ ｜ ｜ + — — ｜ ｜（韵）	+ ｜ — — ｜（韵）

《长命女》下阕，四句，三仄韵	
乐段一（二句，十二字）	乐段二（二句，十二字）
+ ｜ + — + ｜（句）+ ｜ + — — + ｜（韵） （1） + — + — + ｜（句）+ ｜ + — + ｜（韵） （2）	+ ｜ + — — ｜ ｜（韵）+ ｜ — ｜（韵）

例一　长命女（三十九字）
（五代）冯延巳

春日宴。绿酒一杯歌一遍。再拜陈三愿。　　一愿郎君千岁，二愿妾身长健。三愿如同梁上燕。岁岁长相见。

注：该词下阕第一句和第二句为乐段一中的格式（1）。全词双调，三十九字，上阕三句，三仄韵；下阕四句，三仄韵。

例二　长命女（三十九字）
（五代）和　凝

天欲晓。宫漏穿花声缭绕。窗里星光少。　　冷霞寒侵帐额，残月光沉树杪。梦断锦帏空悄悄。强起愁眉小。

注：该词下阕第一句和第二句为乐段一中的格式（2）。全词双调，三十九字，上阕三句，三仄韵；下阕四句，三仄韵。

春 光 好

　　唐教坊曲名。《碧鸡漫志》：《羯鼓录》云，明皇尤爱羯鼓玉笛，为八音之领袖。时春雨始晴，景色明丽，帝曰："对此岂可不为判断。"命取羯鼓，临轩纵击，曲名《春光好》。回顾柳杏，皆已微坼。上曰："此一事不唤我作天工乎？"今夹钟宫《春光好》，唐以来多有此曲，或曰：夹钟宫，属二月之律，明皇依月用律，故能判断如神。予曰：二月柳杏坼久矣，此必正月用二月律催之也。按《羯鼓录》载，《春光好》曲入太簇宫，本正月律也，岂明皇所作，乃太簇宫；而和凝等词，入夹钟宫耶？今明皇词已不传，所传止《花间》、《尊前》集中词也。因晏几道词有"拼却一襟怀远泪，倚阑看"句，改名《愁倚阑令》，或名《愁倚阑》，或《倚阑令》。

《春光好》的长短句结构

上阕，两个乐段		下阕，两个乐段	
乐段一 （九字或十三字）	乐段二 （十字或十一字、九字）	乐段一 （十二或十三字）	乐段二 （十字或十一字）
3　3　3	7　　3	6　　6	7　　3
6　3	7　　4	6　　34	7　　4
6　34	6　　3		

　　《康熙词谱》共收集八体《春光好》，双调，上下阕分别可分为两个乐段，其长短句结构如表所示。该调有四十字、四十一字或四十二字、四十三字、四十八字等格式，上阕五句或四句，三平韵或四平韵；下阕四句，两平韵或三平韵。《康熙词谱》对多体《春光好》进行标谱，但又指出"宋词各体似出于四十一字体欧阳炯词"，故以此体为正体或正格。该调的正格与变格如表所示，其中，上下阕各乐段中的格式（1）为正格句式，其余为变格句式。

《春光好》的正格与变格（双调）

《春光好》上阕，五句或四句，三平韵或四平韵	
乐段一 （三句或二句，九字或十三字）	乐段二 （二句，十字或十一字、九字）
— + ｜（句）｜ — —（韵）｜ — —（韵） （1）	+ ｜ + — — ｜ ｜（句）｜ — —（韵） （1）
+ — ｜（句）｜ + —（韵）｜ — —（韵） （2）	+ ｜ — — ｜ — ｜（句）｜ — —（韵） （2）
｜ — —（韵）｜ — —（韵）｜ — —（韵） （3）	+ ｜ + — — ｜（句）+ ｜ — —（韵） （3）
+ — + ｜ — —（韵）｜ — —（韵） （4）	+ ｜ + — — ｜ —（韵）｜ —（韵） （4）
+ — + ｜ — —（韵）+ + +（读）+ — ｜ —（韵） （5）	+ ｜ — — + （句）｜ — —（韵） （6）

例一　春光好（四十一字）

（五代）欧阳炯

天初暖，日初长。好春光。万汇此时皆得意，竞芬芳。　　笋迸苔钱嫩绿，花偎雪坞浓香。谁把金丝裁剪却，挂斜阳。

注：该词上阕第一句至第三句为乐段一中的格式（1），第四句和第五句为乐段二中的格式（1）；下阕第一句和第二句为乐段一中的格式（1），第三句和第四句为乐段二中的格式（1）。全词双调，四十一字，上阕五句，三平韵；下阕四句，两平韵。

《春光好》下阕，四句，两平韵或三平韵	
乐段一（二句，十二字或十三字）	乐段二（二句，十字或十一字）
＋｜＋－＋｜（句）＋－＋｜ ＋－（韵） （1）	＋｜＋－－｜｜（句）｜－－（韵） （1）
＋｜＋｜－－（韵）＋－＋｜ －－（韵） （2）	＋｜＋－－｜｜（句）＋－ －－（韵） （2）
＋－＋｜－－（韵）＋＋＋ （读）＋｜－－（韵） （3）	
＋－＋｜－－（韵）＋＋＋ （读）＋－｜－（韵） （4）	
＋｜＋｜－－（韵）＋＋＋（读） ＋｜－－（韵） （5）	

例二 春光好（四十一字）

（五代）和 凝

　　蘋叶软，杏花明。画船轻。双浴鸳鸯出绿汀。棹歌声。　　春水无风无浪，春天半雨半晴。红粉相随南浦晚，几含情。

　　注：该词上阕第一句至第三句为乐段一中的格式（1），第四句和第五句为乐段二中的格式（4）；下阕第一句和第二句为乐段一中的格式（1），第三句和第四句为乐段二中的格式（1）。全词双调，四十一字，上阕五句，四平韵；下阕四句，两平韵。

例三 春光好（四十字）

（五代）和 凝

　　纱窗暖，画屏闲。鲜云鬟。睡起四肢无力，半春间。　　玉指剪裁罗胜，金盘点缀酥山。窥宋深心无限事，小眉弯。

注：该词上阕第一句至第三句为乐段一中的格式（1），第四句和第五句为乐段二中的格式（6）；下阕第一句和第二句为乐段一中的格式（1），第三句和第四句为乐段二中的格式（1）。全词双调，四十字，上阕五句，三平韵；下阕四句，两平韵。

例四　春光好（四十一字）
（五代）欧阳炯

碛香散，渚水融。暖空濛。飞絮悠扬遍虚空。惹轻风。　　柳眼烟来点绿，花心日与妆红。黄雀锦鸾相对舞，近帘栊。

注：该词上阕第一句至第三句为乐段一中的格式（2），第四句和第五句为乐段二中的格式（5）；下阕第一句和第二句为乐段一中的格式（1），第三句和第四句为乐段二中的格式（1）。全词双调，四十一字，上阕五句，四平韵；下阕四句，两平韵。

例五　春光好（四十一字）
（五代）欧阳炯

垂绣幔，掩云屏。思盈盈。双枕珊瑚无限情。翠钗横。　　几见纤纤动处，时闻款款娇声。却出锦屏妆面了，理秦筝。

注：该词上阕第一句至第三句为乐段一中的格式（1），第四句和第五句为乐段二中的格式（4）；下阕第一句和第二句为乐段一中的格式（1），第三句和第四句为乐段二中的格式（1）。全词双调，四十一字，上阕五句，四平韵；下阕四句，两平韵。

例六　春光好（四十一字）
（宋）张元幹

疏雨洗，细风吹。淡黄时。不分小亭芳草绿，映檐低。　　楼下十二层梯。日长影里莺啼。倚遍阑干看尽柳，忆腰肢。

注：该词上阕第一句至第三句为乐段一中的格式（1），第四句和第五句为乐段二中的格式（1）；下阕第一句和第二句为乐段一中的格式（2），第三句和第四句为乐段二中的格式（1）。全词双调，四十一字，上阕五句，三平韵；下阕四句，三平韵。

例七　春光好（四十一字）
《芦川集》无名氏

吴绫窄，藕丝重。一钩红。翠被眠时要人暖，着怀中。　　六幅裙窣轻风。见人遮尽行踪。正是踏青天气好，忆弓弓。

注：该词上阕第一句至第三句为乐段一中的格式（1），第四句和第五句为乐段二中的格式（2）；下阕第一句和第二句为乐段一中的格式（2），第三句和第四句为乐段二中的格式（1）。全词双调，四十一字，上阕五句，三平韵；下阕四句，三平韵。

例八　春光好（四十二字）
（宋）晏几道

花阴月，柳梢莺。近清明。长恨去年今夜雨，洒离亭。　　枕上怀远诗成。红笺纸、小砑吴绫。寄与征人教念远，莫无情。

注：该词上阕第一句至第三句为乐段一中的格式（1），第四句和第五句为乐段二中的格式（1）；下阕第一句和第二句为乐段一中的格式（5），第三句和第四句为乐段二中的格式（1）。全词双调，四十二字，上阕五句，三平韵；下阕四句，三平韵。

例九　春光好（四十二字）
（宋）卢祖皋

惜春心。步花阴。怕春深。风飐游丝吹落絮，满园林。　　日长帘幕沉沉。朱阑畔、斜軃琼簪。笑摘梨花闲照水，贴眉心。

注：该词上阕第一句至第三句为乐段一中的格式（3），第四句和第五句为乐段二中的格式（1）；下阕第一句和第二句为乐段一中的格式（3），第三句和第四句为乐段二中的格式（1）。全词双调，四十二字，上阕五句，四平韵；下阕四句，三平韵。

例十　春光好（四十二字）
（宋）张元幹

花恨雨，柳嫌风。客愁浓。坐久霜刀飞碎雪，一尊同。　　劳烦玉指春葱。未放箸、金盘已空。更与个中寻尺素，两情通。

注：该词上阕第一句至第三句为乐段一中的格式（1），第四句和第五句为乐段二中的格式（1）；下阕第一句和第二句为乐段一中的格式（4），第三句和第四句为乐段二中的格式（1）。全词双调，四十二字，上阕五句，三平韵；下阕四句，三平韵。

例十一　春光好（四十二字）
《梅苑》无名氏

冰肌玉骨精神。不风尘。昨夜窗前都圻尽，忽疑君。　　清泪拂拂沾巾。谁相念、折赠芳春。羌笛休吹关塞曲，有人听。

注：该词上阕第一句和第二句为乐段一中的格式（4），第三句和第四句为乐段二中的格式（1）；下阕第一句和第二句为乐段一中的格式（5），第三句和第四句为乐段二中的格式（1）。全词双调，四十二字，上阕四句，三平韵；下阕四句，三平韵。

例十二　春光好（四十三字）

（宋）蔡　伸

鸾屏掩，翠衾香。小兰房。回首当时云雨梦，两难忘。　　如今水远山长。凭鳞翼、难叙衷肠。况是教人无可恨，一味思量。

注：该词上阕第一句至第三句为乐段一中的格式（1），第四句和第五句为乐段二中的格式（1）；下阕第一句和第二句为乐段一中的格式（3），第三句和第四句为乐段二中的格式（2）。全词双调，四十三字，上阕五句，三平韵；下阕四句，三平韵。

例十三　春光好（四十八字）

《梅苑》无名氏

看看腊尽春回。消息到、江南早梅。昨夜前村深雪里，一朵先开。　　盈盈玉蕊如裁。更风细、清香暗来。空使行人肠欲断，驻马徘徊。

注：该词上阕第一句和第二句为乐段一中的格式（5），第三句和第四句为乐段二中的格式（3）；下阕第一句和第二句为乐段一中的格式（4），第三句和第四句为乐段二中的格式（2）。全词双调，四十八字，上阕四句，三平韵；下阕四句，三平韵。

酒　泉　子

唐教坊曲名。

《酒泉子》（平仄韵）的长短句结构

上阕，两个乐段		下阕，两个乐段	
乐段一 （十字或十一字）	乐段二 （九字或十字）	乐段一（十二字或 十三字、十四字）	乐段二 （九字或十字）
4　　6	3　3　3	7　　5	3　3　3
4　　7	4　3　3	7　　6	7　　3
7	7	7	

《酒泉子》（平韵）的长短句结构（双调）

上阕，一个乐段	下阕，两个乐段	
乐段一 （二十字或二十一字）	乐段一 （七字或六字）	乐段二 （十六字或十五字、十七字）
4　6　7　3	7	6　7　3
4　7　7　3	3　　　3	7　7　3
4　7　3　3　3		5　7　3
		7　3　3　3
		6　3　3　3

　　《康熙词谱》共收集了二十二体《酒泉子》，双调，上下阕分别有两个乐段，有四十字或四十一字、四十二字、四十三字、四十四字、四十五字等格式，上下阕各五句或四句。该调用韵的特点是以平韵为主，有的词例间入仄韵。

　　对于上下阕既用仄韵又用平韵（用"平仄韵"表示）的《酒泉子》而言，其长短句结构如表所示。《康熙词谱》以四十字体温庭筠词为标谱词例。其中，上下阕各乐段中的格式（1）为正格句式，其余为变格句式。该调的正格与变格如表所示。

　　对于上下阕全用平韵的《酒泉子》而言，其长短句结构如表所示。《康熙词谱》未明确何为正体或正格，故均作为基本格式（如表所示）。

例一　酒泉子（四十字）

（唐）温庭筠

　　花映柳条。闲向绿萍池上。凭阑干，窥细浪。雨潇潇。　　近来音信两疏索。洞房空寂寞。掩银屏，垂翠箔。度春宵。

　　注：该词上阕第一句和第二句为乐段一中的格式（1），第三句至第五句为乐段二中的格式（1）；下阕第一句和第二句为乐段一中的格式（1），第三句至第五句为乐段二中的格式（1）。全词双调，四十字，上阕五句，两平韵两仄韵；下阕五句，三仄韵一平韵。

《酒泉子》（平仄韵）的正格与变格（双调）

《酒泉子》上阕，五句或四句，两平韵两仄韵等多种用韵格式	
乐段一（二句，十字或十一字）	乐段二（三句或二句，九字或十字）
＋｜＋ 一（平韵或句）＋｜＋ 一 ＋｜（仄韵） （1）	｜＋ 一（句）＋＋｜（韵）｜一 一 （平韵） （1）
＋｜＋ 一（平韵或句）＋｜＋ 一 一｜｜（仄韵） （2）	＋＋ 一（句或平韵）＋＋｜（韵或句） ｜一 一（平韵） （2）
	＋ 一 ＋｜（韵）｜一 一（平韵）｜ 一 一（韵） （3）
	＋ 一 ＋｜｜一 一（平韵）｜一 一 （韵） （4）

例二　酒泉子（四十字）

（五代）孙光宪

　　曲槛小楼，正是莺花二月。思无憀，愁欲绝。郁离襟。　　展屏空对潇湘水。眼前千万里。泪掩红，眉敛翠。恨沉沉。

　　注：该词上阕第一句和第二句为乐段一中的格式（1），第三句至第五句为乐段二中的格式（1）；下阕第一句和第二句为乐段一中的格式（1），第三句至第五句为乐段二中的格式（1）。全词双调，四十字，上阕五句，一平韵两仄韵；下阕五句，一平韵三仄韵。

例三　酒泉子（四十字）

（唐）温庭筠

　　楚女不归。楼枕小河春水。月孤明，风又起。杏花稀。　　玉钗斜簪云鬓髻。裙上金缕凤。八行书，千里梦。雁南飞。

　　注：该词上阕第一句和第二句为乐段一中的格式（1），第三句至第五句为乐段二中的格式（1）；下阕第一句和第二句为乐段一中的格式（2），第三句至第五句为乐段二中的格式（1）。全词双调，四十字，上阕五句，两平韵两仄韵；下阕五句，三仄韵一平韵，起句仍押上阕仄韵。

《酒泉子》下阕，五句或四句，一平韵三仄韵等多种用韵格式	
乐段一 （二句，十二字或十三字、十四字）	乐段二 （三句或二句，九字或十字）
＋－＋｜＋－｜（换仄韵）＋－ －｜｜（韵） （1）	｜＋－（句）＋＋｜（韵）｜－－ （平韵） （1）
＋－＋｜＋－｜（仄韵）＋－ ＋｜（换仄韵） （2）	＋＋－（句）＋＋｜（句）｜－ （平韵） （2）
＋－＋｜＋－（换仄韵）＋｜ ＋｜（韵） （3）	＋－＋｜｜－－（平韵）｜－ （韵） （3）
＋－＋｜＋－｜（仄韵或换韵）＋ ｜＋－－｜｜（韵） （4）	＋－＋｜＋－｜（叶）－－（韵） （4）
＋－＋｜｜－－（平韵）＋－ －｜｜（仄韵或换韵） （5）	
＋－＋｜｜－－（平韵）＋｜ ＋－＋｜（仄韵或换韵） （6）	
＋－＋｜｜－－（平韵）＋｜ ＋－－｜｜（仄韵或换韵） （7）	

例四 酒泉子（四十一字）

（唐）韦 庄

月落星沉。楼上美人春睡。绿云倾，金枕腻。画屏深。　子规啼破相思梦。曙色东方才动。柳烟轻，花露重。思难任。

注：该词上阕第一句和第二句为乐段一中的格式（1），第三句至第五句为乐段二中的格式（1）；下阕第一句和第二句为乐段一中的格式（3），第三句至第五句为乐段二中的格式（1）。全词双调，四十一字，上阕五句，两平韵两仄韵；下阕五句，三仄韵一平韵。

例五　酒泉子（四十三字）
（五代）李　珣

　　寂寞青楼。风触绣帘珠碎撼。月朦胧，花黯淡。锁春愁。　　寻思往事依稀梦。泪脸露桃红色重。鬓欹蝉，钗坠凤。思悠悠。

　　注：该词上阕第一句和第二句为乐段一中的格式（2），第三句至第五句为乐段二中的格式（1）；下阕第一句和第二句为乐段一中的格式（4），第三句至第五句为乐段二中的格式（1）。全词双调，四十三字，上阕五句，两平韵两仄韵；下阕五句，三仄韵一平韵。

例六　酒泉子（四十字）
（五代）顾　敻

　　罗带缕金。兰麝烟凝魂断。画屏欹，云鬓乱。恨难任。　　几回垂泪滴鸳衾。薄情何处去。月临窗，花满树。信沉沉。

　　注：该词上阕第一句和第二句为乐段一中的格式（1），第三句至第五句为乐段二中的格式（1）；下阕第一句和第二句为乐段一中的格式（5），第三句至第五句为乐段二中的格式（1）。全词双调，四十字，上下阕各五句，两平韵两仄韵。

例七　酒泉子（四十一字）
（唐）温庭筠

　　罗带惹香。犹系别时红豆。泪痕新，金缕旧。断离肠。　　一双娇燕语雕梁。还是去年时节。绿杨浓，芳草歇。柳花狂。

　　注：该词上阕第一句和第二句为乐段一中的格式（1），第三句至第五句为乐段二中的格式（1）；下阕第一句和第二句为乐段一中的格式（6），第三句至第五句为乐段二中的格式（1）。全词双调，四十一字，上下阕各五句，两平韵两仄韵。

例八　酒泉子（四十三字）
（五代）张　泌

　　春雨打窗。惊梦觉来天气晓。画堂深，红焰小。背兰釭。　　酒香喷鼻懒开缸。惆怅更无人共醉。旧巢中，新燕子。语双双。

　　注：该词上阕第一句和第二句为乐段一中的格式（2），第三句至第五句为乐段二中的格式（1）；下阕第一句和第二句为乐段一中的格式（7），第三句至第五句为乐段二中的格式（1）。全词双调，四十三字，上下阕各五句，两平韵两仄韵。

例九　酒泉子（四十二字）
（五代）顾　夐

黛薄红深。约掠绿鬟云腻。小鸳鸯，金翡翠。称人心。　　锦鳞无处传幽意。海燕兰堂春又至。隔年书，千点泪。恨难任。

注：该词上阕第一句和第二句为乐段一中的格式（1），第三句至第五句为乐段二中的格式（1）；下阕第一句和第二句为乐段一中的格式（4），第三句至第五句为乐段二中的格式（1）。全词双调，四十二字，上阕五句，两平韵两仄韵；下阕五句，三仄韵一平韵。

例十　酒泉子（四十四字）
（五代）顾　夐

黛怨红羞。掩映画堂春欲暮。残花微雨。隔青楼。思悠悠。　　芳菲时节看将度。寂寞无人还独语。画罗襦，香粉污。不胜愁。

注：该词上阕第一句和第二句为乐段一中的格式（2），第三句至第五句为乐段二中的格式（3）；下阕第一句和第二句为乐段一中的格式（4），第三句至第五句为乐段二中的格式（1）。全词双调，四十四字，上阕五句，三平韵两仄韵；下阕五句，三仄韵一平韵。

例十一　酒泉子（四十二字）
（五代）冯延巳

芳草长川。柳下危桥桥下路。归鸿飞，行人去。碧山边。　　风微烟淡雨萧然。隔岸马嘶何处。九回肠，双脸泪，夕阳天。

注：该词上阕第一句和第二句为乐段一中的格式（2），第三句至第五句为乐段二中的格式（2）；下阕第一句和第二句为乐段一中的格式（6），第三句至第五句为乐段二中的格式（2）。全词双调，四十二字，上阕五句，两仄韵两平韵；下阕五句，两平韵一仄韵。

例十二　酒泉子（四十二字）
（五代）冯延巳

春色融融。飞燕乍来莺未语。小桃寒，垂杨晚，玉楼空。　　天长烟远恨重重。消息燕鸿归去。枕前灯，窗外月，闭朱栊。

注：该词上阕第一句和第二句为乐段一中的格式（2），第三句至第五句为乐段二中的格式（2）；下阕第一句和第二句为乐段一中的格式（6），第三句至第五句为乐段二中的格式（2）。全词双调，四十二字，上下阕各五句，两平韵一仄韵。

例十三　酒泉子（四十五字）

（唐）司空图

买得杏花，十载归来方始坼。假山西畔药阑东。满枝红。　　旋开旋落旋成空。白发多情人更惜。黄昏把酒祝东风。且从容。

注：该词上阕第一句和第二句为乐段一中的格式（2），第三句和第四句为乐段二中的格式（4）；下阕第一句和第二句为乐段一中的格式（7），第三句和第四句为乐段二中的格式（3）。全词双调，四十五字，上阕四句，一仄韵两平韵；下阕四句，一仄韵三平韵。

例十四　酒泉子（四十三字）

（五代）顾　敻

小槛日斜，风度绿窗人悄悄。翠帏闲掩舞双鸾。旧香寒。　　别来情绪转难拌。韶颜看却老。依稀粉上有啼痕。暗消魂。

注：该词上阕第一句和第二句为乐段一中的格式（2），第三句和第四句为乐段二中的格式（4）；下阕第一句和第二句为乐段一中的格式（5），第三句和第四句为乐段二中的格式（3）。全词双调，四十三字，上阕四句，一仄韵两平韵；下阕四句，三平韵一仄韵。

例一　酒泉子（四十三字）

（五代）张　泌

紫陌青门，三十六宫春色，御沟辇路暗相通。杏园风。　　咸阳沽酒宝钗空。笑指未央归去，插花走马落残红。月明中。

注：该词上阕第一句至第四句为乐段一中的格式（1）；下阕第一句为乐段一中的格式（1），第二句至第四句为乐段二中的格式（1）。全词双调，四十三字，上阕四句，两平韵；下阕四句，三平韵。

例二　酒泉子（四十五字）

（五代）毛文锡

绿树春深，燕语莺啼声断续，惠风飘荡入芳丛。惹残红。　　柳丝无力袅烟空。金盏不辞须满酌，海棠花下思朦胧。醉春风。

注：该词上阕第一句至第四句为乐段一中的格式（2）；下阕第一句为乐段一中的格式（1），第二句至第四句为乐段二中的格式（2）。全词双调，四十五字，上阕四句，两平韵；下阕四句，三平韵。

《酒泉子》（平韵）的基本格式

《酒泉子》上阕，四句或五句，两平韵
一个乐段（四句或五句，二十或二十一字）
＋｜＋ー（句）＋｜＋ーー｜（句）＋ー＋｜｜ーー（韵）｜ーー（韵） （1）
＋｜＋ー（句）＋｜＋ーー｜｜（句）＋ー＋｜｜ーー（韵）｜ーー（韵） （2）
＋｜＋ー（韵或句）＋｜＋ー｜｜（句）＋＋ー（句或韵）ー＋｜（句）｜ーー（韵） （3）
注：该乐段中的格式"＋＋ー（句或韵）"，可平可仄两处，不可同时用平。

《酒泉子》下阕，四句或五句，三平韵或两平韵	
乐段一 （一句或二句，七字或六字）	乐段二 （三句或四句，十六字或十五字、十七字）
＋ー＋｜｜ーー（韵） （1） ー｜｜（句）｜ーー（韵） （2）	＋｜＋ー＋｜（句）＋ー＋｜｜ーー（韵或换韵）｜ーー（韵） （1） ＋｜＋ーー｜｜（句）＋ー＋｜｜ーー（韵）｜ーー（韵） （2） ＋｜＋ー｜｜（句）｜ー（句）＋ー｜（句）｜ーー（韵） （3） ＋ー＋ー＋｜（句）＋ーー（句）ー＋｜（句）｜ーー（韵） （4） ＋ーー｜｜（句）＋ー＋｜｜ーー（韵或换韵）｜ーー（韵） （5）

例三　酒泉子（四十三字）
（五代）李　珣

秋雨联绵，声散败荷丛里，那堪深夜枕前听。酒初醒。　　牵愁惹思更无停。烛暗香凝天欲晓，细和烟，冷和雨，透帘旌。

注：该词上阕第一句至第四句为乐段一中的格式（1）；下阕第一句为乐段一中的格式（1），第二句至第五句为乐段二中的格式（3）。全词双调，四十三字，上阕四句，两平韵；下阕五句，两平韵。

例四　酒泉子（四十二字）
（五代）冯延巳

深院空帏。廊下风帘惊宿燕，香印灰，兰烛小，觉来时。　　月明人自捣寒衣。刚来无端惆怅，阶前行，栏畔立，欲鸡啼。

注：该词上阕第一句至第五句为乐段一中的格式（3）；下阕第一句为乐段一中的格式（1），第二句至第五句为乐段二中的格式（4）。全词双调，四十二字，上下阕各五句，两平韵。

例五　酒泉子（四十三字）
（五代）顾　夐

水碧风清，入槛细香红藕腻，谢娘敛翠恨无涯。小屏斜。　　堪伤游子不还家。谩留罗带结，帐深枕腻炷沉烟。负当年。

注：该词上阕第一句至第四句为乐段一中的格式（2）；下阕第一句为乐段一中的格式（1），第二句至第四句为乐段二中的格式（5）。全词双调，四十三字，上阕四句，两平韵；下阕四句，三平韵。

例六　酒泉子（四十二字）
（五代）李　珣

秋月婵娟，皎洁碧纱窗外，照花穿竹冷沉沉。印池心。　　凝露滴，砌蛩吟。惊觉谢娘残梦，夜深斜傍枕边来。影徘徊。

注：该词上阕第一句至第四句为乐段一中的格式（1）；下阕第一句和第二句为乐段一中的格式（2），第三句至第五句为乐段二中的格式（1）。全词双调，四十二字，上阕四句，两平韵；下阕五句，三平韵。

《酒泉子》一阕全用平韵，另一阕既用平韵又用仄韵的词例

例一　酒泉子（四十二字）

（唐）牛　峤

记得去年，烟暖杏园花正发，雪飘香。江草绿，柳丝长。　　钿车纤手卷帘望。眉学春山样。凤钗低袅翠鬟上。落梅妆。

注：该词上阕全用平韵，第一句至第五句为《酒泉子》（平韵）上阕乐段中的格式（3）；下阕既用平韵又用仄韵，且平仄韵通叶。第一句和第二句为《酒泉子》（平仄韵）下阕乐段一中的格式（2），第三句和第四句为乐段二中的格式（4）。全词双调，四十二字，上阕五句，两平韵；下阕四句，三叶韵一平韵。

例二　酒泉子（四十三字）

（五代）顾　夐

掩却菱花，收拾翠钿休上面。金虫玉燕。锁香奁。恨厌厌。　　云鬟半坠懒重簪。泪侵山枕湿，银镫背帐梦方酣。雁飞南。

注：该词上阕既用平韵又用仄韵，且平仄韵通叶。第一句和第二句为《酒泉子》（平仄韵）上阕乐段一中的格式（2），第三句和第四句为乐段二中的格式（3）；下阕全用平韵，第一句为《酒泉子》（平韵）下阕乐段一中的格式（1），第二句至第四句为乐段二中的格式（5）。全词双调，四十三字，上阕五句，两仄韵两平韵；下阕四句，三平韵。

怨　回　纥

该调本五言律诗，见《尊前集》。皇甫词第一首云："白首南朝女，愁听异域歌。收兵颉利国，饮马胡卢河。"结二句云："雕窠城上宿，吹笛泪滂沱。"盖戍妇之怨词也。《乐府诗集》无名氏词单调，名《回纥》，《乐苑》注"商调曲"。

双调《怨回纥》的长短句结构

上阕，两个乐段		下阕，两个乐段	
乐段一（十字）	乐段二（十字）	乐段一（十字）	乐段二（十字）
5　　　5	5　　　5	5　　　5	5　　　5

单调《怨回纥》的长短句结构

《怨回纥》单调，三个乐段		
乐段一（十四字）	乐段二（十四字）	乐段三（十二字）
7　　7	7　　7	5　　7

《康熙词谱》共收集两体《怨回纥》，其中一体皇甫松词为双调，一体无名氏词为单调。双调《怨回纥》上下阕分别可分为两个乐段，其长短句结构如表所示。单调《怨回纥》可分为三个乐段，其长短句结构如表所示。比较两者，它们之间毫无联系。双调《怨回纥》四十字，上下阕各四句，两平韵，其基本格式如表所示。单调《怨回纥》四十字，六句，四平韵，其基本格式如表所示。

《怨回纥》的基本格式（双调）

《怨回纥》上阕，四句，两平韵	
乐段一（二句，十字）	乐段二（二句，十字）
＋｜＋ －｜（句）－ － ＋｜－（韵）	＋ － －｜｜（句）＋｜｜－ －（韵）

《怨回纥》下阕，四句，两平韵	
乐段一（二句，十字）	乐段二（二句，十字）
＋｜＋ －｜（句）－ － ＋｜－（韵）	＋ － －｜｜（句）＋｜｜－ －（韵）

例　怨回纥（四十字）

（唐）皇甫松

祖席驻征棹，开帆候信潮。隔筵桃叶泣，吹管杏花飘。　　船去鸥飞阁，人归尘上桥。别离惆怅泪，江路湿红蕉。

注：全词双调，四十字，上下阕各四句，两平韵。

《怨回纥》的基本格式（单调）

《怨回纥》单调，六句，四平韵		
乐段一（二句，十四字）	乐段二（二句，十四字）	乐段三（二句，十二字）
＋ － ＋ ｜ ｜ － －（韵）＋ － ＋ ｜ ｜ － －（韵）	＋ ｜ ＋ － － ｜ ｜（句）＋ － ＋ ＋ ｜ ｜ －（韵）	＋ ｜ － － ｜（句）＋ － ＋ ｜ ｜ － －（韵）

例　怨回纥（四十字）

《乐府诗集》无名氏

曾闻瀚海使难通。幽闺少妇罢裁缝。缅想边庭征战苦，谁能对镜冶愁容。久戍人将老，须臾变作白头翁。

注：全词单调，四十字，六句，四平韵。

生 查 子

唐教坊曲名。《尊前集》注"双调"；元高拭词注"南吕宫"。朱希真词有"遥望楚云深"句，名《楚云深》；韩淲词有"山意入春晴，都是梅和柳"句，名《梅和柳》；又有"晴色入青山"句，名《晴色入青山》。

《生查子》的长短句结构

上阕，两个乐段		下阕，两个乐段	
乐段一（十字或十一字）	乐段二（十字或十二字）	乐段一（十字或十一字、十二字）	乐段二（十字或十二字）
5　　5 3　3　5	5　　5 7　　5	5　　5 3　3　5 　　7　5	5　　5 7　　5

《康熙词谱》共收集五体，《生查子》，双调，上下阕分别可分为两个乐段，其长短句结构如表所示。该调有四十字或四十一字、四十二字、四十四字等格式，上下阕各四句或五句，两仄韵或三仄韵。《康熙词谱》以四十字体韩偓词为正体或正格。该调的正格与变格

如表所示，其中，上下阕各乐段中的格式（1）为正格句式，其余为变格句式。实证分析表明，多数词例上下阕的长短句结构（特别是乐段二的长短句结构）相同。

《生查子》的正格与变格（双调）

《生查子》上阕，四句或五句，两仄韵或三仄韵	
乐段一（二句或三句，十字或十一字）	乐段二（二句，十字或十二字）
＋｜｜一一（句）＋｜＋一｜（韵） （1）	＋一＋｜一（句）＋｜＋一｜（韵） （1）
＋一＋｜一（句）＋｜＋一｜（韵） （2）	＋｜｜一一（句）＋｜＋一｜（韵） （2）
＋｜一（句）＋一｜（韵）＋｜一一｜（韵） （3）	＋｜一＋｜一（句）＋｜＋一｜（韵） （3）

《生查子》下阕，四句或五句，两仄韵或三仄韵	
乐段一（二句或三句，十字或十一字、十二字）	乐段二（二句，十字或十二字）
＋｜｜一一（句）＋｜＋一｜（韵） （1）	＋｜｜一一（句）一一｜一｜（韵） （1）
＋一一｜｜（韵）＋｜＋一｜（韵） （2）	＋｜｜一一（句）＋｜＋一｜（韵） （2）
＋一｜（句）＋｜＋一｜（韵） （3）	＋｜一＋｜一（句）＋｜＋一｜（韵） （3）
＋＋一（句）一＋｜（韵）＋｜＋一｜（韵） （4）	
＋一＋｜｜一（句）＋｜＋一｜（韵） （5）	

例一　生查子（四十字）

（宋）韩　偓

　　侍女动妆奁，故故惊人睡。那知本未眠，背面偷垂泪。　　懒卸凤头钗，羞入鸳鸯被。时复见残灯，和烟坠金穗。

　　注：该词上阕第一句和第二句为乐段一中的格式（1），第三句和第四句为乐段二中的格式（1）；下阕第一句和第二句为乐段一中的格式（1），第三句和第四句为乐段二中的格式（1）。全词双调，四十字，上下阕各四句，两仄韵。

例二　生查子（四十字）

（五代）刘侍读

　　深秋更漏长，滴尽银台烛。独步出幽闺，月晃波澄绿。　　芰荷风乍触。一对鸳鸯宿。虚掉玉钗惊，惊起还相续。

　　注：该词上阕第一句和第二句为乐段一中的格式（2），第三句和第四句为乐段二中的格式（2）；下阕第一句第二句为乐段一中的格式（2），第三句和第四句为乐段二中的格式（2）。全词双调，四十字，上阕四句，两仄韵；下阕四句，三仄韵。

例三　生查子（四十一字）

（五代）牛希济

　　春山烟欲收，天淡星稀小。残月脸边明，别泪临清晓。　　语已多，情未了。回首犹重道。记得绿罗裙，处处怜芳草。

　　注：该词上阕第一句和第二句为乐段一中的格式（2），第三句和第四句为乐段二中的格式（2）；下阕第一句至第三句为乐段一中的格式（4），第四句和第五句为乐段二中的格式（2）。全词双调，四十一字，上阕四句，两仄韵；下阕五句，三仄韵。

例四　生查子（四十二字）

（五代）孙光宪

　　暖日策花骢，辔軃垂杨陌。芳草惹烟青，落絮随风白。　　谁家绣毂动香尘，隐映神仙客。狂煞玉鞭郎，咫尺音容隔。

　　注：该词上阕第一句和第二句为乐段一中的格式（1），第三句和第四句为乐段二中的格式（2）；下阕第一句和第二句为乐段一中的格式（5），第三句和第四句为乐段二中的格式（2）。全词双调，四十二字，上下阕各四句，两仄韵。

例五　生查子（四十二字）
（唐）张　泌

相见稀，喜相见。相见还相远。檀画荔枝红，金蔓蜻蜓软。　　鱼雁疏，芳信断。花落庭阴晚。可惜玉肌肤，消瘦成慵懒。

注：该词上阕第一句至第三句为乐段一中的格式（3），第四句和第五句为乐段二中的格式（2）；下阕第一句至第三句为乐段一中的格式（4），第四句和第五句为乐段二中的格式（2）。全词双调，四十二字，上下阕各五句，三仄韵。

例六　生查子（四十字）
（五代）魏承班

烟雨晚晴天，零落花无语。难话此时心，梁燕双来去。　　琴韵对薰风，有恨和情抚。肠断断弦频，泪滴黄金缕。

注：该词上阕第一句和第二句为乐段一中的格式（1），第三句和第四句为乐段二中的格式（2）；下阕第一句和第二句为乐段一中的格式（1），第三句和第四句为乐段二中的格式（2）。全词双调，四十字，上下阕各四句，两仄韵。

例七　生查子（四十字）
（宋）欧阳修

去年元夜时，花市灯如昼。月上柳梢头，人约黄昏后。　　今年元夜时，月与灯依旧。不见去年人，泪满春衫袖。

注：该词上阕第一句和第二句为乐段一中的格式（2），第三句和第四句为乐段二中的格式（2）；下阕第一句和第二句为乐段一中的格式（3），第三句和第四句为乐段二中的格式（2）。全词双调，四十字，上下阕各四句，两仄韵。

例八　生查子（四十字）
（宋）晏几道

关山魂梦长，寒雁音书少。两鬓可怜青，只为相思老。　　归傍碧纱窗，说与人人道。真个别离难，不似相逢好。

注：该词上阕第一句和第二句为乐段一中的格式（2），第三句和第四句为乐段二中的格式（2）；下阕第一句和第二句为乐段一中的格式（1），第三句和第四句为乐段二中的格式（2）。全词双调，四十字，上下阕各四句，两仄韵。

例九　生查子（四十字）

（宋）秦　观

眉黛远山长，新柳开青眼。楼阁断霞明，罗幕春寒浅。　　杯嫌玉漏迟，烛厌金刀剪。月色忽飞来，花影和帘卷。

注：该词上阕第一句和第二句为乐段一中的格式（1），第三句和第四句为乐段二中的格式（2）；下阕第一句和第二句为乐段一中的格式（3），第三句和第四句为乐段二中的格式（2）。全词双调，四十字，上下阕各四句，两仄韵。

例十　生查子（四十一字）

（五代）孙光宪

寂寞掩朱门，正是天将暮。暗淡小庭中，滴滴梧桐雨。　　绣工夫，牵心绪。配尽鸳鸯缕。待得没人时，偎倚论私语。

注：该词上阕第一句和第二句为乐段一中的格式（1），第三句和第四句为乐段二中的格式（2）；下阕第一句至第三句为乐段一中的格式（4），第四句和第五句为乐段二中的格式（2）。全词双调，四十一字，上阕四句，两仄韵；下阕五句，三仄韵。

例十一　生查子（四十二字）

（宋）陈　亚

相思意已深，白纸书难足。字字苦参商，故要槟郎读。　　分明记得约当归，远至樱桃熟。何事菊花时，犹未回乡曲。

注：该词上阕第一句和第二句为乐段一中的格式（2），第三句和第四句为乐段二中的格式（2）；下阕第一句和第二句为乐段一中的格式（5），第三句和第四句为乐段二中的格式（2）。全词双调，四十二字，上下阕各四句，两仄韵。

例十二　生查子（四十四字）

（宋）汪　莘

天上不知天，洞里休寻洞。洞府天宫在眼前，春日都浮动。　　我自觉来看，他在迷时梦。觉则人人总是仙，步步乘鸾凤。

注：该词上阕第一句和第二句为乐段一中的格式（1），第三句和第四句为乐段二中的格式（3）；下阕第一句和第二句为乐段一中的格式（1），第三句和第四句为乐段二中的格式（3）。全词双调，四十四字，上下阕各四句，两仄韵。

蝴 蝶 儿

调见《花间集》，取词中起句为名。

《蝴蝶儿》的长短句结构

上阕，两个乐段		下阕，两个乐段	
乐段一（六字）	乐段二（十二字）	乐段一（十字）	乐段二（十二字）
3　3	7　5	5　5	7　5

《康熙词谱》只收集一体《蝴蝶儿》，双调，上下阕分别可分为两个乐段，其长短句结构如表所示。该调四十字，上阕四句，四平韵；下阕四句，三平韵，其基本格式如表所示。

《蝴蝶儿》的基本格式（双调）

《蝴蝶儿》上阕，四句，四平韵	
乐段一（二句，六字）	乐段二（二句，十二字）
＋ ｜ －（韵）｜ ＋ －（韵）	＋ － ＋ ｜ ｜ － －（韵）＋ － ＋ ｜ －（韵）

《蝴蝶儿》下阕，四句，三平韵	
乐段一（二句，十字）	乐段二（二句，十二字）
＋ ｜ － － ｜（句）＋ － ＋ ｜ －（韵）	＋ － ＋ ｜ ｜ － －（韵）＋ － ＋ ｜ －（韵）

注：上下阕相关乐段中的格式"＋ － ＋ ｜ －（韵）"，尽管有个别"孤平"现象，但可平可仄二处，以不同时用仄为宜。

例　蝴蝶儿（四十字）
（五代）张　泌

蝴蝶儿。晚春时。阿娇初着淡黄衣。倚窗学画伊。　　还似花间见，双双对对飞。无端和泪拭胭脂。惹教双翅垂。

注：全词双调，四十字，上阕四句，四平韵；下阕四句，三平韵。

添声杨柳枝

按《碧鸡漫志》云："黄钟商有《杨柳枝》曲，仍是七言四句诗，与刘、白及五代诸子所制并同，但每句下各添三字一句，乃唐时和声，如《竹枝》、《渔父》，今皆有和声也。旧词多侧字起头，第三句亦复侧字起，声度差稳耳。"今名《添声杨柳枝》，欧阳修词名《贺圣朝影》，贺铸词名《太平时》。《宋史·乐志》："《太平时》，小石调。"

《添声杨柳枝》的长短句结构

上阕，两个乐段		下阕，两个乐段	
乐段一 （十字）	乐段二 （十字或十二字）	乐段一 （十字）	乐段二 （十字或十二字）
7　　3 3　2　3　2	7　　3 7　3　2	7　　3 3　2　3　2	7　　3 7　3　2

《康熙词谱》共收集《添声杨柳枝》三体，双调，上下阕分别可分为两个乐段，其长短句结构如表所示。该调有四十字和四十四字等格式，上阕四句或七句，四平韵或三平韵两重韵；下阕四句或七句，两仄韵两平韵或三平韵、四平韵三重韵。《康熙词谱》以四十字体顾敻词为标谱词例。该调的正格与变格如表所示，其中，上下阕各乐段中的格式（1）为正格句式，其余为变格句式。

例一　添声杨柳枝（四十字）

（五代）顾　敻

秋夜香闺思寂寥。漏迢迢。鸳帏罗幌麝香销。烛光摇。　　正忆玉郎游荡去。无寻处。更闻帘外雨潇潇。滴芭蕉。

注：该词上阕第一句和第二句为乐段一中的格式（1），第三句和第四句为乐段二中的格式（1）；下阕第一句和第二句为乐段一中的格式（1），第三句和第四句为乐段二中的格式（1）。全词双调，四十字，上阕四句，四平韵；下阕四句，两仄韵两平韵。

《添声杨柳枝》的正格与变格（双调）

《添声杨柳枝》上阕，四句或七句，四平韵或三平韵两重韵	
乐段一（二句或四句，十字）	乐段二（二句或三句，十字或十二字）
＋｜－－＋｜－（平韵）｜＋－（韵） （1）	＋－＋｜｜－－（韵）｜＋－（韵） （1）
－＋｜（句）｜－（平韵）－＋｜｜－（重韵） （句）｜－（重韵） （2）	＋｜－－＋｜－（韵）｜＋－（韵）｜－（重韵） （2）

《添声杨柳枝》下阕，四句或七句，两仄韵两平韵或三平韵、四平韵三重韵	
乐段一（二句或四句，十字）	乐段二（二句或三句，十字或十二字）
＋｜＋－｜｜（仄韵）－＋｜（韵） （1）	＋－＋｜｜－－（韵）｜＋－（韵） （1）
＋｜＋－－｜｜（句）｜＋－（韵） （2） ｜＋－（韵）－（重韵）｜＋－（韵）｜－（重韵） （3）	＋｜－－＋｜－（韵）｜＋－（韵）｜－（重韵） （2）

例二　添声杨柳枝（四十字）

（宋）贺　铸

　　蜀锦尘香生袜罗。小婆娑。个人无赖动人多。见横波。　　楼角云开风卷幕，月侵河。纤纤持酒艳声歌。奈情何。

　　注：该词上阕第一句和第二句为乐段一中的格式（1），第三句和第四句为乐段二中的格式（1）；下阕第一句和第二句为乐段一中的格式（2），第三句和第四句为乐段二中的格式（1）。全词双调，四十字，上阕四句，四平韵；下阕四句，三平韵。

例三　添声杨柳枝（四十四字）

（宋）朱敦儒

江南岸，柳枝。江北岸，柳枝。折送行人无尽时。恨分离。柳枝。　酒一杯。柳枝。泪双垂。柳枝。君到长安百事违。几时归。柳枝。

注：该词上阕第一句和第二句为乐段一中的格式（2），第三句和第四句为乐段二中的格式（2）；下阕第一句和第二句为乐段一中的格式（3），第三句和第四句为乐段二中的格式（2）。全词双调，四十四字，上阕七句，三平韵两重韵；下阕七句，四平韵三重韵。（《康熙词谱》在该词编后注："此见朱敦儒《樵歌词》，一名《柳枝》。按《竹枝词》以'竹枝'二字为和声，此以'柳枝'二字为和声，亦其例也。但'枝'字即本词韵，亦添声之意，故为类列。"但就《竹枝》而言，《康熙词谱》对"竹枝"、"女儿"等和声，未作句读标注。）

醉　公　子

唐教坊曲名。薛昭蕴、顾敻词，俱四换韵，一名《四换头》。此调有小令与长调两种体式，四十字者，昉自唐人；一百六字者，昉自宋人。

小令《醉公子》的长短句结构

上阕，两个乐段		下阕，两个乐段	
乐段一（十字）	乐段二（十字）	乐段一（十字）	乐段二（十字）
5　　5	5　　5	5　　5	5　　5

长调《醉公子》的长短句结构

长调《醉公子》上阕，四个乐段			
乐段一（十三字）	乐段二（十二字）	乐段三（十四字）	乐段四（十四字）
5　4　4	4　4　4	3　34　4	5　4　5

长调《醉公子》下阕，四个乐段			
乐段一（十五字）	乐段二（十二字）	乐段三（十四字）	乐段四（十二字）
7　53	4　4　4	3　34　4	34　5

《康熙词谱》共收集四体《醉公子》，双调，其中，小令《醉公子》三体，上下阕分别

可分为两个乐段，其长短句结构如表所示。该调四十字，上下阕各四句，两仄韵两平韵或两仄韵两叶韵。《康熙词谱》以顾夐词为正体或正格。其正格与变格如表所示，其中，上下阕各乐段中的格式（1）为正格句式，其余为变格句式。

长调《醉公子》一体，上下阕分别可分为四个乐段，其长短句结构如表所示。比较上述两者的长短句结构，可以看出两者之间迥异。该调一百六字，上阕十二句，六仄韵；下阕十句，六仄韵。其基本格式如表所示。

《醉公子》（小令）的正格和变格（双调）

《醉公子》（小令）上阕，四句，两仄韵两平韵或两仄韵两叶韵	
乐段一（两句，十字）	乐段二（两句，十字）
＋ ｜ — — ｜（韵）＋ ｜ — — ｜（韵） （1）	＋ ｜ ｜ — —（韵）＋ — ＋ ｜ —（韵） （1）
＋ — — ｜ ｜（韵）＋ — — ｜ ｜（韵） （2）	＋ ｜ ｜ — —（叶）＋ — ＋ ｜ —（叶） （2）
＋ — — ｜ ｜（韵）＋ — — ｜ ｜（韵） （3）	

《醉公子》（小令）下阕，四句，两仄韵两平韵或两仄韵两叶韵	
乐段一（二句，十字）	乐段二（二句，十字）
＋ ｜ — — ｜（韵）＋ ｜ — — ｜（韵） （1）	＋ ｜ ｜ — —（韵）＋ — ＋ ｜ —（韵） （1）
＋ — — ｜ ｜（韵）＋ — — ｜ ｜（韵） （2）	＋ ｜ ｜ — —（叶）— — ＋ ｜ —（叶） （2）

例一　醉公子（四十字）

（五代）顾　夐

河汉秋云淡。红藕香侵槛。枕倚小山屏。金铺向晚扃。　　睡起横波慢。独坐情何限。衰柳数声蝉。魂销似去年。

注：该词上阕第一句和第二句为乐段一中的格式（1），第三句和第四句为乐段二中的格

式（1）；下阕第一句和第二句为乐段一中的格式（1），第三句和第四句为乐段二中的格式（1）。全词双调，四十字，上下阕各四句，两仄韵两平韵。

例二　醉公子（四十字）
（唐）尹　鹗

　　暮烟笼藓砌。戢门犹未闭。尽日醉寻春。归来月满身。　　离鞍偎绣袂。坠巾花乱缀。何处恼佳人。檀痕衣上新。

　　注：该词上阕第一句和第二句为乐段一中的格式（2），第三句和第四句为乐段二中的格式（1）；下阕第一句和第二句为乐段一中的格式（2），第三句和第四句为乐段二中的格式（1）。全词双调，四十字，上下阕各四句，两仄韵两平韵。

例三　醉公子（四十字）
（五代）顾　敻

　　岸柳垂金线。雨晴莺百啭。家住绿杨边。往来多少年。　　马嘶芳草远。高楼帘半卷。敛袖翠眉攒。相逢尔许难。

　　注：该词上阕第一句和第二句为乐段一中的格式（3），第三句和第四句为乐段二中的格式（2）；下阕第一句和第二句为乐段一中的格式（2），第三句和第四句为乐段二中的格式（2）。全词双调，四十字，上下阕各四句，两仄韵两叶韵。

《醉公子》（长调）的基本格式（双调）

《醉公子》（长调）上阕，十二句，六仄韵	
乐段一（三句，十三字）	乐段二（三句，十二字）
＋－－＋｜（韵）＋－＋｜（句） ＋＋－｜（韵）	＋｜－－（句）＋｜－－（句） ＋＋－｜（韵）

《醉公子》（长调）上阕，十二句，六仄韵	
乐段三（三句，十四字）	乐段四（三句，十四字）
－＋｜（韵）＋＋＋（读）＋＋ －｜（句）＋＋－｜（韵）	｜＋－＋｜（句）＋｜－－（句） ＋｜＋｜（韵）

《醉公子》（长调）下阕，十句，六仄韵	
乐段一（二句，十五字）	乐段二（三句，十二字）
＋—｜＋——｜（韵）｜＋｜ ——（读）＋—｜（韵）	＋｜——（句）＋｜——（句） ＋＋—｜（韵）

《醉公子》（长调）下阕，十句，六仄韵	
乐段三（三句，十四字）	乐段四（二句，十二字）
—＋｜（韵）＋＋＋（读）＋— ＋｜（句）＋＋—｜（韵）	＋＋＋（读）＋｜——（句）＋ ——｜｜（韵）

例 醉公子（一百六字）

（宋）史达祖

神仙无膏泽。琼琚珠佩，卷下尘陌。秀骨依依，误向山中，得与相识。溪岸侧。倚高情、自锁烟翠，时点空碧。念香襟沾恨，酥手剪愁，今后梦魂隔。　　相思暗惊清吟客。想玉照堂前、树三百。雁翅霜轻，凤羽寒深，谁护春色。诗鬓白。总多因、水村携酒，烟墅留屐。更时常、明月同来，与花为表德。

注：全词双调，一百六字，上阕十二句，六仄韵；下阕十句，六仄韵。

昭 君 怨

朱敦儒词咏洛妃，名《洛妃怨》；侯寘词名《宴西园》。

《昭君怨》的长短句结构

上阕，两个乐段		下阕，两个乐段	
乐段一 （十二字）	乐段二 （八字）	乐段一 （十二字或十一字）	乐段二 （八字）
6　6	5　3	6　6 5　6 3　3　6	5　3

◇卷 三◇

《康熙词谱》共收集三体《昭君怨》，双调，上下阕分别可分为两个乐段，其长短句结构如表所示。该调有四十字和三十九字等格式，上阕四句，两仄韵两平韵；下阕四句或五句，两仄韵两平韵或三仄韵两平韵。《康熙词谱》以四十字体万俟咏词为正体或正格。该调的正格与变格如表所示，其中，各乐段中的格式（1）为正格句式，其余为变格句式。

《昭君怨》的正格与变格（双调）

《昭君怨》上阕，四句，两仄韵两平韵	
乐段一（二句，十二字）	乐段二（二句，八字）
＋｜＋－＋｜（仄韵）＋｜＋ －＋｜（韵）	＋｜｜－－（平韵）｜－－（韵）

《昭君怨》下阕，四句或五句，两仄韵两平韵或三仄韵两平韵	
乐段一（二句或三句，十二字或十一字）	乐段二（二句，八字）
＋｜＋－＋｜（换仄韵）＋｜＋ －＋｜（韵） （1）	＋｜｜－－（换平韵）｜－－（韵）
＋｜＋－＋｜（仄韵）＋｜＋ －＋｜（韵） （2）	
＋｜－－｜（换仄韵）＋｜＋ －＋｜（韵） （3）	
－＋｜（换仄韵）－＋｜（韵）＋｜ ＋－＋｜（韵） （4）	

例一　昭君怨（四十字）

（宋）万俟咏

春到南楼雪尽。惊动灯期花信。小雨一番寒。倚阑干。　　莫把阑干频倚。一望几重烟水。何处是京华。暮云遮。

注：该词下阕第一句和第二句为乐段一中的格式（1）。全词双调，四十字，上下阕各四句，两仄韵两平韵，平仄韵都换韵。

例二　昭君怨（四十字）

（宋）秦　观

隔叶乳鸦声软。号断日斜阴转。杨柳小腰肢，画楼西。　　役损风流心眼。眉上新愁无限。极目送云行。此时情。

注：该词下阕第一句和第二句为乐段一中的格式（2）。全词双调，四十字，上下阕各四句，两仄韵两平韵，平韵换韵仄韵不换韵。

例三　昭君怨（三十九字）

（宋）蔡　伸

一曲云和松响。多少离愁心上。寂寞掩屏帏。泪沾衣。　　最是销魂处。夜夜绮窗风雨。风雨伴愁眠。夜如年。

注：该词下阕第一句和第二句为乐段一中的格式（3）。全词双调，三十九字，上下阕各四句，两仄韵两平韵，平仄韵都换韵。

例四　昭君怨（四十字）

（宋）周紫芝

满院融融花气。红映绣帘垂地。往事忆年时。只春知。　　风又暖。花渐满。人似行云不见。无计奈离情。黯消凝。

注：该词下阕第一句至第三句为乐段一中的格式（4）。全词双调，四十字，上阕四句，两仄韵两平韵；下阕五句，三仄韵两平韵。平仄韵都换韵。

卷 四

玉 蝴 蝶

小令始于温庭筠，长调始于柳永。《乐章集》注"仙吕调"。一名《玉蝴蝶慢》。

《玉蝴蝶》的长短句结构

上阕，两个乐段		下阕，两个乐段	
乐段一（十一字）	乐段二（十字）	乐段一（十字或十一字）	乐段二（十字）
6　　5	5　　5	5　　5	5　　5
3　3　5		3　3　5	

《玉蝴蝶慢》的长短句结构（双调）

上阕，四个乐段			
乐段一（十四字）	乐段二（十字）	乐段三（十四字）	乐段四（十一字）
6　4　4	4　　4	34　　34	3　4　4
4　6　4	6　　4		

下阕，四个乐段			
乐段一（十四字）	乐段二（十一字或十字）	乐段三（十四字）	乐段四（十一字）
2　4　4　4	4　　7	34　　34	3　4　4
6　4　4	6　　5		
	6　　4		
	4　　34		

《康熙词谱》共收集七体《玉蝴蝶》（包括小令两体，长调五体），双调。《玉蝴蝶》上下阕可分为两个乐段，《玉蝴蝶慢》上下阕可分为四个乐段，各自的长短句结构如表所示。令体《玉蝴蝶》有四十一字或四十二字等格式，上阕四句或五句，四平韵；下阕四句或五句，三平韵或两仄韵三平韵。《康熙词谱》以四十一字体温庭筠词为标谱词例，该调的

正格与变格如表所示，其中，上下阕各乐段中的格式（1）为正格句式，其余为变格句式。《玉蝴蝶慢》有九十九字或九十八字等格式，上阕十句，五平韵；下阕十一句或十句，六平韵或五平韵。《康熙词谱》以九十九字体柳永词（首句为"望处雨收云断"）为标谱词例，该调的正格与变格如表所示，其中，上下阕各乐段中的格式（1）为正格句式，其余为变格句式。

《玉蝴蝶》的正格与变格（双调）

《玉蝴蝶》上阕，四句或五句，四平韵	
乐段一（二句或三句，十一字）	乐段二（二句，十字）
＋ － ＋ ｜ － －（韵）＋ ｜ ｜ － －（韵） （1）	＋ ｜ ｜ － －（韵）＋ － ＋ ｜ －（韵）
－ ｜ ｜（句）｜ － －（韵）＋ － ｜ －（韵） （2）	

《玉蝴蝶》下阕，四句或五句，三平韵或两仄韵三平韵	
乐段一（二句或三句，十字或十一字）	乐段二（二句，十字）
＋ － － ｜ ｜（句）＋ ｜ ｜ － －（韵） （1）	＋ ｜ ｜ － －（韵）＋ － ＋ ｜ －（韵）
－ － ｜（仄韵）－ － ｜（韵）＋ ｜ ｜ －（韵） （2）	
注：上下阕乐段二中的格式"＋ － ＋ ｜ －（韵）"，可平可仄两处，不可同时用仄。	

例一　玉蝴蝶（四十一字）

（唐）温庭筠

秋风凄切伤离。行客未归时。塞外草先衰。江南雁到迟。　　芙蓉凋嫩脸，杨柳堕新眉。摇落使人悲。断肠谁得知。

注：该词上阕第一句和第二句为乐段一中的格式（1）；下阕第一句和第二句为乐段一中的格式（1）。全词双调，四十一字，上阕四句，四平韵；下阕四句，三平韵。

例二　玉蝴蝶（四十二字）
（五代）孙光宪

春欲尽，景仍长。满园花正黄。粉翅两悠扬。翩翩过短墙。　　鲜飚暖。牵游伴。飞去立残阳。无语对萧娘。舞衫沉麝香。

注：该词上阕第一句至第三句为乐段一中的格式（2）；下阕第一句至第三句为乐段一中的格式（2）。全词双调，四十二字，上阕五句，四平韵；下阕五句，两仄韵三平韵。

例一　玉蝴蝶慢（九十九字）
（宋）柳　永

望处雨收云断，凭阑悄悄，目送秋光。晚景萧疏，堪动宋玉悲凉。水风轻、蘋花渐老，月露冷、梧叶飘黄。遣情伤。故人何在，烟水茫茫。　　难忘。文期酒会，几孤风月，屡变星霜。海阔山遥，未知何处是潇湘。念双燕、难凭远信，指暮天、空识归航。黯相望。断鸿声里，立尽斜阳。

注：该词上阕第一句至第三句为乐段一中的格式（1），第四句和第五句为乐段二中的格式（1）；下阕第一句至第四句为乐段一中的格式（1），第五句和第六句为乐段二中的格式（1）。全词双调，九十九字，上阕十句，五平韵；下阕十一句，六平韵。

例二　玉蝴蝶慢（九十九字）
（宋）柳　永

是处小街斜巷，烂游花馆，连醉瑶卮。选得芳容端丽，冠绝吴姬。绛唇轻、笑歌尽雅，莲步稳、举措皆奇。出屏帏。倚风情态，约素腰肢。　　当时。绮罗丛里，知名虽久，识面何迟。见了千花万柳，比并不如伊。未同欢、寸心暗许，欲话别、纤手重携。结前期。美人才子，合是相知。

注：该词上阕第一句至第三句为乐段一中的格式（1），第四句和第五句为乐段二中的格式（2）；下阕第一句至第四句为乐段一中的格式（1），第五句和第六句为乐段二中的格式（2）。全词双调，九十九字，上阕十句，五平韵；下阕十一句，六平韵。

《玉蝴蝶慢》的正格与变格（双调）

《玉蝴蝶慢》上阕，十句，五平韵	
乐段一（三句，十四字）	乐段二（二句，十字）
＋｜＋－＋｜（句）＋－＋｜（句） ＋｜－－（韵） （1）	＋｜－－（句）＋｜＋｜ －－（韵） （1）
＋｜＋－（句）＋｜＋－＋｜（句） ＋｜－－（韵） （2）	＋｜＋－＋｜（句）＋｜＋｜ －－（韵） （2）

《玉蝴蝶慢》上阕，十句，五平韵	
乐段三（二句，十四字）	乐段四（三句，十一字）
＋＋＋（读）＋－＋｜（句）＋｜ ＋＋（读）＋｜－－（韵）	｜－－（韵）＋－＋｜（句）＋｜ －－（韵）

例三　玉蝴蝶慢（九十八字）

（宋）李之仪

　　坐久灯花开尽，暗惊风叶，初报霜寒。冉冉年华催暮，颜色非丹。搅回肠、蛮吟似织，留恨意、月彩如摊。惨无欢。篆烟萦素，空转雕盘。　　何难。别来几日，信沉鱼鸟，情满关山。依约耳边常记，巧语绵蛮。聚愁窠、蜂房未密，倾泪眼、海水犹悭。掩荑关。渐移银汉，低泛帘颜。

　　注：该词上阕第一句至第三句为乐段一中的格式（1），第四句和第五句为乐段二中的格式（2）；下阕第一句至第四句为乐段一中的格式（1），第五句和第六句为乐段二中的格式（3）。全词双调，九十八字，上阕十句，五平韵；下阕十一句，六平韵。

《玉蝴蝶慢》下阕，十一句或十句，六平韵或五平韵	
乐段一（四句或三句，十四字）	乐段二（二句，十一字或十字）
＋ －（韵）＋ ＋ － ＋ |（句）＋ － ＋ |（句）＋ | － －（韵） （1）	＋ | － －（韵）＋ ＋ － ＋ | － －（韵） （1）
＋ | ＋ － ＋ |（句）＋ － ＋ |（句） ＋ | － －（韵） （2）	＋ | ＋ － ＋ |（句）＋ | | － －（韵） （2）
	＋ | ＋ － ＋ |（句）＋ | － －（韵） （3）
	＋ | －（句）＋ ＋ ＋（读）＋ | － －（韵） （4）

《玉蝴蝶慢》下阕，十一句或十句，六平韵或五平韵	
乐段三（二句，十四字）	乐段四（三句，十一字）
＋ ＋ ＋（读）＋ － － |（句）＋ ＋ ＋（读）＋ | － －（韵）	| － －（韵）＋ － ＋ |（句）＋ | － －（韵）

例四　玉蝴蝶慢（九十九字）

（宋）张　炎

留得一团和气，此花开尽，春已规圆。虚白窗深，恍讶碧落星悬。飏芳丛、低翻雪羽，凝素艳、争簇冰蝉。向西园。几回错认，明月秋千。　　欲觅生香何处，盈盈一水，空对娟娟。待折归来，倩谁偷解玉连环。试结取、鸳鸯锦带，好移傍、鹦鹉珠帘。晚阶前。落梅无数，因甚啼鹃。

注：该词上阕第一句至第三句为乐段一中的格式（1），第四句和第五句为乐段二中的格式（1）；下阕第一句至第三句为乐段一中的格式（2），第四句和第五句为乐段二中的格式（1）。全词双调，九十九字，上下阕各十句，五平韵。

例五　玉蝴蝶慢（九十九字）
（宋）辛弃疾

贵贱偶然，浑似随风帘幕，篱落飞花。空使儿曹马上，羞面频遮。向空江、谁捐玉佩，寄离恨、应折疏麻。暮云多。佳人何处，数尽归鸦。　　侬家。生涯蜡屐，功名破甑，交友抟沙。往日曾论，渊明似胜卧龙些。算从来、人生行乐，休便说、日饮亡何。快斟呵。裁诗未稳，得酒良佳。

注：该词上阕第一句至第三句为乐段一中的格式（2），第四句和第五句为乐段二中的格式（2）；下阕第一句至第四句为乐段一中的格式（1），第五句和第六句为乐段二中的格式（1）。全词双调，九十九字，上阕十句，五平韵；下阕十一句，六平韵。

例六　玉蝴蝶慢（九十九字）
（宋）葛　郯

忆昨茗溪，惯弄五亭月笛，四水烟蓑。何事毗檀门外，马驻长坡。野花中、乱红杏霭，小桥外、叠翠嵯峨。且颜酡。但存长袖，舞到婆娑。　　云何。立盟惠政，春行五马，月皎千波。赢得宾僚，听隔墙、无事高歌。帐烟寒、瑞麟影坠，帘雾细、宝鸭香多。试蹉跎。一枰落日，又送樵柯。

注：该词上阕第一句至第三句为乐段一中的格式（2），第四句和第五句为乐段二中的格式（2）；下阕第一句至第四句为乐段一中的格式（1），第五句和第六句为乐段二中的格式（4）。全词双调，九十九字，上阕十句，五平韵；下阕十一句，六平韵。

女　冠　子

唐教坊曲名。小令始于温庭筠，长调始于柳永。《乐章集》"淡烟飘薄"词注"仙吕调"；"断烟残雨"词注"大石调"；元高拭词注"黄钟宫"。柳永词，又名《女冠子慢》。

小令《女冠子》的长短句结构

上阕，两个乐段		下阕，两个乐段	
乐段一（十三字）	乐段二（十字）	乐段三（十字）	乐段四（八字）
4　6　3	5　5	5　5	5　3

长调《女冠子》的长短句结构之一

《女冠子》（一）上阕，四个乐段			
乐段一 （十字）	乐段二 （十六字）	乐段三 （十三字或十五字）	乐段四 （十二字或十三字）
4　　6	4　4　4　4	5　4　4 5　4　6 5　6　4	4　4　4 7　6 34　6

《女冠子》（一）下阕，四个乐段			
乐段一 （十八字或十七字）	乐段二 （十三字）	乐段三 （十三字或十五字）	乐段四 （十二字或十三字）
35　　37 7　　5　　5	4　5　4	5　4　4 5　6　4	4　4　4 5　4　4

长调《女冠子》的长短句结构之二

《女冠子》（二）上阕，四个乐段			
乐段一 （十字或十一字）	乐段二 （十九字或十八字）	乐段三 （十三字或十四字）	乐段四 （十二字）
4　3　3 4　34	34　4　4 5　4　4　4	6　7 6　4　4	4　4　4

《女冠子》（二）下阕，四个乐段			
乐段一 （十七字或十八字）	乐段二 （十七字或十五字）	乐段三 （十三字）	乐段四 （十二字或十三字）
4　6　7 35　37	4　34　6 4　5　6	6　7 5　4　4	4　4　4 34　6

长调《女冠子》的长短句结构之三

《女冠子》（三）上阕，四个乐段			
乐段一（十一字）	乐段二（二十字）	乐段三（十字）	乐段四（十三字）
4　34	34　4　63	4　6	5　4　4

《女冠子》（三）下阕，四个乐段									
乐段一（二十二字）				乐段二（十一字）		乐段三（十一字）		乐段四（十三字）		
5	4	6	34	4	7	4	34	5	4	4

《康熙词谱》共收集《女冠子》七体，其中，小令一体，长调六体。小令《女冠子》上下阕分别可分为两个乐段，其长短句结构如表所示。该调四十一字，双调，上阕五句，两仄韵两平韵；下阕四句，两平韵；《康熙词谱》以温庭筠词为标谱词例。该调的正格与变格如表所示，其中，上下阕各乐段中的格式（1）为正格句式，其余为变格句式。

长调《女冠子》有一百七字或一百十字、一百十一字、一百十二字、一百十三字、一百十四字等格式，上阕十二句或十一句、十句，六仄韵或七仄韵；下阕十一句或十二句，四仄韵或五仄韵、六仄韵、七仄韵。长调《女冠子》六体，双调，上下阕分别可分为四个乐段，但它们的长短句结构差别较大，柳永二首《女冠子》的句读都不一样。分析各自的长短句结构，这六首长调《女冠子》的长短句结构可分为三种：

康与之词与李邴词、蒋捷词属于同一种长短句结构，记为该调的长短句结构之一。《康熙词谱》以康与之词为第一标谱词例。这种长短句结构《女冠子》的正格与变格如表所示，其中，上下阕各乐段中的格式（1）为正格句式，其余为变格句式。

一百十三字体柳永词与一百十四字体无名氏词属于同一种长短句结构，记为该调的长短句结构之二，并以柳永词为正体或正格。该调的正格与变格如表所示，其中，上下阕各乐段中的格式（1）为正格句式，其余为变格句式。

一百十一字体柳永词又是一种长短句结构，记为该调的长短句结构之三，其基本格式如表所示。

例一　女冠子（四十一字）

（唐）温庭筠

含娇含笑。宿翠残红窈窕。鬓如蝉。寒玉簪秋水，轻纱卷碧烟。　雪肌鸾镜里，琪树凤楼前。寄语青娥伴，早求仙。

注：该词上阕第一句和第二句为乐段一中的格式（1）；下阕第三句和第四句为乐段二中的格式（1）。全词双调，四十一字，上阕五句，两仄韵两平韵；下阕四句，两平韵。

小令《女冠子》的正格与变格（双调）

小令《女冠子》上阕，五句，两仄韵两平韵	
乐段一（三句，十三字）	乐段二（二句，十字）
＋ － ＋ ｜（仄韵）＋ ｜ ＋ － ＋ ｜（韵） ｜ － －（平韵） （1）	＋ ｜ － － ｜（句）－ － ＋ ｜ －（韵）
＋ ｜ ＋ ｜（仄韵）＋ ｜ ＋ － ＋ ｜（韵）｜ － － －（平韵） （2）	
＋ － ＋ ｜（仄韵）＋ － ｜ － ＋ ｜（韵） ｜ － －（平韵） （3）	

小令《女冠子》下阕，四句，两平韵	
乐段一（二句，十字）	乐段二（二句，八字）
＋ － － ｜ ｜（句）＋ ｜ ｜ － －（韵）	＋ ｜ － － ｜（句）｜ － －（韵） （1） ＋ － － ｜ ｜（句）｜ － －（韵） （2）

例二　女冠子（四十一字）

（唐）韦　庄

　　四月十七。正是去年今日。别君时。忍泪佯低面，含羞半敛眉。　　不知魂已断，空有梦相随。除却天边月，没人知。

　　注：该词上阕第一句和第二句为乐段一中的格式（2）；下阕第三句和第四句为乐段二中的格式（1）。全词双调，四十一字，上阕五句，两仄韵两平韵；下阕四句，两平韵。

例三　女冠子（四十一字）

（唐）韦　庄

　　昨夜夜半。枕上分明梦见。语多时。依旧桃花面，频低柳叶眉。　　半羞还半喜，欲去又依依。觉来知是梦，不胜悲。

注：该词上阕第一句和第二句为乐段一中的格式（2）；下阕第三句和第四句为乐段二中的格式（2）。全词双调，四十一字，上阕五句，两仄韵两平韵；下阕四句，两平韵。

例四　女冠子（四十一字）

（五代）李　珣

春山夜静。愁闻洞天疏磬。玉堂虚。细雾垂珠佩，轻烟曳翠裾。　　对花情脉脉，望月步徐徐。刘阮今何处，绝来书。

注：该词上阕第一句和第二句为乐段一中的格式（3）；下阕第三句和第四句为乐段二中的格式（1）。全词双调，四十一字，上阕五句，两仄韵两平韵；下阕四句，两平韵。

长调《女冠子》的基本格式之一（双调）

长调《女冠子》（一）上阕，十二句或十一句，六仄韵	
乐段一（二句，十字）	乐段二（四句，十六字）
＋ － ＋ ｜（韵）＋ － ＋ ｜ － ｜（韵）	＋ － ＋ ｜（韵）＋ － ＋ ｜（句）＋ － ＋ ｜（句）＋ － ＋ ｜（韵） （1）
	＋ － ＋ ｜（韵或句）＋ － ＋ ｜（句）＋ ｜ － －（句）＋ － ＋ ｜（韵） （2）

长调《女冠子》（一）上阕，十二句或十一句，六仄韵	
乐段三（三句，十三字或十五字）	乐段四（三句或二句，十二字或十三字）
＋ － － ｜ ｜（句）＋ ｜ ＋ －（句）＋ － ＋ ｜（韵） （1）	＋ － ＋ ｜（句）＋ ｜ － －（句）＋ － ＋ ｜（韵） （1）
＋ － － ｜ ｜（句）＋ ｜ ＋ －（句）＋ ｜ ＋ － ＋ ｜（韵） （2）	｜ ＋ － ＋ ｜ ＋ ｜（句）＋ ｜ ＋ － ＋ ｜（韵） （2）
＋ － － ｜ ｜（韵）＋ ｜ ＋ － ＋ ｜（句）＋ ｜ ＋ － ＋ ｜（韵） （3）	＋ ＋ ＋（读）－ ＋ ＋ ｜（句）＋ － ＋ ｜（韵） （3）

注：上阕乐段四中的格式"｜ ＋ － ＋ ｜ ＋ ｜（句）"，为"上一下六"句式。

长调《女冠子》（一）下阕，十一句或十二句，六仄韵或七仄韵	
乐段一（二句或三句，十八字或十七字）	乐段二（三句，十三字）
＋　＋　＋（读）＋　｜　－　－（韵） ＋　＋　＋（读）＋　｜　＋　－　＋ ｜（韵） （1） ＋　－　＋　｜　－　－（韵）｜　＋　－ ＋　｜（句）＋　＋　｜　－　－　｜（韵） （2）	＋　－　＋　｜（韵）｜　＋　＋　＋　｜（句） ＋　－　＋　｜（韵）

长调《女冠子》（一）下阕，十一句或十二句，六仄韵或七仄韵	
乐段三（三句，十三字或十五字）	乐段四（三句，十二字或十三字）
＋　－　－　｜　｜（句）＋　－　＋　｜（句） ＋　＋　－　｜（韵） （1） ＋　－　－　｜　｜（韵）＋　｜　＋　－　＋ ｜（句）＋　－　＋　｜（韵） （2）	＋　－　＋　｜（句）＋　－　＋　｜（句） ＋　－　＋　｜（韵） （1） ｜　＋　－　＋　｜（句）＋　－　＋　｜ ＋　－　＋　｜（韵） （2）

例一　女冠子（一百七字）

（宋）康与之

　　火云初布。迟迟永日炎暑。浓阴高树。黄鹂叶底，羽毛学整，方调娇语。薰风时渐动，峻阁池塘，芰荷争吐。画梁紫燕，对对衔泥，飞来又去。　　想佳期、容易成辜负。共人人、同上画楼斟香醑。恨花无主。卧象床犀枕，成何情绪。有时魂梦断，半窗残月，透帘穿户。去年今夜，扇儿扇我。情人何处。

注：该词上阕第三句至第六句为乐段二中的格式（1），第七句至第九句为乐段三中的格式（1），第十句至第十二句为乐段四中的格式（1）；下阕第一句和第二句为乐段一中的格式（1），第六句至第八句为乐段三中的格式（1），第九句至第十一句为乐段四中的格式（1）。全词双调一百七字，上阕十二句，六仄韵；下阕十一句，六仄韵。

例二　女冠子（一百十字）

（宋）李　邴

　　帝城三五。灯光花市盈路。天街游处。此时方信，凤阙都民，奢华豪富。纱笼才过处，喝道转身，一壁小来且住。见许多才子艳质，携手并肩低语。　　东来西往谁家女？买玉梅争戴，缓步香风度。北观南顾。见画烛影里，神仙无数。引人魂似醉，不如趁早，步月归去。这一双情眼，怎生禁得，许多胡觑。

　　注：该词上阕第三句至第六句为乐段二中的格式（2），第七句至第九句为乐段三中的格式（2），第十句和第十一句为乐段四中的格式（2）；下阕第一句至第三句为乐段一中的格式（2），第七句至第九句为乐段三中的格式（1），第十句至第十二句为乐段四中的格式（2）。全词双调一百十字，上阕十一句，六仄韵；下阕十二句，六仄韵。

例三　女冠子（一百十二字）

（宋）蒋　捷

　　蕙风香也。雪晴池馆如画。春风飞到，宝钗楼上，一片笙箫，琉璃光射。而今灯漫挂。不是暗尘明月，那时元夜。况年来、心懒意怯，羞与蛾儿争耍。　　江城人悄初更打。问繁华谁解，再向天公借。别残红灺。但梦里隐隐，钿车罗帊。吴笺银粉斫。待把旧家风景，写成闲话。笑绿鬟邻女，倚窗犹唱，夕阳西下。

　　注：该词上阕第三句至第六句为乐段二中的格式（2），第七句至第九句为乐段三中的格式（3），第十句和十一句为乐段四中的格式（3）；下阕第一句至第三句为乐段一中的格式（2），第七句至第九句为乐段三中的格式（2），第十句至第十二句为乐段四中的格式（2）。全词双调，一百十二字，上阕十一句，六仄韵；下阕十二句，七仄韵。

长调《女冠子》的基本格式之二（双调）

长调《女冠子》（二）上阕，十二句，七仄韵或六仄韵	
乐段一（二句，十字或十一字）	乐段二（四句，十九字或十八字）
＋ － ＋ ｜（韵）｜ － －（句）＋ － ＋ ｜（韵） （1）	＋ ＋ ＋（读）＋ － ＋ ｜（韵）＋ － ＋ ｜（句）＋ － ＋ ｜（句）＋ － ＋ ｜（韵） （1）
＋ － ＋ ｜（韵）＋ ＋ ＋（读） ＋ ＋ － ｜（韵） （2）	－ － ＋ ｜ ｜（韵）｜ ＋ － ＋ ｜（句） ＋ ｜ － －（句）＋ － ＋ ｜（韵） （2）

长调《女冠子》（二）上阕，十二句，六仄韵或七仄韵	
乐段三（二句或三句，十三字或十四字）	乐段四（三句，十二字）
＋ － ＋ ｜ － ｜（韵）＋ － ＋ ｜ － － ｜（韵） （1）	＋ － ＋ ｜（句）＋ － ＋ ｜（句） ＋ － ＋ ｜（韵） （1）
｜ ＋ － － ｜ ｜（句）＋ ｜ － －（句） ＋ － ＋ ｜（韵） （2）	＋ － ＋ ｜（句）＋ ｜ － －（句） ＋ － ＋ ｜（韵） （2）

例一　女冠子（一百十三字）

（宋）柳　永

断烟残雨。洒微凉，生轩户。动清籁、萧萧庭树。银河浓淡，华星明灭，轻云时度。莎阶寂静无睹。幽蛩切切秋吟苦。疏篁一径，流萤几点，飞来又去。　　对月临风，空恁无眠耿耿，暗想旧日牵情处。绮罗丛里，有人人、那回饮散，略略曾谐鸳侣。因循忍便暌阻。相思不得长相聚。好天良夜，无端惹起，千愁万绪。

注：该词上阕第一句至第三句为乐段一中的格式（1），第四句至第七句为乐段二中的格式（1），第八句和第九句为乐段三中的格式（1），第十句至第十二句为乐段四中的格式（1）；下阕第一句至第三句为乐段一中的格式（1），第四句至第六句为乐段二中的格式（1），第七句和第八句为乐段三中的格式（1），第九句至第十一句为乐段四中的格式（1）。全词双调，一百十三字，上阕十二句，七仄韵；下阕十一句，五仄韵。

长调《女冠子》（二）下阕，十一句或十句，五仄韵或六仄韵		
乐段一（三句或二句，十七字或十八字）		乐段二（三句，十七字或十五字）
十丨――（句）十丨十―十丨（句） 十十十丨――丨（韵） （1）		十―十丨（句）十十十（读）十 ―十丨（句）十丨十―十丨（韵） （1）
十十十（读）十丨十―丨（韵） 十十十（读）十―十丨― 丨（韵） （2）		十―十丨（韵）十丨―十丨（句） 十丨十―十丨（韵） （2）

长调《女冠子》（二）下阕，十一句或十句，五仄韵或六仄韵		
乐段三（二句或三句，十三字）		乐段四（三句或二句，十二字或十三字）
十―十丨―丨（韵）十―十丨 ――丨（韵） （1）		十―十丨（句）十―十丨（句） 十―十丨（韵） （1）
十――丨丨（句）十丨――（句） 十―十丨（韵） （2）		十十十（读）―十十丨（句）十 丨十―十丨（韵） （2）

注：上阕乐段二中的格式（2），系根据《花草粹编》无名氏词中的词句标注。

例二　女冠子（一百十四字）

《花草粹编》无名氏

同云密布。撒梨花、柳絮飞舞。楼台悄似玉。向红炉暖阁，院宇深沉，广排筵会。听笙歌犹未彻，渐觉轻寒，透帘穿户。乱飘僧舍，密洒歌楼，酒帘如故。　　想樵人、山径迷踪路。料渔人、收纶罢钓归南浦。路无伴侣。见孤村寂寞，招飐酒旗斜处。南轩孤雁过，呖呖声声，又无书度。见腊梅、枝上嫩蕊，两两三三微吐。

注：该词上阕第一句至第三句为乐段一中的格式（2），第四句至第六句为乐段二中的格式（2），第七句至第九句为乐段三中的格式（2），第十句至第十二句为乐段四中的格式（2）；下阕第一句和第二句为乐段一中的格式（2），第三句至第五句为乐段二中的格式（2），第六句至第八句为乐段三中的格式（2），第九句和第十句为乐段四中的格式（2）。全词双调，

一百十四字，上阕十二句，六仄韵；下阕十句，六仄韵。（《康熙词谱》在该词后有注："此词或刻'柳永'，或刻'周邦彦'。自'楼台悄似玉'以下三十二字，至'户'字方押韵，必无此理。按《啸余谱》以'玉'字、'会'字为叶韵，当从之。然音调未谐，字句亦恐有脱讹，姑存以备参考。"）

长调《女冠子》的基本格式之三（双调）

长调《女冠子》（三）上阕，十句，六仄韵	
乐段一（二句，十一字）	乐段二（三句，二十字）
＋ － ＋ ｜（韵）＋ ＋ ＋（读）＋ － ＋ ｜（韵）	＋ ＋ ＋（读）＋ ＋ － ｜（韵）＋ － ＋ ｜（句）＋ － ＋ ｜ － －（读）＋ － ｜（韵）

长调《女冠子》（三）上阕，十句，六仄韵	
乐段三（二句，十字）	乐段四（三句，十三字）
＋ ｜ － －（句）＋ － ＋ ｜ －｜（韵）	｜＋ － ＋ ｜（句）＋ － ＋ ｜（句）＋ － ＋ ｜（韵）

长调《女冠子》（三）下阕，十一句，四仄韵	
乐段一（四句，二十二字）	乐段二（二句，十一字）
｜＋ ｜ － －（句）＋ ＋ ＋ ｜（句）＋｜＋ － ＋ ｜（句）＋ ＋ ＋（读）＋ － ＋ ｜（韵）	＋ ＋ ＋ ｜（句）＋ ｜ － －｜（韵）

长调《女冠子》（三）下阕，十一句，四仄韵	
乐段三（二句，十一字）	乐段四（三句，十三字）
＋ ｜ － －（句）＋ ＋ ＋（读）＋ － ＋ ｜（韵）	｜＋ － ＋ ｜（句）＋ － ＋ ｜（句）＋ － ＋ ｜（韵）

例　女冠子（一百十一字）

（宋）柳　永

淡烟飘薄。莺花谢、清和院落。树阴密、翠叶成幄。麦秋霁景，夏云忽变奇峰、倚寥廓。波暖银塘，涨新萍绿鱼跃。想端忧多暇，陈王是日，嫩苔生阁。　　正铄石天高，流金昼永，楚榭光风转蕙，披襟处、波翻翠幕。以文会友，沉李浮瓜忍轻诺。别馆清闲，避炎蒸、岂须河朔。但尊前随分，雅歌艳舞，尽成欢乐。

注：全词双调，一百十一字，上阕十句，六仄韵；下阕十一句，四仄韵。

中 兴 乐

《中兴乐》见《花间集》。牛希济词有"泪湿罗衣"句，名《湿罗衣》。

小令《中兴乐》的长短句结构（双调）

上阕，二个乐段		下阕，二个乐段	
乐段一 （十三字）	乐段二 （八字）	乐段一 （九字或十字）	乐段二 （十二或十字）
7　　6	4　　4 3　2　3	6　　3 7　　3	4　　4　　4 4　　2　　4

中调《中兴乐》的长短句结构（双调，八十四字）

中调《中兴乐》上阕，四个乐段			
乐段一（十三字）	乐段二（八字）	乐段三（九字）	乐段四（十二字）
7　　6	4　　4	6　　3	4　　4　　4

中调《中兴乐》下阕，四个乐段			
乐段一（十三字）	乐段二（八字）	乐段三（九字	乐段四（十二字）
7　　6	4　　4	6　　3	4　　4　　4

《康熙词谱》共收集《中兴乐》三体，双调，其中，小令两体，中调一体。小令《中兴乐》上下阕分别可分为两个乐段，其长短句结构如表所示；中调《中兴乐》上下阕可分别分为四个乐段，其长短句结构如表所示。小令《中兴乐》有四十一字或四十二字等格式，或平仄韵转换，或全押平韵，宋人用平韵者为多。《康熙词谱》以四十二字体平韵格牛希济词为正格或正体。该调的正格与变格如表所示，其中，各乐段中的格式（1）为正格句式，其余为变格句式。

小令《中兴乐》的基本格式（双调）

《中兴乐》上阕，四句或五句，三平韵两仄韵或三平韵	
乐段一（二句，十三字）	乐段二（二句或三句，八字）
＋－＋｜｜－－（平韵）＋ －＋｜－－（韵） （1）	＋｜－－（句）＋｜－－（韵） （1）
＋｜－－＋｜－（平韵）＋ －＋｜－－（韵） （2）	＋－｜（仄韵）－｜（韵）｜－－（平韵） （2）

《中兴乐》下阕，五句，三平韵或四仄韵一平韵	
乐段一（二句，十字或九字）	乐段二（三句，十二或十字）
＋－＋｜＋－（韵）＋－ －（韵） （1）	＋－＋｜（句）＋－＋｜（句）＋ ｜－－（韵） （1）
＋－＋｜－－｜（韵）－ ｜（韵） （2）	＋－＋｜（韵）－｜（韵）＋｜－－（平韵） （2）

例一　中兴乐（四十二字）
（五代）牛希济

池塘暖碧浸晴晖。濛濛柳絮轻飞。红蕊凋来，醉梦还稀。　　春云空有雁归。珠帘垂。东风寂寞，恨郎抛掷，泪湿罗衣。

注：该词上阕第一句和第二句为乐段一中的格式（1），第三句和第四句为乐段二中的格式（1）；下阕第一句和第二句为乐段一中的格式（1），第三句至第五句为乐段二中的格式（1）。全词双调，四十二字，上阕四句，三平韵；下阕五句，三平韵。

例二　中兴乐（四十一字）
（五代）毛文锡

豆蔻花繁烟艳深。丁香软结同心。翠鬟女。相与。共淘金。　　红蕉叶里猩猩语。鸳鸯浦。镜中鸾舞。丝雨。隔荔枝阴。

　　注：该词上阕第一句和第二句为乐段一中的格式（2），第三句至第五句为乐段二中的格式（2）；下阕第一句和第二句为乐段一中的格式（2），第三句至第五句为乐段二中的格式（2）。全词双调，四十一字，上阕五句，三平韵两仄韵；下阕五句，四仄韵一平韵。

中调《中兴乐》的基本格式（双调）

中调《中兴乐》上阕，九句，六平韵	
乐段一（二句，十三字）	乐段二（二句，八字）
＋－＋｜｜－－（韵）＋－ ＋｜－－（韵）	＋－＋｜（句）＋｜－－（韵）

中调《中兴乐》上阕，九句，六平韵	
乐段三（二句，九字）	乐段四（三句，十二字）
＋－＋｜－－（韵）｜－－（韵）	＋－＋｜（句）＋－＋｜（句） ＋｜－－（韵）

中调《中兴乐》下阕，九句，六平韵	
乐段一（二句，十三字）	乐段二（二句，八字）
＋－＋｜｜－－（韵）＋－ ＋｜－－（韵）	＋－＋｜（句）＋｜－－（韵）

中调《中兴乐》下阕，九句，六平韵	
乐段三（二句，九字）	乐段四（三句，十二字）
＋－＋｜－－（韵）｜－－（韵）	＋－＋｜（句）＋－＋｜（句） ＋｜－－（韵）

例　中兴乐（八十四字）

（宋）李　珣

　　后庭寂寞日初长。翩翩蝶舞红芳。绣帘垂地，金鸭无香。谁知春思如狂。忆萧郎。等闲一去，程遥信断，五岭三湘。　　休开鸾镜学宫妆。可能更理笙簧。倚屏凝睇，泪落成行。手寻裙带鸳鸯。暗思量。忍辜前约，教人花貌，虚老风光。

注：全词双调，八十四字，上下阕各九句，六平韵。

纱　窗　恨

唐教坊曲名。毛文锡词有"月照纱窗，恨依依"句，取以为名。

《纱窗恨》的长短句结构

上阕，两个乐段		下阕，两个乐段	
乐段一（十字）	乐段二（十字）	乐段一（十四字）	乐段二（七字或八字）
7　　3	7　　3	34　　34	4　　3 5　　3

《康熙词谱》共收集两体《纱窗恨》，双调，上下阕分别可分为两个乐段，其长短句结构如表所示。该调有四十一字或四十二字等格式，平仄韵转换，上阕四句，两仄韵两平韵；下阕四句，两平韵。《康熙词谱》以四十一字体毛文锡词为标谱词例。该调的正格与变格如表所示，其中，上下阕各乐段中的格式（1）为正格句式，其余为变格句式。

例一　纱窗恨（四十一字）

（五代）毛文锡

新春燕子还来至。一双飞。垒巢泥湿时时坠。涴人衣。　　后园里、看百花发，香风拂、绣户金扉。月照纱窗，恨依依。

注：该词下阕第三句和第四句为格式（1）。双调。四十一字，上阕四句，两仄韵两平韵；下阕四句，两平韵。

《纱窗恨》的基本格式（双调）

《纱窗恨》上阕，四句，两仄韵两平韵	
乐段一（二句，十字）	乐段二（二句，十字）
＋ － ＋ ｜ － －｜（仄韵）｜ － －（平韵）	＋ － ＋ ｜ － －｜（仄韵）｜ － －（平韵）

《纱窗恨》下阕，四句，两平韵	
乐段一（二句，十四字）	乐段二（二句，七字或八字）
＋ ＋ ＋（读）｜ ＋ － ｜（句）＋ ＋ ＋ ＋（读）＋ ｜ － －（平韵）	＋ ｜ － －（句）｜ － －（平韵）（1） ＋ ｜ － － ｜（句）｜ － －（平韵）（2）

注：下阕乐段一中的格式"｜ ＋ － ｜（句）"，为"上一下三"句式。

例二　纱窗恨（四十二字）
（五代）毛文锡

双双蝶翅涂铅粉。咂花心。绮窗绣户飞来稳。画堂阴。　　二三月、爱随风絮，伴落花、来拂衣襟。更剪轻罗片，傅黄金。

注：该词下阕第四句和第五句为格式（2）。双调。四十二字，上阕四句，两仄韵两平韵；下阕四句，两平韵。

醉 花 间

唐教坊曲名。《宋史·乐志》入"双调"。

《醉花间》的长短句结构

上阕，两个乐段		下阕，两个乐段	
乐段一 （十一字或十二字）	乐段二 （十字）	乐段一 （十字）	乐段二 （十字或十八字）
3　3　5 7　5	5　5	5　5	5　5 5　7　3　3

《康熙词谱》共收集三体《醉花间》，双调，上下阕分别可分为两个乐段，其长短句结构如表所示。该调用仄韵，有四十一字或五十字等格式。上阕五句或四句，三仄韵一叠韵或三仄韵；下阕四句或六句，三仄韵或两仄韵、四仄韵。《康熙词谱》未明确何为正体或正格，故均作为基本格式（如表所示）。

《醉花间》的基本格式（双调）

《醉花间》上阕，五句或四句，三仄韵一叠韵或三仄韵	
乐段一（三句或二句，十一字或十二字）	乐段二（二句，十字）
＋　一　｜（韵）＋　一　｜（叠）＋　｜ 一　一　｜（韵） （1） ＋　｜　＋　一　｜　｜（韵）＋　一 一　｜　｜（韵） （2）	＋　｜　｜　一　一　（句）＋　｜　一　一　｜（韵）

《醉花间》下阕，四句或六句，三仄韵或两仄韵、四仄韵	
乐段一（二句，十字）	乐段二（二句或四句，十字或十八字）
＋　一　一　｜　｜（韵）＋　｜　一　一 ｜（韵） （1） ＋　｜　｜　一　一　（句）＋　一　一 ｜　｜（韵） （2）	一　一　＋　｜　一　一　（句）＋　｜　一　一　｜（韵） （1） ＋　｜　｜　一　一　（句）＋　｜　一　一　｜（韵） （2） ＋　一　一　｜　｜（韵）＋　一　＋　｜　｜（韵） （句）｜　一　一　（句）一　｜　｜（韵） （3）

例一　醉花间（四十一字）

(五代) 毛文锡

深相忆。莫相忆。相忆情难极。银汉是红墙，一带遥相隔。　　金盘珠露滴。两岸榆花白。风摇玉佩清，今夕为何夕。

注：该词上阕第一句至第三句为乐段一中的格式（1）；下阕第一句和第二句为乐段一中的格式（1），第三句和第四句为乐段二中的格式（1）。全词双调，四十一字，上阕五句，三仄韵一叠韵；下阕四句，三仄韵。

例二　醉花间（四十一字）

(五代) 毛文锡

休相问。怕相问。相问还添恨。春水满塘生，鸂鶒还相趁。　　昨日雨霏霏，临明寒一阵。偏忆戍楼人，久绝边庭信。

注：该词上阕第一句至第三句为乐段一中的格式（1）；下阕第一句和第二句为乐段一中的格式（2），第三句和第四句为乐段二中的格式（2）。全词双调，四十一字，上阕五句，三仄韵一叠韵；下阕四句，两仄韵。

例三　醉花间（五十字）

(五代) 冯延巳

晴雪小园春未到。池边梅自早。高树鹊衔巢，斜月明寒草。　　山川风景好。自古金陵道。少年看却老。相逢莫厌醉金杯，别离多，欢会少。

注：该词上阕第一句至第三句为乐段一中的格式（2）；下阕第一句和第二句为乐段一中的格式（1），第三句至第六句为乐段二中的格式（3）。全词双调，五十字，上阕四句，三仄韵；下阕六句，四仄韵。

点　绛　唇

元《太平乐府》注"仙吕宫"；高拭词注"黄钟宫"；《正音谱》注"仙吕调"。宋王禹偁词名《点樱桃》；王十朋词名《十八香》；张辑词有"邀月过南浦"句，名《南浦月》；又有"遥隔沙头雨"句，名《沙头雨》；韩淲词有"更约寻瑶草"句，名《寻瑶草》。

《点绛唇》的长短句结构

上阕，两个乐段		下阕，两个乐段	
乐段一 （十一字或十二字）	乐段二 （九字）	乐段一 （九字或十字）	乐段二 （十二字）
4　　　7 4　　4　　3 4　　　8	4　　5	4　　5 4　　6	3　　4　　5

《康熙词谱》共收集三体《点绛唇》，双调，上下阕可分为两个乐段，其长短句结构如表所示。该调四十一字，上阕四句或五句，三仄韵或四仄韵；下阕五句，四仄韵。《康熙词谱》以四十一字体冯延巳词为正体或正格。该调的正格与变格如表所示，其中，各乐段中的格式（1）为正格句式，其余为变格句式。

例一　点绛唇（四十一字）

（五代）冯延巳

荫绿围红，飞琼家在桃源住。画桥当路。临水开朱户。　　柳径春深，行到关情处。辇不语。意凭风絮。吹向郎边去。

例二　点绛唇（四十一字）

（宋）寇　准

水陌轻寒，社公雨足东风慢。定巢新燕。湿雨穿花转。　　象尺熏炉，拂晓停针线。愁蛾浅。飞红零乱。侧卧珠帘卷。

例三　点绛唇（四十一字）

（宋）毛　滂

小院重帘，那回来处花相向。迟迟一饷。记得春模样。　　昨夜月明，应照芙蓉帐。空凝望。蜂劳蝶攘。谁在花枝上。

注：上述三词，上阕第一句和第二句为乐段一中的格式（1）；下阕第一句和第二句为乐段一中的格式（1）。全词双调，四十一字，上阕四句，三仄韵；下阕五句，四仄韵。

《点绛唇》的正格与变格（双调）

《点绛唇》上阕，四句或五句，三仄韵或四仄韵	
乐段一（二句或三句，十一字或十二字）	乐段二（二句，九字）
十丨一一（句）十一十丨一 一丨（韵） （1）	十一十丨（韵）十丨一一丨（韵）
十丨一一（句）十一十丨（韵） 一一丨（韵） （2）	
十丨一一（句）丨十一十丨一 一丨（韵） （3）	

《点绛唇》下阕，五句，四仄韵	
乐段一（二句，九字或十字）	乐段二（三句，十二字）
十丨十一（句）十丨一一丨（韵） （1）	十十丨（韵）十一十丨（韵）十丨 一一丨（韵）
十丨十一（句）十十丨一一丨（韵） （2）	

注：①上阕乐段一中的格式（3）"丨十一十丨一一丨（韵）"为"上一下七"句式。②下阕乐段一中的格式"十十丨一一丨（韵）"为"上一下五"句式。

例四　点绛唇（四十一字）

（宋）苏　轼

不用悲秋，今年身健。还高宴。江村海甸。总作空花观。　　尚想横汾，兰菊纷相半。楼船远。白云飞乱。空有年年雁。

注：该词上阕第一句至第三句为乐段一中的格式（2）；下阕第一句和第二句为乐段一中的格式（1）。全词双调，四十一字，上下阕各五句，四仄韵。

例五　点绛唇（四十三字）

（宋）韩 琦

病起恹恹，对堂阶花树添憔悴。乱红飘砌。滴尽真珠泪。　　惆怅前春，谁相向花前醉。愁无际。武陵凝睇。人远波空翠。

注：该词上阕第一句和第二句为乐段一中的格式（3）；下阕第一句和第二句为乐段一中的格式（2）。全词双调，四十三字，上阕四句，三仄韵；下阕五句，四仄韵。

平　湖　乐

《太平乐府》注：越调。金词名《平湖乐》，取王恽词"人在平湖醉"句也。元词名《小桃红》，取无名氏词"宜插小桃红"句也；亦名《采莲词》，取《太平乐府》"采莲湖上采莲娇"句也。

《平湖乐》的长短句结构

上阕，两个乐段		下阕，两个乐段	
乐段一 （十二字）	乐段二 （十字）	乐段一 （七字）	乐段二 （十三字或十四字）
7　　5	7　　3	7	4　　4　　5 4　　4　　33

《康熙词谱》共收集三体《平湖乐》，双调，上下阕分别可分为两乐段，其长短句结构如表所示。该调有四十二字或四十三字等格式，上阕四句，两叶韵两平韵；下阕四句，一叶韵一平韵或三叶韵一平韵，《康熙词谱》以四十二字体王恽词为标谱词例。该调的正格与变格如表所示，其中，上下阕各乐段中的格式（1）为正格句式，其余为变格句式。

《平湖乐》的正格与变格（双调）

《平湖乐》上阕，四句，两平韵两仄韵	
乐段一（二句，十二字）	乐段二（二句，十字）
＋ － ＋ ｜ ｜ － －（韵）＋ ｜ － － ｜（叶）	＋ ｜ － － ｜ － ｜（叶）｜ － －（韵）

《平湖乐》下阕，四句，一叶韵一平韵或三叶韵一平韵	
乐段一（一句，七字）	乐段二（三句，十三字或十四字）
＋ － ＋ ｜ － － ｜（叶）	＋ － ＋ ｜（句）＋ － ＋ ｜（句）＋ ｜ ｜ － －（韵）（1） ＋ － ＋ ｜（叶）＋ － ＋ ｜（叶）＋ ｜ ｜ － －（韵）（2） ＋ － ＋ ｜（句）＋ － ＋ ｜（句）＋ ＋ ＋（读）｜ － －（韵）（3）

例一　平湖乐（四十二字）

（元）王恽

安仁双鬓已惊秋。更甚眉头皱。一笑相逢且开口。玉为舟。　　新词淡似鹅黄酒。醉扶归路，竹西歌吹，人道是扬州。

注：该词下阕第三句至第五句为乐段二中的格式（1）。全词双调，四十二字，上阕四句，两平韵两叶韵；下阕四句，一叶韵一平韵。

例二　平湖乐（四十二字）

（元）张可久

飞梅和雪洒林梢。花落春颠倒。驴背敲诗暮寒峭。路迢迢。　　相逢不满疏翁笑。寒郊瘦岛。尘衣风帽。诗在灞陵桥。

注：该词下阕第三句至第五句为乐段二中的格式（2）。全词双调，四十二字，上阕四句，两平韵两叶韵；下阕四句，三叶韵一平韵。

例三　平湖乐（四十三字）

（元）王 恽

采莲人语隔秋烟。波静如横练。入手风光莫流转。共留连。　　画船一笑春风面。江山信美，终非吾土，问何日、是归年。

注：该词下阕第三句至第五句为乐段二中的格式（3）。全词双调，四十三字，上阕四句，两平韵两叶韵；下阕四句，一叶韵一平韵。

归 国 遥

唐教坊曲名，元颜奎词名《归平遥》。

双调《归国遥》的长短句结构

上阕，两个乐段		下阕，两个乐段	
乐段一 （九字或十字）	乐段二 （十一字）	乐段一 （十一字）	乐段二 （十一字）
2　　7 3　　7 4　　5	6　　5	6　　5	6　　5

《康熙词谱》共收录《归国遥》三体，双调，上下阕分别可分为两个乐段，其长短句结构如表所示。该调有四十二字或四十三字等格式，上下阕各四句，四仄韵，《康熙词谱》以四十二字体温庭筠词和四十三字体韦庄词为正体或正格。《归国遥》的正格与变格如表所示，其中，上阕乐段一和乐段二中的格式（1）和（2）、下阕乐段二中的格式（1）和（2）为正格句式，其余为变格句式。

《归国遥》的正格与变革（双调）

《归国遥》上阕，四句，四仄韵	
乐段一（二句，九字或十字）	乐段二（二句，十一字）
— ｜（韵）＋ ｜ ＋ — — ｜ ｜（韵） （1） — ｜ ｜（韵）＋ ｜ ＋ — — ｜ ｜（韵） （2） ＋ — ＋ ｜（韵）＋ — — ｜ ｜（韵） （3）	＋ — ＋ ｜ — ｜（韵）＋ — — ｜ ｜（韵） （1） ＋ ｜ ＋ — ＋ ｜（韵）＋ — — ｜ ｜（韵） （2）

《归国遥》下阕，四句，四仄韵	
乐段一（二句，十一字）	乐段二（二句，十一字）
＋ ｜ ＋ — ＋ ｜（韵）＋ — — ｜ ｜（韵） （1） ＋ — ｜ — ＋ ｜（韵）＋ — — ｜ ｜（韵） （2）	＋ — ＋ ｜ — ｜（韵）＋ — — ｜ ｜（韵） （1） ＋ ｜ ＋ — ＋ ｜（韵）＋ — — ｜ ｜（韵） （2）

例一　归国遥（四十二字）

（唐）温庭筠

　　双脸。小凤战篦金飐艳。舞衣无力风软。藕丝秋色染。　　锦帐绣帏斜掩。露珠清晓簟。粉心黄蕊花靥。黛眉山两点。

　　注：该词上阕第一句和第二句为乐段一中的格式（1），第三句和第四句为乐段二中的格式（1）；下阕第一句和第二句为乐段一中的格式（1），第三句和第四句为乐段二中的格式（1）。全词双调，四十二字，上下阕各四句，四仄韵。

例二　归国遥（四十三字）

（唐）韦　庄

　　春欲暮。满地落花红带雨。惆怅玉笼鹦鹉。单栖无伴侣。　　南望去程何许。问花花不语。早晚得同归去。恨无双翠羽。

　　注：该词上阕第一句和第二句为乐段一中的格式（2），第三句和第四句为乐段二中的格式（2）；下阕第一句和第二句为乐段一中的格式（1），第三句和第四句为乐段二中的格式（2）。全词双调，四十三字，上下阕各四句，四仄韵。

例三　归国遥（四十二字）

（宋）颜　奎

　　春风拂拂。檐花双燕入。少年湖上风日。问天何处觅。　　湖山画屏晴碧。梦华知凤昔。东风忘了前迹。上青芜半壁。

　　注：该词上阕第一句和第二句为乐段一中的格式（3），第三句和第四句为乐段二中的格式（1）；下阕第一句和第二句为乐段一中的格式（2），第三句和第四句为乐段二中的格式（1）。全词双调，四十二字，上下阕各四句，四仄韵。

恋　情　深

　　唐教坊曲名。

《恋情深》的长短句结构

上阕，两个乐段		下阕，两个乐段	
乐段一（十一字）	乐段二（十字）	乐段一（十二字）	乐段二（九字）
7　　4	7　　3	7　　5	6　　3 33　　3

　　《康熙词谱》共收集两体《恋情深》，双调，上下阕分别可分为两个乐段，其长短句结构如表所示。该调四十二字，平仄韵转换，上阕四句，两仄韵两平韵；下阕四句，三平韵。《康熙词谱》以毛文锡词为标谱词例。该调的正格与变格如表所示，其中，上下阕各乐段中的格式（1）为正格句式，其余为变格句式。

《恋情深》的正格与变格（双调）

《恋情深》上阕，四句，两仄韵两平韵	
乐段一（二句，十一字）	乐段二（二句，十字）
＋│＋－－││（仄韵）│－＋│（韵）	＋－＋││－－（平韵）│－－（韵）

注：上阕乐段一中的格式"│－＋│（韵）"，为"上一下三"句式。

《恋情深》下阕，四句，三平韵	
乐段一（二句，十二字）	乐段二（二句，九字）
＋－＋││－－（韵）＋－－（韵）	＋│＋－＋│（句）│－－（韵） （1） ＋＋│（读）－＋│（句）│－－（韵） （2）

例一　恋情深（四十二字）
（五代）毛文锡

滴滴铜壶寒漏咽。醉红楼月。宴余香殿会鸳衾。荡春心。　　真珠帘下晓光侵。莺语隔琼林。宝帐欲开慵起，恋情深。

注：该词下阕第三句和第四句为乐段二中的格式（1）。全词双调，四十二字，上阕四句，两仄韵两平韵；下阕四句，三平韵。

例二　恋情深（四十二字）
（五代）毛文锡

玉殿春浓花烂漫。簇神仙伴。罗裙窣地缕黄金。奏清音。　　酒阑歌罢两沉沉。一笑动君心。永愿作、鸳鸯伴，恋情深。

注：该词下阕第三句和第四句为乐段二中的格式（2）。全词双调，四十二字，上阕四句，两仄韵两平韵；下阕四句，三平韵。

赞 浦 子

唐教坊曲名。又名《赞普子》。

《赞浦子》的长短句结构

上阕，两个乐段		下阕，两个乐段	
乐段一（十字）	乐段二（十字）	乐段一（十二字）	乐段二（十字）
5　　5	5　　5	6　　6	5　　5

《康熙词谱》只收集一体《赞浦子》，双调，上下阕分别可分为两个乐段，其长短句结构如表所示。该调四十二字，上下阕各四句，两平韵，其基本格式如表所示。

《赞浦子》的基本格式（双调）

《赞浦子》上阕，四句，两平韵	
乐段一（二句，十字）	乐段二（二句，十字）
＋∣－－∣（句）－－＋∣－（韵）	＋∣－－∣（句）－－＋∣－（韵）

《赞浦子》下阕，四句，两平韵	
乐段一（二句，十二字）	乐段二（二句，十字）
＋∣＋－＋∣（句）＋－－＋∣－－（韵）	＋∣－－∣（句）－－＋∣－（韵）

例　赞浦子（四十二字）

（五代）毛文锡

锦帐添香睡，金炉换夕熏。懒结芙蓉带，慵拖翡翠裙。　　正是桃夭柳媚，那堪暮雨朝云。宋玉高唐意，裁琼欲赠君。

注：全词双调，四十二字，上下阕各四句，两平韵。

浣 溪 沙

唐教坊曲名。张泌词有"露浓香泛小庭花"句,名《小庭花》;贺铸名《减字浣溪沙》;韩淲词有"芍药酴醾满院春"句,名《满院春》;有"东风拂槛露犹寒"句,名《东风寒》;有"一曲西风醉木犀"句,名《醉木犀》;有"霜后黄花菊自开"句,名《霜菊黄》;有"广寒曾折最高枝"句,名《广寒枝》;有"春风初试薄罗衫"句,名《试香罗》;有"清和风里绿荫初"句,名《清和风》;有"一番春事怨啼鹃"句,名《怨啼鹃》。

《浣溪沙》的长短句结构

上阕,两个乐段		下阕,两个乐段	
乐段一 (十四字)	乐段二 (七字或九字)	乐段一 (十四字)	乐段二 (七字或九字)
7　　7	7 3　3　3	7　　7	7 3　3　3

《康熙词谱》共收集五体《浣溪沙》,双调,上下阕分别可分为两个乐段,其长短句结构如表所示。该调有四十二字、四十四字和四十六字等格式,以用平韵为主,偶有用仄韵者。就平韵格而言,上阕三句或五句,三平韵或两平韵;下阕三句或五句,两平韵。《康熙词谱》以四十二字体韩偓词为正体或正格。《浣溪沙》的正格与变格如表所示,其中,上下阕各乐段中的格式(1)为正格句式,其余为变格句式。就仄韵格而言,上阕三句,三仄韵;下阕三句,三仄韵。《浣溪沙》的仄韵格如表所示。

例一　浣溪沙(四十二字)

(唐)韩　偓

宿醉离愁慢髻鬟。六铢衣薄惹轻寒。慵红闷翠掩青鸾。　　罗袜况兼金菡萏,雪肌仍是玉琅玕。骨香腰细更沉檀。

注:该词上阕第一句和第二句为乐段一中的格式(1),第三句为乐段二中的格式(1);下阕第三句为乐段二中的格式(1)。全词双调,四十二字,上阕三句,三平韵;下阕三句,两平韵。

《浣溪沙》的正格与变格（双调）

《浣溪沙》上阕，三句或五句，三平韵或两平韵	
乐段一（二句，十四字）	乐段二（一句或三句，七字或九字）
＋｜——＋｜—（韵）＋— ＋｜｜——（韵） （1）	＋—＋｜｜——（韵） （1）
＋｜｜——｜—（韵）＋—＋ ｜｜——（韵） （2）	＋＋—（句）＋＋｜（句）｜— —（韵） （2）
＋｜＋——｜｜（句）＋—＋ ｜｜——（韵） （3）	

《浣溪沙》下阕，三句或五句，两平韵	
乐段一（二句，十四字）	乐段二（一句或三句，七字或九字）
＋｜＋——｜｜（句）＋—＋ ｜｜——（韵）	＋—＋｜｜——（韵） （1）
	＋＋—（句）＋＋｜（句）｜— —（韵） （2）

注：上下阕乐段二中的格式"＋　＋　—（句）"，可平可仄两处不可同时用平。

例二　浣溪沙（四十二字）

（唐）韦　庄

惆怅梦余山月斜。孤灯照壁背窗纱。小楼高阁谢娘家。　　暗想玉容何所似，一枝春雪冻梅花。满身香雾簇朝霞。

注：该词上阕第一句和第二句为乐段一中的格式（2），第三句为乐段二中的格式（1）；下阕第三句为乐段二中的格式（1）。全词双调，四十二字，上阕三句，三平韵；下阕三句，两平韵。

例三　浣溪沙（四十二字）

（五代）薛昭蕴

红蓼渡头秋正雨，印沙鸥迹自成行。整鬟飘袖野风香。　　不语含颦深浦里，几回愁煞棹船郎。燕归帆尽水茫茫。

注：该词上阕第一句和第二句为乐段一中的格式（3），第三句为乐段二中的格式（1）；下阕第三句为乐段二中的格式（1）。全词双调，四十二字，上下阕各三句，两平韵。

例四　浣溪沙（四十四字）

（五代）孙光宪

风撼芳菲满院香。四帘慵卷日初长。鬓云垂枕响微锽。　　春梦未成愁寂寂，佳期难会信茫茫。万般心，千点泪，泣兰堂。

注：该词上阕第一句和第二句为乐段一中的格式（1），第三句为乐段二中的格式（1）；下阕第三句至第五句为乐段二中的格式（2）。全词双调，四十四字，上阕三句，三平韵；下阕五句，两平韵。

例五　浣溪沙（四十六字）

（五代）顾　夐

红藕香寒翠渚平。月笼虚阁夜蛩清。天际鸿，枕上梦，两牵情。　　宝帐玉炉残麝冷，罗衣金缕暗尘生。小窗凉，孤烛背，泪纵横。

注：该词上阕第一句和第二句为乐段一中的格式（1），第三句至第五句为乐段二中的格式（2）；下阕第三句至第五句为乐段二中的格式（2）。全词双调，四十六字，上阕五句，三平韵；下阕五句，两平韵。

《浣溪沙》的仄韵格（双调）

《浣溪沙》上阕，三句，三仄韵	
乐段一（二句，十四字）	乐段二（一句，七字）
＋丨＋－－丨丨（韵）＋－＋ 丨－－丨（韵）	＋丨＋－－丨丨（韵）

《浣溪沙》下阕，三句，三仄韵	
乐段一（二句，十四字）	乐段二（一句，七字）
＋－＋丨－－丨（韵）＋丨＋ －－丨丨（韵）	＋丨＋－－丨丨（韵）

例　浣溪沙（四十二字）
（五代）李　煜

红日已高三丈透。金炉次第添香兽。红锦地衣随步皱。　佳人舞点金钗溜。酒恶时拈花蕊嗅。别殿遥闻箫鼓奏。

注：全词双调，四十二字，上下阕各三句，三仄韵。

醉　垂　鞭

词见张先集。

《醉垂鞭》的长短句结构

上阕，两个乐段				下阕，两个乐段			
乐段一（十一字）			乐段二（十字）		乐段一（十一字）			乐段二（十字）	
5	3	3	5	5	5	3	3	5	5

《康熙词谱》只收集一体《醉垂鞭》，双调，上下阕分别可分为两个乐段，其长短句结构如表所示。该调四十二字，以平韵为主，两仄韵间押于平韵之内，上下阕各五句，三平韵两仄韵，其基本格式如表所示。

《醉垂鞭》的基本格式（双调）

《醉垂鞭》上阕，五句，三平韵两仄韵	
乐段一（三句，十一字）	乐段二（二句，十字）
＋∣∣――（平韵）―――∣（仄韵）―――∣（韵）	＋∣∣――（平韵）＋―――∣―（韵）

《醉垂鞭》下阕，五句，三平韵两仄韵	
乐段一（三句，十一字）	乐段二（二句，十字）
＋――∣∣（换仄韵）―――∣（韵）∣――（平韵）	＋∣∣――（韵）＋―――∣―（韵）

例　醉垂鞭（四十二字）

（宋）张　先

醉面滟金鱼。吴娃唱。吴潮上。玉殿白麻书。待君归后除。　勾留风月好。平湖晓。翠峰孤。此景出关无。西州空画图。

注：全词双调，四十二字，上下阕各五句，三平韵两仄韵。

雪　花　飞

《宋史·乐志》：高角调。按，高角乃大吕之角声也。

《雪花飞》的长短句结构

上阕，两个乐段		下阕，两个乐段	
乐段一（十二字）	乐段二（十字）	乐段一（十字）	乐段二（十字）
6　　6	6　　4	5　　5	6　　4

《康熙词谱》只收集一体《雪花飞》，双调，上下阕分别可分为两个乐段，其长短句结构如表所示。该调四十二字，上下阕各四句，两平韵，其基本格式如表所示。

《雪花飞》的基本格式（双调）

《雪花飞》上阕，四句，两平韵	
乐段一（二句，十二字）	乐段二（二句，十字）
十丨十－十丨（句）十－十丨－－（韵）	十丨十－十丨（句）十丨－－（韵）

《雪花飞》下阕，四句，两平韵	
乐段一（二句，十字）	乐段二（二句，十字）
十丨－－（句）－－十丨－（韵）	十丨十－十丨（句）十丨－－（韵）

例　雪花飞（四十二字）
（宋）黄庭坚

携手青云路稳，天声迤逦传呼。袍笏恩章乍赐，春满皇都。　何处难忘酒，琼花照玉壶。归袅丝鞘竞醉，雪舞街衢。

注：全词双调，四十二字，上下阕各四句，两平韵。

沙　塞　子

唐教坊曲名，一名《沙碛子》。

《沙塞子》的长短句结构

上阕，两个乐段		下阕，两个乐段	
乐段一（十四字或十三字或十二字）	乐段二（十一字或九字）	乐段一（十四字或十二字）	乐段二（十一字或九字）
7　　34	34　　4	6　　3　　3	34　　4
6　　34	6　　3	7　　34	6　　3
6　3　3			

《康熙词谱》共收录《沙塞子》四体，双调，上下阕分别可分为两个乐段，其长短句结构如表所示。《沙塞子》有五十字或四十二字、四十九字等格式，或用平韵，或用仄

韵。平韵格《沙塞子》上下阕各五句或四句，两平韵或三平韵，《康熙词谱》以四十二字体朱敦儒词和五十字体周紫芝词为标谱词例。考虑到该调大多为五十字或四十九字，故以周紫芝词为正体或正格。平韵格《沙塞子》的正格与变格如表所示，其中，上下阕各乐段中的格式（1）为正格句式，其余为变格句式。《沙塞子》的仄韵格如表所示，上下阕各四句，三仄韵。

《沙塞子》（平韵）的正格与变格（双调）

《沙塞子》（平韵）上阕，五句或四句，三平韵或两平韵	
乐段一 （二句或三句，十四字或十二字、十三字）	乐段二 （二句，十一字或九字）
＋ － ＋ ｜ ｜ － －（韵）＋ ＋ ＋ ＋（读）＋ ｜ － －（韵） （1）	＋ ＋ ＋（读）＋ － ＋ ｜（句）＋ ｜ － －（韵） （1）
＋ ｜ ＋ － ＋ ｜（句）－ ＋ ｜（句） ｜ － －（韵） （2）	＋ ｜ ＋ － ＋ ｜（句）｜ － －（韵） （2）
＋ － ＋ ｜ ｜ － －（韵）＋ ＋ ＋ （读）＋ － ｜ －（韵） （3）	

《沙塞子》（平韵）下阕，五句或四句，三平韵或两平韵	
乐段一（二句或三句，十四字或十二字）	乐段二（二句，十一字或九字）
＋ － ＋ ｜ ｜ － －（韵）＋ ＋ ＋ （读）＋ ｜ － －（韵） （1）	＋ ＋ ＋（读）＋ － ＋ ｜（句）＋ ｜ － －（韵） （1）
＋ ｜ ＋ － ＋ ｜（句）－ ＋ ｜（句） ｜ － －（韵） （2）	＋ ｜ ＋ － ＋ ｜（句）｜ － －（韵） （2）
＋ － ＋ ｜ ｜ － －（韵）＋ ＋ ＋ （读）＋ － ｜ －（韵） （3）	

例一　沙塞子（五十字）
　　　　（宋）周紫芝

　　玉溪秋月浸寒波。忍持酒、重听骊歌。不堪对、绿阴飞阁，月下羞蛾。　　夜深惊鹊转南柯。惨别意、无奈愁何。他年事、不须重问，转更愁多。

　　注：该词上阕第一句和第二句为乐段一中的格式（1），第三句和第四句为乐段二中的格式（1）；下阕第一句和第二句为乐段一中的格式（1），第三句和第四句为乐段二中的格式（1）。全词双调，五十字，上下阕各四句，三平韵。

例二　沙塞子（四十二字）
　　　　（宋）朱敦儒

　　万里飘零南越，山引泪，酒催愁。不见凤楼龙阙，又经秋。　　九日江亭闲望，蛮树远，瘴烟浮。肠断红蕉花晚，水西流。

　　注：该词上阕第一句至第三句为乐段一中的格式（2），第三句和第四句为乐段二中的格式（2）；下阕第一句至第三句为乐段一中的格式（2），第三句和第四句为乐段二中的格式（2）。全词双调，四十二字，上下阕各五句，两平韵。

例三　沙塞子（四十九字）
　　　　（宋）葛立方

　　天生玉骨冰肌。瘦损也、知他为谁。寒涧底、傲霜凌雪，不教春知。　　高楼横笛试轻吹。要一片、花飞酒卮。拌沉醉、帽檐斜插，折取南枝。

　　注：该词上阕第一句和第二句为乐段一中的格式（3），第三句和第四句为乐段二中的格式（1）；下阕第一句和第二句为乐段一中的格式（3），第三句和第四句为乐段二中的格式（1）。全词双调，四十九字，上下阕各四句，三平韵。

《沙塞子》的仄韵格（双调）

《沙塞子》（仄韵）上阕，四句，三仄韵	
乐段一（二句，十三字）	乐段二（二句，十一字）
＋｜＋－＋｜（韵）＋＋＋（读）＋－＋｜（韵）	＋＋＋（读）＋｜－－（句）＋－＋｜（韵）

《沙塞子》（仄韵）下阕，四句，三仄韵	
乐段一（二句，十四字）	乐段二（二句，十一字）
＋－＋｜－＋｜（韵）＋＋＋（读）＋－＋｜（韵）	＋＋＋（读）＋－＋｜（句）＋－＋｜（韵）

例　沙塞子（四十九字）

（宋）赵彦端

春水绿波南浦。渐理棹、行人欲去。黯消魂、柳际轻烟，花梢微雨。　　长亭放盏无计住。但芳草、迷人去路。忍回头、断云残日，长安何处。

注：全词双调，四十九字，上下阕各四句，三仄韵。

殿　前　欢

《太平乐府》注"双调"。又名《凤将雏》。

《殿前欢》的长短句结构

上阕，两个乐段		下阕，两个乐段	
乐段一（十字）	乐段二（十一字）	乐段一（十三字或十五字）	乐段二（八字）
3　　7	7　　4	5　3　5 5　5　5	4　4

《康熙词谱》共收集两体《殿前欢》，双调，上下阕分别可分为两个乐段，其长短句结构如表所示。该调有四十二字或四十四字等格式，平仄韵通叶，上阕四句，三平韵一叶韵；

下阕五句,两平韵两叶韵。《康熙词谱》以四十二字体张可久词为标谱词例。该调的正格与变格如表所示,其中,上下阕各乐段中的格式(1)为正格句式,其余为变格句式。

《殿前欢》的正格与变格(双调)

《殿前欢》上阕,四句,三平韵一叶韵	
乐段一(二句,十字)	乐段二(二句,十一字)
┃十一(平韵)十一十┃┃一一(韵)	十一十┃一一┃(叶)十┃一一(韵)

《殿前欢》下阕,五句,两平韵两叶韵	
乐段一(三句,十三字或十五字)	乐段二(二句,八字)
一一十┃一(韵)一一┃(叶) 十┃一一┃(叶) (1)	十一十┃(句)十┃一一(韵)
一一十┃一(韵)十┃一一┃(叶) 十┃一一┃(叶) (2)	

例一 殿前欢(四十二字)

(元)张可久

水晶宫。四围添上玉屏风。姮娥碎剪银河冻。揽尽春红。　梅花纸帐中。香浮动。一片梨云梦。晓来诗句,画出渔翁。

注:该词下阕第一句至第三句为乐段一中的格式(1)。双调,四十二字,上阕四句,三平韵一叶韵;下阕五句,两平韵两叶韵。

例二 殿前欢(四十四字)

(元)张可久

叹诗癯。十年香梦老江湖。笙歌又是钱塘路。往事何如。　青鸾写恨书。红锦题情疏。翠馆酬春句。桃花结子,乳燕将雏。

注:该词下阕第一句至第三句为乐段一中的格式(2)。双调,四十四字,上阕四句,三平韵一叶韵;下阕五句,两平韵两叶韵。

水 仙 子

唐教坊曲名。《太平乐府》注"双调"。

《水仙子》的长短句结构

上阕，两个乐段				下阕，三个乐段			
乐段一 （十四字）		乐段二 （十二字）		乐段一 （六字）	乐段二（六字或八字、十字、十二字）		乐段三 （四字）
7	7	7	5	6	3 4 5 33	3 4 5 33	4

《康熙词谱》共收集两体《水仙子》，双调，上阕可分为两个乐段，下阕可分为三个乐段，其长短句结构如表所示。该调有四十二字或四十四字、四十六字、四十八字等格式，以平韵为主，有的词例通叶一仄韵，上阕四句，三平韵一叶韵或两平韵两叶韵；下阕四句，三平韵一叶韵或三平韵。《康熙词谱》以四十二字体张可久词为标谱词例。该调的正格与变格如表所示，其中，上下阕各乐段中的格式（1）为正格句式，其余为变格句式。

例一　水仙子（四十二字）

（元）张可久

天边白雁写寒云。镜里青鸾瘦玉人。秋风昨夜愁成阵。思君不见君。　　缓歌独自开尊。灯挑尽。酒半醺。如此黄昏。

注：该词上阕第三句和第四句为乐段二中的格式（1）；下阕第二句至第四句为乐段二中的格式（1）。双调，四十二字，上下阕各四句，三平韵一叶韵。

《水仙子》的正格与变格（双调）

《水仙子》上阕，四句，三平韵一叶韵或两平韵两叶韵	
乐段一（二句，十四字）	乐段二（二句，十二字）
十 一 十 丨 丨 一 一（韵）十 丨 十 一 十 丨 一（韵）	十 一 十 丨 一 一 丨（叶）一 一 十 丨 一（韵） （1） 十 一 十 丨 一 一（叶）十 一 一 丨 一（韵） （2） 十 一 十 丨 一 一 丨（句）十 一 一 丨 丨（叶） （3）

注：上阕乐段一中的格式"十 丨 十 一 十 丨 一（韵）"，可平可仄的第三字与第五字，以不同时用仄为宜。

《水仙子》下阕，四句，三平韵一叶韵或三平韵		
乐段一 （一句，六字）	乐段二 （二句，六字或八字、十字、十二字）	乐段三 （一句，四字）
十 一 十 丨 一 一（韵）	一 一 丨（叶）丨 丨 一（韵） （1） 十 一 十 丨（句）十 一 丨 一 （韵） （2） 十 丨 一 一 丨（句）一 一 十 丨 一（韵） （3） 十 十 十（读）一 一 丨（句） 十 十 十（读）丨 丨 一（韵） （4）	十 丨 一 一（韵）

例二　水仙子（四十四字）

（元）倪瓒

东风花外小红楼。南浦山横翠黛愁。春寒不管花枝瘦。无情水自流。　　檐前燕语娇柔。惊回幽梦，难寻旧游。落日帘钩。

注：该词上阕第三句和第四句为乐段二中的格式（1）；下阕第二句至第四句为乐段二中的格式（2）。双调，四十四字，上阕四句，三平韵一叶韵；下阕四句，三平韵。

例三　水仙子（四十六字）

（元）张可久

席间谈笑欠嘉宾。湖上风流想季真。梅边才思无何逊。可怜辜负春。　　孤山谁吊逋魂。彩扇留新句，青楼非故人。两袖红尘。

注：该词上阕第三句和第四句为乐段二中的格式（2）；下阕第二句至第四句为乐段二中的格式（3）。双调，四十六字，上阕四句，三平韵一叶韵；下阕四句，三平韵。

例四　水仙子（四十八字）

（元）张可久

金鞭衮醉动花梢。翠袖植香赠柳条。玉波流暖迎兰棹，西湖春事好。　　相逢酒圣诗豪。醉墨洒、龙香剂，新弦调、凤尾槽。草色裙腰。

注：该词上阕第三句和第四句为乐段二中的格式（3）；下阕第二句至第四句为乐段二中的格式（4）。双调，四十八字，上阕四句，两平韵一叶韵；下阕四句，三平韵。

霜 天 晓 角

元高拭词注"越调"。张辑词有"一片月、当窗白"句，名《月当窗》；程垓词有"须共踏、夜深月"，名《踏月》；吴礼之词有"长桥月"句，名《长桥月》。

《霜天晓角》的长短句结构

上阕，两个乐段		下阕，两个乐段	
乐段一（九字或十字）	乐段二（十二字）	乐段一（十字）	乐段二（十二字）
4　　5	6　　　33	2　　3　　5	6　　　33
5　　5	6　　3　　3	5　　　5	6　　3　　3

　　《康熙词谱》共收集九体《霜天晓角》，双调，上下阕分别可分为两个乐段，其长短句结构如表所示。该调有四十三字或四十四字等格式，有仄韵和平韵两种押韵格式。对仄韵格而言，上阕四句或五句，三仄韵或四仄韵、四仄韵一叠韵；下阕五句或四句、六句，四仄韵或三仄韵、三仄韵一叠韵、四仄韵一叠韵、五仄韵；《康熙词谱》以四十三字体林逋词和辛弃疾词为正体或正格。《霜天晓角》（仄韵）的正格与变格分别如表所示。其中，上阕乐段一和乐段二中的格式（1），下阕乐段二中的格式（1）和（2）、乐段三中的格式（1）为正格句式，其余为变格句式。对平韵格而言，上阕四句，三平韵或两平韵；下阕四句或五句，三平韵或四平韵、两平韵；《康熙词谱》以黄机词和蒋捷词为正体或正格。《霜天晓角》（平韵）的正格与变格分别如表所示。其中，上阕乐段一和乐段二中的格式（1），下阕乐段一中的格式（1）和（2）、乐段二中的格式（1）为正格句式，其余为变格句式。

例一　霜天晓角（四十三字）

（宋）林　逋

　　冰清霜洁。昨夜梅花发。甚处玉龙三弄，声摇动、枝头月。　　梦绝。金兽热。晓寒兰烬灭。更卷珠帘清赏，且莫扫、阶前雪。

　　注：该词上阕第一句和第二句为乐段一中的格式（1），第三句和第四句为乐段二中的格式（1）；下阕第一句至第三句为乐段一中的格式（1），第四句和第五句为乐段二中的格式（1）。全词双调，四十三字，上阕四句，三仄韵；下阕五句，四仄韵。

《霜天晓角》（仄韵）的正格与变格（双调）

《霜天晓角》上阕，四句或五句，三仄韵或四仄韵、四仄韵一叠韵	
乐段一（二句，九字或十字）	乐段二（二句或三句，十二字）
＋ － ＋ ｜（韵）＋ ｜ － ＋ ｜（韵） （1） ＋ ｜ ＋ － ｜（韵）＋ － － ｜ ｜（韵） （2） ＋ － － ｜ ｜（韵）＋ ｜ － ＋ ｜（韵） （3）	＋ ｜ ＋ － ＋ ｜（句）＋ ＋ ｜（读） ＋ ＋ ｜（韵） （1） ＋ ｜ ＋ － ＋ ｜（句或韵）＋ ＋ ｜ （韵）＋ ＋ ｜（叠） （2）

《霜天晓角》下阕，五句或四句、六句，四仄韵或三仄韵、三仄韵一叠韵、四仄韵一叠韵、五仄韵	
乐段一（三句或二句，十字）	乐段二（二句或三句，十二字）
＋ ｜（韵）＋ ｜ ｜（韵）＋ － － ｜ ｜ （韵） （1） ＋ － － ｜ ｜（韵）＋ － － ｜ ｜（韵） （2） ＋ ｜（韵）＋ ｜ ｜（韵）＋ ｜ ＋ －（韵） （3） ＋ － － ｜ ｜（韵）＋ ｜ － ＋ ｜（韵） （4） ＋ ｜ － ＋ ｜（韵）＋ － － ｜ ｜（韵） （5） ＋ ｜ ＋ － ｜（韵）＋ － － ｜ ｜（韵） （6）	＋ ｜ ＋ － ＋ ｜（句）＋ ＋ ｜（读） ＋ ＋ ｜（韵） （1） ＋ ｜ ＋ － ＋ ｜（句或韵）＋ ＋ ｜（韵） ＋ ＋ ｜（叠） （2）

例二 霜天晓角（四十三字）

(宋)韩　玉

竹篱茅屋。一树扶疏玉。客里十分清绝，有人在、江南北。　　伫目。诗思促。翠袖倚修竹。不是月媒风聘，谁人与、伴幽独。

注：该词上阕第一句和第二句为乐段一中的格式（1），第三句和第四句为乐段二中的格式（1）；下阕第一句至第三句为乐段一中的格式（3），第四句和第五句为乐段二中的格式（1）。全词双调，四十三字，上阕四句，三仄韵；下阕五句，四仄韵。

例三 霜天晓角（四十三字）

(宋)辛弃疾

吴头楚尾。一棹人千里。休说旧愁新恨，长亭树、今如此。　　宦途吾倦矣。玉人留我醉。明日落花寒食，得且住、为佳耳。

注：该词上阕第一句和第二句为乐段一中的格式（1），第三句和第四句为乐段二中的格式（1）；下阕第一句和第二句为乐段一中的格式（2），第三句和第四句为乐段二中的格式（1）。全词双调，四十三字，上下阕各四句，三仄韵。

例四 霜天晓角（四十四字）

(宋)吴文英

香莓幽径滑。萦绕秋曲折。帘额红摇波影，鱼惊坠、暗吹沫。　　浪阔。轻棹拨。武陵曾话别。一点烟红春小，桃花梦、半林月。

注：该词上阕第一句和第二句为乐段一中的格式（3），第三句和第四句为乐段二中的格式（1）；下阕第一句至第三句为乐段一中的格式（1），第四句和第五句为乐段二中的格式（1）。全词双调，四十四字，上阕四句，三仄韵；下阕五句，四仄韵。

例五 霜天晓角（四十三字）

(宋)甄龙友

峨眉仙客。四海文章伯。来向东坡游戏，人间世、著不得。　　去国谁爱惜。在天何处觅。但见尊前人唱，前赤壁。后赤壁。

注：该词上阕第一句和第二句为乐段一中的格式（1），第三句和第四句为乐段二中的格式（1）；下阕第一句和第二句为乐段一中的格式（5），第三句至第五句为乐段二中的格式（2）。全词双调，四十三字，上阕四句，三仄韵；下阕五句，三仄韵一叠韵。

例六　霜天晓角（四十三字）
（宋）吕胜己

晓来风作。病怯春衫薄。郭外溪山明秀，红尘里、自拘缚。　　村酒频斟酌。野花偏绰约。十载人非物是，惊回首、梦初觉。

注：该词上阕第一句和第二句为乐段一中的格式（1），第三句和第四句为乐段二中的格式（1）；下阕第一句和第二句为乐段一中的格式（5），第三句和第四句为乐段二中的格式（1）。全词双调，四十三字，上下阕各四句，三仄韵。

例七　霜天晓角（四十三字）
（宋）赵师侠

雨余风劲。雾重千山暝。茅屋寒林相映。分明是、画图景。　　去程何日定。天远长安近。唤起新愁无尽。全没个、故园信。

注：该词上阕第一句和第二句为乐段一中的格式（1），第三句和第四句为乐段二中的格式（1）；下阕第一句和第二句为乐段一中的格式（4），第三句和第四句为乐段二中的格式（1）。全词双调，四十三字，上下阕各四句，四仄韵。

例八　霜天晓角（四十四字）
（宋）程　垓

几夜琐窗揭。素蟾光似雪。恰恨照人欹枕，纱橱爽、簟纹滑。　　迤逦篆香袅。好怀谁共说。若是知人风味，来分付、半床月。

注：该词上阕第一句和第二句为乐段一中的格式（2），第三句和第四句为乐段二中的格式（1）；下阕第一句和第二句为乐段一中的格式（6），第三句和第四句为乐段二中的格式（1）。全词双调，四十四字，上下阕各四句，三仄韵。

例九　霜天晓角（四十四字）
（宋）程　垓

玉清冰样洁。几夜相思切。谁料浓云遮拥，同心带、甚时结。　　匆匆休惜别。还有来时节。记取江阴归路，须共踏、夜深月。

注：该词上阕第一句和第二句为乐段一中的格式（3），第三句和第四句为乐段二中的格式（1）；下阕第一句和第二句为乐段一中的格式（4），第三句和第四句为乐段二中的格式（1）。全词双调，四十四字，上下阕各四句，三仄韵。

例十　霜天晓角（四十三字）

（宋）葛长庚

　　五羊安在。城市何曾改。十万人家阛阓。东亦海。西亦海。　　岁岁。蒲涧会。地接蓬莱界。老树知他一劫，千山外。万山外。

注：该词上阕第一句和第二句为乐段一中的格式（1），第三句至第五句为乐段二中的格式（2）；下阕第一句至第三句为乐段一中的格式（3），第四句至第六句为乐段二中的格式（2）。全词双调，四十三字，上阕五句，四仄韵一叠韵；下阕六句，四仄韵一叠韵。

《霜天晓角》（平韵）的正格与变格（双调）

《霜天晓角》上阕，四句，三平韵或两平韵	
乐段一（二句，九字或十字）	乐段二（二句，十二字）
＋｜－－（韵）＋－＋｜－（韵） （1） ＋－－｜｜（句）＋－＋｜－（韵） （2）	＋｜＋－＋｜（句）＋＋｜（读）｜－－（韵）

《霜天晓角》下阕，四句或五句，四平韵或三平韵、两平韵	
乐段一（二句或三句，十字）	乐段二（二句，十二字）
＋－＋｜－（韵）＋－＋｜－（韵） （1） ＋－（韵）＋｜－（韵）＋－＋｜－（韵） （2） ＋｜｜－－（韵）＋－＋｜ （韵） （3） ＋｜＋＋｜（句）＋｜－｜－（韵） （4）	＋｜＋－＋｜（句）＋＋｜（读）｜－－（韵）

注：上下阕乐段一中的格式"＋－＋｜－（韵）"，两个可平可仄处的用字，不宜同时用仄。

例一　霜天晓角（四十三字）
（宋）黄　机

玉粲冰寒。月痕侵画阑。客里安愁无地，为徙倚、到更残。　　问花花不言。嗅香香欲阑。消得个温存处，三六曲、翠屏间。

注：该词上阕第一句和第二句为乐段一中的格式（1）；下阕第一句和第二句为乐段一中的格式（1）。全词双调，四十三字，上下阕各四句，三平韵。

例二　霜天晓角（四十三字）
（宋）蒋　捷

人影窗纱。是谁来折花。折则从他折去，知折去、向谁家。　　檐牙。枝最佳。折时高折些。说与折花人道，须插向、鬓边斜。

注：该词上阕第一句和第二句为乐段一中的格式（1）；下阕第一句至第三句为乐段一中的格式（2）。全词双调，四十三字，上阕四句，三平韵；下阕五句，四平韵。

例三　霜天晓角（四十三字）
（宋）楼　槃

剪雪裁冰。有人嫌太清。又有人嫌太瘦，都不是、我知音。　　谁是我知音。孤山人姓林。一自西湖别后，辜负我、到如今。

注：该词上阕第一句和第二句为乐段一中的格式（1）；下阕第一句和第二句为乐段一中的格式（3）。全词双调，四十三字，上下阕各四句，三平韵。

例四　霜天晓角（四十四字）
（宋）赵长卿

阁儿幽静处，围炉面小窗。好似斗头儿坐，梅烟炷、返魂香。　　对火怯夜冷，猛饮消漏长。饮罢且收拾睡，斜月照、满林霜。

注：该词上阕第一句和第二句为乐段一中的格式（2）；下阕第一句和第二句为乐段一中的格式（4）。全词双调，四十四字，上下阕各四句，两平韵。

清 商 怨

古乐府有《清商曲辞》，其音多哀怨，故取以为名。周邦彦以晏词有"关河愁思"句，更名《关河令》，又名《伤情怨》。

《清商怨》的长短句结构

上阕，两个乐段		下阕，两个乐段	
乐段一 （十二字或十一字）	乐段二 （九字）	乐段一 （十三字或十四字）	乐段二 （九字）
7　　5 6　　5	4　　5	6　　34 6　　35	4　　5

《康熙词谱》共收集《清商怨》三体，双调，上下阕分别可分为两个乐段，其长短句结构如表所示。该调有四十三字或四十二字等格式，上下阕各四句，三仄韵。《康熙词谱》以四十三字体晏殊词为标谱词例。该调的正格与变格如表所示，其中，上下阕各乐段中的格式（1）为正格句式，其余为变格句式。

例一　清商怨（四十三字）

（宋）晏　殊

关河愁里望处满。渐素秋向晚。雁过南云，行人回泪眼。　　双鸳衾裯悔展。夜又永、枕孤人远。梦未成归，梅花闻塞管。

注：该词上阕第一句和第二句为乐段一中的格式（1），第三句和第四句为乐段二中的格式（1）；下阕第一句和第二句为乐段一中的格式（1）。全词双调，四十三字，上下阕各四句，三仄韵。

《清商怨》正格与变格（双调）

《清商怨》上阕，四句，三仄韵	
乐段一（二句，十二字或十一字）	乐段二（二句，九字）
＋ － ＋ ｜ ＋ ＋ ｜（韵）｜ ＋ － ＋ ｜（韵） （1）	＋ ｜ － －（句）＋ － － ｜ ｜（韵） （1）
＋ － － ｜ ＋ ｜（韵）｜ ＋ － ＋ ｜（韵） （2）	＋ ｜ － －（句）－ － ｜ － ｜（韵） （2）
＋ ｜ ＋ － ＋ ｜（韵）｜ ＋ － ＋ ｜（韵） （3）	

《清商怨》下阕，四句，三仄韵	
乐段一（二句，十三字或十四字）	乐段二（二句，九字）
＋ － ＋ － ＋ ｜（韵）＋ ＋ ＋ （读）＋ － ＋ ｜（韵） （1）	＋ ｜ － －（句）＋ － － ｜ ｜（韵）
＋ － － ｜ ＋ ｜（韵）＋ ＋ ＋（读） ＋ ＋ － ｜（韵） （2）	
＋ ｜ ＋ － ＋ ｜（韵）＋ ＋ ＋（读） ＋ － ＋ ｜（韵） （3）	
＋ ｜ ＋ － ＋ ｜（韵）＋ ＋ ＋（读） ＋ ｜ － － ｜（韵） （4）	

例二　清商怨（四十三字）

（宋）赵师侠

江头伊轧动柔橹。渐楚天欲暮。浩荡轻鸥，波间自容与。　岸蓼汀蘋无绪。更满目、萧疏江树。此意何穷，凭谁图画取。

注：该词上阕第一句和第二句为乐段一中的格式（1），第三句和第四句为乐段二中的格式

（2）；下阕第一句和第二句为乐段一中的格式（3）。全词双调，四十三字，上下阕各四句，三仄韵。

例三　清商怨（四十二字）
（宋）周邦彦

　　枝头风信渐小。看暮鸦飞了。又是黄昏，闭门收晚照。　　江南人去路杳。信未通、愁已先到。怕见孤灯，霜寒催睡早。

　　注：该词上阕第一句和第二句为乐段一中的格式（2），第三句和第四句为乐段二中的格式（1）；下阕第一句和第二句为乐段一中的格式（2）。全词双调，四十二字，上下阕各四句，三仄韵。

例四　清商怨（四十三字）
（宋）沈会宗

　　城上鸦啼斗转。渐玉壶冰满。月淡寒梅，清香来小院。　　谁遣鸾笺写怨。翻锦字、叠叠和愁卷。梦破秋笳，江南烟树远。

　　注：该词上阕第一句和第二句为乐段一中的格式（3），第三句和第四句为乐段二中的格式（1）；下阕第一句和第二句为乐段一中的格式（4）。全词双调，四十三字，上下阕各四句，三仄韵。

伤　春　怨

见《能改斋漫录》，王安石梦中作。

《伤春怨》的长短句结构

上阕，两个乐段		下阕，两个乐段	
乐段一（十一字）	乐段二（十一字）	乐段一（十字）	乐段二（十一字）
5　　6	5　　6	5　　5	5　　33

　　《康熙词谱》只收集一首《伤春怨》，双调，上下阕分别可分为两个乐段，四十三字，上下阕各四句，三仄韵，其长短句结构和基本格式如表所示。

《伤春怨》的基本格式（双调）

《伤春怨》上阕，四句，三仄韵	
乐段一（二句，十一字）	乐段二（二句，十一字）
＋｜－－｜（韵）＋｜＋－－｜（韵）	＋｜｜－－（句）＋｜＋－－｜（韵）

《伤春怨》下阕，四句，三仄韵	
乐段一（二句，十字）	乐段二（二句，十一字）
＋－－＋｜（韵）＋｜－－｜（韵）	＋｜｜－－（句）＋＋｜（读）－－｜（韵）

例　伤春怨（四十三字）

（宋）王安石

　　雨打江南树。一夜花开无数。绿叶渐成阴，下有游人归路。　　与君相逢处。不道春将暮。把酒祝东风，且莫恁、匆匆去。

　　注：全词双调，四十三字，上下阕各四句，三仄韵。

卷 五

菩 萨 蛮

　　唐教坊曲名。《宋史·乐志》：女弟子舞队名。《尊前集》注"中吕宫"。《宋史·乐志》亦"中吕宫"。《正音谱》注"正宫"。唐苏鹗《杜阳杂编》云："大中初，女蛮国入贡，危髻金冠，缨络被体，号菩萨蛮队。当时倡优遂制《菩萨蛮》曲，文士亦往往声其词。"孙光宪《北梦琐言》云："唐宣宗爱唱《菩萨蛮》词，令狐绹命温庭筠新撰进之。"《碧鸡漫志》云："今《花间集》温词十四首是也。"按温词有"小山重叠金明灭"句，名《重叠金》；南唐李煜词名《子夜歌》，一名《菩萨鬟》；韩淲词有"新声休写花间意"句，名《花间意》；又有"风前觅得梅花句"，名《梅花句》；有"山城望断花溪碧"句，名《花溪碧》；有"晚云烘日南枝北"句，名《晚云烘日》。

《菩萨蛮》的长短句结构

上阕，两个乐段		下阕，两个乐段	
乐段一（十四字）	乐段二（十字）	乐段一（十字）	乐段二（十字）
7　　7	5　　5	5　　5	5　　5

　　《康熙词谱》共收集三体《菩萨蛮》，双调，上下阕分别可分为两个乐段，其长短句结构如表所示。该调四十四字，上下阕各四句，两仄韵两平韵。从用韵的角度看，《菩萨蛮》既押仄韵，又押平韵，且仄韵与平韵之间的关系相当灵活。龙榆生《唐宋词格律》将其归类于"平仄韵转换格"，这并不能全面代表《菩萨蛮》的用韵特点。诸多《菩萨蛮》的词例表明，尽管大多数词例是平仄韵转换格（如李白等词），但是，也有上下阕不换韵的词例（如朱敦儒词），也有上下阕平仄韵分别通叶的词例（如楼扶词）；也有其中一阕（或是上阕，或是下阕）通协，而另一阕换韵的词例（如姜特立词）；还有上下阕仄韵（或平韵）在同一韵部，而平韵（或仄韵）却不在同一韵部的词例（如王之道词）。此外，《菩萨蛮》还有一种回文格式（参见苏轼词与张孝祥词）。《康熙词谱》以李白词为正体或正格。该调的正格与变格如表所示，其中，上下阕各乐段中的格式（1）为正格句式，其余为变格句式。

《菩萨蛮》的正格与变格（双调）

《菩萨蛮》上阕，四句，两仄韵两平韵或两叶韵两平韵	
乐段一（二句，十四字）	乐段二（二句，十字）
＋－＋｜－－｜（仄韵）＋－＋ ｜－－｜（韵） （1）	＋｜｜－－（平韵）＋－－ ｜－（韵） （1）
＋－＋｜－－｜（仄韵）＋｜＋ －－｜｜（韵） （2）	＋｜｜－－（平韵）－－＋｜ －（韵） （2）
＋－－｜－｜（仄韵）＋｜－ －｜－｜（韵） （3）	
＋｜＋－｜｜（仄韵）＋－＋｜ －－｜（韵） （4）	

《菩萨蛮》下阕，四句，两仄韵两平韵或两叶韵两平韵	
乐段一（二句，十字）	乐段二（二句，十字）
＋－－｜｜（仄韵）＋｜－－｜（韵） （1）	＋｜｜－－（平韵）＋－－ ｜－（韵） （1）
＋｜－－｜（仄韵）＋｜－－｜（韵） （2）	＋｜｜－－（平韵）－－＋｜ －（韵） （2）

注：该调下阕各种格式所注"仄韵"与"平韵"，有"换韵"、"不换韵"或"叶韵"三种用韵格式，"换韵"者（即平仄韵转换格）为正格。

例一　菩萨蛮（四十四字）

（唐）李　白

　　平林漠漠烟如织。寒山一带伤心碧。暝色入高楼。有人楼上愁。　　玉阶空伫立。宿鸟归飞急。何处是归程。长亭连短亭。

注：该词上阕第一句和第二句为乐段一中的格式（1），第三句和第四句为乐段二中的格式（1）；下阕第一句和第二句为乐段一中的格式（1），第三句和第四句为乐段二中的格式（1）。全词双调，四十四字，上下阕各四句，两仄韵两平韵。上下阕仄韵在同一韵部，而平韵分属不同的韵部。

例二　菩萨蛮（四十四字）
（宋）张　先

忆郎还上层楼曲。楼前芳草年年绿。绿似去时袍。回头风袖飘。　郎袍应已旧。颜色非长久。惜恐镜中春。不如花草新。

注：该词上阕第一句和第二句为乐段一中的格式（1），第三句和第四句为乐段二中的格式（1）；下阕第一句和第二句为乐段一中的格式（1），第三句和第四句为乐段二中的格式（1）。全词双调，四十四字，上下阕各四句，两仄韵两平韵。上下阕仄韵和平韵分别属于不同的韵部。

例三　菩萨蛮（四十四字）
（宋）苏　轼

玉笙不受朱唇暖。离声凄咽胸填满。遗恨几千秋。恩留人不留。　他年京国酒。泫泪攀枯柳。莫唱短因缘。长安远似天。

注：该词上阕第一句和第二句为乐段一中的格式（1），第三句和第四句为乐段二中的格式（1）；下阕第一句和第二句为乐段一中的格式（1），第三句和第四句为乐段二中的格式（2）。全词双调，四十四字，上下阕各四句，两仄韵两平韵。上阕仄韵和下阕平韵错叶，上阕平韵和下阕仄韵通叶。

例四　菩萨蛮（四十四字）
（宋）朱敦儒

秋风乍起梧桐落。蛩吟唧唧添萧索。欹枕背灯眠。月和残梦圆。　起来钩翠箔。何处寒砧作。独倚小阑干。逼人风露寒。

注：该词上阕第一句和第二句为乐段一中的格式（1），第三句和第四句为乐段二中的格式（1）；下阕第一句和第二句为乐段一中的格式（1），第三句和第四句为乐段二中的格式（1）。全词双调，四十四字，上下阕各四句，两仄韵两平韵。上下阕仄韵同属一韵部，平韵则同属另一韵部。

例五　菩萨蛮（四十四字）

（宋）贺　铸

彩舟载得离愁动。无端更借樵风送。波渺夕阳迟。销魂不自持。　　良宵谁与共。赖有窗间梦。可奈梦回时。一番新别离。

注：该词上阕第一句和第二句为乐段一中的格式（1），第三句和第四句为乐段二中的格式（2）；下阕第一句和第二句为乐段一中的格式（1），第三句和第四句为乐段二中的格式（1）。全词双调，四十四字，上下阕各四句，两仄韵两平韵。上下阕仄韵同属一韵部，平韵则同属另一韵部。

例六　菩萨蛮（四十四字）

（宋）楼　扶

丝丝杨柳莺声近。晚风吹过秋千影。寒色一帘轻。灯残梦不成。　　耳边消息在。笑指花梢待。又是不归来。满庭花自开。

注：该词上阕第一句和第二句为乐段一中的格式（1），第三句和第四句为乐段二中的格式（2）；下阕第一句和第二句为乐段一中的格式（1），第三句和第四句为乐段二中的格式（1）。全词双调，四十四字，上下阕各四句，两叶韵两平韵。

例七　菩萨蛮（四十四字）

（宋）陆　游

小院蚕眠春欲老。新巢燕乳花如扫。幽梦锦城西。海棠如旧时。　　当年真草草。一棹还吴早。题罢惜春诗。镜中添鬓丝。

注：该词上阕第一句和第二句为乐段一中的格式（4），第三句和第四句为乐段二中的格式（1）；下阕第一句和第二句为乐段一中的格式（1），第三句和第四句为乐段二中的格式（1）。全词双调，四十四字，上下阕各四句，两仄韵两平韵。上下阕仄韵同属一韵部，平韵则同属另一韵部。

例八　菩萨蛮（四十四字）

（宋）张孝祥

缥缈飞来双彩凤。雨疏云淡撩清梦。兰薄未禁秋。月华如水流。　　采香溪上路。愁满参差树。独倚晚楼风。断霞紫素空。

注：该词上阕第一句和第二句为乐段一中的格式（4），第三句和第四句为乐段二中的格式（1）；下阕第一句和第二句为乐段一中的格式（1），第三句和第四句为乐段二中的格式

（1）。全词双调，四十四字，上下阕各四句，两仄韵两平韵。上下阕仄韵和平韵各自都在不同的韵部。

例九　菩萨蛮（四十四字）
（唐）李　亿

画楼酒醒春心悄。残月悠悠芳梦晓。娇汗浸低鬟。屏山云雨阑。　　香车河汉路。又是匆匆去。鸾扇护明妆。含情看绿杨。

注：该词上阕第一句和第二句为乐段一中的格式（2），第三句和第四句为乐段二中的格式（1）；下阕第一句和第二句为乐段一中的格式（1），第三句和第四句为乐段二中的格式（1）。全词双调，四十四字，上下阕各四句，两仄韵两平韵。上下阕平仄韵各不同部。

例十　菩萨蛮（四十四字）
（宋）刘辰翁

殷勤欲送春归去。白首题将断肠句。春去自依依。欲归无处归。　　天涯同是寓。握手留春住。小住碧桃枝。桃根不属谁。

注：该词上阕第一句和第二句为乐段一中的格式（3），第三句和第四句为乐段二中的格式（1）；下阕第一句和第二句为乐段一中的格式（1），第三句和第四句为乐段二中的格式（2）。全词双调，四十四字，上下阕各四句，两仄韵两平韵。上下阕仄韵同属一韵部，平韵则同属另一韵部。

例十一　菩萨蛮（四十四字）
（宋）王之道

香鬟倭堕兰膏腻。睡起搔头红玉坠。秋水不胜情。盈盈横沁人。　　朱阑频徙倚。笑与花争媚。眉黛索重添。春醒意未忺。

注：该词上阕第一句和第二句为乐段一中的格式（2），第三句和第四句为乐段二中的格式（1）；下阕第一句和第二句为乐段一中的格式（1），第三句和第四句为乐段二中的格式（2）。全词双调，四十四字，上下阕各四句，两仄韵两平韵。上下阕仄韵在同一韵部，而平韵在不同的韵部。

例十二　菩萨蛮（四十四字）
（唐）李　晔

飘飘且在三峰下。秋风往往堪沾洒。肠断忆仙宫。朦胧烟雾中。　　思梦时时睡。不语长如醉。早晚是归期。苍穹知不知。

注：该词上阕第一句和第二句为乐段一中的格式（1），第三句和第四句为乐段二中的格式（1）；下阕第一句和第二句为乐段一中的格式（2），第三句和第四句为乐段二中的格式（1）。全词双调，四十四字，上阕四句，两仄韵两平韵，下阕四句，两叶韵两平韵。

例十三　菩萨蛮（四十四字）

（宋）毛　滂

淡烟疏雨东篱晓。菊团凄露真珠小。青蕊抱寒枝。因谁特故迟。　　曾是骚人盼。羞做茱萸伴。揉破郁金黄。与君些子香。

注：该词上阕第一句和第二句为乐段一中的格式（1），第三句和第四句为乐段二中的格式（2）；下阕第一句和第二句为乐段一中的格式（2），第三句和第四句为乐段二中的格式（1）。全词双调，四十四字，上下阕各四句，两仄韵两平韵。上下阕仄韵和平韵各在不同的韵部。

例十四　菩萨蛮（四十四字）

（宋）赵希蓬

何人四座环歌扇。平生有限何曾见。今日忽遭逢，流霞映脸红。　　此恨凭谁语。梦逐巫山去。对景苦奔波。其如愁思何。

注：该词上阕第一句和第二句为乐段一中的格式（1），第三句和第四句为乐段二中的格式（2）；下阕第一句和第二句为乐段一中的格式（2），第三句和第四句为乐段二中的格式（1）。全词双调，四十四字，上下阕各四句，两仄韵两平韵。上下阕仄韵和平韵各在不同的韵部。

例十五　菩萨蛮（四十四字）

（宋）张　炎

蕊香不恋琵琶结。舞衣折损藏花蝶。春梦未堪凭。几时春梦真。　　愁把残更数。泪落灯前雨。歌酒可曾忺。情怀似去年。

注：该词上阕第一句和第二句为乐段一中的格式（1），第三句和第四句为乐段二中的格式（1）；下阕第一句和第二句为乐段一中的格式（2），第三句和第四句为乐段二中的格式（2）。全词双调，四十四字，上下阕各四句，两仄韵两平韵。上下阕仄韵和平韵各在不同的韵部。

例十六　菩萨蛮（四十四字）
（宋）姜特立

日长庭院无人到。琅玕翠影摇寒凳。困卧北窗凉。好风吹梦长。　　璧月升东岭。冷浸扶疏影。苗叶万珠明。露华圆更清。

注：该词上阕第一句和第二句为乐段一中的格式（1），第三句和第四句为乐段二中的格式（1）；下阕第一句和第二句为乐段一中的格式（2），第三句和第四句为乐段二中的格式（1）。全词双调，四十四字，上阕四句，两仄韵两平韵；下阕四句，两叶韵两平韵。

例十七　菩萨蛮（四十四字）
（宋）陈师道

晓来误入桃源洞。恰见佳人春睡重。玉腕枕香腮。荷花藕上开。　　一扇俄惊起。敛黛凝秋水。笑倩整金衣。问郎来几时。

注：该词上阕第一句和第二句为乐段一中的格式（2），第三句和第四句为乐段二中的格式（2）；下阕第一句和第二句为乐段一中的格式（2），第三句和第四句为乐段二中的格式（1）。全词双调，四十四字，上下阕各四句，两仄韵两平韵。上下阕仄韵和平韵分别在不同的韵部。

例十八　菩萨蛮（四十四字）（回文）
（宋）苏　轼

落花闲院春衫薄。薄衫春院闲花落。迟日恨依依。依依恨日迟。　　梦回莺舌弄。弄舌莺回梦。邮便问人羞。羞人问便邮。

注：该词上阕第一句和第二句为乐段一中的格式（1），第三句和第四句为乐段二中的格式（2）；下阕第一句和第二句为乐段一中的格式（1），第三句和第四句为乐段二中的格式（2）。全词双调，四十四字，上下阕各四句，两仄韵两平韵。上下阕仄韵和平韵分别在不同的韵部。

例十九　菩萨蛮（四十四字）（回文）
（宋）张孝祥

落霞残照横西阁。阁西横照残霞落。波浅戏鱼多。多鱼戏浅波。　　手携行客酒。酒客行携手。肠断九歌长。长歌九断肠。

注：该词上阕第一句和第二句为乐段一中的格式（1），第三句和第四句为乐段二中的格

式（2）；下阕第一句和第二句为乐段一中的格式（1），第三句和第四句为乐段二中的格式（2）。全词双调，四十四字，上下阕各四句，两仄韵两平韵。上下阕仄韵和平韵分别在不同的韵部。

采 桑 子

唐教坊曲，有《杨下采桑》，调名本此。《尊前集》注"羽调"。《乐府雅词》注"中吕宫"。南唐李煜词名《丑奴儿令》；冯延巳词名《罗敷媚歌》；贺铸词名《丑奴儿》；陈师道词名《罗敷媚》。

《采桑子》的长短句结构

上阕，两个乐段		下阕，两个乐段	
乐段一（十一字）	乐段二（十一字、十三字或十六字）	乐段一（十一字）	乐段二（十一字或十三字、十六字）
7 4	4 7	7 4	4 7
	4 45		4 45
	4 7 5		4 7 5

《康熙词谱》共收集三体《采桑子》，双调，上下阕可分别分为两个乐段，其长短句结构如表所示（词例上下阕的长短句结构相同）。该调有四十四字、四十八字和五十四字等格式，上阕四句或五句，三平韵或两平韵一叠韵、四平韵；下阕四句或五句，三平韵或两平韵一叠韵。《康熙词谱》以四十四字体和凝词为正体或正格。该调的正格与变格如表所示，其中，上下阕各乐段中的格式（1）为正格句式，其余为变格句式。

例一　采桑子（四十四字）
（五代）和　凝

蜻蜓领上诃梨子，绣带双垂。椒户闲时。竞学摴蒲赌荔枝。　丛头鞋子红编细，裙窣金丝。无事颦眉。春思翻教阿母疑。

注：该词上下阕第三句和第四句为乐段二中的格式（1）。全词双调，四十四字，上下阕各四句，三平韵。

《采桑子》的正格与变格（双调）

《采桑子》上阕，四句或五句，三平韵或四平韵、两平韵一叠韵	
乐段一 （二句，十一字）	乐段二 （二句或三句，十一字或十三字、十六字）
＋－＋｜－－｜（句）＋｜－－（韵）	＋｜－－（韵）＋｜－－＋｜－（韵） （1） ＋｜－－（叠）＋｜－－＋｜－（韵） （2） ＋｜－－（叠）＋｜－－（读）＋｜｜－－（韵） （3） ＋｜－－（韵）＋｜－－＋｜－（韵或句）＋｜｜－－（韵） （4）

《采桑子》下阕，四句或五句，三平韵或两平韵一叠韵	
乐段一 （二句，十一字）	乐段二 （二句或三句，十一字或十三字、十六字）
＋－＋｜－－｜（句）＋｜－－（韵）	＋｜－－（韵）＋｜－－＋｜－（韵） （1） ＋｜－－（叠）＋｜－－＋｜－（韵） （2） ＋｜－－（叠）＋｜－－（读）＋｜｜－－（韵） （3） ＋｜－－（韵）＋｜－－＋｜－（句）＋｜｜－－（韵） （4）

注：①上下阕的字数组合相同，即长短句结构对称。②上下阕第三句采用乐段二中的格式（2）或（3）时，词例往往是重复本阕第二句。

例二　采桑子（四十四字）
（宋）辛弃疾

少年不识愁滋味，爱上层楼。爱上层楼。为赋新词强说愁。　　而今识尽愁滋味，欲说还休。欲说还休。却道天凉好个秋。

注：该词上下阕第三句和第四句为乐段二中的格式（2）。全词双调，四十四字，上下阕各四句，两平韵一叠韵。

例三　采桑子（四十八字）
（宋）李清照

窗前谁种芭蕉树，阴满中庭。阴满中庭。叶叶心心、舒卷有余情。　　伤心枕上三更雨，点滴凄清。点滴凄清。愁损离人、不惯起来听。

注：该词上下阕第三句和第四句为乐段三中的格式（3）。全词双调，四十八字，上下阕各四句，两平韵一叠韵。

例四　采桑子（五十四字）
（宋）朱淑真

王孙去后无芳草，绿遍香阶。尘满妆台。粉面羞搽泪满腮。教我甚情怀。　　去时梅蕊全然少，等到花开。花已成梅。梅子青青又带黄，兀自未归来。

注：该词上下阕第三句至第五句为乐段二中的格式（4）。全词双调，五十四字，上阕五句，四平韵；下阕五句，三平韵。

后　庭　花

唐教坊曲名。张先词名《玉树后庭花》。《碧鸡漫志》云：《玉树后庭花》，陈后主造，其诗皆以配声律，遂取一句为曲名。伪蜀时，孙光宪、毛熙震、李珣有《后庭花》曲，皆赋后主故事，不著宫调，两段各四句，似令也。

《后庭花》的长短句结构

上阕,两个乐段		下阕,两个乐段	
乐段一 (十一字)	乐段二 (十一字)	乐段一 (十一字或十三字)	乐段二 (十一字)
7　　4	7　　4 6　　5	7　　4 53　　5 54　　4	7　　4 6　　5

《康熙词谱》共收录《后庭花》四体,双调,上下阕分别可分为两个乐段,其长短句结构如表所示。该调有四十四字或四十六字等格式,上下阕各四句,四仄韵或三仄韵。《康熙词谱》以四十四字体毛熙震词为正体或正格。该调的正格与变格如表所示,其中,各乐段中的格式(1)为正格句式,其余为变格句式。

例一　后庭花(四十四字)

（五代）毛熙震

轻盈舞妓含芳艳。竞妆新脸。步摇珠翠修娥敛。腻鬟云染。　　歌声慢发开檀点。绣衫斜掩。时将纤手匀红脸。笑拈金靥。

注:该词上阕第三句和第四句为乐段二中的格式(1);下阕第一句和第二句为乐段一中的格式(1),第三句和第四句为乐段二中的格式(1)。全词双调,四十四字,上下阕各四句,四仄韵。(该词上阕第二句和下阕第三句重韵,但《康熙词谱》未作格式要求)

例二　后庭花(四十六字)

（五代）孙光宪

景阳钟动宫莺啭。露凉金殿。轻飔吹起琼花旋。玉叶如剪。　　晚来高阁上、珠帘卷。见坠香千片。修蛾曼脸陪雕辇。后庭新宴。

注:该词上阕第三句和第四句为乐段二中的格式(1);下阕第一句和第二句为乐段一中的格式(2),第三句和第四句为乐段二中的格式(1)。全词双调,四十四字,上下阕各四句,四仄韵。

《后庭花》的正格与变格（双调）

《后庭花》上阕，四句，四仄韵或三仄韵	
乐段一（二句，十一字）	乐段二（二句，十一字）
＋－＋｜－－｜（韵）＋－＋｜（韵）	＋－＋｜－－｜（韵）＋＋－｜（韵） （1） ＋｜＋－－｜｜（韵）＋＋－｜（韵） （2） ＋－＋｜－－（句）＋｜－－｜（韵） （3）

《后庭花》下阕，四句，四仄韵或三仄韵	
乐段一（二句，十一字或十三字）	乐段二（二句，十一字）
＋－＋｜－－｜（韵）＋－＋｜（韵） （1） ＋－－｜｜（读）－－｜（韵）｜＋－＋｜（韵） （2） ＋－－｜｜（读）＋－＋｜（韵）＋－＋｜（韵） （3）	＋－＋｜－－｜（韵）＋－＋｜（韵） （1） ＋｜＋－－｜｜（韵）＋＋－｜（韵） （2） ＋－＋｜－－（句）｜＋－＋｜（韵） （3）

例三　后庭花（四十六字）
（五代）孙光宪

石城依旧空江国。故宫春色。七尺青丝芳草碧。绝世难得。　　玉英凋落尽、更何人识。野棠如织。只是教人添怨忆。怅望无极。

注：该词上阕第三句和第四句为乐段二中的格式（2）；下阕第一句和第二句为乐段一中的格式（3），第三句和第四句为乐段二中的格式（2）。全词双调，四十六字，上下阕各四句，四仄韵。

例四　后庭花（四十四字）
（宋）张　先

华灯火树红相斗。往来如昼。桥河水白天清，讶别生星斗。　　落梅秾李还依旧。宝钗沽酒。晓蟾残漏心情，恨雕鞍归后。

注：该词上阕第三句和第四句为乐段二中的格式（3）；下阕第一句和第二句为乐段一中的格式（1），第三句和第四句为乐段二中的格式（3）。全词双调，四十四字，上下阕各四句，四仄韵。

诉 衷 情 令

《乐章集》注"林钟商"。张元幹以黄庭坚词曾咏渔父家风，改名《渔父家风》；张辑词有"一钓丝风"句，又名《一丝风》。

《诉衷情令》的长短句结构

上阕，两个乐段		下阕，两个乐段	
乐段一（十二字）	乐段二（十一字或十二字）	乐段一（九字）	乐段二（十二字）
7　　5	6　　5 6　　33 6　　6 7　　5	3　3　3	4　4　4

《康熙词谱》共收集三体《诉衷情令》，双调，上下阕分别可分为两个乐段，其长短句结构如表所示。该调有四十四字和四十五字等格式，上阕四句，三平韵；下阕六句，三平

韵。《康熙词谱》以四十四字体晏殊词为正体或正格。《诉衷情令》的正格与变格如表所示,其中,上下阕各乐段中的格式(1)为正格句式,其余为变格句式。《御选历代诗余》和《白香词谱》等词书将同样的词作称之为《诉衷情》。

《诉衷情令》的正格与变格(双调)

《诉衷情令》上阕,四句,三平韵	
乐段一(二句,十二字)	乐段二(二句,十一字或十二字)
+ - + | | - -(韵)+ | | - -(韵) (1)	+ - + | - |(句)+ | | - -(韵) (1)
+ - + | | - -(韵)+ - - | -(韵) (2)	+ - | - + |(句)+ | | - -(韵) (2)
	+ - + | - |(句)+ + | (读) | - -(韵) (3)
	+ - + | - |(句)+ - + | -(韵) (4)
	+ - + | - -(句)+ | | - -(韵) (5)

《诉衷情令》下阕,六句,三平韵	
乐段一(三句,九字)	乐段二(三句,十二字)
- | |(句)| - -(韵)| - -(韵)	+ - + |(句)+ | - -(句)+ | - -(韵) (1)
	+ - + |(句)+ - + |(句)+ | - -(韵) (2)

例一　诉衷情令（四十四字）
（宋）晏　殊

青梅煮酒斗时新。天气欲残春。东城南陌花下，逢著意中人。　　回绣袂，展香茵。叙情亲。此时拚作，千尺游丝，惹住朝云。

注：该词上阕第一句和第二句为乐段一中的格式（1），第三句和第四句为乐段二中的格式（1）；下阕第四句至第六句为乐段二中的格式（1）。全词双调，四十四字，上阕四句，三平韵；下阕六句，三平韵。

例二　诉衷情令（四十四字）
（宋）晏几道

长因蕙草记罗裙。绿腰沉水熏。阑干曲处人静，曾共倚黄昏。　　风有韵，月无痕。暗消魂。拟将幽恨，试写残花，寄与朝云。

注：该词上阕第一句和第二句为乐段一中的格式（2），第三句和第四句为乐段二中的格式（1）；下阕第四句至第六句为乐段二中的格式（1）。全词双调，四十四字，上阕四句，三平韵；下阕六句，三平韵。

例三　诉衷情令（四十四字）
（宋）毛　滂

花阴柳影映帘栊。罗幕绣重重。行云自随语燕，回雪趁惊鸿。　　银字歇，玉杯空。蕙烟中。桃花鬓暖，杏叶眉弯，一片春风。

注：该词上阕第一句和第二句为乐段一中的格式（1），第三句和第四句为乐段二中的格式（2）；下阕第四句至第六句为乐段二中的格式（1）。全词双调，四十四字，上阕四句，三平韵；下阕六句，三平韵。

例四　诉衷情令（四十四字）
（宋）僧　挥

长桥春水拍堤沙。疏雨带残霞。几声脆管何处，桥下有人家。　　宫树绿，晚烟斜。噪闲鸦。山光无尽，水风长在，满面杨花。

注：该词上阕第一句和第二句为乐段一中的格式（1），第三句和第四句为乐段二中的格式（1）；下阕第四句至第六句为乐段二中的格式（2）。全词双调，四十四字，上阕四句，三平韵；下阕六句，三平韵。

例五　诉衷情令（四十五字）

（宋）欧阳修

清晨帘幕卷轻霜。呵手试梅妆。都缘自有离恨，故画作、远山长。　　思往事，惜流光。易成伤。拟歌先敛，欲笑还颦，最断人肠。

注：该词上阕第一句和第二句为乐段一中的格式（1），第三句和第四句为乐段二中的格式（3）；下阕第四句至第六句为乐段二中的格式（1）。全词双调，四十五字，上阕四句，三平韵；下阕六句，三平韵。

例六　诉衷情令（四十五字）

（宋）黄庭坚

旋揎玉指斗弯蛾。远峰看有无。天然自有殊态，供愁黛、不须多。　　分远岫，压横波。妙难过。自欹枕处，独倚阑时，不奈颦何。

注：该词上阕第一句和第二句为乐段一中的格式（2），第三句和第四句为乐段二中的格式（3）；下阕第四句至第六句为乐段二中的格式（1）。全词双调，四十五字，上阕四句，三平韵；下阕六句，三平韵。

例七　诉衷情令（四十五字）

（宋）赵长卿

花前月下会鸳鸯。分散两情伤。临行祝付真意，臂间皓齿留香。　　还更毒，又何妨。尽成疮。疮儿可后，痕儿见在，见后思量。

注：该词上阕第一句和第二句为乐段一中的格式（1），第三句和第四句为乐段二中的格式（4）；下阕第四句至第六句为乐段二中的格式（2）。全词双调，四十五字，上阕四句，三平韵；下阕六句，三平韵。

例八　诉衷情令（四十五字）

（宋）张元幹

八年不见荔枝红。肠断故园东。风枝露叶谁新采，怅望冷香浓。　　冰透骨，玉开容。想筠笼。今宵归梦，满颊天浆，更御泠风。

注：该词上阕第一句和第二句为乐段一中的格式（1），第三句和第四句为乐段二中的格式（5）；下阕第四句至第六句为乐段二中的格式（1）。全词双调，四十五字，上阕四句，三平韵；下阕六句，三平韵。

例九 诉衷情令（四十五字）
（宋）严 仁

一声水调解兰舟。人间无此愁。无情江水东流去，与我泪争流。 人已远，更回头。苦凝眸。断魂何处，梅花岸曲，小小红楼。

注：该词上阕第一句和第二句为乐段一中的格式（2），第三句和第四句为乐段二中的格式（5）；下阕第四句至第六句为乐段二中的格式（2）。全词双调，四十五字，上阕四句，三平韵；下阕六句，三平韵。

减字木兰花

《乐章集》注"仙吕调"。《梅苑》李子正词名《减兰》；徐介轩词名《木兰香》；《高丽史·乐志》名《天下乐令》。

《减字木兰花》的长短句结构

上阕，两个乐段		下阕，两个乐段	
乐段一（十一字）	乐段二（十一字）	乐段一（十一字）	乐段二（十一字）
4　　7	4　　7	4　　7	4　　7

《康熙词谱》只收集一体《减字木兰花》，双调，上下阕分别可分为两个乐段，其长短句结构如表所示。该调四十四字，相对七字八句的《木兰花》而言，《减字木兰花》上下阕的第一句和第三句各减三字，变成四字句，且平仄韵互换或只换平韵。上下阕各四句，两仄韵两平韵。该调的基本格式如表所示。

《减字木兰花》的基本格式（双调）

《减字木兰花》上阕，四句，两仄韵两平韵	
乐段一（二句，十一字）	乐段二（二句，十一字）
＋－＋｜（仄韵）＋｜＋｜－－ ｜｜（韵）	＋｜－－（平韵）＋｜＋－－＋ ｜－（韵）

《减字木兰花》下阕，四句，两仄韵两平韵	
乐段一（二句，十一字）	乐段二（二句，十一字）
＋－＋｜（仄韵或换韵）＋｜＋－－ －｜｜（韵）	＋｜－－（换平韵）＋｜－－ ＋｜－（韵）

例一　减字木兰花（四十四字）

（宋）欧阳修

歌檀敛袂。缭绕雕梁尘暗起。柔润清圆。百琲明珠一线穿。　　樱唇玉齿。天上仙音心下事。留住行云。满座迷魂酒半醺。

例二　减字木兰花（四十四字）

（宋）秦　观

天涯旧恨。独自凄凉人不问。欲见回肠。断尽金炉小篆香。　　黛蛾长敛。任是春风吹不展。困倚危楼。过尽飞鸿字字愁。

注：上述两词，全词双调，四十四字，上下阕各四句，两仄韵两平韵。

卜　算　子

元高拭词注"仙吕调"。苏轼词有"缺月挂疏桐"句，名《缺月挂疏桐》；秦湛词有"极目烟中百尺楼"句，名《百尺楼》；僧皎词有"目断楚天遥"句，名《楚天遥》；无名氏词有"蹙破眉峰碧"句，名《眉峰碧》。

《卜算子》的长短句结构

上阕，两个乐段		下阕，两个乐段	
乐段一（十字）	乐段二（十二字或十三字）	乐段一（十字）	乐段二（十二字或十三字、十四字）
5　　　5	7　　　5 7　　　33	5　　　5	7　　　5 7　　　33 7　　　7

《康熙词谱》共收集七体《卜算子》，双调，每阕可分为两个乐段，其长短句结构如表所示。该调有四十四字、四十五字或四十六字等格式，上下阕各四句，两仄韵或三仄韵。《康熙词谱》以四十四字体苏轼词为正体或正格。《卜算子》的正格与变格如表所示，其中，上下阕各乐段中的格式（1）为正格句式，其余为变格句式。

例一　卜算子（四十四字）
（宋）苏　轼

缺月挂疏桐，漏断人初静。时见幽人独往来，缥缈孤鸿影。　　惊起却回头，有恨无人省。拣尽寒枝不肯栖，寂寞沙洲冷。

注：该词上阕第一句和第二句为乐段一中的格式（1），第三句和第四句为乐段二中的格式（1）；下阕第一句和第二句为乐段一中的格式（1），第三句和第四句为乐段二中的格式（1）。全词双调，四十四字，上下阕各四句，两仄韵。

例二　卜算子（四十四字）
（宋）石孝友

见也如何暮。别也如何遽。别也应难见也难，后会难凭据。　　去也如何去。住也如何住。住也应难去也难，此际难分咐。

注：该词上阕第一句和第二句为乐段一中的格式（3），第三句和第四句为乐段二中的格式（1）；下阕第一句和第二句为乐段一中的格式（3），第三句和第四句为乐段二中的格式（1）。全词双调，四十四字，上下阕各四句，三仄韵。

《卜算子》的正格与变格（双调）

《卜算子》上阕，四句，两仄韵或三仄韵	
乐段一（二句，十字）	乐段二（二句，十二字或十三字）
＋｜｜——（句）＋｜——｜（韵）（1）	＋｜——＋｜—（句）＋｜——｜（韵）（1）
——＋｜—（句）＋｜——｜（韵）（2）	＋｜——＋｜—（句）＋＋＋——＋｜（韵）（2）
＋｜——｜（韵）＋｜——｜（韵）（3）	＋｜——＋｜｜（句）＋＋＋——＋｜（韵）（3）
＋｜—｜—（句）＋｜——｜（韵）（4）	＋—＋｜——（句）＋｜——｜（韵）（4）

例三　卜算子（四十五字）

（宋）徐　俯

胸中千种愁，挂在斜阳树。绿叶阴阴自得春，草满莺啼处。　　不见凌波步。空想如簧语。门外重重叠叠山，遮不断、愁来路。

注：该词上阕第一句和第二句为乐段一中的格式（2），第三句和第四句为乐段二中的格式（1）；下阕第一句和第二句为乐段一中的格式（3），第三句和第四句为乐段二中的格式（5）。全词双调，四十五字，上阕四句，两仄韵；下阕四句，三仄韵。

例四　卜算子（四十五字）

（宋）黄公度

薄宦各东西，往事随风雨。先是骊歌不忍闻，又何况、春将暮。　　愁共落花多，人逐征鸿去。君向潇湘我向秦，后会知何处。

注：该词上阕第一句和第二句为乐段一中的格式（1），第三句和第四句为乐段二中的格式（2）；下阕第一句和第二句为乐段一中的格式（1），第三句和第四句为乐段二中的格式（1）。全词双调，四十五字，上下阕各四句，两仄韵。

《卜算子》下阕，四句，两仄韵或三仄韵	
乐段一（二句，十字）	乐段二（二句，十二字或十三字、十四字）
＋｜｜－－（句）＋｜－－｜（韵） （1）	＋｜－－＋｜－（句）＋｜－－｜（韵） （1）
＋－＋｜－（句）＋｜－－｜（韵） （2）	＋｜－－｜－｜（韵）＋＋＋（读）－＋｜（韵） （2）
＋｜－－｜（韵）＋｜－－｜（韵） （3）	＋－＋｜－（句）＋｜－｜（韵） （3）
＋－－｜｜（韵） （4）	＋－＋｜｜－－（句）＋＋＋（读） （4）
＋－｜－｜（韵） （5）	＋｜－－＋｜－（句）＋＋＋（读） （5）
	＋｜－－＋｜－（句）＋｜－＋｜－－｜（韵） （6）

例五　卜算子（四十六字）

（宋）张　先

梦短寒夜长，坐待清霜晓。临镜无人为整妆，但自学、孤鸾照。　　楼台红树杪。风月依前好。江水东流郎在西，问尺素、何由到。

注：该词上阕第一句和第二句为乐段一中的格式（4），第三句和第四句为乐段二中的格式（2）；下阕第一句和第二句为乐段一中的格式（4），第三句和第四句为乐段二中的格式（5）。全词双调，四十六字，上阕四句，两仄韵；下阕四句，三仄韵。

例六　卜算子（四十六字）

（宋）杜安世

深院花铺地。淡淡阴天气。水榭风亭朱明景，又别是、愁情味。　　有情奈无计。漫惹成憔悴。欲把罗巾暗传寄,细认取、斑点泪。

  注:该词上阕第一句和第二句为乐段一中的格式(3),第三句和第四句为乐段二中的格式(3);下阕第一句和第二句为乐段一中的格式(5),第三句和第四句为乐段二中的格式(2)。全词双调,四十六字,上下阕各四句,三仄韵。

例七 卜算子(四十四字)
(宋)张孝祥

  风生杜若洲,日暮垂杨浦。行到田田乱叶边,不见凌波女。 独自倚危栏,欲向荷花语。无奈荷花不应人,背立啼红雨。

  注:该词上阕第一句和第二句为乐段一中的格式(2),第三句和第四句为乐段二中的格式(1);下阕第一句和第二句为乐段一中的格式(1),第三句和第四句为乐段二中的格式(1)。全词双调,四十四字,上下阕各四句,两仄韵。

例八 卜算子(四十四字)
(宋)陈师道

  摇风影似凝,带雪香如抱。开尽南枝到北枝,不道春将老。 飘飘姑射仙,谁识冰肌好。会有青绫梦觉人,可爱池塘草。

  注:该词上阕第一句和第二句为乐段一中的格式(2),第三句和第四句为乐段二中的格式(1);下阕第一句和第二句为乐段一中的格式(2),第三句和第四句为乐段二中的格式(1)。全词双调,四十四字,上下阕各四句,两仄韵。

例九 卜算子(四十四字)
(宋)李 石

  密叶蜡蜂房,花下频来往。不知辛苦为谁甜,山月梅花上。 玉质紫金衣,香雪随风荡。人间唤作返魂梅,仍是蜂儿样。

  注:该词上阕第一句和第二句为乐段一中的格式(1),第三句和第四句为乐段二中的格式(4);下阕第一句和第二句为乐段一中的格式(1),第三句和第四句为乐段二中的格式(3)。全词双调,四十四字,上下阕各四句,两仄韵。

例十　卜算子（四十四字）
（宋）刘克庄

　　四大因缘做。苦海凭船渡。一棹清风到岸头，得上无生路。　　人叹风贫苦。我步闲闲趣。脱体全空没一文，胜似石崇富。

　　注：该词上阕第一句和第二句为乐段一中的格式（3），第三句和第四句为乐段二中的格式（1）；下阕第一句和第二句为乐段一中的格式（3），第三句和第四句为乐段二中的格式（1）。全词双调，四十四字，上阕四句，三仄韵；下阕四句，三仄韵。

例十一　卜算子（四十四字）
（宋）徐　俯

　　清池过雨凉，暗有清香度。缥缈娉婷绝代歌，翠袖风中举。　　忽敛双眉去。总是关情处。一段江山一片云，又下阳台雨。

　　注：该词上阕第一句和第二句为乐段一中的格式（2），第三句和第四句为乐段二中的格式（1）；下阕第一句和第二句为乐段一中的格式（3），第三句和第四句为乐段二中的格式（1）。全词双调，四十四字，上阕四句，两仄韵；下阕四句，三仄韵。

例十二　卜算子（四十五字）
（宋）琴　操

　　欲整别离情，怯对尊中酒。野梵幽幽石上飘，搴落楼头柳。　　不系黄金绶。粉黛愁成垢。春风三月有时阑，遮不尽、梨花丑。

　　注：该词上阕第一句和第二句为乐段一中的格式（1），第三句和第四句为乐段二中的格式（1）；下阕第一句和第二句为乐段一中的格式（3），第三句和第四句为乐段二中的格式（4）。全词双调，四十五字，上阕各四句，两仄韵；下阕四句，三仄韵。

例十三　卜算子（四十五字）
（宋）张元幹

　　凉气入熏笼，暗影敧花砌。紫玉谁人三弄寒，细吹断、江梅意。　　花底湿春衣，隔坐风轻递。却笑笙箫缑岭人，明日偷垂泪。

　　注：该词上阕第一句和第二句为乐段一中的格式（1），第三句和第四句为乐段二中的格式（2）；下阕第一句和第二句为乐段一中的格式（1），第三句和第四句为乐段二中的格式（1）。全词双调，四十五字，上下阕各四句，两仄韵。

例十四　卜算子（四十六字）
（宋）乐　婉

相思似海深，旧事如天远。泪滴千千万万行，更使人、愁肠断。　　要见无因见。了拚终难拚。若是前生未有缘，待重结、来生愿。

注：该词上阕第一句和第二句为乐段一中的格式（2），第三句和第四句为乐段二中的格式（2）；下阕第一句和第二句为乐段一中的格式（3），第三句和第四句为乐段二中的格式（5）。全词双调，四十六字，上阕四句，两仄韵；下阕四句，三仄韵。

例十五　卜算子（四十六字）
（宋）李太古

尽道是伤春，不似悲秋怨。门外分明见远山，人不见、空肠断。　　朝来一霎晴，薄暮西风远。却忆黄花小雨声，误落下、三四点。

注：该词上阕第一句和第二句为乐段一中的格式（1），第三句和第四句为乐段二中的格式（2）；下阕第一句和第二句为乐段一中的格式（2），第三句和第四句为乐段二中的格式（5）。全词双调，四十六字，上下阕各四句，两仄韵。

例十六　卜算子（四十六字）
（宋）杜安世

尊前一曲歌，歌里千重意。才欲歌时泪已流，恨应更、多於泪。　　试问缘何事。不语如痴醉。我亦情多不忍闻，怕和我、成憔悴。

注：该词上阕第一句和第二句为乐段一中的格式（2），第三句和第四句为乐段二中的格式（2）；下阕第一句和第二句为乐段一中的格式（3），第三句和第四句为乐段二中的格式（5）。全词双调，四十六字，上阕四句，两仄韵；下阕四句，三仄韵。

例十七　卜算子（四十六字）
《花草粹编》无名氏

幽花带露红，湿柳拖烟翠。花柳分春各自芳，惟有人憔悴。　　寄与手中书，问肯归来未。正是东风料峭寒，如何独自教人睡。

注：该词上阕第一句和第二句为乐段一中的格式（2），第三句和第四句为乐段二中的格式（1）；下阕第一句和第二句为乐段一中的格式（1），第三句和第四句为乐段二中的格式（6）。全词双调，四十六字，上下阕各四句，两仄韵。

一 落 索

欧阳修词名《洛阳春》,张先词名《玉连环》,辛弃疾词名《一络索》。

《一落索》的长短句结构

上阕,两个乐段		下阕,两个乐段	
乐段一(十字或十一字、十二字)	乐段二(十三字或十四字、十二字)	乐段一(十字或十一字、十二字)	乐段二(十三字或十二字)
6　　　4	7　　　33	6　　　4	7　　　33
6　　　5	7　　　34	6　　　5	7　　　5
7　　　5	7　　　5	7　　　5	
7　　　4			

《康熙词谱》共收集《一落索》八体,上下阕分别可分为两个乐段,其长短句结构如表所示。该调有四十六字、四十八字、五十字或四十四字、四十五字、四十七字、四十九字等格式,上阕四句,三仄韵;下阕四句,三仄韵。《康熙词谱》以四十六字体毛滂词、四十八字体秦观词和五十字体欧阳修词为正体或正格。《一落索》的正格与变格如表所示,其中,上下阕乐段一中的格式(1)至(3)、乐段二中的格式(1)为正格句式,其余为变格句式。

࿋࿋࿋࿋࿋࿋࿋࿋࿋࿋࿋࿋࿋࿋࿋࿋࿋࿋

例一　一落索(四十六字)

(宋)毛　滂

月下花前风畔。此情不浅。欲留风月守花枝,却不道、而今远。　　槛外鹭飞沙晚。烟斜雨短。青山只管一重重,向东下、遮人眼。

注:该词上阕第一句和第二句为乐段一中的格式(1),第三句和第四句为乐段二中的格式(1);下阕第一句和第二句为乐段一中的格式(1),第三句和第四句为乐段二中的格式(1)。全词双调,四十六字,上下阕各四句,三仄韵。

《一落索》的正格和变格（双调）

《一落索》上阕，四句，三仄韵	
乐段一（二句，十字或十一字、十二字）	乐段二（二句，十三字或十四字、十二字）
＋｜＋－＋｜（韵）＋－＋｜（韵） (1)	＋－＋｜｜－－（句）＋＋｜（读）－－｜（韵） (1)
＋－＋｜－｜（韵）｜＋－＋｜（韵） (2)	
＋－＋｜－－｜（韵）｜＋－＋｜（韵） (3)	＋－＋｜｜－－（句）＋＋｜（读）＋－＋｜（韵） (2)
＋｜＋－＋｜（韵）｜＋－＋｜（韵） (4)	＋－＋｜｜－－（句）＋｜－－｜（韵） (3)
＋｜＋－－｜｜（韵）｜＋－＋｜（韵） (5)	
＋－＋｜－－｜（韵）＋－＋｜（韵） (6)	

《一落索》下阕，四句，三仄韵	
乐段一（二句，十字或十一字、十二字）	乐段二（二句，十三字或十二字）
＋｜＋－＋｜（韵）＋－＋｜（韵） (1)	＋－＋｜｜－－（句）＋＋｜（读）－－｜（韵） (1)
＋｜＋－＋｜（韵）｜＋－＋｜（韵） (2)	
＋－＋｜－－｜（韵）｜＋－＋｜（韵） (3)	＋－＋｜｜－－（句）＋｜－－｜（韵） (2)

例二　一落索（四十八字）
（宋）秦　观

杨花终日飞舞。奈久长难驻。海潮虽是暂时来，却有个、堪凭处。　　紫府碧云为路。好相将归去。肯如薄幸五更风，不解与、花为主。

注：该词上阕第一句和第二句为乐段一中的格式（2），第三句和第四句为乐段二中的格式（1）；下阕第一句和第二句为乐段一中的格式（2），第三句和第四句为乐段二中的格式（1）。全词双调，四十八字，上下阕各四句，三仄韵。

例三　一落索（五十字）
（宋）欧阳修

红纱未晓黄鹂语。蕙炉消残炷。锦屏罗幕护春寒，昨夜里、三更雨。　　绣帘闲倚吹轻絮。敛眉山无绪。看花拭泪向归鸿，问来处、逢郎否。

注：该词上阕第一句和第二句为乐段一中的格式（3），第三句和第四句为乐段二中的格式（1）；下阕第一句和第二句为乐段一中的格式（3），第三句和第四句为乐段二中的格式（1）。全词双调，五十字，上下阕各四句，三仄韵。

例四　一落索（五十字）
（宋）黄庭坚

谁道秋来烟景素。任游人不顾。一番时态一番新，到得意、皆欢慕。　　紫萸黄菊繁华处。对风庭月露。愁来即便去寻芳，更作甚、悲秋赋。

注：该词上阕第一句和第二句为乐段一中的格式（5），第三句和第四句为乐段二中的格式（1）；下阕第一句和第二句为乐段一中的格式（3），第三句和第四句为乐段二中的格式（1）。全词双调，五十字，上下阕各四句，三仄韵。

例五　一落索（四十四字）
《梅苑》无名氏

腊后东风微透。越梅时候。一枝芳信到江南，来报先春秀。　　宿醉频拈轻嗅。堪醒残酒。笛声容易莫相催，留待纤纤手。

注：该词上阕第一句和第二句为乐段一中的格式（1），第三句和第四句为乐段二中的格

式（3）；下阕第一句和第二句为乐段一中的格式（1），第三句和第四句为乐段二中的格式（2）。全词双调，四十四字，上下阕各四句，三仄韵。

例六　一落索（四十五字）
（宋）吕渭老

宫锦裁书寄远。意长辞短。香兰泣露雨催莲，暑气昏池馆。　　向晚小园行遍。石榴红满。花花叶叶尽成双，浑似我读梁间燕。

注：该词上阕第一句和第二句为乐段一中的格式（1），第三句和第四句为乐段二中的格式（3）；下阕第一句和第二句为乐段一中的格式（1），第三句和第四句为乐段二中的格式（1）。全词双调，四十五字，上下阕各四句，三仄韵。

例七　一落索（四十七字）
（宋）张　先

来时露浥衣香润。彩绦垂髻。卷帘还喜月相亲，把酒与、花相近。　　西去阳关休问。未歌先恨。玉峰山下水长流，流水尽、情无尽。

注：该词上阕第一句和第二句为乐段一中的格式（6），第三句和第四句为乐段二中的格式（1）；下阕第一句和第二句为乐段一中的格式（1），第三句和第四句为乐段二中的格式（1）。全词双调，四十七字，上下阕各四句，三仄韵。

例八　一落索（四十八字）
（宋）严　仁

清晓莺啼红树。又一双飞去。日高花气扑人来，独自个、伤春无绪。　　别后暗宽金缕。倩谁传语。一春不忍上高楼，为怕见、分携处。

注：该词上阕第一句和第二句为乐段一中的格式（4），第三句和第四句为乐段二中的格式（2）；下阕第一句和第二句为乐段一中的格式（1），第三句和第四句为乐段二中的格式（1）。全词双调，四十八字，上下阕各四句，三仄韵。

例九　一落索（四十九字）
（宋）陈凤仪

蜀江春色浓如雾。拥双旌归去。海棠也似别君难，一点点、啼红雨。　　此去马蹄何处。向沙堤新路。禁林赐宴赏花时，还忆着、西楼否。

注：该词上阕第一句和第二句为乐段一中的格式（3），第三句和第四句为乐段二中的格式（1）；下阕第一句和第二句为乐段一中的格式（2），第三句和第四句为乐段二中的格式（1）。全词双调，四十九字，上下阕各四句，三仄韵。

好 时 光

词见《尊前集》，唐明皇制，取结句三字为调名。

《好时光》的长短句结构

上阕，两个乐段		下阕，两个乐段	
乐段一（十二字）	乐段二（十二字）	乐段一（十一字）	乐段二（十字）
6　　　33	7　　　5	5　　　33	5　　　5

《康熙词谱》只收集一体《好时光》，双调，上下阕分别可分为两个乐段，其长短句结构如表所示。该调四十五字，上下阕各四句，两平韵，其基本格式如表所示。

《好时光》的基本格式（双调）

《好时光》上阕，四句，两平韵	
乐段一（二句，十二字）	乐段二（二句，十二字）
＋｜＋－＋｜（句）＋｜｜（读）－－（韵）	＋｜＋－－｜｜（句）－－＋｜－（韵）

《好时光》下阕，四句，两平韵	
乐段一（二句，十一字）	乐段二（二句，十字）
＋｜＋｜（句）＋｜｜（读）－－（韵）	＋｜－－｜（句）＋｜｜－－（韵）

例　好时光（四十五字）

（唐）李隆基

宝髻偏宜宫样，莲脸嫩、体红香。眉黛不须张敞画，天教入鬓长。　　莫倚倾国貌，嫁取个、有情郎。彼此当年少，莫负好时光。

注：全词双调，四十五字，上下阕各四句，两平韵。

谒 金 门

唐教坊曲名。元高拭词注"商调"。宋杨湜《古今词话》，因韦庄词起句，名《空相忆》。张辑词有"无风花自落"句，名《花自落》；又有"楼外垂杨如此碧"句，名《垂杨碧》；李清臣词有"杨花落"句，名《杨花落》；李石名《出塞》；韩淲词有"东风吹酒面"句，名《东风吹酒面》；又有"不怕醉，记取吟边滋味"句，名《不怕醉》；又有"人已醉，溪北溪南春意，击鼓吹箫花落未"句，名《醉花春》；又有"春尚早，春入湖山渐好"句，名《春早湖山》。

《谒金门》的长短句结构

上阕，两个乐段		下阕，两个乐段	
乐段一（九字）	乐段二（十二字）	乐段一（十二字或十三字）	乐段二（十二字）
3　　6	7　　5	6　　6	7　　5
3　　33		6　　33	
		7　　6	
		3　　3　　6	

《康熙词谱》共收集四体《谒金门》，双调，上下阕分别可分为两个乐段，其长短句结构如表所示。该调有四十五字或四十六字等格式，上阕四句，四仄韵；下阕四句或五句，四仄韵。《康熙词谱》以四十五字体韦庄词为正体或正格。该调的正格与变格如表所示，其中，上下阕各乐段中的格式（1）为正格句式，其余为变格句式。

《谒金门》的正格与变格（双调）

《谒金门》上阕，四句，四仄韵	
乐段一（二句，九字）	乐段二（二句，十二字）
— ＋ ｜（韵）＋ ｜ ＋ — ＋ ｜（韵） 　　　　　　　　　　（1）	＋ ｜ ＋ — — ｜ ｜（韵）＋ — — ｜ ｜（韵） 　　　　　　　（1）
｜ ＋ ｜（韵）＋ ｜ ＋ — ＋ ｜（韵） 　　　　　　　　　　（2） — ＋ ｜（韵）＋ ｜ ｜（读）— ＋ ｜（韵） 　　　　　　　　　　（3）	＋ ｜ ＋ — — ｜ ｜（韵）＋ ｜ — — ｜（韵） 　　　　　　　（2） ＋ ｜ ＋ — — ｜ ｜（韵）｜ ＋ — ＋ ｜（韵） 　　　　　　　（3）

《谒金门》下阕，四句或五句，四仄韵	
乐段一（二句或三句，十二字或十三字）	乐段二（二句，十二字）
＋ ｜ ＋ — ＋ ｜（韵）＋ ｜ ＋ — ＋ ｜（韵） 　　　　　　　（1）	＋ ｜ ＋ — — ｜ ｜（韵）＋ — — ｜ ｜（韵） 　　　　　　　（1）
＋ ｜ ＋ — ＋ ｜（韵）＋ ｜ ｜（读） — ＋ ｜（韵） 　　　　　　　（2）	＋ ｜ ＋ — — ｜ ｜（韵）＋ ｜ — — ｜（韵） 　　　　　　　（2）
＋ ｜ ＋ — — ｜ ｜（韵）＋ ｜ ＋ — ＋ ｜（韵） 　　　　　　　（3）	＋ ｜ ＋ — — ｜ ｜（韵）｜ ＋ — ＋ ｜（韵） 　　　　　　　（3）
＋ — ＋ ｜ — —（韵）＋ ｜ ＋ — ＋ ｜（韵） 　　　　　　　（4）	＋ ｜ ＋ — — ｜ ｜（韵）— — ｜ — ｜（韵） 　　　　　　　（4）
＋ ｜ —（句）— ＋ ｜（韵）＋ ｜ ＋ — ＋ ｜（韵） 　　　　　　　（5）	

例一　谒金门（四十五字）
（唐）韦　庄

空相忆。无计得传消息。天上嫦娥人不识。寄书何处觅。　　新睡觉来无力。不忍看伊书迹。满院落花春寂寂。断肠芳草碧。

注：该词上阕第一句和第二句为乐段一中的格式（1），第三句和第四句为乐段二中的格式（1）；下阕第一句和第二句为乐段一中的格式（1），第三句和第四句为乐段二中的格式（1）。全词双调，四十五字，上下阕各四句，四仄韵。

例二　谒金门（四十五字）
（五代）阎　选

美人浴。碧沼莲开芬馥。双髻绾云颜似玉。素蛾辉淡绿。　　雅淡芳姿闲淑。雪映钿装金斛。水溅青丝珠断续。酥融香透肉。

注：该词上阕第一句和第二句为乐段一中的格式（2），第三句和第四句为乐段二中的格式（1）；下阕第一句和第二句为乐段一中的格式（1），第三句和第四句为乐段二中的格式（1）。全词双调，四十五字，上下阕各四句，四仄韵。

例三　谒金门（四十五字）
（宋）苏　庠

何处所。门外冷云堆浦。竹里江梅寒未吐。茅屋疏疏雨。　　谁遣愁来如许。小立野塘官渡。手种凌霄今在否。柳浪迷烟渚。

注：该词上阕第一句和第二句为乐段一中的格式（1），第三句和第四句为乐段二中的格式（2）；下阕第一句和第二句为乐段一中的格式（1），第三句和第四句为乐段二中的格式（2）。全词双调，四十五字，上下阕各四句，四仄韵。

例四　谒金门（四十五字）
（五代）孙光宪

留不得。留得也应无益。白纻春衫如雪色。扬州初去日。　　轻别离，甘抛掷。江上满帆风疾。却羡彩鸳三十六。孤鸾还一只。

注：该词上阕第一句和第二句为乐段一中的格式（1），第三句和第四句为乐段二中的格式（1）；下阕第一句至第三句为乐段一中的格式（5），第三句和第四句为乐段二中的格式（1）。全词双调，四十五字，上阕四句，四仄韵；下阕五句，四仄韵。

例五　谒金门（四十五字）
（宋）周必大

　　梅乍吐。趁宴席、香风度。人与此花俱独步。风流天付与。　　好在青云岐路。愿共作、和羹侣。归访赤松辞万户。莺花犹是主。

　　注：该词上阕第一句和第二句为乐段一中的格式（3），第三句和第四句为乐段二中的格式（1）；下阕第一句和第二句为乐段一中的格式（2），第三句和第四句为乐段二中的格式（1）。全词双调，四十五字，上下阕各四句，四仄韵。

例六　谒金门（四十六字）
（宋）程　过

　　江上路。依约数家烟树。一枕归心村店暮。更乱山深处。　　梦过江南芳草渡。晓色又催人去。愁似游丝千万缕。倩东风约住。

　　注：该词上阕第一句和第二句为乐段一中的格式（1），第三句和第四句为乐段二中的格式（3）；下阕第一句和第二句为乐段一中的格式（3），第三句和第四句为乐段二中的格式（3）。全词双调，四十六字，上下阕各四句，四仄韵。

例七　谒金门（四十六字）
（宋）李清臣

　　杨花落。燕子横穿朱阁。苦恨春醪如水薄。闲愁无处著。　　绿野带红山落角。桃杏参差残萼。历历危樯沙外泊。东风晚来恶。

　　注：该词上阕第一句和第二句为乐段一中的格式（1），第三句和第四句为乐段二中的格式（1）；下阕第一句和第二句为乐段一中的格式（3），第三句和第四句为乐段二中的格式（4）。全词双调，四十六字，上下阕各四句，四仄韵。

例八　谒金门（四十六字）
（宋）王安石

　　春又老。南陌酒香梅小。遍地落花浑不扫。梦回情意悄。　　红笺寄与添烦恼。细写相思多少。醉后几行书字小。泪痕都揾了。

　　注：该词上阕第一句和第二句为乐段一中的格式（1），第三句和第四句为乐段二中的格式（1）；下阕第一句和第二句为乐段一中的格式（4），第三句和第四句为乐段二中的格式（1）。全词双调，四十六字，上下阕各四句，四仄韵。

柳 含 烟

唐教坊曲名。《花间集》毛文锡词有"河桥柳，占芳春，映水含烟拂露"句，取为调名。

《柳含烟》的长短句结构

上阕，两个乐段		下阕，两个乐段	
乐段一（六字）	乐段二（十六字）	乐段一（十三字）	乐段二（十字）
3 3	6 7 3	7 6	7 3

《康熙词谱》只收集一体《柳含烟》，双调，上下阕分别可分为两个乐段，其长短句结构如表所示。该调四十五字，上阕五句，三平韵；下阕四句，两仄韵两平韵。该调为平仄韵转换格，有的词例下阕平韵换韵。《康熙词谱》以毛文锡词为标谱词例。该调的正格与其变格如表所示，其中，上下阕各乐段中的格式（1）为正格句式，其余为变格句式。

《柳含烟》的基本格式（双调）

《柳含烟》上阕，五句，三平韵	
乐段一（二句，六字）	乐段二（三句，十六字）
＋ 一 ｜（句）｜ 一 一（平韵）	＋ ｜ ＋ 一 ＋ ｜（句）＋ 一 ＋ ｜ ｜ 一 一（韵）｜ 一 一（韵）

《柳含烟》下阕，四句，两仄韵两平韵	
乐段一（二句，十三字）	乐段二（二句，十字）
＋ ｜ ＋ 一 一 ｜ ｜（仄韵） ＋ ｜ ＋ 一 ＋ ｜（韵）	＋ 一 ＋ ｜ ｜ 一 一（韵）｜ 一 一（韵） （1） ＋ 一 ＋ ｜ ｜ 一 一（换平韵）｜ 一 一（韵） （2）

例一　柳含烟（四十五字）

（五代）毛文锡

河桥柳，占芳春。映水含烟拂露，几回攀折赠行人。暗伤神。　乐府吹为横笛曲。能使离肠断续。不如移植在金门。近天恩。

注：该词下阕第三句和第四句为乐段二中的格式（1）。全词双调，四十五字，上阕五句，三平韵；下阕四句，两仄韵两平韵。

例二　柳含烟（四十五字）

（五代）毛文锡

章台柳，近垂旒。低拂往来冠盖，朦胧春色满皇州。瑞烟浮。　直与路边江畔别。免被离人攀折。最怜京兆画蛾眉。叶纤时。

注：该词下阕第三句和第四句为乐段二中的格式（2）。全词双调，四十五字，上阕五句，三平韵；下阕四句，两仄韵两平韵。

杏 园 芳

词见《花间集》。

《杏园芳》的长短句结构

上阕，两个乐段		下阕，两个乐段	
乐段一（十二字）	乐段二（十字）	乐段一（十三字）	乐段二（十字）
6　　6	7　　3	7　　6	7　　3

《康熙词谱》只收集一体《杏园芳》，双调，上下阕分别可分为两个乐段，其长短句结构如表所示。该调四十五字，上阕四句，四平韵；下阕四句，三平韵，其基本格式如表所示。

《杏园芳》的基本格式（双调）

《杏园芳》上阕，四句，四平韵	
乐段一（二句，十二字）	乐段二（二句，十字）
＋ － ＋ ｜ － －（韵）＋ － ＋ ｜ － －（韵）	＋ － ＋ ｜ ｜ － －（韵）｜ － －（韵）

《杏园芳》下阕，四句，三平韵	
乐段一（二句，十三字）	乐段二（二句，十字）
＋ － ＋ ｜ － － ｜（句）＋ － ＋ ｜ － －（韵）	＋ － ＋ ｜ ｜ － －（韵）｜ － －（韵）

例　杏园芳（四十五字）

（唐）尹　鹗

严妆嫩脸花明。教人见了关情。含羞举步越罗轻。称娉婷。　　终朝咫尺窥香阁，迢遥似隔层城。何时休遣梦相萦。入云屏。

注：全词双调，四十五字，上阕四句，四平韵；下阕四句，三平韵。

好 事 近

张辑词有"谁谓百年心事，恰钓船横笛"句，名《钓船笛》；韩淲词有"吟到翠圆枝上"句，又名《翠圆枝》。

《好事近》的长短句结构

上阕，两个乐段		下阕，两个乐段	
乐段一（十一字）	乐段二（十一字）	乐段一（十二字）	乐段二（十一字）
5　　6	6　　5	7　　5	6　　5

《康熙词谱》共收集两体《好事近》，双调，上下阕分别可分为两个乐段，其长短句结构如表所示。该调四十五字，上下阕各四句，两仄韵或三仄韵。《康熙词谱》以宋祁词为正体或正格。《好事近》的正格与变格如表所示，其中，上下阕各乐段中的格式（1）为正格

句式，其余为变格句式。

《好事近》的正格与变格（双调）

《好事近》上阕，四句，两仄韵或三仄韵	
乐段一（二句，十一字）	乐段二（二句，十一字）
＋∣∣——（句）＋∣＋—＋ ∣（韵）	＋∣＋—＋∣（句）∣＋—＋ ∣（韵） （1） ＋∣＋—＋∣（韵）∣＋—＋ ∣（韵） （2）

《好事近》下阕，四句，两仄韵或三仄韵	
乐段一（二句，十二字）	乐段二（二句，十一字）
＋—＋∣∣——（句）——∣ —∣（韵） （1） ＋—＋∣∣——（句）＋∣＋ —∣（韵） （2） ＋—＋∣∣——（句）∣＋— ＋∣（韵） （3） ＋—＋∣—∣（句）∣＋— ＋∣（韵） （4）	＋∣＋—＋∣（句）∣＋—＋ ∣（韵） （1） ＋∣＋—＋∣（韵）∣＋—＋ ∣（韵） （2）

例一 好事近（四十五字）

（宋）宋　祁

睡起玉屏风，吹去乱红犹落。天气骤生轻暖，衬沉香帷箔。　　珠帘约住海棠风，愁拖两眉角。昨夜一庭明月，冷秋千红索。

注：该词上阕第三句和第四句为乐段二中的格式（1）；下阕第一句和第二句为乐段一中的格式（1），第三句和第四句为乐段二中的格式（1）。全词双调，四十五字，上下阕各四句，两仄韵。

例二　好事近（四十五字）
（宋）秦　观

春路雨添花，花动一山春色。行到小溪深处，有黄鹂千百。　　飞云当面化龙蛇，夭矫转空碧。醉卧古藤阴下，了不知南北。

注：该词上阕第三句和第四句为乐段二中的格式（1）；下阕第一句和第二句为乐段一中的格式（2），第三句和第四句为乐段二中的格式（1）。全词双调，四十五字，上下阕各四句，两仄韵。

例三　好事近（四十五字）
（宋）陆　游

客路苦思归，愁似茧丝千绪。梦里镜湖烟雨。看山无重数。　　尊前消尽少年狂，慵著送春语。花落燕飞庭户。叹年光如许。

注：该词上阕第三句和第四句为乐段二中的格式（2）；下阕第一句和第二句为乐段一中的格式（2），第三句和第四句为乐段二中的格式（2）。全词双调，四十五字，上下阕各四句，三仄韵。

例四　好事近（四十五字）
（宋）吕渭老

云影护梅枝，短短未禁飞雪。彩幅自题新句，作催妆佳阕。　　西楼昨夜五更寒，恐一枝先发。原是素娥无寐，驾半轮明月。

注：该词上阕第三句和第四句为乐段二中的格式（1）；下阕第一句和第二句为乐段一中的格式（3），第三句和第四句为乐段二中的格式（1）。全词双调，四十五字，上下阕各四句，两仄韵。

例五　好事近（四十五字）
（宋）苏　轼

烟外倚危楼，初见远灯明灭。却跨玉虹归去，看洞天星月。　　当时张范风流在，况一尊浮雪。莫问世间何事，与剑头微映。

注：该词上阕第三句和第四句为乐段二中的格式（1）；下阕第一句和第二句为乐段一中的格式（4），第三句和第四句为乐段二中的格式（1）。全词双调，四十五字，上下阕各四句，两仄韵。

华 清 引

此词赋华清旧事，因以名调。

《华清引》的长短句结构

上阕，两个乐段		下阕，两个乐段	
乐段一（十一字）	乐段二（十一字）	乐段一（十三字）	乐段二（十字）
7　　　4	6　　　5	7　　　6	5　　　5

《康熙词谱》只收集一体《华清引》，双调，上下阕分别可分为两个乐段，其长短句结构如表所示。该调四十五字，上下阕各四句，三平韵，其基本格式如表所示。

《华清引》的基本格式（双调）

《华清引》上阕，四句，三平韵	
乐段一（二句，十一字）	乐段二（二句，十一字）
＋ － ＋ ｜ ｜ － －（韵）＋ ｜ －－（韵）	＋ － ＋ ｜ － ｜（句）－ － － ＋ ｜ －（韵）

《华清引》下阕，四句，三平韵	
乐段一（二句，十三字）	乐段二（二句，十字）
＋ － ＋ ｜ ｜ － －（韵）＋ －＋ ｜ － －（韵）	＋ － － ｜ ｜（句）＋ ｜ ｜ － －（韵）

例　华清引（四十五字）

（宋）苏　轼

　　平时十月幸莲汤。玉甃琼梁。五家车马如水，珠玑满路旁。　　翠华一去掩方床。独留烟树苍苍。至今清夜月，依旧过缭墙。

　　注：全词双调，四十五字，上下阕各四句，三平韵。

天　门　谣

　　贺铸词，有"牛渚天门险"句，因取为调名。李之仪《姑溪词》注：贺方回登采石蛾眉亭作也。

《天门谣》的长短句结构

上阕，两个乐段		下阕，两个乐段	
乐段一（十二字）	乐段二（八字）	乐段一（十五字）	乐段二（十字）
5　　34	3　　5	8　　7	3　　34

　　《康熙词谱》只收集一体《天门谣》，双调，上下阕分别可分为两个乐段，其长短句结构如表所示。该调四十五字，上下阕各四句，四仄韵，其基本格式如表所示。

《天门谣》的基本格式（双调）

《天门谣》上阕，四句，三平韵	
乐段一（二句，十二字）	乐段二（二句，八字）
＋｜－－｜（韵）＋＋｜（读）＋－＋｜（韵）	－｜｜（句）｜＋－＋｜（韵）

《天门谣》下阕，四句，三平韵	
乐段一（二句，十五字）	乐段二（二句，十字）
｜＋｜＋－－｜｜（韵）＋｜＋－－｜｜（韵）	－｜｜（韵）＋＋｜（读）＋－＋｜（韵）

例　天门谣（四十五字）

（宋）贺　铸

牛渚天门险。限南北、七雄豪占。清雾敛。与闲人登览。　　待月上潮平波滟滟。塞管轻吹新阿滥。风满槛。历历数、西州更点。

注：全词双调，四十五字，上下阕各四句，四仄韵。

忆　闷　令

调见《小山乐府》。

《忆闷令》的长短句结构

上阕，两个乐段		下阕，两个乐段	
乐段一（十二字）	乐段二（十一字）	乐段一（十字）	乐段二（十二字）
7　　5	6　　5	5　　5	34　　5

《康熙词谱》只收集一体《忆闷令》，双调，上下阕分别可分为两个乐段，其长短句结构如表所示。该调四十五字，上下阕各四句，三仄韵，其基本格式如表所示。

《忆闷令》的基本格式（双调）

《忆闷令》上阕，四句，三仄韵	
乐段一（二句，十二字）	乐段二（二句，十一字）
＋｜＋ーー｜｜（韵）＋｜ー ー｜（韵）	＋ー＋｜ーー（句）＋｜ー ー｜（韵）

《忆闷令》下阕，四句，三仄韵	
乐段一（二句，十字）	乐段二（二句，十二字）
＋｜ーー｜（韵）｜＋ー＋｜（韵）	＋ー｜（读）＋｜ー（句）＋ ｜ーー｜（韵）

例　忆闷令（四十五字）

（宋）晏几道

取次临鸾匀画浅。酒醒迟来晚。多情爱惹闲愁，长黛眉低敛。　　月底相逢见。有深深良愿。愿期信、似月如花，须更教长远。

注：全词双调，四十五字，上下阕各四句，三仄韵。

散　余　霞

谢朓诗有"余霞散成绮"句，调名本此。

《散余霞》的长短句结构

上阕，两个乐段		下阕，两个乐段	
乐段一（十二字）	乐段二（十一字）	乐段一（十一字）	乐段二（十一字）
7　　5	6　　5	6　　5	6　　5

《康熙词谱》只收集一体《散余霞》，双调，上下阕分别可分为两个乐段，其长短句结构如表所示。该调四十五字，上下阕各四句，三仄韵，其基本格式如表所示。

《散余霞》的基本格式（双调）

《散余霞》上阕，四句，三仄韵	
乐段一（二句，十二字）	乐段二（二句，十一字）
＋－＋｜－－｜（韵）｜＋－＋｜（韵）	＋｜－｜－－（句）｜＋－＋｜（韵）

《散余霞》下阕，四句，三仄韵	
乐段一（二句，十一字）	乐段二（二句，十一字）
＋－｜－＋｜（韵）｜＋－＋｜（韵）	－｜＋｜－－（句）｜＋－＋｜（韵）

例　散余霞（四十五字）

（宋）毛 滂

墙头花口寒犹噤。放绣帘昼静。帘外时有蜂儿，趁杨花不定。　　阑干又还独凭。念翠低眉晕。春梦枉恼人肠，更恹恹酒病。

注：全词双调，四十五字，上下阕各四句，三仄韵。

好　女　儿

此调有两体。四十五字者，起于黄庭坚，因词有"懒系酥胸罗带，羞见绣鸳鸯"句，名《绣带儿》，《花草粹编》一作《绣带子》。六十二字者，起于晏几道，与黄词迥别。

小令《好女儿》的长短句结构

上阕，两个乐段		下阕，两个乐段	
乐段一（十字）	乐段二（十一字）	乐段一（十二字）	乐段二（十二字）
5	6　　5	5　　　34	4　　4　　4 7　　5

中调《好女儿》的长短句结构

上阕，两个乐段		下阕，两个乐段	
乐段一（八字）	乐段二（二十一字）	乐段一（十二字）	乐段二（二十一字）
4　　4	3　5　5　4　4	6　　33	3　5　5　4　4

《康熙词谱》共收集《好女儿》三体，其中，小令两体，中调一体，皆为双调，上下阕分别可分为两个乐段，各自的长短句结构分别如表所示。比较《好女儿》小令与中调两者的长短句结构，可以看出两者之间迥异。

小令《好女儿》四十五字，上阕四句，三平韵；下阕五句或四句，三平韵。《康熙词谱》以黄庭坚词为标谱词例。该调的正体或正格如表所示，其中，上下阕各乐段中的格式（1）为正格句式，其余为变格句式。

中调《好女儿》上阕六句，三平韵；下阕六句，两平韵，其基本格式如表所示。

《好女儿》（小令）的正格与变格（双调）

《好女儿》上阕，四句，三平韵	
乐段一（二句，十字）	乐段二（二句，十一字）
＋｜｜－－（韵）＋｜｜－－（韵） （1） ＋｜｜－－（韵）｜＋｜－－（韵） （2）	＋｜＋－＋｜（句）＋｜｜ －－（韵）

《好女儿》下阕，五句或四句，三平韵	
乐段一（二句，十二字）	乐段二（三句或二句，十二字）
＋｜｜－－（韵）｜＋＋（读）＋ ｜－－（韵）	＋－＋｜（句）＋－＋｜（句） ＋｜－－（韵） （1） ＋－＋｜－｜（句）＋｜｜ －－（韵） （2）

例一　好女儿（四十五字）

（宋）黄庭坚

小院一枝梅。冲破晓寒开。偶到芳园游戏，满袖带香回。　　玉酒覆银杯。尽醉去、犹待重来。东邻何事，惊吹怨笛，雪片成堆。

注：该词上阕第一句和第二句为乐段一中的格式（1）；下阕第三句至第五句为乐段二中的格式（1）。全词双调，四十五字，上阕四句，三平韵；下阕五句，三平韵。

例二　好女儿（四十五字）

（宋）黄庭坚

春去几时还。问桃李无言。燕子归栖风急，梨雪乱西园。　　惟有月婵娟。似人人、难近如天。愿教清影常相见，更乞取团圆。

注：该词上阕第一句和第二句为乐段一中的格式（2）；下阕第三句和第四句为乐段二中的格式（2）。全词双调，四十五字，上下阕各四句，三平韵。

《好女儿》（中调）的基本格式（双调）

《好女儿》上阕，六句，三平韵	
乐段一（二句，八字）	乐段二（四句，二十一字）
＋｜－－（韵）＋｜－－（韵）	＋－＋（读）＋｜－－｜（句）｜ ＋－＋｜（句）＋－＋｜（句） ＋｜－－（韵）

《好女儿》下阕，六句，两平韵	
乐段一（二句，十二字）	乐段二（四句，二十一字）
＋｜＋－＋｜（句）＋－＋（读） ｜－－（韵）	＋－＋（读）＋｜－－｜（句）｜ ＋－＋｜（句）＋－＋｜（句） ＋｜－－（韵）

例　好儿女（六十二字）

（宋）晏几道

绿遍西池。梅子青时。尽无端、尽日东风恶，更霏微细雨，恼人离恨，满路春泥。　应是行云归路，有闲泪、洒相思。想旗亭、望断黄昏月，又依前误了，红笺香信，翠袖欢期。

注：全词双调，六十二字，上阕六句，三平韵；下阕六句，两平韵。

万　里　春

调见周邦彦《片玉词》。《清真集》不载，故方千里、杨泽民、陈允平俱无和词。

《万里春》的长短句结构

上阕，两个乐段		下阕，两个乐段	
乐段一（九字）	乐段二（十二字）	乐段一（十二字）	乐段二（十二字）
4　　5	34　　5	5　　34	34　　5

《康熙词谱》只收集一体《万里春》，双调，上下阕分别可分为两个乐段，其长短句结构如表所示。该调四十五字，上下阕各四句，三仄韵，其基本格式如表所示。

《万里春》的基本格式（双调）

《万里春》上阕，四句，三仄韵	
乐段一（二句，九字）	乐段二（二句，十二字）
＋ － ＋ ｜（韵）＋ ｜ － ＋ ｜（韵）	｜ － ＋（读）＋ ｜ － －（句）｜ ＋ － ＋ ｜（韵）

《万里春》下阕，四句，三仄韵	
乐段一（二句，十二字）	乐段二（二句，十二字）
＋ ｜ － － ｜（韵）｜ － ＋（读）＋ ｜ － ＋ ｜（韵）	｜ － ＋（读）＋ ｜ － －（句）｜ ＋ － ＋ ｜（韵）

例　万里春（四十五字）

（宋）周邦彦

千红万翠。簇清明天气。为怜他、种种清香，好难为不醉。　　我爱深如你。我心在、个人心里。便相看、老却春风，莫无些欢意。

注：全词双调，四十五字，上下阕各四句，三仄韵。

彩 鸾 归 令

袁去华词，名《青山远》。

《彩鸾归令》的长短句结构

上阕，两个乐段		下阕，两个乐段	
乐段一（十一字）	乐段二（十字）	乐段一（十四字）	乐段二（十字）
4　　7	7　　3	7　　7	7　　3

《康熙词谱》只收集一体《彩鸾归令》，双调，上下阕分别可分为两个乐段，其长短句结

构如表所示。该调四十五字，上阕四句，四平韵；下阕四句，三平韵，其基本格式如表所示。

《彩鸾归令》的基本格式（双调）

《彩鸾归令》上阕，四句，四平韵	
乐段一（二句，十一字）	乐段二（二句，十字）
＋｜－－（韵）＋｜－－＋｜－（韵）	＋－＋｜｜－－（韵）｜－－（韵）

《彩鸾归令》下阕，四句，三平韵	
乐段一（二句，十四字）	乐段二（二句，十字）
＋－＋｜－－｜（句）＋｜－－＋｜－（韵）	＋－＋｜｜－－（句）｜－－（韵）

例　彩鸾归令（四十五字）

（宋）张元幹

珠履争围。小立春风趁拍低。态闲不管乐催伊。整朱衣。　　粉融香润随人劝，玉困花娇越样宜。凤城灯夜旧家时。数他谁。

注：全词双调，四十五字，上阕四句，四平韵；下阕四句，三平韵。

锦　园　春

调见《全芳备祖·乐府》。

《锦园春》的长短句结构

上阕，两个乐段		下阕，两个乐段	
乐段一（十三字）	乐段二（九字）	乐段一（十一字）	乐段二（十二字）
4　5　4	4　5	4　34	4　4　4

《康熙词谱》只收集一体《锦园春》，双调，上下阕分别可分为两个乐段，其长短句结构如表所示。该调四十五字，上下阕各五句，三仄韵，其基本格式如表所示。

《锦园春》的基本格式（双调）

《锦园春》上阕，五句，三仄韵	
乐段一（三句，十三字）	乐段二（二句，十字）
＋ － ＋ ｜（韵）＋ － － ｜ ｜（句） ＋ － ＋ ｜（韵）	＋ ｜ － －（句）｜ ＋ － ＋ ｜（韵）

《锦园春》下阕，五句，三仄韵	
乐段一（二句，十三字）	乐段二（三句，十二字）
＋ － ＋ ｜（韵）＋ ＋ ｜（读）＋ － ＋ ｜（韵）	＋ ｜ － －（句）＋ － ＋ ｜（句） ＋ － ＋ ｜（韵）

例　锦园春（四十五字）

（宋）张孝祥

　　醉痕潮玉。乘柔英未吐，雾华如簇。绝艳矜春，分流芳金谷。　　风梳雨沐。耿空抱、夜阑清淑。杜老情疏，黄州赋冷，谁怜幽独。

注：全词双调，四十五字，上下阕各五句，三仄韵。

太　平　年

调见《高丽史·乐志》。

《太平年》的长短句结构

上阕，两个乐段		下阕，两个乐段	
乐段一（十二字）	乐段二（十二字）	乐段一（十二字）	乐段二（九字）
7　　5	7　　5	7　　5	5　　4

　　《康熙词谱》只收集一体《太平年》，双调，上下阕分别可分为两个乐段，其长短句结构如表所示。该调四十五字，上下阕各四句，四仄韵，其基本格式如表所示。

《太平年》的基本格式（双调）

《太平年》上阕，四句，四仄韵	
乐段一（二句，十二字）	乐段二（二句，十二字）
＋ － ＋ ｜ － －（韵）＋ ｜ － － － ｜（韵）	＋ － ＋ ｜ ＋ － ｜（韵）＋ － － ｜ ｜（韵）

《太平年》下阕，四句，四仄韵	
乐段一（二句，十二字）	乐段二（二句，九字）
＋ ｜ ＋ － － ＋ ｜（韵）＋ ｜ － － ｜（韵）	＋ ｜ ＋ － ｜（韵）＋ ｜ － ｜（韵）

例　太平年（四十五字）

《高丽史·乐志》无名氏

皇州春满群芳丽。散异香旖旎。鳌宫开宴赏佳致。举笙歌鼎沸。　　永日迟迟和风媚。柳色烟凝翠。惟恐日西坠。且乐欢醉。

注：全词双调，四十五字，上下阕各四句，四仄韵。

清　平　乐

《宋史·乐志》属"大石调"。《乐章集》注"越调"。《碧鸡漫志》云："欧阳炯称李白有应制《清平乐》四首，此其一也，在'越调'，又有'黄钟宫'、'黄钟商'两音。"《花庵词选》名《清平乐令》。张辑词有"忆着故山萝月"句，名《忆萝月》。张翥词有"明朝来醉东风"句，名《醉东风》。

《清平乐》的长短句结构

上阕，两个乐段		下阕，两个乐段	
乐段一（九字）	乐段二（十三字）	乐段一（十二字）	乐段二（十二字）
4　　5	7　　6 7　　33	6　　6	6　　6

《康熙词谱》共收集三体《清平乐》，双调，四十六字，上下阕分别可分为两个乐段，其长短句结构如表所示。从用韵的角度看，大多数《清平乐》为平仄韵转换格，即上阕四句，四仄韵；下阕四句，三平韵。《康熙词谱》以平仄韵转换格李白词为正体或正格，但也有全为仄韵格的词例，如李白词（首句为"画堂晨起"）。该调的正格与变格如表所示，各乐段中的格式（1）为正格句式，其余为变格句式。

《清平乐》的正格与变格（双调）

《清平乐》上阕，四句，四仄韵	
乐段一（二句，九字）	乐段二（二句，十三字）
＋ － ＋ ｜（仄韵）＋ ｜ － － ｜（韵） （1）	＋ ｜ ＋ － － ＋ ｜（韵）＋ ｜ ＋ － ＋ ｜（韵） （1）
＋ ＋ － ｜（仄韵）＋ ｜ － － ｜（韵） （2）	＋ ｜ ＋ － － ｜ ｜（韵）＋ ＋ ｜（读）－ ＋ ｜（韵） （2）

《清平乐》下阕，四句，三平韵	
乐段一（二句，十二字）	乐段二（二句，十二字）
＋ ｜ ＋ ｜ － －（换平韵）＋ － ＋ ｜ － －（韵） （1）	＋ ｜ ＋ － ＋ ｜（句）＋ － ＋ ｜ － －（韵） （1）
＋ ｜ ＋ ｜ ＋ －（换平韵）＋ ｜ ｜ ＋ －（韵） （2）	＋ ｜ ＋ － ＋ ｜（句）＋ ｜ ＋ ｜ － －（韵） （2）
＋ － ＋ ｜ － －（换平韵）＋ － ＋ ｜ － －（韵） （3）	

例一　清平乐（四十六字）

（唐）李　白

禁闱清夜。月探金窗罅。玉帐鸳鸯喷兰麝。时落银灯香烬。女伴莫话孤眠。六宫罗绮三千。一笑皆生百媚，宸游教在谁边。

注：该词上阕第一句和第二句为乐段一中的格式（1），第三句和第四句为乐段二中的格式（1）；下阕第一句和第二句为乐段一中的格式（1），第三句和第四句为乐段二中的格式（1）。全词双调，四十六字，上阕四句，四仄韵；下阕四句，三平韵。

例二　清平乐（四十六字）

（唐）韦　庄

春愁南陌。故国音书隔。细雨霏霏梨花白。并拂画帘金额。　　尽日相望王孙。尘满衣上泪痕。谁向桥边吹笛，驻马西望消魂。

注：该词上阕第一句和第二句为乐段一中的格式（1），第三句和第四句为乐段二中的格式（1）；下阕第一句和第二句为乐段一中的格式（2），第三句和第四句为乐段二中的格式（2）。全词双调，四十六字，上阕四句，四仄韵；下阕四句，三平韵。

例三　清平乐（四十六字）

（唐）韦　庄

何处游女。蜀国多云雨。云解有情花解语。窣地绣罗金缕。　　妆成不整金钿。含羞待月秋千。住在绿杨阴里，门临春水桥边。

注：该词上阕第一句和第二句为乐段一中的格式（2），第三句和第四句为乐段二中的格式（1）；下阕第一句和第二句为乐段一中的格式（3），第三句和第四句为乐段二中的格式（1）。全词双调，四十六字，上阕四句，四仄韵；下阕四句，三平韵。

例四　清平乐（四十六字）

（唐）韦　庄

莺啼残月。绣阁香灯灭。门外马嘶郎欲别。正是落花时节。　　妆成不画蛾眉。含愁独倚金扉。去路香尘莫扫，扫即郎去归迟。

注：该词上阕第一句和第二句为乐段一中的格式（1），第三句和第四句为乐段二中的格式（1）；下阕第一句和第二句为乐段一中的格式（3），第三句和第四句为乐段二中的格式（2）。全词双调，四十六字，上阕四句，四仄韵；下阕四句，三平韵。

例五　清平乐（四十六字）
（唐）韦　庄

绿杨春雨。金线飘千缕。花拆香枝黄鹂语。玉勒雕鞍何处。　　碧窗望断燕鸿。翠帘睡眼溟濛。宝瑟谁家弹罢，含悲斜倚屏风。

注：该词上阕第一句和第二句为乐段一中的格式（1），第三句和第四句为乐段二中的格式（1）；下阕第一句和第二句为乐段一中的格式（3），第三句和第四句为乐段二中的格式（1）。全词双调，四十六字，上阕四句，四仄韵；下阕四句，三平韵。

例六　清平乐（四十六字）
（宋）赵长卿

鸿来燕去。又是秋光暮。冉冉流年嗟暗度。这心事、还无据。　　寒窗露冷风清。旅魂幽梦频惊。何日利名俱赛，为予笑下愁城。

注：该词上阕第一句和第二句为乐段一中的格式（1），第三句和第四句为乐段二中的格式（2）；下阕第一句和第二句为乐段一中的格式（3），第三句和第四句为乐段二中的格式（1）。全词双调，四十六字，上阕四句，四仄韵；下阕四句，三平韵。

《清平乐》的仄韵格（双调）

《清平乐》上阕，四句，四仄韵	
乐段一（二句，九字）	乐段二（二句，十三字）
＋ － ＋ ｜（韵）＋ ｜ ＋ － ｜（韵）	＋ ｜ － － ｜ － ｜（韵）＋ ｜ ＋ － ＋ ｜（韵）

《清平乐》下阕，四句，三仄韵	
乐段一（二句，十二字）	乐段二（二句，十二字）
＋ ｜ ＋ ｜ － －（句）＋ ｜ ＋ － ＋ ｜（韵）	＋ ｜ － － ＋ ｜（韵）＋ ｜ ＋ － ＋ ｜（韵）

例　清平乐（四十六字）
（唐）李　白

画堂晨起。来报雪花坠。高卷帘栊看佳瑞。皓色远迷庭砌。　　盛气光引炉烟，素影寒生玉佩。应是天仙狂醉。乱把白云揉碎。

注：全词双调，四十六字，上阕四句，四仄韵；下阕四句，三仄韵。

忆 秦 娥

元高拭词注"商调"。按此词昉自李白，自唐迄元，体各不一。要其源，皆从李词出也。因词有"秦娥梦断秦楼月"句，故名《忆秦娥》，更名《秦楼月》；苏轼词有"清光偏照双荷叶"句，名《双荷叶》；无名氏词有"水天摇荡蓬莱阁"句，名《蓬莱阁》。至贺铸始易仄韵为平韵。张辑词有"碧云暮合"句，名《碧云深》；宋媛孙道绚词有"花深深"句，名《花深深》。

《忆秦娥》的长短句结构

上阕，两个乐段		下阕，两个乐段	
乐段一（十字或八字、七字）	乐段二（十一字或十字、九字、八字）	乐段一（十四字或十二字、十三字）	乐段二（十一字或十字、九字、八字）
3　　7	3　　4　　4	7　　　7	3　　4　　4
3　　5	3　　　7	7　　　5	3　　　7
2　　5	2　　　7	3 5　　5	2　　　7
	4		4

《康熙词谱》共收集十一体《忆秦娥》，双调，上下阕分别可分为两个乐段，其长短句结构如表所示。该调有四十六字或四十字、四十一字、三十八字等格式。从用韵的角度看，有仄韵、平韵和平仄韵转换等三种格式。就仄韵格而言，上下阕各五句或四句，三仄韵一叠韵或四仄韵、三仄韵等多种用韵格式。《康熙词谱》以仄韵格四十六字体李白词为正体或正格。仄韵格《忆秦娥》的正格与变格如表所示，其中，上下阕各乐段中的格式（1）为正格句式，其余为变格句式。平韵格上下阕各五句或四句，三平韵一叠韵或三平韵。平仄韵转换格上下阕各四句，两仄韵两平韵。平韵格及平仄韵转换格《忆秦娥》如表所示。

《忆秦娥》（仄韵）的正格与变格（双调）

《忆秦娥》上阕，五句或四句，三仄韵一叠韵或四仄韵、三仄韵	
乐段一 （二句，十字或八字、七字）	乐段二 （三句或二句，十一字或十字、九字、八字）
— 十 ｜（韵）十 — 十 ｜ — —（韵） （1）	— — ｜（叠）十 — 十 ｜（句）十 — 十 ｜（韵） （1）
十 — ｜（韵）十 — ｜（韵）十 — ｜（韵） （2）	— — ｜（韵）十 — 十 ｜（句）十 — 十 ｜（韵） （2）
— 十 ｜（韵）十 十 ｜ — —｜（韵） （3）	— 十 ｜（韵）十 ｜ 十 — ｜ ｜（韵） （3）
	十 ｜（韵）十 ｜ 十 — — ｜ ｜（韵） （4）
	十 — 十 ｜（句）十 — 十 ｜（韵） （5）

例一　忆秦娥（四十六字）

（唐）李　白

箫声咽。秦娥梦断秦楼月。秦楼月。年年柳色，灞桥伤别。　　乐游原上清秋节。咸阳古道音尘绝。音尘绝。西风残照，汉家陵阙。

注：该词上阕第一句和第二句为乐段一中的格式（1），第三句至第五句为乐段二中的格式（1）；下阕第一句和第二句为乐段一中的格式（1），第三句至第五句为乐段二中的格式（1）。全词双调，四十六字。上下阕各五句，三仄韵一叠韵。

例二　忆秦娥（四十六字）

（宋）秦　观

暮云碧。佳人不见愁如织。愁如织。两行征雁，数声羌笛。　　锦书难寄西飞翼。无言只是空相忆。空相忆。纱窗月淡，影双人只。

注：该词上阕第一句和第二句为乐段一中的格式（2），第三句至第五句为乐段二中的格式（1）；下阕第一句和第二句为乐段一中的格式（1），第三句至第五句为乐段二中的格式（1）。全词双调，四十六字。上下阕各五句，三仄韵一叠韵。

《忆秦娥》下阕，五句或四句，三仄韵一叠韵或四仄韵、两仄韵一叠韵、三仄韵	
乐段一（二句，十四字或十二字、十三字）	乐段二（三句或二句，十一字或十字、九字、八字）
＋－＋｜－－｜（韵）＋－ ＋｜－－｜（韵） （1）	－－｜（叠）＋－＋｜（句）＋－ －＋｜（韵） （1）
＋－＋｜｜－－（句）＋－ ＋｜－－｜（韵） （2）	－－｜（韵）＋－＋｜（句）＋－ －＋｜（韵） （2）
＋｜＋－｜｜（韵）＋－＋ ｜－－｜（韵） （3）	－＋｜（韵）＋－＋－－｜｜（韵） （3） ＋｜（韵）＋｜＋｜＋－－｜｜（韵） （4）
＋－＋｜＋－｜（韵）＋－ ＋｜－－｜（韵） （4）	＋－－＋｜（句）＋－－＋｜（韵） （5）
＋－＋｜＋－｜（韵）＋｜ －｜（韵） （5）	
＋－＋＋（读）＋｜＋－｜（韵） ＋｜－－｜（韵） （6）	

注：上下阕第三句，采用叠韵格式时，词例往往是重复第二句后三字。

例三　忆秦娥（四十六字）

（宋）晁补之

牵人意。高堂照碧临烟水。清秋至。东山时伴，谢公携妓。　　黄菊虽残堪泛蚁。乍寒犹有重阳味。应相记。坐中少个，孟嘉狂醉。

注：该词上阕第一句和第二句为乐段一中的格式（1），第三句至第五句为乐段二中的格式（2）；下阕第一句和第二句为乐段一中的格式（3），第三句至第五句为乐段二中的格式（2）。全词双调，四十六字，上下阕各五句，四仄韵。

例四　忆秦娥（四十六字）

（宋）石孝友

秦楼月。秦娥本是秦宫客。秦宫客。梦云风韵，借仙标格。　　相从无计不如休，如今去也空相忆。空相忆。尊前欢笑，梦中寻觅。

  注：该词上阕第一句和第二句为乐段一中的格式（1），第三句至第五句为乐段二中的格式（1）；下阕第一句和第二句为乐段一中的格式（2），第三句至第五句为格式（1）。全词双调，四十六字，上阕五句，三仄韵一叠韵；下阕五句，两仄韵一叠韵。

例五 忆秦娥（四十字）
（元）倪 瓒

  扶疏玉。蟾宫树影阑干曲。一襟香雾，几枝金粟。 姮娥镜掩秋云绿。无端风雨声相续。不须澄霁，为沽醽醁。

  注：该词上阕第一句和第二句为乐段一中的格式（1），第三句和第四句为乐段二中的格式（5）；下阕第一句和第二句为乐段一中的格式（4），第三句和第四句为乐段二中的格式（5）。全词双调，四十字，上下阕各四句，三仄韵。

例六 忆秦娥（四十一字）
（宋）张 先

  参差竹。吹断相思曲。情不足。西北高楼穷远目。 忆苕溪、寒影透清玉。秋雁南飞速。菰草绿。应下溪头沙上宿。

  注：该词上阕第一句和第二句为乐段一中的格式（3），第三句和第四句为乐段二中的格式（3）；下阕第一句和第二句为乐段一中的格式（6），第三句和第四句为乐段二中的格式（3）。全词双调，四十一字，上下阕各四句，四仄韵。

例七 忆秦娥（三十八字）
（五代）冯延巳

  风淅淅。夜雨连云黑。滴滴。窗外芭蕉灯下客。 除非魂梦到乡国。免被关山隔。忆忆。一句枕前争忘得。

  注：该词上阕第一句和第二句为乐段一中的格式（3），第三句和第四句为乐段二中的格式（4）；下阕第一句和第二句为乐段一中的格式（5），第三句和第四句为乐段二中的格式（4）。全词双调，三十八字，上下阕各四句，四仄韵。

例八 忆秦娥（四十六字）
（宋）秦 观

  驴背吟诗清到骨，人间别是闲勋业。
云台烟阁久销沉，千载人图灞桥雪。

灞桥雪。茫茫万径人踪灭。人踪灭。此时方见，乾坤空阔。　　骑驴老子真奇绝。肩山吟耸清寒冽。清寒冽。只缘不禁，梅花撩拨。

注：该词上阕第一句和第二句为乐段一中的格式（2），第三句至第五句为乐段二中的格式（1）；下阕第一句和第二句为乐段一中的格式（1），第三句至第五句为乐段二中的格式（1）。全词双调，四十六字，上下阕各五句，三仄韵一叠韵。该词与秦观的另一首词（首句"暮云碧"）的不同是用四句诗为"序"，且上阕起句用的是末句诗的后三字。

《忆秦娥》的平韵格（双调）

《忆秦娥》上阕，五句或四句，三平韵一叠韵或三平韵	
乐段一（二句，十字）	乐段二（三句或二句，十一字或八字）
＋－－（韵）＋－－丨＋－ －（韵）	＋－－（叠）＋－＋丨（句）＋ ＋丨－－（韵） （1） ＋－＋丨（句）＋丨－－（韵） （2）

《忆秦娥》下阕，五句或四句，三平韵一叠韵或三平韵	
乐段一（二句，十四字）	乐段二（三句或二句，十一字或八字）
＋－＋丨＋－－（韵）＋－ ＋丨＋－－（韵）	＋－－（叠）＋－＋丨（句）＋ 丨－－（韵） （1） ＋－＋丨（句）＋丨－－（韵） （2）

注：上下阕第三句采用叠韵格式时，词例往往是重复第二句后三字。

例一　忆秦娥（四十六字）

（宋）贺　铸

晓朦胧。前溪百鸟啼匆匆。啼匆匆。凌波人去，拜月楼空。　　去年今日东门东。鲜妆辉映桃花红。桃花红。吹开吹落，一任东风。

注：该词上下阕第三句至第五句为乐段二中的格式（1）。全词双调，四十六字，上下阕各五句，三平韵一叠韵。

例二　忆秦娥（四十六字）

（宋）秦　观

帝城东畔富韶华，满路飘香烂彩霞。
多少风流年少客，马蹄踏遍曲江花。
曲江花。宜春十里锦云遮。锦云遮。水边院落，山下人家。　茸茸细草承香车。金鞍玉勒争年华。争年华。酒楼青斾，歌板红牙。

注：该词与贺铸词相同，上下阕第三句至第五句为乐段二中的格式（1）。其特点是加一小序，且上阕的首句为小序第四句的后三字，与作者本人仄韵格的一首《忆秦娥》相同。

例三　忆秦娥（四十字）

（宋）颜　奎

水云幽。怕黄霜竹生新愁。如今何处，倚月明楼。　龙吟杳杳天悠悠。腾蛟起舞鸣箜篌。听吹短气，江上无秋。

注：该词上下阕第三句和第四句为乐段二中的格式（2）。全词双调，四十字，上下阕各四句，三平韵。

《忆秦娥》的平仄韵转换格（双调）

《忆秦娥》上阕，四句，两仄韵两平韵	
乐段一（二句，七字）	乐段二（二句，九字）
＋｜（仄韵）＋｜－－｜（韵）	＋－（平韵）＋｜－－＋｜－（韵）

《忆秦娥》下阕，四句，两仄韵两平韵	
乐段一（二句，十二字）	乐段二（二句，九字）
＋－＋｜－－｜（换仄韵）＋｜－－｜（韵）	＋－（换平韵）＋｜－－＋｜－（韵）

例　忆秦娥（三十七字）

（宋）毛　滂

夜夜。夜了花开也。连忙。指点银瓶索酒尝。　明朝花落知多少。莫把残红扫。愁人。一片花飞减却春。

注：该词为平仄韵转换格。全词双调，三十七字，上下阕各四句，两仄韵两平韵。

卷 六

更 漏 子

此调有两体。四十六字者，始于温庭筠，唐宋词最多。《尊前集》注"大石调"，又属"商调"。一百四字者，止杜安世词，无别首可录。

《更漏子》（令体）的长短句结构

上阕，两个乐段		下阕，两个乐段	
乐段一 （十二字或十三字）	乐段二 （十一字或十二字）	乐段一 （十二字或十一字）	乐段二 （十一字或十二字）
3　3　6 7　6	3　3　5 7　5	3　3　6 3　3　5 2　3　6	3　3　5 7　5

《更漏子》（长调）的长短句结构（双调）

上阕，四个乐段			
乐段一（十三字）	乐段二（十四字）	乐段三（十一字）	乐段四（十三字）
4　5　4	44　6	6　5	5　4　4

下阕，四个乐段			
乐段一（十五字）	乐段二（十四字）	乐段三（十一字）	乐段四（十三字）
6　5　4	44　6	6　5	5　4　4

《康熙词谱》共收集八体《更漏子》，双调，上下阕分别有两个乐段，其长短句结构如表所示。该调有四十六字或四十五字等格式。从用韵的角度看，该调以平仄韵转换格为主，上阕六句，两仄韵两平韵；下阕六句，三仄韵两平韵，或两仄韵两平韵、四平韵；个别词例（如欧阳炯词）全押平韵。《康熙词谱》以四十六字体温庭筠词和韦庄词为令体《更漏子》的正体或正格。《更漏子》的正格与变格如表所示，其中，各乐段中的格式（1）为正格句

式，其余为变格句式。《更漏子》的平韵格如表所示。此外，宋词中还有一首调名相同的长调《更漏子》（如表所示），从其长短句结构可以看出，与令体《更漏子》全无关系。

《更漏子》（令体）的正格与变格（双调）

《更漏子》上阕，六句，两仄韵两平韵	
乐段一（三句，十二字）	乐段二（三句，十一字）
｜ ＋ －（句）－ ＋ ｜（仄韵）＋ ｜ ＋ － ＋ ｜（韵） （1）	＋ ＋ ｜（句）｜ － －（平韵）＋ － ＋ ｜ －（韵）
＋ ｜ －（句）＋ ＋ ｜（仄韵）＋ ｜ ＋ － ＋ ｜（韵） （2）	

《更漏子》下阕，六句，三仄韵两平韵或两仄韵两平韵、四平韵	
乐段一（三句，十二字或十一字）	乐段二（三句，十一字）
－ ＋ ｜（换仄韵）＋ ＋ ｜（韵）＋ ｜ ＋ － ＋ ｜（韵） （1）	＋ ＋ ｜（句）｜ － －（换平韵）－ － ＋ ｜ －（韵） （1）
＋ ＋ ＋（句）＋ ＋ ｜（仄韵或换韵） ＋ ｜ ＋ － ＋ ｜（韵） （2）	＋ ＋ ｜（句）｜ － －（韵或换韵）＋ － － ｜ －（韵） （2）
－ ＋ ｜（句）｜ － －（韵）＋ － ＋ ｜ － －（韵） （3）	
｜ ＋ －（句）－ ＋ ｜（换仄韵）＋ ｜ ＋ － ｜（韵） （4）	
＋ ｜（换仄韵）－ ＋ ｜（韵）＋ ｜ － － ＋ ｜（韵） （5）	

注：①上阕乐段二中的格式"＋ － ＋ ｜ －（韵）"，可平可仄两处，不可同时用仄；②下阕乐段一中的格式"＋ ＋ ＋（句）"三字，应有平有仄。

例一　更漏子（四十六字）
（唐）温庭筠

　　玉炉香，红蜡泪。偏照画堂秋思。眉翠薄，鬓云残。夜长衾枕寒。　　梧桐树。三更雨。不道离情正苦。一叶叶，一声声。空阶滴到明。

　　注：该词上阕第一句至第三句为乐段一中的格式（1）；下阕第一句至第三句为乐段一中的格式（1），第四句至第六句为乐段二中的格式（1）。全词双调，四十六字，上阕六句，两仄韵两平韵；下阕六句，三仄韵两平韵。

例二　更漏子（四十六字）
（唐）韦　庄

　　钟鼓寒，楼阁暝。月照古桐金井。深院闭，小庭空。落花香露红。　　烟柳重，春雾薄。灯背水窗高阁。闲倚户，暗沾衣。待郎郎不归。

　　注：该词上阕第一句至第三句为乐段一中的格式（2）；下阕第一句至第三句为乐段一中的格式（2），第四句至第六句为乐段二中的格式（2）。全词双调，四十六字，上下阕各六句，两仄韵两平韵。

例三　更漏子（四十六字）
（五代）牛　峤

　　南浦情，红粉泪。争奈两人深意。低翠黛，卷征衣。马嘶霜叶飞。　　招手别。寸肠结。还是去年时节。书托雁，梦归家。觉来江月斜。

　　注：该词上阕第一句至第三句为乐段一中的格式（2）；下阕第一句至第三句为乐段一中的格式（1），第四句至第六句为乐段二中的格式（2）。全词双调，四十六字，上阕六句，两仄韵两平韵；下阕六句，三仄韵两平韵。

例四　更漏子（四十六字）
（五代）冯延巳

　　雁孤飞，人独坐。看却一秋空过。瑶草短，菊花残。萧条渐向寒。　　帘幕里。青苔地。谁信闲愁如醉。星移后，月圆时。风摇夜合枝。

　　注：该词上阕第一句至第三句为乐段一中的格式（1）；下阕第一句至第三句为乐段一中的格式（1），第四句至第六句为乐段二中的格式（1）。全词双调，四十六字，上阕六句，两仄韵两平韵；下阕六句，三仄韵两平韵。

例五　更漏子（四十六字）

（宋）贺　铸

上东门，门外柳。赠别每烦纤手。一叶落，几番秋。江南独倚楼。　　曲阑干，凝伫久。薄暮更堪搔首。无际恨，见闲愁。侵寻天尽头。

注：该词上阕第一句至第三句为乐段一中的格式（1）；下阕第一句至第三句为乐段一中的格式（2），第四句至第六句为乐段二中的格式（1）。全词双调，四十六字，上下阕各六句，两仄韵两平韵。

例六　更漏子（四十六字）

（宋）晏　殊

雪藏梅，烟着柳。依约上春时候。初送雁，欲闻莺。绿池波浪生。　　探花开，留客醉。忆得去年情味。金盏酒，玉炉香。任他红日长。

注：该词上阕第一句至第三句为乐段一中的格式（1）；下阕第一句至第三句为乐段一中的格式（2），第四句至第六句为乐段二中的格式（2）。全词双调，四十六字，上下阕各六句，两仄韵两平韵。

例七　更漏子（四十五字）

（五代）欧阳炯

玉阑干，金甃井。月照碧梧桐影。独自个，立多时。露华浓湿衣。　　一晌。凝情望。待得不成模样。虽叵耐，又寻思。怎生嗔得伊。

注：该词上阕第一句至第三句为乐段一中的格式（1）；下阕第一句至第三句为乐段一中的格式（5），第四句至第六句为乐段二中的格式（2）。全词双调，四十五字，上阕六句，两仄韵两平韵；下阕六句，三仄韵两平韵。

例八　更漏子（四十五字）

《天机余锦》无名氏

解语花，断肠草。谙尽风流烦恼。合欢少，别离多。此情无奈何。　　帐前灯，窗间月。记得那时节。绣被剩，画屏空。如今在梦中。

注：该词上阕第一句至第三句为乐段一中的格式（2）；下阕第一句至第三句为乐段一中的格式（4），第四句至第六句为乐段二中的格式（1）。全词双调，四十五字，上下阕各六句，两仄韵两平韵。

例九　更漏子（四十六字）

（五代）孙光宪

　　掌中珠，心上气。爱惜岂将容易。花下月，枕前人。此生谁更亲。　　交颈语，合欢身。便同比目金鳞。连绣枕，卧红茵。霜天似暖春。

　　注：该词上阕第一句至第三句为乐段一中的格式（1）；下阕第一句至第三句为乐段一中的格式（3），第四句至第六句为乐段二中的格式（1）。全词双调，四十六字，上阕六句，两仄韵两平韵；下阕六句，四平韵。

《更漏子》的平韵格（双调）

《更漏子》上阕，四句，三平韵	
乐段一（二句，十三字）	乐段二（二句，十二字）
＋｜＋－－｜｜（句）＋－＋ ｜－－（韵）	＋－＋｜｜－－（韵）＋｜｜ －－（韵）

《更漏子》下阕，五句，四平韵	
乐段一（三句，十二字）	乐段二（二句，十二字）
－＋｜（句）｜－－（韵）＋－ ＋｜－－（韵）	＋－＋｜｜－－（韵）＋－ ｜－（韵）

例　更漏子（四十九字）

（五代）欧阳炯

　　三十六宫秋夜永，露华点滴高梧。丁丁玉漏咽铜壶。明月上金铺。　　红线毯，博山炉。香风暗触流苏。羊车一去长青芜。镜尘鸾彩孤。

　　注：全词双调，四十九字，上阕四句，三平韵；下阕五句，四平韵。

《更漏子》（长调）的基本格式（双调）

《更漏子》上阕，十句，五平韵	
乐段一（三句，十三字）	乐段二（二句，十四字）
＋｜－－（韵）｜＋｜－－（句） ＋｜－－（韵）	＋｜－－（读）＋＋＋｜（句） ＋｜＋｜－－（韵）

《更漏子》上阕，十句，五平韵	
乐段三（二句，十一字）	乐段四（三句，十三字）
＋｜＋｜－－（句）－＋｜｜ －（韵）	｜＋｜－－（句）＋｜＋｜（句） ＋｜－－（韵）

《更漏子》下阕，十句，五平韵	
乐段一（三句，十五字）	乐段二（二句，十四字）
＋｜＋｜－－（韵）＋｜｜－ －（句）＋｜－－（韵）	＋｜－－（读）＋－＋｜（句） ＋－＋｜－－（韵）

《更漏子》下阕，十句，五平韵	
乐段三（二句，十一字）	乐段四（三句，十三字）
＋｜＋－＋｜（句）＋－｜｜ －（韵）	｜＋－＋｜（句）｜＋－－（句） ＋｜－－（韵）

例 更漏子（一百四字）

（宋）杜安世

遥远途程。算万水千山，路入神京。暖日春郊、绿柳红杏，香径舞燕流莺。客馆悄悄闲庭，堪惹旧恨深。有多少驰驱，暮岭涉水，枉废身心。　　思想厚利高名。漫惹得忧烦，枉度浮生。幸有青松、白云深洞，清闲且乐升平。长是宦游羁思，别离泪满襟。望江乡踪迹，旧游题书，尚自分明。

注：全词双调，一百四字，上下阕各十句，五平韵。

巫山一段云

唐教坊曲名。《乐章集》注"双调"。

《巫山一段云》的长短句结构

上阕，两个乐段		下阕，两个乐段	
乐段一（十字）	乐段二（十二字）	乐段一（十二字或十字）	乐段二（十二字）
5　　5	7　　5	6　　6 5	7　　5

《康熙词谱》共收集三体《巫山一段云》，双调，上下阕分别有两个乐段，其长短句结构如表所示。该调有四十六字或四十四字等格式，上阕四句，三平韵；下阕四句，两仄韵两平韵或三平韵。《康熙词谱》以下阕平仄韵转换格的四十六字唐昭宗词为标谱词例，该调的正格与变格如表所示，其中，各乐段中的格式（1）为正格句式，其余为变格句式。

例一　巫山一段云（四十六字）
（唐）昭宗

蝶舞梨园雪，莺啼柳带烟。小池残日艳阳天。苎萝山又山。　青鸟不来愁绝。忍看鸳鸯双结。春风一等少年心。闲情恨不禁。

注：该词上阕第三句和第四句为乐段二中的格式（1）；下阕第一句和第二句为乐段一中的格式（1），第三句和第四句为乐段二中的格式（1）。全词双调，四十六字，上阕四句，三平韵；下阕四句，两仄韵两平韵。上下阕平韵不在同一韵部。

例二　巫山一段云（四十六字）
（唐）昭宗

缥缈云间质，盈盈波上身。袖罗斜举动埃尘。明艳不胜春。　翠鬟晚妆烟重。寂寂阳台一梦。冰眸莲脸见长新。巫峡更何人。

注：该词上阕第三句和第四句为乐段二中的格式（2）；下阕第一句和第二句为乐段一中的格式（1），第三句和第四句为乐段二中的格式（2）。全词双调，四十六字，上阕四句，三平韵；下阕四句，两仄韵两平韵。上下阕平韵在同一韵部。

《巫山一段云》的正格与变格（双调）

《巫山一段云》上阕，四句，三平韵	
乐段一（二句，十字）	乐段二（二句，十二字）
＋｜——｜(句)———＋｜—（平韵）	＋—＋｜｜——（韵）＋——｜—（韵） （1）
	＋—＋｜｜——（韵）＋｜｜——（韵） （2）

《巫山一段云》下阕，四句，两仄韵两平韵或三平韵	
乐段一（二句，十二字或十字）	乐段二（二句，十二字）
＋｜＋—＋｜(仄韵)＋｜＋——＋｜（韵） （1）	＋—＋｜｜——（韵或换韵）——＋｜—（韵） （1）
＋｜——｜(句)———＋｜—（韵） （2）	＋—＋｜｜——（韵）＋｜｜——（韵） （2）

例三　巫山一段云（四十四字）

（五代）毛文锡

雨霁巫山上，云轻映碧天。远风吹散又相连。十二晚峰前。　　暗湿啼猿树，高笼过客船。朝朝暮暮楚江边。几度降神仙。

注：该词上阕第三句和第四句为乐段二中的格式（2）；下阕第一句和第二句为乐段一中的格式（2），第三句和第四句为乐段二中的格式（2）。全词双调，四十四字，上下阕各四句，三平韵。上下阕平韵在同一韵部。

望 仙 门

调见《珠玉词》，取词中结句为名。

《望仙门》的长短句结构

上阕，两个乐段		下阕，两个乐段	
乐段一（十字）	乐段二（十字）	乐段一（十一字）	乐段二（十五字）
7　3	7　3	5　6	7　3　5

《康熙词谱》只收集一体《望仙门》，双调，上下阕分别可分为两个乐段，其长短句结构如表所示。该调四十六字，上阕四句，四平韵；下阕五句，三平韵一叠韵，其基本格式如表所示。

《望仙门》的基本格式（双调）

《望仙门》上阕，四句，四平韵	
乐段一（二句，十字）	乐段二（二句，十字）
＋ － ＋ ｜ ｜ － －（韵）｜ － －（韵）	＋ － ＋ ｜ ｜ － －（韵）｜ － －（韵）

《望仙门》下阕，五句，三平韵一叠韵	
乐段一（二句，十一字）	乐段二（三句，十五字）
＋ ｜ － － ｜（句）＋ － ＋ ｜ － －（韵）	＋ － ＋ ｜ ｜ － －（韵）｜ － －（叠韵）＋ ｜ ｜ － －（韵）

例　望仙门（四十六字）

（宋）晏　殊

玉池波浪碧如鳞。露莲新。清歌一曲翠眉颦。舞华茵。　　满酌兰英酒，须知献寿千春。太平无事荷君恩。荷君恩。齐唱望仙门。

注：全词双调，四十六字，上阕四句，四平韵；下阕五句，三平韵一叠韵。

占 春 芳

该调为苏轼咏梨花所制,取词中第三句为名。

《占春芳》的长短句结构

上阕,两个乐段		下阕,两个乐段	
乐段一(十一字)	乐段二(十二字)	乐段一(十二字)	乐段二(十一字)
3　3　5	6　6	5　34	7　4

《康熙词谱》只收集一体《占春芳》,双调,上下阕分别可分为两个乐段,其长短句结构如表所示。该调四十六字,上阕五句,两平韵;下阕四句,三平韵,其基本格式如表所示。

《占春芳》的基本格式(双调)

《占春芳》上阕,五句,两平韵	
乐段一(三句,十一字)	乐段二(二句,十二字)
一 十 丨(句)一 十 丨(句)十 丨 丨 一 一(韵)	十 丨 丨 一 十 丨(句)十 一 十 丨 一 一(韵)

《占春芳》下阕,四句,三平韵	
乐段一(二句,十二字)	乐段二(二句,十一字)
十 丨 丨 一 一(韵)十 十 十 十(读)十 丨 一 一(韵)	十 一 十 丨 一 一 丨(句)十 丨 一 一(韵)

例　占春芳(四十六字)

(宋)苏　轼

红杏了,夭桃尽,独自占春芳。不比人间兰麝,自然透骨生香。　对酒莫相忘。似佳人、兼合明光。只忧长笛吹花落,除是宁王。

注:全词双调,四十六字,上阕五句,两平韵;下阕四句,三平韵。

朝 天 子

唐教坊曲名。《阳春集》名《思越人》。

《朝天子》的长短句结构

上阕，两个乐段		下阕，两个乐段	
乐段一（十二字）	乐段二（九字）	乐段一（十五字）	乐段二（十字）
5　　3 4	4　　5	3 5　　7	3　　3 4

《康熙词谱》只收集一体《朝天子》，双调，上下阕分别可分为两个乐段，其长短句结构如表所示。该调四十六字，上下阕各四句，四仄韵，其基本格式如表所示。

《朝天子》的基本格式（双调）

《朝天子》上阕，四句，四仄韵	
乐段一（二句，十二字）	乐段二（二句，九字）
＋｜－－｜（韵）＋＋｜（读）＋－＋｜（韵）	－＋＋｜（韵）｜＋－＋｜（韵）

《朝天子》下阕，四句，四仄韵	
乐段一（二句，十五字）	乐段二（二句，十字）
＋＋｜（读）＋－－｜｜（韵）＋｜＋－－｜｜（韵）	－＋｜（韵）＋＋｜（读）＋－＋｜（韵）

例　朝天子（四十六字）

（宋）晁补之

酒醒情怀恶。金缕褪、玉肌如削。寒食过却。早海棠零落。　　渐日照、栏干烟淡薄。绣额珠帘笼画阁。春睡着。觉来失、秋千期约。

注：全词双调，四十六字，上下阕各四句，四仄韵。

忆 少 年

万俟咏词有"上陇首、凝眸天四阔"句，名《陇首山》；朱敦儒词名《十二时》；元刘秉忠词有"恨桃花流水"句，更名《桃花曲》。

《忆少年》的长短句结构

上阕，两个乐段		下阕，两个乐段	
乐段一 （十二字）	乐段二 （十字）	乐段一 （十四字或十五字）	乐段二 （十字）
4　4　4	5　5	7　　34 35　　34	5　5

《康熙词谱》共收集两体《忆少年》，双调，上下阕分别可分为两个乐段，其长短句结构如表所示。该调四十六字或四十七字，上阕五句，两仄韵；下阕四句，三仄韵。《康熙词谱》以四十六字晁补之词为正体或正格。该调的正格与变格如表所示，其中，各乐段中的格式（1）为正格句式，其余为变格句式。

～～～～～～～～～～～～～～～～～～～～～～～～～～

例一　忆少年（四十六字）
（宋）晁补之

无穷官柳，无情画舸，无根行客。南山尚相送，只高城人隔。　　罨画园林溪绀碧。算重来、尽成陈迹。刘郎鬓如此，况桃花颜色。

注：该词下阕第一句和第二句为乐段一中的格式（1），第三句和第四句为乐段二中的格式（1）。全词双调，四十六字，上阕五句，两仄韵；下阕四句，三仄韵。

例二　忆少年（四十六字）
（宋）赵彦端

逢春如酒，逢花如露，逢人如玉。东风送寒去，蔚温温香穀。　　海上三山元似粟。试招来、共藏金屋。与君醉千岁，看人间新绿。

注：该词下阕第一句和第二句为乐段一中的格式（1），第三句和第四句为乐段二中的格式

（2）。全词双调，四十六字，上阕五句，两仄韵；下阕四句，三仄韵。

《忆少年》的正格与变格（双调）

《忆少年》上阕，五句，两仄韵	
乐段一（三句，十二字）	乐段二（二句，十字）
＋－＋｜（句）＋－＋｜（句） ＋－＋｜（韵）	－－｜＋｜（句）｜＋－＋｜（韵）

《忆少年》下阕，四句，三仄韵	
乐段一（二句，十四字或十五字）	乐段二（二句，十字）
＋｜＋－－｜｜（韵）＋＋ ＋（读）＋－＋｜（韵） （1）	－－｜－｜（句）｜＋－＋｜（韵） （1）
＋＋＋（读）＋－－｜｜（韵） ＋＋＋（读）＋｜－｜（韵） （2）	｜－｜－｜（句）｜＋－＋｜（韵） （2）
＋＋＋（读）＋－－｜｜（韵） ＋＋＋（读）＋－＋｜（韵） （3）	

例三　忆少年（四十七字）

（宋）孙道绚

　　雨晴云敛，烟花澹荡，遥山凝碧。驱车问征路，赏春风南陌。　　正雨后、梨花幽艳白。悔匆匆、过了寒食。归家渐春暮，探酴醾消息。

　　注：该词下阕第一句和第二句为乐段一中的格式（2），第三句和第四句为乐段二中的格式（1）。全词双调，四十七字，上阕五句，两仄韵；下阕四句，三仄韵。

例四　忆少年（四十七字）

（宋）曹　组

　　年时酒伴，年时去处，年时春色。清明又近也，却天涯为客。　　念过眼、光阴难再得。想前欢、尽成陈迹。登临恨如此，把栏干暗拍。

注：该词下阕第一句和第二句为乐段一中的格式（3），第三句和第四句为乐段二中的格式（1）。全词双调，四十七字，上阕五句，两仄韵；下阕四句，三仄韵。

西 地 锦

元高拭词，第三句七字者，注"黄钟宫"。

《西地锦》的长短句结构

上阕，两个乐段		下阕，两个乐段	
乐段一（二句，十一字）	乐段二（二句或三句，十二字或十三字）	乐段一（二句，十一字或十二字）	乐段二（三句或二句，十二字或十三字）
6　　5	4　　4　　4 4　　4　　5 7　　　　5	6　　5 6　　33	4　　4　　4 4　　4　　5 7　　　　5

《康熙词谱》共收集《西地锦》三体，上下阕分别可分为两个乐段，其长短句结构如表所示。该调有四十六字，四十七字和四十八字等的格式，上下阕各五句或四句，三仄韵。《康熙词谱》以四十六字体蔡　伸词为标谱词例。该调的正格与变格如表所示，其中，上下阕各乐段中的格式（1）为正格句式，其余为变格句式。

例一　西地锦（四十六字）

（宋）蔡　伸

寂寞悲秋怀抱。掩重门悄悄。清风皓月，朱栏画阁，双鸳池沼。　　不忍今宵重到。惹离愁多少。蓬山路杳，蓝桥信阻，黄花空老。

注：该词上阕第一句和第二句为乐段一中的格式（1），第三句至第五句为乐段二中的格式（1）；下阕第一句和第二句为乐段一中的格式（1），第三句至第五句为乐段二中的格式（1）。全词双调，四十六字，上下阕各五句，三仄韵。

《西地锦》的正格与变格（双调）

《西地锦》上阕，五句或四句，三仄韵	
乐段一（二句，十一字）	乐段二（三句或二句，十二或十三字）
十丨十一十丨（韵）丨十一十 丨（韵） （1）	十一十丨（句）十一十丨（句） 十一十丨（韵） （1）
十丨十一十丨（韵）丨十一十 丨（韵） （2）	十一十丨（句）十一十丨（句） 十一十丨（韵） （2）
	十一十丨丨一一（句）十十 一十丨（韵） （3）

《西地锦》下阕，五句或四句，三仄韵	
乐段一（二句，十一字或十二字）	乐段二（三句或二句，十二或十三字）
十丨十一十丨（韵）十十一十 丨（韵） （1）	十一十丨（句）十一十丨（句） 十一十丨（韵） （1）
十丨十一十丨（韵）十十十（读） 一一丨（韵） （2）	十一十丨（句）十一十丨（句） 丨十一十丨（韵） （2）
	十一十丨丨十一（句）丨十 一十丨（韵） （3）

注：上阕乐段二与下阕乐段一中的格式"十十一十丨（韵）"，为"上一下四"句式，领字宜用去声。

例二　西地锦（四十八字）

（宋）石孝友

回望玉楼金阙。正水遮山隔。风儿又起，雨儿又急，好愁人天色。　　两岸荻花枫叶。争舞红吹白。中秋过也，重阳近也，作天涯孤客。

注：该词上阕第一句和第二句为乐段一中的格式（1），第三句至第五句为乐段二中的格式（2）；下阕第一句和第二句为乐段一中的格式（1），第三句至第五句为乐段二中的格式（2）。全词双调，四十八字，上下阕各五句，三仄韵。

例三　西地锦（四十七字）
《梅苑》无名氏

不与群花相续。独占春光速。幽香远远散西东，惟竹篱茅屋。　　羌管谁调一曲。送月夜、犹芬馥。忍君折取向玉堂，只这些清福。

注：该词上阕第一句和第二句为乐段一中的格式（2），第三句和第四句为乐段二中的格式（3）；下阕第一句和第二句为乐段一中的格式（2），第三句和第四句为乐段二中的格式（3）。全词双调，四十七字，上下阕各四句，三仄韵。

相　思　引

此调有两体，四十六字者，押平声韵，房舜卿词名《玉交枝》，周紫芝词名《定风波令》，赵彦端词名《琴调相思引》；四十九字者，押仄声韵，《古今词话》无名氏词名《镜中人》。

平韵格《相思引》的长短句结构

上阕，两个乐段		下阕，两个乐段	
乐段一（十四字）	乐段二（九字）	乐段一（十四字）	乐段二（九字）
7　7	4　5	7　7	4　5

仄韵格《相思引》的长短句结构

上阕，两个乐段		下阕，两个乐段	
乐段一（十二字）	乐段二（十二字或十一字）	乐段一（十三字）	乐段二（十二字）
3　3　6	7　5 6　5	7　6	7　5

《康熙词谱》共收集《相思引》三体，双调，平韵格一体，四十六字；仄韵格两体，

四十九字或四十八字；上下阕分别可分为两个乐段，各自的长短句结构如表所示，从中可以看出两者之间迥异。

对平韵格而言，上阕四句，三平韵，下阕四句，两平韵，其基本格式如表所示。对仄韵格而言，上阕五句，四仄韵；下阕四句，四仄韵。《康熙词谱》以《梅苑》无名氏词为标谱词例，该调的正格与变格如表所示，其中，上下阕各乐段中的格式（1）为正格句式，其余为变格句式。

《相思引》（平韵）的基本格式（双调）

《相思引》（平韵）上阕，四句，三平韵	
乐段一（二句，十四字）	乐段二（二句，九字）
＋｜－－＋｜－（韵）＋｜｜－－（韵）	＋－＋｜（句）＋｜｜－－（韵）

《相思引》（平韵）下阕，四句，两平韵	
乐段一（二句，十四字）	乐段二（二句，九字）
＋｜＋－－｜｜（句）＋｜｜－－（韵）	＋－＋｜（句）＋｜｜－－（韵）

例 相思引（四十六字）

（宋）袁去华

晓鉴胭脂拂紫绵。未忺梳掠髻云偏。日高人静，沉水袅残烟。　　春老菖蒲花未着，路长鱼雁信难传。无端风絮，飞到绣床边。

注：全词双调，四十六字，上阕四句，三平韵；下阕四句，两平韵。

《相思引》（仄韵）的正格与变格（双调）

《相思引》（仄韵）上阕，五句，四仄韵	
乐段一（三句，十二字）	乐段二（二句，十二字或十一字）
｜＋ －（句）－ ＋｜（韵）＋｜ ＋｜－ ＋｜（韵）	＋｜＋｜－ －｜｜（韵）＋｜－ － ｜（韵） （1） ＋｜＋ － ＋｜（韵）＋｜－ －｜（韵） （2）

《相思引》（仄韵）下阕，四句，四仄韵	
乐段一（二句，十三字）	乐段二（二句，十二字）
＋｜＋ －｜｜（韵）＋｜＋｜ － ＋｜（韵）	＋｜＋｜－ －｜｜（韵）＋｜－ － ｜（韵）

例一　相思引（四十九字）

《梅苑》无名氏

笑盈盈，香喷喷。姑射仙人风韵。天与肌肤常素嫩。玉面犹嫌粉。　　斜倚小楼凝远信。多少往来人恨。只恐乘春云雨困。迤逦娇容褪。

注：该词上阕第四句和第五句为乐段二中的格式（1）。全词双调，四十九字，上阕五句，四仄韵；下阕四句，四仄韵。

例二　相思引（四十八字）

《古今词话》无名氏

柳烟浓，梅雨润。芳草绵绵离恨。花坞风来几阵。罗袖沾香粉。　　独上小楼迷远近。不见浣溪人信。何处笛声飘隐隐。吹断相思引。

注：该词上阕第四句和第五句为乐段二中的格式（2）。全词双调，四十八字，上阕五句，四仄韵；下阕四句，四仄韵。

落 梅 风

调见《梅苑》。按《梅苑》别有《落梅风》长调二首,俱一百六字,因《花草粹编》名《落梅》,亦名《落梅慢》,另编一体,不为类列。

《落梅风》的长短句结构

上阕,两个乐段		下阕,两个乐段	
乐段一(十三字)	乐段二(十字)	乐段一(十三字)	乐段二(十字)
7 6	7 3	7 6	7 3

《康熙词谱》只收集一体《落梅风》,双调,上下阕分别可分为两个乐段,其长短句结构如表所示。该调四十六字,上阕四句,四平韵;下阕四句,三平韵,其基本格式如表所示。

《落梅风》的基本格式(双调)

《落梅风》上阕,四句,四平韵	
乐段一(二句,十三字)	乐段二(二句,十字)
＋ － ＋ ｜ ｜ － －(韵)＋ － ＋ ｜ － －(韵)	＋ － ＋ ｜ ｜ － －(韵)｜ － －(韵)

《落梅风》下阕,四句,三平韵	
乐段一(二句,十三字)	乐段二(二句,十字)
＋ － ＋ ｜ － － ｜(句)＋ － ＋ ｜ － －(韵)	＋ － ＋ ｜ ｜ － －(韵)｜ － －(韵)

例　落梅风(四十六字)
《梅苑》无名氏

宫烟如水湿芳晨。寒梅似雪相亲。玉楼侧畔数枝春。惹香尘。　　寿阳娇面偏怜惜,妆成一面花新。镜中重把玉纤匀。酒初醺。

注：全词双调，四十六字，上阕四句，四平韵；下阕四句，三平韵。

江 亭 怨

《花庵词选》名《清平乐令》。按《冷斋夜话》云："黄鲁直登荆州亭，见亭柱间有此词，夜梦一女子云'有感而作'，鲁直惊悟曰：'此必吴城小龙女也。'"因又名《荆州亭》。

《江亭怨》的长短句结构

上阕，两个乐段		下阕，两个乐段	
乐段一（十二字）	乐段二（十一字）	乐段一（十二字）	乐段二（十一字）
6　　　6	5　　　6	6　　　6	5　　　6

《康熙词谱》中收集一体《江亭怨》，双调，上下阕分别可分为两个乐段，其长短句结构如表所示。比较该调与《清平乐》的长短句结构，可知两者之间的差异。该调四十六字，上下阕各四句，三仄韵，其基本格式如表所示。

《江亭怨》的基本格式（双调）

《江亭怨》上阕，四句，三仄韵	
乐段一（二句，十二字）	乐段二（二句，十一字）
＋｜＋ － ＋｜（韵）＋｜＋ － ＋｜（韵）	＋｜｜ － －（句）＋｜＋ － ＋ ｜（韵）

《江亭怨》下阕，四句，三仄韵	
乐段一（二句，十二字）	乐段二（二句，十一字）
＋｜＋ － ＋｜（韵）＋｜＋ － ＋｜（韵）	＋｜｜ － －（句）＋｜＋ － ＋ ｜（韵）

例　江亭怨（四十六字）
《冷斋夜话》无名氏

帘卷曲栏独倚。江展暮云无际。泪眼不曾晴，家在吴头楚尾。　　数点落花乱委。扑漉沙鸥惊起。诗句欲成时，没入苍烟丛里。

注：全词双调，四十六字，上下阕各四句，三仄韵。

喜 迁 莺

此调有小令和长调两体。小令起于唐人，《太和正音谱》注"黄钟宫"。因韦庄词有"鹤冲天"句，更名《鹤冲天》；和凝词有"飞上万年枝"句，名《万年枝》；冯延巳词有"拂面春风长好"句，名《春光好》；宋夏竦词名《喜迁莺令》；晏几道词名《燕归来》；李德载词有"残腊里早梅芳"句，名《早梅芳》等。长调起于宋人。《梅溪集》注"黄钟宫"，《白石集》注"太簇宫"，俗名"中管高宫"。《江汉词》一名《烘春桃李》。

《喜迁莺》（令体）的长短句结构

上阕，两个乐段		下阕，两个乐段	
乐段一（十一字）	乐段二（十二字）	乐段一（十二字或十一字）	乐段二（十二字）
3　3　5	7　5	3　3　6 3　3　5	7　5

《喜迁莺》（长调）的长短句结构

上阕，四个乐段			
乐段一（十三字）	乐段二（十四字）	乐段三（十二字或十三字）	乐段四（十二字）
4　5　4 4　　36	4　4　6	6　　6 4　4　4 5　　34 6　　34 4　　8	3　5　4 3　3　6

下阕，四个乐段			
乐段一 （十四字或十三字）	乐段二 （十四字）	乐段三 （十二字或十三字）	乐段四 （十二字）
5　4　5	4　4　6	6　　6	3　5　4
2　3　4　5		4　4　4	3　3　6
6　7		5　34	
7　7		6　34	

《康熙词谱》共收集十七体《喜迁莺》，其中，令体六体，长调十一体。令体《喜迁莺》双调，上下阕分别可分为两个乐段，其长短句结构如表所示。该调有四十七字和四十六字等格式，上下阕各五句。从用韵的角度看，该调上阕押平韵，且韵脚稳定（四平韵或三平韵）；下阕用韵有几种格式，或平仄韵转换（两仄韵两平韵或三仄韵三平韵），或全押仄韵（三仄韵），或全押平韵（三平韵）；上下阕的平韵，既可换韵（如韦庄等词），也可在同一韵部（如薛昭蕴词）。《康熙词谱》以四十七字体韦庄词为标谱词例，该调的正格与变格如表所示，其中，各乐段中的格式（1）为正格句式，其余为变格句式。

《喜迁莺》长调押仄声韵，双调，有一百三字或一百二字、一百五字等格式，上阕十一句或十二句、十句，五仄韵或四仄韵、六仄韵；下阕十一句或十三句、十二句、十句，五仄韵或四仄韵一叠韵、四仄韵、六仄韵、七仄韵。长调《喜迁莺》上下阕分别可分为四个乐段，其长短句结构如表所示。《康熙词谱》以一百三字体康与之和蒋捷词为正体或正格。该调的正格与变格如表所示，其中，各乐段中的格式（1）为正格句式，其余为变格句式。从《喜迁莺》令体与长调的长短句结构可以看出，两者之间只是调名相同而已。

例一　喜迁莺（四十七字）

（唐）韦　庄

街鼓动，禁城开。天上探人回。凤衔金榜出云来。平地一声雷。　　莺已迁，龙已化。一夜满城车马。家家楼上簇神仙。争看鹤冲天。

注：该词上阕第一句至第三句为乐段一中的格式（1）；下阕第一句至第三句为乐段一中的格式（1），第四句和第五句为乐段二中的格式（1）。全词双调，四十七字，上阕五句，四平韵；下阕五句，两仄韵两平韵。

《喜迁莺》（令体）的正格与变格（双调）

《喜迁莺》上阕，五句，四平韵或三平韵	
乐段一（三句，十一字）	乐段二（二句，十二字）
— ＋ ｜（句）｜ — —（平韵）＋ ｜ ｜ — —（韵） （1）	＋ — ＋ ｜ ｜ — —（韵）＋ ｜ ｜ — —（韵）
｜ ＋ —（句）— ＋ ｜（句）＋ ｜ ｜ — —（平韵） （2）	
＋ ＋ ｜（句）｜ — —（韵）＋ ｜ ｜ — —（韵） （3）	

《喜迁莺》下阕，五句，两仄韵两平韵或三仄韵两平韵、三仄韵、三平韵	
乐段一（三句，十二字或十一字）	乐段二（二句，十二字）
＋ ｜ —（句）— ＋ ｜（仄韵）＋ ｜ ＋ — ＋ ｜（韵） （1）	＋ — ＋ ｜ ｜ — —（平韵或换韵）＋ ｜ ｜ — —（韵） （1）
｜ ＋ —（句）— ＋ ｜（仄韵）＋ ｜ ＋ — ＋ ｜（韵） （2）	＋ — ＋ ｜ ｜ — —（句）＋ ｜ — — ｜（韵） （2）
— ＋ ｜（仄韵）— ＋ ｜（韵）＋ ｜ ＋ — ＋ ｜（韵） （3）	＋ — ＋ ｜ ｜ — —（平韵或换韵）— — ＋ ｜ —（韵） （3）
｜ ＋ —（句）— ＋ ｜（句）＋ ｜ ｜ — —（韵） （4）	

例二　喜迁莺（四十七字）
（五代）冯延巳

雾濛濛，风淅淅，杨柳带疏烟。飘飘轻絮满南园。墙下草芊绵。　　燕初飞，莺已老。拂面春风长好。相逢携酒且高歌。人生得几何。

注：该词上阕第一句至第三句为乐段一中的格式（2）；下阕第一句至第三句为乐段一中的格式（2），第四句和第五句为乐段二中的格式（3）。全词双调，四十七字，上阕五句，三平韵；下阕五句，两仄韵两平韵。

例三　喜迁莺（四十七字）
（五代）冯延巳

宿莺啼，乡梦断，春树晓朦胧。残灯和烬闭朱栊。人语隔屏风。　　香已寒，灯已绝。忽忆去年离别。石城花雨倚江楼。波上木兰舟。

注：该词上阕第一句至第三句为乐段一中的格式（2）；下阕第一句至第三句为乐段一中的格式（1），第四句和第五句为乐段二中的格式（1）。全词双调，四十七字，上阕五句，三平韵；下阕五句，两仄韵两平韵。

例四　喜迁莺（四十七字）
（五代）薛昭蕴

金门晓，玉京春。骏马骤轻尘。桦烟深处白衫新。认得化龙身。　　九陌喧，千门启。满袖桂香风细。杏园欢宴曲江滨。自此占芳辰。

注：该词上阕第一句至第三句为乐段一中的格式（1）；下阕第一句至第三句为乐段一中的格式（2），第四和第五句为乐段二中的格式（1）。全词双调，四十七字，上阕五句，四平韵；下阕五句，两仄韵两平韵。

例五　喜迁莺（四十七字）
（宋）晏殊

花不尽，柳无穷。应与我情同。觥船一棹百分空。何处不相逢。　　朱弦悄。知音少。天若有情应老。劝君看取利名场。今古梦茫茫。

注：该词上阕第一句至第三句为乐段一中的格式（1）；下阕第一句至第三句为乐段一中的格式（3），第四句和第五句为乐段二中的格式（1）。全词双调，四十七字，上阕五句，四平韵；下阕五句，三仄韵两平韵。

例六　喜迁莺（四十七字）

（五代）和　凝

晓月坠，宿烟披。银烛锦屏帏。建章钟动玉绳低。宫漏出花迟。　　春态浅。来双燕。红日渐长一线。严妆欲罢啭黄鹂。飞上万年枝。

注：该词上阕第一句至第三句为乐段一中的格式（3）；下阕第一句至第三句为乐段一中的格式（3），第四句和第五句为乐段二中的格式（1）。全词双调，四十七字，上阕五句，四平韵；下阕五句，三仄韵两平韵。

例七　喜迁莺（四十七字）

（宋）李　煜

晓月坠，宿烟微。无语枕频欹。梦回芳草思依依。天远雁声稀。　　啼莺散。余花乱。寂寞画堂深院。片红休扫尽从伊。留待舞人归。

注：该词上阕第一句至第三句为乐段一中的格式（3）；下阕第一句至第三句为乐段一中的格式（3），第四句和第五句为乐段二中的格式（1）。全词双调，四十七字，上阕五句，四平韵；下阕五句，三仄韵两平韵。

例八　喜迁莺（四十七字）

（宋）晏几道

莲叶雨，蓼花风。秋恨几枝红。远烟收尽水溶溶。飞雁碧云中。　　衷肠事。鱼笺字。情绪年年相似。凭高双袖晚寒浓。人在月桥东。

注：该词上阕第一句至第三句为乐段一中的格式（1）；下阕第一句至第三句为乐段一中的格式（3），第四句和第五句为乐段二中的格式（1）。全词双调，四十七字，上阕五句，四平韵；下阕五句，三仄韵两平韵。

例九　喜迁莺（四十七字）

（五代）毛文锡

芳草景，暖晴烟。乔木见莺迁。傅枝偎叶语关关。飞过绮丛间。　　锦翼鲜，金毳软。百啭千娇相唤。碧纱窗晓怕闻声，惊破鸳鸯暖。

注：该词上阕第一句至第三句为乐段一中的格式（1）；下阕第一句至第三句为乐段一中的格式（2），第四句和第五句为乐段二中的格式（2）。全词双调四十七字，上阕五句，四平韵；下阕五句，三仄韵。

例十 喜迁莺（四十六字）

（宋）张元幹

文倚马，笔如椽。桂殿早登仙。旧游册府记当年。衮绣合貂蝉。　　庆天申，瞻玉座，鹓鹭正陪班。看君稳步过花砖。归院引金莲。

注：该词上阕第一句至第三句为乐段一中的格式（1）；下阕第一句至第三句为乐段一中的格式（4），第四句和第五句为乐段二中的格式（1）。全词双调，四十六字，上阕五句，四平韵；下阕，五句，三平韵。

《喜迁莺》（长调）的正格与变格（双调）

《喜迁莺》上阕，十一句或十二句、十句，五仄韵或四仄韵、六仄韵	
乐段一（三句或二句，十三字）	乐段二（三句，十四字）
十 一 十 丨（韵）丨 十 丨 十 一（句） 十 一 十 丨（韵） （1）	十 丨 十 一（句）十 一 十 丨（句） 十 丨 十 一 十 丨（韵） （1）
十 一 十 丨（韵或句）丨 十 丨 十 丨（句） 十 一 十 丨（韵） （2）	十 丨 十 一（句）十 丨 十 一（句） 十 丨 十 一 十 丨（韵） （2）
十 一 十 丨（韵）丨 十 一 十 丨（句） 十 一 十 丨（韵） （3）	
十 一 十 丨（韵）丨 十 丨 十 一（句） 十 丨 一 丨（韵） （4）	
十 一 十 丨（韵）丨 十 一 丨 一（句） 十 一 十 丨（韵） （5）	
十 一 十 丨（韵）十 十 丨（读）十 丨 十 一 十 丨（韵） （6）	

《喜迁莺》上阕，十一句或十二句、十句，五仄韵或四仄韵、六仄韵	
乐段三（二句或三句，十二字或十三字）	乐段四（三句，十二字）
＋｜＋－＋｜（句）＋｜＋－＋｜（韵）（1）	＋＋｜（句）｜＋－＋｜（句）＋－＋｜（韵）（1）
＋－｜＋｜（句）＋｜＋｜（韵）（2）	＋＋｜（句或韵）｜＋－＋｜（句）＋＋－｜（韵）（2）
＋－＋｜（句）＋－＋｜（句）＋－＋｜（韵）（3）	＋＋｜（句）｜＋＋－（句）＋－＋｜（韵）（3）
＋｜＋－（句）＋－＋｜（句）＋－＋｜（韵）（4）	＋｜（句）｜＋｜－｜（句）＋－＋｜（韵）（4）
＋｜（句）＋＋－｜（韵）（5）	＋＋｜＋｜＋－（句）＋｜－＋｜（韵）（5）
＋－－｜｜（句）＋＋｜（读）＋－＋｜（韵）（6）	
＋－｜－＋｜（句）＋＋｜（读）＋－＋｜（韵）（7）	
＋－＋｜（句）＋｜＋｜＋－＋｜（韵）（8）	

例一　喜迁莺（一百三字）

（宋）康与之

秋寒初劲。看云路雁来，碧天如镜。湘浦烟深，衡阳沙绕，风外几行斜阵。回首塞门何处，故国关河重省。汉使老，认上林欲下，徘徊清影。　　江南烟水暝。声过小楼，烛暗金猊冷。送目鸣琴，裁诗挑锦，此恨此情无尽。梦想洞庭飞下，散入云涛千顷。过尽也，奈杜陵人远，玉关无信。

注：该词上阕第一句至第三句为乐段一中的格式（1），第四句至第六句为乐段二中的格式（1），第七句和第八句为乐段三中的格式（1），第九句至第十一句为乐段四中的格式(1)；下阕第一句至第三句为乐段一中的格式（1），第四句至第六句为乐段二中的格式（1），第七句和第八句为乐段三中的格式（1），第九句至第十一句为乐段四中的格式（1）。全词双调，一百三字，上下阕各十一句，五仄韵。

《喜迁莺》下阕，十一句或十三句、十二句、十句， 五仄韵或一叠韵四仄韵、六仄韵、七仄韵、四仄韵	
乐段一（三句或四句、二句，十四字或十三字）	乐段二（三句，十四字）
＋ － － ｜ ｜（韵）＋ ｜ ＋ － （句） ＋ ｜ － － ｜（韵） （1）	＋ ｜ ＋ － （句）＋ － ＋ ｜（句） ＋ ｜ ＋ － ＋ ｜（韵） （1）
＋ － － ｜ ｜（句）＋ ｜ ＋ － （句） ＋ ｜ － － ｜（韵） （2）	＋ ｜ ＋ － （句）＋ ｜ ＋ － （句） ＋ ｜ ＋ － ＋ ｜（韵） （2）
＋ － － ｜ ｜（韵）＋ － ＋ ｜（句） ＋ ｜ ＋ － ｜（韵） （3）	＋ ｜ ＋ － （句）＋ ＋ － ｜（句） ＋ ｜ ＋ ＋ － ｜（韵） （3）
－ ｜（韵或叠）＋ ＋ ｜（韵或句）＋ ｜ ＋ － （句）＋ ｜ － － ｜（韵） （4）	
－ ｜（句）－ ＋ ｜（韵）－ ｜ ＋ ｜（句） ＋ － － ＋ ｜（韵） （5）	
＋ ｜ － ｜ ＋ ｜（句）＋ － ＋ ｜ － － ｜（韵） （6）	
＋ ｜ － － ＋ ｜ ｜（句）＋ － ＋ ｜ － － ｜（韵） （7）	

《喜迁莺》下阕，十一句或十三句、十二句、十句， 五仄韵或一叠韵四仄韵、六仄韵、七仄韵、四仄韵	
乐段三（二句或三句，十二字或十三字）	乐段四（三句，十二字）
＋｜＋一＋｜（句）＋｜＋一 ＋｜（韵） （1）	＋＋｜（句）｜＋一＋｜（句）＋ 一＋｜（韵） （1）
＋一＋｜＋一＋｜（句）＋一 ＋｜（韵） （2）	＋＋｜（句）｜＋一＋｜（句） ＋｜一｜（韵） （2）
＋一＋｜（句）＋一＋｜（句） ＋一＋｜（韵） （3）	＋一＋｜（韵）｜＋一＋｜（句） ＋一＋｜（韵） （3）
＋｜＋｜（句）＋｜＋一（句） ＋一＋｜（韵） （4）	＋一＋｜（句）｜＋一＋｜（句）＋ 一＋｜（韵） （4）
＋｜｜一一（句）＋＋｜（读）＋ 一＋｜（韵） （5）	＋＋｜（句）｜＋一一｜（句）＋ 一＋｜（韵） （5）
＋一一｜｜（句）＋＋｜（读）＋ 一＋｜（韵） （6）	＋＋｜（句）｜＋一（句）＋｜＋ 一＋｜（韵） （6）
＋一｜一＋｜（句）＋＋＋｜（读） ＋一＋｜（韵） （7）	

例二　喜迁莺（一百三字）

（宋）蒋　捷

游丝纤弱。漫著意绊春，春难凭托。水暖成纹，云晴生影，芳草渐侵裙幄。露添牡丹新艳，风摆秋千闲索。对此景，动高歌一曲，何妨行乐。　　行乐。君听取，莺唝绿窗，也似来相约。粉壁题诗，香街走马，争奈鬓丝输却。梦回昼长无事，聊倚栏干斜角。翠深处，看悠悠几点，杨花自落。

注：该词上阕第一句至第三句为乐段一中的格式（1），第四句至第六句为乐段二中的格式（1），第七句和第八句为乐段三中的格式（2），第九句至第十一句为乐段四中的格式（1）；

下阕第一句至第四句为乐段一中的格式（4），第五句至第七句为乐段二中的格式（1），第八句和第九句为乐段三中的格式（2），第十句至第十二句为乐段四中的格式（1）。全词双调，一百三字，上阕十一句，五仄韵；下阕十二句，一叠韵四仄韵。

例三　喜迁莺（一百三字）
（宋）吴文英

凡尘流水。正春在、绛阙瑶阶十二。暖日明霞，天香盘锦，低映晓光梳洗。故苑浣花沉恨，化作夭桃斜紫。困无力，倚栏干，还倩东风扶起。　　公子。留意处。罗盖牙签，一一花名字。小扇翻歌，密围留客，云叶翠温罗绮。艳波紫金杯重，人倚妆台微醉。夜和露，剪残枝，点点花心清泪。

注：该词上阕第一句和第二句为乐段一中的格式（6），第三句至第五句为乐段二中的格式（1），第六句和第七句为乐段三中的格式（1），第八句至第十句为乐段四中的格式（5）；下阕第一句至第四句为乐段一中的格式（4），第五句至第七句为乐段二中的格式（1），第八句和第九句为乐段三中的格式（2），第十句至第十二句为乐段四中的格式（6）。全词双调，一百三字，上阕十句，五仄韵；下阕十二句，六仄韵。

例四　喜迁莺（一百三字）
（宋）赵长卿

商飚轻透。动帘幕飞梧，乱飘庭甃。瑞气氤氲，沉檀初爇，烟喷宝台金兽。黄花美酒，天教占得，先他时候。诞元老，庆有声，此夕降生华胄。　　欢笑，宜称寿。弦管鼎沸，宫商方频奏。满捧瑶卮，华堂歌舞，拍转金钗斜溜。朱颜绿鬓，殷勤深愿，镇长如旧。叹滨海，道难留，指日荣迁飞骤。

注：该词上阕第一句至第三句为乐段一中的格式（1），第四句至第六句为乐段二中的格式（1），第七句至第九句为乐段三中的格式（3），第十句至第十二句为乐段四中的格式（5）；下阕第一句至第四句为乐段一中的格式（5），第五句至第七句为乐段二中的格式（1），第八句至第十句为乐段三中的格式（3），第十一句至第十三句为乐段四中的格式（6）。全词双调，一百三字，上阕十二句，五仄韵；下阕十三句，五仄韵。

例五　喜迁莺（一百三字）
（宋）史达祖

月波疑滴。望玉壶天近，了无尘隔。翠眼圈花，冰丝织练，黄道宝光相直。自怜诗酒瘦，难应接、许多春色。最无赖，是随香趁烛，曾伴狂客。　　踪迹。漫记忆。老了杜郎，忍听东风笛。柳院灯疏，梅厅雪在，谁与细倾春碧。旧情拘未定，犹是学、当年游历。怕万一，误玉人夜寒，窗际帘隙。

注：该词上阕第一句至第三句为乐段一中的格式（3），第四句至第六句为乐段二中的格式（1），第七句和第八句为乐段三中的格式（6），第九句至第十一句为乐段四中的格式（2）；下阕第一句至第四句为乐段一中的格式（4），第五句至第七句为乐段二中的格式（1），第八句和第九句为乐段三中的格式（6），第十句至第十二句为乐段四中的格式（2）。全词双调，一百三字，上阕十一句，五仄韵；下阕十二句，六仄韵。

例六　喜迁莺（一百五字）

（宋）姜　夔

玉珂朱组。又占了道人，林下真趣。窗户新成，青红犹润，双燕为君胥宇。秦淮贵人第宅，问谁记、六朝歌舞。总付与。在柳桥花馆，玲珑深处。　　居士。闲记取。高卧未成，且种松千树。觅句堂深，写经窗静，他日任听风雨。列仙更教谁做，伴一院、双成俦侣。世间住。且休将鸡犬，云中飞去。

注：该词上阕第一句至第三句为乐段一中的格式（4），第四句至第六句为乐段二中的格式（1），第七句和第八句为乐段三中的格式（7），第九句至第十一句为乐段四中的格式（2）；下阕第一句至第四句为乐段一中的格式（4），第五句至第七句为乐段二中的格式（1），第八和第九句为乐段三中的格式（7），第十句至第十二句为乐段四中的格式（3）。全词双调，一百五字，上阕十一句，六仄韵；下阕十二句，七仄韵。

例七　喜迁莺（一百三字）

《梅苑》无名氏

南枝向暖，乍秀出庾岭，梅英初吐。玉颊轻匀，琼腮淡抹，姑射冰容相许。几回立马凝伫，影映寒光霜妒。拚尽占，在百花头上，严冬独步。　　芳华春意早，昨夜一番，雪里开无数。万蕊千梢，铅堆粉污，总是化工偏赋。月明暗香浮动，休使龙吟声苦。且留取，待时时频倚，栏干重顾。

注：该词上阕第一句至第三句为乐段一中的格式（2），第四句至第六句为乐段二中的格式（1），第七句和第八句为乐段三中的格式（2），第九句至第十一句为乐段四中的格式（1）；下阕第一句至第三句为乐段一中的格式（2），第四句至第六句为乐段二中的格式（1），第七句和第八句为乐段三中的格式（2），第九句至第十一句为乐段四中的格式（1）。全词双调，一百三字，上下阕各十一句，四仄韵。

例八　喜迁莺（一百三字）
（宋）江　汉

升平无际。庆八载相业，君臣鱼水。填抚风棱，调燮精神，合是圣朝房魏。凤山政好，还被画毂朱轮催起。按锦辔，映玉带金鱼，都人争指。　　丹陛。常注意。追念裕陵，元佐今无几。绣衮香浓，鼎槐风细，荣耀满门朱紫。四方具瞻师表，尽道一夔足矣。运化笔，又管领年年，烘春桃李。

注：该词上阕第一句至第三句为乐段一中的格式（2），第四句至第六句为乐段二中的格式（2），第七句和第八句为乐段三中的格式（8），第九句至第十一句为乐段四中的格式（3）；下阕第一句至第四句为乐段一中的格式（4），第五句至第七句为乐段二中的格式（1），第八句和第九句为乐段三中的格式（2），第十句至第十二句为乐段四中的格式（4）。全词双调，一百三字，上阕十一句，五仄韵；下阕十二句，六仄韵。

例九　喜迁莺（一百三字）
（宋）蔡　伸

素娥呈瑞。正惨惨暮寒，同云千里。剪水飞花，渐渐瑶英，密洒翠筠声细。邃馆静深，金铺半掩，重帘垂地。明窗外，伴疏梅潇洒，玉肌香腻。　　幽人当此际。醒魂照影，漏永愁无寐。强拊清尊，慵添宝鸭，谁会黯然情味。幸有赏心人，奈咫尺、重门深闭。今夜里，莫忍教孤负，浓香鸳被。

注：该词上阕第一句至第三句为乐段一中的格式（1），第四句至第六句为乐段二中的格式（2），第七句至第九句为乐段三中的格式（4），第十句至第十二句为乐段四中的格式（1）；下阕第一句至第三句为乐段一中的格式（3），第四句至第六句为乐段二中的格式（1），第七句和第八句为乐段三中的格式（5），第九句至第十一句为乐段四中的格式（5）。全词双调，一百三字，上阕十二句，五仄韵；下阕十一句，五仄韵。

例十　喜迁莺（一百二字）
《梅苑》无名氏

腊残春未。正候馆梅开，墙阴雪里。冷艳凝寒，孤根回暖，昨夜一枝春至。素苞暗香浮动，别有风流标致。谢池月，最相宜，疏影横斜临水。　　谁为传驿陇上，故人不见今千里。寄与东君，从教知人，别后岁寒清意。乱山万叠何在，但有飞云天际。故园好，早归来，休恋繁花浓李。

注：该词上阕第一句至第三句为乐段一中的格式（1），第四句至第六句为乐段二中的格式（1），第七句和第八句为乐段三中的格式（2），第九句至第十一句为乐段四中的格式（5）；下阕第一句和第二句为乐段一中的格式（6），第三句至第五句为乐段二中的格式（2），第六句

和第七句为乐段三中的格式（2），第八句至第十句为乐段四中的格式（6）。全词双调，一百二十字，上阕十一句，五仄韵；下阕十句，四仄韵。

例十一　喜迁莺（一百三字）

《梅苑》无名氏

琼姿冰体。料莹光乍传，广寒宫里。北陆寒深，南园春早，此后万花方起。剪霞斗萼，裁云砌蕊，天与高致。太潇洒，最宜雪宜月，宜亭宜水。　　好是天涯庾岭上，万株浮动香千里。屏写横斜，鬟插垂袅，占尽秀骨清意。醉魂易醒，吟兴信来，佳思无际。为传语，向东风，甘使无言桃李。

注：该词上阕第一句至第三句为乐段一中的格式（5），第四句至第六句为乐段二中的格式（1），第七句至第九句为乐段三中的格式（5），第十句至第十二句为乐段四中的格式（4）；下阕第一句和第二句为乐段一中的格式（7），第三句至第五句为乐段二中的格式（3），第六句至第八句为乐段三中的格式（4），第九句至第十一句为乐段四中的格式（6）。全词双调，一百三字，上阕十二句，五仄韵；下阕十一句，四仄韵。

乌　夜　啼

唐教坊曲名。《太和正音谱》注"南吕宫"，又"大石调"。宋欧阳修词名《圣无忧》，赵令畤词名《锦堂春》。按，郭茂倩《乐府诗集》有清商曲《乌夜啼》，乃六朝及唐人古今诗体，与此不同，此盖借旧曲名，另翻新声也。

《乌夜啼》的长短句结构

上阕，两个乐段		下阕，两个乐段	
乐段一 （十一字或十二字）	乐段二 （十二字或十三字）	乐段一 （十二字）	乐段二 （十二字或十三字）
5　　6 6　　6	7　　5 7　3	6　　6	7　　5 7　3　3

《康熙词谱》共收集《乌夜啼》双调三体，上下阕分别分为两个乐段，其长短句结构如表所示。该调有四十七字、四十八字或五十字等格式。该调上阕四句或五句，两平韵；下阕四句或五句，两平韵。《康熙词谱》以四十七字体李煜词为正格或正体。该调的正格与变格如表所示，其中，各乐段中的格式（1）为正格句式，其余为变格句式。

《乌夜啼》的正格和变格（双调）

《乌夜啼》上阕，四句或五句，两平韵	
乐段一（二句，十一字或十二字）	乐段二（二句或三句，十二字或十三字）
＋｜｜－－｜（句）＋－＋｜－－（韵） （1）	＋－＋｜－－｜（句）＋｜｜－（韵） （1）
＋｜＋－＋｜（句）＋－＋｜－－（韵） （2）	＋｜＋－－｜｜（句）＋｜｜－（韵） （2） ＋－＋｜－－｜（句）＋－｜（句）｜－－（韵） （3）

《乌夜啼》下阕，四句或五句，两平韵	
乐段一（二句，十二字）	乐段二（二句或三句，十二字或十三字）
＋｜＋－＋｜（句）＋－＋｜－－（韵）	＋－＋｜－－｜（句）＋｜｜－－（韵） （1） ＋｜＋－｜｜（句）＋｜｜－（韵） （2） ＋－＋｜－－｜（句）＋－｜（句）｜－－（韵） （3）

例一　乌夜啼（四十七字）

（五代）李　煜

　　昨夜风兼雨。帘帏飒飒秋声。烛残漏断频敧枕。起坐不能平。　　世事漫随流水。算来一梦浮生。醉乡路稳宜频到。此外不堪行。

　　注：该调上阕第一句和第二句为乐段一中的格式（1），第三句和第四句为乐段二中的格式（1）；下阕第三句和第四句为乐段二中的格式（1）。全词双调，四十七字，上下阕各四句，两

平韵。

例二　乌夜啼（四十八字）
（宋）赵令畤

楼上萦帘弱絮，墙头碍月低花。年年春事关心事，肠断欲栖鸦。　　舞镜鸾衾翠减，啼珠凤蜡红斜。重门不锁相思梦，随意绕天涯。

注：该调上阕第一句和第二句为乐段一中的格式（2），第三句和第四句为乐段二中的格式（1）；下阕第三句和第四句为乐段二中的格式（1）。全词双调，四十八字，上下阕各四句，两平韵。

例三　乌夜啼（四十八字）
（宋）苏　轼

莫怪归心甚速，西湖自有蛾眉。若见故人须细问，白发倍当时。　　小郑非常强记，二南依旧能诗。更有鲈鱼堪切鲙，儿辈莫教知。

注：该调上阕第一句和第二句为乐段一中的格式（2），第三句和第四句为乐段一中的格式（2）；下阕第三句和第四句为乐段二中的格式（2）。全词双调，四十八字，上下阕各四句，两平韵。

例四　乌夜啼（五十字）
（宋）程　垓

墙外雨肥梅子，阶前水绕荷花。阴阴庭户薰风洒，冰纹簟，怯菱芽。　　春尽难凭燕语，日长惟有蜂衙。沉香火冷珠帘暮，个人在，碧窗纱。

注：该调上阕第一句和第二句为乐段一中的格式（2），第三句和第四句为乐段一中的格式（3）；下阕第三句和第四句为乐段二中的格式（3）。全词双调，五十字，上下阕各五句，两平韵。

相 思 儿 令

《花草粹编》名《相思令》。

《相思儿令》的长短句结构

上阕，两个乐段		下阕，两个乐段	
乐段一（十一字）	乐段二（十一字）	乐段一（十三字）	乐段二（十二字）
6　　5	6　　5	6　　34	6　　6

《康熙词谱》只收集一体《相思儿令》，双调，上下阕分别可分为两个乐段，其长短句结构如表所示。该调四十七字，上阕四句，两平韵；下阕四句，三平韵，其基本格式如表所示。

《相思儿令》的基本格式（双调）

《相思儿令》上阕，四句，两平韵	
乐段一（二句，十一字）	乐段二（二句，十一字）
＋｜＋－＋｜（句）＋｜｜－－（韵）	＋｜＋－＋｜（句）＋｜｜－－（韵）

《相思儿令》下阕，四句，三平韵	
乐段一（二句，十三字）	乐段二（二句，十二字）
＋｜＋｜－－（韵）｜－－（读）＋｜－－（韵）	＋－＋｜－－（句）＋－＋｜－－（韵）

例　相思儿令（四十七字）

（宋）晏　殊

昨日探春消息，湖上绿波平。无奈绕堤芳草，还向旧痕生。　　有酒且醉瑶觥。更何妨、檀板新声。谁教杨柳千丝，就中牵系人情。

注：全词双调，四十七字，上阕四句，两平韵；下阕四句，三平韵。

阮　郎　归

宋丁持正词有"碧桃春昼长"句，名《碧桃春》；李祁词名《醉桃源》；曹冠词名《宴桃源》；韩淲词有"濯缨一曲可流行"句，名《濯缨曲》。

《阮郎归》的长短句结构

上阕，两个乐段		下阕，两个乐段	
乐段一（十二字）	乐段二（十二字）	乐段一（十一字）	乐段二（十二字）
7　　5	7　　5	3　3　5	7　　5

《康熙词谱》共收集两体《阮郎归》，双调，上下阕分别可分为两个乐段，其长短句结构如表所示。该调四十七字，上阕四句，四平韵或三平韵一重韵；下阕五句，四平韵或两平韵两重韵。《康熙词谱》以李煜词为正体或正格，其正格与变格如表所示。其中，各乐段中的格式（1）为正格句式，其余为变格句式。

《阮郎归》的正格与变格（双调）

《阮郎归》上阕，四句，四平韵或三平韵一重韵	
乐段一（二句，十二字）	乐段二（二句，十二字）
＋ － ＋ ｜ ｜ － －（韵）－ － ＋ ｜ －（韵） （1）	＋ － ＋ ｜ ｜ － －（韵）－ － ＋ ｜ －（韵） （1）
＋ － ＋ ｜ ｜ － －（韵）｜ － － ＋ －（韵） （2）	＋ － ＋ ｜ ｜ － －（韵）＋ － ｜ －（重或韵） （2）

《阮郎归》下阕，五句，四平韵或两平韵两重韵	
乐段一（三句，十一字）	乐段一（二句，十二字）
－ ＋ ｜（句）｜ － －（韵）－ － ＋ ｜ －（韵） （1）	＋ － ＋ ｜ ｜ － －（韵）－ － ＋ ｜ －（韵） （1）
－ ＋ ｜（句）｜ － －（韵）｜ － － ｜ －（重） （2）	＋ － ＋ ｜ ｜ － －（韵）＋ － ｜ －（重或韵） （2）

例一　阮郎归（四十七字）

（五代）李　煜

东风吹水日衔山。春来长自闲。落花狼藉酒阑珊。笙歌醉梦间。　春睡觉，晚妆残。无人整翠鬟。留连光景惜朱颜。黄昏独倚栏。

注：该词上阕第一句和第二句为乐段一中的格式（1），第三句和第四句为乐段二中的格式（1）；下阕第一句至第三句为乐段一中的格式（1），第四句和第五句为乐段二中的格式（1）。全词双调，四十七字，上阕四句，四平韵；下阕五句，四平韵。

例二　阮郎归（四十七字）

（宋）黄庭坚

烹茶留客驻雕鞍。有人愁远山。别郎容易见郎难。月斜窗外山。　归去后，忆前欢。画屏金博山。一杯春露莫留残。与郎扶玉山。

注：该词上阕第一句和第二句为乐段一中的格式（2），第三句和第四句为乐段二中的格式（2）；下阕第一句至第三句为乐段一中的格式（2），第四句和第五句为乐段二中的格式（2）。全词双调，四十七字，上阕四句，三平韵一重韵；下阕五句，两平韵两重韵。

贺　圣　朝

唐教坊曲名。《花间集》有欧阳炯词，本名《贺明朝》，《词律》混入《贺圣朝》，误。

《贺圣朝》的长短句结构

上阕，两个乐段		下阕，两个乐段	
乐段一 （十一字或十二字）	乐段二（十二字或十一字、十三字）	乐段一 （十二字或十三字）	乐段二 （十二字或十三字）
7　　4	4　4　4	4　　4	4　　4
7　　5	7　　5	4　4　5	7　　5
4　4　4	7　　5	7　　5	4　　35
	34　　5		34　　6
	35　　5		35　　5
	5　4　4		5　4　4

《康熙词谱》共收集十一体《贺圣朝》，双调，上下阕分别分为两个乐段，其长短句结构如表所示。该调有四十七字或四十八字、四十九字、五十字等格式，以用仄韵为主，也有用平韵的词例。对仄韵格而言，上阕五句或四句，三仄韵；下阕六句或五句、四句，两仄韵或三仄韵。对平韵格而言，上阕五句或六句，两平韵或三平韵；下阕五句或六句，一平韵一叠韵或两平韵。《康熙词谱》以仄韵格、四十七字体冯延巳词为标谱词例。该调的正格与变格如表所示，其中，各乐段中的格式（1）为正格句式，其余为变格句式。该调的平韵格如表所示。

例一　贺圣朝（四十七字）

（五代）冯延巳

金丝帐暖牙床稳。怀香方寸。轻颦轻笑，汗珠微透，柳沾花润。　云鬟斜坠，春应未已，不胜娇困。半敧犀枕，乱缠珠被，转羞人问。

注：该词上阕第一句和第二句为乐段一中的格式（1），第三句至第五句为乐段二中的格式（1）；下阕第一句至第三句为乐段一中的格式（1），第四句至第六句为乐段二中的格式（1）。全词双调，四十七字，上阕五句，三仄韵；下阕六句，两仄韵。

例二　贺圣朝（四十七字）

（宋）黄庭坚

脱霜披茜初登第。名高得意。樱桃荣宴玉池游，领群仙行缀。　佳人何事。轻相戏道，得之何济。君家声誉古无双，且均平为二。

注：该词上阕第一句和第二句为乐段一中的格式（1），第三句和第四句为乐段二中的格式（2）；下阕第一句至第三句为乐段一中的格式（1），第四句和第五句为乐段二中的格式（3）。全词双调，四十七字，上阕四句，三仄韵；下阕五句，三仄韵。

例三　贺圣朝（四十九字）

（宋）叶清臣

满斟绿醑留君住。莫匆匆归去。三分春色二分愁，更一分风雨。　花开花谢，都来几许。且高歌休诉。不知来岁牡丹时，再相逢何处。

注：该词上阕第一句和第二句为乐段一中的格式（2），第三句和第四句为乐段二中的格式（2）；下阕第一句至第三句为乐段一中的格式（2），第四句和第五句为乐段二中的格式（3）。全词双调，四十九字，上阕四句，三仄韵；下阕五句，三仄韵。

《贺圣朝》的正格与变格（双调）

《贺圣朝》上阕，五句或四句，三仄韵	
乐段一（二句，十一字或十二字）	乐段二（三句或二句，十二字或十一字）
＋ － ＋ ｜ ＋ － ｜（韵）＋ － ＋ ｜（韵） （1）	＋ － ＋ ｜（句）＋ － ＋ ｜（句） ＋ － ＋ ｜（韵） （1）
＋ － ＋ ｜ ＋ ｜（韵）｜ ＋ － ＋ ｜（韵） （2）	＋ － ＋ ｜ ＋ － （句）｜ ＋ － ＋ ｜（韵） （2） ＋ － ＋ ｜ ｜ － － （句）＋ － ＋ ｜（韵） （3）

《贺圣朝》下阕，六句或五句、四句，两仄韵或三仄韵	
乐段一（三句或二句，十二字或十三字）	乐段二（三句或二句，十二字或十三字）
＋ － ＋ ｜（句或韵）＋ － ＋ ｜（句） ＋ － ＋ ｜（韵） （1）	＋ － ＋ ｜（句）＋ － ＋ ｜（句） ＋ － ＋ ｜（韵） （1）
＋ － ＋ ｜（句）＋ － ＋ ｜（句或韵） ｜ ＋ － ＋ ｜（韵） （2）	＋ － ＋ ｜（句）＋ － ＋ ｜（句） ＋ ｜ － ｜（韵） （2）
＋ － ＋ ｜ － － ｜（韵）｜ ＋ － ＋ ｜（韵） （3）	＋ － ＋ ｜ ｜ － － （句）｜ ＋ － ＋ ｜（韵） （3） ＋ － ＋ ｜（句）｜ － ＋ （读）｜ ＋ － ＋ ｜（韵） （4）

例四　贺圣朝（四十九字）

（宋）赵师侠

千林脱落群芳息。有一枝先白。孤标疏影压花丛，更清香堪惜。　　吟情无尽,赏音未已,早纷纷籍籍。想贪结子去调羹,任叫云横笛。

注:该词上阕第一句和第二句为乐段一中的格式(2),第三句和第四句为乐段二中的格式(2);下阕第一句至第三句为乐段一中的格式(2),第四句和第五句为乐段二中的格式(3)。全词双调,四十九字,上阕四句,三仄韵;下阕五句,两仄韵。

例五　贺圣朝(四十九字)

(宋)马庄父

游人拾翠不知远。被子规呼转。红楼倒影背斜阳,坠几声弦管。　荼蘼香透,海棠红浅。恰平分春半。花前一笑不须悭,待花飞休怨。

注:该词上阕第一句和第二句为乐段一中的格式(2),第三句和第四句为乐段二中的格式(2);下阕第一句至第三句为乐段一中的格式(2),第四句和第五句为乐段二中的格式(3)。全词双调,四十九字,上阕四句,三仄韵;下阕五句,三仄韵。

例六　贺圣朝(四十八字)

(宋)赵彦端

一江风月同君住。了不知秋去。赏心亭下,过帆如马,堕枫如雨。　相将莫问兴亡事。举离觞谁诉。垂杨指点,但归来、有温柔佳处。

注:该词上阕第一句和第二句为乐段一中的格式(2),第三句至第五句为乐段二中的格式(1);下阕第一句和第二句为乐段一中的格式(3),第三句和第四句为乐段二中的格式(4)。全词双调,四十八字,上阕五句,三仄韵;下阕四句,三仄韵。

例七　贺圣朝(四十八字)

(宋)赵彦端

河阳桃李开无数。待乘春归去。小园几片忽惊飞,恨主人难驻。　雏莺乳燕愁相语。道留君不住。愿君随处作东风,与群芳为主。

注:该词上阕第一句和第二句为乐段一中的格式(2),第三句和第四句为乐段二中的格式(2);下阕第一句和第二句为乐段一中的格式(3),第三句和第四句为乐段二中的格式(3)。全词双调,四十八字,上下阕各四句,三仄韵。

例八　贺圣朝（四十七字）

（宋）杜安世

牡丹盛坼春将暮。群芳羞妒。几时流落在人间，半开仙露。　　馨香艳冶，吟看醉赏，叹谁能留住。莫辞持烛夜深深，怨等闲风雨。

注：该词上阕第一句和第二句为乐段一中的格式（1），第三句和第四句为乐段二中的格式（3）；下阕第一句至第三句为乐段一中的格式（2），第四句和第五句为乐段二中的格式（3）。全词双调，四十七字，上阕四句，三仄韵；下阕五句，两仄韵。

例九　贺圣朝（四十七字）

（宋）杜安世

东君造物无凝滞。芳容相替。杏花桃萼一时开，就中明媚。　　绿丛金朵，枝长叶细。称花王相待。万般堪爱，暂时见了，肠断无计。

注：该词上阕第一句和第二句为乐段一中的格式（1），第三句和第四句为乐段二中的格式（3）；下阕第一句至第三句为乐段一中的格式（2），第四句至第六句为乐段二中的格式（2）。全词双调，四十七字，上阕四句，三仄韵；下阕六句，三仄韵。

例一　贺圣朝（四十九字）

《古今词话》无名氏

渐觉一日，浓如一日，不比寻常。若知人、为伊瘦损，成病又何妨。　　相思到了，不成模样，收泪千行。把从前、泪来做水，流也流到伊行。

注：该词上阕第一句至第三句为乐段一中的格式（2），第四句和第五句为乐段二中的格式（1）；下阕第四句和第五句为乐段二中的格式（1）。全词双调，四十九字，上阕五句，两平韵；下阕五句，一平韵一重韵。

例二　贺圣朝（五十字）

《鸣鹤余音》无名氏

野僧归后，渔舟才缆，绿桧生烟。对寒灯、潇洒枕书眠。听石漱流泉。　　丹炉火灭，琴房人静，风自调弦。待孤峰、顶上月明时，正一梦游仙。

注：该词上阕第一句至第三句为乐段一中的格式（1），第四句和第五句为乐段二中的格式（2）；下阕第四句和第五句为乐段二中的格式（2）。全词双调，五十字，上阕五句，三平韵；下阕五句，两平韵。

《贺圣朝》的平韵格（双调）

《贺圣朝》上阕，五句或六句，两平韵或三平韵	
乐段一（三句，十二字）	乐段二（二句或三句，十二字或十三字）
＋－＋∣（句）＋－＋∣（句） ＋∣－－（韵） （1） ＋∣＋∣（句）＋－＋∣（句）＋ ∣－－（韵） （2）	∣＋－（读）＋－＋∣（句）＋ ∣∣－－（韵） （1） ∣＋－（读）＋∣∣－－（韵）∣ ＋∣－－（韵） （2） ∣＋－＋∣（句）＋－＋∣（句） ＋∣－－（韵） （3）

《贺圣朝》下阕，五句或六句，一平韵一叠韵或两平韵	
乐段一（三句，十二字）	乐段二（二句或三句，十二字或十三字）
＋－＋∣（句）＋－＋∣（句） ＋∣－－（韵）	∣＋－（读）＋－＋∣（句）＋∣ ＋∣－－（重） （1） ∣＋－（读）＋∣∣－－（句）∣ ＋∣－－（韵） （2） ∣＋－＋∣（句）＋－＋∣（句） ＋∣－－（韵） （3）

例三　贺圣朝（五十字）

《鸣鹤余音》无名氏

　　草堂初寐，青衣扃户，丹顶归巢。抱瑶琴高枕，梦游仙岛，物外逍遥。　　中宵睡觉，声如鸣佩，竹被风敲。隔疏林斜望，断云飞去，月上松梢。

　　注：该词上阕第一句至第三句为乐段一中的格式（1），第四句和第五句为乐段二中的格式（3）；下阕第四句和第五句为乐段二中的格式（3）。全词双调，五十字，上下阕各六句，两平韵。

甘 草 子

《乐章集》注"正宫"。

《甘草子》的长短句结构

上阕，两个乐段		下阕，两个乐段	
乐段一（十一字）	乐段二（十字）	乐段一（十四字）	乐段二（十二字）
2 4 5	5 5	7 3 4	7 5

《康熙词谱》共收集两体《甘草子》，双调，上下阕分别可分为两个乐段，其长短句结构如表所示。该调四十七字，上阕五句，四仄韵或三仄韵；下阕四句，四仄韵。《康熙词谱》以柳永词为标谱词例。该词的正格与变格如表所示，其中，上下阕各乐段中的格式（1）为正格句式，其余为变格句式。

例一 甘草子（四十七字）
（宋）柳 永

秋暮。乱洒衰荷，颗颗真珠雨。雨过月华生，冷彻鸳鸯浦。　池上凭栏愁无侣。奈此个、单栖情绪。却傍金笼教鹦鹉。念粉郎言语。

注：该词上阕第一句至第三句为乐段一中的格式（1），第四句和第五句为乐段二中的格式（1）；下阕第一句和第二句为下阕乐段一中的格式（1），第三句和第四句为乐段二中的格式（1）。全词双调，四十七字，上阕五句，三仄韵；下阕四句，四仄韵。

例二 甘草子（四十七字）
（宋）寇 准

春早。柳丝无力，低拂青门道。暖日笼啼鸟。初坼桃花小。　遥望碧天净如扫。曳一缕、轻烟缥缈。堪惜流年谢芳草。任玉壶倾倒。

注：该词上阕第一句至第三句为乐段一中的格式（2），第四句和第五句为乐段二中的格式（2）；下阕第一句和第二句为下阕乐段一中的格式（2），第三句和第四句为乐段二中的格式（1）。全词双调，四十七字，上阕五句，四仄韵；下阕四句，四仄韵。

《甘草子》的基本格式（双调）

《甘草子》上阕，五句，三仄韵或四仄韵	
乐段一（三句，十一字）	乐段二（二句，十字）
— ǀ（韵）＋ ǀ — —（句）＋ ǀ — — ǀ（韵） （1）	＋ ǀ ǀ — —（句）＋ ǀ — — ǀ（韵） （1）
— ǀ（韵）＋ — ＋ ǀ（句）＋ ǀ — — ǀ（韵） （2）	＋ ǀ — — ǀ（韵）＋ ǀ — —（韵） （2）

《甘草子》下阕，四句，四仄韵	
乐段一（二句，十四字）	乐段二（二句，十二字）
＋ ǀ ＋ — — ＋ ǀ（韵）＋ ＋ ǀ（读） ＋ — ＋ ǀ（韵） （1）	＋ ǀ — — ǀ — ǀ（韵）ǀ ＋ — ＋ ǀ（韵） （1）
＋ ǀ ＋ — ǀ — ǀ（韵）＋ ＋ ǀ（读） ＋ — ＋ ǀ（韵） （2）	＋ ǀ ＋ — — ǀ ǀ（韵）ǀ ＋ — ＋ ǀ（韵） （2）

例三　甘草子（四十七字）

（宋）柳　永

秋尽。叶剪红绡，砌菊遗金粉。雁字一行来，还有边庭信。　　飘散露华清风紧。动翠幕、晓寒犹嫩。中酒残妆慵整顿。聚两眉离恨。

注：该词上阕第一句至第三句为乐段一中的格式（1），第四句和第五句为乐段二中的格式（1）；下阕第一句和第二句为下阕乐段一中的格式（1），第三句和第四句为乐段二中的格式（2）。全词双调，四十七字，上阕五句，三仄韵；下阕四句，四仄韵。

珠 帘 卷

调见欧阳修词，因词有"珠帘卷"句，故取以为名。

《珠帘卷》的长短句结构

上阕，两个乐段		下阕，两个乐段	
乐段一（十二字）	乐段二（十一字）	乐段一（十二字）	乐段二（十二字）
3　3　6	6　5	6　6	6　3　3

《康熙词谱》只收集一体《珠帘卷》，双调，上下阕分别可分为两个乐段，其长短句结构如表所示。该调四十七字，上阕五句，三平韵；下阕五句，两平韵，其基本格式如表所示。

《珠帘卷》的基本格式（双调）

《珠帘卷》上阕，五句，三平韵	
乐段一（三句，十二字）	乐段二（二句，十一字）
一 一 丨（句）丨 一 一（韵）十 一 十 丨 一 一（韵）	十 丨 十 一 十 丨（句）一 一 一 十 丨 一（韵）

《珠帘卷》下阕，五句，两平韵	
乐段一（二句，十二字）	乐段二（三句，十二字）
十 丨 十 一 十 丨（句）十 一 十 丨 一 一（韵）	十 丨 十 一 十 丨（句）一 丨 丨（句）丨 一 一（韵）

例　珠帘卷（四十七字）

（宋）欧阳修

珠帘卷，暮云愁。垂杨暗锁青楼。烟雨濛濛如画，轻风吹旋收。　香断锦屏新别，人间玉簟初秋。多少旧欢新恨，书杳杳，梦悠悠。

注：全词双调，四十七字，上阕五句，三平韵；下阕五句，两平韵。

画 堂 春

调见《淮海集》，即咏画堂春色，取以为名。

《画堂春》的长短句结构

上阕，两个乐段		下阕，两个乐段	
乐段一 （十三字或十二字）	乐段二 （十一字或十二字）	乐段一（十二字或十三字、十四字）	乐段二 （十一字或十二字）
7　　6	7　　4	6　　6	7　　4
7　　5	7　　5	6　　34	7　　5
		7　　34	

《康熙词谱》共收集五体《画堂春》，双调，上下阕分别可分为两个乐段，其长短句结构如表所示。该调有四十七字或四十六字、四十八字、四十九字等格式。上阕四句，四平韵；下阕四句，三平韵或四平韵。《康熙词谱》以四十七字体秦观词为正体或正格。该调的正格与变格如表所示，其中，各乐段中的格式（1）为正格句式，其余为变格句式。

例一　画堂春（四十七字）

（宋）秦　观

落红铺径水平池。弄晴小雨霏霏。杏花憔悴杜鹃啼。无奈春归。　　柳外画楼独上，凭栏手捻花枝。放花无语对斜晖。此恨谁知。

注：该词上阕第一句和第二句为乐段一中的格式（1），第三句和第四句为乐段二中的格式（1）；下阕第一句和第二句为乐段一中的格式（1），第三句和第四句为乐段二中的格式（1）。全词双调，四十七字，上阕四句，四平韵；下阕四句，三平韵。

《画堂春》的正格与变格（双调）

《画堂春》上阕，四句，四平韵	
乐段一（二句，十三字或十二字）	乐段二（二句，十一字或十二字）
＋－＋∣∣－－（韵）＋－＋∣－－（韵） （1）	＋－＋∣∣－－（韵）＋∣－－（韵） （1）
＋－＋∣∣－－（韵）＋－－－∣－（韵） （2）	＋－＋∣∣－－（韵）＋∣－－（韵） （2）

《画堂春》下阕，四句，三平韵或四平韵	
乐段一（二句，十二字或十三字、十四字）	乐段二（二句，十一字或十二字）
＋∣＋－＋∣（句）＋－＋∣－－（韵） （1）	＋－＋∣∣－－（韵）＋∣－－（韵） （1）
＋∣＋－＋∣（句）∣＋－（读）＋∣－－（韵） （2）	＋－＋∣∣－－（韵）＋∣－－（韵） （2）
＋－＋∣∣－－（韵）∣＋－－（读）＋∣－－（韵） （3）	

例二　画堂春（四十六字）

（宋）谢　懋

西风庭院雨垂垂。黄花秋闰迟。已凉天气未寒时。才褪单衣。　　睡起枕痕犹在，鬓松钗压云低。玉奁重拂淡胭脂。青入双眉。

注：该词上阕第一句和第二句为乐段一中的格式（2），第三句和第四句为乐段二中的格式（1）；下阕第一句和第二句为乐段一中的格式（1），第三句和第四句为乐段二中的格式（1）。全词双调，四十六字，上阕四句，四平韵；下阕四句，三平韵。

例三　画堂春（四十八字）

（宋）赵长卿

小亭烟柳水溶溶。野花白白红红。恼人池上晚来风。吹损春容。　　又是清明天气，记当年、小院相逢。凭阑幽思几千重。残杏香中。

注：该词上阕第一句和第二句为乐段一中的格式（1），第三句和第四句为乐段二中的格式（1）；下阕第一句和第二句为乐段一中的格式（2），第三句和第四句为乐段二中的格式（1）。全词双调，四十八字，上阕四句，四平韵；下阕四句，三平韵。

例四　画堂春（四十九字）

（宋）黄庭坚

摩围小隐枕蛮江。蛛丝闲锁晴窗。水风山影上修廊。不到晚来凉。　　相伴蝶穿花径，独飞鸥舞溪光。不因送客下绳床。添火炷炉香。

注：该词上阕第一句和第二句为乐段一中的格式（1），第三句和第四句为乐段二中的格式（2）；下阕第一句和第二句为乐段一中的格式（1），第三句和第四句为乐段二中的格式（2）。全词双调，四十九字，上阕四句，四平韵；下阕四句，三平韵。

例五　画堂春（四十九字）

（宋）赵长卿

当时巧笑记相逢。玉梅枝上玲珑。酒杯流处已愁浓。寒雁摩空。　　去程无计更从容。到归来、好事匆匆。一时分付不言中。此恨难穷。

注：该词上阕第一句和第二句为乐段一中的格式（1），第三句和第四句为乐段二中的格式（1）；下阕第一句和第二句为乐段一中的格式（3），第三句和第四句为乐段二中的格式（1）。全词双调，四十九字，上下阕各四句，四平韵。

喜 长 新

唐教坊曲名。

《喜长新》的长短句结构

上阕，两个乐段		下阕，两个乐段	
乐段一（十一字）	乐段二（十三字）	乐段一（十字）	乐段二（十三字）
7　　4	7　　6	6　　4	7　　6

《康熙词谱》只收集一体《喜长新》，双调，上下阕分别可分为两个乐段，其长短句结构如表所示。该调四十七字，上阕四句，四平韵；下阕四句，三平韵，其基本格式如表所示。

《喜长新》的基本格式（双调）

《喜长新》上阕，四句，四平韵	
乐段一（二句，十一字）	乐段二（二句，十三字）
＋ － ＋ ｜ ｜ － －（韵）＋ ｜ －　－（韵）	＋ － ＋ ｜ ｜ － －（韵）＋ － ＋ ｜ － －（韵）

《喜长新》下阕，四句，三平韵	
乐段一（二句，十字）	乐段二（二句，十三字）
＋ ｜ ＋ － ＋ ｜（句）＋ ｜ － －（韵）	＋ － ＋ ｜ ｜ － －（韵）＋ － ＋ ｜ － －（韵）

例　喜长新（四十七字）

（宋）王胜之

秋风朔吹晓徘徊。雪照楼台。梁王宴召有邹枚。相如独逞英才。　　明烛熏炉香暖，深劝金杯。庭前艳粉有寒梅。一枝昨夜先开。

注：全词双调，四十七字，上阕四句，四平韵；下阕四句，三平韵。

金 盏 子 令

见《高丽史·乐志》。

《金盏子令》的长短句结构

上阕，两个乐段		下阕，两个乐段	
乐段一（十一字）	乐段二（十三字）	乐段一（十二字）	乐段二（十一字）
4　7	4　5　4	4　4　4	34　4

《康熙词谱》只收集一体《高盏子令》，双调，上下阕分别可分为两个乐段，其长短句结构如表所示。该调四十七字，上下阕各五句，两平韵，其基本格式如表所示。

《金盏子令》的基本格式（双调）

《金盏子令》上阕，五句，两平韵	
乐段一（二句，十一字）	乐段二（三句，十三字）
＋　一　＋　｜（句）＋　一　＋　｜　｜　一　一（韵）	＋　一　＋　｜（句）｜　＋　一　＋　｜（句）＋　｜　一　一（韵）

《金盏子令》下阕，五句，两平韵	
乐段一（三句，十二字）	乐段二（二句，十一字）
＋　一　＋　｜（句）＋　｜　一　｜（句）｜　一　一（韵）	｜　＋　一（读）＋　一　＋　｜（句）＋　｜　一　一（韵）

例　金盏子令（四十七字）
《高丽史·乐志》无名氏

东风报暖，到头嘉气渐融怡。巍峨凤阙，起鳌山万仞，争耸云涯。梨园子弟，齐奏新曲，半是埙篪。见满筵、簪绅醉饱，颂鹿鸣诗。

注：全词双调，四十七字，上下阕各五句，两平韵。

献 天 寿

见《高丽史·乐志》。

《献天寿》的长短句结构

上阕，两个乐段		下阕，两个乐段	
乐段一（十一字）	乐段二（十二字）	乐段一（十一字）	乐段二（十三字）
7　　4	7　　5	7　　4	7　　3　　3

《康熙词谱》只收集一体《献天寿》，双调，上下阕分别可分为两个乐段，其长短句结构如表所示。该调四十七字，上阕四句，四平韵；下阕五句，三平韵，其基本格式如表所示。

《献天寿》的基本格式（双调）

《献天寿》上阕，四句，四平韵	
乐段一（二句，十一字）	乐段二（二句，十二字）
＋｜－　－＋｜－（韵）｜｜－－（韵）	＋－＋｜｜－－（韵）＋｜｜－（韵）

《献天寿》下阕，五句，三平韵	
乐段一（二句，十一字）	乐段二（三句，十三字）
＋－＋｜－－（句）＋｜－－（韵）	＋－＋｜｜－－（韵）＋－｜（句）｜－－（韵）

例　献天寿（四十七字）
《高丽史·乐志》无名氏

　　日暖风和春更迟。是太平时。我从蓬岛整容姿。来降贺丹墀。　　幸逢灯夕真佳会，喜近天威。神仙寿算永无期。献君寿，万千斯。

注：全词双调，四十七字，上阕四句，四平韵；下阕五句，三平韵。

卷 七

三 字 令

调见《花间集》。前后段俱三字句，故名。

《三字令》的长短句结构

《三字令》上阕，四个乐段			
乐段一（六字）	乐段二（三字或六字）	乐段三（六字）	乐段四（九字）
3　　3	3 　3　　3	3　　3	3　　3　　3

《三字令》下阕，四个乐段			
乐段一（六字）	乐段二（三字或六字）	乐段三（六字）	乐段四（九字）
3　　3	3 　3　　3	3　　3	3　　3　　3

《康熙词谱》共收集《三字令》两首，双调，上下阕分别可分为四个乐段，其长短句结构如表所示。该调有四十八字或五十四字等格式，上阕八句或九句，四平韵；下阕八句或九句，四平韵。《康熙词谱》未明确何为正体或正格，故两体均作为基本格式（如表所示）。

例一　三字令（四十八字）
（五代）欧阳炯

春欲尽，日迟迟。牡丹时。罗帐卷，翠帘垂。彩笺书，红粉泪，两心知。　　人不在，燕空归。负佳期。香烬落，枕函敧。月分明，花淡薄，惹相思。

注：该调上阕第三句为乐段二中的格式（1），第六句至第八句为乐段四中的格式（1）；下阕第三句为乐段二中的格式（1），第六句至第七句为乐段四中的格式（1）。全词双调，四十八字，上下阕各八句，四平韵。

《三字令》的基本格式（双调）

《三字令》上阕，八句或九句，四平韵			
乐段一 （二句，六字）	乐段二（一句或二句， 三字或六字）	乐段三 （二句，六字）	乐段四 （三句，九字）
― 十 ｜（句）｜ ― ―（韵）	｜ ― ―（韵） （1） ― 十 ｜（句）｜ ― ―（韵） （2）	― 十 ｜（句）｜ ― ―（韵）	｜ ― ―（句） 十 ｜（句）｜ ― ―（韵） （1） ― 十 ｜（句）― 十 ｜（句）｜ ― ―（韵） （2）

《三字令》下阕，八句或九句，四平韵			
乐段一 （二句，六字）	乐段二（一句或二句， 三字或六字）	乐段三 （二句，六字）	乐段四 （三句，九字）
― 十 ｜（句）｜ ― ―（韵）	｜ ― ―（韵） （1） ― 十 ｜（句）｜ ― ―（韵） （2）	― 十 ｜（句）｜ ― ―（韵）	｜ ― ―（句） 十 ｜（句）｜ ― ―（韵） （1） ― 十 ｜（句）― 十 ｜（句）｜ ― ―（韵） （2）

例二　三字令（五十四字）

（宋）向子諲

春尽日，雨余时。红蔌蔌，绿漪漪。花满地，水平池。烟光里，云影上，画船移。　　文鸳并，白鸥飞。歌韵响，酒行迟。将我意，入新诗。春欲去，留且住，莫教归。

注：该调上阕第三句和第四句为乐段二中的格式（2），第六句至第八句为乐段四中的格式（2）；下阕第三句为乐段二中的格式（2），第六句至第七句为乐段四中的格式（2）。全词双调，五十四字，上下阕各九句，四平韵。

山 花 子

唐教坊曲名。一名《南唐浣溪沙》，《梅苑》名《添字浣溪沙》，《乐府雅词》名《摊破浣溪沙》，《高丽史·乐志》名《感恩多令》。

《山花子》的长短句结构

上阕，两个乐段		下阕，两个乐段	
乐段一（十四字）	乐段二（十字）	乐段一（十四字）	乐段二（十字）
7　　7	7　　3	7　　7	7　　3

《康熙词谱》只收集一体《山花子》，双调，上下阕可分为两个乐段，其长短句结构如表所示。该调四十八字，上阕四句，三平韵；下阕四句，两平韵。《康熙词谱》以李璟词为标谱词例。该调的正格与变格如表所示，其中，上下阕各乐段中的格式（1）为正格句式，其余为变格句式。

例一　山花子（四十八字）
（五代）李　璟

菡萏香销翠叶残。西风愁起绿波间。还与韶光共憔悴，不堪看。　　细雨梦回鸡塞远，小楼吹彻玉笙寒。多少泪珠何限恨，倚栏干。

注：该词上阕第三句和第四句为乐段二中的格式（1）；下阕第三句和第四句为乐段二中的格式（1）。全词双调，四十八字，上阕四句，三平韵；下阕四句，两平韵。

例二　山花子（四十八字）
（五代）和　凝

银字笙寒调正长。水纹簟冷画屏凉。玉腕重因金扼臂，淡梳妆。　　几度试香纤手暖，一回尝酒绛唇光。伴弄红丝绳拂子，打檀郎。

注：该词上阕第三句和第四句为乐段二中的格式（2）；下阕第三句和第四句为乐段二中的格式（1）。全词双调，四十八字，上阕四句，三平韵；下阕四句，两平韵。

《山花子》的正格与变格（双调）

《山花子》上阕，四句，三平韵	
乐段一（二句，十四字）	乐段二（二句，十字）
＋｜－－＋｜－（韵）＋ －＋｜｜－－（韵）	＋｜－－｜－｜（句）｜－－（韵） （1） ＋｜＋－－｜｜（句）｜－－（韵） （2）

《山花子》下阕，四句，三平韵	
乐段一（二句，十四字）	乐段二（二句，十字）
＋｜＋－－｜｜（句）＋ －＋｜｜－－（韵）	＋｜＋－－｜｜（句）｜－－（韵） （1） ＋｜＋－－｜｜（句）｜－－（重韵） （2）

例三　山花子（四十八字）

无名氏

　　五两竿头风欲平。长风举棹觉船轻。柔橹不施停却棹，是船行。　　满眼风波多闪烁，看山恰似走来迎。仔细看山山不动，是船行。

　　注：该词上阕第三句和第四句为乐段二中的格式（2）。下阕第三句和第四句为乐段二中的格式（2）。全词双调，四十八字，上阕四句，三平韵；下阕四句，一平韵一重韵。

忆　余　杭

　　见《湘山野录》，潘阆自度曲。因忆西湖诸胜，故名《忆余杭》。《词律》编入《酒泉子》者，误。

《忆余杭》的长短句结构

上阕，两个乐段		下阕，两个乐段	
乐段一 （十八字）	乐段二 （五字）	乐段一 （十三字或十四字）	乐段二 （十二字）
4　7　7	5	7　　6 7　7	7　5

《康熙词谱》共收集两体《忆余杭》，双调，上下阕分别可分为两个乐段，其长短句结构如表所示。该调有四十八字或四十九字等格式，用韵属于平仄韵转换格，上阕四句，两平韵；下阕四句，两仄韵两平韵。《康熙词谱》以四十八字体潘阆词为标谱词例，该调的正格与变格如表所示。其中各乐段中的格式（1）为正格句式，其余为变格句式。

《忆余杭》的正格与变格（双调）

《忆余杭》上阕，四句，两平韵	
乐段一（三句，十八字）	乐段二（一句，五字）
＋｜－－（句）＋｜＋－－｜｜（句） ＋－＋｜｜－－（平韵）	＋｜｜－－（韵）

《忆余杭》下阕，四句，两仄韵两平韵	
乐段一（二句，十三字或十四字）	乐段二（二句，十二字）
＋－＋｜－－｜（仄韵）＋｜＋ －－｜（韵） （1）	＋－＋｜｜－－（换平韵）＋｜ ｜｜－（韵）
＋－＋｜－－｜（仄韵）＋｜＋ －－｜｜（韵） （2）	

例一　忆余杭（四十八字）

（宋）潘　阆

长忆西湖，尽日凭阑楼上望，三三两两钓鱼舟。岛屿正清秋。　　笛声依约芦花里。白鸟数行惊起。别来闲想整鱼竿。思入水云寒。

注：该词下阕第一句和第二句为乐段一中的格式（1）。全词双调，四十八字，上阕四句，两平韵；下阕四句，两仄韵两平韵。

例二　忆余杭（四十九字）

（宋）潘　阆

长忆孤山，山在湖心如黛簇，僧房四面向湖开。轻棹去还来。　　芰荷香细连云阁。阁上清声檐下铎。别来尘土污人衣。空役梦魂飞。

注：该词下阕第一句和第二句为乐段一中的格式（2）。全词双调，四十九字，上阕四句，两平韵；下阕四句，两仄韵两平韵。

秋　蕊　香

该调有两体，四十八字者始于晏殊，九十七字者始于赵以夫，两词迥别，因调名同，故为类列。若柳永六十字《秋蕊香引》，仍即挨字另编。

小令《秋蕊香》的长短句结构

上阕，二个乐段		下阕，二个乐段	
乐段一（十二字）	乐段二（十三字）	乐段一（十字）	乐段二（十三字）
6　　6	7　　6	7　　3	7　　6

长调《秋蕊香》的长短句结构

上阕，四个乐段			
乐段一（十四字）	乐段二（十字）	乐段三（十四字）	乐段四（十一字）
4　4　6	5　5	3　5　6	3　4　4

下阕，四个乐段			
乐段一（十五字）	乐段二（八字）	乐段三（十四字）	乐段四（十一字）
6　5　4	3　5	3　5　6	3　4　4

《康熙词谱》共收集三体《秋蕊香》，双调，小令两体，长调一体。小令《秋蕊香》上

◇ 卷 七 ◇

下阕分别可分为两个乐段，长调《秋蕊香》上下阕分别可分为四个乐段，各自的长短句结构分别如表所示。小令《秋蕊香》四十八字，上下阕各四句，四仄韵。《康熙词谱》以晏殊词为标谱词例，周邦彦词与之相比，只是个别字的平仄相异，但都属于同一统计分析格式，故均作为基本格式（如表所示）。长调《秋蕊香》九十七字，上阕十句，五平韵；下阕八句，五平韵，其基本格式如表所示。

《秋蕊香》（小令）的基本格式（双调）

《秋蕊香》（小令）上阕，四句，四仄韵	
乐段一（二句，十二字）	乐段二（二句，十三字）
＋｜＋－＋｜（韵）＋｜＋－＋｜（韵）	＋－＋｜＋－｜（韵）＋｜＋－＋｜（韵）

《秋蕊香》（小令）下阕，四句，四仄韵	
乐段一（二句，十字）	乐段二（二句，十三字）
＋－＋｜－－｜（韵）＋｜＋－｜（韵）	＋－＋｜＋－｜（韵）＋｜＋－＋｜（韵）

例一　秋蕊香（四十八字）
（宋）晏　殊

梅蕊雪残香瘦。罗幕轻寒微透。多情只是春杨柳。占断可怜时候。　萧娘劝我杯中酒。翻红袖。金乌玉兔长飞走。争得朱颜依旧。

例二　秋蕊香（四十八字）
（宋）周邦彦

乳鸭池塘水暖。风紧柳花迎面。午妆粉指印窗眼。曲里长眉翠浅。　闻知社日停针线。探新燕。宝钗落枕梦魂远。帘影参差满院。

注：上述两词，全词双调，四十八字，上下阕各四句，四仄韵。

《秋蕊香》（长调）的基本格式（双调）

《秋蕊香》（长调）上阕，十句，五平韵	
乐段一（三句，十四字）	乐段二（二句，十字）
＋｜－－（句）＋－＋｜（句） ＋－＋｜－－（韵）	－－｜＋｜（句）＋｜｜－－（韵）

《秋蕊香》（长调）上阕，十句，五平韵	
乐段三（二句，十四字）	乐段四（三句，十一字）
＋＋＋（读）＋｜｜－－（韵） ＋－＋｜－－（韵）	－＋｜（句）＋－＋｜（句）＋｜ －－（韵）

《秋蕊香》（长调）下阕，九句，五平韵	
乐段一（三句，十五字）	乐段二（一句，八字）
＋｜＋－－｜（句）＋｜｜－－ （句）＋｜－－（韵）	＋＋＋（读）＋｜｜－－（韵）

《秋蕊香》下阕，九句，五平韵	
乐段三（二句，十四字）	乐段四（三句，十一字）
＋＋＋（读）＋｜｜－－（韵） ＋－＋｜－－（韵）	－＋｜（句）＋－＋｜（句）＋｜ －－（韵）

例 秋蕊香（九十七字）

（宋）赵以夫

一夜金风，吹成万粟，枝头点点明黄。扶疏月殿影，雅淡道家妆。阿谁倩、天女散浓香。十分熏透霓裳。徘徊处，玉绳低转，人静天凉。　　底事小山幽咏，浑未识清妍，空自神伤。忆佳人、执手诉离湘。招蟾魂、和泪吸秋光。碧云日暮何妨。惆怅久，瑶琴微弄，一曲清商。

注：全词双调，九十七字，上阕十句，五平韵；下阕九句，五平韵。

胡　捣　练

该调与《捣练子》异，或云似《桃源忆故人》，但上下阕起句，有押韵不押韵之分。惟《望仙楼》调本此减字，观《梅苑》刻《望仙楼》词仍名《胡捣练》，可知矣。

《胡捣练》的长短句结构

上阕，两个乐段		下阕，两个乐段	
乐段一 （十三字或十四字）	乐段二 （十一字）	乐段一（十三字或十二字或十四字）	乐段二 （十一字）
7　　6 7　　34	6　　5	7　　6 6　　6 7　　34	6　　5

《康熙词谱》共收录《胡捣练》三体，双调，上下阕分别可分为两个乐段，其长短句结构如表所示。该调有四十八或四十七字、五十字等格式，上下阕各四句，三仄韵。《康熙词谱》以四十八字体晏殊词为正体或正格。该调的正格与变格如表所示，其中，上下阕各乐段中的格式（1）为正格句式，其余为变格句式。

例一　胡捣练（四十八字）
（宋）晏　殊

夜来江上见寒梅，自逞芳妍标格。为甚东风先圻。分付春消息。　　佳人钗上玉尊前，朵朵浓香堪惜。谁把彩毫描得。免恁轻抛掷。

注：该词上阕第一句和第二句为乐段一中的格式（1）；下阕第一句和第二句为乐段一中的格式（1）。全词双调，四十八字，上下阕各四句，三仄韵。

例二　胡捣练（四十七字）
（宋）晏几道

小春花信日边来，陇上江梅先圻。今岁东君消息。还自南枝得。　　素衣染尽天香，玉酒添成国色。一自故溪疏隔。肠断长相忆。

注：该词上阕第一句和第二句为乐段一中的格式（1）；下阕第一句和第二句为乐段一中的格式（2）。全词双调，四十七字，上下阕各四句，三仄韵。

《胡捣练》的正格和变格（双调）

《胡捣练》上阕，四句，三仄韵	
乐段一（二句，十三字或十四字）	乐段二（二句，十一字）
＋－＋｜｜－－（句）＋｜＋ －＋｜（韵） （1） ＋－＋｜｜－－（句）＋＋＋ （读）＋－＋｜（韵） （2）	＋｜＋－＋｜（韵）＋｜－－ ｜（韵）

《胡捣练》下阕，四句，三仄韵	
乐段一（二句，十三字或十二字、十四字）	乐段二（二句，十一字）
＋－＋｜｜－－（句）＋｜＋ －＋｜（韵） （1） ＋－＋｜－－（句）＋｜ －＋｜（韵） （2） ＋－＋｜｜－－（句）＋＋ ＋（读）＋－＋｜（韵） （3）	＋｜＋－＋｜（韵）＋｜－－｜ （韵）

例三　胡捣练（五十字）

（宋）杜安世

数枝半敛半开时，洞阁晓、宝妆新注。香格艳姿天赋。甘被群芳妒。　狂风横雨且相饶，又恐有、彩云迎去。牵破少年心绪。无计长为主。

注：该词上阕第一句和第二句为乐段一中的格式（2）；下阕第一句和第二句为乐段一中的

格式（3）。全词双调，五十字，上下阕各四句，三仄韵。

桃源忆故人

一名《虞美人影》；张先词或名《胡捣练》；陆游词名《桃园忆故人》；赵鼎词名《醉桃园》；韩淲词有"杏花风里东风峭"，名《杏花风》。

《桃源忆故人》的长短句结构

上阕，两个乐段		下阕，两个乐段	
乐段一 （十三字）	乐段二 （十一字）	乐段一（十三字或十四字）	乐段二 （十一字）
7　　6	6　　5	7　　6 7　　34	6　　5

《康熙词谱》共收集两体《桃源忆故人》，双调，上下阕分别可分为两个乐段，其长短句结构如表所示。该调有四十八字或四十九字等格式，上下阕各四句，四仄韵。《康熙词谱》以四十八字体欧阳修词为正体或正格，该词的正格与变格如表所示，其中，上下阕各乐段中的格式（1）为正格句式，其余为变格句式。

例一　桃源忆故人（四十八字）

（宋）欧阳修

梅梢弄粉香犹嫩。欲寄江南春信。别后愁肠萦损。说与伊争稳。　　小炉独守寒灰烬。忍泪低头画尽。眉上万重新恨。竟日无人问。

注：该词下阕第一句和第二句为乐段一中的格式（1）。全词双调，四十八字，上下阕各四句，四仄韵。

《桃源忆故人》的基本格式（双调）

《桃源忆故人》上阕，四句，四仄韵	
乐段一（二句，十三字）	乐段二（二句，十一字）
＋－＋｜－－｜（韵）＋｜＋｜－＋｜（韵）	＋｜＋－＋｜（韵）＋｜－－｜（韵）

《桃源忆故人》下阕，四句，四仄韵	
乐段一（二句，十三字或十四字）	乐段二（二句，十一字）
＋－＋｜－－｜（韵）＋｜＋｜－＋｜（韵） （1） ＋－＋｜－－｜（韵）－＋｜（读）＋－＋｜（韵） （2）	＋｜＋－＋｜（韵）＋｜－－｜（韵）

例二　桃源忆故人（四十九字）

（宋）王庭珪

催花一霎清明雨。留得东风且住。两岸柳汀烟坞。未放行人去。　人如双鹄云间举。明月夜、扁舟何处。只向武陵南渡。便是长安路。

注：该词下阕第一句和第二句为乐段一中的格式（2）。全词双调，四十九字，上下阕各四句，四仄韵。

撼　庭　秋

唐教坊曲名。又作《感庭秋》。

《撼庭秋》的长短句结构

上阕，两个乐段		下阕，两个乐段	
乐段一（十一字）	乐段二（十二字）	乐段一（十二字）	乐段二（十三字）
6　5	4　4　4	4　4　4	5　4　4

◇卷　七◇

《康熙词谱》只收集一体《撼庭秋》，双调，上下阕分别可分为两个乐段，其长短句结构如表所示。该调四十八字，上阕五句，三仄韵；下阕六句，两仄韵，其基本格式如表所示。

《撼庭秋》的基本格式（双调）

《撼庭秋》上阕，四句，三仄韵	
乐段一（二句，十一字）	乐段二（三句，十二字）
＋　－　＋　｜　－　｜（韵）｜　＋　－　＋ ｜（韵）	＋　－　＋　｜（句）＋　－　＋　｜（句） ＋　－　＋　｜（韵）

《撼庭秋》下阕，四句，两仄韵	
乐段一（三句，十二字）	乐段二（三句，十三字）
＋　－　－　＋　｜（句）＋　－　＋　｜（句） ＋　－　＋　｜（韵）	｜　＋　－　＋　｜（句）＋　－　＋　｜（句） ＋　－　＋　｜（韵）

例　撼庭秋（四十八字）

（宋）晏　殊

别来音信千里。恨此情难寄。碧纱秋月，梧桐夜雨，几回无寐。　　高楼目断，天涯云黯，只堪憔悴。念兰堂红烛，心长焰短，向人垂泪。

注：全词双调，四十八字，上阕五句，三仄韵；下阕六句，两仄韵。

庆　金　枝

《高丽史·乐志》，名《庆金枝令》。

《庆金枝》的长短句结构

上阕，两个乐段		下阕，两个乐段	
乐段一 （十一字）	乐段二 （十二字或十三字）	乐段一 （十三字）	乐段二 （十二字或十三字）
5　　33	7　　5 7　　33	7　　33	7　　5 7　　33

《康熙词谱》共收录《庆金枝》三体，双调，上下阕分别可分为两个乐段，其长短句结构如表所示。该调有四十八字或五十字等格式，上阕四句，三平韵或四平韵；下阕四句，三平韵或四平韵。《康熙词谱》以《高丽史·乐志》无名氏词为标谱词例。该调的正格与变格如表所示，其中，上下阕各乐段中的格式（1）为正格句式，其余为变格句式。

《庆金枝》的正格与变格（双调）

《庆金枝》上阕，四句，三平韵或四平韵	
乐段一（二句，十一字）	乐段二（二句，十二或者十三字）
＋｜－｜－（韵）＋＋＋（读）｜－－（韵） （1）	＋－＋｜＋－｜（句）＋｜｜－（韵） （1）
－－＋｜－（韵）＋＋＋（读）｜－－（韵） （2）	＋－＋｜｜－－（韵）＋＋＋（读）｜－－（韵） （2）

《庆金枝》下阕，四句，三平韵或四平韵	
乐段一（二句，十三字）	乐段二（二句，十二字或十三字）
＋－＋｜－－｜（句）＋＋＋（读）｜－－（韵） （1）	＋－＋｜｜－－（韵）＋｜｜－－（韵） （1）
＋－＋｜｜－－（韵）＋＋＋（读）｜－－（韵） （2）	＋－＋｜｜－－（韵）＋＋＋（读）｜－－（韵） （2）

例一　庆金枝（四十八字）

《高丽史·乐志》无名氏

莫惜金缕衣。劝君惜、少年时。花开堪折直须折，莫待折空枝。　一朝杜宇才鸣后，便从此、歇芳菲。有花有酒且开眉。莫待满头丝。

注：该词上阕第一句和第二句为乐段一中的格式（1），第三句和第四句为乐段二中的格式（1）；下阕第一句和第二句为乐段一中的格式（1），第三句和第四句为乐段二中的格式（1）。全词双调，四十八字，上下阕各四句，三平韵。

例二　庆金枝（五十字）

（宋）张　先

青螺添远山。两娇靥、笑时圆。抱云勾雪近灯看。算何处、不堪怜。　　今生但愿无离别，花月下、绣屏前。双蚕成茧共缠绵。更重结、后生缘。

注：该词上阕第一句和第二句为乐段一中的格式（2），第三句和第四句为乐段二中的格式（2）；下阕第一句和第二句为乐段一中的格式（1），第三句和第四句为乐段二中的格式（2）。全词双调，五十字，上阕四句，四平韵；下阕四句，三平韵。

例三　庆金枝（五十字）

《梅苑》无名氏

新春入旧年。绽梅萼、一枝先。陇头人待信音传。算楚岸、未香残。　　小桃风雪凭阑干。下帘幕、护轻寒。年华永占入芳筵。付尊酒、渐成欢。

注：该词上阕第一句和第二句为乐段一中的格式（2），第三句和第四句为乐段二中的格式（2）；下阕第一句和第二句为乐段一中的格式（2），第三句和第四句为乐段二中的格式（2）。全词双调，五十字，上下阕各四句，四平韵。

烛 影 摇 红

宋吴曾《能改斋漫录》："王都尉诜有《忆故人》词，徽宗喜其词意，犹以不丰容宛转为恨，乃令大晟乐府别撰腔。周邦彦增益其词，而以首句为名，谓之《烛影摇红》。"王诜词本小令，原名《忆故人》，或名《归去曲》，以毛滂词有"送君归去添凄断"句也。若周邦彦词则合毛王二体为一阕。元赵雍词更名《玉珥坠金环》，元好问词更名《秋色横空》。

《烛影摇红》（令体）的长短句结构

上阕，两个乐段		下阕，两个乐段	
乐段一 （十一字或十三字）	乐段二 （十二字）	乐段一 （十三字）	乐段二 （十二字）
4　　　7	7　　5	6　　34	4　　4　　4
4　3　33			

《烛影摇红》（长调）的长短句结构

上阕，四个乐段								
乐段一（十一字）		乐段二（十二字）		乐段三（十三字）		乐段四（十二字）		
4	7	7	5	6	34	4	4	4

下阕，四个乐段								
乐段一（十一字）		乐段二（十二字）		乐段三（十三字）		乐段四（十二字）		
4	7	7	5	6	34	4	4	4

　　《烛影摇红》双调，其长短句结构如表所示。该调有四十八字或五十字等格式，上阕四句或五句，两仄韵；下阕五句，三仄韵。《康熙词谱》以四十八字体毛滂词为标谱词例。该调的正格与变格如表所示，其中，各乐段中的格式（1）为正格句式，其余为变格句式。

　　此外，周邦彦词合毛滂词与王诜词为一阕，演为长调《烛影摇红》，《梦窗词集》入"大石调"，九十六字，上下阕各九句，五仄韵，且字数组合相同。长调《烛影摇红》的长短句结构与基本格式分别如相关表所示。

例一　烛影摇红（四十八字）

（宋）毛　滂

　　老景萧条，送君归去添凄断。赠君明月满前溪，直到西湖畔。　　门掩绿苔应遍。为黄花、频开醉眼。橘奴无恙，蝶子相迎，寒窗日短。

　　注：该词上阕第一句和第二句为乐段一中的格式（1）；下阕第三句至第五句为乐段二中的格式（1）。全词双调，四十八字，上阕四句，两仄韵；下阕五句，三仄韵。

例二　烛影摇红（四十八字）

（宋）贺　铸

　　波影翻帘，泪痕凝烛青山馆。离魂十里念佳期，襟珮如相款。　　惆怅更长梦短。但衾枕、余芳剩暖。半窗斜月，照人肠断，啼乌不管。

　　注：该词上阕第一句和第二句为乐段一中的格式（1）；下阕第三句至第五句为乐段二中的格式（2）。全词双调，四十八字，上阕四句，两仄韵；下阕五句，三仄韵。

《烛影摇红》（令体）的正格与变格（双调）

《烛影摇红》上阕，四句或五句，两仄韵	
乐段一（二句或三句，十一字或十三字）	乐段二（二句，十二字）
十｜一一（句）十一十｜一 ｜（韵） （1） 十｜一一（句）｜十一（句）十 十十（读）一一｜（韵） （2）	十一十｜｜一一（句）十｜一 一｜（韵）

《烛影摇红》下阕，五句，三仄韵	
乐段一（二句，十三字）	乐段二（三句，十二字）
十｜十一十｜（韵）十十十（读） 十一｜｜（韵）	十一十｜（句）十｜十一（句） 十一十｜（韵） （1） 十一十｜（句）十一十｜（句） 十一十｜（韵） （2）

例三 烛影摇红（五十字）

（宋）王 诜

烛影摇红，向夜阑，乍酒醒、心情懒。尊前谁为唱阳关，离恨天涯远。　无奈云沉雨散。凭栏干、东风泪眼。海棠开后，燕子来时，黄昏庭院。

注：该词上阕第一句至第三句为乐段一中的格式（2）；下阕第三句至第五句为乐段二中的格式（1）。全词双调，五十字，上阕五句，两仄韵；下阕五句，三仄韵。

《烛影摇红》（长调）的基本格式（双调）

《烛影摇红》上阕，九句，五仄韵	
乐段一（二句，十一字）	乐段二（二句，十二字）
＋｜－－（句）＋－＋｜－－｜（韵）	＋－＋｜｜－－（句）＋｜－－｜（韵）

《烛影摇红》上阕，九句，五仄韵	
乐段三（二句，十三字）	乐段四（三句，十二字）
＋｜＋－＋｜（韵）＋＋＋（读）＋－＋｜（韵）	＋－＋｜（句）＋｜－－（句）＋－＋｜（韵）

《烛影摇红》下阕，九句，五仄韵	
乐段一（二句，十一字）	乐段二（二句，十二字）
＋｜－－（句）＋－＋｜－－｜（韵）	＋－＋｜｜－－（句）＋｜－－｜（韵）

《烛影摇红》下阕，九句，五仄韵	
乐段三（二句，十三字）	乐段四（三句，十二字）
＋｜＋－＋｜（韵）＋＋＋（读）＋－＋｜（韵）	＋－＋｜（句）＋｜－－（句）＋－＋｜（韵）（1）＋＋－｜（句）＋｜－－（句）＋－＋｜（韵）（2）

例一　烛影摇红（九十六字）

（宋）周邦彦

　　香脸轻匀，黛眉巧画宫妆浅。风流天付与精神，全在娇波转。早是萦心可惯。那更堪、频频顾盼。几回得见，见了还休，争如不见。　　烛影摇红，夜阑饮散春宵短。当时谁解唱阳关，离恨天涯远。无奈云收雨散。凭阑干、东风泪眼。海棠开后，燕子来时，黄昏庭院。

注：该词下阕第七句至第九句为乐段四中的格式（1）。全词双调，九十六字，上下阕各九句，五仄韵。

例二　烛影摇红（九十六字）
（宋）高观国

别浦潮平，远村帆落烟江冷。征鸿相唤著行飞，不耐霜风紧。雪意垂垂未定。正惨惨、云横疏影。酒醒情绪，日晚登临，凄凉谁问。　　行乐京华，软红不断香尘喷。试将心事卜归期，终是无凭准。寥落年华将尽。误玉人、高楼凝恨。第一休负，西子湖边，江梅春信。

注：该词下阕第七句至第九句为乐段四中的格式（2）。全词双调，九十六字，上下阕各九句，五仄韵。

朝　中　措

《宋史·乐志》属黄钟宫。李祁词有"初见照江梅"句，名《照江梅》；韩淲词名《芙蓉曲》，又有"香动梅梢圆月"句，名《梅月圆》。

《朝中措》的长短句结构

上阕，两个乐段		下阕，两个乐段	
乐段一（十二字）	乐段二（十二字）	乐段一（十二字或十三字）	乐段二（十二字）
7　　5	6　　6	4　　4　　4 5　　4 7　　5	6　　6

《康熙词谱》共收集四体《朝中措》，双调，上下阕分别可分为两个乐段，其长短句结构如表所示。该调有四十八字或四十九字等格式，上阕四句，三平韵；下阕五句或四句，两平韵或三平韵。《康熙词谱》以四十八字体欧阳修词为正体或正格。该调的正格与变格如表所示，其中，上下阕各乐段中的格式（1）为正格句式，其余为变格句式。

《朝中措》的正格与变格（双调）

《朝中措》上阕，四句，三平韵	
乐段一（二句，十二字）	乐段二（二句，十二字）
＋ － ＋ ｜ ｜ － －（韵）＋ ｜ ｜ － －（韵）	＋ ｜ ＋ － ＋ ｜（句）＋ － ＋ ｜ － －（韵）

《朝中措》下阕，五句或四句，两平韵或三平韵	
乐段一（三句或二句，十二字或十三字）	乐段二（二句，十二字）
＋ － ＋ ｜（句）＋ － ＋ ｜（句）＋ ｜ － －（韵）（1）	＋ ｜ ＋ － ＋ ｜（句）＋ － ＋ ｜ － －（韵）
＋ － － ｜ ｜（句）＋ － ＋ ｜（句）＋ ｜ － －（韵）（2）	
＋ － ＋ ｜ ｜ － －（韵）＋ ｜ ｜ － －（韵）（3）	
＋ － ＋ ｜ － － ｜（句）＋ ｜ ｜ － －（韵）（4）	

例一　朝中措（四十八字）

（宋）欧阳修

平山栏槛倚晴空。山色有无中。手种堂前垂柳，别来几度春风。　　文章太守，挥毫万字，一饮千钟。行乐直须年少，尊前看取衰翁。

注：该词下阕第一句至第三句为乐段一中的格式（1）。全词双调，四十八字，上阕四句，三平韵；下阕五句，两平韵。

例二　朝中措（四十八字）

（宋）辛弃疾

年年金蕊艳西风。人与菊花同。霜鬓经春曾绿，仙姿不饮长红。　　焚香度日尽从容。笑语调儿童。一岁一杯为寿,从今更数千钟。

注:该词下阕第一句和第二句为乐段一中的格式(3)。全词双调,四十八字,上下阕各四句,三平韵。

例三　朝中措(四十八字)

(宋)赵长卿

荷钱浮翠点前溪。梅雨日长时。恰是清和天气,雕鞍又作分携。　　别来几日愁心折,针线小蛮衣。羞对绿阴庭院,衔泥燕燕于飞。

注:该词下阕第一句和第二句为乐段一中的格式(4)。全词双调,四十八字,上阕四句,三平韵;下阕四句,两平韵。

例四　朝中措(四十九字)

(宋)蔡　伸

章台杨柳自依依。飞絮送春归。院宇日长人静,园林绿暗红稀。　　庭前花谢了,行云散后,物是人非。惟有一襟清泪,凭阑洒遍残枝。

注:该词下阕第一句至第三句为乐段一中的格式(2)。全词双调,四十九字,上阕四句,三平韵;下阕五句,两平韵。

洞　天　春

该调见《六一词》,盖赋院落之春景如洞天也。

《洞天春》的长短句结构

上阕,两个乐段		下阕,两个乐段	
乐段一(十二字)	乐段二(十二字)	乐段一(十二字)	乐段二(十二字)
6　6	7　5	6　6	4　4　4

《康熙词谱》只收集一体《洞天春》,双调,上下阕分别可分为两个乐段,其长短句结构如表所示。该调四十八字,上阕四句,四仄韵;下阕五句,三仄韵,其基本格式如表所示。

《洞天春》的基本格式（双调）

《洞天春》上阕，四句，四仄韵	
乐段一（二句，十二字）	乐段二（二句，十二字）
＋ － ＋ ｜ － ｜（韵）＋ ｜ ＋ － ＋ ｜（韵）	＋ ｜ － － ｜ － ｜（韵）｜ ＋ － ＋ ｜（韵）

《洞天春》下阕，五句，三仄韵	
乐段一（二句，十二字）	乐段二（三句，十二字）
＋ － ＋ ｜ ＋ ｜（韵）＋ ｜ ＋ － ＋ ｜（韵）	＋ ｜ － －（句）＋ － ＋ ｜（句）＋ － ＋ ｜（韵）

例　洞天春（四十八字）

（宋）欧阳修

莺啼绿树声早。槛外残红未扫。露点真珠遍芳草。正帘帏清晓。　　秋千宅院悄悄。又是清明过了。燕蝶轻狂，柳丝撩乱，春心多少。

注：全词双调，四十八字，上阕四句，四仄韵；下阕五句，三仄韵。

庆　春　时

该调见《小山乐府》，凡二首，俱庆赏春时宴乐之词。

《庆春时》的长短句结构

上阕，两个乐段		下阕，两个乐段	
乐段一（十二字）	乐段二（十三字）	乐段一（十字）	乐段二（十三字）
4　4　4	4　4　5	4　6	4　4　5

《康熙词谱》只收集一体《庆春时》，双调，上下阕分别可分为两个乐段，其长短句结构如表所示。该调四十八字，上阕六句，两平韵；下阕五句，两平韵，其基本格式如表所示。

《庆春时》的基本格式（双调）

《庆春时》上阕，六句，两平韵	
乐段一（三句，十二字）	乐段二（三句，十三字）
＋ － ＋ ｜（句）＋ － ＋ ｜（句）＋ ｜ － －（韵）	＋ － ＋ ｜（句）＋ － ＋ ｜（句）＋ ｜ ｜ － －（韵）

《庆春时》下阕，五句，两平韵	
乐段一（二句，十字）	乐段二（三句，十三字）
＋ － ＋ ｜（句）＋ ｜ － ｜ － －（韵）	＋ － ＋ ｜（句）＋ － ＋ ｜（句）＋ ｜ ｜ － －（韵）

例 庆春时（四十八字）

（宋）晏几道

倚天楼殿，升平风月，彩仗春移。鸾丝凤竹，长生调里，迎得翠舆归。　雕鞍游罢，何处还有心期。浓熏翠被，深停画烛，人约月西时。

注：全词双调，四十八字，上阕六句，两平韵；下阕五句，两平韵。

眼 儿 媚

左誉词有"斜月小栏干"句，又名《小栏干》；韩淲词有"东风拂槛露犹寒"句，又名《东风寒》；陆游词名《秋波媚》。

《眼儿媚》的长短句结构

上阕，两个乐段		下阕，两个乐段	
乐段一（十二字）	乐段二（十二字）	乐段一（十二字）	乐段二（十二字）
7　5	4　4　4	7　5	4　4　4

《康熙词谱》共收集三体《眼儿媚》，双调，上下阕分别可为三个乐段，其长短句结构如表所示。该调四十八字，上阕五句，三平韵；下阕五句，两平韵或三平韵，《康熙词谱》

以左誉词和贺铸词为正体或正格。《眼儿媚》的正格与变格如表所示，其中，上下阕各乐段中的格式（1）为正格句式，其余为变格句式。

《眼儿媚》的正格与变格（双调）

《眼儿媚》上阕，五句，三平韵	
乐段一（二句，十二字）	乐段二（三句，十二字）
＋｜－－｜＋－（韵）＋｜｜－－（韵） （1）	＋－＋｜（句）＋－＋｜（句）＋｜－－（韵）
＋－＋｜｜－－（韵）＋｜｜－－（韵） （2）	

《眼儿媚》下阕，五句，两平韵或三平韵	
乐段一（二句，十二字）	乐段二（三句，十二字）
＋－＋｜－－｜（句）＋｜｜－－（韵） （1）	＋－＋｜（句）＋－＋｜（句）＋｜－－（韵）
＋－＋｜｜－－（韵）＋｜｜－－（韵） （2）	

例一　眼儿媚（四十八字）

（宋）左　誉

楼上黄昏杏花寒。斜月小栏干。一双燕子，两行归雁，画角声残。　　绮窗人在东风里，洒泪对春闲。也应似旧，盈盈秋水，淡淡春山。

注：该词上阕第一句和第二句为乐段一中的格式（1）；下阕第一句和第二句为乐段一中的格式（1）。全词双调，四十八字，上阕五句，三平韵；下阕五句，两平韵。

例二 眼儿媚（四十八字）

（宋）贺 铸

萧萧江上荻花秋。做弄许多愁。半竿落日，两行新雁，一叶扁舟。　惜分长怕君先去，且待醉时休。今宵眼底，明朝心上，后日眉头。

注：该词上阕第一句和第二句为乐段一中的格式（2）；下阕第一句第二句为乐段一中的格式（1）。全词双调，四十八字，上阕五句，三平韵；下阕五句，两平韵。

例三 眼儿媚（四十八字）

（宋）赵长卿

南枝消息杳然间。寂寞倚雕栏。紫腰艳艳，青腰袅袅，风月俱闲。　佳人环佩玉阑珊。作恶探花还。玉纤捻粟，樱唇呵粉，愁点眉弯。

注：该词上阕第一句和第二句为乐段一中的格式（2）；下阕第一句和第二句为乐段一中的格式（2）。全词双调，四十八字，上下阕各五句，三平韵。

人 月 圆

《中原音韵》注"黄钟宫"。此调始于王诜，因词中"人月圆时"句，取以为名。吴激词有"青衫泪湿"句，又名《青衫湿》。

《人月圆》的长短句结构

上阕，两个乐段		下阕，两个乐段	
乐段一（十二字）	乐段二（十二字）	乐段一（十二字）	乐段二（十二字）
7　　5	4　4　4	4　4　4	4　4　4 7　5

《康熙词谱》共收集三体《人月圆》，双调，上下阕分别可分为两个乐段，其长短句结构如表所示。该调四十八字，有平韵和仄韵两种格式。就平韵格而言，上阕五句，两平韵；下阕六句或五句，两平韵。就仄韵格而言，上阕五句，四仄韵；下阕五句，两仄韵一叠韵。《康熙词谱》以四十八字体平韵王诜词为正体或正格。该调的正格与变格如表所示，其中，上下阕各乐段中的格式（1）为正格句式，其余为变格句式。

《人月圆》（平韵）的正格与变格（双调）

《人月圆》上阕，五句，两平韵	
乐段一（二句，十二字）	乐段二（三句，十二字）
＋ － ＋ ｜ － － ｜（句）＋ ｜ ｜ － －（韵）	＋ － ＋ ｜（句）＋ － ＋ ｜（句）＋ ｜ － －（韵）

《人月圆》下阕，六句或五句，两平韵	
乐段一（三句，十二字）	乐段二（三句或二句，十二字）
＋ － ＋ ｜（句）＋ － ＋ ｜（句）＋ ｜ － －（韵）	＋ － ＋ ｜（句）＋ － ＋ ｜（句）＋ ｜ － －（韵）（1） ＋ － － ＋ ｜ ＋ ＋ ｜（句）｜ ＋ ｜ － －（韵）（2）

例一　人月圆（四十八字）

（宋）王 诜

小桃枝上春来早，初试薄罗衣。年年此夜，华灯竞处，人月圆时。　　禁街箫鼓，寒轻夜永，纤手同携。夜阑人静，千门笑语，声在帘帏。

注：该词下阕第四句至第六句为乐段二中的格式（1）。全词双调，四十八字，上阕五句，两平韵；下阕六句，两平韵。

例二　人月圆（四十八字）

（宋）杨无咎

风和日薄余烟嫩，恻恻透鲛绡。相逢且喜，人圆玳席，月满丹霄。　　烂游胜赏，高低灯火，鼎沸笙箫。一年三百六十日，愿长似今宵。

注：该词下阕第四句和第五句为乐段二中的格式（2）。全词双调，四十八字，上下阕各五句，两平韵。

《人月圆》的仄韵格（双调）

《人月圆》上阕，五句，四仄韵	
乐段一（二句，十二字）	乐段二（三句，十二字）
十 一 十 丨 一 一 丨（韵）十 丨 一 一 丨（韵）	十 一 十 丨（韵）十 一 十 丨（句）十 丨 一 丨（韵）

《人月圆》下阕，五句，两仄韵一叠韵	
乐段一（三句，十二字）	乐段二（二句，十二字）
十 一 十 丨（句）十 一 十 丨（句）十 丨 一 丨（韵）	十 一 十 丨 十 一 丨（韵）丨 十 一 丨（叠）

例 人月圆（四十八字）

（宋）杨无咎

月华灯影光相射。还是元宵也。绮罗如画。笙歌递响，无限风雅。　闹蛾斜插，轻衫乍试，闲趁尖耍。百年三万六千夜。愿长如今夜。

注：全词双调，四十八字，上阕五句，四仄韵；下阕五句，两仄韵一叠韵。

喜 团 圆

调见《小山乐府》。《花草粹编》无名氏词，有"与个团圆"句，更名《与团圆》。

《喜团圆》的长短句结构

上阕，两个乐段		下阕，两个乐段	
乐段一（十二字）	乐段二（十二字）	乐段一（十二字）	乐段二（十二字）
4　4　4	7　5 4　4　4	4　4　4	4　4　4

《康熙词谱》共收集两体《喜团圆》，双调，上下阕分别可分为两个乐段，其长短句结构如表所示。该调四十八字，上阕五句或六句，两平韵；下阕六句，两平韵。《康熙词谱》以晏几道词为标谱词例。该调的正格与变格如表所示，其中，上下阕各乐段中的格式（1）为正格句式，其余为变格句式。

《喜团圆》的正格与变格（双调）

《喜团圆》上阕，五句或六句，两平韵	
乐段一（三句，十二字）	乐段二（二句或三句，十二字）
＋ － ＋ ｜（句）＋ － ＋ ｜（句） ＋ ｜ － －（韵）	＋ － ＋ ｜ － － ｜（句）＋ ＋ ｜ － －（韵） （1） ＋ ｜ － －（句）＋ － ＋ ｜（句） ＋ ｜ － －（韵） （2）

《喜团圆》下阕，六句，两平韵	
乐段一（三句，十二字）	乐段二（三句，十二字）
＋ － ＋ ｜（句）＋ － ＋ ｜（句） ＋ ｜ － －（韵） （1） ＋ ｜ － －（句）＋ － ＋ ｜（句） ＋ ｜ － －（韵） （2）	＋ － ＋ ｜（句）＋ － ＋ ｜（句） ＋ ｜ － －（韵）

例一　喜团圆（四十八字）

（宋）晏几道

　　危楼静锁，窗中远岫，门外垂杨。珠帘不禁春风度，解偷送余香。　　眠思梦想，不如双燕，得到兰房。别来只是，凭高泪眼，感旧离肠。

　　注：该词上阕第四句和第五句为乐段一中的格式（1）；下阕第一句至第三句为乐段一中的格式（1）。全词双调，四十八字，上阕五句，两平韵；下阕六句，两平韵。

例二　喜团圆（四十八字）

《梅苑》无名氏

　　轻攒碎玉，玲珑竹外，脱去繁华。尤㜸东君，最先点破，压倒群花。　　瘦影生香，黄昏月馆，深浅溪沙。仙标淡泞泹，偏宜幺凤，肯带栖鸦。

注：该词上阕第四句至第六句为乐段一中的格式（2）；下阕第一句至第三句为乐段一中的格式（2）。全词双调，四十八字，上下阕各六句，两平韵。

海 棠 春

此调始自秦观，因词中有"试问海棠花，昨夜开多少"句，故名。马庄父词名《海棠花》，史达祖词名《海棠春令》。

《海棠春》的长短句结构

上阕，两个乐段		下阕，两个乐段	
乐段一 （十四字或十三字）	乐段二 （十字）	乐段一 （十四字或十三字）	乐段二 （十字）
7　　34 7　　　6	5　　5	7　　34 4　　4　　6 7　　　6	5　　5

《康熙词谱》共收集三体《海棠春》，双调，上下阕分别可分为两个乐段，其长短句结构如表所示。该调四十八字或四十六字，上阕四句，三仄韵；下阕四句或五句，三仄韵。《康熙词谱》以四十八字体秦观词为正体或正格。该调的正格与变格如表所示，其中，上下阕各乐段中的格式（1）为正格句式，其余为变格句式。

例一　海棠春（四十八字）

（宋）秦　观

流莺窗外啼声巧。睡未足、把人惊觉。翠被晓寒轻，宝篆沉烟袅。　　宿醒未解宫娥报。道别院、笙歌宴早。试问海棠花，昨夜开多少。

注：该词上阕的第一句和第二句为乐段一的格式（1）；下阕第一句和第二句为乐段一的格式（1）。全词双调，四十八字，上下阕各四句，三仄韵。

《海棠春》的正格和变格（双调，仄韵）

《海棠春》上阕，四句，三仄韵	
乐段一（二句，十四字或十三字）	乐段二（二句，十字）
＋ － ＋ ｜ － － ｜（韵）＋ ＋ ＋（读）＋ － ＋ ｜（韵） （1） ＋ － ＋ ｜ － ｜（韵）＋ ｜ ＋ － ＋ ｜（韵） （2）	＋ ｜ ｜ － －（句）＋ ｜ － － ｜（韵）

《海棠春》下阕，四句或五句，三仄韵	
乐段一（二句或三句，十四字或十三字）	乐段二（二句，十字）
＋ － ＋ ｜ － － ｜（韵）＋ ＋ ＋（读）＋ － ＋ ｜（韵） （1） ＋ － ＋ ｜ － ｜（韵）＋ ｜ ＋ － ＋ ｜（韵） （2） ＋ － ＋ ｜（句）＋ － ＋ ｜（韵）＋ ｜ ＋ － ＋ ｜（韵） （3）	＋ ｜ ｜ － －（句）＋ ｜ － － ｜（韵）

例二　海棠春（四十八字）

（宋）吴　潜

天涯芳草迷征路。还又是、匆匆春去。乌兔里光阴，莺燕边情绪。　　云梢雾末，溪桥野渡。尽是春愁落处。把酒劝斜阳，小向花间驻。

注：该词上阕的第一句和第二句为乐段一的格式（1）；下阕第一句和第二句为乐段一的格式（3）。全词双调，四十八字，上阕四句，三仄韵；下阕五句，三仄韵。

例三 海棠春（四十六字）
（宋）马庄父

柳腰暗怯花风弱。红映秋千院落。归逐雁儿飞，斜撼真珠箔。　　满林翠叶胭脂萼。不忍频频觑著。护取一庭春，莫弹花间鹊。

注：该词上阕的第一句和第二句为乐段一的格式（2）；下阕第一句和第二句为乐段一的格式（2）。全词双调，四十六字，上下阕各四句，三仄韵。

武　陵　春

《梅苑》名《武林春》。

《武陵春》的长短句结构

上阕，两个乐段		下阕，两个乐段	
乐段一 （十二或十三字）	乐段二 （十二字或十四字）	乐段一 （十二字或十三字）	乐段二 （十二字或十三字、十四字）
7　　5 7　　33	7　　5 8　　33	7　　5 7　　33	7　　5 7　　33 8　　33

《康熙词谱》共收集《武陵春》三体，上下阕分别可分为二个乐段，其长短句结构如表所示。该调有四十八字或四十九字、五十四字等格式，上阕四句，三平韵；下阕四句，三平韵或四平韵。《康熙词谱》以四十八字体毛滂词为正体或正格。该调的正格与变格如表所示，其中，上下阕各乐段中的格式（1）为正格句式，其余为变格句式。

例一 武陵春（四十八字）
（宋）毛　滂

风过冰檐环佩响，宿雾在华茵。剩落瑶花衬月明。嫌怕有纤尘。　　凤口衔灯金炫转，人醉觉寒轻。但得清光解照人。不负五更春。

注：该词上阕第一句和第二句为乐段一中的格式（1），第三句和第四句为乐段二中的格式（1）；下阕第一句和第二句为乐段一中的格式（1），第三句和第四句为乐段二中的格式

（1）。全词双调，四十八字，上下阕各四句，三平韵。

《武陵春》的正格和变格（双调）

《武陵春》上阕，四句，三平韵	
乐段一（二句，十二或十三字）	乐段二（二句，十二字或十四字）
＋｜＋——｜｜（句）＋｜｜ —（韵） （1）	＋｜——＋｜—（韵）＋｜｜ —（韵） （1）
＋｜＋——｜｜（句）＋＋ ＋（读）｜——（韵） （2）	｜＋｜—＋｜—（韵）＋＋ ＋（读）｜——（韵） （2）

《武陵春》下阕，四句，三平韵或四平韵	
乐段一（二句，十二字或十三字）	乐段二（二句，十二字或十三字、十四字）
＋｜＋——｜｜（句）＋｜｜ —（韵） （1）	＋｜——＋｜—（韵）＋｜｜ —（韵） （1）
＋—＋｜｜——（韵）＋＋ ＋（读）｜——（韵） （2）	＋｜—＋｜—（韵）＋＋＋ （读）｜——（韵） （2）
	｜＋｜——＋｜—（韵）＋＋ ＋（读）｜——（韵） （3）

注：上下阕乐段二中的格式"｜＋｜——＋｜—（韵）"，为"上一下七"句式。

例二 武陵春（四十九字）

（宋）李清照

风住尘香春已尽，日晓倦梳头。物是人非事事休。欲语泪先流。　　闻说双溪春尚好，也拟泛轻舟。只恐双溪舴艋舟。载不动、许多愁。

注：该词上阕第一句和第二句为乐段一中的格式（1），第三句和第四句为乐段二中的格式（1）；下阕第一句和第二句为乐段一中的格式（1），第三句和第四句为乐段二中的格式

(2)。全词双调，四十九字，上下阕各四句，三平韵。（注：下阕"舟"叠韵，但《康熙词谱》注"韵"而未注"叠"。）

例三　武陵春（五十四字）

（宋）万俟咏

　　燕子飞来春在否，微雨过、掩重门。正满院梨花雪照人。独自个、忆黄昏。　　清风淡月总销魂。罗衣暗、惹啼痕。漫觑着秋千腰褪裙。可煞是、不宜春。

　　注：该词上阕第一句和第二句为乐段一中的格式（2），第三句和第四句为乐段二中的格式（2）；下阕第一句和第二句为乐段一中的格式（2），第三句和第四句为乐段四中的格式（3）。全词双调，五十四字，上阕四句，三平韵；下阕四句，四平韵。

东　坡　引

　　此调前后两结，宋人类用叠句，惟曹冠、袁去华词二首独无，旧谱遗之，今并增定。

不用叠句《东坡引》的长短句结构

上阕，两个乐段		下阕，两个乐段	
乐段一 （十字）	乐段二 （十二字）	乐段一（十四字或十五字）	乐段二 （十二字）
5　　5	7　　5	4　　4　　33 4　　4　　34	7　　5

用叠句《东坡引》的长短句结构

上阕，两个乐段		下阕，两个乐段	
乐段一 （十字）	乐段二 （十七字）	乐段一 （十四字或十五字）	乐段二 （十七字）
5　　5	7　　5　　5	4　　4　　33 5　　4　　33 4　　4　　7	7　　5　　5

　　《康熙词谱》共收集《东坡引》五体，双调，有不用叠句与用叠句两种格式，上下阕可

分为二个乐段，其长短句结构分别如表所示。不用叠句者四十八字或四十九字，上阕四句，四仄韵；下阕五句，四仄韵；用叠句者五十八字或五十九字，上阕五句，四仄韵一叠韵；下阕六句，四仄韵一叠韵。《康熙词谱》以不用叠句的曹冠词为标谱词例。该调的正格与变格如表所示，其中，上下阕各乐段中的格式（1）为正格句式，其余为变格句式。

《东坡引》的正格与变格（双调）

《东坡引》上阕，四句或五句，四仄韵或四仄韵一叠韵	
乐段一（二句，十字）	乐段二（二句或三句，十二字或十七字）
＋－－｜｜（韵）－－－｜｜（韵） （1）	＋－＋｜－－｜（韵）＋－－｜｜（韵） （1）
＋－－｜｜（韵）＋－－－｜｜（韵） （2）	＋－＋｜－－｜（韵）＋－－｜｜（韵）＋－－｜｜（叠） （2）

《东坡引》下阕，五句或六句，四仄韵或四仄韵一叠韵	
乐段一（三句，十四字或十五字）	乐段二（二句或三句，十二字或十七字）
＋－＋｜（句）－＋＋｜（韵）＋－＋｜（读）－－｜（韵） （1）	＋－＋｜－－｜（韵）＋－－｜｜（韵） （1）
＋－＋｜（句）＋－＋｜（韵）＋－＋｜（读）＋＋－｜（韵） （2）	＋－＋｜－－｜（韵）＋－－｜｜（韵）＋－－｜｜（叠） （2）
＋－＋｜｜（句）＋－＋｜（韵）＋＋＋｜（读）－－｜（韵） （3）	
＋－＋｜（句）＋－＋｜（韵）｜＋－－｜－｜（韵） （4）	

注：词例表明，无论是用叠句还是不用叠句，上下阕相同。

例一 东坡引（四十八字）
（宋）曹 冠

凉飔生玉宇。黄花晓凝露。汀蘋岸蓼秋将暮。登高开宴俎。　　传杯兴逸，分咏得句。思戏马、常怀古。东篱候酒人何处。芳尊须送与。

注：该词上阕第一句和第二句为乐段一中的格式（1），第三句和第四句为乐段二中的格式（1）；下阕第一句至第三句为乐段二中的格式（1），第四句和第五句为乐段二中的格式（1）。全词双调，四十八字，上阕四句，四仄韵；下阕五句，四仄韵。

例二 东坡引（四十九字）
（宋）袁去华

陇头梅半吐。江南岁将暮。闲窗尽日将愁度。黄昏愁更苦。　　归期望断，双鱼尺素。念嘶骑、今到何处。残灯背壁三更鼓。斜风吹细雨。

注：该词上阕第一句和第二句为乐段一中的格式（1），第三句和第四句为乐段二中的格式（1）；下阕第一句至第三句为乐段二中的格式（2），第四句和第五句为乐段二中的格式（1）。全词双调，四十九字，上阕四句，四仄韵；下阕五句，四仄韵。

例三 东坡引（五十八字）
（宋）赵师侠

相看情未足。离觞已催促。停歌欲语眉先蹙。何期归太速。何期归太速。　　如今去也，无计追逐。怎忍听、阳关曲。扁舟后夜滩头宿。愁随烟树簇。愁随烟树簇。

注：该词上阕第一句和第二句为乐段一中的格式（1），第三句至第五句为乐段二中的格式（2）；下阕第一句至第三句为乐段二中的格式（1），第四句和第五句为乐段二中的格式（2）。全词双调，五十八字，上阕五句，四仄韵一叠韵；下阕六句，四仄韵一叠韵。

例四 东坡引（五十九字）
（宋）辛弃疾

玉纤弹旧怨。还敲绣屏面。清歌目送西风雁。雁行吹字断。雁行吹字断。　　夜深拜半月，琐窗西畔。但桂影、空阶满。翠帷自掩无人见。罗衣宽一半。罗衣宽一半。

注：该词上阕第一句和第二句为乐段一中的格式（1），第三句至第五句为乐段二中的格式（2）；下阕第一句至第三句为乐段二中的格式（3），第四句和第五句为乐段二中的格式

（2）。全词双调，五十九字，上阕五句，四仄韵一叠韵；下阕六句，四仄韵一叠韵。

例五 东坡引（五十九字）
（宋）辛弃疾

花梢红未足。条破惊新绿。重帘下遍阑干曲。有人春睡熟。有人春睡熟。　鸣禽破梦，云偏目蹙。起来香腮褪红玉。花时爱与愁相续。罗裙过半幅。罗裙过半幅。

注：这词上阕第一句和第二句为乐段一中的格式（2），第三句和第四句为乐段二中的格式（2）；下阕第一句至第三句为乐段二中的格式（4），第四句至第六句为乐段二中的格式（2）。全词双调，五十九字，上阕五句，四仄韵一叠韵；下阕六句，四仄韵一叠韵。

双 鸂 鶒

调见朱敦儒《樵歌词》，因词有"一对双飞鸂鶒"句，故名。元高拭词注"正宫"。

《双鸂鶒》的长短句结构

上阕，两个乐段		下阕，两个乐段	
乐段一（十二字）	乐段二（十二字）	乐段一（十二字）	乐段二（十二字）
6　6	6　6	6　6	6　6

《康熙词谱》只收集一体《双鸂鶒》，双调，上下阕分别可分为两个乐段，其长短句结构如表所示。该调四十八字，上下阕各四句，四仄韵，其基本格式如表所示。

《双鸂鶒》的基本格式（双调）

《双鸂鶒》上阕，四句，四仄韵	
乐段一（二句，十二字）	乐段二（二句，十二字）
＋｜＋－＋｜（韵）＋｜＋｜＋－ ＋｜（韵）	＋｜＋－＋｜（韵）＋－＋｜ －｜（韵）

《双鸂鶒》下阕，四句，四仄韵	
乐段一（二句，十二字）	乐段二（二句，十二字）
＋｜＋－＋｜（韵）＋｜＋－ ＋｜（韵）	＋｜＋－＋｜（韵）＋－－＋｜ －｜（韵）

例　双鸂鶒（四十八字）
（宋）朱敦儒

拂破秋江烟碧。一对双飞鸂鶒。应是远来无力。相偎梢下沙碛。　　小艇谁吹横笛。惊起不知消息。悔不当时描得。如今何处寻觅。

注：全词双调，四十八字，上下阕各四句，四仄韵。

鬲 溪 梅 令

该调为姜夔自度曲，注"宫调"。原注"仙吕调"，一作《高溪梅令》。

《鬲溪梅令》的长短句结构

上阕，两个乐段		下阕，两个乐段	
乐段一（十字）	乐段二（十四字）	乐段一（十字）	乐段二（十四字）
7　　3	6 3　　5	7　　3	6 3　　5

《康熙词谱》只收集一体《鬲溪梅令》，双调，上下阕分别可分为两个乐段，其长短句结构如表所示。该调四十八字，上下阕各四句，四平韵，其基本格式如表所示。

《鬲溪梅令》的基本格式（双调）

《鬲溪梅令》上阕，四句，四平韵	
乐段一（二句，十字）	乐段二（二句，十四字）
＋－＋｜｜－－（韵）｜－－ （韵）	＋｜＋－＋｜（读）｜－－－（韵） ＋－－｜－（韵）

《鬲溪梅令》下阕，四句，四平韵	
乐段一（二句，十字）	乐段二（二句，十四字）
＋ － ＋ ｜ ｜ － －（韵）｜ － －（韵）	＋ ｜ ＋ － ＋ ｜（读）｜ － －（韵） ＋ － － ｜ －（韵）

例　鬲溪梅令（四十八字）

（宋）姜　夔

好花不与殢香人。浪粼粼。又恐春风归去、绿成阴。玉钿何处寻。　木兰双桨梦中云。水横陈。漫向孤山山下、觅盈盈。翠禽啼一春。

注：全词双调，四十八字，上下阕各四句，四平韵。

伊 州 三 台

按唐有《宫中三台》、《江南三台》等曲。此云"伊州"者，亦本唐曲取边地为名也。《三台》皆用六字成句，观赵师侠词，前后起两句，亦作六言，犹沿唐人旧体。若两结摊破六字二句，为五字一句、七字一句，则新声矣，故另编一体。

《伊州三台》的长短句结构			
上阕，两个乐段		下阕，两个乐段	
乐段一（十二字）	乐段二（十二字）	乐段一（十二字）	乐段二（十二字）
6　　6	5　　34	6　　6	5　　34

《康熙词谱》只收集一体《伊州三台》，双调，上下阕分别可分为两个乐段，其长短句结构如表所示。该调四十八字，上下阕各四句，四平韵，其基本格式如表所示。

《伊州三台》的基本格式（双调）	
《伊州三台》上阕，四句，四平韵	
乐段一（二句，十二字）	乐段二（二句，十二字）
＋ － ＋ ｜ － －（韵）＋ ｜ ＋ － ｜ －（韵）	＋ ｜ ｜ － －（韵）｜ － －（读） ＋ － ｜ －（韵）

《伊州三台》下阕，四句，四平韵	
乐段一（二句，十二字）	乐段二（二句，十二字）
＋ － ＋ ｜ － －（韵）＋ ｜ ＋ － ｜ －（韵）	＋ ｜ ｜ － －（韵）｜ － －（读） ＋ － ｜ －（韵）

例　伊州三台（四十八字）

（宋）赵师侠

桂花移自云岩。更被灵砂染丹。清露湿酡颜。醉乘风、下临世间。　　素娥襟韵萧闲。不与群芳并看。藃藃绛绡单。觉身轻、梦回广寒。

注：全词双调，四十八字，上下阕各四句，四平韵。

双 头 莲 令

调见赵师侠《坦庵集》，咏信丰双莲，故制此词。

《双头莲令》的长短句结构

上阕，两个乐段		下阕，两个乐段	
乐段一（十二字）	乐段二（十二字）	乐段一（十二字）	乐段二（十二字）
7　　5	7　　5	7　　5	7　　5

《康熙词谱》只收集一体《双头莲令》，双调，上下阕分别可分为两个乐段，其长短句结构如表所示。该调四十八字，上下阕各四句，四平韵，其基本格式如表所示。

《双头莲令》的基本格式（双调）

《双头莲令》上阕，四句，四平韵	
乐段一（二句，十二字）	乐段二（二句，十二字）
＋ － ＋ ｜ ｜ － －（韵）＋ ｜ ｜ － －（韵）	＋ － ＋ ｜ ｜ － －（韵）＋ ｜ ｜ － －（韵）

《双头莲令》下阕，四句，四平韵	
乐段一（二句，十二字）	乐段二（二句，十二字）
＋ － ＋ ｜ ｜ － －（韵）＋ ｜ ｜ － －（韵）	＋ － ＋ ｜ ｜ － －（韵）＋ ｜ ｜ － －（韵）

例 双头莲令（四十八字）

（宋）赵师侠

太平和气兆嘉祥。草木总成双。红苞翠盖出横塘。两两斗芬芳。　千摇碧玉并青房。仙髻拥新妆。连枝不解引鸾凰。留取映鸳鸯。

注：全词双调，四十八字，上下阕各四句，四平韵。

梅　弄　影

调见《丘崈集》咏梅词，因结句有"巡池看弄影"名，取以为名。

《梅弄影》的长短句结构

上阕，两个乐段		下阕，两个乐段	
乐段一（九字）	乐段二（十五字）	乐段一（九字）	乐段二（十五字）
4　　　5	6　　4　　5	4　　　5	6　　4　　5

《康熙词谱》只收集一体《梅弄影》，双调，上下阕分别可分为两个乐段，其长短句结构如表所示。该调四十八字，上下阕各五句，四仄韵，其基本格式如表所示。

《梅弄影》的基本格式（双调）

《梅弄影》上阕，五句，四仄韵	
乐段一（二句，九字）	乐段二（三句，十五字）
＋ － ＋ ｜（韵）＋ ｜ － － ｜（韵）	＋ ｜ ＋ － ＋ ｜（韵）＋ ｜ － －（句）＋ － － ｜ ｜（韵）

《梅弄影》下阕，五句，四仄韵	
乐段一（二句，九字）	乐段二（三句，十五字）
＋―＋｜（韵）＋｜―＋｜（韵）	＋｜＋―＋｜（韵）＋｜―――（句）＋―――｜｜（韵）

例　梅弄影（四十八字）

（宋）丘崈

雨晴风定。一任春寒逞。要勒群芳未醒。不废梅花，晚来妆面靓。　曲阑斜凭。水槛临清镜。翠竹萧骚相映。付与幽人，巡池看弄影。

注：全词双调，四十八字，上下阕各五句，四仄韵。

茅山逢故人

调见元人《叶儿乐府》，张雨句曲道中送友，自制词也。

《茅山逢故人》的长短句结构

上阕，两个乐段				下阕，两个乐段			
乐段一（十二字）		乐段二（十二字）		乐段一（十二字）		乐段二（十二字）	
6	6	4	4	6	6	4	4	4

《康熙词谱》只收集一体《茅山逢故人》，双调，上下阕分别可分为两个乐段，其长短句结构如表所示。该调四十八字，上阕五句，三仄韵；下阕五句，两仄韵，其基本格式如表所示。

《茅山逢故人》的基本格式（双调）

《茅山逢故人》上阕，五句，三仄韵	
乐段一（二句，十二字）	乐段二（三句，十二字）
＋｜＋―＋｜（韵）＋｜＋｜（韵）	＋｜――（句）＋―＋｜（句）＋―＋｜（韵）

《茅山逢故人》下阕，五句，两仄韵	
乐段一（二句，十二字）	乐段二（三句，十二字）
＋－＋∣－－（句）＋∣＋ －＋∣（韵）	＋∣－－（句）＋－＋∣（句） ＋－＋∣（韵）

例　茅山逢故人（四十八字）

（元）张　雨

　　山下寒林平楚。山外云帆烟渚。不饮如何，吾生如梦，鬓毛如许。　　能消几度相逢，遮莫而今归去。壮士黄金，仙人黄鹤，美人黄土。

　　注：全词双调，四十八字，上阕五句，三仄韵；下阕五句，两仄韵。

阳　台　梦

　　此调有两体，四十九字者，调见《尊前集》，唐庄宗制，因词有"又入阳台梦"句，取以为名；五十七字者，调见《花草粹编》，宋解昉制，即赋阳台梦题。两体截然不同。

仄韵格《阳台梦》的长短句结构

上阕，两个乐段		下阕，两个乐段	
乐段一（十四字）	乐段二（十二字）	乐段一（十一字）	乐段二（十二字）
7　　7	7　　5	5　　6	7　　5

平仄韵转换格《阳台梦》的长短句结构

上阕，两个乐段		下阕，两个乐段	
乐段一（十五字）	乐段二（十三字）	乐段一（十二字）	乐段二（十七字）
4　　5　　6	7　　33	7　　5	7　　4　　33

　　《康熙词谱》共收集两体《阳台梦》，双调，上下阕分别可分为两个乐段，有仄韵格和平仄韵转换格两种格式，各为一种长短句结构（如表所示）。仄韵格《阳台梦》四十九字，上阕四句，三仄韵；下阕四句，两仄韵，其基本格式如表所示。平仄韵转换格《阳台梦》五十七字，上阕五句，三仄韵两平韵；下阕五句，两仄韵两平韵，其基本格式如表所示。

《阳台梦》（仄韵）的基本格式（双调）

《阳台梦》上阕，四句，三仄韵	
乐段一（二句，十四字）	乐段二（二句，十二字）
＋－＋｜－－｜（韵）＋－＋｜－－－｜（韵）	＋－＋｜｜－－（句）＋｜｜｜（韵）

《阳台梦》下阕，四句，两仄韵	
乐段一（二句，十一字）	乐段二（二句，十二字）
＋－－｜｜（句）＋｜＋－＋｜－－｜（韵）	＋－＋｜｜－－（句）＋｜－－｜（韵）

例　阳台梦（四十九字）

（五代）后唐庄宗

薄罗衫子金泥缝。困纤腰怯铢衣重。笑迎移步小兰丛，舜金翘玉凤。　娇多情脉脉，羞把同心撚弄。梦天云雨却相和，又入阳台梦。

注：全词双调，四十九字，上阕四句，三仄韵；下阕四句，两仄韵。

《阳台梦》（平仄韵转换）的基本格式（双调）

《阳台梦》上阕，五句，三仄韵两平韵	
乐段一（三句，十五字）	乐段二（二句，十三字）
＋－＋｜（仄韵）＋｜－－｜（韵）＋＋｜＋｜＋｜（韵）	＋－＋｜｜－－（平韵）｜＋－－（读）｜－（韵）

《阳台梦》下阕，五句，两仄韵两平韵	
乐段一（二句，十二字）	乐段二（三句，十七字）
＋－＋｜－－｜（仄韵）＋｜－－｜（韵）	＋－＋｜｜－－（换平韵）＋｜－－｜（句）｜＋＋（读）｜－－（韵）

例　阳台梦（五十七字）

（宋）解　昉

仙姿本寓。十二峰前住。千里行云行雨。偶因鹤驭过巫阳。邂逅他、楚襄王。　　无端宋玉夸才赋。诬诞人心素。至今狂客到阳台。也有痴心，望妾入、梦中来。

注：全词双调，五十七字，上阕五句，三仄韵两平韵；下阕五句，两仄韵两平韵。

月　宫　春

调见《花间集》毛文锡词。周邦彦更名《月中行》。《宋史·乐志》属小石角。

《月宫春》的长短句结构

上阕，两个乐段		下阕，两个乐段	
乐段一 （十二字）	乐段二 （十二字）	乐段一 （十四字）	乐段二 （十一字或十二字）
7　　5	7　　5	7　　7 7　　34	6　　5 7　　5

　　《康熙词谱》共收集两体《月宫春》，双调，上下阕分别可分为两个乐段，其长短句结构如表所示。该调有四十九字或五十字等格式，上阕四句，四平韵；下阕四句，两平韵或三平韵。《康熙词谱》以四十九字体毛文锡词为标谱词例。该调的正格与变格如表所示，其中，上下阕各乐段中的格式（1）为正格句式，其余为变格句式。

例一　月宫春（四十九字）

（五代）毛文锡

水晶宫里桂花开。神仙探几回。红芳金蕊绣重台。低倾玛瑙杯。　　玉兔银蟾争守护，姮娥姹女戏相偎。遥听钧天九奏，玉皇亲看来。

注：该词上阕第一句和第二句为乐段一中的格式（1），第三句和第四句为乐段二中的格式（1）；下阕第一句和第二句为乐段一中的格式（1），第三句和第四句为乐段二中的格式（1）。全词双调，四十九字，上阕四句，四平韵；下阕四句，两平韵。

《月宫春》的正格与变格（双调）

《月宫春》上阕，四句，四平韵	
乐段一（二句，十二字）	乐段二（二句，十二字）
＋ － ＋ ｜ ｜ － －（韵）－ － ＋ ｜ －（韵） （1）	＋ － ＋ ｜ ｜ － －（韵）－ － ＋ ｜ －（韵） （1）
＋ － ＋ ｜ ｜ －（韵）＋ ｜ ｜ － －（韵） （2）	＋ － ＋ ｜ ｜ －（韵）＋ ｜ ｜ － －（韵） （2）

《月宫春》下阕，四句，两平韵或三平韵	
乐段一（二句，十四字）	乐段二（二句，十一字或十二字）
＋ ｜ ＋ － － ｜ ｜（句）＋ － ＋ ｜ ｜ － －（韵） （1）	＋ ｜ ＋ － ＋ ｜（句）＋ － － ｜ －（韵） （1）
＋ － ＋ ｜ － － ｜（句）－ － ＋ ｜ （读）＋ ｜ － －（韵） （2）	＋ － ＋ ｜ ｜ － －（韵）＋ ｜ ｜ － －（韵） （2）

例二 月宫春（五十字）

（宋）周邦彦

蜀丝趁日染乾红。微暖口脂融。博山细篆霭房栊。静看打窗虫。　　愁多胆怯疑虚幕，声不断、暮景疏钟。团围四壁小屏风。泪尽梦啼中。

注：该词上阕第一句和第二句为乐段一中的格式（2），第三句和第四句为乐段二中的格式（2）；下阕第一句和第二句为乐段一中的格式（2），第三句和第四句为乐段二中的格式（2）。全词双调，五十字，上阕四句，四平韵；下阕四句，三平韵。

河 渎 神

唐教坊曲名。《花庵词选》云：唐词多缘题所赋，《河渎神》之咏祠庙，亦其一也。

《河渎神》的长短句结构

上阕，两个乐段		下阕，两个乐段	
乐段一（十一字）	乐段二（十三字）	乐段一（十三字）	乐段二（十二字）
5　6	7　6	7　6	6　6

《康熙词谱》共收集两体《河渎神》，双调，上下阕分别可分为两个乐段，其长短句结构如表所示。该调四十九字，上阕四句，四平韵；下阕四句，四仄韵。从用韵的角度看，该调主要用韵格式为上阕用平韵，下阕用仄韵，但也有上下阕全用平韵者。《康熙词谱》以温庭筠词（首句为"河上望丛祠"）为标谱词例。该调的正格与变格如表所示，其中，上下阕各乐段中的格式（1）为正格句式，其余为变格句式。

例一　河渎神（四十九字）
（唐）温庭筠

河上望丛祠。庙前春雨来时。楚山无限鸟飞迟。兰棹空伤别离。　何处杜鹃啼不歇。艳红开尽如血。蝉鬓美人愁绝。百花芳草佳节。

注：该词上阕第一句和第二句为乐段一中的格式（1），第三句和第四句为乐段二中的格式（1）；下阕第一句和第二句为乐段一中的格式（1）。全词双调，四十九字，上阕四句，四平韵；下阕四句，四仄韵。

例二　河渎神（四十九字）
（五代）孙光宪

江上草芊芊。春晚湘妃庙前。一方柳色楚南天。数行征雁联翩。　独倚朱栏情不极。魂断终朝相忆。两桨不知消息。远汀时起鸂鶒。

注：该词上阕第一句和第二句为乐段一中的格式（2），第三句和第四句为乐段二中的格式

（2）；下阕第一句和第二句为乐段一中的格式（3）。全词双调，四十九字，上阕四句，四平韵；下阕四句，四仄韵。

《河渎神》的正格与变格（双调）

《河渎神》上阕，四句，四平韵	
乐段一（二句，十一字）	乐段二（二句，十三字）
十丨丨——（韵）十—十丨— —（韵） （1）	十—十丨丨——（韵）十丨— —丨—（韵） （1）
十丨丨——（韵）十—十丨 —（韵） （2）	十—十丨丨——（韵）十— 十丨——（韵） （2）

《河渎神》下阕，四句，四仄韵	
乐段一（二句，十三字）	乐段二（二句，十二字）
十丨十——丨丨（韵）十— 丨—丨（韵） （1）	十丨十—十丨（韵）十—十丨 —丨（韵）
十—十丨——（韵）十— 丨—丨（韵） （2）	
十丨十——丨丨（韵）十丨十 —十丨（韵） （3）	
十丨丨——十丨（韵）十—十丨 —丨（韵） （4）	

例三　河渎神（四十九字）

（唐）温庭筠

铜鼓赛神来。满庭幡盖徘徊。水村江浦过风雷。楚山如画烟开。　　离别橹声空萧索。玉容惆怅妆薄。青麦燕飞落落。卷帘愁对珠阁。

注：该词上阕第一句和第二句为乐段一中的格式（1），第三句和第四句为乐段二中的格式（2）；下阕第一句和第二句为乐段一中的格式（4）。全词双调，四十九字，上阕四句，四平韵；下阕四句，四仄韵。

例四　河渎神（四十九字）

（宋）辛弃疾

芳草绿萋萋。断肠绝浦相思。山头人望翠云旗。蕙香佳酒君归。　　惆怅画檐双燕舞。东风吹散灵雨。香火冷残箫鼓。斜阳门外今古。

注：该词上阕第一句和第二句为乐段一中的格式（1），第三句和第四句为乐段二中的格式（2）；下阕第一句和第二句为乐段一中的格式（1）。全词双调，四十九字，上阕四句，四平韵；下阕四句，四仄韵。

例五　河渎神（四十九字）

（唐）温庭筠

孤庙对寒潮。西陵风雨萧萧。谢娘惆怅倚兰桡。泪流玉箸千条。　　暮天愁听思归乐。早梅香满山郭。回首两情萧索。离魂何处飘泊。

注：该词上阕第一句和第二句为乐段一中的格式（1），第三句和第四句为乐段二中的格式（2）；下阕第一句和第二句为乐段一中的格式（2）。全词双调，四十九字，上阕四句，四平韵；下阕四句，四仄韵。

《河渎神》的平韵格（双调）

《河渎神》上阕，四句，四平韵	
乐段一（二句，十一字）	乐段二（二句，十三字）
＋｜｜－－（韵）＋－＋｜－（韵）	＋－＋｜｜－－（韵）＋｜－－｜－（韵）

《河渎神》下阕，四句，两平韵	
乐段一（二句，十三字）	乐段二（二句，十二字）
＋｜｜－－｜｜（句）＋－＋｜－－（韵）	＋｜－＋｜（句）＋－＋｜－－（韵）

例　河渎神（四十九字）

（唐）张　泌

古树噪寒鸦。满庭枫叶芦花。昼灯当午隔轻纱。画阁朱帘影斜。　门外往来祈赛客，翩翩帆落天涯。回首隔江烟火，渡头三两人家。

注：全词双调，四十九字，上阕四句，四平韵；下阕四句，两平韵。

归　去　来

调见《乐章集》，词二首，因词有"歌筵舞、且归去"，"休惆怅、好归去"句，取以为名。四十九字者自注"正平调"，五十二字者自注"中吕宫"。按《唐书·乐志》，仲吕羽为正平调，夹钟羽为中吕调，燕乐七羽之二也。

《归去来》的长短句结构

上阕，两个乐段		下阕，两个乐段	
乐段一 （十一字或十二字）	乐段二 （十三字）	乐段一 （十二字或十四字）	乐段二 （十三字）
6　　5	7　33	5　　34	7　33
5　　34		7　　34	

《康熙词谱》共收集两体《归去来》，双调，上下阕分别可分为两个乐段，其长短句结构如表所示。该调有四十九字或五十二字等格式，上下阕各四句，四仄韵。该调只有柳词二首，故均作为基本格式（如表所示）。

例一　归去来（四十九字）

（宋）柳　永

初过元宵三五。慵困春情绪。灯月阑珊嬉游处。游人尽、厌欢聚。　凭仗如花女。持杯谢、酒朋诗侣。余酲更不禁香醑。歌筵舞、且归去。

注：该词上阕第一句和第二句为乐段一中的格式（1），第三句和第四句为乐段二中的格式（1）；下阕第一句和第二句为乐段一中的格式（1）。全词双调，四十九字，上下阕各四句，四仄韵。

《归去来》的基本格式（双调）

《归去来》上阕，四句，四仄韵	
乐段一（二句，十一字或十二字）	乐段二（二句，十三字）
＋｜＋－＋｜（韵）＋｜－－｜（韵） （1）	＋｜＋－－＋｜（韵）＋＋＋（读）＋－｜（韵） （1）
＋｜－－｜（韵）＋＋＋（读）＋－＋｜（韵） （2）	＋｜－＋｜－－｜（韵）＋＋＋（读）－＋｜（韵） （2）

《归去来》下阕，四句，四仄韵	
乐段一（二句，十二字或十四字）	乐段二（二句，十三字）
＋｜－－｜（韵）＋＋｜（读）＋－＋｜（韵） （1）	＋－＋｜－－｜（韵）＋＋＋（读）＋－｜（韵）
＋－＋｜－－｜（韵）＋＋＋（读）＋－＋｜（韵） （2）	

例二　归去来（五十二字）

（宋）柳　永

　　一夜狂风雨。花阴坠、碎红无数。垂杨漫结黄金缕。尽春残、萦不住。　　蝶稀蜂散知何处。㷋尊酒、转添愁绪。多情不惯相思苦。休惆怅、好归去。

　　注：该词上阕第一句和第二句为乐段一中的格式（2），第三句和第四句为乐段二中的格式（2）；下阕第一句和第二句为乐段一中的格式（1）。全词双调，五十二字，上下阕各四句，四仄韵。

惜 春 郎

调见《花草粹编》柳永词，因《乐章集》不载，故宫调无考。

《惜春郎》的长短句结构

上阕，两个乐段		下阕，两个乐段	
乐段一（十二字）	乐段二（十二字）	乐段一（十二字）	乐段二（十三字）
7　　5	4　4　4	7　　5	3 4　　6

《康熙词谱》只收集一体《惜春郎》，双调，上下阕分别可分为两个乐段，其长短句结构如表所示。该调四十九字，上阕五句，三仄韵；下阕四句，三仄韵，其基本格式如表所示。

《惜春郎》的基本格式（双调）

《惜春郎》上阕，五句，三仄韵	
乐段一（二句，十二字）	乐段二（三句，十二字）
＋ － ＋ ｜ － － ｜（韵）｜ ＋ － ＋ ｜（韵）	＋ － ＋ ｜（句）＋ － ＋ ｜（句）＋ ｜ －（韵）

《惜春郎》下阕，四句，三仄韵	
乐段一（二句，十二字）	乐段二（二句，十三字）
＋ ｜ ＋ － － ｜ ｜（韵）｜ ＋ ｜ －（韵）	＋ ＋ ＋（读）＋ ｜ ｜ － －（句）＋ ｜ ＋ － ＋ ｜（韵）

例　惜春郎（四十九字）

（宋）柳　永

玉肌琼艳新妆饰。好壮观歌席。潘妃宝钏，阿娇金屋，应也消得。　属和新词多俊格。敢共我勍敌。恨少年、枉费疏狂，不早与伊相识。

注：全词双调，四十九字，上阕五句，三仄韵；下阕四句，三仄韵。

极 相 思

宋彭乘《墨客挥犀》云："仁庙时，皇族中太尉夫人，一日入内，再拜告帝曰，'臣妾有夫，不幸为婢妾所惑。'帝怒，流婢于千里，夫人亦得罪，居瑶华宫，太尉罚俸而不得朝。经岁，方春暮，夫人为词曲，名《极相思》，或加'令'字。"

《极相思》的长短句结构

上阕，两个乐段		下阕，两个乐段	
乐段一（十一字）	乐段二（十二字）	乐段一（十四字）	乐段二（十二字）
6　　5	4　　4　　4	7　　3 4	4　　4　　4

《康熙词谱》只收集一体《极相思》，双调，上下阕分别可分为两个乐段，其长短句结构如表所示。该调四十九字，上阕五句，三平韵；下阕五句，两平韵，其基本格式如表所示。

《极相思》的基本格式（双调）

《极相思》上阕，五句，三平韵	
乐段一（二句，十一字）	乐段二（三句，十二字）
＋ － ＋ ｜ － －（韵）＋ ｜ ｜ － （韵）	＋ － ＋ ｜（句）＋ － ＋ ｜（句）＋ ｜ － －（韵）

《极相思》下阕，五句，两平韵	
乐段一（二句，十四字）	乐段二（三句，十二字）
＋ ＋ ｜ ｜ － － ｜（句）＋ ＋ ＋（读）＋ ｜ － －（韵）（1） ＋ ｜ ＋ ＋ ｜ ｜（句）＋ ＋ ＋（读）＋ ｜ － －（韵）（2）	＋ － ＋ ｜（句）＋ － ＋ ｜（句）＋ ｜ － －（韵）

例一　极相思（四十九字）

《墨客挥犀》无名氏

柳烟霁色方晴。花露逼金茎。秋千院落，海棠渐老，才过清明。　　嫩玉腕托香脂脸，相傅粉、更与谁情。秋波绽处，相思泪迸，天阻深诚。

注：该词下阕第一句和第二句为乐段一中的格式（1）。全词双调，四十九字，上阕五句，三平韵；下阕五句，两平韵。

例二　极相思（四十九字）

（宋）吴文英

玉纤风透秋痕。凉与素怀分。乘鸾归后，生绡净剪，一片冰云。　　心事孤山春梦在，到思量、犹断诗魂。水清月冷，香消影瘦，人立黄昏。

注：该词下阕第一句和第二句为乐段一中的格式（2）。全词双调，四十九字，上阕五句，三平韵；下阕五句，两平韵。

双 韵 子

调见张先词集。按金、元曲子有双声叠韵，调名疑出于此。

《双韵子》的长短句结构

上阕，两个乐段		下阕，两个乐段	
乐段一（十二字）	乐段二（十二字）	乐段一（十三字）	乐段二（十二字）
4　4　4	6　33	3　3　34	6　33

《康熙词谱》只收集一体《双韵子》，双调，上下阕分别可分为两个乐段，其长短句结构如表所示。该调四十九字，上阕五句，两仄韵；下阕五句，四仄韵，其基本格式如表所示。

《双韵子》的基本格式（双调）

《双韵子》上阕，五句，两仄韵	
乐段一（三句，十二字）	乐段二（二句，十二字）
＋ － ＋ ｜（句）＋ － ＋ ｜（句） ＋ － ＋ ｜（韵）	＋ － ＋ ｜ － －（句）－ ＋ ｜（读） － ＋ ｜（韵）

《双韵子》下阕，五句，四仄韵	
乐段一（三句，十三字）	乐段二（二句，十二字）
－ ＋ ｜（韵）－ ＋ ｜（韵）－ ＋ ｜（读） ＋ － ＋ ｜（韵）	＋ － ＋ ｜ － －（句）－ ＋ ｜（读） － ＋ ｜（韵）

例 双韵子（四十九字）

（宋）张　先

　　鸣鞘电过，晓闹静敛，龙旗风定。凤楼远出霏烟，闻笑语、中天迥。　　清光近。欢声竞。鸳鹭集、仙花斗影。更闻度曲瑶山，升瑞日、春宫永。

　　注：全词双调，四十九字，上阕五句，两仄韵；下阕五句，四仄韵。

凤　孤　飞

调见《小山乐府》。

《凤孤飞》的长短句结构

上阕，两个乐段		下阕，两个乐段	
乐段一（十一字）	乐段二（十二字）	乐段一（十四字）	乐段二（十二字）
6　　5	6　　33	7　　34	7　　5

　　《康熙词谱》只收集一体《凤孤飞》，双调，上下阕分别可分为两个乐段，其长短句结构如表所示。该调四十九字，上阕四句，三仄韵；下阕四句，四仄韵，其基本格式如表所示。

《凤孤飞》的基本格式（双调）

《凤孤飞》上阕，四句，三仄韵	
乐段一（二句，十一字）	乐段二（二句，十二字）
＋｜＋－＋｜（句）＋｜－－｜（韵）	＋｜＋－＋｜（韵）＋＋＋｜（读）－＋｜（韵）

《凤孤飞》下阕，四句，四仄韵	
乐段一（二句，十四字）	乐段二（二句，十二字）
＋｜＋－－｜｜（韵）＋＋＋｜（读）＋－＋｜（韵）	＋｜＋－－｜｜（韵）｜＋－＋｜（韵）

例　凤孤飞（四十九字）

（宋）晏几道

一曲画楼钟动，宛转歌声缓。绮席飞尘座满。更小待、金蕉暖。　　细雨轻寒今夜短。依前是、粉墙别馆。端的欢期应未晚。奈归云难管。

注：全词双调，四十九字，上阕四句，三仄韵；下阕四句，四仄韵。

柳　梢　青

此调两体，或押平韵，或押仄韵，字句悉同。押平韵者，宋韩淲词有"云淡秋空"句，又名《云淡秋空》，有"雨洗元宵"句，名《雨洗元宵》；有"玉水明沙"句，名《玉水明沙》；元张雨词名《早春怨》。押仄韵者，《古今词话》无名氏词，有"陇头残月"句，名《陇头月》。

《柳梢青》的长短句结构

上阕，两个乐段		下阕，两个乐段	
乐段一 （十二字或十三字）	乐段二 （十二字）	乐段一 （十三字或十四字）	乐段二 （十二字）
4　4　4 6　　34	4　4　4	6　　34 6　　53 34　　34	4　4　4

《康熙词谱》共收集八体《柳梢青》，双调，上下阕分别可分为两乐段，其长短句结构如表所示。该调有四十九字或五十字等格式。对平韵格而言，上阕六句，三平韵或两平韵；下阕五句，三平韵；《康熙词谱》以四十九字体秦观词与刘镇词为正体或正格。平韵格《柳梢青》的正格与变格如表所示，其中，上下阕各乐段中的格式（1）为正格句式，其余为变格句式。对仄韵格而言，上阕六句或五句，三仄韵或两仄韵；下阕五句，两仄韵或三仄韵，《康熙词谱》以四十九字体的贺铸词、蔡　伸词和赵彦端词为正体或正格。仄韵格的《柳梢青》的正格与变格如表所示，其中，上阕乐段一中的格式（1）至格式（3）、下阕乐段一中的格式（1）和格式（2）为正格句式，其余为变格句式。

《柳梢青》（平韵）的正格与变格（双调）

《柳梢青》上阕，六句，三平韵或两平韵	
乐段一（三句，十二字）	乐段二（三句，十二字）
＋｜－－（韵或句）＋－＋｜（句） ＋｜－－（韵） （1）	＋｜－－（句）＋－＋｜（句） ＋｜－－（韵） （1）
＋－＋｜（句）＋－＋｜（句） ＋－｜－（韵） （2）	＋｜－－（韵）＋－＋｜（句） ＋｜－－（韵） （2）

《柳梢青》下阕，五句，三平韵	
乐段一（二句，十三字或十四字）	乐段二（三句，十二字）
＋－＋｜－－（韵）＋＋｜（读） －－｜－（韵） （1）	＋｜－－（句）＋－＋｜（句） ＋｜－－（韵）
＋－＋｜－－（韵）｜＋｜－ －（读）＋｜－（韵） （2）	

例一　柳梢青（四十九字）
　　　　（宋）秦　观

　　岸草平沙。吴王故苑，柳袅烟斜。雨后寒轻，风前香细，春在梨花。　　行人一棹天涯。酒醒处、残阳乱鸦。门外秋千，墙头红粉，深院谁家。

　　注：该词上阕第一句至第三句为乐段一中的格式（1），第四句至第六句为乐段二中的格式（1）；下阕第一句和第二句为乐段一中的格式（1）。全词双调，四十九字，上阕六句，三平韵；下阕五句，三平韵。

例二　柳梢青（四十九字）
　　　　（宋）刘　镇

　　干鹊收声，湿萤度影，庭院秋香。步月移阴，梳云约翠，人在回廊。　　醺醺宿酒残妆。待付与、温柔醉乡。却扇藏娇，牵衣索笑，今夜差凉。

　　注：该词上阕第一句至第三句为乐段一中的格式（1），第四句至第六句为乐段二中的格式（1）；下阕第一句和第二句为乐段一中的格式（1）。全词双调，四十九字，上阕六句，两平韵；下阕五句，三平韵。

例三　柳梢青（四十九字）
　　　　（宋）赵长卿

　　千林落叶，声声凄惨，江皋雁飞。难似玉肌。总惊花貌，压倒芳菲。　　香心吐尽因伊。料调鼎、工夫易期。休唱阳关，莫歌白雪，雨泪沾衣。

　　注：该词上阕第一句至第三句为乐段一中的格式（2），第四句至第六句为乐段二中的格式（2）；下阕第一句和第二句为乐段一中的格式（1）。全词双调，四十九字，上阕六句，三平韵；下阕五句，三平韵。

例四　柳梢青（五十字）
　　　　（元）张　雨

　　面目冰霜。逃禅正派，只让花光。怪底徐卿，为渠描貌，萦损柔肠。　　有谁步屧长廊。更折竹声中、吹细香。酒半醒时，雪晴寒夜，月上西窗。

　　注：该词上阕第一句至第三句为乐段一中的格式（1），第四句至第六句为乐段二中的格式（1）；下阕第一句和第二句为乐段一中的格式（2）。全词双调，五十字，上阕六句，三平韵；下阕五句，三平韵。

《柳梢青》（仄韵）的正格与变格（双调）

《柳梢青》上阕，六句或五句，三仄韵或两仄韵	
乐段一（三句或二句，十二字或十三字）	乐段二（三句，十二字）
＋ － ＋ ｜（韵）＋ － ＋ ｜（句） ＋ － ＋ ｜（韵） （1） ＋ － ＋ ｜（韵）＋ ＋ － ｜（句） ＋ － ＋ ｜（韵） （2） ＋ ｜ － －（句）＋ － ＋ ｜（句） ＋ ＋ － ｜（韵） （3） ＋ － ＋ ｜（韵）＋ ｜ － －（句） ＋ － ＋ ｜（韵） （4） ＋ － ｜ － ＋ ｜（韵）＋ ＋ ｜（读） ＋ － ＋ ｜（韵） （5）	＋ ｜ ＋ －（句）＋ － ＋ ｜（韵） ＋ － ＋ ｜（韵）

《柳梢青》下阕，五句，两仄韵或三仄韵	
乐段一（二句，十三字或十四字）	乐段二（三句，十二字）
＋ － ＋ ｜ － －（句）＋ ＋ ｜（读） ＋ － ＋ ｜（韵） （1） ＋ － ＋ ｜ － ｜（韵）＋ ＋ ｜（读） ＋ － ＋ ｜（韵） （2） ＋ ＋ －（读）＋ ｜ － －（句）＋ ＋ ｜（读）＋ － ＋ ｜（韵） （3）	＋ ｜ － －（句）＋ － ＋ ｜（句） ＋ － ＋ ｜（韵）

例一　柳梢青（四十九字）

（宋）贺　铸

　　子规啼血。可怜又是，春归时节。满院东风，海棠铺绣，梨花飞雪。　　丁香露泣残枝，算未比、愁肠寸结。自是休文，多情多感，不干风月。

　　注：该词上阕第一句至第三句为乐段一中的格式（1）；下阕第一句和第二句为乐段一中的格式（1）。全词双调，四十九字，上阕六句，三仄韵；下阕五句，两仄韵。

例二　柳梢青（四十九字）

（宋）蔡　伸

　　连璧寻春，踏青尚忆，年时携手。此际重来，可怜还是，去年时候。　　阴阴柳下人家，人面似、桃花依旧。但愿年年，春风有信，人心长久。

　　注：该词上阕第一句至第三句为乐段一中的格式（3）；下阕第一句和第二句为乐段一中的格式（1）。全词双调，四十九字，上阕六句，两仄韵；下阕五句，两仄韵。

例三　柳梢青（四十九字）

（宋）赵彦端

　　衰翁自谪。堪笑忘了，山林闲适。一岁花黄，一秋酒绿，一番头白。　　浮生似醉如客。问底事、归来未得。但愿长年，故人相与，春朝秋夕。

　　注：该词上阕第一句至第三句为乐段一中的格式（2）；下阕第一句和第二句为乐段一中的格式（2）。全词双调，四十九字，上阕六句，三仄韵；下阕五句，三仄韵。

例四　柳梢青（四十九字）

（宋）葛　剡

　　谢家池阁。翠桁香浓，琐纱窗薄。夜雨灯前，秋风笔下，与谁同乐。　　主人许我清狂，奈酒量、从来最弱。颠倒冠巾，淋漓衣袂，醒时方觉。

　　注：该词上阕第一句至第三句为乐段一中的格式（4）；下阕第一句和第二句为乐段一中的格式（1）。全词双调，四十九字，上阕六句，三仄韵；下阕五句，两仄韵。

例五　柳梢青（四十九字）

（宋）杨无咎

　　小阁深沉，酒醺香暖，容易眠熟。梦入仙源，桃红似火，李莹如玉。　　觉来几许悲凉，记永夜、传杯换烛。绣被薰香，宝钗落枕，同论心曲。

  注：该词上阕第一句至第三句为乐段一中的格式（3）；下阕第一句和第二句为乐段一中的格式（1）。全词双调，四十九字，上阕六句，两仄韵；下阕五句，两仄韵。

例六　柳梢青（五十字）
（元）吴　瓘

  墙角孤根，株身纤小，娇羞无力。蟹眼微红，粉容未露，不禁春色。　　怕东君、汩没芳姿，渐迤逦、檀心半坼。缓步回廊，黄昏月淡，那时相得。

  注：该词上阕第一句至第三句为乐段一中的格式（3）；下阕第一句和第二句为乐段一中的格式（3）。全词双调，五十字，上阕六句，两仄韵；下阕五句，两仄韵。

例七　柳梢青（五十字）
《古今词话》无名氏

  依稀晓星明灭。白露点、苍苔败叶。断址颓垣，荒烟衰草，汉家宫阙。　　咸阳道上行人，依旧是、利亲名切。改换容颜，消磨今古，陇头残月。

  注：该词上阕第一句和第二句为乐段一中的格式（5）；下阕第一句和第二句为乐段一中的格式（1）。全词双调，五十字，上阕五句，三仄韵；下阕五句，两仄韵。

醉　乡　春

  宋惠洪《冷斋夜话》云："少游在黄州，饮于海棠桥，桥南北多海棠，有书生家于海棠丛间。少游醉宿于此，题词壁间。"　按此则知此调创自秦观，因后结有"醉乡广大人间小"句，故名《醉乡春》；又因前结有"春色又添多少"句，一名《添春色》。

《醉乡春》的长短句结构

上阕，两个乐段		下阕，两个乐段	
乐段一（十二字）	乐段二（十二字）	乐段一（十二字）	乐段二（十三字）
6　　6	3　　3　　6	6　　6	3　　3　　7

  《康熙词谱》只收集一体《醉乡春》，双调，上下阕分别可分为两个乐段，其长短句结构如表所示。该调四十九字，上下阕各五句，三仄韵，其基本格式如表所示。

《醉乡春》的基本格式（双调）

《醉乡春》上阕，五句，三仄韵	
乐段一（二句，十二字）	乐段二（三句，十二字）
＋｜＋－＋｜（韵）＋｜＋－＋｜（韵）	＋＋｜（句）｜＋－（句）＋｜＋－＋｜（韵）

《醉乡春》下阕，五句，三仄韵	
乐段一（二句，十二字）	乐段二（三句，十三字）
＋｜＋－＋｜（韵）＋｜＋－＋｜（韵）	＋＋｜（句）｜＋－（句）＋－＋｜－－｜（韵）

例　醉乡春（四十九字）

（宋）秦　观

唤起一声人悄。衾冷梦寒窗晓。瘴雨过，海棠开，春色又添多少。　　社瓮酿成微笑。半块椰瓢共舀。觉颠倒，急投床，醉乡广大人间小。

注：全词双调，四十九字，上下阕各五句，三仄韵。

太　常　引

《太和正音谱》注"仙吕宫"。又名《太清引》；韩淲词有"小春时候腊前梅"句，又名《腊前梅》。

《太常引》的长短句结构

上阕，两个乐段		下阕，两个乐段	
乐段一 （十二字或十三字）	乐段二 （十二字）	乐段一 （十三字）	乐段二 （十二字）
7　　　5 7　　33	5　　34	4　　4　　5	5　　34

《康熙词谱》共收集两体《太常引》，双调，上下阕可分为两个乐段，其长短句结构如表所示。该调有四十九字或五十字等格式，上阕四句，四平韵；下阕五句，三平韵。《康熙

词谱》以四十九字体辛弃疾词为标谱词例，该调的正格与变格如表所示，其中，各乐段中的格式（1）为正格句式，其余为变格句式。

《太常引》的正格与变格（双调）

《太常引》上阕，四句，四平韵	
乐段一（二句，十二字或十三字）	乐段二（二句，十二字）
＋ － ＋ ｜ ｜ － －（韵）＋ ｜ ｜ － －（韵） （1）	＋ ｜ ｜ － －（韵）＋ ＋ ｜（读）＋ － ｜ －（韵）
＋ － ＋ ｜ ｜ － －（韵）＋ ＋ ｜（读）｜ － －（韵） （2）	

《太常引》下阕，五句，三平韵	
乐段一（三句，十三字）	乐段二（二句，十二字）
＋ － ＋ ｜（句）＋ － ＋ ｜（句）＋ ｜ ｜ － －（韵）	＋ ｜ ｜ － －（韵）＋ ＋ ｜（读）＋ － ｜ －（韵）

例一　太常引（四十九字）

（宋）辛弃疾

仙丛似欲织纤罗。仿佛度金梭。无奈玉纤何。却弹作、清商恨多。　珠帘影里，如花半面，绝胜隔帘歌。世路苦风波。且痛饮、公无渡河。

注：该词上阕第一句和第二句为乐段一中的格式（1）。全词双调，四十九字，上阕四句，四平韵；下阕五句，三平韵。

例二　太常引（五十字）

（宋）高观国

玉肌亲衬碧霞衣。似争驾、翠鸾飞。羞问武陵溪。笑女伴、东风醉时。　不飘红雨，不贪青子，冷淡却相宜。春晚涌金池。问一片、将愁寄谁。

注：该词上阕第一句和第二句为乐段一中的格式（2）。全词双调，五十字，上阕四句，四平韵；下阕五句，三平韵。

卷 八

应 天 长

此调有令词、慢词。令词始于韦庄,又有顾敻、毛文锡两体,宋毛开词名《应天长令》;慢词始于柳永,《乐章集》注"林钟商调",又有周邦彦一体,名《应天长慢》。

《应天长》(令体)的长短句结构

上阕,两个乐段		下阕,两个乐段	
乐段一(十四字)	乐段二(十三字或十四字)	乐段一(十二字或十一字)	乐段二(十一字)
7 7	3 3 7 7 7	3 3 6 5 6	6 5

《康熙词谱》共收集四体令词《应天长》,双调,上下阕分别可分为两个乐段,其长短句结构如表所示。该调有五十字或四十九字等格式,上阕五句或四句,四仄韵或五仄韵;下阕五句或四句,四仄韵。《康熙词谱》以五十字体韦庄词为正体或正格。该调的正格与变格如表所示,其中,上下阕各乐段中的格式(1)为正格句式,其余为变格句式。

《应天长慢》的长短句结构

上阕,四个乐段			
乐段一(十四字)	乐段二(十字或十一字)	乐段三(十二字或十三字)	乐段四(十一字)
5 5 4 4 4 6	4 6 6 5 4 7	5 34 3 3 34 6 34	3 4 4

下阕,四个乐段			
乐段一(十四字)	乐段二(十字或十一字)	乐段三(十二字或十三字)	乐段四(十一字)
5 5 4 5 4 5	4 6 6 5 4 7	5 34 3 3 34 6 34	3 4 4

该调还有慢体，双调，上下阕分别可分四个乐段，其长短句结构如表所示。该调有九十四字或九十八字等格式，上阕十句或十一句，六仄韵、四仄韵、五仄韵或七仄韵；下阕十句或十一句，七仄韵、六仄韵或五仄韵。《康熙词谱》未明确何为正体或正格，故各体均作为基本格式（如表所示）。

《应天长》（令体）的正格与变格（双调）

《应天长》上阕，五句或四句，四仄韵或五仄韵	
乐段一（二句，十四字）	乐段二（三句或二句，十三字或十四字）
＋ — ＋ ｜ — —｜（韵）＋｜＋ — — ｜｜（韵） （1）	｜ — —（句）— ＋｜（韵）＋｜＋ — — ｜｜（韵） （1）
＋｜＋ — — ｜｜（韵）＋｜＋ — — ｜｜（韵） （2）	— — ｜（韵或句）— ＋｜（韵）＋｜＋ ＋ — — ｜｜（韵） （2） ＋ — ＋｜ — —｜（韵）＋｜＋ — ｜｜（韵） （3）

《应天长》下阕，五句或四句，四仄韵	
乐段一（三句或二句，十二字或十一字）	乐段二（二句，十一字）
｜ — —（句）— ＋｜（韵）＋｜＋ — ＋｜（韵） （1）	＋｜＋ — ＋｜（韵）＋ — — ｜｜（韵） （1）
＋ — — ＋｜（韵）＋｜＋ — ＋｜（韵） （2）	＋｜＋ — ＋｜（韵）— — ｜＋｜（韵） （2） ＋｜＋ — ＋｜（韵）＋｜＋ — ｜（韵） （3）

例一　应天长（五十字）
　　（唐）韦　庄

　　绿槐阴里黄鹂语。深院无人春昼午。画帘垂，金凤舞。寂寞绣屏香一炷。　　碧天云，无定处。空有梦魂来去。夜夜绿窗风雨。断肠君信否。

　　注：该词上阕第一句和第二句为乐段一中的格式（1），第三句至第五句为乐段二中的格式（1）；下阕第一句至第三句为乐段一中的格式（1），第四句和第五句为乐段二中的格式（1）。全词双调，五十字，上下阕各五句，四仄韵。

例二　应天长（四十九字）
　　（五代）顾　敻

　　瑟瑟罗裙金线缕。轻透鹅黄香画袴。垂交带，盘鹦鹉。袅袅翠翘移玉步。　　背人匀檀注。慢转横波偷觑。敛黛春情暗许。倚屏慵不语。

　　注：该词上阕第一句和第二句为乐段一中的格式（2），第三句至第五句为乐段二中的格式（2）；下阕第一句和第二句为乐段一中的格式（2），第二句和第四句为乐段二中的格式（1）。全词双调，四十九字，上阕五句，四仄韵；下阕四句，四仄韵。

例三　应天长（四十九字）
　　（五代）冯延巳

　　一弯初月临鸾镜。云鬓凤钗慵不整。珠帘静。重楼迥。惆怅落花风不定。　　绿烟低柳径。何处辘轳金井。昨夜更阑酒醒。春愁胜却病。

　　注：该词上阕第一句和第二句为乐段一中的格式（1），第三句至第五句为乐段二中的格式（2）；下阕第一句和第二句为乐段一中的格式（2），第三句和第四句为乐段二中的格式（2）。全词双调，四十九字，上阕五句，五仄韵；下阕四句，四仄韵。

例四　应天长（五十字）
　　（五代）毛文锡

　　平江波暖鸳鸯语。两两钓船归极浦。芦州一夜风和雨。飞起浅沙翘雪鹭。　　渔灯明远渚。兰棹今宵何处。罗袂从风轻举。愁煞采莲女。

　　注：该词上阕第一句和第二句为乐段一中的格式（1），第三句和第四句为乐段二中的格式（3）；下阕第一句和第二句为乐段一中的格式（2），第三句和第四句为乐段二中的格式（3）。全词双调，五十字，上下阕各四句，四仄韵。

《应天长慢》的基本格式（双调）

《应天长慢》上阕，十句或十一句，六仄韵、四仄韵、五仄韵或七仄韵	
乐段一（三句，十四字）	乐段二（二句，十字或十一字）
＋ー一｜｜（韵或句）｜＋｜一一（句）＋＋一｜（韵） （1） ＋一一｜｜（韵）＋｜｜＋一（句）＋一＋｜（韵） （2） ＋一＋｜（句）＋｜＋一（句）＋一＋｜一｜（韵） （3） ＋一＋｜（句）＋｜＋一（句）＋一｜一＋｜（韵） （4）	＋｜一一（句）＋｜＋一＋｜（韵） （1） ＋｜＋｜（句）＋｜＋一＋｜（韵） （2） ＋｜＋一＋｜（句）一一｜一｜（韵） （3） ＋｜一一（句）＋｜一一｜（韵） （4）

《应天长慢》上阕，十句或十一句，六仄韵、四仄韵、五仄韵或七仄韵	
乐段三（二句或三句，十二字或十三字）	乐段四（三句，十一字）
＋一一｜｜（韵）＋＋｜（读）＋一＋｜（韵） （1） ＋＋｜（句或韵）＋＋｜（韵）＋＋｜（读或句）＋一＋｜（韵） （2） ＋一｜一＋｜（韵）＋＋｜（读）＋一一＋｜（韵） （3）	＋＋｜（句或韵）＋｜一一（句）＋＋一｜（韵）

《应天长慢》下阕，十句或十一句，七仄韵、五仄韵或六仄韵	
乐段一（三句，十四字）	乐段二（二句，十字或十一字）
＋｜＋－｜(韵)｜＋｜＋－－(句) ＋＋－｜(韵) （1） ＋－－｜｜(韵)｜＋＋＋－(句)＋－＋｜(韵) （2） ＋｜＋－｜(韵)＋｜－－(句) ＋＋－｜(韵) （3） ＋｜｜－－(句)＋｜－－(句) ＋｜＋－｜(韵) （4）	＋｜＋－(句)＋｜＋－＋｜(韵) （1） ＋｜＋－＋｜(句)－－｜－ ｜(韵) （2） ＋｜＋－(句)＋｜－－ ｜(韵) （3）

《应天长慢》下阕，十句或十一句，七仄韵、五仄韵或六仄韵	
乐段三（二句或三句，十二字或十三字）	乐段四（三句，十一字）
＋－－｜｜(句或韵)＋＋｜(读) ＋－＋｜(韵) （1） ＋＋｜(句或韵)＋＋｜(韵)＋ ＋｜(读)＋－＋｜(韵) （2） ＋－｜－＋｜(韵)＋＋｜(读) ＋－＋｜(韵) （3）	＋＋｜(句或韵)＋｜－－(句) ＋＋－｜(韵)

例一　应天长慢（九十四字）

（宋）柳　永

残蝉声断绝。傍碧砌修梧，败叶微脱。风露凄清，正是登高时节。东篱霜乍结。绽金蕊、嫩香堪折。聚宴处，落帽风流，未饶前哲。　　把酒与君说。恁好景良辰，怎忍虚设。休效牛山，空对江天凝咽。尘劳无暂歇。遇良会、剩偷欢悦。歌未阕。杯兴方浓，莫便中辍。

注：该词上阕第一句至第三句为乐段一中的格式（1），第四句和第五句为乐段二中的格式（1），第六句和第七句为乐段三中的格式（1）；下阕第一句至第三句为乐段一中的格式（1），第四句和第五句为乐段二中的格式（1），第六句和第七句为乐段三中的格式（1）。全词双调，九十四字，上阕十句，六仄韵；下阕十句，七仄韵。

例二　应天长慢（九十四字）
（宋）叶梦得

松陵秋已老，正柳岸田家，酒醅初熟。鲈脍莼羹，万里水天相续。扁舟临浩渺，寄一叶、暮涛吞沃。青箬笠，西塞山前，自翻新曲。　　来往未应足。便细雨斜风，有谁拘束。陶写中年，何待更须丝竹。鸥鹭千古意，算入手、比来尤速。最好是，千点云屏，半篙澄绿。

注：该词上阕第一句至第三句为乐段一中的格式（1），第四句和第五句为乐段二中的格式（1），第六句和第七句为乐段三中的格式（1）；下阕第一句至第三句为乐段一中的格式（1），第四句和第五句为乐段二中的格式（1），第六句和第七句为乐段三中的格式（1）。全词双调，九十四字，上阕十句，四仄韵；下阕十句，五仄韵。

例三　应天长慢（九十四字）
《古今词话》无名氏

雕鞍成漫驻。望断也不归，院深天暮。倚遍旧日，曾共凭肩门户。踏青何处所。想醉拍、春衫歌舞。征斾举。一步红尘，一步回顾。　　行行愁独语。想媚容今宵，怨郎不住。来为相思，却又空将愁去。人生无定据。叹后会、不知何处。愁万缕。凭仗东风，和泪吹与。

注：该词上阕第一句至第三句为乐段一中的格式（2），第四句和第五句为乐段二中的格式（2），第六句和第七句为乐段三中的格式（1）；下阕第一句至第三句为乐段一中的格式（2），第四句和第五句为乐段二中的格式（1），第六句和第七句为乐段三中的格式（1）。全词双调，九十四字，上下阕各十句，七仄韵。

例四　应天长慢（九十八字）
（宋）周邦彦

条风布暖，霏雾弄晴，池塘遍满春色。正是夜台无月，沉沉暗寒食。梁间燕，社前客。似笑我、闭门愁寂。乱花过，隔院芸香，满地狼藉。　　长记那回时，邂逅相逢，郊外驻油壁。又见汉宫传烛，飞烟五侯宅。青青草，迷路陌。强载酒、细寻前迹。市桥远，柳下人家，犹自相识。

注：该词上阕第一句至第三句为乐段一中的格式（3），第四句和第五句为乐段二中的格式（3），第六句至第八句为乐段三中的格式（2）；下阕第一句至第三句为乐段一中的格式（4），第四句和第五句为乐段二中的格式（2），第六句至第八句为乐段三中的格式（2）。全词双调，九十八字，上下阕各十一句，五仄韵。

例五　应天长慢（九十八字）
（宋）吴文英

丽花斗靥，清麝溅尘，春声偏漏芳陌。竞路障空云幕，冰壶浸霞色。芙蓉镜，词赋客。竞绣笔、醉嫌天窄。素娥下，小驻轻镳，眼乱红碧。　　前事顿非昔。故苑年光，浑与世相隔。向暮巷空人绝，残灯耿尘壁。凌波恨，帘户寂。听怨写、堕梅哀笛。伫立久，雨暗河桥，谯漏疏滴。

注：该词上阕第一句至第三句为乐段一中的格式（3），第四句和第五句为乐段二中的格式（3），第六句至第八句为乐段三中的格式（2）；下阕第一句至第三句为乐段一中的格式（3），第四句和第五句为乐段二中的格式（2），第六句至第八句为乐段三中的格式（2）。全词双调，九十八字，上阕十一句，五仄韵；下阕十一句，六仄韵。

例六　应天长慢（九十八字）
（宋）康伯可

管弦绣陌，灯火画桥，尘香旧时归路。肠断萧娘，旧日风帘映朱户。莺能舞。花解语。念后约、顿成轻负。缓雕辔，独自归来，凭阑情绪。　　楚岫在何处。香梦悠悠，花月更谁主。惆怅后期，空有鳞鸿寄纨素。枕前泪。窗外雨。翠幕冷、夜凉虚度。未应信，此度相思，寸肠千缕。

注：该词上阕第一句至第三句为乐段一中的格式（4），第四句和第五句为乐段二中的格式（4），第六句至第八句为乐段三中的格式（2）；下阕第一句至第三句为乐段一中的格式（3），第四句和第五句为乐段二中的格式（3），第六句至第八句为乐段三中的格式（2）。全词双调，九十八字，上阕十一句，六仄韵；下阕十一句，七仄韵。

例七　应天长慢（九十八字）
（宋）王沂孙

疏帘蝶粉，幽径燕泥，花间小雨初足。又是禁城寒食，轻舟泛晴渌。寻芳地，来去熟。尚仿佛、大堤南北。望杨柳，一片阴阴，摇曳新绿。　　重访艳歌人，听取春声，犹是杜郎曲。荡漾去年春色，深深杏花屋。东风里，曾与宿。记小刻、近窗新竹。旧游远，沉醉归来，满院银烛。

注：该词上阕第一句至第三句为乐段一中的格式（3），第四句和第五句为乐段二中的格式（3），第六句至第八句为乐段三中的格式（2）；下阕第一句至第三句为乐段一中的格式（4），第四句和第五句为乐段二中的格式（2），第六句至第八句为乐段三中的格式（2）。全词双调，九十八字，上下阕各十一句，五仄韵。

例八　应天长慢（九十八字）

（宋）陈允平

流莺唤梦，芳草带愁，东风料峭寒色。又见杏浆饧粥，家家禁烟食。江湖几年倦客。曾惯识、凄凉岑寂。苦吟瘦，萧索诗肠，空愧郊籍。　　春事正溪山，柳雾花尘，深映翠萝壁。更谢多情双燕，归来旧庭宅。晴丝乱游巷陌。怅容易、万红陈迹。酒旗直，绿水桥边，犹记曾识。

注：该词上阕第一句至第三句为乐段一中的格式（3），第四句和第五句为乐段二中的格式（3），第六句和第七句为乐段三中的格式（3）；下阕第一句至第三句为乐段一中的格式（4），第四句和第五句为乐段二中的格式（2），第六句和第七句为乐段三中的格式（3）。全词双调，九十八字，上下阕各十句，五仄韵。

满 宫 花

该调见《花间集》，尹鹗赋宫怨词有"满地禁花慵扫"句，取以为名。

《满宫花》的长短句结构

上阕，两个乐段		下阕，两个乐段	
乐段一（十二字）	乐段二（十三字）	乐段一（十二字或十三字）	乐段二（十三字）
3　3　6	7　6	3　3　6 / 7　6	7　6

《康熙词谱》共收集两体《满宫花》，双调，上下阕分别可分为两个乐段，其长短句结构如表所示。该调有五十字或五十一字等格式，上阕五句，三仄韵；下阕五句或四句，三仄韵。《康熙词谱》以五十字体尹鹗词为标谱词例。该调的正格与变格如表所示，其中，上下阕各乐段中的格式（1）为正格句式，其余为变格句式。

《满宫花》的正格与变格（双调）

《满宫花》上阕，五句，三仄韵	
乐段一（三句，十二字）	乐段二（二句，十三字）
丨 + — （句）— + 丨（韵）+ 丨 + — + 丨（韵） （1）	+ — + 丨 丨 — —（句）+ 丨 + — + 丨（韵）
+ 丨 — （句）— + 丨（韵）+ 丨 + — + 丨（韵） （2）	
丨 + — （句）— + 丨（韵）+ — + 丨 — 丨（韵） （3）	

《满宫花》下阕，五句或四句，三仄韵	
乐段一（三句或二句，十二字或十三字）	乐段二（二句，十三字）
丨 + — （句）— + 丨（韵）+ 丨 + — + 丨（韵） （1）	+ — + 丨 丨 — —（句）+ 丨 + — + 丨（韵）
+ 丨 + — — 丨 丨（韵）+ 丨 + — + 丨（韵） （2）	
+ — + 丨 — — 丨（韵）+ 丨 + — + 丨（韵） （3）	

例一　满宫花（五十字）

（唐）尹 鹗

月沉沉，人悄悄。一炷后庭香袅。草深辇路不归来，满地禁花慵扫。　　离恨多，相见少。何处醉迷三岛。漏清宫树子规啼，愁锁碧窗春晓。

注：该词上阕第一句至第三句为乐段一中的格式（1）；下阕第一句至第三句为乐段一中的格式（1）。全词双调，五十字，上下阕各五句，三仄韵。

例二　满宫花（五十一字）

（唐）张　泌

花正芳，楼似绮。寂寞上阳宫里。钿笼金锁睡鸳鸯，帘冷露华珠翠。　　娇艳轻盈香雪腻。细雨黄莺双起。东风惆怅欲清明，公子桥边沉醉。

注：该词上阕第一句至第三句为乐段一中的格式（2）；下阕第一句和第二句为乐段一中的格式（2）。全词双调，五十一字，上阕五句，三仄韵；下阕四句，三仄韵。

例三　满宫花（五十一字）

（宋）魏承班

雪霏霏，风凛凛。玉郎何处狂饮？醉时想得纵风流，罗帐香帷鸳寝。　　春朝秋夜思君甚，愁见绣屏孤枕。少年何事负初心？泪滴缕金双衽。

注：该词上阕第一句至第三句为乐段一中的格式（3）；下阕第一句和第二句为乐段一中的格式（3）。全词双调，五十一字，上阕五句，三仄韵；下阕四句，三仄韵。

少　年　游

调见《珠玉集》，因词有"长似少年时"句，取以为名。《乐章集》注"林钟商调"。韩淲词有"明窗玉蜡梅枝好"句，更名《玉蜡梅枝》。萨都剌词名《小阑干》。此调最为参差，今分七体，其源皆出于晏词。或添一字，摊破前后段起句，作四字两句者；或减一字，摊破前后段第三、四句，作七字一句者；或于前后段第二句添一字者，或于两结句添字减字者，悉为类列，以便按谱查填。

《少年游》的长短句结构

上阕，两个乐段		下阕，两个乐段	
乐段一 （十二字或十三字）	乐段二 （十三字或十二字）	乐段一 （十二字或十三字）	乐段二 （十三字或十二字）
7　　　5	4　　4　　5	7　　　5	4　　4　　5
7　　　33	4　　4　　4	7　　　33	4　　4　　4
4　　4　　5	33　　　34	34　　　5	7　　　33
4　　4　　4		4　　4　　5	7　　　5
		4　　4　　4	34　　　5

《康熙词谱》共收集十五体《少年游》，双调，上下阕分别有两个乐段，其长短句结构如表所示。该调有五十字或四十八字、四十九字、五十一字、五十二字等格式，以平韵为主要用韵格式，上阕五句或六句，三平韵或两平韵；下阕五句或四句、六句，两平韵或三平韵。此外，还有个别词例（如晁补之词）用仄韵。《康熙词谱》以平韵格五十字体晏殊词为正体或正格。该调的正格与变格如表所示，其中，上下阕各乐段中的格式（1）为正格句式，其余为变格句式。《少年游》的仄韵格如表所示。

例一　少年游（五十字）

（宋）晏　殊

芙蓉花发去年枝。双燕欲归飞。兰堂风软，金炉香暖，新曲动帘帷。　家人并上千春寿，深意满琼卮。绿鬓朱颜，道家装束，长似少年时。

注：该词上阕第一句和第二句为乐段一中的格式（1），第三句至第五句为乐段二中的格式（1）；下阕第一句和第二句为乐段一中的格式（1），第三句至第五句为乐段二中的格式（1）。全词双调，五十字，上阕五句，三平韵；下阕五句，两平韵。

例二　少年游（五十字）

（宋）李　甲

江国陆郎封寄后，独自冠群芳。折时雪里，带时灯下，香面讶争光。　而今不怕吹羌管，一任更繁霜。玳筵赏处，玉纤整后，犹胜岭头香。

注：该词上阕第一句和第二句为乐段一中的格式（3），第三句至第五句为乐段二中的格式（1）；下阕第一句和第二句为乐段一中的格式（1），第三句至第五句为乐段二中的格式（2）。全词双调，五十字，上下阕各五句，两平韵。

例三　少年游（五十一字）

（宋）柳　永

日高花榭懒梳头。无语倚妆楼。修眉敛黛，远山横翠，相对结春愁。　王孙走马长楸陌，贪迷恋、少年游。似恁疏狂，费人拘管，争似不风流。

注：该词上阕第一句和第二句为乐段一中的格式（1），第三句至第五句为乐段二中的格式（1）；下阕第一句和第二句为乐段一中的格式（3），第三句至第五句为乐段二中的格式（1）。全词双调，五十一字，上阕五句，三平韵；下阕五句，两平韵。

《少年游》的正格与变格（双调）

《少年游》上阕，五句或六句，三平韵或两平韵	
乐段一（二句或三句，十二字或十三字）	乐段二（三句，十三字或十二字）
＋－＋｜｜－－（韵）＋｜｜－－（韵） （1）	＋－＋｜（句）＋－＋｜（句）＋｜｜－－（韵） （1）
＋－＋｜－－｜（句）＋｜｜－－（韵） （2）	＋｜＋－（句）＋－＋｜（句）＋｜｜－－（韵） （2）
＋｜＋－－｜｜（句）＋｜｜－－（韵） （3）	＋｜＋－（句）＋－＋｜（句）＋｜｜－－（韵） （3）
＋－＋｜｜－－（韵）＋｜＋｜（读）｜－－（韵） （4）	
＋－＋｜（句）＋－＋｜（句）＋｜｜－－（韵） （5）	

例四　少年游（五十二字）

（宋）柳　永

一生赢得是凄凉。追往事、暗心伤。好天良夜，深屏香被，争忍便相忘。　　王孙动是经年去，贪迷恋、有何长。万种千般，把伊情分，颠倒尽猜量。

注：该词上阕第一句和第二句为乐段一中的格式（4），第三句至第五句为乐段二中的格式（1）；下阕第一句和第二句为乐段一中的格式（3），第三句至第五句为乐段二中的格式（1）。全词双调，五十二字，上阕五句，三平韵；下阕五句，两平韵。

《少年游》下阕，五句或四句、六句，两平韵或三平韵	
乐段一（二句或三句，十二字或十三字）	乐段二（三句或二句，十三字或十二字）
＋－＋｜－－｜（句）＋｜｜－－（韵） （1）	＋｜＋－（句）＋－＋｜（句）＋｜｜－－（韵） （1）
＋｜＋－－＋｜（句）＋｜｜－（韵） （2）	＋－＋｜（句）＋－＋｜（句）＋｜｜－－（韵） （2）
＋－＋｜－－（句）＋＋｜（读）｜－－（韵） （3）	＋｜＋－（句）＋－＋｜（句）＋｜－－（韵） （3）
＋－＋｜（句）＋－＋｜（句）＋｜｜－－（韵） （4）	＋－＋｜（句）＋－＋｜（句）＋｜－－（韵） （4）
＋＋｜（读）＋－＋｜（句）＋｜｜－－（韵） （5）	＋－＋｜｜－－（韵）＋＋｜（读）｜－－（韵） （5）
	＋｜－－＋｜－（韵）＋＋｜（读）｜－－（韵） （6）
	＋｜＋－－＋｜（句）＋＋｜（读）｜－－（韵） （7）
	＋－＋｜｜－－（韵）＋｜｜－－（韵） （8）
	＋｜－－｜－｜（句）＋｜｜－－（韵） （9）

例五　少年游（四十八字）

（宋）周　密

帘销宝篆卷宫罗。蜂蝶扑飞梭。一样东风，燕梁莺院，那处春多。　　晓妆日日随香辇，多在牡丹坡。花深深处，柳阴阴处，一片笙歌。

注：该词上阕第一句和第二句为乐段一中的格式（1），第三句至第五句为乐段二中的格式（3）；下阕第一句和第二句为乐段一中的格式（1），第三句至第五句为乐段二中的格式（4）。全词双调，四十八字，上阕五句，三平韵；下阕五句，两平韵。

例六　少年游（五十字）

（宋）杜安世

小轩深院是秋时。风叶坠高枝。疏帘静永，薄帷清夜，暑退觉寒微。　　凄凉天气离愁意，肯信杏难期。多情成病不须医。更憔悴、转寻思。

注：该词上阕第一句和第二句为乐段一中的格式（1），第三句至第五句为乐段二中的格式（1）；下阕第一句和第二句为乐段一中的格式（1），第三句和第四句为乐段二中的格式（5）。全词双调，五十字，上阕五句，三平韵；下阕四句，三平韵。

例七　少年游（五十字）

（宋）张　耒

含羞倚醉不成歌。纤手掩香罗。偎花映烛，偷传深意，酒思入横波。　　看朱成碧心迷乱，脉脉敛双蛾。相见时稀隔别多。又春尽、奈愁何。

注：该词上阕第一句和第二句为乐段一中的格式（1），第三句至第五句为乐段二中的格式（1）；下阕第一句和第二句为乐段一中的格式（1），第三句和第四句为乐段二中的格式（6）。全词双调，五十字，上阕五句，三平韵；下阕四句，三平韵。

例八　少年游（五十字）

（宋）向子䛍

去年同醉酴醿下，尽笔赋新词。今年君去，酴醿欲破，谁与醉为期。　　旧曲重歌倾别酒，风露泣花枝。章水能长湘水远，流不尽、两相思。

注：该词上阕第一句和第二句为乐段一中的格式（2），第三句至第五句为乐段二中的格式（1）；下阕第一句和第二句为乐段一中的格式（2），第三句和第四句为乐段二中的格式（7）。全词双调，五十字，上阕五句，两平韵；下阕四句，两平韵。

例九　少年游（五十一字）
（宋）姜　夔

　　双螺未合，双蛾先敛，家在碧云西。别母情怀，随郎滋味，桃叶渡江时。　　扁舟载了匆匆去，今夜泊前溪。杨柳津头，梨花墙外，心事两人知。

　　注：该词上阕第一句至第三句为乐段一中的格式（5），第四句至第六句为乐段二中的格式（2）；下阕第一句和第二句为乐段一中的格式（1），第三句至第五句为乐段二中的格式（1）。全词双调，五十一字，上阕六句，两平韵；下阕五句，两平韵。

例十　少年游（五十二字）
（宋）韩　淲

　　闲寻杯酒，清翻曲谱，相与送残冬。天地推移，古今兴替，斯道岂雷同。　　明窗玉蜡梅枝好，人情淡、物华浓。个里风光，别般滋味，无梦听飞鸿。

　　注：该词上阕第一句至第三句为乐段一中的格式（5），第四句至第六句为乐段二中的格式（2）；下阕第一句和第二句为乐段一中的格式（3），第三句至第五句为乐段二中的格式（1）。全词双调，五十二字，上阕六句，两平韵；下阕五句，两平韵。

例十一　少年游（五十二字）
（宋）晏几道

　　绿勾阑畔，黄昏淡月，携手对残红。纱窗影里，朦胧春睡，繁杏小屏风。　　须愁别后，天高海阔，何处更相逢。幸有花前，一杯芳酒，归计莫匆匆。

　　注：该词上阕第一句至第三句为乐段一中的格式（5），第四句至第六句为乐段二中的格式（1）；下阕第一句至第三句为乐段一中的格式（4），第四句至第六句为乐段二中的格式（1）。全词双调，五十二字，上下阕各六句，两平韵。

例十二　少年游（五十一字）
（宋）杜安世

　　小楼归燕又黄昏。寂寞锁高门。轻风细雨，惜花天气，相次过春分。　　画堂无绪，初燃绛蜡，罗帐掩余熏。多情不解怨王孙。任薄幸、一从君。

注：该词上阕第一句和第二句为乐段一中的格式（1），第三句至第五句为乐段二中的格式（1）；下阕第一句至第三句为乐段一中的格式（4），第四句和第五句为乐段二中的格式（5）。全词双调，五十一字，上下阕各五句，三平韵。

例十三　少年游（五十一字）
（宋）苏　轼

去年相送，余杭门外，飞雪似杨花。今年春尽，杨花似雪，犹不见还家。　　对酒卷帘邀明月，风露透窗纱。恰似嫦娥怜双燕，分明照、画梁斜。

注：该词上阕第一句至第三句为乐段一中的格式（5），第四句至第六句为乐段二中的格式（1）；下阕第一句和第二句为乐段一中的格式（2），第三句和第四句为乐段二中的格式（7）。全词双调，五十一字，上阕六句，两平韵；下阕四句，两平韵。

例十四　少年游（五十一字）
（宋）晏几道

西楼别后，风高露冷，无奈月分明。飞鸿影里，捣衣砧外，总是玉关情。　　王孙此际，山重水远，何处赋西征。金闺魂梦枉叮咛。寻遍短长亭。

注：该词上阕第一句至第三句为乐段一中的格式（5），第四句至第六句为乐段二中的格式（1）；下阕第一句至第三句为乐段一中的格式（4），第四句和第五句为乐段二中的格式（8）。全词双调，五十一字，上阕六句，两平韵；下阕五句，三平韵。

例十五　少年游（五十二字）
（宋）杨　亿

江南节物，水昏云淡，飞雪满前村。千寻翠岭，一枝芳艳，迢递寄归人。　　寿阳妆罢，冰姿玉态，的的写天真。等闲风雨又纷纷。更忍向、笛中闻。

注：该词上阕第一句至第三句为乐段一中的格式（5），第四句至第六句为乐段二中的格式（1）；下阕第一句至第三句为乐段一中的格式（4），第四句和第五句为乐段二中的格式（5）。全词双调，五十二字，上阕六句，两平韵；下阕五句，三平韵。

例十六　少年游（五十字）

（宋）毛　滂

遥山雪气入疏帘。罗幕小寒添。暖日腾波，朝霞入户，一线过冰檐。　　绿尊香嫩葡萄映，满酌破冬严。庭下早梅，已含芳意，春近瘦枝南。

注：该词上阕第一句和第二句为乐段一中的格式（1），第三句至第五句为乐段二中的格式（2）；下阕第一句和第二句为乐段一中的格式（1），第三句至第五句为乐段二中的格式（1）。全词双调，五十字，上阕五句，三平韵；下阕五句，两平韵。

例十七　少年游（四十九字）

（宋）周　密

松风兰露滴崖阴。瑶草入帘青。玉凤惊飞，翠蛟时舞，喷薄溅春云。　　冰壶不受人间暑，幽碧弄珍禽。花外琴台，竹边棋墅，处处闲情。

注：该词上阕第一句和第二句为乐段一中的格式（1），第三句至第五句为乐段二中的格式（2）；下阕第一句和第二句为乐段一中的格式（1），第三句至第五句为乐段二中的格式（3）。全词双调，四十九字，上阕五句，三平韵；下阕五句，两平韵。

例十八　少年游（四十九字）

（宋）欧阳修

绿云双弹插金翘。年纪正妖娆。汉妃束素，小蛮垂柳，都占洛城腰。　　锦屏春过衣初减，香雪暖凝消。试问当筵眼波恨，滴滴为谁娇。

注：该词上阕第一句和第二句为乐段一中的格式（1），第三句至第五句为乐段二中的格式（1）；下阕第一句和第二句为乐段一中的格式（1），第三句和第四句为乐段二中的格式（9）。全词双调，四十九字，上阕五句，三平韵；下阕四句，两平韵。

例十九　少年游（五十一字）

（宋）张　先

红叶黄花秋又老，疏雨更西风。山重水远，云闲天淡，游子断肠中。　　青楼薄幸何时见，细说与、这忡忡。念远离情，感时愁绪，应解与人同。

注：该词上阕第一句和第二句为乐段一中的格式（3），第三句至第五句为乐段二中的格式（1）；下阕第一句和第二句为乐段一中的格式（3），第三句至第五句为乐段二中的格式（1）。全词双调，五十一字，上下阕各五句，两平韵。

例二十　少年游（五十一字）

（宋）周邦彦

并刀如水，吴盐胜雪，纤指破新橙。锦幄初温，兽香不断，相对坐调笙。　　低声问、向谁行宿，城上已三更。马滑霜浓，不如休去，直是少人行。

注：该词上阕第一句至第三句为乐段一中的格式（5），第四句至第六句为乐段二中的格式（2）；下阕第一句和第二句为乐段一中的格式（5），第三句至第五句为乐段二中的格式（1）。全词双调，五十一字，上阕六句，两平韵；下阕五句，两平韵。

《少年游》的仄韵格（双调）

《少年游》上阕，五句，两仄韵	
乐段一（三句，十二字）	乐段二（二句，十三字）
＋－＋｜（句）＋｜－－（句） ＋－＋｜（韵）	＋＋｜（读）＋－｜（句）＋＋｜ （读）＋－＋｜（韵）

《少年游》下阕，五句，两仄韵	
乐段一（三句，十二字）	乐段二（二句，十二字）
＋－＋｜（句）＋－＋｜（句） ＋－＋｜（韵）	＋＋｜（读）＋－＋｜（句）｜＋ －＋｜（韵）

例　少年游（四十九字）

（宋）晁补之

当年携手，是处成双，无人不羡。自间阻、五年也，一梦拥、娇娇粉面。　　柳眉轻扫，杏腮微拂，依前双靥。甚睡里、起来寻觅，却眼前不见。

注：全词双调，四十九字，上下阕各五句，两仄韵。

偷声木兰花

此调亦本于《木兰花令》。

《偷声木兰花》的长短句结构

上阕,两个乐段		下阕,两个乐段	
乐段一(十四字)	乐段二(十一字)	乐段一(十四字)	乐段二(十一字)
7　　7	4　　7	7　　7	4　　7

《康熙词谱》只收集一体《偷声木兰花》,双调,五十字,上下阕分别可分为两个乐段,各四句,两仄韵两平韵,其长短句结构和基本格式如表所示。比较该调和《木兰花令》的长短句结构,惟上下阕第三句,由《木兰花令》的七字句减三字成为四字句。从用韵的角度看,该调偷押平声,故曰"偷声",且上下阕可换韵。

《偷声木兰花》的基本格式(双调)

《偷声木兰花》上阕,四句,两仄韵两平韵	
乐段一(二句,十四字)	乐段二(二句,十一字)
＋ － ＋ ｜ － － ｜(仄韵)＋ ｜ ＋ － ｜ ｜(韵)	＋ ｜ － －(平韵)＋ ｜ ＋ － － ＋ ｜ －(韵)

《偷声木兰花》下阕,四句,两仄韵两平韵	
乐段一(二句,十四字)	乐段二(二句,十一字)
＋ － ＋ ｜ － － ｜(仄韵)＋ ｜ ＋ － ｜ ｜(韵)	＋ ｜ － －(平韵)＋ ｜ ＋ － － ＋ ｜ －(韵)

例　偷声木兰花(五十字)

(五代)冯延巳

落梅著雨消残粉。云重烟深寒食近。罗幕遮香。柳外秋千出画墙。　　春山颠倒钗横凤。飞絮入帘春睡重。梦里佳期。只许庭花与月知。

注:全词双调,五十字,上下阕各四句,两仄韵两平韵。

滴 滴 金

蒋氏《九宫谱目》，入黄钟宫。

《滴滴金》的长短句结构

上阕，两个乐段		下阕，两个乐段	
乐段一（十三字）	乐段二（十二字）	乐段一（十三字或十四字）	乐段二（十二字）
7　　33	7　　5	7　　33 7　　7	7　　5

　　《康熙词谱》共收集四体《滴滴金》，双调，上下阕分别可分为两个乐段，其长短句结构如表所示。该调有五十字、五十一字等格式，上下阕各四句，三仄韵或四仄韵。《康熙词谱》以李遵勖词为正体或正格。该调的正格与变格如表所示，其中，上下阕各乐段中的格式（1）为正格句式，其余为变格句式。

例一　滴滴金（五十字）
（宋）李遵勖

　　帝城五夜宴游歇。残灯外、看残月。都来犹在醉乡中，听更漏初彻。　　行乐已成闲话说。如春梦、觉时节。大家同约探春行，问甚花先发。

　　注：该词上阕第三句和第四句为乐段二的格式（1）；下阕第一句和第二句为乐段一的格式（1），第三句和第四句为乐段二中的格式（1）。全词双调，五十字，上下阕各四句，三仄韵。

例二　滴滴金（五十字）
（宋）晏　殊

　　梅花漏泄春消息。柳丝长、草芽碧。不觉星霜鬓边白。念时光堪惜。　　兰堂把酒留佳客。对离筵、驻行色。千里音尘便疏隔。合有人相忆。

　　注：该词上阕第三句和第四句为乐段二的格式（3）；下阕第一句和第二句为乐段一的格式（2），第三句和第四句为乐段二中的格式（2）。全词双调，五十字，上下阕各四句，四仄韵。

《滴滴金》的正格和变格（双调）

《滴滴金》上阕，四句，三仄韵或四仄韵	
乐段一（二句，十三字）	乐段二（二句，十二字）
＋ － ＋ | ＋ － |（韵）＋ ＋ ＋（读）＋ － |（韵）	＋ － ＋ | | － －（句）| ＋ ＋ － |（韵） （1） ＋ | － － ＋ | －（句）| ＋ － ＋ |（韵） （2） ＋ | － － | －|（韵）| ＋ － ＋ |（韵） （3） ＋ | ＋ － － | |（韵）| ＋ － ＋ |（韵） （4）

《滴滴金》下阕，四句，三仄韵	
乐段一（二句，十三字或十四字）	乐段二（二句，十二字）
＋ | ＋ － － | |（韵）＋ ＋ ＋（读）＋ － |（韵） （1） ＋ － ＋ | ＋ － |（韵）＋ ＋ ＋（读）＋ － |（韵） （2） ＋ － ＋ | ＋ － |（韵）＋ | － － | －|（韵） （3）	＋ － ＋ | | － －（句）| ＋ － －|（韵） （1） ＋ | － － | － |（韵）| ＋ － ＋ |（韵） （2） ＋ | ＋ － ＋ |（韵）| ＋ －（句）| ＋ － ＋ |（韵） （3）

例三　滴滴金（五十字）

（宋）杨无咎

相逢未尽论心素。早容易、背人去。忆得歌翻肠断句。更惺惺言语。　萋萋芳草迷南浦。正风吹、打船雨。静听愁声夜无眠,到水村何处。

注：该词上阕第三句和第四句为乐段二的格式（4）；下阕第一句和第二句为乐段一的格式（2），第三句和第四句为乐段二中的格式（3）。全词双调,五十字,上阕四句,四仄韵；下阕四句,三仄韵。

例四　滴滴金（五十一字）

（宋）孙道绚

月光飞入林前屋。风策策、度庭竹。夜半江城击柝声,动寒梢栖宿。　等闲老去年华促。只有江梅伴幽独。梦绕夸门旧家山,恨惊回难续。

注：该词上阕第三句和第四句为乐段二的格式（2）；下阕第一句和第二句为乐段一的格式（3），第三句和第四句为乐段二中的格式（3）。全词双调,五十一字,上下阕各四句,三仄韵。

忆 汉 月

唐教坊曲名。柳永词名《望汉月》,《乐章集》注"正平调"。

《忆汉月》的长短句结构

上阕，两个乐段		下阕，两个乐段	
乐段一 （十二字）	乐段二 （十四字或十三字）	乐段一 （十二字或十一字）	乐段二 （十四或十三字）
6　　6	7　　34 7　　6	5　　34 5　　6	7　　34 7　　6

《康熙词谱》共收集四体《忆汉月》,双调,上下阕分别可分为两个乐段,其长短句结构如表所示。该词有五十字或五十二字等格式,上阕四句,三仄韵；下阕四句,三仄韵或两仄韵。《康熙词谱》以五十二字体杜世安词为标谱词例。该调的正格与变格如表所示,其

中，上下阕各乐段中的格式（1）为正格句式，其余为变格句式。

《忆汉月》的基本格式（双调）

《忆汉月》上阕，四句，三仄韵	
乐段一（二句，十二字）	乐段二（二句，十四字或十二字）
＋｜＋＋－｜（韵）＋｜＋＋－＋｜（韵）	＋－＋｜＋－－（句）＋＋＋（读）＋－＋｜（韵） （1） ＋－＋｜｜－－（句）＋｜＋－＋｜（韵） （2）

《忆汉月》下阕，四句，三仄韵或两仄韵	
乐段一（二句，十二字或十一字）	乐段二（二句，十四字或十三字）
＋－－｜｜（句）＋＋＋＋（读）＋－＋｜（韵） （1） ＋－－｜｜（韵）＋＋＋＋（读）＋－＋｜（韵） （2） ＋－－｜｜（句）＋｜＋－＋｜（韵） （3）	＋｜－－｜－｜（句）＋＋＋（读）＋－＋｜（韵） （1） ＋－＋｜＋－｜（韵）＋＋＋（读）＋－＋｜（韵） （2） ＋－＋｜｜－－（句）＋＋＋（读）＋－＋｜（韵） （3） ＋－＋｜｜－－（句）＋｜＋－＋｜（韵） （4）

例一　忆汉月（五十二字）

（宋）杜安世

　　红杏一枝遥见。凝露粉愁香怨。吹开吹谢任春风，恨流莺、不能拘管。　　曲池连夜雨，绿水上、碎红千片。直拟移来向深苑。任凋零、不孤双眼。

　　注：该词上阕第三句和第四句为乐段二中的格式（1）；下阕第一句和第二句为乐段一中的格式（1），第三句和第四句为乐段二中的格式（1）。全词双调，五十二字，上下阕各四句，三仄韵。

例二　忆汉月（五十二字）
（宋）晏　殊

　　千缕万条堪结。占断好风良月。谢娘春晚先多愁，更撩乱，絮飞如雪。　　短亭相送处，长忆得、醉中攀折。年年岁岁好时节。怎奈何、有人离别。

　　注：该词上阕第三句和第四句为乐段二中的格式（1）；下阕第一句和第二句为乐段一中的格式（1），第三句和第四句为乐段二中的格式（2）。全词双调，五十二字，上下阕各四句，三仄韵。

例三　忆汉月（五十二字）
（宋）李遵勖

　　黄菊一丛临砌。颗颗露珠装缀。独教冷落向秋天，恨东风、不曾留意。　　雕栏新雨霁。绿藓上、乱铺金蕊。此花开后更无花，愿爱惜、莫同桃李。

　　注：该词上阕第三句和第四句为乐段二中的格式（1）；下阕第一句和第二句为乐段一中的格式（2），第三句和第四句为乐段二中的格式（3）。全词双调，五十二字，上下阕各四句，三仄韵。

例四　忆汉月（五十字）
（宋）欧阳修

　　红艳几枝轻袅。早被东风开了。倚烟啼露为谁娇，故惹蝶怜蜂恼。　　多情游赏处，留恋向、绿丛千绕。酒阑欢罢不成归，肠断月斜人老。

　　注：该词上阕第三句和第四句为乐段二中的格式（2）；下阕第一句和第二句为乐段一中的格式（1），第三句和第四句为乐段二中的格式（4）。全词双调，五十字，上阕四句，三仄韵；下阕四句，两仄韵。

例五　忆汉月（五十字）

（宋）柳　永

明月明月明月。何事乍圆还缺。恰如年少洞房人，欢会依前离别。　　小楼凭槛处，正是去年时节。千里清光又依旧，奈夜永、厌厌人绝。

注：该词上阕第三句和第四句为乐段二中的格式（2）；下阕第一句和第二句为乐段一中的格式（3），第三句和第四句为乐段二中的格式（1）。全词双调，五十字，上阕四句，三仄韵；下阕四句，两仄韵。

西 江 月

唐教坊曲名，取自李白《苏台览古》："只今唯有西江月，曾照吴王宫里人。"《乐章集》注"中吕宫"。欧阳炯词有"两岸蘋香暗起"句，名《白蘋香》；程垓词名《步虚词》；王行词名《江月令》。

《西江月》的长短句结构

上阕，两个乐段		下阕，两个乐段	
乐段一 （十二字）	乐段二 （十三字或十六字）	乐段一 （十二字或十三字）	乐段二 （十三字或十六字）
6　　6	7　　6 7　　45	6　　6 7　　6	7　　6 7　　45

《康熙词谱》共收集五体《西江月》，双调，上下阕分别可分为两个乐段，其长短句结构如表所示。该调有五十字或五十一字、五十六字等格式，上下阕各四句，两平韵一仄韵或两平韵两仄韵。从用韵的角度看，该调既用平韵，又用仄韵，且以平仄韵通叶为主，即大多数词例的上下阕平韵在同一韵部，仄韵与平韵通叶。但是，也有变格，例如：欧阳炯词，仄韵与平韵不通叶；吴文英词，上下阕的平声换韵，上阕与下阕的平韵与仄韵分别通叶；赵以仁词全押平韵。《康熙词谱》以五十字体柳永词为正体或正格。该调的正格与变格如表所示，其中，各乐段中的格式（1）为正格句式，其余为变格句式。就平韵格而言，上下阕各四句，三平韵。平韵格《西江月》如表所示。

《西江月》的正格与变格（双调）

《西江月》上阕，四句，两平韵一叶韵或两平韵两叶韵、两平韵两仄韵	
乐段一（二句，十二字）	乐段二（二句，十三字）
十丨十一十丨（句）十一十丨一一（韵） （1）	十一十丨丨一一（韵）十丨十一十丨（叶） （1）
十丨十一十丨（叶或仄韵）十一十丨一一（韵） （2）	十一十丨丨一一（韵）十丨十一十丨（仄韵） （2）

《西江月》下阕，四句，两平韵一叶韵或两平韵两叶韵、两平韵两仄韵	
乐段一（二句，十二字或十三字）	乐段二（二句，十三字）
十丨十一十丨（句）十一十丨一一（韵） （1）	十一十丨丨一一（韵）十丨十一十丨（叶） （1）
十丨十一十丨（叶或句）十一十丨一一（韵或换韵） （2）	十一十丨丨一一（韵）十丨十一十丨（仄韵或叶） （2）
十一十丨一一丨（仄韵）十丨十一一一（平韵） （3）	

例一　西江月（五十字）

（宋）柳　永

凤额绣帘高卷，兽环朱户频摇。两竿红日上花梢。春睡恹恹难觉。　　好梦枉随飞絮，闲愁浓胜香醪。不成雨暮与云朝。又是韶光过了。

注：该词上阕第一句和第二句为乐段一中的格式（1），第三句和第四句为乐段二中的格式（1）；下阕第一句和第二句为乐段一中的格式（1），第三句和第四句为乐段二中的格式（1）。全词双调，五十字，上下阕各四句，两平韵一叶韵。

例二　西江月（五十字）
（宋）苏　轼

　　点点楼头细雨。重重江外平湖。当年戏马会东徐。今日凄凉南浦。　　莫恨黄花未吐。且教红粉相扶。酒阑不必看茱萸。俯仰人间今古。

　　注：该词上阕第一句和第二句为乐段一中的格式（2），第三句和第四句为乐段二中的格式（1）；下阕第一句和第二句为乐段一中的格式（2），第三句和第四句为乐段二中的格式（1）。全词双调，五十字，上下阕各四句，两平韵两叶韵。

例三　西江月（五十字）
（宋）吴文英

　　枝袅一痕雪在，叶藏几豆春浓。玉奴最晚嫁东风。来结梨花幽梦。　　香力添熏罗被，瘦肌犹怯冰绡。绿阴青子老溪桥。羞见东邻娇小。

　　注：该词上阕第一句和第二句为乐段一中的格式（1），第三句和第四句为乐段二中的格式（1）；下阕第一句和第二句为乐段一中的格式（2），第三句和第四句为乐段二中的格式（1）;。全词双调，五十字，上下阕各四句，两平韵一叶韵。

例四　西江月（五十一字）
（五代）欧阳炯

　　月映长江秋水。分明冷浸星河。浅沙汀上白云多。雪散几丛芦苇。　　扁舟倒影寒潭里。烟光远罩轻波。笛声何处响渔歌。两岸蘋香暗起。

　　注：该词上阕第一句和第二句为乐段一中的格式（2），第三句和第四句为乐段二中的格式（2）；下阕第一句和第二句为乐段一中的格式（3），第三句和第四句为乐段二中的格式（2）。全词双调，五十一字，上下阕各四句，两平韵两仄韵。与柳词不同的是，上下阕平仄韵不通叶。

《西江月》的平韵格（双调）

《西江月》上阕，四句，三平韵	
乐段一（二句，十二字）	乐段二（二句，十六字）
＋丨＋－＋丨（句）＋－＋丨－－（韵）	＋－＋丨丨－－（韵）＋丨＋－（读）＋丨丨－－（韵）

《西江月》下阕，四句，三平韵	
乐段一（二句，十二字）	乐段二（二句，十六字）
＋丨＋－＋丨（句）＋－＋丨－－（韵）	＋－＋丨丨－－（韵）＋丨＋－（读）＋丨丨－－（韵）

例　西江月（五十六字）

（宋）赵与仁

夜半沙痕依约，雨余天气溟濛。起行微月遍池东。水影浮花、花影动帘栊。　　量减难追醉白，恨长莫尽题红。雁声能到画楼中。也要玉人、知道有秋风。

注：全词双调，五十六字，上下阕各四句，三平韵。

惜　春　令

宋周密《天基圣节乐次》有"方响独打正宫惜春"。

《惜春令》的长短句结构

上阕，两个乐段		下阕，两个乐段	
乐段一（十四字）	乐段二（十二字）	乐段一（十二字）	乐段二（十二字）
7　　3 4	7　　5	5　　3 4	7　　5

《康熙词谱》共收集两体《惜春令》，双调，上下阕分别可分为两个乐段，其长短句结构如表所示。该调五十字，上下阕各四句，三平韵或一叶韵两平韵。《康熙词谱》以杜安世

词为标谱词例。该词的正格与变格如表所示，其中，上下阕各乐段中的格式（1）为正格句式，其余为变格句式。

《惜春令》的正格与变格（双调）

《惜春令》上阕，四句，三平韵或一叶韵两平韵	
乐段一（二句，十四字）	乐段二（二句，十二字）
＋｜一一＋｜一（韵）＋＋＋ ＋（读）＋｜一一（韵） （1）	＋｜＋一一｜｜（句）＋｜｜一 一（韵） （1）
＋｜＋一一｜｜（叶）＋＋＋ （读）｜＋一（韵） （2）	＋一＋｜一一｜（句）＋｜｜一 一（韵） （2）

《惜春令》下阕，四句，三平韵或一叶韵两平韵	
乐段一（二句，十二字）	乐段二（二句，十二字）
＋｜＋一一（韵）＋＋＋（读）｜ ＋｜一一一（韵） （1）	＋｜＋一一｜｜（句）＋｜｜一 一（韵） （1）
＋｜一一｜（叶）＋＋＋（读）｜ ＋一一一（韵） （2）	＋一＋｜一一｜（句）＋｜｜一 一（韵） （2）

例一 惜春令（五十字）

（宋）杜安世

今日重阳秋意深。篱边散、嫩菊开金。万里霜天林叶坠，萧索动离心。　　臂上茱萸新。似前岁、堪赏光阴。一盏香醪聊寄兴，牛岭会难寻。

注：该词上阕第一句和第二句为乐段一中的格式（1），第三句和第四句为乐段二中的格式（1）；下阕第一句和第二句为乐段一中的格式（1），第三句和第四句为乐段二中的格式（1）。全词双调，五十字，上下阕各四句，三平韵。

例二　惜春令（五十字）

（宋）杜安世

春梦无凭犹懒起。银烛尽、画帘低垂。小庭杨柳黄金翠，桃脸两三枝。　　妆阁才梳洗。闷无绪、玉箫慵吹。纷纷飘絮人疏远，空对日迟迟。

注：该词上阕第一句和第二句为乐段一中的格式（2），第三句和第四句为乐段二中的格式（2）；下阕第一句和第二句为乐段一中的格式（2），第三句和第四句为乐段二中的格式（2）。全词双调，五十字，上下阕各四句，一仄韵两平韵。

留　春　令

调见《小山乐府》。

《留春令》的长短句结构

上阕，两个乐段		下阕，两个乐段	
乐段一（十二字或十四字）	乐段二（十三字）	乐段一（十二字或十三字、十四字）	乐段二（十三字或十四字）
4　　4　　4　　7　　34	7　　33　　35　　5　　4　　4　　5	7　　5　　7　　6　　7　　34	7　　33　　7　　6　　36　　5　　4　　4　　5

《康熙词谱》共收集《留春令》四体，双调，上下阕分别可分为两个乐段，其长短句结构如表所示。该调有五十字或五十二字、五十四字等格式，上阕五句或六句、四句，两仄韵或三仄韵；下阕四句或五句，三仄韵，《康熙词谱》以五十字体晏几道词为正体或正格。《留春令》的正格与变格如表所示，其中，各乐段中的格式（1）为正格句式，其余为变格句式。

《留春令》的正格与变格（双调）

《留春令》上阕，五句或六句、四句，两仄韵或三仄韵	
乐段一（三句，十二或十四字）	乐段二（二句或三句，十三字）
＋ − ＋ ｜（句）＋ − ＋ ｜（句）＋ − ＋ ｜（韵） （1）	＋ ｜ − − ｜ ＋ −（句）＋ ＋ ＋（读）− ＋ ｜（韵） （1）
＋ ｜ − −（句）＋ − ＋ ｜（句）＋ − ＋ ｜（韵） （2）	＋ − ＋ ｜（句）＋ ＋ ＋（读）− − ｜（韵） （2）
＋ − ＋ ｜ − −｜（韵）＋ ＋ ＋（读）＋ − ＋ ｜（韵） （3）	＋ ｜ − −（句）＋ − ＋ ｜（句）＋ ｜ − − ｜（韵） （3）
	＋ ＋ ＋（读）＋ ｜ ＋ − ｜（句）＋ ｜ − − ｜（韵） （4）

《留春令》下阕，四句或五句，三仄韵	
乐段一（二句，十二字或十三字、十四字）	乐段二（二句或三句，十三字或十四字）
＋ ｜ ＋ − − ｜ ｜（韵）｜ ＋ − ＋ ｜（韵） （1）	＋ ｜ − −（句）＋ − −（句）＋ ＋ ｜（读）− ＋ ｜（韵） （1）
＋ ｜ ＋ − − ｜ ｜（韵）＋ ｜ − − ｜（韵） （2）	＋ − ＋ ｜ ｜ − −（句）｜ ＋ ｜ ＋ − ｜（韵） （2）
＋ − ＋ ｜ − −（韵）＋ − ＋ ｜（韵） （3）	＋ ＋ ｜（韵）＋ − − ＋ ｜（句）＋ ｜ − − ｜（韵） （3）
＋ ｜ ＋ − ＋ ｜（韵）＋ ＋（读）＋ − − ＋ ｜（韵） （4）	＋ ＋ ＋（读）＋ ｜ ＋ − ｜（句）＋ ｜ − − ｜（韵） （4）

注：下阕乐段二中的格式"｜ ＋ ｜ ＋ − ｜（韵）"，为"上一下五"句式。

例一　留春令（五十字）

（宋）晏几道

　　画屏天畔，梦回依约，十洲云水。手撚红笺寄人书，写无限、伤春事。　　别浦高楼曾漫倚。对江南千里。楼下分流水声中，有当日、凭高泪。

　　注：该词上阕第一句至第三句为乐段一中的格式（1），第四句和第五句为乐段二中的格式（1）；下阕第一句和第二句为乐段一中的格式（1），第三句和第四句为乐段二中的格式（1）。全词双调，五十字，上阕五句，两仄韵；下阕四句，三仄韵。

例二　留春令（五十字）

（宋）李之仪

　　梦断难寻，酒醒犹困，那堪春暮。香阁深沉，红窗翠暗，莫羡颠狂絮。　　绿满当时携手路。懒见同欢处。何时却得，低帏昵枕，尽诉情千缕。

　　注：该词上阕第一句至第三句为乐段一中的格式（2），第四句至第六句为乐段二中的格式（3）；下阕第一句和第二句为乐段一中的格式（2），第三句至第五句为乐段二中的格式（3）。全词双调，五十字，上阕六句，两仄韵；下阕五句，三仄韵。

例三　留春令（五十二字）

（宋）沈端节

　　旧家元夜，追随风月，连宵欢宴。被那们、引得滴流地，一似蛾儿转。　　而今百事心情懒。灯下几曾忺看。算静中、唯有窗间梅影，合是幽人伴。

　　注：该词上阕第一句至第三句为乐段一中的格式（1），第四句和第五句为乐段二中的格式（4）；下阕第一句和第二句为乐段一中的格式（3），第三句和第四句为乐段二中的格式（4）。全词双调，五十二字，上阕五句，两仄韵；下阕四句，三仄韵。

例四　留春令（五十四字）

（宋）黄庭坚

　　江南一雁横秋水。叹咫尺、断行千里。回文机上字纵横，欲寄远、凭谁是。　　谢客池塘春都未。微微动、短墙桃李。半阴才暖却清寒，是瘦损人天气。

注：该词上阕第一句和第二句为乐段一中的格式（3），第三句和第四句为乐段二中的格式（2）；下阕第一句和第二句为乐段一中的格式（4），第三句和第四句为乐段二中的格式（2）。全词双调，五十四字，上阕四句，三仄韵；下阕四句，三仄韵。

梁 州 令

唐教坊曲名，一名《凉州令》。晁补之词名《梁州令叠韵》，盖合两首为一首也。《碧鸡漫志》云："凉州即梁州，有七宫曲。"按柳永《乐章集》注"中吕宫"。

小令《梁州令》的长短句结构

上阕，两个乐段		下阕，两个乐段	
乐段一 （十一字）	乐段二 （十六字或十四字）	乐段一 （十二字）	乐段二 （十三字或十六字）
5　　6	7　4　5 7　7	7　　5	6　　7 7　4　5

长调《梁州令》的长短句结构

《梁州令》上阕，四个乐段			
乐段一（十一字）	乐段二（十六字）	乐段三（十二字）	乐段四（十三字）
5　　6	7　4　5	7　5	6　7

《梁州令》下阕，四个乐段			
乐段一（十一字）	乐段二（十六字）	乐段三（十二字）	乐段四（十三字）
5　　6	7　4　5	7　5	6　7

《康熙词谱》共收集《梁州令》四体，双调，其中，小令三体，上下阕分别可分为两个乐段；长调一体，上下阕分别可分为四个乐段；各自的长短句结构如表所示。从表中可以看出，长调实际上是将小令上下两阕合为一阕，并填两段。该调小令有五十字或五十二字、五十五字等格式，上阕四句或五句，三仄韵；下阕四句或五句，三仄韵或四仄韵；《康熙词谱》以晁补之词为标谱词例。该调的正格与变格如表所示，其中，上下阕各乐段中的格式（1）为正格句式，其余为变格句式。长调《梁州令》一百四字，上下阕各九句，六仄韵，其基本格式如表所示。

小令《梁州令》的正格与变格（双调）

《梁州令》上阕，四句或五句，三仄韵	
乐段一（二句，十一字）	乐段二（三句或二句，十六字或十四字）
＋∣－－∣（韵）＋＋＋－＋∣（韵） （1）	＋－＋∣∣－－（句）＋－＋∣（句）＋∣＋－∣（韵） （1）
＋∣－－∣（韵）＋－＋∣＋－∣（韵） （2）	＋－＋∣－－（句）＋－＋∣－－∣（韵） （2）
＋∣－－∣（韵）＋∣＋－＋∣（韵） （3）	

《梁州令》下阕，四句或五句，三仄韵或四仄韵	
乐段一（二句，十二字）	乐段二（二句或三句，十三字或十六字）
＋－＋∣－－∣（韵）＋∣－－∣（韵）	＋－＋∣－∣（韵）＋－＋∣－－∣（韵） （1） ＋－＋∣－－∣（句）＋∣－－（句）＋∣＋－∣（韵） （2）

例一　梁州令（五十二字）

（宋）晁补之

二月春犹浅。去年樱桃开遍。今年春色怪迟迟，红梅常早，未露胭脂脸。　　东君故遣春来缓。似会人深愿。蟠桃新缕双盏。相期似此春长远。

注：该词上阕第一句和第二句为乐段一中的格式（1），第三句至第五句为乐段二中的格式（1）；下阕第三句和第四句为乐段二中的格式（1）。全词双调，五十二字，上阕五句，三仄韵；下阕四句，四仄韵。

例二　梁州令（五十字）

（宋）晏几道

莫唱阳关曲。泪湿当年金缕。离歌自古最销魂，于今更在魂销处。　　南桥杨柳多情绪。不系行人住。人情却似飞絮。悠扬便逐春风去。

注：该词上阕第一句和第二句为乐段一中的格式（3），第三句和第四句为乐段二中的格式（2）；下阕第三句和第四句为乐段二中的格式（1）。全词双调，五十字，上阕四句，三仄韵；下阕四句，四仄韵。

例三　梁州令（五十五字）

（宋）柳　永

梦觉纱窗晓。残灯黯然空照。因思人事苦萦牵，离愁别恨，无限何时了。　　怜深定是心肠小。往往成烦恼。一生惆怅情多感，月不长圆，春色易为老。

注：该词上阕第一句和第二句为乐段一中的格式（2），第三句至第五句为乐段二中的格式（1）；下阕第三句至第五句为乐段二中的格式（2）。全词双调，五十五字，上下阕各五句，三仄韵。

长调《梁州令》的基本格式（双调）

长调《梁州令》上阕，九句，六仄韵	
乐段一（二句，十一字）	乐段二（三句，十六字）
＋｜－－｜（韵）＋｜＋｜＋－＋｜（韵）	＋－＋｜｜－－（句）＋－＋｜（句）＋｜－－｜（韵）

长调《梁州令》上阕，九句，六仄韵	
乐段三（二句，十二字）	乐段四（二句，十三字）
＋－＋｜－－｜（韵）＋｜－－｜（韵）	＋－＋｜－｜（句）＋－＋｜－－｜（韵）

长调《梁州令》下阕,九句,六仄韵	
乐段一（二句,十一字）	乐段二（三句,十六字）
＋｜－－｜（韵）＋－｜－＋｜（韵）	＋－＋｜｜（句）＋－＋｜（句）＋｜－－｜（韵）

长调《梁州令》下阕,九句,六仄韵	
乐段三（二句,十二字）	乐段四（二句,十三字）
＋－＋｜－－｜（韵）＋｜－－｜（韵）	＋－＋｜－｜（句）＋－＋｜－－｜（韵）

例　梁州令（一百四字）

（宋）欧阳修

翠树芳条飐。的的裙腰初染。佳人携手弄芳菲，绿阴红影，共展双纹簟。插花照影窥鸾鉴。只恐芳容减。不堪零落春晚，青苔雨后深红点。　一去门闲掩。重来却寻朱槛。离离秋实弄轻霜，娇红脉脉，似见胭脂脸。人非事往眉空敛。谁把佳期赚。芳心只愿依旧，春风更放明年艳。

注：全词双调，一百四字，上下阕各九句，六仄韵。

盐 角 儿

《碧鸡漫志》云："始教坊家人市盐。于纸角中得一曲谱，翻之，遂以为名，今双调《盐角儿令》是也。"

《盐角儿》的长短句结构

上阕，两个乐段				下阕，两个乐段		
乐段一（十二字）		乐段二（十二字）		乐段一（十三字）		乐段二（十三字）
4	4	4	4	4	4	3	3	7	3 4	6

《康熙词谱》只收集一体《盐角儿》，双调，上下阕分别可分为两个乐段，其长短句结构如表所示。该调五十字，上阕六句，三仄韵一叠韵；下阕五句，三仄韵，其基本格式如表所示。

《盐角儿》的基本格式（双调）

《盐角儿》上阕，六句，三仄韵一叠韵	
乐段一（三句，十二字）	乐段二（三句，十二字）
＋ － ＋ ｜（韵）＋ － ＋ ｜（叠） ＋ － ＋ ｜（韵）	＋ － ＋ ｜（句）＋ － ＋ ｜（句） ＋ － ＋ ｜（韵）

《盐角儿》下阕，五句，三仄韵	
乐段一（三句，十三字）	乐段二（二句，十三字）
｜ ＋ －（句）－ ＋ ｜（韵）＋ － ｜ ＋ － － ｜（韵）	＋ － ｜（读）＋ － ＋ ｜（句）＋ ｜ ＋ － ＋ ｜（韵）

例　盐角儿（五十字）
（宋）晁补之

　　开时似雪。谢时似雪。花中奇绝。香非在蕊，香非在萼，骨中香彻。　　占溪风，留溪月。堪羞损山桃如血。直饶更、疏疏淡淡，终有一般情别。

　　注：该词双调，五十字，上阕六句，三仄韵一叠韵；下阕五句，三仄韵。

归　田　乐

　　黄庭坚词，名《归田乐引》。

晁补之《归田乐》的长短句结构

上阕，三个乐段			下阕，两个乐段	
乐段一（十字）	乐段二（九字）	乐段三（八字）	乐段一（十一字）	乐段二（十二字）
3　7	3　33	5　3	33　5	34　5

蔡伸《归田乐》的长短句结构

上阕，两个乐段		下阕，两个乐段	
乐段一（十三字）	乐段二（十二字）	乐段一（十三字）	乐段二（十二字）
7　6	5　7	7　6	5　7

中调《归田乐》的长短句结构

上阕，两个乐段		下阕，三个乐段		
乐段一（十七字）	乐段二（十六字）	乐段一（十三字或十二字）	乐段二（九字）	乐段三（十六字）
5　34　5	5　4　7	5　35 5　7	4　5	5　4　7

　　《康熙词谱》共收集《归田乐》五体，双调，有小令与中调两种体式。对两体小令《归田乐》而言，尽管全词都是五十字，但各是一种长短句结构，晁补之词上阕可分为三个乐段，下阕可分为两个乐段；蔡伸词上下阕分别可分为两个乐段，各自的长短句结构和基本格式分别如表所示。

　　对中调《归田乐》而言，上阕可分为两个乐段，下阕可分为三个乐段，其长短句结构如表所示。中调《归田乐》有七十一字或七十字等格式，上阕六句，五仄韵或五仄韵一叠韵、四仄韵一叠韵；下阕七句，五仄韵或五仄韵一叠韵。《康熙词谱》以晏几道词为标谱词例。该调的正格与变格如表所示，其中，上下阕各乐段中的格式（1）为正格句式，其余为变格句式。

晁补之《归田乐》的基本格式（双调）

晁补之《归田乐》上阕，六句，三仄韵		
乐段一（二句，十字）	乐段二（二句，九字）	乐段二（二句，八字）
— + | （句） + | + — — | | （韵）	— + | （句） + + | （读） — + | （韵）	+ — — | | （句） + — | （韵）

晁补之《归田乐》下阕，四句，两仄韵	
乐段一（二句，十一字）	乐段二（二句，十二字）
+ + | （读） — + | （句） + — — — | （韵）	+ + | （读） + — + | （句） + — — | | （韵）

例　归田乐（五十字）

（宋）晁补之

春又去，似别佳人幽恨积。闲庭院，翠阴满、添昼寂。一枝梅最好，至今忆。　　正梦断、炉烟袅，参差疏帘隔。为何事、年年春恨，问花应会得。

注：全词双调，五十字，上阕六句，三仄韵；下阕四句，两仄韵。

蔡伸《归田乐》的基本格式（双调）

蔡伸《归田东》上阕，四句，三仄韵	
乐段一（二句，十三字）	乐段二（二句，十二字）
+ — + | — — | （韵） + | + — + | （韵）	+ | | — — （句） + | — — | — | （韵）

蔡伸《归田东》下阕，四句，三仄韵	
乐段一（二句，十三字）	乐段二（二句，十二字）
+ — + | — — | （韵） + | + — + | （韵）	+ | | — — （句） + | + — — + | （韵）

例　归田乐（五十字）

（宋）蔡　伸

　　风生蘋末莲香细。新浴晚凉天气。独自倚朱阑，波面双双彩鸳戏。　　鸾钗委坠云堆髻。谁会此时情意。冰簟玉琴横，还是月明人千里。

　　注：全词双调，五十字，上下阕各四句，三仄韵。

中调《归田乐》的正格与变格（双调）

中调《归田乐》上阕，六句，五仄韵或五仄韵一叠韵、四仄韵一叠韵	
乐段一（三句，十七字）	乐段二（三句，十六字）
＋｜－－｜（韵）＋＋＋（读）＋－＋｜（韵）＋｜－－｜（韵） （1）	＋－＋｜｜（句）＋＋＋－｜（韵）＋｜－－｜－｜（韵） （1）
＋｜－－｜（韵）＋＋＋（读）＋－＋｜（韵）－－－｜（韵） （2）	＋｜＋｜｜（句）＋｜＋｜（韵）＋｜－－｜－｜（韵） （2）
＋｜－－｜（韵）＋＋＋（读）＋－＋｜（句）＋｜－－｜（韵） （3）	

中调《归田乐》下阕，七句，五仄韵或五仄韵一叠韵		
乐段一 （二句，十三字或十二字）	乐段二 （二句，九字）	乐段三 （三句，十六字）
＋－－｜｜（韵）＋＋＋（读）＋－－｜｜（韵） （1）	＋－＋｜（句）＋｜－－｜（韵）	＋－＋｜｜（句）＋－＋｜（韵）＋｜－－｜－｜（韵） （1）
－－｜＋｜（韵）｜＋－－＋－｜（韵） （2）		＋｜＋｜｜（韵）＋＋－｜（叠）＋｜－－｜－｜（韵） （2）

例一　归田乐（七十一字）

(宋) 晏几道

试把花期数。便早有、感春情绪。看即梅花吐。愿花更不谢，春且长住。只恐花飞又春去。　　花开还不语。问此意、年年春会否。绛唇青鬓，渐少花前侣。对花又记得，旧曾游处。门外垂杨未飘絮。

注：该词上阕第一句至第三句为乐段一中的格式（1），第四句至第六句为乐段二中的格式（1）；下阕第一句和第二句为乐段一中的格式（1），第五句至第七句为乐段三中的格式（1）；全词双调，七十一字，上阕六句，五仄韵；下阕七句，五仄韵。

例二　归田乐（七十一字）

《乐府雅词》无名氏

水绕溪桥渌。泛蘋汀、步迷花曲。衣巾散余馥。种竹更洗竹。咏竹题竹。日暮无人伴幽独。　　光阴双转毂。可惜许、等闲愁万斛。世间种种，只是荣和辱。念足又愿足。意足心足。忘了眉头怎生蹙。

注：该词上阕第一句至第三句为乐段一中的格式（2），第四句至第六句为乐段二中的格式（2）；下阕第一句和第二句为乐段一中的格式（1），第五句至第七句为乐段三中的格式（2）；全词双调，七十一字，上阕六句，五仄韵一叠韵；下阕七句，五仄韵一叠韵。

例三　归田乐（七十字）

(宋) 黄庭坚

暮雨濛阶砌。漏渐移、转添寂寞，点点心如碎。怨你又恋你。恨你惜你。毕竟教人怎生是。　　前欢算未已。奈何如今愁无计。为伊聪俊，消得人憔悴。这里诮睡里。梦里心里。一向无言但垂泪。

注：该词上阕第一句至第三句为乐段一中的格式（3），第四句至第六句为乐段二中的格式（2）；下阕第一句和第二句为乐段一中的格式（2），第五句至第七句为乐段三中的格式（2）；全词双调，七十字，上阕六句，四仄韵一叠韵；下阕七句，五仄韵一叠韵。

惜　分　飞

贺铸词名《惜双双》，刘弇词名《惜双双令》，曹冠词名《惜芳菲》。

《惜分飞》的长短句结构

上阕，两个乐段		下阕，两个乐段	
乐段一 （十三字或十四字）	乐段二 （十二字或十三字、十四字）	乐段一 （十三字或十四字）	乐段二 （十二字或十三字、十四字）
7　　6 7　　34	5　　7 6　　7 5　　45 5　　63	7　　6 7　　34	5　　7 6　　7 5　　45 5　　63

《康熙词谱》共收集五体《惜分飞》，双调，上下阕分别有两个乐段，其长短句结构如表所示。该调有五十字或五十二字、五十四字和五十六字等格式，上下阕各四句，四仄韵，上下阕的长短句结构相同。《康熙词谱》以五十字体毛滂词为正体或正格。该调的正格与变格如表所示，其中，上下阕各乐段中的格式（1）为正格句式，其余为变格句式。

《惜分飞》的正格与变格（双调）

《惜分飞》上阕，四句，四仄韵	
乐段一（二句，十三字或十四字）	乐段二（二句，十二字或十三字、十四字）
＋｜＋ 一 一 ｜｜（韵）＋｜＋ 一 ＋｜（韵） （1）	＋｜一 一 ｜（韵）＋ 一 ＋｜一 一 ｜（韵） （1）
＋｜＋ 一 一 ＋｜（韵）＋ ＋｜（读） ＋ 一 ＋｜（韵） （2）	＋｜＋ ＋ 一 ｜（韵）＋ 一 ＋｜ 一 一 ｜（韵） （2）
	＋｜一 一 ｜（韵）＋｜ 一 一（读） ＋｜一 一 ｜（韵） （3）
	＋｜一 一 ｜（韵）＋｜＋｜ 一 一 （读）一 一 ｜（韵） （4）

《惜分飞》下阕，四句，四仄韵	
乐段一（二句，十三字或十四字）	乐段二（二句，十二字或十三字、十四字）
＋｜＋－－｜｜（韵）＋｜＋－－｜（韵）（1）	＋｜－－｜（韵）＋－＋｜－－｜（韵）（1）
＋｜＋－－＋｜（韵）＋＋｜（读）＋－＋｜（韵）（2）	＋｜＋＋－｜（韵）＋－＋｜－－｜（韵）（2）
＋｜＋｜＋－｜（韵）＋｜＋｜（读）＋－＋｜（韵）（3）	＋｜＋－－｜（韵）＋｜＋－－（读）＋｜＋－－｜（韵）（3）
	＋｜＋｜（韵）＋－＋｜－（读）－－｜（韵）（4）

例一　惜分飞（五十字）

（宋）毛　滂

　　泪湿阑干花着露。愁到眉峰碧聚。此恨平分取。更无言语空相觑。　　断雨残云无意绪。寂寞朝朝暮暮。今夜山深处。断魂分付潮回去。

　　注：该词上阕第一句和第二句为乐段一中的格式（1），第三句和第四句为乐段二中的格式（1）；下阕第一句和第二句为乐段一中的格式（1），第三句和第四句为乐段二中的格式（1）。全词双调，五十字，上下阕各四句，四仄韵。

例二　惜分飞（五十二字）

（宋）刘　弇

　　风外橘花香暗度。飞絮绾、残春归去。酝造黄梅雨。冷烟晓占横塘路。　　翠屏人在天低处。惊梦断、行云无据。此恨凭谁诉。恁时却倩危弦语。

　　注：该词上阕第一句和第二句为乐段一中的格式（2），第三句和第四句为乐段二中的格式（1）；下阕第一句和第二句为乐段一中的格式（3），第三句和第四句为乐段二中的格式（1）。全词双调，五十二字，上下阕各四句，四仄韵。

例三　惜分飞（五十四字）

（宋）张　先

城上层楼天边路。残照里、平芜绿树。伤远更惜春暮。有人还在高高处。　　断梦归云经日去。无计使、哀弦寄语。相望恨不相遇。倚桥临水谁家住。

注：该词上阕第一句和第二句为乐段一中的格式（2），第三句和第四句为乐段二中的格式（2）；下阕第一句和第二句为乐段一中的格式（2），第三句和第四句为乐段二中的格式（2）。全词双调，五十四字，上下阕各四句，四仄韵。

例四　惜分飞（五十六字）

《梅苑》无名氏

庾岭香前亲写得。仔细看、粉匀无迹。月殿休寻觅。姑射人来、知是曾相识。　　不要青春闲用力。也合寄、江南信息。着意应难摘。留与梨花、比并真颜色。

注：该词上阕第一句和第二句为乐段一中的格式（2），第三句和第四句为乐段二中的格式（3）；下阕第一句和第二句为乐段一中的格式（2），第三句和第四句为乐段二中的格式（3）。全词双调，五十六字，上下阕各四句，四仄韵。

例五　惜分飞（五十六字）

《梅苑》无名氏

冒雪披风开数点。万花压、欺寒探暖。掩映闲庭院。月下疏影横斜、幽香远。　　命友开尊闲宴玩。听丽质、歌声宛转。对景侧金盏。任他结实和羹、归仙馆。

注：该词上阕第一句和第二句为乐段一中的格式（2），第三句和第四句为乐段二中的格式（4）；下阕第一句和第二句为乐段一中的格式（2），第三句和第四句为乐段二中的格式（4）。全词双调，五十六字，上下阕各四句，四仄韵。

孤馆深沉

调见宋黄大舆《梅苑》词。

《孤馆深沉》的长短句结构

上阕，两个乐段				下阕，两个乐段			
乐段一（十二字）		乐段二（十三字）		乐段一（十二字）		乐段二（十三字）	
7	5	5	4　　4	3　　4	5	3　　4	6

《康熙词谱》只收集一体《孤馆深沉》，双调，上下阕分别可分为两个乐段，其长短句结构如表所示。该调五十字，上阕五句，三平韵；下阕五句，两平韵，其基本格式如表所示。

《孤馆深沉》的基本格式（双调）

《孤馆深沉》上阕，五句，三平韵	
乐段一（二句，十二字）	乐段二（三句，十三字）
＋－＋｜｜－－（韵）＋｜｜ －－（韵）	｜＋｜－－（句）＋｜＋－（句）＋｜－－（韵）

《孤馆深沉》下阕，五句，两平韵	
乐段一（二句，十二字）	乐段二（三句，十三字）
｜＋｜（读）＋－＋｜（句）｜＋｜ －－（韵）	＋－｜（句）＋－＋｜（句）＋ －＋｜－－（韵）

例　孤馆深沉（五十字）

（宋）权无染

琼英雪艳岭梅芳。天付与清香。向腊后春前，解压万花，先占东阳。　　拟待折、一枝相赠，奈水远天长。对妆面，忍听羌笛，又还空断人肠。

注：全词双调，五十字，上阕五句，三平韵；下阕五句，两平韵。

促拍采桑子

调见朱希真《太平樵唱词》，一名《促拍丑奴儿》。促拍者，即促节繁声之意，《中原音韵》所谓"急曲子"也，字句与《采桑子》、《添字采桑子》迥别。

《促拍采桑子》的长短句结构

上阕，两个乐段		下阕，两个乐段	
乐段一（十二字）	乐段二（十二字）	乐段一（十四字）	乐段二（十二字）
5　　　34	4　　4　　4	7　　　34	4　　4　　4

《康熙词谱》只收集一体《促拍采桑子》，双调，上下阕分别可分为两个乐段，其长短句结构如表所示。该调五十字，上阕五句，三平韵；下阕五句，两平韵，其基本格式如表所示。

《促拍采桑子》的基本格式（双调）

《促拍采桑子》上阕，五句，三平韵	
乐段一（二句，十二字）	乐段二（三句，十二字）
＋｜｜——（韵）＋＋＋（读） ＋｜——（韵）	＋－＋｜（句）＋－＋｜（句） ＋｜——（韵）

《促拍采桑子》下阕，五句，三平韵	
乐段一（二句，十四字）	乐段二（三句，十二字）
＋｜＋——｜｜（句）＋＋＋ （读）＋｜——（韵）	＋－＋｜（句）＋－＋｜（句） ＋｜——（韵）

例　促拍采桑子（五十字）
（宋）朱敦儒

清露湿幽香。想瑶台、无语凄凉。飘然欲去，依然似梦，云渡银潢。　　又是天风吹淡月，佩丁东、携手西厢。泠泠玉磬，沉沉素瑟，舞遍霓裳。

注：全词双调，五十字，上阕五句，三平韵；下阕五句，两平韵。

怨 三 三

调见李之仪《姑溪词》，取词中上阕结句意为名。

《怨三三》的长短句结构

上阕，两个乐段		下阕，两个乐段	
乐段一（十一字）	乐段二（十三字）	乐段一（十三字）	乐段二（十三字）
7　　4	7　　3　　3	6　　3　　4	5　　4　　4

《康熙词谱》只收集一体《怨三三》，双调，上下阕分别可分为两个乐段，其长短句结构如表所示。该调五十字，上阕四句，四平韵；下阕五句，四平韵，其基本格式如表所示。

《怨三三》的基本格式（双调）

《怨三三》上阕，四句，四平韵	
乐段一（二句，十一字）	乐段二（二句，十三字）
＋ － ＋ ｜ ｜ － －（韵）＋ ｜ － －（韵）	＋ ｜ － － ＋ ｜ －（韵）＋ ＋ ＋（读）｜ － －（韵）

《怨三三》下阕，五句，四平韵	
乐段一（二句，十三字）	乐段二（三句，十三字）
＋ － ＋ ｜ ｜ － －（韵）＋ ＋ ＋ （读）＋ － ｜ －（韵）	｜ ＋ ｜ － －（韵）＋ － ＋ ｜（句） ＋ ｜ － －（韵）

例 怨三三（五十字）
（宋）李之仪

清溪一派泻柔蓝。岸草毵毵。记得黄鹂语画檐。唤狂里、醉重三。　　春风不动垂帘。似三五、初圆素蟾。镇泪眼廉纤。何时歌舞，再和池南。

注：全词双调，五十字，上阕四句，四平韵；下阕五句，四平韵。

使 牛 子

调见曹冠《燕喜词》。

《使牛子》的长短句结构

上阕，两个乐段		下阕，两个乐段	
乐段一（十三字）	乐段二（十二字）	乐段一（十三字）	乐段二（十二字）
7　　　　6	5　　　　7	7　　　　6	5　　　　7

《康熙词谱》只收集一体《使牛子》，双调，上下阕分别可分为两个乐段，其长短句结构如表所示。该调五十字，上下阕各四句，三仄韵，其基本格式如表所示。

《使牛子》的基本格式（双调）

《使牛子》上阕，四句，三仄韵	
乐段一（二句，十三字）	乐段二（二句，十二字）
＋ － ＋ ｜ － － ｜（韵）＋ ｜ ＋ － ＋ ｜（韵）	＋ ｜ ｜ － －（句）＋ ｜ ＋ － － ｜（韵）

《使牛子》下阕，四句，三仄韵	
乐段一（二句，十三字）	乐段二（二句，十二字）
＋ － ＋ ｜ － － ｜（韵）＋ ｜ ＋ － － ＋ ｜（韵）	＋ ｜ ｜ － －（句）＋ ｜ ＋ － － ｜ ｜（韵）

例　使牛子（五十字）

（宋）曹　冠

晚天雨霁横雌霓。帘卷一轩月色。纹簟坐苔茵，乘兴高歌饮琼液。　　翠瓜冷浸冰壶碧。茶罢风生两腋。四座沸欢声，喜我投壶全中的。

注：全词双调，五十字，上下阕各四句，三仄韵。

折 丹 桂

调见《相山词》。送人应举之作,取词中"仙籍桂香浮"句意为名,与《步蟾宫》别名《折丹桂》者不同。

《折丹桂》的长短句结构

上阕,两个乐段		下阕,两个乐段	
乐段一(十二字)	乐段二(十三字)	乐段一(十二字)	乐段二(十三字)
7　5	7　33	7　5	7　33

《康熙词谱》只收集一体《折丹桂》,双调,上下阕分别可分为两个乐段,其长短句结构如表所示。该调五十字,上下阕各四句,三仄韵,其基本格式如表所示。

《折丹桂》的基本格式(双调)

《折丹桂》上阕,五句,三仄韵	
乐段一(二句,十二字)	乐段二(二句,十三字)
＋ － ＋ ｜ － － ｜(韵) ＋ ｜ － ＋ ｜(韵)	＋ － ＋ ｜ ｜ － －(句) ＋ ＋ ＋ ｜(读) － － ｜(韵)

《折丹桂》下阕,五句,三仄韵	
乐段一(二句,十二字)	乐段二(二句,十三字)
＋ － ＋ ｜ － － ｜(韵) ＋ ｜ － ＋ ｜(韵)	＋ － ＋ ｜ － － ｜(句) ＋ ＋ ＋ ｜(读) － － ｜(韵)

例　折丹桂(五十字)
(宋)王之道

风漪欲皱春江碧。我寄江城北。子今东去赴春官,挽不住、抟风翼。　　修程好近天池息。何处堪留客。预知仙籍桂香浮,语祝史、休占墨。

注：全词双调，五十字，上下阕各四句，三仄韵。

竹 香 子

调见刘过《龙洲集》。

《竹香子》的长短句结构

上阕，两个乐段		下阕，两个乐段	
乐段一 （十二字）	乐段二 （十二字）	乐段一 （十三字或十字）	乐段二 （十三字或十二字）
6　　6	7　　5	6　　34 5　　5	7　　6 7　　5

　　《康熙词谱》只收集一体《竹香子》，双调，五十字，上阕四句，三仄韵；下阕四句，三仄韵或两仄韵。《白香词谱》载清代汪懋麟词一首，双调，四十六字，名《误佳期》，并注："此调最早见于明人杨慎《升庵长短句》，《词律》附载于《竹香子》后，云'查旧词无此体'，或升庵自度……因其前段与此《竹香子》同，附录于卷"。若比较这两体的上下阕各句的字数组合，每阕分别可分为两个乐段，其长短句结构如表所示，从中可以看出两者之间的内在联系。我们以刘过词为正体或正格，汪懋麟词作为变格。该调的正格与变格如表所示，其中，上下阕各乐段中的格式（1）为正格句式，其余为变格句式。

例一　竹香子（五十字）

（宋）刘　过

　　一桁窗儿明快。料想那人不在。熏笼脱下旧衣裳，件件香难赛。　　匆匆去得忒瞰。这镜儿、也不曾盖。千朝百日不曾来，没这些儿个采。

注：该词下阕第一句和第二句为乐段一中的格式（1），第三句和第四句为乐段二中的格式（1）。全词双调，五十字，上下阕各四句，三仄韵。

《竹香子》的正格与变格（双调）

《竹香子》上阕，四句，三仄韵	
乐段一（二句，十二字）	乐段二（二句，十二字）
＋｜＋－＋｜（韵）＋｜＋－＋｜（韵）	＋－＋｜｜－－（句）＋｜－－｜（韵）

《竹香子》下阕，四句，三仄韵或两仄韵	
乐段一（二句，十三字或十字）	乐段二（二句，十三字或十二字）
＋－＋｜＋｜（韵）＋＋＋＋（读）＋｜－｜（韵） （1）	＋－＋｜｜－－（句）＋｜－－＋｜（韵） （1）
＋｜｜－－（句）＋｜－－｜（韵） （2）	＋－＋｜｜－－（句）＋｜－－｜（韵） （2）

注：下阕乐段一中的格式"＋－＋｜＋｜（韵）"，尽管词例中有四连仄现象，但平仄相间为宜。

例二　竹香子（四十六字）

（清）汪懋麟

　　寒气暗侵帘幕。孤负芳春小约。庭梅开遍不归来，直恁心情恶。　　独抱影儿眠，背看灯花落。待他重与画眉时，细数郎轻薄。

　　注：该词下阕第一句和第二句为乐段一中的格式（2），第三句和第四句为乐段二中的格式（2）。全词双调，四十六字，上阕四句，三仄韵；下阕四句，两仄韵。

城　头　月

　　调见李昂英《文溪词》，和广帅马天骥韵，赠道士梁青霞作。此词盖马天骥所倡也，取词中起句为名。

《城头月》的长短句结构

上阕，两个乐段					下阕，两个乐段				
乐段一（十二字）		乐段二（十三字）			乐段一（十二字）		乐段二（十三字）		
7	5	4	4	5	7	5	4	4	5

《康熙词谱》只收集一体《城头月》，双调，上下阕分别可分为两个乐段，其长短句结构如表所示。该调五十字，上下阕各五句，三仄韵，其基本格式如表所示。

《城头月》的基本格式（双调）

《城头月》上阕，五句，三仄韵	
乐段一（二句，十二字）	乐段二（三句，十三字）
＋ － ＋ ｜ － － ｜（韵）＋ ｜ － － ｜（韵）	＋ ｜ － －（句）＋ － ＋ ｜（句） ＋ ｜ － － ｜（韵）

《城头月》下阕，五句，三仄韵	
乐段一（二句，十二字）	乐段二（三句，十三字）
＋ － ＋ ｜ － － ｜（韵）＋ ｜ － － ｜（韵）	＋ ｜ － －（句）＋ － ＋ ｜（句） ＋ ｜ － － ｜（韵）

例　城头月（五十字）

（宋）马天骥

城头月色明如昼。总是青霞有。酒醉茶醒，饥餐困睡，不把双眉皱。　坎离龙虎勤交媾。炼得丹将就。借问罗浮，苏耽鹤侣，还似先生否。

注：全词双调，五十字，上下阕各五句，三仄韵。

四　犯　令

调见侯寘《懒窟词》。李处全词更名《四和香》，关注词又名《桂华明》。

《四犯令》的长短句结构

上阕，两个乐段		下阕，两个乐段	
乐段一（十二字）	乐段二（十三字）	乐段一（十二字）	乐段二（十三字）
7　　　5	7　　　33	7　　　5	7　　　33

《康熙词谱》只收集一体《四犯令》，双调，上下阕分别可分为两个乐段，其长短句结构如表所示。该调五十字，上下阕各四句，四仄韵。《康熙词谱》以侯寊词为标谱词例。该调的正格与变格如表所示，其中上下阕各乐段中的格式（1）为正格句式，其余为变格句式。

《四犯令》的正格与变格（双调）

《四犯令》上阕，五句，三仄韵	
乐段一（二句，十二字）	乐段二（二句，十三字）
＋｜＋ － － ｜｜（韵）＋｜ － －｜（韵） （1）	＋｜＋ － － ＋｜（韵）＋ ＋｜（读）－ －｜（韵）
＋｜＋ － － ｜｜（韵）｜＋ － ＋｜（韵） （2）	

《四犯令》下阕，五句，三仄韵	
乐段一（二句，十二字）	乐段二（二句，十三字）
＋｜＋ － － ｜｜（韵）＋｜ － －｜（韵） （1）	＋｜＋ － － ＋｜（韵）＋ ＋｜（读）－ －｜（韵）
＋｜＋ － － ｜｜（韵）｜＋ － ＋｜（韵） （2）	

例一　四犯令（五十字）

（宋）侯寘

月破轻云天淡注。夜悄花无语。莫听阳关牵离绪。拌酩酊、花深处。　　明日江郊芳草路。春逐行人去。不是酴醾开独步。能着意、留春住。

注：该词上阕第一句和第二句为乐段一中的格式（1）；下阕第一句和第二句为乐段一中的格式（1）。全词双调，五十字，上下阕各四句，四仄韵。

例二　四犯令（五十字）

（宋）关注

缥缈神京开洞府。遇广寒宫女。问我双鬟梁溪舞。还记得、当时否。　　碧玉词章教仙侣。为按歌宫羽。皓月满窗人何处。声永断、瑶台路。

注：该词上阕第一句和第二句为乐段一中的格式（2）；下阕第一句和第二句为乐段一中的格式（2）。全词双调，五十字，上下阕各四句，四仄韵。

醉　高　歌

元姚燧自度曲。《太平乐府》注"中吕宫"。

《醉高歌》的长短句结构

上阕，两个乐段				下阕，两个乐段			
乐段一（十二字）		乐段二（十三字）		乐段一（十二字）		乐段二（十三字）	
6	6	7	6	6	6	7	6

《康熙词谱》只收集一体《醉高歌》，双调，上下阕分别可分为两个乐段，其长短句结构如表所示。该调五十字，为平仄韵通叶格，上下阕各四句，一平韵三叶韵，其基本格式如表所示。

《醉高歌》的基本格式（双调）

《醉高歌》上阕，四句，一平韵三叶韵	
乐段一（二句，十二字）	乐段二（二句，十三字）
＋ － ＋ ｜ － －（韵）＋ ｜ ＋ － ＋ ｜（叶）	＋ － ＋ ｜ － － ｜（叶）＋ ｜ ＋ － ＋ ｜（叶）

《醉高歌》下阕，四句，一平韵三叶韵	
乐段一（二句，十二字）	乐段二（二句，十三字）
＋ － ＋ ｜ － －（韵）＋ ｜ ＋ － ＋ ｜（叶）	＋ － ＋ ｜ － ＋ ｜（叶）＋ ｜ ＋ － ＋ ｜（叶）

例　醉高歌（五十字）

（元）姚　燧

十年燕月歌声。几点吴霜鬓影。西风吹起鲈鱼兴。已在桑榆暮景。　荣枯枕上三更。傀儡场中四并。人生幻化如泡影。几个临危自省。

注：全词双调，五十字，上下阕各四句，一平韵三叶韵。

黄 鹤 洞 仙

调见元彭致中《鸣鹤余音》词。

《黄鹤洞仙》的长短句结构

上阕，两个乐段				下阕，两个乐段			
乐段一（十字）		乐段二（十五字）			乐段一（十字）		乐段二（十五字）		
5	5	7	3	5	5	5	7	3	5

《康熙词谱》只收集一体《黄鹤洞仙》，双调，上下阕分别可分为两个乐段，其长短句结构如表所示。该调五十字，上阕五句，三仄韵；下阕五句，一仄韵两重韵，其基本格式如表所示。

《黄鹤洞仙》的基本格式（双调）

《黄鹤洞仙》上阕，五句，三仄韵	
乐段一（二句，十字）	乐段二（三句，十五字）
＋｜｜－－（句）＋｜＋－｜（韵）	＋｜－－＋｜－（句）－＋｜（韵）＋｜＋－｜（韵）

《黄鹤洞仙》下阕，五句，一仄韵两重韵	
乐段一（二句，十字）	乐段二（三句，十五字）
＋｜｜－－（句）＋｜＋－｜（韵）	＋｜－－＋｜－（句）＋＋｜（重韵）＋｜＋－｜（重韵）

例　黄鹤洞仙（五十字）

（金）马　钰

终日驾盐车，鞭棒时时打。自数精神久屈沉，如病马。怎得优游也。　　伯乐祖师来，见后频嗟讶。巧计多方赎了身，得志马。须报恩师也。

注：全词双调，五十字，上阕五句，三仄韵；下阕五句，一仄韵两重韵。

破　字　令

调见《高丽史·乐志》。

《破字令》的长短句结构

上阕，两个乐段		下阕，两个乐段	
乐段一（十二字）	乐段二（十二字）	乐段一（十四字）	乐段二（十二字）
5　3　4	7　5	7　3　4	4　4　4

《康熙词谱》只收集一体《破字令》，双调，上下阕分别可分为两个乐段，其长短句结构如表所示。该调五十字，上阕四句，三仄韵；下阕五句，三仄韵，其基本格式如表所示。

《破字令》的基本格式（双调）

《破字令》上阕，四句，三仄韵	
乐段一（二句，十二字）	乐段二（二句，十二字）
＋ ｜ － － ｜（韵）＋ ＋ ＋（读） ＋ － ＋ ｜（韵）	＋ － ＋ ｜ ｜ － －（句）｜ ＋ － ＋ ｜（韵）

《破字令》下阕，五句，三仄韵	
乐段一（二句，十四字）	乐段二（三句，十二字）
＋ － ＋ ｜ － － ｜（韵）＋ ＋ ＋ （读）＋ － ＋ ｜（韵）	＋ － ＋ ｜（句）＋ － ＋ ｜（句） ＋ － ＋ ｜（韵）

例 破字令（五十字）

《高丽史·乐志》无名氏

缥缈三山岛。十万岁、方分昏晓。春风开遍碧桃花，为东君一笑。　祥飚暂引香尘到。祝嵩龄、后天难老。瑞烟散碧，归云弄暖，一声长啸。

注：全词双调，五十字，上阕四句，三仄韵；下阕五句，三仄韵。

花 前 饮

调见宋杨湜《古今词话》，取词中上阕结句为名。

《花前饮》的长短句结构

上阕，两个乐段		下阕，两个乐段	
乐段一（十四字）	乐段二（十一字）	乐段一（十四字）	乐段二（十一字）
7　　34	5　　33	7　　34	5　　33

《康熙词谱》只收集一体《花前饮》，双调，上下阕分别可分为两个乐段，其长短句结构如表所示。该调五十字，上下阕各四句，三仄韵，其基本格式如表所示。

《花前饮》的基本格式（双调）

《花前饮》上阕，四句，三仄韵	
乐段一（二句，十四字）	乐段二（三句，十一字）
＋－＋｜＋－｜（韵）＋＋｜（读）＋＋｜－｜－（句）＋＋｜（读）＋－｜（韵）	＋｜－｜－（句）＋＋｜（读）＋－｜（韵）

《花前饮》下阕，四句，三仄韵	
乐段一（二句，十四字）	乐段二（三句，十一字）
＋｜－－｜－｜（韵）＋＋｜（读）＋－＋｜（韵）	＋｜－｜－（句）＋＋｜（读）＋＋｜（韵）

例　花前饮（五十字）

《古今词话》无名氏

　　雨余天色渐寒渗。海棠绽、胭脂如锦。告你休看书，且共我、花前饮。　　皓月穿帘未成寝。篆香透、鸳鸯双枕。似恁天色时，你道是、好做甚。

注：全词双调，五十字，上下阕各四句，三仄韵。

卷 九

导 引

按宋鼓吹四曲,悉用教坊新声,车驾出入奏《导引》,此调是也。《宋史·乐志》:正宫、道调宫、黄钟宫、大石调、黄钟羽调、正平调、仙吕调,凡七曲,或五十字,或加一叠,一百字。《金史·乐志》:五十字者属无射宫。按,无射宫俗呼黄钟宫。

小令《导引》的长短句结构

上阕,两个乐段		下阕,两个乐段	
乐段一(十四字)	乐段二(十二字)	乐段一(十二字)	乐段二(十二字)
4　5　5	7　5	7　5	7　5

长调《导引》的长短句结构

长调《导引》上阕,四个乐段			
乐段一(十四字)	乐段二(十二字)	乐段三(十二字)	乐段四(十二字)
4　5　5	7　5	7　5	7　5

长调《导引》下阕,四个乐段			
乐段一(十四字)	乐段二(十二字)	乐段三(十二字)	乐段四(十二字)
4　5　5	7　5	7　5	7　5

《康熙词谱》共收集五体《导引》,双调,有小令与长调两种体式。小令《导引》上下阕分别可分为两个乐段,其长短句结构如表所示。长调《导引》上下阕分别可分为四个乐段;其长短句结构如表所示。比较两者的长短句结构,可以看出,长调《导引》实际上是将小令《导引》的上下阕合为一阕,并填两段。

小令《导引》一共两体,五十字,上阕五句,三平韵;下阕四句,三平韵或两平韵。《康熙词谱》以《宋史·乐志》无名氏词为标谱词例。该调的正格与变格如表所示,其中,上下阕各乐段中的格式(1)为正格句式,其余为变格句式。

长调《导引》一共三体，一百字，上下阕各九句，五平韵或六平韵，各句的平仄格式相同，仅仅只有上阕或下阕乐段三多用一韵的区别。《康熙词谱》以《宋史·乐志》无名氏词为标谱词例。该调的正格与变格如表所示，其中，上下阕各乐段中的格式（1）为正格句式，其余为变格句式。

小令《导引》的正格与变格（双调）

小令《导引》上阕，五句，三平韵	
乐段一（三句，十四字）	乐段二（二句，十二字）
十 一 十 丨（句）十 丨 丨 一 一（韵） 十 丨 丨 一 一（韵） （1）	十 一 十 丨 一 一 丨（句）十 丨 丨 一 一（韵）
十 一 十 丨（句）十 丨 丨 一 一（韵） 丨 十 丨 一 一（韵） （2）	

小令《导引》下阕，四句，三平韵或两平韵	
乐段一（二句，十二字）	乐段二（二句，十二字）
十 一 十 丨 十 一 一（韵）十 丨 丨 一 一（韵） （1）	十 一 十 丨 一 一 丨（句）十 丨 丨 一 一（韵）
十 一 十 丨 一 一（句）十 丨 丨 一 一（韵） （2）	

例一　导引（五十字）

《宋史·乐志》无名氏

　　皇家盛事，三殿庆重重。圣主极推崇。瑶编宝列相辉映，归美意何穷。　　钧韶九奏度春风。彩仗焕仪容。欢声和气弥寰宇，皇寿与天同。

　　注：该词上阕第一句至第三句为乐段一中的格式（1）；下阕第一句和第二句为乐段一中的格式（1）。全词双调，五十字，上阕五句，三平韵；下阕四句，三平韵。

例二 导引（五十字）

《金史·乐志》无名氏

五年一狩，仙仗到人间。问稼穑艰难。苍生洗眼秋光里，今日见天颜。　　金戈玉斧临香火，驰道六龙闲。歌谣到处皆相似，天子寿南山。

注：该词上阕第一句至第三句为乐段一中的格式（2）；下阕第一句和第二句为乐段一中的格式（2）。全词双调，五十字，上阕五句，三平韵；下阕四句，两平韵。

长调《导引》的正格与变格（双调）

长调《导引》上阕，九句，五平韵或六平韵	
乐段一（三句，十四字）	乐段二（二句，十二字）
＋ － ＋ | （句） ＋ | | － －（韵）| ＋ | － －（韵） 　　　（1） ＋ － ＋ | （句） ＋ | | － －（韵） ＋ | | － －（韵） 　　　（2）	＋ － ＋ | － － |（句） ＋ | | － －（韵）

长调《导引》上阕，九句，五平韵或六平韵	
乐段三（二句，十二字）	乐段四（二句，十二字）
＋ － ＋ | － － |（句） ＋ | | －（韵） 　　　（1） ＋ － ＋ | | － －（韵） ＋ | | －（韵） 　　　（2）	＋ － ＋ | － － |（句） ＋ | | － －（韵）

长调《导引》下阕，九句，六平韵或五平韵	
乐段一（三句，十四字）	乐段二（二句，十二字）
＋ － ＋ ｜（句）＋ ｜ ｜ － －（韵） ＋ ｜ ｜ － －（韵）	＋ － ＋ ｜ － －｜（句）＋ ｜ ｜ － －（韵）

长调《导引》下阕，九句，六平韵或五平韵	
乐段三（二句，十二字）	乐段四（二句，十二字）
＋ － ＋ ｜ ｜ － －（韵）＋ ｜ ｜ － －（韵） （1）	＋ － ＋ ｜ － －｜（句）＋ ｜ ｜ － －（韵） （1）
＋ － ＋ ｜ － － ｜（句）＋ ｜ ｜ － －（韵） （2）	＋ － ＋ ｜ ｜ － ｜（句）＋ ｜ ｜ － －（韵） （2）

例一　导引（一百字）

《宋史·乐志》无名氏

　　民康俗阜，万国乐升平。庆海晏河清。唐尧虞舜垂衣化，讵比我皇明。九天宝命垂丕贶，云物效祥英。星罗羽卫登乔岳，亲告禅云亭。　　我皇垂拱，惠化洽文明。盛礼庆重行。登封降禅燔柴毕，天仗入神京。云雷布泽遍寰瀛。遐迩振欢声。巍巍圣寿南山固，千载贺承平。

　　注：该词上阕第一句至第三句为乐段一中的格式（1）；第六句和第七句为乐段三中的格式（1）；下阕第六句和第七句为乐段三中的格式（1），第八句和第九句为乐段四中的格式（1）。全词双调，一百字，上阕九句，五平韵；下阕九句，六平韵。

例二　导引（一百字）

《宋史·乐志》无名氏

　　春融日暖，四野瑞烟浮。柳菀更桑柔。土高脉起条风扇，宿雪润田畴。金根毂转如雷动，羽卫拥貔貅。扶携老稚康衢满，延跂望凝旒。　　斗移星转，一气又环周。六府要时修。务农重谷人胥劝，耕籍礼殊尤。坛壝岳峙文明地，黛耜驾青牛。雍容南亩三推了，玉趾更迟留。

注：该词上阕第一句至第三句为乐段一中的格式（2）；第六句和第七句为乐段三中的格式（1）；下阕第六句和第七句为乐段三中的格式（2），第八句和第九句为乐段四中的格式（1）。全词双调，一百字，上下阕各九句，五平韵。

例三　导引（一百字）

《宋史·乐志》无名氏

我皇缵位，覆帱合穹旻。秘篆示灵文。斋居紫殿膺元贶，降宝命氤氲。奉符让德事严禋。检玉陟天孙。垂鸿纪号光前古，迈八九为君。　灵台偃武，书轨庆同文。奄六合居尊。圆穹锡命垂臻箓，清晓降金门。升中报本禅云云。严祀事惟寅。无为致治臻清净，见反朴还醇。

注：该词上阕第一句至第三句为乐段一中的格式（2）；第六句和第七句为乐段三中的格式（2）；下阕第六句和第七句为乐段三中的格式（1），第八句和第九句为乐段四中的格式（2）。全词双调，一百字，上下阕各九句，六平韵。

思　越　人

调见《花间集》。按孙光宪词"馆娃宫外春深"，又"魂消目断西子"，张泌词"越波堤下长桥"，俱咏西子事，故名《思越人》，与《鹧鸪天》词别名《思越人》者不同。

《思越人》的长短句结构

上阕，两个乐段			下阕，两个乐段	
乐段一（十二字）		乐段二（十三字）	乐段一（十三字）	乐段二（十三字）
3　3　6		7　6	7　6	7　6

《康熙词谱》只收集一体《思越人》，双调，上下阕分别可分为两个乐段，其长短句结构如表所示。该调五十一字，为平仄转换格，上阕五句，两平韵；下阕四句，四仄韵，其基本格式如表所示。

《思越人》的基本格式（双调）

《思越人》上阕，五句，两平韵	
乐段一（三句，十二字）	乐段二（二句，十三字）
｜ － －（句）－ ｜ ｜（句）＋ － ＋ ｜ － －（平韵）	＋ ｜ ＋ － － ｜ ｜（句）＋ － ＋ ｜ － －（韵）

《思越人》下阕，四句，四仄韵	
乐段一（二句，十三字）	乐段二（二句，十三字）
＋ － ＋ ｜ － － ｜（仄韵）＋ － ＋ ｜ － ｜（韵）	＋ ｜ ＋ － － ＋ ｜（韵）＋ － ＋ ｜ － ｜（韵）

例 思越人（五十一字）

（五代）孙光宪

古台平，芳草远，馆娃宫外春深。翠黛空留千载恨，教人何处相寻。　绮罗无复当时事。露花点滴香泪。惆怅遥天横渌水。鸳鸯对对飞起。

注：全词双调，五十一字，上阕五句，两平韵；下阕四句，四仄韵。

探 春 令

该调宋人俱咏初春风景，或咏梅花，故名《探春》。韩淲词有"景龙灯火升平世"句，名《景龙灯》。

《探春令》的长短句结构

上阕，两个乐段		下阕，两个乐段	
乐段一（十二字）	乐段二（十三字或十四字、十五字）	乐段一（十二字）	乐段二（十四字）
4　4　4 7　　5	7　　33 35　　33 36　　5 5　4　5 5　4　33 4　4　33	7　　5	34　　7 35　　33 36　　5 5　4　5

《康熙词谱》共收集十三体《探春令》，双调，上下阕分别可分为两个乐段，其长短句结构如表所示。该调有五十一字或五十二字等格式，上阕五句或六句、四句，三仄韵或两仄韵、四仄韵；下阕四句或五句，三仄韵或四仄韵。《康熙词谱》分别以五十一字体宋徽宗词和五十二字体晏几道词为标谱词例，该调的正格与变格如表所示。其中，上下阕各乐段中的格式（1）为正格句式，其余为变格句式。

例一　探春令（五十一字）

（宋）赵 佶

帘旌微动，峭寒天气，龙池冰泮。杏花笑吐香红浅。又还是、春将半。　　清歌妙舞从头按。等芳时开宴。记去年、对着东风，曾许不负莺花愿。

注：该词上阕第一句至第三句为乐段一中的格式（1），第四句和第五句为乐段二中的格式（1）；下阕第一句和第二句为乐段一中的格式（1），第三句和第四句为乐段二中的格式（1）。全词双调，五十一字，上阕五句，三仄韵；下阕四句，三仄韵。

《探春令》的正格与变格（双调）

《探春令》上阕，五句或六句、四句，三仄韵或两仄韵、四仄韵	
乐段一（三句或二句，十二字）	乐段二（二句或三句，十三字或十四字、十五字）
＋－＋｜（句或韵）＋－＋｜（句或韵）＋－＋｜（韵） （1）	＋－＋｜－－｜（韵）＋＋＋（读）－－｜（韵） （1）
＋－＋｜｜－－（句）｜＋－＋｜（韵） （2）	＋＋＋（读）＋｜－－｜（韵或句）＋＋＋（读）－－｜（韵） （2）
＋－＋｜－－｜（韵）｜＋－＋｜（韵） （3）	＋＋＋（读）＋｜＋－＋｜（韵或句）＋｜－－｜（韵） （3）
	｜＋－＋｜（读或句）＋－＋｜（句）＋｜－－｜（韵） （4）
	｜＋－＋｜（句）＋－＋｜（句）＋＋＋（读）－－｜（韵） （5）
	＋－＋｜（句）＋－＋｜（韵）＋＋＋（读）－－｜（韵） （6）

例二　探春令（五十二字）

（宋）杨无咎

雪梅风柳，弄金钩粉，峭寒犹浅。又还近、三五银蟾满。渐玉漏、声初短。　　尊前重约年时伴。拣灯词先按。便直饶、心似蛾儿撩乱。也有春风管。

注：该词上阕第一句至第三句为乐段一中的格式（1），第四句和第五句为乐段二中的格式（2）；下阕第一句和第二句为乐段一中的格式（1），第三句和第四句为乐段二中的格式（3）。全词双调，五十二字，上阕五句，三仄韵；下阕四句，四仄韵。

《探春令》下阕，四句或五句，三仄韵或四仄韵	
乐段一（二句，十二字）	乐段二（二句或三句，十四字）
十 一 十 ｜ 十 一 ｜（韵）｜ 十 十 ｜（韵） （1）	十 十 十（读）十 ｜ 一 一（句）十 十 十 ｜ 一 一 ｜（韵） （1）
十 一 十 ｜ 一 十 ｜（韵）｜ 十 ｜（韵） （2）	十 十 十（读）十 ｜ 一 一 ｜（句或韵）十 十 十（读）一 一 ｜（韵） （2）
十 一 ｜ 十 一 一 ｜（韵）十 ｜ 十 ｜（韵） （3）	十 十 十（读）十 ｜ 十 一 十 ｜（句或韵）十 ｜ 一 一 ｜（韵） （3）
	｜ 十 一 十 ｜（句）十 一 十 ｜（句）十 ｜ 一 一 ｜（韵） （4）
	｜ 十 一 十 ｜（句）十 ｜ 十 ｜（韵）十 ｜ 一 一 ｜（韵） （5）

注：下阕乐段二中的格式（1），提倡采用规范的平仄格式"十 十 十（读）十 ｜ 一 一（句）十 一 十 ｜ 一 一 ｜（韵）"。

例三　探春令（五十二字）

（宋）赵长卿

数声回雁，几番疏雨，东风回暖。甚今年、立得春来晚。过人日、方相见。　　缕金幡胜教先办。着工夫裁剪。到那时赌当，须教滴惜，称得梅妆面。

注：该词上阕第一句至第三句为乐段一中的格式（1），第四句至第六句为乐段二中的格式（2）；下阕第一句和第二句为乐段一中的格式（1），第三句至第五句为乐段二中的格式（4）。全词双调，五十二字，上下阕各五句，三仄韵。

例四　探春令（五十二字）

（宋）赵长卿

溪桥山路，竹篱茅舍，凄凉风雨。被摧残沮挫，精神依旧，无奈相思苦。　东风故与收拾取。忍教他尘土。向绿窗绣户，朱栏小槛，做个名花主。

注：该词上阕第一句至第三句为乐段一中的格式（1），第四句至第六句为乐段二中的格式（4）；下阕第一句和第二句为乐段一中的格式（2），第三句至第五句为乐段二中的格式（4）。全词双调，五十二字，上阕六句，两仄韵；下阕五句，三仄韵。

例五　探春令（五十二字）

（宋）赵长卿

而今风韵，旧时标致，总皆奇绝。再相逢、还是春前腊后，粉面凝香雪。　芳心自与群花别。尽孤高清洁。那情怀、最是与人好处，冷淡黄昏月。

注：该词上阕第一句至第三句为乐段一中的格式（1），第四句和第五句为乐段二中的格式（3）；下阕第一句和第二句为乐段一中的格式（1），第三句和第四句为乐段二中的格式（3）。全词双调，五十二字，上阕五句，两仄韵；下阕四句，三仄韵。

例六　探春令（五十二字）

（宋）赵长卿

清江平淡，暗香潇洒，满林风露。渐枝上、也学杨花飞絮。轻逐春归去。　东君著意勤遮护。总留他不住。幸西园、别有能言花貌，委曲关心愫。

注：该词上阕第一句至第三句为乐段一中的格式（1），第四句和第五句为乐段二中的格式（3）；下阕第一句和第二句为乐段一中的格式（1），第三句至第至句为乐段二中的格式（3）。全词双调，五十二字，上阕五句，三仄韵；下阕四句，三仄韵。

例七　探春令（五十二字）

（宋）赵长卿

冰澌池面。柳摇金线。春光无限。问梅花底事、收香藏蕊，到此方舒展。　百花头上俱休管。且惊开俗眼。看绿阴结子，成功调鼎，有甚迟和晚。

注：该词上阕第一句至第三句为乐段一中的格式（1），第四句和第五句为乐段二中的格式（4）；下阕第一句和第二句为乐段一中的格式（1），第三句至第五句为乐段二中的格式（4）。全词双调，五十二字，上阕五句，四仄韵；下阕五句，三仄韵。

例八　探春令（五十三字）
（宋）赵长卿

冰檐垂箸，雪花飞絮，时方严肃。向寻常摇曳，凡花野草，怎生敢、夸红绿。　　江梅孤洁无拘束。只温然如玉。自一般天赋，风流清秀，总不同粗俗。

注：该词上阕第一句至第三句为乐段一中的格式（1），第四句至第六句为乐段二中的格式（5）；下阕第一句和第二句为乐段一中的格式（1），第三句至第五句为乐段二中的格式（4）。全词双调，五十三字，上阕六句，两仄韵；下阕五句，三仄韵。

例九　探春令（五十二字）
（宋）杨无咎

梅英粉淡，柳梢金软，兰芽依旧。见万家、灯火明如昼。正人月、圆时候。　　挨香傍玉偷携手。尽轻衫寒透。听一声、画角催残漏。惜归去、频回首。

注：该词上阕第一句至第三句为乐段一中的格式（1），第四句和第五句为乐段二中的格式（2）；下阕第一句和第二句为乐段一中的格式（1），第三句和第四句为乐段二中的格式（2）。全词双调，五十二字，上阕五句，三仄韵；下阕四句，四仄韵。

例十　探春令（五十二字）
（宋）晏几道

绿杨枝上晓莺啼，报融和天气。被数声、吹入纱窗里。又惊起、娇娥睡。　　绿云斜軃金钗坠。惹芳心如醉。为少年、湿了鲛绡帕，上都是、相思泪。

注：该词上阕第一句和第二句为乐段一中的格式（2），第三句和第四句为乐段二中的格式（2）；下阕第一句和第二句为乐段一中的格式（1），第三句和第四句为乐段二中的格式（2）。全词双调，五十二字，上下阕各四句，三仄韵。

例十一　探春令（五十二字）

《鸣鹤余音》无名氏

草堂三鼓梦游仙，到蓬莱阆苑。正白云、满地无人扫，信幽圃、香风旋。　　群真朝列黄金殿。醉流霞琼宴。顿觉来、一片清凉意，似明月、山头见。

注：该词上阕第一句和第二句为乐段一中的格式（2），第三句和第四句为乐段二中的格式（2）；下阕第一句和第二句为乐段一中的格式（1），第三句和第四句为乐段二中的格式（2）。全词双调，五十二字，上阕四句，两仄韵；下阕四句，三仄韵。

例十二　探春令（五十二字）

（宋）赵长卿

去年元夜正钱塘，看天街灯火。闹娥儿转处，熙熙笑语，百万红妆女。　　今年肯把轻辜负。列荧煌千炬。趁闲身未老，良辰美景，款醉新歌舞。

注：该词上阕第一句和第二句为乐段一中的格式（2），第三句至第五句为乐段二中的格式（4）；下阕第一句和第二句为乐段一中的格式（1），第三句至第五句为乐段二中的格式（4）。全词双调，五十二字；上阕五句，两仄韵；下阕五句，三仄韵。（《康熙词谱》对上阕"处"、"语"两处均标"句"而非"韵"）

例十三　探春令（五十二字）

（宋）赵长卿

笙歌间错华筵启。喜新春新岁。菜传纤手，青丝轻细。和气入、东风里。　　幡儿胜儿都姑婥。戴得更忔戏。愿新春已后，吉吉利利。百事都如意。

注：该词上阕第一句和第二句为乐段一中的格式（3），第三句至第五句为乐段二中的格式（6）；下阕第一句和第二句为乐段一中的格式（3），第三句至第五句为乐段二中的格式（5）。全词双调，五十二字，上下阕各五句，四仄韵。

越 江 吟

按宋释文莹《续湘山野录》云："太宗酷爱琴曲十小词，命近臣十人，各探一调，撰一词，苏翰林易简，探得《越江吟》，遂赋此调。"后贺铸词，因苏词起句有"瑶池宴"字，更名《宴瑶池》。苏轼词名《瑶池宴》。《乐府雅词》名《瑶池宴令》。

《越江吟》的长短句结构

上阕，两个乐段		下阕，两个乐段	
乐段一（十五字）	乐段二（十字）	乐段一（十六字）	乐段二（十字）
7　2　6 4　3　2　6	3　4　3	34　3　6	3　4　3

《康熙词谱》共收集两体《越江吟》，双调，上下阕分别可分为两个乐段，其长短句结构如表所示。该调五十一字，上阕六句或七句，六仄韵或七仄韵；下阕六句，六仄韵。《康熙词谱》以苏易简词为标谱词例。该调的正格与变格如表所示，其中，上下阕各乐段中的格式（1）为正格句式，其余为变格句式。

例一　越江吟（五十一字）

（宋）苏易简

非烟非雾瑶池宴。片片。碧桃冷落谁见。黄金殿。虾须半卷。天香散。　春云和、孤竹清婉。入霄汉。红颜醉态烂漫。金舆转。霓旌影乱。箫声远。

注：该词上阕第一句至第三句为乐段一中的格式（1）。全词双调，五十一字，上下阕各六句，六仄韵。

《越江吟》的基本格式（双调）

《越江吟》上阕，六句或七句，六仄韵或七仄韵	
乐段一（三句或四句，十五字）	乐段二（三句，十字）
＋ － ＋ | － － |（韵）＋ |（韵） ＋ － ＋ | － |（韵） （1）	－ － |（韵）＋ － ＋ |（韵）－ － |（韵）
＋ － ＋ |（韵）－ － |（韵）＋ |（韵） ＋ － ＋ | － |（韵） （2）	

《越江吟》下阕，六句，六仄韵	
乐段一（三句，十六字）	乐段二（三句，十字）
＋ － ＋（读）＋ | － |（韵）＋ － |（韵）＋ － ＋ | － |（韵）	－ － |（韵）＋ － ＋ |（韵）－ － |（韵）

例二　越江吟（五十一字）

（宋）苏　轼

飞花成阵。春心困。寸寸。别肠多少愁闷。无人问。偷啼自揾。残妆粉。　　抱瑶琴、寻出新韵。玉纤趁。南风未解幽愠。低云鬓。眉峰敛晕。娇和恨。

注：该词上阕第一句至第三句为乐段一中的格式（2）。全词双调，五十一字，上阕七句，七仄韵；下阕六句，六仄韵。

燕　归　梁

调见《珠玉词》，因词有"双燕归飞绕画堂，似留恋虹梁"句，取以为名。柳永"织锦裁篇"词注"正平调"，"轻嚴罗鞋"词注"中吕调"。

《燕归梁》的长短句结构

上阕，两个乐段		下阕，两个乐段	
乐段一（十二字或十一字、十三字）	乐段二（十三字）	乐段一（十三字）	乐段二（十三字）
7　5	7　33	4　4　5	7　33
7　4		7　33	
7　33			

《康熙词谱》共收集四体《燕归梁》，双调，上下阕分别可分为两个乐段，其长短句结构如表所示。该调有五十一字或五十二字、五十字等格式，上阕四句，四平韵；下阕五句或四句，三平韵。《康熙词谱》以五十一字体晏殊词为正体或正格，该调的正格与变格如表所示，其中，上下阕各乐段中的格式（1）为正格句式，其余为变格句式。

例一　燕归梁（五十一字）

（宋）晏　殊

双燕归飞绕画堂。似留恋虹梁。清风明月好时光。更何况、绮筵张。　　云衫侍女，频倾桂醑，加意动笙簧。人人心在玉炉香。逢佳会、祝延长。

注：该词上阕第一句和第二句为乐段一中的格式（1）；下阕第一句至第三句为乐段一中的格式（1）。全词双调，五十一字，上阕四句，四平韵；下阕五句，三平韵。

例二　燕归梁（五十一字）

（宋）史达祖

独卧秋窗桂未香。怕雨点飘凉。玉人只在楚云傍。也著泪、过昏黄。　　西风今夜梧桐冷，断无梦、到鸳鸯。秋钲二十五声长。请各自、耐思量。

注：该词上阕第一句和第二句为乐段一中的格式（1）；下阕第一句和第二句为乐段一中的格式（2）。全词双调，五十一字，上阕四句，四平韵；下阕四句，三平韵。

《燕归梁》的正格与变格（双调）

《燕归梁》上阕，四句，四平韵	
乐段一（两句，十二字或十一字、十三字）	乐段二（两句，十三字）
＋｜－－＋｜－（韵）｜＋｜－－（韵） （1）	＋－＋｜｜－－（韵）＋＋＋（读）｜－－（韵）
＋｜－－＋｜－（韵）＋｜－－（韵） （2）	
＋｜－－＋｜－（韵）＋＋＋（读）｜－－（韵） （3）	

《燕归梁》下阕，五句或四句，三平韵	
乐段一（三句或两句，十三字）	乐段二（两句，十三字）
＋－＋｜（句）＋－＋｜（句）＋｜｜－－（韵） （1）	＋－＋｜｜－－（韵）＋＋＋（读）｜－－（韵）
＋－＋｜－－｜（句）＋＋＋（读）｜－－（韵） （2）	

例三　燕归梁（五十字）
（宋）柳　永

织锦裁篇写意深。字值千金。一回披玩一愁吟。肠成结、泪盈襟。　　幽欢已散前期远，无聊赖、是而今。密凭归燕寄芳音。恐冷落、旧时心。

注：该词上阕第一句和第二句为乐段一中的格式（2）；下阕第一句和第二句为乐段一中的格式（2）。全词双调，五十字，上阕四句，四平韵；下阕四句，三平韵。

例四 燕归梁（五十二字）

（宋）柳 永

轻蹑罗鞋掩绮寮。传音耗、若相招。语声犹颤不成娇。乍得见、两魂消。　　匆匆草草难留恋，还归去、又无聊。若谐雨夕与云朝。得似个、有嚣嚣。

注：该词上阕第一句和第二句为乐段一中的格式（3）；下阕第一句和第二句为乐段一中的格式（2）。全词双调，五十二字，上阕四句，四平韵；下阕四句，三平韵。

雨 中 花 令

王观词名《送将归》。按《雨中花》调与《夜行船》调最易相混，宋人集中每多误刻。今照《花草粹编》所编，以两结句五字者，为《雨中花》；两结句六字、七字者为《夜行船》。

《雨中花令》（仄韵）的长短句结构

上阕，两个乐段		下阕，两个乐段	
乐段一（十二字或十三字、十四字）	乐段二（十二字或十三字、十四字、十五字）	乐段一（十四字或十三字、十五字、十六字）	乐段二（十三字或十四字、十六字）
6　　6	7　　5	7　　34	35　　5
6　　34	4　4　5	7　　6	5　4　5
7　　6	5　　5	35　　34	4　4　5
7　　34	35　　34	35　　35	45　　34
34　　34			

《雨中花令》（平韵）的长短句结构

上阕，三个乐段			下阕，三个乐段		
乐段一（十一字）	乐段二（十二字）	乐段三（十二字）	乐段一（十一字）	乐段二（十二字）	乐段三（十二字）
34　　4	6　　6	4　4　4	34　　4	6　　6	4　4　4

《康熙词谱》共收集十二体《雨中花令》，双调，有仄韵与平韵两种用韵格式，其中，

仄韵格十一首，上下阕分别可分为两个乐段，其长短句结构如表所示。该调仄韵格有五十一字或五十二字、五十三字、五十四字、五十五字、五十六字、六十一字等格式，上下阕各四句或五句，三仄韵或四仄韵。《康熙词谱》以五十一字体晏殊词为标谱词例，《雨中花令》（仄韵）的正格与变格如表所示，其中，各乐段中的格式（1）为正格句式，其余为变格句式。

《雨中花令》的平韵格，双调，上下阕分别可分为三个乐段，其长短句结构如表所示。比较仄韵格与平韵格的长短句结构，可以看出二者不同。该调七十字，上下阕各七句，三平韵，其基本格式如表所示。

例一　雨中花令（五十一字）

（宋）晏　殊

　　剪翠妆红欲就。折得清香满袖。一对鸳鸯眠未足，叶下长相守。　　莫傍细条寻嫩藕。怕绿刺、罥衣伤手。可惜许、月明风露好，恰在人归后。

　　注：该词上阕第一句和第二句为乐段一中的格式（1），第三句和第四句为乐段二中的格式（1）；下阕第一句和第二句为乐段一中的格式（1），第三句和第四句为乐段二中的格式（1）。全词双调，五十一字，上下阕各四句，三仄韵。

例二　雨中花令（五十一字）

（宋）毛　滂

　　寒浸东倾不定。更奈橹声催紧。堤树胧明孤月上，黯淡移船影。　　旧事十年愁未醒。渐老可奈离恨。今夜有谁知，风中露里，目断云空尽。

　　注：该词上阕第一句和第二句为乐段一中的格式（1），第三句和第四句为乐段二中的格式（1）；下阕第一句和第二句为乐段一中的格式（3），第三句至第五句为乐段二中的格式（2）。全词双调，五十一字，上阕四句，三仄韵；下阕五句，三仄韵。

《雨中花令》（仄韵）的正格与变格（双调）

《雨中花令》上阕，四句或五句，三仄韵或四仄韵	
乐段一 （二句，十二字或十三字、十四字）	乐段二 （二句或三句，十二字或十三字、十四字、十五字）
＋｜＋－＋｜（韵）＋｜＋－ ＋｜（韵） （1）	＋｜＋－－｜｜（句）＋｜－ －｜（韵） （1）
＋｜＋－＋｜（韵）＋＋＋（读） ＋－＋｜（韵） （2）	＋｜－－（句）＋－＋｜（句） ＋｜－－｜（韵） （2）
＋｜＋－－｜｜（韵）＋－ －＋｜（韵） （3）	｜＋｜－－（句）＋－＋｜（句） ＋｜－－｜（韵） （3）
＋｜＋－－｜｜（韵）＋＋＋ （读）＋－＋｜（韵） （4）	＋＋＋（读）＋－－｜｜（句） ＋＋＋（读）＋－＋｜（韵） （4）
＋＋＋（读）＋－＋｜（韵）＋｜ ＋＋（读）＋－＋｜（韵） （5）	

例三　雨中花令（五十二字）

（宋）欧阳修

千古都门行路。能使离歌声苦。送尽行人，花残春晚，又别东君去。　醉藉落花吹暖絮。多少曲堤芳树。且携手留连，良辰美景，留作相思处。

注：该词上阕第一句和第二句为乐段一中的格式（1），第三句至第五句为乐段二中的格式（2）；下阕第一句和第二句为乐段一中的格式（2），第三句至第五句为乐段二中的格式（3）。全词双调，五十二字，上下阕各五句，三仄韵。

《雨中花令》下阕，四句或五句，三仄韵或四仄韵	
乐段一 （二句，十四字或十三字、十五字、十六字）	乐段二 （二句或三句，十三字或十四字、十六字）
＋｜＋－－｜｜（韵）＋＋＋（读）＋－＋｜（韵） （1）	＋＋＋（读）＋－－｜｜（句）＋｜－－｜（韵） （1）
＋｜＋－－｜｜（韵）＋＋＋－＋｜（韵） （2）	＋｜｜－－（句）＋－＋｜（句）＋｜－－｜（韵） （2）
＋｜＋－－｜｜（韵）＋｜＋｜－｜（韵） （3）	｜＋｜－－（句）＋－＋｜（句）＋｜－－｜（韵） （3）
＋｜＋－－｜｜（韵）＋－｜－＋｜（韵） （4）	｜＋｜－（句）＋－＋｜（句）＋｜－－｜（韵） （4）
＋＋＋（读）＋－－｜｜（韵） ＋＋＋（读）＋－＋｜（韵） （5）	＋｜｜（读）＋－－｜｜（韵） ＋＋＋（读）＋－＋｜（韵） （5）
＋＋＋（读）＋－－｜｜（韵） ＋＋＋（读）－－｜－｜（韵） （6）	

例四　雨中花令（五十二字）

（宋）毛　滂

　　池上水寒欲雾。竹暗小窗低户。数点秋声，来侵短梦，檐下芭蕉雨。　　白酒浮蛆鸡啄黍。问陶令、几时归去。溪月岭云，蘋汀蓼岸，总是相思处。

　　注：该词上阕第一句和第二句为乐段一中的格式（1），第三句至第五句为乐段二中的格式（2）；下阕第一句和第二句为乐段一中的格式（1），第三句至第五句为乐段二中的格式（4）。全词双调，五十二字，上下阕各五句，三仄韵。

例五　雨中花令（五十二字）
（宋）赵长卿

泪眼江头看锦树。别离又还秋暮。细水浮浮，轻风冉冉，稳送扁舟去。　　归去江山应得助。新诗定须多赋。有雁南来，槐溪千万，寄我惊人句。

注：该词上阕第一句和第二句为乐段一中的格式（3），第三句至第五句为乐段二中的格式（2）；下阕第一句和第二句为乐段一中的格式（4），第三句至第五句为乐段二中的格式（4）。全词双调，五十二字，上下阕各五句，三仄韵。

例六　雨中花令（五十四字）
（宋）程　垓

旧日爱花心未了。紧峭得、花时一笑。几日春寒，连宵雨闷，不道幽欢少。　　记得去年深院悄。画梁畔、一枝香袅。说与西楼，后来明月，莫把梨花照。

注：该词上阕第一句和第二句为乐段一中的格式（4），第三句至第五句为乐段二中的格式（2）；下阕第一句和第二句为乐段一中的格式（1），第三句至第五句为乐段二中的格式（4）。全词双调，五十四字，上下阕各五句，三仄韵。

例七　雨中花令（五十五字）
（宋）贺　铸

清滑京江人物秀。富美发、丰肌素手。宝子余妍，阿娇余韵，独步秋娘后。　　奈倦客、情怀先怯酒。问何意、歌鞶易皱。弱柳飞绵，繁花结子，做弄场春瘦。

注：该词上阕第一句和第二句为乐段一中的格式（4），第三句至第五句为乐段二中的格式（2）；下阕第一句和第二句为乐段一中的格式（5），第三句至第五句为乐段二中的格式（4）。全词双调，五十五字，上下阕各五句，三仄韵。

例八　雨中花令（五十四字）
（宋）杨无咎

早已是、花魁柳冠。更绝唱、不容同伴。画鼓低敲，红牙随应，着个人勾唤。　　慢引莺喉千样啭。听过处、几多娇怨。换羽移宫，偷声减字，不顾人肠断。

注：该词上阕第一句和第二句为乐段一中的格式（5），第三句至第五句为乐段二中的格式（2）；下阕第一句和第二句为乐段一中的格式（1），第三句至第五句为乐段二中的格式（4）。全词双调，五十四字，上下阕各五句，三仄韵。

例九　雨中花令（五十三字）
（宋）赵长卿

龟甲炉烟轻袅。帘栊静、乳莺啼晓。拂掠新妆，时宜头面，绣草冠儿小。　　衫子揉蓝初着了。身材称、就中恰好。手捻双纨，菱花重照，带朵宜男草。

注：该词上阕第一句和第二句为乐段一中的格式（2），第三句至第五句为乐段二中的格式（2）；下阕第一句和第二句为乐段一中的格式（1），第三句至第五句为乐段二中的格式（4）。全词双调，五十三字，上下阕各五句，三仄韵。

例十　雨中花令（五十六字）
（宋）王　观

百尺清泉声陆续。映潇洒、碧梧翠竹。面千步回廊，重重帘幕，小枕欹寒玉。　　试展鲛绡看画轴。见一片、潇湘凝绿。待玉漏穿花，银河垂地，月上栏干曲。

注：该词上阕第一句和第二句为乐段一中的格式（4），第三句至第五句为乐段二中的格式（3）；下阕第一句和第二句为乐段一中的格式（1），第三句至第五句为乐段二中的格式（3）。全词双调，五十六字，上下阕各五句，三仄韵。

例十一　雨中花令（六十一字）
（宋）张　先

近鬓彩钿云雁细。好容貌、花枝争媚。学双燕、同栖还并翅。我合着、你难分离。　　这佛面、前生应布施。你更看、蛾眉下秋水。似赛九底、见他三五二。正冈里、也须欢喜。

注：该词上阕第一句和第二句为乐段一中的格式（4），第三句和第四句为乐段二中的格式（4）；下阕第一句和第二句为乐段一中的格式（6），第三句和第四句为乐段二中的格式（5）。全词双调，六十一字，上下阕各四句，四仄韵。

《雨中花令》（平韵）的基本格式（双调）

《雨中花令》上阕，七句，三平韵		
乐段一（二句，十一字）	乐段二（二句，十二字）	乐段三（三句，十二字）
＋ ＋ ＋（读）＋ 一 ＋ ｜（句）＋ ｜ 一 一（韵）	＋ ｜ ＋ 一 ＋ ｜（句）＋ 一 ＋ ｜ 一 一（韵）	＋ 一 ＋ ｜（句）＋ 一 ＋ ｜（句）＋ ｜ 一 一（韵）

《雨中花令》下阕，七句，三平韵		
乐段一（二句，十一字）	乐段二（二句，十二字）	乐段三（三句，十二字）
＋ ＋ ＋（读）＋ 一 ＋ ｜（句）＋ ｜ 一 一（韵）	＋ ｜ ＋ 一 ＋ ｜（句）＋ 一 ＋ ｜ 一 一（韵）	＋ 一 ＋ ｜（句）＋ 一 ＋ ｜（句）＋ ｜ 一 一（韵）

例 雨中花令（七十字）

（宋）周紫芝

山雨细、泉生幽谷，水满平田。雪茧红蚕熟后，黄云陇麦秋间。武陵烟暖，数声鸡犬，别是山川。　　嗟老去、倦游踪迹，长恨华颠。行尽吴头楚尾，空惭万壑千岩。不如休也，一庵归去，依旧云山。

注：全词双调，七十字，上下阕各七句，三平韵。

凤 来 朝

调见周邦彦《清真词》。

《凤来朝》的长短句结构

上阕，两个乐段		下阕，两个乐段	
乐段一（十二字）	乐段二（十四字）	乐段一（十三字）	乐段二（十二字）
5　　34	53　　33	6　　34	33　　33

《康熙词谱》只收集一体《凤来朝》，双调，上下阕分别可分为两个乐段，其长短句结构如表所示。该调五十一字，上下阕各四句，四仄韵，其基本格式如表所示。

《凤来朝》的基本格式（双调）

《凤来朝》上阕，四句，四仄韵	
乐段一（二句，十二字）	乐段二（二句，十四字）
＋｜——｜（韵）＋＋＋（读）＋—＋｜（韵）	｜＋—＋｜（读）＋—｜（韵）＋＋＋（读）＋—｜（韵）

《凤来朝》下阕，四句，四仄韵	
乐段一（二句，十三字）	乐段二（二句，十二字）
＋｜＋—＋｜（韵）＋＋＋（读）＋—＋｜（韵）	＋＋＋（读）＋—｜（韵）＋＋＋（读）＋—｜（韵）

例 凤来朝（五十一字）

（宋）周邦彦

逗晓看娇面。小窗深、弄明未辨。爱残朱宿粉、云鬟乱。最好是、帐中见。　　说梦双蛾微敛。锦衾温、酒香未断。待起又、如何拌。任日炙、画楼暖。

注：全词双调，五十一字，上下阕各四句，四仄韵。

秋 夜 雨

调见蒋捷《竹山乐府》，题咏秋雨。

《秋夜雨》的长短句结构

上阕，两个乐段		下阕，两个乐段	
乐段一（十三字）	乐段二（十二字）	乐段一（十四字）	乐段二（十二字）
7　　6	5　　34	7　　34	5　　34

《康熙词谱》只收集一体《秋夜雨》，双调，上下阕分别可分为两个乐段，其长短句结构如表所示。该调五十一字，上下阕各四句，三仄韵，其基本格式如表所示。

《秋夜雨》的基本格式（双调）

《秋夜雨》上阕，四句，三仄韵	
乐段一（二句，十三字）	乐段二（二句，十二字）
＋－＋｜－－｜(韵)＋－＋｜－｜(韵)	＋－－｜｜(句)＋＋＋(读)＋－＋｜(韵)

《秋夜雨》下阕，四句，三仄韵	
乐段一（二句，十四字）	乐段二（二句，十二字）
＋－＋｜－－｜(句)＋＋＋(读)＋＋－｜(韵)	＋＋－｜｜(韵)＋＋＋(读)＋－＋｜(韵)

例　秋夜雨（五十一字）

（宋）蒋　捷

黄云水驿秋笳咽。吹人双鬓如雪。愁多无奈处，漫碎把、寒花轻撚。　　红云转入香心里，夜渐深、人语初歇。此际愁更别。雁落影、西窗残月。

注：该词双调，五十一字，上下阕各四句，三仄韵。

伊　州　令

唐教坊曲名，一作《伊川令》。《碧鸡漫志》云："伊州有七商曲。"

《伊州令》的长短句结构

上阕，两个乐段		下阕，两个乐段	
乐段一（十二字）	乐段二（十四字）	乐段一（十一字）	乐段二（十四字）
7　　5	7　　34	6　　5	7　　34

《康熙词谱》只收集一体《伊州令》，双调，上下阕分别可分为两个乐段，其长短句结构如表所示。该调五十一字，上下阕各四句，三仄韵，其基本格式如表所示。

《伊州令》的基本格式（双调）

《伊州令》上阕，四句，三仄韵	
乐段一（二句，十二字）	乐段二（二句，十四字）
＋－＋｜－－｜（韵）＋｜－－｜（韵）	＋｜－－＋｜－（句）＋＋＋（读）＋－＋｜（韵）

《伊州令》下阕，四句，三仄韵	
乐段一（二句，十一字）	乐段二（二句，十四字）
＋－＋｜－（韵）＋｜－－｜（韵）	＋－＋｜｜－－（句）＋＋＋（读）＋－＋｜（韵）

例　伊州令（五十一字）
《花草粹编》无名氏

　　西风昨夜穿帘幕。闺院添萧索。才是梧桐零落时，又迤逦、秋光过却。　　人情音信难托。鱼雁成耽阁。教奴独自守空房，泪珠与、灯花共落。

注：全词双调，五十一字，上下阕各四句，三仄韵。

木　笪

唐《教坊记》有《木笪》大曲，宋修内司所刊《乐府浑成集》亦有《木笪》曲名，周密《齐东野语》以为此音世人罕知。今《太平乐府》有白朴《乔木笪》词一套，疑其遗制。因《太和正音谱》采其首作，亦录以备一体，或名"乔木查"者，误。

《木笪》的长短句结构

上阕，三个乐段			下阕，三个乐段		
乐段一（十字）	乐段二（七字）	乐段三（九字）	乐段一（九字）	乐段二（七字）	乐段三（九字）
5　5	7	5　4	4　5	7	5　4

《康熙词谱》只收集一体《木笪》，双调，上下阕分别可分为三个乐段，其长短句结构如表所示。该调五十一字，上下阕各五句，四仄韵，其基本格式如表所示。

《木笪》的基本格式（双调）

《木笪》上阕，五句，四仄韵		
乐段一（二句，十字）	乐段二（一句，七字）	乐段三（二句，九字）
＋ーー｜｜（韵）＋｜ーー｜（韵）	＋｜＋ーー｜｜（韵）	＋ーー｜｜（句）＋ー＋｜（韵）

《木笪》下阕，五句，四仄韵		
乐段一（二句，九字）	乐段二（一句，七字）	乐段三（二句，九字）
＋ー＋｜（韵）＋｜ーー｜（韵）	＋｜＋ーー｜｜（韵）	＋ーー｜｜（句）＋ーー｜（韵）

例　木笪（五十一字）

（元）白　朴

海棠初雨歇。杨柳轻烟惹。碧草茸茸铺四野。俄然回首处，乱红堆雪。　　恰春光也。梅子黄时节。映石榴华红似血。胡葵开满院，碎剪宫缬。

注：该词双调，五十一字，上下阕各五句，四仄韵。

迎　春　乐

宋柳永词注"林钟商"。元王行词注"夹钟商"。

《迎春乐》的长短句结构

上阕两个乐段		下阕两个乐段	
乐段一 （十三字）	乐段二 （十四字或十三字）	乐段一 （十四字或十五字）	乐段二 （十一字）
7　　3 3	3 5　　3 3 3 4　　3 3 7　　3 3	3 4　　3 4 3 5　　3 4 7　　3 4	6　　5 3 3　　5 5　　3 3 5　　3　3

　　《康熙词谱》共收集七体《迎春乐》，双调，上下阕各自可分为两个乐段，其长短句结构如表所示。该调有五十二字或五十三字、五十一字等格式，上阕四句，四仄韵或三仄韵；下阕四句或五句，三仄韵。《康熙词谱》以五十二字的柳永词为标谱词例。《迎春乐》的正格与变格如表所示，其中，上下阕各乐段中的格式（1）为正格句式，其余为变格句式。

例一　迎春乐（五十二字）

（宋）柳　永

　　近来憔悴人惊怪。为别后、相思煞。我前生、负你愁烦债。便苦恁、难开解。　　良夜永、牵情无奈。锦被里、余香犹在。怎得依前灯下，恣意怜娇态。

　　注：该词上阕第三句和第四句为乐段二中的格式（1）；下阕第一句和第二句为乐段一中的格式（1），第三句和第四句为乐段二中的格式（1）。全词双调，五十二字，上阕四句，四仄韵；下阕四句，三仄韵。

例二　迎春乐（五十三字）

（宋）晏　殊

　　长安紫陌春归早。舜垂杨、染芳草。被啼莺、语燕催清晓。正好梦、频惊觉。　　当此际、青楼临大道。幽会处、两情多少。莫惜明珠百琲，占取长年少。

　　注：该词上阕第三句和第四句为乐段二中的格式（1）；下阕第一句和第二句为乐段一中的格式（2），第三句和第四句为乐段二中的格式（1）。全词双调，五十三字，上阕四句，四仄韵；下阕四句，三仄韵。

《迎春乐》的正格和变格（双调，仄韵）

《迎春乐》上阕，四句，四仄韵或三仄韵	
乐段一（二句，十三字）	乐段二（二句，十四字或十三字）
＋－＋｜－－｜（韵）＋＋＋（读）＋－｜（韵）	＋＋＋（读）＋｜－－｜（韵）＋＋＋（读）＋－｜（韵） （1） ＋＋＋（读）＋＋－｜（韵）＋＋＋（读）＋－｜（韵） （2） ＋－＋｜－－｜（韵或句）＋＋＋（读）＋－｜（韵） （3）

《迎春乐》下阕，四句或五句，三仄韵	
乐段一（二句，十四字或十五字）	乐段二（二句或三句，十一字）
＋＋＋（读）＋－＋｜（韵）＋＋＋（读）＋－＋｜（韵） （1）	＋｜＋－＋｜（句）＋｜－－｜（韵） （1）
＋＋＋（读）＋－－｜｜·（韵）＋＋＋（读）＋－＋｜（韵） （2）	＋＋＋（读）＋－｜（句）＋｜－－｜（韵） （2）
＋｜＋－｜｜（韵）＋＋＋（读）＋－＋｜（韵） （3）	＋｜－－（句）＋＋｜（读）＋－｜（韵） （3）
＋｜－－｜＋｜（韵）＋＋＋＋（读）＋－＋｜（韵） （4）	＋｜｜－－（句）＋＋｜（读或句）＋－｜（韵） （4）

例三　迎春乐（五十一字）

（宋）秦　观

菖蒲叶叶知多少。惟有个、蜂儿妙。雨晴红粉齐开了。露一点、娇黄小。　　早是被、晓风力暴。更春共、斜阳俱老。怎得花香深处，作个蜂儿抱。

　　注：该词上阕第三句和第四句为乐段二中的格式（3）；下阕第一句和第二句为乐段一中的格式（1），第三句和第四句为乐段二中的格式（1）。全词双调，五十一字，上阕四句，四仄韵；下阕四句，三仄韵。

例四　迎春乐（五十一字）
（宋）杨无咎

　　新来特特更门地。都收拾、山和水。看明年、事事如意。迎福禄、俱来至。　　莫管明朝添一岁。尽同向、尊前沉醉。且共唱、迎春乐，祝母千秋岁。

　　注：该词上阕第三句和第四句为乐段二中的格式（2）；下阕第一句和第二句为乐段一中的格式（3），第三句和第四句为乐段二中的格式（2）。全词双调，五十一字，上阕四句，四仄韵；下阕四句，三仄韵。

例五　迎春乐（五十一字）
（宋）贺　铸

　　云鲜日嫩东风软。雪初融、水清浅。低鬟舞按迎春遍。似飞动、钗头燕。　　漫折梅花曾寄远。问谁为、倚楼凄怨。身伴未归鸿，犹顾恋、江南暖。

　　注：该词上阕第三句和第四句为乐段二中的格式（3）；下阕第一句和第二句为乐段一中的格式（3），第三句和第四句为乐段二中的格式（4）。全词双调，五十一字，上阕四句，四仄韵；下阕四句，三仄韵。

例六　迎春乐（五十一字）
（宋）贺　铸

　　逢迎一笑金难买。小樱唇、浅蛾黛。玉环风调依然在。想花下、攀鞍态。　　伫倚碧云如有待。望新月、为谁双拜。细语人不闻，微风动、罗裙带。

　　注：该词上阕第三句和第四句为乐段二中的格式（3）；下阕第一句和第二句为乐段一中的格式（3），第三句和第四句为乐段二中的格式（3）。全词双调，五十一字，上阕四句，四仄韵；下阕四句，三仄韵。

例七　迎春乐（五十一字）

《高丽史·乐志》无名氏

　　神州丽景春先到。看看是、韶光早。园林深处东风过，红杏里、莺声好。　　漠漠青烟远远道。触目是、绿杨芳草。莫惜醉重游，逡巡又、年华老。

　　注：该词上阕第三句和第四句为乐段二中的格式（3）；下阕第一句和第二句为乐段一中的格式（4），第三句和第四句为乐段二中的格式（4）。全词双调，五十一字，上下阕各四句，三仄韵。

例八　迎春乐（五十二字）

（宋）周邦彦

　　清池小圃开云屋。结春伴、往来熟。忆年时、纵酒杯行速。看月上、归禽宿。　　墙里修篁森似束。记名字、曾刊新绿。见说别来长，冷翠藓，封寒玉。

　　注：该词上阕第三句和第四句为乐段二中的格式（1）；下阕第一句和第二句为乐段一中的格式（3），第三句至第五句为乐段二中的格式（4）。全词双调，五十二字，上阕四句，四仄韵；下阕五句，三仄韵。

梦　仙　郎

调见张先词集。

《梦仙郎》的长短句结构

上阕，三个乐段			下阕，三个乐段		
乐段一（八字）	乐段二（七字）	乐段三（十字）	乐段一（十字）	乐段二（七字）	乐段三（十字）
4　4	34	5　5	6　4	34	5　5

　　《康熙词谱》只收集一体《梦仙郎》，双调，上下阕分别可分为三个乐段，其长短句结构如表所示。该调为平仄韵转换格，五十二字，上下阕各五句，三仄韵两平韵，其基本格式如表所示。

《梦仙郎》的基本格式（双调）

《梦仙郎》上阕，五句，三仄韵两平韵		
乐段一（二句，八字）	乐段二（一句，七字）	乐段三（二句，十字）
＋ － ＋ ｜（仄韵）＋ － ＋ ｜（韵）	＋ ＋ ＋（读）＋ － ＋ ｜（韵）	＋ ｜ ｜ － －（平韵） ＋ ｜ ｜ － －（韵）

《梦仙郎》下阕，五句，三仄韵两平韵		
乐段一（二句，十字）	乐段二（一句，七字）	乐段三（二句，十字）
＋ ｜ ＋ － ＋ ｜（仄韵） ＋ － ＋ ｜（韵）	＋ ＋ ＋（读）＋ － ＋ ｜（韵）	＋ ｜ ｜ － －（平韵） ＋ ｜ ｜ － －（韵）

例 梦仙郎（五十二字）

（宋）张　先

江东苏小。夭斜窈窕。都不胜、彩鸾娇妙。春艳上新妆。肌肉过人香。　　佳树阴阴池院。华灯绣幔。花月好、岂能长见。离聚此生缘。何计问高天。

注：全词双调，五十二字，上下阕各五句，三仄韵两平韵。

青 门 引

调见《乐府雅词》及《天机余锦》词，张先本集不载。

《青门引》的长短句结构

上阕，两个乐段				下阕，两个乐段			
乐段一（十一字）		乐段二（十六字）			乐段一（十二字）		乐段二（十三字）
5	6	7	4	5	7	5	6	7

《康熙词谱》只收集一体《青门引》，双调，上下阕分别可分为两个乐段，其长短句结构如表所示。该调五十二字，上阕五句，三仄韵；下阕四句，三仄韵，其基本格式如表所示。

《青门引》的基本格式（双调）

《青门引》上阕，五句，三仄韵	
乐段一（二句，十一字）	乐段二（三句，十六字）
十｜——｜（韵）十｜十｜十—十｜（韵）	十—十｜｜——（句）十—十｜（句）十｜十—｜（韵）

《青门引》下阕，四句，三仄韵	
乐段一（二句，十二字）	乐段二（二句，十三字）
十—十｜——｜（韵）十｜——｜（韵）	十—十｜—｜（句）十—十｜——｜（韵）

例　青门引（五十二字）

（宋）张　先

乍暖还轻冷。风雨晚来方定。庭轩寂寞近清明，残花中酒，又是去年病。　　楼头画角风吹醒。入夜重门静。那堪更被明月，隔墙送过秋千影。

注：全词双调，五十二字，上阕五句，三仄韵；下阕四句，三仄韵。

菊　花　新

《乐章集》注"中吕调"。《齐东野语》云："《菊花新》谱，教坊都管王公谨作也。"

《菊花新》的长短句结构

上阕，两个乐段		下阕，两个乐段	
乐段一（十四字）	乐段二（十二字）	乐段一（十四字）	乐段二（十二字）
7　　7	5　　34	7　　34	5　　34

《康熙词谱》共收集《菊花新》两体，双调，上下阕分别可分为两个乐段，其长短句结构如表所示。该调五十二字，上阕四句，三仄韵或四仄韵；下阕四句，三仄韵。《康熙词

谱》以张先词为正体或正格。该调的正格与变格如表所示，其中，上下阕各乐段中的格式（1）为正格句式，其余为变格句式。

《菊花新》的正格与变格（双调）

《菊花新》上阕，四句，三仄韵或四仄韵	
乐段一（二句，十四字）	乐段二（二句，十二字）
＋｜＋－－｜｜（韵）＋｜＋ －－｜｜（韵） （1）	＋｜｜－－（句）＋＋＋（读） ＋－＋｜（韵） （1）
＋｜＋－－｜｜（韵）＋｜－ －－｜－｜（韵） （2）	－－｜－｜（韵）＋＋＋（读） ＋＋－｜（韵） （2）

《菊花新》下阕，四句，三仄韵	
乐段一（二句，十四字）	乐段二（二句，十二字）
＋－＋｜－＋｜（韵）＋＋＋ （读）＋－＋｜（韵）	＋｜｜－－（句）＋＋＋（读） ＋＋－｜（韵）

例一　菊花新（五十二字）

（宋）张　先

堕髻慵妆来日暮。家在柳桥堤下住。衣缓绛绡垂，琼树袅、一枝红雾。　　院深池静花相妒。粉墙低、乐声时度。长恐舞筵空，轻化作、彩云飞去。

注：该词上阕第一句和第二句为乐段一中的格式（1），第三句和第四句为乐段二中的格式（1）。全词双调，五十二字，上下阕各四句，三仄韵。

例二　菊花新（五十二字）

（宋）杜安世

怎奈花残莺又老。槛里青梅数枝小。新荷长池沼。当晴昼、燕子声闹。　　亭栏花绽颜色好。风雨催、等闲开了。酒醒暗思量，无个事、着甚烦恼。

注：该词上阕第一句和第二句为乐段一中的格式（2），第三句和第四句为乐段二中的格式（2）。全词双调，五十二字，上阕四句，四仄韵；下阕四句，三仄韵。

醉 红 妆

调见张先词集，因词中有"一般妆样百般娇"及"郎未醉，有金貂"句，取以为名。

《醉红妆》的长短句结构

上阕，两个乐段		下阕，两个乐段	
乐段一（十三字）	乐段二（十三字）	乐段一（十三字）	乐段二（十三字）
7　　3　　3	7　　3　　3	7　　3　　3	7　　3　　3

《康熙词谱》只收集一体《醉红妆》，双调，上下阕分别可分为两个乐段，其长短句结构如表所示。该调五十二字，上阕六句，四平韵；下阕六句，三平韵，其基本格式如表所示。

《醉红妆》的基本格式（双调）

《醉红妆》上阕，六句，四平韵	
乐段一（三句，十三字）	乐段二（三句，十三字）
＋ － ＋ ｜ ｜ － －（韵）｜ ＋ －（句）｜ ＋ －（韵）	＋ － ＋ ｜ ｜ － －（韵）－ ＋ ｜（句）｜ ＋ －（韵）

《醉红妆》下阕，六句，三平韵	
乐段一（三句，十三字）	乐段二（三句，十三字）
＋ － ＋ ｜ ｜ － －（韵）＋ － ｜（句）｜ ＋ －（韵）	＋ ｜ ＋ － － ｜ ｜（句）－ ＋ ｜（句）｜ ＋ －（韵）

例　醉红妆（五十二字）

（宋）张　先

琼林玉树不相饶。薄云衣，细柳腰。一般妆样百般娇。眉儿秀，总如描。　　东风摇草杂花飘。恨无计，上青条。更起双歌郎且饮，郎未醉，有金貂。

注：该词双调，五十二字，上阕六句，四平韵；下阕六句，三平韵。

思 远 人

调见《小山乐府》，因词有"千里念行客"句，取其意以为名。

《思远人》的长短句结构

上阕，两个乐段		下阕，两个乐段	
乐段一（十二字）	乐段二（十四字）	乐段一（十二字）	乐段二（十四字）
7　　5	5　4　5	7　　5	5　4　5

《康熙词谱》只收集一体《思远人》，双调，上下阕分别可分为两个乐段，其长短句结构如表所示。该调五十二字，上阕五句，两仄韵；下阕五句，三仄韵，其基本格式如表所示。

《思远人》的基本格式（双调）

《思远人》上阕，五句，两仄韵	
乐段一（二句，十二字）	乐段二（三句，十四字）
＋｜＋－｜｜（句）＋｜＋－｜（韵）	｜＋－＋｜（句）＋－＋｜（句）＋｜＋－｜（韵）

《思远人》下阕，五句，三仄韵	
乐段一（二句，十二字）	乐段二（三句，十四字）
＋－＋｜－－｜（韵）＋｜＋－｜（韵）	｜＋｜＋－（句）＋－＋｜（句）＋－－｜－｜（韵）

例　思远人（五十二字）

（宋）晏几道

红叶黄花秋意晚，千里念行客。看飞云过尽，归鸿无信，何处寄书得。　　泪弹不尽临窗滴。就枕旋研墨。渐写到别来，此情深处，红笺为无色。

注：该词双调，五十二字，上阕五句，两仄韵；下阕五句，三仄韵。

醉 花 阴

《中原音韵》注"黄钟宫"，《太平乐府》注"中吕宫"。

《醉花阴》的长短句结构

上阕，两个乐段		下阕，两个乐段	
乐段一（十二字）	乐段二（十四字）	乐段一（十二字）	乐段二（十四字）
7　　5	5　4　5	7　　5	5　4　5

《康熙词谱》只收集了一体《醉花阴》，双调，上下阕分别可分为两个乐段，其长短句结构如表所示。该调五十二字，上下阕各五句，三仄韵。参照相关词例，以首句为"檀板一声莺起速"的毛滂词为正体或正格。该调的正格与变格如表所示，其中，上下阕各乐段中的格式（1）为正格句式，其余为变格句式。

《醉花阴》的正格与变格（双调）

《醉花阴》上阕，五句，三仄韵	
乐段一（二句，十二字）	乐段二（三句，十四字）
＋｜＋－－｜｜（韵）＋｜－ －｜（韵） 　　　　　（1）	＋｜｜－－（句）＋｜－－（句） ＋｜－－｜（韵）
＋｜＋－－｜｜（韵）｜＋－ ＋｜（韵） 　　　　　（2）	
＋｜－＋｜－－｜（韵）｜＋－ ＋｜（韵） 　　　　　（3）	

《醉花阴》下阕，五句，三仄韵	
乐段一（二句，十二字）	乐段二（三句，十四字）
＋－＋｜－－｜（韵）＋｜－ －｜（韵） （1） ＋－＋｜－－｜（韵）｜＋－ ＋｜（韵） （2）	＋｜｜－－（句）＋｜－－（句） ＋｜－－｜（韵）

例一　醉花阴（五十二字）

（宋）毛 滂

檀板一声莺起速。山影穿疏木。人在翠阴中，欲觅残春，春在屏风曲。　劝君对客杯须覆。灯照瀛洲绿。西去玉堂深，魄冷魂清，独引金莲烛。

注：该词上阕第一句和第二句为乐段一中的格式（1）；下阕第一句和第二句为乐段一中的格式（1）。全词双调，五十二字，上下阕各五句，三仄韵。

例二　醉花阴（五十二字）

（宋）舒 亶

月幌风帘香一阵。正千山云尽。冷对酒尊旁，无语含情，别是江南信。　寿阳妆罢人微困。更玉钗斜衬。拟插一枝归，只恐风流，羞上潘郎鬓。

注：该词上阕第一句和第二句为乐段一中的格式（2）；下阕第一句和第二句为乐段一中的格式（2）。全词双调，五十二字，上下阕各五句，三仄韵。

例三　醉花阴（五十二字）

（宋）舒 亶

粉轻一捻和香聚。教露华休妒。今日在尊前，只为情多，脉脉都无语。　西湖雪过难留住。指广寒归去。去后又明年，人在江南，梦到花深处。

注：该词上阕第一句和第二句为乐段一中的格式（3）；下阕第一句和第二句为乐段一中的格式（2）。全词双调，五十二字，上下阕各五句，三仄韵。

望 江 东

调见《山谷集》，因词有"望不见、江东路"句，取以为名。

《望江东》的长短句结构

上阕，两个乐段		下阕，两个乐段	
乐段一（十三字）	乐段二（十三字）	乐段一（十三字）	乐段二（十三字）
7　　　　33	7　　　　33	7　　　　33	7　　　　33

《康熙词谱》只收集体《望江东》，双调，上下阕分别可分为两个乐段，其长短句结构如表所示。该调五十二字，上下阕各四句，四仄韵，其基本格式如表所示。

《望江东》的基本格式（双调）

《望江东》上阕，四句，四仄韵	
乐段一（二句，十三字）	乐段二（二句，十三字）
＋｜－－｜－｜（韵）＋＋＋｜（读）＋－｜（韵）	＋－＋｜＋｜－｜（韵）＋＋｜（读）＋－｜（韵）

《望江东》下阕，四句，四仄韵	
乐段一（二句，十三字）	乐段二（二句，十三字）
＋－＋｜＋－｜（韵）＋＋｜（读）＋－｜（韵）	＋－＋｜＋－｜（韵）＋＋｜（读）＋－｜（韵）

例　望江东（五十二字）

（宋）黄庭坚

江水西头隔烟树。望不见、江东路。思量只有梦来去。更不怕、江拦住。　　灯前写了书无数。算没个、人传与。直教寻得雁分付。又还是、秋将暮。

注：全词双调，五十二字，上下阕各四句，四仄韵。

入 塞

古乐府横吹曲有《入塞辞》，调名本此。

《入塞》的长短句结构

上阕，三个乐段			下阕，三个乐段		
乐段一（九字）	乐段二（十字）	乐段三（六字）	乐段一（十四字）	乐段二（七字）	乐段三（六字）
3　3 3	5　5	3　3	7　3 4	7	3　3

《康熙词谱》只收集一体《入塞》，双调，上下阕分别可分为两个乐段，其长短句结构如表所示。该调五十二字，上阕六句，四平韵一叠韵；下阕五句，四平韵一叠韵，其基本格式如表所示。

《入塞》的基本格式（双调）

《入塞》上阕，六句，四平韵一叠韵		
乐段一（二句，九字）	乐段二（二句，十字）	乐段三（二句，六字）
｜ ＋ －（韵）｜ ＋ －（读）｜ ＋ －（韵）	｜ ＋ － ＋ ｜（句）＋ ｜ ｜ － －（韵）	＋ ｜ －（韵）｜ ＋ －（叠）

《入塞》下阕，五句，四平韵一叠韵		
乐段一（二句，十四字）	乐段二（一句，七字）	乐段三（二句，六字）
｜ ＋ － ｜ ｜ －（韵）｜ ＋ －（读）＋ ｜ ＋ －（韵）	＋ － ＋ ｜ ｜ － －（韵）	＋ ｜ －（韵）｜ ＋ －（叠）

例　入塞（五十二字）

（宋）程　垓

好思量。正秋风、半夜长。奈银釭一点，耿耿背西窗。衾又凉。枕又凉。　　露华凄凄月半床。照得人、真个断肠。窗前谁浸木犀黄。花也香。梦也香。

注：该词双调，五十二字，上阕六句，四平韵一叠韵；下阕五句，四平韵一叠韵。

品　令

王行词注"夷则商"。

《品令》（小令）的长短句结构

上阕，两个乐段		下阕，两个乐段	
乐段一（十二字或十一字）	乐段二（十四字或十三字、十六字）	乐段一（十二字或十三字）	乐段二（十四字或十三字、十六字）
3　　36	35　　33	6　　6	35　　33
3　3　6	7　　33	7　　6	7　　33
4　　34	7　4　5	7　　5	7　4　5

《品令》（中调）的长短句结构

上阕，三个乐段			下阕，三个乐段		
乐段一（十字或九字、十一字）	乐段二（十二字或十字）	乐段三（十字或十一字）	乐段一（十字）	乐段二（十二字或十字）	乐段三（十字）
4　　33	4　4　4	4　　6	4　　33	4　4　4	4　　6
4　　5	4　6	6　4		6　6	6　4
5　　33	6　6	4　7		4　6	

《康熙词谱》共收集十二体《品令》，双调，有五十二字或五十一字、五十五字、六十字、六十三字、六十四字、六十五字、六十六字等多种格式。分析其长短句结构，该调实际上有两种不同的长短句结构，五十五字以下为一种（称之为"小令体"），其长短句结构如表所示；六十字以上者为另一种（称之为"中调体"），其长短句结构如表所示。小令体上阕四句或五句，三仄韵或四仄韵、五仄韵；下阕四句或五句，两仄韵或三仄韵、四仄韵、五仄韵；《康熙词谱》以五十二字体曹组词与五十五字体周邦彦词为标谱词例，故小令体《品令》均作为基本格式（如表所示）。中调体上下阕各七句或六句，四仄韵或三仄韵。《康熙

词谱》以《梅苑》无名氏词为标谱词例，中调体《品令》的正格与变格如表所示。其中，上下阕各乐段中的格式（1）为正格句式，其余为变格句式。

《品令》（小令）的基本格式（双调）

《品令》上阕，四句或五句，三仄韵或四仄韵、五仄韵	
乐段一（三句或二句，十二字或十一字）	乐段二（二句或三句，十四字或十三字、十六字）
＋＋｜（韵或句）＋＋｜（读或句） ＋｜＋－＋｜（韵） （1）	＋＋＋（读）＋｜＋＋｜（句） ＋＋＋（读）＋＋｜（韵） （1）
＋＋｜（韵或句）＋＋｜（读或句） ＋－＋｜－｜（韵） （2）	＋－＋｜｜－－（句）＋＋ ＋（读）＋＋｜（韵） （2）
＋－＋｜（韵或句）＋＋＋（读） ＋－＋｜（韵） （3）	－＋＋｜－－｜（韵）＋＋＋ ｜（句或韵）＋｜－－｜（韵） （3）

《品令》下阕，四句或五句，两仄韵或三仄韵、四仄韵、五仄韵	
乐段一（二句，十二字或十三字）	乐段二（二句或三句，十四字或十三字、十六字）
＋｜＋－＋｜（句或韵）＋｜＋ －＋｜（韵） （1）	＋＋＋（读）＋｜－＋｜（句或韵） ＋＋＋（读）＋＋｜（韵） （1）
＋｜＋－（句或韵）＋｜＋ －｜（韵） （2）	＋－＋｜－－（句或韵）＋－ ＋｜（句或韵）＋｜－－｜（韵） （2）
＋｜＋－－｜｜（句或韵）＋｜ ＋－＋｜（韵） （3）	＋｜＋－－｜｜（句或韵）＋－ ＋｜（句或韵）＋｜－－｜（韵） （3）
＋｜＋－－－｜｜（句或韵）｜＋ －＋｜（韵） （4）	＋－＋｜－－｜（句或韵）＋＋ ＋（读）＋＋｜（韵） （4）

注：上下阕相关乐段中的格式"＋＋｜（韵）"，尽管有个别三连仄现象，但可平可仄两处，不宜同时用仄。

例一　品令（五十二字）
（宋）曹　组

乍寂寞。帘栊静、夜久寒生罗幕。窗儿外、有个梧桐树，早一叶、两叶落。　　独倚屏山欲寐，月转惊飞乌鹊。促织儿、声响虽不大，敢教贤、睡不着。

注：该词上阕第一句和第二句为乐段一中的格式（1），第三句和第四句为乐段二中的格式（1）；下阕第一句和第二句为乐段一中的格式（1），第三句和第四句为乐段二中的格式（1）。全词双调，五十二字，上阕四句，三仄韵；下阕四句，两仄韵。

例二　品令（五十二字）
（宋）秦　观

掉又惧，天然个、品格于中压一。帘儿下、时把鞋儿踢。语低低、笑咭咭。　　每每秦楼相见，见了无限怜惜。人前强、不欲相沾识。把不定、脸儿赤。

注：该词上阕第一句和第二句为乐段一中的格式（1），第三句和第四句为乐段二中的格式（1）；下阕第一句和第二句为乐段一中的格式（2），第三句和第四句为乐段二中的格式（1）。全词双调，五十二字，上下阕各四句，三仄韵。

例三　品令（五十二字）
（宋）辛弃疾

更休说。便是个、住世观音菩萨。甚今年、容貌八十岁，见底道、才十八。　　莫献寿星香烛，莫祝灵龟椿鹤。只消得、把笔轻轻去，十字上、添一撇。

注：该词上阕第一句和第二句为乐段一中的格式（1），第三句和第四句为乐段二中的格式（1）；下阕第一句和第二句为乐段一中的格式（1），第三句和第四句为乐段二中的格式（1）。全词双调，五十二字，上阕四句，三仄韵；下阕四句，两仄韵。

例四　品令（五十一字）
（宋）赵长卿

情难托。离愁重，悄愁没处安着。那堪更一叶知秋，天色儿、渐冷落。　　马上征衫频揾泪，一半斑斑污却。别来为忆叮咛语，空赢得、瘦如削。

注：该词上阕第一句至第三句为乐段一中的格式（2），第四句和第五句为乐段二中的格式（2）；下阕第一句和第二句为乐段一中的格式（3），第三句和第四句为乐段二中的格式（4）。全词双调，五十一字，上阕五句，三仄韵；下阕四句，两仄韵。

例五　品令（五十五字）
（宋）周邦彦

夜阑人静。月痕寄、梅梢疏影。帘外曲角栏干近。旧携手处，花雾寒成阵。　应是不禁愁与恨。纵相逢难问。黛眉曾把春山印。后期无定。肠断香销尽。

注：该词上阕第一句和第二句为乐段一中的格式（3），第三句至第五句为乐段二中的格式（3）；下阕第一句和第二句为乐段一中的格式（4），第三句至第五句为乐段二中的格式（2）。全词双调，五十五字，上阕五句，四仄韵；下阕五句，五仄韵。

例六　品令（五十五字）
（宋）陈允平

玉壶尘静。蟾光透、一帘疏影。偏爱水月楼台近。画帘独倚，风度寒香阵。　犹记曲江烟水恨。叹凄凉谁问。夜深沙觜霜痕印。嚼花拌醉，枝上春无尽。

注：该词上阕第一句和第二句为乐段一中的格式（3），第三句至第五句为乐段二中的格式（3）；下阕第一句和第二句为乐段一中的格式（4），第三句至第五句为乐段二中的格式（2）。全词双调，五十五字，上下阕各五句，四仄韵。

例七　品令（五十五字）
（宋）王　行

飞琼环佩。立缥缈、香云影里。冰丝萦縠霞绡帔。瑶阶玉砌。雪月看初霁。　不待夭妍相妩媚。任天然丰致。绰约仙姿真绝世。众芳无地。先得东风意。

注：该词上阕第一句和第二句为乐段一中的格式（3），第三句至第五句为乐段二中的格式（3）；下阕第一句和第二句为乐段一中的格式（4），第三句至第五句为乐段二中的格式（3）。全词双调，五十五字，上下阕各五句，五仄韵。

例一　品令（六十四字）

《梅苑》无名氏

　　山重云起。断桥外、池塘水。晚来风定，竹枝相亚，残阳影里。多少风流，都在冷香疏蕊。　　江南千里。问折得、谁能寄。几番归去，酒醒月满，栏干十二。且隐深溪，免笑等闲桃李。

　　注：该词上阕第一句和第二句为乐段一中的格式（1），第三句至第五句为乐段二中的格式（1），第六句和第七句为乐段三中的格式（1）；下阕第三句至第五句为乐段二中的格式（1），第六句和第七句为乐段三中的格式（1）。全词双调，六十四字，上下阕各七句，四仄韵。

例二　品令（六十四字）

（宋）周紫芝

　　霜蓬零乱。笑绿鬓、光阴晚。紫莱时节，小楼长醉，一川平远。休说龙山佳会，此情不浅。　　黄花香满。记白苎、吴歌软。如今却向，乱山丛里，一枝重看。对着西风搔首，为谁肠断。

　　注：该词上阕第一句和第二句为乐段一中的格式（1），第三句至第五句为乐段二中的格式（1），第六句和第七句为乐段三中的格式（2）；下阕第三句至第五句为乐段二中的格式（1），第六句和第七句为乐段三中的格式（2）。全词双调，六十四字，上下阕各七句，四仄韵。

例三　品令（六十三字）

（宋）曾纡

　　纹漪涨渌。疏霭连孤鹜。一年春事，柳飞轻絮，笋添新竹。寂寞幽花，独殿小园嫩绿。　　登临未足。怅游子、归期促。他年清梦，千里犹到，城阴溪曲。应有凌波，时为故人凝目。

　　注：该词上阕第一句和第二句为乐段一中的格式（2），第三句至第五句为乐段二中的格式（1），第六句和第七句为乐段三中的格式（1）；下阕第三句至第五句为乐段二中的格式（2），第六句和第七句为乐段三中的格式（1）。全词双调，六十三字，上下阕各七句，四仄韵。

《品令》(中调)的基本格式(双调)

《品令》上阕,七句或六句,四仄韵或三仄韵		
乐段一 (二句,十字或九字、十一字)	乐段二 (三句或二句,十二字或十字)	乐段三 (二句,十字或十一字)
＋ － ＋ ｜(韵或句)＋ ＋ ＋(读)＋ － ｜(韵) (1)	＋ － ＋ ｜(句)＋ － ＋ ｜(句或读)＋ － ＋ ｜(韵) (1)	＋ ｜ － －(句)＋ ｜ ＋ － ＋ ｜(韵) (1)
＋ － ＋ ｜(韵)＋ ｜ － － ｜(韵) (2)	＋ － ＋ ｜(句)＋ ｜ ＋ － ＋ ｜(韵) (2)	＋ ｜ ＋ － ＋ ｜(句) ＋ ＋ ｜(韵) (2)
＋ ｜ － － ｜(韵)＋ ＋ ＋(读)＋ － ｜(韵) (3)	＋ － ＋ ｜ ＋ －(句) ＋ ｜ ＋ ｜(韵) (3)	＋ ｜ ＋ － ｜(句) ＋ ｜ － ｜(韵) (3)
		＋ ｜ － －(句)｜ ＋ ｜ ＋ － ＋ ｜(韵) (4)

例四 品令(六十字)

(宋)卓 田

立秋十日,早露出、新凉面。斜风急雨,战退炎光一半。月上纱窗,疑是广寒宫殿。 无端宋玉,恁撩乱、生悲怨。一年好处,都被秋光占断。你且思量,今夜怎生消遣。

注:该词上阕第一句和第二句为乐段一中的格式(1),第三句和第四句为乐段二中的格式(2),第五句和第六句为乐段三中的格式(1);下阕第三句和第四句为乐段二中的格式(4),第五句和第六句为乐段三中的格式(1)。全词双调,六十字,上下阕各六句,三仄韵。

| 《品令》下阕，七句或六句，四仄韵或三仄韵 |||
乐段一 （二句，十字）	乐段二 （三句或二句，十二字或十字）	乐段三 （二句，十字）
十 一 十 丨（韵或句）十 十 十（读）十 一 丨（韵）	十 一 十 丨（句）十 一 十 丨（句）十 一 十 丨（韵） （1） 十 一 十（句） 十 丨（句或读）十 一 十 丨（韵） （2） 十 一 十 丨 一（句） 十 丨 十 一 十 丨（韵） （3） 十 一 十 丨（句）十 丨 十 一 十 丨（韵） （4）	十 丨 一 一（句）十 丨 十 一 十 丨（韵） （1） 十 丨 一 一 十 丨（句） 十 一 十 丨（韵） （2） 十 丨 一 一（句）一 丨 十 十 十 丨（韵） （3）

例五　品令（六十五字）

（宋）李清照

急雨惊秋晓。今岁较、秋风早。一觞一咏，更须莫负、晚风残照。可惜莲花已谢，莲房尚小。　　汀蘋岸草。怎称得、人情好。有些言语，也待醉折、荷花向道。道与荷花，人比去年总老。

注：该词上阕第一句和第二句为乐段一中的格式（3），第三句和第四句为乐段二中的格式（1），第五句和第六句为乐段三中的格式（2）；下阕第三句和第四句为乐段二中的格式（2），第五句和第六句为乐段三中的格式（1）。全词双调，六十五字，上下阕各六句，四仄韵。

例六　品令（六十六字）

（宋）黄庭坚

凤舞团团饼。恨分破、教孤另。金渠体净，只轮慢碾，玉尘光莹。汤响松风，早减了二分酒病。　　味浓香永。醉乡路、成佳境。恰如灯下，故人万里，归来对影。口不能言，心下快活自省。

注：该词上阕第一句和第二句为乐段一中的格式（3），第三句至第五句为乐段二中的格式（1），第六句和第七句为乐段三中的格式（4）；下阕第三句至第五句为乐段二中的格式（1），第六句和第七句为乐段三中的格式（3）。全词双调，六十六字，上下阕各七句，四仄韵。

例七　品令（六十五字）

（宋）黄庭坚

　　败叶霜天晓。渐鼓吹、催行棹。栽成桃李未开，便解银章归早。去取麒麟图画，要及年少。　　劝君醉倒。别语怎、醒时道。楚山千里暮云，镇锁离人怀抱。记取江州司马，座中最老。

　　注：该词上阕第一句和第二句为乐段一中的格式（3），第三句和第四句为乐段二中的格式（3），第五句和第六句为乐段三中的格式（3）；下阕第三句和第四句为乐段二中的格式（3），第五句和第六句为乐段三中的格式（2）。全词双调，六十五字，上下阕各六句，四仄韵。

卷 十

引 驾 行

此调有五十二字者，有一百字者，有一百二十五字者。五十二字即一百字词前段。一百二十五字词亦就一百字词多五句也。晁补之一百字词名《长春》。柳永一百字词注"中吕调"，一百二十五字词注"仙吕调"。

五十二字体《引驾行》的长短句结构

上阕，两个乐段		下阕，两个乐段	
乐段一（十一字）	乐段二（十二字）	乐段一（十四字）	乐段二（十五字）
4　　7	33　　6	2　　5　　7	34　　33　　2

一百字体《引驾行》的长短句结构

一百字体《引驾行》上阕，四个乐段			
乐段一（十一字）	乐段二（十二字）	乐段三（十四字）	乐段四（十五字）
4　　7	33　　6 35　　4	2　　5　　7	34　　33　　2

一百字体《引驾行》下阕，四个乐段			
乐段一（十字）	乐段二（十三字）	乐段三（十四字）	乐段四（十一字）
4　　6	5　　4　　4	2　　5　　7	34　　4

一百二十五字体《引驾行》的长短句结构

一百二十五字体《引驾行》上阕，四个乐段			
乐段一（二十三字）	乐段二（二十五字）	乐段三（十四字）	乐段四（十四字）
4　7　33　6	2　4　7　33　6	2　5　7	5　34　2

一百二十五字体《引驾行》下阕，四个乐段							
乐段一（十字）		乐段二（十三字）			乐段三（十四字）		乐段四（十二字）
4	6	5	4	4	2	5 7	34 5

《康熙词谱》共收录《引驾行》四体，双调，五十二字一体，用仄韵；一百字两体，用仄韵；一百二十五字一体，用平韵。五十二字者，上下阕分别可分为两个乐段，一百字和一百二十五字者，上下阕分别可分为四个乐段，各自的长短句结构如表所示。比较上述三种长短句结构，可以看出一百字词的上阕实际上就是五十二字词上下阕的复合；一百二十五字词，其下阕与一百字词下阕相同，上阕比一百字词多了五句。

五十二字体《引驾行》上阕四句，两仄韵；下阕六句，四仄韵，其基本格式如表所示。一百字体《引驾行》上阕十句，六仄韵；下阕十句，五仄韵。《康熙词谱》以柳州永词为标准谱词例。该调的正格与变格如表所示，其中，上下阕各乐段中的格式（1）为正格句式，其余为变格句式。一百二十五字体《引驾行》上阕十五句，七平韵；下阕十句，五平韵，其基本格式如表所示。

五十二字体《引驾行》的基本格式（双调）

五十二字体《引驾行》上阕，四句，两仄韵	
乐段一（二句，十一字）	乐段二（二句，十二字）
＋－＋｜（句）＋－＋｜－－｜（韵）	｜－＋（读）＋－｜（句）＋｜＋－＋｜（韵）

五十二字体《引驾行》下阕，六句，四仄韵	
乐段一（三句，十四字）	乐段二（三句，十五字）
＋｜（韵）＋｜｜－－（句）＋－－＋｜＋－｜（韵）	｜－＋（读）＋－＋｜（句）｜－＋（读）＋－｜（韵）＋｜（韵）

例　引驾行（五十二字）

（宋）晁补之

梅梢琼绽，东风次第开桃李。痛年年、好风景，无事对花垂泪。　园里。旧赏处幽葩，柔条一一动芳意。恨心事、春来间阻，忆年时、把罗袂。雅戏。

注：全词双调，五十二字，上阕四句，两仄韵；下阕六句，四仄韵。

一百字体《引驾行》的正格与变格（双调）

一百字体《引驾行》上阕，十句，六仄韵	
乐段一（二句，十一字）	乐段二（二句，十二字）
＋ － ＋ | （句）＋ － ＋ | － － | （韵）	＋ ＋ ＋ （读）＋ － | （句）＋ － | － ＋ | （韵） 　　　　　　　　　（1） ＋ ＋ ＋ （读）| ＋ | － －（句） ＋ － ＋ | （韵） 　　　　　　　（2）

《引驾行》上阕，十句，六仄韵	
乐段三（三句，十四字）	乐段四（三句，十五字）
＋ | （韵）＋ | | － －（句）＋ － ＋ | ＋ － | （韵）	＋ ＋ ＋ （读）＋ － ＋ | （句）＋ ＋ ＋ （读）＋ ＋ | （韵）＋ | （韵）

《引驾行》下阕，十句，五仄韵	
乐段一（二句，十字）	乐段二（三句，十三字、）
＋ － ＋ | （句）＋ | ＋ － ＋ | （韵）	＋ | | － －（句）＋ － ＋ | （句） ＋ － ＋ | （韵）

《引驾行》下阕，十句，五仄韵	
乐段三（三句，十四字）	乐段四（二句，十一字）
＋ | （韵）| ＋ － ＋ | （句）＋ － ＋ | ＋ － | （韵）	＋ ＋ ＋ （读）＋ － ＋ | （句）| ＋ － | （韵）

注：下阕乐段四中的格式"\| ＋ － \| （韵）"，为"上一下三"句式。

一百二十五字体《引驾行》的基本格式（双调）

一百二十五字体《引驾行》上阕，十五句，七平韵	
乐段一（四句，二十三字）	乐段二（五句，二十五字）
十 一 十 丨（句）十 一 十 丨 一 一 丨（句）十 十 十（读）十 一 丨（句）十 丨 一 一（韵）	一 一（韵）十 一 十 丨（句）十 一 十 丨 十 丨 一 十 丨（句）十 十 十（读）十 十 丨（句）十 一 一（韵）

一百二十五字体《引驾行》上阕，十五句，七平韵	
乐段三（三句，十四字）	乐段四（三句，十四字）
一 一（韵）十 丨 一 一 丨（句）十 一 十 丨 丨 一 一（韵）	十 丨 丨 一 一（句）十 十 十（读）一 十 丨（韵）一 一（韵）

一百二十五字体《引驾行》下阕，十句，五平韵	
乐段一（二句，十字）	乐段二（三句，十三字）
十 一 十 丨（句）十 丨 十 丨 一 一（韵）	丨 一 一 十 丨（句）十 一 十 丨（句）十 丨 一 一（韵）

一百二十五字体《引驾行》下阕，十句，五平韵	
乐段三（三句，十四字）	乐段四（二句，十二字）
一 一（韵）十 丨 一 一（句）十 一 十 丨 丨 一 一（韵）	十 十 十（读）一 十 丨（句）丨 十 丨 一 一（韵）

例一 引驾行（一百字）

（宋）柳 永

虹收残雨，蝉嘶败柳长堤暮。背都门、动销黯，西风片帆轻举。愁睹。泛画鹢翩翩，灵鼍隐隐下前浦。忍回首、佳人渐远，想高城、隔烟树。几许。 秦楼昼永，谢阁连宵奇遇。算赠笑千金，酬歌百琲，尽成轻负。南顾。念吴邦越国，风烟萧索在何处。独自个、千山万水，指天涯去。

注：该词上阕第三句和第四句为乐段二中的格式（1）。全词双调，一百字，上阕十句，六仄韵；下阕十句，五仄韵。

例二　引驾行（一百字）

（宋）晁补之

春云轻锁，春风乍扇园林晓。扫华堂、正桃李芳时，诞辰还到。年少。记绛蜡光摇，金猊香郁宝妆了。骤骏马、天街向晚，喜同车、咏窈窕。多少。　　卢家壶范，杜曲家声荣耀。庆德耀齐眉，冯唐白首，镇同欢笑。缥缈。待琅函深讨，芝田高隐去偕老。自别有、壶中永日，比人间好。

注：该词上阕第三句和第四句为乐段二中的格式（2）。全词双调，一百字，上阕十句，六仄韵，下阕十句，五仄韵。

例三　引驾行（一百二十五字）

（宋）柳　永

红尘紫陌，斜阳暮草长安道，是谁人、断魂处，迢迢匹马西征。新晴。韶光明媚，轻烟淡薄和气暖，望花村、路隐映，摇鞭时过长亭。愁生。伤凤城仙子，别来千里重行行。又记得临歧，泪眼湿、莲脸盈盈。销凝。　　花朝月夕，最苦冷落银屏。想媚容耿耿，无眠屈指，已算回程。相萦。空万般思忆，争如归去睹倾城。向绣帏、深处并枕，说如此牵情。

注：全词双调，一百二十五字，上阕十五句，七平韵；下阕十句，五平韵。

玉　团　儿

调见周邦彦《片玉词》，因《清真集》不载，故方千里、杨泽民、陈允平俱无和词，宋惟卢炳、袁去华两词可校。

《玉团儿》的长短句结构

上阕，两个乐段		下阕，两个乐段	
乐段一（十四字）	乐段二（十二字）	乐段一（十四字）	乐段二（十二字）
7　　3 4	4　4　4	7　　3 4	4　4　4

《康熙词谱》只收集一体《玉团儿》，双调，上下阕分别可分为两个乐段，其长短句结构如表所示。该调五十二字，上下阕各五句，三仄韵，其基本格式如表所示。

《玉团儿》的基本格式（双调）

《玉团儿》上阕，五句，三仄韵	
乐段一（二句，十四字）	乐段二（三句，十二字）
＋ － ＋ ｜ － － ｜（韵）＋ ＋ ＋ ｜（读） ＋ － ＋ ｜（韵）	＋ ｜ － －（句）＋ － ＋ ｜（句） － ＋ ＋ ｜（韵）

《玉团儿》下阕，五句，三仄韵	
乐段一（二句，十四字）	乐段二（三句，十二字）
＋ － ＋ ｜ － － ｜（韵）＋ ＋ ＋ ｜（读） ＋ － ＋ ｜（韵）	＋ ｜ － －（句）＋ － ＋ ｜（句） － ＋ ＋ ｜（韵）

例　玉团儿（五十二字）

（宋）周邦彦

铅华淡伫新妆束。好风韵、天然异俗。彼此知名，虽然初见，情分先熟。　炉烟淡淡云屏曲。睡半醒、生香透肉。赖得相逢，若还虚过，生世不足。

注：全词双调，五十二字，上下阕各五句，三仄韵。

倾 杯 令

唐教坊曲有《倾杯乐》，调名本此。但此令词，与慢词名《倾杯乐》者不同。

《倾杯令》的长短句结构

上阕，两个乐段		下阕，两个乐段	
乐段一（十四字）	乐段二（十二字）	乐段一（十四字）	乐段二（十二字）
4　4　6	6　6	7　3 4	6　6

《康熙词谱》只收集一体《倾杯令》，双调，上下阕分别可分为两个乐段，其长短句结构如表所示。该调五十二字，上阕五句，三仄韵；下阕四句，三仄韵，其基本格式如表所示。

《倾杯令》的基本格式（双调）

《倾杯令》上阕，五句，三仄韵	
乐段一（三句，十四字）	乐段二（二句，十二字）
＋｜－－（句）＋－＋｜（句）＋｜＋－＋｜（韵）	＋｜＋－＋｜（韵）＋｜＋－＋｜（韵）

《倾杯令》下阕，四句，三仄韵	
乐段一（二句，十四字）	乐段二（二句，十二字）
＋－＋｜－－｜（韵）＋＋＋（读）＋－＋｜（韵）	＋－＋｜－｜（句）＋｜＋－＋｜（韵）

例　倾杯令（五十二字）

（宋）吕渭老

枫叶飘红，莲房浥露，枕席嫩凉先到。帘外蟾华如扫。枝上啼鸦催晓。　　秋风又送潘郎老。小窗明、疏红残照。登高送远惆怅，白发新愁未了。

注：全词双调，五十二字，上阕五句，三仄韵；下阕四句，三仄韵。

锯解令

调见《逃禅词》。

《锯解令》的长短句结构

上阕，两个乐段		下阕，两个乐段	
乐段一（十四字）	乐段二（十四字）	乐段一（十字）	乐段二（十四字）
7　　34	7　　34	4　　6	7　　34

《康熙词谱》只收集一体《锯解令》，双调，上下阕分别可分为两个乐段，其长短句结构如表所示。该调五十二字，上阕四句，两仄韵；下阕四句，三仄韵，其基本格式如表所示。

《锯解令》的基本格式（双调）

《锯解令》上阕，四句，两仄韵	
乐段一（二句，十四字）	乐段二（二句，十四字）
＋ － ＋ ｜ ｜ － －（句）｜ ＋ ＋ （读）＋ － ＋ ｜（韵）	＋ － ＋ ｜ ｜ － －（句）｜ ＋ ＋ （读）＋ － ＋ ｜（韵）

《锯解令》下阕，五句，三仄韵	
乐段一（二句，十字）	乐段二（二句，十四字）
＋ － ＋ ｜（韵）＋ ｜ ＋ － ＋ ｜（韵）	＋ － ＋ ｜ ｜ － －（句）｜ ＋ ＋ （读）＋ － ＋ ｜（韵）

例　锯解令（五十二字）

（宋）杨无咎

送人归后酒醒时，睡不稳、衾翻翠缕。应将别泪洒西风，尽化作、断肠夜雨。　卸帆浦溆。一种凄惶两处。寻思却是我无情，便不解、寄将梦去。

注：全词双调，五十二字，上阕四句，两仄韵；下阕四句，三仄韵。

双 雁 儿

调又名《双燕子》，《中原音韵》入商调。按此调微近《醉红妆》，但《醉红妆》下阕第三句不用韵，此则前后俱用韵也。

《双雁儿》的长短句结构

上阕，两个乐段		下阕，两个乐段	
乐段一（十三字）	乐段二（十三字）	乐段一（十三字）	乐段二（十三字）
7　　33	7　　33	7　　33	7　　33

《康熙词谱》只收集一体《双雁儿》，双调，上下阕分别可分为两个乐段，其长短句结构如表所示。该调五十二字，上下阕各四句，四平韵，其基本格式如表所示。

《双雁儿》的基本格式（双调）

《双雁儿》上阕，四句，四平韵	
乐段一（二句，十三字）	乐段二（二句，十三字）
＋ － ＋ | | － －（韵）| ＋ ＋（读）| ＋ －（韵）	＋ － ＋ | | － －（韵）| ＋ ＋（读）| ＋ －（韵）

《双雁儿》下阕，四句，四平韵	
乐段一（二句，十三字）	乐段二（二句，十三字）
＋ － ＋ | | － －（韵）| ＋ ＋（读）| ＋ －（韵）	＋ － ＋ | | － －（韵）| ＋ ＋（读）| ＋ －（韵）

例 双雁儿（五十二字）

（宋）杨无咎

穷阴急景暗推迁。减绿鬓、损朱颜。利名牵后几时闲。又还惊、一岁圆。　　劝君今夕不须眠。且慢慢、泛觥船。大家沉醉对芳筵。愿新年、胜旧年。

注：全词双调，五十二字，上下阕各四句，四平韵。

寻 芳 草

调见《稼轩词》，自注一名《王孙信》。

《寻芳草》的长短句结构

上阕，两个乐段		下阕，两个乐段	
乐段一（十二字）	乐段二（十四字）	乐段一（十二字）	乐段二（十四字）
5　　34	35　　33	5　　34	35　　33

《康熙词谱》只收集一体《寻芳草》，双调，上下阕分别可分为两个乐段，其长短句结构如表所示。该调五十二字，上阕四句，四仄韵；下阕四句，三仄韵，其基本格式如表所示。

《寻芳草》的基本格式（双调）

《寻芳草》上阕，四句，四仄韵	
乐段一（二句，十二字）	乐段二（二句，十四字）
＋｜＋ －｜（韵）＋＋＋（读） ＋ －＋｜（韵）	＋＋＋（读）＋｜－ ＋｜（韵） ＋＋＋（读）＋ －｜（韵）

《寻芳草》下阕，四句，三仄韵	
乐段一（二句，十二字）	乐段二（二句，十四字）
＋｜｜ － －（句）＋＋＋（读） ＋ －＋｜（韵）	＋＋＋（读）＋｜－ －｜（韵） ＋＋＋（读）＋ －｜（韵）

例　寻芳草（五十二字）

（宋）辛弃疾

有得许多泪。更闲却、许多鸳被。枕头儿、放处都不是。旧家时、怎生睡。　　更也没书来，那堪被、雁儿调戏。道无书、却有书中意。排几个、人人字。

注：全词双调，五十二字，上阕四句，四仄韵；下阕四句，三仄韵。

恨　来　迟

《梅苑》词名《恨欢迟》。

《恨来迟》的长短句结构

上阕，两个乐段		下阕，两个乐段	
乐段一 （十二字）	乐段二 （十三字）	乐段一 （十四字或十五字）	乐段二 （十三字）
4　4　4	5　4　4 　36　4	35　6 35　34	5　4　4 　36　4

《康熙词谱》共收集两体《恨来迟》，双调，上下阕分别可分为两个乐段，其长短句

结构如表所示。该调有五十二字与五十三字等格式，上阕六句或五句，两平韵；下阕五句或四句，三平韵。《康熙词谱》以五十二字体王灼词为正体或正格。该调的正格与变格如表所示，其中，上下阕各乐段中的格式（1）为正格句式，其余为变格句式。

《恨来迟》的正格与变格（双调）

《恨来迟》上阕，六句或五句，两平韵	
乐段一（三句，十二字）	乐段二（三句或二句，十三字）
＋｜－－（句）＋－＋｜（句） ＋｜－－（韵） （1）	＋｜｜－－（句）＋－＋｜（句） ＋｜－－（韵） （1）
＋｜－－（句）＋｜－－（句） ＋｜－－（韵） （2）	｜＋＋（读）＋－｜－＋｜（句） ＋｜－－（韵） （2）

《恨来迟》下阕，五句或四句，三平韵	
乐段一（二句，十四字或十五字）	乐段二（三句或二句，十三字）
｜＋＋（读）＋｜｜－－（韵） ＋－＋｜－－（韵） （1）	｜＋｜－－（句）＋－＋｜（句） ＋｜－－（韵） （1）
｜＋＋（读）＋｜｜－－（韵）｜ ＋＋（读）＋｜－－（韵） （2）	｜＋＋（读）＋－＋｜（句） ＋｜－－（韵） （2）

例一　恨来迟（五十二字）

（宋）王　灼

柳暗汀洲，最春深处，小宴初开。似泛宅浮家，水平风软，咫尺蓬莱。　　更劝君、吸尽紫霞杯。醉看鸾凤徘徊。正洞里桃花，盈盈一笑，依旧怜才。

注：该词上阕第一句至第三句为乐段一中的格式（1），第四句至第六句为乐段二中的格式（1）；下阕第一句和第二句为乐段一中的格式（1），第三句至第五句为乐段二中的格式（1）。双调，五十二字，上阕六句，两平韵；下阕五句，三平韵。

例二　恨来迟（五十三字）

《梅苑》无名氏

独占江梅，淡薄情怀，浅缀胭脂。最好是、严凝苦寒天气，却是开时。　　也不许、桃李斗妍媸。也不许、霜雪相欺。又只恐、谁家一声羌笛，落尽南枝。

注：该词上阕第一句至第三句为乐段一中的格式（2），第四句和第五句为乐段二中的格式（2）；下阕第一句和第二句为乐段一中的格式（2），第三句和第四句为乐段二中的格式（2）。全词双调，五十三字，上阕五句，两平韵；下阕四句，三平韵。

珍　珠　令

调见张炎《山中白云词》。

《珍珠令》的长短句结构

上阕，两个乐段				下阕，两个乐段				
乐段一（十七字）			乐段二（十字）		乐段一（十四字）		乐段二（十一字）	
7	3	34	5	5	7	34	2	5	4

《康熙词谱》只收集一体《珍珠令》，双调，上下阕分别可分为两个乐段，其长短句结构如表所示。该调五十二字，上阕五句，四仄韵；下阕五句，三仄韵一叠韵，其基本格式如表所示。

《珍珠令》的基本格式（双调）

《珍珠令》上阕，五句，四仄韵	
乐段一（三句，十七字）	乐段二（二句，十字）
＋－＋｜－－｜（韵）－－｜（韵） ＋＋＋｜（读）＋－＋｜（韵）	＋｜｜－－（句）｜＋－＋｜（韵）

《珍珠令》下阕，五句，三仄韵一叠韵	
乐段一（二句，十四字）	乐段二（三句，十一字）
＋｜＋－－｜｜（韵）＋－｜（读） ＋－＋｜（韵）	－｜（叠）｜＋｜－－（句）＋－＋｜（韵）

例　珍珠令（五十二字）

（）张　炎

　　桃花扇底歌声杳。愁多少。便觉道、花阴闲了。因甚不归来，甚归来不早。　　满院飞花休要扫。待留与、薄情知道。知道。怕一似飞花，和春都老。

　　注：全词双调，五十二字，上阕五句，四仄韵；下阕五句，三仄韵一叠韵。

寿延长破字令

调见《高丽史·乐志》。

《寿延长破字令》的长短句结构

上阕，两个乐段		下阕，两个乐段	
乐段一（十二字）	乐段二（十四字）	乐段一（十二字）	乐段二（十四字）
7　　5	7　　34	7　　5	7　　34

　　《康熙词谱》只收集一体《寿延长破字令》，双调，上下阕分别可分为两个乐段，其长短句结构如表所示。该调五十二字，上下阕各四句，四仄韵，其基本格式如表所示。

《寿延长破字令》的基本格式（双调）

《寿延破字令》上阕，四句，四仄韵	
乐段一（二句，十二字）	乐段二（二句，十四字）
＋ － ＋ ｜ － － ｜（韵）＋ － － ｜ ｜（韵）	＋ ｜ ＋ － － ＋ ｜（韵）＋ ＋ ＋ （读）＋ － ＋ ｜（韵）

《寿延破字令》下阕，四句，四仄韵	
乐段一（二句，十二字）	乐段二（二句，十四字）
＋ ｜ ＋ － － ＋ ｜（韵）｜ ＋ － ＋ ｜（韵）	＋ ＋ ｜ ｜ － － ｜（韵）＋ ＋ ＋（读） ＋ － ＋ ｜（韵）

例　寿延长破字令（五十二字）

《高丽史·乐志》无名氏

青春玉殿和风细。奏箫韶络绎。韵绕行云飘飘曳。泛金樽、流霞滟溢。　　瑞日晖晖临丹宸。布仁慈德意。遐迩愿听歌声缀。万万年、仰瞻宴启。

注：全词双调，五十二字，上下阕各四句，四仄韵。

献 天 寿 令

调见《高丽史·乐志》。

《献天寿令》的长短句结构

上阕，两个乐段		下阕，两个乐段	
乐段一（十二字）	乐段二（十三字）	乐段一（十四字）	乐段二（十三字）
6　　6	7　　6	7　　34	7　　6

《康熙词谱》只收集一体《献天寿令》，双调，上下阕分别可分为两个乐段，其长短句结构如表所示。该调五十二字，上下阕各四句，三平韵，其基本格式如表所示。

《献天寿令》的基本格式（双调）

《献天寿令》上阕，四句，三平韵	
乐段一（二句，十二字）	乐段二（二句，十三字）
＋｜＋－＋｜（句）＋－＋｜－－（韵）	＋－＋｜｜－－（韵）＋｜＋｜－－（韵）

《献天寿令》下阕，四句，三平韵	
乐段一（二句，十四字）	乐段二（二句，十三字）
＋｜＋－－＋｜（句）－＋｜（读）＋｜＋－（韵）	＋－＋｜｜－－（韵）＋｜＋｜－－（韵）

例 献天寿令（五十二字）

《高丽史·乐志》无名氏

阆苑人间虽隔，遥闻圣德弥高。西离仙境下云霄。来献千岁灵桃。　　上祝皇龄齐天久，犹舞蹈、贺贺圣朝。梯航交辏四方遥。端拱永保宗祧。

注：全词双调，五十二字，上下阕各四句，三平韵。

折　花　令

调见《高丽史·乐志》。

《折花令》的长短句结构

上阕，两个乐段		下阕，两个乐段	
乐段一（十一字）	乐段二（十五字）	乐段一（十一字）	乐段二（十五字）
4　　　7	3　3　　5　　4	4　　　7	3　3　　5　　4

《康熙词谱》只收集一体《折花令》，双调，上下阕分别可分为两个乐段，其长短句结构如表所示。该调五十二字，上下阕各五句，三仄韵，其基本格式如表所示。

《折花令》的基本格式（双调）

《折花令》上阕，五句，三仄韵	
乐段一（二句，十一字）	乐段二（三句，十五字）
＋｜－－（句）＋－－＋｜ －｜（韵）	＋＋｜（读）－－｜（韵）＋｜｜ －－（句）＋－－＋｜（韵）

《折花令》下阕，五句，三仄韵	
乐段一（二句，十一字）	乐段二（三句，十五字）
＋｜－＋（句）＋－－｜－ －｜（韵）	＋＋｜（读）－－｜（韵）＋｜｜ －－（句）＋－－＋｜（韵）

例 折花令（五十二字）

《高丽史·乐志》无名氏

翠幕华筵，相将正是多欢宴。举舞袖、回旋遍。罗绮簇宫商，共歌清羡。　莫惜沉醉，琼浆泛泛金尊满。当永日、长游衍。愿燕乐嘉宾，嘉宾式燕。

注：全词双调，五十二字，上下阕各五句，三仄韵。

红　窗　听

柳永词注"仙吕调"。一名《红窗睡》。

《红窗听》的长短句结构

上阕，两个乐段		下阕，两个乐段	
乐段一（十四字）	乐段二（十二字）	乐段一（十八字）	乐段二（九字）
7　　34	7　　5	7　　34　　4	4　　5

《康熙词谱》只收集一体《红窗听》，双调，上下阕分别可分为两个乐段，其长短句结构如表所示。该调五十三字，上阕四句，三仄韵；下阕五句，三仄韵，其基本格式如表所示。

《红窗听》的基本格式（双调）

《红窗听》上阕，四句，三仄韵	
乐段一（二句，十四字）	乐段二（二句，十二字）
＋｜＋－－｜｜（韵）＋＋｜（读）＋－＋｜（韵）	＋－＋｜－－｜（句）｜＋－＋｜（韵）

《红窗听》下阕，五句，三仄韵	
乐段一（三句，十八字）	乐段二（二句，九字）
＋｜＋－－｜｜（韵）＋＋｜（读）＋－＋｜（句）＋－＋｜（韵）	＋－＋｜（句）｜＋－｜（韵）

例　红窗听（五十三字）

（宋）晏　殊

　　淡薄梳妆轻结束。天付与、脸红眉绿。连环书素传情久，许双飞同宿。　　一晌无端分比目。谁知道、风前月底，相看未足。此心终拟，觅鸾弦重续。

　　注：全词双调，五十三字，上阕四句，三仄韵；下阕五句，三仄韵。

上林春令

《宋史·乐志》属中吕宫。

《上林春令》的长短句结构

上阕，两个乐段		下阕，两个乐段	
乐段一（十三字）	乐段二（十三字）	乐段一（十四字）	乐段二（十三字）
6　　　34	6　　　34	7　　　34	6　　　34

《康熙词谱》只收集一体《上林春令》，双调，上下阕分别可分为两个乐段，其长短句结构如表所示。该调五十三字，上下阕各四句，三仄韵，其基本格式如表所示。

《上林春令》的基本格式（双调）

《上林春令》上阕，四句，三仄韵	
乐段一（二句，十三字）	乐段二（二句，十三字）
＋｜＋－＋｜（韵）＋＋＋（读）＋－＋｜（韵）	＋－＋｜－－（句）＋＋＋（读）＋－＋｜（韵）

《上林春令》下阕，四句，三仄韵	
乐段一（二句，十四字）	乐段二（二句，十三字）
＋－＋｜＋＋｜（韵）＋＋＋（读）＋－＋｜（韵）	＋－＋｜－－（句）＋＋＋（读）＋－＋｜（韵）

例　上林春令（五十三字）

（　）毛　滂

蝴蝶初翻帘绣。万玉女、齐回舞袖。落花飞絮濛濛，长忆著、灞桥别后。　　浓香斗帐自永漏。任满地、月深云厚。夜寒不近流苏，只怜他、后庭梅瘦。

注：全词双调，五十三字，上下阕各四句，三仄韵。

红　窗　迥

调见周邦彦《片玉词》。

《红窗迥》的长短句结构

上阕，两个乐段		下阕，两个乐段	
乐段一（十五字）	乐段二（十一字）	乐段一（十六字）	乐段二（十一字）
3　3　5　4	6　5	7　5　4 7　　36	6　5

《康熙词谱》共收集两体《红窗迥》，双调，上下阕分别可分为两个乐段，其长短句结构如表所示。该调五十三字，上阕六句，四仄韵或五仄韵；下阕五句或四句，三仄韵或四仄韵。《康熙词谱》以周邦彦词为标谱词例。该调的正格与变格如表所示，其中，上下阕各乐段中的格式（1）为正格句式，其余为变格句式。

例一　红窗迥（五十三字）

（宋）周邦彦

几日来，真个醉。早窗外乱红，已深半指。花影被风摇碎。拥春醒未起。　　有个人人生济楚，向耳边问道，今朝醒未。情性漫腾腾地。恼得人越醉。

注：该词上阕第一句至第四句为乐段一中的格式（1）；下阕第一句至第三句为乐段一中的格式（1）。全词双调，五十三字，上阕六句，四仄韵；下阕五句，三仄韵。

《红窗迥》的正格与变格(双调)

《红窗迥》上阕,六句,四仄韵或五仄韵	
乐段一(四句,十五字)	乐段二(二句,十一字)
＋｜一(句)一一＋｜(韵)｜＋｜ ＋一(句)＋＋一一＋｜(韵) (1)	＋｜＋一一＋｜(韵)｜＋一一＋ ｜(韵)
一＋｜(韵)＋＋＋｜(韵)｜＋＋ 一＋｜(句)＋＋一一＋｜(韵) (2)	

《红窗迥》下阕,五句或四句,三仄韵或四仄韵	
乐段一(三句或二句,十六字)	乐段二(二句,十一字)
＋｜＋一一｜｜(句)｜＋一一 ＋｜(句)＋一一＋｜(韵) (1)	＋｜＋一一＋｜(韵)＋｜一一＋｜ (韵)
＋｜＋一一｜｜(韵)＋＋＋ (读)＋｜一一一＋｜(韵) (2)	

例二 红窗迥(五十三字)

(宋)欧 良

  河可挽。石可转。那一个愁字,却难驱遣。眉向酒边暂展。酒后依旧见。　枫叶满阶红万片。待拾来、一一题写教遍。却倩霜风吹卷。直到沙岛远。

  注:该词上阕第一句至第四句为乐段一中的格式(2);下阕第一句和第二句为乐段一中的格式(2)。全词双调,五十三字,上阕六句,五仄韵;下阕四句,四仄韵。

红 罗 袄

唐教坊曲名。

《红罗袄》的长短句结构

上阕，两个乐段		下阕，两个乐段	
乐段一（十字）	乐段二（十七字）	乐段一（十三字）	乐段二（十三字）
5　　5	5　　4　　4　　4	3　4　　6	5　　3　5

《康熙词谱》只收集一体《红罗袄》，双调，上下阕分别可分为两个乐段，其长短句结构如表所示。该调五十三字，上阕六句，两平韵；下阕四句，四平韵。《康熙词谱》以周邦彦词为标谱词例。该调的正格与变格如表所示，其中，上下阕各乐段中的格式（1）为正格句式，其余为变格句式。

《红罗袄》的基本格式（双调）

《红罗袄》上阕，六句，两平韵	
乐段一（二句，十字）	乐段二（四句，十七字）
＋｜－－｜（句）＋｜｜－－（韵） （1）	｜＋｜－－（句）＋－＋ ｜（句）＋－＋｜（句）＋｜－ －（韵）
＋－－｜｜（句）＋｜｜－－（韵） （2）	

《红罗袄》下阕，四句，四平韵	
乐段一（二句，十三字）	乐段二（二句，十三字）
＋＋｜（读）＋｜－－（韵）＋－＋｜－－（韵）	＋｜｜－－（韵）＋＋｜（读）＋｜｜－－（韵）

例一　红罗袄（五十三字）

（宋）周邦彦

　　画烛寻欢去，赢马载愁归。念取酒东垆，尊罍虽近，采花南浦，蜂蝶须知。　　自分袂、天阔红稀。空怀梦约心期。楚客忆江蓠。算宋玉、未必为秋悲。

　　注：该词上阕第一句和第二句为乐段二中的格式（1）。全词双调，五十三字，上阕六句，两平韵；下阕四句，四平韵。

例二　红罗袄（五十三字）

（宋）陈允平

　　别来书渐少，家远梦徒归。念去燕来鸿，愁随秋到，旧盟新约，心与天知。　　楚江上、木落林稀。西风尚隔心期。水阔草离离。更皓月、照影自伤悲。

　　注：该词上阕第一句和第二句为乐段二中的格式（2）。全词双调，五十三字，上阕六句，两平韵；下阕四句，四平韵。

折　桂　令

《中原音韵》注：双调。一名《秋风第一枝》，又名《天香引》，又名《蟾宫曲》。

小令《折桂令》的长短句结构

上阕，两个乐段		下阕，两个乐段	
乐段一 （十五或十四字）	乐段二 （十二字）	乐段一 （十四或十二字）	乐段二 （十二字或十六字）
34　　4　　4 6　　4　　4	4　　4　　4	34　　34 6　　6	4　　4　　4 4　　4　　4

中调《折桂令》的长短句结构

上阕，两个乐段		下阕，两个乐段	
乐段一 （十五或十四字）	乐段二 （十二字）	乐段一 （二十字或十四字）	乐段二 （十六字）
3 4　　4　　4 3　　4　　4　　4	4　　4　　4	3　3　4　3　4 　3　4　3　4	4　　4　　4

长调《折桂令》的长短句结构

长调《折桂令》（长调）上阕，四个乐段				
乐段一 （十三字）	乐段二 （九字）	乐段三 （十一字）	乐段四 （八字）	乐段五 （十三字）
7　　6	4　　5	3 4　　4	4　　4	4　　5　　4

长调《折桂令》（长调）下阕，四个乐段			
乐段一（十三字）	乐段二（十三字）	乐段三（八字）	乐段四（十二字）
4　　　3 6	4　　　3 6	4　　4	6　　6

《康熙词谱》共收录《折桂令》四体，均为双调。其中，小令两体，上下阕分别可分为两个乐段；中调一体，上下阕分别可分为两个乐段；长调一体，上阕可分为五个乐段，下阕可分为四个乐段，三者各自的长短句结构分别如表所示。比较三者的长短句结构可以看出，中调《折桂令》的上阕与小令《折桂令》完全相同，只是下阕比小令体增加了五句。而长调《折桂令》却与小令和中调体无任何联系。

小令《折桂令》有五十三字或五十字、五十一字、五十七字等格式，以平韵为主，有的词例下阕通叶一仄韵，上阕六句，三平韵或四平韵；下阕五句或六句，一叶韵三平韵或五平韵、四平韵、三平韵。《康熙词谱》以五十三字体倪瓒词为标谱词例。该调的正格与变格如表所示，其中，上下阕各乐段中的格式（1）为正格句式，其余为变格句式。

中调《折桂令》六十三字，上阕六句或七句，三平韵或五平韵，下阕十句或八句，一叶韵四平韵或五平韵，其余为变格句式。另外，本书还收录了一首张可久的五十七字体《折桂令》，上阕七句，五平韵；下阕八句，五平韵。尽管从字数来说该体属于小令，但其长短句结构却可归纳为此类。《康熙词谱》以六十三字体张可久词为标谱词例。中调《折桂令》的正格与变格如表所示，其中，上下阕各乐段中的格式（1）为正格句式，其余为变格句式。

长调《折桂令》一百字，上阕十一句，五平韵；下阕八句，四平韵，其基本格式如表所示。

小令《折桂令》的正格和变格（双调）

小令《折桂令》上阕，六句，三平韵或四平韵	
乐段一（三句，十五或十四字）	乐段二（三句，十二字）
＋＋＋（读）＋｜－－（韵） ＋｜－－（句）＋｜－－（韵） （1） ＋＋＋（读）＋｜－－（韵） ＋｜－－（韵）＋｜－－（韵） （2） ＋－＋｜－－（韵）＋｜－ －（句）＋｜－－（韵） （3）	＋｜－－（句）＋－＋｜（句）＋ ｜－－（韵）

小令《折桂令》下阕，五句，一叶韵三平韵或五平韵、四平韵、三平韵	
乐段一（二句，十四字或十二字）	乐段二（三句或四句，十二字或十六字）
＋＋＋（读）＋－＋｜（叶）＋ ＋＋（读）＋｜－－（韵） （1） ＋＋＋（读）＋｜－｜（句） ＋＋（读）＋｜－－（韵） （2） ＋｜－－｜－（韵）＋－＋｜ －－（韵） （3）	＋｜－－（韵）＋｜－－（句） ＋｜－－（韵） （1） ＋｜－－（句）＋｜－－（句） ＋｜－－（韵） （2） ＋｜－－（韵或句）＋｜－－（韵） ＋｜－－（句）＋｜－－（韵） （3）

例一 折桂令（五十三字）

（元）倪 瓒

片帆轻、水远山长。鸿雁将来，菊蕊初黄。碧海鲸鲵，兰苕翡翠，风露鸳鸯。　　问音信、何人谛当。想情怀、旧日风光。杨柳池塘。随处凋零，无限思量。

注：该词上阕第一句至第三句为乐段一中的格式（1）；下阕第一句和第二句为乐段一中的

格式（1），第三句至第五句为乐段二中的格式（1）。全词双调，五十三字，上阕六句，三平韵；下阕五句，一叶韵三平韵。

例二　折桂令（五十三字）
（元）张可久

对青山、强整乌纱。归雁横斜。倦客思家。翠袖殷勤，金杯错落，玉手琵琶。　　人老去、西风白发。蝶愁来、明日黄花。回首天涯。一抹斜阳，数点黄花。

注：该词上阕第一句至第三句为乐段一中的格式（2）；下阕第一句和第二句为乐段一中的格式（1），第三句至第五句为乐段二中的格式（1）。全词双调，五十三字，上阕六句，四平韵；下阕五句，一叶韵三平韵。

例三　折桂令（五十一字）
（元）张可久

俯苍波、楼观烟霞。胜览方舆，独占繁华。彩舰轻帘，银鞍骏马，翠袖娇娃。　　十里香风酒家。一川凉雨荷花。醉墨涂鸦。题遍红楼，倒裹乌纱。

注：该词上阕第一句至第三句为乐段一中的格式（1）；下阕第一句和第二句为乐段一中的格式（3），第三句至第五句为乐段二中的格式（1）。全词双调，五十一字，上阕六句，三平韵；下阕五句，四平韵。

例四　折桂令（五十字）
（元）张可久

红尘不到山家。赢得清闲，当了繁华。画列青山，烟铺细草，鼓奏鸣蛙。　　杨柳村中卖瓜。蒺藜沙上看花。生计无多，陶令琴书，杜曲桑麻。

注：该词上阕第一句至第三句为乐段一中的格式（3）；下阕第一句至第三句为乐段一中的格式（3），第三句至第五句为乐段二中的格式（2）。全词双调，五十字，上阕六句，三平韵；下阕五句，三平韵。

例五　折桂令（五十七字）
（元）张可久

借旗亭、仙子逢迎。舞态飞琼。歌韵流莺。红线幽欢，乌丝小字，缕新声。　　留过客、江山自灵。废残春、风雨无情。花落闲庭。柳暗空城。今夜离别，后日清明。

注：该词上阕第一句至第三句为乐段一中的格式（2）；下阕第一句至第三句为乐段一中的格式（2），第三句至第六句为乐段二中的格式（3）。全词双调，五十七字，上阕六句，四平韵；下阕六句，五平韵。（此词出自元曲，"别"字为"以入代平"）

中调《折桂令》的正格与变格（双调）

中调《折桂令》上阕，六句或七句，三平韵或五平韵	
乐段一（三句或四句，十五字）	乐段二（三句，十二字）
＋＋＋（读）＋｜＋一（韵）＋ ｜一一（句）＋｜一一（韵） （1） ｜＋一（韵）＋｜一（韵）＋ ｜一一（韵）＋｜一一（韵） （2）	＋｜一一（句）＋一＋｜（句） ＋｜一一（韵）

中调《折桂令》下阕，十句或八句，一叶韵四平韵或五平韵	
乐段一（六句或四句，二十字或十四字）	乐段二（四句，十六字）
｜＋一（句）＋｜一（句）＋一 ＋｜（叶）｜＋一一（句）一＋｜（句） ＋｜一一（韵） （1） 一＋｜（句）＋一｜一（韵）｜＋ 一一（句）＋｜一一（韵） （2）	＋｜一一（韵）＋｜一一（韵） ＋｜一一（韵） （1） ＋｜一一（韵）＋｜一一（韵） ＋＋一｜（句）＋｜一一（韵） （2）

例一　折桂令（六十三字）

（元）张可久

写黄庭、换得白鹅。旧酒犹香，小玉能歌。命友南山，怀人北海，遁世东坡。　　昨日春，今日秋，清闲在我。百年人，千年调，烦恼由他。乐事无多。良夜如何。去了朱颜，还再来么。

注：该词上阕第一句至第三句为上阕乐段一中的格式（1）；下阕第一句至第六句为乐段一

中的格式（1），第七句至第十句为乐段二中的格式（1）。全词双调，六十三字，上阕六句，三平韵；下阕十句，一叶韵四平韵。

例二　折桂令（五十七字）

（元）张可久

借旗亭。仙子逢迎。舞态飞琼。歌韵流莺。红线幽欢，乌丝小字，金缕新声。　留过客，江山有灵。废残春，风雨无情。花落闲庭。柳暗空城。今夜离别，后日清明。

注：该词上阕第一句至第四句为乐段一中的格式（2）；下阕第一句至第四句为乐段一中的格式（2），第五句至第八句为乐段二中的格式（2）。全词双调，五十七字，上阕七句，五平韵；下阕八句，五平韵。

长调《折桂令》的基本格式（双调）

长调《折桂令》上阕，十一句，五平韵		
乐段一（二句，十三字）	乐段二（二句，九字）	乐段三（二句，十一字）
＋ － ＋ ｜ ｜ － －（句） ＋ － ＋ ｜ ｜ － －（韵）	＋ ｜ － －（句）＋ ｜ ｜ － －（韵）	｜ ＋ － （读）＋ － ＋ ｜（句）＋ ｜ － －（韵）

长调《折桂令》上阕，十一句，五平韵	
乐段四（二句，八字）	乐段五（三句，十三字）
－ ＋ ＋ ｜（句）＋ ｜ － －（韵）	＋ － ｜ －（句）｜ － ＋ ｜（句）＋ ｜ － －（韵）

长调《折桂令》下阕，八句，四平韵	
乐段一（二句，十三字）	乐段二（二句，十三字）
＋ ｜ － －（句）｜ ＋ －（读） ＋ ｜ － ｜（韵）	＋ － ＋ ｜（句）｜ ＋ －（读）＋ ｜ ｜ － －（韵）

长调《折桂令》下阕，八句，四平韵	
乐段三（二句，八字）	乐段四（二句，十二字）
＋ － ＋ ｜（句）＋ ｜ － －（韵）	＋ ｜ ＋ － ＋ ｜（句）＋ － ＋ ｜ －（韵）

例　折桂令（一百字）

（元）白无咎

敝裘尘土压征鞍，鞭丝倦袅芦花。弓剑萧萧，一径入烟霞。动羁怀、西风木叶，秋水蒹葭。千点万点，老树昏鸦。三行两行，写长空哑哑，雁落平沙。　　曲岸西边，近水湾、渔网纶竿钓槎。断桥东壁，傍溪山、竹篱茅舍人家。满山满谷，红叶黄花。正是凄凉时候，离人又在天涯。

注：全词双调，一百字，上阕十一句，五平韵；下阕八句，四平韵。

荔　子　丹

调见《高丽史·乐志》。

《荔子丹》的长短句结构

上阕，两个乐段		下阕，两个乐段	
乐段一（十二字）	乐段二（十五字）	乐段一（十二字）	乐段二（十四字）
7　　5	7　　　35	7　　5	7　　　34

《康熙词谱》只收集一体《荔子丹》，双调，上下阕分别可分为两个乐段，其长短句结构如表所示。该调五十三字，上下阕各四句，三平韵，其基本格式如表所示。

《荔子丹》的基本格式（双调）

《荔子丹》上阕，四句，三平韵	
乐段一（二句，十二字）	乐段二（二句，十五字）
＋｜－－＋｜－（韵）＋｜｜ －－（韵）	＋｜－－＋｜－（句）＋＋＋ （读）＋｜｜－－（韵）

《荔子丹》下阕，四句，三平韵	
乐段一（二句，十二字）	乐段二（二句，十四字）
＋－＋｜｜－（韵）＋｜｜ －－（韵）	＋｜－－＋｜｜（句）＋＋＋ （读）＋｜－－（韵）

例　荔子丹（五十三字）

《高丽史·乐志》无名氏

斗巧宫妆扫翠眉。相唤折花枝。晓来深入艳芳里，红香散、露浥在罗衣。　　盈盈巧笑咏新词。舞态画娇姿。袅娜文回迎宴处，簇神仙、会赴瑶池。

注：全词双调，五十三字，上下阕各四句，三平韵。

临 江 仙

唐教坊曲名。《花庵词选》云："唐词多缘题所赋，《临江仙》之言水仙，亦其一也。"宋柳永词注"仙吕调"，元高拭词注"南吕调"。李煜词名《谢新恩》；贺铸词有"人归落雁后"句，名《雁后归》；韩淲词有"罗帐画屏新梦悄"句，名《画屏春》；李清照词有"庭院深深深几许"句，名《庭院深深》。按《乐章集》有七十四字一体，九十三字一体，汲古阁本俱刻《临江仙》，今据《花草粹编》校定，一作《临江仙引》，一作《临江仙慢》。

《临江仙》的长短句结构

上阕，三个乐段			下阕，三个乐段		
乐段一（十三字或十二字、十四字）	乐段二（七字）	乐段三（九字或十字、七字）	乐段一（十三字或十二字、十四字）	乐段二（七字）	乐段三（九字或十字、七字）
7　6 6 7	7	4　5 5 4　3 7	7　6 6 7	7	4　5 5 4　3 7

《康熙词谱》共收集十一体《临江仙》，双调，上下阕分别有三个乐段，其长短句结构如表所示。该调有五十四字、五十六字、五十八字、五十九字、六十字、六十二字等格式，各体都有许多词例，《康熙词谱》分别以五十四字体和凝词、五十八字体张泌词、五十八字体牛希济词、五十八字体徐昌图词、六十字体贺铸词和五十九字体王观词为标谱词例。比较各体的长短句结构，可以五十八字体张泌词为正体或正格。该词的正格与变格如表所示。其中，上下阕各乐段的格式（1）为正格句式，其余为变格句式。该调上下阕各五句或六句、

四句，三平韵或四平韵，大多数词例上下阕的长短句结构相同。从用韵的角度看，上下阕一般在同一韵部，偶尔也有换韵的词例（如五十八字体李煜词和五十九字体冯延巳词）。《临江仙》的基本格式如表所示。

例一　临江仙（五十八字）

（唐）张　泌

烟消湘渚秋江静，蕉花露泣愁红。五云双鹤去无踪。几回魂断，凝望向长空。　　翠竹暗流珠泪怨，闲调宝瑟波中。花鬟月鬓绿云重。古祠深处，香冷雨和风。

注：该词上阕第一句和第二句为乐段一中的格式（1），第四句和第五句为乐段三中的格式（1）；下阕第一句和第二句为乐段一中的格式（1），第四句和第五句为乐段三中的格式（1）。全词双调，五十八字，上下阕各五句，三平韵。

例二　临江仙（五十八字）

（五代）牛希济

柳带摇风汉水滨。平芜两岸争匀。鸳鸯对浴浪痕新。弄珠游女，微笑自含春。　　轻步暗移蝉鬓动，罗裙风惹轻尘。水晶宫殿岂无因。空劳纤手，解佩赠情人。

注：该词上阕第一句和第二句为乐段一中的格式（5），第四句和第五句为乐段三中的格式（1）；下阕第一句和第二句为乐段一中的格式（1），第四句和第五句为乐段三中的格式（1）。全词双调，五十八字，上阕五句，四平韵；下阕五句，三平韵。

例三　临江仙（五十八字）

（五代）李　煜

庭空客散人归后，画堂半掩珠帘。林风淅淅夜厌厌。小楼新月，回首自纤纤。　　春光镇在人空老，新愁往恨何穷。金刀力困起还慵。一声羌笛，惊起醉怡容。

注：该词上阕第一句和第二句为乐段一中的格式（1），第四句和第五句为乐段三中的格式（1）；下阕第一句和第二句为乐段一中的格式（2），第四句和第五句为乐段三中的格式（1）。全词双调，五十八字，上下阕各五句，三平韵。（下阕换韵。）

《临江仙》的正格与变格（双调）

《临江仙》上阕，五句或六句、四句，三平韵或四平韵		
乐段一（二句，十三字或十二字、十四字）	乐段二（一句，七字）	乐段三（二句或三句、一句，九字或十字、七字）
＋－＋｜－－｜（句） ＋－＋｜－－（韵） （1）	＋－＋｜｜－－（韵）	＋－＋｜（句）＋｜｜－－（韵） （1）
＋｜＋－－｜｜（句） ＋－＋｜－－（韵） （2）		＋－－｜｜（句）＋｜｜－－（韵） （2）
＋｜－－｜（句） ＋－＋｜－－（韵） （3）		＋－＋｜（句）－＋｜（句）｜－－（韵） （3）
＋－＋｜｜－－（韵）＋－＋｜－－（韵） （4）		＋－＋｜｜－－（韵） （4）
＋｜－－＋｜（韵）＋－＋｜－－（韵） （5）		
＋｜＋－＋｜（句） ＋－＋｜－－（韵） （6）		
＋｜＋－－｜｜（句） ＋－＋｜｜－－（韵） （7）		

卷 十

《临江仙》下阕，五句或六句、四句，三平韵		
乐段一（二句，十三字或十二字、十四字）	乐段二（一句，七字）	乐段三（二句或三句、一句，九字或十字、七字）
＋丨＋――丨丨（句） ＋－＋丨－－（韵） （1）	＋－＋丨丨－－（韵）	＋－＋丨（句）＋丨丨－－（韵） （1）
＋－＋丨丨（句） ＋－＋丨－（韵 或换韵） （2）		＋－－丨丨（句）＋丨丨－－（韵） （2）
＋丨＋－－丨（句） ＋－＋丨－（韵） （3）		－－丨＋丨（句）＋丨丨－－（韵） （3）
＋丨＋－－丨丨（句） ＋－＋丨丨－－（韵） （4）		＋－＋丨（句）－＋丨（句）丨－－（韵） （4） ＋－＋丨丨－－（韵） （5）

例四　临江仙（五十八字）

（五代）鹿虔扆

金锁重门荒苑静，绮窗愁对秋空。翠华一去寂无踪。玉楼歌吹，声断已随风。　烟月不知人事改，夜阑还照深宫。藕花相向野塘中。暗伤亡国，清露泣香红。

注：该词上阕第一句和第二句为乐段一中的格式（2），第四句和第五句为乐段三中的格式（1）；下阕第一句和第二句为乐段一中的格式（1），第四句和第五句为乐段三中的格式（1）。全词双调，五十八字，上下阕各五句，三平韵。

例五　临江仙（五十八字）

（五代）阎选

雨停荷芰逗浓香。岸边蝉噪垂杨。物华空有旧池塘。不逢仙子，何处梦襄王。　珍簟对欹鸳枕冷，此来尘暗凄凉。欲凭危槛恨偏长。藕花珠缀，犹似汗凝妆。

　　注：该词上阕第一句和第二句为乐段一中的格式（4），第四句和第五句为乐段三中的格式（1）；下阕第一句和第二句为乐段一中的格式（1），第四句和第五句为乐段三中的格式（1）。全词双调，五十八字，上阕五句，四平韵；下阕五句，三平韵。

例六　临江仙（五十八字）
（宋）晏几道

　　梦后楼台高锁，酒醒帘幕低垂。去年春恨却来时。落花人独立，微雨燕双飞。　　记得小蘋初见，两重心字罗衣。琵琶弦上说相思。当时明月在，曾照彩云归。

　　注：该词上阕第一句和第二句为乐段一中的格式（6），第四句和第五句为乐段三中的格式（2）；下阕第一句和第二句为乐段一中的格式（3），第四句和第五句为乐段三中的格式（2）。全词双调，五十八字，上下阕各五句，三平韵。

例七　临江仙（五十八字）
（宋）柳　永

　　鸣珂碎撼都门晓，旌幢拥下天人。马摇金辔破香尘。壶浆盈路，欢动一城春。　　扬州曾是追游地，酒台花径仍存。凤箫依旧月中闻。荆王魂梦，应认岭头云。

　　注：该词上阕第一句和第二句为乐段一中的格式（1），第四句和第五句为乐段三中的格式（1）；下阕第一句和第二句为乐段一中的格式（2），第四句和第五句为乐段三中的格式（1）。全词双调，五十八字，上下阕各五句，三平韵。

例八　临江仙（五十八字）
（宋）欧阳修

　　柳外轻雷池上雨，雨声滴碎荷声。小楼西角断虹明。阑干倚处，待得月华生。　　燕子飞来窥画栋，玉钩垂下帘旌。凉波不动簟纹平。水精双枕，旁有堕钗横。

　　注：该词上阕第一句和第二句为乐段一中的格式（2），第四句和第五句为乐段三中的格式（1）；下阕第一句和第二句为乐段一中的格式（1），第四句和第五句为乐段三中的格式（1）。全词双调，五十八字，上下阕各五句，三平韵。

例九　临江仙（六十字）
（五代）顾　敻

碧染长空池似镜，倚楼闲望凝情。满衣红藕细香清。象床珍簟，山障掩，玉琴横。　　暗想昔时欢笑事，如今赢得愁生。博山炉暖淡烟轻。蝉吟人静，残日傍，小窗明。

注：该词上阕第一句和第二句为乐段一中的格式（2），第四句至第六句为乐段三中的格式（3）；下阕第一句和第二句为乐段一中的格式（1），第四句至第六句为乐段三中的格式（4）。全词双调，六十字，上下阕各六句，三平韵。

例十　临江仙（五十八字）
（宋）徐昌图

饮散离亭西去，浮生长恨飘蓬。回头烟柳渐重重。淡云孤雁远，寒日暮天红。　　今夜画船何处，潮平淮月朦胧。酒醒人静奈愁浓。残灯孤枕梦，轻浪五更风。

注：该词上阕第一句和第二句为乐段一中的格式（6），第四句和第五句为乐段三中的格式（2）；下阕第一句和第二句为乐段一中的格式（3），第四句和第五句为乐段三中的格式（2）。全词双调，五十八字，上下阕各五句，三平韵。

例十一　临江仙（五十六字）
（宋）向子䛊

新月低垂帘额，小梅半出檐牙。高堂开宴静无哗。麟孙凤女，学语正咿哑。　　宝鼎胜熏沉水，琼浆烂醉流霞。芗林同老此生涯。一川风露，总道是仙家。

注：该词上阕第一句和第二句为乐段一中的格式（6），第四句和第五句为乐段三中的格式（1）；下阕第一句和第二句为乐段一中的格式（3），第四句和第五句为乐段三中的格式（1）。全词双调，五十六字，上下阕各五句，三平韵。

例十二　临江仙（六十字）
（宋）贺　铸

巧剪合欢罗胜子，钗头春意翩翩。艳歌浅笑拜嫣然。愿郎宜此酒，行乐驻华年。　　未至文园多病客，幽襟凄断堪怜。旧游梦挂碧云天。人归落雁后，思发在花前。

注：该词上阕第一句和第二句为乐段一中的格式（2），第四句和第五句为乐段三中的格式（2）；下阕第一句和第二句为乐段一中的格式（1），第四句和第五句为乐段三中的格式（3）。全词双调，六十字，上下阕各五句，三平韵。

例十三　临江仙（六十字）

（宋）苏　轼

夜饮东坡醒复醉，归来仿佛三更。家童鼻息已雷鸣。敲门都不应，倚杖听江声。　　长恨此身非我有，何时忘却营营。夜阑风静縠纹平。小舟从此逝，江海寄余生。

注：该词上阕第一句和第二句为乐段一中的格式（2），第四句和第五句为乐段三中的格式（2）；下阕第一句和第二句为乐段一中的格式（1），第四句和第五句为乐段三中的格式（2）。全词双调，六十字，上下阕各五句，三平韵。

例十四　临江仙（六十字）

（宋）秦　观

千里潇湘挼蓝浦，兰桡昔日曾经。月高风定露华清。微波澄不动，冷浸一天星。　　独倚危樯情悄悄，遥闻妃瑟泠泠。新声含尽古今情。曲终人不见，江上数峰青。

注：该词上阕第一句和第二句为乐段一中的格式（3），第四句和第五句为乐段三中的格式（2）；下阕第一句和第二句为乐段一中的格式（1），第四句和第五句为乐段三中的格式（2）。全词双调，六十字，上下阕各五句，三平韵。

例十五　临江仙（六十二字）

（宋）晏几道

东野亡来无丽句，于君去后少交亲。追思往事好沾巾。白头王建在，犹见咏诗人。　　学道深山空自老，留名千载不干身。酒筵歌席莫辞频。争如南陌上，占取一年春。

注：该词上阕第一句和第二句为乐段一中的格式（7），第四句和第五句为乐段三中的格式（2）；下阕第一句和第二句为乐段一中的格式（4），第四句和第五句为乐段三中的格式（2）。全词双调，六十二字，上下阕各五句，三平韵。

例十六　临江仙（五十九字）

（五代）冯延巳

　　冷红飘起桃花片，青春意绪阑珊。画楼帘幕卷轻寒。酒余人散后，独自凭栏干。　　夕阳千里连芳草，萋萋愁杀王孙。徘徊飞尽碧天云。凤笙何处，圆月照黄昏。

　　注：该词上阕第一句和第二句为乐段一中的格式（1），第四句和第五句为乐段三中的格式（2）；下阕第一句和第二句为乐段一中的格式（2），第四句和第五句为乐段三中的格式（1）。全词双调，五十九字，上下阕各五句，三平韵。（下阕换韵。）

例十七　临江仙（五十九字）

（宋）王　观

　　别浦相逢何草草，扁舟两岸垂杨。绣屏珠箔绮香囊。酒深歌拍缓，愁入翠眉长。　　燕子归来人去也，此时无奈昏黄。桃花应似我愁肠。不禁微雨，流泪湿红妆。

　　注：该词上阕第一句和第二句为乐段一中的格式（2），第四句和第五句为乐段三中的格式（2）；下阕第一句和第二句为乐段一中的格式（1），第四句和第五句为乐段三中的格式（1）。全词双调，五十九字，上下阕各五句，三平韵。

例十八　临江仙（五十四字）

（五代）和　凝

　　海棠香老春江晚，小楼雾縠空濛。翠鬟初出绣帘中。麝烟鸾佩惹蘋风。　　碾玉钗摇鸂鶒战，雪肌云鬓将融。含情遥指碧波东。越王台殿蓼花红。

　　注：该词上阕第一句和第二句为乐段一中的格式（1），第四句为乐段三中的格式（4）；下阕第一句和第二句为乐段一中的格式（1），第四句为乐段三中的格式（5）。全词双调，五十四字，上下阕各四句，三平韵。

浪淘沙令

《乐章集》注"歇指调"。蒋氏《九宫谱目》"越调"。按《唐书·礼乐志》"歇指调",乃林钟律之商声;"越调",乃无射律之商声也。贺铸词名《曲入冥》;李清照词名《卖花声》;史达祖词名《过龙门》;马钰词名《炼丹砂》。按唐人《浪淘沙》,本七言断句,至南唐李煜,始制两段令词,虽每段尚存七言诗两句,其实因旧曲名,另创新声也。杜安世词,于前段起句减一字;柳永词,于前后段起句各减一字。均为令词,句读悉同。即宋祁、杜安石仄韵词,稍变音节,然前后第二句四字、第三句七字,其源亦出于李煜词也。至柳永、周邦彦别作慢词,与此截然不同,盖调长拍缓,即古曼声之意也。词律于令词,强为分体;于慢词,或为类列者误。

《浪淘沙令》的长短句结构

上阕,两个乐段		下阕,两个乐段	
乐段一 (九字或八字)	乐段二 (十八字或十九字)	乐段一(九字或八字、十一字)	乐段二(十八字或十九字、十七字)
5　　　4	7　　7　　4	5　　　4	7　　7　　4
4　　　4	7　　4　　4　　4	4　　　4	7　　7　　5
	7　　　　38	7　　　4	7　　　37

《康熙词谱》共收集六体《浪淘沙令》,双调,每阕可分为两个乐段,其长短句如表所示。该调有五十四字或五十二字、五十三字、五十五字等格式,主要用平韵,以平韵格而言,上阕五句或六句,四平韵;下阕五句,四平韵,但也有用仄韵的词例。《康熙词谱》以五十四字体李煜词为正体或正格,该调平韵格的正格与变格如表所示。其中,各乐段中的格式(1)为正格句式,其余为变格句式,仄韵格亦作为变格句式。至柳永、周邦彦又作慢词,其长短句结构与此截然不同,故以《浪淘沙慢》列于相应的长调部分。

《浪淘沙》与《浪淘沙令》两个词牌,前者为绝句体,后者为令体。但当代词家填令体《浪淘沙》,其词牌名亦多作《浪淘沙》。

《浪淘沙令》（平韵）的正格与变格（双调）

《浪淘沙令》上阕，五句或六句，四平韵	
乐段一（二句，九字或八字）	乐段二（三句或四句，十八字或十九字）
＋｜｜ー ー（韵）＋｜ー ー（韵） （1）	＋ー＋｜｜ー ー（韵）＋｜＋ ー ー｜｜（句）＋｜ー ー（韵） （1）
＋｜ー ー（韵）＋｜ー ー（韵） （2）	＋ー＋｜｜ー ー（韵）＋｜ー （句）＋｜＋ー｜（句）＋｜ー ー（韵） （2）

《浪淘沙令》下阕，五句，四平韵	
乐段一（二句，九字或八字）	乐段二（三句，十八字或十九字）
＋｜｜ー ー（韵）＋｜ー ー（韵） （1）	＋ー＋｜｜ー ー（韵）＋｜＋ ー ー｜｜（句）＋｜ー ー（韵） （1）
＋｜ー ー（韵）＋｜ー ー（韵） （2）	＋ー＋｜｜ー ー（韵）＋｜＋ ー｜（句）＋｜｜ー ー（韵） （2）

例一 浪淘沙令（五十四字）
（五代）李 煜

　　帘外雨潺潺。春意阑珊。罗衾不耐五更寒。梦里不知身是客，一晌贪欢。　　独自莫凭阑。无限江山。别时容易见时难。流水落花春去也，天上人间。

　　注：该词上阕第一句至第三句为乐段一中的格式（1），第四句和第五句为乐段二中的格式（1）；下阕第一句至第三句为乐段一中的格式（1），第四句和第五句为乐段二中的的格式（1）。全词双调，五十四字，上下阕各五句，四平韵。

例二 浪淘沙令（五十三字）
（宋）杜安世

　　后约无凭。往事堪惊。秋蛩永夜绕床鸣。展转寻思求好梦，还又难成。　　愁思若浮云。消尽重生。佳人何处独盈盈。可惜一天无用月，空为谁明。

注：该词上阕第一句和第二句为乐段一中的格式（2），第三句至第五句为乐段二中的格式（1）；下阕第一句和第二句为乐段一中的格式（1），第三句至第五句为乐段二中的的格式（1）。全词双调，五十三字，上下阕各五句，四平韵。

例三　浪淘沙令（五十五字）

（宋）杜安世

帘外微风。云雨回踪。银釭烬冷锦帏中。枕上深盟，年少心事，陡顿成空。　　岭外白头翁。到没由逢。一床鸳被叠香红。明月满庭花似绣，闷不见虫虫。

注：该词上阕第一句和第二句为乐段一中的格式（2），第三句至第六句为乐段二中的格式（2）；下阕第一句和第二句为乐段一中的格式（1），第三句至第五句为乐段二中的的格式（2）。全词双调，五十五字，上阕六句，四平韵；下阕五句，四平韵。

例四　浪淘沙令（五十二字）

（宋）柳　永

有个人人。飞燕精神。急锵环佩上华裀。促拍尽随红袖举，风柳腰身。　　簌簌轻裙。妙尽尖新。曲终独立敛香尘。应是四肢娇困也，眉黛双颦。

注：该词上阕第一句和第二句为乐段一中的格式（2），第三句至第五句为乐段二中的格式（1）；下阕第一句和第二句为乐段一中的格式（2），第三句至第五句为乐段二中的的格式（1）。全词双调，五十二字，上下阕各五句，四平韵。

例一　浪淘沙令（五十四字）

（宋）宋　祁

少年不管。流光如箭。因循不觉韶华换。至如今、始惜月满花满酒满。　　扁舟欲解垂杨岸。尚同欢宴。日斜歌阕将分散。倚兰桡、望水远天远人远。

注：该词上阕第一句和第二句为乐段一中的格式（1），第三句和第四句为乐段二中的格式（1）；下阕第一句和第二句为乐段一中的格式（1），第三句和第四句为乐段二中的格式（1）。全词双调，五十四字，上下阕各四句，四仄韵。

《浪淘沙令》的仄韵格（双调）

《浪淘沙令》上阕，四句或六句，四仄韵或三仄韵	
乐段一（二句，八字）	乐段二（二句或四句，十八字或十九字）
＋ － ＋ ｜（韵）＋ － ＋ ｜（韵） （1）	＋ － ＋ ｜ － － ｜（韵）｜ ＋ －（读） ＋ ｜ ＋ ＋ － ｜ ＋ ｜（韵） （1）
＋ ＋ － ｜（韵）＋ － ＋ ｜（韵） （2）	＋ － ＋ ｜ ｜ － －（句）＋ － ＋ ｜（句）＋ － ＋ ｜（句）＋ － ＋ ｜（韵） （2）

《浪淘沙令》下阕，四句或五句，四仄韵或三仄韵	
乐段一（二句，十一字或九字）	乐段二（二句或三句，十七字或十九字）
＋ － ＋ ｜ － － ｜（韵）＋ － ＋ ｜（韵） （1）	＋ － ＋ ｜ － － ｜（韵）｜ ＋ －（读） ｜ ＋ ＋ － ｜ ＋ ｜（韵） （1）
＋ ｜ － － ｜（韵）＋ － ＋ ｜（韵） （2）	＋ － ＋ ｜ ｜ － －（句）＋ － ＋ ｜ － － ｜（韵）｜ ＋ ＋ － ｜（韵） （2）

注：下阕乐段二中的格式"｜ ＋ ＋ － ｜（韵）"，为"上一下四"句式。

例二　浪淘沙令（五十五字）

（宋）杜安世

又是春暮。落花飞絮。子规啼尽断肠声，秋千庭院，红旗彩索，淡烟疏雨。　念念相思苦。黛眉长聚。碧池惊散睡鸳鸯，当初容易分飞去。恨孤负欢侣。

注：该词第一句和第二句为乐段一中的格式（2），第三句至第六句为乐段二中的格式（2）；下阕第一句和第二句为乐段一中的格式（2），第三句至第五句为乐段二中的格式（2）。全词双调，五十五字，上阕六句，三仄韵；下阕五句，四仄韵。

金 错 刀

汉张衡诗："美人赠我金错刀"，调名本此。此调见《花草粹编》，一名《醉瑶瑟》，叶李押仄韵词，名《君来路》。

《金错刀》的长短句结构

上阕两个乐段		下阕两个乐段	
乐段一（十三字）	乐段二（十四字）	乐段三（十三字）	乐段四（十四字）
3　3　7	7　7	3　3　7	7　7

《康熙词谱》共收集《金错刀》三体，双调，上下阕分别可分为两个乐段，其长短句结构如表所示。该调五十四字，有平韵或平仄韵通叶、仄韵等用韵格式。对平韵或平仄韵通叶格而言，上下阕各五句，三平韵或三平韵一叶韵；对仄韵格而言，上下阕各五句，三仄韵一叠韵。《康熙词谱》以冯延巳词为标谱词例。该调的正格与变格如表所示，其中，上下阕各乐段中的格式（1）为正格句式，其余为变格句式。

例一　金错刀（五十四字）
（五代）冯延巳

双玉斗，百琼壶。佳人欢饮笑喧呼。麒麟欲画时难偶，鸥鹭何猜兴不孤。　　歌婉转，醉模糊。高烧银烛卧流苏。只销几觉憭腾睡，身外功名任有无。

注：该词上阕第一句至第三句为乐段一中的格式（1），第四句和第五句为乐段二中的格式（1）；下阕第一句至第三句为乐段一中的格式（1），第四句和第五句为乐段二中的格式（1）。全词双调，五十四字，上下阕各五句，三平韵。

《金错刀》（平韵或平仄韵通叶）的正格与变格（双调）

《金错刀》（平韵或平仄韵通叶）上阕，五句，三平韵或三平韵一叶韵	
乐段一（三句，十三字）	乐段二（二句，十四句）
一 十 ｜（句）｜ 十 一 （韵）十 一 十 ｜ ｜ 一 一 （韵） （1）	十 一 十 ｜ 一 一 ｜（句）十 ｜ 一 一 一 十 ｜ 一 （韵） （1）
｜ 十 一 （句）｜ 十 一 （韵）十 十 ｜ 一 一 （韵） （2）	｜ 十 一 十 ｜ 一 一 ｜（叶）十 ｜ 一 一 一 十 ｜ 一 （韵） （2）

《金错刀》（平韵或平仄韵通叶）下阕，五句，三平韵或三平韵一叶韵	
乐段一（三句，十三字）	乐段二（二句，十四字）
一 十 ｜（句）｜ 十 一 （韵）十 一 十 ｜ ｜ 一 一 （韵） （1）	十 一 十 ｜ 一 一 ｜（句）十 ｜ 一 一 一 十 ｜ 一 （韵） （1）
一 十 ｜（句）｜ 十 一 （韵）十 一 十 ｜ 十 一 一 （韵） （2）	十 一 十 ｜ 一 一 ｜（叶）十 ｜ 一 一 一 十 ｜ 一 （韵） （2）

例二　金错刀（五十四字）

（五代）冯延巳

　　日融融，草芊芊。黄莺求友啼林前。柳条袅袅拖金线。花蕊茸茸簇锦毡。　　鸠逐妇，燕穿帘。狂蜂浪蝶相翩翩。春光堪赏还堪玩。恼杀东风误少年。

　　注：该词上阕第一句至第三句为乐段一中的格式（2），第四句和第五句为乐段二中的格式（2）；下阕第一句至第三句为乐段一中的格式（2），第四句和第五句为乐段二中的格式（2）。全词双调，五十四字，上下阕各五句，三平韵一叶韵。

《金错刀》（仄韵）的基本格式（双调）

《金错刀》（仄韵）上阕，五句，三仄韵一叠韵	
乐段一（三句，十三字）	乐段二（二句，十四句）
一 ＋ ｜（韵）一 ＋ ｜（叠）＋ ｜ ＋ 一 一 ｜ ｜（韵）	＋ 一 ＋ ｜ ｜ 一 一（句）＋ ｜ ＋ 一 一 ｜ ｜（韵）

《金错刀》（仄韵）下阕，五句，三仄韵一叠韵	
乐段一（三句，十三字）	乐段二（二句，十四字）
一 ＋ ｜（韵）一 ＋ ｜（叠）＋ 一 ＋ ｜ 一 一 ｜（韵）	＋ 一 ＋ ｜ ｜ 一 一（句）＋ ｜ ＋ ＋ 一 一 ｜ ｜（韵）

例　金错刀（五十四字）

（宋）叶　李

余归路。君来路。天理昭昭胡不悟。公田关子竟何如，子细思量真自误。　　雷州户。崖州户。人生会有相逢处。客中邂逅乏蒸羊，聊增一篇长短句。

注：该词双调，五十四字，上下阕各五句，三仄韵一叠韵。

端　正　好

杨无咎词，名《於中好》。《中原音韵》注"正宫"。

《端正好》的长短句结构

上阕，两个乐段		下阕，两个乐段	
乐段一（十四字）	乐段二（十三字）	乐段一（十四字）	乐段二（十三字）
7　　34	7　　33	7　　34	7　　33

《康熙词谱》共收集两体《端正好》，双调，上下阕分别可分为两个乐段，其长短句结构如表所示。该调五十四字，上下阕各四句，四仄韵。《康熙词谱》以杨无咎词为标谱主词例。该调的正格与变格如表所示，其中，上下阕各乐段中的格式（1）为正格句式，其余为

变格句式。

《端正好》的基本格式（双调）

《端正好》上阕，四句，四仄韵	
乐段一（二句，十四字）	乐段二（三句，十三字）
＋－＋｜－－｜（韵）＋＋＋ （读）＋－＋｜（韵） （1）	＋－＋｜＋－｜（韵）＋＋＋ （读）＋－｜（韵）
＋｜＋－－＋｜（韵）＋＋＋ （读）＋｜－｜（韵） （2）	

《端正好》下阕，四句，四仄韵	
乐段一（二句，十四字）	乐段二（三句，十三字）
＋－＋＋－－｜（韵）＋＋ ＋（读）＋－＋｜（韵）	＋－＋｜＋－｜（韵）＋＋＋ （读）＋－｜（韵）

例一　端正好（五十四字）

（宋）杨无咎

溅溅不住溪流素。忆曾记、碧桃红露。别来寂寞朝朝暮。恨遮断、当时路。　　仙家岂解空相误。叹尘世、自难知处。而今重与春为主。尽浪蕊、浮花妒。

注：该词上阕第一句和第二句为乐段一中的格式（1）。全词双调，五十四字，上下阕各四句，四仄韵。

例二　端正好（五十四字）

（宋）杜安世

槛菊愁烟沾秋露。天微冷、双燕辞去。月明空照别离苦。透素光、穿朱户。　　夜来西风凋寒树。凭阑望、迢遥长路。花笺写就此情绪。待寄传、知何处。

注：该词上阕第一句和第二句为乐段一中的格式（2）。全词双调，五十四字，上下阕各四句，四仄韵。

杏 花 天

蒋氏《九宫谱目》入越调，辛弃疾词《杏花风》。此调微近《端正好》，坊本颇多误刻，今以六字折腰者为《端正好》，六字一气者为《杏花天》。

《杏花天》的长短句结构

上阕，两个乐段		下阕，两个乐段	
乐段一 （十四字）	乐段二 （十三字或十四字）	乐段一 （十四字）	乐段二 （十三字或十四字）
7　　34	7　　6 7　　34	34　　34 7　　34	7　　6 7　　34

《康熙词谱》共收集三体《杏花天》，双调，上下阕分别可分为两个乐段，其长短句结构如表所示。该调有五十四字或五十五字、五十六字等格式，上下阕各四句，四仄韵；《康熙词谱》以朱敦儒五十四字体为正体或正格。该调的正格与变格如表所示，其中，上下阕各乐段中的格式（1）为正格句式，其余为变格句式。

例一　杏花天（五十四字）

（宋）朱敦儒

浅春庭院东风晓。细雨打、鸳鸯寒悄。花尖望见秋千了。无路踏青斗草。　　人别后、碧云信杳。对好景、愁多欢少。等他燕子传音耗。红杏开还未到。

注：该词上阕第一句和第二句为乐段一中的格式（1），第三句和第四句为乐段二中的格式（1）；下阕第一句和第二句为乐段一中的格式（1），第三句和第四句为乐段二中的格式（1）。全词双调，五十四字，上下阕各四句，四仄韵。

《杏花天》的正格和变格（双调）

《杏花天》上阕，四句，四仄韵	
乐段一（二句，十四字）	乐段二（二句，十三字或十四字）
＋ － ＋ ｜ － － ｜（韵）＋ ＋ ＋（读）＋ － ＋ ｜（韵） （1）	＋ － ＋ ｜ － － ｜（韵）＋ ｜ ＋ － ＋ ｜（韵） （1）
＋ ｜ ＋ － － ｜ ｜（韵）＋ ＋ ＋（读）＋ － ＋ ｜（韵） （2）	＋ － ＋ ｜ － － ｜（韵）＋ ＋ ＋（读）＋ － ＋ ｜（韵） （2）

《杏花天》下阕，四句，四仄韵	
乐段一（二句，十四字）	乐段二（二句，十三字或十四字）
＋ ＋ ＋（读）＋ － ＋ ｜（韵）＋ ＋ ＋ ＋（读）＋ － ＋ ｜（韵） （1）	＋ － ＋ ｜ － － ｜（韵）＋ ｜ ＋ － ＋ ｜（韵） （1）
＋ － ＋ ｜ － － ｜（韵）＋ ＋ ＋（读）＋ － ＋ ｜（韵） （2）	＋ ｜ ＋ － － ｜ ｜（韵）＋ ｜ ＋ － ＋ ｜（韵） （2）
	＋ － ＋ ｜ － － ｜（韵）＋ ＋ ＋（读）＋ － ＋ ｜（韵） （3）

例二 杏花天（五十四字）

（宋）汪 莘

　　残雪林塘春意浅。倚碧玉、阑干日晚。天涯五色明如剪。上有新蟾占断。　　从别后、水遥山远。情说与、天台刘阮。方壶只有梅花伴。不似桃花庭院。

　　注：该词上阕第一句和第二句为乐段一中的格式（2），第三句和第四句为乐段二中的格式（1）；下阕第一句和第二句为乐段一中的格式（1），第三句和第四句为乐段二中的格式（1）。全词双调，五十四字，上下阕各四句，四仄韵。

例三　杏花天（五十四字）

（宋）周　密

　　金池琼苑曾经醉。是多少、红情绿意。东风一枕游仙睡。换却莺花人世。　　渐暮色、鹃声四起。正愁满、香沟御水。一色柳烟三十里。为问春归那里。

　　注：该词上阕第一句和第二句为乐段一中的格式（1），第三句和第四句为乐段二中的格式（1）；下阕第一句和第二句为乐段一中的格式（1），第三句和第四句为乐段二中的格式（2）。全词双调，五十四字，上下阕各四句，四仄韵。

例四　杏花天（五十五字）

（宋）侯　寘

　　宝钗整鬓双鸾斗。睡才醒、薰风襟袖。彩丝皓腕宜清昼。更艾虎、衫儿新就。　　玉杯共饮菖蒲酒。愿耐夏、宜春厮守。榴花故意红添皱。映得人来越瘦。

　　注：该词上阕第一句和第二句为乐段一中的格式（1），第三句和第四句为乐段二中的格式（2）；下阕第一句和第二句为乐段一中的格式（2），第三句和第四句为乐段二中的格式（1）。全词双调，五十五字，上下阕各四句，四仄韵。

例五　杏花天（五十六字）

（宋）卢　炳

　　镂冰剪玉工夫费。做六出、飞花乱坠。舞风情态谁相似。算只有、江梅可比。　　极目处、琼瑶万里。海天阔、清寒似水。从教高卷珠帘起。看三白、丰年瑞气。

　　注：该词上阕第一句和第二句为乐段一中的格式（1），第三句和第四句为乐段二中的格式（2）；下阕第一句和第二句为乐段一中的格式（1），第三句和第四句为乐段二中的格式（3）。全词双调，五十六字，上下阕各四句，四仄韵。

天　下　乐

唐教坊曲名。

《天下乐》的长短句结构

上阕，两个乐段		下阕，两个乐段	
乐段一（十三字）	乐段二（十四字）	乐段一（十四字）	乐段二（十三字）
7　　　33	7　　　34	35　　　33	7　　　33

《康熙词谱》只收集一体《天下乐》，双调，上下阕分别可分为两个乐段，其长短句结构如表所示。该调五十四字，上下阕各四句，四仄韵，其基本格式如表所示。

《天下乐》的基本格式（双调）

《天下乐》上阕，四句，四仄韵	
乐段一（二句，十三字）	乐段二（二句，十四字）
＋｜＋－＋｜｜（韵）＋＋＋（读）－＋｜（韵）	＋＋－－＋｜｜（韵）＋＋＋（读）＋－＋｜（韵）

《天下乐》下阕，四句，四仄韵	
乐段一（二句，十三字）	乐段二（二句，十三字）
＋｜｜（读）－－｜＋｜（韵）＋＋＋（读）－＋｜（韵）	＋－＋｜－＋｜（韵）＋＋＋（读）－＋｜（韵）

例　天下乐（五十四字）

（宋）杨无咎

雪后雨儿雨后雪。镇日价、长不歇。今番为寒忒太切。和天地、也来厮别。　　睡不着、身心自暗撧。这况味、凭谁说。枕衾冷得浑似铁。只心头、些个热。

注：全词双调，五十四字，上下阕各四句，四仄韵。

恋　绣　衾

韩淲词，有"泪珠弹，犹带粉香"句，名《泪珠弹》。

《恋绣衾》的长短句结构

上阕，两个乐段				下阕，两个乐段			
乐段一（十四字）		乐段二（十三字或十四字）		乐段一（十四字或十五字）		乐段二（十三字或十四字）	
7	34	33	34	7	34	33	34
		6	34	7	44	6	34
		34	34			33	7
						34	34

《康熙词谱》共收集五体《恋绣衾》，双调，上下阕分别可分为两个乐段，其长短句结构如表所示。该调有五十四字或五十五字、五十六字等格式，上阕四句，三平韵，下阕四句，两平韵。《康熙词谱》以五十四字体朱敦儒词为正体或正格，该调的正格与变格如表所示，其中，上下阕各乐段中的格式（1）为正格句式，其余为变格句式。

例一　恋绣衾（五十四字）

（宋）朱敦儒

木落江南感未平。雨潇潇、衰鬓到今。甚处是、长安路，水连空、山锁暮云。　　老人对酒今如此，一番新、残梦暗惊。又是洒、黄花泪，问明年、此会怎生。

注：该词上阕第一句和第二句为乐段一中的格式（1），第三句和第四句为乐段二中的格式（1）；下阕第一句和第二句为乐段一中的格式（1），第三句和第四句为乐段二中的格式（1）。全词双调，五十四字，上阕四句，三平韵；下阕四句，两平韵。

例二　恋绣衾（五十四字）

（宋）周　密

粉黄衣薄沾麝熏。作南华、春梦乍醒。活计一生花里，恨晓园、花露正深。　　芳溪有恨时时见，趁游丝、高下弄晴。生怕被春归了，赶春风、低度柳阴。

注：该词上阕第一句和第二句为乐段一中的格式（3），第三句和第四句为乐段二中的格式（3）；下阕第一句和第二句为乐段一中的格式（1），第三句和第四句为乐段二中的格式（4）。全词双调，五十四字，上阕四句，三平韵；下阕四句，两平韵。

双调《恋绣衾》的正格与变格

《恋绣衾》上阕，四句，三平韵	
乐段一（二句，十四字）	乐段二（二句，十三字或十四字）
＋｜－－＋｜－（韵）＋＋＋（读）＋｜＋－（韵） （1）	＋＋＋（读）＋－｜（句）＋＋＋（读）＋｜＋－（韵） （1）
＋－＋｜｜－－（韵）＋＋＋（读）＋－｜－（韵） （2）	＋＋＋（读）＋＋－｜（句）＋＋＋（读）＋｜＋－（韵） （2）
＋－＋｜＋｜－（韵）＋＋＋（读）＋｜＋－（韵） （3）	＋｜｜－－｜（句）＋＋＋（读）＋｜＋－（韵） （3）
＋｜－＋－｜－（韵）＋＋＋（读）＋｜＋－（韵） （4）	

《恋绣衾》下阕，四句，两平韵	
乐段一（二句，十四字或十五字）	乐段二（二句，十三字或十四字）
＋－＋｜－－｜（句）＋＋＋（读）＋｜＋－（韵） （1）	＋＋＋（读）＋－｜（句）＋＋＋（读）＋｜＋－（韵） （1）
＋－＋｜－－｜（句）＋－＋｜（读）＋｜＋－（韵） （2）	＋＋＋（读）＋－＋｜（句）＋＋＋（读）＋｜＋－（韵） （2）
	＋＋＋（读）＋－｜（句）＋｜＋－＋｜－（韵） （3）
	＋｜＋－＋｜（句）＋＋＋（读）＋｜＋－（韵） （4）

例三　恋绣衾（五十五字）

（宋）辛弃疾

长夜偏冷添被儿。枕头儿、移了又移。我自是、笑别人底，却原来、当局者迷。　　如今只恨姻缘浅，也不会、抵死恨伊。合手下、安排了，那筵席、须有散时。

注：该词上阕第一句和第二句为乐段一中的格式（4），第三句和第四句为乐段二中的格式（2）；下阕第一句和第二句为乐段一中的格式（1），第三句和第四句为乐段二中的格式（1）。全词双调，五十五字，上阕四句，三平韵；下阕四句，两平韵。

例四　恋绣衾（五十五字）

（宋）韩淲

欢浓雨点笑靥儿。雪初消、梅欲放时。不信道、伤春瘦，怕人猜、犹待皱眉。　　香浓翠被屏山曲，把珊瑚枕、侧过又移。试与伴、江头去，但醉翁亭上要诗。

注：该词上阕第一句和第二句为乐段一中的格式（3），第三句和第四句为乐段二中的格式（1）；下阕第一句和第二句为乐段一中的格式（2），第三句和第四句为乐段二中的格式（3）。全词双调，五十五字，上阕四句，三平韵；下阕四句，两平韵。

例五　恋绣衾（五十六字）

（宋）赵汝茪

柳丝空有万千条。系不住、溪头画桡。想今宵、也对新月，过轻寒、何处小桥。　　玉箫台榭春多少，溜啼痕、盈脸未消。怪别来、胭脂慵傅，被东风、偷在杏梢。

注：该词上阕第一句和第二句为乐段一中的格式（2），第三句和第四句为乐段二中的格式（2）；下阕第一句和第二句为乐段一中的格式（1），第三句和第四句为乐段二中的格式（2）。全词双调，五十六字，上阕四句，三平韵；下阕四句，两平韵。

撷　芳　词

《古今词话》云："政和间，京师妓之姥，曾嫁伶官，常入内教舞，传禁中《撷芳词》以教其妓，人皆爱其声，又爱其词，类唐人所作。张尚书帅成都，蜀中传此词，竞唱之，却于前段下添'忆忆忆'三字，后段下添'得得得'三字，又名《摘红英》，殊失其义。不知禁中有'撷芳园'，故名《撷芳词》也。"按程垓词名《折红英》；曾觌词名《清商怨》；吕渭老词名《惜分钗》；陆游因词中有"可怜孤似钗头凤"句，改名《钗头凤》；《能改斋漫录》无名氏词名《玉珑璁》。

《撷芳词》的长短句结构

上阕，两个乐段		下阕，两个乐段	
乐段一（十三字）	乐段二（十七字或十六字、十四字）	乐段一（十三字）	乐段二（十七字或十六字、十四字）
3 3 7	3 3 4 4 1 1 1 3 3 4 4 1 1 3 3 4 4	3 3 7	3 3 4 4 1 1 1 3 3 4 4 1 1 3 3 4 4

　　《康熙词谱》共收集五体《撷芳词》，双调，上下阕分别可分为两个乐段，其长短句结构如表所示。该调有六十字或五十四字、五十八字等格式。它们之间的共同点是上下阕长短句结构相同，区别在于上下阕结尾有的没有叠韵的一字句，有的词有一叠韵的一字句，有的词有两叠韵的一字句。该调用韵有两种格式，一种是全用仄韵；另一种是平仄韵转换。对于仄韵格来说，除上下阕结尾一字句外，该词每阕六仄韵，后四句换韵。若进一步观察唐宋词人的词作，有的词例前三韵用上、去声，后三韵则用入声，如首句为"风摇动"这首无名氏词，前三韵，上阕用上声之一董、二肿，下阕则用去声之一送、二宋，后三韵则用入声之十一陌、十三职和十四缉。纵观程垓、陆游、曾觌、史达祖、《古今词话》无名氏诸词，莫不皆然。惟张矗词，前面用入声韵，后面用上、去声韵，与此小异。

　　《康熙词谱》没有明确何为正体或正格。因为陆游六十字体《钗头凤》尤为知名，故以六十字体陆游词和程垓词为正体或正格。该调的正格与变格如表所示，其中，上下阕乐段一中的格式（1）和上下阕乐段二中的格式（1）和格式（2）为正格句式，其余为变格句式。

例一 撷芳词（六十字）

（宋）程 垓

　　桃花暖。杨花乱。可怜朱户春强半。长记忆。探芳日。笑凭郎肩，骖红偎碧。惜。惜。惜。　春宵短。离肠断。泪痕长向东风满。凭青翼。问消息。花谢春归，几时来得。忆。忆。忆。

注：该词上阕第一句至第三句为乐段一中的格式（1），第四句至第十句为乐段二中的格式（1）；下阕第四句至第十句为乐段二中的格式（1）。全词双调，六十字，上下阕各十句，七仄韵两叠韵。

《撷芳词》的正格与变格（双调）

《撷芳词》上阕，十句或七句、九句， 七仄韵两叠韵或六仄韵、七仄韵一叠韵、三仄韵四平韵一叠韵、三仄韵四平韵两叠韵	
乐段一 （三句，十三字）	乐段二 （七句或六句、四句，十七字或十六字、十四字）
十一丨（仄韵）一十丨（韵）十 一十丨一一丨（韵） （1）	一十丨（换韵）十一丨（韵）十丨十 一（句）十一十（韵）丨（韵）丨（叠） （1）
	一十丨（换韵）十一丨（韵）十一 十（句）十一十（韵）丨（韵）丨（叠） （2）
十一丨（仄韵）十一丨（韵）十 一十丨一一丨（韵） （2）	
十一丨（仄韵）十一丨（韵）十丨 十一一丨丨（韵） （3）	一十丨（仄韵）十一丨（韵）十丨十 一（句）十十一（韵）丨（韵）丨（叠） （3）
	一十丨（仄韵）十一丨（韵）十一 一（句）十一十丨（韵） （4）
	丨十一（平韵）丨十一（韵）丨十 一十（句）十丨一（韵）一（韵） 一（叠）一（叠） （5）
	丨十一（平韵）十十一（韵）丨十 一十（句）十丨一一（韵）一（韵） （叠） （6）

《撷芳词》下阕，十句或七句、九句， 七仄韵两叠韵或六仄韵、七仄韵一叠韵、三仄韵四平韵一叠韵、三仄韵四平韵两叠韵	
乐段一 （三句，十三字）	乐段二 （七句或六句、四句，十七字或十六字、十四字）
＋ － ｜（仄韵）－ ＋ ｜（韵）＋ － ＋ ｜ － － ｜（韵）	－ ＋ ｜（换韵）＋ － ｜（韵）＋ ｜ ＋ － （句）＋ － ＋ ｜（韵）｜（韵）｜（叠） （1） － ＋ ｜（换韵）＋ － ｜（韵）＋ － ＋ ｜（句）＋ － ＋ ｜（韵）｜（韵）｜（叠） （2） － ＋ ｜（仄韵）＋ － ｜（韵）＋ ｜ ＋ － （句）＋ ＋ － ｜（韵）｜（韵）｜（叠） （3） － ＋ ｜（仄韵）＋ － ｜（韵）＋ － ＋ ｜（句）＋ － ＋ ｜（韵） （4） ｜ ＋ －（平韵）｜ ＋ －（韵）＋ － ＋ ｜（句）＋ ｜ － －（韵）－（韵） －（叠）－（叠） （5） ｜ ＋ －（平韵）｜ ＋ －（韵）＋ ｜ ＋ －（句）＋ ｜ － －（韵）－（韵） －（叠） （6）
注：词例表明，该调上下阕乐段二中的长短句结构与用韵格式相同。	

例二　撷芳词（六十字）

（宋）陆　游

红酥手。黄縢酒。满城春色宫墙柳。东风恶。欢情薄。一怀愁绪，几年离索。错。错。错。　　春如旧。人空瘦。泪痕红浥鲛绡透。桃花落。闲池阁。山盟虽在，锦书难托。莫。莫。莫。

注：该词上阕第一句至第三句为乐段一中的格式（1），第四句至第十句为乐段二中的格式（2）；下阕第四句至第十句为乐段二中的格式（2）。全词双调，六十字，上下阕各十句，七仄韵两叠韵。

例三　撷芳词（六十字）
（宋）唐　琬

世情薄。人情恶。雨送黄昏花易落。晓风干。泪痕残。欲笺心事，独语斜阑。难。难。难。　　人成各。今非昨。病魂常似秋千索。角声寒。夜阑珊。怕人寻问。咽泪妆欢。瞒。瞒。瞒。

注：该词上阕第一句至第三句为乐段一中的格式（3），第四句至第十句为乐段二中的格式（5）；下阕第四句至第十句为乐段二中的格式（5）。全词双调，六十字，上下阕各十句，三仄韵四平韵两叠韵。

例四　撷芳词（五十八字）
（宋）史达祖

春愁远。春梦乱。凤钗一股轻尘满。江烟白。江波碧。柳户清明，燕帘寒食。忆。忆。　　莺声晚。箫声短。落花不许春拘管。新相识。休相失。翠陌吹衣，画楼横笛。得。得。

注：该词上阕第一句至第三句为乐段一中的格式（1），第四句至第十句为乐段二中的格式（3）；下阕第一句至第三句为乐段一中的格式（1），第四句至第十句为乐段二中的格式（3）。全词双调，五十八字，上下阕各九句，七仄韵一叠韵。

例五　撷芳词（五十八字）
（宋）吕渭老

重帘挂。微灯下。背栏同说春风话。月盈楼。泪盈眸。觑着红袖，无计迟留。休。休。　　莺花谢。春残也。等闲泣损香罗帕。见无由。恨难收。梦短屏深，清夜浓愁。悠。悠。

注：该词上阕第一句至第三句为乐段一中的格式（1），第四句至第九句为乐段二中的格式（6）；下阕第四句至第九句为乐段二中的格式（6）。全词双调，五十八字，上下阕各九句，三仄韵四平韵一叠韵。

例六 撷芳词（五十八字）
（宋）吕渭老

春将半。莺声乱。柳丝拂马花迎面。小堂风。暮楼钟。草色连云。暝色连空。重。重。　　秋千畔。何人见。宝钗斜照春妆浅。酒霞红。与谁同。试问别来，近日情忡。忡。忡。

注：该词上阕第一句至第三句为乐段一中的格式（1），第四句至第九句为乐段二中的格式（6）；下阕第四句至第九句为乐段二中的格式（6）。全词双调，五十八字，上下阕各九句，三仄韵四平韵一叠韵。

例七 撷芳词（五十四字）
《古今词话》无名氏

风摇动。雨濛茸。翠条柔弱花头重。春衫窄。香肌湿。记得年时，共伊曾摘。　　都如梦。何曾共。可怜孤似钗头凤。关山隔。晚云碧。燕儿来也，又无消息。

注：该词上阕第一句至第三句为乐段一中的格式（2），第四句至第七句为乐段二中的格式（4）；下阕第四句至第七句为乐段二中的格式（4）。全词双调，五十四字，上下阕各七句，六仄韵。

鬓　边　华

调见《梅苑》词，因词中有"映青鬓、开人醉眼"句，取以为名。

《鬓边华》的长短句结构

上阕，两个乐段		下阕，两个乐段	
乐段一（十三字）	乐段二（十四字）	乐段一（十三字）	乐段二（十四字）
6　　34	34　　34	6　　34	34　　34

《康熙词谱》只收集一体《鬓边华》，双调，上下阕分别可分为两个乐段，其长短句结构如表所示。该调五十四字，上阕四句，三仄韵；下阕四句，两仄韵，其基本格式如表所示。

《鬓边华》的基本格式（双调）

《鬓边华》上阕，四句，三仄韵	
乐段一（二句，十三字）	乐段二（二句，十四字）
＋－－｜＋｜（韵）＋＋＋（读）	＋＋＋（读）＋｜－－（句）
＋－＋｜（韵）	＋＋＋（读）＋－＋｜（韵）

《鬓边华》下阕，四句，两仄韵	
乐段一（二句，十三字）	乐段二（二句，十四字）
＋－＋｜－－（句）＋＋＋（读）	＋＋＋（读）＋｜－－（句）＋＋＋（读）
＋－＋｜（韵）	＋＋＋（读）＋－＋｜（韵）

例　鬓边华（五十四字）

《梅苑》无名氏

小梅香细艳浅。过梦岸、尊前偶见。爱闲谈、天与精神，映青鬓、开人醉眼。　　如今抛掷经春，恨不见、芳枝寄远。向心上、谁解相思，赖长对、妆楼粉面。

注：全词双调，五十四字，上阕四句，三仄韵；下阕四句，两仄韵。

玉　楼　人

调见《梅苑》词选本。

《玉楼人》的长短句结构

上阕，两个乐段		下阕，两个乐段	
乐段一（十四字）	乐段二（十三字）	乐段一（十四字）	乐段二（十三字）
7　　34	6　　34	7　　34	6　　34

《康熙词谱》只收集一体《玉楼人》，双调，上下阕分别可分为两个乐段，其长短句结构如表所示。该调五十四字，上下阕各四句，三仄韵，其基本格式如表所示。

《玉楼人》的基本格式（双调）

《玉楼人》上阕，四句，三仄韵	
乐段一（二句，十四字）	乐段二（二句，十三字）
＋－＋｜－－｜（韵）＋＋＋ （读）＋－＋｜（韵）	＋－＋｜－－（句）＋＋＋ （读）－｜＋｜（韵）

《玉楼人》下阕，四句，三仄韵	
乐段一（二句，十四字）	乐段二（二句，十三字）
＋－＋｜－－｜（韵）＋＋＋ （读）＋｜－｜（韵）	＋－＋｜－－（句）＋＋＋ （读）＋｜－｜（韵）

例　玉楼人（五十四字）

《梅苑》无名氏

去年寻处曾持酒。还是向、南枝见后。宜霜宜雪精神，没些儿、风味减旧。　　先春似与群芳斗。暗度香、不待频嗅。有人笑折归来，玉纤长、尽露衫袖。

注：全词双调，五十四字，上下阕各四句，三仄韵。

江月晃重山

调见杨慎《词林万选》，每阕上三句《西江月》体，下二句《小重山》体。

《江月晃重山》的长短句结构

上阕，两个乐段			下阕，两个乐段		
乐段一（十二字）		乐段二（十五字）			乐段一（十二字）		乐段二（十五字）		
6	6	7	3	5	6	6	7	3	5

《康熙词谱》只收集一体《江月晃重山》，双调，上下阕分别可分为两个乐段，其长短句结构如表所示。该调五十四字，上下阕各五句，三平韵，其基本格式如表所示。

《江月晃重山》的基本格式（双调）

《江月晃重山》上阕，五句，三平韵	
乐段一（二句，十二字）	乐段二（三句，十五字）
＋｜＋ー＋｜（句）＋ー＋｜ー ー（韵）	＋ー＋｜｜ーー（韵）ーー｜（句）＋｜｜ーー（韵）

《江月晃重山》上阕，五句，三平韵	
乐段一（二句，十二字）	乐段二（三句，十五字）
＋｜＋ー＋｜（句）＋ー＋｜ー ー（韵）	＋ー＋｜｜ーー（韵）ーー｜（句）＋｜｜ーー（韵）

例　江月晃重山（五十四字）

（宋）陆　游

芳草洲前道路，夕阳楼上阑干。碧云何处问归鞍。从军客，耽乐不思还。　　洞里神仙种玉，江边骚客滋兰。鸳鸯沙暖鹡鸰寒。菱花晚，不奈鬓毛斑。

注：全词双调，五十四字，上下阕各五句，三平韵。

南乡一剪梅

该调每阕上三句为《南乡子》体，下二句为《一剪梅》体。

《南乡一剪梅》的长短句结构

上阕，两个乐段		下阕，两个乐段	
乐段一（十二字）	乐段二（十五字）	乐段一（十二字）	乐段二（十五字）
5　　7	7　　4　　4	5　　7	7　　4　　4

《康熙词谱》只收集一体《南乡一剪梅》，双调，上下阕分别可分为两个乐段，其长短句结构如表所示。该调五十四字，上下阕各五句，三平韵一叠韵，其基本格式如表所示。

《南乡一剪梅》的基本格式（双调）

《南乡一剪梅》上阕，五句，三平韵一叠韵	
乐段一（二句，十二字）	乐段二（三句，十五字）
＋｜｜——（韵）＋｜——＋ ｜—（韵）	＋｜＋——｜｜（句）＋｜—— （韵）＋｜———（叠）

《南乡一剪梅》下阕，五句，三平韵一叠韵	
乐段一（二句，十二字）	乐段二（三句，十五字）
＋｜｜——（韵）＋｜——＋ ｜—（韵）	＋｜＋——｜｜（句）＋｜—— （韵）＋｜———（叠）

例　南乡一剪梅（五十四字）

（元）虞　集

南阜小亭台。薄有山花取次开。寄语多情熊少府，晴也须来。雨也须来。　随意且衔杯。莫惜春衣坐绿苔。若待明朝风雨过，人在天涯。春在天涯。

注：全词双调，五十四字，上下阕各五句，三平韵一叠韵。

鹦　鹉　曲

一名《黑漆弩》，又《学士吟》。白无咎词有"侬家鹦鹉洲边住"句，故名《鹦鹉曲》。《太平乐府》注"正宫"。

《鹦鹉曲》的长短句结构

上阕，两个乐段		下阕，两个乐段	
乐段一（十四字）	乐段二（十三字）	乐段一（十三字）	乐段二（十四字）
7　　7 7　　34	34　　6	34　　6	34　　34

《康熙词谱》只收集一体《鹦鹉曲》，双调，上下阕分别可分为两个乐段，其长短句结构

如表所示。该调五十四字，上阕四句，三仄韵；下阕四句，两仄韵，其基本格式如表所示。

《鹦鹉曲》的基本格式（双调）

《鹦鹉曲》上阕，四句，三仄韵	
乐段一（二句，十四字）	乐段二（二句，十三字）
＋－＋｜－－｜（韵）＋＋＋｜ ＋－｜（韵） （1） ＋＋－｜－－｜（韵）＋＋＋ （读）＋＋－｜（韵） （2）	＋＋＋（读）＋｜－－（句）＋ ｜＋－＋｜（韵）

《鹦鹉曲》下阕，四句，两仄韵	
乐段一（二句，十三字）	乐段二（二句，十四字）
＋＋＋（读）＋｜－－（韵）＋ ｜＋－＋｜（韵）	＋＋＋（读）＋｜－－（句）＋ ＋＋（读）＋－＋｜（韵）

例一　鹦鹉曲（五十四字）
（元）白无咎

侬家鹦鹉洲边住。是个不识字渔父。浪花中、一叶扁舟，睡煞江南烟雨。　觉来时、满眼青山，抖擞绿蓑归去。算从前、错怨天公，甚也有、安排我处。

注：该词第一句和第二句为乐段一中的格式（1）。全词双调，五十四字，上阕四句，三仄韵；下阕四句，两仄韵。

例二　鹦鹉曲（五十四字）
（元）冯子振

箕尾传说商岩住。空桑子、伊尹无父。汉萧何、昂宿分英，李靖唐时行雨。　出山来、济了苍生，却卷白云闲去。一千年、黄阁清风，是万古、声名响处。

注：该词第一句和第二句为乐段一中的格式（2）。全词双调，五十四字，上阕四句，三仄韵；下阕四句，两仄韵。

卷十一

一 七 令

按计敏夫《唐诗纪事》："白乐天分司东洛，朝贤悉会兴化池亭送别，酒酣，各请一字至七字诗，以题为韵，后遂沿为词调。"

《一七令》的长短句结构

《一七令》单调，六个乐段					
乐段一（五字或六字）	乐段二（六字）	乐段三（八字）	乐段四（十字）	乐段五（十二字）	乐段六（十四字）
1 2 2 1 1 2 2	3 3	4 4	5 5	6 6	7 7

《康熙词谱》共收集四体《一七令》，单调，可分为六个乐段，其长短句结构如表所示。该调有五十五字或五十六字等格式，且还有平韵与仄韵两种用韵格式。平韵格《一七令》，十三句或十四句，七平韵或七平韵一叠韵，《康熙词谱》以白居易词为标谱词例，其正格与变格如表所示。其中，各乐段中的格式（1）为正格句式，其余为变格句式。仄韵格《一七令》，十三句或十四句，七仄韵或七仄韵一叠韵，《康熙词谱》以韦式词为标谱词例，其正格与变格如表所示。其中，各乐段中的格式（1）为正格句式，其余为变格句式。

例一　一七令（五十五字）

（唐）白居易

诗。绮美，瑰奇。明月夜，落花时。能助欢笑，亦伤别离。调清金石怨，吟苦鬼神悲。天下只应我爱，世间惟有君知。自从都尉别苏句，便到司空送白辞。

注：该词第一句至第三句为乐段一中的格式（1），第六句和第七句为乐段三中的格式（1），第十二句和第十三句为乐段六中的格式（1）。全词单调，五十五字，十三句，七平韵。

《一七令》（平韵）的正格与变格（单调）

《一七令》（平韵）单调，十三句或十四句，七平韵或七平韵一叠韵		
乐段一 （三句或四句，五字或六字）	乐段二 （二句，六字）	乐段三 （二句，八字）
－（韵）＋｜（句）＋ －（韵） （1）	－＋｜（句）｜＋－ －（韵）	＋＋－｜（句）＋＋ ｜－（韵） （1）
－（韵）－（叠）＋｜（句） ＋－（韵） （2）		＋－＋｜（句）＋｜ －－（韵） （2）

《一七令》（平韵）单调，十三句或十四句，七平韵或七平韵一叠韵		
乐段四（二句，十字）	乐段五（二句，十二字）	乐段六（二句，十四字）
＋－－｜｜（句） ＋｜｜－－（韵）	＋｜｜－＋｜（句） ＋－＋｜＋－ （韵）	＋－＋｜＋－｜（句）＋ ｜－－＋｜－（韵） （1）
		＋｜＋－－｜｜（句）＋ －＋｜｜－－（韵） （2）

例二 一七令（五十六字）

（唐）张南史

花。花。深浅，芬葩。凝为雪，错为霞。莺和蝶到，苑占宫遮。已迷金谷路，频驻玉人车。芳草欲陵芳树，东家半落西家。愿得春风相伴去，一攀一折向天涯。

注：该词第一句至第四句为乐段一中的格式（2），第七句和第八句为乐段三中的格式（2），第十三句和第十四句为乐段六中的格式（2）。全词单调，五十六字，十四句，七平韵一叠韵。

《一七令》（仄韵）的正格与变格（单调）

《一七令》（仄韵）单调，十三句或十四句，七仄韵或七仄韵一叠韵		
乐段一 （二句或三句，五字或六字）	乐段二 （二句，六字）	乐段三 （二句，八字）
｜（韵）＋ 一（句）＋｜（韵） （1） ｜（韵）｜（叠）＋ 一（句） ＋｜（韵） （2）	｜＋＋（句）一＋｜ （韵）	＋＋一｜（句）＋ 一 ＋｜（韵）

《一七令》（仄韵）单调，十三句或十四句，七仄韵或七仄韵一叠韵		
乐段四（二句，十字）	乐段五（二句，十二字）	乐段六（二句，十四字）
＋｜｜一 一（句） ＋ 一 一｜｜（韵） （1） 一 一＋｜一（句） ＋｜一 一｜（韵） （2）	＋｜＋一＋｜（句） ＋｜＋一＋｜（韵） （1） ＋一＋｜一｜（句） ＋｜＋一＋｜（韵） （2）	＋一＋｜｜一 一（句） ＋｜＋一＋｜｜（韵）

例一 一七令（五十五字）

（唐）韦 式

竹。临池，似玉。裛露静，和烟绿。抱节宁改，贞心自束。渭曲种偏多，王家看不足。仙仗正惊龙化。美实当从凤熟。唯愁吹作别离声，回首驾骖舞阵速。

注：该词第一句至第三句为乐段一中的格式（1），第八句和第九句为乐段四中的格式（1），第十句和第十一句为乐段五中的格式（1）。全词单调，五十五字，十三句，七仄韵。

例二　一七令（五十六字）

（唐）张南史

竹。竹。被山，连谷。出东南，殊草木。叶细枝劲，霜停露宿。成林处处云，抽笋年年玉。天风乍起争韵，池水相涵更绿。却寻庾信小园中，闲对数竿心自足。

注：该词第一句至第四句为乐段一中的格式（2），第九句和第十句为乐段四中的格式（2），第十一句和第十二句为乐段五中的格式（2）。全词单调，五十六字，十四句，七仄韵一叠韵。

河　传

宋王灼《碧鸡漫志》云："《河传》唐曲，今存者二。其一属'南吕宫'，前段仄韵，后段平韵；其一属'无射宫'，即《怨王孙》曲；外又有'越调'、'仙吕调'两曲。"按《河传》之名，始于隋代，其词则创自温庭筠。韦庄词名《怨王孙》；张先词有"海宇，称庆，与天同"句，更名《庆同天》；李清照词有"人静皎月初斜，浸梨花"句，更名《月照梨花》；徐昌图词有"秋光满目"句，更名《秋光满目》。

《河传》的长短句结构（一）

上阕，两个乐段		下阕，两个乐段	
乐段一（十三字或十二字、十一字）	乐段二（十四字或十二字、十三字、十五字、十六字）	乐段一（十五字或十六字）	乐段二（十三字或十六字、十五字、十四字、十一字）
2 2 3 6	7 2 5	7 3 5	3 3 2 5
2 2 4 4	7 2 3	7 4 5	7 2 5
4 4 4	4 6 3		4 6 3
4 5 4	4 4 5		5 5 3
4 4 5	4 4 5		6
4 　 34	3 4 5		4 6 5
	6 2 5		6 4 5
	4 6 33		4 6 33
	3 3 2 5		

《河传》的长短句结构（二）

上阕，两个乐段		下阕，两个乐段	
乐段一 （十六字）	乐段二 （九字）	乐段一 （十五字或十六字）	乐段二 （十三字）
2 2 4 4 4 4 4 4 4	6 3	7 3 5 7 4 5	4 6 3 6 4 3

《康熙词谱》共收集《河传》二十七体，双调，上下阕分别可分为两个乐段，有两种长短句结构（如表所示），以第一种长短句结构为主。对第二种长短句结构而言，实际上仅仅是少数词例，其上阕第九字至第十二字这个四字句不用韵的结果。该调的用韵相当灵活，既有平仄韵转换格或平仄韵通叶格（用"平仄韵"表示），又有全押仄韵的格式。

对"平仄韵"而言，该调有五十五字或五十四字、五十三字等格式，上阕七句或六句，两仄韵五平韵或三仄韵四平韵、三仄韵三平韵、四仄韵三平韵等；下阕七句或六句，三仄韵四平韵或三仄韵三平韵、三仄韵两平韵等。《康熙词谱》以五十五字体温庭筠词为标谱词例。《河传》（平仄韵）的正格与变格如表所示，其中，上下阕各乐段中的格式（1）为正格句式，其余为变格句式。与第二种长短句结构相对应的格式，作为《河传》（平仄韵）的另一种基本格式（如表所示）。

对于仄韵格而言，《河传》的不同格式为双调，有五十一字或五十七字、五十九字、六十字和六十一字等格式，上阕四仄韵或五仄韵、三仄韵；下阕五仄韵或四仄韵、三仄韵。《康熙词谱》以张泌五十一字体《河传》为标谱词例。《河传》（仄韵）的正格与变格如表所示，其中，上下阕各乐段中的格式（1）为正格句式，其余为变格句式。

例一　河传（五十五字）

（唐）温庭筠

湖上。闲望。雨萧萧。烟浦花桥路遥。谢娘翠蛾愁不销。终朝。梦魂迷晚潮。　荡子天涯归棹远。春已晚。莺语空肠断。若耶溪。溪水西。柳堤。不闻郎马嘶。

注：该词上阕第一句至第四句为乐段一中的格式（1），第五句至第七句为乐段二中的格式（1）；下阕第一句至第三句为乐段一中的格式（1），第四句至第七句为乐段二中的格式（1）。全词双调，五十五字，上阕七句，两仄韵五平韵；下阕七句，三仄韵四平韵。

《河传》（平仄韵）的正格与变格（双调）

《河传》上阕，七句或六句，两仄韵五平韵等多种用韵格式	
乐段一（四句或三句，十三字或十二字）	乐段二（三句或四句，十四字或十三字、十五字）
＋｜（仄韵）＋｜（韵）｜－－（平韵）＋｜＋－｜－（韵） （1）	＋＋｜－－｜－（韵）＋－（韵）＋－－｜－（韵） （1）
＋｜（仄韵）＋｜（韵）｜－－（平韵）＋｜｜＋＋－（韵） （2）	＋－＋｜｜＋－（韵）＋－（韵）＋｜－－（韵） （2）
＋｜（仄韵或句）＋｜（韵或叠）＋－－（韵）＋｜（韵）＋｜－－（韵） （3）	＋｜＋｜｜－－（韵）＋－（韵）＋｜－－（韵） （3）
＋｜（仄韵）＋｜（韵或叠）＋＋－｜（句）＋｜－－（韵） （4）	＋－＋｜｜－－（韵）＋－（韵）｜－－（韵） （4）
＋｜（仄韵或句）＋｜（韵）＋－＋｜（韵或句）＋－＋｜（韵） （5）	＋－＋｜｜－－（句）＋｜（韵）＋－－｜｜（韵） （5）
＋－＋｜（仄韵）＋－＋｜（韵）＋－＋｜（韵） （6）	＋－＋｜（韵或句）－＋＋｜－－（韵）｜－－（韵） （6）
	＋－＋｜（韵）＋＋＋｜－（韵）＋－＋｜－（韵） （7）
	＋－＋｜（句或韵）＋｜＋－＋｜（韵）＋－－｜｜（韵） （8）
	｜－－（句）｜－－（句）－｜（韵）＋－－｜｜（韵） （9）
	｜－－（句）＋｜＋－＋｜（韵）＋－－｜｜（韵） （10）
	＋－－｜＋｜（韵）＋｜（韵）＋－－｜｜（韵） （11）

《河传》（平仄韵）下阕，七句或六句，三仄韵四平韵等多种用韵格式	
乐段一（三句，十五字）	乐段二（四句或三句，十三字或十四字）
＋ | ＋ 一 一 | |（韵）＋ ＋ |（韵） ＋ | ＋ 一 |（韵） （1）	＋ ＋ 一 （韵）＋ ＋ 一 （韵或叠） ＋ 一 （韵）＋ 一 ＋ | 一 （韵） （1）
＋ 一 ＋ | 一 一 |（韵）＋ | |（韵） ＋ | ＋ | 一 |（韵） （2）	＋ 一 ＋ | | 一 一（韵）＋ 一 （韵） ＋ 一 ＋ | 一 （韵） （2）
＋ | 一 一 | 一 |（韵）＋ ＋ |（韵） ＋ | ＋ 一 | 一（韵） （3）	＋ 一 ＋ |（句）一 | ＋ 一 （韵） | 一 一 （韵） （3）
＋ | ＋ 一 | 一 |（韵）＋ ＋ |（韵） ＋ | ＋ 一 |（韵） （4）	| ＋ 一 一 |（句）| ＋ 一 一 （韵） | 一 一 （韵） （4）

注：①下阕乐段二中的格式"＋　＋　一"，可平可仄两处，应有平有仄。②下阕乐段二中的格式"＋　一　＋　\|　一（韵）"，可平可仄两处，不可同时用仄。

例二　河传（五十五字）

（唐）温庭筠

　　江畔。相唤。晓妆鲜。仙景个女采莲。请君莫向那岸边。少年。好花新满船。　　红袖摇曳逐风暖。垂玉腕。肠向柳丝断。浦南归。浦北归。莫知。晚来人已稀。

　　注：该词上阕第一句至第四句为乐段一中的格式（2），第五句至第七句为乐段二中的格式（2）；下阕第一句至第三句为乐段一中的格式（4），第四句至第七句为乐段二中的格式（1）。全词双调，五十五字，上阕七句，两仄韵五平韵；下阕七句，三仄韵三平韵一叠韵。

例三　河传（五十五字）

（唐）温庭筠

　　同伴。相唤。杏花稀。梦里每愁依违。仙客一去燕已飞。不归。泪痕空满衣。　　天际云鸟引情远。春已晚。烟霭度南苑。雪梅香。柳带长。小娘。转令人意伤。

注：该词上阕第一句至第四句为乐段一中的格式（2），第五句至第七句为乐段二中的格式（3）；下阕第一句至第三句为乐段一中的格式（4），第四句至第七句为乐段二中的格式（1）。全词双调，五十五字，上阕七句，两仄韵五平韵；下阕七句，三仄韵四平韵。

例四　河传（五十四字）

（五代）孙光宪

　　花落。烟薄。谢家池阁。寂寞春深。翠娥轻敛意沉吟。沾襟。无人知此心。　　玉炉香断霜灰冷。帘铺影。梁燕归红杏。晚来天。空悄然。孤眠。枕檀云髻偏。

注：该词上阕第一句至第四句为乐段一中的格式（3），第五句至第七句为乐段二中的格式（2）；下阕第一句至第三句为乐段一中的格式（2），第四句至第七句为乐段二中的格式（1）。全词双调，五十四字，上下阕各七句，三仄韵四平韵。

例五　河传（五十四字）

（五代）顾　夐

　　棹举。舟去。波光渺渺，不知何处。岸花汀草共依依。雨微。鹧鸪相逐飞。　　天涯离恨江声咽。啼猿切。此意向谁说。倚兰桡。独无憀。魂销。小炉香欲焦。

注：该词上阕第一句至第四句为乐段一中的格式（5），第五句至第七句为乐段二中的格式（2）；下阕第一句至第三句为乐段一中的格式（2），第四句至第七句为乐段二中的格式（1）。全词双调，五十四字，上阕七句，三仄韵三平韵；下阕七句，三仄韵四平韵。

例六　河传（五十四字）

（宋）辛弃疾

　　春水。千里。孤舟浪起。梦携西子。觉来村巷夕阳斜。几家。短墙红杏花。　　晚云做造些儿雨。折花去。岸上谁家女。太狂颠。笑那边。柳绵。被风吹上天。

注：该词上阕第一句至第四句为乐段一中的格式（5），第五句至第七句为乐段二中的格式（2）；下阕第一句至第三句为乐段一中的格式（2），第四句至第七句为乐段二中的格式（1）。全词双调，五十四字，上阕七句，四仄韵三平韵；下阕七句，三仄韵四平韵。

例七　河传（五十三字）
（唐）张　泌

红杏。红杏。交枝相映。密密蒙蒙。一庭浓艳倚东风。香融。透帘栊。　　斜阳似共春光语。蝶争舞。更引流莺妒。魂销千片玉尊前。神仙。瑶池醉暮天。

注：该词上阕第一句至第四句为乐段一中的格式（3），第五句至第七句为乐段二中的格式（4）；下阕第一句至第三句为乐段一中的格式（2），第四句至第六句为乐段二中的格式（2）。全词双调，五十三字，上阕七句，两仄韵一叠韵四平韵；下阕六句，三仄韵三平韵。

例八　河传（五十三字）
（五代）阎　选

秋雨。秋雨。无昼无夜，滴滴霏霏。暗灯凉簟怨分离。妖姬。不胜悲。　　西风稍急喧窗竹。停又续。腻脸悬双玉。几回邀约雁来时。违期。雁归人不归。

注：该词上阕第一句至第四句为乐段一中的格式（4），第五句至第七句为乐段二中的格式（4）；下阕第一句至第三句为乐段一中的格式（2），第四句至第六句为乐段二中的格式（2）。全词双调，五十三字，上阕七句，两仄韵一叠韵四平韵；下阕六句，三仄韵三平韵。

例九　河传（五十三字）
（唐）韦　庄

锦浦。春女。绣衣金缕。雾薄云轻。花深柳暗，时节正是清明。雨初晴。　　玉鞭魂断烟霞路。莺莺语。一望巫山雨。香尘隐映，遥见翠槛红楼。黛眉愁。

注：该词上阕第一句至第四句为乐段一中的格式（3），第五句至第七句为乐段二中的格式（6）；下阕第一句至第三句为乐段一中的格式（2），第四句至第六句为乐段二中的格式（3）。全词双调，五十三字，上阕七句，三仄韵三平韵；下阕六句，三仄韵两平韵。

例十　河传（五十三字）
（宋）张　先

海寓，称庆。复生元圣。风入南薰。拜恩遥阙，衣上晓色犹春。望尧云。　　游钧广乐人疑梦。仙声共。日转旗光动。无疆圣算，何待更祝华封，与天同。

注：该词上阕第一句至第四句为乐段一中的格式（3），第五句至第七句为乐段二中的格式（6）；下阕第一句至第三句为乐段一中的格式（2），第四句至第六句为乐段二中的格式（3）。全词双调，五十三字，上阕七句，两仄韵三平韵；下阕六句，三仄韵两叶韵。

例十一　河传（五十三字）

（宋）李清照

　　帝里，春晚。重门深院。草绿阶前。暮天雁断。楼上远信谁传。恨绵绵。　　多情自是多沾惹。难拌舍。又是寒食也。秋千巷陌，人静皎月初斜。浸梨花。

注：该词上阕第一句至第四句为乐段一中的格式（3），第五句至第七句为乐段二中的格式（6）；下阕第一句至第三句为乐段一中的格式（2），第四句至第六句为乐段二中的格式（3）。全词双调，五十三字，上阕七句，三仄韵三平韵；下阕六句，三仄韵两叶韵。

例十二　河传（五十五字）

（五代）李　珣

　　春暮。微雨。送君南浦。愁敛双蛾。落花深处。啼鸟似逐离歌。粉檀珠泪和。　　临流更把同心结。情哽咽。后会何时节。不堪回首，相望已隔汀洲。橹声幽。

注：该词上阕第一句至第四句为乐段一中的格式（3），第五句至第七句为乐段二中的格式（7）；下阕第一句至第三句为乐段一中的格式（2），第四句至第六句为乐段二中的格式（3）。全词双调，五十五字，上阕七句，四仄韵三平韵；下阕六句，三仄韵两平韵。

例十三　河传（五十五字）

（五代）李　珣

　　去去。何处。迢迢巴楚。山水相连。朝云暮雨。依旧十二峰前。猿声到客船。　　愁肠岂异丁香结。因离别。故国音书绝。想佳人花下，对明月春风。恨应同。

注：该词上阕第一句至第四句为乐段一中的格式（3），第五句至第七句为乐段二中的格式（7）；下阕第一句至第三句为乐段一中的格式（2），第四句至第六句为乐段二中的格式（4）。全词双调，五十五字，上阕七句，四仄韵三平韵；下阕六句，三仄韵两平韵。

例十四　河传（五十五字）
（五代）孙光宪

风飐。波敛。圆荷闪闪。珠倾露点。木兰舟上，何处吴娃越艳。藕花红照脸。　大堤狂杀襄阳客。烟波隔。渺渺湖光白。身已归。心不归。斜晖。远汀鸂鶒飞。

注：该词上阕第一句至第四句为乐段一中的格式（5），第五句至第七句为乐段二中的格式（8）；下阕第一句至第三句为乐段一中的格式（2），第四句至第七句为乐段二中的格式（1）。全词双调，五十五字，上阕七句，六仄韵；下阕七句，三仄韵三平韵一叠韵。

例十五　河传（五十三字）
（五代）顾　夐

曲槛。春晚。碧流纹细，绿杨丝软。露华鲜，杏枝繁，莺啭。野芜平似剪。　直是人间到天上。堪游赏。醉眼疑屏幛。对池塘。惜韶光。断肠。为花须尽狂。

注：该词上阕第一句至第四句为乐段一中的格式（5），第五句至第八句为乐段二中的格式（9）；下阕第一句至第三句为乐段一中的格式（3），第四句至第七句为乐段二中的格式（1）。全词双调，五十三字，上阕八句，五仄韵；下阕七句，三仄韵四平韵。

例十六　河传（五十四字）
（五代）顾　夐

燕飐，晴景。小窗屏暖，鸳鸯交颈。菱花掩却翠鬟欹，慵整。海棠帘外影。　绣帏香断金鸂鶒。无消息。心事空相忆。倚东风。春正浓。愁红。泪痕衣上重。

注：该词上阕第一句至第四句为乐段一中的格式（5），第五句至第七句为乐段二中的格式（5）；下阕第一句至第三句为乐段一中的格式（2），第四句至第七句为乐段二中的格式（1）。全词双调，五十四字，上阕七句，四仄韵；下阕七句，三仄韵四平韵。

例十七　河传（五十四字）
（五代）孙光宪

太平天子。等闲游戏。疏河千里。柳如丝，偎倚绿波春水。长淮风不起。　如花殿脚三千女。争云雨。何处留人住。锦帆风。烟际红。烧空。魂迷大业中。

注：该词上阕第一句至第三句为乐段一中的格式（6），第四句至第六句为乐段二中的格式（10）；下阕第一句至第三句为乐段一中的格式（2），第四句至第七句为乐段二中的格式（1）。全词双调，五十四字，上阕六句，五仄韵；下阕七句，三仄韵四平韵。

例十八　河传（五十三字）

（五代）孙光宪

柳拖金缕。着烟笼雾。濛濛落絮。凤凰舟上楚女。妙舞。雷喧波上鼓。　　龙争虎战分中土。人无主。桃叶江南渡。擘花笺。艳思牵。成篇。宫娥相与传。

注：该词上阕第一句至第三句为乐段一中的格式（6），第四句至第六句为乐段二中的格式（11）；下阕第一句至第三句为乐段二中的格式（2），第四句至第七句为乐段二中的格式（1）。全词双调，五十三字，上阕六句，六仄韵；下阕七句，三仄韵四平韵。

《河传》（平仄韵）的另一种基本格式（双调）

《河传》上阕，七句或六句，三仄韵两平韵等多种用韵格式	
乐段一（五句或四句，十六字）	乐段二（二句，九字）
＋｜（韵或句）＋｜（韵或句）＋ － ＋｜（韵）＋｜ － －（句）＋ － ＋｜（韵） （1） ＋＋ －｜（韵）＋ － ＋｜（韵） ＋｜ － －（句）＋ － ＋｜（韵） （2）	＋｜＋｜ － －（韵）｜ － － －（韵）

《河传》下阕，六句，三仄韵两平韵等多种用韵格式	
乐段一（三句，十五字或十六字）	乐段二（三句，十三字）
＋ － ＋｜ － －｜（韵）＋ －｜（韵） ＋｜＋ －｜（韵） （1） ＋ － ＋｜ － －｜（韵）＋ －｜（韵） ｜（韵）＋｜ － ＋｜（韵） （2）	＋ － ＋｜（句）＋｜＋｜ － －（韵） ｜ － －（韵） （1） ＋ － ＋｜ －｜（句）＋｜ － －（韵） ｜ － －（韵） （2）

例一　河传（五十三字）

（宋）张元幹

　　小院，春昼。晴窗霞透。著雨胭脂，倚风翠袖。芳意恼乱人多。暖金荷。　　多情不分群葩后。伤春瘦。浅黛眉尖秀。红潮醉脸，半掩花底重门。怨黄昏。

　　注：该词上阕第一句至第五句为乐段一中的格式（1）；下阕第一句至第三句为乐段一中的格式（1），第四句至第六句为乐段二中的格式（1）。全词双调，五十三字，上阕七句，三仄韵两平韵；下阕六句，三仄韵两平韵。

例二　河传（五十四字）

（宋）陆　游

　　闷已萦损。那堪多病。几曲屏山，伴人昼静。梁燕催起犹慵。换熏笼。　　新愁旧恨何时尽。渐涓绿鬓。小雨知花信。芳笺寄与，何处绣阁珠栊。柳阴中。

　　注：该词上阕第一句至第四句为乐段一中的格式（2）；下阕第一句至第三句为乐段一中的格式（2），第四句至第六句为乐段二中的格式（1）。全词双调，五十四字，上下阕各六句，三仄韵两平韵。

例三　河传（五十四字）

（宋）陆　游

　　霁景，风软，烟江春涨。小阁无人，绣帘半上。花外姊妹相呼。约撄蒱。　　修蛾忘了章台样。细思一晌。感事添惆怅。胸酥臂玉消减，拟觅双鱼。倩传书。

　　注：该词上阕第一句至第五句为乐段一中的格式（1）；下阕第一句至第三句为乐段一中的格式（2），第四句至第六句为乐段一中的格式（2）。全词双调，五十四字，上阕七句，两仄韵两平韵；下阕六句，三仄韵两平韵。

例四　河传（五十四字）

（宋）黄　昇

　　昼景。方永。重帘花影。好梦犹酣，莺声唤醒。门外风絮交飞。送春归。　　修蛾画了无人问。几多别恨。泪洗残妆粉。不知郎马何处，烟草凄迷。鹧鸪啼。

注：该词上阕第一句至第五句为乐段一中的格式（1）；下阕第一句至第三句为乐段一中的格式（2），第四句至第六句为乐段二中的格式（2）。全词双调，五十四字，上阕七句，四仄韵两平韵；下阕六句，三仄韵两平韵。

《河传》（仄韵）的正格与变格（双调）

《河传》上阕，七句或六句、五句，四仄韵或五仄韵、三仄韵	
乐段一 （四句或三句、二句，十二字或十三字、十一字）	乐段二 （三句，十三字或十五字、十六字）
＋｜（句或韵）＋｜（韵）＋｜＋—（句）＋—＋｜（韵） （1）	＋—＋｜（句）—｜＋｜（韵）＋｜｜（韵） （1）
＋｜（句或韵）＋｜（韵）＋—＋｜（句）＋—＋｜（韵） （2）	＋—＋｜（句）＋｜＋—＋｜（韵）＋—－｜｜（韵） （2）
＋—＋｜（韵）｜＋—＋｜（韵） （3）	＋｜＋—（句）＋—＋｜—（句）｜＋＋（读）＋｜｜（韵） （3）
＋—＋｜（韵）＋—＋｜（句）＋｜——｜（韵） （4）	＋｜＋—（句）＋｜＋——（句）｜＋＋（读）＋｜｜（韵） （4）
＋—＋｜（韵）＋—＋｜（句）＋—＋｜（韵） （5）	＋｜＋—（句）｜—＋—＋｜（韵）｜＋＋（读）＋｜｜（韵） （5）
＋—＋｜（韵）—＋｜（读）＋—＋｜（韵） （6）	

《河传》下阕，五句或六句，五仄韵或四仄韵、三仄韵	
乐段一（三句，十五字或十六字）	乐段二（二句或三句，十一字或十五字、十六字）
十 — 十 | — — |（韵）— 十 |（韵）十 | — 十 |（韵） （1）	十 — 十 | — |（韵）十 — — | |（韵） （1）
十 — 十 | — — |（韵）十 — 十 |（句或韵）十 | — — |（韵） （2）	十 | 十 —（句）十 | 十 — 十 |（韵）十 — — | |（韵） （2）
十 — 十 | — — |（韵）十 | —（句）十 | — |（韵） （3）	十 | 十 — 十 |（句）十 — 十 |（韵） （3）
	十 | 十 —（句）十 — 十 | —（韵或句）| 十 十（读）十 | |（韵） （4）
	十 | 十 —（句）十 | 十 — |（韵）| 十 十（读）十 | |（韵） （5）
	十 | 十 |（句）十 | — | — —（句）| 十 十（读）十 | |（韵） （6）

例一　河传（五十一字）

（唐）张　泌

渺莽，云水。惆怅暮帆，去程迢递。夕阳芳草，千里万里。雁声无限起。　　梦魂悄断烟波里。心如醉。相见何处是。锦屏香冷无睡。被头多少泪。

注：该词上阕第一句至第四句为乐段一中的格式（1），第五句至第七句为乐段二中的格式（1）；下阕第一句至第三句为乐段一中的格式（1），第四句和第五句为乐段二中的格式（1）。全词双调，五十一字，上阕七句，四仄韵；下阕五句，五仄韵。

例二　河传（五十七字）
（宋）柳　永

淮岸。渐晚。圆荷向背，芙蓉深浅。仙娥画舸，露影红芳交乱。难分花与面。　采多渐觉轻舸满。呼归伴。急桨烟波远。隐隐棹歌，渐被蒹葭遮断。曲终人不见。

注：该词上阕第一句至第四句为乐段一中的格式（2），第五句至第七句为乐段二中的格式（2）；下阕第一句至第三句为乐段一中的格式（1），第四句至第六句为乐段二中的格式（2）。全词双调，五十七字，上阕七句，五仄韵；下阕六句，五仄韵。

例三　河传（五十七字）
（宋）柳　永

翠深红浅。愁蛾黛蹙，娇波刀剪。奇容妙伎，互逞舞袑歌扇。妆光生粉面。　坐中醉客风流惯。尊前见。特地惊狂眼。不似少年时节，千金争选。相逢何太晚。

注：该词上阕第一句至第三句为乐段一中的格式（5），第四句至第六句为乐段二中的格式（2）；下阕第一句至第三句为乐段一中的格式（1），第四句至第六句为乐段二中的格式（3）。全词双调，五十七字，上阕六句，四仄韵；下阕六句，五仄韵。

例四　河传（六十字）
（宋）徐昌图

秋光满目。风清露白，莲红水绿。何处梦回，弄珠拾翠盈盈，倚兰桡、眉黛蹙。　采莲调稳声相续。吴儿伴侣，倚棹吴江曲。惊起暮天，几双交颈鸳鸯，入芦花、深处宿。

注：该词上阕第一句至第三句为乐段一中的格式（5），第四句至第六句为乐段二中的格式（3）；下阕第一句至第三句为乐段一中的格式（2），第四句至第六句为乐段二中的格式（4）。全词双调，六十字，上下阕各六句，三仄韵。

例五　河传（六十一字）
（宋）吕渭老

斜红照水。似晴空万里。明霞相倚。逐伴笑歌，小立绿槐阴里。诮没些、春气味。　纷纷觑著闲桃李。浅浅深深，不满游人意。幽艳一枝，向晚重帘深闭。是青君、爱惜底。

注：该词上阕第一句至第三句为乐段一中的格式（3），第四句至第六句为乐段二中的格式（4）；下阕第一句至第三句为乐段一中的格式（3），第四句至第六句为乐段二中的格式（5）。全词双调，六十一字，上阕六句，五仄韵；下阕六句，四仄韵。

例六　河传（六十一字）
（宋）黄庭坚

心情老懒。对歌对舞，犹是当时眼。巧笑靓妆，近我衰容华鬓，似扶著、卖卜算。　　思量好个当年见。催酒催更，只怕归期短。饮散灯稀，背锁落花深院。好杀人、天不管。

注：该词上阕第一句至第三句为乐段一中的格式（4），第四句至第六句为乐段二中的格式（4）；下阕第一句至第三句为乐段一中的格式（3），第四句至第六句为乐段二中的格式（5）。全词双调，六十一字，上阕六句，三仄韵；下阕六句，四仄韵。

例七　河传（五十九字）
《梅苑》无名氏

香苞素质。天赋与、倾城标格。应是晓来，暗传东君消息。把孤芳、回暖律。　　寿阳粉面曾妆饰。说与高楼，休更吹羌笛。花下醉赏，留取时倚阑干，斗清香、添酒力。

注：该词上阕第一句和第二句为乐段一中的格式（6），第三句至第五句为乐段二中的格式（5）；下阕第一句至第三句为乐段一中的格式（3），第四句至第六句为乐段三中的格式（6）。全词双调，五十九字，上阕五句，四仄韵；下阕六句，三仄韵。

望　远　行

唐教坊曲名。令词始自韦庄，《中原音韵》注"商调"，《太和正音谱》亦注"商调"；慢词始自柳永，"绣帏睡起"词注"中吕调"，"长空降瑞"词注"仙吕调"。

《望远行》（令体）的长短句结构

上阕，两个乐段		下阕，两个乐段	
乐段一（十四字或十三字）	乐段二（十四字）	乐段一（十三字或十二字）	乐段二（十四字）
7　　7 7　　6	7　　7	3　　3　　7 3　　3　　6	7　　7

《望远行》（六十字体）的长短句结构

上阕，两个乐段		下阕，两个乐段	
乐段一（十二字）	乐段二（十二字）	乐段一（十九字）	乐段二（十七字）
7　　5	7　　5	3　　3　　6　　7	7　　5　　5

《望远行》（七十八字体）的长短句结构

上阕，两个乐段		下阕，两个乐段	
乐段一（二十字）	乐段二（十九字）	乐段一（二十字）	乐段二（十九字）
5　　5　　3　7	5　　6　　8	5　　5　　5　　5	5　　6　　8

《望远行》（长调）的长短句结构

上阕，四个乐段			
乐段一（十三字）	乐段二（十四字）	乐段三（十六字）	乐段四（十字或九字）
4　　3　6	4　　4　　6	4　　4　　4　　4 4　　6　　6	3　7 3　6

下阕，四个乐段			
乐段一（十五字）	乐段二（十四字）	乐段三（十六字）	乐段四（九字）
2　　6　　3　4	4　　4　　6	6　　4　　6 4　　6　　6	5　　4 3　6

《康熙词谱》共收集七体《望远行》，有令体、中调和长调三种格式，但在词牌名称上却并未划分。分析各自的长短句结构可知，两首令体《望远行》为同一类型；两首中调《望远行》却无关联，各成一体；三首长调《望远行》为同一类型。

令体《望远行》双调，上下阕分别可分为两个乐段，其长短句结构如表所示。该调令体有五十五字或五十三字等格式，上阕四句，四平韵；下阕五句，四平韵，两种格式均作为基本格式，如表所示。六十字体和七十八字体《望远行》双调，前者上阕四句，四平韵，下阕七句，五平韵，后者上阕六句，四平韵，下阕七句，四平韵。各体上下阕分别可分为两个乐段，各自的长短句结构分别如表所示。通过比较，从中也可以看出这两体中调之间并无关联，各自的基本格式如表所示。三首长调《望远行》，双调，上下阕分别可分为四个乐段，其长短句结构如表所示。该调有一百六字或一百七字等格式，上阕十句或九句，四仄韵；下阕十一句或十句，六仄韵或五仄韵，其基本格式如表所示。

《望远行》（令体）的基本格式（双调）

《望远行》上阕，四句，四平韵	
乐段一（二句，十四字或十三字）	乐段二（二句，十四字）
＋｜－－＋｜－（韵）＋｜－ ＋｜｜－－（韵） （1） ＋｜－－＋｜－（韵）＋｜－ －｜－（韵） （2）	＋－＋｜｜－－（韵）＋－＋ ｜｜－－（韵）

《望远行》下阕，五句，四平韵	
乐段一（三句，十三字或十二字）	乐段二（二句，十四字）
－＋｜（句）｜＋－（韵）＋｜－ ＋｜｜－－（韵） （1） －＋｜（句）｜＋－（韵）＋｜ －－｜－（韵） （2）	＋－＋｜｜－－（韵）＋－＋ ｜｜－－（韵）

例一　望远行（五十五字）

（五代）李　璟

碧砌花光照眼明。朱扉长日镇长扃。余寒欲去梦难成。炉香烟冷自亭亭。　　辽阳月，秣陵砧。不传消息但传情。黄金台下忽然惊。征人归日二毛生。

注：该词上阕第一句和第二句为乐段一中的格式（1）；下阕第一句至第三句为乐段一中的

格式（1）。全词双调，五十五字，上阕四句，四平韵；下阕五句，四平韵。

例二　望远行（五十三字）

（五代）李　珣

　　春日迟迟思寂寥。行客关山路遥。琼窗时听语莺娇。柳丝牵恨一条条。　　休晕绣，罢吹箫。貌逐残花暗凋。同心犹结旧裙腰。忍辜风月度良宵。

例三　望远行（五十三字）

（五代）李　珣

　　露滴幽庭落叶时。愁聚萧娘柳眉。玉郎一去负佳期。水云迢递雁书迟。　　屏半掩，枕斜欹。蜡泪无言对垂。吟蛩断续漏频移。入窗明月鉴空帷。

　　注：上述两词上阕第一句和第二句为乐段一中的格式（2）；下阕第一句至第三句为乐段一中的格式（2）。全词双调，五十三字，上阕四句，四平韵；下阕五句，四平韵。

《望远行》（六十字体）的基本格式（双调）

《望远行》上阕，四句，四平韵	
乐段一（二句，十二字）	乐段二（二句，十二字）
＋｜――＋｜―（韵）＋｜｜――（韵）	＋―＋｜｜――（韵）＋｜｜――（韵）

《望远行》下阕，七句，五平韵	
乐段一（四句，十九字）	乐段二（三句，十七字）
―＋｜（句）｜＋―（韵）＋―＋｜―＋｜（韵）＋―＋｜―（韵）	―｜＋―｜＋―（韵）＋｜＋―（句）＋｜｜――（韵）

例　望远行（六十字）

（唐）韦　庄

　　欲别无言倚画屏。含恨暗伤情。谢家庭树锦鸡鸣。残月落边城。　　人欲别，马频嘶。绿槐千里长堤。出门芳草路萋萋。云雨别来易东西。不忍别君后，却入旧香闺。

注：全词双调，六十字，上阕四句，四平韵；下阕七句，五平韵。

《望远行》（七十八字体）的基本格式（双调）

《望远行》上阕，六句，四平韵	
乐段一（三句，二十字）	乐段二（三句，十九字）
＋ー一丨丨（句）＋丨丨一一（韵） ＋＋＋＋（读）＋一一＋丨丨一 一（韵）	丨＋一＋丨（句）＋丨＋一丨 一（韵）丨＋丨＋一一一（韵）

《望远行》下阕，七句，四平韵	
乐段一（四句，二十字）	乐段二（三句，十九字）
＋一一丨丨（句）＋丨丨一一（韵） 丨＋一＋丨（句）＋丨丨一一（韵）	丨＋一＋丨（句）＋丨一一丨 一（韵）丨＋一一＋丨一（韵）

注：上下阕乐段二中的格式"丨　＋　丨　＋　一　一　丨　一（韵）"或"丨　＋　丨　一　一　＋　丨　一（韵）"，均为"上一下七"句式。

例 望远行（七十八字）

《乐府雅词》无名氏

当时云雨梦，不负楚王期。翠峰中、高楼十二掩瑶扉。尽人间欢会，只有两心自知。渐玉困花柔香汗挥。　　歌声翻别怨，云驭欲回时。这无情红日，何似且休西。但涓涓珠泪，滴湿仙郎羽衣。怎忍见双鸳相背飞。

注：全词双调，七十八字，上阕六句，四平韵；下阕七句，四平韵。

《望远行》（长调）的基本格式（双调）

《望远行》上阕，十句或九句，四仄韵	
乐段一（二句，十三字）	乐段二（三句，十四字）
＋－｜｜（句）＋＋｜（读）＋｜ ＋－－｜（韵） （1）	＋｜＋－（句）＋－＋｜（句） ＋｜＋－－｜（韵） （1）
＋－｜｜（句）＋＋｜（读）＋－ ＋－－｜（韵） （2）	＋－＋｜（句）＋｜＋－（句） ＋｜＋－＋｜（韵） （2）

《望远行》上阕，十句或九句，四仄韵	
乐段三（四句或三句，十六字）	乐段四（一句，十字或九字）
＋｜＋－（句）＋－＋｜（句）＋｜ ＋－（句）＋－＋｜（韵） （1）	｜＋＋（读）＋＋｜－－｜－ ｜（韵） （1）
＋｜＋－（句）＋｜＋－＋｜（句） ＋｜＋－＋｜（韵） （2）	｜＋＋（读）＋｜＋－＋｜ （韵） （2）

例一　望远行（一百七字）

（宋）柳　永

绣帏睡起，残妆浅、无绪匀红铺翠。藻井凝尘，金阶铺藓，寂寞凤楼十二。风絮纷纷，烟芜苒苒，永日画阑，沉吟独倚。望远行、南陌春残悄归骑。　　凝睇。消遣离愁无计。但暗掷、金钗买醉。对此好景，空饮香醪，争奈转添珠泪。待伊游冶归来，故故解放，翠羽轻裙重系。见纤腰围小，信人憔悴。

注：该词上阕第一句和第二句为乐段一中的格式（1），第三句至第五句为乐段二中的格式（1），第六句至第九句为乐段三中的格式（1），第十句为乐段四中的格式（1）；下阕第四句至第六句为乐段二中的格式（1），第七句至第九句为乐段三中的格式（1），第十句和第十一句为乐段四中的格式（1）。全词双调，一百七字，上阕十句，四仄韵；下阕十一句，六仄韵。

《望远行》下阕，十一句或十句，六仄韵或五仄韵	
乐段一（三句，十五字）	乐段二（三句，十四字）
一丨（韵）十丨十一十丨（韵或句） 丨十十（读）十一十丨（韵）	十丨十（句）十丨十一（句）十 丨十一十丨（韵） （1） 十丨十一（句）十一十丨（句） 十丨十一十丨（韵） （2） 十一十丨（句）十一十丨（句） 十丨十一十丨（韵） （3）

《望远行》下阕，十一句或十句，六仄韵或五仄韵	
乐段三（三句，十六字）	乐段四（二句或一句，九字）
十一十丨一一（句）十丨十丨（句） 十丨十一十丨（韵） （1） 十丨十丨（句）十一十丨（句） 十丨十一十丨（韵） （2） 十丨十一（句）十丨十一十丨（句） 十丨十丨（韵） （3）	丨十一十丨（句）十一十丨 （韵） （1） 丨十十（读）十丨十一十 丨（韵） （2）

例二 望远行（一百六字）

（宋）柳　永

　　长空降瑞，寒风剪、淅淅瑶华初下。乱飘僧舍，密洒歌楼，迤逦渐迷鸳瓦。好是渔人，披得一蓑归去，江上晚来堪画。满长安、高却旗亭酒价。　　幽雅。乘兴最宜访戴，泛小棹、越溪潇洒。皓鹤夺鲜，白鹇失素，千里广铺寒野。须信幽兰歌断，同云收尽，别有瑶台琼榭。放一轮明月，交光清夜。

　　注：该词上阕第一句和第二句为乐段一中的格式（1），第三句至第五句为乐段二中的格式（2），第六句至第八句为乐段三中的格式（2），第九句为乐段四中的格式（2）；下阕第四句

至第六句为乐段二中的格式（2），第七句至第九句为乐段三中的格式（2），第十句和第十一句为乐段四中的格式（1）。全词双调，一百六字，上阕九句，四仄韵；下阕十一句，五仄韵。

例三　望远行（一百六字）

《梅苑》无名氏

　　重阴未解，又早是、年时梅花争绽。暗香浮动，疏影横斜，月淡水清亭院。好是前村，雪里一枝开处，昨夜东风布暖。动行人、多少离愁肠断。　　凝恋。天赋自然雅态，似寿阳、初匀粉面。故人折赠，欣逢驿使，只恐陇头春晚。寄与高楼，休学龙吟三弄，留取琼花烂漫。正有人、同倚阑栏干争看。

　　注：该词上阕第一句和第二句为乐段一中的格式（2），第三句至第五句为乐段二中的格式（2），第六句至第八句为乐段三中的格式（2），第九句为乐段四中的格式（2）；下阕第四句至第六句为乐段二中的格式（3），第七句至第九句为乐段三中的格式（3），第十句为乐段四中的格式（2）。全词双调，一百六字，上阕九句，四仄韵；下阕十句，五仄韵。

木　兰　花　令

　　唐教坊曲名。《太和正音谱》注"高平调"。按《花间集》载《木兰花》、《玉楼春》两调，其七字八句者，为《玉楼春》体，《木兰花》则韦词、毛词、魏词共三体，从无与《玉楼春》同者。自《尊前集》误刻以后，宋词相沿，率多混填。今照《花间集》本分列，旧谱误者悉为校正。

《木兰花令》的长短句结构

上阕，两个乐段		下阕，两个乐段	
乐段一 （十三字或十四字）	乐段二 （十三字）	乐段一 （十三字或十四字）	乐段二 （十三字或十四字）
3　3　7 　7	3　3　7 　7	3　3　7 　7	3　3　7 　7

　　《康熙词谱》共收集三体《木兰花令》，双调，上下阕分别可分为两个乐段，其长短句结构如表所示。该调有五十二字或五十五字、五十四字等格式，上阕五句或六句，三仄韵；下阕四句或六句，三仄韵。《康熙词谱》未指出何为正体或正格，但从《木兰花令》与《木

兰花》或《玉楼春》的长短句结构比较来看，似以上下阕第一句和第三句由七字句摊破成两个三字句的词（如五十二字体毛熙震词）为正体或正格为宜。从用韵的角度看，该调上下阕既可一韵到底，也可换韵（如韦庄词）。该调的正格与变格如表所示，其中，下阕各乐段中的格式（1）为正格句式，其余为变格句式。

此外，还有四十四字《减字木兰花》、五十字《偷声木兰花》和一百一字《木兰花慢》等体，具体词例参见相关部分。

《木兰花令》的正格与变格（双调）

《木兰花令》上阕，六句或五句，三仄韵	
乐段一（三句或二句，十三字或十四字）	乐段二（三句，十三字）
｜＋一（句）一＋｜（韵）＋｜＋ 一一｜｜（韵） （1）	一＋｜（句）｜＋一（句）＋｜＋ 一一｜｜（韵） （1）
＋｜＋一一｜｜（韵）＋｜＋ 一一｜｜（韵） （2）	一＋｜（句）｜＋一（句）＋｜一 ＋｜一一｜（韵） （2）

《木兰花令》下阕，六句或四句，三仄韵	
乐段一（三句或二句，十三字或十四字）	乐段二（三句或二句，十三字或十四字）
｜＋一（句）一＋｜（韵）＋｜＋ 一一｜｜（韵） （1）	一＋｜（句）｜＋一（句）＋｜＋ 一一｜｜（韵） （1）
＋｜＋一一｜｜（韵）＋｜＋ 一一｜｜（韵） （2）	＋｜＋｜｜一一（句）＋｜＋ 一一｜｜（韵） （2）
＋｜＋＋｜一一｜（韵）＋｜＋ 一一｜｜（韵） （3）	＋｜＋｜一一（句）＋一＋ ｜一一｜（韵） （3）

例一　木兰花令（五十二字）

（五代）毛熙震

掩朱扉，钩翠箔。满院莺声春寂寞。匀粉泪，恨檀郎，一去不归花又落。　　对斜晖，临小阁。前事岂堪重想着。金带冷，画屏幽，宝帐慵熏兰麝薄。

注：该词上阕第一句至第三句为乐段一中的格式（1），第四句至第六句为乐段二中的格式（1）；下阕第一句至第三句为乐段一中的格式（1），第四句至第六句为乐段二中的格式（1）。全词双调，五十二字，上下阕各六句，三仄韵。

例二　木兰花令（五十五字）

（唐）韦　庄

独上小楼春欲暮。愁望玉关芳草路。消息断，不逢人，却敛细眉归绣户。　　坐看落花空叹息。罗袂湿斑红泪滴。千山万水不曾行，魂梦欲教何处觅。

注：该词上阕第一句和第二句为乐段一中的格式（2），第三句至第五句为乐段二中的格式（1）；下阕第一句和第二句为乐段一中的格式（2），第三句和第四句为乐段二中的格式（2）。全词双调，五十五字，上阕五句，三仄韵；下阕四句，三仄韵。

例三　木兰花令（五十四字）

（五代）魏承班

小芙蓉，香旖旎。碧玉堂深清似水。开宝匣，掩金铺，倚屏拖袖愁如醉。　　迟迟好景烟花媚。曲渚鸳鸯眠锦翅。凝然愁望静相思，一双笑靥嚬双蕊。

注：该词上阕第一句至第三句为乐段一中的格式（1），第四句至第六句为乐段二中的格式（2）；下阕第一句和第二句为乐段一中的格式（3），第三句和第四句为乐段二中的格式（3）。全词双调，五十四字，上阕六句，三仄韵；下阕四句，三仄韵。

金莲绕凤楼

调见《花草粹编》，此宋徽宗观灯词也，故名《金莲绕凤楼》。

《金莲绕凤楼》的长短句结构

上阕,两个乐段		下阕,两个乐段	
乐段一(十四字)	乐段二(十四字)	乐段一(十三字)	乐段二(十四字)
7 34	7 34	6 34	7 34

《康熙词谱》只收集一体《金莲绕凤楼》,双调,上下阕分别可分为两个乐段,其长短句结构如表所示。该调五十五字,上下阕各四句,四仄韵,其基本格式如表所示。

《金莲绕凤楼》的基本格式(双调)

《金莲绕凤楼》上阕,四句,四仄韵	
乐段一(二句,十四字)	乐段二(二句,十四字)
＋｜＋－－＋｜(韵)＋＋＋ (读)＋－＋｜(韵)	＋－＋｜－－｜(韵)＋＋＋ (读)＋－＋｜(韵)

《金莲绕凤楼》下阕,四句,四仄韵	
乐段一(二句,十三字)	乐段二(二句,十四字)
＋－｜－＋｜(韵)＋＋＋(读) ＋－＋｜(韵)	＋－＋｜－－｜(韵)＋＋＋ (读)＋－＋｜(韵)

例　金莲绕凤楼(五十五字)

(宋)赵　佶

　　绛烛朱笼相随映。驰绣毂、尘清香衬。万金光射龙轩莹。绕端门、瑞雷轻振。　　元宵为开胜景。严黼座、观灯锡庆。帝家华燕乘春兴。褰珠帘、望尧瞻舜。

　　注:全词双调,五十五字,上下阕各四句,四仄韵。

睿　恩　新

　　调见《珠玉词》。此调近《金莲绕凤楼》,但上下阕第三句,亦用上三下四句法,不押韵,与《金莲绕凤楼》词每一句都押韵不同。

《睿恩新》的长短句结构

上阕，两个乐段		下阕，两个乐段	
乐段一（十四字）	乐段二（十四字）	乐段一（十三字）	乐段二（十四字）
7　　　34	34　　　34	6　　　34	34　　　34

《康熙词谱》只收集一体《睿恩新》，双调，上下阕分别可分为两个乐段，其长短句结构如表所示。该调五十五字，上下阕各四句，三仄韵，其基本格式如表所示。

《睿恩新》的基本格式（双调）

《睿恩新》上阕，四句，三仄韵	
乐段一（二句，十四字）	乐段二（二句，十四字）
＋－＋｜＋－｜（韵）＋＋＋（读）＋－＋｜（韵）	＋＋＋（读）＋｜－－（句）＋＋＋（读）＋－＋｜（韵）

《睿恩新》下阕，四句，三仄韵	
乐段一（二句，十三字）	乐段二（二句，十四字）
＋｜＋－＋｜（韵）＋＋＋（读）＋－＋｜（韵）	＋＋＋（读）＋｜－－（句）＋＋＋（读）＋－＋｜（韵）

例　睿恩新（五十五字）

（宋）晏　殊

芙蓉一朵霜秋色。迎晓露、依依先坼。似佳人、独立倾城，傍朱槛、暗传消息。　　静对西风脉脉。金蕊绽、粉红如滴。向兰堂、莫厌重新，免清夜、微寒渐逼。

注：全词双调，五十五字，上下阕各四句，三仄韵。

芳　草　渡

此调有两体。令词始自欧阳修；慢词始自周邦彦。

小令《芳草渡》的长短句结构

上阕，两个乐段		下阕，两个乐段	
乐段一 （十三字或十二字）	乐段二 （十六字）	乐段一 （十二字或十三字）	乐段二 （十六字或十五字）
7　3　3 3　3　3　3	7　3　3　3	3　3　6 7　3　3 3　3　3　3	7　3　3 3　3　3　3

长调《芳草渡》的长短句结构

长调《芳草渡》上阕，四个乐段			
乐段一（十二字）	乐段二（十一字）	乐段三（十字）	乐段四（十一字）
3　5　4	5　6	5　5	3　4　4

长调《芳草渡》下阕，四个乐段			
乐段一 （十三字或十一字）	乐段二 （十二字）	乐段三 （十一字）	乐段四 （九字）
2　4　7 4　7	34　5	4　34	3　6

《康熙词谱》共收集《芳草渡》五体，其中，令词三体，慢词两体，都为双调。令词《芳草渡》上下阕分别可分为两个乐段，其长短句结构如表所示。慢词《芳草渡》上下阕分别可分为四个乐段，其长短句结构如表所示。

令词《芳草渡》有五十七字或五十五字、五十八字等格式，以用平韵为主，有的词例下阕间协仄韵，上阕七句或八句，四平韵；下阕七句或八句，两平韵五仄韵或四平韵，《康熙词谱》以五十七字体张先词为标谱词例。该调的正格与变格如表所示，其中，上下阕各乐段中的格式（1）为正格句式，其余为变格句式。

慢词《芳草渡》有八十九字或八十七字等格式，上阕十句，五仄韵；下阕九句或八句，五仄韵或四仄韵，《康熙词谱》以八十九字体周邦彦词为标谱词例。该调的正格与变格如表所示，其中，上下阕各乐段中的格式（1）为正格句式，其余为变格句式。

令词《芳草渡》的正格与变格（双调）

令词《芳草渡》上阕，七句，四平韵	
乐段一（四句或三句，十三字或十二字）	乐段二（四句，十六字）
＋ － ＋ | | － －（韵）－ ＋ |（句）| － －（韵） （1）	＋ － ＋ | | － －（韵）－ ＋ |（句）＋ ＋ |（句）| － －（韵）
－ ＋ |（句）| － －（韵）－ ＋ |（句）| － －（韵） （2）	

令词《芳草渡》下阕，七句或八句，三仄韵	
乐段一（三句或四句，十二字或十三字）	乐段二（四句或五句，十五字或十六字）
－ ＋ |（句）| － －（韵）＋ － ＋ | － －（韵） （1）	＋ － ＋ | | － －（韵）＋ ＋ |（句）| － －（韵） （1）
－ ＋ |（仄韵）－ ＋ |（韵）| ＋ － ＋ |（韵） （2）	－ ＋ |（句）－ ＋ |（韵）－ ＋ |（句）| － －（韵） （2）
－ ＋ |（句）－ ＋ |（韵）－ ＋ |（句）| － －（韵） （3）	
＋ － ＋ | | － －（韵）－ ＋ |（句）| － －（韵） （4）	

例一　芳草渡（五十七字）

（宋）张　先

主人宴客玉楼西。风飘忽，雪霏霏。唐昌花蕊渐平枝。浮光里，寒声聚，队禽栖。　　惊晓日，喜春迟。野桥时伴梅飞。山明日远霁云披。溪上月，堂下水，并春晖。

注：该词上阕第一句至第三句为乐段一中的格式（1）；下阕第一句至第三句为乐段一中的

格式（1），第四句至第七句为乐段二中的格式（1）。全词双调，五十七字，上下阕各七句，四平韵。

例二　芳草渡（五十五字）
（宋）欧阳修

梧桐落，蓼花秋。烟初冷，雨才收。萧条风物正堪愁。人去后，多少恨，在心头。　　燕鸿远。羌笛怨。渺渺澄波一片。山如黛，月如钩。笙歌散。魂梦断。倚高楼。

注：该词上阕第一句至第四句为乐段一中的格式（2）；下阕第一句至第三句为乐段一中的格式（2），第四句至第八句为乐段二中的格式（2）。全词双调，五十五字，上阕八句，四平韵；下阕八句，五仄韵两平韵。

例三　芳草渡（五十八字）
（宋）魏夫人

灯花耿耿漏迟迟。人别后，夜凉时。西风潇洒梦初回。谁念我，就单枕，皱双眉。　　锦屏绣幌与秋期。肠欲断，泪偷垂。月明还到小窗西。我恨你，我忆你，你争知。

注：该词上阕第一句至第三句为乐段一中的格式（1）；下阕第一句至第三句为乐段一中的格式（4），第四句至第七句为乐段二中的格式（1）。全词双调，五十八字，上下阕各七句，四平韵。

例四　芳草渡（五十七字）
（宋）张　先

双门晓锁响朱扉。千骑拥，万人随。风鸟弄影画船移。歌时泪，和别怨，作秋悲。　　寒潮小，渡淮迟。吴越路，渐天涯。楚王台上为相思。江云下，日西尽，雁南飞。

注：该词上阕第一句至第三句为乐段一中的格式（1）；下阕第一句至第四句为乐段一中的格式（3），第五句至第八句为乐段二中的格式（1）。全词双调，五十七字，上阕七句，四平韵，下阕八句，四平韵。

《芳草渡》（慢词）的正格与变格（双调）

长调《芳草渡》上阕，十句，五仄韵	
乐段一（三句，十二字）	乐段二（二句，十一字）
＋｜｜（句）｜＋｜――（句）＋－＋｜（韵）	｜＋｜－＋｜（句）＋－＋｜－｜（韵）

长调《芳草渡》上阕，十句，五仄韵	
乐段三（二句，十字）	乐段四（三句，十一字）
＋｜－＋｜（韵）―――＋－｜（韵）	＋｜｜（句）＋｜――（句）＋－｜（韵）

长调《芳草渡》下阕，九句或八句，五仄韵或四仄韵	
乐段一（三句或二句，十三字或十一字）	乐段二（二句，十二字）
－｜（韵）＋－－＋｜（句）＋｜＋＋－－｜｜（韵）（1）	＋＋｜（读）＋－＋｜（句）――｜－｜（韵）
＋－＋｜（句）＋｜＋－－｜｜（韵）（2）	

长调《芳草渡》下阕，九句或八句，五仄韵或四仄韵	
乐段三（二句，十一字）	乐段四（二句，九字）
＋－＋｜（句）＋＋＋（读）＋－＋｜（韵）	＋＋｜（句）＋｜－－＋｜（韵）

例一　芳草渡（八十九字）

（宋）周邦彦

　　昨夜里，又再宿桃源，醉邀仙侣。听碧窗风快，疏帘半卷愁雨。多少离恨苦。方留连啼诉。凤帐晓，又是匆匆，独自归去。　　愁顾。满怀泪粉，瘦马冲泥寻去路。漫回首、烟迷望眼，依稀见朱户。似痴似醉，暗恼损、凭阑情绪。淡暮色，看尽栖鸦乱舞。

注：该词下阕第一句至第三句为乐段一中的格式（1）。全词双调，八十九字，上阕十句，五仄韵；下阕九句，五仄韵。

例二　芳草渡（八十七字）

（宋）陈允平

芳草渡，渐迤逦分飞，鸳俦凤侣。洒一枝香泪，梨花寂寞春雨。惜别情思苦。匆匆深盟诉。翠浪远，六幅蒲帆，缥缈东去。　　夕阳冉冉，恨逐潮回南浦路。漫空念、归来燕子，双栖旧庭户。市桥细柳，尚不减、少年张绪。渐瘦损，懒照秦鸾对舞。

注：该词下阕第一句和第二句为乐段一中的格式（2）。全词双调，八十七字，上阕十句，五仄韵；下阕八句，四仄韵。

夜　行　船

《太平乐府》、《中原音韵》、元高拭词，俱注双调。黄公绍词，名《明月棹孤舟》，《词律》以《夜行船》混入《雨中花》，今照《花草粹编》分列。

《夜行船》的长短句结构

上阕，两个乐段		下阕，两个乐段	
乐段一 （十三字或十四字）	乐段二 （十四字或十五字）	乐段一 （十四字或十五字）	乐段二 （十四字或十五字、十六字）
6　　　34 7　　　34	7　　　34 4　4　6 4　4　34	7　　　34 34　　34 4　4　34	7　　　34 4　4　34 4　4　33 4　4　6 4　6　6

《康熙词谱》共收集十一体《夜行船》，双调，上下阕分别可分为两个乐段，其长短句结构如表所示。该调有五十五字或五十六字、五十八字等格式，上阕四句或五句，三仄韵；下阕四句或五句，三仄韵或四仄韵。《康熙词谱》以欧阳修词为正体或正格，该调的正格与变格如表所示。其中，上下阕各乐段中的格式（1）为正格句式，其余为变格句式。

《夜行船》的正格与变格（双调）

《夜行船》上阕，四句或五句，三仄韵	
乐段一 （二句，十三字或十四字）	乐段二 （二句或三句，十四字或十五字）
＋｜＋－－＋｜（韵）＋＋＋＋（读） ＋－＋｜（韵） （1）	＋－＋｜｜－－（句）＋＋ ＋（读）＋－＋｜（韵） （1）
＋｜＋－－｜｜（韵）＋＋＋（读） ＋－＋｜（韵） （2）	＋｜－－（句）＋－＋｜（句） ＋｜＋－＋｜（韵） （2）
	＋｜＋－－｜（句）＋＋＋｜（句） ＋＋＋（读）＋－＋｜（韵） （3）

例一　夜行船（五十五字）

（宋）欧阳修

忆昔西都欢纵。自别后、有谁能共。伊川山水洛川花，细寻思、旧游如梦。　　今日相逢情愈重。愁闻唱、画楼钟动。白发天涯逢此景，倒金尊、殢谁相送。

注：该词上阕第一句和第二句为乐段一中的格式（1），第三句和第四句为乐段二中的格式（1）；下阕第一句和第二句为乐段一中的格式（1），第三句和第四句为乐段二中的格式（1）。全词双调，五十五字，上下阕各四句，三仄韵。

例二　夜行船（五十五字）

（宋）谢　绛

昨夜佳期初共。鬓云低、翠翘金凤。尊前和笑不成歌，意偷转、眼波微送。　　草草不容成楚梦。渐寒深、翠帘霜重。相看送到断肠时，月西斜、画楼钟动。

注：该词上阕第一句和第二句为乐段一中的格式（1），第三句和第四句为乐段二中的格式（1）；下阕第一句和第二句为乐段一中的格式（1），第三句和第四句为乐段二中的格式（3）。全词双调，五十五字，上下阕各四句，三仄韵。

《夜行船》下阕，四句或五句，三仄韵或四仄韵	
乐段一（二句或三句，十四字或十五字）	乐段二（二句或三句，十四字或十五字、十六字）
十丨十一一丨丨（韵）十十十（读）十一十丨（韵）（1）	十丨十一一丨丨（句）十十十（读）十一十丨（韵）（1）
十一十丨一一丨（韵）十十十（读）十一十丨（韵）（2）	十一十丨一一丨（句）十十十（读）十一十丨（韵）（2）
十十十（读）十一十丨（韵）十十（读）十一十丨（韵）（3）	十一十丨丨一（句）十十（读）十一十丨（韵）（3）
十丨一一（句）十一十丨（韵）十十十（读）十一十丨（韵）（4）	十丨一一（句）十一十丨（句）十十十（读）十一十丨（韵）（4）
	十丨一一（句）十一十丨（句）十十十（读）一一丨（韵）（5）
	十丨一一（句）十一十丨（句）十丨十一十丨（韵）（6）
	十丨一一（句）十一十丨（句）十一丨一十丨（韵）（7）
	十丨一一（句）十丨十一十丨（句）十丨十一十丨（韵）（8）

例三　夜行船（五十五字）

（宋）毛 滂

寒满一衾谁共。夜沉沉、醉魂朦松。雨呼烟唤付凄凉，又不成、那些好梦。　　忽明日、烟江暝曚。扁舟系、一行蝃蝀。季鹰生事水弥漫，过鲈船、再三目送。

注：该词上阕第一句和第二句为乐段一中的格式（1），第三句和第四句为乐段二中的格

式（1）；下阕第一句和第二句为乐段一中的格式（3），第三句和第四句为乐段二中的格式（3）。全词双调，五十五字，上下阕各四句，三仄韵。

例四　夜行船（五十六字）

（宋）史达祖

不剪春衫愁意态。过收灯、有些寒在。小雨空帘，无人深巷，已早杏花先卖。　　白发潘郎宽沈带。怕看山、忆他眉黛。草色拖裙，烟光惹鬓，常记故园挑菜。

注：该词上阕第一句和第二句为乐段一中的格式（2），第三句至第五句为乐段二中的格式（2）；下阕第一句和第二句为乐段一中的格式（1），第三句至第五句为乐段二中的格式（6）。全词双调，五十六字，上下阕各五句，三仄韵。

例五　夜行船（五十六字）

（宋）许　棐

一皱东风留不住。离歌断、日斜春暮。多事啼莺，妒情飞燕，一路送人归去。　　文君自被琴心误。却惆怅、落花飞絮。锦字机寒，玉炉烟冷，门外乱山无数。

注：该词上阕第一句和第二句为乐段一中的格式（2），第三句至第五句为乐段二中的格式（2）；下阕第一句和第二句为乐段一中的格式（2），第三句至第五句为乐段二中的格式（6）。全词双调，五十六字，上下阕各五句，三仄韵。

例六　夜行船（五十六字）

（宋）周　密

蛩老无声深夜静。新霜灿、一帘灯影。妒梦鸿高，借愁月浅，萦恨乱丝难整。　　笙谱字、娇娥谁靓。香襟冷、懒看妆印。绣阁藏春，海棠偷暖，还似去年风景。

注：该词上阕第一句和第二句为乐段一中的格式（2），第三句至第五句为乐段二中的格式（2）；下阕第一句和第二句为乐段一中的格式（3），第三句至第五句为乐段二中的格式（6）。全词双调，五十六字，上下阕各五句，三仄韵。

例七　夜行船（五十六字）

（宋）赵长卿

绿锁窗纱梧叶底。麦秋时、晓寒慵起。宿酒厌厌，残香冉冉，浑似那时天气。　　到日不堪频屈指。回头早、一年不窅。搔首无言,阑干十二。倚了又还重倚。

注：该词上阕第一句和第二句为乐段一中的格式（2），第三句至第五句为乐段二中的格式（2）；下阕第一句和第二句为乐段一中的格式（1），第三句至第五句为乐段二中的格式（6）。全词双调,五十六字,上阕五句,三仄韵;下阕五句,四仄韵。

例八　夜行船（五十八字）
（宋）赵长卿

绿盖红幢笼碧水。鱼跳处、浪痕匀碎。惜别殷勤,留连无计,歌声与、泪珠柔脆。　　一叶扁舟烟浪里。曲滩头、此情无际。窈窕眉山,暮霞红处,雨云想、翠峰十二。

注：该词上阕第一句和第二句为乐段一中的格式（2），第三句至第五句为乐段二中的格式（3）；下阕第一句和第二句为乐段一中的格式（1），第三句至第五句为乐段二中的格式（4）。全词双调,五十八字,上下阕各五句,三仄韵。

例九　夜行船（五十六字）
（宋）杨无咎

不假铅华嫌太白。玉搓成、体柔腰搦。明月堂深,莲花杯软,情重自斟琼液。　　寄语硱硞休并立。信秦城、未教轻易。绛阙楼成,蓝桥乐就,好吹箫、乘鸾翼。

注：该词上阕第一句和第二句为乐段一中的格式（2），第三句至第五句为乐段二中的格式（2）；下阕第一句和第二句为乐段一中的格式（1），第三句至第五句为乐段二中的格式（5）。全词双调,五十六字,上下阕各五句,三仄韵。

例十　夜行船（五十八字）
（宋）王　嵒

曲水溅裙三月二。马如龙、钿车如水。风飐游丝,日烘晴昼,人共海棠俱醉。　　客里光阴难可意。扫芳尘、旧游谁记。午梦醒来,不觉小窗人静,春在卖花声里。

注：该词上阕第一句和第二句为乐段一中的格式（2），第三句至第五句为乐段二中的格式（2）；下阕第一句和第二句为乐段一中的格式（1），第三句至第五句为乐段二中的格式（8）。全词双调,五十八字,上下阕各五句,三仄韵。

例十一　夜行船（五十五字）

（宋）杨无咎

怪被东风相误。落轻帆、暂停烟渚。桐树阴森，茅檐潇洒，元是那回来处。　　相与狂朋沽绿醑。听吴姬、隔窗言语。我既痴迷，君还留恋，明日慢移船去。

注：该词上阕第一句和第二句为乐段一中的格式（1），第三句和第四句为乐段二中的格式（2）；下阕第一句和第二句为乐段一中的格式（1），第三句至第五句为乐段二中的格式（6）。全词双调，五十五字，上下阕各五句，三仄韵。

例十二　夜行船（五十五字）

（宋）孙浩然

何处采菱归暮。隔宵烟、菱歌轻举。白蘋风起月华寒，影朦胧、半和梅雨。　　脉脉相逢心似许。扶兰棹、黯然凝伫。遥看前村，依依烟树。含情背人归去。

注：该词上阕第一句和第二句为乐段一中的格式（1），第三句和第四句为乐段二中的格式（1）；下阕第一句和第二句为乐段一中的格式（1），第三句至第五句为乐段二中的格式（7）。全词双调，五十五字，上阕四句，三仄韵；下阕五句，三仄韵。

例十三　夜行船（五十六字）

（宋）杨无咎

夹岸绮罗欢聚。看喧喧、彩舟来去。晴放湖光，雨添山色，谁识总相宜处。　　输与骚人，却知胜趣。醉临流、戏评坡句。若把西湖比西子，这东湖、似东邻女。

注：该词上阕第一句和第二句为乐段一中的格式（1），第三句和第四句为乐段二中的格式（2）；下阕第一句和第二句为乐段一中的格式（4），第三句至第五句为乐段二中的格式（2）。全词双调，五十六字，上下阕各五句，三仄韵。

金　凤　钩

调见晁补之《琴趣外篇》。此词微近《夜行船》，其实不同也（比较两者的长短句结构，更是一目了然）。

《金凤钩》的长短句结构

上阕，两个乐段		下阕，两个乐段	
乐段一 （十三字）	乐段二 （十四字或十三字）	乐段一 （十四字）	乐段二 （十四字）
3　3　34 6　　34	4　4　6 7　　6	7　　34	4　4　6 7　　7

《康熙词谱》共收集晁补之两体《金凤钩》，双调，上下阕分别可分为两个乐段，其长短句结构如表所示。从中可以看出，正如《康熙词谱》所言，"此调微近《夜行船》，其实不同也。"该调五十五字或五十六字，上阕六句或四句，三仄韵；下阕五句或四句，四仄韵或三仄韵。《康熙词谱》对两体都没有标谱，故均作为基本格式（如表所示）。

《金凤钩》的基本格式（双调）

《金凤钩》上阕，六句或四句，三仄韵	
乐段一（三句或二句，十四字）	乐段二（三句或二句，十四字或十三字）
十 一 丨（句）十 一 丨（韵）十 十 丨 （读）十 一 十 丨（韵） （1） 十 一 十 丨 一 丨（韵）十 十 十（读） 十 一 十 丨（韵） （2）	十 一 十 丨（句）十 一 十 丨（句） 十 丨 十 一 十 丨（韵） （1） 十 一 十 丨 一 丨（句）十 丨 十 一 十 丨（韵） （2）

《金凤钩》下阕，五句或四句，四仄韵或三仄韵	
乐段一（二句，十四字）	乐段二（三句或二句，十四字）
十 一 十 丨 一 一 丨（韵）十 十 丨（读） 十 一 十 丨（韵）	十 一 十 丨（句）十 一 十 丨（韵） 十 丨 十 一 十 丨（韵） （1） 十 一 十 丨 丨 一 一（句）十 一 十 丨 一 一 丨（韵） （2）

例一 金凤钩（五十五字）

（宋）晁补之

春辞我，向何处。怪草草、夜来风雨。一簪华发，少欢饶恨，无计嬾春且住。　　春回常恨寻无路。试向我、小园徐步。一阑红药，倚风含露。春自未曾归去。

注：该词上阕第一句至第三句为乐段一中的格式（1），第四句至第六句为乐段二中的格式（1）；下阕第三句至第五句为乐段二中的格式（1）。全词双调，五十五字，上阕六句，三仄韵；下阕五句，四仄韵。

例二 金凤钩（五十四字）

（宋）晁补之

雪晴闲步花畔。试屈指、早春将半。樱桃枝上最先到，却恨小梅芳浅。　　忽惊拂水双来燕。暗自忆、故人犹远。一分风雨占春愁，一来又对花肠断。

注：该词上阕第一句和第二句为乐段一中的格式（2），第三句和第四句为乐段二中的格式（2）；下阕第三句和第四句为乐段二中的格式（2）。全词双调，五十四字，上下阕各四句，三仄韵。

鹧 鸪 天

《乐章集》注"正平调"；《太和正音谱》注"大石调"；蒋氏《九宫谱目》入"仙吕引子"。赵令畤词名《思越人》；李元膺词名《思佳客》；贺铸词有"剪刻朝霞钉露盘"句，名《剪朝霞》；韩淲词有"只唱骊歌一叠休"句，名《骊歌一叠》；卢祖皋词有"人醉梅花卧未醒"句，名《醉梅花》。

《鹧鸪天》的长短句结构

上阕，两个乐段		下阕，两个乐段	
乐段一（十四字）	乐段二（十四字）	乐段一（十三字）	乐段二（十四字）
7　　7	7　　7	3　3　7	7　　7

《康熙词谱》只收集一体《鹧鸪天》，双调，上下阕分别可分为两个乐段，其长短句结

构如表所示。该调五十五字,上阕四句,三平韵;下阕五句,三平韵。根据众多词例,《康熙词谱》以晏几道《鹧鸪天》为正体或正格,该调的正格与变格如表所示,其中,上下阕各乐段中的格式(1)为正格句式,其余为变格句式。该调的词例表明,上阕第三和第四两句、下阕第一和第二两句大多用对仗,但这不是硬性规定,也有不用对仗的词例。

《鹧鸪天》的正格与变格(双调)

《鹧鸪天》上阕,四句,三平韵	
乐段一(二句,十四字)	乐段二(二句,十四字)
＋｜－－＋｜－(韵)＋｜－ ＋｜｜－－(韵) (1)	＋－＋｜＋－｜(句)＋｜－ －＋｜－(韵)
＋－＋｜｜－－(韵)＋－ ＋｜｜－－(韵) (2)	

《鹧鸪天》下阕,五句,三平韵	
乐段一(三句,十三字)	乐段二(二句,十四字)
－｜｜(句)｜－－(韵)＋－ ＋｜｜－－(韵) (1)	＋－＋｜＋－｜(句)＋｜－ －＋｜－(韵)
｜＋｜(句)｜－－(韵)＋－＋ ｜｜－－(韵) (2)	

例一 鹧鸪天(五十五字)

(宋)晏几道

彩袖殷勤捧玉钟。当年拚却醉颜红。舞低杨柳楼心月,歌尽桃花扇影风。 从别后,忆相逢。几回魂梦与君同。今宵剩把银釭照,犹恐相逢是梦中。

注:该词上阕第一句和第二句为乐段一中的格式(1);下阕第一句至第三句为乐段一中的格式(1)。全词双调,五十五字,上阕四句,三平韵;下阕五句,三平韵。

例二　鹧鸪天（五十五字）
（宋）赵长卿

　　弱质纤姿俪素妆，水沉山麝郁幽香。直疑姑射来天上，要恼人间传粉郎。　　简酿酒，枕为囊。更将风味胜糖霜。肯如红紫空妖冶，谩惹游蜂戏蝶忙。

例三　鹧鸪天（五十五字）
（宋）赵长卿

　　一曲清歌金缕衣，巧传心事有谁知。自从别后难相见，空解题红寄好诗。　　忆携手，过阶墀。月笼花影半明时。玉钗头上轻轻颤，摇落钗头豆蔻枝。

注：上述两词，上阕第一句和第二句为乐段一中的格式（1）；下阕第一句至第三句为乐段一中的格式（2）。全词双调，五十五字，上阕四句，三平韵；下阕五句，三平韵。

例四　鹧鸪天（五十五字）
（宋）赵长卿

　　新晴水暖藕花红，烘人暑气晚来浓。共携纤手桥东路，杨柳青青一径风。　　深翠里，艳香丛。双鸾初下蕊珠宫。月笼粉面三更露，凉透萧萧一梦中。

注：该词上阕第一句和第二句为乐段一中的格式（2）；下阕第一句至第三句为乐段一中的格式（1）。全词双调，五十五字，上阕四句，三平韵；下阕五句，三平韵。

鼓　笛　令

调见《黄山谷集》。按宋词有《鼓笛慢》，乃《水龙吟》别体，与此无涉。

《鼓笛令》的长短句结构

上阕，两个乐段		下阕，两个乐段	
乐段一（十四字）	乐段二（十四字）	乐段一（十三字）	乐段二（十四字）
7　　34	7　　34	6　　34	7　　34

《康熙词谱》只收集一体《鼓笛令》，双调，上下阕分别可分为两个乐段，其长短句结构如表所示。该调五十五字，上下阕各四句，四仄韵，其基本格式如表所示。

《鼓笛令》的基本格式（双调）

《鼓笛令》上阕，四句，四仄韵	
乐段一（二句，十四字）	乐段二（二句，十四字）
＋ － ＋ ｜ － － ｜（韵）＋ ＋ ＋（读）＋ － ＋ ｜（韵）	＋ ｜ ＋ － － ｜ ｜（韵）＋ ＋ ＋（读）＋ － ＋ ｜（韵）

《鼓笛令》下阕，四句，四仄韵	
乐段一（二句，十三字）	乐段二（二句，十四字）
＋ ｜ ＋ － ＋ ｜（韵）＋ ＋ ＋（读）＋ － ＋ ｜（韵）	＋ ｜ ＋ － － ＋ ｜（韵）＋ ＋ ＋（读）＋ － ＋ ｜（韵）

例　鼓笛令（五十五字）
（宋）黄庭坚

　　宝犀未解心先透。恼杀人、远山微皱。意淡言疏情最厚。枉教作、著行官柳。　　小雨勒花时候。抱琵琶、为谁消瘦。翡翠金笼思珍偶。忽拌与、山鸡僝僽。

　　注：全词双调，五十五字，上下阕各四句，四仄韵。

徵招调中腔

　　唐段安节《乐府杂录》云："徵音有其声而无其字。"宋《大晟乐府》始补《徵招调》，凡曲有歌头，有中腔，此《徵招调》之中腔也。

《徵召调中腔》的长短句结构

上阕，两个乐段		下阕，两个乐段	
乐段一（十四字）	乐段二（十三字）	乐段一（十四字）	乐段二（十四字）
7　　　3 4	7　　3　　3	7　　　3 4	7　　　7

　　《康熙词谱》只收集一体《徵召调中腔》，双调，上下阕分别可分为两个乐段，其长短句结构如表所示。该调五十五字，上阕五句，三仄韵；下阕四句，三仄韵，其基本格式如表所示。

《徵召调中腔》的基本格式（双调）

《徵召调中腔》上阕，五句，三仄韵	
乐段一（二句，十四字）	乐段二（三句，十三字）
＋ － ＋ ｜ － － ｜（韵）＋ ＋ ｜（读） ＋ － ＋ ｜（韵）	＋ ｜ ＋ － ｜ ＋ －　（句）｜ ＋ － （句）＋ － ｜（韵）

《徵召调中腔》下阕，四句，三仄韵	
乐段一（二句，十四字）	乐段二（二句，十四字）
＋ － ＋ ｜ － － ｜（韵）＋ ＋ ｜（读） ＋ － ＋ ｜（韵）	＋ ｜ ＋ － ｜ ＋ －　（句）－ ＋ ｜ ｜ ＋ － ｜（韵）

例　徵招调中腔（五十五字）

（宋）王安中

　　红云蒨雾笼金阙。圣运叶、星虹佳节。紫禁晓风馥天香，奏九韶，帝心悦。　　瑶阶万岁蟠桃结。睿算永、壶天风月。日观几时六龙来，金镂玉牒告功业。

　　注：全词双调，五十五字，上阕五句，三仄韵；下阕四句，三仄韵。

卷十二

虞 美 人

唐教坊曲名。《碧鸡漫志》云："《虞美人》旧曲三，其一属'中吕调'，其一属'中吕宫'，近世又转入'黄钟宫'。"元高拭词注"南吕调"。《乐府雅词》名《虞美人令》；周紫芝词有"只恐怕寒，难近玉壶冰"句，名《玉壶冰》；张炎词"赋柳儿"，因名《忆柳曲》；王行词取李煜"恰似一江春水向东流"句，名《一江春水》。

《虞美人》的长短句结构

上阕，两个乐段		下阕，两个乐段	
乐段一 （十二字）	乐段二 （十六字或十七字）	乐段一 （十二字）	乐段二 （十六字或十七字）
7　　5	7　　　63 7　7　3 7　　45	7　　5	7　　　63 7　7　3 7　　45

《康熙词谱》共收集七体《虞美人》，双调，上下阕分别可分为两个乐段，其长短句结构如表所示。该调有五十六字或五十八字等格式，上下阕长短句结构相同。从用韵的角度看，大多数词例属于平仄韵转换格。但是，实证分析表明，该词的用韵相当灵活，无论是平韵还是仄韵，既可在同一韵部，又可在不同的韵部。该调上下阕各四句或五句，两仄韵两平韵、两仄韵三平韵或五平韵。《康熙词谱》以五十六字体李煜词（首句为"风回小院庭芜绿"）和五十八字体毛文锡词（首句为"宝檀金缕鸳鸯枕"）为正体或正格。《虞美人》的正格与变格如表所示。其中，上下阕乐段一中的格式（1）、乐段二中的格式（1）和（2）为正格句式，其余为变格句式。

《虞美人》的正格与变格（双调）

《虞美人》上阕，四句或五句，两仄韵两平韵、两仄韵三平韵或五平韵	
乐段一（二句，十二字）	乐段二（二句或三句，十六字或十七字）
＋ － ＋ ｜ － － ｜（仄韵）＋ ｜ － － ｜（韵） （1）	＋ － ＋ ｜ ｜ － －（平韵）＋ ｜ ＋ － ＋ ｜（读）｜ － －（韵） （1） ＋ － ＋ ｜ ｜ － －（平韵）＋ － ＋ ｜ ｜ － －（韵）｜ － －（韵） （2）
＋ － ＋ ｜ ｜ － －（平韵）＋ ｜ － －（韵） （2）	＋ － ＋ ｜ ｜ － －（平韵）＋ ｜ ＋ －（读）＋ ｜ ｜ － －（韵） （3）

注：该词上阕乐段二中的九字句，还有"上二下七"句式，如李煜词句"故国不堪回首月明中"。

《虞美人》下阕，四句或五句，两仄韵两平韵、两仄韵三平韵或五平韵	
乐段一（二句，十二字）	乐段二（二句或三句，十六字或十七字）
＋ － ＋ ｜ － － ｜（仄韵）＋ ｜ － － ｜（韵） （1）	＋ － ＋ ｜ ｜ － －（平韵）＋ ｜ ＋ － ＋ ｜（读）｜ － －（韵） （1） ＋ － ＋ ｜ ｜ － －（平韵）＋ － ＋ ｜ ｜ － －（韵）｜ － －（韵） （2）
＋ － ＋ ｜ ｜ － －（平韵）＋ ｜ － －（韵） （2）	＋ － ＋ ｜ ｜ － －（平韵）＋ ｜ ＋ －（读）＋ ｜ ｜ － －（韵） （3）

注：①该词下阕"仄韵"、"平韵"，可换韵可不换韵，但换韵者为正格；②下阕乐段二中的九字句，还有"上二下七"句式，如李煜词句"恰似一江春水向东流"。

例一 虞美人（五十六字）

（五代）李 煜

风回小院庭芜绿。柳眼春相续。凭阑半日独无言。依旧竹声新月、似当年。　　笙歌未散尊罍在。池面冰初解。烛明香暗画栏深。满鬓清霜残雪、思难禁。

注：该词上下阕第一句和第二句为乐段一中的格式（1），第三句和第四句为乐段二中的格式（1）。全词双调，五十六字，上下阕各四句，两仄韵两平韵。上下阕平韵和仄韵都在不同韵部。

例二　虞美人（五十六字）
（宋）张　炎

修眉刷翠春痕聚。难剪愁来处。断丝无力绾繁华。也学落花流水、到天涯。　　那时错认章台去。却是阳关路。待将心恨趁杨花。不识相思一点、在谁家。

注：该词上下阕第一句和第二句为乐段一中的格式（1），第三句和第四句为乐段二中的格式（1）。全词双调，五十六字，上下阕各四句，两仄韵两平韵。上下阕平韵和仄韵都在同一韵部。

例三　虞美人（五十六字）
（五代）冯延巳

玉钩鸾柱调鹦鹉。宛转留春语。云屏冷落画堂空。薄晚春寒无奈、落花风。　　褰帘燕子低飞去。拂镜尘鸾舞。不知今夜月眉弯。谁佩同心双结、倚栏干。

注：该词上下阕第一句和第二句为乐段一中的格式（1），第三句和第四句为乐段二中的格式（1）。全词双调，五十六字，上下阕各四句，两仄韵两平韵。上下阕平韵不在同一韵部，仄韵在同一韵部。

例四　虞美人（五十八字）
（五代）毛文锡

宝檀金缕鸳鸯枕。绶带盘宫锦。夕阳低映小窗明。南园绿树语莺莺。梦难成。　　玉炉香暖频添注。满地飘轻絮。珠帘不卷度沉烟。庭前闲立画秋千。艳阳天。

注：该词上下阕第一句和第二句为乐段一中的格式（1），第三句至第五句为乐段二中的格式（2）。全词双调，五十八字，上下阕各五句，两仄韵三平韵。上下阕平韵和仄韵都不在同一韵部。

例五　虞美人（五十八字）

（宋）晁补之

原桑飞尽霜空杳。霜夜愁难晓。油灯野店怯黄昏。穷途不减酒杯深。故人心。　羊山故道行人少。也送行人老。一般别语重千金。明年过我小园林。话如今。

注：该词上下阕第一句和第二句为乐段一中的格式（1），第三句至第五句为乐段二中的格式（2）。全词双调，五十八字，上下阕各五句，两仄韵三平韵。上下阕不换韵，平韵和仄韵分别在同一韵部。

例六　虞美人（五十八字）

（五代）顾　夐

触帘风送景阳钟。鸳被绣花重。晓帏初卷冷烟浓。翠匀粉黛好仪容。思娇慵。　起来无语理朝妆。宝匣镜凝光。绿荷相倚满池塘。露清枕簟藕花香。恨悠扬。

注：该词上下阕第一句和第二句为乐段一中的格式（2），第三句至第五句为乐段二中的格式（2）。全词双调，五十八字，上下阕各五句，五平韵。上下阕平韵分属不同韵部。

例七　虞美人（五十八字）

（五代）顾　夐

少年艳质胜琼英。早晚到三清。莲冠稳篸细筐横。飘飘罗袖碧云轻。画难成。　迟迟少转腰身袅。翠靥眉心小。醮坛风急杏枝香。此时恨不驾鸾凰。访刘郎。

注：该词上阕第一句和第二句为乐段一中的格式（2），第三句至第五句为乐段二中的格式（2）；下阕第一句和第二句为乐段一中的格式（1），第三句至第五句为乐段二中的格式（2）。全词双调，五十八字，上阕五句，五平韵；下阕五句，两仄韵三平韵。上下阕平韵分属不同韵部。

例八　虞美人（五十六字）

（宋）蒋　捷

丝丝杨柳丝丝雨。春在溟濛处。楼儿忒小不藏愁。几度和云飞去、觅归舟。　天怜客子乡关远。借与花消遣。海棠红近绿栏杆。才卷朱帘、却又晚风寒。

注：该词上阕第一句和第二句为乐段一中的格式（1），第三句和第四句为乐段二中的格式（1）；下阕第一句和第二句为乐段一中的格式（1），第三句和第四句为乐段二中的格式（3）。全词双调，五十六字，上下阕各四句，两仄韵两平韵。上下阕平韵和仄韵都分属不同韵部。

例九　虞美人（五十八字）
（五代）阎　选

粉融红腻莲房绽。脸动双波慢。小鱼衔玉鬓钗横。石榴裙染象纱轻。转娉婷。　偷期锦浪荷深处。一梦云兼雨。臂留檀印齿痕香。深秋不寐漏初长。尽思量。

注：该词上下阕第一句和第二句为乐段一中的格式（1），第三句至第五句为乐段二中的格式（2）。全词双调，五十八字，上下阕各五句，两仄韵三平韵。上下阕平韵和仄韵都分属不同韵部。

例十　虞美人（五十六字）
（宋）赵以夫

天凉来傍荷花饮。携手看云锦。城头玉漏已三更。耳畔微闻新雁、几声声。　兰膏影里春山秀。久立还成皱。酒阑天外月华流。我醉欲眠、卿且去来休。

注：该词上阕第一句和第二句为乐段一中的格式（1），第三句和第四句为乐段二中的格式（1）；下阕第一句和第二句为乐段一中的格式（1），第三句和第四句为乐段二中的格式（3）。全词双调，五十六字，上下阕各四句，两仄韵两平韵。上下阕平韵和仄韵都在不同韵部。

例十一　虞美人（五十六字）
（宋）吴文英

背庭缘恐花羞坠。心事遥山里。小帘愁卷月笼明。一寸秋怀、禁得几蛩声。　井梧不放西风起。供与离人睡。梦和新月未圆时。起看檐蛛结网、又寻思。

注：该词上阕第一句和第二句为乐段一中的格式（1），第三句和第四句为乐段二中的格式（3）；下阕第一句和第二句为乐段一中的格式（1），第三句和第四句为乐段二中的格式（1）。全词双调，五十六字，上下阕各四句，两仄韵两平韵。上下阕仄韵在同一韵部，平韵在不同韵部。

例十二　虞美人（五十六字）

（宋）刘天迪

　　子规解劝春归去。春亦无心住。江南风景正堪怜。到得而今不去、待何年。　　无端往事萦心曲。两鬓先惊绿。蔷薇花发望春归。谢了蔷薇、又见楝花飞。

　　注：该词上阕第一句和第二句为乐段一中的格式（1），第三句和第四句为乐段二中的格式（1）；下阕第一句和第二句为乐段一中的格式（1），第三句和第四句为乐段二中的格式（3）。全词双调，五十六字，上下阕各四句，两仄韵两平韵。上下阕平韵和仄韵都在不同韵部。

瑞　鹧　鸪

　　《宋史·乐志》：中吕调。元高拭词注：仙吕调。《苕溪词话》云：唐初歌词，多五言诗，或七言诗，今存者止《瑞鹧鸪》七言八句诗，犹依字易歌也。按，《瑞鹧鸪》原本七言律诗，因唐人歌之，遂成词调。冯延巳词名《舞春风》；陈彭年词名《桃花落》；尤袤词名《鹧鸪词》；元丘长春词名《拾菜娘》；《乐府纪闻》名《天下乐》；《梁溪漫录》词有"行听新声太平乐"句，名《太平乐》，有"犹传五拍到人间"句，名《五拍》。此皆七言八句也。至柳永有添字体，自注"般涉调"，有慢词体，自注"南吕宫"，皆与七言八句者不同。

五十六字体《瑞鹧鸪》的长短句结构

上阕，两个乐段		下阕，两个乐段	
乐段一（十四字）	乐段二（十四字）	乐段一（十四字）	乐段二（十四字）
7　　7	7　　7	7　　7	7　　7

六十四字体《瑞鹧鸪》的长短句结构

上阕，两个乐段		下阕，三个乐段		
乐段一（十四字）	乐段二（十六字）	乐段一（十三字）	乐段二（十四字）	乐段三（七字）
7　　7	4　　5　　7	7　　6	5　　3 4　　4　　3　　3	7

八十八字或八十六字体《瑞鹧鸪》的长短句结构

八十八字或八十六字体《瑞鹧鸪》上阕，四个乐段							
乐段一 （十三字）			乐段二 （八字）		乐段三 （十一字）		乐段四 （十一字或十字）	
4	3	6	4	4	6	5	34	4
							6	4

八十八字或八十六字体《瑞鹧鸪》下阕，四个乐段							
乐段一 （十四字）			乐段二 （九字或八字）		乐段三 （十一字）		乐段四 （十一字）	
5	5	4	3	6	6	5	34	4
			4	4				

《康熙词谱》共收集六体《瑞鹧鸪》，双调，其中，五十六字两首，六十四字两首，八十八字和八十六字各一首。比较上述三种体式的长短句结构，可以看出它们之间迥异。

对五十六字体而言，上下阕分别可分为两个乐段，其长短句结构如表所示。该调上阕四句，三平韵；下阕四句，两平韵，实质上就是两首或首句仄起或首句平起的七言绝句，其基本格式如表所示。

对六十四字体而言，上阕可分为两个乐段，下阕可分为三个乐段，其长短句结构如表所示。该调上阕五句，三平韵；下阕五句或六句，三平韵，《康熙词谱》以柳永词为标谱词例。该调的正格与变格如表所示，其中，上下阕各乐段中的格式（1）为正格句式，其余为变格句式。

对八十八字或八十六字体而言，上下阕各九句，五平韵，其长短句结构如表所示，《康熙词谱》以八十八字体柳永词为标谱词例。该调的正格与变格如表所示，其中，上下阕各乐段中的格式（1）为正格句式，其余为变格句式。

五十六字体《瑞鹧鸪》（首句仄起）的基本格式（双调）

《瑞鹧鸪》上阕，四句，三平韵	
乐段一（二句，十四字）	乐段二［二句（十四字）］
＋｜－－＋｜－（韵）＋－ ＋｜｜－－（韵）	＋－＋｜－－｜（句）＋｜－－ ＋｜－（韵）

《瑞鹧鸪》下阕，四句，两平韵	
乐段一（二句，十四字）	乐段二（二句，十四字）
＋｜＋－－｜｜（句）＋－ ＋｜｜－－（韵）	＋－＋｜－－｜（句）＋｜－－ ＋｜－（韵）

例　瑞鹧鸪（五十六字）

（五代）冯延巳

才罢严妆怨晓风。粉墙画壁宋家东。蕙兰有恨枝犹绿，桃李无言花自红。　　燕燕巢时罗幕卷，莺莺啼处凤楼空。少年薄幸知何处，每夜归来春梦中。

注：全词双调，五十六字，上阕四句，三平韵；下阕四句，两平韵。

五十六字体《瑞鹧鸪》（首句平起）的基本格式（双调）

《瑞鹧鸪》上阕，四句，三平韵	
乐段一（二句，十四字）	乐段二（二句，十四字）
＋－＋｜｜－－（韵）＋｜ －＋｜－（韵）	＋｜＋－－｜｜（句）＋－＋ ｜｜－－（句）

《瑞鹧鸪》下阕，四句，两平韵	
乐段一（二句，十四字）	乐段二（二句，十四字）
＋－＋｜－－｜（句）＋｜ －＋｜－（韵）	＋｜＋－－｜｜（句）＋－＋ ｜｜－－（韵）

例　瑞鹧鸪（五十六字）

（宋）贺　铸

　　月痕依约到西厢。曾羡花枝拂短墙。初未识愁那是泪，每浑疑梦奈余香。　　歌逢袅处眉先妩，酒半醒时眼更狂。闲倚绣帘吹柳絮，问人何似冶游郎。

注：全词双调，五十六字，上阕四句，三平韵；下阕四句，两平韵。

六十四字体《瑞鹧鸪》的正格与变格（双调）

《瑞鹧鸪》上阕，五句，三平韵	
乐段一（二句，十四字）	乐段二（三句，十六字）
＋ 一 ＋ ｜｜ 一 一（韵）＋ 一 ＋ ｜｜ 一 一（韵）	＋ ｜ 一 一（句）＋ ｜ 一 一 ｜（句） ＋ ｜ 一 一 ＋ ｜ 一（韵）

《瑞鹧鸪》下阕，五句或六句，三平韵		
乐段一 （二句，十三字）	乐段二 （二句或三句，十四字）	乐段三 （一句，七字）
＋ 一 ＋ ｜ 一 一 ｜（句）＋ 一 ＋ ｜ 一 一（韵）	＋ ｜ ＋ ｜ 一 一（句）＋ ｜ 一 一 ｜（读）｜ 一 一（韵） （1） ＋ 一 ＋ ｜ 一 一（句）＋ ｜ 一 一 ｜（读）｜ 一 一（韵） （2） ＋ 一 ＋ ｜（句）＋ 一 一 ｜（句） ＋ ＋ ＋（读）｜ 一 一（韵） （3）	＋ ｜ 一 一 ＋ ｜ 一（韵）

例一　瑞鹧鸪（六十四字）

（宋）柳　永

　　三吴嘉景占风流。渭南往岁忆来游。西子方来，越相功成去，千里沧波一叶舟。　　至今无限盈盈者，尽来拾翠芳洲。最好簇簇寒村，遥认南朝路、晚烟收。三两人家古渡头。

注：该词下阕第三句和第四句为乐段二中的格式（1）。全词双调，六十四字，上下阕各五句，三平韵。

例二　瑞鹧鸪（六十四字）
（宋）晏　殊

越娥红泪泣朝云。越梅从此学妖嚬。腊月初头，庾岭繁开后，特染妍华赠世人。　　前溪昨夜深深雪，朱颜不掩天真。何时驿使西归，寄与相思客、一枝新。报与江南别样春。

注：该词下阕第三句和第四句为乐段二中的格式（2）。全词双调，六十四字，上下阕各五句，三平韵。

例三　瑞鹧鸪（六十四字）
《梅苑》无名氏

临鸾常恁整妆梅。枝枝仙艳月中开。可煞天心，故与多端丽，那更罗衣峭窄裁。　　几回瞻觑魂销黯，芙蕖匀透双腮。好将心事，都分付与，时暂到、小庭来。玉砌红芳点绿苔。

注：该词下阕第三句至第五句为乐段二中的格式（3）。全词双调，六十四字，上阕五句，三平韵；下阕六句，三平韵。

例一　瑞鹧鸪（八十八字）
（宋）柳　永

宝髻瑶簪。严妆巧，天然绿媚红深。绮罗丛里，独逞讴吟。一曲阳春定价，何啻值千金。倾听处、王孙帝子，鹤盖成阴。　　凝态掩霞襟。动象板声声，怨思难任。嘹亮处，迥压弦管低沉。时恁回眸敛黛，空役五陵心。须信道、缘情寄意，别有知音。

注：该词上阕第八句和第九句为乐段四中的格式（1）；下阕第四句和第五句为乐段二中的格式（1）。全词双调，八十八字，上下阕各九句，五平韵。

八十八字或八十六字体《瑞鹧鸪》的正格与变格（双调）

八十八字或八十六字《瑞鹧鸪》上阕，九句，五平韵	
乐段一（三句，十三字）	乐段二（二句，八字）
＋｜ーー（韵）ーー｜（句）ー＋ ＋｜ーー（韵）	＋ー＋｜（句）＋｜ーー（韵）

八十八字或八十六字《瑞鹧鸪》上阕，九句，五平韵	
乐段三（二句，十一字）	乐段四（二句，十一字或十字）
＋｜＋ー＋｜（句）＋｜｜ーー（韵）	＋＋＋（读）＋ー＋｜（句）＋｜ーー（韵） （1） ＋｜＋ー＋｜（句）＋｜ーー（韵） （2）

八十八字或八十六字《瑞鹧鸪》下阕，九句，五平韵	
乐段一（三句，十四字）	乐段二（二句，九字或八字）
＋｜｜ーー（韵）＋｜｜ーー（句） ＋｜ーー（韵）	ー＋｜（句）＋｜ー｜ーー（韵） （1） ＋ー＋｜（句）＋｜ーー（韵） （2）

八十八字或八十六字《瑞鹧鸪》下阕，九句，五平韵	
乐段三（二句，十一字）	乐段四（二句，十一字）
＋｜＋ー＋｜（句）＋｜｜ーー（韵）	＋＋＋（读）＋ー＋｜（句）＋｜ーー（韵）

例二　瑞鹧鸪（八十六字）

（宋）柳　永

吴会风流。人烟好，高下水际山头。瑶台绛阙，依约蓬丘。万井千闾富庶，雄压十三州。触处青蛾画舫，红粉朱楼。　　方面委元侯。致讼简时丰，继日欢游。襦温裤暖，已扇民讴。旦暮锋车命驾，重整济川舟。当恁时、沙堤路稳，归去难留。

　　注：该词上阕第八句和第九句为乐段四中的格式（2）；下阕第四句和第五句为乐段二中的格式（2）。全词双调，八十六字，上下阕各九句，五平韵。

玉 楼 春

　　《花间集》顾夐词起句有"月照玉楼春漏促"句，又有"柳映玉楼春日晚"句；《尊前集》欧阳炯词起句有"春早玉楼烟雨夜"句，又有"日照玉楼花似锦，楼上醉和春色寝"句，取为调名。李煜词名《惜春容》；朱希真词名《西湖曲》；康与之词名《玉楼春令》；《高丽史·乐志》词名《归朝欢令》。《尊前集》注"大石调"，又双调；《乐章集》注"大石调"，又"林钟商调"。皆李煜词体也。《乐章集》又有仙吕调词，与各家平仄不同。

《玉楼春》的长短句结构

上阕，两个乐段		下阕，两个乐段	
乐段一（十四字）	乐段二（十四字）	乐段一（十四字）	乐段二（十四字）
7　　　　7	7　　　　7	7　　　　7	7　　　　7

　　《康熙词谱》共收集四体《玉楼春》，双调，上下阕分别可分为两个乐段，其长短句结构如表所示。从形式上看，该调上下阕类似两首四句七言诗。与七言绝句相比，却是少了"粘对规则"的约束。该调五十六字，上阕四句，三仄韵；下阕四句，三仄韵或两仄韵。大多数词例上下阕在同一韵部，也有个别词例（如牛峤词）上下阕换韵。《康熙词谱》以顾夐词和李煜词为标谱词例。《玉楼春》的正格与变格如表所示，其中，上下阕各乐段中的格式（1）为正格句式，其余为变格句式。

例一　玉楼春（五十六字）

（五代）顾　夐

　　拂水双飞来去燕。曲槛小屏山六扇。春愁凝思结眉心，绿绮懒调红锦荐。　　话别多情声欲战。玉箸痕留红粉面。镇长独立到黄昏，却怕良宵频梦见。

注：该词上阕第一句和第二句为乐段一中的格式（1），第三句和第四句为乐段二中的格式（1）；下阕第一句和第二句为乐段一中的格式（1），第三句和第四句为乐段二中的格式（1）。全词双调，五十六字，上下阕各四句，三仄韵。

例二　玉楼春（五十六字）
（五代）李　煜

晚妆初了明肌雪。春殿嫔娥鱼贯列。凤箫声断水云间，重按霓裳歌遍彻。　　临风谁更飘香屑。醉拍栏干情未切。归时休放烛花红，待踏马蹄清夜月。

注：该词上阕第一句和第二句为乐段一中的格式（2），第三句和第四句为乐段二中的格式（1）；下阕第一句和第二句为乐段一中的格式（2），第三句和第四句为乐段二中的格式（1）。全词双调，五十六字，上下阕各四句，三仄韵。

例三　玉楼春（五十六字）
（五代）顾　敻

月照玉楼春漏促。飒飒风摇庭砌竹。梦惊鸳被觉来时，何处管弦声断续。　　惆怅少年游冶去，枕上两蛾攒细绿。晓莺帘外语花枝，背帐犹残红蜡烛。

注：该词上阕第一句和第二句为乐段一中的格式（1），第三句和第四句为乐段二中的格式（1）；下阕第一句和第二句为乐段一中的格式（4），第三句和第四句为乐段二中的格式（1）。全词双调，五十六字，上阕四句，三仄韵；下阕四句，两仄韵。

例四　玉楼春（五十六字）
（五代）牛　峤

春入横塘摇浅浪。花落小园空惆怅。此情谁信为狂夫，恨翠愁红流枕上。　　小玉窗前嗔燕语。红泪滴穿金线缕。雁归不见报郎归，锦字织成封过与。

注：该词上阕第一句和第二句为乐段一中的格式（5），第三句和第四句为乐段二中的格式（1）；下阕第一句和第二句为乐段一中的格式（4），第三句和第四句为乐段二中的格式（1）。全词双调，五十六字，上下阕各四句，三仄韵。

《玉楼春》的正格与变格（双调）

《玉楼春》上阕，四句，三仄韵	
乐段一（二句，十四字）	乐段二（二句，十四字）
＋｜＋－－｜｜（韵）＋｜＋－－｜｜（韵）（1）	＋－＋｜｜－－（句）＋｜＋－－｜｜（韵）（1）
＋－＋｜＋－｜（韵）＋｜＋－－｜｜（韵）（2）	＋｜－－＋｜－（句）＋－＋｜－－｜（韵）（2）
＋｜＋－－｜｜（韵）＋－－＋｜－－｜（韵）（3）	
＋－－＋｜＋－｜（韵）＋｜＋－－｜－｜（韵）（4）	
＋｜＋－－｜｜（韵）＋｜＋－－＋｜（韵）（5）	

例五 玉楼春（五十六字）

（宋）汪莘

一片江南春色晚。牡丹花谢莺声懒。问君离恨几多长，芳草连天犹觉短。　　昨夜溪头新溜满。尊前自起喷龙管。明朝飞棹下钱塘，心共白蘋香不断。

注：该词上阕第一句和第二句为乐段一中的格式（3），第三句和第四句为乐段二中的格式（1）；下阕第一句和第二句为乐段一中的格式（3），第三句和第四句为乐段二中的格式（1）。全词双调，五十六字，上下阕各四句，三仄韵。

《玉楼春》下阕，四句，三仄韵或两仄韵	
乐段一（二句，十四字）	乐段二（二句，十四字）
＋｜＋－－｜｜（韵）＋｜＋｜－－｜｜（韵） （1）	＋－＋｜｜－－（句）＋｜＋｜－－｜｜（韵） （1）
＋－＋｜＋－｜（韵或句）＋｜－－｜｜（韵） （2）	＋｜＋－－｜－（句）＋｜－｜－｜（韵） （2）
＋｜＋－－｜｜（韵）＋｜＋｜－－｜｜（韵） （3）	＋｜＋｜＋－（句）＋｜－－｜－｜（韵） （3）
＋｜＋－－｜｜（句或换韵）＋｜＋－－｜｜（韵） （4）	
＋－＋｜＋－｜（韵）＋－＋｜－－｜（韵） （5）	
＋－＋｜｜－－（句）＋｜－｜－｜（韵） （6）	

例六　玉楼春（五十六字）

（宋）方千里

　　溶溶水映娟娟秀。浅约宫妆笼翠袖。舞余杨柳乍萦风，睡起海棠犹带酒。　　憔悴萧郎缘底瘦。那日花前相见后。西窗疑是故人来，费得罗笺诗几首。

　　注：该词上阕第一句和第二句为乐段一中的格式（2），第三句和第四句为乐段二中的格式（1）；下阕第一句和第二句为乐段一中的格式（1），第三句和第四句为乐段二中的格式（1）。全词双调，五十六字，上下阕各四句，三仄韵。

例七　玉楼春（五十六字）
（五代）欧阳炯

儿家夫婿心容易。身又不来书不寄。闲庭独立鸟关关，争忍抛奴深院里。　　闷向绿纱窗下睡。睡又不成愁已至。今年却忆去年春，同在木兰花下醉。

注：该词上阕第一句和第二句为乐段一中的格式（2），第三句和第四句为乐段二中的格式（1）；下阕第一句和第二句为乐段一中的格式（1），第三句和第四句为乐段二中的格式（1）。全词双调，五十六字，上下阕各四句，三仄韵。

例八　玉楼春（五十六字）
（宋）宋　祁

东城渐觉风光好。縠皱波纹迎客棹。绿杨烟外晓寒轻，红杏枝头春意闹。　　浮生长恨欢娱少。肯爱千金轻一笑。为君持酒劝斜阳，且向花间留晚照。

注：该词上阕第一句和第二句为乐段一中的格式（2），第三句和第四句为乐段二中的格式（1）；下阕第一句和第二句为乐段一中的格式（2），第三句和第四句为乐段二中的格式（1）。全词双调，五十六字，上下阕各四句，三仄韵。

例九　玉楼春（五十六字）
（唐）温庭筠

家临长信往来道。乳燕双双掠烟草。油壁车轻金犊肥，流苏帐晓春鸡早。　　笼中娇鸟暖犹睡，帘外落花闲不扫。衰桃一树近前池，似惜红颜镜中老。

注：该词上阕第一句和第二句为乐段一中的格式（4），第三句和第四句为乐段二中的格式（2）；下阕第一句和第二句为乐段一中的格式（2），第三句和第四句为乐段二中的格式（2）。全词双调，五十六字，上阕四句，三仄韵；下阕四句，两仄韵。

例十　玉楼春（五十六字）
（明）杨　慎

冰肌玉骨清无汗。水殿风来暗香满。绣帘一点月窥人，倚枕钗横云鬓乱。　　起来琼户悄无声，时见疏星渡河汉。屈指西风几时来，只恐流年暗中换。

注：该词上阕第一句和第二句为乐段一中的格式（4），第三句和第四句为乐段二中的格式（1）；下阕第一句和第二句为乐段一中的格式（6），第三句和第四句为乐段二中的格式（3）。全词双调，五十六字，上阕四句，三仄韵；下阕四句，两仄韵。

例十一　玉楼春（五十六字）

（明）骆文盛

风雨夜来惊枕上。春寒晓入梅花帐。下床日午未梳头，坐看南溪新水涨。　　一尊谁与移新酿。匆匆慰我花间望。清歌时对碧山倾，谷口闲云恁无恙。

注：该词上阕第一句和第二句为乐段一中的格式（3），第三句和第四句为乐段二中的格式（1）；下阕第一句和第二句为乐段一中的格式（5），第三句和第四句为乐段二中的格式（2）。全词双调，五十六字，上下阕各四句，三仄韵。

凤　衔　杯

此调有平韵、仄韵两体。仄韵者，《乐章集》注"大石调"。

《凤衔杯》的长短句结构

上阕，三个乐段			下阕，三个乐段		
乐段一（十四字）	乐段二（十二字或九字）	乐段三（六字）	乐段一（十三字）	乐段二（十二字或九字）	乐段三（六字或五字）
7　34	5　7 45 63	33	3　3　34	5　7 63 9	33 5

《康熙词谱》共收集四体《凤衔杯》，双调，有仄韵与平韵两种格式，上下阕分别可分为三个乐段，其长短句结构如表所示。

对仄韵格而言，该调有六十三字或五十六字等格式，上阕四句或五句，四仄韵；下阕六句或五句，四仄韵。《康熙词谱》以六十三字体柳永词为标谱词例，该调的正格与变格如表所示，其中，上下阕各乐段中的格式（1）为正格句式，其余为变格句式。

对平韵格而言，该调有五十七字或五十六字等格式，上阕四句，四平韵；下阕五句，四平韵。《康熙词谱》以五十七字体杜安世词为标谱词例。该调的正格与变格如表所示，其中，上下阕各乐段中的格式（1）为正格句式，其余为变格句式。

《凤衔杯》（仄韵）的正格与变格（双调）

《凤衔杯》（仄韵）上阕，五句或四句，四仄韵		
乐段一 （二句，十四字）	乐段二 （二句或一句，十二字或九字）	乐段二 （一句，六字）
＋｜＋－－＋｜（韵） ＋＋＋（读）＋－＋｜（韵） （1）	｜＋｜－－（句）＋｜ －＋｜－－｜（韵） （1）	＋＋＋（读）－＋｜（韵）
＋－＋｜－－｜（韵） ＋＋＋（读）＋－＋｜（韵） （2）	＋｜－－（读）＋｜ －－｜（韵） （2）	

《凤衔杯》（仄韵）下阕，六句或五句，四仄韵		
乐段一 （三句，十三字）	乐段二 （二句或一句，十二字或九字）	乐段二 （一句，六字或五字）
｜－－（句）＋－｜（韵）＋＋＋（读）＋－＋｜（韵） （1）	｜＋｜－－（句）＋－ ＋｜－－｜（韵） （1）	＋＋＋（读）－＋｜（韵） （1）
｜－－（句）－＋｜（韵）＋＋＋（读）＋－＋｜（韵） （2）	＋｜－－＋｜（读）－ －｜（韵） （2）	＋｜－－｜（韵） （2）

例一　凤衔杯（六十三字）

（宋）柳　永

追悔当初孤深愿。经年价、两成幽怨。任越水吴山，似屏如障堪游玩。奈独自、慵抬眼。　　赏烟花，听弦管。图欢娱、转加肠断。纵时展丹青，强拈书信频频看。又争似、亲相见。

注：该词上阕第一句和第二句为乐段一中的格式（1），第三句和第四句为乐段二中的格式（1）；下阕第一句至第三句为乐段一中的格式（1），第四句和第五句为乐段二中的格式（1），第六句为乐段三中的格式（1）。全词双调，六十三字，上阕五句，四仄韵；下阕六句，四仄韵。

例二　凤衔杯（五十六字）
（宋）晏　殊

青蘋昨夜秋风起。无限个、露莲相倚。独凭朱栏、愁放晴天际。空目断、遥山翠。　彩笺长，锦书细。谁信道、两情难寄。可惜良辰好景、欢娱地。只恁空憔悴。

注：该词上阕第一句和第二句为乐段一中的格式（2），第三句为乐段二中的格式（2）；下阕第一句至第三句为乐段一中的格式（1），第四句为乐段二中的格式（2），第五句为乐段三中的格式（2）。全词双调，五十六字，上阕四句，四仄韵；下阕五句，四仄韵。

例三　凤衔杯（六十三字）
（宋）柳　永

有美瑶卿能染翰。千里寄、小诗长简。想初襞苔笺，旋挥翠管红窗畔。渐玉箸、银钩满。　锦囊收，犀轴卷。常珍重、小斋吟玩。更宝若珠玑，置之怀袖时时看。似频见、千娇面。

注：该词上阕第一句和第二句为乐段一中的格式（1），第三句和第四句为乐段二中的格式（1）；下阕第一句至第三句为乐段一中的格式（2），第四句和第五句为乐段二中的格式（1），第六句为乐段三中的格式（1）。全词双调，六十三字，上阕五句，四仄韵；下阕六句，四仄韵。

例一　凤衔杯（五十七字）
（宋）杜安世

留花不住怨花飞。向南园、情绪依依。可惜欹红斜白、一枝枝。经宿雨、又离披。　凭朱槛，把金卮。对芳丛、惆怅多时。何况旧欢新恨、阻心期。空满眼、是相思。

注：该词下阕第四句为乐段二中的格式（1），第五句为乐段三中的格式（1）。全词双调，五十七字，上阕四句，四平韵；下阕五句，四平韵。

《凤衔杯》（平韵）的正格与变格（双调）

《凤衔杯》上阕，四句，四平韵		
乐段一（二句，十四字）	乐段二（一句，九字）	乐段二（一句，六字）
＋－＋｜｜－－（韵）＋＋＋（读）＋｜－－（韵）	＋｜＋－＋｜（读）｜－－（韵）	＋＋＋（读）｜－－（韵）

《凤衔杯》下阕，五句，四平韵		
乐段一 （三句，十三字）	乐段二 （一句，九字）	乐段二 （一句，六字或五字）
－＋｜（句）｜－－（韵）＋＋＋（读）＋｜－－（韵）	＋｜＋－＋｜（读）｜－－（韵） （1）	＋＋＋（读）｜－－（韵） （1）
	＋｜＋－＋｜｜－－（韵） （2）	＋｜｜－－（韵） （2）

注：下阕乐段二中的格式"＋｜＋－＋｜｜－－（韵）"，为"上二下七"句式。

例二　凤衔杯（五十六字）

（宋）晏　殊

柳条花颗恼青春。更那堪、飞绿纷纷。一曲细丝清脆、倚朱唇。斟绿酒、掩红巾。　　追往事，惜芳辰。暂时间、留住行云。端的自家心下眼中人。到处觉尖新。

注：该词下阕第四句为乐段二中的格式（2），第五句为乐段三中的格式（2）。全词双调，五十六字，上阕四句，四平韵；下阕五句，四平韵。

鹊 桥 仙

此调有两体。五十六字者，始自欧阳修，因词中有"鹊迎桥路接天津"句，故取其为调名。周邦彦词名《鹊桥仙令》；《梅苑》词名《忆人人》；韩淲词取秦观词句，名《金风玉露相逢曲》；张辑词有"天风吹送广寒秋"句，名《广寒秋》。元高拭词注"仙吕调"。八十八字者，始自柳永《乐章集》，注云歇指调。

《鹊桥仙》的长短句结构

上阕，两个乐段					
乐段一 （十四字或十五字）			乐段二 （十四字或十五字）		
4	4	6	7	34	
4	4	34	7	7	
4	4	7	35	34	

下阕，两个乐段					
乐段一 （十四字或十五字）			乐段二 （十四字或十五字）		
4	4	6	7	34	
4	4	34	7	7	
4	4	7	35	34	

《鹊桥仙慢》的长短句结构

上阕，四个乐段			
乐段一（十三字）	乐段二（十字）	乐段三（十一字）	乐段四（十二字）
3　3　7	3　7	6　5	3　5　4

下阕，四个乐段			
乐段一（十三字）	乐段二（九字）	乐段三（十一字）	乐段四（九字）
6　3　4	36	6　5	4　5

《康熙词谱》共收集《鹊桥仙》七体，其中一首为柳永制八十八字慢体（《乐章集》注云"歇指调"）。令体《鹊桥仙》双调，上下阕可分别分为两个乐段，其长短句结构如表所示。令体《鹊桥仙》有五十六字或五十七字、五十八字等格式，上下阕各为五句，两仄韵或三仄韵、四仄韵。《康熙词谱》以五十六字体欧阳修词为正体或正格。令体《鹊桥仙》的正格与变格如表所示，其中，上下阕各个乐段中的格式（1）为正格句式，其余为变格句式。实证分析表明，除少数词例（如五十七字体黄庭坚词）外，令体《鹊桥仙》的多数词例，上下阕的长短句

结构相同。

柳永制八十八字慢体《鹊桥仙》，双调，上下阕分别可分为四个乐段，其长短句结构和基本格式如表所示，可称之为《鹊桥仙慢》。《鹊桥仙慢》上阕十句，四仄韵，下阕八句，七仄韵，其基本格式如表所示。

《鹊桥仙》的正格与变格（双调）

《鹊桥仙》上阕，五句，两仄韵或三仄韵、四仄韵	
乐段一（三句，十四字或十五字）	乐段二（二句，十四字或十五字）
＋ － ＋ ｜（句）＋ － ＋ ｜（句） ＋ ｜ ＋ － ＋ ｜（韵） （1）	＋ － ＋ ｜ ｜ － －（句）＋ ＋ ｜（读） ＋ － ＋ ｜（韵） （1）
＋ － ＋ ｜（句或韵）＋ － ＋ ｜（句 或韵）＋ ｜ ＋ － ＋ ｜（韵） （2）	＋ － ＋ ｜ ｜ － －（句）＋ － ＋ ｜ － －（韵） （2）
＋ － ＋ ｜（句）＋ － ＋ ｜（句或韵） ＋ ＋ ｜（读）＋ － ＋ ｜（韵） （3）	＋ ＋ ＋（读）＋ ｜ ｜ － －（句） ＋ ＋ ＋（读）＋ － ＋ ｜（韵） （3）
＋ ｜ － －（句）＋ － ＋ ｜（韵） ＋ － ＋ ｜ － ｜（韵） （4）	

例一 鹊桥仙（五十六字）

（宋）欧阳修

月波清霁，烟容明淡，灵汉旧期还至。鹊迎桥路接天津，映夹岸、星榆点缀。　　云屏未卷，仙鸡催晓，肠断去年情味。多应天意不教长，恁恐把、欢娱容易。

注：该词上阕第一句至第三句为乐段一中的格式（1），第四句和第五句为乐段二中的格式（1）；下阕第一句至第三句为乐段一中的格式（1），第四句和第五句为段二中的格式（1）。全词双调，五十六字，上下阕各五句，两仄韵。

《鹊桥仙》下阕，五句，两仄韵或三仄韵、四仄韵	
乐段一（三句，十四字或十五字）	乐段二（二句，十四字或十五字）
＋－＋｜（句）＋－＋｜（句） ＋｜＋－＋｜（韵） （1）	＋－＋｜｜－－（句）＋＋ ＋（读）＋－＋｜（韵） （1）
＋－＋｜（句或韵）＋－＋｜（句 或韵）＋｜＋－＋｜（韵） （2）	＋－＋｜｜－（句）＋－ ＋｜－－｜（韵） （2）
＋－＋｜（句）＋－＋｜（句或韵） ＋＋＋－（读）＋－＋｜（韵） （3）	＋－＋｜｜－（句）＋｜ ＋－＋｜（韵） （3）
＋｜－－（句）＋－＋｜（韵） ＋｜＋－－（韵） （4）	＋＋＋（读）＋｜｜－－（句） ＋＋＋（读）＋－＋｜（韵） （4）

注：乐段二中的格式"｜＋｜＋－＋｜（韵）"，为"上一下六"句式。

例二　鹊桥仙（五十六字）

（宋）卢　炳

余霞散绮，明河翻雪。隐隐鹊桥初结。牛郎织女乍逢迎，却胜似、人间欢悦。　　一宵相会，经年离别。此语真成浪说。细思怎得似嫦娥，常独宿、广寒宫阙。

注：该词上阕第一句至第三句为乐段一中的格式（2），第四句和第五句为乐段二中的格式（1）；下阕第一句至第三句为乐段一中的格式（2），第四句和第五句为乐段二中的格式（1）。全词双调，五十六字，上下阕各五句，三仄韵。

例三　鹊桥仙（五十六字）

（宋）辛弃疾

溪边白鹭。来吾告汝。溪里鱼儿堪数。主人怜汝汝怜鱼，要物我、欣然一趣。　　白沙远浦。青泥别渚。剩有虾跳鳅舞。听君飞去饱时来，看头上、风吹一缕。

注：该词上阕第一句至第三句为乐段一中的格式（2），第四句和第五句为乐段二中的格式（1）；下阕第一句至第三句为乐段一中的格式（2），第四句和第五句为乐段二中的格式（1）。全

词双调，五十六字，上下阕各五句，四仄韵。

例四　鹊桥仙（五十八字）
（宋）辛弃疾

少年风月，少年歌舞，老去方知堪羡。叹折腰、五斗赋归来，走下了、羊肠几遍。　　高车驷马，金章紫绶，传语渠侬稳便。问东湖、带得几多春，且看取、凌云笔健。

注：该词上阕第一句至第三句为乐段一中的格式（1），第四句和第五句为乐段二中的格式（3）；下阕第一句至第三句为乐段一中的格式（1），第四句和第五句为乐段二中的格式（4）。全词双调，五十八字，上下阕各五句，两仄韵。

例五　鹊桥仙（五十七字）
（宋）黄庭坚

八年不见，清都绛阙，望银汉、溶溶漾漾。年年牛女恨风波，算此事、人间天上。　　野麋丰草，江鸥远水，老去唯便疏放。百钱端往问君平，早晚具、归田小舫。

注：该词上阕第一句至第三句为乐段一中的格式（3），第四句和第五句为乐段二中的格式（1）；下阕第一句至第三句为乐段一中的格式（1），第四句和第五句为乐段二中的格式（1）。全词双调，五十七字，上下阕各五句，两仄韵。

例六　鹊桥仙（五十八字）
（宋）方　岳

今朝念九，明朝初一。怎欠个、秋崖生日。客中情绪老天知，道这月、不消三十。　　春盘缕菜，春缸摇碧。便拟做、梅花消息。雪边试问是耶非，笑今夕不知何夕。

注：该词上阕第一句至第三句为乐段一中的格式（3），第四句和第五句为乐段二中的格式（1）；下阕第一句至第三句为乐段一中的格式（3），第四句和第五句为乐段二中的格式（3）全词双调，五十八字，上下阕各五句，三仄韵。

例七　鹊桥仙（五十八字）
（宋）韩　淲

雨意生凉，云容催暮。画楼人倚阑干处。柳边新月已微明，银潢隐隐疏星渡。　　今古佳期，漫传牛女。一杯试与寻新句。幽怀冷眼是青山，旧欢往恨浑无据。

注：该词上阕第一句至第三句为乐段一中的格式（4），第四句和第五句为乐段二中的格式（2）；下阕第一句至第三句为乐段一中的格式（4），第四句和第五句为乐段二中的格式（2）。全词双调五十八字，上下阕各五句，三仄韵。

《鹊桥仙慢》的基本格式（双调）

《鹊桥仙慢》上阕，十句，四仄韵	
乐段一（三句，十三字）	乐段二（二句，十字）
｜ ＋ －（句）－ ＋ ｜（句）＋ ＋ － ＋ ｜ － －｜（韵）	｜ ＋ －（句）＋ ｜ － ＋ － ＋ ｜（韵）
注：上阕乐段二中的格式"＋ ｜ － ＋ － ＋ ｜（韵）"，为"上三下四"句式。	

《鹊桥仙慢》上阕，十句，四仄韵	
乐段三（二句，十一字）	乐段四（三句，十二字）
＋ － ＋ ｜ ＋ ｜（句）｜ ＋ － ＋ ｜（韵）	－ ＋ ｜（句）｜ ＋ ｜ ＋ －（句）＋ － － ＋ ｜（韵）

《鹊桥仙慢》下阕，八句，七仄韵	
乐段一（三句，十三字）	乐段二（一句，九字）
＋ ｜ ＋ － ＋ ｜（韵）＋ － －（句） ＋ － ＋ ｜（韵）	－ ＋ ｜（读）＋ － ｜ － ＋ ｜（韵）

《鹊桥仙慢》下阕，八句，七仄韵	
乐段三（二句，十一字）	乐段四（二句，九字）
＋ － ＋ － ｜（韵）｜ ＋ － ＋ ｜（韵）	＋ － ＋ ｜（韵）｜ ＋ － ＋ ｜（韵）

例　鹊桥仙慢（八十八字）

（宋）柳　永

届征途，携书剑，迢迢匹马东归去。惨离怀，嗟少年易分难聚。佳人方怅缱绻，便忍分鸳侣。当媚景，算密意幽欢，尽成轻负。　　此际寸肠万绪。惨愁颜,断魂无语。和泪眼、片时几番回顾。伤心脉脉谁诉。但黯然凝伫。暮烟寒雨。望秦楼何处。

注:全词双调,八十八字,上阕十句,四仄韵;下阕八句,七仄韵。

玉 阑 干

调见《寿域词》。

《玉阑干》的长短句结构

上阕,两个乐段		下阕,两个乐段	
乐段一(十四字)	乐段二(十四字)	乐段一(十四字)	乐段二(十四字)
7　　　7	7　　　34	7　　　34	7　　　34

《康熙词谱》只收集一体《玉阑干》,双调,上下阕分别可分为两个乐段,其长短句结构如表所示。该调五十六字,上下阕各四句,三仄韵,其基本格式如表所示。

《玉阑干》的基本格式(双调)

《玉阑干》上阕,四句,三仄韵	
乐段一(二句,十四字)	乐段二(二句,十四字)
＋ － ＋ ｜ － － ｜(韵)＋ ｜ ＋ － － ｜｜(韵)	＋ － ＋ ｜ ｜ － －(句)＋ ＋ ＋(读)＋ － ＋ ｜(韵)

《玉阑干》下阕,四句,三仄韵	
乐段一(二句,十四字)	乐段二(二句,十四字)
＋ － ＋ ｜ － － ｜(韵)＋ ＋ ＋(读)＋ ｜ － ｜(韵)	＋ － ＋ ｜ ｜ － －(句)＋ ＋ ＋(读)＋ ｜ － ｜(韵)

例 玉阑干(五十六字)

(宋)杜安世

珠帘怕卷春残景。小雨牡丹零欲尽。庭轩悄悄燕高空,风飘絮、绿苔侵径。　　欲将幽恨传愁信。想后期、无个凭定。几回独睡不思量，还悠悠、梦里寻趁。

　　注：全词双调，五十六字，上下阕各四句，三仄韵。

思 归 乐

《乐章集》注"林钟商"。

《思归乐》的长短句结构

上阕，两个乐段		下阕，两个乐段	
乐段一（十四字）	乐段二（十四字）	乐段一（十四字）	乐段二（十四字）
7　　34	7　　34	7　　34	7　　34

　　《康熙词谱》只收集一体《思归乐》，双调，上下阕分别可分为两个乐段，其长短句结构如表所示。该调五十六字，上下阕各四句，四仄韵，其基本格式如表所示。

《思归乐》的基本格式（双调）

《思归乐》上阕，四句，四仄韵	
乐段一（二句，十四字）	乐段二（二句，十四字）
＋｜＋ － － ｜｜（韵）＋｜＋（读）＋ － ＋｜（韵）	＋｜＋ － － ｜｜（韵）＋｜＋（读）＋ － ＋｜（韵）

《思归乐》下阕，四句，四仄韵	
乐段一（二句，十四字）	乐段二（二句，十四字）
＋｜＋ － － ｜｜（韵）＋｜＋（读）＋ － ＋｜（韵）	＋｜＋ － － ｜｜（韵）＋｜＋（读）＋ － ＋｜（韵）

例　思归乐（五十六字）

（宋）柳　永

天幕清和堪宴聚。相得尽、高阳侪侣。皓齿善歌长袖舞。渐引入、醉

乡深处。　　晚岁光阴能几许。这巧宦、不须多取。把酒共君听杜宇。解
再三、劝人归去。

　　注：全词双调，五十六字，上下阕各四句，四仄韵。

遍 地 锦

调见毛滂《东堂词》，孙守席上咏牡丹花作也。《花草粹编》注"小石调"。

《遍地锦》的长短句结构

上阕，两个乐段		下阕，两个乐段	
乐段一（十四字）	乐段二（十四字）	乐段一（十四字）	乐段二（十四字）
7　　　　34	34　　　　34	34　　　　34	34　　　　34

　　《康熙词谱》只收集一体《遍地锦》，双调，上下阕分别可分为两个乐段，其长短句结构如表所示。该调五十六字，上阕四句，三仄韵；下阕四句，两仄韵，其基本格式如表所示。

《遍地锦》的基本格式（双调）

《遍地锦》上阕，四句，三仄韵	
乐段一（二句，十四字）	乐段二（二句，十四字）
＋｜－－｜－｜（韵）＋＋＋（读）＋ ＋－＋｜（韵）	＋＋＋（读）＋｜－－（句）＋ ＋＋（读）＋－＋｜（韵）

《遍地锦》下阕，四句，两仄韵	
乐段一（二句，十四字）	乐段二（二句，十四字）
＋＋＋（读）＋｜－－（句）＋ ＋＋（读）＋－＋｜（韵）	＋＋＋（读）＋｜－－（句）＋ ＋＋（读）＋－＋｜（韵）

例　遍地锦（五十六字）

（宋）毛　滂

　　白玉栏边自凝伫。满枝头、彩云雕雾。甚芳菲、绣得成团，砌合出、

韶华好处。　　暖风前、一笑盈盈，吐檀心、向谁分付。莫与他、西子精神，不枉了、东君雨露。

　　注：全词双调，五十六字，上阕四句，三仄韵；下阕四句，两仄韵。

翻 香 令

　　此调始自苏轼，取词中第二句"惜香爱把宝钗翻"句为名。

《翻香令》的长短句结构

上阕，两个乐段		下阕，两个乐段	
乐段一（十四字）	乐段二（十四字）	乐段一（十四字）	乐段二（十四字）
7　　7	3　　3　　3　5	7　　7	3　　3　　3　5

　　《康熙词谱》只收集一体《翻香令》，双调，上下阕分别可分为两个乐段，其长短句结构如表所示。该调五十六字，上下阕各五句，三平韵，其基本格式如表所示。

《翻香令》的基本格式（双调）

《翻香令》上阕，五句，三平韵	
乐段一（二句，十四字）	乐段二（三句，十四字）
＋ － ＋ ｜ ｜ － －（韵）＋ － ＋ ｜ ｜ － －（韵）	＋ － ｜（句）＋ － ｜（句）＋ ＋ ＋（读）＋ ｜ ｜ － －（韵）

《翻香令》下阕，五句，三平韵	
乐段一（二句，十四字）	乐段二（三句，十四字）
＋ － ＋ ｜ ｜ － －（韵）＋ － ＋ ｜ ｜ － －（韵）	＋ － ｜（句）＋ － ｜（句）＋ ＋ ＋（读）＋ ｜ ｜ － －（韵）

例　翻香令（五十六字）

（宋）苏　轼

　　金炉犹暖麝煤残。惜香爱把宝钗翻。重匀处，余熏在，这一般、气味胜从前。　　背人偷盖小重山。更拈沉水与同然。且图得，氤氲久，为情深、嫌怕断头烟。

注：全词双调，五十六字，上下阕各五句，三平韵。

茶瓶儿

调见《花庵词选》，始自北宋李元膺，至南宋赵彦端、石孝友二家，又摊破两结句法，减去两起句字，自成新声。

《茶瓶儿》的长短句结构

上阕，两个乐段		下阕，两个乐段	
乐段一（十三字或十四字）	乐段二（十四字）	乐段一（十三字或十四字）	乐段二（十四字）
6　34	7　34	3　3　34	7　34
7　34	5　4　5	6　34	5　4　5
		7　7	

《康熙词谱》共收集《茶瓶儿》三体，双调，上下阕分别可分为二个乐段，其长短句结构如表所示。该调有五十四字或五十六字等格式，上阕五句或四句，四仄韵；下阕五句或四句，四仄韵一叠韵或五仄韵、四仄韵。《康熙词谱》以五十四字体石孝友词为标谱词例。该调的正格与变格如表所示，其中，上下阕各乐段中的格式（1）为正格句式，其余为变格句式。

例一　茶瓶儿（五十四字）

（宋）石孝友

相对盈盈一水。多声价、问名得字。刚能见也还抛弃。孤负了、万红千翠。　　留无计。来无计。闷恹恹、几何况味。而今若没些儿事。却枉了、做人一世。

注：该词上阕第一句和第二句为乐段一中的格式（1），第三句和第四句为乐段二中的格式（1）；下阕第一句至第三句为乐段一中的格式（1），第四句和第五句为乐段二中的格式（1）。全词双调，五十四字，上阕四句，四仄韵；下阕五句，四仄韵一叠韵。

《茶瓶儿》的正格与变格（双调）

《茶瓶儿》上阕，五句或四句，四仄韵	
乐段一（二句，十三或十四字）	乐段二（二句或三句，十四字）
＋｜＋ー＋｜（韵）＋＋＋ （读）＋ー＋｜（韵） （1）	＋ー＋｜ーー｜（韵）＋＋＋ （读）＋ー＋｜（韵） （1）
｜＋＋＋ーー｜｜（韵）＋＋ ＋（读）＋ー＋｜（韵） （2）	＋｜ーー｜（韵）＋ー＋｜（句） ＋｜ーー｜（韵） （2）

《茶瓶儿》下阕，五句或四句，四仄韵一叠韵或四仄韵、五仄韵	
乐段一（三句或二句，十三字或十四字）	乐段二（二句或三句，十四字）
ー＋｜（韵）ー＋｜（叠）＋＋ ＋（读）＋ー＋｜（韵） （1）	＋ー＋｜ーー｜（韵）＋＋＋ （读）＋ー＋｜（韵） （1）
｜＋｜ーー｜（韵）＋＋＋（读） ＋｜ー＋｜（韵） （2）	＋｜ーー｜（韵）＋ー＋｜（韵） ＋｜ーー｜（韵） （2）
｜＋｜＋｜｜（韵）＋ー｜ ＋ー＋｜（韵） （3）	

注：①下阕乐段一中的格式"｜＋｜ーー｜（韵）"，为"上一下五"句式。②下阕乐段一中的格式"＋＋｜＋ー＋｜（韵）"为"上一下六"句式。

例二　茶瓶儿（五十六字）

（宋）李元膺

去年相逢深院宇。海棠下、曾歌金缕。歌罢花如雨。翠罗衫上，点点红无数。　　今岁重寻携手处。空物是人非春暮。回首青云路，乱英飞絮。相逐东风去。

注：该词上阕第一句和第二句为乐段一中的格式（2），第三句至第五句为乐段二中的格式（2）；下阕第一句和第二句为乐段一中的格式（3），第三句至第五句为乐段二中的格式（2）。全词双调，五十六字，上阕五句，四仄韵；下阕五句，五仄韵。

例三　茶瓶儿（五十四字）

（宋）赵彦端

淡月华灯春夜。送东风、柳烟梅麝。宝钗宫髻连娇马。似记得、帝乡游冶。　　悦亲戚之情话。况溪山、坐中如画。凌波微步人归也。看酒醒、凤鸾谁跨。

注：该词上阕第一句和第二句为乐段一中的格式（1），第三句和第四句为乐段二中的格式（1）；下阕第一句和第二句为乐段一中的格式（2），第三句和第四句为乐段二中的格式（1）。全词双调，五十四字，上下阕各四句，四仄韵。

柳　摇　金

调见《梅苑》。

《柳摇金》的长短句结构

上阕，两个乐段		下阕，两个乐段	
乐段一（十四字）	乐段二（十四字）	乐段一（十四字）	乐段二（十四字）
7　　3 4	7　　3 4	7　　3 4	7　　3 4

《康熙词谱》只收集一体《柳摇金》，双调，上下阕分别可分为两个乐段，其长短句结构如表所示，与《思归乐》相同。该调五十六字，上阕四句，四仄韵；下阕四句，三仄韵，其基本格式如表所示。

《柳摇金》的基本格式（双调）

《柳摇金》上阕，四句，四仄韵	
乐段一（二句，十四字）	乐段二（二句，十四字）
十　一　十　丨　十　一　丨（韵）十　十　十　 （读）十　一　十　丨（韵）	十　丨　十　一　一　丨　丨（韵）十　十　十　 （读）十　一　十　丨（韵）

《柳摇金》下阕，四句，三仄韵	
乐段一（二句，十四字）	乐段二（二句，十四字）
十　一　十　丨　丨　一　一（句）十　十　十　 （读）十　一　十　丨（韵）	十　丨　十　一　一　丨　丨（韵）十　十　十　 （读）十　一　十　丨（韵）

例　柳摇金（五十六字）

（宋）沈会宗

相将初下蕊珠殿。似醉粉、生香未遍。爱惜娇心春不管。被东风、赚开一半。　　中黄官里赐仙衣，斗浅深、妆成笑面。放出妖娆难系绾。笑东风、自家肠断。

注：全词双调，五十六字，上阕四句，四仄韵；下阕四句，三仄韵。

卓 牌 子

此调有两体，五十六字者始自杨无咎，又名《卓牌子令》；九十七字者始自万俟咏，又名《卓牌子慢》。

小令《卓牌子》的长短句结构

上阕，两个乐段		下阕，两个乐段	
乐段一（十二字）	乐段二（十六字）	乐段一（十二字）	乐段二（十六字）
5　　34	6　6　4	5　　34	6　4　6

长调《卓牌子》的长短句结构

长调《卓牌子》上阕，四个乐段			
乐段一 （十二字或十一字）	乐段二 （十六字）	乐段三 （十二字）	乐段四 （十七字或十四字）
5　　34 5　　33	4　4　4	5　　34	6　34　4 4　4　6

长调《卓牌子》下阕，四个乐段			
乐段一（十一字）	乐段二（九字）	乐段三（十三字）	乐段四（七字）
4　　34	4　5	7　6	2　5

《康熙词谱》共收集《卓牌子》三体，其中，小令一体，长调两体。小令《卓牌子》上下阕分别可分为两个乐段，其长短句结构如表所示；长调《卓牌子》上下阕分别可分为四个乐段，其长短句结构如表所示。

小令《卓牌子》五十六字，上下阕各五句，三仄韵，其基本格式如表所示。长调《卓牌子》有九十七字或九十三字等格式，上阕十一句，四仄韵；下阕八句，七仄韵或六仄韵。《康熙词谱》以九十七字体万俟咏词为标谱词例。该调的正格与变格如表所示，其中，上下阕各乐段中的格式（1）为正格句式，其余为变格句式。

小令《卓牌子》基本格式（双调）

小令《卓牌子》上阕，五句，三仄韵	
乐段一（二句，十二字）	乐段二（三句，十六字）
十 一 一 十 丨（韵）一 十 丨（读）十 一 十 丨（韵）	十 丨 十 丨 一 一（句）十 一 十 丨（句）十 一 十 丨（韵）

小令《卓牌子》下阕，五句，三仄韵	
乐段一（二句，十二字）	乐段二（三句，十六字）
十 一 一 丨 丨（韵）一 十 丨（读）十 一 十 丨（韵）	十 丨 十 丨 一 一（句）十 一 十 丨（句）十 一 十 丨（韵）

例　卓牌子（五十六字）

（宋）杨无咎

西楼天将晚。流素月、寒光正满。楼上笑揖姮娥，似看罗袜尘生，鬓云风乱。　珠帘终夕卷。判不寐、栏干凭暖。好在影落清尊，冷侵香幄，欢余未教人散。

注：全词双调，五十六字，上下阕各五句，三仄韵。

长调《卓牌子》的正格与变格（双调）

长调《卓牌子》上阕，十一句，四仄韵	
乐段一（二句，十二字或十一字）	乐段二（四句，十六字）
一 一 丨 十 一（句）十 十 十（读）十 一 十 丨（韵）（1）	十 丨 十 丨（句）十 一 十 丨（句）十 一 十 丨（句）十 一 十 丨（韵）（1）
一 一 丨 十 一（句）十 十 十（读）一 十 丨（韵）（2）	十 丨 十 丨（句）十 一 十 一（句）十 一 十 丨（句）十 一 十 丨（韵）（2）

长调《卓牌子》上阕，十一句，四仄韵	
乐段三（二句，十二字）	乐段四（三句，十六或十七字）
－ － ｜ ＋ －（句）＋ ＋ ＋ （读）＋ ＋ － ＋ ｜（韵）	＋ ｜ ＋ ｜ － －（句）＋ ＋ ＋（读） ＋ ｜ ＋ － －（句）＋ － ＋ ｜（韵） （1） ＋ ｜ ＋ ｜（句）＋ － ｜ －（句）＋ － ｜ － ＋ ｜（韵） （2）

长调《卓牌子》下阕，八句，七仄韵或六仄韵	
乐段一（二句，十一字）	乐段二（二句，九字）
＋ － ＋ ｜（韵）＋ ＋ ＋（读）＋ － ＋ ｜（韵）	＋ － ＋ ｜（韵）－ ＋ ｜ － ｜（韵） （1） ＋ － ＋ ｜（句）－ ＋ ｜ － ｜（韵） （2）
注：下阕乐段二中的格式"＋ ＋ ｜ － ｜（韵）"，为"上一下四"句式。	

长调《卓牌子》下阕，八句，七仄韵或六仄韵	
乐段三（二句，十三字）	乐段四（二句，七字）
＋ ｜ ＋ － － ＋ ｜（句）＋ ｜ ＋ － ＋ ｜（韵）	＋ ｜（韵）｜ ＋ － ＋ ｜（韵）

例一　卓牌子（九十七字）

（宋）万俟咏

东风绿杨天，如画出、清明院宇。玉艳淡薄，梨花带月，胭脂零落，海棠经雨。单衣怯黄昏，人正在、珠帘笑语。相并戏蹴秋千，共携手、同倚栏干，暗香时度。　　翠窗绣户。路缭绕、潜通幽处。断魂凝伫。嗟不似飞絮。闲闷闲愁难消遣，此日年年意绪。无据。奈酒醒春去。

注：该词上阕第一句和第二句为乐段一中的格式（1），第三句至第六句为乐段二中的格式（1），第九句至第十一句为乐段四中的格式（1）；下阕第三句和第四句为乐段二中的格式（1）。全词双调，九十七字，上阕十一句，四仄韵；下阕八句，七仄韵。

例二　卓牌子（九十三字）

《乐府雅词》无名氏

　　当年早梅芳，曾邂逅、飞琼侣。肌雪莹玉，颜开嫩桃，腰肢轻袅，未胜金缕。佯羞整云鬟，频向人、娇波寄语。湘佩笑解，韩香暗传，幽欢后期谁诉。　　梦魂顿阻。似一枕、高唐云雨。蕙心兰态，知何计重遇。试问春蚕丝多少，未抵离愁半缕。凝伫。望凤楼何处。

　　注：该词上阕第一句和第二句为乐段一中的格式（2），第三句至第六句为乐段二中的格式（2），第九句至第十一句为乐段四中的格式（2）；下阕第三句和第四句为乐段二中的格式（2）。全词双调，九十三字，上阕十一句，四仄韵；下阕八句，六仄韵。

清 江 曲

　　此宋苏庠泛舟清江作也，体近古诗，因《花草粹编》采入，今传之。

《清江曲》的长短句结构

上阕，两个乐段		下阕，两个乐段	
乐段一（十四字）	乐段二（十四字）	乐段一（十四字）	乐段二（十四字）
7　　7	7　　7	7　　7	7　　7

　　《康熙词谱》只收集一体《清江曲》，双调，上下阕分别可分为两个乐段，其长短句结构如表所示。该调五十六字，上阕四句，三平韵；下阕四句，三仄韵，其基本格式如表所示。

《清江曲》的基本格式（双调）

《清江曲》上阕，四句，三平韵	
乐段一（二句，十四字）	乐段二（二句，十四字）
＋｜－－＋｜－（平韵）＋｜－ －＋｜｜－－（韵）	＋－－＋｜－－（句）＋｜－ －＋｜－（韵）

《清江曲》下阕，四句，三仄韵	
乐段一（二句，十四字）	乐段二（二句，十四字）
＋ － ＋ ｜ － －｜（仄韵）＋ ｜ － ＋ ｜ － －｜（韵）	＋ ｜ ＋ ＋ ｜ ｜ －（句）＋ ｜ － － ｜ － ｜ －｜（韵）

例　清江曲（五十六字）

（宋）苏　庠

属玉双飞水满塘。菰蒲深处浴鸳鸯。白蘋满棹归来晚，秋著芦花一岸霜。　　扁舟系岸依林樾。萧萧两鬓吹华发。万事不理醉复醒，长占烟波弄明月。

注：全词双调，五十六字，上阕四句，三平韵；下阕四句，三仄韵。

楼　上　曲

调见《芦川词》，因词中有"楼外、楼中"二句，故名。

《楼上曲》的长短句结构

上阕，两个乐段		下阕，两个乐段	
乐段一（十四字）	乐段二（十四字）	乐段一（十四字）	乐段二（十四字）
7　　7	7　　7	7　　7	7　　7

《康熙词谱》只收集一体《楼上曲》，双调，上下阕分别可分为两个乐段，其长短句结构如表所示。该调五十六字，为平仄韵转换格，上下阕各四句，两仄韵两平韵，其基本格式如表所示。

例一　楼上曲（五十六字）

（宋）张元幹

楼外夕阳明远水。楼中人倚东风里。何事有情怨别离。低鬟背立君应知。　　东望云山君去路。肠断迢迢尽愁处。明朝不忍见云山。从今休傍曲栏干。

  注：该词下阕第一句和第二句为乐段一中的格式（1）。全词双调，五十六字，上下阕各四句，两仄韵两平韵。

《楼上曲》的基本格式（双调）

《楼上曲》上阕，四句，两仄韵两平韵	
乐段一（二句，十四字）	乐段二（二句，十四字）
＋｜＋－－｜｜（仄韵）＋－ ＋｜－－｜（韵）	＋｜＋－＋｜－（平韵）＋－ ＋｜－－－（韵）

《楼上曲》下阕，四句，两仄韵两平韵	
乐段一（二句，十四字）	乐段二（二句，十四字）
＋｜＋－－｜｜（换仄韵）＋｜ －－｜－｜（韵） （1） ＋｜＋－－｜｜（换仄韵）＋－ ＋｜－－｜（韵） （2）	＋－＋｜｜－－（换平韵）＋－ ＋｜｜－－（韵）

例二　楼上曲（五十六字）

（宋）张元幹

  清夜灯前花报喜。心随社燕凉风起。云路修成宝月时。东楼怅望君先归。　　沉潨秋香生玉井。画檐深转梧桐影。看君西去侍明光。杯中丹桂一枝芳。

  注：该词下阕第一句和第二句为乐段一中的格式（2）。全词双调，五十六字，上下阕各四句，两仄韵两平韵。

厅　前　柳

  朱雍词名《亭前柳》，金词注"越调"。

《厅前柳》的长短句结构

上阕，两个乐段		下阕，两个乐段	
乐段一 （十二字）	乐段二 （十四或十五字）	乐段一 （十五或十四字）	乐段二 （十四字）
5　34 3　3　3　3	5　3　3　3 6　3　3　3	35　　34 35　　7 7　　34	5　3　3　3

《康熙词谱》共收集三体《厅前柳》，双调，上下阕分别可分为两个乐段，其长短句结构如表所示。该调有五十五字或五十六、五十四字等格式，上阕六句或八句，三平韵或四平韵；下阕六句，三平韵。《康熙词谱》以五十五字体朱雍词为标谱词例。该调的正格与变格如表所示，其中，上下阕各乐段中的格式（1）为正格句式，其余为变格句式。

例一　厅前柳（五十五字）

（宋）朱　雍

拜月南楼上，面婵娟、恰对新妆。谁凭栏干处，笛声长。追往事，遍凄凉。　　看素质、临风消瘦尽，粉痕轻、依旧真香。潇洒无尘境，过横塘。度清影，在回廊。

注：该词上阕第一句和第二句为乐段一中的格式（1），第三句至第六句为乐段二中的格式（1）；下阕第一句和第二句为乐段一中的格式（1）。全词双调，五十五字，上下阕各六句，三平韵。

例二　厅前柳（五十六字）

（宋）赵师侠

晚秋天。过暮雨，云容敛，月澄鲜。正风露凄清处，砌蛩喧。更黄叶，舞翩翩。　　念故里、千山云水隔，被名缰利锁萦牵。莫作悲秋意，对尊前。且同乐，太平年。

注：该词上阕第一句至第四句为乐段一中的格式（2），第五句至第八句为乐段二中的格式（2）；下阕第一句和第二句为乐段一中的格式（2）。全词双调，五十六字，上阕八句，四平韵；下阕六句，三平韵。

《厅前柳》的基本格式（双调）

《厅前柳》上阕，六句或八句，四平韵或三平韵	
乐段一（二句或四句，十二字）	乐段二（四句，十四字或十五字）
＋｜ーー｜（句）＋＋＋（读） ＋｜ーー（韵） （1）	＋｜ーー｜（句）｜ーー（韵）＋ ＋｜（句）｜ーー（韵） （1）
｜ーー（韵）＋＋｜（句）＋＋｜ （句）｜ーー（韵） （2）	＋｜ーー｜（句）｜ーー（韵）＋ ＋｜（句）｜ーー（韵） （2）

《厅前柳》下阕，六句，三平韵	
乐段一（二句，十四字或十五字）	乐段二（四句，十四句）
＋＋＋（读）＋ーー｜｜（句） ＋＋＋（读）＋｜ーー（韵） （1）	＋｜ーー｜（句）｜ーー（韵）＋ ＋｜（句）｜ーー（韵）
＋＋＋（读）＋ーー｜｜（句） ｜＋ー＋｜ーー（韵） （2）	
＋｜＋ー ー｜｜（句）＋＋＋ （读）＋｜ーー（韵） （3）	

注：①下阕乐段一中的格式"｜＋ー＋｜ーー（韵）"，为"上一下六"句式。②相关乐段中的格式"＋＋｜（句）"，可平可仄两处，不可同时用仄。

例三　厅前柳（五十四字）

（宋）朱　雍

伫立东风里，放纤手、净试梅妆。眉晕轻轻画，远山长。添新恨，更凄凉。　　尝忆驿亭人别后，寻春去、尽是幽香。归路临清浅，在寒塘。同水月，照虚廊。

注：该词上阕第一句和第二句为乐段一中的格式（1），第三句至第六句为乐段二中的格式（1）；下阕第一句和第二句为乐段一中的格式（3）。全词双调，五十四字，上下阕各六句，三平韵。

二 色 宫 桃

调见《梅苑》，其句读近《玉阑干》，而平仄不同。

《二色宫桃》的长短句结构

上阕，两个乐段		下阕，两个乐段	
乐段一（十四字）	乐段二（十四字）	乐段一（十四字）	乐段二（十四字）
7　　　　34	7　　　　34	7　　　　34	7　　　　34

《康熙词谱》只收集一体《二色宫桃》，双调，上下阕分别可分为两个乐段，其长短句结构如表所示。该调五十六字，上下阕各四句，三仄韵，其基本格式如表所示。

《二色宫桃》的基本格式（双调）

《二色宫桃》上阕，四句，三仄韵	
乐段一（二句，十四字）	乐段二（二句，十四字）
＋　｜　＋　一　一　｜　｜（韵）＋　＋　＋　（读）＋　一　＋　｜（韵）	＋　｜　＋　一　＋　｜　一（句）＋　＋　＋　（读）＋　一　＋　｜（韵）

《二色宫桃》下阕，四句，三仄韵	
乐段一（二句，十四字）	乐段二（二句，十四字）
＋　一　＋　｜　一　一　｜（韵）＋　＋　＋　（读）＋　一　＋　｜（韵）	＋　｜　＋　一　＋　｜　一（句）＋　＋　＋　（读）＋　一　＋　｜（韵）

例　二色宫桃（五十六字）

《梅苑》无名氏

镂玉香葩酥点萼。正万木、园林萧索。惟有一枝雪里开，江南信、更凭谁托。　　前年记赏登高阁。叹年来、旧欢如昨。听取乐天一句云，花开处、且须行乐。

注：全词双调，五十六字，上下阕各四句，三仄韵。

市 桥 柳

调见《齐东野语》，因第二句有"折尽市桥官柳"句，取以为名。

《市桥柳》的长短句结构

上阕，两个乐段		下阕，两个乐段	
乐段一（十三字）	乐段二（十四字）	乐段一（十六字）	乐段二（十三字）
34　　6	6　　35	7　　36	33　　34

《康熙词谱》只收集一体《市桥柳》，双调，上下阕分别可分为两个乐段，其长短句结构如表所示。该调五十六字，上下阕各四句，三仄韵，其基本格式如表所示。

《市桥柳》的基本格式（双调）

《市桥柳》上阕，四句，三仄韵	
乐段一（二句，十三字）	乐段二（二句，十四字）
＋＋＋（读）＋－＋｜（韵）＋｜＋－＋｜（韵）	＋－＋｜－－（句）＋＋＋（读）＋－｜－｜（韵）

《市桥柳》下阕，四句，三仄韵	
乐段一（二句，十六字）	乐段二（二句，十三字）
＋｜＋－－｜｜（韵）＋＋＋（读）＋｜＋－＋｜（韵）	＋＋＋（读）＋－－（句）＋＋＋（读）＋－＋｜（韵）

例　市桥柳（五十六字）

（宋）蜀　妓

　　欲寄意、浑无所有。折尽市桥官柳。看君著上征衫，又相将、放船楚江口。　　后会不知何日又。是男儿、休要镇长相守。苟富贵、无相忘，若相忘、有如此酒。

注：全词双调，五十六字，上下阕各四句，三仄韵。

一 斛 珠

《宋史·乐志》名《一斛夜明珠》，属"中吕调"；《尊前集》注"商调"；金词注"仙吕调"；蒋氏《九宫谱目》入"仙吕引子"；晏几道词名《醉落魄》；张先词名《怨春风》；黄庭坚词名《醉落拓》。

《一斛珠》的长短句结构

上阕，两个乐段		下阕，两个乐段	
乐段一（十一字）	乐段二（十六字）	乐段一（十四字）	乐段二（十六字）
4　　7 4　　34	7　4　5	7　　7	7　4　5

《康熙词谱》共收集三体《一斛珠》，双调，上下阕分别可分为两个乐段，其长短句结构如表所示。该调五十七字，上下阕各五句，四仄韵。《康熙词谱》以五十七字体李煜词为正体或正格。该调的正格与变格如表所示，其中，各乐段中的格式（1）为正格句式，其余为变格句式。

例一　一斛珠（五十七字）
（五代）李　煜

晚妆初过。沈檀轻注些儿个。向人微露丁香颗。一曲清歌，暂引樱桃破。　　罗袖裛残殷色可。杯深旋被香醪涴。绣床斜凭娇无那。烂嚼红茸，笑向檀郎唾。

注：该词上阕第一句和第二句为乐段一中的格式（1），第三句至第五句为乐段二中的格式（1）；下阕第一句和第二句为乐段一中的格式（1），第三句至第五句为乐段二中的格式（1）。全词双调，五十七字，上下阕各五句，四仄韵。

《一斛珠》的正格与变格（双调）

《一斛珠》上阕，五句，四仄韵	
乐段一（二句，十一字）	乐段二（三句，十六字）
＋－＋｜（韵）＋－＋｜－－｜（韵） （1）	＋－＋｜－－｜（韵）＋｜－－（句）＋｜＋－｜（韵） （1）
＋｜＋｜（韵）＋－－｜＋｜（韵） （2）	＋－＋｜－－｜（韵）＋｜－－（句）＋｜＋－｜（韵） （2）
＋－＋｜（韵）－＋｜（读）＋－＋｜（韵） （3）	＋－＋｜－－｜（韵）＋｜－－（句）＋｜｜＋｜（韵） （3）

《一斛珠》下阕，五句，四仄韵	
乐段一（二句，十四字）	乐段二（三句，十六字）
＋｜＋－－｜｜（韵）＋－＋｜－－｜（韵） （1）	＋－＋｜－－｜（韵）＋｜－－（句）＋｜＋－｜（韵） （1）
＋－＋｜－＋｜（韵）＋－＋｜＋－｜（韵） （2）	＋－＋｜－＋｜（韵）＋｜－－（句）＋｜＋－｜（韵） （2）
	＋－＋｜－－｜（韵）＋｜－－（句）＋｜｜＋｜（韵） （3）

例二　一斛珠（五十七字）

（宋）张　先

山围画障。风溪弄月清溶漾。玉楼茗馆人相望。下若醲醅，竞欲金钗当。　　使君劝醉青娥唱。分明仙曲云中响。南园百卉千家赏。和气兼来，不独花枝上。

注：该词上阕第一句和第二句为乐段一中的格式（1），第三句至第五句为乐段二中的格

式（1）；下阕第一句和第二句为乐段一中的格式（2），第三句至第五句为乐段二中的格式（1）。全词双调，五十七字，上下阕各五句，四仄韵。

例三　一斛珠（五十七字）

（宋）周邦彦

茸金细弱。秋风嫩、桂花初著。蕊珠宫里人难学。花染娇黄，羞映翠云幄。　　清香不与兰荪约。一枝云鬓巧梳掠。夜深轻撼蔷薇索。香满衣襟，月在凤凰阁。

注：该词上阕第一句和第二句为乐段一中的格式（3），第三句至第五句为乐段二中的格式（3）；下阕第一句和第二句为乐段一中的格式（2），第三句至第五句为乐段二中的格式（3）。全词双调，五十七字，上下阕各五句，四仄韵。

例四　一斛珠（五十七字）

（宋）周　密

忆忆忆忆。宫罗褶襵消金色。吹花有尽情无极。泪滴空帘，香润柳枝湿。　　春愁浩荡湘波窄。红阑梦绕江南北。燕莺都是东风客。移尽庭阴，风老杏花白。

注：该词上阕第一句和第二句为乐段一中的格式（2），第三句至第五句为乐段二中的格式（1）；下阕第一句和第二句为乐段一中的格式（2），第三句至第五句为乐段二中的格式（3）。全词双调，五十七字，上下阕各五句，四仄韵。

例五　一斛珠（五十七字）

（宋）欧阳修

伤春怀抱。清明过后莺花好。劝君莫向愁人道。又被香轮，辗破青青草。　　夜来风月连清晓。墙阴目断无人到。恨别王孙愁多少。犹顿春寒，未放花枝老。

注：该词上阕第一句和第二句为乐段一中的格式（1），第三句至第五句为乐段二中的格式（1）；下阕第一句和第二句为乐段一中的格式（2），第三句至第五句为乐段二中的格式（2）。全词双调，五十七字，上下阕各五句，四仄韵。

例六　一斛珠（五十七字）

（宋）晏几道

天教命薄。青楼占得声名恶。对酒当歌寻思着。月户星窗，多少旧期约。　　相逢细语初心错。两行红泪尊前落。霞觞且共深深酌。恼乱春宵，翠被都闲却。

注：该词上阕第一句和第二句为乐段一中的格式（1），第三句至第五句为乐段二中的格式（2）；下阕第一句和第二句为乐段一中的格式（2），第三句至第五句为乐段二中的格式（1）。全词双调，五十七字，上下阕各五句，四仄韵。

例七　一斛珠（五十七字）

（宋）晏几道

休休莫莫。离多还是因缘恶。有情无奈思量着。月夜佳期，近写青楼约。　　心心口口长恨昨。分飞容易当时错。后期休似前欢薄。买断青楼，莫放春闲却。

注：该词上阕第一句和第二句为乐段一中的格式（1），第三句至第五句为乐段二中的格式（1）；下阕第一句和第二句为乐段一中的格式（2），第三句至第五句为乐段二中的格式（1）。全词双调，五十七字，上下阕各五句，四仄韵。

例八　一斛珠（五十七字）

（宋）周紫芝

江天云薄。江头雪似杨花落。寒灯不管人离索。照得人来，真个睡不著。　　归期已负梅花约。又还春动空飘泊。晓寒谁看伊梳掠。雪满西楼，人在栏干角。

注：该词上阕第一句和第二句为乐段一中的格式（1），第三句至第五句为乐段二中的格式（3）；下阕第一句和第二句为乐段一中的格式（2），第三句至第五句为乐段二中的格式（1）。全词双调，五十七字，上下阕各五句，四仄韵。

例九　一斛珠（五十七字）

（宋）韩淲

风高木落。壮心万里空回薄。振衣待把尘埃濯。声里斜阳，孤起戍楼角。　　人生谁会谁为错。年来但觉多离索。黄花照地浑开却。华发如斯，同和醉落魄。

注：该词上阕第一句和第二句为乐段一中的格式（1），第三句至第五句为乐段二中的格式（3）；下阕第一句和第二句为乐段一中的格式（2），第三句至第五句为乐段二中的格式（3）。全词双调，五十七字，上下阕各五句，四仄韵。

夜　游　宫

金词注"般涉调"。贺铸词有"江北江南新念别"句，更名《新念别》。

《夜游宫》的长短句结构

上阕，三个乐段			下阕，三个乐段		
乐段一 （十三字）	乐段二 （七字）	乐段三 （九字）	乐段一 （十二字）	乐段二 （七字）	乐段三 （九字）
6　　34 6　　7	7	3　3　3	5　　34	7	3　3　3

《康熙词谱》共收集两体《夜游宫》，双调，上下阕分别可分为三个乐段，其长短句结构如表所示。该调五十七字，上下阕各六句，四仄韵。《康熙词谱》以毛滂词为标谱词例，该调的正格与变格如表所示，其中，各乐段中的格式（1）为正格句式，其余为变格句式。

例一　夜游宫（五十七字）

（宋）毛　滂

长记劳君送远。柳烟重、桃花波暖。花外溪城望不见。古槐边，故人稀，秋鬓晚。　　我有凌霄伴。在何处、山寒云乱。何不随君弄清浅。见伊时，话阳春，山数点。

注：该词上阕第一句和第二句为乐段一中的格式（1），第三句为乐段二中的格式（1），第四句至第六句为乐段三中的格式（1）；下阕第三句为乐段二中的格式（1），第四句至第六句为乐段三中的格式（1）。全词双调，五十七字，上下阕各六句，四仄韵。

例二　夜游宫（五十七字）

（宋）张孝祥

听话危亭句景。芳郊迥、草长川永。不待崇冈与峻岭。倚栏杆，望无穷，心已领。　　万事浮云影。最旷阔、鹭闲鸥静。好是炎天烟雨醒。柳阴浓，芰荷香，风日冷。

注：该词上阕第一句和第二句为乐段一中的格式（1），第三句为乐段二中的格式（1），第四句至第六句为乐段三中的格式（1）；下阕第三句为乐段二中的格式（2），第四句至第六句为乐段三中的格式（1）。全词双调，五十七字，上下阕各六句，四仄韵。

《夜游宫》的正格与变格（双调）

《夜游宫》上阕，六句，四仄韵		
乐段一（二句，十三字）	乐段二（一句，七字）	乐段三（三句，九字）
十丨十一十丨（韵）十 十十（读）十一十丨（韵） （1）	十丨十一十丨（韵） （1）	丨一一（句）丨一一 （句）一丨丨（韵） （1）
十丨十一十丨（韵）十 一十丨一一丨（韵） （2）	十丨十一十丨丨 （韵） （2）	丨十十（句）丨十十 （句）十十丨（韵） （2）

《夜游宫》下阕，六句，四仄韵		
乐段一（二句，十二字）	乐段二（一句，七字）	乐段三（三句，九字）
十丨一一丨（韵）十 十十（读）十一十丨 （韵）	十丨一一丨十丨 （韵） （1）	丨一一（句）丨一一 （句）一丨丨（韵） （1）
	十丨十十一丨丨 （韵） （2）	丨十十（句）丨十十 （句）十十丨（韵） （2）

注：上下阕乐段三中的格式"丨十十（句）"和"十十丨（韵）"，尽管有个别三连仄现象，但原则要求还是宜有平有仄。

例三　夜游宫（五十七字）

（宋）贺　铸

湖上兰舟暮发。扬州梦断灯明灭。想见琼花开似雪。帽檐香，玉纤纤，曾为折。　　渔管吹还咽。问何意、并人愁绝。江北江南新念别。掩芳尊，与谁同，今夜月。

注：该词上阕第一句和第二句为乐段一中的格式（2），第三句为乐段二中的格式（2），第四句至第六句为乐段三中的格式（1）；下阕第三句为乐段二中的格式（2），第四句至第六句为乐段三中的格式（1）。全词双调，五十七字，上下阕各六句，四仄韵。

例四　夜游宫（五十七字）

（宋）吴文英

人去西楼雁杳。叙别梦、扬州一觉。云淡星疏楚山晓。听啼乌，立河桥，话未了。　　雨外蛩声早。细织就、霜丝多少。说与萧娘未知道。向长安，对秋灯，几人老。

注：该词上阕第一句和第二句为乐段一中的格式（1），第三句为乐段二中的格式（1），第四句至第六句为乐段三中的格式（2）；下阕第三句为乐段二中的格式（1），第四句至第六句为乐段三中的格式（2）。全词双调，五十七字，上下阕各六句，四仄韵。

梅 花 引

此调有两体。五十七字者，《中原音韵》注"越调"，高宪词有"须信在家贫也乐"句，名《贫也乐》；一百十四字者，即五十七字体再加一叠，贺铸词名《小梅花》。

小令《梅花引》的长短句结构

上阕，两个乐段		下阕，两个乐段	
乐段一（十三字）	乐段二（十五字）	乐段一（十四字）	乐段二（十五字）
3　3　7	3　3　4　5	7　7	3　3　4　5

长调《梅花引》的长短句结构

长调《梅花引》上阕，四个乐段			
乐段一（十三字）	乐段二（十五字）	乐段三（十四字或十三字）	乐段四（十五字）
3　3　7	3　3　4　5	7　7 3　3　7	3　3　4　5

长调《梅花引》下阕，四个乐段			
乐段一 （十三字或十四字）	乐段二 （十五字）	乐段三 （十四字）	乐段四 （十五字）
3　3　7 　7　7	3　3　4　5 　3　3　63	7　7	3　3　4　5

《康熙词谱》共收集《梅花引》四体，其中，小令两体，长调两体。小令《梅花引》，双调，上下阕可分为两个乐段，其长短句结构如表所示。长调《梅花引》，双调，上下阕分别可分为四个乐段，其长短句结构如表所示。

小令《梅花引》五十七字，为平仄韵转换格，上阕七句，三仄韵三平韵或五平韵一叠韵；下阕六句，两仄韵两平韵一叠韵。《康熙词谱》以贺铸词为标谱词例。该调的正格与变格如表所示，其中上下阕各乐段中的格式（1）为正格句式，其余为变格句式。

长调《梅花引》一百十四字，上阕十三句或十四句，五仄韵六平韵或六仄韵五平韵一叠韵等用韵格式；下阕十三句或十二句，有五仄韵六平韵或四仄韵五平韵一叠韵。《康熙词谱》以贺铸词为标谱词例。该调的正格与变格如表所示，其中，上下阕各乐段中的格式（1）为正格句式，其余为变格句式。

小令《梅花引》的正格与变格（双调）

小令《梅花引》上阕，七句，三仄韵三平韵或五平韵一叠韵	
乐段一（三句，十三字）	乐段二（四句，十五字）
一　十　｜（仄韵）一　十　｜（韵）十　十 一　一　｜　一　｜（韵） （1）	｜　十　一（平韵）｜　十　一（韵）十　｜ 十　一　（句）十　｜　十　一　一（韵） （1）
一　十　｜（仄韵）一　十　｜（韵）十　十　一 十　｜　一　一　｜（韵） （2）	十　十　一（平韵）十　十　一（韵）十 ｜　十　一　（句）十　一　一　｜（韵） （2）
一　十　｜（仄韵）十　十　｜（韵）十　｜ 十　一　一　｜　｜（韵） （3）	｜　十　一（平韵）｜　十　一（叠）十　｜ 十　一　（句）十　一　一　｜（韵） （3）
｜　十　一（平韵）｜　十　一（韵）十　｜ 一　一　十　｜　一（韵） （4）	

小令《梅花引》下阕，六句，两仄韵两平韵一叠韵	
乐段一（二句，十四字）	乐段二（四句，十五字）
＋－＋｜－－（换仄韵）＋｜－－｜－｜（韵） （1）	＋＋－（换平韵）｜＋｜（叠）＋｜｜－－（句）＋｜｜－－（韵） （1）
＋－＋｜－（仄韵）＋｜－－｜｜（韵） （2）	＋｜－（韵）｜＋｜－（韵）＋｜（句）－－＋｜－（韵） （2）
＋－＋｜－｜（仄韵）＋｜＋｜－－（韵） （3）	｜＋－（韵）｜＋＋－（叠）＋｜－－（句）－－｜｜（韵） （3）
｜＋｜－－｜｜（韵）＋｜＋－－｜｜（韵） （4）	

例一　梅花引（五十七字）

（宋）贺　铸

城下路。凄风露。今人犁田古人墓。岸头沙。带蒹葭。漫漫昔时，流水今人家。　　黄埃赤日长安道。倦客无浆马无草。开函关。闭函关。千古如何，不见一人闲。

注：该词上阕第一句至第三句为乐段一中的格式（1），第四句至第七句为乐段二中的格式（1）；下阕第一句和第二句为乐段一中的格式（1），第三句至第六句为乐段二中的格式（1）。全词五十七字，上阕七句，三仄韵三平韵；下阕六句，两仄韵两平韵一叠韵。

例二　梅花引（五十七字）

（宋）万俟咏

晓风酸。晓霜干。一雁南飞人度关。客衣单。客衣单。千里断魂，空歌行路难。　　寒梅惊破前村雪。寒鸦啼落西楼月。酒肠宽。酒肠宽。家在日边，不堪频倚栏。

注：该词上阕第一句至第三句为乐段一中的格式（4），第四句至第七句为乐段二中的格式（3）；下阕第一句和第二句为乐段一中的格式（3），第三句至第六句为乐段二中的格式（3）。全词五十七字，上阕七句，五平韵一叠韵；下阕六句，两仄韵两平韵一叠韵。

例三　梅花引（五十七字）

（金）王特起

　　山之麓。河之曲。一弯秀色盘虚谷。水溶溶。雨濛濛。有人行李，萧萧落叶中。　　人家篱落炊烟湿。天外云峰迷淡碧。野云昏。失前村。溪桥路滑，平沙没旧痕。

　　注：该词上阕第一句至第三句为乐段一中的格式（2），第四句至第七句为乐段二中的格式（2）；下阕第一句和第二句为乐段一中的格式（2），第三句至第六句为乐段二中的格式（2）。全词五十七字，上阕七句，三仄韵三平韵；下阕六句，两仄韵三平韵。

例四　梅花引（五十七字）

（金）高　宪

　　槐安梦。鼓笛弄。驰骤百年尘一哄。陶渊明。张季鹰。一杯浊酒，焉知身后名。　　有溪可渔林可缴。须信在家贫也乐。熊门春。泖江云。几时作个，山间林下人。

　　注：该词上阕第一句至第三句为乐段一中的格式（3），第四句至第七句为乐段二中的格式（2）；下阕第一句和第二句为乐段一中的格式（4），第三句至第六句为乐段二中的格式（2）。全词五十七字，上阕七句，三仄韵三平韵；下阕六句，两仄韵三平韵。

长调《梅花引》的正格与变格（双调）

长调《梅花引》上阕，十三句或十四句 有五仄韵六平韵或六仄韵五平韵一叠韵等多种用韵格式	
乐段一（三句，十三字）	乐段二（四句，十五字）
＋　＋　｜（仄韵）　—　＋　｜（韵） ＋　＋　—　—　｜　—　｜（韵） （1）	｜　—　—　（平韵）｜　—　—　（韵）＋　— ＋　｜（句）＋　｜　＋　—　—　（韵） （1）
＋　＋　｜（仄韵）＋　＋　｜（韵或叠） ＋　＋　＋　—　—　｜（韵） （2）	｜　—　—　（平韵）｜　—　—　（叠） ＋　｜（句）＋　｜　＋　—　—　（韵） （2）
	｜　—　—　（平韵）｜　—　—　（韵）＋　｜ ＋　—　（句）＋　｜　｜　—　—　（韵） （3）

长调《梅花引》上阕，十三句或十四句 有五仄韵六平韵或六仄韵五平韵一叠韵等多种用韵格式	
乐段三（二句或三句，十四字或十三字）	乐段四（四句，十五字）
＋ － ＋ ｜ － － ｜（换韵）＋ ｜ ＋ － － ｜ ｜（韵） （1）	｜ － －（平韵）｜ － －（韵或叠） ＋ ｜ － －（句）＋ ｜ ＋ －（韵） （1）
＋ － ＋ ｜ － － ｜（韵）＋ － ＋ － ＋ ｜（韵） （2）	＋ ｜ － －（平韵）＋ － －（韵或叠） ＋ ｜ － －（句）＋ ｜ ＋ ｜（韵） （2）
＋ ＋ ｜（韵）－ ＋ ｜（韵）＋ － ＋ － － ｜（韵） （3）	｜ － －（平韵）｜ － －（韵或叠） ＋ － ＋ ｜（句）＋ ｜ ｜（韵） （3）

例一　梅花引（一百十四字）

（宋）贺　铸

　　缚虎手。悬河口。车如鸡栖马如狗。白纶巾。扑黄尘。不知我辈，可是蓬蒿人。衰兰送客咸阳道。天若有情天亦老。作雷颠。不论钱。谁问旗亭，美酒斗十千。　　酌大斗。更为寿。青鬓常青古无有。笑嫣然。舞翩翩。当垆秦女，十五语如弦。遗音能记秋风曲。事去千年犹恨促。揽流光。系扶桑。争奈愁来，一日却为长。

　　注：该词上阕第一句至第三句为乐段一中的格式（1），第四句至第七句为乐段二中的格式（1），第八句和第九句为乐段三中的格式（1），第十句至第十三句为乐段四中的格式（1）；下阕第一句至第三句为乐段一中的格式（1），第四句至第七句为乐段二中的格式（1），第八句和第九句为乐段三中的格式（1），第十句至第十三句为乐段四中的格式（1）。全词双调，一百十四字，上下阕各十三句，五仄韵六平韵。

例二　梅花引（一百十四字）

（宋）朱　雍

　　梅亭别。梅亭别。梅亭回首都如雪。粉融融。月濛濛。江上小车，归去小楼空。当时曾传新妆薄。而今一任花零落。朝随风。朝随风。竹外孤根，犹如幽径通。　　长相忆。无消息。庾岭沉沉云暗碧。玉痕惊。对离情。无奈水遥天阔、隔琼城。年来素袂香不灭。此心无限凭谁说。夜绵绵。路漫漫。愁听枕前，吹彻笛声寒。

  注：该词上阕第一句至第三句为乐段一中的格式（2），第四句至第七句为乐段二中的格式（3），第八句和第九句为乐段三中的格式（2），第十句至第十三句为乐段四中的格式（2）；下阕第一句至第三句为乐段一中的格式（2），第四句至第六句为乐段二中的格式（3），第七句和第八句为乐段三中的格式（2），第九句至第十二句为乐段四中的格式（1）。全词双调，一百十四字，上阕十三句，四仄韵一叠韵五平韵一叠韵；下阕十二句，五仄韵六平韵。

《梅花引》下阕，十二或十三句 有五仄韵六平韵或四仄韵五平韵一叠韵等用韵格式	
乐段一（三句或二句，十三字或十四字）	乐段二（四句或三句，十五字）
＋＋｜（换仄韵）＋＋｜（韵）＋｜ 一一｜一｜（韵） （1）	｜一一（平韵）｜一一（韵或叠） ＋一＋｜（句）＋｜｜一一（韵） （1）
＋＋｜（换仄韵）＋＋｜（韵）＋｜ ＋一一｜｜（韵） （2）	｜一一（平韵）｜一一（韵或叠） ＋一＋｜（句）＋＋｜一一（韵） （2）
＋＋｜（换仄韵）＋＋｜（韵）＋一 ＋｜一｜（韵） （3）	｜一一（平韵）｜一一（韵）＋｜ ＋一＋｜（读）｜一一（韵） （3）
＋一＋｜一一｜（换仄韵）＋一 一｜一｜（韵） （4）	

《梅花引》下阕，十二或十三句 有五仄韵六平韵或四仄韵五平韵一叠韵等用韵格式	
乐段三（二句，十四字）	乐段四（四句，十五字）
＋一＋｜一一｜（换仄韵）＋｜＋ 一一｜｜（韵） （1）	｜一一（平韵）｜一一（韵）＋｜ ＋一（句）＋｜｜一一（韵） （1）
＋一＋｜一＋｜（换仄韵）＋一 ＋｜一一｜（韵） （2）	｜一一（平韵）｜一一（韵）＋ 一＋｜（句）＋｜｜一一（韵） （2）

例三　梅花引（一百十四字）

《梅苑》无名氏

　　园林静。萧索景。寒梅漏泄东君信。探春回。探春回。四时却被，伊家苦相催。江村畔。开烂漫。看看又近年光晚。绽芬芳。喷清香。寿阳宫里，爱学靓梳妆。　　夭桃红杏夸颜色。争似情怀雪中折。冒严寒。冒严寒。游蜂戏蝶，莫作等闲看。故人别后知何处。春色岭头逢驿使。赠新诗。折高枝。楼上一声，羌管不须吹。

　　注：该词上阕第一句至第三句为乐段一中的格式（2），第四句至第七句为乐段二中的格式（2），第八句至第十句为乐段三中的格式（3），第十一句至第十四句为乐段四中的格式（3）；下阕第一句和第二句为乐段一中的格式（4），第三句至第六句为乐段二中的格式（1），第七句和第八句为乐段三中的格式（1），第九句至第十二句为乐段四中的格式（1）。全词双调，一百十四字，上阕十四句，六仄韵五平韵一叠韵；下阕十二句，四仄韵五平韵一叠韵。

例四　梅花引（一百十四字）

（宋）向子諲

　　花如颊。梅如叶。小时笑弄阶前月。最盈盈。最惺惺。闲愁未识，无计定深情。十年空省春风面。花落花开不相见。要相逢。得相逢。须信灵犀，中自有心通。　　同杯勺。同斟酌。千愁一醉都推却。花阴边。柳阴边。几回拟待，偷怜不成怜。伤玉瘦慵梳掠。抛掷琵琶闲处著。莫猜疑。莫嫌迟。鸳鸯翡翠，终是一双飞。

　　注：该词上阕第一句至第三句为乐段一中的格式（2），第四句至第七句为乐段二中的格式（2），第八句和第九句为乐段三中的格式（1），第十句至第十三句为乐段四中的格式（1）；下阕第一句至第三句为乐段一中的格式（3），第四句至第七句为乐段二中的格式（2），第八句和第九句为乐段三中的格式（1），第十句至第十三句为乐段四中的格式（2）。全词双调，一百十四字，上下阕各十三句，五仄韵五平韵一叠韵。

荷叶铺水面

调见《花草粹编》。

《荷叶铺水面》的长短句结构

上阕，两个乐段					下阕，两个乐段				
乐段一（十六字）			乐段二（十二字）		乐段一（十六字）			乐段二（十三字）	
4	5	7	5	7	5	5	6	5	5	3

《康熙词谱》只收集一体《荷叶铺水面》，双调，上下阕分别可分为两个乐段，其长短句结构如表所示。该调五十七字，上阕五句，三平韵；下阕六句，四平韵，其基本格式如表所示。

《荷叶铺水面》的基本格式（双调）

《荷叶铺水面》上阕，五句，三平韵	
乐段一（三句，十六字）	乐段二（二句，十二字）
＋－＋｜（句）－－＋｜－（韵） ＋－＋｜｜－－（韵）	＋－＋｜｜（句）＋｜＋－｜｜－（韵）

《荷叶铺水面》下阕，六句，四平韵	
乐段一（三句，十六字）	乐段二（三句，十三字）
－－＋｜－（韵）－－＋｜｜（句）＋｜＋｜－－（韵）	＋｜｜－－（韵）＋｜｜－－（句）＋｜－（韵）

例　荷叶铺水面（五十七字）

（宋）康与之

　　春光艳冶，游人踏绿苔。千红万紫竞香开。暖风拂鼻籁，蓦地暗香透满怀。　　荼蘼似锦裁。娇红间绿白，只怕迅速春回。误落在尘埃。折向鬓云间，金凤钗。

　　注：全词双调，五十七字，上阕五句，三平韵；下阕六句，四平韵。

家 山 好

调见《湘山野录》，因词中有"水晶宫里家山好"句，取为调名。

《家山好》的长短句结构

上阕，两个乐段		下阕，两个乐段	
乐段一（十三字）	乐段二（十六字）	乐段一（十二字）	乐段二（十六字）
7　3　3	7　3　3　3	7　5	4　7　5

《康熙词谱》只收集一体《家山好》，双调，上下阕分别可分为两个乐段，其长短句结构如表所示。该调五十七字，上阕七句，四平韵；下阕五句，三平韵，其基本格式如表所示。

《家山好》的基本格式（双调）

《家山好》上阕，七句，四平韵	
乐段一（三句，十三字）	乐段二（四句，十六字）
＋ － ＋ ｜ ｜ － －（韵）＋ － ｜（句） ｜ － －（韵）	＋ － ＋ ｜ ｜ － －｜（句）－ －（韵） ＋ － ｜（句）｜ － －（韵）

《家山好》下阕，五句，三平韵	
乐段一（二句，十二字）	乐段二（三句，十六字）
＋ － ＋ ｜ － －（句）＋ ｜ ｜ － －（韵）	＋ － ＋ ｜（句）＋ － ＋ ｜ ｜ － －（韵）－ － ＋ ｜ －（韵）

例　家山好（五十七字）

《湘山野录》无名氏

挂冠归去旧烟萝。闲身健，养天和。功名富贵非由我，莫贪他。者岐路，足风波。　　水晶宫里家山好，物外胜游多。晴溪短棹，时时醉唱捏梭罗。天公奈我何。

注：全词双调，五十七字，上阕七句，四平韵；下阕五句，三平韵。

步 虚 子 令

调见《高丽史·乐志》。

《步虚子令》的长短句结构

上阕，二个乐段		下阕，两个乐段	
乐段一（十二字）	乐段二（十六字）	乐段一（十三字）	乐段二（十六字）
7　　5	4　6　3　3	7　3　3	4　6　3　3

《康熙词谱》只收集一体《步虚子令》，双调，上下阕分别可分为两个乐段，其长短句结构如表所示。该调五十七字，上阕六句，四平韵；下阕七句，三平韵，其基本格式如表所示。

《步虚子令》的基本格式（双调）

《步虚子令》上阕，六句，四平韵	
乐段一（二句，十二字）	乐段二（四句，十六字）
＋ － ＋ ｜ ｜ － －（韵）＋ ｜ ｜ － － －（韵）	＋ － ＋ ｜（句）＋ － ＋ ｜ － －（韵）＋ ｜ ｜（句）｜ － －（韵）

《步虚子令》下阕，七句，三平韵	
乐段一（三句，十三字）	乐段二（四句，十六字）
＋ － ＋ ｜ － － ｜（句）＋ ｜ ｜（句）｜ － －（韵）	＋ － ＋ ｜（句）＋ － ＋ ｜ － －（韵）＋ ｜ ｜（句）｜ － －（韵）

例　步虚子令（五十七字）

《高丽史·乐志》无名氏

碧云笼晓海波闲。江上数峰寒。佩环声里，异香飘落人间。弭绛节，五云端。　　宛然共指嘉禾瑞，开一笑，破朱颜。九重晓阙，望中三祝高天。万万载，对南山。

注：全词双调，五十七字，上阕六句，四平韵；下阕七句，三平韵。

卷十三

小 重 山

《宋史·乐志》"双调"。李邴词名《小冲山》；姜夔词名《小重山令》；韩淲词有"点染烟浓柳色新"句，名《柳色新》。

《小重山》的长短句结构

上阕，两个乐段		下阕，两个乐段	
乐段一 （十五字或十四字）	乐段二 （十五字或十六字）	乐段一 （十三字）	乐段二 （十五字或十六字）
7　　53	7　　35	5　　53	7　　35
7　　7	7　3　33		7　3　33

《康熙词谱》共收集四体《小重山》，双调，上下阕分别可分为两个乐段，其长短句结构如表所示。该调有五十八字或六十字、五十七字等格式，上下阕各四句或五句，四平韵。该调主要用平韵，但也有押入声韵的词例（如黄子行词），即《乐府指迷》所谓平声字，可以入声替也。《康熙词谱》以五十八字体平韵格薛昭蕴词为正体或正格。该调的正格与变格如表所示，其中，各乐段中的格式（1）为正格句式，其余为变格句式。《小重山》的仄韵格如表所示。

例一　小重山（五十八字）
（五代）薛昭蕴

春到长门春草青。玉阶华露滴、月胧明。东风吹断玉箫声。宫漏促、帘外晓啼莺。　　愁起梦难成。红妆流宿泪、不胜情。手挼裙带绕花行。思君切、罗幌暗尘生。

注：该词上阕第一句和第二句为乐段一中的格式（1），第三句和第四句为乐段二中的格式（1）；下阕第三句和第四句为乐段二中的格式（1）。全词双调，五十八字，上下阕各四句，四平韵。

《小重山》的正格与变格（双调）

《小重山》上阕，四句或五句，四平韵	
乐段一（二句，十五字或十四字）	乐段二（二句或三句，十五字或十六字）
＋｜－－＋｜－（韵）＋－ －｜｜（读）｜－－（韵） （1）	＋－＋｜｜－－（韵）＋＋ ＋（读）＋｜｜－－（韵） （1）
＋｜－－＋｜－（韵）＋－ ＋｜｜－－（韵） （2）	＋－＋｜｜－－（韵）－－｜ （句）＋＋＋＋（读）｜－－（韵） （2）

《小重山》下阕，四句或五句，四平韵	
乐段一（二句，十三字）	乐段二（二句或三句，十五字或十六字）
＋｜｜－－（韵）＋－－｜｜（读） ｜－－（韵）	＋－＋｜｜－－（韵）＋＋ ＋（读）＋｜｜－－（韵） （1）
	＋－＋｜｜－－（韵）－－｜ （句）＋＋＋＋（读）｜－－（韵） （2）

例二 小重山（六十字）

（宋）赵长卿

一夜中庭拂翠条。碧纱窗外雨、长凉飚。潮来涨水怡平桥。添清景，疏韵响、入芭蕉。　　坐久篆香消。多情人去后、信音遥。即今消瘦沈郎腰。悲秋切，虚过了、可怜宵。

注：该词上阕第一句和第二句为乐段一中的格式（1），第三句至第五句为乐段二中的格式（2）；下阕第三句至第五句为乐段二中的格式（2）。全词双调，六十字，上下阕各五句，四平韵。

例三 小重山（五十七字）

《梅苑》无名氏

不是蛾儿不是酥。化工应道也难摹。花儿清瘦影儿孤。多情处、时有暗香浮。　　试问玉肌肤。夜来霜雪重、怕寒无。一枝欲寄洞庭姝。可惜许、只有雁衔芦。

注：该词上阕第一句和第二句为乐段一中的格式（2），第三句和第四句为乐段二中的格式（1）；下阕第三句和第四句为乐段二中的格式（1）。全词双调，五十七字，上下阕各四句，四平韵。

《小重山》的仄韵格（双调）

《小重山》上阕，四句，四仄韵	
乐段一（二句，十五字）	乐段二（二句，十五字）
＋｜＋ － － ｜｜（韵）＋ － － ｜｜（读）＋ － ｜（韵）	＋ － ＋｜＋ － ｜（韵）＋ ＋ ＋ （读）＋｜＋ － ｜（韵）

《小重山》下阕，四句，四仄韵	
乐段一（二句，十三字）	乐段二（二句，十五字）
＋｜＋ － ｜（韵）＋ － － ｜｜（读） ＋ － ｜（韵）	＋ － ＋｜＋ － ｜（韵）＋ ＋ ＋（读）＋｜＋ － ｜（韵）

例　小重山（五十八字）

（宋）黄子行

一点斜阳红欲滴。白鸥飞不尽、楚天碧。渔歌声断晚风急。揽芦花、飞雪满林湿。　　孤馆百忧集。家山千里远、梦难觅。江湖风月好收拾。故溪云、深处着蓑笠。

注：全词双调，五十八字，上下阕各四句，四仄韵。

踏　莎　行

金词注"中吕调"。曹冠词名《喜朝天》；赵长卿词名《柳长春》；《鸣鹤余音》词名《踏雪行》；曾觌、陈亮词添字者，名《转调踏莎行》。

《踏莎行》的长短句结构

上阕，两个乐段		下阕，两个乐段	
乐段一 （十五字或十六字）	乐段二（十四字或十七字、十六字）	乐段一 （十五字或十六字）	乐段二（十四字或十七字、十六字）
4　4　7 4　4　53	7　　7 4　5　8 4　4　44	4　4　7 4　4　53	7　　7 4　5　8 4　4　44

　　《康熙词谱》共收集三体《踏莎行》，双调，上下阕分别可分为两个乐段，其长短句结构如表所示。该调有五十八字或六十六字、六十四字等格式。该调上下阕各五句或六句，三仄韵或四仄韵，且上下阕长短句结构相同。词例表明，该调起首两个四字句，多用对仗。《康熙词谱》以五十八字晏殊词为正体或正格。《踏莎行》的正格与变格如表所示，其中，各乐段中的格式（1）为正格句式，其余为变格句式。

《踏莎行》的正格与变格（双调）

《踏莎行》上阕，五句或六句，三仄韵或四仄韵	
乐段一 （三句，十五字或十六字）	乐段二 （二句或三句，十四字或十七字、十六字）
＋｜－－（句）＋－＋｜（韵） ＋－－｜－－｜（韵） （1）	＋－＋｜｜－－（句）＋－ ＋｜－－｜（韵） （1）
＋｜－－（句）＋－＋｜（韵） ＋－－｜｜（读）＋－｜（韵） （2）	＋－＋｜｜－－（句）＋｜＋ －｜｜（韵） （2）
	＋｜－－＋｜（句）＋－ ＋－－｜（韵） （3）
	＋－＋｜（句）｜＋－＋｜（韵） ＋－｜＋｜－－｜（韵） （4）
	＋－＋｜（句）＋－＋｜（韵） ＋－＋＋｜（读）＋－＋｜（韵） （5）
注：上阕乐段二中的八字句"＋－｜＋｜－－｜（韵）"，词例为"上二中一下五"句式。	

《踏莎行》下阕，五句或六句，三仄韵或四仄韵	
乐段一 （三句，十五字或十六字）	乐段二 （二句或三句，十四字或十七字、十六字）
＋｜－－（句）＋－＋｜（韵） ＋－＋｜－－｜（韵） （1）	＋－＋｜｜－－（句）＋－＋｜－－｜（韵） （1）
＋｜－－（句）＋－＋｜（韵） ＋－－｜｜（读）＋－｜（韵） （2）	＋－＋｜｜－－（句）＋｜＋｜｜（韵） （2）
＋｜－－（句）＋－＋｜（韵） ＋｜＋－｜（读）＋－｜（韵） （3）	＋｜＋－＋｜（句）＋－＋｜（韵） ＋｜－－｜（韵） （3）
	＋－＋｜（句）｜＋－＋｜（韵） ＋｜＋＋｜＋－｜（韵） （4）
	＋－＋｜（句）＋－＋｜（韵） ＋＋＋｜（读）＋－＋｜（韵） （5）

注：①词例表明，该调上下阕的长短句结构相同。②下阕乐段二中的八字句"＋｜＋＋｜＋－｜（韵）"，词例为"上五下三"句式。

例一 踏莎行（五十八字）

（宋）晏　殊

　　细草愁烟，幽花怯露。凭栏总是消魂处。日高深院静无人，时时海燕双飞去。　　带缓罗衣，香残蕙炷。天长不禁迢迢路。垂杨只解惹春风，何曾系得行人住。

　　注：该词上阕第一句至第三句为乐段一中的格式（1），第四句和第五句为乐段二中的格式（1）；下阕第一句至第三句为乐段一中的格式（1），第四句和第五句为乐段二中的格式（1）。全词双调，五十八字，上下阕各五句，三仄韵。

例二　踏莎行（五十八字）

（宋）张孝祥

　　杨柳东风，海棠春雨。清愁冉冉无来处。曲径惊飞蛱蝶丛，回塘冻湿鸳鸯侣。　　舞彻霓裳，歌残金缕。蘼芜白芷愁烟渚。不识阳台梦里云，试听华表归来语。

　　注：该词上阕第一句至第三句为乐段一中的格式（1），第四句和第五句为乐段二中的格式（3）；下阕第一句至第三句为乐段一中的格式（1），第四句和第五句为乐段二中的格式（3）。全词双调，五十八字，上下阕各五句，三仄韵。

例三　踏莎行（五十八字）

（宋）张孝祥

　　旋葺荒园，初开小径。物华还与东风竞。曲槛晖晖落照明，高城冉冉孤烟暝。　　柳色金寒，梅花雪静。道人随处成幽兴。一杯不惜小淹留，归期已理沧浪艇。

　　注：该词上阕第一句至第三句为乐段一中的格式（1），第四句和第五句为乐段二中的格式（3）；下阕第一句至第三句为乐段一中的格式（1），第四句和第五句为乐段二中的格式（1）。全词双调，五十八字，上下阕各五句，三仄韵。

例四　踏莎行（五十八字）

（宋）李流谦

　　菊露晴黄，枫霜晚翠。重阳气候偏如此。异乡牢落怕登临，吾家落照飞云是。　　举扇尘低，脱巾风细。灵苗医得人憔悴。灯前点检欠谁人，惟有断鸿知此意。

　　注：该词上阕第一句至第三句为乐段一中的格式（1），第四句和第五句为乐段二中的格式（1）；下阕第一句至第三句为乐段一中的格式（1），第四句和第五句为乐段二中的格式（2）。全词双调，五十八字，上下阕各五句，三仄韵。

例五　踏莎行（五十八字）

（宋）刘辰翁

　　壁彩笼尘，金吾掠路。海风吹断楼台雾。无人知是上元时，一夜月明无着处。　　早是禁烟，朝来冻雨。东风自放银花树。雪晴须有踏青时，不成也待明年去。

> 注：该词上阕第一句至第三句为乐段一中的格式（1），第四句和第五句为乐段二中的格式（2）；下阕第一句至第三句为乐段一中的格式（1），第四句和第五句为乐段二中的格式（1）。全词双调，五十八字，上下阕各五句，三仄韵。

例六 踏莎行（五十八字）
（宋）柴元彪

浅柳平芜，乱烟疏雨。雁声叫彻芦花渚。亭前落叶又西风，断送离怀无着处。　　切切归期，盈盈尺素。断魂正在西兴渡。满船空载暮愁来，潮头一吼推将去。

> 注：该词上阕第一句至第三句为乐段一中的格式（1），第四句和第五句为乐段二中的格式（2）；下阕第一句至第三句为乐段一中的格式（1），第四句和第五句为乐段二中的格式（1）。全词双调，五十八字，上下阕各五句，三仄韵。

例七 踏莎行（六十六字）
（宋）曾觌

翠幄成阴，谁家帘幕。绮罗香拥处、觥筹错。清和将近，奈春寒更薄。高歌看簌簌梁尘落。　　好景良辰，人生行乐。金杯无奈是、苦相虐。残红飞尽，袅垂杨轻弱。来岁断不负莺花约。

> 注：该词上阕第一句至第三句为乐段一中的格式（2），第四句至第六句为乐段二中的格式（4）；下阕第一句至第三句为乐段一中的格式（2），第四句至第六句为乐段二中的格式（4）。全词双调，六十六字，上下阕各六句，四仄韵。

例八 踏莎行（六十六字）
（宋）赵彦端

宿雨才收，余寒尚力。牡丹将绽也、近寒食。人间好景，算仙家也惜。因循尽扫断蓬莱迹。　　旧日天涯，如今咫尺。一月五番价、共欢集。些儿寿酒，且莫留半滴。一百二十个好生日。

> 注：该词上阕第一句至第三句为乐段一中的格式（2），第四句至第六句为乐段二中的格式（4）；下阕第一句至第三句为乐段一中的格式（3），第四句至第六句为乐段二中的格式（4）。全词双调，六十六字，上下阕各六句，四仄韵。

例九　踏莎行（六十四字）

（宋）陈　亮

洛浦尘生，巫山梦断。旗亭烟草里、春深浅。梨花落尽，荼䕷又绽。天气也似、寻常庭院。　　向晚情浓，十分恼乱。水边佳丽地、近前看。娉婷笑语，流觞美满。意思不到、夕阳孤馆。

注：该词上阕第一句至第三句为乐段一中的格式（2），第四句至第六句为乐段二中的格式（5）；下阕第一句至第三句为乐段一中的格式（2），第四句至第六句为乐段二中的格式（5）。全词双调，六十四字，上下阕各六句，四仄韵。

宜　男　草

见范成大《石湖词》。

《宜男草》的长短句结构

上阕，两个乐段				下阕，两个乐段			
乐段一 （十四字）		乐段二 （十五字或十六字）		乐段一 （十四字）		乐段二 （十五字或十六字）	
7	34	34	8	7	34	34	8
		36	34			36	34

《康熙词谱》共收集两体《宜男草》，双调，上下阕分别可分为两个乐段，其长短句结构如表所示。该调有五十八字或六十字等格式，上下阕各四句，三仄韵，《康熙词谱》以五十八字体范成大词为第一标谱词例。该调的正格与变格如表所示，其中，上下阕各乐段中的格式（1）正格句式，其余为变格句式。

例一　宜男草（五十八字）

（宋）范成大

舍北烟霏舍南浪。雨倾盆、滩流微涨。问小桥、别后谁过，惟有迷鸟羁雌来往。　　重寻山水间无恙。扫柴荆、土花尘网。留小桃、先试光风，从此芝草琅玕日长。

注：该词上阕第三句和第四句为乐段一中的格式（1）；下阕第三句和第四句为乐段二中的格式（1）。全词双调，五十八字，上下阕各四句，三仄韵。

《宜男草》的正格与变格（双调）

《宜男草》上阕，四句，三仄韵	
乐段一（二句，十四字）	乐段二（二句，十五字或十六字）
＋｜ー ー｜ー｜（韵）＋＋＋（读）＋｜ー ＋｜（韵）	＋＋＋（读）＋｜ー ー（句）ー｜｜＋｜＋ ー ＋｜（韵） （1） ＋＋＋（读）＋｜＋ ー ＋｜（句）＋＋＋（读）＋ ー ＋｜（韵） （2）

《宜男草》下阕，四句，三仄韵	
乐段一（二句，十四字）	乐段二（二句，十五字或十六字）
＋ー＋｜＋ ー｜（韵）＋＋＋（读）＋ ー ＋｜（韵）	＋＋＋（读）＋｜ー ー（句）ー｜｜＋｜＋ ー ＋｜（韵） （1） ＋＋＋（读）＋｜＋ ー ＋｜（句）＋＋＋（读）＋ ー ＋｜（韵） （2）

例二　宜男草（六十字）

（宋）范成大

篱菊滩芦被霜后。袅长风、万重高柳。天为谁、展尽湖光渺渺，应为我、扁舟入手。　　橘中曾醉洞庭酒。辗云涛、挂帆南斗。追旧游、不减商山杳杳，犹有人、能相记否。

注：该词上阕第三句和第四句为乐段一中的格式（2）；下阕第三句和第四句为乐段二中的格式（2）。全词双调，六十字，上下阕各四句，三仄韵。

花 上 月 令

宋吴文英自度曲。

《花上月令》的长短句结构

上阕，两个乐段				下阕，两个乐段			
乐段一（十三字）		乐段二（十六字）			乐段一（十三字）		乐段二（十六字）	
7	3	3	7	3	3	3	7	3	3	7	3	3	3

《康熙词谱》只收集一体《花上月令》，双调，上下阕分别可分为两个乐段，其长短句结构如表所示。该调五十八字，上阕七句，四平韵；下阕七句，三平韵，其基本格式如表所示。

《花上月令》的基本格式（双调）

《花上月令》上阕，七句，四平韵	
乐段一（三句，十三字）	乐段二（四句，十六字）
＋－＋｜｜－－（韵）＋－｜（句）｜－－（韵）	＋－＋｜－－｜（句）｜－－（韵）－＋｜（句）｜－－（韵）

《花上月令》下阕，七句，三平韵	
乐段一（三句，十三字）	乐段二（四句，十六字）
＋｜＋－－｜｜（句）－＋｜（句）｜－－（韵）	＋－＋｜－－｜（句）｜－－（韵）＋－｜（句）｜－－（韵）

例 花上月令（五十八字）

（宋）吴文英

文园消渴爱江清。酒肠怯，怕深觥。玉舟曾洗芙蓉水，泻清冰。秋梦浅，醉霞轻。　庭竹不收帘影去，人睡起，月空明。瓦瓶汲水和秋叶，荐吟醒。夜深里，怨遥更。

注：全词双调，五十八字，上阕七句，四平韵；下阕七句，三平韵。

倚 西 楼

见《苕溪诗话》，因词有"西楼萧瑟有谁知"句，取以为名。

《倚西楼》的长短句结构

上阕，两个乐段		下阕，两个乐段	
乐段一（十四字）	乐段二（十四字）	乐段一（十四字）	乐段二（十六字）
7　　7	7　　7	7　　7	7　　9

《康熙词谱》只收集一体《倚西楼》，双调，上下阕分别可分为两个乐段，其长短句结构如表所示。该调五十八字，上阕四句，三仄韵；下阕四句，两仄韵，其基本格式如表所示。

《倚西楼》的基本格式（双调）

《倚西楼》上阕，四句，三仄韵	
乐段一（二句，十四字）	乐段二（二句，十四字）
＋｜＋－－｜｜（韵）＋｜＋｜－－｜｜（韵）	＋－－＋｜｜－（句）＋｜＋｜－－｜｜（韵）

《倚西楼》下阕，四句，两仄韵	
乐段一（二句，十四字）	乐段二（二句，十六字）
＋｜－＋－＋｜－（句）＋｜＋｜－－｜｜（韵）	＋－－＋｜｜－－（句）＋｜＋｜＋－＋｜｜（韵）

例　倚西楼（五十八字）

（宋）韦彦温

禁鼓初传时下打。虚过清明风月夜。眼如鱼目几曾干，心似酒旗终日挂。　银汉低垂星斗斜，院宇空寥银烛卸。西楼萧瑟有谁知，教我独自上来独自下。

注：全词双调，五十八字，上阕四句，三仄韵；下阕四句，两仄韵。

扫 地 舞

唐教坊曲名，又名《扫市舞》。

《扫地舞》的长短句结构

上阕，两个乐段		下阕，两个乐段	
乐段一（十三字）	乐段二（十六字）	乐段一（十三字）	乐段二（十六字）
3　3　7	3　3　3　3	3　3　7	3　3　3　3

《康熙词谱》只收集一体《扫地舞》，双调，上下阕分别可分为两个乐段，其长短句结构如表所示。该调五十八字，上下阕各七句，六仄韵一叠韵，其基本格式如表所示。

《扫地舞》的基本格式（双调）

《扫地舞》上阕，七句，六仄韵一叠韵	
乐段一（三句，十三字）	乐段二（四句，十六字）
＋　＋　｜（韵）＋　＋　｜（叠）＋　＋　｜ —　—　｜｜（韵）	＋　＋　｜（韵）＋　＋　｜（韵）＋　｜　＋ —　—　｜｜（韵）＋　＋　｜（韵）

《扫地舞》下阕，七句，六仄韵一叠韵	
乐段一（三句，十三字）	乐段二（四句，十六字）
＋　＋　｜（换韵）＋　＋　｜（叠）＋　＋　｜ ｜　—　＋　｜｜（韵）	＋　＋　｜（韵）＋　＋　｜（韵）＋　｜　＋ —　—　｜｜（韵）＋　＋　｜（韵）

例　扫地舞（五十八字）

《梅苑》无名氏

酥点萼。玉碾萼。点时碾时香雪薄。才折得。春力弱。半掩朱扉垂绣幕。怕吹落。　　撚一晌。嗅一晌。撚时嗅时宿酒忘。春笋上。不忍放。待对菱花斜插向。宝钗上。

注：全词双调，五十八字，上下阕各七句，六仄韵一叠韵。

接 贤 宾

此调有两体，五十九字者始于毛文锡词，一百十七字者始于柳永词。《乐章集》注"林钟商调"，又名《集贤宾》。

令词《接贤宾》的长短句结构

上阕，两个乐段				下阕，三个乐段					
乐段一 （十二字）		乐段二 （十字）		乐段一 （十三字）		乐段二 （十三字）		乐段三 （十一字）	
7	5	6	4	7	6	7	6	3　3	5

慢词《接贤宾》的长短句结构

《接贤宾》上阕，五个乐段									
乐段一 （十一字）		乐段二 （十字）		乐段三 （十二字）		乐段四 （十四字）		乐段五 （十一字）	
7	4	6	4	6	6	7	34	6	5

《接贤宾》下阕，五个乐段									
乐段一 （十二字）		乐段二 （十字）		乐段三 （十二字）		乐段四 （十四字）		乐段五 （十一字）	
7	5	6	4	6	6	7	34	6	5

《康熙词谱》分别收集令词和慢词《接贤宾》各一体，双调，令词上阕可分为两个乐段，下阕可分为三个乐段，其长短句结构如表所示；慢词上下阕分别可分为五个乐段，其长短句结构如表所示。令词《接贤宾》五十九字，上阕四句，三平韵；下阕七句，三平韵，其基本格式如表所示；慢词《接贤宾》一百十七字，上阕十句，五平韵；下阕十句，六平韵，其基本格式如表所示。

令词《接贤宾》的基本格式（双调）

令词《接贤宾》上阕，四句，三平韵	
乐段一（二句，十二字）	乐段二（二句，十字）
＋－＋｜｜－－（韵）｜＋｜－－（韵）	＋－－｜＋｜（句）＋｜－－（韵）

令词《接贤宾》下阕，七句，三平韵		
乐段一（二句，十三字）	乐段二（二句，十三字）	乐段三（三句，十一字）
＋－＋｜－－｜（句）＋－＋｜＋｜－－（韵）	＋｜＋－－｜｜（句）＋｜＋－－－（韵）	｜－－（句）－｜｜（句）｜＋｜－－（韵）

例　接贤宾（五十九字）

（五代）毛文锡

香鞯镂襜五花骢。值春景初融。流珠喷沫蹀躞，汗血流红。　少年公子能乘驭，金镳玉辔珑璁。为惜珊瑚鞭不下，骄生百步千踪。信穿花，从拂柳，向九陌追风。

注：全词双调，五十九字，上阕四句，三平韵；下阕七句，三平韵。

慢词《接贤宾》的基本格式（双调）

慢词《接贤宾》上阕，十句，五平韵		
乐段一（二句，十一字）	乐段二（二句，十字）	乐段三（二句，十二字）
＋－＋｜－－｜（句）＋｜－－（韵）	｜－＋－＋｜（句）＋｜－－（韵）	＋｜＋－＋｜（句）＋－＋｜－－（韵）

慢词《接贤宾》上阕，十句，五平韵	
乐段四（二句，十四字）	乐段五（二句，十一字）
＋－＋｜－－｜（句）－－｜（读）＋｜－－（韵）	＋｜＋－＋｜（句）＋｜｜－－（韵）

慢词《接贤宾》下阕，十句，六平韵		
乐段一（二句，十二字）	乐段二（二句，十字）	乐段三（二句，十二字）
＋－＋｜｜－－（韵）＋｜｜－－（韵）	｜－＋－＋｜（句）＋｜－－（韵）	＋｜＋－＋｜（句）＋－＋｜－－（韵）

慢词《接贤宾》下阕，十句，六平韵	
乐段四（二句，十四字）	乐段五（二句，十一字）
＋－＋｜－－｜（句）－－－｜（读）＋｜－－（韵）	＋｜－＋＋｜（句）＋｜－－（韵）

例　接贤宾（一百十七字）

（宋）柳　永

小楼深巷狂游遍，罗绮成丛。就中堪人属意，最是虫虫。有画难描雅态，无花可比芳容。几回饮散良宵永，鸳衾暖、凤枕香浓。算得人间天上，惟有两心同。　　近来云雨每西东。诮恼损情悰。纵然偷期暗会，长是匆匆。争似和鸣偕老，免教敛翠啼红。眼前时暂疏欢宴，盟言在、更莫忡忡。待作真个宅院，方信有初终。

注：全词双调，一百十七字，上阕十句，五平韵；下阕十句，六平韵。

步蟾宫

蒋氏《九宫谱目》，入南吕引子；韩淲词，名《钓台词》；刘拟词，名《折丹桂》。

《步蟾宫》的长短句结构

上阕，两个乐段		下阕，两个乐段	
乐段一（十四字）	乐段二（十四或十五字）	乐段一（十三字或十四字）	乐段二（十四、十五或十六字）
7　　34	7　　34 35　　34	7　　34 7　　6	7　　34 7　　35 35　　34 3　3　3　34

《康熙词谱》共收录《步蟾宫》五体，双调，上下阕分别可分为两个乐段，其长短句结构如表所示。该调有五十六字或五十五字、五十七字、五十八字、五十九字等格式，上阕四句，三仄韵；下阕四句或六句，三仄韵。《康熙词谱》以五十六字体蒋捷词为正体或正格。该调的正格与变格如表所示，其中，各乐段中的格式（1）为正格句式，其余为变格句式。

《步蟾宫》的正格与变格（双调）

《步蟾宫》上阕，四句，三仄韵	
乐段一（二句，十四字）	乐段二（二句，十四字或十五字）
＋ － ＋ ｜ ＋ － ｜（韵）＋ ＋ ＋（读）＋ － ＋ ｜（韵） （1）	＋ － ＋ ｜ ｜ － －（句）＋ ＋ ＋（读）＋ － ＋ ｜（韵） （1）
＋ － ｜ ＋ ｜ － ｜（韵）＋ ＋ ＋（读）＋ － ＋ ｜（韵） （2）	＋ ＋ ＋（读）＋ ｜ ｜ － －（句）＋ ＋ ＋（读）＋ － ＋ ｜（韵） （2）

《步蟾宫》下阕，四句或六句，三仄韵	
乐段一 （二句，十三字或十四字）	乐段二 （二句或四句，十四字或十五字、十六字）
＋ － ＋ ｜ ＋ － ｜（韵）＋ ＋ ＋（读）＋ － ＋ ｜（韵） （1）	＋ － ＋ ｜ ｜ － －（句）＋ ＋ ＋（读）＋ － ＋ ｜（韵） （1）
＋ － ＋ ｜ － － ｜（韵）＋ ｜ ＋ － ＋ ｜（韵） （2）	＋ － ＋ ｜ ｜ － －（句）＋ ＋ ＋（读）＋ ｜ － － ｜（韵） （2）
	｜ － －（句）－ ＋ ｜（句）｜ － －（句）＋ ＋ ＋（读）＋ － ＋ ｜（韵） （3）
	＋ ＋ ＋（读）＋ ｜ ｜ － －（句）＋ ＋ ＋（读）＋ － ＋ ｜（韵） （4）

例一　步蟾宫（五十六字）
　　　　（宋）蒋　捷

　　玉窗掣锁香云涨。唤绿袖、低敲方响。流苏拂处字微讹，但斜倚、红梅一晌。　　濛濛月在帘衣上。做池馆、春阴模样。春阴模样不如春，这催雪、曲儿休唱。

　　注：该词上阕第一句和第二句为乐段一中的格式（1），第三句和第四句为乐段二中的格式（1）；下阕第一句和第二句为乐段一中的格式（1），第三句和第四句为乐段二中的格式（1）。全词双调，五十六字，上下阕各四句，三仄韵。

例二　步蟾宫（五十九字）
　　　　（宋）黄庭坚

　　虫儿真个恶灵利。恼乱得、道人眠起。醉归来、恰似出桃源，但目断、落花流水。　　不如随我归云际。共作个、住山活计。照清溪，匀粉面，插山花，算终胜、风尘滋味。

　　注：该词上阕第一句和第二句为乐段一中的格式（1），第三句和第四句为乐段二中的格式（2）；下阕第一句和第二句为乐段一中的格式（1），第三句和第四句为乐段二中的格式（3）。全词双调，五十九字，上阕四句，三仄韵；下阕六句，三仄韵。

例三　步蟾宫（五十八字）
　　　　（宋）杨无咎

　　桂花馥郁清无麻。觉身在、广寒宫里。忆吾家、妃子旧游时，瑞龙脑、暗藏叶底。　　不堪午夜西风起。更飐飐、万丝斜坠。向晚来、却似给孤园，乍惊见、黄金布地。

　　注：该词上阕第一句和第二句为乐段一中的格式（1），第三句和第四句为乐段二中的格式（2）；下阕第一句和第二句为乐段一中的格式（1），第三句和第四句为乐段二中的格式（4）。全词双调，五十八字，上下阕各四句，三仄韵。

例四　步蟾宫（五十五字）
　　　　（宋）汪　存

　　玉京此去春犹浅。正雪絮、马头零乱。姮娥剪就绿云裳，待来步、蟾宫与换。　　明年二月桃花岸。双桨浪平烟暖。扬州十里小红楼，尽卷上、珠帘一半。

注：该词上阕第一句和第二句为乐段一中的格式（1），第三句和第四句为乐段二中的格式（1）；下阕第一句和第二句为乐段一中的格式（2），第三句和第四句为乐段二中的格式（1）。全词双调，五十五字，上下阕各四句，三仄韵。

例五　步蟾宫（五十七字）
《全芳备组》章失名

未开大如木犀蕊。开后是、梅花小底。倏然只欲住山林，肯容易、结根城市。　叶儿又与冬青比。算何止、香闻七里。不因山谷品题来，谁知道、是水仙兄弟。

注：该词上阕第一句和第二句为乐段一中的格式（2），第三句和第四句为乐段二中的格式（1）；下阕第一句和第二句为乐段一中的格式（1），第三句和第四句为乐段二中的格式（2）。全词双调，五十七字，上下阕各四句，三仄韵。

恨春迟

调见张先词集。

《恨春迟》的长短句结构

上阕，两个乐段			下阕，两个乐段		
乐段一（十四字）	乐段二（十五字）		乐段一（十四字）	乐段二（十六字）	
7　　3 4	5　5	5	7　　3 4	6　4	6

《康熙词谱》只收集一体《恨春迟》，双调，上下阕分别可分为两个乐段，其长短句结构如表所示。该调五十九字，上下阕各五句，两平韵，其基本格式如表所示。

《恨春迟》的基本格式（双调）

《恨春迟》上阕，五句，两平韵	
乐段一（二句，十四字）	乐段二（三句，十五字）
＋｜＋ー ｜｜（句）＋ ｜ ｜（读） ＋｜ー ー（韵）	＋｜｜ ー ー（句）＋｜ ー ー｜（句） ＋ ＋｜ ー ー（韵）

《恨春迟》下阕，五句，两平韵	
乐段一（二句，十四字）	乐段二（三句，十六字）
十 | 十 一 一 十 | （句）十 十 | （读） 十 | 一 一 （韵）	十 | 十 一 十 | （句）十 | 一 一 （句）十 一 一 十 | 一 → （韵）

例　恨春迟（五十九字）

（宋）张　先

好梦才成成又断，因晚起、云朵梳鬟。秀脸拂轻红，滴入娇眉眼，薄衣减春寒。　　红柱溪桥波平岸，画阁外、落日西山。不怨闲花并蒂，秋藕连根，何时重得双莲。

注：全词双调，五十九字，上下阕各五句，两平韵。

冉　冉　云

韩淲词有"倚遍阑干弄花雨"句，更名《弄花雨》。

《冉冉云》的长短句结构

上阕，两个乐段		下阕，两个乐段	
乐段一（十四字）	乐段二（十六字）	乐段一（十四字）	乐段二（十五字）
7　　34	36　　34	7　　34	36　　6

《康熙词谱》共收集两体《冉冉云》，双调，上下阕分别可分为两个乐段，其长短句结构如表所示。该调五十九字，上阕四句，四仄韵或三仄韵；下阕四句，四仄韵。《康熙词谱》以卢炳词为标谱词例。该调的正格与变格如表所示，其中，上下阕各乐段中的格式（1）为正格句式，其余为变格句式。

《冉冉云》的基本格式（双调）

《冉冉云》上阕，四句，四仄韵或三仄韵	
乐段一（二句，十四字）	乐段二（二句，十六字）
＋｜－－｜－｜（韵）＋＋＋ ＋（读）＋｜－＋｜（韵）	＋＋＋（读或句）＋｜＋－＋｜（韵） ＋＋＋（读）＋－＋｜（韵）

《冉冉云》下阕，四句，四仄韵	
乐段一（二句，十四字）	乐段二（二句，十五字）
＋｜－－｜－｜（韵）＋＋＋（读） ＋－－＋｜（韵） （1） ＋－－｜－－｜（韵）＋＋＋（读） ＋－＋｜（韵） （2）	＋＋＋（读）＋｜＋－＋ ｜（句）＋｜－＋｜（韵）

例一　冉冉云（五十九字）

（宋）卢　炳

雨洗千红又春晚。留牡丹、倚阑初绽。娇娅姹、偏赋精神君看。算费尽、工夫点染。　　带露天香最清远。太真妃、晓妆体段。拌对花、满把流霞频劝。怕逐东风零乱。

注：该词下阕第一句和第二句为乐段一中的格式（1）。全词双调，五十九字，上下阕各四句，四仄韵。

例二　冉冉云（五十九字）

（宋）韩　淲

倚遍阑干弄花雨。卷朱帘、草迷芳树。山崦里、几许云烟来往，画不就、人家院宇。　　社寒梁燕呢喃舞。小桃红、海棠初吐。谁信道、午枕醒时情绪。闲整春衫自语。

注：该词下阕第一句和第二句为乐段一中的格式（2）。全词双调，五十九字，上阕四句，三仄韵；下阕四句，四仄韵。

蝶 恋 花

唐教坊曲，本名《鹊踏枝》，宋晏殊词改今名。《乐章集》注"小石调"；赵令畤词注"商调"；《太平乐府》注"双调"。冯延巳词有"杨柳风轻，展尽黄金缕"句，名《黄金缕》；赵令畤词有"不卷珠帘，人在深深院"句，名《卷珠帘》；司马槱词有"夜凉明月生南浦"句，名《明月生南浦》；韩淲词有"细雨吹池沼"句，名《细雨吹池沼》；贺铸词名《凤栖梧》；李石词名《一箩金》；衷元吉词名《鱼水同欢》；沈会宗词名《转调蝶恋花》。

《蝶恋花》的长短句结构

上阕，两个乐段			下阕，两个乐段	
乐段一（十六字）		乐段二（十四字）	乐段一（十六字）		乐段二（十四字）
7　4　5		7　7	7　4　5		7　7

《康熙词谱》共收集三体《蝶恋花》，双调，上下阕分别可分为两个乐段，其长短句结构如表所示。该调六十字，上阕五句，主要押仄韵，也有平仄韵通叶的词例。仄韵格上下阕各五句，四仄韵。平仄韵通叶格上阕五句，两仄韵两叶韵；下阕五句，四仄韵。《康熙词谱》以仄韵体的冯延巳词为正体或正格。《蝶恋花》（仄韵）的正格与变格如表所示，其中，各乐段中的格式（1）为正格句式，其余为变格句式。《蝶恋花》的平仄韵通叶格如表所示。

例一　蝶恋花（六十字）

（五代）冯延巳

六曲阑干偎碧树。杨柳风轻，展尽黄金缕。谁把钿筝移玉柱。穿帘海燕双飞去。　　满眼游丝兼落絮。红杏开时，一霎清明雨。浓睡觉来莺乱语。惊残好梦无寻处。

注：该词上阕第四句和第五句为乐段二中的格式（1）；下阕第一句至第三句为乐段一中的格式（1），第四句和第五句为乐段二中的格式（1）。全词双调，六十字，上下阕各五句，四仄韵。

《蝶恋花》（仄韵）的正格与变格（双调）

《蝶恋花》上阕，五句，四仄韵	
乐段一（三句，十六字）	乐段二（二句，十四字）
＋｜＋－－｜｜（韵）＋｜－－（句）＋｜－－｜（韵）	＋｜＋－－｜｜（韵）＋－＋｜－－｜（韵） （1） ＋｜－－｜－｜（韵）＋－＋｜－－｜（韵） （2）

《蝶恋花》下阕，五句，四仄韵	
乐段一（三句，十六字）	乐段二（二句，十四字）
＋｜＋－－｜（韵）＋｜－－（句）＋｜－－｜（韵） （1） ＋－＋｜－－｜（韵）＋｜－－（句）＋｜－－｜（韵） （2）	＋｜＋－－｜｜（韵）＋－＋｜－－｜（韵） （1） ＋｜－－｜－｜（韵）＋－＋｜－－｜（韵） （2）

例二　蝶恋花（六十字）

（宋）沈会宗

　　渐近朱门香夹道。一片笙歌，依约楼台杪。野色和烟满芳草。溪光曲曲山回抱。　　物华不逐人间老。日日春风，在处花枝好。莫恨云深路难到。刘郎可惜归来早。

　　注：该词上阕第四句和第五句为乐段二中的格式（2）；下阕第一句至第三句为乐段一中的格式（2），第四句和第五句为乐段二中的格式（2）。全词双调，六十字，上下阕各五句，四仄韵。

《蝶恋花》的平仄韵通叶格（双调）

《蝶恋花》上阕，五句，两仄韵两叶韵	
乐段一（三句，十六字）	乐段二（二句，十四字）
｜｜＋ー ー ＋｜ー（叶）＋｜ー ー（句）＋｜ー ー ｜（韵）	＋｜ー ー ＋｜ー（叶）＋ー ー ＋｜ー ー ｜（韵）

《蝶恋花》下阕，五句，四仄韵	
乐段一（三句，十六字）	（二句，十四字）
＋｜＋ー ー ｜｜（韵）＋｜ー ー（句）＋｜ー ー ｜（韵）	＋｜＋ー ー ｜｜（韵）＋ー ー ＋｜ー ー ｜（韵）

例　蝶恋花（六十字）

（宋）石孝友

别来相思无限期。欲说相思，要见终无计。拟写相思持送伊。如何尽得相思意。　眼底相思心里事。纵把相思，写尽凭谁寄。多少相思都做泪。一齐泪损相思字。

注：该词为平仄韵通叶格。全词双调，六十字，上阕五句，两叶韵两仄韵；下阕五句，四仄韵。

寿　山　曲

调见赵德麟《侯鲭录》，南唐冯延巳作。因词中有"圣寿南山永同"句，故名。

《寿山曲》的长短句结构

《寿山曲》单调，五个乐段				
乐段一（十二字）	乐段二（十二字）	乐段三（十二字）	乐段四（十二字）	乐段五（十二字）
6　　6	6　　6	6　　6	6　　6	6　　6

《康熙词谱》只收集一体《寿山曲》，单调，可分为五个乐段，其长短句结构如表所

示。该调六十字,十句,五平韵,其基本格式如表所示。

《寿山曲》的基本格式(单调)

《寿山曲》单调,十句,五平韵		
乐段一(二句,十二字)	乐段二(二句,十二字)	乐段三(二句,十二字)
＋ － ＋ ｜ － ｜(句)	＋ ｜ ＋ － ＋ ｜(句)	＋ － ＋ ｜ － ｜(句)
＋ ｜ － － ｜ －(韵)	＋ － ＋ ｜ － －(韵)	＋ ｜ － － ｜ －(韵)

《寿山曲》单调,十句,五平韵	
乐段四(二句,十二字)	乐段五(二句,十二字)
＋ ｜ ＋ － ＋ ｜(句)＋ － ＋ ｜ － －(韵)	＋ － ＋ ｜ － ｜(句)＋ ｜ － － ｜ －(韵)

例　寿山曲(六十字)

(五代)冯延巳

　　铜壶滴漏初尽,高阁鸡鸣半空。催启五门金锁,犹垂三殿帘栊。阶前御柳摇绿,仗下宫花散红。鸳瓦数行晓日,鸾旗百尺春风。侍臣舞蹈重拜,圣寿南山永同。

　　注:全词单调,六十字,十句,五平韵。

秋蕊香引

《乐章集》注"小石调"。

《秋蕊香引》的长短句结构

上阕,两个乐段		下阕,三个乐段		
乐段一(十七字)	乐段二(十二字)	乐段一(十二字)	乐段二(九字)	乐段三(十字)
3　4　4　3　3	7　5	3　6　3	4　5	3　3　4

《康熙词谱》只收集一体《秋蕊香引》，双调，上阕可分为两个乐段，下阕可分为三个乐段，其长短句结构如表所示。该调六十字，上阕七句，三仄韵；下阕八句，四仄韵，其基本格式如表所示。

《秋蕊香引》的基本格式（双调）

《秋蕊香引》上阕，七句，三仄韵	
乐段一（五句，十七字）	乐段二（二句，十二字）
一十丨（韵）十一十丨（句）丨一十｜（句）十十丨（句）一十丨（韵）	十一十丨｜一一丨（句）十丨一丨（韵）

《秋蕊香引》下阕，八句，四仄韵		
乐段一（三句，十二字）	乐段二（二句，九字）	乐段三（三句，十字）
一十丨（句）十丨十一十丨（韵）十丨一丨（韵）	十一十丨（句）十丨一一丨（韵）	十一丨（句）一十丨（句）十一十丨（韵）

例　秋蕊香引（六十字）

（宋）柳　永

留不得。光阴催促，有芳兰歇，好花谢，惟顷刻。彩云易散琉璃脆，验前事端的。　　风月夜，几处前踪旧迹。忍思忆。这回望断，永作蓬山隔。向仙岛，归云路，两无消息。

注：全词双调，六十字，上阕七句，三仄韵；下阕八句，四仄韵。

惜　琼　花

调见张先词集，为吴兴守时所赋也。

《惜琼花》的长短句结构

上阕，两个乐段				下阕，两个乐段			
乐段一（十五字）			乐段二（十五字）			乐段一（十五字）			乐段二（十五字）		
3	3	5	4	7	4	4	3	3	5	4	7	4	4

《康熙词谱》只收集一体《惜琼花》，双调，上下阕分别可分为两个乐段，其长短句结构如表所示。该调六十字，上阕七句，五仄韵；下阕七句，四仄韵，其基本格式如表所示。

《惜琼花》的基本格式（双调）

《惜琼花》上阕，七句，五仄韵	
乐段一（四句，十五字）	乐段二（三句，十五字）
一 十 | （韵）一 十 | （韵）| 十 一 十 | （句）十 | 一 | （韵）	十 一 十 | 一 一 | （韵）十 | 一 一 （句）十 | 一 | （韵）

《惜琼花》下阕，七句，四仄韵	
乐段一（四句，十五字）	乐段二（三句，十五字）
| 十 一 （句）十 十 | （韵）十 | 一 | （句）十 | 一 | （韵）	十 一 十 | 一 一 | （韵）十 | 一 一 （句）十 | 一 | （韵）

例　惜琼花（六十字）

（宋）张　先

汀蘋白。苕水碧。每逢花驻乐，随处欢席。别时携手看春色。萤火而今，飞破秋夕。　汴河流，如带窄。任身轻似叶，何计归得。断云孤鹜青山极。楼上徘徊，无尽相忆。

注：全词双调，六十字，上阕七句，五仄韵；下阕七句，四仄韵。

朝　玉　阶

调见杜安世《寿域词》。其调近《散天花》，然换头句平仄自不同也。

《朝玉阶》的长短句结构

上阕，两个乐段				下阕，两个乐段			
乐段一（十五字）			乐段二（十五字）		乐段一（十五字）			乐段二（十五字）	
7	5	3	7	53	7	5	3	7	53

《康熙词谱》只收集一体《朝玉阶》，双调，上下阕分别可分为两个乐段，其长短句结构如表所示。该调六十字，上下阕各五句，四平韵，其基本格式如表所示。

《朝玉阶》的基本格式（双调）

《朝玉阶》上阕，五句，四平韵	
乐段一（三句，十五字）	乐段二（二句，十五字）
＋∣ − − ＋∣（韵）＋ − − ∣∣（句）∣ − −（韵）	＋ − ＋∣∣ −（韵）＋ − − ∣∣（读）∣ − −（韵）

《朝玉阶》下阕，五句，四平韵	
乐段一（三句，十五字）	乐段二（二句，十五字）
＋ − ＋∣∣ −（韵）＋ − − ∣∣（句）∣ − −（韵）	＋ − ＋∣∣ −（韵）＋ − − ∣∣（读）∣ − −（韵）

例　朝玉阶（六十字）

（宋）杜安世

帘卷春寒小雨天。牡丹花落尽，悄庭轩。高空双燕舞翩翩。无风轻絮坠、暗苔钱。　　拟将幽怨写香笺。中心多少事，语难传。思量真个恶姻缘。那堪长梦见、在伊边。

注：全词双调，六十字，上下阕各五句，四平韵。

散　天　花

唐教坊曲名。

《散天花》的长短句结构

上阕，两个乐段			下阕，两个乐段				
乐段一（十五字）		乐段二（十五字）		乐段一（十五字）		乐段二（十五字）	
7	5	3	7	53	7	5	3	7	53

《康熙词谱》只收集一体《散天花》，双调，上下阕分别可分为两个乐段，其长短句结构如表所示，与《朝玉阶》的长短句结构完全相同。该调六十字，上下阕各五句，四平韵，其基本格式如表所示。

《散天花》的基本格式（双调）

《散天花》上阕，五句，四平韵	
乐段一（三句，十五字）	乐段二（二句，十五字）
＋｜－－＋｜－（韵）＋－ －｜｜（句）｜－－（韵）	＋－＋｜｜－－（韵）＋－ －｜｜（读）｜－－（韵）

《散天花》下阕，五句，四平韵	
乐段一（三句，十五字）	乐段二（二句，十五字）
＋｜－－＋｜－（韵）＋－ －｜｜（句）｜－－（韵）	＋－＋｜｜－－（韵）＋－ －｜｜（读）｜－－（韵）

例 散天花（六十字）

（宋）舒　亶

云淡长空落叶秋。寒江烟浪尽，月随舟。西风偏解送离愁。声声南去雁、下汀洲。　　无奈多情去复留。骊歌齐唱罢，泪争流。悠悠别恨几时休。不堪残酒醒、凭危楼。

注：全词双调，六十字，上下阕各五句，四平韵。

荷　华　媚

调见《东坡词集》，即赋题本意也。

《荷华媚》的长短句结构

上阕，两个乐段					下阕，两个乐段			
乐段一（十四字）		乐段二（十四字）			乐段一（十七字）			乐段二（十五字）	
5	36	5	4	5	35	5	4	33	4	5

《康熙词谱》只收集一体《荷华媚》,双调,上下阕分别可分为两个乐段,其长短句结构如表所示。该调六十字,上阕五句,三仄韵;下阕六句,两仄韵,其基本格式如表所示。

《荷华媚》的基本格式(双调)

《荷华媚》上阕,五句,三仄韵	
乐段一(二句,十四字)	乐段二(三句,十四字)
— — | — |(韵)+ + +(读)	+ — — | |(句)+ — + |(句)
+ | + — + |(韵)	| + — + |(韵)

《荷华媚》下阕,六句,两仄韵	
乐段一(三句,十七字)	乐段二(三句,十五字)
+ + +(读)+ | — —(句)|	+ + +(读)— — |(句)+ —
+ — + |(句)+ — + |(韵)	+ |(句)| + — + |(韵)

例 荷华媚(六十字)

(宋)苏 轼

霞苞露荷碧。天然地、别是风流标格。重重青盖下,千娇照水,好红红白白。 每怅望、明月清风夜,甚低迷不语,夭邪无力。终须放、船儿去,清香深处,任看伊颜色。

注:全词双调,六十字,上阕五句,三仄韵;下阕六句,两仄韵。

少 年 心

调见《山谷词》。有两体,一名《添字少年心》(但《康熙词谱》"因词俚不录")。

《少年心》的长短句结构

上阕，三个乐段			下阕，三个乐段		
乐段一（十三字）	乐段二（十字）	乐段三（七字）	乐段一（十三字）	乐段二（九字）	乐段三（八字）
6　34	6　4	34	6　34	5　4	35

《康熙词谱》只收集一体《少年心》，双调，上下阕分别可分为三个乐段，其长短句结构如表所示。该调六十字，上下阕各五句，三仄韵一叶韵，其基本格式如表所示。

《少年心》的基本格式（双调）

《少年心》上阕，五句，三仄韵一叶韵		
乐段一（二句，十三字）	乐段二（二句，十字）	乐段三（一句，七字）
＋｜＋＋－｜（韵）＋ ＋＋（读）＋＋－＋｜（韵）	｜＋－－｜｜（句）＋ ＋－＋｜（韵）	＋＋＋（读）＋｜ －　－（叶）

《少年心》下阕，五句，三仄韵一叶韵		
乐段一（二句，十三字）	乐段二（二句，九字）	乐段三（一句，八字）
＋｜＋－－｜（韵）＋ ＋＋（读）＋－－＋｜（韵）	｜＋－＋｜（句）＋ －＋｜（韵）	＋＋＋（读）｜＋ ｜－－（叶）

注：上阕乐段二中的格式"｜＋－－｜｜（句）"，为"上一下五"句式。

例　少年心（六十字）

（宋）黄庭坚

对景惹起愁闷。染相思、病成方寸。是阿谁先有意，阿谁薄幸。斗顿恁、少喜多嗔。　　合下休传音问。你有我、我无你分。似合欢桃核，真堪人恨。心儿里、有两个人人。

注：全词双调，六十字，上下阕各五句，三仄韵一叶韵。《康熙词谱》在该词例后的注释中指出："此词两结'嗔'、'人'字是以十一真叶十三问，盖以真、文通用，故震、问亦可通用也。惟'幸'字为庚韵之上声，在二十三梗部，又因古韵真部间通庚、青故也。但用韵毕竟太杂，填此调者不若只用本部三声叶为妥。"

七 娘 子

蒋氏《九宫谱目》，入正宫引子。

《七娘子》的长短句结构

上阕，两个乐段		下阕，两个乐段	
乐段一 （十五字或十四字）	乐段二 （十五字）	乐段一 （十五字或十四字）	乐段二 （十五字）
7　　35 　7	4　　4　　7 　　7	7　　35 　7	4　　4　　7 　　7

《康熙词谱》共收集三体《七娘子》，双调，上下阕分别可分为两个乐段，其长短句结构如表所示。该调有六十字或五十八字等格式，上阕五句，四仄韵或三仄韵一叶韵；下阕五句，四仄韵。《康熙词谱》六十字体以毛滂词为正体或正格，该调的正格与变格如表所示。其中，各乐段中的格式（1）为正格句式，其余为变格句式。

例一　七娘子（六十字）
（宋）毛　滂

　　山屏雾帐玲珑碧。更绮窗、临水新凉入。雨短烟长，柳桥萧瑟。这番一日凉一日。　　离多绿鬓年时白。这离情、不似而今惜。云外长安，斜晖脉脉。西风吹梦来无迹。

　　注：该词上阕第一句和第二句为乐段一中的格式（1），第三句至第五句为乐段二中的格式（1）；下阕第一句和第二句为乐段一中的格式（1）；第三句至第五句为乐段二中的格式（1）。全词双调，六十字，上下阕各五句，四仄韵。

《七娘子》的正格和变格（双调）

《七娘子》上阕，五句，四仄韵或一叶韵三仄韵	
乐段一（二句，十四字或十五字）	乐段二（三句，十五字）
＋－＋｜－－｜（韵）＋＋＋（读）＋｜－－｜（韵） （1）	＋｜－－（句）＋－＋｜（韵）＋－＋｜－－｜（韵） （1）
＋－＋｜｜－－（叶）＋＋＋（读）＋｜－－｜（仄韵） （2）	＋＋－｜（句）＋－＋｜（韵）＋－＋｜－－｜（韵） （2）
＋－＋｜－－｜（韵）＋－＋｜－－｜（韵） （3）	

《七娘子》下阕，五句，四仄韵	
乐段一（二句，十四字或十五字）	乐段二（三句，十五字）
＋－＋｜－－｜（韵）＋＋＋（读）＋｜－－｜（韵） （1）	＋｜－－（句）＋－＋｜（韵）＋－＋｜－－｜（韵） （1）
＋－＋｜－－｜（韵）＋－＋｜－－｜（韵） （2）	＋－＋｜（句）＋－＋｜（韵）＋－＋｜－－｜（韵） （2）

例二　七娘子（五十八字）

（宋）蔡　伸

天涯触目伤离绪。登临况值秋光暮。手撚黄花，凭谁分付。雍雍雁落蒹葭浦。　凭高目断桃溪路。屏山楼外青无数。绿水红桥，琐窗朱户。如今总是销魂处。

注：该词上阕第一句和第二句为乐段一中的格式（3），第三句至第五句为乐段二中的格式（1）；下阕第一句和第二句为乐段一中的格式（2）；第三句至第五句为乐段二中的格式（1）。全词双调，五十八字，上下阕各五句，四仄韵。

例三　七娘子（六十字）

《梅苑》无名氏

　　暗香浮动到黄昏。向水边、疏影梅开尽。溪畔清蕊，有如浅杏。一枝喜得东君信。　　风吹只怕霜侵损。更新来、插向多情鬓。寿阳妆鉴，雪肌玉莹。岭头别自添微粉。

　　注：该词上阕第一句和第二句为乐段一中的格式（2），第三句至第五句为乐段三中的格式（2）；下阕第一句和第二句为乐段二中的格式（1）；第三句至第五句为乐段二中的格式（2）。全词双调，六十字，上阕五句，一叶韵三仄韵，下阕五句，四仄韵。

一 剪 梅

　　元高拭词注"南吕宫"。周邦彦词起句有"一剪梅花万样娇"句，取以为名；韩淲词有"一朵梅花百和香"句，名《腊梅香》；李清照词有"红藕香残玉簟秋"句，名《玉簟秋》。

《一剪梅》的长短句结构

上阕，两个乐段		下阕，两个乐段	
乐段一 （十五字或十四字）	乐段二 （十五字或十四字）	乐段一 （十五字或十四字）	乐段二 （十五字）
7　4　4 7　　7	7　4　4 7　　7	7　4　4 7　　7	7　4　4 7　　7

　　《康熙词谱》共收集七体《一剪梅》，双调，上下阕分别可分为两个乐段，其长短句结构如表所示。该调有六十字或五十八字、五十九字等格式。上下阕各六句或五句，三平韵，其间还有四平韵、五平韵等多种用韵格式。《康熙词谱》以六十字体周邦彦和吴文英词为正体或正格，该调的正格与变格如表所示，其中，各乐段中的格式（1）为正格句式，其余为变格句式。

《一剪梅》的正格与变格（双调）

《一剪梅》上阕，六句或五句，三平韵或四平韵、五平韵、六平韵、四平韵两叠韵、三平韵一叠韵等多种格式	
乐段一（三句或二句，十五字或十四字）	乐段二（三句或二句，十五字或十四字）
＋｜－－＋｜－（韵）＋｜－－（句）＋｜－－－（韵） （1）	＋－＋｜｜－－（句或韵）＋｜－－（句）＋｜－－－（韵） （1）
＋｜－－＋｜－（韵）＋｜＋｜（句）＋｜－－－（韵） （2）	＋｜－－＋｜｜（句或韵）＋｜－－（韵）＋｜－－－（韵或叠） （2）
＋｜－－＋｜－（韵）＋｜－－（韵）＋｜－－－（韵或叠） （3）	＋｜－－＋｜－（韵）＋｜－－（韵）＋｜－－－（韵或叠） （3）
＋－＋｜＋－－（韵）＋｜－－（韵）＋｜－－－（韵或叠） （4）	＋｜－－＋｜－（句）＋｜－－－＋｜－（韵） （4）
＋｜－－｜＋－（韵）＋｜－－＋｜－（韵） （5）	

例一　一剪梅（六十字）

（宋）周邦彦

一剪梅花万样娇。斜插疏枝，略点梅梢。轻盈微笑舞低回，何事尊前，拍手相招。　　夜渐寒深酒渐消。袖里时闻，玉钏轻敲。城头谁恁促残更，银漏何如，且慢明朝。

注：该词上阕第一句至第三句为乐段一中的格式（1），第四句至第六句为乐段二中的格式（1）；下阕第一句至第三句为乐段一中的格式（1），第四句至第六句为乐段二中的格式（1）。全词双调，六十字，上下阕各六句，三平韵。

| 《一剪梅》下阕，六句或五句，三平韵或四平韵、 ||
| 五平韵、六平韵、四平韵两叠韵、三平韵一叠韵等多种格式 ||
乐段一（三句或二句，十五字或十四字）	乐段二（三句，十五字或十四字）
＋｜－－＋｜－（韵）＋｜－－（句）＋｜－－（韵） （1）	＋－＋｜｜－－（句或韵）＋｜－－（句）＋｜－－（韵） （1）
＋｜＋－＋｜－（韵）＋｜＋｜（句）＋｜－－（韵） （2）	＋－＋｜｜－－（句或韵）＋｜－－（韵）＋｜－－（韵或叠） （2）
＋｜－－＋｜－（韵）＋｜－－（韵）＋｜－－（韵或叠） （3）	
＋－＋｜｜－－（韵）＋｜－（韵）＋｜－－（韵或叠） （4）	
＋｜－－＋｜－（韵）＋－＋｜｜－－（韵） （5）	

注：曹勋词和赵长卿词表明，将两个四字句合并后减一字成为一个七字句，这种长短句结构变化，每阕仅限为一句。

例二 一剪梅（六十字）

（宋）吴文英

远目伤心楼上山。愁里长眉，别后蛾鬟。暮云低压小栏干。教问孤鸿，因甚先还。　瘦倚溪桥梅夜寒。雪欲消时，泪不禁弹。剪成钗胜待归看。春在西窗，灯火更阑。

注：该词上阕第一句至第三句为乐段一中的格式（1），第四句至第六句为乐段二中的格式（1）；下阕第一句至第三句为乐段一中的格式（1），第四句至第六句为乐段二中的格式（1）。全词双调，六十字，上下阕各六句，四平韵。

例三　一剪梅（六十字）
（宋）李清照

红藕香残玉簟秋。轻解罗裳，独上兰舟。云中谁寄锦书来，雁字回时，月满西楼。　　花自飘零水自流。一种相思，两处闲愁。此情无计可消除，才下眉头。却上心头。

注：该词上阕第一句至第三句为乐段一中的格式（1），第四句至第六句为乐段二中的格式（1）；下阕第一句至第三句为乐段一中的格式（1），第四句至第六句为乐段二中的格式（2）。全词双调，六十字，上阕六句，三平韵；下阕六句，三平韵一叠韵。

例四　一剪梅（六十字）
（宋）卢　炳

灯火楼台万斛莲。千门喜笑，素月婵娟。几多急管与繁弦。巷陌喧阗。毕献芳筵。　　乐与民偕五马贤。绮罗丛里，一簇神仙。传柑雅宴约明年。尽夕留连。满泛金船。

注：该词上阕第一句至第三句为乐段一中的格式（2），第四句至第六句为乐段二中的格式（2）；下阕第一句至第三句为乐段一中的格式（2），第四句至第六句为乐段二中的格式（2）。全词双调，六十字，上下阕各六句，五平韵。

例五　一剪梅（六十字）
（宋）张　炎

剩蕊惊寒减艳痕。蜂也消魂。蝶也消魂。醉归无月傍黄昏。知是花村。不是花村。　　留得闲枝叶半存。好似桃根。可似桃根。小楼昨夜雨声浑。春到三分。秋到三分。

注：该词上阕第一句至第三句为乐段一中的格式（3），第四句至第六句为乐段二中的格式（2）；下阕第一句至第三句为乐段一中的格式（3），第四句至第六句为乐段二中的格式（2）。全词双调，六十字，上下阕各六句，四平韵两叠韵。

例六　一剪梅（六十字）
（宋）蒋　捷

一片春愁带酒浇。江上船摇。楼上帘招。秋娘容与泰娘娇。风又飘飘。雨又萧萧。　　何日云帆卸浦桥。银字筝调。心字香烧。流光容易把人抛。红了樱桃。绿了芭蕉。

  注：该词上阕第一句至第三句为乐段一中的格式（3），第四句至第六句为乐段二中的格式（2）；下阕第一句至第三句为乐段一中的格式（3），第四句至第六句为乐段二中的格式（2）。全词双调，六十字，上下阕各六句，六平韵。

例七　一剪梅（六十字）
（宋）辛弃疾

  独立苍茫醉不归。日暮天寒，归去来兮。探梅踏雪几何时。今我来思。杨柳依依。　　白石岗头曲岸西。一片闲愁，芳草萋萋。多情山鸟不须啼。桃李无言，下自成蹊。

  注：该词上阕第一句至第三句为乐段一中的格式（1），第四句至第六句为乐段二中的格式（2）；下阕第一句至第三句为乐段一中的格式（1），第四句至第六句为乐段二中的格式（1）。全词双调，六十字，上阕六句，五平韵；下阕六句，四平韵。

例八　一剪梅（六十字）
（宋）刘仙伦

  唱到阳关第四声。罗带轻分。罗带轻分。杏花时节雨纷纷。山绕孤村。水绕孤村。　　更没心情共酒尊。春衫香满，空有啼痕。一般离思两消魂。马上黄昏。楼上黄昏。

  注：该词上阕第一句至第三句为乐段一中的格式（3），第四句至第六句为乐段二中的格式（2）；下阕第一句至第三句为乐段一中的格式（2），第四句至第六句为乐段二中的格式（2）。全词双调，六十字，上阕六句，四平韵两叠韵；下阕六句，四平韵一叠韵。

例九　一剪梅（六十字）
（宋）汪元量

  十年愁眼泪巴巴。今日思家。明日思家。一团燕月照窗纱。楼上胡沙。塞上胡沙。　　玉人劝我酒流霞。急捻琵琶。缓捻琵琶。一从别后各天涯。欲寄梅花。莫寄梅花。

  注：该词上阕第一句至第三句为乐段一中的格式（4），第四句至第六句为乐段二中的格式（2）；下阕第一句至第三句为乐段一中的格式（4），第四句至第六句为乐段二中的格式（2）。全词双调，六十字，上下阕各六句，四平韵两叠韵。

例十　一剪梅（六十字）

（宋）杨佥判

襄樊四载弄干戈。不见渔歌。不见樵歌。试问如今事若何。金也消磨。谷也消磨。　柘枝不用舞婆娑。丑也能多。恶也能多。朱门日日买朱娥。军事如何。民事如何。

注：该词上阕第一句至第三句为乐段一中的格式（4），第四句至第六句为乐段二中的格式（3）；下阕第一句至第三句为乐段一中的格式（4），第四句至第六句为乐段二中的格式（2）。全词双调，六十字，上下阕各六句，四平韵两叠韵。

例十一　一剪梅（六十字）

（宋）醴陵士人

宰相巍巍坐庙堂。说着经量。便要经量。哪个臣僚上一章。头说经量。尾说经量。　轻狂太守在吾邦。闻说经量。星夜经量。山东河北久抛荒。好去经量。胡不经量。

注：该词上阕第一句至第三句为乐段一中的格式（3），第四句至第六句为乐段二中的格式（3）；下阕第一句至第三句为乐段一中的格式（4），第四句至第六句为乐段二中的格式（2）。全词双调，六十字，上下阕各六句，四平韵两叠韵。（注：此例重韵，似为例外，故未入谱）

例十二　一剪梅（五十八字）

（宋）曹　勋

不占前村占瑶阶。芳影横斜积渐开。水边竹外冷摇春，一带冲寒，香满襟怀。　管领东风要有才。频移歌酒上春台。直须日日坐花前，金殿仙人，同往同来。

注：该词上阕第一句和第二句为乐段一中的格式（5），第三句至第五句为乐段二中的格式（1）；下阕第一句和第二句为乐段一中的格式（5），第三句至第五句为乐段二中的格式（1）。全词双调，五十八字，上下阕各五句，三平韵。

例十三　一剪梅（五十九字）

（宋）赵长卿

雾霭迷空晓未收。羁馆残灯，永夜悲秋。梧桐叶上三更雨，别是人间一段愁。　睡又不成梦又休。多愁多病，当甚风流。真情一点苦萦人，才下眉尖，恰上心头。

注：该词上阕第一句至第三句为乐段一中的格式（1），第四句和第五句为乐段二中的格式（4）；下阕第一句至第三句为乐段一中的格式（2），第四句至第六句为乐段二中的格式（1）。全词双调，五十九字，上阕五句，三平韵；下阕六句，三平韵。

寻 梅

调见《乐府雅词》及《梅苑》，盖咏梅花也。因词中有"朝来寻见"句。取以为名。

《寻梅》的长短句结构

上阕，两个乐段		下阕，两个乐段	
乐段一（十四字）	乐段二（十六字）	乐段一（十四字）	乐段二（十六字）
7 34	7 5 4 7 3 6	7 34	7 5 4 7 3 6

《康熙词谱》共收集两体《寻梅》，双调，上下阕分别可分为两个乐段，其长短句结构如表所示。该调六十字，上下阕各五句，四仄韵。《康熙词谱》未明确何为正体或正格，故均为基本格式（如表所示）。

例一　寻梅（六十字）

（宋）沈会宗

今年早觉花信蹉。想芳心、未应误我。一月花信几回过。始朝来寻见，雪痕微破。　　眼前大抵情无那。好景色、只消些个。春风烂漫都且可。是而今枝上，三朵两朵。

注：该词上下阕第三句至第五句为乐段二中的格式（1）。全词双调，六十字，上下阕各五句，四仄韵。

《寻梅》的基本格式（双调）

《寻梅》上阕，五句，四仄韵	
乐段一（二句，十四字）	乐段二（三句，十六字）
＋ － ＋ ｜ ＋ ｜ ｜（韵）＋ ＋ ＋ ＋（读）＋ － ＋ ｜（韵）	＋ ＋ － ｜ ＋ － ｜（韵）｜ ＋ － ＋ ｜（句）＋ － ＋ ｜（韵） （1） ＋ － ＋ ｜ － － ｜（韵）｜ ＋ －（句）＋ ｜ ＋ － ＋ ｜（韵） （2）

《寻梅》下阕，五句，四仄韵	
乐段一（二句，十四字）	乐段二（三句，十六字）
＋ － ＋ ｜ － ｜（韵）＋ ＋ ＋ ＋（读）＋ － ＋ ｜（韵）	＋ － ＋ ｜ ＋ ｜（韵）｜ ＋ － ＋｜（句）－ ｜ ＋ ｜（韵） （1） ＋ － ＋ ｜ － － ｜（韵）｜ ＋ －（句）＋ ｜ ＋ － ＋ ｜（韵） （2）

例二　寻梅（六十字）

（宋）沈会宗

　　幽香浅浅湿未透。认雪底、思来始有。剪裁尚觉琼瑶皱。苦寒中，越恁骨清肌瘦。　　东风气象园林旧。又今年、而今时候。急宜小摘当尊酒。选一枝，且付玉人纤手。

　　注：该词上下阕第三句至第五句为乐段二中的格式（2）。全词双调，六十字，上下阕各五句，四仄韵。

锦　帐　春

调见《稼轩集》，因词有"春色难留"及"重帘不卷，翠屏天远"句，故名。

《锦帐春》的长短句结构

上阕，两个乐段		下阕，两个乐段	
乐段一 （十五字）	乐段二（十五字或十四字、十三字）	乐段一 （十五字）	乐段二（十五字或十四字、十三字）
4　4　7 4　4　34	3　3　5　4 5　5　4 5　4　4	4　4　7 4　4　34	3　3　5　4 5　5　4 5　4　4

《康熙词谱》共收集四体《锦帐春》，双调，上下阕分别可分为两个乐段，其长短句结构如表所示。该调有六十字或五十八字、五十六字等格式，上阕七句或六句，四仄韵或三仄韵；下阕六句或七句，五仄韵或三仄韵一叠韵、四仄韵，《康熙词谱》以六十字体辛弃疾词和程垓词为正体或正格。《锦帐春》的正格与变格如表所示，其中，上下阕乐段一中的格式（1）和（2）、乐段二中的格式（1）为正格句式，其余为变格句式。

例一　锦帐春（六十字）

（宋）辛弃疾

春色难留，酒杯常浅。把旧恨新愁相间。五更风，千里梦，看飞红几片。这般庭院。　几许风流，几般娇懒。问相见何如不见。燕飞忙，莺语乱。恨重帘不卷。翠屏天远。

注：该词上阕第一句至第三句为乐段一中的格式（1），第四句至第七句为乐段二中的格式（1）；下阕第一句至第三句为乐段一中的格式（1），第四句至第七句为乐段二中的格式（1）。全词双调，六十字，上阕七句，四仄韵；下阕七句，五仄韵。

例二　锦帐春（六十字）

（宋）程垓

最是春来，苦兼风雨。但只怨、匆匆归去。看游丝，都不恨，恨秦淮新涨，向人东注。　醉里仙人，惜春曾赋。却不解、留春且住。问何人，留得住。怕小山更有，碧芜春句。

注：该词上阕第一句至第三句为乐段一中的格式（2），第四句至第七句为乐段二中的格式（1）；下阕第一句至第三句为乐段一中的格式（2），第四句至第七句为乐段二中的格式（2）。全词双调，六十字，上阕七句，三仄韵；下阕七句，三仄韵一叠韵。

《锦帐春》的正格与变格（双调）

《锦帐春》上阕，七句或六句，四仄韵或三仄韵	
乐段一（三句，十五字）	乐段二（四句或三句，十五字或十四字、十三字）
＋｜ーー（句）＋ー＋｜（韵） ｜＋｜＋ー＋｜（韵） （1） ＋｜ーー（句）＋ー＋｜（韵） ＋＋＋（读）＋ー＋｜（韵） （2）	｜ーー（句）ー｜｜（句）｜＋ー ＋｜（韵或句）＋ー＋｜（韵） （1） ＋｜ーー｜（句）｜＋ー＋｜（韵） ＋ー＋｜（韵） （2） ｜＋ー＋｜（句）＋ー＋｜（韵） ＋ー＋｜（韵） （3）

《锦帐春》下阕，七句或六句，五仄韵或四仄韵、三仄韵一叠韵	
乐段一 （三句，十五字）	乐段二 （四句或三句，十五字或十四字、十三字）
＋｜ーー（句）＋ー＋｜（韵）｜ ＋｜＋ー＋｜（韵） （1） ＋｜ーー（句）＋ー＋｜（韵） ＋＋＋（读）＋ー＋｜（韵） （2）	｜ーー（句）ー｜｜（韵）｜＋ー ＋｜（韵）＋ー＋｜（韵） （1） ｜ーー（句）ー｜｜（叠）｜＋ー ＋｜（句）＋ー＋｜（韵） （2） ｜＋ー＋｜（句）＋ーー｜（韵） ＋ー＋｜（韵） （3） ｜＋ー＋｜（句）＋ー＋｜（韵） ＋ー＋｜（韵） （4）

例三　锦帐春　（五十八字）

（宋）戴复古

处处逢花，家家插柳。正寒食清明时候。奉板舆行乐，是使星随后。人间稀有。　　出郭寻山，绣衣春昼。马上列、两行红袖。对韶华一笑，劝国夫人酒。百千长寿。

注：该词上阕第一句至第三句为乐段一中的格式（1），第四句至第七句为乐段二中的格式（2）；下阕第一句至第三句为乐段一中的格式（2），第四句至第七句为乐段二中的格式（3）。全词双调，五十八字，上下阕各六句，四仄韵。

例四　锦帐春　（五十六字）

（宋）邱　崈

翠竹如屏，浅山如画。小池面、危桥一跨。著梭亭临水，宛然郊野。竹篱茅舍。　　好是天寒，倍添妍雅。正雪意、垂垂欲下。更朦胧月影，弄晴初夜。梅花动也。

注：该词上阕第一句至第三句为乐段一中的格式（2），第四句至第七句为乐段二中的格式（3）；下阕第一句至第三句为乐段一中的格式（2），第四句至第七句为乐段二中的格式（4）。全词双调，五十六字，上下阕各六句，四仄韵。

唐 多 令

《太和正音谱》注"越调"，亦入"高平调"。一名《糖多令》；周密因刘过词有"二十年重过南楼"句，名《南楼令》；张翥词有"花下钿箜篌"句，名《箜篌曲》。

《唐多令》的长短句结构

上阕，三个乐段			下阕，三个乐段		
乐段一（十字）	乐段二（七字或八字）	乐段三（十三字）	乐段一（十字）	乐段二（七字或八字）	乐段三（十三字）
5　5	34 35	7　33	5　5	34 35	7　33

《康熙词谱》共收集三体《唐多令》，双调，上下阕分别可分为三个乐段，其长短句结

构如表所示，有六十字或六十一字、六十二字等格式，《康熙词谱》以六十字体刘过词为正体或正格。《唐多令》上下阕各五句，四平韵，其正格与变格如表所示，其中，各乐段中的格式（1）为正格句式，其余为变格句式。

《唐多令》的正格与变格（双调）

《唐多令》上阕，五句，四平韵		
乐段一（二句，十字）	乐段二（一句，七字或八字）	乐段三（二句，十三字）
＋｜｜－－（韵）－ －＋｜－（韵） （1）	｜＋－（读）＋｜－ －（韵） （1） ｜＋－（读）＋｜｜ －－（韵） （2）	＋｜＋－－｜｜（句） ＋＋｜（读）｜－－ （韵）

《唐多令》下阕，五句，四平韵		
乐段一（二句，十字）	乐段二（一句，七字或八字）	乐段三（二句，十三字）
＋｜｜－－（韵）＋ －－｜－（韵） （1） ＋｜｜－－（韵） －＋｜－（韵） （2）	｜＋－（读）＋｜－ －（韵） （1） ｜＋－（读）＋｜｜ －－（韵） （2）	＋｜＋－－｜｜（句） ＋＋｜（读）｜－－ （韵）

例一　唐多令（六十字）

（宋）刘　过

芦叶满汀洲。寒沙带浅流。二十年、重过南楼。柳下系船犹未稳，能几日、又中秋。　　黄鹤断矶头。故人曾到不。旧江山、浑是新愁。欲买桂花同载酒，终不似、少年游。

注：该词上阕第三句为乐段二中的格式（1）；下阕第一句和第二句为乐段一中的格式（1），第三句为乐段二中的格式（1）。全词双调，六十字，上下阕各五句，四平韵。

例二 唐多令（六十一字）

（宋）吴文英

何处合成愁。离人心上秋。纵芭蕉、不雨也飕飕。都道晚凉天气好，有明月、怕登楼。　　年事梦中休。花空烟水流。燕辞归、客尚淹留。垂柳不萦裙带住，漫长是、系行舟。

注：该词上阕第三句为乐段二中的格式（2）；下阕第一句和第二句为乐段一中的格式（2），第三句为乐段二中的格式（1）。全词双调，六十一字，上下阕各五句，四平韵。

例三 唐多令（六十二字）

（宋）周　密

丝雨织莺梭。浮钱点翠荷。燕风清、庭宇正清和。苔面唾绒堆绣径，春去也、奈春何。　　宫柳老青蛾。题红隔翠波。扇鸾孤、尘暗合欢罗。门外绿阴深似海，应未比、旧愁多。

注：该词上阕第三句为乐段二中的格式（2）；下阕第一句和第二句为乐段一中的格式（2），第三句为乐段二中的格式（2）。全词双调，六十二字，上下阕各五句，四平韵。

摊破采桑子

调见《惜香乐府》，即《采桑子令》也。因上下阕俱添入和声，自成一体。

《摊破采桑子》的长短句结构

上阕，两个乐段						下阕，两个乐段					
乐段一（十五字）			乐段二（十五字）			乐段一（十五字）			乐段二（十五字）		
7	4	4	7	1	1 33	7	4	4	7	1	1 33

《康熙词谱》只收集一体《摊破采桑子》，双调，上下阕分别可分为两个乐段，其长短句结构如表所示。该调六十字，上阕七句，四平韵；下阕七句，三平韵一重韵，其基本格式如表所示。

《摊破采桑子》的基本格式（双调）

《摊破采桑子》上阕，七句，四平韵	
乐段一（三句，十五字）	乐段二（四句，十五字）
＋－＋｜－－｜（句）＋｜－－（韵）＋｜｜－－（韵）	＋｜－－＋｜－（韵）｜（句）－－（句）＋＋＋＋（读）｜－－－（韵）

《摊破采桑子》下阕，七句，三平韵一重韵	
乐段一（三句，十五字）	乐段二（四句，十五字）
＋－＋｜－－｜（句）＋｜－－（韵）＋｜｜－－（韵）	＋｜－－＋｜－（韵）｜（句）－－（句）＋＋＋＋（读）｜－－－（重韵）

例　摊破采桑子（六十字）

（宋）赵长卿

树头红叶飞都尽，景物凄凉。秀出群芳。又见江梅浅淡妆。也，啰，真个是、可人香。　　兰魂蕙魄应羞死，独占风光。梦断高唐。月送疏枝过女墙。也，啰，真个是、可人香。

注：全词双调，六十字，上阕七句，四平韵；下阕七句，三平韵一重韵。（《康熙词谱》注："楚辞押韵句，或用助语词，汉赋亦多如此，故此词第四句当于'也'字点句，坊本或于'妆'字点句及'也''啰'二字相连点句者非。"）

后　庭　宴

《庚溪诗话》云："宋宣和中，掘地得石刻唐词，调名《后庭宴》。"

《后庭宴》的长短句结构

上阕，两个乐段		下阕，三个乐段		
乐段一（十五字）	乐段二（十四字）	乐段一（十二字）	乐段二（九字）	乐段三（十字）
4　4　7	7　7	6　6	4　5	5　5

《康熙词谱》只收集一体《后庭宴》，双调，上阕可分为两个乐段，下阕可分为三个乐段，其长短句结构如表所示。该调六十字，上阕五句，三仄韵；下阕六句，三仄韵，其基本格式如表所示。

《后庭宴》的基本格式（双调）

《后庭宴》上阕，五句，三仄韵	
乐段一（三句，十五字）	乐段二（二句，十四字）
十丨十一（句）十一十丨（韵） 十一十丨一一丨（韵）	十一十丨丨一一（句）十一 十丨一一丨（韵）

《后庭宴》下阕，六句，三仄韵		
乐段一（二句，十二字）	乐段二（二句，九字）	乐段三（二句，十字）
十一十丨一一（句） 十丨十一十丨（韵）	十一十丨（句）十丨 一一丨（韵）	十丨丨一一（句）十一 一一丨丨（韵）

例　后庭宴（六十字）

《庚溪诗话》无名氏

千里故乡，十年华屋。乱魂飞过屏山簇。眼重眉褪不胜春，菱花知我销香玉。　双双燕子归来，应解笑人幽独。断歌零舞，遗恨清江曲。万树绿低迷，一庭红扑簌。

注：全词双调，六十字，上阕五句，三仄韵；下阕六句，三仄韵。

鞓　红

调见《梅苑》。

《鞓红》的长短句结构

上阕，两个乐段		下阕，两个乐段	
乐段一（十五字）	乐段二（十五字）	乐段一（十五字）	乐段二（十五字）
4　4　34	4　4　34	4　4　34	4　4　34

《康熙词谱》只收集一体《鞓红》，双调，上下阕分别可分为两个乐段，其长短句结构如表所示。该调六十字，上下阕各六句，四仄韵，其基本格式如表所示。

《鞓红》的基本格式（双调）

《鞓红》上阕，六句，四仄韵	
乐段一（三句，十五字）	乐段一（三句，十五字）
＋ 一 ＋ ｜（句）＋ 一 ＋ ｜（韵） ＋ ＋ ｜（读）＋ 一 ＋ ｜（韵）	＋ 一 ＋ ｜（句）＋ 一 ＋ ｜（韵） ＋ ＋ ｜（读）＋ 一 ＋ ｜（韵）

《鞓红》下阕，六句，四仄韵	
乐段一（三句，十五字）	乐段一（三句，十五字）
＋ ｜ 一 一（句）＋ 一 ＋ ｜（韵） ＋ ＋ ｜（读）＋ 一 ＋ ｜（韵）	＋ 一 ＋ ｜（句）＋ 一 ＋ ｜（韵） ＋ ＋ ｜（读）＋ 一 ＋ ｜（韵）

例 鞓红（六十字）

《梅苑》无名氏

粉香犹嫩，衾寒可惯。怎奈向、春心已转。玉容别是，一般闲婉。悄不管、桃红杏浅。　　月影帘栊，金堤波面。渐细细、香风满院。一枝折寄，故人虽远。莫辄使、江南信断。

注：全词双调，六十字，上下阕各六句，四仄韵。

贺 熙 朝

调见《花间集》。

《贺熙朝》的长短句结构

上阕，两个乐段					下阕，两个乐段				
乐段一（十五字）		乐段二（十六字）			乐段一（十七字）		乐段二（十三字）		
7	4	4	4	4	4	7	5	5	5	4	4

《康熙词谱》共收集两体《贺熙朝》，双调，上下阕分别可分为两个乐段，其长短句结构如表所示。该调六十一字，上阕七句，五仄韵或四仄韵；下阕六句，四仄韵，《康熙词谱》以欧阳炯词为标谱词例。《贺熙朝》的正格与变格如表所示，其中，上下阕各乐段中的格式（1）为正格句式，其余为变格句式。

《贺熙朝》的基本格式（双调）

《贺熙朝》上阕，七句，五仄韵或四仄韵	
乐段一（三句，十五字）	乐段二（四句，十六字）
＋｜＋－－｜｜（韵）＋－＋｜（韵）＋－＋｜（韵） （1）	＋－＋｜（句）｜＋－＋（句）＋＋－｜（韵）＋＋－｜（韵）
＋｜＋－－｜｜（韵）＋｜＋－（句）＋＋－｜（韵） （2）	

《贺熙朝》下阕，六句，四仄韵	
乐段一（三句，十七字）	乐段二（三句，十三字）
＋－＋｜＋－｜（韵）＋＋｜＋－（句）＋｜＋＋｜（韵）	｜＋－＋｜（韵）＋｜＋－（句）＋｜－｜（韵）

注：下阕乐段一中的格式"＋＋｜＋－（句）"，为"上一下四"句式，领字宜用仄声（去声为佳）。

例一　贺熙朝（六十一字）

（五代）欧阳炯

　　忆昔花间相见后。只凭纤手。暗抛红豆。人前不解，巧传心事，别来依旧。辜负春昼。　　碧罗衣上蹙金绣。睹对对鸳鸯，空裹泪痕透。想韶颜非久。终是为伊，只恁偷瘦。

　　注：该词上阕第一句至第三句为乐段一中的格式（1）。全词双调，六十一字，上阕七句，五仄韵；下阕六句，四仄韵。

例二　贺熙朝（六十一字）

（五代）欧阳炯

忆昔花间初识面。红袖半遮，妆脸轻转。石榴裙带，故将纤纤，玉指偷撚。双凤金线。　碧梧桐锁深深院。谁料得两情，何日教缱绻。羡春来双燕。飞到玉楼，朝暮相见。

注：该词上阕第一句至第三句为乐段一中的格式（2）。全词双调，六十一字，上阕七句，四仄韵；下阕六句，四仄韵。

拨　棹　子

唐教坊曲名。

《拨棹子》的长短句结构

上阕，两个乐段		下阕，两个乐段	
乐段一 （十三字或十五字）	乐段二 （十七字或十五字）	乐段一 （十四字或十七字）	乐段二 （十七字或十五字）
3　3　7 3　3　3　6	34　　37 6　4　5	7　　7 8　3　6 3　3　35	34　　37 6　4　5 34　　55

《康熙词谱》共收集三体《拨棹子》，双调，上下阕分别可分为两个乐段，其长短句结构如表所示。该调有仄韵和平仄韵通叶两种用韵格式。

仄韵格《拨棹子》有六十一字或六十二字等格式，上阕五句或七句，五仄韵或三仄韵；下阕四句或六句，四仄韵或三仄韵。《康熙词谱》以六十一字体尹鹗词为标谱词例，该调的正格与变格如表所示，其中，上下阕各乐段中的格式（1）为正格句式，其余为变格句式。

平仄韵通叶格《拨棹子》六十一字，上阕五句，两叶韵两叠韵一仄韵；下阕五句，五仄韵，其基本格式如表所示。

《拨棹子》（仄韵）的正格和变格（双调）

《拨棹子》（仄韵）上阕，五句或七句，五仄韵或三仄韵	
乐段一（三句或四句，十三字或十五字）	乐段二（二句或三句，十七字或十五字）
一 十 丨（韵）一 十 丨（韵）十 丨 十 一 丨 丨（韵） （1）	十 十 丨（读）十 一 十 丨（韵）十 十 丨（读）十 丨 十 一 一 丨 丨（韵） （1）
一 十 丨（句）一 十 丨（韵）一 十 丨（句）十 丨 十 一 十 丨（韵） （2）	丨 十 一 一 丨 丨（句）十 一 十 丨（句）丨 十 一 十 丨（韵） （2）
注：上阕乐段二中的格式"丨 十 一 一 丨 丨（句）"，为"上一下五"句式。	

《拨棹子》（仄韵）下阕，四句或六句，四仄韵或三仄韵	
乐段一（二句或三句，十四字或十七字）	乐段二（二句或三句，十七字或十五字）
十 一 十 丨 十 一 丨（韵）十 一 十 丨 一 一 丨 丨（韵） （1）	十 十 丨（读）十 一 十 丨（韵）十 十 丨（读）十 丨 十 一 一 丨 丨（韵） （1）
十 一 十 丨（韵）十 丨 十 一 一 丨 丨（韵） （2）	十 一 一 十 丨（句）十 一 十 丨（句）丨 十 一 十 丨（韵） （2）
丨 十 丨 十 一 一 丨 丨（韵）十 一 丨（句）十 丨 十 一 十 丨（韵） （3）	
注：下阕乐段一中的格式"丨 十 丨 十 一 一 丨 丨（韵）"，为"上一下七"句式。	

例一　拨棹子（六十一字）

（五代）尹　鹗

风切切。深秋月。十朵芙蓉繁艳歇。凭小槛、细腰无力。空赢得、目断魂飞何处说。　　寸心恰似丁香结。看看瘦尽胸前雪。偏挂恨、少年抛掷。羞睹见、绣被堆红闲不彻。

注：该词上阕第一句至第三句为乐段一中的格式（1），第四句和第五句为乐段二中的格式（1）；下阕第一句和第二句为乐段一中的格式（1），第三句和第四句为乐段二中的格式

（1）。全词双调，六十一字，上阕五句，五仄韵；下阕四句，四仄韵。

例二　拨棹子（六十一字）

（五代）尹　鹗

丹脸腻。双靥媚。冠子缕金装翡翠。将一朵、琼花堪比。窣窣绣、鸾凤衣裳香窣地。　　银台蜡烛滴红泪。酾酒劝人教半醉。帘幕外、月华如水。特地向、宝帐颠狂不肯睡。

注：该词上阕第一句至第三句为乐段一中的格式（1），第四句和第五句为乐段二中的格式（1）；下阕第一句和第二句为乐段一中的格式（2），第三句和第四句为乐段二中的格式（1）。全词双调，六十一字，上阕五句，五仄韵；下阕四句，四仄韵。

例三　拨棹子（六十二字）

《花草粹编》无名氏

烟姿媚，冰容薄。芳蕚嫩，隐映新萍池阁。自撷英人去后，清香微绽，透真珠帘幕。　　似无语含情垂彩佩。戏芳荫，渐许纤鳞相托。西风直须爱惜，看看浓艳，伴秋光零落。

注：该词上阕第一句至第三句为乐段一中的格式（2），第四句和第五句为乐段二中的格式（2）；下阕第一句至第三句为乐段一中的格式（3），第四句至第六句为乐段二中的格式（2）。全词双调，六十二字，上阕七句，三仄韵；下阕六句，三仄韵。

《拨棹子》（平仄韵通叶）的基本格式（双调）

《拨棹子》（平仄韵通叶）上阕，五句，两叶韵两叠韵一仄韵	
乐段一（三句，十三字）	乐段二（二句，十七字）
＋｜—（叶）＋｜—（叠）＋｜＋——｜—（叠）	＋＋＋（读）＋｜——（叶）＋＋＋（读）＋｜——＋｜｜（韵）

《拨棹子》（平仄韵通叶）下阕，五句，五仄韵	
乐段一（三句，十四字）	乐段二（二句，十七字）
—＋｜（韵）—＋｜（韵）＋＋＋（读）＋｜——｜｜（韵）	＋＋＋（读）＋—＋｜（韵）＋—＋｜（读）＋—＋｜｜（韵）

注：下阕乐段二中的格式"＋＋—＋｜（读）"，为"上一下四"句式。

例 拨棹子（六十一字）

（宋）黄庭坚

归去来。归去来。携手旧山归去来。有人共、对月尊罍。横一琴、甚处逍遥不自在。　闲世界。无利害。何必向、世间甘幻爱。与君钓、晚烟寒濑。蒸白鱼稻饭、溪僮供笋菜。

注：全词双调，六十一字，上阕五句，两叶韵两叠韵一仄韵；下阕五句，五仄韵。

玉 堂 春

调见《珠玉集》。

《玉堂春》的长短句结构

上阕，两个乐段		下阕，两个乐段	
乐段一（十八字）	乐段二（十六字）	乐段一（十一字）	乐段二（十六字）
4 6 4 4	4 5 7	6 5	4 5 7

《康熙词谱》只收集一体《玉堂春》，双调，上下阕分别可分为两个乐段，其长短句结构如表所示。该调六十一字，上阕七句，两仄韵两平韵；下阕五句，两平韵，其基本格式如表所示。

《玉堂春》的基本格式（双调）

《玉堂春》上阕，七句，两仄韵两平韵	
乐段一（四句，十八字）	乐段一（三句，十六字）
＋ － ＋ ｜（仄韵）＋ ｜ ＋ － ＋ ｜（韵） ＋ ｜ － －（句）＋ ｜ － －（平韵）	＋ ｜ － －（句）＋ ｜ － － ｜（句） ＋ ｜ － － ＋ ｜ －（韵）

《玉堂春》下阕，五句，两平韵	
乐段一（二句，十一字）	乐段一（三句，十六字）
＋ ｜ ＋ ｜ ＋ ｜（句）－ － ＋ ｜ －（韵）	＋ ｜ － －（句）＋ ｜ － － ｜（句） ＋ ｜ － － ＋ ｜ －（韵）

例　玉堂春（六十一字）

（宋）晏　殊

斗城池馆。二月春风烟暖。绣户珠帘，日影初长。玉辔金鞍，缭绕沙堤路，几处行人映绿杨。　小槛朱栏回倚，千花浓露香。脆管清弦，欲奏新翻曲，依约林间坐夕阳。

注：全词双调，六十一字，上阕七句，两仄韵两平韵；下阕五句，两平韵。

系　裙　腰

调见张先词集。宋媛魏氏词，名《芳草渡》。

《系裙腰》的长短句结构

上阕，两个乐段		下阕，两个乐段	
乐段一（十三字）	乐段二（十七字或十六字、十五字）	乐段一（十三字）	乐段二（十八字或十六字）
7　　33	7　4　3　3	7　　33	7　4　4　3
	7　3　3　3		7　3　3　3
	6　3　3　3		36　3　3　3

《康熙词谱》共收集《系裙腰》三体，上下阕分别可分为两个乐段，其长短句结构如表所示。该调有六十一字或五十九字、五十八字等格式，上阕六句，四平韵或五平韵；下阕六句，三平韵或四平韵、五平韵。《康熙词谱》以六十一字体张先词为标谱词例。该调的正格与变格如表所示，上下阕各乐段中的格式（1）为正格句式，其余为变格句式。

例一　系裙腰（六十一字）

（宋）张　先

清霜蟾照夜云天。朦胧影、画勾栏。人情纵似长情月，算一年年。又能得，几番圆。　欲寄西江题叶字，流不到、五亭前。东池始有荷新绿，尚小如钱。问何日藕，几时莲。

注：该词上阕第三句至第六句为乐段二中的格式（1）；下阕第一句和第二句为乐段一中的格式（1），第三句至第六句为乐段二中的格式（1）。全词双调，六十一字，上阕六句，四平韵；下阕六句，三平韵。

《系裙腰》的正格和变格（双调）

《系裙腰》上阕，六句，四平韵或五平韵	
乐段一（两句，十三字）	乐段二（四句，十七字或十六字、十五字）
＋ － ＋ ｜ ｜ － －（韵）＋ ＋ ＋（读）｜ － －（韵）	＋ － ＋ ｜ － －（句）｜ ｜ － －（韵） ＋ － ＋ ｜（句）｜ － －（韵） 　　　　　　　　　　（1） ＋ － ＋ ｜ － －（韵）｜ － －（韵） ＋ ＋ ｜（句）｜ － －（韵） 　　　　　　　（2） ＋ － ＋ ｜ ｜ － －（韵）－ ＋ ｜（句） ＋ － ｜（句）｜ － －（韵） 　　　　　　（3）

注：上阕乐段二中的格式"｜　｜ － －（韵）"，为"上一下三"句式。

《系裙腰》下阕，六句，三平韵或四平韵、五平韵	
乐段一（二句，十三字）	乐段二（四句，十八字或十六字）
＋ ｜ ＋ － － ｜ ｜（句）＋ ＋ ＋（读）｜ － －（韵） 　　（1） ＋ － ＋ ｜ ｜ － －（韵）＋ ＋ ＋（读）｜ － －（韵） 　　　（2）	＋ － ＋ ｜ － －（句）＋ ｜ － －（韵） ｜ － ＋ ｜（句）｜ － －（韵） 　　　　　　　（1） ＋ ＋ ＋（读）＋ － ＋ ｜ － －（韵） ｜ － －（韵）＋ ＋ ｜（句）｜ － －（韵） 　　　　　　　（2） ＋ － ＋ ｜ ｜ － －（韵）＋ ＋ ｜（句） ＋ ＋ ｜（句）｜ － －（韵） 　　　（3）

注：下阕乐段二中的格式"｜ － ＋ ｜（句）"，为"上一下三"句式。

例二　系裙腰（五十九字）

（宋）刘仙伦

　　山儿矗矗水儿清。船儿似、叶儿轻。风儿更没人情。月儿明。厮合造，送人行。　　眼儿薮薮泪儿倾。灯儿更、冷青青。遭逢着、雁儿又没前程。一声声。怎生得，梦儿成。

　　注：该词上阕第三句至第六句为乐段二中的格式（2）；下阕第一句和第二句为乐段一中的格式（2），第三句至第六句为乐段二中的格式（2）。全词双调，五十九字，上下阕各六句，五平韵。

例三　系裙腰（五十八字）

宋媛魏氏

　　灯花耿耿漏迟迟。人别后、夜凉时。西风潇洒梦初回。谁念我，就单枕，皱双眉。　　锦屏绣幌与秋期。肠欲断、泪偷垂。月明还到小窗西。我恨你，我忆你，你争知。

　　注：该词上阕第三句至第六句为乐段二中的格式（3）；下阕第一句和第二句为乐段一中的格式（2），第三句至第六句为乐段二中的格式（3）。全词双调，五十八字，上下阕各六句，四平韵。

卷十四

赞 成 功

调见《花间集》。

《赞成功》的长短句结构

上阕，两个乐段		下阕，两个乐段	
乐段一（十五字）	乐段二（十六字）	乐段一（十五字）	乐段二（十六字）
4　4　7	4　4　4　4	4　4　7	4　4　4　4

《康熙词谱》只收集一体《赞成功》，双调，上下阕分别可分为两个乐段，其长短句结构如表所示。该调六十二字，上下阕各七句，四平韵，其基本格式如表所示。

《赞成功》的基本格式（双调）

《赞成功》上阕，七句，四平韵	
乐段一（三句，十五字）	乐段二（四句，十六字）
＋ － ＋ ｜（句）＋ ｜ － －（韵）	＋ － ＋ ｜（句）＋ ｜ － －（韵）
＋ － ＋ ｜ ｜ － －（韵）	＋ － ＋ ｜（句）＋ ｜ － －（韵）

《赞成功》下阕，七句，四平韵	
乐段一（三句，十五字）	乐段二（四句，十六字）
＋ ｜ － ｜（句）＋ ｜ － －（韵）	＋ － ＋ ｜（句）＋ ｜ － －（韵）
＋ － ＋ ｜ ｜ － －（韵）	＋ － ＋ ｜（句）＋ ｜ － －（韵）

例 赞成功（六十二字）

（五代）毛文锡

海棠未坼，万点深红。香苞缄结一重重。似含羞态，邀勒春风。蜂来蝶去，任绕芳丛。　　昨夜微雨，飘洒庭中。忽闻声滴井边桐。美人惊起，坐听晨钟。快教折取，戴玉珑璁。

注：全词双调，六十二字，上下阕各七句，四平韵。

定　风　波

唐教坊曲名。李珣词名《定风流》；张先词名《定风波令》。

《定风波》的长短句结构

上阕，两个乐段		下阕，两个乐段	
乐段一 （十四字）	乐段二 （十六字）	乐段一 （十六字或十四字）	乐段二 （十六字或十七字）
7　7	7　2　7 7　4　5	7　2　7 7　　7 　　9	7　2　7 7　2　35 7　4　5

　　《康熙词谱》共收集八体《定风波》，双调，上下阕分别可分为两个乐段，其长短句结构如表所示。该调有六十二字或六十字、六十三字等格式。该调以平韵为主，有平仄韵错叶和全押平韵等格式。

　　对平仄韵错叶格而言，上阕五句，三平韵两仄韵或两平韵两仄韵；下阕六句，四仄韵两平韵或两平韵两仄韵，个别词例（如六十二字体蔡　伸词）还用叠韵；对平韵格而言，上阕五句，三平韵；下阕六句或五句，两平韵。《康熙词谱》以平仄韵错叶、六十二字体欧阳炯词为正体或正格。《定风波》（平仄韵错叶）的正格与变格如表所示，其中，各乐段中的格式（1）为正格句式，其余为变格句式。《定风波》的平韵格如表所示。

例一　定风波（六十二字）

（五代）欧阳炯

　　暖日闲窗映碧纱。小池春水浸明霞。数树海棠红欲尽。争忍。玉闺深掩过年华。　　独凭绣床方寸乱。肠断。泪珠穿破脸边花。邻舍女郎相借问。音信。教人羞道未还家。

注：该词上阕第一句和第二句为乐段一中的格式（1）；下阕第一句至第三句为乐段一中的格式（1），第四句至第六句为乐段二中的格式（1）。全词双调，六十二字，上阕五句，三平韵两仄韵；下阕六句，四仄韵两平韵。

《定风波》（平仄韵错叶）的正格与变格（双调）

《定风波》上阕，五句，三平韵两仄韵或两平韵两仄韵	
乐段一（二句，十四字）	乐段二（三句，十六字）
＋｜＋－＋｜（平韵）＋－＋｜｜－－（韵）（1）	＋｜＋－＋｜｜（仄韵）＋｜（韵）＋－＋｜｜－－（平韵）
＋｜＋－－｜｜（句）＋－＋｜｜－－（平韵）（2）	

《定风波》下阕，六句，四仄韵两平韵或两平韵两仄韵、一仄韵一叠韵两平韵	
乐段一（三句或二句，十六字或十四字）	乐段二（三句，十六字或十七字）
＋｜＋－－｜｜（换仄韵）＋｜（韵）＋－＋｜｜－－（平韵）（1）	＋｜＋－－｜｜（换仄韵）＋｜（韵）＋－＋｜｜－－（平韵）（1）
＋｜＋－－｜｜（换仄韵）＋｜（叠）＋－＋｜｜－－（平韵）（2）	＋｜＋－－｜｜（换仄韵）＋｜（韵）＋＋＋（读）＋｜｜－－（韵）（2）
＋｜＋－－｜｜（句）＋－＋｜｜（韵）（3）	＋｜＋－－｜｜（句）＋－＋｜｜－－（句）＋－＋｜｜－－（韵）（3）

例二　定风波（六十三字）

（五代）孙光宪

帘拂疏香断碧丝。泪衫还滴绣黄鹂。上国献书人不在。凝黛。晚庭又是落红时。　　春日自长心自促。翻覆。年来年去负前期。应是秦云兼楚雨。留住。向花枝、夸说月中枝。

注：该词上阕第一句和第二句为乐段一中的格式（1）；下阕第一句至第三句为乐段一中的格式（1），第四句至第六句为乐段二中的格式（2）。全词双调，六十三字，上阕五句，三平韵两仄韵；下阕六句，四仄韵两平韵。

例三　定风波（六十二字）

（宋）蔡　伸

一曲离歌酒一钟。可怜分袂太匆匆。百计留君留不住。君去。满川烟暝满帆风。　　目断魂销人不见。但见。青山隐隐水浮空。拟把一襟相忆泪，试向云笺，密写付飞鸿。

注：该词上阕第一句和第二句为乐段一中的格式（1）；下阕第一句至第三句为乐段一中的格式（2），第四句至第六句为乐段二中的格式（3）。全词双调，六十二字，上阕五句，三平韵两仄韵；下阕六句，一仄韵一叠韵两平韵。

例四　定风波（六十字）

（宋）李　泳

点点行人趁落晖。摇摇烟艇出渔矶。一路水香流不断。零乱。春潮绿浸野蔷薇。　　南去北来愁几许，登临怀古欲沾衣。试问越王歌舞地。佳丽。只今惟有鹧鸪飞。

注：该词上阕第一句和第二句为乐段一中的格式（1）；下阕第一句和第二句为乐段一中的格式（3），第三句至第五句为乐段二中的格式（1）。全词双调，六十字，上阕五句，三平韵两仄韵；下阕五句，两平韵两仄韵。

例五　定风波（六十字）

（宋）曹　冠

万个琅玕筛日影，两堤杨柳蘸涟漪。鸣鸟一声林愈静。吟兴。未曾移步已成诗。　　旋汲清湘烹建茗，时寻野果劝金卮。况有良朋谈妙理。适意。此欢不遣俗人知。

注：该词上阕第一句和第二句为乐段一中的格式（2）；下阕第一句和第二句为乐段一中的格式（3），第三句至第五句为乐段二中的格式（1）。全词双调，六十字，上下阕各五句，两平韵两仄韵。

《定风波》的平韵格（双调）

《定风波》上阕，五句，三平韵	
乐段一（二句，十四字）	乐段二（三句，十六字）
＋｜－－＋｜－（韵）＋－ ＋｜｜－－（韵）	＋｜＋－－｜｜（句）＋｜（句） ＋－＋｜｜－－（韵） （1） ＋｜＋－－｜｜（句）＋｜＋ －（句）＋｜｜－－（韵） （2）

《定风波》下阕，六句或五句，两平韵	
乐段一（三句或二句，十六字或十四字）	乐段二（三句，十六字）
＋｜＋－－｜｜（句）＋｜（句） ＋－＋｜｜－－（韵） （1） ＋｜＋－－｜｜（句）＋｜＋ ｜｜＋－（韵） （2） ＋｜＋－－｜｜（句）＋｜＋ －＋｜｜－－（韵） （3）	＋｜＋－－｜｜（句）＋｜（句） ＋－＋｜｜－－（韵） （1） ＋｜＋－－｜｜（句）＋｜＋ －（句）＋｜｜－－（韵） （2）

例一　定风波（六十二字）

（宋）苏　轼

好睡慵开莫厌迟。自怜冰脸不宜时。偶作小桃红杏色，闲雅，尚余孤瘦雪霜姿。　　休把闲心随物态，何事，酒生微晕沁瑶肌。诗老不知梅格在，吟咏，更看绿叶与青枝。

注：该词上阕第三句至第五句为乐段二中的格式（1）；下阕第一句至第三句为乐段一中的格式（1），第四句至第六句为乐段二中的格式（1）。全词双调，六十二字，上阕五句，三平韵；下阕六句，两平韵。

例二　定风波（六十二字）

（宋）京　镗

何必穿针上彩楼。剖瓜插竹诉闲愁。闻道天孙相会处，银汉无津，不待泛兰舟。　　动是隔年寻素约，何似每逢清景且嬉游。但得举杯开口笑，对月临风，总胜鹊桥秋。

　　注：该词上阕第三句至第五句为乐段二中的格式（2）；下阕第一句和第二句为乐段一中的格式（3），第三句至第五句为乐段二中的格式（2）。全词双调，六十二字，上阕五句，三平韵；下阕五句，两平韵。

例三　定风波（六十字）
（宋）陈允平

　　慵拂妆台懒画眉。此情惟有落花知。流水悠悠春脉脉，闲倚绣屏，独自立多时。　　有约莫教莺解语，多愁却妒燕于飞。一笑蔷薇辜旧约，载酒寻欢，因甚懒支持。

　　注：该词上阕第三句至第五句为乐段二中的格式（2）；下阕第一句和第二句为乐段一中的格式（2），第三句至第五句为乐段二中的格式（2）。全词双调，六十字，上阕五句，三平韵；下阕五句，两平韵。

破　阵　子

　　唐教坊曲名，一名《十拍子》。陈旸《乐书》云："唐《破阵乐》，属龟兹部，秦王所制，舞用二千人，皆画衣甲，执旗旆，外藩镇春衣犒军设乐，亦舞此曲，兼马军引入场，尤壮观也。"唐《破阵乐》乃七言绝句，此盖因旧曲名，另度新声。元高拭词注"正宫"。

《破阵子》的长短句结构

上阕，两个乐段		下阕，两个乐段	
乐段一 （十二字或十一字）	乐段二 （十九字）	乐段一 （十二字）	乐段二 （十九字）
6　　6 6　　5	7　　7　　5	6　　6	7　　7　　5

　　《康熙词谱》只收集一体晏殊的《破阵子》。这里，还收集了《敦煌词》中的一首《破阵子》。该词牌为双调，上下阕分别可分为两个乐段。《破阵子》双调，其长短句结构如表所示。该调有六十二字或六十一字等格式，上下阕各五句，三平韵。词例表明，当上下阕起首为两个六字句时，多用对仗。《破阵子》的正格与变格如表所示，其中，上下阕各乐段中

的格式（1）为正格句式，其余为变格句式。

《破阵子》的正格与变格（双调）

《破阵子》上阕，五句，三平韵	
乐段一（二句，十二字或十一字）	乐段二（三句，十九字）
十｜十 一 十｜（句）十 一 十｜ 一 一（韵） （1）	十｜十 一 一 ｜｜（句）十｜一 一 十｜一（韵）十 一 十｜一（韵） （1）
十｜十 一 十｜（句）十 一 十｜ 一 一（韵） （2）	十｜十 一 十｜（句）十｜一 ｜十 一（韵）十 一 ｜十 一（韵） （2）

《破阵子》下阕，五句，三平韵	
乐段一（二句，十二字）	乐段二（三句，十九字）
十｜十 一 十｜（句）十 一 十｜ 一 一（韵）	十｜十 一 一 ｜｜（句）十｜一 一 十｜一（韵）十 一 十｜一（韵） （1）
	十｜十 一 一 ｜｜（句）十 一 十 ｜｜一 一（韵）十｜｜一 一（韵） （2）

注：上阕乐段一、上下阕乐段二中的格式"十 一 十 ｜ 一（韵）"，可平可仄两处，不宜同时用仄。

例一　破阵子（六十二字）

（宋）晏　殊

　　海上蟠桃易熟，人间好月长圆。惟有擘钗分钿侣，离别常多会面难。此情须问天。　　蜡烛到明垂泪，熏炉尽日生烟。一点凄凉愁绝意，漫道秦筝有剩弦。何曾为细传。

　　注：该词上阕第一句和第二句为乐段一中的格式（1），第三句至第五句为乐段二中的格式（1）；下阕第三句至第五句为乐段二中的格式（1）。全词双调，六十二字，上下阕各五句，三平韵。

例二 破阵子（六十二字）
（五代）李 煜

四十年来家国，三千里地山河。凤阁龙楼连霄汉，玉树琼枝作烟萝。几曾识干戈。　一旦归为臣虏，沈腰潘鬓消磨。最是仓皇辞庙日，教坊犹唱别离歌。垂泪对宫娥。

注：该词上阕第一句和第二句为乐段一中的格式（1），第三句至第五句为乐段二中的格式（2）；下阕第三句至第五句为乐段二中的格式（2）。全词双调，六十二字，上下阕各五句，三平韵。

例三 破阵子（六十一字）
《敦煌词》

莲脸柳眉休韵，青丝罢拢云。暖日和风花戴媚，画阁雕梁燕语新。卷帘恨去人。　寂寞长垂珠泪，焚香祷尽灵神。应是潇湘红粉继，不念当初罗帐恩。抛儿虚度春。

注：该词上阕第一句和第二句为乐段一中的格式（2），第三句至第五句为乐段二中的格式（2）；下阕第三句至第五句为乐段二中的格式（1）。全词双调，六十一字，上下阕各五句，三平韵。

例四 破阵子（六十一字）
《敦煌词》

年少征夫堪恨，从军千里余。为爱功名千里去，携剑弯弓沙碛边。抛人如断弦。　迢递可知闺阁，吞声忍泪孤眠。春去春来庭树老，早晚王师归却还。免交心怨天。

注：该词上阕第一句和第二句为乐段一中的格式（2），第三句至第五句为乐段二中的格式（1）；下阕第三句至第五句为乐段二中的格式（1）。全词双调，六十一字，上下阕各五句，三平韵。

金 蕉 叶

此调始自柳永，因词中有"金蕉叶泛金波霁"句，取以为名。袁去华、蒋捷词，皆从柳词减字。《乐章集》注："大石调"；元高拭词注"越调"。

小令《金蕉叶》的长短句结构

上阕，两个乐段		下阕，两个乐段	
乐段一 （十一字）	乐段二 （十二字或十一字）	乐段一 （十三字）	乐段二 （十二字或十一字）
4　　　34	34　　　5 6　　　5	6　　　34	34　　　5 6　　　5

中调《金蕉叶》的长短句结构

上阕，两个乐段		下阕，两个乐段	
乐段一（十四字）	乐段二（十七字）	乐段一（十四字）	乐段二（十七字）
7　　　34	4　　　7　　　6	7　　　34	4　　　7　　　6

《康熙词谱》共收集《金蕉叶》四体，双调，其中，小令三体，中调一体。上下阕分别可分为二个乐段，各自的长短句结构分别如表所示。比较两者之间的长短句结构，可见它们之间迥异。

小令《金蕉叶》有四十八字或四十六字等格式，上阕四句，四仄韵；下阕四句，四仄韵或三仄韵。《康熙词谱》以四十八字体袁去华词为标谱词例。该调的正格与变格如表所示，其中，上下阕各乐段中的格式（1）为正格句式，其余为变格句式。中调《金蕉叶》六十二字，上下阕各五句，四仄韵，其基本格式如表所示。

例一　金蕉叶（四十八字）

（宋）袁去华

江枫半赤。雨初晴、雁空绀碧。爱篱落、黄花秀色。带零露旋摘。　　向晚西风淡日。发萧萧、任从帽侧。更莫把、茱萸叹息。且更持大白。

注：上阕第三句和第四句为乐段二中的格式（1）；下阕第三句和第四句为乐段二中的格式（1）。全词双调，四十八字，上下阕四句，四仄韵。

小令《金蕉叶》的正格与变格（双调）

《金蕉叶》（小令）上阕，四句，四仄韵	
乐段一（二句，十一字）	乐段二（二句，十一字或十二字）
＋－＋｜（韵）＋＋＋（读） ＋－＋｜（韵）	＋＋＋（读）＋－＋｜（韵）｜＋ ｜＋｜（韵） （1） ＋＋＋（读）＋－＋｜（韵）｜＋ －＋｜（韵） （2） ＋｜＋－＋｜（韵）＋－＋｜｜（韵） （3） ＋－＋｜＋｜（句）＋－＋｜｜（韵） （4）

《金蕉叶》下阕，四句，四仄韵或三仄韵	
乐段一（二句，十三字）	乐段二（二句或三句，十二字或十一字）
＋｜＋－＋｜（韵）＋＋＋（读） ＋－＋｜（韵）	＋＋＋（读）＋－＋｜（韵）｜ ＋－＋｜（韵） （1） ＋＋＋（读）＋｜＋｜（韵）｜＋ －＋｜（韵） （2） ＋｜＋－＋｜（韵）｜＋｜＋｜（韵） （3） ＋－＋｜＋｜（句）－－＋｜｜ （韵） （4）

注：上下阕乐段二中的格式"｜＋｜＋｜（韵）"，为"上一下四"句式。

例二　金蕉叶（四十八字）

（宋）袁去华

涛翻浪溢。调停得、似糖似蜜。试一饮、风生两腋。更烦襟顿失。　雾縠衫儿袖窄。出纤纤、自传坐客。觑得他、烘地面赤。怎得来痛惜。

注：上阕第三句和第四句为乐段二中的格式（2）；下阕第三句和第四句为乐段二中的格式（2）。全词双调，四十八字，上下阕各四句，四仄韵。

例三　金蕉叶（四十六字）

（宋）袁去华

行思坐忆。知他是、怎生过日。烦恼无千万亿。诮将做饭吃。　旧日轻怜痛惜。却如今、怨深恨极。不觉长吁叹息。便直恁下得。

注：上阕第三句和第四句为乐段二中的格式（3）；下阕第三句和第四句为乐段二中的格式（3）。全词双调，四十六字，上下阕各四句，四仄韵。

例四　金蕉叶（四十六字）

（宋）蒋　捷

云襄翠幕。满天星、碎珠迸索。孤蟾栏外照我，看看过转角。　酒醒寒砧正作。待眠来、梦魂怕恶。枕屏那更画了，平沙断雁落。

注：上阕第三句和第四句为乐段二中的格式（4）；下阕第三句和第四句为乐段二中的格式（4）。全词双调，四十六字，上阕四句，四仄韵；下阕四句，三仄韵。

《金蕉叶》（中调）的基本格式（双调）

《金蕉叶》（中调）上阕，五句，四仄韵	
乐段一（二句，十四字）	乐段二（三句，十七字）
＋　一　＋　｜　一　一　｜（韵）＋　＋ ＋（读）＋　一　＋　｜（韵）	＋　｜　＋　一（句）＋　一　＋　＋　一 一　｜（韵）＋　｜　＋　一　＋　｜（韵）

《金蕉叶》（中调）下阕，五句，四仄韵	
乐段一（二句，十四字）	乐段二（三句，十七字）
＋　一　＋　｜　一　一　｜（韵）＋　＋ ＋（读）＋　｜　一　｜（韵）	＋　一　＋　｜（句）＋　一　＋　｜ ｜（韵）＋　｜　｜　一　一　｜（韵）

例　金蕉叶（六十二字）

（宋）柳　永

　　厌厌夜饮平阳第。添银烛、旋呼佳丽。巧笑难禁，艳歌无闲声相继。准拟幕天席地。　　金蕉叶泛金波霁。未更阑、已尽狂醉。就中有个，风流暗向灯光底。恼遍两行珠翠。

　　注：全词双调，六十二字，上下阕各五句，四仄韵。

渔　家　傲

　　明蒋氏《九宫谱目》入"中吕引子"。按此调始自晏殊，因词有"神仙一曲渔家傲"句，取以为名。如杜安世词三声叶韵，蔡伸词添字者皆变体也。外有十二个月鼓子词，其十一月、十二月，起句俱多一字。欧阳修词云："十一月，新阳排寿宴。""十二月，严凝天地闭。"欧阳原功词云："十一月，都人居暖阁。""十二月，都人供暖篚。"此皆因月令，故多一字，非添字体也。

《渔家傲》的长短句结构

上阕，两个乐段		下阕，两个乐段	
乐段一 （十四字或十六字）	乐段二 （十七字）	乐段一 （十四字或十六字）	乐段二 （十七字）
7　　7 7　4　5	7　3　7	7　　7 7　4　5	7　3　7

　　《康熙词谱》共收集《渔家傲》四体，双调，上下阕分别可分为两个乐段，其长短句结构如表所示。该调有六十二字或六十六字等格式，上下阕各五句或六句，五仄韵或四仄韵一叠韵、两平韵三叶韵。该调用韵有三种格式：一是仄韵格式，上下阕五句，句句都用同一部仄韵；二是在用仄韵的同时，上下阕第四句（即三字句），用一叠韵（词例系重复前句后三字）；三是平仄韵通叶，即上下阕第一句和第二句用同一部平韵，而后三句叶同一部仄韵。《康熙词谱》仄韵以六十二字体格晏殊词为正体或正格。该调的正格与变格如表所示，其中，上下阕各乐段中的格式（1）为正格句式，其余为变格句式。

《渔家傲》的正格与变格（双调）

《渔家傲》上阕，五句或六句，五仄韵或四仄韵一叠韵、两平韵三叶韵	
乐段一（二句或三句，十四字或十六字）	乐段二（三句，十七字）
＋｜＋——｜｜（韵）＋—＋｜——｜（韵） （1）	＋｜＋——｜｜（韵）—＋｜（韵） ＋—＋｜——｜（韵） （1）
＋｜———｜｜（平韵）＋—＋｜｜——（韵） （2）	＋｜＋——｜｜（韵或叶）—＋｜（叠或叶）＋—＋｜——｜（韵或叶） （2）
＋｜＋——｜｜（韵）＋｜＋—（句）＋｜＋——｜（韵） （3）	

《渔家傲》下阕，五句或六句，五仄韵或四仄韵一叠韵、两平韵三叶韵	
乐段一（二句或三句，十四字或十六字）	乐段二（三句，十七字）
＋｜＋——｜｜（韵）＋—＋｜——｜（韵） （1）	＋｜＋——｜｜（韵）—＋｜（韵） ＋—＋｜——｜（韵） （1）
＋｜———｜｜—（平韵）＋—＋｜｜——（韵） （2）	＋｜＋——｜｜（韵或叶）—＋｜（叠或叶）＋—＋｜——｜（韵或叶） （2）
＋｜＋——｜｜（韵）＋｜＋—（句）＋｜＋——｜（韵） （3）	

例一　渔家傲（六十二字）

（宋）晏　殊

　　画鼓声中昏又晓。时光只解催人老。求得浅欢风日好。齐揭调。神仙一曲渔家傲。　　绿水悠悠天杳杳。浮生岂得长年少。莫惜醉来开口笑。须信道。人间万事何时了。

注：该词上阕第一句和第二句为乐段一中的格式（1），第三句至第五句为乐段二中的格式（1）；下阕第一句和第二句为乐段一中的格式（1），第三句至第五句为乐段二中的格式（1）。全词双调，六十二字，上下阕各五句，五仄韵。

例二　渔家傲（六十二字）
（宋）周紫芝

遇坎乘流随分了。鸡虫得失能多少。儿辈雌黄堪一笑。堪一笑。鹤长凫短从他道。　　几度秋风吹梦到。花姑溪上人空老。唤取扁舟归去好。归去好。孤篷一枕秋江晓。

注：该词上阕第一句和第二句为乐段一中的格式（1），第三句至第五句为乐段二中的格式（2），下阕第一句和第二句为乐段一中的格式（1），第三句至第五句为乐段二中的格式（2）。全词双调，六十二字，上下阕各五句，四仄韵一叠韵。

例三　渔家傲（六十二字）
（宋）杜安世

疏雨才收淡净天。微云绽处月婵娟。寒雁一声人正远。添幽怨。那堪往事思量遍。　　谁道绸缪两意坚。水萍风絮不相缘。舞鉴鸾肠虚寸断。芳容变。好将憔悴教伊见。

注：该词上阕第一句和第二句为乐段一中的格式（2），第三句至第五句为乐段二中的格式（2），下阕第一句和第二句为乐段一中的格式（2），第三句至第五句为乐段二中的格式（2）。全词双调，六十二字，上下阕各五句，两平韵三叶韵。

例四　渔家傲（六十六字）
（宋）蔡　伸

烟锁池塘秋欲暮。细细荷香，直到双栖处。并枕东窗听夜雨。偎金缕。云深不见来时路。　　晓色朦胧人去住。香覆重帘，密密闻私语。目断征帆归别浦。空凝伫。苔痕绿映金莲步。

注：该词上阕第一句至第三句为乐段一中的格式（3），第四句至第六句为乐段二中的格式（1），下阕第一句至第三句为乐段一中的格式（3），第四句至第六句为乐段二中的格式（1）。全词双调，六十六字，上下阕各六句，五仄韵。

苏 幕 遮

唐教坊曲名。按《唐书·宋务光传》："比见都邑坊市，相率为浑脱队，骏马戎服，名《苏幕遮》。"又按张说集有《苏幕遮》七言绝句，宋词盖因旧曲名，另度新声也。周邦彦词有"鬓云松"句，更名《鬓云松令》。金词注"般涉调"。

《苏幕遮》的长短句结构

上阕，两个乐段		下阕，两个乐段	
乐段一（十五字）	乐段二（十六字）	乐段一（十五字）	乐段二（十六字）
3　3　4　5	7　4　5	3　3　4　5	7　4　5

《康熙词谱》只收集一体《苏幕遮》，双调，六十二字，上下阕分别可分为两个乐段，其长短句结构如表所示。该调上下阕各七句，四仄韵，基本格式如表所示。

《苏幕遮》的基本格式（双调）

《苏幕遮》上阕，七句，四仄韵	
乐段一（四句，十五字）	乐段二（三句，十六字）
｜ — —（句）— ｜ ｜（韵）＋｜＋ — （句）＋｜＋ — — ｜（韵）	＋｜＋ — — ｜｜（韵）＋｜＋ — （句）＋｜ — — ｜（韵）

《苏幕遮》下阕，七句，四仄韵	
乐段一（四句，十五字）	乐段二（三句，十六字）
｜ — —（句）— ｜ ｜（韵）＋｜＋ — （句）＋｜＋ — — ｜（韵）	＋｜＋ — — ｜｜（韵）＋｜＋ — （句）＋｜ — — ｜（韵）

例　苏幕遮（六十二字）
（宋）范仲淹

碧云天，黄叶地。秋色连波，波上含烟翠。山映斜阳天接水。芳草无情，更在斜阳外。　　黯乡魂，追旅思。夜夜除非，好梦留人睡。明月楼高休独倚。酒入愁肠，化作相思泪。

注：全词双调，六十二字，上下阕各七句，四仄韵。

摊破南乡子

《太平乐府》、《中原音韵》俱注"大石调"；高拭词注"南吕宫"；《太和正音谱》注"小石调"，亦入"仙吕宫"。赵长卿词名《青杏儿》，又名《似娘儿》；《翰墨全书》黄右曹词有"寿堂已庆灵椿老"句，名《庆灵椿》；《中州乐府》赵秉文词有"但教有酒身无事"句，名《闲闲令》。

《摊破南乡子》的长短句结构

上阕，两个乐段		下阕，两个乐段	
乐段一（十二字）	乐段二（十九字）	乐段一（十二字）	乐段二（十九字）
5　　3 4	7　4　4　4	5　　3 4	7　4　4　4 7　　6　　6

《康熙词谱》共收集两体《摊破南乡子》，双调，上下阕分别可分为两个乐段，其长短句结构如表所示。该调六十二字，上阕六句，三平韵；下阕六句或五句，三平韵。《康熙词谱》以程垓词为标词例。该调的正格与变格如表所示，其中，上下阕各乐段中的格式（1）为正格句式，其余为变格句式。

例一　摊破南乡子（六十二字）

（宋）程　垓

休赋惜春诗。留春住、说与人知。一年已负东风瘦，说愁说恨，数期数刻，只望归时。　　莫怪杜鹃啼。真个也、唤得人归。归来休恨花开了，梁间燕子，且教知道，人也双飞。

注：该词上阕第三句至第六句为乐段一中的格式（1）；下阕第三句至第六句为乐段二中的格式（1）。全词双调，六十二字，上下阕各六句，三平韵。

《摊破南乡子》的正格与变格（双调）

《摊破南乡子》上阕，六句，三平韵	
乐段一（二句，十三字）	乐段二（四句，十九字）
＋｜｜——（韵）＋＋＋（读）＋｜——（韵）	＋—＋｜——｜（句）＋—＋｜（句）＋—＋｜（句）＋｜——（韵） （1） ＋｜＋——｜｜（句）＋—＋｜（句）＋—＋｜（句）＋｜——（韵） （2）

《摊破南乡子》下阕，六句或五句，三平韵	
乐段一（二句，十二字）	乐段二（四句或三句，十九字）
＋｜｜——（韵）＋＋＋（读）＋｜——（韵）	＋—＋｜——｜（句）＋—＋｜（句）＋—＋｜（句）＋｜——（韵） （1） ＋—＋｜——｜（句）＋—＋｜——（句）＋—＋｜——（韵） （2）

例二　摊破南乡子（六十二字）

（宋）刘辰翁

送岁可无诗。得团圆、忍不开眉。不记去年今夕梦，江东怀抱，江西信息，舍北妻儿。　　五十炊廖炊。待五十、富贵成痴。百年苦乐乘除看，今年一半，明年一半，更似儿时。

注：该词上阕第三句至第六句为乐段二中的格式（2）；下阕第三句至第六句为乐段二中的格式（1）。全词双调，六十二字，上下阕各六句，三平韵。

例三　摊破南乡子（六十二字）

（宋）赵长卿

最苦是离愁。行坐里、只在心头。待须作个巫山梦，孤衾展转，无眠到晓，和梦都休。　　梦里也无由。谁敢望、真个绸缪。暂时不见浑闲事，只愁柳絮杨花，自来摆荡难留。

注：该词上阕第三句至第六句为乐段一中的格式（1）；下阕第三句至第五句为乐段二中的格式（2）。全词双调，六十二字，上阕六句，三平韵；下阕五句，三平韵。

明月逐人来

按《能改斋漫录》云："李持正自撰谱。"盖因词有"皓月随人近远"句，故名。

《明月逐人来》的长短句结构

上阕，两个乐段		下阕，两个乐段	
乐段一（十五字）	乐段二（十五字）	乐段一（十七字）	乐段二（十五字）
4　4　34	4　5　6	4　6　34	4　5　6

《康熙词谱》只收集一体《明月逐人来》，双调，上下阕分别可分为两个乐段，其长短句结构如表所示。该调六十二字，上阕六句，五仄韵；下阕六句，四仄韵，其基本格式如表所示。

《明月逐人来》的基本格式（双调）

《明月逐人来》上阕，六句，五仄韵	
乐段一（三句，十五字）	乐段二（三句，十五字）
＋－＋｜（韵）＋－＋｜（韵） －＋｜（读）＋－＋｜（韵）	＋－＋｜（句）＋－－｜｜（韵） ＋｜＋－＋｜（韵） （1） ＋－＋｜（句）＋｜－－｜（韵） ＋｜＋－＋｜（韵） （2）

《明月逐人来》下阕，六句，四仄韵	
乐段一（三句，十七字）	乐段二（三句，十五字）
＋｜－－（句）＋｜＋－＋｜（韵）－＋｜（读）＋－＋｜（韵）	＋｜＋－（句）＋｜－－｜（韵）＋｜＋－＋｜（韵）（1） ＋－＋｜（句）＋｜－－｜（韵）＋｜＋－＋｜（韵）（2）

例一　明月逐人来（六十二字）

（宋）李持正

　　星河明淡。春来深浅。红莲正、满城开遍。禁街行乐，暗尘香拂面。皓月随人近远。　　天半鳌山，光动凤楼西观。东风静、珠帘不卷。玉辇待归，云外闻弦管。认得宫花影转。

　　注：该词上阕第四句至第六句为乐段二中的格式（1）；下阕第四句至第六句为乐段二中的格式（1）。全词双调，六十二字，上阕六句，五仄韵；下阕六句，四仄韵。

例二　明月逐人来（六十二字）

（宋）张元幹

　　花迷珠翠。香飘罗绮。帘旌外、月华如水。暖红影里，谁会王孙意。最乐升平景致。　　长记宫中，五夜春风鼓吹。游仙梦、轻寒半醉。凤帏未暖，归去熏浓被。更问阴晴天气。

　　注：该词上阕第四句至第六句为乐段二中的格式（2）；下阕第四句至第六句为乐段二中的格式（2）。全词双调，六十二字，上阕六句，五仄韵；下阕六句，四仄韵。

甘　州　遍

按唐教坊大曲有《甘州》，凡大曲多遍，此则《甘州曲》之一遍也。

《甘州遍》的长短句结构

上阕，两个乐段		下阕，两个乐段	
乐段一（十一字）	乐段二（十五字）	乐段一（十七字）	乐段二（二十字）
3　5　3	4　4　7	3　3　6　5	35　3　4　5

《康熙词谱》只收集一体《甘州遍》，双调，上下阕分别可分为两个乐段，其长短句结构如表所示。该调六十三字，上阕六句，三平韵；下阕八句，五平韵，其基本格式如表所示。

《甘州遍》的基本格式

《甘州遍》上阕，六句，三平韵	
乐段一（三句，十一字）	乐段二（三句，十五字）
一 ＋ ｜（句）＋ ｜ ｜ 一 一（韵）｜ 一 一（韵）	＋ 一 ＋ ｜（句）＋ 一 ＋ ｜（句）＋ 一 ＋ ｜ ｜ 一 一（韵）

《甘州遍》下阕，八句，五平韵	
乐段一（四句，十七字）	乐段二（四句，二十字）
一 ＋ ｜（句）｜ 一 一（韵）＋ 一 ＋ ｜ 一 ｜（句）＋ ｜ ｜ 一 一（韵）	｜ 一 ＋（读）＋ ｜ ｜ 一 一（韵）｜ 一 一（韵）＋ 一 ＋ ｜（句）＋ ｜ 一 一（韵）

例　甘州遍（六十三字）

（五代）毛文锡

　　春光好，公子爱闲游。足风流。金鞍白马，雕弓宝剑，红缨锦襜出长秋。　　花蔽膝，玉衔头。寻芳逐胜欢宴，丝竹不曾休。美人唱、揭调是甘州。醉红楼。尧年舜日，乐圣永无忧。

　　注：全词双调，六十三字，上阕六句，三平韵；下阕八句，五平韵。

别　怨

调见《惜香乐府》，因词有"翻成别怨不胜悲"句，取以为名。

《别怨》的长短句结构

上阕，三个乐段			下阕，三个乐段		
乐段一（十一字）	乐段二（十二字）	乐段三（七字）	乐段一（十二字）	乐段二（十字）	乐段三（十一字）
4　34	5　7	7	5　34	4　6	5　33

《康熙词谱》只收集一体《别怨》，双调，上下阕分别可分为三个乐段，其长短句结构如表所示。该调六十三字，上阕五句，四平韵；下阕六句，三平韵，其基本格式如表所示。

《别怨》的基本格式（双调）

《别怨》上阕，五句，四平韵		
乐段一（二句，十一字）	乐段二（二句，十二字）	乐段三（一句，七字）
＋｜－－（韵）＋＋（读）＋｜－－（韵）	＋－－｜｜（句）＋－－＋｜｜－－（韵）	＋｜－－＋｜－（韵）

《别怨》下阕，六句，三平韵		
乐段一（二句，十二字）	乐段二（二句，十字）	乐段三（二句，十一字）
＋｜－－｜（句）＋＋（读）＋｜－－（韵）	＋－＋｜（句）＋－－＋｜－－（韵）	＋－－｜｜（句）＋＋（读）｜－－（韵）

例　别怨（六十三字）

（宋）赵长卿

骄马频嘶。晓霜浓、寒色侵衣。凤帏私语处，翻成别怨不胜悲。更与叮咛嘱后期。　　素约谐心事，重来了、比看相思。如何见得，明年春事浓时。稳乘金腰裹,来烂醉、玉东西。

注:全词双调,六十三字,上阕五句,四平韵;下阕六句,三平韵。

麦 秀 两 岐

唐教坊曲名。《碧鸡漫志》云:属"黄钟宫"。

《麦秀两岐》的长短句结构

上阕,三个乐段			下阕,三个乐段		
乐段一 (十字)	乐段二 (十一字)	乐段三 (十一字)	乐段一 (十字)	乐段二 (十一字)	乐段三 (十一字)
5　　5	3　3　5	7　　4	5　　5	3　3　5	7　　4

《康熙词谱》只收集一体《麦秀两岐》,双调,上下阕分别可分为三个乐段,其长短句结构如表所示。该调六十四字,上下阕各七句,六仄韵,其基本格式如表所示。

《麦秀两岐》的基本格式(双调)

《麦秀两岐》上阕,七句,六仄韵		
乐段一(二句,十字)	乐段二(三句,十一字)	乐段三(二句,十一字)
＋｜＋ー｜(韵) ＋｜＋ー｜(韵)	｜＋ー(句)ー＋｜(韵) ＋｜＋ー｜(韵)	＋ー＋｜ー一｜ (韵)＋ー＋｜(韵)

《麦秀两岐》下阕,七句,六仄韵		
乐段一(二句,十字)	乐段二(三句,十一字)	乐段三(二句,十一字)
＋｜＋ー｜(韵) ＋｜＋ー｜(韵)	｜＋ー(句)ー＋｜(韵) ＋｜＋ー｜(韵)	＋ー＋｜ー一｜ (韵)＋ー＋｜(韵)

例 麦秀两岐(六十四字)

(五代)和 凝

凉簟铺斑竹。鸳枕并红玉。脸莲红,眉柳绿。胸雪宜新浴。淡黄衫子裁春縠。异香芬馥。　　羞道交回烛。未惯双双宿。树连枝，鱼比目。掌上腰如束。娇娆不禁人拳跼。黛眉微蹙。

注：全词双调，六十四字，上下阕各七句，六仄韵。

献　衷　心

唐教坊曲名。

《献衷心》的长短句结构

上阕，三个乐段			下阕，三个乐段		
乐段一（十五字或十六字）	乐段二（九字或十字）	乐段三（九字）	乐段一（十三字或十六字）	乐段二（九字）	乐段三（九字）
5 4 3 3 5 5 3 3	5　　4 5　　5	3 3 3	3　3　3 4 4 4 4	5　4	3 3 3

《康熙词谱》共收集两体《献衷心》，双调，上下阕分别可分为三个乐段，其长短句结构如表所示。该调有六十四字或六十九字等格式，上阕九句，四平韵；下阕八句或九句，四平韵，《康熙词谱》以六十四字体欧阳炯词为标谱词例。该调的正格与变格如表所示，其中，上下阕各乐段中的格式（1）为正格句式，其余为变格句式。

例一　献衷心（六十四字）

（五代）欧阳炯

见好花颜色，争笑东风。双脸上，晚妆同。闭小楼深阁，春景重重。三五夜，偏有恨，月明中。　　情未已，信曾通。满衣犹自染檀红。恨不如双燕，飞舞帘栊。春欲暮，残絮尽，柳条空。

注：该词上阕第一句至第四句为乐段一中的格式（1），第五句和第六句为乐段二中的格式（1）；下阕第一句至第三句为乐段一中的格式（1）。全词双调，六十四字，上阕九句，四平韵；下阕八句，四平韵。

《献衷心》的正格与变格（双调）

《献衷心》上阕，九句，四平韵		
乐段一 （四句，十五字或十六字）	乐段二 （二句，九字或十字）	乐段三 （三句，九字）
｜＋－＋｜（句）＋｜ －－（韵）－＋｜（句） ｜－－（韵） （1）	｜＋－＋｜（句） ＋｜－－（韵） （1）	－＋｜（句）－＋｜ （句）｜－－（韵）
｜＋－＋｜（句）｜＋｜ －－（韵）－＋｜（句） ｜－－（韵） （2）	｜＋－＋｜（句）｜ ＋｜－－（韵） （2）	

《献衷心》下阕，八句或九句，四平韵		
乐段一 （三句或四句，十三字或十六字）	乐段二 （二句，九字）	乐段三 （三句，九字）
－＋｜（句）｜－－（韵） ＋－＋｜｜－－（韵） （1）	｜＋－＋｜（句） ＋｜－－（韵）	－＋｜（句）－＋｜ （句）｜－－（韵）
＋－＋｜（句）＋｜－ －（韵）＋－＋｜（句） ＋｜－－（韵） （2）		

例二　献衷心（六十九字）

（五代）顾　敻

　　绣鸳鸯帐暖，画孔雀屏欹。人悄悄，月明时。想昔年欢笑，恨今日分离。银釭背，铜漏永，阻佳期。　　小炉烟细，虚阁帘垂。几多心事，暗地思惟。被娇娥牵役，魂梦如痴。金闺里，山枕上，始应知。

　　注：该词上阕第一句至第四句为乐段一中的格式（2），第五句和第六句为乐段二中的格式（2）；下阕第一句至第四句为乐段一中的格式（2）。全词双调，六十九字，上下阕各九句，四平韵。

黄 钟 乐

唐教坊曲名。

《黄钟乐》的长短句结构

上阕，两个乐段		下阕，两个乐段	
乐段一（十八字）	乐段二（十四字）	乐段一（十八字）	乐段二（十四字）
7　6　5	7　7	7　6　5	7　7

《康熙词谱》只收集一体《黄钟乐》，双调，上下阕分别可分为两个乐段，其长短句结构如表所示。该调六十四字，上下阕各五句，三平韵，其基本格式如表所示。

《黄钟乐》的基本格式（双调）

《黄钟乐》上阕，五句，三平韵	
乐段一（三句，十八字）	乐段二（二句，十四字）
＋－＋｜｜－－（韵）＋｜＋ －＋｜（句）＋｜｜－－（韵）	＋｜＋｜－｜｜（句）＋－＋ ｜｜－－（韵）

《黄钟乐》下阕，五句，三平韵	
乐段一（三句，十八字）	乐段二（二句，十四字）
＋｜－－＋｜－（韵）＋｜＋ －＋｜（句）＋｜｜－－（韵）	＋｜＋｜－｜｜（句）＋－＋ ｜｜－－（韵）

例　黄钟乐（六十四字）

（五代）魏承班

池塘烟暖草萋萋。惆怅闲宵含恨，愁坐思堪迷。遥想玉人情事远，音容浑是隔桃溪。　　偏记同欢秋月低。帘外论心花畔，和醉暗相携。何事春来君不见，梦魂长在锦江西。

注：全词双调，六十四字，上下阕各五句，三平韵。

醉 春 风

赵鼎词，名《怨东风》。《太平乐府》、《中原音韵》俱入中吕类；《太和正音谱》注"中吕宫"，亦入正宫，又入双调。蒋氏十三调注"中吕调"。

《醉春风》的长短句结构

上阕，三个乐段			下阕，三个乐段		
乐段一 （十字）	乐段二 （十字）	乐段三（十二字）	乐段一 （十字）	乐段二 （十字）	乐段三 （十二字）
5　5	7　1　1　1	4　4　4	5　5	7　1　1　1	4　4　4

《康熙词谱》只收集一体《醉春风》，双调，上下阕分别可分为三个乐段，其长短句结构如表所示。该调六十四字，上下阕各七句，四仄韵两叠韵，其基本格式如表所示。

《醉春风》的基本格式（双调）

《醉春风》上阕，七句，四仄韵两叠韵		
乐段一（二句，十字）	乐段二（二句，十字）	乐段三（三句，十二字）
＋｜－－｜（韵）＋－ －－｜｜（韵）	＋－＋｜｜－－ （句）｜（韵）｜（叠）｜叠	－｜－－（句）＋－ －＋｜（句）＋－＋ ｜（韵）

《醉春风》下阕，七句，四仄韵两叠韵		
乐段一（二句，十字）	乐段二（二句，十字）	乐段三（三句，十二字）
＋｜－－｜（韵）＋｜ －－｜（韵） （1） ＋｜－－｜（韵）＋－ －－｜｜（韵） （2）	＋－＋｜｜－－ （句）｜（韵）｜（叠）｜叠	－｜－－（句）＋－ －＋｜（句）＋－＋ ｜（韵）

例一　醉春风（六十四字）

（宋）赵德仁

　　陌上清明近。行人难借问。风流何处不归来，闷。闷。闷。回雁峰前，戏鱼波上，试寻芳信。　　夜永兰膏烬。春睡何曾稳。枕边珠泪几时干，恨。恨。恨。惟有窗前，过来明月，照人方寸。

　　注：该词下阕第一句和第二句为乐段一中的格式（1）。全词双调，六十四字，上下阕各七句，四仄韵两叠韵。

例二　醉春风（六十四字）

（宋）赵　鼎

　　宝鉴菱花莹。孤鸾慵照影。鱼书蝶梦两浮沉，恨。恨。恨。结尽丁香，瘦如杨柳，雨疏云冷。　　宿醉厌厌病。罗巾空泪粉。欲将远意托湘弦，闷。闷。闷。香絮悠悠，画帘悄悄，日长春困。

　　注：该词下阕第一句和第二句为乐段一中的格式（2）。全词双调，六十四字，上下阕各七句，四仄韵两叠韵。

握 金 钗

《梅苑》无名氏词名《戛金钗》。

《握金钗》的长短句结构

上阕，三个乐段				下阕，三个乐段			
乐段一（十字）		乐段二（十三字或十四字）		乐段三（九字或八字）	乐段一（十字）		乐段二（十三字或十四字）	乐段三（九字或八字）

（表格内容：上阕 乐段一 5 5；乐段二 6 7 / 34 7；乐段三 3 3 / 3 5；下阕 乐段一 5 5；乐段二 6 7 / 34 7；乐段三 3 3 / 3 5）

上阕						下阕					
乐段一（十字）		乐段二（十三字或十四字）		乐段三（九字或八字）		乐段一（十字）		乐段二（十三字或十四字）		乐段三（九字或八字）	
5	5	6	7	3	3	5	5	6	7	3	3
		34	7	3	5			34	7	3	5

　　《康熙词谱》共收集两体《握金钗》，双调，上下阕分别可分为三个乐段，其长短句结构如表所示。该调有六十四字等格式，上下阕各七句或六句，四仄韵。《康熙词谱》以吕渭老词为标谱词例，该调的正格与变格如表所示，其中，各乐段中的格式（1）为正格句式，其余为变格句式。

《握金钗》的正格与变格（双调）

《握金钗》上阕，七句或六句，四仄韵		
乐段一 （二句，十字）	乐段二 （二句，十三字或十四字）	乐段三 （三句或二句，九字或八字）
＋ | | — —（句）— — | — |（韵） （1）	＋ — ＋ | — |（韵） ＋ | — | ＋ |（韵） （1）	— | |（句）| — — （句）— | |（韵） （1）
＋ | | — —（句）＋ — — | |（韵） （2）	＋ ＋ ＋（读）＋ — — ＋ |（韵）＋ | — — | ＋ |（韵） （2）	— | |（句）＋ — — | |（韵） （2）

《醉春风》下阕，七句，四仄韵		
乐段一 （二句，十字）	乐段二 （二句，十三字或十四字）	乐段三 （三句或二句，九字或八字）
＋ | | — —（句）— — | — |（韵） （1）	＋ — ＋ | — |（韵） ＋ | — | ＋ |（韵） （1）	— | |（句）| — —（句） — | |（韵） （1）
＋ | | — —（句）＋ — — — | |（韵） （2）	＋ ＋ ＋（读）＋ — ＋ |（韵） | ＋ |（韵） （2）	— | |（句）＋ — — | |（韵） （2）

例一　握金钗（六十四字）

（宋）吕渭老

风日困花枝，晴蜂自相趁。晚来红浅香尽。整顿腰肢晕残粉。弦上语，梦中人，天外信。　　青杏已成双，新尊荐樱笋。为谁一和销损。数著佳期又不稳。春去也，怎当他，清画永。

例二　握金钗（六十四字）
（宋）吕渭老

向晚小妆匀，明窗倦裁剪。见花清泪遮眼。开尽繁桃又春晚。心下事，比年时，都较懒。　　胡蝶入帘飞，郎声似莺啭。见来无计拘管。心似芭蕉乍舒展。归去也，夕阳斜，红满院。

注：上述两词，上阕第一句和第二句为乐段一中的格式（1），第三句和第四句为乐段二中的格式（1），第五句至第七句为乐段三中的格式（1）；下阕第一句和第二句为乐段一中的格式（1），第三句和第四句为乐段二中的格式（1），第五句至第七句为乐段三中的格式（1）。全词双调，六十四字，上下阕各七句，四仄韵。

例三　握金钗（六十四字）
《梅苑》无名氏

梅蕊破春寒，春来何太早。轻傅粉、向人先笑。比并年时较些少。愁底事，十分清瘦了。　　影静野塘空，香寒霜月晓。风韵减、酒醒花老。可煞多情要人道。疏竹外，一枝斜更好。

注：该词上阕第一句和第二句为乐段一中的格式（2），第三句和第四句为乐段二中的格式（2），第五句和第六句为乐段三中的格式（2）；下阕第一句和第二句为乐段一中的格式（2），第三句和第四句为乐段二中的格式（2），第五句和第六句为乐段三中的格式（2）；双调，六十四字，上下阕各六句，四仄韵。

侍 香 金 童

金词注"黄钟宫"，又黄钟调。按，《开天遗事》："王元宝常于寝帐床前，雕矮童二人，捧七宝博山炉，自暝焚香彻晓。"调名取此。无名氏词，即咏其事也。

《侍香金童》的长短句结构

上阕，两个乐段				下阕，两个乐段			
乐段一 （十六字或十七字）			乐段二 （十五字）			乐段一 （十八字或十七字）			乐段二 （十五字）		

4	5	7	7	4	4	5	5	35	7	4	4
4	5	35				5	5	34			

《康熙词谱》共收集《侍香金童》三体，双调，上下阕分别可分为两个乐段，其长短句结构如表所示。该调有六十四字或六十五字，上下阕各六句，四仄韵。《康熙词谱》以《乐府雅词》无名氏词为标谱词例。该调的正格与变格如表所示，其中，上下阕各乐段中的格式（1）为正格句式，其余为变格句式。

《侍香金童》的正格与变格（双调）

《侍香金童》上阕，六句，四仄韵	
乐段一（三句，十六字或十七字）	乐段二（三句，十五字）
＋ － ＋ ｜（句）＋ ｜ － － ｜（韵） ＋ ｜ ＋ － － ｜ ｜（韵） （1）	＋ ｜ ＋ － － ｜ ｜（韵）＋ ｜ － －（句）＋ ＋ － ｜（韵）
＋ ｜ － －（句）＋ ｜ － － ｜（韵） ＋ ＋ ＋ ｜（读）＋ － － ｜ ｜（韵） （2）	

《侍香金童》下阕，六句，四仄韵	
乐段一（三句，十八字或十七字）	乐段二（三句，十五字）
｜ ＋ － ＋ ｜（句）＋ － － ｜ ｜（韵） ＋ ＋ ＋ ｜（读）＋ ＋ － ｜ ｜（韵） （1）	＋ ｜ ＋ － － ｜ ｜（韵）＋ ｜ － －（句）＋ － ＋ ｜（韵）
｜ ＋ － ＋ ｜（句）＋ － － ｜ ｜（韵） ＋ ＋ ＋ ｜（读）＋ － ＋ ｜（韵） （2）	

例一 侍香金童（六十四字）

《乐府雅词》无名氏

宝台蒙绣，瑞兽高三尺。玉殿无风烟自直。迤逦傍怀盈绮席。苒苒菲菲，断处凝碧。　　是龙涎凤髓，恼人情意极。想韩寿、风流应暗识。去似彩云无处觅。惟有多情，袖中留得。

注：该词上阕第一句至第三句为乐段一中的格式（1）；下阕第一句至第三句为乐段一中的格式（1）。全词双调，六十四字，上下阕各六句，四仄韵。

例二　侍香金童（六十四字）

（宋）蔡　伸

　　宝马行春，缓辔随油壁。念一瞬、韶光堪重惜。还是去年同醉日。客里情怀，倍添凄恻。　　记南城锦径，名园曾遍历。更柳下、人家如织。此际凭阑愁脉脉。满目江山，暮云空碧。

　　注：该词上阕第一句至第三句为乐段一中的格式（2）；下阕第一句至第三句为乐段一中的格式（2）。全词双调，六十四字，上下阕各六句，四仄韵。

例三　侍香金童（六十五字）

（宋）赵长卿

　　一种春光，占断东君惜。算秾李、韶华争并得。粉腻酥融娇欲滴。端的尊前，旧曾相识。　　向夜阑酒醒，霜浓寒又力。但只与、冰姿添夜色。绣幕云屏人寂寂。只许刘郎，暗传消息。

　　注：该词上阕第一句至第三句为乐段一中的格式（2）；下阕第一句至第三句为乐段一中的格式（1）。全词双调，六十四字，上下阕各六句，四仄韵。

缑　山　月

　　蒋氏《九宫谱目》入正宫引子。

《缑山月》的长短句结构

上阕，两个乐段							下阕，两个乐段						
乐段一（十七字）			乐段二（十四字）				乐段一（十九字）			乐段二（十四字）			
5	5	7	5	3	3	3	7	5	7	5	3	3	3

　　《康熙词谱》只收集一体《缑山月》，双调，上下阕分别可分为两个乐段，其长短句结构如表所示。该调六十四字，上阕七句，四平韵；下阕七句，三平韵，其基本格式如表所示。

《猴山月》的基本格式

《猴山月》上阕，七句，四平韵	
乐段一（三句，十七字）	乐段二（四句，十四字）
＋｜｜——（韵）———＋｜—（韵）＋—＋｜｜——（韵）	｜＋—＋｜（句）—＋｜（句）—＋｜（句）｜———（韵）

《猴山月》下阕，七句，三平韵	
乐段一（三句，十九字）	乐段二（四句，十四字）
＋—＋｜——｜（句）＋｜｜——（韵）＋—＋｜｜——（韵）	｜＋—＋｜（句）—＋｜（句）—＋｜（句）｜———（韵）

例　猴山月（六十四字）

（明）梁　寅

急雨响岩阿。阴晴暗薛萝。山中春去更寒多。纵柴门不闭，花满径，苍苔润，少人过。　　兰舟曾记兰汀宿，牵恨是烟波。而今林下和樵歌。看风风雨雨，从造物，时时变，总心和。

注：全词双调，六十四字，上阕七句，四平韵；下阕七句，三平韵。

喝　火　令

调见《琴趣外篇》。

《喝火令》的长短句结构

上阕，两个乐段		下阕，两个乐段	
乐段一（十七字）	乐段二（十一字）	乐段一（十七字）	乐段二（二十字）
5　5　7	6　5	5　5　7	4　5　6　5

《康熙词谱》只收集一体《喝火令》，双调，上下阕分别可分为三个乐段，其长短句结构如表所示。该调六十五字，上阕五句，三平韵；下阕七句，四平韵，其基本格式如表所示。《康熙词谱》在黄庭坚词下注释指出："后段句法若准前段，则第四句应作'星月雁行低度'。今叠用三'晓也'字，摊作三句，当是体例应然，填者须遵之。"也就是说，该调第四

句至第六句，三次叠用第四句的前两字（黄词为"晓也"两字），当是该调特色，须遵守。

《喝火令》的基本格式（双调）

《喝火令》上阕，五句，三平韵	
乐段一（三句，十七字）	乐段二（二句，十一字）
＋｜－－｜（句）－－＋｜（韵） ＋－＋｜｜－－（韵）	＋｜＋－＋｜（句）＋｜｜－（韵）

《喝火令》下阕，七句，四平韵	
乐段一（三句，十七字）	乐段二（四句，二十字）
＋｜－－｜（句）－－＋｜－（韵） ＋－＋｜｜－－（韵）	＋｜－－（句）＋｜｜－－（韵） ＋｜＋－＋｜（句）＋｜｜－（韵）

例　喝火令（六十五字）

（宋）黄庭坚

　　见晚情如旧，交疏分已深。舞时歌处动人心。烟水数年魂梦，无处可追寻。　　昨夜灯前见，重题汉上襟。便愁云雨又难禁。晓也星稀，晓也月西沉。晓也雁行低度，不会寄芳音。

注：全词双调，六十五字，上阕五句，三平韵；下阕七句，四平韵。下阕三次叠用第四句的前两字"晓也"。

芭　蕉　雨

调见程垓《书舟词》。

《芭蕉雨》的长短句结构

上阕，两个乐段		下阕，两个乐段		
乐段一（十四字）	乐段二（十六字） || 乐段一（十九字）	乐段二（十六字）	
6　5　3	6　6　4	6　5　5　3	3　3　6　4	

《康熙词谱》只收集一体《芭蕉雨》，双调，上下阕分别可分为两个乐段，其长短句结构如表所示。该调六十五字，上阕五句，四仄韵；下阕六句，四仄韵，其基本格式如表所示。

《芭蕉雨》的基本格式

《芭蕉雨》上阕，五句，四仄韵	
乐段一（二句，十四字）	乐段二（三句，十六字）
＋｜＋－＋｜（韵）＋－ ｜｜（读）——｜（韵）	＋｜＋－＋｜（句）＋｜＋｜ ——（句）＋－＋｜（韵）

《芭蕉雨》上阕，六句，四仄韵	
乐段一（三句，十九字）	乐段二（三句，十六字）
＋－－｜＋｜（韵）＋＋｜－｜（韵） ＋＋｜＋－（读）——｜（韵）	＋｜｜（读）｜——（句）＋ ｜＋｜－（句）＋－＋ ｜（韵）

注：下阕乐段一中的格式"＋＋｜－｜（韵）"和"＋＋｜＋－（读）"，均为"上一下四"句式。

例　芭蕉雨（六十五字）

（宋）程　垓

雨过凉生藕叶。晚庭消尽暑、浑无热。枕簟不胜香滑。怎奈宝帐情生，金樽意惬。　玉人何处梦蝶。思一见冰雪。须写个帖儿、丁宁说。试问道、肯来么，今夜小院无人，重楼有月。

注：全词双调，六十五字，上阕五句，四仄韵；下阕六句，四仄韵。

淡　黄　柳

姜夔自度曲，《白石集》注"正平调"。

《淡黄柳》的长短句结构

上阕，两个乐段		下阕，两个乐段	
乐段一（十六字）	乐段二（十三字）	乐段一（十四字）	乐段二（二十二字）
4　5　7	6　7	3　5　33	3 5　4　4　6 7　5　4　6

《康熙词谱》共收集三体《淡黄柳》，双调，上下阕分别可分为两个乐段，其长短句结构如表所示。该调六十五字，上阕五句，五仄韵或四仄韵；下阕七句，五仄韵或四仄韵。该调的基本格式如表所示。

《淡黄柳》的基本格式（双调）

《淡黄柳》上阕，五句，五仄韵或四仄韵	
乐段一（三句，十六字）	乐段二（二句，十三字）
＋　一　＋　｜（韵）＋　｜　一　一　｜（韵） ＋　｜　＋　一　一　｜　｜（韵）	＋　｜　＋　一　＋　｜（韵或句）＋　｜ 一　｜　＋　一　｜（韵）

《淡黄柳》下阕，七句，五仄韵或四仄韵	
乐段一（三句，十四字）	乐段二（四句，二十二字）
＋　一　｜（韵）一　一　｜　一　｜（韵） ＋　＋　＋（读）＋　一　｜（韵）	＋　＋　＋（读）＋　｜　一　一　｜（韵） ＋　｜　一　一（句）＋　一　＋　｜（句） ＋　｜　＋　一　＋　｜（韵） （1） ＋　一　＋　｜　一　一　｜（句）＋　｜　｜ 一　一（句）＋　一　＋　｜（句）＋　｜ ＋　一　＋　｜（韵） （2） ＋　＋　＋（读）＋　｜　一　一　｜（句） ＋　｜　一　一（句）＋　一　＋　｜（句） ＋　｜　＋　一　＋　｜（韵） （3）

例一　淡黄柳（六十五字）

（宋）姜　夔

空城画角。吹入垂杨陌。马上单衣寒恻恻。看尽鹅黄嫩绿。都是江南旧相识。　正岑寂。明朝又寒食。强携酒、小桥宅。怕梨花、落尽成秋色。燕燕飞来，问春何在，唯有池塘自碧。

注：该词下阕第四句至第七句为乐段二中的格式（1）。全词双调，六十五字，上阕五句，五仄韵；下阕七句，五仄韵。

例二　淡黄柳（六十五字）

（宋）张　炎

楚腰一捻。羞剪青丝结。力未胜春娇怯怯。暗托莺声细说。愁魇眉心斗双叶。　正情切。柔条未堪折。应不解、管离别。如今已入东风眼，空望断章台，马蹄何处，闲了黄昏淡月。

注：该词下阕第四句至第七句为乐段二中的格式（2）。全词双调，六十五字，上阕五句，五仄韵；下阕七句，四仄韵。

例三　淡黄柳（六十五字）

（宋）王沂孙

花边短笛。初结孤山约。雨悄风轻寒漠漠。翠镜秦鬟钗别，同折幽芳怨摇落。　素裳薄。重拈旧红萼。叹携手、转离索。料青禽、一梦春无几，后夜相思，素蟾低照，谁扫花阴共酌。

注：该词下阕第四句至第七句为乐段二中的格式（3）。全词双调，六十五字，上阕五句，四仄韵；下阕七句，四仄韵。

辊　绣　球

调见《惜香乐府》。

《辊绣球》的长短句结构

上阕，两个乐段							下阕，两个乐段						
乐段一（十二字）		乐段二（二十字）					乐段一（十三字）		乐段二（二十字）				
5	34	4	4	4	4	4	6	34	4	4	4	4	4

《康熙词谱》只收集一体《辊绣球》，双调，上下阕分别可分为两个乐段，其长短句结构如表所示。该调六十五字，上阕七句，两仄韵；下阕七句，三平韵，其基本格式如表所示。

《辊绣球》的基本格式

《辊绣球》上阕，七句，两仄韵	
乐段一（二句，十二字）	乐段二（五句，二十字）
＋ | | － －（句）＋ ＋ ＋（读） ＋ － ＋ |（韵）	＋ － ＋ |（句）＋ － ＋ |（句） ＋ － ＋ |（句）＋ － ＋ |（句） ＋ － ＋ |（韵）

《辊绣球》下阕，七句，三仄韵	
乐段一（二句，十三字）	乐段二（五句，二十字）
＋ | ＋ － ＋ |（韵）＋ ＋ ＋（读） ＋ － ＋ |（韵）	＋ － ＋ |（句）＋ － ＋ |（句） ＋ － ＋ |（句）＋ － ＋ |（句） ＋ － ＋ |（韵）

例 辊绣球（六十五字）

（宋）赵长卿

流水奏鸣琴，风月净、天无星斗。翠岚堆里，苍岩深处，满林霜腻，暗香冻了，那禁频嗅。　马上再三回首。还记省、去年时候。十分全似，那人风韵，柔腰弄影，冰腮退粉，做成清瘦。

注：全词双调，六十五字，上阕七句，两仄韵；下阕七句，三仄韵。

锦 缠 道

《全芳备祖·乐府》名《锦缠头》，江衍词名《锦缠绊》，原注"黄钟宫"。

《锦缠道》的长短句结构

上阕，两个乐段		下阕，两个乐段	
乐段一 （十七字）	乐段二 （十六字）	乐段一 （十六字或十七字）	乐段二 （十七字或十八字、十六字）
4　6　34 4　6　7	7　4　5	5　4　34 4　6　34	35　4　5 35　5　5 7　4　5

《康熙词谱》共收集三体，《锦缠道》，双调，上下阕分别可分为两个乐段，其长短句结构如表所示。该调有六十六字或六十七字等格式，上阕六句，四仄韵或三仄韵；下阕六句，三仄韵。《康熙词谱》以六十六字体宋祁词为标谱词例。该调的正格与变格如表所示，其中，各乐段中的格式（1）为正格句式，其余为变格句式。

例一　锦缠道（六十六字）

（宋）宋　祁

燕子呢喃，景色乍长春昼。睹园林、万花如绣。海棠经雨胭脂透。柳展宫眉，翠拂行人首。　　向郊原踏青，恣歌携手。醉醺醺、尚寻芳酒。问牧童、遥指孤村道，杏花深处，那里人家有。

注：该词上阕第一句至第三句为乐段一中的格式（1），第四句至第六句为乐段二中的格式（1）；下阕第一句至第三句为乐段一中的格式（1），第四句至第六句为乐段二中的格式（1）。全词双调，六十六字，上阕六句，四仄韵；下阕六句，三仄韵。

《锦缠道》的正格与变格（双调）

《锦缠道》上阕，六句，四仄韵或三仄韵	
乐段一（三句，十七字）	乐段二（三句，十六字）
＋｜－－（句）＋｜＋－＋｜（韵） ｜＋＋＋（读）＋｜－＋｜（韵） （1）	＋－＋｜－－｜（韵）＋｜ －－（句）＋｜－－｜（韵） （1）
＋｜－－（句）＋｜＋－＋｜（韵） ＋－｜＋－－｜（韵） （2）	＋－＋｜｜－－（句）＋｜ ＋｜（句）＋｜－－｜（韵） （2）

《锦缠道》下阕，六句，三仄韵	
乐段一（三句，十六字或十七字）	乐段二（三句，十七字或十八字、十六字）
｜＋－｜－（句）＋－＋｜（韵） ＋＋＋＋（读）＋－＋｜（韵） （1）	＋＋＋（读）＋｜－－－（句） ＋－＋｜（句）＋｜－－｜（韵） （1）
＋－＋｜（句）＋｜－＋｜（句） （韵）＋＋＋（读）＋｜－＋｜（韵） （2）	＋－＋｜｜－－（句）＋｜｜ ＋－｜｜（句）＋｜－－｜（韵） （2）
	＋－＋｜｜－－（句）＋－ ＋｜（句）＋｜－－｜（韵） （3）

注：下阕乐段一中的格式"｜＋－｜－（句）"，为"上一下四"句式。

例二　锦缠道（六十七字）

《全芳备祖》无名氏

雨过园林，触处落红微绿。正桑叶、新齐如沃。娇羞只恐人偷瞩。背立墙阴，慢展纤纤玉。　　听啼鸠几声，耳边相促。念蚕饥、四眠初熟。劝路旁、立马莫踟蹰，是邦人口里，却道秋胡曲。

注：该词上阕第一句至第三句为乐段一中的格式（1），第四句至第六句为乐段二中的格式（1）；下阕第一句至第三句为乐段一中的格式（1），第四句至第六句为乐段二中的格式（2）。全词双调，六十七字，上阕六句，四仄韵；下阕六句，三仄韵。

例三　锦缠道（六十六字）

（宋）江衍

　　屈曲新堤，占断满林佳气。画檐两行连云际。乱山叠翠水回环，岸边楼阁，金碧遥相倚。　　柳阴低映，秾艳花光洵美。好升平、为谁初起。大都风物不由人，旧时荒垒，今日香烟地。

　　注：该词上阕第一句至第三句为乐段一中的格式（2），第四句至第六句为乐段二中的格式（2）；下阕第一句至第三句为乐段一中的格式（2），第四句至第六句为乐段二中的格式（3）。全词双调，六十六字，上下阕各六句，三仄韵。

厌 金 杯

调见《东山乐府》，一名《献金杯》。

《厌金杯》的长短句结构

上阕，两个乐段		下阕，两个乐段	
乐段一（十五字）	乐段二（十八字）	乐段一（十五字）	乐段二（十八字）
4　4　34	4　5　3　6	4　4　34	4　5　3　6

　　《康熙词谱》只收集一体《厌金杯》，双调，上下阕分别可分为两个乐段，其长短句结构如表所示。该调六十六字，上下阕各七句，四仄韵，其基本格式如表所示。

《厌金杯》的基本格式

《厌金杯》上阕，七句，四仄韵	
乐段一（三句，十五字）	乐段二（四句，十八字）
＋｜——（句）＋—＋｜（韵）	＋—＋｜（句）＋｜｜——（句）
＋＋＋＋（读）＋－＋｜（韵）	＋｜｜｜（韵）＋＋＋｜（韵）

《厌金杯》下阕，七句，四仄韵	
乐段一（三句，十五字）	乐段二（四句，十八字）
＋｜——（句）＋—＋｜（韵）	＋—＋｜（句）＋｜｜——（句）
＋＋＋＋（读）＋－＋｜（韵）	－｜｜｜（韵）＋｜＋｜（韵）

例　厌金杯（六十六字）

（宋）贺　铸

风软香迟，花深漏短。可怜宵、画堂春半。碧纱窗影，卷帐蜡灯红，鸳枕畔。密写乌丝一段。　　拾翠沙空，采蘋溪晚。尽愁倚、梦云飞观。木兰艇子，几日渡江来，心目断。桃叶青山隔岸。

注：全词双调，六十六字，上下阕各七句，四仄韵。

庆　春　泽

此调有两体，六十六字者见张先词，九十八字者见《梅苑》词。

中调《庆春泽》长短句结构

中调《庆春泽》上阕，三个乐段		
乐段一（十五字）	乐段二（九字）	乐段三（九字）
6　5　4	5　4	4　5

中调《庆春泽》下阕，三个乐段		
乐段一（十五字）	乐段二（九字）	乐段三（九字）
6　5　4	5　4 3　6	4　5

长调《庆春泽》的长短句结构

长调《庆春泽》上阕，四个乐段			
乐段一（十二字）	乐段二（九字）	乐段三（十四字）	乐段四（十三字）
3　5　4	4　5	7　3　4	5　4　4

长调《庆春泽》下阕，四个乐段			
乐段一（十四字）	乐段二（九字）	乐段三（十四字）	乐段四（十三字）
5　5　4	4　5	7　3　4	5　4　4

《康熙词谱》共收集《庆春泽》三体，双调。其中，中调两体，上下阕分别可分为三个乐段；长调一体，上下阕分别可分为四个乐段；各自的长短句结构如表所示。

中调《庆春泽》六十六字，上下阕各七句，四仄韵；《康熙词谱》以张先词为标谱词例。中调《庆春泽》的正格与变格如表所示，其中，上下阕各乐段中的格式（1）为正格句式，其余为变格句式。长调《庆春泽》九十八字，上下阕各十句，四仄韵，其基本格式如表所示。

中调《庆春泽》的正格与变格（双调）

中调《庆春泽》上阕，七句，四仄韵		
乐段一（三句，十五字）	乐段二（二句，九字）	乐段三（二句，九字）
＋｜＋－＋｜（韵） ＋｜｜－－（句）＋ －＋｜（韵）	＋｜｜－－（句）＋ －＋｜（韵）	＋｜－－（句）＋ －｜－｜（韵）

中调《庆春泽》下阕，七句，四仄韵		
乐段一（三句，十五字）	乐段二（二句，九字）	乐段三（二句，九字）
＋－＋｜－｜（韵）＋ ＋｜－－（句）＋－ ＋｜（韵） （1）	＋｜｜－－（句）＋ －＋｜（韵） （1）	＋｜－－（句）＋ －｜－｜（韵） （1）
＋－＋｜－｜（韵）＋ ｜｜－－（句）＋－＋ ｜（韵） （2）	－｜｜－－（句）＋－＋ －｜（韵） （2）	｜＋－｜－｜（句）＋ －｜－｜（韵） （2）

注：①下阕乐段一中的格式"＋＋｜－－（句）"，为"上一下四"句式。
②下阕乐段三中的格式"｜＋－｜（句）"，为"上一下三"句式。

例一　庆春泽（六十六字）

（宋）张　先

飞阁危桥相倚。人独立东风，满衣轻絮。还记忆江南，如今天气。正白蘋花，绕堤涨流水。　寒梅落尽谁寄。方春意无穷，青空千里。愁草树依依，关城初闭。对月黄昏，角声傍烟起。

◇ 卷十四 ◇

注：该词下阕第一句至第三句为乐段一中的格式（1），第四句和第五句为乐段二中的格式（1），第六句和第七句为乐段三中的格式（1）。全词双调，六十六字，上下阕各七句，四仄韵。

例二　庆春泽（六十六字）

（宋）岳　飞

艳色不须妆样。风韵好天真，画毫难上。花影滟金尊，酒泉生浪。镇欲留春，傍花为春唱。　　银塘玉宇空旷。冰齿映轻唇，蕊红新放。声宛转，疑随烟香悠飏。对暮林静，寥寥振清响。

注：该词下阕第一句至第三句为乐段一中的格式（2），第四句和第五句为乐段二中的格式（2），第六句和第七句为乐段三中的格式（2）。全词双调，六十六字，上下阕各七句，四仄韵。

长调《庆春泽》的基本格式（双调）

长调《庆春泽》上阕，十句，四仄韵	
乐段一（三句，十二字）	乐段二（二句，九字）
｜ ＋ 一 （句）｜ ＋ 一 ｜ 一 （句）＋ ＋ 一 ｜（韵）	一 ＋ ＋ ｜（句）｜ ＋ 一 ＋ ｜（韵）

长调《庆春泽》上阕，十句，四仄韵	
乐段三（二句，十四字）	乐段四（三句，十三字）
＋ 一 ＋ ｜ 一 一 ｜（句）＋ ＋ ＋ （读）＋ ＋ 一 ｜（韵）	｜ ｜ 一 一 ＋（句）＋ ＋ ｜ 一 一 （句）＋ 一 ＋ ｜（韵）

长调《庆春泽》下阕，十句，四仄韵	
乐段一（三句，十四字）	乐段二（二句，九字）
＋ ｜ ｜ 一 一 （句）｜ ＋ 一 ＋ ｜（句）＋ 一 ＋ ｜（韵）	一 ＋ ＋ ｜（句）｜ ＋ 一 ＋ ｜（韵）

长调《庆春泽》上阕，十句，四仄韵	
乐段三（二句，十四字）	乐段四（三句，十三字）
＋ 一 ＋ ｜ 一 一 ｜（句）＋ ＋ ＋ （读）＋ ＋ 一 ｜（韵）	｜ ｜ 一 一 ＋（句）＋ ｜ 一 一 （句）＋ 一 ＋ ｜（韵）
注：上下阕乐段四中的格式"｜ ｜ 一 一 ＋（句）"，为"上一下四"句式。	

例　庆春泽（九十八字）

《梅苑》无名氏

晓风严，正萧然兔园，薄雾微罩。梅渐弄白，耸危苞匀小。胭脂半点琼瑰胜，望江南、信息何杳。纵寿阳妍姿，学就新妆，暗香须少。　　幽艳满寒梢，更游蜂舞蝶，浑无飞绕。天赋品格，借东皇施巧。孤根占得春前俊，笑雪霜、漫欺容貌。况此花高强，终待和羹，肯饶芳草。

注：全词双调，九十八字，上下阕各十句，四仄韵。

行　香　子

《中原音韵》、《太平乐府》俱注"双调"，蒋氏《九宫谱目》入"中吕引子"。

《行香子》的长短句结构

上阕，三个乐段		
乐段一（十五字）	乐段二（八字或十字）	乐段三（十字或九字、十二字）
4　4　7 4　4　34	4　4 5　5	4　3　3 3　3　3 4　4　4

下阕，三个乐段		
乐段一 （十五字）	乐段二 （八字或十字）	乐段三（十字或九字、十二字、十三字）
4　4　7 4　4　34	4　4 5　5	4　3　3 3　3　3 4　4　4 5　4　4

《康熙词谱》共收集八体《行香子》，双调，上下阕分别可分为三个乐段，其长短句结构如表所示。对绝大多数词作而言，上下阕长短句结构相同，有六十六字、六十四字、六十八字、六十九字、七十字等格式，上阕八句，四平韵或五平韵；下阕八句，三平韵或四平韵、五平韵。《康熙词谱》以六十六字体晁补之词、苏轼词、秦观词、韩玉词为正体或正

格。《行香子》的正格与变格如表所示，其中，上阕乐段一中的格式（1）和格式（2）、下阕乐段一中的格式（1）至格式（4）、上下阕乐段二和乐段三中的格式（1）为正格句式，其余为变格句式。

例一　行香子（六十六字）

（宋）晁补之

前岁栽桃，今岁成蹊。更黄鹂久住相知。微行清露，细履斜晖。对林中侣，闲中我，醉中谁。　何妨到老，常闲常醉，任功名生事俱非。衰颜难强，拙语多迟。但醉同行，月同坐，影同归。

注：该词上阕第一句至第三句为乐段一中的格式（1），第四句和第五句为乐段二中的格式（1），第六句至第八句为乐段三中的格式（1）；下阕第一句至第三句为乐段一中的格式（1），第四句和第五句为乐段二中的格式（1），第六句至第八句为乐段三中的格式（1）。全词双调，六十六字，上阕八句，四平韵；下阕八句，三平韵。

例二　行香子（六十六字）

（宋）苏　轼

携手江村。梅雪飘裙。情何限、处处消魂。故人不见，旧曲重闻。向望湖楼，孤山寺，涌金门。　寻常行处，题诗千首，绣罗衫、与拂红尘。别来相忆，知是何人。有湖中月，江边柳，陇头云。

注：该词上阕第一句至第三句为乐段一中的格式（2），第四句和第五句为乐段二中的格式（1），第六句至第八句为乐段三中的格式（1）；下阕第一句至第三句为乐段一中的格式（2），第四句和第五句为乐段二中的格式（1），第六句至第八句为乐段三中的格式（1）。全词双调，六十六字，上阕八句，五平韵；下阕八句，三平韵。

例三　行香子（六十六字）

（宋）苏　轼

绮席才终。欢意犹浓。酒阑时、高兴无穷。共夸君赐，初拆臣封。看分香饼，黄金缕，蜜云龙。　斗赢一水，功敌千钟。觉凉生、两腋清风。暂留红袖，少却纱笼。放笙歌散，庭馆静，略从容。

注：该词上阕第一句至第三句为乐段一中的格式（2），第四句和第五句为乐段二中的格式（1），第六句至第八句为乐段三中的格式（1）；下阕第一句至第三句为乐段一中的格式

（3），第四句和第五句为乐段二中的格式（1），第六句至第八句为乐段三中的格式（1）。全词双调，六十六字，上阕八句，五平韵；下阕八句，四平韵。

《行香子》的正格与变格（双调）

《行香子》上阕，八句，四平韵或五平韵
乐段一（三句，十五字）
＋｜－－（韵或句）＋｜－－（韵）｜＋－＋｜－－（韵） （1）
＋｜－－（韵或句）＋｜－－（韵）＋＋＋（读）＋｜＋－（韵） （2）
＋－＋｜（句）＋｜－－（韵）＋＋＋（读）＋｜＋－（韵） （3）

《行香子》上阕，八句，四平韵或五平韵	
乐段二（二句，八字或十字）	乐段三（三句，十字或九字）
＋－＋｜（句）＋｜－－（韵） （1）	｜＋－＋（句）＋＋｜（句）｜＋－－（韵） （1）
｜＋－＋｜（句）＋＋｜－（韵） （2）	＋＋＋（句）＋＋｜（句）｜＋－－（韵） （2）
	｜＋－＋（句）｜＋－｜（句）｜＋－－（韵） （3）

例四　行香子（六十六字）

（宋）秦　观

　　树绕村庄。水满陂塘。倚东风、豪兴徜徉。小园几许，收尽春光。有桃花红，李花白，菜花黄。　　远远苔墙。隐隐茅堂。飏青旗、流水桥傍。偶然乘兴，步过东冈。正莺儿啼，燕儿舞，蝶儿忙。

　　注：该词上阕第一句至第三句为乐段一中的格式（2），第四句和第五句为乐段二中的格式（1），第六句至第八句为乐段三中的格式（1）；下阕第一句至第三句为乐段一中的格式

（4），第四句和第五句为乐段二中的格式（1），第六句至第八句为乐段三中的格式（1）。全词双调，六十六字，上下阕各八句，五平韵。

《行香子》下阕，八句，三平韵或四平韵、五平韵
乐段一（三句，十五字）
＋－＋｜（句）＋－＋｜（句）｜＋－＋｜－－（韵） （1）
＋－＋｜（句）＋－＋｜（句）＋＋＋（读）＋｜－－（韵） （2）
＋－＋｜（句）｜－－（韵）＋＋＋（读）｜－－（韵） （3）
＋｜－－（韵或句）＋｜－－（韵或句）＋＋＋（读）＋｜－－（韵） （4）

《行香子》下阕，八句，三平韵或四平韵、五平韵	
乐段二（二句，八字或十字）	乐段三（三句，十字或九字）
＋－＋｜（句）＋｜－－（韵） （1)	｜＋－＋（句）＋＋｜（句）｜－－（韵） （1）
｜＋－＋｜（句）＋＋｜－－（韵） （2)	＋＋＋（句）＋＋｜（句）｜－－（韵） （2）
	｜＋－＋（句）｜＋－｜（句）｜＋－－（韵） （3）
	｜｜＋－＋（句）｜＋－｜（句）｜＋－－（韵） （4）

注：①上下阕乐段一格式"｜＋－＋｜－－（韵）"为"上一下六"句。②上下阕乐段三中的格式（1）"｜＋－＋（句）＋＋｜（句）｜－－（韵）"，常为一字领后面的三个三字句，领字宜用去声。格式"＋＋＋（句）＋＋｜（句）"，可平可仄三处或两处，宜有平有仄。

例五　行香子（六十六字）

（宋）韩　玉

　　一剪梅花，一见销魂。况溪桥、雪里前村。香传细蕊，春透灵根。更水清泠，云黯淡，月黄昏。　　幽过溪兰。清胜山矾。对东风、独立无言。霜寒塞垒，风净谯门。听角声悲，笛声怨，恨难论。

　　注：该词上阕第一句至第三句为乐段一中的格式（2），第四句和第五句为乐段二中的格式（1），第六句至第八句为乐段三中的格式（1）；下阕第一句至第三句为乐段一中的格式（4），第四句和第五句为乐段二中的格式（1），第六句至第八句为乐段三中的格式（1）。全词双调，六十六字，上阕八句，四平韵；下阕八句，五平韵。

例六　行香子（六十六字）

（宋）苏　轼

　　清夜无尘。月色如银。酒斟时、须满十分。浮名浮利，虚苦劳神。叹隙中驹，石中火，梦中身。　　虽抱文章，开口谁亲。且陶陶、乐尽天真。几时归去，作个闲人。对一张琴，一壶酒，一溪云。

　　注：该词上阕第一句至第三句为乐段一中的格式（2），第四句和第五句为乐段二中的格式（1），第六句至第八句为乐段三中的格式（1）；下阕第一句至第三句为乐段二中的格式（4），第四句和第五句为乐段二中的格式（1），第六句至第八句为乐段三中的格式（1）。全词双调，六十六字，上阕八句，五平韵；下阕八句，四平韵。

例七　行香子（六十六字）

（宋）苏　轼

　　一叶舟轻。双桨鸿惊。水天清、影湛波平。鱼翻藻鉴，鹭点烟汀。过沙溪急，霜溪冷，月溪明。　　重重似画，曲曲如屏。算当年、虚老严陵。君臣一梦，今古空名。但远山长，云山乱，晓山青。

　　注：该词上阕第一句至第三句为乐段一中的格式（2），第四句和第五句为乐段二中的格式（1），第六句至第八句为乐段三中的格式（1）；下阕第一句至第三句为乐段一中的格式（3），第四句和第五句为乐段二中的格式（1），第六句至第八句为乐段三中的格式（1）。全词双调，六十六字，上阕八句，五平韵；下阕八句，四平韵。

例八　行香子（六十四字）

（宋）赵长卿

骄马花骢。柳陌经从。小春天、十里和风。个人家住，曲巷墙东。好轩窗，好体面，好仪容。　　烛炧歌慵。斜月朦胧。夜新寒、斗帐香浓。梦回画角，云雨匆匆。恨相逢，恨分散，恨情钟。

注：该词上阕第一句至第三句为乐段一中的格式（2），第四句和第五句为乐段二中的格式（1），第六句至第八句为乐段三中的格式（2）；下阕第一句至第三句为乐段一中的格式（4），第四句和第五句为乐段二中的格式（1），第六句至第八句为乐段三中的格式（2）。全词双调，六十四字，上下阕各八句，五平韵。

例九　行香子（六十四字）

（宋）刘学箕

雪白肥鰊。墨黑修鲇。柳穿腮、大小相兼。金刀批脔，鲜活甘甜。或时熬，或时煮，或时腌。　　揎腕佳人，玉手纤纤。缕银丝、取意无厌。羹须淡煮，滋味重添。滴儿醯，呷儿酒，撮儿盐。

注：该词上阕第一句至第三句为乐段一中的格式（2），第四句和第五句为乐段二中的格式（1），第六句至第八句为乐段三中的格式（2）；下阕第一句至第三句为乐段一中的格式（4），第四句和第五句为乐段二中的格式（1），第六句至第八句为乐段三中的格式（2）。全词双调，六十四字，上阕八句，五平韵；下阕八句，四平韵。

例十　行香子（六十六字）

（宋）曹　勋

也爱休官。也爱清闲。谢神天、教我愚顽。眼前万事，都不相干。访好林峦，好洞府，好溪山。　　日月如盘。缺又还圆。自然他、虎踞龙蟠。河东上下，一撞三关。看也非悭，也非易，也非难。

注：该词上阕第一句至第三句为乐段一中的格式（2），第四句和第五句为乐段二中的格式（1），第六句至第八句为乐段三中的格式（1）；下阕第一句至第三句为乐段一中的格式（4），第四句和第五句为乐段二中的格式（1），第六句至第八句为乐段三中的格式（1）。全词双调，六十六字，上下阕各八句，五平韵。

例十一　行香子（六十八字）

（宋）杜安世

　　黄金叶细，碧玉枝纤。初暖日、当乍晴天。向武昌溪畔，于彭泽门前。陶潜影，张绪态，两相牵。　　数株堤面，几树桥边。嫩垂条、絮荡轻绵。系长江舴艋，拂深院秋千。寒食下，半和雨，半和烟。

　　注：该词上阕第一句至第三句为乐段一中的格式（3），第四句和第五句为乐段二中的格式（2），第六句至第八句为乐段三中的格式（2）；下阕第一句至第三句为乐段一中的格式（3），第四句和第五句为乐段二中的格式（2），第六句至第八句为乐段三中的格式（2）。全词双调，六十八字，上下阕各八句，四平韵。

例十二　行香子（六十九字）

（宋）李清照

　　草际鸣蛩。惊落梧桐。正人间天上愁浓。云阶月地，关锁千重。纵浮槎来，浮槎去，不相逢。　　星桥鹊驾，经年才见，想离情、别恨难穷。牵牛织女，莫是离中。甚一霎儿晴，一霎儿雨，一霎儿风。

　　注：该词上阕第一句至第三句为乐段一中的格式（1），第四句和第五句为乐段二中的格式（1），第六句至第八句为乐段三中的格式（1）；下阕第一句至第三句为乐段一中的格式（2），第四句和第五句为乐段二中的格式（1），第六句至第八句为乐段三中的格式（4）。全词双调，六十九字，上阕八句，五平韵；下阕八句，三平韵。

例十三　行香子（七十字）

（宋）傅大询

　　玉佩簪缨。罗袜生尘。问何时、来到湘滨。尧蓂五叶，二月阳春。一霎时风，一霎时雨，一霎时晴。　　有子鸣琴。有路登瀛。戏斑衣、温酒重斟。蟠桃难老，相伴长生。一千年花，一千年果，一千年人。

　　注：该词上阕第一句至第三句为乐段一中的格式（2），第四句和第五句为乐段二中的格式（1），第六句至第八句为乐段三中的格式（3）；下阕第一句至第三句为乐段二中的格式（4），第四句和第五句为乐段二中的格式（1），第六句至第八句为乐段三中的格式（3）。全词双调，七十字，上下阕各八句，五平韵。

卷十五

酷 相 思

调见《书舟雅词》。

《酷相思》的长短句结构

上阕，两个乐段		下阕，两个乐段	
乐段一（十三字）	乐段二（二十字）	乐段一（十三字）	乐段二（二十字）
7　　　33	35　　33　　33	7　　　33	35　　33　　33

《康熙词谱》只收集一体《酷相思》，双调，上下阕分别可分为两个乐段，其长短句结构如表所示。该调六十六字，上下阕各五句，四仄韵一叠韵。该调的基本格式如表所示。

《酷相思》的基本格式（双调）

《酷相思》上阕，五句，四仄韵一叠韵	
乐段一（二句，十三字）	乐段二（三句，二十字）
＋｜＋－－｜｜（韵）＋＋｜（读）－＋｜（韵）	＋＋｜（读）＋－－｜｜（韵）＋＋｜（读）－＋｜（韵）＋＋｜（读）－＋｜（韵）

《酷相思》下阕，五句，四仄韵一叠韵	
乐段一（二句，十三字）	乐段二（三句，二十字）
＋｜＋－－｜｜（韵）＋＋｜（读）－＋｜（韵）	＋＋｜（读）＋－－｜｜（韵）＋＋｜（读）－＋｜（韵）＋＋｜（读）－＋｜（韵）

例　酷相思（六十六字）

（宋）程　垓

　　月挂霜林寒欲坠。正门外、催人起。奈离别、如今真个是。欲住也、留无计。欲去也、来无计。　　马上离情衣上泪。各自个、供憔悴。问江路、梅花开也未。春到也、须频寄。人到也、须频寄。

　　注：全词双调，六十六字，上下阕各五句，四仄韵一叠韵。

解　佩　令

　　调见《小山乐府》。按《楚辞》："捐予佩兮澧浦。"《韩诗外传》：郑交甫遇汉皋神女解佩。调名取此。

《解佩令》的长短句结构

上阕，两个乐段		下阕，两个乐段	
乐段一（三句，十五字或十六字）	乐段二（三句，十八字或十七字）	乐段一（三句，十五字）	乐段二（三句，十八字）
4　4　34	4　34　34	4　4　34	4　34　34
4　4　8	4　6　34		4　7　34

　　《康熙词谱》共收集五体《解佩令》，上下阕分别可分为两个乐段，其长短句结构如表所示。该调有六十六字或六十五字、六十七字等格式，上阕六句，四仄韵或五仄韵、三仄韵两叠韵、三仄韵；下阕六句，三仄韵或四仄韵、五仄韵、四仄韵一叠韵。《康熙词谱》以六十六字体晏几道词为标谱词例。该调的正格与变格如表所示，其中，上下阕各乐段中的格式（1）为正格句式，其余为变格句式。

例一　解佩令（六十六字）

（宋）晏几道

　　玉阶秋感，年华暗去。掩深宫、团扇无绪。记得当时，自剪下、机中轻素。点丹青、画成秦女。　　凉襟犹在，朱弦未改，忍霜纨、飘零何处。自古悲凉，是情事、轻如云雨。倚幺弦、恨长难诉。

注：该词上阕第一句至第三句为乐段一中的格式（1），第四句至第六句为乐段二中的格式（1）；下阕第一句至第三句为乐段一中的格式（1），第四句至第六句为乐段二中的格式（1）。全词双调，六十六字，上阕六句，四仄韵；下阕六句，三仄韵。

《解佩令》的正格与变格（双调）

《解佩令》上阕，六句，四仄韵或五仄韵、三仄韵两叠韵、三仄韵	
乐段一（三句，十五字或十六字）	乐段二（三句，十八字或十七字）
＋－＋｜（句）＋－＋｜（韵）＋＋＋（读）＋＋－｜（韵） （1）	＋｜－－（句）＋＋＋（读）＋－＋｜（韵）＋＋＋（读）＋－＋｜（韵） （1）
＋－＋｜（句或韵）＋＋－｜（韵）＋＋＋（读）＋－＋｜（韵） （2）	＋｜－－（句）＋｜＋－＋｜（韵）＋＋＋（读）＋－＋｜（韵） （2）
＋－＋｜（韵）＋－＋｜（叠）＋＋＋（读）＋｜＋｜（叠） （3）	
＋－＋｜（句）＋－＋｜（句）｜＋－＋｜－－｜（韵） （4）	

《解佩令》下阕，六句，三仄韵或四仄韵、五仄韵、四仄韵一叠韵	
乐段一（三句，十五字）	乐段二（三句，十八字）
＋－＋｜（句）＋－＋｜（句或韵）＋＋＋（读）＋－＋｜（韵） （1）	＋｜－－（句）＋＋＋（读）＋－＋｜（韵）＋＋＋（读）＋－＋｜（韵） （1）
＋－＋｜（韵）＋－＋｜（韵）＋＋＋（读）＋＋＋｜（韵） （2）	＋｜－－（句）｜＋｜＋－＋｜（韵）＋＋＋（读）＋｜＋｜（韵） （2）
＋－＋｜（韵）＋－＋｜（叠）＋＋＋（读）＋－＋｜（韵） （3）	

注：下阕乐段二中格式"｜＋｜＋－＋｜（韵）"为"上一下六"句式。

例二　解佩令（六十六字）
（宋）许冲元

蕙兰无韵，桃李堪扫。都不数、凡花闲草。对月临风，长是伊、故来相恼。和魂梦、披他香到。　　江头陇畔，争先占早。一枝枝、看来总好。似恁风标，待发愿、春前祈祷。祝东君、放教不老。

注：该词上阕第一句至第三句为乐段一中的格式（2），第四句至第六句为乐段二中的格式（1）；下阕第一句至第三句为乐段一中的格式（1），第四句至第六句为乐段二中的格式（1）。全词双调，六十六字，上下阕各六句，四仄韵。

例三　解佩令（六十六字）
（宋）王庭珪

湘江停瑟，洛川回雪。是耶非、相逢飘瞥。云鬟风裳，照心事、娟娟山月。剪烟花、带萝同结。　　留环盟切。贻珠情彻。解携时、玉声愁绝。罗袜尘生，早波面、春痕欲灭。送人行、水声凄咽。

注：该词上阕第一句至第三句为乐段一中的格式（2），第四句至第六句为乐段二中的格式（1）；下阕第一句至第三句为乐段一中的格式（2），第四句至第六句为乐段二中的格式（1）。全词双调，六十六字，上阕六句，四仄韵；下阕六句，五仄韵。

例四　解佩令（六十六字）
（宋）史达祖

人行花坞。衣沾香雾。有新词、逢春分付。屡欲传情，奈燕子、不曾飞去。倚珠帘、咏郎秀句。　　相思一度。浓愁一度。最难忘、遮灯私语。淡月梨花，借梦来、花边廊庑。指春衫、泪曾溅处。

注：该词上阕第一句至第三句为乐段一中的格式（2），第四句至第六句为乐段二中的格式（1）；下阕第一句至第三句为乐段一中的格式（3），第四句至第六句为乐段二中的格式（1）。全词双调，六十六字，上阕六句，五仄韵；下阕六句，四仄韵一叠韵。

例五　解佩令（六十五字）
（宋）蒋　捷

春晴也好。春阴也好。着些儿、春雨越好。春雨如丝，绣出花枝红袅。怎禁他、孟婆合皂。　　梅花风悄。杏花风小。海棠风、蓦地寒峭。

岁岁春光，被二十四风吹老。楝花风、尔且慢到。

注：该词上阕第一句至第三句为乐段一中的格式（3），第四句至第六句为乐段二中的格式（2）；下阕第一句至第三句为乐段一中的格式（2），第四句至第六句为乐段二中的格式（2）。全词双调，六十五字，上阕六句，三仄韵两叠韵；下阕六句，五仄韵。

例六　解佩令（六十七字）

（清）朱彝尊

十年磨剑，五陵结客，把平生涕泪都飘尽。老去填词，一半是、空中传恨。几曾围、燕钗蝉鬓。　　不师秦七，不师黄九，倚新声、玉田差近。落拓江湖，且分付、歌筵红粉。料封侯、白头无分。

注：该词上阕第一句至第三句为乐段一中的格式（4），第四句至第六句为乐段二中的格式（1）；下阕第一句至第三句为乐段一中的格式（1），第四句至第六句为乐段二中的格式（1）。全词双调，六十七字，上下阕各六句，三仄韵。

垂　丝　钓

《中原音韵》注"商角调"；《太平乐府》注"商调"。

《垂丝钓》的长短句结构

《垂丝钓》上阕，三个乐段						
乐段一（十字）		乐段二（八字或九字）		乐段三（十一字）		
4	6	4	4	3	5	3
		5	3			
		4	5			

《垂丝钓》下阕，三个乐段						
乐段一（十五字）			乐段二（九字）		乐段三（十三字）	
5	4	6	4	5	5	3	5

注：《康熙词谱》共收集四体《垂丝钓》，上下阕共十五句，有三体按上阕八句，下阕七句分段；有一体按上阕七句，下阕八句分段。综合长短句结构分析，并分析词句的意思，似统一按上阕七句，下阕八句为宜。

《康熙词谱》共收集《垂丝钓》四体,双调,上下阕分别可分为三个乐段,其长短句结构如表所示。该调有六十六字或六十七字等格式,上阕七句,六仄韵或五仄韵;下阕八句,七仄韵或六仄韵;《康熙词谱》以六十六字体周邦彦词为正体或正格。该调的正格与变格如表所示,其中,上下阕各乐段中的格式(1)为正格句式,其余为变格句式。

《垂丝钓》的正格与变格(双调)

《垂丝钓》上阕,七句,六仄韵或五仄韵		
乐段一(二句,十字)	乐段二(二句,八字或九字)	乐段三(三句,十一字)
＋ － ＋ ｜(韵) ＋ － ＋ ｜ －｜(韵) (1)	＋ ｜ ＋ －(句)＋ ＋ －｜(韵) (1)	－ ＋ ｜(韵)｜ ＋ －｜(韵)＋ － ｜(韵)
＋ － ＋ ｜(句) ＋ － ＋ ｜ －｜(韵) (2)	｜ ＋ ｜ －(句)－ ＋ ｜｜(韵) (2) ＋ ｜ － －(句)｜ ＋ ＋ ｜(韵) (3)	

《垂丝钓》下阕,八句,七仄韵或六仄韵		
乐段一(三句,十五字)	乐段二(二句,九字)	乐段三(三句,十三字)
｜ ＋ － ＋ ｜(韵) ＋ － ＋ ｜(句)＋ － ＋ ｜ －｜(韵) (1)	＋ － ＋ ｜(韵)＋ ｜ － －｜(韵)	＋ ｜ － －｜(韵)－ ＋ ｜(韵)｜ ＋ － ＋ ｜(韵)
｜ ＋ － ＋ ｜(句) ＋ ＋ ＋ ｜(句)＋ － ＋ ｜ －｜(韵) (2)		

例一 垂丝钓(六十六字)

(宋)周邦彦

镂金翠羽。妆成才见眉妩。倦倚绣帘,看舞风絮。愁几许?寄凤丝雁柱。春将暮。　　向层城苑路。钿车似水，时时花径相遇。旧游伴侣。还到曾来处。门掩风和雨。梁燕语。问那人在否？

注：该词上阕第一句和第二句为乐段一中的格式（1），第三句和第四句为乐段二中的格式（1）；下阕第一句至第三句为乐段一中的格式（1）。全词双调，六十六字，上阕七句，六仄韵；下阕八句，七仄韵。

例二　垂丝钓（六十六字）
（宋）吴文英

听风听雨，春残花落门掩。乍倚玉栏，旋剪夭艳。携醉靥。放溯溪游缆。波光闪。　　映烛花黯淡。碎霞澄水，吴宫初试菱鉴。旧情顿减。孤负深杯滟。衣露天香染。通夜饮。问漏移几点？

注：该词上阕第一句和第二句为乐段一中的格式（2），第三句和第四句为乐段二中的格式（1）；下阕第一句至第三句为乐段一中的格式（1）。全词双调，六十六字，上阕七句，五仄韵；下阕八句，七仄韵。

例三　垂丝钓（六十六字）
（宋）杨无咎

燕将旧侣。呢喃终日相语。似惜别离情，知几许？谁与度？为向人代诉。空朝暮。　　漫千言百句。怎生会得，争如作个青羽。又闻院宇。不在当时住。飞去无寻处。肠万缕。寄暴风横雨。

注：该词上阕第一句和第二句为乐段一中的格式（1），第三句和第四句为乐段二中的格式（2）；下阕第一句至第三句为乐段一中的格式（1）。全词双调，六十六字，上阕七句，六仄韵；下阕八句，七仄韵。

例四　垂丝钓（六十七字）
（宋）袁去华

江枫秋老。晓来红叶如扫。暮雨生寒，正北风低草。宾鸿早。乱半川残照。伤怀抱。　　记西园饮处，微云弄月，梅花人面争好。路长信杳。度日房栊悄。还是黄昏到。归梦少。纵梦归易觉。

注：该词上阕第一句和第二句为乐段一中的格式（1），第三句和第四句为乐段二中的格式（3）；下阕第一句至第三句为乐段一中的格式（2）。全词双调，六十七字，上阕七句，六仄韵；下阕八句，六仄韵。

谢 池 春

李石词名《风中柳》；《高丽史》无名氏词，名《风中柳令》；孙道绚词名《玉莲花》；黄澄词名《卖花声》。

《谢池春》的长短句结构

《谢池春》上阕，四个乐段			
乐段一（十字或八字）	乐段二（七字）	乐段三（九字或八字）	乐段四（七字）
4　　6 4　　4	34	4　　5 4　　4 5　　4	34

《谢池春》下阕，四个乐段			
乐段一（十字）	乐段二（七字）	乐段三（九字或八字）	乐段四（七字）
4　　6 4　　33	34	4　　5 4　　4 5　　4	34

《康熙词谱》共收集《谢池春》三体，双调，上下阕分别可分为四个乐段，其长短句结构如表所示。该调有六十六字或六十四字等格式，上下阕各六句，四仄韵或五仄韵，《康熙词谱》以六十六字体陆游词为正体或正格。该调的正格与变格如表所示，其中，上下阕各乐段中的格式（1）为正格句式，其余为变格句式。

例一　谢池春（六十六字）

（宋）陆　游

贺监湖边，初系放翁归棹。小园林、时时醉倒。春眠惊起，听啼莺催晓。叹功名、误人堪笑。　　朱桥翠径，不许京尘飞到。挂朝衣、东归欠早。连宵风雨，卷残红如扫。恨樽前、送春人老。

注：该词上阕第一句和第二句为乐段一中的格式（1），第四句和第五句为乐段三中的格式（1）；下阕第一句和第二句为乐段一中的格式（1），第四句和第五句为乐段三中的格式（1）。全词双调，六十六字，上下阕各六句，四仄韵。

《谢池春》的正格和变格（双调）

《谢池春》上阕，六句，四仄韵或五仄韵	
乐段一（二句，十字或八字）	乐段二（一句，七字）
＋｜－－（句）＋｜＋－＋｜（韵） （1）	｜＋＋（读）＋｜－＋｜（韵）
＋｜－－（句）＋－＋｜（韵） （2）	

《谢池春》上阕，六句，四仄韵或五仄韵	
乐段三（二句，九字或八字）	乐段四（一句，七字）
＋－＋｜（句）｜＋－＋｜（韵） （1）	｜＋＋（读）＋｜－＋｜（韵）
＋－＋｜（韵）＋－＋｜（韵） （2）	
＋－＋｜｜（句）＋－＋｜（韵） （3）	

例二　谢池春（六十四字）

（元）刘　因

我本渔樵，不是白驹空谷。对西山、悠然自足。北窗疏竹。南窗丛菊。爱村居、数间茅屋。　　凤烟草屦，满意一川平绿。问前溪、今朝酒熟。幽禽歌曲。清泉琴筑。欲归来、故人留宿。

注：该词上阕第一句和第二句为乐段一中的格式（1），第四句和第五句为乐段三中的格式（2）；下阕第一句和第二句为乐段一中的格式（1），第四句和第五句为乐段三中的格式（2）。全词双调，六十四字，上下阕各六句，五仄韵。

《谢池春》下阕，六句，四仄韵或五仄韵	
乐段一（二句，十字）	乐段二（一句，七字）
＋－＋｜（句）＋｜＋－＋｜（韵） （1）	｜＋＋（读）＋－＋｜（韵）
＋－＋｜（句）｜＋＋（读）－｜（韵） （2）	

《谢池春》下阕，六句，四仄韵或五仄韵	
乐段三（二句，九字或八字）	乐段四（一句，七字）
＋－＋｜（句）｜＋－＋｜（韵） （1）	｜＋＋（读）＋－＋｜（韵）
＋－＋｜（韵）＋－＋｜（韵） （2）	
｜－＋＋｜（句）＋－＋｜（韵） （3）	

注：下阕乐段三中的格式"｜－＋＋｜（句）"，为"上一下四"句式。

例三　谢池春（六十四字）

《高丽史·乐志》无名氏

爱鬓云长，惜眉山翠。乍相见、一时眠起。为伊尚未欲，将言相戏。早樽前、会人深意。　霎时间阻，眼儿早、巴巴地。便也解、封题相寄。怎生是欹曲，终成连理。管胜如、旧来识底。

注：该词上阕第一句和第二句为乐段一中的格式（2），第四句和第五句为乐段三中的格式（3）；下阕第一句和第二句为乐段一中的格式（2），第四句和第五句为乐段三中的格式（3）。全词双调，六十四字，上下阕各六句，四仄韵。

胜 胜 令

俞克成词名《声声令》。

《胜胜令》的长短句结构

《胜胜令》上阕，四个乐段			
乐段一（八字）	乐段二（七字）	乐段三（十字）	乐段四（七字）
4　4	7	4　3　3	34

《胜胜令》下阕，四个乐段			
乐段一（十字）	乐段二（七字）	乐段三（十字）	乐段四（七字）
4　3　3	7	4　3　3	34

《康熙词谱》共收集两体《胜胜令》，双调，上下阕分别可分为四个乐段，其长短句结构如表所示。该调六十六字，上阕七句，四平韵；下阕八句，四平韵或六平韵，其基本格式如表所示。

《胜胜令》的基本格式（双调）

《胜胜令》上阕，七句，四平韵	
乐段一（二句，八字）	乐段二（一句，七字）
＋ － ＋ ｜（句）＋ ｜ － －（韵）	＋ － ＋ ｜ ｜ － －（韵）

《胜胜令》上阕，七句，四平韵	
乐段三（三句，十字）	乐段四（一句，七字）
＋ － ＋ ｜（句）｜ － ＋（句）｜ －（韵）	＋ ＋ ＋（读）＋ ｜ ＋ －（韵）

《胜胜令》下阕，八句，四平韵或六平韵	
乐段一（三句，十字）	乐段二（一句，七字）
＋｜－－（句或韵）＋＋＋｜（句）｜－－（韵）	＋－＋｜｜－－（韵）

《胜胜令》下阕，八句，四平韵或六平韵	
乐段三（三句，十字）	乐段四（一句，七字）
＋－＋｜（句）｜－＋（句或韵）｜－－（韵）	＋＋＋（读）＋｜＋－（韵）

例一　胜胜令（六十六字）

（宋）曹　勋

梅风吹粉，柳影摇金。渐看春意入芳林。波明草嫩，据征鞍，晚烟沉。向野馆、愁绪怎禁。　过了烧灯，醉别院，阻同寻。琐窗还是冷瑶琴。灯花谢也，拥春寒，掩闲衾。念翠屏、应倚夜深。

注：全词双调，六十六字，上阕七句，四平韵；下阕八句，四平韵。

例二　胜胜令（六十六字）

（宋）俞克成

帘移碎影，香褪衣襟。旧家庭院嫩苔侵。东风过尽，暮云锁，绿窗深。怕对人、闲枕剩衾。　楼底轻阴。春信断，怯登临。断肠魂梦两沉沉。花飞水远，便从今。莫追寻。又怎禁、蓦地上心。

注：全词双调，六十六字，上阕七句，四平韵；下阕八句，六平韵。

玉　梅　令

姜夔自度高平调曲，因词中有"玉梅几树"句，取以为名。

《玉梅令》的长短句结构

上阕，两个乐段		下阕，两个乐段	
乐段一（十六字）	乐段二（十七字）	乐段一（十六字）	乐段二（十七字）
4　5　34	5　5　3　4	4　5　34	5　5　34

《康熙词谱》只收集一体《玉梅令》，双调，上下阕分别可分为两个乐段，其长短句结构如表所示。该调六十六字，上阕七句，四仄韵；下阕六句，三仄韵，其基本格式如表所示。

《玉梅令》的基本格式（双调）

《玉梅令》上阕，七句，四仄韵	
乐段一（三句，十六字）	乐段二（四句，十七字）
＋－＋｜（韵）＋｜－－｜（韵） ＋＋＋（读）＋－＋｜（韵）	｜＋－＋｜（句）＋｜｜－－（句） －｜｜（句）＋－＋｜（韵）

《玉梅令》下阕，六句，三仄韵	
乐段一（三句，十六字）	乐段二（三句，十七字）
＋－＋｜（句）＋｜－－｜（韵） ＋＋＋（读）＋－＋｜（韵）	｜＋－＋｜（句）＋｜｜－－（句） ＋＋＋（读）＋－＋｜（韵）

例　玉梅令（六十六字）

（宋）姜　夔

疏疏雪片。散入溪南苑。春寒锁、旧家亭馆。有玉梅几树，背立怨东风，花未吐，暗香已远。　公来领客，梅下花能劝。花长好、愿公更健。便揉春为酒，剪雪作新诗，拌一日、绕花千转。

注：全词双调，六十六字，上阕七句，四仄韵；下阕六句，三仄韵。

青　玉　案

　　汉张衡《四愁诗》："何以报之青玉案。"调名取此。《中原音韵》注"双调"；《太和正音谱》注"高平调"；蒋氏《九宫谱目》入"中吕引子"；韩淲词有"苏公堤上西湖路"句，名《西湖路》。

《青玉案》的长短句结构

上阕，两个乐段		下阕，两个乐段	
乐段一（十三字或十四字、十二字）	乐段二（二十字）	乐段一（十四字或十三字、十五字）	乐段二（二十字）
7　　33 7　　7 7　　6 7　　5	7　4　4　5 7　7　33	7　　7 7　　33 7　　35	7　4　4　5 7　7　33

　　《康熙词谱》共收集《青玉案》十三体，双调，上下阕分别可分为两个乐段，其长短句结构如表所示。该调有六十七字或六十六字、六十八字、六十九字等格式，上下阕各六句或五句，五仄韵或四仄韵、五仄韵一叠韵。大多数词例上下阕（特别是乐段二）的长短句结构相同。《康熙词谱》以六十七字体贺铸词、苏轼词和六十六字体毛滂词、史达祖词为正体或正格。《青玉案》的正格与变格如表所示，其中，上下阕各乐段中的格式（1）和下阕乐段一中的格式（2）为正格句式，其余为变格句式。

例一　青玉案（六十七字）
（宋）贺　铸

　　凌波不过横塘路。但目送、芳尘去。锦瑟年华谁与度。月楼花院，绮窗朱户。惟有春知处。　　碧云冉冉蘅皋暮。彩笔空题断肠句。试问闲愁知几许。一川烟草，满城风絮。梅子黄时雨。

注：该词上阕第一句和第二句为乐段一中的格式（1），第三句至第六句为乐段二中的格式（1）；下阕第一句和第二句为乐段一中的格式（1），第三句至第六句为乐段二中的格式（1）。全词双调，六十七字，上下阕各六句，五仄韵。

《青玉案》的正格与变格（双调）

《青玉案》上阕，六句或五句，五仄韵或四仄韵、五仄韵一叠韵	
乐段一 （二句，十三字或十四字、十二字）	乐段二 （四句或三句，二十字）
＋ － ＋ ｜ － － ｜（韵）＋ ＋ ｜（读）－ － ｜（韵） （1）	＋ ｜ ＋ － － ｜ ｜（韵）＋ － ＋ ｜（句）＋ － ＋ ｜（韵或句）＋ ｜ ＋ － ｜（韵） （1）
＋ － ＋ ｜ － － ｜（韵）＋ ｜ ＋ － ＋ ｜（韵） （2）	＋ ＋ － － ｜ ｜（韵）＋ － ＋ ｜（句）｜ ＋ － ＋（句）＋ ｜ ＋ － ｜（韵） （2）
＋ － ＋ ｜ － － ｜（韵）＋ ｜ － － ｜ － ｜（韵） （3）	＋ ｜ ＋ － － ｜ ｜（韵）＋ － ＋ ｜（韵）＋ － ＋ ｜（叠）＋ ｜ ＋ － ｜（韵） （3）
＋ － ＋ ｜ － － ｜（韵）＋ ＋ ｜ ｜ － － ｜（韵） （4）	＋ ｜ ＋ － － ＋ ｜（韵）＋ － ＋ ｜ ＋ ｜（韵）＋ ＋ ｜（读）－ － ｜（韵） （4）
＋ － ＋ ｜ － － ｜（韵）＋ ｜ － － ｜（韵） （5）	＋ ｜ ＋ － － ｜ ｜（韵）＋ － ＋ ｜ ｜ － －（句）＋ ＋ ｜（读）－ － ｜（韵） （5）

乐段一 （二句，十四字或十三字、十五字）	乐段二 （四句或三句，二十字）
《青玉案》下阕，六句或五句，四仄韵或五仄韵、五仄韵一叠韵	
＋－＋｜－－｜（韵）＋｜－－｜－｜－｜（韵） （1）	＋｜＋－｜｜（韵）＋－＋｜（句）＋－＋｜（韵或句）＋｜－－｜（韵） （1）
＋－＋｜－－｜（韵）＋｜＋｜（读）－－｜（韵） （2）	＋｜＋－｜｜（韵）＋－＋｜（句）＋｜－－（句）＋｜－－｜（韵） （2）
＋－＋｜－－｜（韵）＋｜－－｜｜（韵） （3）	＋｜＋－｜｜（韵）＋－＋｜（句）＋－＋｜（叠）＋｜－－｜（韵） （3）
＋－＋｜－－｜（韵）＋＋｜（读）－－｜＋｜（韵） （4）	＋｜－－｜＋｜（韵）＋｜－－｜＋｜（韵）＋＋｜（读）－－｜（韵） （4）

例二　青玉案（六十七字）

（宋）苏　轼

三年枕上吴中路。遣黄耳、随君去。若到松江呼小渡。莫惊鸥鹭，四桥尽是，老子经行处。　辋川图上看春暮。常记高人右丞句。作个归期天已许。春衫犹是，小蛮针线，曾湿西湖雨。

注：该词上阕第一句和第二句为乐段一中的格式（1），第三句至第六句为乐段二中的格式（1）；下阕第一句和第二句为乐段一中的格式（1），第三句至第六句为乐段二中的格式（1）。全词双调，六十七字，上下阕各六句，四仄韵。

例三　青玉案（六十六字）

（宋）毛 滂

芙蕖花上濛濛雨。又冷落、池塘暮。何处风来摇碧户。卷帘凝望，淡烟疏柳，翡翠穿花去。　玉京人去无由驻。忍独在、凭阑处。试问绿窗秋到否。可人今夜，新凉一枕，无计相分付。

注：该词上阕第一句和第二句为乐段一中的格式（1），第三句至第六句为乐段二中的格式（1）；下阕第一句和第二句为乐段一中的格式（2），第三句至第六句为乐段二中的格式（1）。全词双调，六十六字，上下阕各六句，四仄韵。

例四　青玉案（六十六字）

（宋）史达祖

蕙花老尽离骚句。绿染遍、江头树。日午酒消听骤雨。青榆钱小，碧苔钱古。难买东君住。　官河不碍遗鞭路。被芳草、将愁去。多定红楼帘影暮。兰灯初上，夜香初炷。犹自听鹦鹉。

注：该词上阕第一句和第二句为乐段一中的格式（1），第三句至第六句为乐段二中的格式（1）；下阕第一句和第二句为乐段一中的格式（2），第三句至第六句为乐段二中的格式（1）。全词双调，六十六字，上下阕各六句，五仄韵。

例五　青玉案（六十八字）

（宋）李弥逊

杨花尽教难拘管。也解趁、飞红伴。骢马无情人渐远。沙平浅渡，雨湿孤村，何处长亭晚。　欲凭桃叶传春怨。莫不似、斜风倩双燕。纵得书来春又换。只将心事，分付眉尖，寂寞梨花院。

注：该词上阕第一句和第二句为乐段一中的格式（1），第三句至第六句为乐段二中的格式（2）；下阕第一句和第二句为乐段一中的格式（4），第三句至第六句为乐段二中的格式（2）。全词双调，六十八字，上下阕各六句，四仄韵。

例六　青玉案（六十六字）

（宋）张 炎

万红梅里幽深处。甚杖屦、来何暮。草带湘香穿水树。尘留不住。云留却住。壶内藏今古。　独清懒入终南去。有忙事、修花谱。骑省不须重作赋。园中成趣。琴中得趣。酒醒听风雨。

注：该词上阕第一句和第二句为乐段一中的格式（1），第三句至第六句为乐段二中的格式（3）；下阕第一句和第二句为乐段一中的格式（2），第三句至第六句为乐段二中的格式（3）。全词双调，六十六字，上下阕各六句，五仄韵一叠韵。

例七　青玉案（六十八字）
（宋）吴　潜

人生南北如歧路。惆怅方回断肠句。四野碧云秋日暮。苇汀芦岸，落霞残照，时有鸥来去。　一杯渺渺怀今古。万事悠悠付寒暑。青箬绿蓑便野处。有山堪采，有溪堪钓，归计聊如许。

注：该词上阕第一句和第二句为乐段一中的格式（3），第三句至第六句为乐段二中的格式（1）；下阕第一句和第二句为乐段一中的格式（1），第三句至第六句为乐段二中的格式（1）。全词双调，六十八字，上下阕各六句，四仄韵。

例八　青玉案（六十七字）
（宋）李清照

征鞍不见邯郸路。莫便匆匆归去。秋风萧条何以度。明窗小酌，暗灯清话，最好留连处。　相逢各自伤迟暮。犹把新诗诵奇句。盐絮家风人所许。如今憔悴，但余双泪，一似黄梅雨。

注：该词上阕第一句和第二句为乐段一中的格式（2），第三句至第六句为乐段二中的格式（2）；下阕第一句和第二句为乐段一中的格式（1），第三句至第六句为乐段二中的格式（1）。全词双调，六十七字，上下阕各六句，四仄韵。

例九　青玉案（六十八字）
（宋）曹　组

碧山锦树明秋霁。路转陡疑无地。忽有人家临曲水。竹篱茅舍，酒旗沙岸，一簇渔樵市。　凄凉只恐乡心起。凤楼远、回头漫凝睇。何处今宵孤馆里。一声征雁，半窗明月，总是离人泪。

注：该词上阕第一句和第二句为乐段一中的格式（2），第三句至第六句为乐段二中的格式（1）；下阕第一句和第二句为乐段一中的格式（4），第三句至第六句为乐段二中的格式（1）。全词双调，六十八字，上下阕各六句，四仄韵。

例十　青玉案（六十八字）

（宋）毛　滂

今宵月好来同看。月未落、人还散。把手留连帘儿畔。含羞和恨转娇盼。任花映、春风面。　　相思不用宽金钏。也不用、多情似玉燕。问取婵娟学长远。不必清光夜夜见。但莫负、团圆愿。

注：该词上阕第一句和第二句为乐段一中的格式（1），第三句至第五句为乐段二中的格式（4）；下阕第一句和第二句为乐段一中的格式（4），第三句至第五句为乐段二中的格式（4）。全词双调，六十八字，上下阕各五句，五仄韵。

例十一　青玉案（六十八字）

（宋）赵长卿

梅黄又见纤纤雨。客里情怀两眉聚。何处烟村啼杜宇。劝人归去早思家，转听得、声声苦。　　利名萦绊何时住。恼乱愁肠成万缕。满眼兴亡知几许。不如寻个，老松石畔，作个柴门户。

注：该词上阕第一句和第二句为乐段二中的格式（3），第三句至第五句为乐段二中的格式（5）；下阕第一句和第二句为乐段一中的格式（3），第三句至第六句为乐段二中的格式（1）。全词双调，六十八字，上阕五句，四仄韵；下阕六句，四仄韵。

例十二　青玉案（六十七字）

（金）元好问

落红吹满沙头路。似总为、春时去。花落花开春几度。多情惟有，画梁双燕，知道春归处。　　镜中冉冉韶华暮。欲写幽怀恨无句。九十花期能几许。一卮芳酒，一襟清泪，寂寞西窗雨。

注：该词上阕第一句和第二句为乐段一中的格式（1），第三句至第六句为乐段二中的格式（1）；下阕第一句和第二句为乐段一中的格式（1），第三句至第六句为乐段二中的格式（1）。全词双调，六十七字，上下阕各六句，四仄韵。

例十三　青玉案（六十七字）

（宋）杨　基

平湖过雨清如鉴。柳下卖花船缆。雌蝶雄蜂飞绕槛。杏花终是，轻红嫩白，不比梨花淡。　　一春能几花前探。天气无凭故相赚。晴不多时阴亦暂。一回风雨，一回烟雾，何处堪登览。

注：该词上阕第一句和第二句为乐段一中的格式（2），第三句至第六句为乐段二中的格式（1）；下阕第一句和第二句为乐段一中的格式（1），第三句至第六句为乐段二中的格式（1）。全词双调，六十七字，上下阕各六句，四仄韵。

例十四　青玉案（六十九字）

（宋）胡　铨

宜霜开尽秋光老。感动节物愁多少。尘世难逢开口笑。满林风雨，一江烟水，飒爽惊吹帽。　　玉堂金马何须到。且斗取、尊前玉山倒。燕寝香清官事了。紫萸黄菊，皂罗红袂，花与人俱好。

注：该词上阕第一句和第二句为乐段一中的格式（4），第三句至第六句为乐段二中的格式（1）；下阕第一句和第二句为乐段一中的格式（4），第三句至第六句为乐段二中的格式（1）。全词双调，六十九字，上下阕各六句，四仄韵。

例十五　青玉案（六十六字）

（宋）赵长卿

恍如辽鹤归华表。阅尽人间巧。天乞一堂山对绕。微波不动，岸巾时照。照见星星好。　　舞风荷盖从敧倒。碧树生凉自天杪。谁识元龙胸次浩。骑鲸欲去，引杯独啸。醉眼青天小。

注：该词上阕第一句和第二句为乐段一中的格式（5），第三句至第六句为乐段二中的格式（1）；下阕第一句和第二句为乐段一中的格式（1），第三句至第六句为乐段二中的格式（1）。全词双调，六十六字，上下阕各六句，五仄韵。

感　皇　恩

唐教坊曲名。陈旸《乐书》："祥符中，诸工请增龟兹部如教坊，其曲有双调《感皇恩》。"金词注"大石调"，《中原音韵》注"南吕宫"。党怀英词名《叠萝花》。

《感皇恩》的长短句结构

上阕，三个乐段		
乐段一 （十六字或十四字、十五字）	乐段二 （十字或十二字）	乐段三 （八字或七字）
5　4　7	4　　6	5　　3
5　4　5	2　4　6	7
4　4　7		

下阕，三个乐段		
乐段一 （十五字或十三字、十六字）	乐段二 （十字或十二字）	乐段三 （八字或九字、七字）
4　4　7	4　　6	5　　3
4　4　5	2　4　6	33　3
4　5　7		7

《感皇恩》双调，其长短句结构如表所示。该调有六十七字或六十八字、六十六字、六十五字等格式。上下阕各七句或八句、六句，四仄韵或五仄韵、六仄韵。《康熙词谱》以六十七字体毛滂词为正体或正格。该调的正格与变格如表所示，其中，上下阕各乐段中的格式（1）为正格句式，其余为变格句式。

例一　感皇恩（六十七字）

（宋）毛　滂

绿水小河亭，朱栏碧甃。江月娟娟上高柳。画楼缥缈，尽挂窗纱帘绣。月明知我意，来相就。　　银字吹笙，金貂取酒。小小微风弄襟袖。宝熏浓炷，人共博山烟瘦。露凉钗燕冷，更深后。

注：该词上阕第一句至第三句为乐段一中的格式（1），第四句和第五句为乐段二中的格式（1），第六句和第七句为乐段三中的格式（1）；下阕第一句至第三句为乐段一中的格式（1），第四句和第五句为乐段二中的格式（1），第六句和第七句为乐段三中的格式（1）。全词双调，六十七字，上下阕各七句，四仄韵。

《感皇恩》的正格与变格（双调）

《感皇恩》上阕，七句或八句、六句，四仄韵或五仄韵、六仄韵		
乐段一（三句，十六字或十四字、十五字）	乐段二（二句或三句，十字或十二字）	乐段三（二句或一句，八字或七字）
＋｜｜——（句）＋ —＋｜（韵）＋｜— —｜—｜（韵） （1）	＋—＋｜（句）＋｜ ＋—＋｜（韵） （1）	＋——｜｜（句）— —＋｜（韵） （1）
＋｜｜——（句）＋ —＋｜（韵）＋｜— —｜—（韵） （2）	＋—＋｜（句）＋｜ ＋—＋｜（韵） （2）	——＋｜｜（句）— —＋｜（韵） （2）
＋｜——（句）＋ —＋｜（韵）＋｜— —｜—（韵） （3）	—｜（韵）＋｜—＋｜ （句）＋｜＋—＋｜ （韵） （3）	＋—＋｜——｜ （韵） （3）

例二　感皇恩（六十七字）

（宋）晁补之

终岁忆春回，西园行尽。欢喜梅梢上春信。去年携手，暗约芳时还近。燕来莺又到，人无准。　　凭谁向道，流光一瞬。佳景闲无事衣褪。春归何处，又对飞花难问。旧欢都未遇，成新恨。

注：该词上阕第一句至第三句为乐段一中的格式（1），第四句和第五句为乐段二中的格式（1），第六句和第七句为乐段三中的格式（1）；下阕第一句至第三句为乐段一中的格式（2），第四句和第五句为乐段二中的格式（1），第六句和第七句为乐段三中的格式（1）。全词双调，六十七字，上下阕各七句，四仄韵。

《感皇恩》下阕，七句或八句、六句，四仄韵或五仄韵、六仄韵		
乐段一（三句，十五字或十三字、十六字）	乐段二（二句或三句，十字或十二字）	乐段三（二句或一句，八字或九字、七字）
十丨十一（句）十一十丨（韵）一十丨一丨（韵）（1）	十一十丨（句）十一十丨（韵）（1）	十一一丨丨（句）十十丨（韵）（1）
十一十丨（句）十一十丨（韵）十一丨一丨（韵）（2）	一丨（韵）（句）十丨十一一十丨（韵）（2）	十一十丨丨（句或韵）十十丨（韵）（2） 十十十（读）一十丨（句）十十丨（韵）（3）
十丨十一（句）十一十丨（韵）一十丨一丨（韵）（3）		十一十丨一一丨（韵）（4）
十丨十一（句）十丨一十丨（韵）一十丨丨（韵）（4）		
注：下阕乐段三中的格式"十 一 十 丨 丨（句或韵）"，可平可仄两处，不可同时用仄。		

例三　感皇恩（六十七字）

（宋）陆敦信

残角两三声，催登古道。远水长山又重到。水声山色，看尽轮蹄昏晓。风头日脚下，人空老。　　匹马旧时，西征谈笑。绿鬓朱颜正年少。旗亭斗酒，任是十千倾倒。而今酒兴减，诗情少。

注：该词上阕第一句至第三句为乐段一中的格式（1），第四句和第五句为乐段二中的格式（1），第六句和第七句为乐段三中的格式（2）；下阕第一句至第三句为乐段一中的格式（1），第四句和第五句为乐段二中的格式（1），第六句和第七句为乐段三中的格式（2）。全词双调，六十七字，上下阕各七句，四仄韵。

例四　感皇恩（六十七字）

（宋）晁冲之

蝴蝶满西园，啼莺无数。水阔桥南路。凝伫。两行烟柳，吹落一池风絮。秋千斜挂起，人何处。　　把酒劝君，闲愁莫诉。留取笙歌住。休去。几多春色，怎禁许多风雨。海棠花谢也，君知否。

注：该词上阕第一句至第三句为乐段一中的格式（2），第四句至第六句为乐段二中的格式（3），第七句和第八句为乐段三中的格式（1）；下阕第一句至第三句为乐段一中的格式（3），第四句至第六句为乐段二中的格式（2），第七句和第八句为乐段三中的格式（1）。全词双调，六十七字，上下阕各八句，五仄韵。

例五　感皇恩（六十七字）

（宋）贺　铸

兰芷满汀洲，游丝横路。罗袜尘生步。回顾。整鬟颦黛，脉脉多情难诉。细风吹柳絮。人南渡。　　回首旧游，山无重数。花底深朱户。何处。半黄梅子，向晚一帘疏雨。断魂分付与。春归去。

注：该词上阕第一句至第三句为乐段一中的格式（2），第四句至第六句为乐段二中的格式（3），第七句和第八句为乐段三中的格式（1）；下阕第一句至第三句为乐段一中的格式（3），第四句至第六句为乐段二中的格式（2），第七句和第八句为乐段三中的格式（2）。全词双调，六十七字，上下阕各八句，六仄韵。

例六　感皇恩（六十八字）

（宋）周邦彦

露柳好风标，娇莺能语。独占春光最多处。浅颦轻笑，未肯等闲分付。为谁心子里，长长苦。　　洞房见说，云深无路。凭仗青鸾道情愫。酒空歌断，又被江涛催度。怎奈何、言不尽，愁无数。

注：该词上阕第一句至第三句为乐段一中的格式（1），第四句和第五句为乐段二中的格式（1），第六句和第七句为乐段三中的格式（1）；下阕第一句至第三句为乐段一中的格式（2），第四句和第五句为乐段二中的格式（1），第六句和第七句为乐段三中的格式（3）。全词双调，六十八字，上下阕各七句，四仄韵。

例七　感皇恩（六十八字）
（宋）周紫芝

无事小神仙，世人谁会。着甚来由自萦系。人生须是，做些闲中活计。百年能几许，无多子。　　近日谢天，与片闲田地。作个茅堂待打睡。酒儿熟也，赢取山中一醉。人间如意事。只此是。

注：该词上阕第一句至第三句为乐段一中的格式（1），第四句和第五句为乐段二中的格式（2），第六句和第七句为乐段三中的格式（1）；下阕第一句至第三句为乐段一中的格式（4），第四句和第五句为乐段二中的格式（1），第六句和第七句为乐段三中的格式（2）。全词双调，六十八字，上阕七句，四仄韵；下阕七句，五仄韵。

例八　感皇恩（六十五字）
（宋）赵长卿

景物一番新，熙熙时候。小院融和渐长昼。东君有意，为念纤腰消瘦。软风吹破眉间皱。　　袅袅枝头，轻黄微透。舞到春深转清秀。锦囊多感，又更新来伤酒。断肠无语凭栏久。

注：该词上阕第一句至第三句为乐段一中的格式（1），第四句和第五句为乐段二中的格式（1），第六句为乐段三中的格式（3）；下阕第一句至第三句为乐段一中的格式（1），第四句和第五句为乐段二中的格式（1），第六句为乐段三中的格式（4）。全词双调，六十五字，上下阕各六句，四仄韵。

例九　感皇恩（六十六字）
（宋）汪莘

年少寻芳，早春时节。飞去飞来似蝴蝶。如今老大，懒趁五陵豪侠。梦中时听得，秦箫咽。　　割断人间，柳枝桃叶。海上书来恨离别。旧游还在，空锁云霞万叠。举杯相忆处，青天月。

注：该词上阕第一句至第三句为乐段一中的格式（3），第四句和第五句为乐段二中的格式（1），第六句和第七句为乐段三中的格式（1）；下阕第一句至第三句为乐段一中的格式（1），第四句和第五句为乐段二中的格式（1），第六句和第七句为乐段三中的格式（1）。全词双调，六十六字，上下阕各七句，四仄韵。

钿带长中腔

调见《大声集》，即咏钿带香囊本意。

《钿带长中腔》的长短句结构

《钿带长中腔》上阕，四个乐段			
乐段一（十二字）	乐段二（八字）	乐段三（九字）	乐段四（六字）
3　3　33	4　4	4　5	6

《钿带长中腔》下阕，四个乐段			
乐段一（十字）	乐段二（七字）	乐段三（九字）	乐段四（六字）
6　4	34	4　5	6

《康熙词谱》只收集一体《钿带长中腔》，双调，上下阕分别可分为四个乐段，其长短句结构如表所示。该调六十七字，上阕八句，六平韵；下阕六句，四平韵，其基本格式如表所示。

《钿带长中腔》的基本格式（双调）

《钿带长中腔》上阕，八句，六平韵	
乐段一（三句，十二字）	乐段二（二句，八字）
｜ 十 一 （韵）｜ 十 一 （韵）｜ 十 十 （读）｜ 十 一 （韵）	十 ｜ 一 一 （句）十 ｜ ｜ 一 （韵）

《钿带长中腔》上阕，八句，六平韵	
乐段三（二句，九字）	乐段四（一句，六字）
十 一 十 ｜ （句）十 ｜ 一 ｜ 一 （韵）	十 ｜ ｜ 十 一 一 （韵）

《钿带长中腔》下阕，六句，四平韵	
乐段一（二句，十字）	乐段二（一句，七字）
十 ∣ 十 一 十 ∣（句）十 ∣ 一 一（韵）	∣ 十 十（读）十 ∣ 十 一（韵）

《钿带长中腔》下阕，六句，四平韵	
乐段三（二句，九字）	乐段四（一句，六字）
十 一 十 ∣（句）十 一 十 ∣ 一（韵）	十 ∣ 十 ∣ 一 一（韵）

例　钿带长中腔（六十七字）

（宋）万俟咏

钿带长。簇真香。似风前、拆麝囊。嫩紫轻红，间斗异芳。风流富贵，自觉兰蕙荒。独占蕊珠春光。　　绣结流苏密致，魂梦悠扬。气融液、散满洞房。朝寒料峭，殢娇不易当。着意要得韩郎。

注：全词双调，六十七字，上阕八句，六平韵；下阕六句，四平韵。

梦　行　云

调见《梦窗词稿》，自注"一名《六幺花十八》"。《碧鸡漫志》云："六幺曲内一叠，名《花十八》，前后十八拍。"

《梦行云》的长短句结构

上阕，三个乐段			下阕，三个乐段		
乐段一 （十一字）	乐段二 （九字）	乐段三 （十二字）	乐段一 （十四字）	乐段二 （九字）	乐段三 （十二字）
5　3　3	4　5	7　5	4　4　3　3	4　5	7　5

《康熙词谱》只收集一体《梦行云》，双调，上下阕分别可分为三个乐段，其长短句结构如表所示。该调六十七字，上阕七句，五仄韵；下阕八句，三仄韵，其基本格式如表所示。

《梦行云》的基本格式（双调）

《梦行云》上阕，七句，五仄韵		
乐段一（三句，十一字）	乐段二（二句，九字）	乐段三（二句，十二字）
十 一 丨 一 丨（韵）一 十 丨（韵）一 十 丨（韵）	十 一 十 丨（句）丨 一 一 十 丨（韵）	十 一 十 丨 一 一 丨（句）十 一 一 丨 丨（韵）

《梦行云》下阕，八句，三仄韵		
乐段一（四句，十四字）	乐段二（二句，九字）	乐段三（二句，十二字）
十 一 十 丨（句）十 一 十 丨（句）一 十 丨（句）一 十 丨（韵）	十 一 十 丨（句）十 一 丨 一 丨（韵）	十 一 十 丨 一 一 丨（句）十 一 一 丨 丨（韵）

例　梦行云（六十七字）

（宋）吴文英

　　箪波皱纤縠。朝炊熟。眠未足。青奴细腻，未拌真珠斛。素莲幽怨风前影，搔头斜坠玉。　　画栏枕水，垂杨梳雨，青丝乱，如乍沐。娇笙微韵，晚蝉乱秋曲。翠阴明月胜花夜，那愁春去速。

　　注：全词双调，六十七字，上阕七句，五仄韵；下阕八句，三仄韵。

三　奠　子

　　调见元好问《锦机集》。按崔令钦《教坊记》，有《奠璧子》小曲，此或即奠酒、奠声、奠璧为三奠，取以名词也。

《三奠子》的长短句结构

《三奠子》上阕，四个乐段							
乐段一（九字）		乐段二（六字）		乐段三（十字）		乐段四（九字）		
5	4	3	3	5	5	3	3	3

《三奠子》下阕，四个乐段							
乐段一（八字）		乐段二（六字）		乐段三（十字）		乐段四（九字）		
4	4	3	3	5	5	3	3	3

《康熙词谱》只收集一体《三奠子》，双调，上下阕分别可分为四个乐段，其长短句结构如表所示。该调六十七字，上下阕各九句，四平韵，其基本格式如表所示。

《三奠子》的基本格式（双调）

《三奠子》上阕，九句，四平韵	
乐段一（二句，九字）	乐段二（二句，六字）
∣ ＋ — ＋ ∣（句）＋ ∣ — —（韵）	— ＋ ∣（句）∣ — —（韵）

《三奠子》上阕，九句，四平韵	
乐段三（二句，十字）	乐段四（三句，九字）
＋ — — ∣ ∣（句）＋ ∣ ∣ — —（韵）	＋ — ∣（句）— ＋ ∣（句）∣ — —（韵）

《三奠子》下阕，九句，四平韵	
乐段一（二句，八字）	乐段二（二句，六字）
＋ — ＋ ∣（句）＋ ∣ — —（韵）	— ＋ ∣（句）∣ — —（韵）

《三奠子》下阕，九句，四平韵	
乐段三（二句，十字）	乐段四（三句，九字）
＋ — — ∣ ∣（句）＋ ∣ ∣ — —（韵）	— ＋ ∣（句）— ＋ ∣（句）∣ — —（韵）（1） ＋ — ∣（句）— ＋ ∣（句）∣ — —（韵）（2）

例一　三奠子（六十七字）

（元）王 恽

怅神光奕奕，天上良宵。花露湿，翠钗翘。风回鸾扇影，愁满紫云轺。恨相望，虽一水，隔三桥。　朱弦寂寂，心思迢迢。人未老，鬓先凋。翻腾惊世故，机巧到鲛绡。凉夜永，箫声咽，篆烟飘。

注：该词下阕第七句至第九句为乐段四中的格式（1）。全词双调，六十七字，上下阕各九句，四平韵。

例二　三奠子（六十七字）

（金）高 宪

上楚山高处，回望襄州。兴废事，古今愁。草封诸葛庙，烟锁仲宣楼。英雄骨，繁华梦，几荒丘。　雁横别浦，鸥戏芳洲。花又老，水空流。昔人何处在，倦客若为留。习池饮，庞陂钓，鹿门游。

注：该词下阕第七句至第九句为乐段四中的格式（2）。全词双调，六十七字，上下阕各九句，四平韵。

凤　凰　阁

高拭词注"商调"，张炎词有"渐数花风第一"句，名《数花风》。

双调《凤凰阁》的长短句结构

《凤凰阁》上阕，四个乐段			
乐段一（十字或九字）	乐段二（七字）	乐段三（十字）	乐段四（七字）
4　　6 5　　4	7	6　　4	34

《凤凰阁》下阕，四个乐段			
乐段一（十字）	乐段二（七字）	乐段三（十字）	乐段四（七字）
4　　6	7	6　　4 33　　4 4　　6	34

《康熙词谱》共收集《凤凰阁》三体，双调，上下阕分别可分为四个乐段，其长短句结构如表所示。该调有六十八字或六十七字等格式，上下阕各六句，四仄韵。《康熙词谱》以六十八字体柳永词为正体或正格，该调的正格与变格如表所示，其中，上下阕各乐段中的格式（1）为正格句式，其余为变格句式。

《凤凰阁》的正格与变格（双调）

《凤凰阁》上阕，六句，四仄韵	
乐段一（二句，十字或九字）	乐段二（一句，七字）
＋ － ＋ ｜（句）＋ ｜ ＋ － ＋ ｜（韵） （1）	＋ － ＋ ｜ ＋ － ｜（韵）
＋ － － ｜ ｜（句）＋ － ＋ ｜（韵） （2）	
｜ ＋ － ＋ ｜（句）＋ － ＋ ｜（韵） （3）	

《凤凰阁》上阕，六句，四仄韵	
乐段三（二句，十字）	乐段四（一句，七字）
＋ ｜ ＋ － ＋ ｜（句）＋ ＋ － ｜（韵）	＋ ＋ ｜（读）＋ － ＋ ｜（韵）

《凤凰阁》下阕，六句，四仄韵	
乐段一（二句，十字）	乐段二（一句，七字）
＋ － ＋ ｜（句）＋ ｜ ＋ － ＋ ｜（韵）	＋ － ＋ ｜ ＋ － ｜（韵）

《凤凰阁》下阕，六句，四仄韵	
乐段三（二句，十字）	乐段四（一句，七字）
＋ ｜ ＋ － ＋ ｜（句）＋ ＋ － ｜（韵） （1）	＋ ＋ ｜（读）＋ － ＋ ｜（韵）
＋ ＋ ｜（读）｜ － －（句）＋ ＋ － ｜（韵） （2）	
＋ ｜ － －（句）＋ ｜ ＋ － ＋ ｜（韵） （3）	

例一　凤凰阁（六十八字）

（宋）柳　永

匆匆相见，懊恼恩情太薄。霎时云雨人抛却。教我行思坐想，肌肤如削。恨只恨、相违旧约。　　相思成病，那更潇潇雨落。断肠人在阑干角。山远水远人远，音信难托。这滋味、黄昏更恶。

注：该词上阕第一句和第二句为乐段一中的格式（1）；下阕第四句和第五句为乐段三中的格式（1）。全词六十八字，上下阕各六句，四仄韵。

例二　凤凰阁（六十七字）

（宋）叶清臣

遍园林绿暗，浑如翠幄。下无一片是花萼。可恨狂风横雨，忒煞情薄。尽底把、韶华送却。　　杨花无赖，是处穿帘透幕。岂知人意正萧索。春去也、这般愁，没处安着。怎奈向、黄昏院落。

注：该词上阕第一句和第二句为乐段一中的格式（2）；下阕第四句和第五句为乐段三中的格式（2）。全词六十七字，上下阕各六句，四仄韵。

例三　凤凰阁（六十七字）

（宋）赵师侠

正薰风初扇，梅黄暑溽。并摇双桨去程速。那更黄流浩淼，白浪如屋。动归思、离愁万斛。　　平生奇观，颇快江山寓目。日斜云定晚风熟。白鹭飞来，点破一川明绿。展十幅、潇湘画轴。

注：该词上阕第一句和第二句为乐段一中的格式（3）；下阕第四句和第五句为乐段三中的格式（3）。全词六十七字，上下阕各六句，四仄韵。

看 花 回

琴曲有《看花回》，调名本此。该调有中调和长调两种体式，六十八字者，始自柳永，《乐章集》注"大石调"，《中原音韵》注"越调"；一百一字者，始自黄庭坚。

中调《看花回》的长短句结构

《看花回》上阕，三个乐段		
乐段一（十一字）	乐段二（十四字）	乐段三（九字）
7　　　4	7　　　34	5　　　4

《看花回》下阕，三个乐段		
乐段一（十一字）	乐段二（十四字或十三字）	乐段三（九字）
7　　　4	7　　　34 7　　　6	5　　　4

长调《看花回》的长短句结构

《看花回》上阕，四个乐段			
乐段一 （十字或十一字）	乐段二 （十五字）	乐段三 （十一字）	乐段四 （十四字）
4　　　6 6　　　4 2　　5　　4 3　　4　　4	6　　5　　4	4　　　7 6　　　5	34　　　7

《看花回》下阕，四个乐段			
乐段一 （十四字）	乐段二 （十五字）	乐段三 （十一字）	乐段四（十一字或十二字或十三字）
34　　　34 7　　　34	6　　5　　4	4　　　7 6　　　5	33　　　5 34　　　5 3　　4　　6

《康熙词谱》共收集八体《看花回》，双调，其中，中调两体，上下阕分别可分为三个乐段；长调六体，上下阕分别可分为四个乐段；各自的长短句结构分别如表所示。比较两者，可以看出它们的长短句结构迥异。

中调《看花回》有六十八字或六十七字等格式，上下阕各六句，四平韵。《康熙词谱》以六十八字体柳永词为标谱词例。该调的正格与变格如表所示，其中，上下阕各乐段中的格式（1）为正格句式，其余为变格句式。

长调《看花回》有一百一字或一百三字、一百四字等格式，上阕九句或十句，四仄韵或五仄韵、六仄韵；下阕九句或十句，五仄韵。《康熙词谱》以一百一字体黄庭坚词为标谱词例。该调的正格与变格如表所示，其中，上下阕各乐段中的格式（1）为正格句式，其余为变格句式。

中调《看花回》的正格与变格（双调）

中调《看花回》上阕，六句，四平韵		
乐段一 （二句，十一字）	乐段二 （二句，十四字）	乐段三 （二句，九字）
＋｜ー ー ＋｜ー（韵）＋｜ー ー（韵）	＋ ー ＋｜ー ー｜（句）＋ ＋ ＋（读）＋｜ー ー（韵）	＋ ー ー｜｜（句）＋｜ー ー（韵）

中调《看花回》下阕，六句，四平韵		
乐段一 （二句，十一字）	乐段二 （二句，十四字或十三字）	乐段三 （二句，九字）
＋｜ー ー ＋｜ー（韵）＋｜ー ー（韵）	＋ ー ＋｜ー ー｜（句）＋ ＋ ＋（读）＋｜＋ ー（韵）（1） ＋ ー ＋｜ー ー｜（句）＋ ー ＋｜ー ー（韵）（2）	＋ ー ー｜｜（句）＋｜ー ー（韵）

例一　看花回（六十八字）

（宋）柳　永

玉城金阶舞舜干。朝野多欢。九衢三市风光丽，正万家、急管繁弦。凤楼临绮陌，佳气非烟。　　雅俗熙熙物态妍。忍负芳年。笑筵歌席连昏昼，任旗亭、斗酒十千。赏心何处好，惟有尊前。

注：该词下阕第三句和第四句为乐段二中的格式（1）。全词双调，六十八字，上下阕各六句，四平韵。

例二　看花回（六十七字）

（宋）柳　永

屈指劳生百岁期。荣瘁相随。利牵名惹逡巡过，奈两轮、玉走金飞。红颜成白首，极品何为。　　尘事常多雅会稀。忍不开眉。画堂歌管深深处，难忘酒盏花枝。醉乡风景好，携手同归。

注：该词下阕第三句和第四句为乐段二中的格式（2）。全词双调，六十七字，上下阕各六句，四平韵。

例一　看花回（一百一字）

（宋）黄庭坚

夜永兰堂，醺饮半倚颓玉。烂漫坠钿堕履，是醉时风景，花暗残烛。欢意未阑，舞燕歌珠成断续。催茗饮、旋煮寒泉，露井瓶窦响飞瀑。　　纤指缓、连环动触。渐泛起、满瓯银粟。香引春风在手，似闽岭越溪，初采盈掬。暗想当时，探春连云寻篁竹。怎归得、鬓将老，付与杯中绿。

注：该词上阕第一句和第二句为乐段一中的格式（1），第三句至第五句为乐段二中的格式（1），第六句和第七句为乐段三中的格式（1），第八句和第九句为乐段四中的格式（1）；下阕第一句和第二句为乐段一中的格式（1），第三句至第五句为乐段二中的格式（1），第六句和第七句为乐段三中的格式（1），第八句和第九句为乐段四中的格式（1）。全词双调，一百一字，上阕九句，四仄韵；下阕九句，五仄韵。

长调《看花回》的正格和变格（双调）

长调《看花回》上阕，九句或十句，四仄韵或五仄韵、六仄韵	
乐段一（二句或三句，十字或十一字）	乐段二（三句，十五字）
＋｜－－（句）＋｜＋＋－｜（韵） （1） ＋｜－－（句）＋－｜－＋｜（韵） （2） ＋－＋｜－｜（句）＋＋＋｜（韵） （3） ＋｜＋｜＋｜＋｜（句）＋＋＋｜（韵） （4） ＋｜（韵）｜＋－＋｜（句）＋－－ ｜（韵） （5） －＋｜（句）＋－＋｜（句）＋－ ＋｜（韵） （6）	＋｜＋－＋｜（句）｜＋－ ＋｜（句）＋＋＋－｜（韵） （1） ＋｜＋－＋｜（句或韵）｜＋｜ －－（句）＋＋＋－｜（韵） （2） ＋－｜－＋｜（句）｜＋｜ －－（句）＋＋＋－｜（韵） （3）

长调《看花回》上阕，九句或十句，四仄韵或五仄韵、六仄韵	
乐段三（二句，十一字）	乐段四（二句，十四字）
＋｜＋－（句）＋｜＋－－｜｜（韵） （1） ＋－＋｜（句）＋｜＋－－｜｜（韵） （2） ＋－｜－＋｜（句）＋＋－｜｜（韵） （3） ＋－＋｜－｜（句）－－｜＋｜（韵） （4）	＋＋＋（读）＋｜－－ （句）＋｜－＋｜＋｜（韵） （1） ＋＋＋（读）＋｜－－ （句）＋－＋｜＋－｜（韵） （2）

长调《看花回》下阕，九句或十句，五仄韵	
乐段一（二句，十四字）	乐段二（三句，十五字）
＋＋＋（读）＋－＋｜（韵） ＋＋＋（读）＋－＋｜（韵） （1） ＋｜＋－－｜｜（韵）＋＋ ＋（读）＋－＋｜（韵） （2）	＋｜＋－＋｜（句）｜＋｜＋－（句） ＋＋－｜（韵） （1） ＋｜＋－＋｜（句）｜＋＋－｜（句） ＋＋－｜（韵） （2）

注：下阕乐段二中的格式"｜＋｜＋－（句）"或"｜＋＋－｜（句）"，为"上一下四"句式。

长调《看花回》下阕，九句或十句，五仄韵	
乐段三 （二句，十一字）	乐段四 （二句或三句，十一字或十二字、十三字）
＋｜－－（句）｜＋＋－－ ＋｜（韵） （1） ＋－｜＋（句）＋｜－－＋ ｜｜（韵） （2） ＋｜＋－＋｜（句）＋－－ ｜｜（韵） （3） ＋－｜－＋｜（句）－－｜－ ｜（韵） （4）	＋＋＋（读）＋－｜（句）＋｜ －－｜（韵） （1） ＋＋＋（读）＋－｜（句）＋－ －｜｜（韵） （2） ＋＋＋（读）＋－＋｜（句）＋ ｜－－｜（韵） （3） ＋＋＋（读）＋－＋｜（句）＋ ＋（读）＋－｜（韵） （4） ｜－＋（句）＋－＋｜（句）＋｜ ＋－＋｜（韵） （5）

例二　看花回（一百一字）

（宋）周邦彦

秀色芳容，明眸就中奇绝。细看艳波欲溜，最可惜重重，红绡轻帖。匀朱傅粉，几为严妆时浣睫。因个甚、底死嗔人，半饷斜眬费贴燮。　　斗帐里、浓欢意惬。带困眼、似开微合。曾倚高楼望远，似指笑频眴，知他谁说。那日分飞，泪雨纵横光映颊。揾香罗、恐揉损，与他衫袖裹。

注：该词上阕第一句和第二句为乐段一中的格式（2），第三句至第五句为乐段二中的格式（2），第六句和第七句为乐段三中的格式（2），第八句和第九句为乐段四中的格式（1）；下阕第一句和第二句为乐段一中的格式（1），第三句至第五句为乐段二中的格式（1），第六句和第七句为乐段三中的格式（1），第八句和第九句为乐段四中的格式（2）。全词双调，一百一字，上阕九句，四仄韵；下阕九句，五仄韵。

例三　看花回（一百一字）

（宋）周邦彦

蕙风初散轻暖，霁景澄洁。秀蕊乍开乍敛，带雨态烟痕，春思纤结。危弦弄响，来去惊人莺语滑。无赖处、丽日楼台，乱丝岐路总奇绝。　　何计解、粘花系月。叹冷落、顿辜佳节。犹有当时气味，挂一缕相思，不断如发。云飞帝国，人在云边心暗折。语东风、共流转，漫作匆匆别。

注：该词上阕第一句和第二句为乐段一中的格式（3），第三句至第五句为乐段二中的格式（2），第六句和第七句为乐段三中的格式（2），第八句和第九句为乐段四中的格式（2）；下阕第一句和第二句为乐段一中的格式（1），第三句至第五句为乐段二中的格式（1），第六句和第七句为乐段三中的格式（2），第八句和第九句为乐段四中的格式（1）。全词双调，一百一字，上阕九句，四仄韵；下阕九句，五仄韵。

例三　看花回（一百一字）

（宋）蔡　伸

夜久凉生庭院，漏声频促。念昔胜游旧地，对画阁层峦，雨余烟簇。新诗暗藏小字，霜刀刊翠竹。携素手、细绕回塘，芰荷香里彩鸳宿。　　别后想、香消腻玉。带围减、削宽金粟。虽有鳞鸿锦素，奈事与心违，佳期难卜。拟解愁肠万结，唯凭尊酒绿。望天涯、断魂处，醉拍栏干曲。

注：该词上阕第一句和第二句为乐段一中的格式（4），第三句至第五句为乐段二中的格式（2），第六句和第七句为乐段三中的格式（3），第八句和第九句为乐段四中的格式（2）；下阕第一句和第二句为乐段一中的格式（1），第三句至第五句为乐段二中的格式（1），第六句

和第七句为乐段三中的格式（3），第八句和第九句为乐段四中的格式（1）。全词双调，一百一字，上阕九句，四仄韵；下阕九句，五仄韵。

例四　看花回（一百三字）

（宋）赵彦端

　　爱日。报疏梅动意，春前呼得。画栋晓开寿域。度百和温麝，霜华无力。斑衣翠袖人面，年年照酒色。环四座、璧月琼枝，恍然江县拟乡国。　　闻道抚、东岩旧迹。又殊胜、谢家清逸。知与桃花笑了，定何似青鸟，层城消息。他年妙高峰上，优昙会堪折。拥轻轩、未妨游戏，看取朱轮十。

　　注：该词上阕第一句至第三句为乐段一中的格式（5），第四句至第六句为乐段二中的格式（2），第七句和第八句为乐段三中的格式（4），第九句和第十句为乐段四中的格式（2）；下阕第一句和第二句为乐段一中的格式（1），第三句至第五句为乐段二中的格式（2），第六句和第七句为乐段三中的格式（4），第八句和第九句为乐段四中的格式（3）。全词双调，一百三字，上阕十句，六仄韵；下阕九句，五仄韵。

例五　看花回（一百四字）

（宋）赵彦端

　　注目。正江湖浩荡，烟云离属。美人衣兰佩玉。澹秋水凝神，阳春翻曲。烹鲜坐啸，清净五千言自足。横剑气、南斗光中，浩然一醉引双鹿。　　回雁未归书未续。梦草处、旧芳重绿。谁忆潇湘岁晚，为唤起长风，吹飞黄鹄。功名异时，圯上家传谢宠辱。待封留、拜公堂下，愿授我、长生箓。

　　注：该词上阕第一句至第三句为乐段一中的格式（5），第四句至第六句为乐段二中的格式（3），第七句和第八句为乐段三中的格式（2），第九句和第十句为乐段四中的格式（2）；下阕第一句和第二句为乐段一中的格式（2），第三句至第五句为乐段二中的格式（1），第六句和第七句为乐段三中的格式（2），第八句和第九句为乐段四中的格式（4）。全词双调，一百四字，上阕十句，六仄韵；下阕九句，五仄韵。

例六　看花回（一百四字）

（宋）赵彦端

　　端有恨，留春无计，花飞何速。槛外青青翠竹。镇高节凌云，清阴常足。春寒风袂，带雨穿窗如利镞。催处处、燕巧莺慵，几声钩辀叫云木。　　　看波面、垂杨蘸绿。最好是、风梳烟沐。阴重重帘未卷，正泛乳新芽，香飘清馥。新诗惠我，开卷醒然欣再读。叹词章，过人华丽，掷地胜如金玉。

注：该词上阕第一句至第三句为乐段一中的格式（6），第四句至第六句为乐段二中的格式（2），第七句和第八句为乐段三中的格式（2），第九句和第十句为乐段四中的格式（2）；下阕第一句和第二句为乐段一中的格式（1），第三句至第五句为乐段二中的格式（1），第六句和第七句为乐段三中的格式（2），第八句至第十句为乐段四中的格式（5）。全词双调，一百四字，上下阕各十句，五仄韵。

殢 人 娇

《乐章集》注"林钟商"。

《殢人娇》的长短句结构

《殢人娇》上阕，四个乐段			
乐段一 （十字或八字）	乐段二 （七字）	乐段三 （九字或八字）	乐段四 （九字）
4　　6	34	4　　5	36
4　　4		4　　4	54

《殢人娇》下阕，四个乐段			
乐段一 （八字或七字）	乐段二 （七字）	乐段三 （九字或八字）	乐段四 （九字）
4　　4	34	4　　5	36
7		4　　4	54

《康熙词谱》共收集五体《殢人娇》，双调，上下阕分别可分为四个乐段，其长短句结构如表所示。该调有六十八字或六十七字、六十六字、六十四字等格式，上阕六句，四仄韵；下阕六句或五句，四仄韵。《康熙词谱》以六十八字体晏殊词为正体或正格，该调的正格与变格如表所示。其中，上下阕各乐段中的格式（1）为正格句式，其余为变格句式。

《殢人娇》的正格和变格（双调，仄韵）

《殢人娇》上阕，六句或七句，四仄韵	
乐段一（二句，十字或八字）	乐段二（一句，七字）
＋｜＋－（句）＋｜＋－＋｜（韵） （1） ＋｜－－（句）＋－＋｜（韵） （2）	＋＋＋（读）＋－－＋｜（韵）

《殢人娇》上阕，六句，四仄韵	
乐段三（二句，九字或八字）	乐段四（一句，九字）
＋－＋｜（句）｜＋－＋｜（韵） （1） ＋－＋｜（句）＋－＋｜（韵） （2）	＋＋＋（读）＋－｜－＋｜（韵） （1） ＋＋＋（读）＋｜＋－＋｜（韵） （2） ＋｜｜－－（读）＋－＋｜（韵） （3） ｜＋｜－（读）＋－＋｜（韵） （4）

例一　殢人娇（六十八字）

（宋）晏　殊

二月春风，正是杨花满路。那堪更、别离情绪。罗巾掩泪，任粉痕沾污。争奈向、千留万留不住。　　玉酒频倾，宿眉愁聚。空肠断、宝筝弦柱。人间后会，又不知何处。魂梦里、也须时时飞去。

注：该词上阕第一句和第二句为乐段一中的格式（1），第四句和第五句为乐段三中的格式（1），第六句为乐段四中的格式（1）；下阕第一句和第二句为乐段一中的格式（1），第四句和第五句为乐段三中的格式（1），第六句为乐段四中的格式（1）。全词双调，六十八字，上下阕各六句，四仄韵。

《殢人娇》下阕，六句或五句，四仄韵	
乐段一（二句或一句，八字或七字）	乐段二（一句，七字）
＋｜＋ －（句）＋ － ＋｜（韵） （1） ＋｜＋ － －｜｜（韵） （2）	＋＋＋（读）＋ － ＋｜（韵）

《殢人娇》下阕，六句或五句，四仄韵	
乐段三（二句，九字或八字）	乐段四（一句，九字）
＋ － ＋｜（句）｜＋ － ＋｜（韵） （1） ＋ － ＋｜（句）＋ － －｜｜（韵） （2） ＋ － ＋｜（句）＋ － ＋｜（韵） （3）	＋＋＋（读）｜－ ＋ －｜（韵） （1） ＋＋＋（读）＋ －｜ － ＋｜（韵） （2） ＋＋＋（读）＋｜＋ － ＋｜（韵） （3） ＋＋｜ － －（读）＋ － ＋｜（韵） （4）

注：下阕乐段四中的格式"＋＋｜－ －（读）"，为"上一下四"句式。

例二　殢人娇（六十八字）

（宋）张彦实

深院海棠，谁倩春工染就。映窗户、烂如锦绣。东君何意，便风狂雨骤。堪恨处、一枝未曾到手。　　午日乍晴，匆匆命酒。犹及见、胭脂半透。残红几点，明朝知在否。问何似、去年看花时候。

注：该词上阕第一句和第二句为乐段一中的格式（1），第四句和第五句为乐段三中的格式（1），第六句为乐段四中的格式（1）；下阕第一句和第二句为乐段一中的格式（1），第四句和第五句为乐段三中的格式（2），第六句为乐段四中的格式（2）。全词双调，六十八字，上下阕各六句，四仄韵。

例三　殢人娇（六十八字）

（宋）晏　殊

玉树微凉，渐觉银河影转。林叶静、疏红欲遍。朱帘细雨，尚迟留归燕。喜庆日、多少世人良愿。　　楚竹惊鸾，秦筝起雁。萦舞袖、争翻罗荐。云回一曲，更轻桄檀板。香炷远、同祝寿期无限。

注：该词上阕第一句和第二句为乐段一中的格式（1），第四句和第五句为乐段三中的格式（1），第六句为乐段四中的格式（2）；下阕第一句和第二句为乐段一中的格式（1），第四句和第五句为乐段三中的格式（1），第六句为乐段四中的格式（3）。全词双调，六十八字，上下阕各六句，四仄韵。

例四　殢人娇（六十八字）

（宋）杨无咎

露下天高，最是中秋景胜。喜银蟾、十分增晕。嫦娥飞下，见雾鬟风鬓。念八景园中、画谁能尽。　　慢奏云韶，美斟仙酝。清不寐、桂香成阵。只愁来夕，又阴晴无准。却待约重圆、后期难问。

注：该词上阕第一句和第二句为乐段一中的格式（1），第四句和第五句为乐段三中的格式（1）；第六句为乐段四中的格式（4）；下阕第一句和第二句为乐段一中的格式（1），第四句和第五句为乐段三中的格式（1），第六句为乐段四中的格式（4）。全词双调，六十八字，上下阕各六句，四仄韵。

例五　殢人娇（六十七字）

（宋）王庭珪

小院桃花，烟锁几重珠箔。更深后、海棠睡着。东风吹去，落谁家墙角。平白地教人、为他情恶。　　花若有情应不薄。也须悔、从前事错。而今夜雨，念玉颜飘泊。知那里人家、怎生顿着。

注：该词上阕第一句和第二句为乐段一中的格式（1），第四句和第五句为乐段三中的格式（1），第六句为乐段四中的格式（3）；下阕第一句为乐段一中的格式（2），第三句和第四句为乐段三中的格式（1），第五句为乐段四中的格式（4）。全词双调，六十七字，上阕六句，四仄韵；下阕五句，四仄韵。

例六　殢人娇（六十六字）

（宋）张智宗

多少燕支，匀成点就。千枝乱、攒红堆绣。花无长好，更光阴去骤。对景忆、良朋故应招手。　　曾记年时，花开把酒。枉淋漓、春衫湿透。文园今病，问速能来否。却道有、酴醾牡丹时候。

注：该词上阕第一句和第二句为乐段一中的格式（2），第四句和第五句为乐段三中的格式（1），第六句为乐段四中的格式（1）；下阕第一句和第二句为乐段一中的格式（1），第四句和第五句为乐段三中的格式（1），第六句为乐段四中的格式（2）。全词双调，六十六字，上下阕各六句，四仄韵。

例七　殢人娇（六十四字）

（宋）毛　滂

雪做屏风，花为行障。屏障里、见春模样。小晴未了，轻阴一饷。酒到处、恰如把春拈上。　　官柳黄轻，河堤绿涨。花多处、少停兰桨。雪边花际，平芜叠嶂。这一段、凄凉为谁怅望。

注：该词上阕第一句和第二句为乐段一中的格式（2），第四句和第五句为乐段三中的格式（2），第六句为乐段四中的格式（1）；下阕第一句和第二句为乐段一中的格式（1），第四句和第五句为乐段三中的格式（3），第六句为乐段四中的格式（2）。全词双调，六十四字，上下阕各六句，四仄韵。

卷十六

两 同 心

此调有三体，仄韵者创自柳永，《乐章集》注"大石调"；平韵者创自晏几道；三声叶韵者创自杜安世。

《两同心》的长短句结构

《两同心》上阕，三个乐段		
乐段一（八字或九字）	乐段二（十四字）	乐段三（十一字或十二字）
4　　4 4　　5 6　　4	34　　34	3　　4　　4 4　　4　　4

《两同心》下阕，三个乐段		
乐段一（十字或十一字）	乐段二（十四字）	乐段三（十一字或十二字）
6　　4 6　　5	34　　34	3　　4　　4 4　　4　　4 3　　8

《康熙词谱》共收集六体《两同心》，双调，上下阕分别可分为三个乐段，其长短句结构如表所示。《两同心》有仄韵与平韵两种用韵格式（有的平韵格词例还通叶两仄韵）。

仄韵格《两同心》有六十八字或七十一字等格式，上阕七句，三仄韵或四仄韵、四仄韵一叠韵；下阕七句，四仄韵或五仄韵。《康熙词谱》以六十八字体柳永词为标谱词例。该调的正格与变格如表所示，其中，上下阕各乐段中的格式（1）为正格句式，其余为变格句式。

平韵格《两同心》有六十八字或七十二字等格式，上阕七句，三平韵或四平韵；下阕七句，四平韵或三平韵两叶韵。《康熙词谱》以六十八字体晏几道词为标谱词例。该调的正格与变格如表所示，其中，上下阕各乐段中的格式（1）为正格句式，其余为变格句式。

《两同心》（仄韵）的正格与变格（双调）

《两同心》（仄韵）上阕，七句，三仄韵或四仄韵、四仄韵一叠韵		
乐段一（二句，八字）	乐段二（二句，十四字）	乐段三（三句，十一字）
＋｜ーー（句）＋ー＋｜（韵）（1） ＋ー＋｜（韵）＋ー＋｜（叠）（2） ＋｜＋ー＋｜（韵）＋ー＋ー（韵）（3）	＋＋＋（读）＋｜ーー（句）＋ー＋＋（读）＋ー＋｜（韵）	｜＋ー（句）＋｜ーー（句）＋ー＋｜（韵）（1） ｜＋ー（句）＋｜ーー（句）＋ー＋｜（韵）（2） ー＋｜（韵）＋｜ーー（句）＋ー＋｜（韵）（3）

《两同心》（仄韵）下阕，七句，四仄韵或五仄韵		
乐段一（二句，十字）	乐段二（二句，十四字）	乐段三（三句或二句，十一字）
＋｜＋ー＋｜（韵）＋ー＋｜（韵）（1） ＋ー｜＋＋｜（韵）＋ー＋｜（韵）（2）	＋＋＋（读）＋｜ーー（句）＋ー＋＋（读）＋ー＋｜（韵）（1） ＋＋＋（读）＋｜ーー（句）＋ー＋＋（读）＋ー｜（韵）（2）	｜＋ー（句）＋｜ーー（句）＋ー＋｜（韵）（1） ー＋｜（韵）＋｜ーー（句）＋ー＋｜（韵）（2） ｜＋ー（句）＋｜ー｜＋｜（韵）（3）

例一　两同心（六十八字）

（宋）　柳　永

伫立东风，断魂南国。花光媚、春醉琼楼，蟾彩迥、夜游香陌。忆当时，酒恋花迷，役损词客。　　别有眼长腰搦。痛怜深惜。鸳鸯阻、夕雨朝飞，锦书断、暮云凝碧。想别来，好景良时，也应相忆。

注：该词上阕第一句和第二句为乐段一中的格式（1），第五句至第七句为乐段三中的格

式（1）；下阕第一句和第二句为乐段一中的格式（1），第三句和第四句为乐段二中的格式（1），第五句至第七句为乐段三中的格式（1）。全词双调，六十八字，上阕七句，三仄韵；下阕七句，四仄韵。

例二　两同心（六十八字）
（宋）杨无咎

月可中庭，夜凉初燕。见个人、越格风流，饶济济、入时打扮。小从容，不似前回，匆匆得见。　　坐上不禁肠断。捧杯深劝。争敢望、白雪新声，唯啜得、秋波一盼。告从今，休要教人，千呼万唤。

注：该词上阕第一句和第二句为乐段一中的格式（1），第五句至第七句为乐段三中的格式（2）；下阕第一句和第二句为乐段一中的格式（1），第三句和第四句为乐段二中的格式（1），第五句至第七句为乐段三中的格式（1）。全词双调，六十八字，上阕七句，三仄韵；下阕七句，四仄韵。

例三　两同心（六十八字）
（宋）　杨无咎

秋水明眸，翠螺堆发。却扇坐、羞落庭花，凌波步、尘生罗袜。芳心发。分付春风，恰当时节。　　渐解愁花怨月。忒贪娇劣。宁宁地、情态于人，惺惺处、语言低说。相思切。不见须臾，可堪离别。

注：该词上阕第一句和第二句为乐段一中的格式（3），第五句至第七句为乐段三中的格式（1）；下阕第一句和第二句为乐段一中的格式（1），第三句和第四句为乐段二中的格式（1），第五句至第七句为乐段三中的格式（2）。全词双调，六十八字，上阕七句，四仄韵；下阕七句，五仄韵。

例四　两同心（六十八字）
（宋）杨无咎

行看不足。坐看不足。柳条软、斜倚春风，海棠睡、醉敧红玉。清堪掬。桃李漫山，真成粗俗。　　遥夜几番相属。暗魂飞逐。深酌酒、低唱新声，密传意、解回娇目。知谁福。得似风流，可伊心曲。

注：该词上阕第一句和第二句为乐段一中的格式（2），第五句至第七句为乐段三中的格式（3）；下阕第一句和第二句为乐段一中的格式（1），第三句和第四句为乐段二中的格式（1），第五句至第七句为乐段三中的格式（2）。全词双调，六十八字，上阕七句，四仄韵一叠韵；下阕七句，五仄韵。

例五　两同心（七十一字）

（宋）杨无咎

枕簟凉生秋早。梦魂忒好。见玉人、且喜且悲，挨琼脸、厮偎厮抱。信言多磨，刚被山禽，一声催晓。　　觉来满船清悄。秋恨多少。知是我、怜你心微，知是你、与我情厚。谢殷勤，不易山遥水远寻到。

注：该词上阕第一句和第二句为乐段一中的格式（3），第五句至第七句为乐段三中的格式（2）；下阕第一句和第二句为乐段一中的格式（2），第三句和第四句为乐段二中的格式（2），第五句和第六句为乐段三中的格式（3）。全词双调，七十一字，上阕七句，四仄韵；下阕六句，四仄韵。

《两同心》（平韵）的正格与变格（双调）

《两同心》（平韵）上阕，七句，三平韵或四平韵		
乐段一 （二句，八字或九字）	乐段二 （二句，十四字）	乐段三 （三句，十一字或十二字）
＋－＋｜（句） ｜－－（韵） （1）	＋＋＋（读）＋－ ＋｜（句）＋＋＋ （读）＋｜－－（韵） （1）	＋－｜（句）＋｜－－（句） ＋｜－－（韵） （1）
＋｜－－（韵） ＋｜－－（韵） （2）	＋＋＋（读）＋｜ －－（韵）＋＋＋ （读）＋｜－－（韵） （2）	｜－＋（句）＋｜－（句） （2） ＋｜－｜（句）＋－＋ ｜（句）＋｜－－（韵） （3）
＋－＋｜（句）－ －｜＋－（韵） （3）		

例一　两同心（六十八字）

（宋）晏几道

楚乡春晚，似入仙源。拾翠处、漫随流水，踏青路、暗惹香尘。心心在，柳外青帘，花下朱门。　　对景且醉芳尊。莫话消魂。好意思、曾同明月，恶滋味、最是黄昏。相思处，一纸红笺，无限啼痕。

注：该词上阕第一句和第二句为乐段一中的格式（1），第三句和第四句为乐段二中的格式（1），第五句至第七句为乐段三中的格式（1）；下阕第一句和第二句为乐段一中的格式（1），第三句和第四句为乐段二中的格式（1），第五句至第七句为乐段三中的格式（1）。全词双调，六十八字，上阕七句，三平韵；下阕七句，四平韵。

《两同心》（平韵）下阕，七句，四平韵或三平韵两叶韵		
乐段一 （二句，十字或十一字）	乐段二 （二句，十四字）	乐段三 （三句，十一字或十二字）
＋｜＋｜－－（韵） ＋｜－－（韵） （1） ＋－＋｜－（韵）＋｜－－（韵） （2） ＋｜＋｜－（韵） ＋＋－＋｜（叶） （3）	＋＋＋（读）＋－＋ ｜（句）＋＋＋＋（读）＋｜ －－（韵） （1） ＋＋＋（读）｜＋－－ （韵）＋＋＋（读）＋＋ －｜（叶） （2）	＋－｜（句）＋｜ －－（句）＋｜－ －（韵） （1） ｜－＋（句）＋｜ －－（句）＋｜－ －（韵） （2） ＋－＋｜（句）＋ ｜－－（句）＋｜ －－（韵） （3）

注：下阕乐段一中的格式"＋＋－＋｜（叶）"，为"上一下四"句式。

例二　两同心（六十八字）

（宋）黄庭坚

　　一笑千金。越样情深。曾共结、合欢罗带，终愿效、比翼纹禽。许多时，灵利惺惺，蓦地昏沉。　　自从官不容针。直至而今。你共人、女边著子，争知我、门里挑心。记携手，小院回廊，月影花阴。

注：该词上阕第一句和第二句为乐段一中的格式（2），第三句和第四句为乐段二中的格式（1），第五句至第七句为乐段三中的格式（2）；下阕第一句和第二句为乐段一中的格式（2），第三句和第四句为乐段二中的格式（1），第五句至第七句为乐段三中的格式（2）。全词双调，六十八字，上下阕各七句，四平韵。

例三　两同心（六十八字）

（宋）黄庭坚

巧笑眉颦。行步精神。隐隐似、朝云行雨，弓弓样、罗袜生尘。樽前见，玉槛雕笼，堪爱难亲。　　自言家住天津。生小从人。恐舞罢、随风飞去，顾阿母、教窣珠裙。从今去，唯愿银缸，莫照离尊。

注：该词上阕第一句和第二句为乐段一中的格式（2），第三句和第四句为乐段二中的格式（1），第五句至第七句为乐段三中的格式（1）；下阕第一句和第二句为乐段一中的格式（2），第三句和第四句为乐段二中的格式（1），第五句至第七句为乐段三中的格式（1）。全词双调，六十八字，上阕七句，四平韵；下阕七句，四平韵。

例四　两同心（七十二字）

（宋）杜安世

巍巍剑外，寒霜覆林枝。望衰柳、尚色依依。暮天静、雁阵高飞。入碧云际，江山秋色，遣客心悲。　　蜀道崎岭行迟。瞻京都迢递。听巴峡、数声猿啼。惟独个、未有归计。谩空怅望，每每无言，独对斜晖。

注：该词上阕第一句和第二句为乐段一中的格式（3），第三句和第四句为乐段二中的格式（2），第五句至第七句为乐段三中的格式（3）；下阕第一句和第二句为乐段一中的格式（3），第三句和第四句为乐段二中的格式（2），第五句至第七句为乐段三中的格式（3）。全词双调，七十二字，上阕七句，四平韵；下阕七句，三平韵两叶韵。

拾　翠　羽

《洛神赋》"或拾翠羽"，调名取此。

《拾翠羽》的长短句结构

《拾翠羽》上阕，四个乐段					
乐段一（十字）		乐段二（七字）	乐段三（八字）		乐段四（九字）
4	6	34	4	4	3　6

《拾翠羽》下阕，四个乐段			
乐段一（十字）	乐段二（七字）	乐段三（八字）	乐段四（九字）
4　　6	3 4	4　　4	3　　6

《康熙词谱》只收集一体《拾翠羽》，双调，上下阕分别可分为四个乐段，其长短句结构如表所示。该调六十八字，上下阕各七句，四仄韵，其基本格式如表所示。

《拾翠羽》的基本格式（双调）

《拾翠羽》上阕，七句，四仄韵	
乐段一（二句，十字）	乐段二（一句，七字）
＋｜－－（句）＋｜＋－＋｜（韵）	＋＋＋（读）＋｜－＋｜（韵）

《拾翠羽》上阕，七句，四仄韵	
乐段三（二句，八字）	乐段四（二句，九字）
＋－＋｜（句）＋－＋｜（韵）	－｜＋（句）＋｜＋－＋｜（韵）

《拾翠羽》下阕，七句，四仄韵	
乐段一（二句，十字）	乐段二（一句，七字）
＋｜－－（句）＋｜＋－＋｜（韵）	＋＋＋（读）＋｜－＋｜（韵）

《拾翠羽》下阕，七句，四仄韵	
乐段三（二句，八字）	乐段四（二句，九字）
＋－＋｜（句）＋－＋｜（韵）	－｜＋（句）＋｜＋－＋｜（韵）

例　拾翠羽（六十八字）

（宋）张孝祥

春入园林，花信总随迟速。听鸣禽、稍迁乔木。夭桃弄色，海棠芬馥。风雨霁，芳径草心频绿。　　禊事才过，相次禁烟追逐。想千年、楚人遗俗。青旗沽酒，各家炊熟。良夜游，明月胜烧花烛。

注：全词双调，六十八字，上下阕各七句，四仄韵。

连 理 枝

《尊前集》注"黄钟宫"。《宋史·乐志》：琵琶曲蕤宾调。程垓词名《红娘子》；刘过词名《小桃红》，又名《灼灼花》。

《连理枝》的长短句结构

上阕，三个乐段			下阕，三个乐段		
乐段一 （十字）	乐段二（十二字或 十三字）	乐段三 （十三字）	乐段一 （十字）	乐段二（十二 字或十三字）	乐段三 （十三字）
5　　　5	4　　4　　4 　　7 　　　6	53　　　5	5　　　5	4　　4　　4 　　7 　　　6	53　　　5

《康熙词谱》共收集两体《连理枝》，双调，上下阕分别可分为三个乐段，其长短句结构如表所示。该调有七十字或七十二字等格式，上下阕各七句或六句，四仄韵。《康熙词谱》以七十字李白词为正体或正格。该调的正格与变格如表所示，其中，上下阕各乐段中的格式（1）为正格句式，其余为变格句式。

《连理枝》的正格与变格（双调）

《连理枝》上阕，七句或六句，四仄韵		
乐段一 （二句，十字）	乐段二 （三句或二句，十二字或十三字）	乐段三 （二句，十三字）
＋｜一一｜（韵） ＋｜一一｜（韵）	＋｜一一（句）＋一 ＋｜（句）＋一＋｜（韵） （1） ＋一＋｜（句）＋一＋ ｜（句）＋一＋｜（韵） （2） ＋｜＋｜一＋｜（句） ＋｜＋一＋｜（韵） （3）	｜＋一＋｜（读）｜一 一（句）｜＋一＋｜ （韵）

《连理枝》下阕，七句或六句，四仄韵		
乐段一 （二句，十字）	乐段二 （三句或二句，十二字或十三字）	乐段三 （二句，十三字）
＋｜ー ー｜（韵） ＋｜ー ー｜（韵）	＋｜ー ー（句）＋ ー ＋｜（句）＋ ー ＋｜（韵） （1） ＋｜＋ ー ー ＋｜（句） ＋｜＋ ー ＋｜（韵） （2）	｜＋ ー ＋｜（读）｜ー ー（句）｜＋ ー ＋｜ （韵）

例一　连理枝（七十字）

（唐）李　白

雪盖宫楼闭。罗幕昏金翠。斗鸭栏干，香心淡薄，梅梢轻倚。喷宝猊香烬、麝烟浓，馥红绡翠被。　　浅画云垂帔。点滴昭阳泪。咫尺宸居，君恩断绝，似遥千里。望水晶帘外、竹枝寒，守羊车未至。

注：该词上阕第三句至第五句为乐段二中的格式（1）；下阕第三句至第五句为乐段二中的格式（1）。全词双调，七十字，上下阕各七句，四仄韵。

例二　连理枝（七十字）

（宋）晏　殊

绿树莺声老。金井生秋早。不寒不暖，裁衣按曲，天时正好。况兰堂逢着、寿筵开，见炉香缥缈。　　组绣呈纤巧。歌舞夸妍妙。玉酒频倾，朱弦翠管，移宫易调。献金杯重叠、祝长生，永逍遥奉道。

注：该词上阕第三句至第五句为乐段二中的格式（2）；下阕第三句至第五句为乐段二中的格式（1）。全词双调，七十字，上下阕各七句，四仄韵。

例三　连理枝（七十二字）

（宋）邵叔齐

淡泊疏篱隔。寂寞官桥侧。绿萼青枝风尘外，别是一般姿质。念天涯憔悴、各飘零，记初曾相识。　　雪里清寒逼。月下幽香袭。不似薄情无凭准，一去音书难得。看年年时候、不逾期，报阳和消息。

注：该词上阕第三句和第四句为乐段二中的格式（3）；下阕第三句和第四句为乐段二中的格式（2）。全词双调，七十二字，上下阕各六句，四仄韵。

月 上 海 棠

　　此调有中调和长调两种体式，七十字者，见《梅苑》无名氏词，金词注"双调"，陆游词有"几曾传玉关遥信"句，更名《玉关遥》；九十一字者见姜夔《白石词》，注"夹钟商"，曹勋词名《月上海棠慢》。

中调《月上海棠》的长短句结构

中调《月上海棠》上阕，三个乐段		
乐段一（十五字或十四字）	乐段二（十一字或十二字）	乐段三（九字）
7　　35	4　　34	3　　6
7　　53	5　　34	
7　　7	5　　6	

中调《月上海棠》下阕，三个乐段		
乐段一（十五字）	乐段二（十一字或十二字）	乐段三（九字）
7　　35	4　　34	3　　6
7　　53	5　　34	

长调《月上海棠》的长短句结构

长调《月上海棠》上阕，四个乐段			
乐段一（十三字）	乐段二（九字）	乐段三（十三字）	乐段四（十一字）
4　5　4	5　　4	6　　34	3　4　4
4　4　5			

长调《月上海棠》下阕，四个乐段			
乐段一（十四字）	乐段二（九字）	乐段三（十三字）	乐段四（九字）
2　4　4　4	5　　4	6　3　4	3　　6
2　3　3　6			

《康熙词谱》共收集《月上海棠》五体，双调，其中，中调三体，长调两体。中调《月上海棠》上下阕分别可分为三个乐段，长调《月上海棠》上下阕分别可分为四个乐段，各自的长短句结构分别如表所示。从表中可以看出，两者的长短句结构迥异。

　　中调《月上海棠》有七十字或七十二字等格式，上下阕各六句，四仄韵。《康熙词谱》以七十字体无名氏词为标谱词例，该调的正格与变格如表所示，其中，上下阕各乐段中的格式（1）为正格句式，其余为变格句式。

　　长调《月上海棠》九十一字，上阕十句，四仄韵，下阕十一句，五仄韵，其长短句结构如表所示。《康熙词谱》以陈允平词为标谱词例，该调的正格与变格如表所示，其中，各乐段中的格式（1）为正格句式，其余为变格句式。

例一　月上海棠（七十字）

《梅苑》无名氏

　　南枝昨夜先回暖。便凌寒、开花暗香远。化工忒煞，把琼瑶、恣情裁剪。皑皑的，点缀梢头又遍。　　横斜影蘸清溪浅。似玉人、临鸾照粉面。大家休折，且迟留、对花开宴。祝东风，吹作和羹未晚。

　　注：该词上阕第一句和第二句为乐段一中的格式（1），第三句和第四句为乐段二中的格式（1）；下阕第一句和第二句为乐段一中的格式（1），第三句和第四句为乐段二中的格式（1），第五句和第六句为乐段三中的格式（1）。全词双调，七十字，上下阕各六句，四仄韵。

例二　月上海棠（七十字）

（宋）陆　游

　　兰房绣户怏怏病。叹春醒、和闷甚时醒。燕子空归，几曾传、玉关边信。伤心处，独展团窠瑞锦。　　熏笼消歇沉烟冷。泪痕深、展转看花眼。漫拥余香，怎禁他、峭寒孤枕。西窗晓，几声银瓶玉井。

　　注：该词上阕第一句和第二句为乐段一中的格式（2），第三句和第四句为乐段二中的格式（2）；下阕第一句和第二句为乐段一中的格式（2），第三句和第四句为乐段二中的格式（2），第五句和第六句为乐段三中的格式（2）。全词双调，七十字，上下阕各六句，四仄韵。

中调《月上海棠》的正格与变格（双调）

中调《月上海棠》上阕，六句，四仄韵		
乐段一 （二句，十五字或十四字）	乐段二 （二句，十一字或十二字）	乐段三 （二句，九字）
＋－＋｜－－｜（韵） ＋＋＋（读）－－｜ －｜（韵） （1）	＋－＋｜（句）＋＋ ＋（读）＋－＋｜（韵） （1）	＋－｜（句）＋｜＋ －＋｜（韵）
＋－＋｜－－｜（韵） ＋＋＋（读）＋｜＋ －｜（韵） （2）	＋｜－－（句）＋＋ ＋（读）＋＋｜（韵） （2）	
＋－＋｜－－｜（韵） ｜＋｜＋－－（读）＋ －｜（韵） （3）	＋｜｜－－（句）＋ ＋＋（读）＋－＋｜ (韵) （3）	
＋－＋｜－－｜（韵） ＋｜－－｜－｜（韵） （4）	＋｜｜－－（句）＋ ｜＋－＋｜（韵） （4）	

例三　月上海棠（七十二字）

（金）　段克己

　　小楼舞彻双垂手。便倩雁将书、寄元九。举首望南山，独蛾眉、数峰明秀。人未老，且任高歌对酒。　　莫将此乐轻孤负。唤明月清风、做三友。纤手折黄花，步东篱、为伊三嗅。英雄泪，醉揾还须翠袖。

　　注：该词上阕第一句和第二句为乐段一中的格式（3），第三句和第四句为乐段二中的格式（3）；下阕第一句和第二句为乐段一中的格式（3），第三句和第四句为乐段二中的格式（3），第五句和第六句为乐段三中的格式（2）。全词双调，七十二字，上下阕各六句，四仄韵。

中调《月上海棠》下阕，六句，四仄韵			
乐段一 （二句，十五字）	乐段二 （二句，十一字或十二字）	乐段三 （二句，九字）
＋ － ＋ ｜ － － ｜（韵） ＋ ＋ ＋（读）－ － ｜ ＋ ｜（韵） （1）	＋ － ＋ ｜（句）＋ ＋ ＋（读）＋ － ＋ ｜（韵） （1）	｜ － ＋（句）＋ ｜ ＋ － ＋ ｜（韵） （1）
＋ － ＋ ｜ － － ｜（韵） ＋ ＋ ＋（读）＋ ｜ － － ｜（韵） （2）	＋ ｜ － －（句）＋ ＋ ＋（读）＋ － ＋ ｜ （韵） （2）	＋ － ｜（句）｜ ＋ － － ｜ ｜（韵） （2）
＋ － ＋ ｜ － ｜（韵）｜ ＋ ｜ － －（读）＋ － ｜（韵） （3）	＋ ｜ ｜ － －（句）＋ ＋ ＋（读）＋ － ＋ ｜ （韵） （3）	

例四　月上海棠（七十字）

（金）　段成己

酒杯何似浮名好。一入枯肠太山小。唤省梦中身，鹧鸪数声春晓。昂头处，几点青山屋杪。　　人生得计鱼游沼。视过眼光阴、向来少。须卜一枝安，笑月底、惊乌三绕。无穷事，毕竟何时是了。

注：该词上阕第一句和第二句为乐段一中的格式（4），第三句和第四句为乐段二中的格式（4）；下阕第一句和第二句为乐段一中的格式（3），第三句和第四句为乐段二中的格式（3），第五句和第六句为乐段三中的格式（2）。全词双调，七十字，上下阕各六句，四仄韵。

长调《月上海棠》的正格与变格（双调）

长调《月上海棠》上阕，十句，四仄韵	
乐段一（三句，十三字）	乐段二（二句，九字）
＋ － ＋ ｜（句）＋ － ＋ ｜（句） ｜ ＋ － ＋ ｜（句） （1） ＋ － － ｜（句）＋ ｜ － －｜（句） ＋ ＋ － ｜（韵） （2）	｜ ＋ － ＋ ｜（句）＋ － ＋ ｜（韵）

长调《月上海棠》上阕，十句，四仄韵	
乐段三（二句，十三字）	乐段四（三句，十一字）
＋ － ＋ ｜ － －（句）＋ ＋ ＋ （读）＋ － ＋ ｜（韵）	＋ － ｜（句）＋ ｜ ＋ ＋（句）＋ － ＋ ｜（韵）

长调《月上海棠》下阕，十一句，五仄韵	
乐段一（四句，十四字）	乐段二（二句，九字）
＋ ｜（韵）＋ － ＋ ｜（句）＋ ｜ － －（句）＋ ＋ － ｜（韵） （1） ＋ ｜（韵）＋ － ｜（句）＋ － ｜（句） ＋ ｜ ＋ ＋ － ｜（韵） （2）	｜ ＋ － ＋ ｜（句）＋ － ＋ ｜（韵）

长调《月上海棠》下阕，十一句，五仄韵	
乐段三（十三字）	乐段四（二句，九字）
＋ － ＋ ｜ － －（句）＋ － ｜（句） ＋ － ＋ ｜（韵） （1） ＋ ｜ ＋ ｜ － －（句）｜ － ＋（句） ＋ － ＋ ｜（韵） （2）	＋ － ｜（句）＋ － ＋ － ｜｜ （韵） （1） ＋ － ｜（句）＋ ｜ ＋ － ＋ ｜（韵） （2）

例一　月上海棠（九十一字）
（宋）陈允平

游丝弄晚，卷帘开看，燕重来时候。正秋千亭榭，锦窠春透。梦回褪浴华清，凝温泉、绛绡微皱。芳阴底，人立东风，露华如昼。　　宜酒。啼香泪薄，醉玉痕深，与春同瘦。想当年金谷，步帷初绣。彩云影里徘徊，娇无语，夜寒归后。莺窗晓，花间重携素手。

注：该词上阕第一句至第三句为乐段一中的格式（1）；下阕第一句至第四句为乐段一中的格式（1），第七句至第九句为乐段三中的格式（1），第十句和第十一句为乐段四中的格式（1）。该词双调，九十一字，上阕十句，四仄韵；下阕十一句，五仄韵。

例二　月上海棠（九十一字）
（宋）姜　夔

红妆艳色，照浣花溪影，绝代姝丽。弄轻风摇荡，满林罗绮。自然富贵天姿，都不比、等闲桃李。帘栊静，悄悄月上，正贪春睡。　　长记。初开日，逞妖艳，如与人面争媚。遇韶光一瞬，便成流水。对此自叹浮华，惜芳菲，易成憔悴。留无计，惟有花边尽醉。

注：该词上阕第一句至第三句为乐段一中的格式（2）；下阕第一句至第四句为乐段一中的格式（2），第七句至第九句为乐段三中的格式（2），第十句和第十一句为乐段四中的格式（2）。该词双调，九十一字，上阕十句，四仄韵；下阕十一句，五仄韵。

惜　黄　花

调见《梅溪词》。金词注"仙吕调"。

《惜黄花》的长短句结构

《惜黄花》上阕，四个乐段						
乐段一（八字）		乐段二（十字）		乐段三（十字）		乐段四（七字）
4	4	3	34	5	5	34
		4	3　3			

《惜黄花》下阕，四个乐段			
乐段一（八字）	乐段二（十字）	乐段三（十字）	乐段四（七字）
4　　4	3　　34 4　3　3	5　　5	34

《康熙词谱》共收集两体《惜黄花》，双调，上下阕分别可分为四个乐段，其长短句结构如表所示。该调七十字，上阕七句或八句，五仄韵；下阕七句或八句，五仄韵或四仄韵。《康熙词谱》以史达祖词为标谱词例。该调的正格与变格如表所示，其中，上下阕各乐段中的格式（1）为正格句式，其余为变格句式。

《惜黄花》的正格与变格（双调）

《惜黄花》上阕，七句或八句，五仄韵	
乐段一（二句，八字）	乐段二（二句或三句，十字）
＋－＋｜（韵）＋－＋｜（韵）	｜－－（句）＋＋＋（读）＋－＋ 　｜（韵） 　　　　　　　　　　（1） ｜｜－－（句）＋＋｜（句）＋＋｜（韵） 　　　　　　　　　　（2）
注：上阕乐段二中的格式"｜　｜－－（句）"，为"上一下三"句式。	

《惜黄花》上阕，七句或八句，五仄韵	
乐段三（二句，十字）	乐段四（一句，七字）
＋｜｜－－（句）＋｜－－｜（韵） 　　　（1） ＋｜－－｜（句）＋｜－－｜（韵） 　　　（2）	＋＋＋（读）＋－＋｜（韵）

例一　惜黄花（七十字）

（宋）史达祖

涵秋寒渚。染霜丹树。尚依稀，是来时、梦中行路。时节正思家，远道仍怀古。更对著、满城风雨。　　黄花无数。碧云欲暮。美人兮，美人兮、未知何处。独自卷帘栊，谁为开尊俎。恨不得、御风归去。

注：该词上阕第三句和第四句为乐段二中的格式（1），第五句和第六句为乐段三中的格式（1）；下阕第一句和第二句为乐段一中的格式（1），第三句和第四句为乐段二中的格式（1），第五句和第六句为乐段三中的格式（1）。全词双调，七十字，上下阕各七句，五仄韵。

《惜黄花》下阕，七句或八句，五仄韵或四仄韵	
乐段一（二句，八字）	乐段二（二句或三句，十字）
＋ － ＋ ｜（韵）＋ － ＋ ｜（韵） 　　　　　　（1）	｜ － ＋ ｜（句）＋ ＋ ＋ （读）＋ － ＋ 　　　　　　　　　　　　　｜（韵） 　　　　　　　　　　　　　（1）
＋ ｜ － －（句）＋ ＋ － ｜（韵） 　　　　　　（2）	｜ ｜ － ｜（句）＋ ＋ ｜（句）＋ ＋ ｜（韵） 　　　　　　　　　　　　　　　　（2）

《惜黄花》下阕，七句或八句，五仄韵或四仄韵	
乐段三（二句，十字）	乐段四（一句，七字）
＋ ｜ ｜ － －（句）＋ ｜ － － ｜（韵） 　　　　　　　（1）	＋ ＋ ＋（读）＋ － ＋ ｜（韵）
＋ ｜ － － ｜（句）＋ ｜ － － ｜（韵） 　　　　　　（2）	

例二　惜黄花（七十字）

（宋）许冲元

雁声晚断。寒霄云卷。正一枝开，风前看，月下见。花占千花上，香笑千香浅。化工与、最先裁剪。　　谁把瑶林，闲抛江岸。恁素英浓，芳心细，意何限。不恨宫妆色，不怨吹羌管。恨天远、恨春来晚。

注：该词上阕第三句和第四句为乐段二中的格式（2），第五句和第六句为乐段三中的格式（2）；下阕第一句和第二句为乐段一中的格式（2），第三句和第四句为乐段二中的格式（2），第五句和第六句为乐段三中的格式（2）。全词双调，七十字，上阕八句，五仄韵；下阕八句，四仄韵。

且 坐 令

调见《东浦词》。

《且坐令》的长短句结构

《且坐令》上阕，三个乐段		
乐段一（八字）	乐段二（十二字）	乐段三（十二字）
3　　5	7　　5	4　　4　　4

《且坐令》下阕，三个乐段		
乐段一（十三字）	乐段二（十三字）	乐段三（十二字）
34　　33	7　　33	7　　5

《康熙词谱》只收集一体《且坐令》，双调，上下阕分别可分为三个乐段，其长短句结构如表所示。该调七十字，上阕七句，五仄韵；下阕六句，六仄韵，其基本格式如表所示。

《且坐令》的基本格式（双调）

《且坐令》上阕，七句，五仄韵		
乐段一（二句，八句）	乐段二（二句，十二字）	乐段三（三句，十二字）
一 十 丨（韵）十 丨 一 一 丨（韵）	十 一 十 丨 一 一 丨（韵） 十 丨 一 一 丨（韵）	十 丨 一 一（句）十 一 十 丨（句）十 一 十 丨（韵）

《且坐令》下阕，六句，六仄韵		
乐段一（二句，十三句）	乐段二（二句，十三字）	乐段三（二句，十二字）
十 十 丨（读）十 一 十 丨（韵）十 十 丨（读） 十 一 丨（韵）	十 一 十 丨 一 一 丨（韵） 十 十 丨（读）一 十 丨（韵）	十 一 十 丨 一 一 （韵）丨 十 一 十 丨（韵）

例 且坐令（七十字）

（宋）韩 玉

闲院落。误了清明约。杏花雨过胭脂绰。紧了秋千索。斗草人归，朱门悄掩，梨花寂寞。　书万纸、恨凭谁托。才封了、又揉却。冤家何处贪欢乐。引得我、心儿恶。怎生全不思量着。那人人情薄。

注：全词双调，七十字，上阕七句，五仄韵；下阕六句，六仄韵。

佳 人 醉

《乐章集》注"双调"。

《佳人醉》的长短句结构

《佳人醉》上阕，三个乐段		
乐段一（十二字）	乐段二（十三字）	乐段三（十一字）
6　　6	5　　4　　4	6　　5

《佳人醉》下阕，三个乐段		
乐段一（七字）	乐段二（十五字）	乐段三（十三字）
3　　4	4　　6　　5	3　　4　　6

《康熙词谱》只收集一体《佳人醉》，双调，上下阕分别可分为三个乐段，其长短句结构如表所示。该调七十一字，上阕七句，五仄韵；下阕八句，六仄韵，其基本格式如表所示。

《佳人醉》的基本格式（双调）

《佳人醉》上阕，七句，五仄韵		
乐段一（二句，十二字）	乐段二（三句，十三字）	乐段三（二句，十一字）
＋｜＋－＋｜（韵） ＋｜＋－＋｜（韵）	｜＋－＋｜（韵）＋ －＋｜（句） ｜（韵）	＋｜＋－＋｜（句） ＋－＋｜（韵）

《佳人醉》下阕，八句，六仄韵		
乐段一（二句，七字）	乐段二（三句，十五字）	乐段三（三句，十三字）
＋一丨（韵）＋一＋丨（韵）	＋丨＋一（句）＋丨＋一＋丨（句）＋丨一一丨（韵）	＋一丨（韵）＋一＋丨（韵）＋丨＋一＋丨（韵）

例　佳人醉（七十一字）

（宋）柳　永

暮景萧萧雨霁。云淡天高风细。正月华如水。金波银汉，潋滟无际。冷浸书帷梦断，却披衣重起。　临轩砌。素光遥指。因念素娥，窨隔音尘何处，相望同千里。尽凝睇。恹恹无寐。渐晓雕栏独倚。

注：全词双调，七十一字，上阕七句，五仄韵；下阕八句，六仄韵。

西　施

《乐章集》注"仙吕调"。

《西施》的长短句结构

《西施》上阕，三个乐段		
乐段一（十二字）	乐段二（九字或十字）	乐段三（十四字）
7　　5	4　　5 5　　5	4　　5　　5 6　　3　　5

《西施》下阕，三个乐段		
乐段一（十三字）	乐段二（九字或十字）	乐段三（十四字）
7　　33	4　　5 5　　5	4　　5　　5 6　　3　　5

《康熙词谱》共收集两体《西施》，双调，上下阕分别可分为三个乐段，其长短句结构如表所示。该调有七十一字或七十三字等格式，上阕七句，四平韵；下阕七句，三平韵。

《康熙词谱》以七十一字体柳永词为标谱词例。该调的正格与变格如表所示，其中，上下阕各乐段中的格式（1）为正格句式，其余为变格句式。

《西施》的正格与变格（双调）

《西施》上阕，七句，四平韵		
乐段一（二句，十二字）	乐段二（二句，九字或十字）	乐段三（三句，十四字）
＋－＋｜｜－－（韵）＋｜｜－－（韵）	＋－＋｜（句）＋｜｜－－（韵）（1）	＋｜－－（句）＋｜－－｜（句）＋｜－－（韵）（1）
	＋－＋｜｜（句）＋｜｜－－（韵）（2）	＋｜＋－－｜（句）－＋｜（句）＋｜－－（韵）（2）

《西施》下阕，七句，三平韵		
乐段一（二句，十三字）	乐段二（二句，九字或十字）	乐段三（三句，十四字）
＋－＋｜－－｜（句）＋－｜（读）｜－－（韵）	＋－＋｜（句）＋｜－－（韵）（1）	＋｜－－（句）＋｜－－｜（句）＋｜－－（韵）（1）
	＋－＋｜｜（句）＋｜｜－－（韵）（2）	＋｜＋－＋｜（句）－＋｜（句）＋｜－－（韵）（2）

例一　西施（七十一字）

（宋）柳　永

　　柳街灯市好花多。尽让美琼娥。万娇千媚，的的在层波。取次妆梳，自有天然态，爱浅画双蛾。　　断肠最是金闺客，空怜爱、奈伊何。洞房咫尺，无计枉朝珂。有意怜才，每遇行云处，幸时恁相过。

注：该词上阕第三句和第四句为乐段二中的格式（1），第五句至第七句为乐段三中的格式（1）；下阕第三句和第四句为乐段二中的格式（1），第五句至第七句为乐段三中的格式（1）。全词双调，七十一字，上阕七句，四平韵；下阕七句，三平韵。

例二　西施（七十三字）
（宋）柳　永

苎萝妖艳世难侪。善媚悦君怀。后庭恃爱宠，尽使绝嫌猜。正恁朝欢暮宴，情未足，早江上兵来。　　捧心调态军前死，旋罗绮、变尘埃。至今想怨魄，无主尚徘徊。夜夜姑苏城外，当时月，但空照荒台。

注：该词上阕第三句和第四句为乐段二中的格式（2），第五句至第七句为乐段三中的格式（2）；下阕第三句和第四句为乐段二中的格式（2），第五句至第七句为乐段三中的格式（2）。全词双调，七十三字，上阕七句，四平韵；下阕七句，三平韵。

小　镇　西　犯

唐教坊曲有《镇西子》，唐乐府亦有《镇西》七言绝句诗，此盖以旧曲名，另创新声也。《乐章集》有两调，七十一字者，名《小镇西犯》，七十九字者，名《小镇西》，或名《镇西》，俱注"仙吕调"。

《小镇西犯》的长短句结构

《小镇西犯》上阕，三个乐段		
乐段一（九字）	乐段二（七字或十字）	乐段三（十八字或十九字）
5　　4	34	6　4　3　5
4　　5	34　　3	34　4　4　4
		5　4　4　6

《小镇西犯》下阕，三个乐段		
乐段一（十二字）	乐段二（七字或十字）	乐段三（十八字或十九字）
3　　5　　4	34	6　4　3　5
	34　　3	5　4　4　6

《康熙词谱》共收集三体《小镇西犯》，双调，上下阕分别可分为三个乐段，其长短句结构如表所示。该调有七十一字或七十九字等格式，上阕七句或八句，五仄韵或四仄韵；下阕八句或九句，六仄韵或五仄韵。《康熙词谱》以柳永词为第一词例。该调的正格与变格如表所示，其中，上下阕各乐段中的格式（1）为正格句式，其余为变格句式。

《小镇西犯》的正格与变格（双调）

《小镇西犯》上阕，七句或八句，五仄韵或四仄韵		
乐段一 （二句，九字）	乐段二 （一句或二句，七字或十字）	乐段三 （四句，十八字或十九字）
十一一｜｜（句）十 一十｜（韵） （1）	十十十（读）十 一十｜（韵） （1）	十｜十一十｜（韵）十 一十｜（韵）一｜｜（句） 十一一｜｜（韵） （1）
十一十｜一（句） 十一十｜（韵） （2）	十十十（读）十 一十｜（韵） ｜（韵） （2）	十十十（读）十｜一 （句）十｜一（句） 十一十｜（句）十一 十｜（韵） （2）
十一十｜（句）｜十 一十｜（韵） （3）		｜十一十｜（句）十｜ 一一（句）十一十｜（韵） 十一｜一十｜（韵） （3）

例一 小镇西犯（七十一字）

（宋）柳　永

　　水乡初禁火，青春未老。芳菲满、柳汀烟岛。波际红帏缥缈。尽杯盘小。歌被禊，声声谐楚调。　　路缭绕。野桥新市里，花浓妓好。引游人、竞来欢笑。酩酊谁家年少。信玉山倒。家何处，落日眠芳草。

　　注：该词上阕第一句和第二句为乐段一中的格式（1），第三句为乐段二中的格式（1），第四句至第七句为乐段三中的格式（1）；下阕第四句为乐段二中的格式（1），第五句至第八句为乐段三中的格式（1）。全词双调，七十一字，上阕七句，五仄韵；下阕八句，六仄韵。

《小镇西犯》下阕，八句或九句，六仄韵或五仄韵		
乐段一 （三句，十二字）	乐段二 （一句或二句，七字或十字）	乐段三 （四句，十八字或十九字）
＋＋＋｜（韵）＋－ －｜｜（句）＋－ ＋｜（韵）	＋＋＋（读）＋－ ＋｜（韵） （1） ＋＋＋（读）＋－ ＋｜（韵）＋－｜（韵） （2）	＋｜＋－＋｜（韵）＋ －＋－｜（韵）＋－｜（句） ＋＋－－｜（韵） （1） ｜＋－＋｜（句）＋－ ＋｜（句）＋－｜（句） ＋｜＋－＋｜（韵） （2） ｜＋－＋｜（句）＋｜－ －（句）＋－＋｜（韵） ＋－｜－＋｜（韵） （3）

例二　小镇西犯（七十九字）

（宋）柳　永

意中有个人，芳颜二八。天然俏、自来奸黠。最奇绝。是笑时、媚靥深深，百态千娇，再三偎着，再三香滑。　　久离缺。夜来魂梦里，尤花殢雪。分明似、旧家时节。正欢悦。被鸡声唤起，一场寂寞，无眠向晓，空有半窗残月。

注：该词上阕第一句和第二句为乐段一中的格式（2），第三句和第四句为乐段二中的格式（2），第五句至第八句为乐段三中的格式（2）；下阕第四句至第五句为乐段二中的格式（2），第六句至第九句为乐段三中的格式（2）。全词双调，七十九字，上阕八句，四仄韵；下阕九句，五仄韵。

例三　小镇西犯（七十九字）

（宋）蔡　伸

秋风吹雨，觉重衾寒透。伤心听、晓钟残漏。凝情久。记红窗夜雪，促膝围炉，交杯劝酒。如今顿孤欢偶。　　念别后。菱花清镜里，眉峰暗斗。想标格、怎禁消瘦。忍回首。但云笺妙墨，鸳锦啼妆，依然似旧。临风泪沾襟袖。

注：该词上阕第一句和第二句为乐段一中的格式（3），第三句至第四句为乐段二中的格式（2），第五句至第八句为乐段三中的格式（3）；下阕第四句至第五句为乐段二中的格式（2），第六句至第九句为乐段三中的格式（3）。全词双调，七十九字，上阕八句，五仄韵；下阕九句，六仄韵。

千 秋 岁

《宋史·乐志》"歇指调"；金词注"中吕调"，一名《千秋节》。

《千秋岁》的长短句结构

上阕，两个乐段		下阕，两个乐段	
乐段一 （十五字或十六字）	乐段二 （二十字）	乐段一 （十六字）	乐段二 （二十字）
4　5　3　3 　4　5　7	5　5　3　7	5　5　3　3	5　5　3　7

《康熙词谱》共收集八体《千秋岁》，双调，上下阕分别可分为两个乐段，其长短句结构如表所示。该调有七十一字和七十二字两种格式，用仄韵，韵脚数变化较大，上阕八句或七句，五仄韵或六仄韵、七仄韵、四仄韵；下阕八句，五仄韵或四仄韵、六仄韵、七仄韵。对七十一字体（即上阕第三和第四两句为三字句）而言，《康熙词谱》以上下阕各五仄韵的秦观词为正体或正格；对七十二字体（即上阕第三句为七字句）而言，《康熙词谱》以上下阕各五仄韵的欧阳修词为正体或正格。该调的正格与变格如表所示，其中，上阕乐段一中的格式（1）和格式（2），上阕乐段二、下阕乐段一和乐段二中的格式（1）为正格句式，其余为变格句式。

例一　千秋岁（七十一字）

（宋）秦　观

柳边沙外。城郭轻寒退。花影乱，莺声碎。飘零疏酒盏，离别宽衣带。人不见，碧云暮合空相对。　　忆昔西池会。鸳鹭同飞盖。携手处，今谁在。日边清梦断，镜里朱颜改。春去也，落红万点愁如海。

注：该词上阕第一句至第四句为乐段一中的格式（1），第五句至第八句为乐段二中的格式（1）；下阕第一句至第四句为乐段一中的格式（1），第五句至第八句为乐段二中的格式（1）。全词双调，七十一字，上下阕各八句，五仄韵。

《千秋岁》的正格与变格（双调）

《千秋岁》上阕，八句或七句，五仄韵或六仄韵、七仄韵、四仄韵	
乐段一（四句或三句，十五字或十六字）	乐段二（四句，二十字）
＋ － ＋ ｜（韵）＋ ｜ － －｜（韵） ＋ ＋ ｜（句）－ － ｜（韵） （1）	＋ － － ｜ ｜（句）＋ ｜ － － ｜（韵） ＋ ＋ ｜（句）＋ － ＋ ｜（韵） （1）
＋ － ＋ ｜（韵）＋ ｜ － － ｜（韵） ＋ ＋ － ＋ ｜（句）－ － ｜（韵） （2）	
＋ － ＋ ｜（韵）＋ ｜ － － ｜（韵） ＋ ＋ ｜（韵）－ － ｜（韵） （3）	＋ － － ｜ ｜（句）＋ ｜ － － ｜（韵） ＋ ＋ ｜（韵）＋ － ＋ ｜（韵） （2）
＋ － ＋ ｜（韵）＋ ｜ － － ｜（韵） ＋ ＋ ｜（句）－ － ｜（韵） （4）	

《千秋岁》下阕，八句，五仄韵或六仄韵、七仄韵、四仄韵	
乐段一（四句，十六字）	乐段二（四句，二十字）
＋ ｜ － － ｜（韵）＋ ｜ － － ｜（韵） ＋ ＋ ｜（句）－ － ｜（韵） （1）	＋ － － ｜ ｜（句）＋ ｜ － － ｜（韵） ＋ ＋ ｜（句）＋ － ＋ ｜（韵） （1）
＋ ｜ － － ｜（韵或句）＋ ｜ － － ｜（韵）＋ ＋ ｜（句或韵）－ ＋ ｜（韵） （2）	＋ － － ｜ ｜（句）＋ ｜ － － ｜（韵） ＋ ＋ ｜（句或韵）＋ － ＋ ｜ － － ｜（韵） （2）
	＋ ｜ － － ｜（句）＋ ｜ － － ｜（韵） ＋ ＋ ｜（句）＋ － ＋ ｜ － － ｜（韵） （3）

注：相关乐段中的格式"＋ ＋ ｜"，尽管个别词例有三连仄现象，但大多是有平有仄。

例二　千秋岁（七十一字）

（宋）周紫芝

小春时候。晴日吴山秀。霜尚浅，梅先透。波翻醽醁炝，雾满芙蓉绣。持寿酒。仙娥特地回双袖。　　试问春多少。恩入芝兰厚。松不老，山长久。星占南极远，家是椒房旧。君一笑。金銮看取人归后。

注：该词上阕第一句至第四句为乐段一中的格式（1），第五句至第八句为乐段二中的格式（2）；下阕第一句至第四句为乐段一中的格式（1），第五句至第八句为乐段二中的格式（2）。全词双调，七十一字，上下阕各八句，六仄韵。《康熙词谱》有注："后段起句'少'字，第七句'笑'字，俱以篠叶有，亦古韵也。"

例三　千秋岁（七十一字）

（宋）石孝友

金风玉宇。庭院新经雨。香有露。清无暑。溪光摇几席，岚翠横尊俎。烘笑语。佳时聊复乡人聚。　　门外荷花浦。秋到花无数。红脸鲤。青浮醑。何妨文字饮，更得江山助。从此去。蒲轮入佐中兴主。

注：该词上阕第一句至第四句为乐段一中的格式（3），第五句至第八句为乐段二中的格式（2）；下阕第一句至第四句为乐段一中的格式（2），第五句至第八句为乐段二中的格式（2）。全词双调，七十一字，上下阕各八句，七仄韵。

例四　千秋岁（七十一字）

（宋）叶梦得

雨声萧瑟，初到梧桐响。人不寐，秋襟爽。低檐灯黯淡，画幕风来往。谁共赏。依稀记得船篷上。　　拍岸浮轻浪。水阔菰蒲长。向别浦，收横网。绿蓑冲暝色，艇子摇双桨。君莫忘。此情犹是当时唱。

注：该词上阕第一句至第四句为乐段一中的格式（4），第五句至第八句为乐段二中的格式（2）；下阕第一句至第四句为乐段一中的格式（1），第五句至第八句为乐段二中的格式（2）。全词双调，七十一字，上阕八句，五仄韵；下阕八句，六仄韵。

例五　千秋岁（七十一字）

（宋）晁补之

玉京仙侣，同受琅函结。风雨隔，尘埃绝。霞觞翻手破，阆苑花前别。鹏翼敛，人间泛梗无由歇。　　岂忆山中酒，还共溪边月。愁冈火，时间灭。何妨心似水，莫遣头如雪。春近也，江南雁识归时节。

  注：该词上阕第一句至第四句为乐段一中的格式（4），第五句至第八句为乐段二中的格式（1）；下阕第一句至第四句为乐段一中的格式（2），第五句至第八句为乐段二中的格式（1）。全词双调，七十一字，上下阕各八句，四仄韵。

例六　千秋岁（七十二字）
（宋）欧阳修

  数声鹈鴂。又报芳菲歇。惜春更把残红折。雨轻风色暴，梅子青时节。永丰柳，无人尽日飞花雪。　　莫把丝弦拨。怨极弦能说。天不老，情难绝。心似双丝网，中有千千结。夜过也，东窗未白孤灯灭。

  注：该词上阕第一句至第三句为乐段一中的格式（2），第四句至第七句为乐段二中的格式（1）；下阕第一句至第四句为乐段一中的格式（1），第五句至第八句为乐段二中的格式（3）。全词双调，七十二字，上阕七句，五仄韵；下阕八句，五仄韵。

例七　千秋岁（七十二字）
（宋）叶梦得

  晓烟溪畔。曾记东风面。化工更与重裁剪。额黄明艳粉，不共妖红软。凝露脸。多情正是当时见。　　谁向沧波岸。特地移闲馆。情一缕，愁千点。烦君搜妙语，为我催清燕。须细看。纷纷乱蕊空凡艳。

  注：该词上阕第一句至第三句为乐段一中的格式（2），第四句至第七句为乐段二中的格式（2）；下阕第一句至第四句为乐段一中的格式（1），第五句至第八句为乐段二中的格式（2）。全词双调，七十二字，上阕七句，六仄韵；下阕八句，六仄韵。

例八　千秋岁（七十二字）
《梅苑》无名氏

  腊残春近。江上梅开粉。一枝漏泄东君信。寿阳妆面靓，姑射冰姿莹。似浅杏，清香试与分明认。　　只恐霜侵破，又怕风吹损。待折取，还不忍。莫将花上貌，来点多情鬓。凝睇久，行人立马成遗恨。

  注：该词上阕第一句至第三句为乐段一中的格式（2），第四句至第七句为乐段二中的格式（1）；下阕第一句至第四句为乐段一中的格式（2），第五句至第八句为乐段二中的格式（1）。全词双调，七十二字，上阕七句，五仄韵；下阕八句，四仄韵。

惜 奴 娇

元高拭词注"双调"。按《高丽史·乐志》，宋赐大晟乐内有《惜奴娇曲破》，择其雅者，亦为类列。

中调《惜奴娇》的长短句结构

中调《惜奴娇》上阕，四个乐段			
乐段一 （十字或九字、十六字）	乐段二 （七字或六字）	乐段三 （十字）	乐段四 （九字）
4　　33	34	4　　33	2　　34
4　　5	33	4　　6	2　　7
4　　6　　6			3　　33

中调《惜奴娇》下阕，四个乐段			
乐段一 （十字或十四字）	乐段二 （七字或六字）	乐段三 （十字或十一字）	乐段四 （九字或十字）
4　　33	34	4　　33	2　　34
4　　6	33	4　　6	2　　7
4　　4　　6		4　　7	2　　44
			3　　33

长调《惜奴娇》的长短句结构

长调《惜奴娇》上阕，四个乐段			
乐段一（十三字）	乐段二（十四字）	乐段三（十一字）	乐段四（十二字）
6　　7	4　　46	4　　7	34　　5

长调《惜奴娇》下阕，四个乐段			
乐段一（十五字）	乐段二（十四字）	乐段三（十一字）	乐段四（十二字）
2　　5　　35	4　　46	4　　7	34　　5

《康熙词谱》共收集五体《惜奴娇》，双调，有中调和长调两种体式，上下阕可分别分为四个乐段，各自的长短句结构分别如表所示。比较两者之间的长短句结构，可见它们之间迥异。

中调《惜奴娇》有七十二字或七十一字、七十三字、八十字等格式，上阕七句或八句，五仄韵或四仄韵、七仄韵；下阕七句或八句，五仄韵或四仄韵一叠韵、四仄韵、七仄韵。《康熙词谱》以七十二字体史达祖词为标谱词例，该调的正格与变格如表所示，上下阕各乐段中的格式（1）为正格句式，其余为变格句式。长调《惜奴娇》一百二字，上阕九句，五仄韵；下阕十句，六仄韵，其基本格式如表所示。

中调《惜奴娇》的正格与变格（双调）

中调《惜奴娇》上阕，七句或八句，五仄韵或四仄韵、七仄韵	
乐段一（二句，十字或九字、十六字）	乐段二（一句，七字或六字）
＋｜－－（句）＋＋＋（读）－－｜（韵）（1） ＋｜－－（句）＋｜－－｜（韵）（2） ＋－＋｜（句）＋｜－－｜（韵）（3） ＋－＋｜（韵）＋｜＋－＋｜（韵） ＋｜＋－＋｜（韵）（4）	＋＋＋（读）＋－＋｜（韵）（1） ＋＋＋（读）＋｜＋｜（韵）（2） ＋＋＋（读）＋－｜（韵）（3）

中调《惜奴娇》上阕，七句或八句，五仄韵或四仄韵、七仄韵	
乐段三（二句或三句，十字）	乐段四（二句，九字）
＋｜－－（句）＋＋＋（读）＋－｜（韵）（1） ＋｜－－（句）＋｜＋－＋｜（韵）（2）	＋｜（韵）＋＋＋＋（读）＋－＋｜（韵）（1） ＋｜（韵）＋｜－＋－｜（韵）（2） ＋＋｜（句）＋＋＋（读）＋－＋｜（韵）（3）

中调《惜奴娇》下阕，七句或八句，五仄韵或四仄韵一叠韵、四仄韵、七仄韵	
乐段一（二句或三句，十字或十四字）	乐段二（二句或一句，七字或六字）
＋｜－－（句）＋＋＋（读）＋－｜（韵）（1）	＋＋＋（读）＋－＋｜（韵）（1）
＋｜－－（句）＋｜＋－＋｜（韵）（2）	＋＋＋（读）＋＋＋｜（韵）（2）
＋－＋｜（韵）＋－＋｜（韵）＋｜＋－＋｜（韵）（3）	＋＋＋（读）＋＋＋｜（韵）（3）

中调《惜奴娇》下阕，七句或八句，五仄韵或四仄韵一叠韵、四仄韵、七仄韵	
乐段三（二句，十字或十一字）	乐段四（二句，九字或十字）
＋｜－－（句）＋＋＋（读）＋－｜（韵）（1）	＋｜（韵或叠）＋＋＋（读）＋－＋｜（韵）（1）
＋＋－｜（句）＋｜＋－＋｜（韵）（2）	＋｜（韵）＋－＋｜＋－｜（韵）（2）
＋｜－－（句）＋＋＋－｜（韵）（3）	＋｜（韵）＋｜＋－（读）＋－＋｜（韵）（3）
	＋－｜（句）＋＋＋（读）＋－｜（韵）（4）

例一　惜奴娇（七十二字）

（宋）史达祖

香剥酥痕，自昨夜、春愁醒。高情寄、冰桥雪岭。试约黄昏，便不误、黄昏信。人静。倩娇娥、留连秀影。　　吟鬓簪香，已断了、多情病。年年待、将春管领。镂月描云，不枉了、闲心性。漫听。谁敢把、红颜比并。

注：该词上阕第一句和第二句为乐段一中的格式（1），第三句为乐段二中的格式（1），第四句和第五句为乐段三中的格式（1），第六句和第七句为乐段四中的格式（1）；下阕第一句和第二句为乐段一中的格式（1），第三句为乐段二中的格式（1），第四句和第五句为乐段三中的格式（1），第六句和第七句为乐段四中的格式（1）。全词双调，七十二字，上下阕各七句，五仄韵。

例二　惜奴娇（七十一字）
（宋）晁补之

歌阕琼筵，暗失金貂侣。说衷肠、丁宁嘱付。棹举帆开，黯行色、秋将暮。欲去。待却回、高城已暮。　　渔火烟村，但触目、伤离绪。此情向、阿谁分诉。那里思量，争知我、思量苦。最苦。睡不著、西风夜雨。

注：该词上阕第一句和第二句为乐段一中的格式（2），第三句为乐段二中的格式（1），第四句和第五句为乐段三中的格式（1），第六句和第七句为乐段四中的格式（1）；下阕第一句和第二句为乐段一中的格式（1），第三句为乐段二中的格式（1），第四句和第五句为乐段三中的格式（1），第六句和第七句为乐段四中的格式（1）。全词双调，七十一字，上阕七句，五仄韵；下阕七句，四仄韵一叠韵。

例三　惜奴娇（七十一字）
《高丽史·乐志》无名氏

莫如胜概，景压天街际。彩鳌举、百仞耸倚。凤舞龙骧，满目红光宝翠。动霁色，余霞映、散成绮。　　渐灼兰膏，覆满青烟罩地。簇宫商、捆荡纷委。万姓瞻仰，苒苒云龙香细。共稽首，同乐与、众方纪。

注：该词上阕第一句和第二句为乐段一中的格式（3），第三句为乐段二中的格式（2），第四句和第五句为乐段三中的格式（2），第六句和第七句为乐段四中的格式（3）；下阕第一句和第二句为乐段一中的格式（2），第三句为乐段二中的格式（2），第四句和第五句为乐段三中的格式（2），第六句和第七句为乐段四中的格式（4）。全词双调，七十一字，上下阕各七句，四仄韵。

例四　惜奴娇（八十字）
《高丽史·乐志》无名氏

景云披靡。露浥轻寒若水。尽是游人才美。陌尘润、宝沉递。笑指扬鞭，多少高门胜会。况是。只有今夕誓无寐。　　盛时凝理。箫韶可继。阆苑金门齐启。烛连宵、宁防避。暗尘随马，明月逐人无际。调戏。相歌秾李未阑已。

  注：该词上阕第一句至第三句为乐段一中的格式（4），第四句为乐段二中的格式（3），第五句和第六句为乐段三中的格式（2），第七句和第八句为乐段四中的格式（2）；下阕第一句至第三句为乐段一中的格式（3），第四句为乐段二中的格式（3），第五句和第六句为乐段三中的格式（2），第七句和第八句为乐段四中的格式（2）。全词双调，八十字，上下阕各八句，七仄韵。

例五　惜奴娇（七十三字）
（宋）赵长卿

  洛浦娇魂，恐得到、人间少。把风流、分付花貌。六出精神，腊寒射、香试到。清秀。与江梅、争相先后。　　檐卜粗疏，怎似妖娆体调。比山樊、也应错道。最是殷勤，捧出金盏银台笑。拼了。仙源与、奇葩醉倒。

  注：该词上阕第一句和第二句为乐段一中的格式（1），第三句为乐段二中的格式（2），第四句和第五句为乐段三中的格式（1），第六句和第七句为乐段四中的格式（1）；下阕第一句和第二句为乐段一中的格式（2），第三句为乐段二中的格式（1），第四句和第五句为乐段三中的格式（3），第六句和第七句为乐段四中的格式（1）。全词双调，七十三字，上下阕各七句，五仄韵。

例六　惜奴娇（七十二字）
（宋）蔡　伸

  隔阔多时，算彼此、难存济。咫尺地、千山万水。眼眼相看，要说话、都无计。只是。唱曲儿、词中认意。　　雪意垂垂，更刮地、寒风起。怎禁这、几夜意。未散痴心，便指望、长偎倚。只替。那火桶儿、与奴暖被。

  注：该词上阕第一句和第二句为乐段一中的格式（1），第三句为乐段二中的格式（1），第四句和第五句为乐段三中的格式（1），第六句和第七句为乐段四中的格式（1）；下阕第一句和第二句为乐段一中的格式（1），第三句为乐段二中的格式（3），第四句和第五句为乐段三中的格式（1），第六句和第七句为乐段四中的格式（3）。全词双调，七十二字，上下阕各七句，五仄韵。

长调《惜奴娇》的基本格式（双调）

长调《惜奴娇》上阕，九句，五仄韵	
乐段一（二句，十三字）	乐段二（三句，十四字）
＋｜＋－＋｜（韵）＋｜－－｜－｜（韵）	＋｜－－（句）＋｜＋｜（句）＋｜＋－＋｜（韵）

长调《惜奴娇》上阕，九句，五仄韵	
乐段三（二句，十一字）	乐段四（二句，十二字）
＋｜－－（句）＋｜－－｜－｜（韵）	＋＋＋（读）＋｜－－（韵）＋｜＋－｜（韵）

长调《惜奴娇》下阕，十句，六仄韵	
乐段一（三句，十五字）	乐段二（三句，十四字）
＋｜（韵）＋｜－－｜（韵）＋＋＋（读）＋｜－－｜（韵）	＋｜－－（句）＋｜＋｜（句）＋｜＋－＋｜（韵）

长调《惜奴娇》下阕，十句，六仄韵	
乐段三（二句，十一字）	乐段四（二句，十二字）
＋｜－－（句）＋｜－－｜－｜（韵）	＋＋＋（读）＋｜－－（句）＋｜＋－｜（韵）

例　惜奴娇（一百二字）

《高丽史·乐志》无名氏

春早皇都冰泮。宫沼东风布轻暖。梅粉飘香，柳带弄色，瑞霭祥烟凝浅。正值元宵，行乐同民总无间。肆情怀、何惜相邀。是处里容款。　　无算。仗委东君遍。有风光、占五陵闲散。从把千金，五夜继赏，并彻春宵游玩。借问花灯，金锁琼瑰果曾罕。洞天里、一掠蓬瀛，第恐今宵短。

注：全词双调，一百二字，上阕九句，五仄韵；下阕十句，六仄韵。

卓 牌 子 近

宋人填词，有犯有近，有促拍，有近拍。近者，其腔调微近也。此调见《袁宣卿集》，名《卓牌子近》，因字句与《卓牌子》不同，故另录于此。

《卓牌子近》的长短句结构

《卓牌子近》上阕，四个乐段			
乐段一（十字）	乐段二（七字）	乐段三（十字）	乐段四（十二字）
4　　6	34	6　　4	6　　3　　3

《卓牌子近》下阕，四个乐段			
乐段一（六字）	乐段二（九字）	乐段三（十字）	乐段四（七字）
6	5　　4	4　　6	34

《康熙词谱》只收集一体《卓牌子近》，双调，上下阕分别可分为四个乐段，其长短句结构如表所示。该调七十一字，上阕八句，五仄韵；下阕六句，四仄韵，其基本格式如表所示。

《卓牌子近》的基本格式（双调）

《卓牌子近》上阕，八句，五仄韵			
乐段一（二句，十字）	乐段二（一句，七字）	乐段三（二句，十字）	乐段四（三句，十二字）
＋丨一一（句）＋一＋丨一丨（韵）	＋＋丨（读）＋一＋丨（韵）	一丨＋丨一一（句）＋丨一丨（韵）	一丨＋丨一丨（句）一一＋丨（韵）一一＋丨（韵）

《卓牌子近》下阕，六句，四仄韵			
乐段一（一句，六字）	乐段二（二句，九字）	乐段三（二句，十字）	乐段四（一句，七字）
＋丨＋一＋丨（韵）	＋＋丨一一（句）＋一＋丨（韵）	＋丨一一（句）＋一＋丨＋丨（韵）	＋＋丨（读）＋一一＋丨（韵）

例 卓牌子近（七十一字）

（宋）袁去华

曲沼朱栏，缭墙翠竹晴昼。金万缕、摇摇风柳。还是燕子归时，花信来后。看淡净洗妆态，梅样瘦。春初透。　　尽日明窗相守。闲共我焚香，伴伊刺绣。睡眼薯腾，今朝早是病酒。那堪更、困人时候。

注：全词双调，七十一字，上阕八句，五仄韵；下阕六句，四仄韵。

三　登　乐

调见《石湖词》。按《汉书·食货志》："三考黜陟，余三年食，进业曰登，再登曰平，余六年食；三登曰泰平，二十七岁，遗九年食，然后王德流洽，礼乐成焉。"《三登乐》之调名取此。

《三登乐》的长短句结构

《三登乐》上阕，四个乐段		
乐段一（十八字或十七字）	乐段二（十字或十一字）	乐段三（八字）
4　　34　　34 4　　6　　7	33　　4 5　　6	4　　4

《三登乐》下阕，四个乐段		
乐段一（十七字或十六字）	乐段二（十字或十一字）	乐段三（八字或九字）
6　　4　　34 5　　4　　7 33　　4　　34	33　　4 33　　5	4　　4 4　　5

《康熙词谱》共收集两体《三登乐》，双调，上下阕分别可分为三个乐段，其长短句结构如表所示。该调有七十一字或七十二字等格式，上阕七句，四仄韵或三仄韵；下阕七句，四仄韵。《康熙词谱》以七十一字体范成大词为标谱词例。该调的正格与变格如表所示，其中，上下阕各乐段中的格式（1）为正格句式，其余为变格句式。

《三登乐》的正格与变格（双调）

《三登乐》上阕，七句，四仄韵或三仄韵		
乐段一 （三句，十八字或十七字）	乐段二 （二句，十字或十一字）	乐段三 （二句，八字）
＋｜＋—（句）＋＋＋（读） ＋—＋｜（韵）＋＋＋（读） ＋—＋｜（韵） （1）	＋＋＋（读）＋＋ ｜（句）＋—＋｜（韵） （1）	＋｜＋—（句） ＋—＋｜（韵） （1）
＋｜＋—（句）｜＋｜— —（句）｜＋—＋｜＋｜（韵） （2）	＋｜｜——（句） ＋｜—＋｜（韵） （2）	＋—＋｜（句） ＋—＋｜（韵） （2）

《三登乐》下阕，七句，四仄韵		
乐段一 （三句，十七字或十六字）	乐段二 （二句，十字或十一字）	乐段三 （二句，八字或九字）
｜＋——｜｜（句）＋— ＋｜（韵）＋＋＋（读） ＋—＋｜（韵） （1）	＋＋＋（读）＋—＋｜ （句）＋—＋｜（韵） （1）	＋｜＋—（句） ＋—＋｜（韵） （1）
｜＋—＋｜（韵）＋｜— —（句）＋—＋｜—— ｜（韵） （2）	＋＋＋（读）＋＋｜ （句）＋——｜｜（韵） （2）	＋—＋｜（句） ＋——｜｜（韵） （2） ＋—＋｜（句） ＋—＋｜（韵） （3）
＋＋＋（读）—＋｜（句） ＋—＋｜（句）＋＋＋ （读）＋—＋｜（韵） （3）		

例一　三登乐（七十一字）

（宋）范成大

一碧鳞鳞，横万里、天垂吴楚。四无人、橹声自语。向浮云、西下处，水村烟树。何处系船，暮涛涨浦。　　正江南摇落后，好山无数。尽乘流、兴来便去。对青灯、独自叹，一生羁旅。敲枕梦寒，又还夜雨。

注：该词上阕第一句至第三句为乐段一中的格式（1），第四句和第五句为乐段二中的格式（1），第六句和第七句为乐段三中的格式（1）；下阕第一句至第三句为乐段一中的格式（1），第四句和第五句为乐段二中的格式（1），第六句和第七句为乐段三中的格式（1）。全词双调，七十一字，上下阕各七句，四仄韵。

例二　三登乐（七十一字）

（宋）陈三聘

一品归来，强健日、小园幽圃。扁舟兴、恐天未许。想当年、持汉节，众齐咻楚。丹忠此日，盛名千古。　　揿词章、师海内，纬文经武。莫寒盟、故山旧侣。到鲈乡、还又是，秋风斜雨。鸣刀鲙雪，未应便去。

注：该词上阕第一句至第三句为乐段一中的格式（1），第四句和第五句为乐段二中的格式（1），第六句和第七句为乐段三中的格式（2）；下阕第一句至第三句为乐段一中的格式（3），第四句和第五句为乐段二中的格式（1），第六句和第七句为乐段三中的格式（3）。全词双调，七十一字，上下阕各七句，四仄韵。

例三　三登乐（七十二字）

（宋）罗子衎

过了元宵，见七叶冀又飞，恰今朝昴宿降瑞。初度果生贤，尽道丰姿绝异。翰林人物，云霄富贵。　　自栖鸾展骥。迤逦黄堂，每登要路无留滞。暂归来、访松菊，趣装行用济。增崇福禄，寿延千百岁。

注：该词上阕第一句至第三句为乐段一中的格式（2），第四句和第五句为乐段二中的格式（2），第六句和第七句为乐段三中的格式（2）；下阕第一句至第三句为乐段一中的格式（2），第四句和第五句为乐段二中的格式（2），第六句和第七句为乐段三中的格式（2）。全词双调，七十二字，上阕七句，三仄韵；下阕七句，四仄韵。

檐 前 铁

调见《古今词话》，因词中有"檐前铁马戛叮当"句，故名。

《檐前铁》的长短句结构

《檐前铁》上阕，三个乐段		
乐段一（十一字）	乐段二（十四字）	乐段三（十二字）
3　4　4	3 5　　6	3　3　3 3

《檐前铁》下阕，三个乐段		
乐段一（十二字）	乐段二（十字）	乐段三（十二字）
3 3　6	3 7	4　5　3

《康熙词谱》只收集一体《檐前铁》，双调，上下阕分别可分为三个乐段，其长短句结构如表所示。该调七十一字，上阕八句，三仄韵；下阕六句，三仄韵。，其基本格式如表所示。

《檐前铁》的基本格式（双调）

《檐前铁》上阕，八句，三仄韵		
乐段一（三句，十一字）	乐段二（二句，十四字）	乐段三（三句，十二字）
∣－－（句）＋∣－ －（句）＋－＋∣（韵）	＋＋＋（读）＋∣∣ －－（句）＋∣＋－ ＋∣（韵）	－＋∣（句）－－－ ∣（句）＋＋＋（读） －＋∣（韵）

《檐前铁》下阕，六句，三仄韵		
乐段一（二句，十二字）	乐段二（一句，十字）	乐段三（三句，十二字）
＋＋＋（读）∣－－（句） ＋∣＋－＋∣（韵）	＋＋＋（读）＋ －＋∣－∣（韵）	＋∣－－（句） ＋∣∣－－（句） －＋∣（韵）

例 檐前铁（七十一字）

《古今词话》无名氏

悄无人，宿雨恹恹，空庭乍歇。听檐前、铁马戛叮当，敲破梦魂残结。丁年事，天涯恨，又早在、心头咽。　谁怜我、绮帘前，镇日鞋儿双趺。今番也、石人应下千行血。拟展青天，写作断肠文，难尽说。

注：全词双调，七十一字，上阕八句，三仄韵；下阕六句，三仄韵。

甘 露 歌

调见《乐府雅词》，又名《古祝英台》。

《甘露歌》的长短句结构

上阕，两个乐段		中阕，两个乐段		下阕，两个乐段	
乐段一（十二字）	乐段二（十二字）	乐段一（十二字）	乐段二（十二字）	乐段一（十二字）	乐段二（十二字）
7　　5	7　　5	7　　5	7　　5	7　　5	7　　5

《康熙词谱》只收集一体《甘露歌》，三阕，每一阕各有两个乐段，其长短句结构如表所示。该调七十二字，每一阕各四句，两平韵两仄韵，其基本格式如表所示。

《甘露歌》的基本格式（双调）

《甘露歌》上阕，四句，两平韵两仄韵	
乐段一（二句，十二字）	乐段二（二句，十二字）
＋｜＋ － －｜｜（仄韵）＋ －－｜｜（韵）	＋｜－ － ＋｜－（平韵）＋｜｜－ －（韵）

《甘露歌》中阕，四句，两平韵两仄韵	
乐段一（二句，十二字）	乐段二（二句，十二字）
＋｜＋ － －｜｜（换仄韵）＋｜｜（韵）	＋｜－ － ＋｜－（换平韵）＋｜｜－ －（韵）

《甘露歌》下阕，四句，两仄韵两平韵	
乐段一（二句，十二字）	乐段二（二句，十二字）
＋ － ＋ | － ＋ |（换仄韵）＋ | － － |（韵）	＋ | ＋ － － | －（换平韵）＋ | | | － －（韵）

例　甘露歌（七十二字）

（宋）王安石

折得一枝香在手。人间应未有。疑是经春雪未消。今日是何朝。　　尽日含毫难比兴。都无色可并。万里晴天何处来。真是屑琼瑰。　　天寒日暮山谷里。的砾愁成水。池上渐多枝上稀。唯有故人知。

注：全词三阕，七十二字，每阕各四句，两仄韵两平韵。

忆　帝　京

《乐章集》注"南吕调"。

《忆帝京》的长短句结构

《忆帝京》上阕，三个乐段		
乐段一（十三字）	乐段二（十字或十一字）	乐段三（十字或十一字）
7　　6 7　　33	5　　5 5　　33	5　　5 5　　33

《忆帝京》下阕，三个乐段		
乐段一（十四字）	乐段二（十五字或十六字）	乐段三（十字或十一字）
34　　34	4　　4　　7 7　　3　　6	5　　5 5　　33

《康熙词谱》共收集两体《忆帝京》，双调，上下阕分别可分为三个乐段，其长短句结构如表所示。该调有七十二字或七十六字等格式，上阕六句，四仄韵；下阕七句，四仄韵或六仄韵。《康熙词谱》以七十二字体《忆帝京》为正体或正格。该调的正格与变格如表所

示，其中，上下阕各个乐段中的格式（1）为正格句式，其余为变格句式。

《忆帝京》的基本格式（双调）

《忆帝京》上阕，六句，四仄韵		
乐段一 （二句，十三字）	乐段二 （二句，十字或十一字）	乐段三 （二句，十字或十一字）
＋ 一 ＋ | 一 一 |（韵） ＋ | ＋ 一 ＋ |（韵） （1） ＋ | 一 一 ＋ ＋ |（韵） ＋ ＋ |（读）一 ＋ |（韵） （2）	＋ | | 一 一（句）＋ | 一 一 |（韵） （1） ＋ | | 一 一（句）＋ |（读）一 ＋ |（韵） （2）	＋ | | 一 一（句） ＋ | 一 一 |（韵） （1） ＋ | | 一 一（句） ＋ ＋ |（读）一 一 | （韵） （2）

《忆帝京》下阕，七句，四仄韵或六仄韵		
乐段一 （二句，十四字）	乐段二 （三句，十五字或十六字）	乐段三 （二句，十字或十一字）
＋ ＋ |（读）＋ 一 ＋ |（韵）＋ ＋ |（读）＋ ＋ 一 |（韵）	＋ | 一 一（句）＋ 一 ＋ |（句）＋ | | 一 一 |（韵） （1） ＋ | 一 一 ＋ ＋ |（韵） | 一 一（句）＋ | ＋ 一 ＋ |（韵） （2）	＋ | | 一 一（句） ＋ | 一 一 |（韵） （1） ＋ | 一 一 ＋ |（韵） ＋ ＋ |（读）一 ＋ | （韵） （2）

例一　忆帝京（七十二字）

（宋）柳　永

薄衾小枕凉天气。乍觉别离滋味。展转数寒更，起了还重睡。毕竟不成眠，一夜长如岁。　　也拟把、却回征辔。又争奈、已成行计。万种思量，多方开解，只恁寂寞恹恹地。系我一生心，负你千行泪。

注：该词上阕第一句和第二句为乐段一中的格式（1），第三句和第四句为乐段二中的格式（1），第五句和第六句为乐段三中的格式（1）；下阕第三句至第五句为乐段二中的格式（1），第六句和第七句为乐段三中的格式（1）。全词双调，七十二字，上阕六句，四仄韵；下阕七句，四仄韵。

例二　忆帝京（七十六字）
（宋）黄庭坚

银烛生花如红豆。占好事、而今有。人醉曲屏深，借宝瑟、轻招手。一阵白蘋风，故灭烛、教相就。　花带雨、冰肌香透。恨啼乌、辘轳声晓。柳岸微寒吹残酒。断肠人，依旧镜中消瘦。恐那人知后。镇把你、来僝僽。

注：该词上阕第一句和第二句为乐段一中的格式（2），第三句和第四句为乐段二中的格式（2），第五句和第六句为乐段三中的格式（2）；下阕第三句至第五句为乐段二中的格式（2），第六句和第七句为乐段三中的格式（2）。全词双调，七十六字，上阕六句，四仄韵；下阕七句，六仄韵。（《康熙词谱》在该词的注释中指出："至'晓'字与'透'字押，亦遵古韵。"）

于　飞　乐

《于飞乐》金词注"高平调"；元词注"南吕调"。史达祖词名《鸳鸯怨曲》。

《于飞乐》的长短句结构

《于飞乐》上阕，三个乐段		
乐段一（十六字或十七字）	乐段二（十字）	乐段三（十一字）
4　　6　　6 3　　3　　4　　34	3　　3　　4	4　　34

《于飞乐》下阕，三个乐段		
乐段一（十四字或十七字）	乐段二（十字）	乐段三（十一字）
4　　4　　6 3　　4　　34 3　　3　　4　　34	3　　3　　4 5　　　5	4　　34

《康熙词谱》共收集三体《于飞乐》，双调，上下阕分别可分为三个乐段，其长短句结构如表所示。该调七十二字或七十三字、七十六字等格式，上阕八句或九句，四平韵；下阕八句或七句、九句，三平韵或四平韵。《康熙词谱》以晏几道词为标谱词例。该调的正格与变格如表所示，其中，上下阕各乐段中的格式（1）为正格句式，其余为变格句式。

《于飞乐》的正格与变格（双调）

《于飞乐》上阕，八句或九句，四平韵		
乐段一 （三句或四句，十六字或十七字）	乐段二 （三句，十字）	乐段三 （二句，十一字）
＋｜——（句）＋—＋｜ ——（韵）＋—＋｜ （韵） （1）	｜＋—（句）— ＋｜—（句）｜ ——（韵）	＋—＋｜（句）＋ ＋＋（读）＋｜— —（韵）
｜＋—（句）—＋｜（句）＋ ｜——（韵）＋＋＋（读） ＋｜——（韵） （2）		

《于飞乐》下阕，八句或七句、九句，三平韵或四平韵		
乐段一 （三句或四句，十四字或十七字）	乐段二 （三句或二句，十字）	乐段三 （二句，十一字）
＋｜——（句）＋—＋ ｜（句）＋—＋｜——（韵） （1）	｜＋—（句）—＋｜ （句）＋｜——（韵） （1）	＋—＋｜（句）＋ ＋＋（读）＋｜— —（韵）
｜＋—（句）＋｜——（韵） ＋＋＋（读）＋｜—— （韵） （2）	｜＋—－＋｜（句）｜ ＋｜—（韵） （2）	
｜＋—（句）—＋｜（句） ＋｜——（韵）＋＋＋ （读）＋｜——（韵） （3）		

例一　于飞乐（七十二字）
　　（宋）晏几道

　　晓日当帘，睡痕犹占香腮。轻盈笑倚鸾台。晕残红，匀宿翠，满镜花开。娇蝉鬓畔，插一枝、淡蕊疏梅。　　每到春深，多愁饶恨，妆成懒下香阶。意中人，从别后，萦系情怀。良辰好景，相思字、唤不归来。

　　注：该词上阕第一句至第三句为乐段一中的格式（1）；下阕第一句至第三句为乐段一中的格式（1），第四句至第六句为乐段二中的格式（1）。全词双调七十二字，上阕八句，四平韵；下阕八句，三平韵。

例二　于飞乐（七十三字）
　　（宋）张　先

　　宝奁开，菱鉴净，一掬清蟾。新妆脸、旋学花添。蜀红衫，双绣蝶，裙缕鹣鹣。寻思前事，小屏风、仍画江南。　　怎空教，草解宜男。柔桑暗、又过春蚕。正阴晴天气，更暝色相兼。幽期消息，曲房西、醉月筛帘。

　　注：该词上阕第一句至第四句为乐段一中的格式（2）；下阕第一句至第三句为乐段一中的格式（2），第四句和第五句为乐段二中的格式（2）。全词双调，七十三字，上阕九句，四平韵；下阕七句，四平韵。

例三　于飞乐（七十六字）
　　（宋）毛　滂

　　水边山，云畔水，新出烟林。送秋来、双桧寒阴。桧堂寒，香雾碧，帘箔清深。放衙隐几，谁知共、云水无心。　　望西园，飞盖夜，月到清尊。为诗翁、露冷风清。褪红裙，祛碧袖，花草争春。劝翁强饮，莫孤负、风月留人。

　　注：该词上阕第一句至第四句为乐段一中的格式（2）；下阕第一句至第四句为乐段一中的格式（3），第五句至第七句为乐段二中的格式（1）。全词双调，七十六字，上下阕各九句，四平韵。

撼 庭 竹

此调有平韵和仄韵两体。

《撼庭竹》的长短句结构

《撼庭竹》上阕，三个乐段		
乐段一（十二字）	乐段二（十四字）	乐段三（十字）
7　　5	7　　7	5　　5

《撼庭竹》下阕，三个乐段		
乐段一（十二字）	乐段二（十四字）	乐段三（十字）
7　　5	7　　7	5　　5

《康熙词谱》各收集一体平韵与仄韵《撼庭竹》，双调，上下阕分别可分为三个乐段，其长短句结构如表所示。该调七十二字，平韵格上阕六句，五平韵；下阕六句，四平韵一叶韵；仄韵格上阕六句，五仄韵；下阕六句，四仄韵，各自的基本格式分别如表所示。

《撼庭竹》（平韵）的基本格式（双调）

《撼庭竹》上阕，六句，五平韵		
乐段一（二句，十二字）	乐段二（二句，十四字）	乐段三（二句，十字）
＋｜－－＋｜－（韵）	＋－＋｜｜－－（韵）	＋｜＋－｜（句）
－＋｜－－（韵）	＋－＋｜｜－－（韵）	＋｜｜－－（韵）

《撼庭竹》下阕，六句，四平韵一叶韵		
乐段一（二句，十二字）	乐段二（二句，十四字）	乐段三（二句，十字）
＋｜＋－＋｜－（韵）	＋－＋｜－－｜（叶）	＋｜＋－｜（句）
＋｜｜－－（韵）	＋｜－－｜＋－（韵）	＋｜｜－－（韵）

例　撼庭竹（七十二字）

（宋）黄庭坚

呜咽南楼吹落梅。闻鸦树惊飞。梦中相见不多时。隔城今夜也应知。坐久水空碧，山月影沉西。　买个宅儿住著伊。刚不肯相随。如今却被天嗔你。永落鸡群被鸡欺。空恁恶怜惜，风日损花枝。

注：全词双调，七十二字，上阕六句，五平韵；下阕六句，四平韵一叶韵。

《撼庭竹》（仄韵）的基本格式（双调）

《撼庭竹》上阕，六句，五仄韵		
乐段一 （二句，十二字）	乐段二 （二句，十四字）	乐段三 （二句，十字）
＋ | － － | － |（韵） ＋ | ＋ － |（韵）	＋ － ＋ | － － |（韵） ＋ － － ＋ | － |（韵）	＋ | | － －（句） ＋ | ＋ － |（韵）

《撼庭竹》下阕，六句，四仄韵		
乐段一 （二句，十二字）	乐段二 （二句，十四字）	乐段三 （二句，十字）
＋ | ＋ － － | |（韵） － － | － |（韵）	＋ － ＋ | － － |（叶） ＋ － － ＋ | － |（韵）	＋ | | － －（句） ＋ | ＋ － |（韵）

例　撼庭竹（七十二字）

（宋）王　诜

绰略青梅弄春色。真艳态堪惜。经年费尽东君力。有情先到探春客。无语泣寒香，时暗度瑶席。　月下风前空怅望，思携手同摘。画栏倚遍无消息。佳辰乐事再难得。还是夕阳天，空暮云凝碧。

注：全词双调，七十二字，上阕六句，五仄韵；下阕六句，四仄韵。

粉 蝶 儿

调见毛滂《东堂词》，因词有"粉蝶儿，这回共花同活"句，取以为名。金词注"中吕调"，《太和正音谱》"中吕宫"。

《粉蝶儿》的长短句结构

上阕，四个乐段			
乐段一（十字）	乐段二（七字）	乐段三（十字）	乐段四（九字）
4　　　6	34	3　　3　　4 5　　　5	3　　6

下阕，四个乐段			
乐段一（十字）	乐段二（七字）	乐段三（十字）	乐段四（九字）
4　　　6	34	3　　3　　4 5　　　5	3　　6

《康熙词谱》共收集两体《粉蝶儿》，双调，上下阕分别可分为四个乐段，其长短句结构如表所示。该调七十二字，上下阕长短句结构相同，各八句或七句，四仄韵。《康熙词谱》以毛滂词为正体或正格，该调的正格与变格如表所示，其中，各乐段中的格式（1）为正格句式，其余为变格句式。

例一　粉蝶儿（七十二字）
（宋）毛　滂

雪遍梅花，素光都共奇绝。到窗前、认君时节。下重帏，香篆冷，兰膏明灭。梦悠扬，空绕断云残月。　　沈郎带宽，同心放开重结。褪罗衣、楚腰一捻。正春风，新着摸，花花叶叶。粉蝶儿，这回共花同活。

注：该词第一句和第二句为乐段一中的格式（1），第四句至第六句为乐段三中的格式（1），第七句和第八句为乐段四中的格式（1）；下阕第一句和第二句为乐段一中的格式

（1），第四句至第六句为乐段三中的格式（1），第七句和第八句为乐段四中的格式（1）。全词双调，七十二字，上下阕各八句，四仄韵。

《粉蝶儿》的基本格式（双调）

《粉蝶儿》上阕，八句或七句，四仄韵	
乐段一（二句，十字）	乐段二（一句，七字）
＋｜－－（句）＋－＋｜－｜（韵） （1） ＋｜－－（句）＋－｜－｜（韵） （2） ＋｜－－（句）＋｜｜－＋｜（韵） （3）	＋＋＋（读）＋－＋｜（韵）

《粉蝶儿》上阕，八句或七句，四仄韵	
乐段三（三句或二句，十字）	乐段四（二句，九字）
｜＋－（句）＋｜｜（句）＋－＋ ｜（韵） （1） ｜＋－＋｜（句）＋｜－－｜（韵） （2）	｜＋－（句）＋｜＋－＋｜（韵） （1） ｜＋－（句）＋－｜－＋｜（韵） （2）

例二　粉蝶儿（七十二字）

（宋）辛弃疾

昨日春如，十三女儿学绣。一枝枝、不教花瘦。甚无情，便下得，雨僝风僽。向园林，铺作地衣红绉。　　而今春似，轻薄荡子难久。记前时、送春归后。把春波，都酿作，一江醇酎。约清愁，杨柳岸边相候。

注：该词第一句和第二句为乐段一中的格式（2），第四句至第六句为乐段三中的格式（1），第七句和第八句为乐段四中的格式（1）；下阕第一句和第二句为乐段一中的格式（2），第四句至第六句为乐段三中的格式（1），第七句和第八句为乐段四中的格式（2）。全词双调，七十二字，上下阕各八句，四仄韵。

《粉蝶儿》下阕，八句或七句，四仄韵	
乐段一（二句，十字）	乐段二（一句，七字）
＋ － ｜ ＋（句）＋ － ｜ ＋ ｜（韵） （1）	＋ ＋ ＋（读）＋ － ＋ ｜（韵）
＋ － ＋ ｜（句）－ ｜ ＋ ｜ － ｜（韵） （2）	
＋ ｜ － －（句）＋ － ｜ － ＋ ｜（韵） （3）	

《粉蝶儿》下阕，八句或七句，四仄韵	
乐段三（三句或二句，十字）	乐段四（二句，九字）
｜ ＋ －（句）＋ ｜ ｜（句）＋ － ＋ ｜（韵） （1）	｜ ＋ －（句）＋ － ｜ － ＋ ｜（韵） （1）
｜ ＋ － ＋ ｜（句）｜ ＋ － ＋ ｜（韵） （2）	｜ ＋ －（句）＋ ｜ ＋ － ＋ ｜（韵） （2）

例三　粉蝶儿（七十二字）

（宋）蒋　捷

　　啼鴂声中，春光化成春梦。问东君、仗谁诗送。燕怜晴，莺爱暖，一窗芳哄。奈匆匆，催他柳绵狂纵。　　轻罗扇小，桐花又飞么凤。记寒吟、沁梅霜冻。古今来，人易老，莫闲双鞚。尚堪游，荼蘼粉云香洞。

　　注：该词第一句和第二句为乐段一中的格式（1），第四句至第六句为乐段三中的格式（1），第七句和第八句为乐段四中的格式（2）；下阕第一句和第二句为乐段一中的格式（1），第四句至第六句为乐段三中的格式（1），第七句和第八句为乐段四中的格式（1）。全词双调，七十二字，上下阕各八句，四仄韵。

例四 粉蝶儿（七十二字）
（宋）曹 冠

绕舍清阴，还是暮春天气。遍苍苔、乱红堆砌。问留春不住，春怎知人意。最关情，云杪杜鹃声碎。　　休怨春归，四时有花堪醉。渐红莲、艳妆依水。次芙蓉岩桂，与菊英梅蕊。称开尊，日日飻香偎翠。

注：该词第一句和第二句为乐段一中的格式（3），第四句和第五句为乐段三中的格式（2），第六句和第七句为乐段四中的格式（1）；下阕第一句和第二句为乐段一中的格式（3），第四句和第五句为乐段三中的格式（2），第六句和第七句为乐段四中的格式（2）。全词双调，七十二字，上下阕各七句，四仄韵。

绕 池 游

调见《乐府雅词》。蒋氏《九宫谱》注"双调"。

《绕池游》的长短句结构

《绕池游》上阕，四个乐段							
乐段一（十字）		乐段二（八字）		乐段三（十字）		乐段四（八字）	
4	6	3	5	4	6	4	4

《绕池游》下阕，四个乐段							
乐段一（十字）		乐段二（八字）		乐段三（十字）		乐段四（八字）	
4	6	3	5	4	6	4	4

《康熙词谱》只收集一体《绕池游》，双调，上下阕分别可分为四个乐段，其长短句结构如表所示。该调七十二字，上阕八句，五仄韵；下阕八句，六仄韵，其基本格式如表所示。

《绕池游》的基本格式（双调）

《绕池游》上阕，八句，五仄韵			
乐段一 （二句，十字）	乐段二 （二句，八字）	乐段三 （二句，十字）	乐段四 （二句，八字）
＋ － ＋ ｜ （句）＋ ｜ ＋ － ＋ ｜（韵）	－ ＋ ｜（句）－ － ｜ － ｜（韵）	＋ － ＋ ｜（句） ＋ ｜ ＋ － ｜ （韵）	＋ － ＋ ｜（韵） ＋ － ＋ ｜（韵）

《绕池游》下阕，八句，六仄韵			
乐段一 （二句，十字）	乐段二 （二句，八字）	乐段三 （二句，十字）	乐段四 （二句，八字）
＋ － ＋ ｜ （韵）＋ ｜ ＋ － ＋ ｜（韵）	－ ＋ ｜（句）－ － ｜ － ｜（韵）	＋ － ＋ ｜（韵） ＋ ｜ ＋ － ｜ （韵）	＋ ＋ － ｜（句） ＋ － ＋ ｜（韵）

例　绕池游（七十二字）

《乐府雅词》无名氏

渐春工巧，玉漏花深寒浅。韶景变，融晴蕙风暖。都门十二，三五银蟾光满。瑞烟葱蒨。禁城阆苑。　　棚山雉扇。绛蜡交辉星汉。神仙籍，梨园奏弦管。都人游玩。万井山呼欢忭。岁岁天仗，愿瞻凤辇。

注：全词双调，七十二字，上下阕各八句，五仄韵；下阕八句，六仄韵。

卷十七

师 师 令

杨慎《词品》："李师师，汴京名妓，张先为制新词，名《师师令》。"

《师师令》的长短句结构

上阕，三个乐段			下阕，三个乐段		
乐段一（九字）	乐段二（十四字）	乐段三（十二字）	乐段一（十二字）	乐段二（十四字）	乐段三（十二字）
4　5	7　34	7　5	7　5	7　34	7　5

《康熙词谱》只收集一体《师师令》，双调，上下阕分别可分为三个乐段，其长短句结构如表所示。该调七十三字，上下阕各六句，五仄韵，其基本格式如表所示。

《师师令》的基本格式

《师师令》上阕，六句，五仄韵		
乐段一（二句，九字）	乐段二（二句，十四字）	乐段三（二句，十二字）
＋ － ＋ ｜（韵）｜ ＋ － ＋ ｜（韵）	＋ － ＋ ｜ ｜ － －（句）＋ ＋ ＋ ＋（读）＋ － ＋ ｜（韵）	＋ ｜ ＋ － － ｜ ｜（韵）＋ ｜ － － ｜（韵）

《师师令》下阕，六句，五仄韵		
乐段一（二句，十二字）	乐段二（二句，十四字）	乐段三（二句，十二字）
＋ － ＋ ｜ － － ｜（韵）｜ ＋ － ＋ ｜（韵）	＋ － ＋ ｜ ｜ － －（句）＋ ＋ ＋ ＋（读）＋ － ＋ ｜（韵）	＋ ｜ ＋ － － ｜ ｜（韵）＋ ｜ － － ｜（韵）

例　师师令（七十三字）

（宋）张　先

香钿宝珥。拂菱花如水。学妆皆道称时宜，粉色有、天然春意。蜀彩衣长胜未起。纵乱霞垂地。　都城池苑夸桃李。问东风何似。不须回扇障清歌，唇一点、小于珠蕊。正值残英和月坠。寄此情千里。

注：全词双调，七十三字，上下阕各六句，五仄韵。

隔浦莲近拍

唐《白居易集》有《隔浦莲曲》，调名本此，一名《隔浦莲》，又名《隔浦莲近》。

《隔浦莲近拍》的长短句结构

上阕，三个乐段			下阕，三个乐段		
乐段一（十一字）	乐段二（十一字）	乐段三（十三字）	乐段一（十三字）	乐段二（十字）	乐段三（十五字）
6　5	5　3　3　5　6	5　3　5	3　4　6	4　6	7　2　6

《康熙词谱》共收集《隔浦莲近拍》五体，双调，上下阕分别可分为三个乐段，其长短句结构如表所示。该调七十三字，上阕七句或八句，五仄韵或六仄韵；下阕八句，五仄韵或六仄韵，《康熙词谱》以周邦彦词为正体或正格。该调的正格与变格如表所示，其中，上下阕各乐段中的格式（1）为正格句式，其余为变格句式。

例一　隔浦莲近拍（七十三字）

（宋）周邦彦

新篁摇动翠葆。曲径通深窈。夏果收新脆，金丸落，惊飞鸟。浓霭迷岸草。蛙声闹。骤雨鸣池沼。　水亭小。浮萍破处，檐花帘影颠倒。纶巾羽扇，困卧北窗清晓。屏里吴山梦自到。惊觉。依然身在江表。

注：该词上阕第一句和第二句为乐段一中的格式（1），第三句至第五句为乐段二中的格

式（1），第六句至第八句为乐段三中的格式（1）；下阕第一句至第三句为乐段一中的格式（1），第六句至第八句为乐段三中的格式（1）。全词双调，七十三字，上下阕各八句，六仄韵。

《隔浦莲近拍》的正格与变格（双调）

《隔浦莲近拍》上阕，七句或八句，五仄韵或六仄韵		
乐段一 （二句，十一字）	乐段二 （三句或二句，十一字）	乐段三 （三句，十三字）
＋ － ＋ ｜ ＋ ｜（韵） ＋ ｜ － － ｜（韵） （1）	＋ ｜ － － ｜（句）－ － ｜ （句）－ － ｜（韵） （1）	＋ ｜ － ＋ ｜（韵） － － ｜（韵）＋ ｜ － － ｜（韵） （1）
＋ － ＋ ｜ ＋ ｜（韵） ＋ ｜ － － ＋ ｜（韵） （2）	＋ ｜ ＋ － ｜（句）＋ － ＋（句）＋ ＋ ＋ ｜（韵） （2） ＋ ｜ ＋ － ｜（句或韵）＋ － ＋ ｜ ＋ ｜（韵） （3）	＋ ｜ － ＋ ｜（韵）＋ ｜ － － ｜（句）＋ ｜ ＋ － ｜（韵） （2）

《隔浦莲近拍》下阕，八句，五仄韵或六仄韵		
乐段一（三句，十三字）	乐段二（二句，十字）	乐段三（三句，十五字）
＋ － ｜（韵）＋ － ＋ ｜（句）＋ － ＋ ｜ － ｜（韵） （1）	＋ － ＋ ｜（句）＋ ｜ ＋ － ＋ ｜（韵）	＋ ｜ － － ｜ ＋ ｜（韵） ＋ ｜（韵）＋ － ＋ ｜ － ｜（韵） （1）
＋ － ｜（韵）＋ － ＋ ｜（句）＋ － ＋ ｜ ＋ ｜（韵） （2）		＋ ｜ － － ｜ ＋ ｜（韵） ＋ ｜（韵或句）＋ － ＋ ｜ ＋ ｜（韵） （2）

注：乐段三中的格式"＋ － ＋ ｜ ＋ ｜（韵）"，可平可仄的第三字和第五字，不可同时用仄。

例二　隔浦莲近拍（七十三字）

（宋）史达祖

红尘飞不到处。此地知无暑。乱竹分幽径，虚堂中，自回互。阴壑生暗雾。飞泉注。气入闲尊俎。　　快风度。齐宫楚榭，如今空锁烟树。何人伴我，梦赋雪车冰柱。惟有蝉声助冷语。惊寤。飞云来献凉雨。

注：该词上阕第一句和第二句为乐段一中的格式（1），第三句至第五句为乐段二中的格式（2），第六句至第八句为乐段三中的格式（1）；下阕第一句至第三句为乐段一中的格式（1），第六句至第八句为乐段三中的格式（2）。全词双调，七十三字，上下阕各八句，六仄韵。

例三　隔浦莲近拍（七十三字）

（宋）史达祖

洛神一醉未醒。俯鉴窥红影。万绿森相卫，西风静，不放冷。侵晓鸥梦稳。非尘境。棹月香千顷。　　锦机靓。亭亭不语，多应嗔赋玉井。西湖游子，惯识雨愁烟恨。只恐吴娃暗折赠。耿耿。柔丝容易萦损。

注：该词上阕第一句和第二句为乐段一中的格式（1），第三句至第五句为乐段二中的格式（2），第六句至第八句为乐段三中的格式（1）；下阕第一句至第三句为乐段一中的格式（2），第六句至第八句为乐段三中的格式（1）。全词双调，七十三字，上下阕各八句，六仄韵。

例四　隔浦莲近拍　（七十三字）

（宋）赵彦端

西风吹断梦草。起来芙蓉老。座上人谁在，辰参疏影相照。幽馆寒意悄。檐声小。醉语秋屏晓。　　记年少。相携胜处，黄花香满乌帽。如今将见，璧月琼枝空好。准拟新春待见了。不道。些儿心事还恼。

注：该词上阕第一句和第二句为乐段一中的格式（2），第三句和第四句为乐段二中的格式（3），第五句至第七句为乐段三中的格式（1）；下阕第一句至第三句为乐段一中的格式（1），第六句至第八句为乐段三中的格式（1）。全词双调，七十三字，上阕七句，六仄韵；下阕八句，六仄韵。

例五　隔浦莲近拍（七十三字）

（宋）吴文英

榴花依旧照眼。愁褪红丝腕。梦绕烟江路，汀菰绿，薰风晚。年少惊送远。吴蚕老，恨绪萦抽茧。　　旅情懒。扁舟系处，青帘浊酒须换。一番重午，旋买香蒲浮盏。新月湖光荡素练。人散。红衣香在两岸。

注：该词上阕第一句和第二句为乐段一中的格式（1），第三句至第五句为乐段二中的格式（1），第六句至第八句为乐段三中的格式（2）；下阕第一句至第三句为乐段一中的格式（1），第六句至第八句为乐段三中的格式（2）。全词双调，七十三字，上阕八句，五仄韵；下阕八句，六仄韵。

例六　隔浦莲近拍
（宋）陆　游

飞花如趁燕子。直度帘栊里。帐掩香云暖，金笼鹦鹉惊起。凝恨慵梳洗。妆台畔，蘸粉纤纤指。　　宝钗坠。才醒又困，厌厌中酒滋味。墙头柳暗，过尽一年春事。罨画高楼怕独倚。千里。孤舟何处烟水。

注：该词上阕第一句和第二句为乐段一中的格式（1），第三句和第四句为乐段二中的格式（3），第五句至第七句为乐段三中的格式（2）；下阕第一句至第三句为乐段一中的格式（1），第六句至第三句为乐段三中的格式（1）。全词双调，七十三字，上阕七句，五仄韵；下阕八句，六仄韵。

例七　隔浦莲近拍
（宋）彭元逊

夜寒晴早人起。见柳知新翠。撼树试花意。两蜂狂救堕蕊。见着羞懒避。春都在，时节到愁地。　　屏间字。香痕半揾，误期一一曾记。朱弦漫锁，不会近番慵脆。强踏秋千似醉里。扶下，眼花點點飞坠。

注：该词上阕第一句和第二句为乐段一中的格式（1），第三句和第四句为乐段二中的格式（3），第五句至第七句为乐段三中的格式（2）；下阕第一句至第三句为乐段一中的格式（1），第六句至第八句为乐段三中的格式（2）。全词双调，七十三字，上阕七句，六仄韵；下阕八句，五仄韵。

郭郎儿近拍

调见《乐章集》，注"仙吕调"。按《乐府杂录》："傀儡子戏，其引歌舞，有郭郎者，善优笑，闾里呼为郭郎，凡戏场必在俳儿之首。"柳词调名，或取诸此。

《郭郎儿近拍》的长短句结构

上阕，三个乐段			下阕，三个乐段		
乐段一（十五字）	乐段二（六字）	乐段三（十三字）	乐段一（十二字）	乐段二（十三字）	乐段三（十四字）
2　6　7	2　4	6　7	2　4　6	4　4　5	3 4　7

《康熙词谱》只收集一体《郭郎儿近拍》，双调，上下阕分别可分为三个乐段，其长短句结构如表所示。该调七十三字，上阕七句，五仄韵；下阕八句，四仄韵，其基本格式如表所示。

《郭郎儿近拍》的基本格式（双调）

《郭郎儿近拍》上阕，七句，五仄韵		
乐段一（三句，十五字）	乐段二（二句，六字）	乐段三（二句，十三字）
＋｜（韵）＋－＋｜ －－（句）＋｜＋ －－｜｜（韵）	＋｜（韵）＋｜－（韵）	＋－＋｜－－（句） ＋｜＋－－｜｜（韵）

《郭郎儿近拍》下阕，八句，四仄韵		
乐段一（三句，十二字）	乐段二（三句，十三字）	乐段三（二句，十四字）
＋｜（韵）＋｜－－（句） ＋｜＋｜－｜（韵）	＋｜－－（句）＋ －＋｜（句）＋ ｜｜（韵）	＋＋＋（读）＋｜ ＋－－（句）＋｜＋ －－｜｜（韵）

例　郭郎儿近拍（七十三字）

（宋）柳　永

　　帝里。闲居小曲深坊，庭院沉沉朱户闭。新霁。畏景天气。薰风帘幕无人，永昼厌厌如度岁。　　愁悴。枕簟微凉，睡久辗转慵起。砚席尘生，新诗小阕，等闲都尽废。这些儿、寂寞情怀，何事新来常恁地。

　　注：全词双调，七十三字，上阕七句，五仄韵；下阕八句，四仄韵。

临 江 仙 引

调见《乐章集》，注"南吕调"，与《临江仙令》、《临江仙慢》不同。

《临江仙引》的长短句结构

上阕，三个乐段			下阕，三个乐段		
乐段一（十字）	乐段二（十六字）	乐段三（十三字）	乐段一（十三字）	乐段二（十字）	乐段三（十二字）
2 2 3 3	6 5 5	4 4 5	7 6	5 5	6 6

《康熙词谱》共收集两体《临江仙引》，双调，上下阕分别可分为三个乐段，其长短句结构如表所示。该调七十四字，上阕十句，四平韵或两仄韵四平韵；下阕六句，三平韵，《康熙词谱》以全用平韵的柳永词为标谱词例。该调的正格与变格如表所示，其中，上下阕各乐段中的格式（1）为正格句式，其余为变格句式。

例一　临江仙引（七十四字）

（宋）柳　永

渡口，向晚，乘瘦马，陟崇冈。西郊又送秋光。对暮山横翠，衬残叶飘黄。凭高念远，素景楚天，无处不凄凉。　香闺别来无信息，云愁雨恨难忘。指帝城归路，但烟水茫茫。凝情望断泪眼，尽日独立斜阳。

注：该词上阕第一句至第四句为乐段一中的格式（1）；下阕第一句和第二句为乐段一中的格式（1）。全词双调，七十四字，上阕十句，四平韵；下阕六句，三平韵。

《临江仙引》的正格与变格（双调）

《临江仙引》上阕，十句，四平韵或两仄韵四平韵		
乐段一（四句，十字）	乐段二（三句，十六字）	乐段三（三句，十三字）
＋｜（句）＋｜（句）一＋｜一一（韵）（1）	＋一＋｜一一（韵）｜＋一＋｜（句）｜＋｜一一（韵）	＋一＋｜（句）＋｜＋＋（句）＋｜｜一一（韵）
＋｜（仄韵）＋｜（韵）＋一｜（句）｜一一（平韵）（2）		

《临江仙引》下阕，六句，三平韵		
乐段一（二句，十三字）	乐段二（二句，十字）	乐段三（二句，十二字）
＋一｜一｜｜（句）＋一＋｜一一（韵）（1）	｜＋一＋｜（句）｜＋｜一一（韵）	＋一＋｜＋｜（句）＋＋＋｜一一（韵）
＋｜＋一｜｜（句）＋一＋｜一一（韵）（2）		

例二　临江仙引（七十四字）

（宋）柳　永

上国。去客。停飞盖，促离筵。长安古道绵绵。见岸花啼露，对堤柳愁烟。物情人意，向此触目，无处不凄然。　　醉拥征骖犹伫立，盈盈泪眼相看。况绣帏人静，更山馆春寒。今宵怎向漏永，顿成两处孤眠。

注：该词上阕第一句至第四句为乐段一中的格式（2）；下阕第一句和第二句为乐段一中的格式（2）。全词双调，七十四字，上阕十句，两仄韵四平韵；下阕六句，三平韵。

碧 牡 丹

金词注"中吕调"。

《碧牡丹》的长短句结构

上阕，三个乐段		
乐段一（十一字或十字）	乐段二（十字）	乐段三（十五字）
5　3　3 　5　　5	4　　　6	4　5　3　3 　4　5　6

下阕，三个乐段		
乐段一（十四字）	乐段二（十字）	乐段三（十五字）
3　5　6	4　　　6	4　5　3　3 　4　5　6

《康熙词谱》共收集两体《碧牡丹》，双调，上下阕分别可分为三个乐段，其长短句结构如表所示。该调七十五字或七十四字，上阕九句或七句，五仄韵；下阕九句或八句，六仄韵。《康熙词谱》以七十五字体程垓词为标谱词例，其正格与变格如表所示，其中，各乐段中的格式（1）为正格句式，其余为变格句式。

例一　碧牡丹（七十五字）

（宋）程　垓

睡起情无着。晓雨尽，春寒弱。酒盏飘零，几日顿疏行乐。试数花枝，问此情何若。为谁开，为谁落。　正愁却。不是花情薄。花元笑人萧索。旧观千红，至今冷梦难托。燕麦春风，更几人惊觉。对花羞，为花恶。

注：该词上阕第一句至第三句为乐段一中的格式（1），第六句至第九句为乐段三中的格式（1）；下阕第一句至第三句为乐段一中的格式（1），第四句和第五句为乐段二中的格式（1），第六句至第九句为乐段三中的格式（1）。全词双调，七十五字，上阕九句，五仄韵；下阕九句，六仄韵。

《碧牡丹》的正格与变格（双调）

《碧牡丹》上阕，七句或九句，五仄韵		
乐段一 （三句或二句，十一字或十字）	乐段二 （二句，十字）	乐段三 （四句或三句，十五字）
十｜一一｜（韵）十 十｜（句）一一一｜（韵） （1） 十｜一一｜（韵）十 ｜一一｜（韵） （2）	十｜一一（句）十｜ 十｜一一｜（韵） （1）	十｜一一（句）｜十 一十｜（韵）十一一 （句）十一｜（韵） （1） 十｜一一（句）十｜ 一一（韵）十一｜ （句）十一｜（韵） （2） 十｜一一（句）十 十一十｜（韵）十一 十｜一｜（韵） （3）

《碧牡丹》下阕，九句或八句，六仄韵		
乐段一（三句，十四字）	乐段二（二句，十字）	乐段三（四句或三句，十五字）
十一｜（韵）十｜一 一｜（韵）十十一一 十｜（韵） （1） 十一｜（韵）十｜ ｜｜（韵）十一｜ 十｜（韵） （2）	十｜一一（句）十 一十｜一｜（韵） （1） 十｜一一（句）十｜ 十一十十｜（韵） （2）	十｜一一（句）｜十 一十｜（韵）十一十 （句）十一｜（韵） （1） 十｜一一（句）十｜ 一一（韵）十一｜十 （句）十一｜（韵） （2） 十｜一一（句）十 十一十｜（韵）十一 十｜一｜（韵） （3）

注：①上下阕乐段三中的格式"十　一　十（句）"，尽管个别词例有三连平现象，但可平可仄两处，不宜同时用平。②上阕乐段三中的格式"十　十　一　十　｜（韵）"为"上一下四"句式。

例二　碧牡丹（七十五字）

（宋）晁补之

院宇帘垂地。银筝雁，低春水。送出灯前，婀娜腰肢柳细。步麝香袽，红浪随鸳履。梁州紧，凤翘坠。　悚轻体。绣带因风起。霓裳恐非人世。调促香檀，困入流波生媚。上客休辞，眼乱尊中翠。玉阶霜，透罗袜。

注：该词上阕第一句至第三句为乐段一中的格式（1），第六句至第九句为乐段三中的格式（2）；下阕第一句至第三句为乐段一中的格式（1），第四句和第五句为乐段二中的格式（2），第六句至第九句为乐段三中的格式（2）。全词双调，七十五字，上阕九句，五仄韵；下阕九句，六仄韵。

例三　碧牡丹（七十五字）

（宋）张　先

步帐摇红绮。晓月堕，沉烟砌。缓板香檀，唱彻伊家新制。怨入眉头，敛黛峰横翠。芭蕉寒，雨声碎。　镜华翳。闲照孤鸾戏。思量去时容易。钿盒瑶钗，至今冷落轻弃。望极蓝桥，但暮云千里。几重山，几重水。

注：该词上阕第一句至第三句为乐段一中的格式（1），第六句至第九句为乐段三中的格式（1）；下阕第一句至第三句为乐段一中的格式（1），第四句和第五句为乐段二中的格式（1），第六句至第九句为乐段三中的格式（1）。全词双调，七十五字，上阕九句，五仄韵；下阕九句，六仄韵。

例四　碧牡丹（七十四字）

（宋）晏几道

翠袖疏纨扇。凉叶催归燕。一夜西风，几处伤高怀远。细菊枝头，开嫩香还遍。月痕依旧庭院。　事何限。怅望秋色晚。离人鬓华将换。静忆天涯，路比此情还短。试约鸾笺，传素期良愿。南云应有新雁。

注：该词上阕第一句和第二句为乐段一中的格式（2），第五句至第七句为乐段三中的格式（3）；下阕第一句至第三句为乐段一中的格式（2），第四句和第五句为乐段二中的格式（2），第六句至第八句为乐段三中的格式（3）。全词双调，七十四字，上阕七句，五仄韵；下阕八句，六仄韵。

百 媚 娘

调见张先词集，取词中"百媚等应天乞与"句为名。

《百媚娘》的长短句结构

上阕，三个乐段			下阕，三个乐段		
乐段一（十二字）	乐段二（十三字）	乐段三（十二字）	乐段一（十二字）	乐段二（十三字）	乐段三（十二字）
6　6	7　6	7　5	6　6	7　6	7　5

《康熙词谱》只收集一体《百媚娘》，双调，上下阕分别可分为三个乐段，其长短句结构如表所示。该调七十四字，上下阕各六句，五仄韵，该调的基本格式如表所示。

《百媚娘》的基本格式（双调）

《百媚娘》上阕，六句，五仄韵		
乐段一（二句，十二字）	乐段二（二句，十三字）	乐段三（二句，十二字）
＋｜＋－＋｜（韵） ＋｜＋－＋｜（韵）	＋｜＋－－｜｜（句） ＋｜＋－＋｜（韵）	＋｜＋－－｜｜（韵） ＋｜－－｜（韵）

《百媚娘》下阕，六句，五仄韵		
乐段一（二句，十二字）	乐段二（二句，十三字）	乐段三（二句，十二字）
＋｜＋－＋｜（韵） ＋｜＋－＋｜（韵）	＋｜＋－－｜｜（句） ＋｜＋－＋｜（韵）	＋｜＋－－｜｜（韵） ＋｜－－｜（韵）

例　百媚娘（七十四字）
（宋）张　先

珠阁五云仙子。未省有谁能似。百媚等应天乞与，净饰艳妆俱美。取次芳华皆可意。何处无桃李。　　蜀被锦文铺水。不放彩鸾双戏。乐事也知存后会，争奈眼前心里。绿皱小池红叠砌。花外东风起。

注：全词双调，七十四字，上下阕各六句，五仄韵。

风 入 松

古琴曲有《风入松》，唐僧皎然有《风入松》歌，见《乐府诗集》，调名本此。《宋史·乐志》注"林钟商"；元高拭词注"仙吕调"，又"双调"；蒋氏十三调注"双调"，亦名《风入松慢》；韩淲词有"小楼春映远山横"句，名《远山横》。

《风入松》的长短句结构

上阕，三个乐段			下阕，三个乐段		
乐段一（十一字或十二字）	乐段二（十四字或十三字）	乐段三（十二字）	乐段一（十一字或十二字）	乐段二（十四字或十三字）	乐段三（十二字）
7　　4	7　　34	6　　6	7　　4	7　　34	6　　6
7　　5	7　　6		7　　5	7　　6	

《康熙词谱》共收集四体《风入松》，双调，上下阕各自可分为三个乐段，其长短句结构如表所示。该调有七十四字和七十六字、七十三字、七十二字等格式，上下阕各六句，四平韵。《康熙词谱》以七十四字体晏几道词和七十六字体吴文英词为正体或正格。《风入松》的正格与变格如表所示，其中，上下阕乐段一中的格式（1）和格式（2），其他乐段中的格式（1）为正格句式，其余为变格句式。

例一　风入松（七十四字）
（宋）晏几道

柳阴庭院杏梢墙。依旧巫阳。凤箫已远青楼在，水沉烟、复暖前香。临镜舞鸾离照，倚筝飞雁辞行。　　坠鞭人意自凄凉。泪眼回肠。断云残雨当年事，到如今、几度难忘。两袖晓风花陌，一帘夜月兰堂。

注：该词上阕第一句和第二句为乐段一中的格式（1），第三句和第四句为乐段二中的格式（1）；下阕第一句和第二句为乐段一中的格式（1），第三句和第四句为乐段二中的格式（1）。全词双调，七十四字，上下阕各六句，四平韵。

《风入松》的正格与变格（双调）

《风入松》上阕，六句，四平韵		
乐段一 （二句，十一字或十二字）	乐段二 （二句，十四字或十三字）	乐段三 （二句，十二字）
＋ － ＋ ｜ ｜ － － （韵）＋ ｜ － －（韵） （1） ＋ － ＋ ｜ ｜ － － （韵）＋ ｜ ｜ － －（韵） （2）	＋ － ＋ ｜ － － ｜（句） ＋ ＋ ＋（读）＋ ｜ － （韵） （1） ＋ － ＋ ｜ － － ｜（句） ＋ － ＋ ｜ － －（韵） （2）	＋ ｜ ＋ － ＋ ｜（句）＋ － ＋ ｜ － －（韵）

《风入松》下阕，六句，四平韵		
乐段一 （二句，十一字或十二字）	乐段二 （二句，十四字或十三字）	乐段三 （二句，十二字）
＋ － ＋ ｜ ｜ － － （韵）＋ ｜ － －（韵） （1） ＋ － ＋ ｜ ｜ － － （韵）＋ ｜ ｜ － －（韵） （2）	＋ － ＋ ｜ － － ｜ （句）＋ ＋ ＋（读）＋ ｜ － －（韵） （1） ＋ － ＋ ｜ － － ｜ （句）＋ － ＋ ｜ － － （韵） （2）	＋ ｜ ＋ － ＋ ｜（句） ＋ － ＋ ｜ － －（韵）

例二　风入松（七十六字）

（宋）吴文英

　　画船帘密不藏香。飞作楚云狂。傍怀半卷金炉烬，怕暖消、春日朝阳。清馥晴熏残醉，断烟无限思量。　　凭阑心事隔垂杨。楼燕锁幽妆。梅花偏恼多情月，慰溪桥、流水昏黄。哀曲霜鸿凄断，梦魂寒蝶悠扬。

　　注：该词上阕第一句和第二句为乐段一中的格式（2），第三句和第四句为乐段二中的格式（1）；下阕第一句和第二句为乐段一中的格式（2），第三句和第四句为乐段二中的格式（1）。全词双调，七十六字，上下阕各六句，四平韵。

例三　风入松（七十二字）

（宋）赵彦端

　　传闻天上有星榆。历历谁居。淡烟暮拥红云暖，春寒乍有还无。作态似深仍浅，多情要密还疏。　　移尊环坐足相娱。醉影凭扶。江南归到虽怜晚，犹胜不见踟蹰。尽拌绿阴青子，凭肩携手如初。

　　注：该词上阕第一句和第二句为乐段一中的格式（1），第三句和第四句为乐段二中的格式（2）；下阕第一句和第二句为乐段一中的格式（1），第三句和第四句为乐段二中的格式（2）。全词双调，七十二字，上下阕各六句，四平韵。

例四　风入松（七十三字）

（宋）康与之

　　一宵风雨送春归。绿暗红稀。画楼整日无人到，与谁同捻花枝。门外蔷薇开也，枝头梅子酸时。　　玉人应是数归期。翠敛愁眉。塞鸿不到双鱼远，叹楼前、流水难西。新恨欲题红叶，东风满院花飞。

　　注：该词上阕第一句和第二句为乐段一中的格式（1），第三句和第四句为乐段二中的格式（2）；下阕第一句和第二句为乐段一中的格式（1），第三句和第四句为乐段二中的格式（1）。全词双调，七十三字，上下阕各六句，四平韵。

传 言 玉 女

高拭词注"黄钟宫"。按《汉武内传》:"帝闲居承华殿,忽见一女子曰:'我墉宫玉女王子登也,至七月七日,王母暂来。'言讫,不知所在。"世所谓传言玉女也。调名取此。

《传言玉女》的长短句结构

《传言玉女》上阕,四个乐段			
乐段一(十字)	乐段二(九字)	乐段三(十字)	乐段四(八字)
4　　6	4　　5	4　　6	4　　4

《传言玉女》下阕,四个乐段			
乐段一(十字或九字)	乐段二(九字)	乐段三(十字)	乐段四(八字)
4　　3 3 4　　6 4　　5	4　　5	4　　6	4　　4

《康熙词谱》共收集《传言玉女》三体,双调,上下阕分别可分为四个乐段,其长短句结构如表所示。该调有七十四字或七十三字等格式,上下阕各八句,四仄韵。《康熙词谱》以晁补之词为正体或正格。该调的正格与变格如表所示,其中,上下阕各乐段中的格式(1)为正格句式,其余为变格句式。

~~~~~~

例一　传言玉女(七十四字)

(宋)晁冲之

　　一夜东风,不见柳梢残雪。御楼烟暖,对鳌山彩结。箫鼓向晚,凤辇初回宫阙。千门灯火,九衢风月。　　绣阁人人,乍嬉游、困又歇。艳妆初试,把珠帘半揭。娇羞向人,手捻玉梅低说。相逢长是,上元时节。

　　注:该词上阕第三句和第四句为乐段二中的格式(1),第五句和第六句为乐段三中的格式(1);下阕第一句和第二句为乐段一中的格式(1),第五句和第六句为乐段三中的格式(1)。全词双调,七十四字,上下阕各八句,四仄韵。

《传言玉女》正格与变格（双调）

《传言玉女》上阕，八句，四仄韵	
乐段一（二句，十字）	乐段二（二句，九字）
＋｜－－（句）＋｜＋－ ＋｜（韵）	＋－＋｜（句）｜＋－＋｜（韵） （1） ＋｜－－（句）｜＋－＋｜（韵） （2）

《传言玉女》上阕，八句，四仄韵	
乐段三（二句，十字）	乐段四（二句，八字）
－｜＋｜（句）＋｜＋－＋｜（韵） （1） ＋－＋｜（句）｜＋－＋｜（韵） （2）	＋－＋｜（句）＋－＋｜ （韵）

《传言玉女》下阕，八句，四仄韵	
乐段一（二句，十字或九字）	乐段二（二句，九字）
＋｜－－（句）＋＋＋（读）＋＋｜（韵） （1） ＋｜－－（句）＋｜＋－＋｜（韵） （2） ＋｜－－（句）＋－＋｜｜（韵） （3）	＋－＋｜（句）｜＋－ ＋｜（韵）

《传言玉女》下阕，八句，四仄韵	
乐段三（二句，十字）	乐段四（二句，八字）
＋－｜＋（句）＋｜＋－＋｜（韵） （1） ＋｜＋－（句）＋｜＋－＋｜（韵） （2）	＋－＋｜（句）＋－＋｜（韵）

例二　　传言玉女（七十四字）

（宋）曾　觌

凤阙龙楼，清夜月华初照。万点星球，护花梢寒峭。华胥梦里，老去欢情终少。花愁酒闷，总消除了。　　紫陌嬉游，不是少年怀抱。珠帘十里，听笙箫声杳。幽期密约，暗想浅颦轻笑。良时莫负，玉山频倒。

注：该词上阕第三句和第四句为乐段二中的格式（2），第五句和第六句为乐段三中的格式（2）；下阕第一句和第二句为乐段一中的格式（2），第五句和第六句为乐段三中的格式（1）。全词双调，七十四字，上下阕各八句，四仄韵。

例三　　传言玉女（七十三字）

《乐府雅词》袁　綯

眉黛轻分，惯学汉宫梳掠。艳容可画，那精神怎貌。鲛绡映玉，钿带双穿缨络。歌音清丽，舞腰柔弱。　　宴罢瑶池，御风跨皓鹤。凤凰台上，有萧郎共约。一面笑开，向月斜裹珠箔。东园无限，好花羞落。

注：该词上阕第三句和第四句为乐段二中的格式（1），第五句和第六句为乐段三中的格式（2）；下阕第一句和第二句为乐段一中的格式（3），第五句和第六句为乐段三中的格式（2）。全词双调，七十三字，上下阕各八句，四仄韵。

枕　屏　儿

调见《梅苑》。

《枕屏儿》的长短句结构

《枕屏儿》上阕，四个乐段			
乐段一（十字）	乐段二（十字）	乐段三（十字）	乐段四（七字）
4　　6	3　　3　　4	3　　3　　4	34

《枕屏儿》下阕，四个乐段			
乐段一（十字）	乐段二（十字）	乐段三（十字）	乐段四（七字）
4　　6	3　　3　　4	3　　3　　4	34

《康熙词谱》中收集一体《枕屏儿》，双调，上下阕分别可分为四个乐段，其长短句结构如表所示。该调七十四字，上下阕各九句，四仄韵，其基本格式如表所示。

《枕屏儿》的基本格式（双调）

《枕屏儿》上阕，九句，四仄韵	
乐段一（二句，十字）	乐段二（三句，十字）
＋｜－－（句）＋｜＋－＋｜（韵）	｜＋－（句）－＋｜（句）＋－＋｜（韵）

《枕屏儿》上阕，九句，四仄韵	
乐段三（三句，十字）	乐段四（一句，七字）
－＋｜（句）－＋｜（句）＋－＋｜（韵）	＋＋＋（读）＋＋－＋｜（韵）

《枕屏儿》下阕，九句，四仄韵	
乐段一（二句，十字）	乐段二（三句，十字）
＋｜－－（句）＋｜＋－＋｜（韵）	｜＋－（句）－＋｜（句）＋－＋｜（韵）

《枕屏儿》下阕，九句，四仄韵	
乐段三（三句，十字）	乐段四（一句，七字）
｜＋－（句）－＋｜（句）＋－＋｜（韵）	＋＋＋（读）＋－＋｜（韵）

例　枕屏儿（七十四字）

《梅苑》无名氏

江国春来，留得素英肯住。月笼香，风弄粉，诗人尽许。酥蕊嫩，檀心小，不禁风雨。须东君、与他做主。　　繁杏夭桃，颜色浅深难驻。奈芳容，全不称，冰姿伴侣。水亭边，山驿畔，一枝风措。十分似、那人淡伫。

注：全词双调，七十四字，上下阕各九句，四仄韵。

剔 银 灯

《乐章集》注"仙吕调";金词亦注"仙吕调";元高拭词注"中吕宫";蒋氏《九宫谱》属中吕调,名《剔银灯引》。

《剔银灯》的长短句结构

《剔银灯》上阕,三个乐段						
乐段一 (十三字或十二字)		乐段二 (十四字或十五字)			乐段三 (十一字或十二字)	
6	34	4	4	6	4	34
6	6	4	4	34	5	34
7	6					

《剔银灯》下阕,三个乐段						
乐段一 (十三字或十二字)		乐段二 (十四字或十五字)			乐段三 (十一字或十二字)	
6	6	4	4	6	4	34
6	34	4	4	34	5	34
7	6					

《康熙词谱》共收集《剔银灯》五体,双调,上阕分别可分为三个乐段,其长短句结构如表所示。该调有七十五字或七十四字、七十六字、七十八字等格式,上下阕各七句,四仄韵或五仄韵。《康熙词谱》以七十五字体柳永词、七十四字体毛滂词和七十六字体杜安世词为正体或正格。该调的正格与变格如表所示,其中,上阕乐段一中的格式(1)和(2)、乐段二中的格式(1)、下阕乐段一和乐段二中的格式(1)和(2)、乐段二中的格式(1)为正格句式,其余为变格句式。

《剔银灯》的正格和变格（双调）

《剔银灯》上阕，七句，四仄韵或五仄韵		
乐段一 （二句，十三字或十二字）	乐段二 （三句，十四字或十五字）	乐段三 （二句，十一字或十二字）
十｜十－十｜（韵） 十十十｜（读）十－十 ｜（韵） （1）	十｜－－（句）十 －十｜（句）十｜十 －十｜（韵） （1）	十－十｜（韵）十十 ｜（读）十－十｜（韵） （1）
十｜十－十｜（韵） 十｜十－十｜（韵） （2）		
十－十｜十｜｜ （韵）十｜十－十十｜ （韵） （3）	十｜－－（句）十 －十｜（句）十十十｜ （读）十－十｜（韵） （2）	十｜－－（句）十 十｜（读）十－十｜ （韵） （2）

例一　剔银灯（七十五字）

（宋）柳　永

何事春工用意。绣画出、万红千翠。艳杏夭桃，垂杨芳草，各斗雨膏烟腻。如斯佳致。早晚是、读书天气。　　渐渐园林明媚。便好安排欢计。论篮买花，盈车载酒，百琲千金邀妓。何妨沉醉。有人伴、日高春睡。

注：该词上阕第一句和第二句为乐段一中的格式（1），第三句至第五句为乐段二中的格式（1），第六句和第七句为乐段三中的格式（1）；下阕第一句和第二句为乐段一中的格式（1），第三句至第五句为乐段二中的格式（1），第六句和第七句为乐段三中的格式（1）。全词双调，七十五字，上下阕各七句，五仄韵。

《剔银灯》下阕，七句，四仄韵或五仄韵		
乐段一 （二句，十二字或十三字）	乐段二 （三句，十四字或十五字）	乐段三 （二句，十一字或十二字）
＋｜＋一＋｜（韵） ＋｜＋一＋｜（韵） （1） ＋｜＋一＋｜（韵） ＋＋｜（读）＋一＋｜（韵） （2）	＋一｜一（句）＋一 ＋｜（句）＋｜＋一 ＋｜（韵） （1） ＋｜一一（句）＋一 ＋｜（句）＋｜＋一 ＋｜（韵） （2）	＋一＋｜（韵）＋ ＋｜（读）＋一＋｜（韵） （1）
＋一＋｜一一｜（韵）＋｜＋一＋｜（韵） （3）	＋｜＋一（句）＋｜ ＋一（句）＋｜＋一 ＋｜（韵） （3） ＋｜＋一（句）＋一 ＋｜（句）＋＋｜（读） ＋一＋｜（韵） （4）	＋｜｜一一（句） ＋＋｜（读）＋一 ＋｜（韵） （2）

例二　剔银灯（七十四字）

（宋）毛滂

　　帘下风光自足。春到席间屏曲。瑶瓮酥融，羽觞蚁斗，花映鄱湖寒绿。汨罗愁独。又何似、红围翠簇。　　聚散悲欢箭速。不易一杯相属。频剔银灯，别听牙板，尚有龙膏堪续。罗熏绣馥。锦瑟畔、低迷醉玉。

　　注：该词上阕第一句和第二句为乐段一中的格式（2），第三句至第五句为乐段二中的格式（1），第六句和第七句为乐段三中的格式（1）；下阕第一句和第二句为乐段一中的格式（1），第三句至第五句为乐段二中的格式（2），第六句和第七句为乐段三中的格式（1）。全词双调，七十四字，上下阕各七句，五仄韵。

例三　剔银灯（七十六字）

（宋）杜安世

好事争如不遇。可惜许、多情相误。月下风前，偷期窃会，共把衷肠分付。尤云殢雨。正缱绻、朝朝暮暮。　　无奈别离情绪。酒和病、双眉长聚。往事凄凉，佳音迢递，似此因缘谁做。洞云深处。暗回首、落花飞絮。

注：该词上阕第一句和第二句为乐段一中的格式（1），第三句至第五句为乐段二中的格式（1），第六句和第七句为乐段三中的格式（1）；下阕第一句和第二句为乐段一中的格式（2），第三句至第五句为乐段二中的格式（2），第六句和第七句为乐段三中的格式（1）。全词双调，七十六字，上下阕各七句，五仄韵。

例四　剔银灯（七十八字）

（宋）范仲淹

昨夜因看蜀志。笑曹操、孙权刘备。用尽机关，徒劳心力，只得三分天地。屈指细寻思，争如共、刘伶一醉。　　人世都无百岁。少痴騃、老成尪悴。只有中间，些子少年，忍把浮名牵系。一品与千金，问白发、如何回避。

注：该词上阕第一句和第二句为乐段一中的格式（1），第三句至第五句为乐段二中的格式（1），第六句和第七句为乐段三中的格式（2）；下阕第一句和第二句为乐段一中的格式（2），第三句至第五句为乐段二中的格式（3），第六句和第七句为乐段三中的格式（2）。全词双调，七十八字，上下阕各七句，四仄韵。

例五　剔银灯（七十八字）

（宋）衷长吉

古来五子伊谁有。唐室五王称首。窦氏五龙，柳家五马，西晋室、陶家五柳。英名不朽。更东汉、马良并秀。　　君今也五男还又。应是五星孕就。腹笥五经，身膺五福，指日继、五侯之后。个般非偶。好与醉、刘伶五斗。

注：该词上阕第一句和第二句为乐段一中的格式（3），第三句至第五句为乐段二中的格式（2），第六句和第七句为乐段三中的格式（1）；下阕第一句和第二句为乐段一中的格式（3），第三句至第五句为乐段二中的格式（4），第六句和第七句为乐段三中的格式（1）。全词双调，七十八字，上下阕各七句，五仄韵。

隔 帘 听

唐教坊曲名,《乐章集》注"林钟商"。

《隔帘听》的长短句结构

《隔帘听》上阕,四个乐段					
乐段一(十一字)		乐段二(七字)	乐段三(九字)		乐段四(十字)
6	5	7	5	4	3 34

《隔帘听》下阕,四个乐段						
乐段一(十二字)			乐段二(七字)	乐段三(九字)		乐段四(十字)
3	4	5	7	5	4	3 34

《康熙词谱》中收集一体《隔帘听》,双调,上下阕分别可分为四个乐段,其长短句结构如表所示。该调七十五字,上阕七句,五仄韵;下阕八句,七仄韵,其基本格式如表所示。

《隔帘听》的基本格式(双调)

《隔帘听》上阕,七句,五仄韵	
乐段一(二句,十一字)	乐段二(一句,七字)
＋｜＋ー＋｜(句)＋｜ーー｜(韵)	＋ー＋｜ーー｜(韵)

《隔帘听》上阕,七句,五仄韵	
乐段三(二句,九字)	乐段四(二句,十字)
｜＋｜ーー(句)＋ー＋｜(韵)	＋＋｜(韵)＋＋＋(读)＋ー＋｜(韵)

《隔帘听》下阕，八句，七仄韵	
乐段一（三句，十二字）	乐段二（一句，七字）
＋ ＋ ｜（韵）＋ － ＋ ｜（韵）＋ ｜ － － ｜（韵）	＋ － ＋ ｜ － － ｜（韵）

《隔帘听》下阕，八句，七仄韵	
乐段三（二句，九字）	乐段四（二句，十字）
｜＋ － ＋ ｜（句）＋ － ＋ ｜（韵）	＋ ＋ ｜（韵）＋ ＋ ＋（读）＋ － ＋ ｜（韵）

例　隔帘听（七十五字）

（宋）柳　永

咫尺凤衾鸳帐，欲去无因到。虾须窣地重门悄。认绣履频移，洞房窈窕。强语笑。逞如簧、再三轻巧。　　梳妆早。琵琶闲抱。爱品相思调。声声似把相思告。但隔帘赢得，断肠多少。恁烦恼。除非是、共伊知道。

注：全词双调，七十五字，上阕七句，五仄韵；下阕八句，七仄韵。

越　溪　春

　　调见《六一居士词》，因词中有"春色遍天涯，越溪闻苑繁华地"句，取以为名，盖赋越溪春色也。

《越溪春》的长短句结构

《越溪春》上阕，三个乐段		
乐段一（十二字）	乐段二（十四字）	乐段三（十二字）
7　　5	7　　　3 4	4　　4　　4

《越溪春》下阕，三个乐段		
乐段一（十一字）	乐段二（十四字）	乐段三（十二字）
6　　5	8　　6	7　　5

《康熙词谱》只收集一体《越溪春》，双调，上下阕分别可分为三个乐段，其长短句结构如表所示。该调七十五字，上阕七句，三平韵；下阕六句，四平韵，其基本格式如表所示。

《越溪春》的基本格式（双调）

《越溪春》上阕，七句，三平韵		
乐段一（二句，十二字）	乐段二（二句，十四字）	乐段三（三句，十二字）
＋｜＋ー ー｜｜（句） ＋｜｜ ー ー（韵）	＋ー＋｜ ー ー｜（句）＋＋＋（读）＋｜ー ー（韵）	＋｜ー ー（句）＋ー＋｜（句）＋｜ー ー（韵）

《越溪春》下阕，六句，四平韵		
乐段一（二句，十一字）	乐段二（二句，十四字）	乐段三（二句，十二字）
＋ー＋｜ー ー（韵） ＋｜｜ー ー（韵）	＋ー ー｜＋｜＋｜（句）＋＋ー ー＋｜ー ー（韵）	＋｜＋ー ー｜｜（句）＋｜｜ー ー（韵）

例　越溪春（七十五字）

（宋）欧阳修

　　三月十三寒食日，春色遍天涯。越溪闾苑繁华地，傍禁垣、珠翠烟霞。红粉墙头，秋千影里，临水人家。　　归来晚驻香车。银箭透窗纱。有时三点两点雨霁，朱门柳细风斜。沉麝不烧金鸭冷，笼月照梨花。

　　注：全词双调，七十五字，上阕七句，三平韵；下阕六句，四平韵。

长 生 乐

调见《珠玉集》。

《长生乐》的长短句结构

《长生乐》上阕，四个乐段			
乐段一（十二字）	乐段二（九字）	乐段三（十字）	乐段四（十一字）
7　5	4　5	6　4	4　7

《长生乐》下阕，三个乐段		
乐段一（八字）	乐段二（十四字）	乐段三（十一字）
4　4	6　35 7	6　5

　　《康熙词谱》共收集两体《长生乐》，双调，上阕可分为四个乐段，下阕可分为三个乐段，其长短句结构如表所示。该调七十五字，上阕八句，五平韵或四平韵；下阕六句，四平韵。《康熙词谱》以晏殊词为标谱词例。该调的正格与变格如表所示，其中，上下阕各乐段中的格式（1）为正格句式，其余为变格句式。

例一　长生乐（七十五字）

（宋）晏　殊

　　玉露金风月正圆。台榭早凉天。画堂佳会，组绣列芳筵。洞府星辰龟鹤，福寿来添。欢声喜色，同入金炉泛浓烟。　　清歌妙舞，急管繁弦。榴花满酌觥船。人尽祝、富贵又长年。莫教红日西晚，留着醉神仙。

　　注：该词上阕第一句和第二句为乐段一中的格式（1），第三句和第四句为乐段二中的格式（1）；下阕第三句和第四句为乐段二中的格式（1），第五句和第六句为乐段三中的格式（1）。全词双调，七十五字，上阕八句，五平韵；下阕六句，四平韵。

《长生乐》的正格与变格（双调）

《长生乐》上阕，八句，五平韵或四平韵	
乐段一（二句，十二字）	乐段二（二句，九字）
＋｜－－＋｜－（韵）＋｜｜－－（韵） （1）	＋－＋｜（句）＋｜｜－－（韵） （1）
＋｜＋－－｜｜（句）＋｜｜－－（韵） （2）	＋－－｜（句）｜＋＋＋－（韵） （2）

《长生乐》上阕，八句，五平韵或四平韵	
乐段三（二句，十字）	乐段四（二句，十一字）
＋｜＋－＋｜（句）＋｜－－（韵）	＋－＋｜（句）＋｜｜｜＋－（韵）

《长生乐》下阕，六句，四平韵		
乐段一（二句，八字）	乐段二（二句，十四字）	乐段三（二句，十一字）
＋－＋｜（句）＋｜－－（韵）	＋－＋｜－－（韵）＋＋＋（读）＋｜｜－－（韵） （1）	＋－＋｜－｜（句）＋｜｜－－（韵） （1）
	＋｜－－＋｜－（韵）－＋｜｜－（韵） （2）	＋－＋｜－｜（句）｜＋｜－－（韵） （2）

例二　长生乐（七十五字）

（宋）晏　殊

阆苑神仙平地见，碧海架蓬瀛。洞门相向，倚金铺微明。处处天花撩乱，飘散歌声。装真筵寿，赐与流霞满瑶觥。　　红鸾翠节，紫凤银笙。

玉女双来近彩云。随步朝夕拜三清。为传王母金箓,祝千岁长生。

注:该词上阕第一句和第二句为乐段一中的格式(2),第三句和第四句为乐段二中的格式(2);下阕第三句和第四句为乐段二中的格式(2),第五句和第六句为乐段三中的格式(2)。全词双调,七十五字,上阕八句,四平韵;下阕六句,四平韵。

诉 衷 情 近

调见《乐章集》,注"林钟商"。与《诉衷情令》不同。

《诉衷情近》的长短句结构

上阕,两个乐段		下阕,两个乐段	
乐段一(二十二字)	乐段二(十五字)	乐段一(十八字)	乐段二(二十字)
4 6 6 6	6 4 5 4 4 7	3 6 4 5	3 4 4 4 5

《康熙词谱》共收集三体《诉衷情近》,双调,上下阕分别可分为两个乐段,其长短句结构如表所示。该调七十五字,上阕七句,三仄韵或两仄韵;下阕九句,六仄韵。《康熙词谱》以首句为"雨晴气爽"柳永词为标谱词例,该调的正格与变格如表所示,其中,各乐段中的格式(1)为正格句式,其余为变格句式。

例一 诉衷情近(七十五字)

(宋)柳 永

雨晴气爽,伫立江楼望处。澄明远水生光,重叠暮山耸翠。遥想断桥幽径,隐隐渔村,向晚孤烟起。 残阳里。脉脉朱阑静倚。黯然情绪,未饮先如醉。愁无际。暮云过了,秋风老尽,故人千里。竟日空凝睇。

注:该词上阕第一句至第四句为乐段一中的格式(1),第五句至第七句为乐段二中的格式(1)。全词双调,七十五字,上阕七句,三仄韵;下阕九句,六仄韵。

《诉衷情近》的正格与变格（双调）

《诉衷情近》上阕，七句，三仄韵或两仄韵	
乐段一（四句，二十二字）	乐段二（三句，十五字）
＋ － ＋ ｜（句）＋ ｜ ＋ － ＋ ｜（韵）＋ － ＋ ｜ － －（句）＋ ｜ ＋ － ＋ ｜（韵） （1）	＋ ｜ ＋ － ＋ ｜（句）＋ ｜ － －（句）＋ ｜ － － ｜（韵） （1）
＋ － ＋ ｜（句）＋ ｜ ＋ － ＋ ｜（韵）＋ － ＋ ｜ － －（句）＋ ｜ ＋ － ＋ ｜（韵） （2）	＋ ｜ ＋ －（句）＋ － ＋ ｜（句）＋ ｜ － － ｜（韵） （2）

《诉衷情近》下阕，九句，六仄韵	
乐段一（四句，十八字）	乐段二（五句，二十字）
＋ － ｜（韵）＋ ｜ ＋ － ＋ ｜（韵）＋ － ＋ ｜（句）＋ ｜ － － ｜（韵）	＋ － ｜（韵）＋ ｜ ＋ － ＋ ｜（句）＋ ｜ － － ＋ ｜（句）＋ － ＋ ｜（韵）＋ ｜ － － ｜（韵）

例二　诉衷情近（七十五字）

（宋）柳　永

　　景阑昼永，渐入清和气序，榆钱飘满闲阶，莲叶嫩生翠沼。遥望水边幽径，山崦孤村，是处园林好。　　闲情悄。绮陌游人渐少。少年风韵，自觉随春老。追前好。帝城信阻，天涯目断，暮云芳草。伫立空残照。

　　注：该词上阕第一句至第四句为乐段一中的格式（2），第五句至第七句为乐段二中的格式（1）。全词双调，七十五字，上阕七句，两仄韵；下阕九句，六仄韵。

例三　诉衷情近（七十五字）

（宋）晁补之

　　小园过午，便觉凉生翠柏。戎葵闾出墙红，萱草静依径绿。还是去年，浮瓜沉李，追凉故绕池边竹。　　小筵促。忽忆杨梅正熟。下山南畔，画舸笙歌逐。愁凝目。使君彩笔，佳人锦字，断弦怎续。尽日阑干曲。

注：该词上阕第一句至第四句为乐段一中的格式（1），第五句至第七句为乐段二中的格式（2）。全词双调，七十五字，上阕七句，三仄韵；下阕九句，六仄韵。

下 水 船

唐教坊曲名。按唐王保定《摭言》："裴庭裕，乾宁中在内庭，文书敏捷，号下水船。"调名取此。

《下水船》长短句结构

《下水船》上阕，三个乐段		
乐段一（十一字）	乐段二（十字）	乐段三（十五字）
5　　　　6	4　　　　6	3　　6　　6

《下水船》下阕，三个乐段		
乐段一（十四或十五字）	乐段二（十字）	乐段三（十五字）
3　　5　　6	4　　　　6	3　　6　　6
3　　5　　7	6　　　　4	

《康熙词谱》共收集《下水船》四体，双调。上下阕分别可分为三个乐段，其长短句结构如表所示。该调有七十五字或七十六字等格式，上阕七句，五仄韵或四仄韵、六仄韵；下阕八句，六仄韵或四仄韵，《康熙词谱》以七十五字体黄庭坚词为正体或正格。该调的正格与变格如表所示，其中，上下阕各乐段中的格式（1）为正格句式，其余为变格句式。

例一　下水船（七十五字）
（宋）黄庭坚

总领神仙侣。齐到青云岐路。丹禁风微，咫尺谛闻天语。尽荣遇。看即如龙变化，一掷灵梭风雨。　　真游处。上苑寻春去。芳草芊芊迎步。几曲笙歌，樱桃艳里欢聚。瑶觞举。回祝尧龄万万，端的君恩难负。

注：该词上阕第三句和第四句为乐段二中的格式（1），第五句至第七句为乐段三中的格式（1）；下阕第一句至第三句为乐段一中的格式（1），第四句和第五句为乐段二中的格式

（1），第六句至第八句为乐段三中的格式（1）。全词双调，七十五字，上阕七句，五仄韵；下阕八句，六仄韵。

《下水船》正格与变格（双调）

《下水船》上阕，七句，五仄韵或四仄韵、六仄韵		
乐段一（二句，十一字）	乐段二（二句，十三字）	乐段三（三句，十五字）
＋｜－－｜（韵）＋｜＋－＋｜（韵）	＋｜－－（句）＋｜｜＋－＋｜（韵）（1） ＋｜－－（句）＋－｜－＋｜（韵）（2） ＋｜－－（句）＋－＋｜－｜（韵）（3）	＋－｜（韵）＋｜＋－＋｜（句）＋｜＋－＋｜（韵）（1） ＋＋｜（韵或句）＋｜＋｜（句或韵）＋｜＋－＋｜（韵）（2） ＋｜（韵）＋｜＋－＋｜（韵）＋－＋｜－｜（韵）（3）

《下水船》下阕，八句，六仄韵或四仄韵		
乐段一 （三句，十四字或十五字）	乐段二 （二句，十字）	乐段三 （三句，十五字）
＋－｜（韵）＋｜－－｜（韵）＋｜＋－＋｜（韵）（1） ＋－｜（句）＋｜－－｜（句）＋｜＋｜（韵）（2） ＋－｜（句）－｜（韵）＋｜＋－－｜｜（韵）（3）	＋｜－－（句）＋－＋｜－｜（韵）（1） ＋｜－－（句）＋－＋｜（韵）（2） ＋｜－－＋＋（句）＋－＋｜（韵）（3）	＋－｜（韵）＋｜＋－＋｜（句）＋｜－＋｜（韵）（1） ＋＋｜（句或韵）＋｜＋－＋｜（句）＋｜－＋｜（韵）（2）

例二　下水船（七十五字）

（宋）贺　铸

芳草青门路。还拂京尘东去。回想当年，离声送君南浦。愁几许。尊酒流连薄暮。帘卷津楼风雨。　　凭阑语。草草蘅皋赋。分首惊鸿不驻。灯火虹桥，难寻弄波微步。漫凝伫。莫怨无情流水，明月扁舟何处。

注：该词上阕第三句和第四句为乐段二中的格式（2），第五句至第七句为乐段三中的格式（2）；下阕第一句至第三句为乐段一中的格式（1），第四句和第五句为乐段二中的格式（2），第六句至第八句为乐段三中的格式（1）。全词双调，七十五字，上阕七句，六仄韵；下阕八句，六仄韵。

例三　下水船（七十五字）

（宋）晁补之

百紫千红翠。唯有琼花特异。便是当年，唐昌观中玉蕊。尚记得，月里仙人来赏，明日喧传都市。　　甚时又，分与扬州本，一朵冰姿难比。曾向无双亭边，半酣独倚。似梦觉，晓出瑶台千里。犹忆飞琼标致。

注：该词上阕第三句和第四句为乐段二中的格式（2），第五句至第七句为乐段三中的格式（2）；下阕第一句至第三句为乐段一中的格式（2），第四句和第五句为乐段二中的格式（3），第六句至第八句为乐段三中的格式（2）。全词双调，七十五字，上阕七句，四仄韵；下阕八句，四仄韵。

例四　下水船（七十六字）

（宋）晁补之

上客骊驹系。惊唤银屏睡起。困倚妆楼，盈盈正解罗髻。凤钗坠。缭绕金盘玉指。巫山一段云委。　　半窥镜，向我横秋水。斜领花枝交镜里。淡拂铅华，匆匆自整罗绮。敛眉翠。虽有惺惺密意。空作江边解佩。

注：该词上阕第三句和第四句为乐段二中的格式（3），第五句至第七句为乐段三中的格式（3）；下阕第一句至第三句为乐段一中的格式（3），第四句和第五句为乐段二中的格式（1），第六句至第八句为乐段三中的格式（1）。全词双调，七十六字，上阕七句，六仄韵；下阕八句，六仄韵。

解蹀躞

调曹勋词名《玉蹀躞》。

《解蹀躞》的长短句结构

《解蹀躞》上阕,三个乐段		
乐段一(十一字)	乐段二(九字)	乐段三(十六字)
3　　6　　5	45 63	6　　6　　4 6　　4　　6 6　　4　　33

《解蹀躞》下阕,三个乐段		
乐段一(十四字)	乐段二(九字)	乐段三(十六字)
3　　6　　5	45 63	6　　6　　4 6　　4　　6 6　　4　　33

《康熙词谱》共收集《解蹀躞》六体,双调,上下阕分别可分为三个乐段,其长短句结构如表所示。该调七十五字,上阕六句,三仄韵或四仄韵;下阕七句,五仄韵或四仄韵;《康熙词谱》以周邦彦词为正体或正格。该调的正格与变格如表所示,其中,上下阕各乐段中的格式(1)为正格句式,其余为变格句式。

例一　解蹀躞(七十五字)

(宋)周邦彦

候馆丹枫吹尽,回旋随风舞。夜寒霜月、飞来伴孤旅。还是独拥秋衾,梦馀酒困都醒,满怀离苦。　　甚情绪。深念凌波微步。幽房暗相遇。泪珠都作、秋宵枕前雨。此恨音驿难通,待凭征雁归时,寄将愁去。

注:该词上阕第一句和第二句为乐段一中的格式(1),第三句为乐段二中的格式(1),第四句至第六句为乐段三中的格式(1);下阕第一句至第三句为乐段一中的格式(1),第四句为

乐段二中的格式（1），第五句至第七句为乐段三中的格式（1）。全词双调，七十五字，上阕六句，三仄韵；下阕七句，五仄韵。

《解蹀躞》的正格与变格（双调）

《解蹀躞》上阕，六句，三仄韵或四仄韵		
乐段一（二句，十一字）	乐段二（一句，九字）	乐段三（三句，十字）
＋｜＋－＋｜（句） ＋｜－－｜（韵） （1）	＋－＋｜（读）＋－ ｜－｜（韵） （1）	＋｜＋｜－－（句） ＋－＋｜－－（句） ＋－＋｜（韵） （1）
＋｜＋＋＋｜（韵） ＋｜－－｜（韵） （2）	＋｜－－（读）＋ －｜－｜（韵） （2）	＋｜＋｜－－（句） ＋－＋｜（句）＋｜ ＋｜＋｜（韵） （2）
＋－｜－＋｜（句） ＋｜＋｜－｜（韵） （3）	＋－＋｜－－（读） ＋－｜（韵） （3）	＋｜＋｜－－（句） ＋－＋｜（句）＋＋ ｜（读）＋－｜（韵） （3）

《解蹀躞》下阕，七句，五仄韵或四仄韵		
乐段一（三句，十四字）	乐段二（一句，九字）	乐段三（三句，十六字）
＋－｜（韵）＋｜＋ －＋｜（韵）－－｜ －｜（韵） （1）	＋－＋｜（读）＋ －｜－｜（韵） （1）	＋｜＋｜－－（句） ＋－＋｜－－（句） ＋－＋｜（韵） （1）
＋－｜（韵）＋｜＋ －｜（句）－－｜ －｜（韵） （2）	＋－＋｜－－ （读）＋－｜（韵） （2）	＋｜＋｜－－（句） ＋－＋｜（句）＋｜ ＋｜＋｜（韵） （2）
＋－｜（韵）＋｜＋ －｜（韵）＋｜＋ －｜（韵） （3）		＋－＋｜－－（句） ＋－＋｜（句）＋＋ ｜（读）－＋｜（韵） （3）

例二　解蹀躞（七十五字）
（宋）杨无咎

迤逦韶华将半。桃杏匀於染。又还撩拨、春心信凄黯。准拟剧饮狂吟，可怜无复当年，酒肠文胆。　　倦游览。憔悴羞窥鸾鉴。眉端为谁敛。可堪风雨、无情暗亭槛。触目千点飞红，问春争得春愁，也随春减。

注：该词上阕第一句和第二句为乐段一中的格式（2），第三句为乐段二中的格式（1），第四句至第六句为乐段三中的格式（1）；下阕第一句至第三句为乐段一中的格式（1），第四句为乐段二中的格式（1），第五句至第七句为乐段三中的格式（1）。全词双调，七十五字，上阕六句，四仄韵；下阕七句，五仄韵。

例三　解蹀躞（七十五字）
（宋）吴文英

醉云又兼醒雨，楚梦时来往。倦蜂刚着梨花、惹游荡。还作一段相思，冷波叶舞愁红，送人双桨。　　暗凝想。情共天涯秋黯，朱桥锁深巷。会稀投得轻分、顿惆怅。此去幽曲谁来，可怜残照西风，半妆楼上。

注：该词上阕第一句和第二句为乐段一中的格式（3），第三句为乐段二中的格式（3），第四句至第六句为乐段三中的格式（1）；下阕第一句至第三句为乐段一中的格式（2），第四句为乐段二中的格式（2），第五句至第七句为乐段三中的格式（1）。全词双调，七十五字，上阕六句，三仄韵；下阕七句，四仄韵。

例四　解蹀躞（七十五字）
（宋）方千里

院宇无人清昼，静看帘波舞。自怜春晚、漂流尚羁旅。那况泪湿征衣，恨添客鬓，终日子规声苦。　　动离绪。漫整徘徊愁步。何时再相遇。旧欢如昨、匆匆楚台雨。别后南北天涯，梦魂犹记关山，屡随书去。

注：该词上阕第一句和第二句为乐段一中的格式（1），第三句为乐段二中的格式（1），第四句至第六句为乐段三中的格式（2）；下阕第一句至第三句为乐段一中的格式（1），第四句为乐段二中的格式（1），第五句至第七句为乐段三中的格式（1）。全词双调，七十五字，上阕六句，三仄韵；下阕七句，五仄韵。

例五 解蹀躞（七十五字）

（宋）曹　勋

雨过池台秋静，桂影凉清昼。槁叶喧空、疏黄满堤柳。风外残叶枯荷，凭栏一晌，犹喜冷香襟袖。　　少欢偶。人道消愁须酒。酒又怕醒后。这般光景、愁怀煞难受。谁念千种秋情，乍凉虽好，还恨夜长时候。

注：该词上阕第一句和第二句为乐段一中的格式（1），第三句为乐段二中的格式（2），第四句至第六句为乐段三中的格式（2）；下阕第一句至第三句为乐段一中的格式（3），第四句为乐段二中的格式（1），第五句至第七句为乐段三中的格式（2）。全词双调，七十五字，上阕六句，三仄韵；下阕七句，五仄韵。

例六 解蹀躞（七十五字）

（宋）杨无咎

金谷楼中人在，两点眉颦绿。叫云穿月、横吹楚山竹。怨断忆忆因谁，坐中有客，犹记在、平阳宿。　　泪盈目。百啭千声相续。停杯听难足。漫夸天海风涛、旧时曲。夜深烟惨云愁，倩君沉醉，明日看、梅梢玉。

注：该词上阕第一句和第二句为乐段一中的格式（1），第三句为乐段二中的格式（1），第四句至第六句为乐段三中的格式（3）；下阕第一句至第三句为乐段一中的格式（1），第四句为乐段二中的格式（2），第五句至第七句为乐段三中的格式（3）。全词双调，七十五字，上阕六句，三仄韵；下阕七句，五仄韵。

扑　蝴　蝶

按周密《癸辛杂志》云："吴有小妓，善舞扑蝴蝶。"疑是舞曲。邵叔齐词，名《扑蝴蝶近》。

《扑蝴蝶》的长短句结构

《扑蝴蝶》上阕，三个乐段						
乐段一（二句，九字）		乐段二（二句，九字）		乐段三（三句，十八字）		
4	5	4	5	6	6	6

《扑蝴蝶》下阕，三个乐段						
乐段一 （三句，十二字或十四字）			乐段二 （二句，九字）		乐段三 （三句，十八字）		
3	4	5	4	5	6	6	6
3	4	7					

《康熙钦定词谱》共收集《扑蝴蝶》四体，双调，上下阕分别可分为三个乐段，其长短句结构如表所示。该调有七十五字或七十七字等格式，上阕七句，三仄韵或四仄韵、六仄韵；下阕八句，四仄韵或五仄韵。《康熙词谱》以七十五字体曹　组词为标谱词例。该调的正格与变格如表所示，其中，上下阕各乐段中的格式（1）为正格句式，其余为变格句式。

《扑蝴蝶》的正格与变格（双调）

《扑蝴蝶》上阕，七句，三仄韵或四仄韵或六仄韵		
乐段一（二句，九字）	乐段二（二句，九字）	乐段三（三句，十八字）
＋ － ＋ ｜（句）＋ － － ｜ ｜（韵） （1）	＋ － ＋ ｜（句）＋ － － ｜ ｜（韵） （1）	＋ － ＋ ｜ － －（句）＋ ＋ ｜ ＋ － ｜ ｜（句）＋ － ｜ － ＋ ｜（韵） （1）
＋ － ＋ ｜（句或韵）＋ － ｜ ＋ － ｜（韵） （2）	＋ － ＋ ｜（句或韵）＋ － － － ｜ ＋ ｜（韵） （2）	＋ － ＋ ｜ － －（句） ＋ ｜ ＋ － ｜ ｜（句或韵） ＋ ＋ ｜ － ＋ ｜（韵） （2）

例一　扑蝴蝶（七十五字）

（宋）曹　组

人生一世，思量争甚底。花开十日，已随尘逐水。且看欲尽花枝，未厌伤多酒盏，何须细推物理。　　幸容易。有人争奈，只知名与利。朝朝日日，忙忙劫劫地。待得一晌闲时，又却三春过了，何如对花沉醉。

注：该词上阕第一句和第二句为乐段一中的格式（1），第三句和第四句为乐段二中的格式（1），第五句至第七句为乐段三中的格式（1）；下阕第一句至第三句为乐段一中的格式（1），第四句和第五句为乐段二中的格式（1），第六句至第八句为乐段三中的格式（1）。全词双调，七十五字，上阕七句，三仄韵；下阕八句，四仄韵。

《扑蝴蝶》下阕，八句，四仄韵或五仄韵		
乐段一 （三句，十二字或十四字）	乐段二 （二句，九句）	乐段三 （三句，十八字）
＋ －｜（韵）＋ － ＋｜ （句）＋ － － ｜｜（韵） （1）	＋ － ＋｜（句） － ｜＋｜（韵） （1）	＋｜＋｜－ －（句） ＋｜＋ － ＋｜（句） ＋ －｜－ ＋｜（韵） （1）
＋ －｜（韵）＋ － ＋｜ （句）＋｜－ － ｜＋｜（韵） （2）	＋ － ＋｜（句）＋ － －｜｜（韵） （2）	＋ － ＋｜－ －（句） ＋｜＋ － ＋｜（句或 韵）＋ － ＋｜－｜（韵） （2）

例二　扑蝴蝶（七十五字）

（宋）赵师侠

清和时候，薰风来小院。琅玕脱箨，方塘荷翠飐。柳丝轻度流莺，画栋低飞乳燕。园林绿阴初遍。　　景何限。轻纱细葛，纶巾和羽扇。披襟散发，心清尘不染。一杯洗涤无余，万事消磨去远。浮名薄利休羡。

注：该词上阕第一句和第二句为乐段一中的格式（1），第三句和第四句为乐段二中的格式（1），第五句至第七句为乐段三中的格式（2）；下阕第一句至第三句为乐段一中的格式（1），第四句和第五句为乐段二中的格式（2），第六句至第八句为乐段三中的格式（2）。全词双调，七十五字，上阕七句，四仄韵；下阕八句，五仄韵。

例三　扑蝴蝶（七十七字）

（宋）邵叔齐

兰摧蕙折，霜重晓风恶。长安何处，孤根漫自托。水寒断续溪桥，月破黄昏院落。相逢俨然瘦削。　　最萧索。星星蓬鬓，杳杳家山路正邈。攀枝嗅蕊，露陪清泪阁。已无蝶使蜂媒，不共莺期燕约。甘心伴人淡薄。

注：该词上阕第一句和第二句为乐段一中的格式（2），第三句和第四句为乐段二中的格式（2），第五句至第七句为乐段三中的格式（2）；下阕第一句至第三句为乐段一中的格式（2），第四句和第五句为乐段二中的格式（2），第六句至第八句为乐段三中的格式（1）。全词双调，七十七字，上阕七句，四仄韵；下阕八句，五仄韵。

例四　扑蝴蝶（七十七字）
（宋）吕渭老

分钗绾髻，洞府难分手。离觞短阕，啼痕冰舞袖。马嘶霜滑桥横，路转人依古柳。晓色渐分星斗。　　怎分剖。心儿一似，倾入离愁万千斗。垂鞭伫立，伤心还病酒。十年梦里婵娟，二月花中豆蔻。春风为谁依旧。

注：该词上阕第一句和第二句为乐段一中的格式（2），第三句和第四句为乐段二中的格式（1），第五句至第七句为乐段三中的格式（2）；下阕第一句至第三句为乐段一中的格式（2），第四句和第五句为乐段二中的格式（2），第六句至第八句为乐段三中的格式（1）。全词双调，七十七字，上阕七句，四仄韵；下阕八句，五仄韵。

例五　扑蝴蝶（七十七字）
（宋）丘崈

鸣鸠乳燕。春在梨花院。重门镇掩。沉沉帘不卷。纱窗红日三竿，睡鸭余香一线。佳眠悄无人唤。　　漫消遣。行云无定，楚雨难凭梦魂断。清明渐近，天涯人正远。尽教闲了秋千，觑著海棠开遍。难禁旧愁新怨。

注：该词上阕第一句和第二句为乐段一中的格式（2），第三句和第四句为乐段二中的格式（2），第五句至第七句为乐段三中的格式（2）；下阕第一句至第三句为乐段一中的格式（2），第四句和第五句为乐段二中的格式（2），第六句至第八句为乐段三中的格式（1）。全词双调，七十七字，上阕七句，六仄韵；下阕八句，五仄韵。

千 年 调

曹组词名《相思会》。因词有"刚作千年调"句，辛弃疾改名《千年调》。

《千年调》的长短句结构

《千年调》上阕，四个乐段							
乐段一（十字）		乐段二（十字）		乐段三（九字）		乐段四（九字）		
5	5	6	4	4	5	3	3	3

《千年调》下阕，四个乐段			
乐段一（九字）	乐段二（十字）	乐段三（九字）	乐段四（九字或十一字）
4　　5	6　　4	4　　5	3　3　3
	4　　6		3　3　5

　　《康熙词谱》共收集两体《千年调》，双调，上下阕分别可分为四个乐段，其长短句结构如表所示。该调有七十五字或七十七字等格式，上阕九句，四仄韵或五仄韵；下阕九句，四仄韵。《康熙词谱》以七十五字体辛弃疾词为标谱词例。该调的正格与变格如表所示，其中，上下阕各乐段中的格式（1）为正格句式，其余为变格句式。

《千年调》的正格与变格（双调）

《千年调》上阕，九句，四仄韵或五仄韵	
乐段一（二句，十字）	乐段二（二句，十字）
＋＋｜－－（句）＋｜＋－｜（韵）	＋｜＋－＋｜（句）＋｜＋｜（韵）

《千年调》上阕，九句，四仄韵或五仄韵	
乐段三（二句，九字）	乐段四（三句，九字）
＋－＋｜（句）＋｜＋－｜（韵） （1）	＋＋｜（句）｜＋－（句）＋＋｜（韵）
＋－－｜（韵）＋｜＋－｜（韵） （2）	

例一　千年调（七十五字）
（宋）辛弃疾

　　卮酒向人时，和气先倾倒。最要然然可可，万事称好。滑稽坐上，更对鸱彝笑。寒与热，总随人，甘国老。　　少年使酒，出口人嫌拗。此个和合道理，近日方晓。学人言语，未会十分巧。看他们，得人怜，秦吉了。

　　注：该词上阕第五句和第六句为乐段三中的格式（1）；下阕第三句和第四句为乐段二中的格式（1），第七句至第九句为乐段四中的格式（1）。全词双调，七十五字，上下阕各九句，四仄韵。

《千年调》下阕，九句，四仄韵	
乐段一（二句，九字）	乐段二（二句，十字）
+ — + |（句）+ | + — |（韵）	+ | — + + |（句）+ | — |（韵）（1）
	+ | + —（句）+ | + | + |（韵）（2）

《千年调》下阕，九句，四仄韵	
乐段三（二句，九字）	乐段四（三句，九字或十一字）
+ — + |（句或韵）+ | + — |（韵）	+ + +（句）| + — （句）+ | |（韵）（1）
	+ + +（句）| + — （句）+ | — |（韵）（2）

例二　千年调（七十七字）

（宋）曹　组

　　人无百年人，刚作千年调。待把门关铁铸，鬼见失笑。多愁早老。惹尽闲烦恼。我惺也，枉劳心、漫计较。　　粗衣淡饭，赢取暖和饱。住个宅儿，只要不大不小。常教洁净，不种闲花草。据见在，乐平生，便是神仙了。

　　注：该词上阕第五句和第六句为乐段三中的格式（2）；下阕第三句和第四句为乐段二中的格式（2），第七句至第九句为乐段四中的格式（2）。全词双调，七十七字，上阕九句，五仄韵；下阕九句，四仄韵。

蕊　珠　闲

调见《介庵词》。

《蕊珠闲》的长短句结构

《蕊珠闲》上阕,三个乐段		
乐段一(十二字)	乐段二(十字)	乐段三(十四字)
3　　3　　6	6　　4	4　　4　　6

《蕊珠闲》下阕,三个乐段		
乐段一(十五字)	乐段二(十字)	乐段三(十四字)
3　　6　　6	4　　6	4　　4　　6

《康熙词谱》只收集一体《蕊珠闲》,双调,上下阕分别可分为三个乐段,其长短句结构如表所示。该调七十五字,上阕八句,四仄韵;下阕八句,六仄韵,其基本格式如表所示。

《蕊珠闲》的基本格式(双调)

《蕊珠闲》上阕,八句,四仄韵		
乐段一(三句,十二字)	乐段二(二句,十字)	乐段三(三句,十四字)
｜ー ー(句)┼ ー ｜(句)┼｜┼ ー ┼ ｜(韵)	｜┼ ┼｜ー ー(句)┼ ー ┼ ｜(韵)	┼ ー ┼ ｜(句)┼ ー ┼｜(韵)┼ ー ｜ ー ┼ ｜(韵)

《蕊珠闲》下阕,八句,六仄韵		
乐段一(三句,十五字)	乐段二(二句,十字)	乐段三(三句,十四字)
┼ ー ｜(韵)┼ ー ー ｜┼ ｜(韵)┼ ｜┼ ー ┼ ｜(韵)	┼ ー ┼ ｜(句)┼ ｜ー ー ┼ ｜(韵)	┼ ー ┼ ｜(句)┼ ー ┼ ｜(韵)┼ ー ｜ ー ┼ ｜(韵)

例　蕊珠闲(七十五字)

(宋)赵彦端

浦云融,梅风断,碧水无情轻度。有娇黄上林梢,向春欲舞。绿烟迷昼,浅寒欺暮。不胜小楼凝伫。　　倦游处。故人相见易阻。花事从今堪数。片帆无恙,好在一篙春雨。醉袍宫锦,画罗金缕。莫教恨传幽句。

注：全词双调，七十五字，上阕八句，四仄韵；下阕八句，六仄韵。

瑞 云 浓

调见《逃禅集》，蒋氏《九宫谱》入黄钟宫。

《瑞云浓》的长短句结构

《瑞云浓》上阕，四个乐段			
乐段一（十字）	乐段二（七字）	乐段三（十一字）	乐段四（十字）
4　　6	7	4　　34	5　　5

《瑞云浓》下阕，四个乐段			
乐段一（十一字）	乐段二（七字）	乐段三（十一字）	乐段四（八字）
4　　34	7	4　　34	4　　4

　　《康熙词谱》只收集一体《瑞云浓》，双调，上下阕分别可分为四个乐段，其长短句结构如表所示。该调七十五字，上下阕各七句，四仄韵，其基本格式如表所示。

《瑞云浓》的基本格式（双调）

《瑞云浓》上阕，七句，四仄韵	
乐段一（二句，十字）	乐段二（一句，七字）
＋ － ＋ ｜（句）＋ － ＋ ｜ － ｜（韵）	＋ ｜ － － ｜ － ｜（韵）

《瑞云浓》上阕，七句，四仄韵	
乐段三（二句，十一字）	乐段四（二句，十字）
＋ － ＋ ｜（句）＋ ＋ ＋（读）＋ － ＋ ｜（韵）	＋ ｜ ｜ － －（句）＋ － － ｜ ｜（韵）

《瑞云浓》下阕，七句，四仄韵

乐段一（二句，十一字）	乐段二（一句，七字）
＋｜－－（句）＋＋＋（读）＋－＋｜（韵）	＋｜－－｜－｜（韵）

《瑞云浓》下阕，七句，四仄韵

乐段三（二句，十一字）	乐段四（二句，八字）
＋－＋｜（句）＋＋＋（读）＋－＋｜（韵）	＋｜－－（句）＋－＋｜（韵）

例　瑞云浓（七十五字）

（宋）杨无咎

　　瞑离漫久，年华谁信曾换。依旧当时似花面。幽欢小会，记永夜、杯行无算。醉里屡忘归，任虚檐月转。　　能变新声，随语意、悲欢感怨。可更余音寄羌管。倦游江淛，问似伊、阿谁曾见。度已无肠，为伊可断。

注：全词双调，七十五字，上下阕各七句，四仄韵。

番 枪 子

调见金韩玉《东浦词》。李献能因此词下阕结句有"春草碧"句，更名《春草碧》。

《番枪子》的长短句结构

《番枪子》上阕，四个乐段			
乐段一（七字）	乐段二（八字）	乐段三（十三字）	乐段四（八字）
7	53	6　7	53

《番枪子》下阕，四个乐段			
乐段一（十字）	乐段二（八字）	乐段三（十三字）	乐段四（八字）
6　4	53	6　7	53

《康熙词谱》只收集一体《番枪子》，双调，上下阕分别可分为四个乐段，其长短句结构如表所示。该调七十五字，上阕五句，四仄韵；下阕六句，四仄韵。《康熙词谱》以韩玉词为标谱词例。该调的正格与变格如表所示，其中，上下阕各乐段中的格式（1）为正格句式，其余为变格句式。

《番枪子》的基本格式（双调）

《番枪子》上阕，五句，四仄韵	
乐段一（一句，七字）	乐段二（一句，八字）
＋｜＋｜－－｜（韵） （1）	＋｜｜－－（读）－－｜（韵）
＋－＋｜－－｜（韵） （2）	

《番枪子》上阕，五句，四仄韵	
乐段三（二句，十三字）	乐段四（一句，八字）
＋｜－｜－－（句）＋－＋｜ ＋－｜（韵） （1）	＋｜｜－－（读）－＋｜（韵）
＋＋＋｜－－（句）＋｜－ ＋｜－｜（韵） （2）	

例一　番枪子（七十五字）

（宋）韩　玉

　　莫把团扇双鸾隔。要看玉溪头、春风客。妙处风骨萧闲，翠罗金缕瘦宜窄。转面两眉攒、青山色。　　到此月想精神，花似秀质。待与不清狂、如何得。奈何难驻朝云，易成春梦恨又积。送上七香车、春草碧。

　　注：该词上阕第一句为乐段一中的格式（1），第三句和第四句为乐段三中的格式（1）；下阕第一句和第二句为乐段一中的格式（1），第四句和第五句为乐段三中的格式（1）。全词双调，七十五字，上阕五句，四仄韵；下阕六句，四仄韵。

《番枪子》下阕，六句，四仄韵	
乐段一（二句，十字）	乐段二（一句，八字）
＋｜＋｜ーー（句）ー＋＋｜（韵） （1） ＋ー＋｜ーー（句）＋ー＋｜（韵） （2）	＋＋｜ーー（读）ー＋｜（韵）

《番枪子》下阕，六句，四仄韵	
乐段三（二句，十三字）	乐段四（一句，八字）
＋ー＋｜ーー（句）＋ー＋｜＋＋｜（韵） （1） ＋ー＋｜ーー（句）＋｜ーー｜ー｜（韵） （2） ＋｜＋｜ーー（句）＋｜ー＋｜ー｜（韵） （3）	＋｜｜ーー（读）ー＋｜（韵）

例二　番枪子（七十五字）

（金）李献能

　　紫箫吹破黄州月。簌簌小梅花、飘香雪。寂寞花底风鬟，颜色如花命如叶。千里涴凝尘、凌波袜。　　心事鉴影鸾孤，筝弦雁绝。旧时雪堂人、今华发。断肠金缕新声，杯深不觉琉璃滑。醉梦绕南云、花上蝶。

　　注：该词上阕第一句为乐段一中的格式（2），第三句和第四句为乐段三中的格式（2）；下阕第一句和第二句为乐段一中的格式（1），第四句和第五句为乐段三中的格式（1）。全词双调，七十五字，上阕五句，四仄韵；下阕六句，四仄韵。

例三　番枪子（七十五字）

（元）钱抱素

　　客窗闲理清商谱。弹到断肠声、伤今古。自怜素发无多，犹记纹疏夜深语。空剩旧时踪、迷南浦。　　梨花燕子清明，谁家院宇。没个好情怀、杯慵举。天涯行李萧萧，还是新愁老羁旅。那更落花深、红如雨。

　　注：该词上阕第一句为乐段一中的格式（2），第三句和第四句为乐段三中的格式（2）；下阕第一句和第二句为乐段一中的格式（2），第四句和第五句为乐段三中的格式（2）。全词双调，七十五字，上阕五句，四仄韵；下阕六句，四仄韵。

例四　番枪子（七十五字）

（金）完颜璹

　　几番风雨西城陌。不见海棠红、梨花白。底事胜赏匆匆，正自天付酒肠窄。更笑老东君、人间客。　　赖有玉管新翻，罗襟醉墨。望中倚阑人、如曾识。旧梦回首何堪，故苑春光又陈迹。落尽后庭花、春草碧。

　　注：该词上阕第一句为乐段一中的格式（2），第三句和第四句为乐段三中的格式（2）；下阕第一句和第二句为乐段一中的格式（1），第四句和第五句为乐段三中的格式（3）。全词双调，七十五字，上阕五句，四仄韵；下阕六句，四仄韵。

卷十八

荔 枝 香

《唐史·乐志》:"帝幸骊山,贵妃生日,命小部张乐长生殿,奏新曲,未有名,会南方进荔枝,因名《荔枝香》。"《碧鸡漫志》:"今歇指调、大石调,皆有近拍,不知何者为本曲。"按《荔枝香》有两体,七十六字者,始自柳永,《乐章集》注"歇指调",有周邦彦、方千里、杨泽民、陈允平及吴文英词可校;七十三字者始自周邦彦,有方千里、杨泽民、陈允平和词,及袁去华词可校,一名《荔枝香近》。

《荔枝香》的长短句结构

上阕,三个乐段		
乐段一(九字)	乐段二(二十二字或二十字)	乐段三(九字或八字)
6　　3	6　5　5	27
4　　5	4　4　6　6	8
		26
		2　　6
		4　　5
		4　　4

下阕,四个乐段			
乐段一(九字)	乐段二(十字)	乐段三(十一字)	乐段四(六字)
3　　33	4　　6	4　　7	6
2　　34	4　　33		
4　　5	5　　5		
5　　4			

《康熙词谱》共收集十体《荔枝香》,双调,上阕可分为三个乐段,下阕可分为四个乐段,其长短句结构如表所示。该调有七十六字或七十三字、七十五字等格式,上阕七句或八句,四仄韵、三仄韵或五仄韵、六仄韵;下阕七句,四仄韵或五仄韵。《康熙词谱》以

七十六字体柳永词和七十三字体周邦彦词（首句为"夜来寒侵酒席"）为正体或正格。该调的正格与变格如表所示，其中，上下阕各乐段中的格式（1）和格式（2）分别为正格句式，其余为变格句式。

例一　荔枝香（七十六字）
（宋）柳　永

甚处寻芳赏翠，归去晚。缓步罗袜生尘，来绕琼筵看。金缕霞衣轻褪，似觉春游倦。遥认、众里盈盈好身段。　　拟回首，又伫立、帘帏畔。素脸翠眉，时揭盖头微见。笑整金翘，一点芳心在娇眼。王孙空恁肠断。

注：该词上阕第一句和第二句为乐段一中的格式（1），第三句至第六句为乐段二中的格式（1），第七句为乐段三中的格式（1）；下阕第一句和第二句为乐段一中的格式（1），第三句和第四句为乐段二中的格式（1），第五句和第六句为乐段三中的格式（1），第七句为乐段四中的格式（1）。全词双调，七十六字，上下阕各七句，四仄韵。

例二　荔枝香（七十三字）
（宋）周邦彦

夜来寒侵酒席，露微泫。舃履初会，香泽方熏，无端暗雨催人，但怪灯偏帘卷。回顾、始觉惊鸿去远。　　大都世间，最苦唯聚散。到得春残，看即是、开离宴。细思别后，柳眼花须更谁剪。此怀何处消遣。

注：该词上阕第一句和第二句为乐段一中的格式（2），第三句至第六句为乐段二中的格式（2），第七句为乐段三中的格式（2）；下阕第一句和第二句为乐段一中的格式（2），第三句和第四句为乐段二中的格式（2），第五句和第六句为乐段三中的格式（2），第七句为乐段四中的格式（1）。全词双调，七十三字，上阕七句，三仄韵；下阕七句，四仄韵。

《荔枝香》的正格与变格（双调）

《荔枝香》上阕，七句或八句，四仄韵、三仄韵或五仄韵、六仄韵		
乐段一 （二句，九字）	乐段二 （四句，二十二字或二十字）	乐段三 （一句或二句，九字或八字）
＋｜＋－＋｜（句）－＋｜（韵） （1） ＋－＋－｜｜（句）＋－｜（韵） （2） ＋｜＋－＋｜（韵）－＋｜（韵） （3） ＋｜－－（句）＋｜－｜（韵） （4）	＋｜＋｜－－（句）＋｜－－（韵）＋｜＋－｜（句）＋｜－－｜（韵） （1） ＋＋－｜（句）＋｜－－（句）＋－＋｜－（句）＋｜＋＋－｜（韵） （2） ＋｜＋｜－－（句）＋｜－－（韵）＋｜＋－｜（句）－－｜（韵）＋｜－－｜（韵） （3） ＋－＋｜－－（句）＋｜－－（韵）＋－＋｜－（句）＋｜－－｜（韵） （4） ＋＋－｜（句）＋｜－－（句）＋－＋｜－｜（韵） （5）	＋｜（读）＋｜－－｜－｜（韵） （1） ＋｜（读）＋｜－｜（韵） （2） ＋｜（读）＋－＋｜－｜（韵） （3） ＋｜（读或韵）＋＋－｜－｜（韵） （4） ＋｜－－｜＋｜（韵） （5） ｜＋｜－－｜－｜（韵） （6） ＋－＋｜（句）－－｜－｜（韵） （7） ＋｜＋｜（句）＋－＋｜（韵） （8）

注：上阕乐段三中的格式"｜＋｜－－｜－｜（韵）"，为"上一下七"句式。

《荔枝香》下阕，七句，四仄韵或五仄韵	
乐段一（二句，九字）	乐段二（二句，十字）
＋｜＋｜（句）＋＋｜（读）——（韵） （1）	＋｜＋—（句）＋｜＋—＋｜（韵） （1）
＋｜—＋—（句）＋｜＋＋｜（韵） （2）	＋｜＋—（句）＋＋｜（读）＋—｜（韵） （2）
＋｜＋｜（韵）＋＋｜（读）——｜（韵） （3）	＋｜—＋｜（句）＋｜＋——｜（韵） （3）
＋｜（句）＋＋｜（读）＋＋｜（韵） （4）	
＋—｜—｜（句）＋＋—＋｜（韵） （5）	

注：下阕乐段一中的格式"＋—＋—（句）"，可平可仄两处，不可同时用平。

《荔枝香》下阕，七句，四仄韵或五仄韵	
乐段三（二句，十一字）	乐段四（一句，六字）
＋｜——（句）＋｜——｜—｜（韵） （1）	＋—＋｜—｜（韵） （1）
＋—＋｜（句）＋｜—＋＋｜（韵） （2）	＋｜＋＋—＋｜（韵） （2）

例三　荔枝香（七十六字）

（宋）方千里

胜日登临幽趣。乘兴去。翠壁古木千章，林影生寒雾。空濛冷湿人衣，山路元无雨。深涧、斗泻飞泉溜甘乳。　渔唱晚，看小棹、归前浦。笑指官桥，风飐酒旗斜举。还脱宫袍，一醉芳杯倒鹦鹉。幸有雕章蜡炬。

注：该词上阕第一句和第二句为乐段一中的格式（3），第三句至第六句为乐段二中的格式（3），第七句为乐段三中的格式（1）；下阕第一句和第二句为乐段一中的格式（1），第三句和第四句为乐段二中的格式（1），第五句和第六句为乐段三中的格式（1），第七句为乐段四中

的格式（2）。全词双调，七十六字，上阕七句，五仄韵；下阕七句，四仄韵。

例四　荔枝香（七十六字）
（宋）杨泽民

瞰水素多佳趣。春未去。绣槛陡起凌空，隐隐笼轻雾。已飞画栋朝云，又卷西山雨。相与。共煮新茶取花乳。　　开宴处。倚北榭、临南浦。迤逦扁舟，双桨棹歌齐举。座上嘉宾，妙句无非赋鹦鹉。莫惜高烧蜡炬。

注：该词上阕第一句和第二句为乐段一中的格式（3），第三句至第六句为乐段二中的格式（3），第七句和第八句为乐段三中的格式（4）；下阕第一句和第二句为乐段一中的格式（3），第三句和第四句为乐段二中的格式（1），第五句和第六句为乐段三中的格式（1），第七句为乐段四中的格式（2）。全词双调，七十六字，上阕八句，六仄韵；下阕七句，五仄韵。

例五　荔枝香（七十六字）
（宋）陈允平

杜宇声声频唤，春渐去。暗碧柳色依依，湖上迷香雾。残香净洗红兰，昨夜朱铅雨。金泥帐底，双虬自沉乳。　　天际，渐迤逦、片帆南浦。一笑蔷薇，别后酒杯慵举。江上琵琶，莫遣东风误鹦鹉。泪拥通宵蜡炬。

注：该词上阕第一句和第二句为乐段一中的格式（1），第三句至第六句为乐段二中的格式（3），第七句和第八句为乐段三中的格式（7）；下阕第一句和第二句为乐段一中的格式（4），第三句和第四句为乐段二中的格式（1），第五句和第六句为乐段三中的格式（1），第七句为乐段四中的格式（2）。全词双调，七十六字，上阕八句，四仄韵；下阕七句，四仄韵。

例六　荔枝香（七十六字）
（宋）吴文英

锦带吴钩，征思横淮水。夜吟敲落霜红，船傍枫桥系。相思不管年华，唤酒吴娃市。因语、驻车新堤步秋绮。　　淮楚尾。暮云送、人千里。细雨南楼，香密锦温曾醉。花谷依然，秀靥偷春小桃李。为语梦窗憔悴。

注：该词上阕第一句和第二句为乐段一中的格式（4），第三句至第六句为乐段二中的格式（4），第七句为乐段三中的格式（4）；下阕第一句和第二句为乐段一中的格式（3），第三句和第四句为乐段二中的格式（1），第五句和第六句为乐段三中的格式（1），第七句为乐段四中的格式（2）。全词双调，七十六字，上阕七句，四仄韵；下阕七句，五仄韵。

例七　荔枝香（七十六字）

（宋）吴文英

轻睡时闻，晚鹊噪庭树。又说今夕天津，西畔重欢遇。蛛丝暗锁红楼，燕子穿帘处。天上、未比人间更情苦。　　秋鬓改，妒月姊、长眉妩。过雨西风，数叶井梧愁舞。梦入蓝桥，几点疏星映朱户。泪湿河边凝伫。

注：该词上阕第一句和第二句为乐段一中的格式（4），第三句至第六句为乐段二中的格式（3），第七句为乐段三中的格式（1）；下阕第一句和第二句为乐段一中的格式（1），第三句和第四句为乐段二中的格式（1），第五句和第六句为乐段三中的格式（1），第七句为乐段四中的格式（2）。全词双调，七十六字，上下阕各七句，四仄韵。

例八　荔枝香（七十五字）

（宋）周邦彦

照水残红零乱，风唤去。尽日恻恻轻寒，帘底吹香雾。黄昏客枕无憀，细响当窗雨。看两两相依燕新乳。　　楼下水，渐绿遍、行舟浦。暮往朝来，心逐片帆轻举。何日迎门，小槛朱笼报鹦鹉。共剪西窗蜜炬。

注：该词上阕第一句和第二句为乐段一中的格式（1），第三句至第六句为乐段二中的格式（3），第七句为乐段三中的格式（6）；下阕第一句和第二句为乐段一中的格式（1），第三句和第四句为乐段二中的格式（1），第五句和第六句为乐段三中的格式（1），第七句为乐段四中的格式（2）。全词双调，七十五字，上下阕各七句，四仄韵。

例九　荔枝香（七十三字）

（宋）袁去华

晓来丹枫过雨，净如扫。霜空横雁，寒日翻鸦，惊嗟岁月如流，更被酒迷花恼。转眼、吴霜点鬓催老。　　细思欢游，旧事还自笑。断雨残云，都总似、梦初觉。锦鳞书断，宝奁香销向谁表。尽情说似啼鸟。

注：该词上阕第一句和第二句为乐段一中的格式（2），第三句至第六句为乐段二中的格式（2），第七句为乐段三中的格式（3）；下阕第一句和第二句为乐段一中的格式（2），第三句和第四句为乐段二中的格式（2），第五句和第六句为乐段三中的格式（2），第七句为乐段四中的格式（1）。全词双调，七十三字，上阕七句，三仄韵；下阕七句，四仄韵。

例十　荔枝香（七十三字）
（宋）杨泽民

未论离亭话别，涕先泫。旋涤瑶觯，深挹芳醪，凝愁满眼歌残，偎人大白须卷。三劝。记得当时送远。　　素蟾屡明晦，彩云易散。后约难知，又却似、阳关宴。乌丝写恨，帕子分香为郎剪。愿郎安信频遣。

注：该词上阕第一句和第二句为乐段一中的格式（2），第三句至第六句为乐段二中的格式（5），第七句和第八句为乐段三中的格式（5）；下阕第一句和第二句为乐段一中的格式（5），第三句和第四句为乐段二中的格式（2），第五句和第六句为乐段三中的格式（2），第七句为乐段四中的格式（1）。全词双调，七十三字，上阕八句，四仄韵；下阕七句，四仄韵。

例十一　荔枝香（七十三字）
（宋）陈允平

脸霞香销粉薄，泪偷泫。暧暧金兽，沉水微熏，入帘绿树春阴，糁径红英风卷。芳草怨碧，王孙渐远。　　锦屏梦回，恍觉云雨散。玉瑟无心理，懒醉琼花宴。宝钗翠滑，一缕青丝为君剪。别情谁更排遣。

注：该词上阕第一句和第二句为乐段一中的格式（2），第三句至第六句为乐段二中的格式（2），第七句和第八句为乐段三中的格式（8）；下阕第一句和第二句为乐段一中的格式（2），第三句和第四句为乐段二中的格式（3），第五句和第六句为乐段三中的格式（2），第七句为乐段四中的格式（1）。全词双调，七十三字，上阕八句，三仄韵；下阕七句，四仄韵。

婆 罗 门 引

《梅苑》词名《婆罗门》；段克己词名《望月婆罗门引》。按唐《教坊记》有《婆罗门》小曲，《宋史·乐志》有婆罗门舞队。《乐苑》曰：《婆罗门》，商调曲也，开元中，西凉节度杨敬述进。《理道要诀》云："天宝十三载，改《婆罗门》为《霓裳羽衣》，属黄钟商。"宋词调名，疑出于此。

《婆罗门引》的长短句结构

《婆罗门引》上阕，四个乐段			
乐段一（十一字）	乐段二（六字或七字）	乐段三（十一字）	乐段四（九字）
4　7	6 34	6　5	5　4

《婆罗门引》下阕，四个乐段			
乐段一 （十字）	乐段二 （十字）	乐段三 （十二字或十一字）	乐段四 （七字）
4　33	6　4	4　35 4　7	34

《康熙词谱》共收集四体《婆罗门引》，双调，上下阕分别可分为四个乐段，其长短句结构如表所示。该调七十六字，上阕七句，四平韵；下阕七句，五平韵或四平韵。《康熙词谱》以曹　组词为正体或正格。该调的正格与变格如表所示，其中，上下阕各乐段中的格式（1）为正格句式，其余为变格句式。

《婆罗门引》的正格和变格（双调）

《婆罗门引》上阕，七句，四平韵	
乐段一（二句，十一字）	乐段二（一句，六字或七字）
＋－＋｜（句）＋－＋｜｜－－（韵）	＋－＋｜－－（韵） （1） ＋＋＋（读）＋｜－－（韵） （2）

《婆罗门引》上阕，七句，四平韵	
乐段三（二句，十一字）	乐段四（二句，九字）
＋｜＋－＋｜（句）＋｜｜－－（韵）	｜＋－＋｜（句）＋｜－－（韵）

《婆罗门引》下阕，七句，五平韵或四平韵	
乐段一（二句，十字）	乐段二（二句，十字）
＋－｜－（韵）＋＋＋（读）｜－－（韵） (1)	＋｜＋－－＋｜（句）＋｜－－－（韵）
＋－｜－（句）＋＋＋（读）｜－－（韵） (2)	
＋－＋｜（句）＋＋＋（读）｜－－（韵） (3)	

《婆罗门引》下阕，七句，五平韵或四平韵	
乐段三（二句，十二字或十一字）	乐段四（一句，七字）
＋－＋｜（句）＋＋＋（读）＋｜｜－－（韵） (1)	＋＋＋（读）＋｜－－（韵）
＋－＋｜（句）＋＋＋（读）－－＋｜－（韵） (2)	
＋－｜－（韵）＋＋＋（读）－－＋｜－（韵） (3)	
＋－｜－（句）＋｜－－＋｜－（韵） (4)	

例一　婆罗门引（七十六字）

（宋）曹　组

涨云暮卷，漏声不到小帘栊。银河淡扫澄空。皓月当轩高挂，秋入广寒宫。正金波不动，桂影朦胧。　　佳人未逢。叹此夕、与谁同。望远伤怀对景，霜满秋红。南楼何处，想人在、长笛一声中。凝泪眼、立尽西风。

注：该词上阕第三句为乐段二中的格式（1）；下阕第一句和第二句为乐段一中的格式（1），第五句和第六句为乐段三中的格式（1）。全词双调，七十六字，上阕七句，四平韵；下

阕七句，五平韵。

例二　婆罗门引（七十六字）
（金）李俊民

　　浮云霁色，江涵秋影雁初飞。相逢共绕东篱。点检尊前见在，人似晓星稀。对满山红树，叶叶堪题。　　大家露顶，任短发、被风吹。只恐黄花人貌，不似年时。杯添野水，更何用、频频望白衣。沉醉后、携手方归。

　　注：该词上阕第三句为乐段二中的格式（1）；下阕第一句和第二句为乐段三中的格式（3），第五句和第六句为乐段三中的格式（2）。全词双调，七十六字，上下阕各七句，四平韵。

例三　婆罗门引（七十六字）
（宋）吴文英

　　风涟乱翠，酒霏飘汗洗新妆。幽情暗寄莲房。弄雪调冰重会，临水暮追凉。正碧云不破，素月微行。　　双成夜笙，断旧曲、解明璫。别有红娇粉润，初试霓裳。分莲调郎。又拈惹、花茸碧唾香。波晕切、一盼秋光。

　　注：该词上阕第三句为乐段二中的格式（1）；下阕第一句和第二句为乐段一中的格式（2），第五句和第六句为乐段三中的格式（3）。全词双调，七十六字，上阕七句，四平韵；下阕七句，五平韵。

例四　婆罗门引（七十六字）
《梅苑》无名氏

　　江南地暖，数枝先得岭头春。分付似、剪玉裁冰。素质偏怜匀澹，羞杀寿阳人。算多情留意，偏在东君。　　暗香旋生。对淡月、与黄昏。寂寞谁家院宇，斜掩重门。墙头半开，却望雕鞍无故人。断肠处、容易飘零。

　　注：该词上阕第三句为乐段二中的格式（2）；下阕第一句和第二句为乐段一中的格式（1），第五句和第六句为乐段三中的格式（4）。全词双调，七十六字，上阕七句，四平韵；下阕七句，五平韵。

御 街 行

柳永《乐章集》注"夹钟商"。《古今词话》无名氏词有"听孤雁、声嘹唳"句,更名《孤雁儿》。

《御街行》的长短句结构

上阕,三个乐段			下阕,三个乐段		
乐段一(十二字或十三字)	乐段二(十三字或十四字)	乐段三(十三字或十四字)	乐段一(十二字或十三字)	乐段二(十三字或十四字)	乐段三(十三字或十五字)
7　　5 7　　33	7　　6 7　　34	4　　4　　5 4　　4　　33 　　6　　7	7　　5 7　　33	7　　6 7　　34	4　　4　　5 4　　4　　34

《康熙词谱》共收集六体《御街行》,双调,上下阕分别可分为三个乐段,其长短句结构如表所示。该调有七十六字或七十七字、七十八字、八十字、八十一字格式,上阕七句或六句,四仄韵;下阕七句,四仄韵。《康熙词谱》以七十六字体柳永词为正体或正格。该调的正格与变格如表所示,其中,上下阕各乐段中的格式(1)为正格句式,其余为变格句式。

例一 御街行(七十六字)

(宋)柳 永

燔柴烟断星河曙。宝辇回天步。端门羽卫簇雕栏,六乐舜韶先举。鹤书飞下,鸡竿高耸,恩露均寰宇。　　赤霜袍烂飘香雾。喜色成春煦。九仪三事仰天颜,八彩旋生眉宇。椿龄无尽,萝图有庆,常作乾坤主。

注:该词上阕第一句和第二句为乐段一中的格式(1),第三句和第四句为乐段二中的格式(1),第五句至第七句为乐段三中的格式(1);下阕第一句和第二句为乐段一中的格式(1),第三句和第四句为乐段二中的格式(1),第五句至第七句为乐段三中的格式(1)。全词双调,七十六字,上下阕各七句,四仄韵。

《御街行》的正格与变格（双调）

《御街行》上阕，七句或六句，四仄韵		
乐段一 （二句，十二字或十三字）	乐段二 （二句，十三字或十四字）	乐段三 （三句或二句，十三字或十四字）
＋－＋｜－－｜（韵）＋＋｜－－｜（韵） （1）	＋－＋｜｜－－（句）＋＋｜＋－＋｜（韵） （1）	＋－＋｜（句）＋－＋｜（句）＋｜－－｜（韵） （1）
＋－＋｜－－｜（韵）＋＋｜（读）－＋｜（韵） （2）	＋－＋｜｜－－（句）＋＋｜（读）＋－＋｜（韵） （2）	＋－＋｜（句）＋－＋｜（句）＋｜（读）－＋｜（韵） （2） ＋｜＋－＋｜（句）－＋｜｜－－｜（韵） （3）

《御街行》下阕，七句，四仄韵		
乐段一 （二句，十二字或十三字）	乐段二 （二句，十三字或十四字）	乐段三 （三句，十三字或十五字）
＋－＋｜－－｜（韵）＋｜－－｜（韵） （1）	＋－＋｜｜－－（句）＋｜＋－＋｜（韵） （1）	＋－＋｜（句）＋－＋｜（句）＋｜－－｜（韵） （1）
＋－＋｜－－｜（韵）＋＋｜（读）－＋｜（韵） （2）	＋－＋｜｜－－（句）＋＋｜（读）＋－＋｜（韵） （2）	＋｜＋－（句）＋－＋｜（句）＋｜－－｜（韵） （2） ＋－＋｜（句）＋－＋｜（句）＋＋｜（读）＋－＋｜（韵） （3）

例二　御街行（七十六字）

（宋）柳　永

　　前时小饮春庭院。悔放笙歌散。归来中夜酒醺醺，惹起旧愁无限。虽看坠楼换马，争奈不是鸳帏伴。　　朦胧暗想如花面。欲梦还惊断。和衣拥被不成眠，一枕万回千转。惟有画梁，新来双燕，彻曙闻长叹。

　　注：该词上阕第一句和第二句为乐段一中的格式（1），第三句和第四句为乐段二中的格式（1），第五句和第六句为乐段三中的格式（3）；下阕第一句和第二句为乐段一中的格式（1），第三句和第四句为乐段二中的格式（1），第五句至第七句为乐段三中的格式（2）。全词双调，七十六字，上阕六句，四仄韵；下阕七句，四仄韵。

例三　御街行（七十七字）

（宋）张　先

　　夭非花艳轻非雾。来夜半、天明去。来如春梦不多时，去似朝云何处。乳鸡栖燕，落星沉月，纭纭城头鼓。　　参差渐辨西池树。珠阁斜开户。绿苔深径少人行，苔上屐痕无数。遗香余粉，剩衾闲枕，天把多情赋。

　　注：该词上阕第一句和第二句为乐段一中的格式（2），第三句和第四句为乐段二中的格式（1），第五句至第七句为乐段三中的格式（1）；下阕第一句和第二句为乐段一中的格式（1），第三句和第四句为乐段二中的格式（1），第五句至第七句为乐段三中的格式（1）。全词双调，七十七字，上下阕各七句，四仄韵。

例四　御街行（七十八字）

（宋）范仲淹

　　纷纷坠叶飘香砌。夜寂静、寒声碎。真珠帘卷玉楼空，天澹银河垂地。年年今夜，月华如练，长是人千里。　　愁肠已断无由醉。酒未到、先成泪。残灯明灭枕头敧，谙尽孤眠滋味。都来此事，眉间心上，无计相回避。

　　注：该词上阕第一句和第二句为乐段一中的格式（2），第三句和第四句为乐段二中的格式（1），第五句至第七句为乐段三中的格式（1）；下阕第一句和第二句为乐段一中的格式（2），第三句和第四句为乐段二中的格式（1），第五句至第七句为乐段三中的格式（1）。全词双调，七十八字，上下阕各七句，四仄韵。

例五　御街行（八十一字）

（宋）高观国

香波半窣深深院。正日上、花阴浅。青丝不动玉钩闲，看翠额、轻笼葱蒨。莺声似隔，篆烟微度，爱横影、参差满。　　那回低挂朱栏畔。念闷损、无人卷。窥春偷倚不胜情，仿佛见、如花娇面。纤柔缓揭，瞥然飞去，不似春风燕。

注：该词上阕第一句和第二句为乐段一中的格式（2），第三句和第四句为乐段二中的格式（2），第五句至第七句为乐段三中的格式（2）；下阕第一句和第二句为乐段一中的格式（2），第三句和第四句为乐段二中的格式（2），第五句至第七句为乐段三中的格式（1）。全词双调，八十一字，上下阕各七句，四仄韵。

例六　御街行（八十字）

《古今词话》无名氏

霜风渐紧寒侵被。听孤雁、声嘹唳。一声声送一声悲，云淡碧天如水。披衣起告，雁儿略住，听我些儿事。　　塔儿南畔城儿里。第三个、桥儿外。濒河西岸小红桥，门外梧桐雕砌。请教且与，低声飞过，那里有、人人无寐。

注：该词上阕第一句和第二句为乐段一中的格式（2），第三句和第四句为乐段二中的格式（1），第五句至第七句为乐段三中的格式（1）；下阕第一句和第二句为乐段一中的格式（2），第三句和第四句为乐段二中的格式（1），第五句至第七句为乐段三中的格式（3）。全词双调，八十字，上下阕各七句，四仄韵。

韵　　令

按唐《教坊记》有《上韵》、《中韵》、《下韵》三小曲，《韵令》调名疑出于此。宋周辉《清波杂志》云："宣和间，衣著曰韵襈，果实曰韵梅，词曲曰韵令。"张世南《游宦纪闻》云："宣和间，市井竞唱《韵令》。"

《韵令》的长短句结构

《韵令》上阕，四个乐段							
乐段一（十三字）			乐段二（八字）		乐段三（八字）		乐段四（九字）
4	4	5	4	4	4	4	4	5

《韵令》下阕，四个乐段							
乐段一（十三字）			乐段二（八字）		乐段三（八字）		乐段四（九字）
4	4	5	4	4	4	4	4	5

《康熙词谱》只收集一体《韵令》，双调，上下阕分别可分为四个乐段，其长短句结构如表所示。该调七十六字，上下阕各九句，五平韵，其基本格式如表所示。

《韵令》的基本格式（双调）

《韵令》上阕，九句，五平韵	
乐段一（三句，十三字）	乐段二（二句，八字）
＋ － ＋ ｜（句）＋ ｜ － －（韵） － － ＋ ｜ －（韵）	＋ － ＋ ｜（句）＋ ｜ － －（韵）

《韵令》上阕，九句，五平韵	
乐段三（二句，八字）	乐段四（二句，九字）
＋ － ＋ ｜（句）＋ ｜ － －（韵）	＋ － ＋ ｜（句）＋ ｜ ｜ － －（韵）

《韵令》下阕，九句，五平韵	
乐段一（三句，十三字）	乐段二（二句，八字）
＋ － ＋ ｜（句）＋ ｜ － －（韵） － － ＋ ｜ －（韵）	＋ － ＋ ｜（句）＋ ｜ － －（韵）

《韵令》下阕，九句，五平韵	
乐段三（二句，八字）	乐段四（二句，九字）
＋ － ＋ ｜（句）＋ ｜ － －（韵）	＋ － ＋ ｜（句）＋ ｜ ｜ － －（韵）

例 韵令（七十六字）

（宋）程大昌

是男是女，都有官称。儿孙仕也登。时新衣著，不待经营。寒时火柜，春里花亭。星辰上履，我只唤卿卿。　　寿开八秩，两鬓全青。红颜步武轻。定知前面，大有年龄。芝兰玉树，更愿充庭。为询王母，桃颗几时颁。

注：全词双调，七十六字，上下阕各九句，五平韵。

春 声 碎

调见《翰墨全书》，取词上阕结句三字为名。

《春声碎》的长短句结构

《春声碎》上阕，三个乐段		
乐段一（十一字）	乐段二（十三字）	乐段三（十四字）
5　　　6	4　　4　　5	3　　5　　33

《春声碎》下阕，三个乐段		
乐段一（十一字）	乐段二（十二字）	乐段三（十五字）
5　　　6	4　　　53	3　　6　　33

《康熙词谱》只收集一体《春声碎》，双调，上下阕分别可分为三个乐段，其长短句结构如表所示。该调七十六字，上阕八句，三仄韵；下阕七句，五仄韵，其基本格式如表所示。

《春声碎》的基本格式（双调）

《春声碎》上阕，八句，三仄韵		
乐段一（二句，十一字）	乐段二（三句，十三字）	乐段三（三句，十四字）
＋｜｜ — —（句）＋ ｜＋ — ＋｜（韵）	＋ — ＋｜（句）＋ — — ＋｜（句）｜＋ — ＋｜（韵）	＋ — ｜（句）｜＋｜ ＋ —（句）＋ ＋｜（读） ＋ — ｜（韵）

《春声碎》下阕，七句，五仄韵		
乐段一（二句，十一字）	乐段二（二句，十二字）	乐段三（三句，十五字）
— — ｜ — ｜（韵） ＋｜＋ — ＋｜（韵）	＋ — ＋｜（句）＋｜｜ — —（读）＋ — ＋ — ｜（韵）	— ＋｜（韵）— ｜＋｜ ＋ —（句）＋ ＋｜（读） ＋ — ｜（韵）

例　春声碎（七十六字）

（宋）谭明之

　　津馆贮轻寒，脉脉离情如水。东风不管，垂杨无力，总两鬟烟腻。栏干外，怕春燕掠天，疏鼓叠、春声碎。　　刘郎易憔悴。况是恹恹病起。花笺漫展，便写就新词、倩谁寄。当此际。浑似梦峡啼湘，搅一寸、相思意。

　　注：全词双调，七十六字，上阕八句，三仄韵；下阕七句，五仄韵。

凤　楼　春

唐教坊曲名。

《凤楼春》的长短句结构

《凤楼春》上阕，四个乐段							
乐段一（九字）		乐段二（十字）		乐段三（六字）		乐段四（十二字）	
5	4	3	7	3	3	7	5

《凤楼春》下阕，四个乐段			
乐段一（七字）	乐段二（十四字）	乐段三（十一字）	乐段四（八字）
3　　4	4　　4　　6	4　　7	4　　4

《康熙词谱》只收集一体《凤楼春》，双调，上下阕分别可分为四个乐段，其长短句结构如表所示。该调七十七字，上阕八句，六平韵；下阕九句，五平韵，其基本格式如表所示。

《凤楼春》的基本格式（双调）

《凤楼春》上阕，八句，六平韵	
乐段一（二句，九字）	乐段二（二句，十字）
＋｜｜－－（韵）＋｜－－（韵）	｜－－（句）＋－＋｜｜－－（韵）

《凤楼春》上阕，八句，六平韵	
乐段三（二句，六字）	乐段四（二句，十二字）
－｜｜（句）｜－－（韵）	＋｜＋－－｜｜（句）＋｜｜－－（韵）

《凤楼春》下阕，九句，五平韵	
乐段一（二句，七字）	乐段二（三句，十四字）
｜－－（韵）＋｜－－（韵）	＋－＋｜（句）＋－＋｜（句）＋－＋｜－－（韵）

《凤楼春》下阕，九句，五平韵	
乐段三（二句，十一字）	乐段四（二句，八字）
＋｜＋－（句）－＋－｜｜－（韵）	＋－＋｜（句）＋｜－－（韵）

例　凤楼春（七十七字）

（五代）欧阳炯

凤髻绿云丛。深掩房栊。锦书通。梦中相见觉来慵。匀面泪，脸珠融。因想玉郎何处去，对淑景谁同。　　小楼中。春思无穷。倚阑凝望，暗牵愁绪，柳花飞起东风。斜日照帘，罗幌香冷粉屏空。海棠零落，莺语残红。

注：全词双调，七十七字，上阕八句，六平韵；下阕九句，五平韵。

祝 英 台 近

元高拭词注"越调"。辛弃疾词有"宝钗分，桃叶渡"句，名《宝钗分》；张辑词有"趁月底重修箫谱"句，名《月底修箫谱》；韩淲词有"燕莺语，溪岸点点飞绵"句，名《燕莺语》；又有"却又在他乡寒食"句，名《寒食词》。

《祝英台近》的长短句结构

上阕，三个乐段							
乐段一（十一字）			乐段二（九字）		乐段三（十七字）		
3	3	5	4	5	6	4	34

下阕，三个乐段							
乐段一（十四字）			乐段二（九字）		乐段三（十七字）		
3	6	5	4	5	6	4	34

《康熙词谱》共收集八体《祝英台近》，双调，七十七字，上下阕分别可分为三个乐段，其长短句结构如表所示。该调主要押仄韵，仅个别词例押平韵。对仄韵格而言，韵脚数有变化，上阕八句，三仄韵或四仄韵、五仄韵；下阕八句，四仄韵或五仄韵。《康熙词谱》以押仄韵的程垓词为正体或正格。该调的正格与变格如表所示，其中，上下阕各乐段中的格式（1）为正格句式，其余为变格句式。对平韵格而言，上阕八句，三平韵；下阕八句，四平韵。《祝英台近》的平韵格如表所示。

《祝英台近》（仄韵）的正格与变格（双调）

《祝英台近》上阕，八句，三仄韵或四仄韵、五仄韵		
乐段一（三句，十一字）	乐段二（二句，九字）	乐段三（三句，十七字）
｜－－（句）－＋｜ （句）＋｜＋－｜（韵） （1）	＋｜－－（句）＋｜ ＋－｜（韵） （1）	＋－＋｜－－（句） ＋－＋｜（句）＋＋ ＋（读）＋－＋｜（韵） （1）
｜－－（句）＋－｜ （句）＋｜＋－｜（韵） （2）	＋｜－－（句）－ －｜｜（韵） （2）	＋＋＋｜－－（句） ＋－＋｜（句或韵）＋ ＋＋（读）＋－＋｜ （韵） （2）
｜－－（句）－｜｜（韵） ＋｜＋－｜（韵） （3）	＋｜－－（句）＋ ＋｜＋｜（韵） （3）	

《祝英台近》下阕，八句，四仄韵或五仄韵		
乐段一（三句，十四字）	乐段二（二句，九字）	乐段三（三句，十七字）
｜－｜（韵）＋｜＋｜ －－（句）＋｜＋ ｜｜（韵） （1）	＋｜－－（句）＋｜ ＋－｜（韵） （1）	＋－＋｜－－（句） ＋－＋｜（句）＋＋ ＋（读）＋－＋｜（韵） （1）
｜＋｜（韵）＋＋＋ ｜（句）－－＋ －｜（韵） （2）	＋｜－－（句）－ －｜｜（韵） （2）	＋＋＋｜－－（句） ＋－＋｜（句或韵）＋ ＋＋（读）＋－＋｜ （韵） （2）
｜＋｜（韵）＋＋＋ ｜－－（句）＋｜＋ －｜（韵） （3）		

例一　祝英台近（七十七字）
（宋）程　垓

坠红轻，浓绿润，深院又春晚。睡起恹恹，无语小妆懒。可堪三月风光，五更魂梦，又都被、杜鹃催趱。　　怎消遣。人道愁与春归，春归愁未断。闲倚银屏，羞怕泪痕满。断肠沉水重熏，瑶琴闲理，奈依旧、夜寒人远。

注：该调上阕第一句至第三句为乐段一中的格式（1），第四句和第五句为乐段二中的格式（1），第六句至第八句为乐段三中的格式（1）；下阕第一句至第三句为乐段一中的格式（1），第四句和第五句为乐段二中的格式（1），第六句至第八句为乐段三中的格式（1）。全词双调，七十七字，上阕八句，三仄韵；下阕八句，四仄韵。

例二　祝英台近（七十七字）
（宋）史达祖

柳枝愁，桃叶恨，前事怕重记。红药开时，新梦又溱洧。此情老去须休，春风多事。便老去、越难回避。　　阻幽会。应念偷剪酴醾，柔条暗萦系。节物移人，春草更憔悴。可堪竹院题诗，藓阶听雨，寸心外、安愁无地。

注：该调上阕第一句至第三句为乐段一中的格式（1），第四句和第五句为乐段二中的格式（1），第六句至第八句为乐段三中的格式（2）；下阕第一句至第三句为乐段一中的格式（2），第四句和第五句为乐段二中的格式（1），第六句至第八句为乐段三中的格式（1）。全词双调，七十七字，上下阕各八句，四仄韵。

例三　祝英台近（七十七字）
（宋）韩　淲

馆娃宫，采香径，范蠡五湖侧。子夜吴歌，声缓不须拍。崇桃积李花间，芳洲绿遍，更冉冉、柳丝无力。　　试思忆。老去一片身心，辜负好春色。古往今来，时序恼行客。去年今日山中，如何知得。却又在、他乡寒食。

注：该调上阕第一句至第三句为乐段一中的格式（2），第四句和第五句为乐段二中的格式（1），第六句至第八句为乐段三中的格式（1）；下阕第一句至第三句为乐段一中的格式（3），第四句和第五句为乐段二中的格式（1），第六句至第八句为乐段三中的格式（2）。全词双调，七十七字，上阕八句，三仄韵；下阕八句，五仄韵。

例四　祝英台近（七十七字）

（宋）张　炎

水痕深，花信足，寂寞溪南树。转首清阴，芳事顿如许。不知多少销魂，夜来风雨。犹梦到、断红流处。　　最无据。长年息影空山，愁入庾郎句。玉老田荒，心事已迟暮。几回听得啼鹃，不如归去。终不似、旧时鹦鹉。

注：该调上阕第一句至第三句为乐段一中的格式（1），第四句和第五句为乐段二中的格式（1），第六句至第八句为乐段三中的格式（2）；下阕第一句至第三句为乐段一中的格式（3），第四句和第五句为乐段二中的格式（1），第六句至第八句为乐段三中的格式（2）。全词双调，七十七字，上阕八句，四仄韵；下阕八句，五仄韵。

例五　祝英台近（七十七字）

（宋）刘　过

笑天涯，还倦客。欲起病无力。风雨春归，一日近一日。看人结束春衫，前呵骑马，腰剑上、陇西平策。　　鬓粉白。只可归去家山，无田种瓜得。空抱遗书，憔悴小楼侧。杜鹃不管人愁，月明枝上，直啼到、枕边相觅。

注：该调上阕第一句至第三句为乐段一中的格式（3），第四句和第五句为乐段二中的格式（3），第六句至第八句为乐段三中的格式（1）；下阕第一句至第三句为乐段一中的格式（2），第四句和第五句为乐段二中的格式（1），第六句至第八句为乐段三中的格式（1）。全词双调，七十七字，上下阕各八句，四仄韵。

例六　祝英台近（七十七字）

（宋）张　炎

路重寻，门半掩，苔老旧时树。采药云深，童子更无语。怪我流水迢遥，湖天日暮。想只在、芦花多处。　　漫延伫。姓名题上芭蕉，凉夜未风雨。赋了秋声，还赋断肠句。几回独立长桥，扁舟欲唤，待招取、白鸥归去。

注：该调上阕第一句至第三句为乐段一中的格式（1），第四句和第五句为乐段二中的格式（1），第六句至第八句为乐段三中的格式（2）；下阕第一句至第三句为乐段一中的格式（3），第四句和第五句为乐段二中的格式（1），第六句至第八句为乐段三中的格式（1）。全词双调，七十七字，上下阕各八句，四仄韵。

例七　祝英台近（七十七字）

（宋）辛弃疾

　　宝钗分，桃叶渡。烟柳暗南浦。陌上层楼，十日九风雨。断肠点点飞红，都无人管，倩谁唤、流莺声住。　　鬓边觑。试把花卜归期，才簪又重数。罗帐灯昏，哽咽梦中语。是他春带愁来，春归何处。却不解、带将愁去。

　　注：该调上阕第一句至第三句为乐段一中的格式（3），第四句和第五句为乐段二中的格式（1），第六句至第八句为乐段三中的格式（1）；下阕第一句至第三句为乐段一中的格式（2），第四句和第五句为乐段二中的格式（1），第六句至第八句为乐段三中的格式（2）。全词双调，七十七字，上阕八句，四仄韵；下阕八句，五仄韵。

例八　祝英台近（七十七字）

（宋）吴文英

　　问流花，寻梦草，云暖翠微路。锦雁峰前，浅约昼行处。不教嘶马飞春，一奁越镜，那销尽、红吟绿赋。　　送人去。长丝初染柔黄，晴和晓烟舞。心事偷占，莺漏汉宫语。趁得罗盖天香，归来时候，共留取、玉栏春住。

　　注：该调上阕第一句至第三句为乐段一中的格式（1），第四句和第五句为乐段二中的格式（1），第六句至第八句为乐段三中的格式（1）；下阕第一句至第三句为乐段一中的格式（2），第四句和第五句为乐段二中的格式（1），第六句至第八句为乐段三中的格式（2）。全词双调，七十七字，上阕八句，三仄韵；下阕八句，四仄韵。

例九　祝英台近（七十七字）

（宋）岳　珂

　　淡烟横，层雾敛。胜概分雄占。月下鸣榔，风急怒涛颭。关河无限清愁，不堪临鉴。正霜鬓、秋风尘染。　　漫登览。极目万里沙场，事业频看剑。古往今来，南北限天堑。倚楼谁弄新声，重城正掩。历历数、西州更点。

　　注：该调上阕第一句至第三句为乐段一中的格式（3），第四句和第五句为乐段二中的格式（1），第六句至第八句为乐段三中的格式（2）；下阕第一句至第三句为乐段一中的格式（3），第四句和第五句为乐段二中的格式（1），第六句至第八句为乐段三中的格式（2）。全词双调，七十七字，上下阕各八句，五仄韵。

例十　祝英台近（七十七字）

（宋）张　炎

水西船，山北酒，多为买春去。事与云消，飞过旧时雨。谩留一掬相思，待题红叶，奈红叶、更无题处。　　正延伫。乱花浑不知名，娇小未成语。短棹轻装，逢迎断桥路。那知杨柳风流，树犹如此，更休道、少年张绪。

注：该调上阕第一句至第三句为乐段一中的格式（1），第四句和第五句为乐段二中的格式（1），第六句至第八句为乐段三中的格式（1）；下阕第一句至第三句为乐段一中的格式（3），第四句和第五句为乐段二中的格式（2），第六句至第八句为乐段三中的格式（1）。全词双调，七十七字，上阕八句，三仄韵；下阕八句，四仄韵。

例十一　祝英台近（七十七字）

（宋）汤　恢

宿酲苏，春梦醒，沉水冷金鸭。落尽桃花，无人扫红雪。渐催煮酒园林，单衣庭院，春又到、断肠时节。　　恨离别。长忆人立荼䕷，珠帘卷幽月。几度黄昏，琼枝为谁折。都将千里芳心，十年幽梦，分付与、一声啼鴂。

注：该调上阕第一句至第三句为乐段一中的格式（1），第四句和第五句为乐段二中的格式（2），第六句至第八句为乐段三中的格式（1）；下阕第一句至第三句为乐段一中的格式（2），第四句和第五句为乐段二中的格式（2），第六句至第八句为乐段三中的格式（1）。全词双调，七十七字，上阕八句，三仄韵；下阕八句，四仄韵。

例十二　祝英台近（七十七字）

（宋）李彭老

杏花初，梅花过，时节又春半。帘影飞梭，轻阴小庭院。旧时月底秋千，吟香醉玉，曾细听、歌珠一串。　　忍重见。描金小字题情，生绡合欢扇。老了刘郎，天远玉箫伴。几番莺外斜阳，栏干倚遍。恨杨花、遮愁不断。

注：该调上阕第一句至第三句为乐段一中的格式（1），第四句和第五句为乐段二中的格式（2），第六句至第八句为乐段三中的格式（1）；下阕第一句至第三句为乐段一中的格式（2），第四句和第五句为乐段二中的格式（1），第六句至第八句为乐段三中的格式（2）。全词双调，七十七字，上阕八句，三仄韵；下阕八句，五仄韵。

《祝英台近》的平韵格（双调）

《祝英台近》上阕，八句，三平韵		
乐段一（三句，十一字）	乐段二（二句，九字）	乐段三（三句，十七字）
| — —（句）— | |（句） 十 | | — — —（韵）	十 | — —（句）十 | | — —（韵）	十 — 十 | — —（句） 十 — 十 |（句）十 十 十（读）十 | — — —（韵）

《祝英台近》下阕，八句，四平韵		
乐段一（三句，十四字）	乐段二（二句，九字）	乐段三（三句，十七字）
| — —（韵）十 | — | — —（句）十 — — | —（韵）	十 | — —（句）十 | | — —（韵）	十 — 十 | — —（句） 十 — 十 |（句）十 十 十（读）十 | — — —（韵）

例　祝英台近（七十七字）

（宋）陈允平

待春来，春又到，花底自徘徊。春浅花迟，携手为花催。可堪碧小红微，黄轻紫艳，东风外、妆点池台。　　且衔杯。无奈年少心情，看花能几回。春自年年，花自为春开。是他春为花愁，花因春瘦，花残后、人未归来。

注：全词双调，七十七字，上阕八句，三平韵；下阕八句，四平韵。

四　园　竹

调见《片玉集》。

《康熙词谱》共收集三体《四园竹》，双调，上阕可分为三个乐段，下阕可分为两个乐段，其长短句结构如表所示。该调七十七字，上阕八句，三平韵一叶韵；下阕八句或七句，四平韵一叶韵或三平韵一叶韵。《康熙词谱》以周邦彦词为正体或正格。《四园竹》的正格与变格如表所示，其中，各乐段中的格式（1）为正格句式，其余为变格句式。

《四园竹》的长短句结构

上阕，三个乐段		
乐段一（九字）	乐段二（十二字）	乐段三（十六字）
4　　5	4　　4　　4	3　　34　　6
	6　　4　　6	6　　4　　6

下阕，三个乐段		
乐段一（十五字）	乐段二（十七字）	乐段三（八字）
3　　6　　6	6　　4　　3	35
	6　　4　　7	

《四园竹》的正格与变格（双调）

《四园竹》上阕，八句，三平韵一叶韵		
乐段一（二句，九字）	乐段二（三句，十二字）	乐段三（三句，十六字）
＋－＋｜（句）＋｜｜ －－（韵）	＋－＋｜（句）＋｜－ ＋－（句）＋｜－ －（韵）	＋｜－（句）＋｜＋（读） ＋－＋｜（叶）＋－ ＋｜－－（韵） （1） ＋｜＋－＋｜（句） ＋－＋｜（叶）＋－ ＋｜－－（韵） （2）

例一　四园竹（七十七字）

（宋）周邦彦

浮云护月，未放满朱扉。鼠摇暗壁，萤度破窗，偷入书帏。秋意浓，闲伫立、庭柯影里。好风襟袖先知。　　夜何其。江南路绕重山，心知漫与前期。奈向灯前堕泪，肠断萧娘，旧日书辞。犹在纸。雁信绝、清宵梦又稀。

注：该词上阕第六句至第八句为乐段三中的格式（1）；下阕第四句至第六句为乐段二中的格式（1）。全词双调，七十七字，上阕八句，三平韵一叶韵；下阕八句，四平韵一叶韵。

《四园竹》下阕，八句或七句，四平韵一叶韵或三平韵一叶韵		
乐段一 （三句，十五字）	乐段二 （四句或三句，十七字）	乐段三 （一句，八字）
∣ − −（韵）＋ − ＋ ∣ − −（句）＋ − ＋ ∣ − −（韵）	＋ ∣ ＋ − ＋ ∣（句） ＋ ∣ − −（句）＋ ∣ − −（韵）− ＋ ∣（叶） （1） ＋ ∣ ＋ − ＋ ∣（句） ＋ ∣ − −（句）＋ ∣ ＋ − − ∣ ∣（叶） （2）	＋ ∣ ＋（读）− − ＋ ∣ −（韵）

例二　四园竹（七十七字）

（宋）杨泽民

　　残霞殿雨，睓气入窗扉。井梧坠叶，寒砌叫蛩，秋满屏帏。罗袖匆匆叙别，凄凉客里。异乡谁更相知。　　念伊其。当时芍药同心，谁知又爽佳期。直待金风到后，秋叶红时，细写情辞。何用纸。又却恐、秋深叶渐稀。

　　注：该词上阕第六句至第八句为乐段三中的格式（2）；下阕第四句至第六句为乐段二中的格式（1）。全词双调，七十七字，上阕八句，三平韵一叶韵；下阕八句，四平韵一叶韵。

例三　四园竹（七十七字）

（宋）陈允平

　　昏昏暝色，乱叶拥云扉。渚兰风润，庭桂露凉，香动秋帏。独向兰亭步月，栏干瘦倚。此情惟有天知。　　纵如其。黄花时却归来，因循已误心期。为写相思寄与，愁拂鸾笺，粉泪盈盈先满纸。正寂寞、楼南雁过稀。

　　注：该词上阕第六句至第八句为乐段三中的格式（2）；下阕第四句至第六句为乐段二中的格式（2）。全词双调，七十七字，上阕八句，三平韵一叶韵；下阕七句，三平韵一叶韵。

侧 犯

陈旸《乐书》云："唐自天后末年，剑气入浑脱，始为犯声。明皇时，乐人孙处秀，善吹笛，好作犯声，时人以为新意而效之，因有'犯调'"。姜夔词注云：唐人《乐书》，以宫犯羽者为"侧犯"。此调创自周邦彦，调名或本于此。

《侧犯》的长短句结构

上阕，四个乐段			
乐段一（十一字）	乐段二（十字）	乐段三（十字）	乐段四（十字）
4　7	2　5　3	5　　5	2　3　5 2　　53 5　　5

下阕，四个乐段			
乐段一（九字）	乐段二（十一字或十字）	乐段三（八字）	乐段四（八字）
4　5	3　5 3　7	4　4	4　4 2　6

《康熙词谱》共收集四体《侧犯》，双调，上下阕分别可分为四个乐段，其长短句结构如表所示。该调有七十七字或七十六字等格式，上阕九句或八句，六仄韵或七仄韵、五仄韵；下阕九句或八句，五仄韵或六仄韵。《康熙词谱》以七十七字体周邦彦词为正体或正格。该调的正格与变格如表所示，其中，各乐段中的格式（1）为正格句式，其余为变格句式。

※※※※※※※※※※※※※※※※※※※※※※※※※※※※※※※

例一　侧犯（七十七字）

（宋）周邦彦

暮霞霁雨，小莲出水红妆靓。风定。看步袜江妃、照明镜。飞萤度暗草，秉烛游花径。人静。携艳质，追凉就槐影。　　金环皓腕，雪藕清泉莹。谁念省。满身香，犹是旧荀令。见说胡姬，酒垆深迥。烟锁漠漠，藻池苔井。

注：该词上阕第一句和第二句为乐段一中的格式（1），第七句至第九句为乐段四中的格式（1）；下阕第三句至第五句为乐段二中的格式（1），第八句和第九句为乐段四中的格式（1）。全词双调，七十七字，上阕九句，六仄韵；下阕九句，五仄韵。

《侧犯》的正格与变格（双调）

《侧犯》上阕，九句或八句，六仄韵或七仄韵、五仄韵	
乐段一（二句，十一字）	乐段二（三句，十字）
十 一 十 丨（句）十 一 十 丨 一 一 丨（韵） （1）	一 丨（韵）丨 十 丨 一 一（读）十 一 丨（韵）
十 一 十 丨（句）十 一 十 丨 一 一 丨（韵） （2）	

《侧犯》上阕，九句或八句，六仄韵或七仄韵、五仄韵	
乐段三（二句，十字）	乐段四（三句或二句，十字）
一 一 十 丨 十（句）十 丨 一 一 丨（韵）	一 丨（韵）一 丨 丨（句）一 一 丨 一 丨（韵） （1）
	一 丨（韵）丨 十 丨 一 一（读）丨 一 丨（韵） （2）
	十 丨 一 十 丨（句）一 一 丨 一 丨（韵） （3）

例二　侧犯（七十七字）

（宋）姜　夔

恨春易去。甚春却向扬州住。微雨。正茧栗梢头、弄诗句。红楼二十四，总是行云处。无语。渐半脱宫衣、笑相顾。　金壶细叶，千朵围歌舞。谁念我。鬓成丝，来此共尊俎。后日西园，绿阴无数。寂寞刘郎，自修花谱。

注：该词第一句和第二句为乐段一中的格式（2），上阕第七句和第八句为乐段四中的格

式（2）；下阕第三句至第五句为乐段二中的格式（1），第八句和第九句为乐段四中的格式（1）。全词双调，七十七字，上阕八句，七仄韵；下阕九句，五仄韵。

《侧犯》下阕，九句或八句，五仄韵或六仄韵	
乐段一（二句，九字）	乐段二（三句或二句，十一句或十字）
＋ － ＋ ｜（句）＋ ｜ － ＋ ｜（韵）	－ ＋ ｜（韵）｜ ＋ － （句）＋ ｜ ＋ － ｜（韵） （1） － ＋ ｜（韵）＋ － ＋ ｜ ＋ － ｜（韵） （2）

《侧犯》下阕，九句或八句，五仄韵或六仄韵	
乐段三（二句，八字）	乐段四（二句，八字）
＋ ｜ － －（句）＋ － ＋ ｜（韵）	＋ ｜ ＋ ＋（句）＋ － ＋ ｜（韵） （1） － ｜（韵）＋ ｜ ＋ － ＋ ｜（韵） （2）

注：下阕乐段四中的格式"＋ ｜ ＋ ＋（句）"，可平可仄两处，不得同时用仄。

例三 侧犯（七十七字）

（宋）方千里

四山翠合，一溪碧绕秋容靓。波定。见鹭立鱼跳、动平镜。修篁散步屐，古木通幽径。风静。烟雾直，池塘倒晴影。　　流年旧事，老矣尘心莹。还暗省。点吴霜，憔悴愧潘令。梦忆江南，小园路迥。愁听。叶落辘轳金井。

注：该词上阕第一句和第二句为乐段一中的格式（1），第七句至第九句为乐段四中的格式（1）；下阕第三句至第五句为乐段二中的格式（1），第八句和第九句为乐段四中的格式（2）。全词双调，七十七字，上下阕各九句，六仄韵。

例四 侧犯（七十六字）

（宋）陈允平

晚凉倦浴，素妆薄试铅华靓。凝定。似一朵芙蓉、泛清镜。轻纨笑自拈，扑蝶鸳鸯径。娇懒金凤鲜，斜敲翠蝉影。　　冰肌玉骨，衬体红绡莹。还暗省。青青双鬓旧潘令。梦想鸾筝，后堂深迥。何日西风，碧梧金井。

注：该词上阕第一句和第二句为乐段一中的格式（1），第七句和第八句为乐段四中的格式（3）；下阕第三句和第四句为乐段二中的格式（2），第七句和第八句为乐段四中的格式（1）。全词双调，七十六字，上下阕各八句，五仄韵。

离 亭 宴

此调始于张先，因词中有"随处是离亭别宴"句，取以为名。

《离亭宴》的长短句结构

上阕，三个乐段		
乐段一（十二字）	乐段二（十四字或十三字）	乐段三（十二字或十一字）
5　　34	7　　34	6　　6
6　　6	7　　6	5　　6

下阕，三个乐段		
乐段一（十三字或十二字）	乐段二（十四字或十三字）	乐段三（十二字或十一字）
6　　34	7　　34	6　　6
6　　6	7　　6	5　　6

《康熙词谱》共收集两体《离亭宴》，双调，上下阕可分为三个乐段，其长短句结构如表所示。该调有七十七字或七十二字等格式，上下阕各六句，五仄韵或四仄韵。《康熙词谱》以七十七字体张先词《离亭宴》为标谱词例。该调的正格与变格如表所示。其中，上下阕各乐段中的格式（1）为正格句式，其余为变格句式。

《离亭宴》的正格与变格（双调）

《离亭宴》上阕，六句，五仄韵或四仄韵		
乐段一 （二句，十二字）	乐段二 （二句，十四字或十三字）	乐段三 （二句，十二字或十一字）
｜＋ — ＋｜（韵）＋ ＋｜（读）＋ — ＋｜ （韵） （1）	＋｜＋ — — ｜｜（韵） ＋ ＋｜（读）＋ — ＋ ｜（韵） （1）	＋｜＋ — ＋｜（句） ＋｜＋ — ＋｜（韵） （1）
＋｜＋ — ＋｜（韵） ＋｜＋ — ＋｜（韵） （2） ＋｜＋ — ＋｜（韵） ＋ — ｜ — ＋｜（韵） （3）	＋｜＋ — — ＋｜ （句）＋｜＋ — ＋｜ （韵） （2）	＋｜｜ — —（句）＋ ｜＋ — ＋｜（韵） （2） ＋｜｜ — —（句）＋ — ｜ — ＋｜（韵） （3）

《离亭宴》下阕，六句，五仄韵或四仄韵		
乐段一 （二句，十三字或十二字）	乐段二 （二句，十四字或十三字）	乐段三 （二句，十二字或十一字）
＋｜＋ — ＋｜（韵） （韵）＋ ＋｜（读）＋ — ＋｜（韵） （1）	＋｜＋ — — ｜｜（韵） ＋ ＋｜（读）＋ — ＋ ｜（韵） （1）	＋｜＋ — ＋｜（句） ＋｜＋ — ＋｜（韵） （1）
＋｜＋ — ＋｜（韵） ＋｜＋ — ＋｜（韵） （2） ＋｜＋ — ＋｜（韵） ＋ — ｜ — ＋｜（韵） （3）	＋｜＋ — — ＋｜ （句）＋｜＋ — ＋｜ （韵） （2）	＋｜｜ — —（句）＋ ｜＋ — ＋｜（韵） （2） ＋｜｜ — —（句）＋ — ｜ — ＋｜（韵） （3）

例一　离亭宴（七十七字）

（宋）张　先

捧黄封诏卷。随处是、离亭别宴。红翠成轮歌未遍。早已恨、野桥风便。此去济南非久，惟有凤池鸾殿。　　三月花飞几片。又减却、芳菲过半。千里恩深云海浅。民爱比、春流不断。更上玉楼西望，雁与征帆俱远。

注：该词上阕第一句和第二句为乐段一中的格式（1），第三句和第四句为乐段二中的格式（1），第五句和第六句为乐段三中的格式（1）；下阕第一句和第二句为乐段一中的格式（1），第三句和第四句为乐段二中的格式（1），第五句和第六句为乐段三中的格式（1）。全词双调，七十七字，上下阕各六句，五仄韵。

例二　离亭宴（七十二字）

（宋）张　昇

一带江山如画。风物向秋潇洒。水浸碧天何处断，翠色冷光相射。蓼岸荻花洲，隐映竹篱茅舍。　　天际客帆高挂。门外酒旗低亚。多少六朝兴废事，尽入渔樵闲话。怅望倚危栏，红日无言西下。

注：该词上阕第一句和第二句为乐段一中的格式（2），第三句和第四句为乐段二中的格式（2），第五句和第六句为乐段三中的格式（2）；下阕第一句和第二句为乐段一中的格式（2），第三句和第四句为乐段二中的格式（2），第五句和第六句为乐段三中的格式（2）。全词双调，七十二字，上下阕各六句，四仄韵。

例三　离亭宴（七十二字）

（宋）晁补之

丹府黄香堪笑。章台坠鞭年少。细雨春风花落处，醉里中人传诏。却上五湖船，悲歌楚狂同调。　　青草荆江波渺。香炉紫霄簪小。人去江山长依旧，妇幼空传辞妙。洒泪作招魂，枫林子规啼晓。

注：该词上阕第一句和第二句为乐段一中的格式（3），第三句和第四句为乐段二中的格式（2），第五句和第六句为乐段三中的格式（3）；下阕第一句和第二句为乐段一中的格式（3），第三句和第四句为乐段二中的格式（2），第五句和第六句为乐段三中的格式（3）。全词双调，七十二字，上下阕各六句，四仄韵。

例四　离亭宴（七十二字）

（宋）晁补之

忆向吴兴假守。双溪四垂高柳。仪凤桥边兰舟过，映水雕甍华牗。烛下小红妆，争看使君归后。　　携手松亭难又。题诗水轩依旧。多少绿荷相倚恨，背立西风回首。怅望采莲人，烟波万重吴岫。

注：该词上阕第一句和第二句为乐段一中的格式（3），第三句和第四句为乐段二中的格式（2），第五句和第六句为乐段三中的格式（2）；下阕第一句和第二句为乐段一中的格式（3），第三句和第四句为乐段二中的格式（2），第五句和第六句为乐段三中的格式（3）。全词双调，七十二字，上下阕各六句，四仄韵。

阳 关 引

此调始自宋寇准词，本檃括王维《阳关曲》而作，故名。晁补之词名《古阳关》。

《阳关引》的长短句结构

《阳关引》上阕，四个乐段					
乐段一（十字）		乐段二（十字）			乐段三（十字）		乐段四（十字）
5	5	4	3	3	5	5	37

《阳关引》下阕，四个乐段					
乐段一（八字）		乐段二（十字）			乐段三（十字）		乐段四（十字）
5	3	4	3	3	5	5	37

《康熙词谱》只收集一体《阳关引》，双调，上下阕分别可分为四个乐段，其长短句结构如表所示。该调七十八字，上阕八句，五仄韵；下阕八句，四仄韵，其基本格式如表所示。

《阳关引》的基本格式（双调）

《阳关引》上阕，八句，五仄韵	
乐段一（二句，十字）	乐段二（三句，十字）
＋｜＋ー｜（韵）＋｜＋ー｜（韵）	＋ー＋｜（句）＋ー｜（句）＋ー｜（韵）

《阳关引》上阕，八句，五仄韵	
乐段三（二句，十字）	乐段四（一句，十字）
｜＋ー＋｜（句）＋｜＋ー｜（韵）	＋＋＋（读）ー＋｜｜＋ー｜（韵）

《阳关引》下阕，八句，四仄韵	
乐段一（二句，八字）	乐段二（三句，十字）
＋｜＋ー｜（句）ー｜｜（韵）	｜＋ー｜（句）＋ー｜（句）＋ー｜（韵）

注：下阕乐段二中的格式"｜＋ー｜（句）"，为"上一下三"句式。

《阳关引》下阕，八句，四仄韵	
乐段三（二句，十字）	乐段四（一句，十字）
｜＋ー＋｜（句）＋｜＋ー｜（韵）	＋＋＋（读）ー＋｜｜＋ー｜（韵）

例　阳关引（七十八字）

（宋）寇　准

　　塞草烟光阔。渭水波声咽。春朝雨霁，轻尘敛，征鞍发。指青青杨柳，又是轻攀折。动黯然、知有后会甚时节。　　更尽一杯酒，歌一阕。叹人生里，难欢聚，易离别。且莫辞沉醉，听取阳关彻。念故人、千里自此共明月。

　　注：全词双调，七十八字，上阕八句，五仄韵；下阕八句，四仄韵。

一 丛 花

调见《东坡词》。

《一丛花》的长短句结构

《一丛花》上阕，三个乐段		
乐段一（十二字）	乐段二（十四字）	乐段三（十三字）
7　　5	7　　　34	4　　4　　5

《一丛花》下阕，三个乐段		
乐段一（十二字）	乐段二（十四字）	乐段三（十三字）
7　　5	7　　　34	4　　4　　5

《康熙词谱》只收集一体《一丛花》，双调，上下阕分别可分为三个乐段，其长短句结构如表所示。该调七十八字，上下阕各七句，四平韵，其基本格式如表所示。

《一丛花》的基本格式（双调）

《一丛花》上阕，七句，四平韵		
乐段一 （二句，十二字）	乐段二 （二句，十四字）	乐段三 （三句，十三字）
＋－＋｜｜－ －（韵）＋｜｜－ －（韵）	＋－＋｜－－ ｜（句）＋＋＋＋（读） ＋｜－－（韵）	＋｜＋－（句）＋－＋ ｜（句）＋｜｜－－（韵） （1） ＋－＋｜（句）＋－＋ ｜（句）＋｜｜－－（韵） （2）

《一丛花》下阕，七句，四平韵		
乐段一 （二句，十二字）	乐段二 （二句，十四字）	乐段三 （三句，十三字）
＋ － ＋ ｜ ｜ － －（韵）＋ ｜ ｜ － －（韵）	＋ － ＋ ｜ － － ｜（句）＋ ＋ ＋（读） ＋ ｜ － －（韵）	＋ ｜ ＋ －（句）＋ － ＋ ｜（句）＋ ｜ ｜ － －（韵） （1） ＋ － ＋ ｜（句）＋ － ＋ ｜（句）＋ ｜ ｜ － －（韵） （2）

例一 一丛花（七十八字）

（宋）苏 轼

今年春浅腊侵年。冰雪破春妍。东风有信无人见，露微意、柳际花边。寒夜纵长，孤衾易暖，钟鼓渐清圆。　　朝来初日半含山。楼阁淡疏烟。游人便作寻芳计，小桃杏、应已争先。衰病少情，疏慵自放，惟爱日高眠。

注：该词上阕第五句至第七句为乐段三中的格式（1）；下阕第五句至第七句为乐段三中的格式（1）。全词双调，七十八字，上下阕各七句，四平韵。

例二 一丛花（七十八字）

（宋）程 垓

伤春时候一凭阑。何况别离难。东风只解催人去，也不道、莺老花残。青笺未约，红绡忍泪，无计锁征鞍。　　宝钗瑶钿一时闲。此恨苦天悭。如今直恁抛人去，也不念、人瘦衣宽。归来忍见，重楼淡月，依旧五更寒。

注：该词上阕第五句至第七句为乐段三中的格式（2）；下阕第五句至第七句为乐段三中的格式（2）。全词双调，七十八字，上下阕各七句，四平韵。

甘 州 令

《碧鸡漫志》："仙吕调有《甘州令》。"《乐章集·甘州令》注："亦仙吕调。"字句与《甘州子》、《甘州遍》、《八声甘州》不同。

《甘州令》的长短句结构

《甘州令》上阕，四个乐段			
乐段一（十字）	乐段二（七字）	乐段三（十字）	乐段四（十三字）
3　3　4	34	3　3　4	3　3　34

《甘州令》下阕，四个乐段			
乐段一（八字）	乐段二（七字）	乐段三（十字）	乐段四（十三字）
4　4	34	3　3　4	3　3　34

《康熙词谱》只收集一体《甘州令》，双调，上下阕分别可分为四个乐段，其长短句结构如表所示。该调七十八字，上阕十句，四仄韵；下阕九句，四仄韵，其基本格式如表所示。

《甘州令》的基本格式（双调）

《甘州令》上阕，十句，四仄韵	
乐段一（三句，十字）	乐段二（一句，七字）
｜ ＋ 一 （句）＋ ＋ ｜ （句）＋ 一 ＋ ｜ （韵）	＋ ＋ ＋ （读）＋ 一 ＋ ｜ （韵）

《甘州令》上阕，十句，四仄韵	
乐段三（三句，十字）	乐段四（三句，十三字）
｜ ＋ 一 （句）＋ 一 ｜ （句）＋ 一 ＋ ｜ （韵）	｜ ＋ 一 （句）＋ ＋ ｜ （句）＋ ＋ ＋ （读）＋ 一 ＋ ｜ （韵）

《甘州令》下阕，九句，四仄韵	
乐段一（二句，八字）	乐段二（一句，七字）
╋ － ╋ ｜（句）╋ － ╋ ｜（韵）	╋ ╋ ╋（读）╋ － ╋ ｜（韵）

《甘州令》下阕，九句，四仄韵	
乐段三（三句，十字）	乐段四（三句，十三字）
｜ ╋ －（句）╋ －｜（句）╋ －╋ ｜（韵）	｜ ╋ －（句）╋ －｜（句）╋ ╋ ╋（读）╋ － ╋ ｜（韵）

例　甘州令（七十八字）

（宋）柳　永

冻云深，淑气浅，寒欺绿野。轻雪伴、早梅飘谢。艳阳天，正明媚，却成潇洒。玉人歌，画楼酒，对此早、骤增高价。　　卖花巷陌，放灯台榭。好时代、怎生轻舍。赖和风，荡霁霭，廓清良夜。玉尘铺，桂茎满，素光里、更堪游冶。

注：全词双调，七十八字，上阕十句，四仄韵；下阕九句，四仄韵。

山　亭　柳

此调有平韵和仄韵两种格式，平韵者始自晏殊，仄韵者始自杜安世。

《山亭柳》的长短句结构

《山亭柳》上阕，四个乐段			
乐段一 （九字或八字）	乐段二 （六字）	乐段三 （十二字或十一字）	乐段四 （十字或十一字）
4　　5 4　　4	3　　3	6　　6 4　　34	6　　4 6　　5

《山亭柳》下阕，四个乐段			
乐段一 （十四字）	乐段二 （六字）	乐段三 （十二字或十一字）	乐段四 （十字或十二字）
7　　7	3　　3	6　　6	6　　4
		4　　34	6　　33

　　《康熙词谱》共收集一体平韵格《山亭柳》和一体仄韵格《山亭柳》，双调，上下阕分别可分为四个乐段，其长短句结构如表所示。平韵格《山亭柳》七十九字，上阕八句，五平韵；下阕八句，四平韵，其基本格式如表所示；仄韵格《山亭柳》七十九字，上阕八句，四仄韵；下阕八句，五仄韵，其基本格式如表所示。

《山亭柳》（平韵）的基本格式（双调）

《山亭柳》（平韵）上阕，八句，五平韵	
乐段一（二句，九字）	乐段二（二句，六字）
＋｜－－（韵）＋｜｜－－（韵）	－＋｜（句）｜－－（韵）

《山亭柳》（平韵）上阕，八句，五平韵	
乐段三（二句，十二字）	乐段四（二句，十字）
＋｜＋－＋｜（句）＋－＋｜－－（韵）	＋｜＋－＋｜（句）＋｜－－（韵）

《山亭柳》（平韵）下阕，八句，四平韵	
乐段一（二句，十四字）	乐段二（二句，六字）
＋｜＋－＋｜－－｜（句）＋－＋｜｜－－（韵）	－＋｜（句）｜－－（韵）

《山亭柳》（平韵）下阕，八句，四平韵	
乐段三（二句，十二字）	乐段四（二句，十字）
＋｜＋－＋｜（句）＋－＋｜－－（韵）	＋｜＋－＋｜（句）＋｜－－（韵）

例　山亭柳（七十九字）

（宋）晏　殊

　　家住西秦。赌博艺随身。花柳上，斗尖新。偶学念奴声调，有时高遏行云。蜀锦缠头无数，不负辛勤。　　数年来往咸京道，残杯冷炙漫消魂。衷肠事，托何人。若有知音见采，不辞遍唱阳春。一曲当筵落泪，重掩罗巾。

注：全词双调，七十九字，上阕八句，五平韵；下阕八句，四平韵。

《山亭柳》（仄韵）的基本格式（双调）

《山亭柳》（仄韵）上阕，八句，四仄韵	
乐段一（二句，八字）	乐段二（二句，六字）
＋－＋｜（句）＋－＋｜（韵）	｜－－（句）－｜｜（韵）

《山亭柳》（仄韵）上阕，八句，四仄韵	
乐段三（二句，十一字）	乐段四（二句，十一字）
＋｜－－（句）＋＋＋（读）＋－＋｜（韵）	＋－｜－＋｜（句）＋｜－－｜（韵）

《山亭柳》（仄韵）下阕，八句，五仄韵	
乐段一（二句，十四字）	乐段二（二句，六字）
＋＋｜－－｜｜（韵）＋－＋｜＋－｜（韵）	｜－－（句）＋－＋｜（韵）

《山亭柳》（仄韵）下阕，八句，五仄韵	
乐段三（二句，十一字）	乐段四（二句，十二字）
＋｜－－（句）＋＋＋（读）＋－＋｜（韵）	＋－＋｜＋｜（句）＋＋＋（读）－＋｜（韵）

例　山亭柳（七十九字）

（宋）杜安世

晓来风雨，万花飘落。叹韶光、虚过却。芳草萋萋，映楼台、淡烟漠漠。纷纷絮飞院宇，燕子过朱阁。　玉容淡妆添寂寞。檀郎孤愿太情薄。数归期，绝信约。暗恨春宵，向平康、恣迷欢乐。时时闷饮绿醑，甚转转、思量着。

注：全词双调，七十九字，上阕八句，四仄韵；下阕八句，五仄韵。

梦还京

《乐章集》注"大石调"。

《梦还京》的长短句结构

上阕，两个乐段		中阕，两个乐段		下阕，两个乐段	
乐段一（十一字）	乐段二（十八字）	乐段一（十四字）	乐段二（七字）	乐段一（十二字）	乐段二（十七字）
6　5	4　4　4　6	3　4　7	34	3　6　3	7　4　6

《康熙词谱》只收集一体《梦还京》，三阕，每一阕分别可分为两个乐段，其长短句结构如表所示。该调七十九字，上阕六句，两仄韵；中阕四句，三仄韵；下阕六句，四仄韵，其基本格式如表所示。

《梦还京》的基本格式（双调）

《梦还京》上阕，六句，两仄韵	
乐段一（二句，十一字）	乐段二（四句，十八字）
｜ － ＋ － ＋ ｜（句）＋ ｜ ＋ － ｜（韵）	＋ ｜ － －（句）＋ － ＋ ｜（句）＋ ｜ － －（句）＋ ｜ ＋ － ＋ ｜（韵）

《梦还京》中阕，四句，三仄韵	
乐段一（三句，十四字）	乐段二（一句，七字）
＋＋｜（韵）＋｜ー ー（句）＋ ＋＋｜＋ー｜（韵）	＋＋＋（读）＋＋＋ー｜（韵）

《梦还京》下阕，六句，四仄韵	
乐段一（三句，十二字）	乐段二（三句，十七字）
＋＋｜（韵）＋｜＋＋ー｜ （韵）＋ー｜（韵）	＋＋＋＋｜ー ー｜（句）＋｜ー ー（句） ＋ー ｜ー＋｜（韵）

例　梦还京（七十九字）

（宋）柳　永

夜来匆匆饮散，敲枕背灯睡。酒力全轻，醉魂易醒，风揭帘栊，梦断披衣重起。　悄无寐。追悔当初，绣阁话别太容易。日许时、犹阻归计。　甚况味。旅馆虚度残岁。想娇媚。那里独守鸳帏静，永漏迢迢，也应暗同此意。

注：全词三阕，七十九字，上阕六句，两仄韵；中阕四句，三仄韵；下阕六句，四仄韵。

忆 黄 梅

调见《梅苑》。

《忆黄梅》的长短句结构

《忆黄梅》上阕，四个乐段			
乐段一（十二字）	乐段二（八字）	乐段三（十二字）	乐段四（六字）
6　　6	5　　3	4 5　　3	6

《忆黄梅》下阕，四个乐段							
乐段一（九字）			乐段二（十一字）		乐段三（十二字）		乐段四（九字）
3	3	3	7	4	34	5	36

《康熙词谱》只收集一体《忆黄梅》，双调，上下阕分别可分为四个乐段，其长短句结构如表所示。该调七十九字，上阕七句，五仄韵；下阕八句，六仄韵，其基本格式如表所示。

《忆黄梅》的基本格式（双调）

《忆黄梅》上阕，七句，五仄韵	
乐段一（二句，十二字）	乐段二（二句，八字）
＋｜＋｜＋－＋｜（韵）＋｜＋－ ＋｜（韵）	＋｜｜－－（句）＋｜＋｜（韵）

《忆黄梅》上阕，七句，五仄韵	
乐段三（二句，十二字）	乐段四（一句，六字）
＋｜－－（读）｜＋－＋｜（句）＋｜＋｜（韵）	＋｜＋－＋｜（韵）

《忆黄梅》下阕，八句，六仄韵	
乐段一（三句，九字）	乐段二（二句，十一字）
＋＋｜（韵）｜－－（句）＋｜＋｜ （韵）	＋－＋｜－－（句）＋－ ＋｜（韵）

《忆黄梅》下阕，八句，六仄韵	
乐段三（二句，十二字）	乐段四（一句，九字）
＋＋｜（读）＋｜－－（句）｜＋ －＋｜（韵）	＋＋｜（读）＋｜＋－＋｜（韵）

例 忆黄梅（七十九字）

（宋）王　观

枝上叶儿未展。已有坠红千片。春意怎生防，怎不怨。被我安排、矮牙床斗帐，和娇艳。移在花丛里面。　　请君看。惹清香，偎媚暖。爱香爱暖金杯满。问春怎管。大家便、拌做东风，总吹教零乱。犹兀自、输我鸳鸯一半。

注：全词双调，七十九字，上阕七句，五仄韵；下阕八句，六仄韵。

红 林 檎 近

蒋氏十三调注"双调"。

《红林檎近》的长短句结构

《红林檎近》上阕，四个乐段							
乐段一（十字）		乐段二（十字）		乐段三（十二字）		乐段四（十一字）	
5	5	5	5	6	6	6	5

《红林檎近》下阕，三个乐段					
乐段一（十字）		乐段二（十字）		乐段三（十六字）		
5	5	4	6	5	4	7

《康熙词谱》只收集一体《红林檎近》，双调，上阕可分为四个乐段，下阕可分为三个乐段，其长短句结构如表所示。该调七十九字，上阕八句，五平韵；下阕七句，三平韵，《康熙词谱》以周邦彦词为正体或正格。该调的正格与变格如表所示，其中，各乐段中的格式（1）为正格句式，其余为变格句式。

《红林檎近》的正格与变格（双调）

《红林檎近》上阕，八句，五平韵	
乐段一（二句，十字）	乐段二（二句，十字）
＋｜＋－｜(句)＋－－｜－(韵)	＋｜＋－｜(句)＋＋｜－－(韵)

《红林檎近》上阕，八句，五平韵	
乐段三（二句，十二字）	乐段四（二句，十一字）
＋－＋－｜｜(句)＋｜＋｜－－(韵) （1）	＋｜＋｜－－(韵)＋｜｜－－(韵) （1）
＋｜＋－＋｜(句)＋｜＋｜－－(韵) （2）	＋－＋｜－－(韵)＋＋｜－－(韵) （2）

《红林檎近》下阕，七句，三平韵		
乐段一（二句，十字）	乐段二（二句，十字）	乐段三（三句，十六字）
＋＋－｜｜(句)＋｜｜－－(韵)	＋－＋｜(句)＋－＋｜－(韵)	｜＋－＋｜(句)＋－＋｜(句)＋－＋｜－｜－(韵)

例一　红林檎近（七十九字）

（宋）周邦彦

　　高柳春才软，冻梅寒更香。暮雪助清峭，玉尘散林塘。那堪飘风递冷，故遣度幕穿窗。似欲料理新妆。呵手弄丝簧。　　冷落词赋客，萧索水云乡。援毫授简，风流犹忆东梁。望虚檐徐转，回廊未扫，夜长莫惜空酒觞。

例二　红林檎近（七十九字）

（宋）陈允平

　　飞絮迷芳意，落梅销暗香。皓鹤泪空碧，白鸥避寒塘。妨它踏青斗草，便放晓日东窗。先自懒弄晨妆。谁奈靓笙簧。　　望帘寻酒市，看钓认渔乡。控持紫燕，芹泥未上雕梁。想梁园谢馆，群花较晚，但陪玉树频举觞。

注：上述两词，上阕第五句和第六句为乐段三中的格式（1），第七句和第八句为乐段四中的格式（1）。全词双调，七十九字，上阕八句，五平韵；下阕七句，三平韵。

例三　红林檎近（七十九字）
（宋）周邦彦

风雪惊初霁，水乡增暮寒。树杪坠飞羽，檐牙挂琅玕。才喜门堆巷积，可惜迤逦销残。渐看低竹翩翩。清池涨微澜。　　步履晴正好，宴席晚方欢。梅花耐冷，亭亭来入冰盘。对前山横素，愁云变色，放杯同觅高处看。

注：该词上阕第五句和第六句为乐段三中的格式（2），第七句和第八句为乐段四中的格式（2）。全词双调，七十九字，上阕八句，五平韵；下阕七句，三平韵。

快活年近拍

金词注"黄钟宫"；《太和正音谱》："双调。"

《快活年近拍》的长短句结构

《快活年近拍》上阕，三个乐段						
乐段一（十字）		乐段二（十字）		乐段三（十八字）		
5	5	5	5	4	4	6

《快活年近拍》下阕，三个乐段							
乐段一（十三字）			乐段二（十字）		乐段三（十八字）		
3	5	5	5	5	4	4	6

《康熙词谱》只收集一体《快活年近拍》，双调，上下阕分别可分为三个乐段，其长短句结构如表所示。该调七十九字，上阕八句，三仄韵；下阕九句，四仄韵，其基本格式如表所示。

《快活年近拍》的基本格式（双调）

《快活年近拍》上阕，八句，三仄韵		
乐段一（二句，十字）	乐段二（二句，十字）	乐段三（四句，十八字）
— — ＋ ｜ —（句）＋ ｜ ＋ ｜ — ｜（韵）	— — ＋ ｜ ｜（句）＋ — ＋ ｜ ｜（韵）	＋ ｜ — —（句）＋ — ＋ ｜（句）＋ ｜ — —（句）＋ ｜ ＋ — ＋ ｜（韵）

《快活年近拍》下阕，九句，四仄韵		
乐段一（三句，十三字）	乐段二（二句，十字）	乐段三（四句，十八字）
＋ — ｜（韵）— ＋ ｜ ｜ —（句）＋ ｜ ＋ — ｜（韵）	— — ＋ ｜ ｜（句）＋ — — ｜ ｜（韵）	＋ ｜ — —（句）＋ — ＋ ｜（句）＋ ｜ — —（句）＋ ｜ ＋ — ＋ ｜（韵）

例　快活年近拍（七十九字）

（宋）万俟咏

千秋万岁君，五帝三皇世。观风重令节，与民乐盛际。蕊阙长春，洞天不老，花艳蝉辉，十里照春珠翠。　　闹罗绮。遥望太极光，一簇通明里。钧台奏寿曲，蓬山呈妙戏。天上人来，五云楼近，风送歌声，依约睿思新制。

注：全词双调，七十九字，上阕八句，三仄韵；下阕九句，四仄韵。

金人捧露盘

一名《铜人捧露盘》。程垓词名《上平西》；张元幹词名《上西平》，又名《西平曲》；刘昂词名《上平南》。金词注"越调"。

《金人捧露盘》的长短句结构

上阕,三个乐段		
乐段一(九字)	乐段二(十八字或十九字)	乐段三(十一字或十字)
3　　3　　3	34　　4　　7 34　　4　　35	4　　34 4　　6 3　　34 7　　4

下阕,三个乐段		
乐段一(十二字)	乐段二(十八字或十九字)	乐段三(十一字)
3　3　3　3	34　　4　　7 34　　4　　35 7　　4　　7	4　　34 7　　4

《康熙词谱》共收集五体《金人捧露盘》,双调,上下阕分别可分为三个乐段,其长短句结构如表所示。该调有七十九字或七十八字、八十一字等格式,上阕八句,五平韵或四平韵;下阕九句,四平韵。《康熙词谱》以七十九字体高观国词和程垓词为正体或正格。该调的正格与变格如表所示,其中,上下阕各乐段中的格式(1)为正格句式,其余为变格句式。

例一　金人捧露盘(七十九字)

(宋)高观国

念瑶姬。翻瑶佩,下瑶池。冷香梦、吹上南枝。罗浮路杳,忆曾清晓见仙姿。天寒翠袖,可怜是、倚竹依依。　　溪痕浅,雪痕冻,月痕淡,粉痕微。江楼怨、一笛休吹。芳音待寄,玉堂烟驿两凄迷。新愁万斛,为春瘦、却怕春知。

注:该词上阕第一句至第三句为乐段一中的格式(1),第四句至第六句为乐段二中的格式(1),第七句和第八句为乐段三中的格式(1);下阕第一句至第四句为乐段一中的格式(1),第五句至第七句为乐段二中的格式(1),第八句和第九句为乐段三中的格式(1)。全词双调,七十九字,上阕八句,五平韵;下阕九句,四平韵。

《金人捧露盘》的正格与变格（双调）

《金人捧露盘》上阕，八句，五平韵或四平韵		
乐段一 （三句，九字）	乐段二 （三句，十八字或十九字）	乐段三 （二句，十一字或十字）
｜——（韵）—十｜（句）｜——（韵） （1）	＋＋＋（读）＋｜——（韵）＋—＋｜（句）＋—＋｜｜——（韵） （1）	＋—＋｜（句）＋＋＋（读）＋｜——（韵） （1）
｜——（韵或句）—十｜（句）｜——（韵或叠） （2）	＋＋＋（读）＋｜——（韵）＋—＋｜（句）＋＋＋（读）＋｜｜——（韵） （2）	＋—＋｜（句）＋—＋｜（句） （2） ＋＋—｜（句）＋＋＋（读）＋｜——（韵） （3） ＋—＋｜｜（句）＋｜——（韵） （4）

例二　金人捧露盘（七十九字）

（宋）程　垓

爱春归，忧春去，为春忙。旋点检、雨障云妨。遮红护绿，翠帏罗幕任高张。海棠明月杏花天，更惜浓芳。　　唤莺吟，招蝶拍，迎柳舞，倩桃妆。尽呼起、万籁笙簧。一觞一咏，尽教陶写绣心肠。笑他人世漫嬉游，拥翠偎香。

注：该词上阕第一句至第三句为乐段一中的格式（2），第四句至第六句为乐段二中的格式（1），第七句和第八句为乐段三中的格式（4）；下阕第一句至第四句为乐段一中的格式（2），第五句至第七句为乐段二中的格式（1），第八句和第九句为乐段三中的格式（2）。全词双调，七十九字，上阕八句，四平韵；下阕九句，四平韵。

《金人捧露盘》下阕，九句，四平韵		
乐段一 （四句，十二字）	乐段二 （三句，十八字或十九字）	乐段三 （二句，十一字）
＋ － ｜（句）＋ ＋ ｜ （句）＋ － ｜（句）｜ － －（韵） （1）	＋ ＋ ＋（读）＋ ｜ － －（韵）＋ － ＋ ｜ （句）＋ － ＋ ｜ ｜ － －（韵） （1）	＋ － ＋ ｜（句）＋ ＋ ＋（读）＋ ｜ － －（韵） （1）
｜ － －（句）－ ＋ ｜ （句）－ ＋ ｜（句）｜ － －（韵） （2）	＋ ＋ ＋（读）＋ ｜ － －（韵）＋ － ＋ ｜ （句）＋ ＋ ＋（读）＋ ｜ ｜ － －（韵） （2）	＋ － ＋ ｜ ｜ － － （句）＋ ｜ － － －（韵） （2）
＋ － ｜（句）＋ － ｜ （句）－ ＋ ｜（句）｜ － －（韵） （3）	＋ － ＋ ｜ （韵）＋ － ＋ ｜（句）＋ － ＋ ｜ ｜ － － （韵） （3）	

例三　金人捧露盘（七十八字）

（宋）辛弃疾

　　九衢中，杯逐马，带随车。问谁解、爱惜琼华。何如竹外，静听窣窣蟹行沙。自怜是，海山头、种玉人家。　　纷如斗，娇如舞，才整整，又斜斜。要图画、还我渔蓑。冻吟应笑，羔儿无分漫煎茶。起来极目，向迷茫、数尽归鸦。

注：该词上阕第一句至第三句为乐段一中的格式（2），第四句至第六句为乐段二中的格式（1），第七句和第八句为乐段三中的格式（3）；下阕第一句至第四句为乐段一中的格式（3），第五句至第七句为乐段二中的格式（1），第八句和第九句为乐段三中的格式（1）。全词双调，七十八字，上阕八句，四平韵；下阕九句，四平韵。

例四　金人捧露盘（七十八字）

（宋）辛弃疾

　　恨如新。新恨了，又重新。看天上、多少浮云。江南好景，落花时节又逢君。夜来风雨，春归似欲留人。　　尊如海，人如玉，诗如锦，笔如神。更能几字尽殷勤。江天日暮，何时重与细论文。绿杨阴里，听阳关、门掩黄昏。

　　注：该词上阕第一句至第三句为乐段一中的格式（2），第四句至第六句为乐段二中的格式（1），第七句和第八句为乐段三中的格式（2）；下阕第一句至第四句为乐段一中的格式（1），第五句至第七句为乐段二中的格式（3），第八句和第九句为乐段三中的格式（1）。全词双调，七十八字，上阕八句，四平韵一叠韵；下阕九句，四平韵。

例五　金人捧露盘（八十一字）

（宋）贺　铸

　　控沧江。排清嶂，燕台凉。驻彩仗、乐未渠央。岩花磴蔓，妒千门、珠翠倚新妆。舞闲歌悄，恨流风、不管余香。　　繁华梦，惊俄顷，佳丽地，指苍茫。寄一笑、何与兴亡。量船载酒，赖使君、相对两胡床。缓调清管，更为侬、三弄斜阳。

　　注：该词上阕第一句至第三句为乐段一中的格式（1），第四句至第六句为乐段二中的格式（2），第七句和第八句为乐段三中的格式（1）；下阕第一句至第四句为乐段一中的格式（3），第五句至第七句为乐段二中的格式（2），第八句和第九句为乐段三中的格式（1）。全词双调，八十一字，上阕八句，五平韵；下阕九句，四平韵。

过涧歇

《乐章集》注"中吕调"。

《过涧歇》的长短句结构之一

《过涧歇》上阕，三个乐段		
乐段一（十七字）	乐段二（十四字）	乐段三（十字）
2　36　6	3　6　5	3　7 37

《过涧歇》下阕，三个乐段		
乐段一（十一字）	乐段二（九字）	乐段三（十九字）
4　7 6　5	4　5	4　4　4　7

《过涧歇》的长短句结构之二

《过涧歇》上阕，四个乐段			
乐段一（十一字）	乐段二（九字）	乐段三（十六字）	乐段四（五字）
2　36	6　3	4　4　4　4	5

《过涧歇》下阕，四个乐段			
乐段一（十一字）	乐段二（九字）	乐段三（八字）	乐段四（十一字）
4　7	4　5	4　4	4　7

《康熙词谱》共收集三体《过涧歇》，双调，有两种长短句结构：其一为柳永词（首句为"淮楚"）和晁补之词，上下阕可分为三个乐段，长短句结构如表示；其二为柳永别体（首句为"酒醒"），上下阕可分为四个乐段，其长短句结构如表所示。比较这两种长短句

结构可以看出，柳永别体主要是由于韵脚位置的变化，而造成两者之间的差异。

对于第一种长短句结构，双调，八十字，上阕八句或七句，五仄韵或四叠韵一重韵；下阕八句，三仄韵，《康熙词谱》以首句为"淮楚"的柳永词为正体或正格。该调的正格与变格如表所示，其中，上下阕各乐段中的格式（1）为正格句式，其余为变格句式。柳永别体《过涧歇》，双调，八十字，上阕九句，六仄韵；下阕八句，四仄韵，其基本格式如表所示。

《过涧歇》的正格和变格（双调）

《过涧歇》上阕，八句或七句，五仄韵或四仄韵一重韵		
乐段一 （三句，十七字）	乐段二 （三句，十四字）	乐段三 （二句或一句，十字）
＋丨（韵）＋＋＋（读）＋ 丨丨＋——（句）＋丨— ＋丨（韵） （1）	＋—丨（韵）＋丨 ——＋丨（句）＋ 丨——丨（韵）	＋＋丨（句）＋丨 —丨—丨（韵） （1）
＋丨（韵）＋＋＋（读）＋丨 —丨——（句）＋丨＋— ＋丨（重韵） （2）		＋＋＋（读）＋ 丨——丨—（韵） （2）

《过涧歇》下阕，八句，三仄韵		
乐段一（二句，十一字）	乐段二（二句，九字）	乐段三（四句，十九字）
＋＋—丨（句）＋ 丨——＋丨丨（韵） （1）	＋—＋丨（句）— —丨—丨（韵）	＋丨——（句）＋丨 ——（句）＋—＋丨（句） ＋＋＋丨——丨（韵） （1）
＋丨＋—＋丨（句） ——丨—丨（韵） （2）		＋丨—（句）＋丨 ——（句）＋＋＋丨（句） ＋＋＋丨——丨（韵） （2）

例一　过涧歇（八十字）

（宋）柳　永

淮楚。旷望极、千里火云烧空，尽日西郊无雨。厌行旅。数幅轻帆渐落，樯桴兼葭浦。避畏景，两两舟人夜深语。　　此际争可，便恁奔名竞利去。九衢尘里，衣冠冒炎暑。回首江乡，月观风亭，水边石上，幸有散发披襟处。

注：该词上阕第一句至第三句为乐段一中的格式（1），第七句和第八句为乐段三中的格式（1）；下阕第一句和第二句为乐段一中的格式（1），第五句至第八句为乐段三中的格式（1）。全词双调，八十字，上阕八句，五仄韵；下阕八句，三仄韵。

例二　过涧歇（八十字）

（宋）晁补之

归去。奈故人、尚作青眼相期，未许明时归去。放怀处。买得东皋数亩，静爱园林趣。任过客、剥啄相呼昼扃户。　　堪笑儿童事业，华颠向谁语。草堂人悄，圆荷过微雨。都付邯郸，一枕清风，好梦初觉，砌下槐影方亭午。

注：该词上阕第一句至第三句为乐段一中的格式（2），第七句为乐段三中的格式（2）；下阕第一句和第二句为乐段一中的格式（2），第五句至第八句为乐段三中的格式（2）。全词双调，八十字，上阕七句，四仄韵一重韵；下阕八句，三仄韵。

柳永别体《过涧歇》的基本格式（双调）

柳永别体《过涧歇》上阕，九句，六仄韵	
乐段一（二句，十一字）	乐段二（二句，九字）
＋｜（韵）＋＋＋＋（读）＋｜＋－＋｜（韵）	＋｜＋－＋｜（韵）－＋｜（韵）

柳永别体《过涧歇》上阕，九句，六仄韵	
乐段三（四句，十六字）	乐段四（一句，五字）
＋｜－－（句）＋｜－－（句）＋－＋｜（句）＋－＋｜（韵）	－－｜－｜（韵）

柳永别体《过涧歇》下阕，八句，四仄韵	
乐段一（二句，十一字）	乐段二（二句，九字）
十十一丨（句）十丨十一丨丨（韵）	十一十丨（句）一一一丨一丨（韵）

柳永别体《过涧歇》下阕，八句，四仄韵	
乐段三（二句，八字）	乐段二（四句，十一字）
十丨一一（句）十十一丨（韵）	十一十丨（句）十一一十丨一一丨（韵）

例　过涧歇（八十字）

（宋）柳　永

　　酒醒。梦才觉、小阁香灰成烬。洞户银蟾移影。人寂静。夜永清寒，翠瓦霜凝，疏帘风动，漏声隐隐。飘来转愁听。　　怎向心绪，近日恹恹长似病。凤棲咫尺，佳期杳难定。展转无眠，粲枕冰冷。香虬烟断，是谁与把重衾整。

注：全词双调，八十字，上阕九句，六仄韵；下阕八句，四仄韵。

瑶　阶　草

调见《书舟词》。

《瑶阶草》的长短句结构

《瑶阶草》上阕，四个乐段			
乐段一（十字）	乐段二（九字）	乐段三（十二字）	乐段四（六字）
5　　5	4　　5	4　　4　　4	6

《瑶阶草》下阕，四个乐段			
乐段一（十四字）	乐段二（十一字）	乐段三（十二字）	乐段四（六字）
3　4　7	4　7	4　4　4	6

　　《康熙词谱》只收集一体《瑶阶草》，双调，上下阕分别可分为四个乐段，其长短句结构如表所示。该调八十字，上阕八句，四仄韵；下阕九句，六仄韵，其基本格式如表所示。

《瑶阶草》的基本格式（双调）

《瑶阶草》上阕，八句，四仄韵	
乐段一（二句，十字）	乐段二（二句，九字）
－ －｜－｜（句）十｜－ －｜（韵）	十｜－ －（句）十｜－ －｜（韵）

《瑶阶草》上阕，八句，四仄韵	
乐段三（三句，十二字）	乐段四（一句，六字）
十－十｜（句）十－十｜（句）十－十｜（韵）	十－｜－十｜（韵）

《瑶阶草》下阕，九句，五仄韵	
乐段一（三句，十四字）	乐段二（二句，十一字）
十－｜（韵）十－十｜（句）十－十｜－ －｜（韵）	十｜－ －（句）十－十｜－｜（韵）

《瑶阶草》下阕，九句，五仄韵	
乐段三（三句，十二字）	乐段四（一句，六字）
十－十｜（句）十－十｜（韵）十－十｜（韵）	十－十｜－｜（韵）

例　瑶阶草（八十字）
（宋）程　垓

　　空山子规叫，月破黄昏冷。帘幕风轻，绿暗红又尽。自从别后，粉消香减，一春成病。那堪昼闲日永。　　恨难整。起来无语，绿萍破处池光净。闷理残妆,照花独自怜瘦影。睡来又怕,饮来越醒。醒来却闷。看谁似我孤另。

注:全词双调,八十字,上阕八句,四仄韵;下阕九句,六仄韵。

安 公 子

唐教坊曲名。《碧鸡漫志》云:"据《理道要诀》,唐时《安公子》在'太簇角'。今已不传,其见于世者,'中吕调'有《安公子近》,'般涉调'有《安公子慢》。"按柳永"长川波潋滟"词,自注"中吕调";"远岸收残雨"词自注"般涉调"。但蒋氏十三调谱,采柳永"长川波潋滟"词,又注"正宫"。

《安公子》(长调)的长短句结构

上阕,四个乐段			
乐段一 (十二字)	乐段二 (十二字或十一字)	乐段三 (十八字或十七字)	乐段四 (十一字或十二字)
5　　7	7　　5 7　　4 4　　34	37　　35 5　5　35 34　3　35 4　5　35	5　　6 4　4　4

下阕,四个乐段			
乐段一 (十二字)	乐段二 (十二字或十一字)	乐段三 (十八字或十七字)	乐段四 (十一字或十二字)
5　　7	7　　5 7　　4 4　　34	37　　35 5　　35 34　3　35 4　5　35	5　　6 4　4　4

《安公子》(中调)的长短句结构

上阕,两个乐段	
乐段一(二十二字)	乐段二(二十二字)
5　6　6　5	5　6　6　5

下阕，两个乐段	
乐段一（二十一字）	乐段二（十五字）
6　4　4　7	5　4　6

《康熙词谱》共收集五体《安公子》，双调，其中，长调四体，上下阕分别可分为四个乐段，长短句结构相同（如表所示）。中调一体，上下阕分别可分为两个乐段，其长短句结构如表所示。比较两者的长短句结构，可以看出它们之间的异同。为何柳永一人两首不同的词，却用同一词牌名称，这是一个有待考证的问题。对于长调体《安公子》，有一百六字或一百四字、一百二字等格式，上下阕各八句或九句、十句，六仄韵或七仄韵。《康熙词谱》以一百六字体柳永词为正体或正格，该调的正格与变格如表所示，其中，上下阕各乐段中的格式（1）为正格句式，其余为变格句式。中调体《安公子》八十字，上阕八句，四仄韵；下阕七句，三仄韵，其基本格式如表所示。

例一　安公子（一百六字）

（宋）柳　永

远岸收残雨。雨残稍觉江天暮。拾翠汀洲人寂静，立双双鸥鹭。望几点、渔灯掩映蒹葭浦。停画桡、两两舟人语。道去程今夜，遥指前村烟树。　　游宦成羁旅。短樯吟倚闲凝伫。万水千山迷远近，想乡关何处。自别后、风亭月榭孤欢聚。刚断肠、惹得离情苦。听杜宇声声，劝人不如归去。

注：该词上阕第一句和第二句为乐段一中的格式（1），第三句和第四句为乐段二中的格式（1），第五句和第六句为乐段三中的格式（1），第七句和第八句为乐段四中的格式（1）；下阕第三句和第四句为乐段二中的格式（1），第五句和第六句为乐段三中的格式（1），第七句和第八句为乐段四中的格式（1）。全词双调，一百六字，上下阕各八句，六仄韵。

例二　安公子（一百六字）

（宋）晁补之

少日狂游好。阆苑花间同低帽。不恨千金轻散尽，恨花残莺老。命小鬟、翩翩随处金尊倒。从市人、拍手拦街笑。镇琼楼归卧，丽日三竿未觉。　　迷路桃源了。乱山沉水何由到。拨断朱弦成底事，痛知音人悄。似近日、曾教青鸟传佳耗。学凤箫、拟入烟萝道。问刘郎何计，解使红颜却少。

注：该词上阕第一句和第二句为乐段一中的格式（2），第三句和第四句为乐段二中的格式

（1），第五句和第六句为乐段三中的格式（1），第七句和第八句为乐段四中的格式（1）；下阕第三句和第四句为乐段二中的格式（1），第五句和第六句为乐段三中的格式（1），第七句和第八句为乐段四中的格式（2）。全词双调，一百六字，上下阕各八句，六仄韵。

《安公子》（长调）的正格与变格（双调）

《安公子》上阕，八句或九句、十句，六仄韵或七仄韵	
乐段一（二句，十二字）	乐段二（二句，十二字或十一字）
＋｜－－｜（韵）＋－＋｜－｜（韵） （1）	＋｜＋－－｜｜（句）｜＋－＋｜（韵） （1）
＋｜－－｜（韵）＋｜＋－－＋｜（韵） （2）	＋｜＋－－｜｜（句）＋－＋｜（韵） （2）
	＋｜－－（句）＋＋＋（读）＋－＋｜（韵） （3）

《安公子》上阕，八句或九句、十句，六仄韵或七仄韵	
乐段三（二句或三句，十八字或十七字）	乐段四（二句或三句，十一字或十二字）
＋＋＋（读）＋－＋｜－－（韵）＋＋＋（读）＋｜－－｜（韵） （1）	｜＋－＋｜（句）＋｜＋－＋｜（韵） （1）
｜＋｜－－（句）＋｜－－｜（韵）＋＋＋（读）＋｜－－｜（韵） （2）	｜＋｜－－（句）＋｜＋－＋｜（韵） （2）
＋＋＋（读）＋－＋｜（韵）－｜（韵）＋＋＋（读）＋｜－｜（韵） （3）	｜－＋｜（句）＋｜－－（句）＋－－｜（韵） （3）
＋｜－－（句）＋｜－－｜（韵）＋＋＋（读）＋｜－－｜（韵） （4）	

《安公子》下阕，八句或九句、十句，六仄韵或七仄韵

乐段一（二句，十二字）	乐段二（二句，十二字或十一字）
＋｜ー ー｜（韵）＋ー＋｜ー ー｜（韵）	＋｜＋ー ー｜｜（句）｜＋ー ＋｜（韵） （1） ＋｜＋ー ー｜｜（句）＋ー ＋｜（韵） （2） ＋｜ー ー（句）＋＋＋（读）＋ー ＋｜（韵） （3）

《安公子》下阕，八句或九句、十句，六仄韵或七仄韵

乐段三（二句或三句，十八字或十七字）	乐段四（二句或三句，十一字或十二字）
＋＋＋（读）＋ー＋｜ー ー｜（韵）＋＋＋（读）＋｜ー ー｜（韵） （1） ｜＋｜ー ー（句）＋｜ー ー｜（韵）＋＋＋（读）＋｜ー ー｜（韵） （2） ＋＋＋（读）＋ー＋｜（韵）ー ー（韵）＋＋＋（读）＋｜ー ー｜（韵） （3） ＋｜ー ー（句）＋｜ー ー｜（韵）＋＋＋（读）＋｜ー ー｜（韵） （4）	｜＋｜ー ー（句）＋ー｜＋｜（韵） （1） ｜＋ー ー＋（句）＋｜＋ー＋｜（韵） （2） ＋ー＋｜（句）＋｜ー ー（句）＋ー ー｜（韵） （3）

注：①词例表明，长调《安公子》上下阕的长短句结构相同。②下阕乐段四中的格式"｜＋ー ー＋（句）"，为"上一下四"句式，可平可仄两处，不可同时用平。

例三　安公子（一百六字）
（宋）袁去华

弱柳丝千缕。嫩黄匀遍鸦啼处。寒入罗衣春尚浅，过一番风雨。问燕子来时，绿水桥边路。曾画楼、见个人人否。料静掩云窗，尘满哀弦危柱。　庾信愁如许。为谁都着眉端聚。独立东风弹泪眼，寄烟波东去。念永昼春闲，人倦如何度。闲傍枕、百啭黄鹂语。唤觉来惺惺，残照依然花坞。

注：该词上阕第一句和第二句为乐段一中的格式（1），第三句和第四句为乐段二中的格式（1），第五句至第七句为乐段三中的格式（2），第八句和第九句为乐段四中的格式（2）；下阕第三句和第四句为乐段二中的格式（1），第五句至第七句为乐段三中的格式（2），第八句和第九句为乐段四中的格式（2）。全词双调，一百六字，上下阕各九句，六仄韵。

例四　安公子（一百四字）
（宋）晁补之

柳老荷花尽。夜来霜落平湖净。征雁横天鸥舞乱，鱼游清镜。又还是、当年我向江南兴。移画船、深渚蒹葭映。对半篙碧水，满眼青山魂凝。　一番伤华鬓。放歌狂饮犹堪逞。水驿孤帆明夜事，此欢重省。梦回处、诗塘春草愁难整。宦情与、归思终朝竞。记他年相访，认取斜川三径。

注：该词上阕第一句和第二句为乐段一中的格式（1），第三句和第四句为乐段二中的格式（2），第五句和第六句为乐段三中的格式（1），第七句和第八句为乐段四中的格式（1）；下阕第三句和第四句为乐段二中的格式（2），第五句和第六句为乐段三中的格式（1），第七句和第八句为乐段四中的格式（2）。全词双调，一百四字，上下阕各八句，六仄韵。

例五　安公子（一百六字）
（宋）杜安世

又是春将半。杏花零落闲庭院。天气有时阴淡淡，绿杨轻软。连画阁、绣帘半卷。招新燕。残黛敛、独倚阑干遍。暗思前事，月下风流，狂踪无限。　惜恐莺花晚。更堪容易相抛远。离恨结成心上病，几时消散。空际有、断云片片。遥峰暖。闻杜宇、终日哀啼怨。暮烟芳草，写望迢迢，甚时重见。

注：该词上阕第一句和第二句为乐段一中的格式（1），第三句和第四句为乐段二中的格式（2），第五句至第七句为乐段三中的格式（3），第八句至第十句为乐段四中的格式（3）；下阕第三句和第四句为乐段二中的格式（2），第五句至第七句为乐段三中的格式（3），第八句至第十句为乐段四中的格式（3）。全词双调，一百六字，上下阕各十句，七仄韵。

例六 安公子（一百二字）

（宋）陆　游

风雨初经社。子规声里春光谢。最是无情，零落尽、蔷薇一架。况我今年，憔悴幽窗下。人尽怪、诗酒消声价。向药炉经卷，忘却莺窗柳榭。　　万事收心也。粉痕犹在香罗帕。恨月愁花，争信道、如今都罢。空忆前身，便面章台马。因自来、禁得心肠怕。纵遇歌逢酒，但说京都旧话。

注：该词上阕第一句和第二句为乐段一中的格式（1），第三句和第四句为乐段二中的格式（3），第五句至第七句为乐段三中的格式（4），第八句和第九句为乐段四中的格式（1）；下阕第三句和第四句为乐段二中的格式（3），第五句至第七句为乐段三中的格式（4），第八句和第九句为乐段四中的格式（2）。全词双调，一百二字，上下阕各九句，六仄韵。

《安公子》（中调）的基本格式（双调）

《安公子》上阕，八句，四仄韵	
乐段一（四句，二十二字）	乐段二（四句，二十二字）
＋－－｜｜（韵）＋－－＋｜（句）＋｜（句）＋｜＋－＋｜（句）＋｜－－｜（韵）	＋－－＋｜（韵）＋｜＋－＋｜（句）＋｜＋－＋｜（句）＋｜－－｜（韵）

《安公子》下阕，七句，三仄韵	
乐段一（四句，二十一字）	乐段二（三句，十五字）
＋｜＋｜－－（句）＋－－＋｜（韵）＋－＋｜（句）＋｜＋｜｜－｜（韵）	｜＋－＋｜（句）＋｜｜－－（句）＋｜＋－＋｜（韵）

例 安公子（八十字）

（宋）柳　永

长川波潋滟。楚乡淮岸迢递，一霎烟汀雨过，芳草青如染。驱驱携书剑。当此好天好景，自觉多愁多病，行役心情厌。　　望处旷野沉沉，暮云黯黯。行侵夜色，又是急桨投村店。认去程将近，舟子相呼，遥指渔灯一点。

注：全词双调，八十字，上阕八句，四仄韵；下阕七句，三仄韵。

应 景 乐

词见《花草粹编》。

《应景乐》的长短句结构

《应景乐》上阕，三个乐段		
乐段一（十三字）	乐段二（十三字）	乐段三（十五字）
4　　4 5	3　　5　　5	4　　6　　5

《应景乐》下阕，四个乐段			
乐段一（五字）	乐段二（十六字）	乐段三（八字）	乐段四（十字）
5	3 4　　5　　4	4　　4	5　　5

《康熙词谱》只收集一体《应景乐》，双调，上阕可分为三个乐段，下阕可分为四个乐段，其长短句结构如表所示。该调八十字，上阕八句，五仄韵；下阕八句，四仄韵，其基本格式如表所示。

《应景乐》的基本格式（双调）

《应景乐》上阕，八句，五仄韵		
乐段一（二句，十三字）	乐段二（三句，十三字）	乐段三（三句，十五字）
＋　一　＋　丨（韵）＋　丨　一　一（读）＋　丨　一　＋　丨（韵）	＋　一　丨（句）一　一　丨　一　丨（韵）丨　＋　丨　一（韵）	一　＋　＋　丨（句）＋　丨　＋　一　＋　丨（句）一　一　丨　一　丨（韵）

《应景乐》下阕，八句，四仄韵	
乐段一（一句，五字）	乐段二（三句，十六字）
＋　丨　＋　一　丨（韵）	＋　＋　丨（读）＋　丨　一　一（句）＋　丨　＋　＋　丨（句）＋　＋　一　丨（韵）

《应景乐》下阕，八句，四仄韵	
乐段三（二句，八字）	乐段四（二句，十字）
⊕｜ーー（句）⊕｜⊕ー｜（韵）	⊕｜｜ーー（句）⊕｜⊕ー｜（韵）

例　应景乐（八十字）

（宋）萧　回

金陵故国。极目长江、浩渺千重隔。山无际，临壖怒涛碛。俯春城苇寂。芳昼迤逦，一簇烟村将晚，严光旧台侧。　何处倦游客。对此景、惹起离怀，顿觉旧日意，魂黯愁积。幽恨绵绵，何计消溺。回首洛城东，千里暮云碧。

注：全词双调，八十字，上阕八句，五仄韵；下阕八句，四仄韵。

柳　初　新

宋周密《天基圣节乐次》，第十三盏，觱篥起柳初新慢。《乐章集》注"大石调"。

《柳初新》的长短句结构

《柳初新》上阕，三个乐段		
乐段一（十三字）	乐段二（十四字）	乐段三（十三字或十四字）
7　　33	4　　4　　6	6　　34 34　　34

《柳初新》下阕，三个乐段		
乐段一（十三字）	乐段二（十四字）	乐段三（十四字）
6　　34	4　　4　　6	34　　34

《康熙词谱》共收集两体《柳初新》，双调，上下阕分别可分为三个乐段，其长短句结构如表所示。该调有八十一字或八十二字等格式，上下阕各七句，五仄韵。《康熙词谱》以柳永词为标谱词例。该调的正格与变格如表所示，其中，上下阕各乐段中的格式（1）为正

格句式，其余为变格句式。

《柳初新》的正格与变格（双调）

《柳初新》上阕，七句，五仄韵		
乐段一 （二句，十三字）	乐段二 （三句，十四字）	乐段三 （二句，十三字或十四字）
＋－＋｜－－｜（韵）＋＋＋＋（读）－－｜（韵）	＋－＋｜（句）＋－＋｜（句）＋｜－－｜（韵）	＋｜＋－＋｜（韵）＋＋＋（读）＋－＋｜（韵） （1） ＋＋＋（读）＋－＋｜（韵）＋＋＋（读）＋－＋｜（韵） （2）

《柳初新》下阕，七句，五仄韵		
乐段一 （二句，十三字）	乐段二 （三句，十四字）	乐段三 （二句，十四字）
＋｜＋－＋｜（韵）＋＋＋＋（读）＋－＋｜（韵）	＋－＋｜（句）＋－＋｜（句）＋－＋｜（韵）	＋＋＋（读）＋－＋｜（韵）＋＋＋（读）＋－＋｜（韵）

例一　柳初新（八十一字）

（宋）柳　永

东郊向晓星杓亚。报帝里、春来也。柳抬烟眼，花匀露脸，渐觉绿娇红姹。妆点层台芳榭。运神功、丹青无价。　　别有尧阶试罢。新郎君、成行如画。杏园风细，桃花浪暖，竞喜羽迁鳞化。遍九陌、相将游冶。骤香尘、宝鞍骄马。

注：该词上阕第六句和第七句为乐段三中的格式（1）。全词双调，八十一字，上下阕各七句，五仄韵。

例二　柳初新（八十二字）

《梅苑》无名氏

千林凋谢严凝日。青帝许、梅花坼。孤根回暖，前村雪里，昨夜一枝凝白。天匠与、雕琼镂玉。淡然非、人间标格。　　别有神仙第宅。绣帘垂、碧纱窗隔。月明风送，清香苒苒，著摸美人词客。向晓来、芳苞乍摘。对菱花、倍添姿色。

注：该词上阕第六句和第七句为乐段三中的格式（2）。全词双调，八十二字，上下阕各七句，五仄韵。

斗百花

《乐章集》注"正宫"。晁补之词，一名《夏州》。

《斗百花》的长短句结构

上阕两个乐段							下阕两个乐段						
乐段一 （二十四字）				乐段二 （二十一字）			乐段一 （二十字）				乐段二 （十六字）		
6	6	6	6	4	6	6	5	4	6	4	6	4	6	6

《康熙词谱》共收集三体《斗百花》，双调，上下阕分别可分为两个乐段，其长短句结构如表所示。该调八十一字，上阕八句，五仄韵或三仄韵、六仄韵；下阕七句，三仄韵。《康熙词谱》以柳永词为正体或正格。《斗百花》的正格与变格如表所示，其中，各乐段中的格式（1）为正格句式，其余为变格句式。

《斗百花》的正格和变格（双调）

《斗百花》上阕，八句，五仄韵或三仄韵、六仄韵	
乐段一（四句，二十四字）	乐段二（四句，二十一字）
十丨十一十丨（韵）十丨十一十丨（韵）十一十丨（句）十丨十一十丨（韵） （1）	十丨一一（句）十十十丨一一（句）十丨十一十丨（韵）十丨一一丨（韵） （1）
十丨十一十丨（句）十丨十一十丨（句）十一一丨十丨（韵） （2）	十一十丨（句）十一丨一一（句）十丨十一十丨（韵）十一一丨（韵） （2）
十丨十一十丨（韵）十丨十一十丨（韵）十丨十一十丨（韵） （3）	

《斗百花》下阕，七句，三仄韵	
乐段一（四句，二十字）	乐段二（三句，十六字）
十丨一一（句）十丨十一十丨（韵）一丨十十（句）十一丨十一丨（韵） （1）	十丨一一（句）十一十丨（句）一一（句）十丨十一十丨（韵）
十十一丨（句）十一十丨一丨（韵）十丨十一（句）十一十丨一丨（韵） （2）	

例一 斗百花（八十一字）

（宋）柳　永

　　煦色韶光明媚。轻霭低笼芳树。池塘浅蘸烟芜，帘幕闲垂风絮。春困恹恹，抛掷斗草工夫，冷落踏春心绪。终日扃朱户。　　远恨绵绵，淑景迟迟难度。年少傅粉，依前醉眠何处。深院无人，黄昏乍拆秋千，空锁满庭花雨。

注：该词上阕第一句至第四句为乐段一中的格式（1），第五句至第八句为乐段二中的格式（1）；下阕第一句至第四句为乐段一中的格式（1）。全词双调，八十一字，上阕八句，五仄韵；下阕七句，三仄韵。

例二　斗百花（八十一字）

（宋）柳　永

飒飒霜飘鸳瓦，翠幕轻寒微透，长门深锁悄悄，满庭秋色将晚。眼看菊蕊，重阳泪落如珠，长是淹残粉面。鸾辂音尘远。　　无限幽恨，寄情空殢纨扇。应是帝王，当初怪妾辞辇。陡顿今来，官中第一妖娆，却道昭阳飞燕。

注：该词上阕第一句至第四句为乐段一中的格式（2），第五句至第八句为乐段二中的格式（2）；下阕第一句至第四句为乐段一中的格式（2）。全词双调，八十一字，上阕八句，三仄韵；下阕七句，三仄韵。

例三　斗百花（八十一字）

（宋）晁补之

斜日东风深院。绣幕低迷归燕。潇洒小屏娇面。彷佛灯前初见。与选筵中，银盆半坼姚黄，插向凤凰钗畔。微笑遮纨扇。　　教展香茵，看舞霓裳促遍。红飐翠翻，惊鸿乍拂秋岸。柳困花慵，盈盈自整罗巾，须劝倒垂金盏。

注：该词上阕第一句至第四句为乐段一中的格式（3），第五句至第八句为乐段二中的格式（1）；下阕第一句至第四句为乐段一中的格式（1）。全词双调，八十一字，上阕八句，六仄韵；下阕七句，三仄韵。

皂罗特髻

该调见宋苏轼词，词中有"髻鬟初合"句，亦赋题也。

《皂罗特髻》的长短句结构

《皂罗特髻》上阕，四个乐段			
乐段一（十三字）	乐段二（九字）	乐段三（十五字）	乐段四（九字）
4　5　4	4　5	34　35	4　5

《皂罗特髻》下阕，三个乐段		
乐段一（十一字）	乐段二（十五字）	乐段三（九字）
6　5	34　35	4　5

《康熙词谱》只收集一体《皂罗特髻》，双调，上阕可分为四个乐段，下阕可分为三个乐段，其长短句结构如表所示。该调八十一字，上阕九句，四仄韵；下阕六句，三仄韵，其基本格式如表所示。

《皂罗特髻》的基本格式（双调）

《皂罗特髻》上阕，九句，四仄韵	
乐段一（三句，十三字）	乐段二（二句，九字）
＋　一　＋　｜（句）｜　＋　｜　一　一（句）＋　一　＋　｜（韵）	＋　一　＋　｜（句）｜　＋　一　＋　｜（韵）

《皂罗特髻》上阕，九句，四仄韵	
乐段三（二句，十五字）	乐段四（二句，九字）
＋　一　＋（读）＋　一　＋　｜（句）＋　一　＋（读）＋　｜　一　一　｜（韵）	＋　一　＋　｜（句）｜　＋　一　＋　｜（韵）

《皂罗特髻》下阕，六句，三仄韵		
乐段一（二句，十一字）	乐段二（二句，十五字）	乐段三（二句，九字）
＋　｜　＋　一　＋　｜（句）｜　＋　一　＋　｜（韵）	＋　一　＋（读）＋　一　＋　｜（句）＋　一　＋（读）＋　｜　一　一　｜（韵）	＋　一　＋　｜（句）｜　＋　一　＋　｜（韵）

注：相关乐段中的格式"＋　一　＋（读）"，可平可仄二处不得同时用平。

例　皂罗特髻（八十一字）

（宋）苏　轼

采菱拾翠，算似此佳名，阿谁消得。采菱拾翠，称使君知客。千金买、采菱拾翠，更罗裙、满把珍珠结。采菱拾翠，正髻鬟初合。　真个采菱拾翠，但深怜轻拍。一双手、采菱拾翠，绣衾下、抱著俱香滑。采菱拾翠，待到京寻觅。

注：全词双调，八十一字，上阕九句，四仄韵；下阕六句，三仄韵。《康熙词谱》注："词中凡七用'采菱拾翠'句，想其体例应然，填者依之。"

最　高　楼

该调主要押平声韵，或押仄声韵，但宋、金、元词，押平韵者居多，其中有前段起句三字、第三句五字者，有前段起句三字、第三句六字者，有前段起句四字、第三句六字者，例于后段第一、二句，俱间押仄韵，此为定格。或后段第一、二句三声叶韵；或第一句押平韵、第二句不押韵；或第一句不押韵、第二句仍押平韵；或第一、二句俱不押韵，均属变格。若全押仄韵，则惟无名氏一词，见之《梅苑》，宋、金、元无填此体者。

《最高楼》的长短句结构

上阕，三个乐段		
乐段一 （十三字或十四字、十五字）	乐段二 （十四字或十五字、十六字）	乐段三 （九字）
3　　5　　5	7　　7	3　　3　　3
3　　5　　3　　3	8　　8	
3　　5　　33	8　　7	
3　　6　　5		
4　　5　　33		
3　　5　　7		

下阕，三个乐段		
乐段一 （二十二字或二十一字、十八字）	乐段二 （十四字或十三字、十六字）	乐段三 （九字）
35　　35　　33	7　　　　7	3　　3　　3
53　　43　　33	8　　　　8	
53　　53　　6	7　　　　33	
5　　7　　33		
7　　7　　7		

　　《康熙词谱》共收集十一体《最高楼》，双调，上下阕分别可分为三个乐段，其长短句结构如表所示。该调有八十一字或八十五字、八十三字、八十二字、八十字、七十八字等格式，以用平韵为多，大多词例的下阕还间押两仄韵。上阕八句或九句，四平韵；下阕八句或九句，两仄韵三平韵或两叶韵三平韵。有的词作下阕全押平韵，三平韵或四平韵。此外，还有个别词例押仄韵。《康熙词谱》以八十一字体辛弃疾词（"花知否"）和八十二字体毛滂词（"微雨过"）为该调的正体或正格。《最高楼》的正格与变格如表所示，其中，上阕乐段一中的格式（1）和格式（2）、乐段二和乐段三中的格式（1），下阕乐段一至乐段三中的格式（1）为正格句式，其余为变格句式。该调的仄韵格如表所示。

例一　最高楼（八十一字）

（宋）辛弃疾

　　花知否，花一似何郎。又似沈东阳。瘦棱棱地天然白，冷清清地许多香。笑东君，还又向，北枝忙。　　着一阵、霎时间底雪。更一个、缺些儿底月。山下路、水边墙。风流怕有人知处，影儿守定竹旁厢。且饶他，桃李趁，少年场。

　　注：该词上阕第一句至第三句为乐段一中的格式（1），第四句和第五句为乐段二中的格式（1），第六句至第八句为乐段三中的格式（1）；下阕第一句至第三句为乐段一中的格式（1），第四句和第五句为乐段二中的格式（1）。全词双调，八十一字，上阕八句，四平韵；下阕八句，两仄韵三平韵。

《最高楼》的正格与变格（双调）

《最高楼》上阕，八句或九句，四平韵		
乐段一（三句或四句，十三字或十四字、十五字）	乐段二（二句，十四字或十五字、十六字）	乐段三（三句，九字）
— + ｜（句）+ ｜ ｜ — —（平韵）+ ｜ ｜ — —（韵） （1）	+ — + ｜ — — ｜（句） + — + ｜ ｜ — —（韵） （1）	｜ + —（句）— + ｜ （句）｜ — —（韵） （1）
— + ｜（句）+ ｜ ｜ — —（平韵）— + ｜ （句）｜ — —（韵） （2）		
— + ｜（句）+ ｜ ｜ — —（平韵）+ + + （读）｜ — —（韵） （3）	+ ｜ + — ｜ ｜（句） — + ｜ ｜ — —（韵） （2） ｜ + — ｜ + ｜（句）｜ + — + ｜ ｜ —（韵） （3）	｜ + —（句）+ ｜ ｜ （句）｜ — —（韵） （2） ｜ + —（句）+ ｜ ｜ （句）｜ — —（韵） （3）
— + ｜（句）+ ｜ ｜ — —（平韵）+ ｜ ｜ —（韵） （4）	｜ + — + ｜ ｜ （句）+ — + ｜ ｜ — （韵） （4）	
+ — + ｜（句）+ ｜ ｜ — —（平韵）+ + + （读）｜ — —（韵） （5）		

例二　最高楼（八十二字）

（宋）毛　滂

微雨过，深院芰荷中。香冉冉，绣重重。玉人共倚栏干角，月华犹在小池东。入人怀，吹鬓影，可怜风。　　分散去、轻如云与雪。剩下了、许多风与月。侵枕簟，冷帘栊。刚能小睡还惊觉，略成轻醉早惺忪。仗行云，将此恨，到眉峰。

注：该词上阕第一句至第四句为乐段一中的格式（2），第五句和第六句为乐段二中的格式（1），第七句至第九句为乐段三中的格式（1）；下阕第一句至第四句为乐段一中的格式

（1），第五句和第六句为乐段二中的格式（1）。全词双调，八十二字，上阕九句，四平韵；下阕九句，两仄韵三平韵。

《最高楼》下阕，八句或九句，两仄韵三平韵或三平韵两叶韵、四平韵、三仄韵		
乐段一 （三句或四句，二十二字或二十一字）	乐段二（二句，十四字或十三字、十六字）	乐段三 （三句，九字）
＋＋＋（读）＋－－｜｜（仄韵或叶）＋＋＋（读）＋－－｜｜（韵或叶）＋＋｜（读或句）｜－－（平韵） （1） ＋＋＋（读）＋－－｜｜（句）＋＋＋（读）－－＋｜－（平韵）＋＋＋（读）｜－－（韵） （2） ｜＋｜＋－（读）－｜｜（仄韵）＋｜＋－（读）｜｜｜（韵）＋＋＋（读）｜－－（平韵） （3） ｜＋｜＋－（读）－｜｜（句）＋｜－＋｜－｜｜（句）＋－＋｜－－（平韵） （4） ＋｜｜－－（平韵）＋－＋｜－－｜（句）＋＋＋（读）｜－－（韵） （5）	＋－＋｜－－｜（句）＋－＋｜｜－－（韵） （1） ｜＋－＋｜＋－｜（句）｜＋－＋｜－－（韵） （2） ｜＋－＋｜＋－｜（句）＋＋＋（读）｜－－（韵） （3）	｜＋－（句）－＋｜（句）｜－－（韵）

注：①上阕乐段一中的格式"｜＋｜｜－－（韵）"为"上一下五"句式。②上下阕乐段二中的格式"｜＋－＋｜＋－｜（句）"或"｜＋－＋｜｜－－（韵）"为"上一下七"格式。③上下阕乐段三中的格式"＋＋＋（句）"三字，宜有平有仄，不可同时用平。

例三　最高楼（八十字）

（金）元好问

　　商於路，山远客来稀。鸡犬静柴扉。东家欢饮姜芽脆，西家留宿芋魁肥。觉重来，猿与鹤，总忘机。　　问华屋高赀、谁不恋。美食大官、谁不羡。风浪里、竟忘归。云山既不求吾是，林泉又不责吾非。任年年，藜藿饭，芰荷衣。

　　注：该词上阕第一句至第三句为乐段一中的格式（1），第四句和第五句为乐段二中的格式（1），第六句至第八句为乐段三中的格式（1）；下阕第一句至第三句为乐段一中的格式（3），第四句和第五句为乐段二中的格式（1）。全词双调，八十字，上阕八句，四平韵；下阕八句，两仄韵三平韵。

例四　最高楼（八十三字）

（宋）司马昂父

　　登高懒，且平地过重阳。风雨又何妨。问牛山悲泪又何苦，龙山佳会又何狂。笑渊明，归去来，又何忙。　　也休说、玉堂金马乐。也休说、竹篱茅舍恶。花与酒、一般香。西风莫放秋容老，时时留待客徜徉。便百年，浑是醉，几千场。

　　注：该词上阕第一句至第三句为乐段一中的格式（4），第四句和第五句为乐段二中的格式（4），第六句至第八句为乐段三中的格式（2）；下阕第一句至第三句为乐段一中的格式（1），第四句和第五句为乐段二中的格式（1）。全词双调，八十三字，上阕八句，四平韵；下阕八句，两仄韵三平韵。

例五　最高楼（八十五字）

（宋）方　岳

　　秋崖底，云卧欲生苔。无梦到天台。有月锄晓带乌犍去，与烟蓑夜钓白鱼来。问谁能，供酒料，办诗材。　　君莫笑、闲忙棋得势。也莫笑、浮沉鱼得计。胸次老、雪崔嵬。付老夫小小鹪鹩杙，尽诸公衮衮凤凰台。且容将，多种竹，剩栽梅。

　　注：该词上阕第一句至第三句为乐段一中的格式（1），第四句和第五句为乐段二中的格式（3），第六句至第八句为乐段三中的格式（1）；下阕第一句至第三句为乐段一中的格式（1），第四句和第五句为乐段二中的格式（2）。全词双调，八十五字，上阕八句，四平韵；下阕八句，两仄韵三平韵。

例六　最高楼（八十二字）
（宋）陈　亮

春乍透，香早暗偷传。深院落、斗清妍。紫檀枝似流苏带，黄金须胜辟寒钿。更朝朝，琼树好，笑当年。　　花不向、沉香亭上看。树不着、连昌宫里玩。衣带水、隔风烟。铅华不御凌波处，蛾眉淡扫至尊前。管如今，浑似了，更堪怜。

注：该词上阕第一句至第三句为乐段一中的格式（3），第四句和第五句为乐段二中的格式（1），第六句至第八句为乐段三中的格式（1）；下阕第一句至第三句为乐段一中的格式（1），第四句和第五句为乐段二中的格式（1）。全词双调，八十二字，上阕八句，四平韵；下阕八句，两叶韵三平韵。

例七　最高楼（八十二字）
（宋）毛　滂

新睡起，熏过绣罗衣。梳洗了，百般宜。东风淡荡垂杨院，一春心事有谁知。苦留人，娇不尽，曲眉低。　　漫良夜月圆、空好意，恐落花流水、终寄恨，悲欢往往相随。凤台凝望双双羽，高唐愁著梦回时。又争如，遵大路，合逢伊。

注：该词上阕第一句至第四句为乐段一中的格式（2），第五句和第六句为乐段二中的格式（1），第七句至第九句为乐段三中的格式（1）；下阕第一句至第三句为乐段一中的格式（4），第四句和第五句为乐段二中的格式（1）。全词双调，八十二字，上阕九句，四平韵；下阕八句，三平韵。

例八　最高楼（八十三字）
（宋）程　垓

旧时心事，说着两眉羞。长记得、凭肩游。缃裙罗袜桃花岸，薄衫轻扇杏花楼。几番行，几番醉，几番留。　　也谁料、春风吹已断。又谁料、朝云飞亦散。天易老、恨难酬。蜂儿不解知人苦，燕儿不解说人愁。旧情怀，销不尽，几时休。

注：该词上阕第一句至第三句为乐段一中的格式（5），第四句和第五句为乐段二中的格式（1），第六句至第八句为乐段三中的格式（3）；下阕第一句至第三句为乐段一中的格式（1），第四句和第五句为乐段二中的格式（1）。全词双调，八十三字，上阕八句，四平韵；下阕八句，两仄韵三平韵。

例九　最高楼（八十三字）

《全芳备祖》无名氏

司春有序，排次到荼蘼。还预报、在庭知。蕊珠宫里晨妆罢，披香殿下晓班齐。探花人，驱使问，采花期。　　元不逊、梅花浮月影，也知妒、梨花带雨枝。偏恨柳、绿条垂。与其向晚苞团絮，不如对酒坼芳蕤。谢东君，收拾在，牡丹时。

注：该词上阕第一句至第三句为乐段一中的格式（5），第四句和第五句为乐段二中的格式（1），第六句至第八句为乐段三中的格式（1）；下阕第一句至第三句为乐段一中的格式（2），第四句和第五句为乐段二中的格式（1）。全词双调，八十三字，上下阕各八句，四平韵。

例十　最高楼（七十八字）

（宋）柳　富

人间最苦，最苦是分离。伊爱我、我怜伊。青草岸头人独立，画船东去橹声迟。楚天低，回望处，两依依。　　后会也难期。未知何日重欢会，心下事、乱如丝。好天良夜还虚过，辜负我、两心知。愿伊家，衷肠在，一双飞。

注：该词上阕第一句至第三句为乐段一中的格式（5），第四句和第五句为乐段二中的格式（2），第六句至第八句为乐段三中的格式（1）；下阕第一句至第三句为乐段一中的格式（5），第四句和第五句为乐段二中的格式（3）。全词双调，七十八字，上下阕各八句，四平韵。

《最高楼》的仄韵格（双调）

《最高楼》上阕，八句，四仄韵		
乐段一（三句，十五字）	乐段二（二句，十四字）	乐段三（三句，九字）
－＋｜（句）＋｜－ －｜｜（韵）＋｜＋｜ －｜｜（韵）	＋－＋｜｜－－｜ （句）＋－＋｜＋－ ｜（韵）	－＋｜（句）－＋｜ （句）－＋｜（韵）

《最高楼》下阕，八句，五仄韵		
乐段一（三句，二十一字）	乐段二（二句，十四字）	乐段三（三句，九字）
＋｜＋－－｜｜（韵）＋ ｜＋－－｜｜（韵）＋ ＋｜－｜｜（韵）	＋－＋｜｜－－｜ （句）＋－＋｜＋－ ｜（韵）	｜＋－（句）－＋ ｜（句）－＋｜（韵）

例 最高楼（八十二字）

《梅苑》无名氏

梅花好，千万君须爱。比杏兼桃犹百倍。分明学得嫦娥样，不施朱粉天然态。蟾宫里，银河畔，风霜耐。　　岭上故人千里外。寄去一枝君要会。表江南信相思瞰。清香素艳应难对，满头宜向尊前戴。岁寒心，春消息，年年在。

注：全词双调，八十二字，上阕八句，四仄韵；下阕八句，五仄韵。

倒 垂 柳

唐教坊曲名。

《倒垂柳》的长短句结构

《倒垂柳》上阕，四个乐段							
乐段一（十一字）		乐段二（十字）		乐段三（十字）		乐段四（十一字）	
5	33	5	5	5	5	5	6

《倒垂柳》下阕，四个乐段							
乐段一（十一字）		乐段二（十字）		乐段三（九字）		乐段四（九字）	
4	7	5	5	4	5	4	5

《康熙词谱》共收集两体《倒垂柳》，双调，上下阕分别可分为四个乐段，其长短句结构如表所示。该调八十一字，上阕八句，四仄韵或五仄韵；下阕八句，五仄韵。《康熙词谱》以杨无咎词为标谱词例。该调的正格与变格如表所示，其中，上下阕各乐段中的格式（1）为正格句式，其余为变格句式。

《倒垂柳》的正格与变格（双调）

《倒垂柳》上阕，八句，四仄韵或五仄韵	
乐段一（二句，十一字）	乐段二（二句，十字）
＋－－｜｜（句）＋＋＋（读）＋｜｜（韵） （1）	｜＋－＋｜（句）＋｜＋－｜（韵） （1）
＋－－｜｜（韵）＋＋＋（读）＋｜｜（韵） （2）	＋－－＋｜（句）＋｜＋－｜（韵） （2）

《倒垂柳》上阕，八句，四仄韵或五仄韵	
乐段三（二句，十字）	乐段四（二句，十一字）
－－｜－｜（句）＋｜－－｜（韵） （1）	＋－－｜｜（句）＋－－｜ ＋｜（韵）
＋－－｜｜（句）＋｜－－｜（韵） （2）	

《倒垂柳》下阕，八句，五仄韵	
乐段一（三句，十一字）	乐段二（二句，十字）
＋－＋｜（韵）＋｜＋－－ ｜｜（韵）	＋｜｜－－（句）＋｜＋－｜（韵）

《倒垂柳》下阕，八句，五仄韵	
乐段三（二句，九字）	乐段四（二句，九字）
＋｜＋－（句）＋｜－＋｜（韵） （1）	＋－＋｜（句）＋｜－－｜（韵）
＋－＋｜（句）＋｜＋－｜（韵） （2）	

例一　倒垂柳（八十一字）

（宋）杨无咎

　　晓来烟露重，为重阳、增胜致。记一年好处，无似此天气。东篱白衣至，南陌芳筵启。风流曾未远，登临都在眼底。　　人生如寄。漫把茱萸看仔细。击节听高歌，痛饮莫辞醉。乌帽任教，颠倒风里坠。黄花明日，纵好无情味。

　　注：该词上阕第一句和第二句为乐段一中的格式（1），第三句和第四句为乐段二中的格式（1），第五句和第六句为乐段三中的格式（1）；下阕第第五句和第六句为乐段三中的格式（1）。全词双调，八十一字，上阕八句，四仄韵；下阕八句，五仄韵。

例二　倒垂柳（八十一字）

（宋）杨无咎

　　南州初会遇。记惺惺、说底语。而今精神爽，倾下越风措。雍门人独夜，客舍停杯处。余香应未泯，凭君重唱金缕。　　移宫易羽。纵有离愁休怨诉。客里忒凄凉，怕听断肠句。情山曲海，君已心相许。骖鸾乘月，正好同归去。

　　注：该词上阕第一句和第二句为乐段一中的格式（2），第三句和第四句为乐段二中的格式（2），第五句和第六句为乐段三中的格式（2）；下阕第五句和第六句为乐段三中的格式（2）。全词双调，八十一字，上下阕各八句，五仄韵。

彩　凤　飞

该调又称作《彩凤舞》。

《彩凤飞》的长短句结构

《彩凤飞》上阕，三个乐段					
乐段一（十一字）		乐段二（九字）	乐段三（十九字）		
3	3　　5	36	3	34	36

《彩凤飞》下阕，三个乐段				
乐段一（十四字）	乐段二（九字）		乐段三（十九字）	
3　　6　　5	36		33　　4　　54	

《康熙词谱》只收集一体《彩凤飞》，双调，上下阕分别可分为三个乐段，其长短句结构如表所示。该调八十一字，上阕七句，三仄韵；下阕七句，五仄韵，其基本格式如表所示。

《彩凤飞》的基本格式（双调）

《彩凤飞》上阕，七句，三仄韵		
乐段一（三句，十一字）	乐段二（一句，九字）	乐段三（三句，十九字）
一　十　｜（句）一　十 ｜（句）十　｜　一　一　｜ （韵）	十　十　十（读）十 ｜　十　一　十　｜（韵）	｜　一　十（句）十　十　十（读） 十　｜　一　一（句）十　十　十（读） 十　｜　十　一　十　｜（韵）

《彩凤飞》下阕，七句，五仄韵		
乐段一（三句，十四字）	乐段二（一句，九字）	乐段三（三句，十九字）
十　一　｜（韵）十　｜ 一　一　十　｜（句）十 一　一　十　｜（韵）	十　十　十（读）十 ｜　十　一　十　｜（韵）	十　十　十（读）十　十　｜（句） 十　十　一　｜（韵）一　一　十 ｜　｜（读）十　十　十　｜（韵）

例　彩凤飞（八十一字）

（宋）陈　亮

人立玉，天如水，特地如何撰。海南沉、烧着欲寒犹暖。算从头，有多少、厚德阴功，人家上、一一旧时香案。　　煞经惯。小住吾州才尔，依然欢声满。莫也教、公子王孙眼见。这些儿、颖脱处，高出书卷。经纶自入手、不了判断。

注：全词双调，八十一字，上阕七句，三仄韵；下阕七句，五仄韵。

有 有 令

调见《惜香乐府》。

《有有令》的长短句结构

《有有令》上阕，三个乐段		
乐段一（十四字）	乐段二（十一字）	乐段三（十五字）
4　5　5	5　33	34　4　4

《有有令》下阕，三个乐段		
乐段一（十三字）	乐段二（十一字）	乐段三（十七字）
2　4　34	6　5	6　4　34

《康熙词谱》只收集一体《有有令》，双调，上下阕分别可分为三个乐段，其长短句结构如表所示。该调八十一字，上阕八句，四仄韵；下阕八句，七仄韵，其基本格式如表所示。

《有有令》的基本格式（双调）

《有有令》上阕，八句，四仄韵		
乐段一（三句，十四字）	乐段二（二句，十一字）	乐段三（三句，十五字）
＋－＋｜（韵）＋｜｜－－（句）＋－｜｜（韵）	＋｜－－｜（句）＋＋＋（读）－－｜（韵）	＋＋＋（读）＋｜－（句）＋－｜（句）＋－＋｜（韵）

《有有令》下阕，八句，七仄韵		
乐段一（三句，十三字）	乐段二（二句，十一字）	乐段三（三句，十七字）
＋｜（韵）＋－＋｜（韵）＋＋＋（读）＋－＋｜（韵）	＋｜＋－＋｜（句）＋｜－－｜（韵）	＋－＋｜－｜（韵）＋－＋｜（韵）＋＋＋（读）＋－＋｜（韵）

例　有有令（八十一字）

（宋）赵长卿

　　前山减翠。疏竹度轻风，日移金影碎。还又年华暮，看看是、新春至。那更堪、有个人人，似花似玉，温柔伶俐。　　准拟。恩情海似。拈弄上、则人难比。我也诚心一片，你也争些气。大家到底如此。美中更美。厮守定、共伊百岁。

　　注：全词双调，八十一字，上阕八句，四仄韵；下阕八句，七仄韵。

拂　霓　裳

　　唐教坊曲名。《碧鸡漫志》：拂霓裳，般涉调。《宋史·乐志》：女弟子舞队第五，有拂霓裳队。

《拂霓裳》的长短句结构

《拂霓裳》上阕，四个乐段			
乐段一（十字或十一字）	乐段二（十字）	乐段三（十字）	乐段四（十一字）
3　　7　　　　　　　　3　　8	3　　7	5　　5	3　　35　　　　　3　　53

《拂霓裳》下阕，四个乐段			
乐段一（十字）	乐段二（十字）	乐段三（十字）	乐段四（十一字）
4　　33	3　　7	5　　5	3　　35　　　　　3　　53

　　《康熙词谱》共收集两体《拂霓裳》，双调，上下阕分别可分为四个乐段，其长短句结构如表所示。该调有八十二字或八十三字等格式，上阕八句，六平韵或五平韵；下阕八句，五平韵或六平韵。《康熙词谱》以八十二字体晏殊词为正体或正格，其正格与变格如表所示，其中，各乐段中的格式（1）为正格句式，其余为变格句式。

《拂霓裳》的正格与变格（双调）

《拂霓裳》上阕，八句，六平韵或五平韵	
乐段一（二句，十字或十一字）	乐段二（二句，十字）
丨 一 一（韵）十 一 十 丨 丨 一 一（韵） （1）	一 十 丨（句）十 一 十 丨 丨 一 一（韵）
丨 一 一（韵）丨 十 一 十 丨 丨 一 一（韵） （2）	

《拂霓裳》上阕，八句，六平韵或五平韵	
乐段三（二句，十字）	乐段四（二句，十一字）
十 一 一 丨 丨（句）十 丨 丨 一 一（韵） （1）	丨 一 一（韵）十 十 十（读）十 丨 丨 一 一（韵） （1）
十 丨 一 一 丨（句）一 一 十 丨 一（韵） （2）	一 十 丨（句）十 一 一 丨 丨（读）丨 一 一（韵） （2）

例一 拂霓裳（八十二字）

（宋）晏　殊

　　乐秋天。晚荷花缀露珠圆。风日好，数行新雁贴寒烟。银簧调脆管，琼柱拨清弦。捧觥船。一声声、齐唱太平年。　　人生百岁，离别易、会逢难。无事日，剩呼宾友启芳筵。星霜催绿鬓，风露损朱颜。惜清欢。又何妨、沉醉玉尊前。

　　注：该词上阕第一句和第二句为乐段一中的格式（1），第五句和第六句为乐段三中的格式（1），第七句和第八句为乐段四中的格式（1）；下阕第三句和第四句为乐段二中的格式（1），第七句和第八句为乐段四中的格式（1）。全词双调，八十二字，上阕八句，六平韵；下阕八句，五平韵。

《拂霓裳》下阕，八句，五平韵或六平韵	
乐段一（二句，十字）	乐段二（二句，十字）
＋ － ＋ ｜（句）＋ ＋ ＋（读）｜ － －（韵）	－ ＋ ｜（句）＋ － ＋ ｜ ｜ － －（韵） （1） ｜ － －（韵）＋ － ＋ ｜ ｜ － －（韵） （2）

《拂霓裳》下阕，八句，五平韵或六平韵	
乐段三（二句，十字）	乐段四（二句，十一字）
＋ － － ｜ ｜（句）＋ ｜ ｜ － －（韵）	｜ － －（韵）＋ ＋ ＋（读）＋ ｜ ｜ －（韵） （1） ｜ － －（韵）｜ ＋ － ＋ ｜（读）｜ － －（韵） （2）

例二　拂霓裳（八十三字）

（宋）晏　殊

喜秋成。见千门万户乐升平。金风细，玉池波浪縠文生。宿露沾罗幕，微凉入画屏。张绮宴，傍熏炉蕙炷、和新声。　　神仙雅会，会此日、象蓬瀛。管弦清。旋翻红袖学飞琼。光阴无暂住，欢醉有闲情。祝辰星。愿百千万寿、献瑶觥。

注：该词上阕第一句和第二句为乐段一中的格式（2），第五句和第六句为乐段三中的格式（2），第七句和第八句为乐段四中的格式（2）；下阕第三句和第四句为乐段二中的格式（2），第七句和第八句为乐段四中的格式（2）。全词双调，八十三字，上阕八句，五平韵；下阕八句，六平韵。

柳 腰 轻

调见《乐章集》，注"中吕宫"，因词有"英英妙舞腰肢软，章台柳，昭阳燕"句，取以为名。

《柳腰轻》的长短句结构

《柳腰轻》上阕，三个乐段		
乐段一（十三字）	乐段二（十四字）	乐段三（十四字）
7　3　3	4　4　6	34　34

《柳腰轻》下阕，三个乐段		
乐段一（十三字）	乐段二（十四字）	乐段三（十四字）
6　34	4　4　6	34　34

《康熙词谱》只收集一体《柳腰轻》，双调，上下阕分别可分为三个乐段，其长短句结构如表所示。该调八十二字，上阕八句，四仄韵；下阕七句，四仄韵，其基本格式如表所示。

《柳腰轻》的基本格式（双调）

《柳腰轻》上阕，八句，四仄韵		
乐段一（三句，十三字）	乐段二（三句，十四字）	乐段三（二句，十四字）
十 — 十 ｜ — — ｜（韵）— — ｜（句）— — ｜（韵）	十 — 十 ｜（句）十 — 十 ｜（句）十 — — 十 ｜（韵）	｜ — 十（读）十 ｜ —（句）｜ — 十（读）十 — 十 ｜（韵）

《柳腰轻》下阕，七句，四仄韵		
乐段一（二句，十三字）	乐段二（三句，十四字）	乐段三（二句，十四字）
十 ｜ 十 — 十 ｜（韵）｜ — 十（读）十 — 十 ｜（韵）	十 — 十 ｜（句）十 — 十 ｜（句）十 — — 十 ｜（韵）	｜ — 十（读）十 ｜ —（句）｜ — 十（读）十 — 十 ｜（韵）

例　柳腰轻（八十二字）

（宋）柳　永

　　英英妙舞腰肢软。章台柳，昭阳燕。锦衣冠盖，绮堂筵会，是处千金争选。顾香砌、丝管初调，倚轻风、佩环微颤。　　乍入霓裳促遍。逞盈盈、渐催檀板。慢垂霞袖，急趋莲步，进退奇容千变。笑何止、倾国倾城，暂回眸、万人肠断。

　　注：全词双调，八十二字，上阕八句，四仄韵；下阕七句，四仄韵。

爪　茉　莉

调见《花草粹编》，《乐章集》不载。

《爪茉莉》的长短句结构

《爪茉莉》上阕，四个乐段							
乐段一（九字）		乐段二（七字）	乐段三（十一字）		乐段四（十三字）		
4	5	34	4	34	34	3	3

《爪茉莉》下阕，四个乐段							
乐段一（十字）		乐段二（七字）	乐段三（十字）		乐段四（十五字）		
4	33	34	4	33	36	3	3

　　《康熙词谱》只收集一体《爪茉莉》，双调，上下阕分别可分为四个乐段，其长短句结构如表所示。该调八十二字，上阕八句，四仄韵；下阕八句，五仄韵，其基本格式如表所示。

《爪茉莉》的基本格式（双调）

《爪茉莉》上阕，八句，四仄韵	
乐段一（二句，九字）	乐段二（一句，七字）
＋｜－－（句）＋－＋｜｜（韵）	＋＋＋（读）＋－＋｜（韵）

《爪茉莉》上阕，八句，四仄韵	
乐段三（二句，十一字）	乐段四（三句，十三字）
＋ － ＋ ｜（句）＋ ＋ ＋（读）＋ ＋ － ＋ ｜（韵）	＋ ＋ ＋（读）＋ ｜ － －（句） ＋ － ｜（句）－ ＋ ｜（韵）

《爪茉莉》下阕，八句，五仄韵	
乐段一（二句，十字）	乐段二（一句，七字）
＋ － ＋ ｜（句）＋ ＋ ＋（读）＋ ＋ － ｜（韵）	＋ ＋ ＋（读）＋ ＋ － ＋ ｜（韵）

《爪茉莉》下阕，八句，五仄韵	
乐段三（二句，十字）	乐段四（三句，十五字）
＋ － ＋ ｜（句）＋ ＋ ＋（读） ＋ － ｜（韵）	＋ ＋ ＋（读）＋ ｜ ＋ － ＋ ｜（韵） ＋ － ｜（句）－ ＋ ｜（韵）

例　爪茉莉（八十二字）

（宋）柳　永

　　每到秋来，转添甚况味。金风动、冷清清地。残蝉噪晚，甚聒得、人心欲碎。更休道、宋玉多悲，石人也，须下泪。　　衾寒枕冷，夜迢迢、更无寐。深院静、月明风细。巴巴望晓，怎生捱、更迢递。料可儿、只在枕头根底。等人睡，来梦里。

　　注：全词双调，八十二字，上阕八句，四仄韵；下阕八句，五仄韵。

蓦　山　溪

《翰墨全书》名《上阳春》；金词注"大石调"。

《蓦山溪》的长短句结构

上阕，三个乐段			下阕，三个乐段		
乐段一（九字）	乐段二（十二字或十三字）	乐段三（二十字）	乐段一（九字）	乐段二（十二字）	乐段三（二十字）
4　5	5　34 5　35	4 5 3 3 5	4　5	5　34	4 5 3 3 5

《康熙词谱》共收集十三体《蓦山溪》，双调，上下阕分别可分为三个乐段，其长短句结构如表所示。该调有八十二字或八十三字等格式，上下阕各九句，三仄韵或四仄韵、五仄韵、六仄韵。《康熙词谱》以八十二字体程垓词为正体或正格，该调的正格与变格如表所示，其中，各乐段中的格式（1）为正格句式，其余为变格句式。

例一　蓦山溪（八十二字）

（宋）程　垓

老来风味，是事都无可。只爱小书舟，剩围着、琅玕几个。呼风约月，随分乐生涯，不羡富，不忧贫，不怕乌蟾堕。　　三杯径醉，转觉乾坤大。醉后百篇诗，尽从他、龙吟鹤和。升沉万事，还与本来天，青云上，白云间，一任安排我。

注：该词上阕第一句和第二句为乐段一中的格式（1），第三句和第四句为乐段二中的格式（1），第五句至第九句为乐段三中的格式（1）；下阕第一句和第二句为乐段一中的格式（1），第五句至第九句为乐段三中的格式（1）。全词双调，八十二字，上下阕各九句，三仄韵。

例二　蓦山溪（八十二字）

（宋）姜　夔

与鸥为客。绿野留吟屐。两行柳垂阴，是当年、仙翁手植。一亭寂寞，烟外带愁横，荷冉冉，展凉云，横卧虹千尺。　　才因老尽，秀句君休觅。万绿正迷人，更愁入、山阳夜笛。百年心事，惟有玉阑知，吟未了，放船回，月下空相忆。

注：该词上阕第一句和第二句为乐段一中的格式（2），第三句和第四句为乐段二中的格式（2），第五句至第九句为乐段三中的格式（1）；下阕第一句和第二句为乐段一中的格式（1），第五句至第九句为乐段三中的格式（1）。全词双调，八十二字，上阕九句，四仄韵；下阕九句，三仄韵。

《蓦山溪》的正格与变格（双调）

《蓦山溪》上阕，九句，三仄韵或四仄韵、五仄韵、六仄韵		
乐段一 （二句，九字）	乐段二 （二句，十二字或十三字）	乐段三 （五句，二十字）
＋－＋｜（句）＋ ｜－－｜（韵） （1）	＋｜｜－－（句）＋＋ ＋（读）＋－＋｜（韵） （1）	＋－＋｜（句）＋｜｜ －－（句）＋＋｜（句） ｜＋－（句）＋｜－ －｜（韵） （1）
＋－＋｜（韵） ｜－－｜（韵） （2）	｜－｜－（句）＋ ＋＋（读）＋－＋｜ （韵） （2） ＋｜｜－－（句）＋＋ ＋（读）＋－＋｜｜（韵） （3）	＋－＋｜（句）＋｜｜ －－（句）｜＋－＋｜ －＋｜（句或韵）＋｜ －－｜（韵） （2） ＋－＋｜（句）＋｜｜ －－（句）－＋｜（句 或韵）＋＋｜（韵）＋｜ －－｜（韵） （3）

例三　蓦山溪（八十二字）

（宋）张　震

　　青梅如豆，断送春归去。小绿间长红，看几处、云歌柳舞。偎花识面，对月共论心，携素手，采香游，踏遍西池路。　　水边朱户。曾记销魂处。小立背秋千，空怅望、娉婷韵度。杨花扑面，香糁一帘风，情脉脉，酒恹恹，回首斜阳暮。

　　注：该词上阕第一句和第二句为乐段一中的格式（1），第三句和第四句为乐段二中的格式（1），第五句至第九句为乐段三中的格式（1）；下阕第一句和第二句为乐段一中的格式（2），第五句至第九句为乐段三中的格式（1）。全词双调，八十二字，上阕九句，三仄韵；下阕九句，四仄韵。

《蓦山溪》下阕，九句，三仄韵或四仄韵、五仄韵、六仄韵		
乐段一（二句，九字）	乐段二（二句，十二字）	乐段三（五句，二十字）
＋－＋｜（句）＋ ｜－－｜（韵） （1） ＋－＋｜（韵）＋ ｜－－｜（韵） （2）	＋｜｜－－（句）＋ ＋＋（读）＋－＋ ｜（韵）	＋－＋｜（句）＋｜｜ －－（句）－＋｜（句）｜ ＋－（句）＋｜－－｜ （韵） （1） ＋－＋｜（句）＋｜｜ －－（句）｜＋－（句） ＋＋｜（韵）＋｜－－ ｜（韵） （2） ＋－＋｜（句）＋｜｜ －－（句）－＋｜（句或韵） ＋＋｜（韵）＋｜－－ ｜（韵） （3）
注：上下阕乐段三中的格式"＋＋｜（韵）"，可平可仄两处，不宜同时用仄。		

例四 蓦山溪（八十二字）

（宋）张 震

　　春光如许。春到江南路。柳眼弄晴晖，笑梅花、落英无数。峭寒庭院，罗幕护窗纱，金鸭暖，锦屏深，曾记看承处。　　云边尺素。何计传心缕。无处说相思，空惆怅、朝云暮雨。曲栏干外，小立近黄昏，心下事，眼边愁，借问春知否。

　　注：该词上阕第一句和第二句为乐段一中的格式（2），第三句和第四句为乐段二中的格式（1），第五句至第九句为乐段三中的格式（1）；下阕第一句和第二句为乐段一中的格式（2），第五句至第九句为乐段三中的格式（1）。全词双调，八十二字，上下阕各九句，四仄韵。

例五　蓦山溪（八十二字）
（宋）易祓

海棠枝上，留得娇莺语。双燕几时来，并飞入、东风院宇。梦回芳草，绿遍旧池塘，梨花雪，桃花雨。毕竟春谁主。　　东郊拾翠，襟袖沾飞絮。宝马趁雕轮，乱红中、香尘满路。十千斗酒，相与买春闲，吴姬唱，秦娥舞。拌醉青楼暮。

注：该词上阕第一句和第二句为乐段一中的格式（1），第三句和第四句为乐段二中的格式（1），第五句至第九句为乐段三中的格式（3）；下阕第一句和第二句为乐段一中的格式（1），第五句至第九句为乐段三中的格式（3）。全词双调，八十二字，上下阕各九句，四仄韵。

例六　蓦山溪（八十二字）
（宋）周邦彦

楼前疏柳，柳外无穷路。翠色四天垂，数峰青、高城阔处。江湖病眼，偏向此山明，愁无语。空凝伫。两两昏鸦去。　　平康巷陌，往事如花雨。十载却归来，倦追寻、酒旗戏鼓。今宵幸有，人似月婵娟，霞袖举。杯深注。一曲黄金缕。

注：该词上阕第一句和第二句为乐段一中的格式（1），第三句和第四句为乐段二中的格式（1），第五句至第九句为乐段三中的格式（3）；下阕第一句和第二句为乐段一中的格式（1），第五句至第九句为乐段三中的格式（3）。全词双调，八十二字，上下阕各九句，五仄韵。

例七　蓦山溪（八十二字）
（宋）贺铸

楚乡新岁。不放残寒退。月晓桂娥闲，弄珠英、因风委坠。清淮铺练，十二玉峰前，上帘栊，招佳丽。置酒成高会。　　江南芳信，目断何人寄。应占镜边春，想晨妆、膏浓压翠。此时乘兴，半道忍回桡，五云溪，门深闭。璧月长相对。

注：该词上阕第一句和第二句为乐段一中的格式（2），第三句和第四句为乐段二中的格式（1），第五句至第九句为乐段三中的格式（2）；下阕第一句和第二句为乐段一中的格式（1），第五句至第九句为乐段三中的格式（2）。全词双调，八十二字，上阕九句，五仄韵；下阕九句，四仄韵。

例八　蓦山溪（八十二字）
（宋）万俟咏

芳菲叶底。谁会秋工意。深绿护轻黄，怕青女、霜侵憔悴。开分早晚，都占九秋天，花四出，香十里。独步珠宫里。　　佳名岩桂。却是因遗子。不自月中来，又那得、萧萧风味。霓裳旧曲，休问广寒人，飞大白，酬仙蕊。香外无香比。

注：该词上阕第一句和第二句为乐段一中的格式（2），第三句和第四句为乐段二中的格式（1），第五句至第九句为乐段三中的格式（3）；下阕第一句和第二句为乐段一中的格式（2），第五句至第九句为乐段三中的格式（3）。全词双调，八十二字，上下阕各九句，五仄韵。

例九　蓦山溪（八十二字）
（宋）黄庭坚

鸳鸯翡翠，小小思珍偶。眉黛敛秋波，尽湖南、山明水秀。婷婷袅袅，恰近十三余，春未透。花枝瘦。正是愁时候。　　寻芳载酒。肯落他人后。只恐晚归来，绿成阴、青梅如豆。心期得处，每自不由人，长亭柳。君知否。千里犹回首。

注：该词上阕第一句和第二句为乐段一中的格式（1），第三句和第四句为乐段二中的格式（1），第五句至第九句为乐段三中的格式（3）；下阕第一句和第二句为乐段一中的格式（2），第五句至第九句为乐段三中的格式（3）。全词双调，八十二字，上阕九句，五仄韵；下阕九句，六仄韵。

例十　蓦山溪（八十二字）
（宋）晁端礼

轻衫短帽。重入长安道。屈指十年中，一回来、一回渐老。朋游在否，落托更能无，朱弦悄。知音少。拨断相思调。　　花边柳外，潇洒愁重到。深院锁春风，悄无人、桃花自笑。金钗一股，拟欲问音尘，天杳杳。波渺渺。何处寻蓬岛。

注：该词上阕第一句和第二句为乐段一中的格式（2），第三句和第四句为乐段二中的格式（1），第五句至第九句为乐段三中的格式（3）；下阕第一句和第二句为乐段一中的格式（1），第五句至第九句为乐段三中的格式（3）。全词双调，八十二字，上阕九句，六仄韵；下阕九句，五仄韵。

例十一　蓦山溪（八十二字）

（宋）石孝友

莺莺燕燕。摇荡春光懒。时节近清明，雨初晴、娇云弄暖。醉红湿翠，春意酿成愁，花似染。草如剪。已是春强半。　　小鬟微盼。分付多情管。痴呆不知愁，想怕晚、贪春未惯。主人好事，应许玳筵开，歌眉敛。舞腰软。怎便轻分散。

注：该词上阕第一句和第二句为乐段一中的格式（2），第三句和第四句为乐段二中的格式（1），第五句至第九句为乐段三中的格式（3）；下阕第一句和第二句为乐段一中的格式（2），第五句至第九句为乐段三中的格式（3）。全词双调，八十二字，上下阕各九句，六仄韵。

例十二　蓦山溪（八十二字）

（宋）欧阳修

新正初破，三五银蟾满。纤手染香罗，剪红莲、满城开遍。楼台上下，歌管咽春风，驾香轮，停宝马，只待金乌晚。　　帝城今夜，罗绮谁为伴。应卜紫姑神，问归期、相思望断。天涯情绪，对酒且开颜，春宵短。春寒浅。莫待金杯暖。

注：该词上阕第一句和第二句为乐段一中的格式（1），第三句和第四句为乐段二中的格式（1），第五句至第九句为乐段三中的格式（2）；下阕第一句和第二句为乐段一中的格式（1），第五句至第九句为乐段三中的格式（3）。全词双调，八十二字，上阕九句，三仄韵；下阕九句，五仄韵。

例十三　蓦山溪（八十三字）

（宋）陆　游

穷山孤垒，腊尽春初破。寂寞掩空斋，好一个、无聊赖底我。啸台龙岫，随分有云山，临浅濑，荫长松，闲据交床坐。　　三杯径醉，不觉纱巾堕。画角唤人归，落梅村、篮舆夜过。城门渐近，几点妓衣红，官驿外，酒垆前，也有闲灯火。

注：该词上阕第一句和第二句为乐段一中的格式（1），第三句和第四句为乐段二中的格式（3），第五句至第九句为乐段三中的格式（1）；下阕第一句和第二句为乐段一中的格式（1），第五句至第九句为乐段三中的格式（1）。全词双调，八十三字，上下阕各九句，三仄韵。

千 秋 岁 引

《高丽史·乐志》名《千秋岁令》；李冠词名《千秋万岁》。

《千秋岁引》的长短句结构

上阕，三个乐段		
乐段一 （十五字或十六字、十七字）	乐段二 （十四字或十五字）	乐段三 （九字）
4　　4　　7	7　　　　7	3　　3　　3
3　　5　　43	35　　　　7	
4　　5　　7	7　　　　35	
4　　5　　53		

下阕，三个乐段		
乐段一（二十一字或二十二字、二十三字）	乐段二 （十四字或十五字）	乐段三 （九字）
7　　7　　7	7　　　　7	3　　3　　3
8　　8　　7	35　　　　7	
7　　7　　53	7　　　　35	

　　《康熙词谱》共收集四体《千秋岁引》，双调，上下阕分别可分为三个乐段，其长短句结构如表所示。该调有八十二字或八十四字、八十五字、八十七字等格式，上阕八句，四仄韵或五仄韵；下阕八句，五仄韵或七仄韵一叠韵。《康熙词谱》以八十二字体王安石词为正体或正格。该调的正格与变格如表所示，其中，各乐段中的格式（1）为正格句式，其余为变格句式。

《千秋岁引》的正格与变格（双调）

《千秋岁引》上阕，八句，四仄韵或五仄韵		
乐段一（三句，十五字或十六字、十七字）	乐段二（二句，十四字或十五字）	乐段三（三句，九字）
＋｜＋－（句）＋｜－＋｜（韵）＋｜－－｜－｜（韵）（1）	＋－｜－｜｜｜（句）＋｜＋｜－－｜（韵）（1）	｜－＋（句）｜－｜（韵）（1）
＋｜＋－（句）＋｜｜＋－｜（韵）＋｜－－（读）－－｜（韵）（2）	＋－｜－（句）＋｜＋｜－－｜（韵）（2）	＋＋＋（句）－｜｜（句）－＋｜（韵）（2）
｜－＋｜（句）＋｜－－｜（韵）＋｜－｜（韵）（3）	＋＋＋（读）＋｜｜｜－｜（句）＋－｜｜－｜（韵）（3）	
｜－＋（句）＋｜－－｜（韵）｜｜－＋（读）－－｜（韵）（4）	＋－－＋｜｜－（句）＋＋＋｜（读）＋｜｜－－｜（韵）（4）	

例一　千秋岁引（八十二字）

（宋）王安石

别馆寒砧，孤城画角。一派秋声入寥廓。东归燕从海上去，南来雁向沙头落。楚台风，庾楼月，宛如昨。　　无奈被些名利缚。无奈被他情担阁。可惜风流总闲却。当初漫留华表语，而今误我秦楼约。梦阑时，酒醒后，思量着。

注：该词上阕第一句至第三句为乐段一中的格式（1），第四句和第五句为乐段二中的格式（1），第六句至第八句为乐段三中的格式（1）；下阕第一句至第三句为乐段一中的格式（1），第四句和第五句为乐段二中的格式（1），第六句至第八句为乐段三中的格式（1）。全词双调，八十二字，上阕八句，四仄韵；下阕八句，五仄韵。

《千秋岁引》下阕，八句，五仄韵或七仄韵一叠韵		
乐段一（三句，二十一字或二十二字、二十三字）	乐段二（二句，十四字或十五字）	乐段三（三句，九字）
＋ | ＋ 一 一 | |（韵） ＋ | ＋ 一 一 ＋ | （韵）＋ | 一 一 | 一 |（韵） （1）	＋ 一 ＋ 一 一 | | （句）＋ 一 ＋ | 一 一 |（韵） （1）	| 一 ＋（句）| 一 ＋ （句）＋ 一 |（韵） （1）
＋ | ＋ 一 一 | |（韵） ＋ | ＋ 一 一 ＋ |（韵） ＋ 一 ＋ 一 一 一 | （韵） （2）	＋ | ＋ 一 一 | | （句）＋ 一 ＋ | 一 一 |（韵） （2）	一 一 |（句）| 一 ＋ （句）＋ 一 |（韵） （2） ＋ | |（韵）一 ＋ | （叠）一 ＋ |（韵） （3）
| ＋ | ＋ 一 | | （韵）| ＋ | 一 | 一 | |（韵）＋ | 一 一 | 一 |（韵） （3） ＋ | ＋ 一 一 | |（韵） ＋ | ＋ 一 一 | |（韵） ＋ | | 一 一（读）一 ＋ |（韵） （4）	＋ ＋ ＋（读）＋ | 一 一 |（句）＋ 一 ＋ | 一 一 |（韵） （3） ＋ 一 ＋ | | 一 一 （句）＋ ＋ ＋（读）＋ | 一 一 |（韵） （4）	

注：①上阕乐段一中的格式"\| 一 ＋ \|（句）"与"\| \| 一 ＋（读）"，为"上一下三"句式。②上阕乐段二中的格式（1）为两个"三一三"句式，一般情况下用格式（2）更为合适。③上阕乐段三中的格式"＋ ＋ ＋（句）"三字，须有平有仄。④下阕乐段二中的格式（1）"＋ 一 ＋ 一 一 \| \|（句）＋ 一 ＋ \| 一 一 \|（韵）"，两句均为"上二下五"句式。⑤下阕乐段一中的格式"\| ＋ \| ＋ 一 \| \|（韵）\| ＋ \| 一 \| 一 \| \|（韵）"，两句均为"上一下七"句式。

例二　千秋岁引（八十四字）

（宋）李　冠

杏花好，仔细君须辨。比早梅深、夭桃浅。把鲛绡、淡拂鲜红色，蜡融紫萼重重现。烟外悄，风中笑，香满院。　　欲绽全开俱可羡。粹美妖娇无处选。除卿卿是寻常见。倚天真、艳冶轻朱粉,分明洗出胭脂面。追往事,绕芳榭,千千遍。

注:该词上阕第一句至第三句为乐段一中的格式(4),第四句和第五句为乐段二中的格式(3),第六句至第八句为乐段三中的格式(2);下阕第一句至第三句为乐段一中的格式(2),第四句和第五句为乐段二中的格式(3),第六句至第八句为乐段三中的格式(2)。全词双调,八十四字,上阕八句,四仄韵;下阕八句,五仄韵。

例三　千秋岁引(八十五字)
《高丽史·乐志》无名氏

想风流态,种种般般媚。恨别离时太容易。香笺欲写相思意。相思泪滴香笺字。画堂深,银烛暗,重门闭。　似当日欢娱何日遂。愿早早相逢重设誓。美景良辰莫轻弃。鸳鸯帐里鸳鸯被。鸳鸯枕上鸳鸯睡。似恁地。长恁地。千秋岁。

注:该词上阕第一句至第三句为乐段一中的格式(3),第四句和第五句为乐段二中的格式(2),第六句至第八句为乐段三中的格式(2);下阕第一句至第三句为乐段一中的格式(3),第四句和第五句为乐段二中的格式(2),第六句至第八句为乐段三中的格式(3)。全词双调,八十五字,上阕八句,五仄韵;下阕八句,七仄韵一叠韵。

例四　千秋岁引(八十七字)
《翰墨全书》无名氏

词赋伟人,当代一英杰。信独步儒林、蟾宫客。名登雁塔正青春,更不历、郡县徒劳力。即趋朝,典文衡,居花掖。　得隽词科推第一。便掌丝纶天上尺。见说庆生辰、当此日。翠蕤三四叶方新,况朱明、正属清和节。行作个,黑头公,专调燮。

注:该词上阕第一句至第三句为乐段一中的格式(2),第四句和第五句为乐段二中的格式(4),第六句至第八句为乐段三中的格式(1);下阕第一句至第三句为乐段一中的格式(4),第四句和第五句为乐段二中的格式(4),第六句至第八句为乐段三中的格式(2)。全词双调,八十七字,上阕八句,四仄韵;下阕八句,五仄韵。

早 梅 芳

调又名《早梅芳近》。

《早梅芳》的长短句结构

《早梅芳》上阕，四个乐段							
乐段一 （十一字或十三字）		乐段二 （十一字）		乐段三 （十字）		乐段四 （十字或八字）	
3	3 5	4	7	5	5	5	5
3	5 5					3	5

《早梅芳》下阕，四个乐段							
乐段一（十一字）		乐段二（十一字）		乐段三（十字）		乐段四（八字）	
3	3 5	4	7	5	5	3	5
						5	3

《康熙词谱》共收集三体《早梅芳》，双调，上下阕可分别分为四个乐段，其长短句结构如表所示。该调八十二字格式，上下阕各九句，五仄韵。《康熙词谱》以周邦彦词为正体或正格。该调的正格与变格如表所示，其中，各乐段中的格式（1）为正格句式，其余为变格句式。

例一　早梅芳（八十二字）

（宋）周邦彦

缭墙深，丛竹绕。宴席临清沼。微呈纤履，故隐烘帘自嬉笑。粉香妆晕薄，带紧腰围小。看鸿惊凤翥，满座叹轻妙。　　酒醒时，会散了。回首城南道。河阴高转，露脚斜飞夜将晓。异乡淹岁月，醉眼迷登眺。路迢迢，恨满千里草。

注：该词上阕第一句至第三句为乐段一中的格式（1），第四句和第五句为乐段二中的格式（1），第八句和第九句为乐段四中的格式（1）；下阕第八句和第九句为乐段四中的格式

（1）。全词双调，八十二字，上下阕各九句，五仄韵。

《早梅芳》的正格和变格（双调）

《早梅芳》上阕，九句，五仄韵	
乐段一（三句，十一字或十三字）	乐段二（二句，十一字）
＋＋－（句）＋＋｜（韵）＋｜－－｜（韵）（1）	＋－＋｜（句）＋｜－－｜＋｜（韵）（1）
｜＋－（句）＋｜－－｜（韵）＋｜－－｜（韵）（2）	＋－＋｜（句）＋｜｜－｜－｜（韵）（2）

《早梅芳》上阕，九句，五仄韵	
乐段三（二句，十字）	乐段四（二句，十字或八字）
＋－｜｜（句）＋｜－－｜（韵）	｜＋－＋｜（句）＋｜＋－｜（韵）（1）
	｜＋－（句）＋｜＋－｜（韵）（2）

例二　早梅芳（八十二字）

（宋）陈允平

　　柳初妍，花渐好。可恨行期到。落梅香尽，淡月朦胧影渐照。风帘银烛暗，露幕金花小。纵离歌缓唱，残角又霜晓。　琐窗前，秦吉了。促上长安道。扬鞭西去，几点稀星尚云表。去程疑是梦，宿酒昏情抱。凤楼空，琼箫声渐杳。

　　注：该词上阕第一句至第三句为乐段一中的格式（1），第四句和第五句为乐段二中的格式（1），第八句和第九句为乐段四中的格式（1）；下阕第八句和第九句为乐段四中的格式（2）。全词双调，八十二字，上下阕各九句，五仄韵。

《早梅芳》下阕，九句，五仄韵	
乐段一（三句，十一字）	乐段二（二句，十一字）
❘ ＋ 一 （句）＋ ＋ ❘ （韵）＋ ❘ 一 一 ❘ （韵）	＋ 一 ＋ ❘ （句）＋ ❘ 一 一 ❘ 一 ❘ （韵）

《早梅芳》下阕，九句，五仄韵	
乐段三（二句，十字）	乐段四（二句，八字）
＋ 一 一 ❘ ❘ （句）＋ ❘ 一 一 ❘ （韵）	❘ ＋ 一 （句）＋ ❘ 一 ＋ ❘ （韵）（1）
	❘ ＋ 一 （句）＋ ❘ 一 一 ❘ ❘ （韵）（2）
	❘ ＋ 一 ＋ ❘ （句）一 ＋ ❘ （韵）（3）

注：上阕乐段一中的格式"＋ ＋ 一 （句）"，尽管有三连平的词例，但可平可仄二字，仍以不同时用平为宜。

例三　早梅芳（八十二字）

（宋）李之仪

　　雪初晴，陡觉寒将变。已报梅梢暖。日边霜外，迤逦枝条自柔软。嫩苞匀点缀，绿萼轻裁剪。隐深心，未许清香散。　　渐融和，开欲遍。密处疑无间。天然标韵，不与群花斗深浅。夕阳波似动，曲水风犹懒。最销魂，弄影无人见。

　　注：该词上阕第一句至第三句为乐段一中的格式（2），第四句和第五句为乐段二中的格式（1），第八句和第九句为乐段四中的格式（2）；下阕第八句和第九句为乐段四中的格式（1）。全词双调，八十二字，上下阕各九句，五仄韵。

例四　早梅芳（八十二字）

《梅苑》无名氏

　　冰惟清，玉惟润。清润无风韵。此花风韵，清润自然傅香粉。故应春意别，不使凡英混。到春前腊后，长是寄芳信。　　此情闲，此意远。一点萦方寸。风亭水馆，解与行人破离恨。广寒宫未有，姑射山曾认。向雪中月下，吟未尽。

　　注：该词上阕第一句至第三句为乐段一中的格式（1），第四句和第五句为乐段二中的格式（2），第八句和第九句为乐段四中的格式（1）；下阕第八句和第八九句为乐段四中的格式（3）。全词双调，八十二字，上下阕各九句，五仄韵。（注：该词上阕第三句和第四句末字均为"韵"，但《康熙词谱》第四句注为'句'而非'叠'，今从之）。

新　荷　叶

　　蒋氏《九宫谱》，作正宫引子；赵抃词，名《折新荷引》，又因词中有"画桡稳，泛兰舟"句，或名《泛兰舟》，然与仄韵《泛兰舟》调迥别。

《新荷叶》的长短句结构

《新荷叶》上阕，四个乐段			
乐段一（十字）	乐段二（十字）	乐段三（十一字）	乐段四（十字）
4　　　6	4　　　6	4　　　34	4　　　6
			6　　　4

《新荷叶》下阕，四个乐段			
乐段一（十字）	乐段二（十字）	乐段三（十一字）	乐段四（十字）
4　　　6	4　　　6	4　　　34	4　　　6
			6　　　4

　　《康熙词谱》共收集四体《新荷叶》，双调，上下阕分别可分为四个乐段，其长短句结构如表所示。该调八十二字，上阕八句，四平韵；下阕八句，四平韵或五平韵。《康熙词谱》以八十二字体黄裳词与赵彦端词为正体或正格。《新荷叶》的正格与变格如表所示其中，上下阕各乐段中的格式（1）为正格句式，其余为变格句式。

《新荷叶》的正格与变格（双调）

《新荷叶》上阕，八句，四平韵	
乐段一（二句，十字）	乐段二（二句，十字）
＋｜－－（句）＋－＋｜－ －（韵）	＋｜－－（句）＋－＋｜－ －（韵）

《新荷叶》上阕，八句，四平韵	
乐段三（二句，十一字）	乐段四（二句，十字）
＋－＋｜（句）＋＋＋（读） ＋｜－－（韵）	＋－＋｜（句）＋－＋｜－－（韵） （1） ＋－＋｜＋－（句）＋｜－－（韵） （2）

《新荷叶》下阕，八句，四平韵或五平韵	
乐段一（二句，十字）	乐段二（二句，十字）
＋｜－－（句或韵）＋－＋｜ －－（韵）	＋｜－－（句）＋－＋｜－ －（韵） （1） ＋｜＋－＋｜（句）＋｜－－（韵） （2）

《新荷叶》下阕，八句，四平韵或五平韵	
乐段三（二句，十一字）	乐段四（二句，十字）
＋－＋｜（句）＋＋＋（读）＋ ｜－－（韵）	＋－＋｜（句）＋－＋｜－－ （韵） （1） ＋＋＋｜＋－（句）＋｜－ －（韵） （2）

例一　新荷叶（八十二字）
（宋）黄　裳

落日衔山，行云载雨俄鸣。一顷新荷，坐间总是秋声。烟波醉客，见快哉、风恼娉婷。香和清点，为人吹在衣襟。　　珠佩欢言，放船且向前汀。绿伞红幢，自从天汉相迎。飞鸿独落，芦边对、几朵繁英。侑觞人唱，乍闻应似湘灵。

注：该词上阕第七句和第八句为乐段四中的格式（1）；下阕第三句和第四句为乐段二中的格式（1），第七句和第八句为乐段四中的格式（1）。全词双调，八十二字，上下阕各八句，四平韵。

例二　新荷叶（八十二字）
（宋）赵彦端

欲暑还凉，如春有意重归。春若归来，任他莺老花飞。轻雷淡雨，似晚风、欺得单衣。檐声惊醉，起来新绿成围。　　回首分携。光风冉冉菲菲。曾几何时，故山疑梦还非。鸣琴再抚，将清恨、都入金徽。永怀桥下，系船溪柳依依。

注：该词上阕第七句和第八句为乐段四中的格式（1）；下阕第三句和第四句为乐段二中的格式（1），第七句和第八句为乐段四中的格式（1）。全词双调，八十二字，上阕八句，四平韵；下阕八句，五平韵。

例三　新荷叶（八十二字）
（宋）赵　抃

日晚芳塘，圆荷嫩绿新抽。越女轻盈，画桡稳泛兰舟。波光艳粉，红相间、脉脉娇羞。菱歌隐隐渐遥，依约回眸。　　堤上郎心，波间妆影迟留。不觉归时，暮天碧衬蟾钩。残蝉噪晚，余霞映、几点沙鸥。渔笛不道有人，独倚危楼。

注：该词上阕第七句和第八句为乐段四中的格式（2）；下阕第三句和第四句为乐段二中的格式（1），第七句和第八句为乐段四中的格式（2）。全词双调，八十二字，上下阕各八句，四平韵。

例四　新荷叶（八十二字）

（宋）赵长卿

冷彻蓬壶，翠幢鼎鼎生香。十顷琉璃，望中无限清凉。遮风掩日，高低衬、密护红妆。阴阴湖里，羡他双浴鸳鸯。　　猛忆西湖，当年一梦难忘。折得曾将盖雨，归思如狂。水云千里，不堪更、回首思量。而今把酒，为伊沉醉何妨。

注：该词上阕第七句和第八句为乐段四中的格式（1）；下阕第三句和第四句为乐段二中的格式（2），第七句和第八句为乐段四中的格式（1）。全词双调，八十二字，上下阕各八句，四平韵。

南州春色

调见元陶榖《辍耕录》，因词中有"管取南州春色"句，取以为名。

《南州春色》的长短句结构

《南州春色》上阕，三个乐段						
乐段一（十五字）			乐段二（十二字）		乐段三（十五字）		
3	3	4	5	7	5	6	4	5

《南州春色》下阕，三个乐段						
乐段一（十四字）			乐段二（十五字）			乐段三（十一字）	
6	4	4	4	4	34	6	5

《康熙词谱》只收集一体《南州春色》，双调，上下阕分别可分为三个乐段，其长短句结构如表所示。该调八十二字，上阕九句，四平韵；下阕八句，三平韵，其基本格式如表所示。

《南州春色》的基本格式（双调）

《南州春色》上阕，九句，四平韵		
乐段一（四句，十五字）	乐段二（二句，十二字）	乐段三（三句，十五字）
一 一 丨（句）丨 一 一（韵）十 一 十 丨（句）十 丨 丨 一 一（韵）	十 丨 十 一 一 丨 丨（句）十 丨 丨 一 一（韵）	十 丨 十 一 十 丨（句）十 一 十 丨（句）十 丨 丨 一 一（韵）

《南州春色》下阕，八句，三平韵		
乐段一（三句，十四字）	乐段二（三句，十五字）	乐段三（二句，十一字）
十 丨 十 一 十 丨（句）十 一 十 丨（句）十 丨 一 一（韵）	十 丨 一 一（句）十 一 十 丨（句）十 十 十（读）十 丨 一 一（韵）	十 丨 十 一 十 丨（句）十 丨 丨 一 一（韵）

例　南州春色（八十二字）

（元）汪梅溪

　　清溪曲，一株梅。无人偢采，独立古墙隈。莫恨东风吹不到，着意挽春回。一任天寒地冻，南枝香动，花傍一阳开。　　更待明年首夏，酸心结子，天自栽培。金鼎调羹，仁心犹在，还种取、无限根荄。管取南州春色，都自此中来。

注：全词双调，八十二字，上阕九句，四平韵；下阕八句，三平韵。

卷二十

长 寿 乐

《宋史·乐志》仙吕调;《乐章集》注"平调"。

八十三字体《长寿乐》的长短句结构

八十三字体《长寿乐》上阕,四个乐段			
乐段一(十三字)	乐段二(十四字)	乐段三(十一字)	乐段四(九字)
4　　　36	4　4　6	34　4	36

八十三字体《长寿乐》下阕,三个乐段		
乐段一(九字)	乐段二(十二字)	乐段三(十五字)
3　　6	3　　36	6　4　5

一百十三字体《长寿乐》的长短句结构

一百十三字体《长寿乐》上阕,四个乐段			
乐段一(十三字)	乐段二(十四字)	乐段三(十二字)	乐段四(十八字)
4　　　36	4　4　6	34　5	5　4　5　4

一百十三字体《长寿乐》下阕,四个乐段			
乐段一(十二字)	乐段二(十四字)	乐段三(十二字)	乐段四(十八字)
3　　36	4　4　6	34　5	36　5　4

《康熙词谱》共收集两体《长寿乐》,双调,一体八十三字,一体一百十三字。八十三字体《长寿乐》,上阕八句,五仄韵,可分为四个乐段;下阕七句,四仄韵,可分为三个乐段,其长短句结构和基本格式分别如表所示;一百十三字体《长寿乐》,上阕十一句,五仄韵,可分为四个乐段;下阕十句,五仄韵,可分为四个乐段,其长短句结构和基本格式分别如表所示。比较两者,显然一百十三字体在八十三字体的基础上,其长短

句结构已发生多处变化。

《长寿乐》（八十三字体）的基本格式（双调）

《长寿乐》（八十三字体）上阕，八句，五仄韵	
乐段一（二句，十三字）	乐段二（三句，十四字）
＋－＋｜（韵）＋＋＋（读）＋ ｜＋－＋｜（韵）	＋｜－－（句）＋－＋｜（句） ＋｜＋－＋｜（韵）

《长寿乐》（八十三字体）上阕，八句，五仄韵	
乐段三（二句，十一字）	乐段四（一句，九字）
＋＋＋（读）＋｜－－（句）＋ －＋｜（韵）	＋＋＋（读）＋｜－＋｜ （韵）

《长寿乐》（八十三字体）下阕，七句，四仄韵		
乐段一（二句，九字）	乐段二（二句，十二字）	乐段三（三句，十五字）
－＋｜（句）＋｜＋ －＋｜（韵）	－＋｜（韵）＋＋＋ （读）＋｜＋｜＋｜ （韵）	＋｜－｜－－（句） ＋－＋｜（句）＋－ －｜｜（韵）

例　长寿乐（八十三字）

（宋）柳　永

尤红殢翠。近日来、陡把狂心牵系。罗绮丛中，笙歌筵上，有个人人可意。解严妆、巧笑姿姿，别成娇媚。知几度、密约秦楼尽醉。　　仍携手，眷恋香衾绣被。情渐美。算好把、夕雨朝云相继。便是仙禁春深，御炉香袅，临轩亲试对。

注：全词双调，八十三字，上阕八句，五仄韵；下阕七句，四仄韵。

《长寿乐》（一百十三字体）的基本格式（双调）

《长寿乐》（一百十三字体）上阕，十一句，五仄韵	
乐段一（二句，十三字）	乐段二（三句，十四字）
＋ － ＋ ｜（韵）＋ ＋ ＋（读）＋ ｜ ＋ － ＋ ｜（韵）	＋ ｜ － －（句）＋ － ＋ ｜（句） ＋ ｜ ＋ － ＋ ｜（韵）

《长寿乐》（一百十二字体）上阕，十一句，五仄韵	
乐段三（二句，十二字）	乐段四（四句，十八字）
＋ ＋ ＋（读）＋ ＋ － ｜（句）＋ ｜ － － ｜（韵）	｜ ＋ － ＋ ｜（句）＋ － ＋ ｜（句） ｜ ＋ － ＋ ｜（句）＋ － ＋ ｜（韵）

《长寿乐》（一百十三字体）下阕，十句，五仄韵	
乐段一（二句，十二字）	乐段二（三句，十四字）
｜ － ｜（韵）＋ ＋ ＋（读）＋ ｜ ＋ － ＋ ｜（韵）	＋ ｜ － －（句）＋ － ＋ ｜（句） ＋ ｜ ＋ － ＋ ｜（韵）

《长寿乐》（一百十三字体）下阕，十句，五仄韵	
乐段三（二句，十三字）	乐段四（三句，十八字）
＋ ＋ ＋（读）＋ ＋ － ｜（句）＋ ｜ － － ｜（韵）	＋ ＋ ＋（读）＋ ｜ ＋ － ｜（句） ｜ ＋ － ＋ ｜（句）＋ － ＋ ｜（韵）

例 长寿乐（一百十三字）

（宋）柳 永

繁红嫩翠。艳阳景、妆点神州明媚。是处楼台，朱门院落，弦管新声腾沸。恣游人、无限驰骤，骄马如流水。竞寻芳选胜，归来向晚，起通衢近远，香尘细细。　　太平世。少年时、忍把韶光轻弃。况有红妆，吴娃楚艳，一笑千金何啻。向尊前、舞袖飘雪，歌响行云止。愿长绳、且把飞乌系住，好从容痛饮，谁能惜醉。

注：全词双调，一百十三字，上阕十一句，五仄韵；下阕十句，五仄韵。

迷 仙 引

《乐章集》注"双调"。

八十三字体《迷仙引》的长短句结构

八十三字体《迷仙引》上阕，四个乐段									
乐段一（十二字）			乐段二（十字）		乐段三（十一字）		乐段四（十三字）		
4	4	4	4	6	3	3	5	5	4	4

八十三字体《迷仙引》下阕，三个乐段						
乐段一（十字）		乐段二（十一字）		乐段三（十六字）		
5	5	4	7	3	4	5	4

（注：上表乐段三"十六字"行对应数值为 3 4 5 4）

一百二十二字体《迷仙引》的长短句结构

一百二十二字体《迷仙引》上阕，六个乐段											
乐段一（十一字）			乐段二（十字）		乐段三（九字）		乐段四（八字）		乐段五（十二字）			乐段六（十七字）			
3	4	4	7	3	4	5	3	5	4	5	3	4	3	3	7

一百二十二字体《迷仙引》下阕，四个乐段							
乐段一（十一字）			乐段二（十一字）		乐段三（十七字）			乐段四（十六字）	
5	3	3	4	7	3	3	5	3	5	5

（注：下阕乐段三为 3 3 5 3，乐段四为 5 5）

《康熙词谱》共收集两体《迷仙引》，双调，一体八十三字，一体一百二十二字。八十三字体《迷仙引》，上阕十句，四仄韵，可分为四个乐段，下阕七句，五仄韵，可分为三个乐段，其长短句结构和基本格式分别如表所示；一百二十二字体《迷仙引》，上阕十六句，九仄韵，可分为六个乐段；下阕十句，七仄韵一叠韵或八仄韵，可分为四个乐段，其长短句结构和基本格式分别如表所示。比较两者，显然一百二十二字体在八十三字体的基础上，其长短句结构已发生多处变化。

八十三字体《迷仙引》的基本格式（双调）

八十三字体《迷仙引》上阕，十句，四仄韵	
乐段一（三句，十二字）	乐段二（二句，十字）
＋∣－－（句）＋∣－－（句） ＋∣－∣（韵）	＋∣－－（句）＋－＋∣－∣（韵）

八十三字体《迷仙引》上阕，十句，四仄韵	
乐段三（二句，十一字）	乐段四（三句，十三字）
＋＋＋（读）－＋∣（句）∣＋ －＋∣（韵）	＋＋∣＋－（句）＋∣－∣（句） ＋－＋∣（韵）

八十三字体《迷仙引》下阕，七句，五仄韵		
乐段一（二句，十字）	乐段二（二句，十一字）	乐段三（三句，十六字）
＋∣－－∣（韵） ＋∣－－∣（韵）	＋∣－－（句）＋ ＋∣－∣（韵）	＋＋＋（读）＋－＋∣ （韵）＋－－∣∣（句）＋ －＋∣（韵）

例　迷仙引（八十三字）

（宋）柳　永

才过笄年，初绾云鬟，便学歌舞。席上尊前，王孙随分相许。算等闲、酬一笑，便千金慵觑。常只恐舜华，容易偷换，光阴虚度。　　已受君恩顾。好与花为主。万里丹霄，何妨携手同归去。永弃却、烟花伴侣。免教人见妾，朝云暮雨。

注：全词双调，上阕十句，四仄韵；下阕七句，五仄韵。

一百二十二字体《迷仙引》的基本格式（双调）

一百二十二字体《迷仙引》上阕，十六句，九仄韵		
乐段一（三句，十一字）	乐段二（二句，十字）	乐段三（二句，九字）
一 十 丨（韵）十 丨 一 一 （句）十 一 十 丨（韵）	十 丨 十 一 一 丨 丨（韵）一 十 丨（韵）	十 丨 一 一 （句）丨 十 一 十 丨（韵）

一百二十二字体《迷仙引》上阕，十六句，九仄韵		
乐段四（二句，八字）	乐段五（三句，十二字）	乐段六（四句，十七字）
一 十 丨（句）十 丨 一 一 丨（韵）	一 十 十 丨（句）十 丨 一 一 丨（韵）	十 一 十 丨（韵）一 十 丨（句）一 十 丨（句）一 十 丨 一 一 丨（韵）

一百二十二字体《迷仙引》下阕，十句，八仄韵	
乐段一（三句，十一字）	乐段二（二句，十一字）
十 丨 十 一 丨（韵）十 一 十 （句）一 十 丨（韵）	十 丨 一 一 （句）十 丨 一 一 一 丨（韵）

一百二十二字体《迷仙引》下阕，十句，八仄韵	
乐段三（三句，十七字）	乐段四（二句，十六字）
十 十 十（读）一 十 丨（韵）十 十 十（读）十 丨 一 一 丨（韵）一 十 丨（韵）	十 十 十（读）十 丨 一 一 丨（韵）十 十（读）十 丨 一 一 丨（韵）

例　迷仙引（一百二十二字）

《古今词话》无名氏

春阴霁。岸柳参差，袅金丝细。画阁昼眠莺唤起。烟光媚。燕燕双高，引愁人如醉。慵缓步，眉敛金铺倚。佳景易失，懊恼韶光改，花空委。忍厌厌地。施朱粉，临鸾镜，腻香销减摧桃李。　　独自个凝睇。暮云暗，遥山翠。天色无情，四远低垂淡如水。离恨托、征雁寄。旋娇波、暗落相思泪。妆如洗。向高楼、日日春风里。悔凭阑、芳草人千里。

注：全词双调，一百二十二字，上阕十六句，九仄韵；下阕十句，八仄韵。（注：下阕乐段

四末句与前句叠韵，但《康熙词谱》注"韵"，故从之。）。

促拍满路花

此调有平韵、仄韵二体。平韵者，始自柳永，《乐章集》注仙吕调。仄韵者，始自秦观，或名《满路花》，无"促拍"二字。秦观词一名《满园花》；周邦彦词名《归去难》；袁去华词名《一枝花》；牛真人词名《喝马一枝花》；《太平乐府》注"南吕调"。

《康熙词谱》共收集十一体《促拍满路花》，双调，上下阕分别可分为三个乐段，其长短句结构如表所示。该调有八十一字或八十三字、八十六字、八十七字、八十八字、九十字等格式。

对平韵格《促拍满路花》而言，上阕八句，四平韵或五平韵；下阕八句，四平韵或五平韵、六平韵。上下阕第三句为七字者，《康熙词谱》以八十一字体廖行之词为正体或正格；上下阕第三句为八字者，《康熙词谱》以八十三字体吕渭老词为正体或正格。平韵格《促拍满路花》的正格与变格如表所示，其中，上阕乐段一和乐段二中的格式（1）和格式（2）、乐段三中的格式、乐段四中的格式（1）和格式（2），下阕乐段一中的格式（1）、乐段二中的格式（1）和格式（2）、乐段三中的格式、乐段四中的格式（1）为正格句式，其余为变格句式。

对仄韵格《促拍满路花》而言，上阕八句，六仄韵或五仄韵；下阕八句或七句，六仄韵或五仄韵。上下阕起句押韵者，《康熙词谱》以八十三字体秦观词为正体或正格；上下阕起句不押韵者，《康熙词谱》以八十三字体周邦彦词为正体或正格。仄韵格《促拍满路花》的正格与变格如表所示，其中，上阕乐段一和乐段二、乐段四中的格式（1）和格式（2），下阕乐段二和乐段四中的格式（1）和格式（2），上下阕其他各乐段中的格式（1）为正格句式，其余为变格句式。

《促拍满路花》的长短句结构

《促拍满路花》上阕，四个乐段			
乐段一 （十字或十一字）	乐段二 （七字或八字）	乐段三 （九字或十字）	乐段四 （十五字或十六字）
5　　5 5　　6	7 53	4　　5 5　　5	5　　4　　6 5　　6　　4 5　　5　　6

《促拍满路花》下阕，四个乐段			
乐段一（九字或十一字、十二字、十三字）	乐段二（七字或八字、六字）	乐段三（九字或十字）	乐段四（十五字或十六字、十四字）
4　　5	7	4　　5	5　　4　　6
6　　5	53	5　　5	5　　5　　6
7　　5	35	4　　33	5　　4　　34
5　　6	33		33　　4　　6
34　　5			34　　34
35　　5			

例一　促拍满路花（八十一字）

（宋）廖行之

雨霁烟波阔，雁度陇云愁。西风庭院不胜秋。桂华光满，偏照最高楼。东山携妓约，故人千里，夜来为枻仙舟。　　明眸皓齿，歌舞总名流。恼人情态物中尤。阳春一曲，谁把万金酬。便好拌沉醉，此夕姮娥，共须着意攀留。

注：该调上阕第一句和第二句为乐段一中的格式（1），第三句为乐段二中的格式（1），第六句至第八句为乐段四中的格式（1）；下阕第一句和第二句为乐段一中的格式（1），第三句为乐段二中的格式（1），第六句至第八句为乐段四中的格式（1）。全词双调，八十一字，上下阕各八句，四平韵。

例二　促拍满路花（八十三字）

（宋）吕渭老

西风秋日短，小雨菊花寒。断云低古木、暗江天。星娥尺五，佳约误当年。小语凭肩处，犹记西园。画桥斜月栏干。　　鸟啼花落，春信遣谁传。尚容清夜梦、小留连。青楼何处，宝镜注婵娟。应念红笺事，微晕春山。背窗愁枕孤眠。

注：该调上阕第一句和第二句为乐段一中的格式（2），第三句为乐段二中的格式（2），第六句至第八句为乐段四中的格式（2）；下阕第一句和第二句为乐段一中的格式（1），第三句为乐段二中的格式（2），第四句和第五句为乐段三中的格式（1），第六句至第八句为乐段四中的格式（1）。全词双调，八十三字，上下阕各八句，五平韵。

《促拍满路花》（平韵）的正格与变格（双调）

《促拍满路花》（平韵）上阕，八句，四平韵或五平韵	
乐段一（二句，十字）	乐段二（一句，七字或八字）
＋｜－－｜（句）＋｜｜－－（韵） （1） ＋－－｜｜（句）＋｜｜－－（韵） （2）	＋－＋｜｜－－（韵） （1） ＋－－｜｜（读）｜－－（韵） （2）

《促拍满路花》（平韵）上阕，八句，四平韵或五平韵	
乐段三（二句，九字）	乐段四（三句，十五字）
＋－＋｜（句）＋｜｜－ －（韵）	＋－－｜｜（句）＋－＋｜（句）＋－＋｜－－（韵） （1） ＋｜－－｜（句）＋｜－－（句或韵） ＋－＋｜－－（韵） （2） ＋｜－－｜（句）＋－＋｜（句）＋－＋｜－－（韵） （3） ＋－－＋｜（句）＋｜－｜＋－（句） ＋｜－－（韵） （4） ＋｜－－｜（句）＋｜＋－＋｜（句） ＋｜－－（韵） （5）

《促拍满路花》（平韵）下阕，八句，四平韵或五平韵、六平韵	
乐段一（二句，十一字或九字、十二字）	乐段二（一句，七字或八字）
＋－＋｜（句）＋｜｜－－（韵） （1） ＋－＋｜－｜（句）＋｜｜－－（韵） （2） ＋－＋｜｜－－（韵）＋｜｜－ －（韵） （3） ｜＋－＋｜－－（句）＋｜｜－ －（韵） （4） ＋＋＋（读）＋｜－－（句）＋｜｜ －－（韵） （5）	＋－＋｜｜－－（韵） （1） ＋－－｜｜（读）｜－－（韵） （2）

《促拍满路花》（平韵）下阕，八句，四平韵或五平韵、六平韵	
乐段三（二句，九字）	乐段四（三句，十五字或十六字）
＋－＋｜（句）＋｜｜－ －（韵）	＋｜－－｜（句）＋｜－－（句）＋ －＋｜－－（韵） （1） ＋｜－－｜（句）＋－＋｜（句）＋ －＋｜－－（韵） （2） ＋｜－－｜（句）＋｜－－（韵）＋ －＋｜－－（韵） （3） ＋＋＋（读）－－｜（句）＋｜－－（句） ＋－＋｜－－（韵） （4）

例三　促拍满路花（八十三字）
〔宋〕柳　永

香靥融春雪，翠鬓軃秋烟。楚腰纤细正笄年。凤帏夜短，偏爱日高眠。起来贪颠耍，只恁残却黛眉，不整花钿。　　有时携手闲坐，偎倚绿窗前。温柔情态尽人怜。画堂春过，悄悄落花天。长是娇痴处，尤殢檀郎，未教折了秋千。

注：该调上阕第一句和第二句为乐段一中的格式（1），第三句为乐段二中的格式（1），第六句至第八句为乐段四中的格式（4）；下阕第一句和第二句为乐段一中的格式（2），第三句为乐段二中的格式（1），第六句至第八句为乐段四中的格式（1）。全词双调，八十三字，上下阕各八句，四平韵。

例四　促拍满路花（八十六字）
《花草粹编》无名氏

秋风吹渭水，落叶满长安。黄尘车马道、独清闲。自然炉鼎，虎绕与龙盘。九转丹砂就，琴心三叠，蕊宫看舞胎仙。　　任万钉宝带貂蝉。富贵欲薰天。黄粱炊未熟、梦惊残。是非海里，直道作人难。袖手江南去，白蘋红蓼，又寻溢浦庐山。

注：该调上阕第一句和第二句为乐段一中的格式（2），第三句为乐段二中的格式（2），第六句至第八句为乐段四中的格式（3）；下阕第一句和第二句为乐段一中的格式（4），第三句为乐段二中的格式（2），第六句至第八句为乐段四中的格式（2）。全词双调，八十六字，上阕八句，四平韵；下阕八句，五平韵。

例五　促拍满路花（八十六字）
〔宋〕赵师侠

栽花春烂漫，叠石翠巉岏。小庭相对倚、数峰寒。主人寻胜，接竹引清泉。凿破苍苔地，一曲泓澄，六花疑是深渊。　　向闲中、百虑翛然。情事寄鸣弦。炉香陪茗椀、可忘言。喷珠溅雪，历历听潺湲。尘世知何计，不老朱颜。静看日月跳丸。

注：该调上阕第一句和第二句为乐段一中的格式（2），第三句为乐段二中的格式（2），第六句至第八句为乐段四中的格式（2）；下阕第一句和第二句为乐段一中的格式（5），第三句为乐段二中的格式（2），第六句至第八句为乐段四中的格式（3）。全词双调，八十六字，上阕八句，四平韵；下阕八句，六平韵。

例六　促拍满路花（八十七字）

（宋）曹　勋

　　清都山水客，何事入临安。珍祠天赐与、半生闲。曲池人静，水击赤乌蟠。飞上烟岚顶，三缕明霞照晚，时对胎仙。　　圃中有个小庭轩。才到便翛然。坐来闲看了、篆香残。道人活计，休道出尘难。归去后、安排着，一两麻鞋，定期踏遍名山。

　　注：该调上阕第一句和第二句为乐段一中的格式（2），第三句为乐段二中的格式（2），第六句至第八句为乐段四中的格式（5）；下阕第一句和第二句为乐段一中的格式（3），第三句为乐段二中的格式（2），第六句至第八句为乐段四中的格式（4）。全词双调，八十七字，上阕八句，四平韵；下阕八句，五平韵。

《促拍满路花》（仄韵）的正格与变格（双调）

《促拍满路花》（仄韵）上阕，八句，六仄韵或五仄韵	
乐段一（二句，十字或十一字）	乐段二（一句，八字）
＋｜－｜（韵）＋｜－－｜（韵） （1）	＋｜－－｜（读）＋－｜（韵） （1）
－－＋｜－（句）＋｜－－｜（韵） （2）	＋－－｜｜（读）＋－｜（韵） （2）
＋｜－－｜（韵）＋｜＋－＋｜（韵） （3）	

例一　促拍满路花（八十三字）

（宋）秦　观

　　露颗添花色。月彩投窗隙。春思如中酒、恨无力。洞房咫尺，曾寄青鸾翼。云散无踪迹。罗帐春残，梦回无处寻觅。　　轻红腻白。步步熏兰泽。约腕金环重、宜妆饰。未知安否，一向无消息。不似寻常忆。忆后教人，片时存济不得。

　　注：该调上阕第一句和第二句为乐段一中的格式（1），第三句为乐段二中的格式（1），第四句和第五句为乐段三中的格式（1），第六句至第八句为乐段四中的格式（1）；下阕第一句和第二句为乐段一中的格式（1），第三句为乐段二中的格式（1），第四句和第五句为乐段三中的格式（1），第六句至第八句为乐段四中的格式（1）。全词双调，八十三字，上下阕各八句，六仄韵。

《促拍满路花》（仄韵）上阕，八句，六仄韵或五仄韵	
乐段三（二句，九字或十字）	乐段四（三句，十五字或十六字）
＋－＋｜（句）＋｜－－｜（韵） （1）	＋｜－－｜（韵）＋｜－－（句） ＋－＋｜－｜（韵） （1） ＋－－｜｜（韵）＋｜－－（句） ＋－＋｜－｜（韵） （2） ＋｜－－｜（韵）＋｜－－（句） ＋｜＋－＋｜（韵） （3） ＋｜－－｜（韵）｜＋｜－－（句） ＋｜＋－＋｜（韵） （4）
＋｜－－（句）＋｜－－｜（韵） （2） ｜＋｜＋－（句）＋｜－－｜（韵） （3）	

例二　促拍满路花（八十三字）

（宋）周邦彦

　　金花落烬灯，银砾鸣窗雪。夜深微漏断、行人绝。风扉不定，竹围琅玕折。玉人新间阔。著甚惊情，更当恁地时节。　　无言欹枕，帐底流清血。愁如春后絮、来相接。知他那里，争信人心切。除共天公说。不成也还，似伊无个分别。

　　注：该调上阕第一句和第二句为乐段一中的格式（2），第三句为乐段二中的格式（2），第四句和第五句为乐段三中的格式（1），第六句至第八句为乐段四中的格式（2）；下阕第一句和第二句为乐段一中的格式（1），第三句为乐段二中的格式（2），第四句和第五句为乐段三中的格式（1），第六句至第八句为乐段四中的格式（2）。全词双调，八十三字，上下阕各八句，五仄韵。

《促拍满路花》（仄韵）下阕，八句，六仄韵或五仄韵

乐段一（二句，九字或十一字、十二字、十三字）	乐段二（一句，七字或八字、六字）
＋ － ＋ ｜（韵或句）＋ ｜ － － ｜（韵） （1）	＋ ｜ － － ｜（读）＋ － ｜（韵） （1）
＋ ＋ ＋（读）＋ － － ｜ ｜（韵）＋ ｜ － － ｜（韵） （2）	＋ ｜ － ｜ ｜（读）＋ － ｜（韵） （2）
＋ ＋ ＋（读）＋ － ＋ ｜（韵）＋ ｜ － － ｜（韵） （3）	－ － ｜ ＋ ｜（读）＋ － ｜（韵） （3）
＋ ｜ － － ｜（韵）＋ ｜ ＋ － ＋ ｜（韵） （4）	＋ ＋ ＋（读）＋ ｜ － － ｜（韵） （4）
	＋ ＋ ＋（读）＋ － ｜（韵） （5）

《促拍满路花》（仄韵）下阕，八句，六仄韵或五仄韵

乐段三（二句，九字或十字）	乐段四（三句或二句，十五字或十六字、十四字）
＋ － ＋ ｜（句）＋ ｜ － － ｜（韵） （1）	＋ ｜ － － ｜（韵）＋ ｜ － －（句） ＋ － － ｜ ＋ ｜（韵） （1）
｜ ＋ ｜ － －（句）＋ ｜ － － ｜（韵） （2）	＋ ｜ － ｜（韵）＋ － － ｜（句） － － ＋ ｜ － ｜（韵） （2）
＋ ｜ － －（句）＋ ＋ ＋（读）＋ － ｜（韵） （3）	＋ － － ｜ ｜（句）＋ ｜ ｜ － －（句） ＋ ｜ ＋ － － ｜（韵） （3）
	｜ ＋ － ＋ ｜（韵）＋ ｜ － －（句） ＋ ＋ ＋（读）＋ － ＋ ｜（韵） （4）
	＋ ＋ ＋（读）＋ ｜ ＋ －（句）＋ ＋ ＋（读）＋ － ＋ ｜（韵） （5）

例三　促拍满路花（八十六字）
（宋）袁去华

江上西风晚。野水兼天远。云衣拖翠缕、易零乱。见柳叶满梢，秀色惊秋变。百岁今强半。两鬓青青，尽着吴霜偷换。　　向老来、功名心事懒。客里愁难遣。乍飘泊、有谁管。对照壁孤灯，相与秋虫叹。人间事、经了万千，这寂寞、几时曾见。

注：该调上阕第一句和第二句为乐段一中的格式（1），第三句为乐段二中的格式（2），第四句和第五句为乐段三中的格式（3），第六句至第八句为乐段四中的格式（3）；下阕第一句和第二句为乐段一中的格式（2），第三句为乐段二中的格式（5），第四句和第五句为乐段三中的格式（2），第六句和第七句为乐段四中的格式（5）。全词双调，八十六字，上阕八句，六仄韵；下阕七句，五仄韵。

例四　促拍满路花（九十字）
（宋）辛弃疾

千丈擎天手。万卷悬河口。黄金腰下印、大如斗。任千骑弓刀，挥霍遮前后。百计千方久。似斗草儿童，赢个他家偏有。　　算枉了、双眉长皱。白发空回首。那时间、说向山中友。看丘陇牛羊，更辨贤愚否。且自栽花柳。怕有人来，但只道、今朝中酒。

注：该调上阕第一句和第二句为乐段一中的格式（1），第三句为乐段二中的格式（2），第四句和第五句为乐段三中的格式（3），第六句至第八句为乐段四中的格式（4）；下阕第一句和第二句为乐段一中的格式（3），第三句为乐段二中的格式（4），第四句和第五句为乐段三中的格式（2），第六句至第八句为乐段四中的格式（4）。全词双调，九十字，上下阕各八句，六仄韵。

例五　促拍满路花（八十八字）
（元）牛真人

雨过山花绽。雾敛云收天汉。清闲幽雅处、耽游玩。古洞岩前，时把金丹炼。不爱乘肥马，富贵荣华，是非多不须管。　　独坐茅斋看。闲把道经时展。横琴膝上抚、鹤来见。紫绶金章，是则是、官高显。五更忙上马，争似我山家，日午柴门犹掩。

注：该调上阕第一句和第二句为乐段一中的格式（3），第三句为乐段二中的格式（2），第四句和第五句为乐段三中的格式（2），第六句至第八句为乐段四中的格式（1）；下阕第一句和第二句为乐段一中的格式（4），第三句为乐段二中的格式（3），第四句和第五句为乐段三中的

格式（3），第六句至第八句为乐段四中的格式（3）。全词双调，八十八字，上下阕各八句，五仄韵。

黄 鹤 引

宋方勺《泊宅编》云："先子晚官邓州，一日秋风起，思吴中山水，尝信笔作长短句，序云：'阮田曹所制《黄鹤引》，爱其词调清高，寄为一阕，命稚子歌之，以侑尊焉'。"

《黄鹤引》的长短句结构

《黄鹤引》上阕，四个乐段							
乐段一（十一字）		乐段二（十字）		乐段三（十字）		乐段四（十一字）	
4	7	6	4	4	6	3	8

《黄鹤引》下阕，四个乐段							
乐段一（十字）		乐段二（十字）		乐段三（十字）		乐段四（十一字）	
5	5	6	4	4	6	4	34

《康熙词谱》只收集一体《黄鹤引》，双调，上下阕分别可分为四个乐段，其长短句结构如表所示。该调八十三字，上下阕各八句，六仄韵，其基本格式如表所示。

《黄鹤引》的基本格式（双调）

《黄鹤引》上阕，八句，六仄韵	
乐段一（二句，十一字）	乐段二（二句，十字）
十 一 十 丨（韵）十 丨 一 一 丨 一 丨（韵）	十 一 十 丨 一 （句）十 一 十 丨（韵）

《黄鹤引》上阕，八句，六仄韵	
乐段三（二句，十字）	乐段四（二句，十一字）
十 一 十 丨（韵）十 丨 十 一 十 丨（韵）	丨 一 一 （句）十 丨 一 十 一 十 丨（韵）

《黄鹤引》下阕，八句，六仄韵	
乐段一（二句，十字）	乐段二（二句，十字）
＋｜｜－－（句）＋｜－－｜（韵）	＋－＋｜－－（句）＋－＋｜（韵）

《黄鹤引》下阕，八句，六仄韵	
乐段三（二句，十字）	乐段四（二句，十一字）
＋－＋｜（韵）＋｜＋－＋｜（韵）	＋－＋｜（韵）＋＋＋（读）＋－＋｜（韵）

例　黄鹤引（八十三字）

《泊宅编》方勺之父

　　生逢垂拱。不识干戈免田陇。士林书圃终年，庸非天宠。才粗阃茸。老去支离何用。浩然归，算是黄鹤秋风相送。　　尘事塞翁心，浮世庄生梦。漾舟遥指烟波，群山森动。神闲意耸。回首利靰名鞿。此情谁共。问几许、淋浪春瓮。

　　注：全词双调，八十三字，上下阕各八句，六仄韵。

洞　仙　歌

　　唐教坊曲名。此调有令词，有慢词。令词自八十二字至九十三字，共三十五首。康与之词名《洞仙歌令》；潘纺词名《羽仙歌》；袁易词名《洞仙词》；《宋史·乐志》名《洞中仙》，注"林钟商调"，又"歇指调"；金词注"大石调"。慢词自一百十八字至一百二十六字，共五首。柳永《乐章集》"嘉景"词注"般涉调"，"乘兴闲泛兰舟"词注"仙吕调"，"佳景留心惯"词注"中吕调"。

《洞仙歌》（令词）的长短句结构

上阕，两个乐段	
乐段一 （十六字）	乐段二（十八字或十七字、十九字、二十字、三十一字）
4　　5　　7	36　　3　　6 54　　3　　6 36　　3　　5 36　　3　　34 33　　4　　3　　6 33　　3　　3　　6 33　　5　　3　　6 37　　3　　6 6　　4　　3　　6 34　　34　　35　　54

下阕，三个乐段		
乐段一 （十六字或十五字）	乐段二（十六字或二十字、十九字、十八字、十七字、十五字、十四字）	乐段三 （十七字或十八字）
5　　4　　7 4　　4　　7 4　　5　　7	54　　34 54　　36 54　　3　　6 5　　3　　34 44　　34 36　　34 34　　36 33　　4　　34 46　　34 33　　4　　36 34　　4　　36 34　　34 34　　34	35　　36 35　　54 54　　54 53　　45 53　　54 53　　36

　　按张綖《诗余图谱》，前段六句三韵，后段七句三韵，前后段第三句俱七字，第四句俱九字，前段结句六字，后段结句九字，此令词正体也。间有摊破添字句添韵者，皆从此出，谱中句读悉据之。

《洞仙歌慢》的长短句结构

上阕，四个乐段			
乐段一（十二字或十三字、十四字）	乐段二（十字或九字）	乐段三（十八字或十六字）	乐段四（九字或十字）
2　4　6	5　5	4　4　4　33	3　6
4　4　4	5　4	7　5　4	5　5
2　5　6		7　35　3	
5　4　4			
4　5　4			

下阕，四个乐段			
乐段一（二十六字或二十五字）	乐段二（十八字或十七字）	乐段三（十三字）	乐段四（十七字或十六字、十八字）
2　6　4　6　8	6　6　33	5　4　4	34　3　34
2　4　4　4　6　6	4　4　4　33	3　7　3	43　3　34
2　34　4　6　6	7　5　5		4　3　3　34
2　4　4　4　4　4	7　8　3		6　3　34
			33　5　7

《康熙词谱》共收集《洞仙歌》令词三十五体，双调有八十二字至九十三字等诸多格式，上阕可分为两个乐段，下阕可分为三个乐段，其长短句结构如表所示。《康熙词谱》以八十三字体苏轼词和辛弃疾词为正体或正格，其正格与变格如表所示。其中，上阕乐段一中的格式（1）、乐段二中的格式（1）和（2），下阕各乐段中的格式（1）为正格句式，其余为变格句式。

《洞仙歌》慢词，称之为《洞仙歌慢》，双调，上下阕分别可分为四个乐段，其长短句结构如表所示。《康熙词谱》未指出何为正体，但分析它们的长短句结构，一百二十三字体柳永词与晁补之词基本相似。为今人填词方便，可以二词为正体或正格。该调的正格与变格如表所示，其中，上下阕乐段一、乐段二和乐段四中的格式（1）和（2），乐段三中的格式（1）为正格句式，其余为变格句式。

《洞仙歌》（令词）的正格与变格（双调）

《洞仙歌》上阕，六句或七句，三仄韵或四仄韵
乐段一（三句，十六字）
＋－＋｜（句或韵）｜＋－＋｜（韵）＋｜－－｜＋｜（韵） （1）
＋－＋｜（句或韵）＋｜－－｜（韵）＋｜－－｜＋｜（韵） （2）
＋－＋｜（句）＋－－＋｜（韵）＋｜－－｜＋｜（韵） （3）

例一　洞仙歌（八十三字）

（宋）苏　轼

冰肌玉骨，自清凉无汗。水殿风来暗香满。绣帘开、一点明月窥人，人未寝，敧枕钗横鬓乱。　　起来携素手，庭户无声，时见疏星渡河汉。试问夜如何、夜已三更，金波淡、玉绳低转。但屈指、西风几时来，又不道、流年暗中偷换。

注：该词上阕第一句至第三句为乐段一中的格式（1），第四句至第六句为乐段二中的格式（1）；下阕第一句至第三句为乐段一中的格式（1），第四句和第五句为乐段二中的格式（1），第六句和第七句为乐段三中的格式（1）。全词双调，八十三字，上阕六句，三仄韵；下阕七句，三仄韵。

例二　洞仙歌（八十三字）

（宋）辛弃疾

婆娑欲舞，怪青山欢喜。分得清溪半篙水。记平沙鸥鹭、落日渔樵，湘江上，风景依然如此。　　东篱多种菊，待学渊明，酒趣诗情不相似。十里涨春波、一棹归来，只做得、五湖范蠡。是则是、一般弄扁舟，争知道、他家有个西子。

注：该词上阕第一句至第三句为乐段一中的格式（1），第四句至第六句为乐段二中的格式（2）；下阕第一句至第三句为乐段一中的格式（1），第四句和第五句为乐段二中的格式（1），第六句和第七句为乐段三中的格式（1）。全词双调，八十三字，上阕六句，三仄韵；下阕七句，三仄韵。

《洞仙歌》上阕，六句或七句，三仄韵或四仄韵

乐段二（三句或四句，十八字或十七字、十九字、二十字、三十一字）

＋＋＋（读）＋｜＋｜＋｜－－（句）＋＋｜（句）＋｜＋－＋｜（韵）
(1)

｜＋－＋｜（读）＋｜－－（句）－＋｜（句或韵）＋＋｜＋＋－＋｜（韵）
(2)

＋＋＋（读）＋－＋｜－－（句）－＋｜（句）＋｜＋－＋｜（韵）
(3)

＋＋＋（读）＋｜＋｜－－（句）＋－｜（句）｜＋－＋｜（韵）
(4)

＋＋＋（读）＋｜＋｜－－（句）－＋｜（句）＋＋＋（读）＋－＋｜（韵）
(5)

＋＋＋（读）－＋｜（韵或句）＋｜－－（句）－＋｜（句）＋｜＋－＋｜（韵）
(6)

＋＋＋（读）｜－－（句）＋｜－－（句）－＋｜（句）＋＋｜＋－＋｜（韵）
(7)

＋＋＋（读）＋｜－（句）＋－｜（韵）－＋｜（句或韵）＋｜＋－＋｜（韵）
(8)

＋＋＋（读）－＋｜（句）＋｜＋－（句）－＋｜（句）＋｜＋－＋｜（韵）
(9)

＋＋＋（读）－＋｜｜｜－－（句）－＋｜（句）＋｜＋－＋｜（韵）
(10)

｜＋－－｜｜（句）＋｜－－（句）－＋｜（句）＋｜＋－＋｜（韵）
(11)

＋＋＋（读）＋｜－－（句）＋＋＋（读）＋－＋｜（韵）＋＋＋（读）＋｜｜－－（句）｜＋－－（读）＋－＋｜（韵）
(12)

注：上阕乐段二中的格式"｜＋－－｜｜（句）"，为"上一下五"句式。

《洞仙歌》下阕，七句或八句，三仄韵或四仄韵、五仄韵
乐段一（三句，十六字或十五字）
＋｜－－｜｜（句或韵）＋｜｜－－（句）＋｜＋－｜＋｜（韵） （1）
＋｜－－｜（句或韵）＋｜｜－－（句）＋｜｜－－｜＋｜（韵） （2）
＋｜－＋｜（句）＋｜｜－－（句）＋｜｜－－｜＋｜（韵） （3）
＋｜－＋｜（句或韵）＋｜｜－－（句）＋｜｜－－｜＋｜（韵） （4）
＋｜＋－｜（句或韵）＋｜｜－－（韵）＋｜｜－－｜＋｜（韵） （5）

注：乐段一中的格式"＋｜＋－｜＋｜（韵）"，第三字尽管个别词例用仄，但应尽量避免，以用平为宜。

例三　洞仙歌（八十三字）

（宋）葛郯

璚楼十二。无限神仙侣。紫绂丹麾彩鸾驭。步虚声杳霭、碧落天高，微云淡，点破瑶阶白露。　　暗香来水阁，冰簟纱橱，一枕风轻自无暑。更上水晶帘、斗挂阑干，银河浅、天孙将度。终不如、归去在苕川，看千顷菰蒲、乱鸣秋雨。

注：该词上阕第一句至第三句为乐段一中的格式（2），第四句至第六句为乐段二中的格式（2）；下阕第一句至第三句为乐段一中的格式（1），第四句和第五句为乐段二中的格式（1），第六句和第七句为乐段三中的格式（4）。全词双调，八十三字，上阕六句，四仄韵；下阕七句，三仄韵。

《洞仙歌》下阕，七句或八句，三仄韵或四仄韵、五仄韵

乐段二（二句或三句，十六字或二十字、十九字、十八字、十七字、十五字、十四字）

+ | | − −（读）+ | − −（句）+ + +（读）+ − + |（韵）
(1)

| + | − −（读）+ − + |（句）+ + +（读）+ − + |（韵）
(2)

| + | − −（读）+ | − −（句）+ + +（读）+ | − + |（韵）
(3)

| + − + |（读）+ | − −（句）+ + +（读）+ − + |（韵）
(4)

| + | + |（读）+ − − −（句）+ + +（读）+ − − |（韵）
(5)

| + + +（读）+ − − −（句）− + |（韵）+ | − + |（韵）
(6)

+ | | − −（句）| − − −（句）+ + +（读）+ − + |（韵）
(7)

+ − + |（读）+ | − −（句）+ + +（读）+ − + |（韵）
(8)

+ − + |（读）+ − + | − −（句）+ + +（读）+ − + |（韵）
(9)

+ + +（读）+ − + | − −（句）+ + +（读）+ − + |（韵）
(10)

+ + +（读）+ | − −（句）+ + +（读）+ | − + |（韵）
(11)

+ + +（读）+ + +（句）+ | − −（句）+ + +（读）+ − + |（韵）
(12)

+ + +（读）+ + +（句）+ | − −（句）+ + +（读）+ − + |（韵）
(13)

+ + +（读）+ − + |（句）+ | − −（句）+ + +（读）| − + − + |（韵）
(14)

+ + +（读）+ − + |（句）+ − + |（句）+ + +（读）+ − + |（韵）
(15)

+ + +（读）+ | − −（句）+ + +（读）+ − + |（韵）
(16)

《洞仙歌》下阕，七句或八句，三仄韵或四仄韵、五仄韵
乐段三（二句，十七字或十八字）
＋＋＋（读）＋＋｜－－（句）＋＋＋（读）＋－｜＋－｜（韵） （1）
＋＋＋（读）＋＋｜－（句）＋＋＋（读）＋｜－＋｜（韵） （2）
＋＋＋（读）－｜－｜（句）＋＋＋（读）＋｜＋｜（韵） （3）
＋＋＋（读）＋＋｜－（句）｜＋｜－－（读）＋－＋｜（韵） （4）
＋＋＋（读）－｜＋－（句）＋｜｜＋－（读）＋－＋｜（韵） （5）
＋｜｜－－（读）＋－－（句）＋｜｜＋－（读）＋－＋｜（韵） （6）
｜＋｜－－（读）｜－－（句）＋｜＋－（读）－｜－｜（韵） （7）
｜＋｜－－（读）｜－－（句）＋｜＋－（读）＋－＋｜（韵） （8）
｜＋－＋（读）｜－－（句）＋｜＋－（读）＋－＋＋｜（韵） （9）
＋＋－｜（读）｜－－（句）＋＋＋（读）＋－｜－＋｜（韵） （10）
｜＋－－（读）｜－－（句）＋＋＋（读）＋－｜－＋｜（韵） （11）
＋｜｜＋－（读）｜＋－（句）＋＋｜－－（读）＋－＋｜（韵） （12）
注：①上下阕乐段二中的格式"＋＋｜（句）"与"＋＋＋（句）"，三字宜有平有仄，尽管有个别三连仄的词例，但未见三连平词例。②下阕乐段三中的格式"＋＋｜－－（读）"，为"上一下四"句式。③上阕乐段二中的格式（6）"＋＋｜＋－＋｜（韵）"为"上一下六"句式。

例四　洞仙歌（八十三字）

（宋）张　炎

野鹃啼月，便角巾还第。轻掷诗瓢趁流水。最无端、小院寂历春空，门自掩，柳发离离如此。　　可惜欢娱地。雨冷云昏，不见当时谱银字。旧曲怯重翻、总是愁思，泪痕洒、一帘花碎。梦沉沉、不道不归来，尚错问桃根、醉还醒未。

注：该词上阕第一句至第三句为乐段一中的格式（1），第四句至第六句为乐段二中的格式（1）；下阕第一句至第三句为乐段一中的格式（2），第四句和第五句为乐段二中的格式（1），第六句和第七句为乐段三中的格式（4）。全词双调，八十三字，上阕六句，三仄韵；下阕七句，四仄韵。

例五　洞仙歌（八十三字）
（宋）汪元量

西园春暮。乱草迷行路。风卷残花堕红雨。念旧巢燕子、飞傍谁家，斜阳外，长笛一声今古。　　繁华流水去。舞歇歌沉，忍见遗钿种香土。渐橘树方生、桑枝才长，都付与、沙门为主。便关防、不放贵游来，又突兀梯空、梵王宫宇。

注：该词上阕第一句至第三句为乐段一中的格式（2），第四句至第六句为乐段二中的格式（2）；下阕第一句至第三句为乐段一中的格式（1），第四句和第五句为乐段二中的格式（2），第六句和第七句为乐段三中的格式（4）。全词双调，八十三字，上阕六句，四仄韵；下阕七句，四仄韵。

例六　洞仙歌（八十三字）
（宋）刘一止

细风轻雾，锁山城清晓。冷蕊疏枝为谁好。对斜桥孤驿、流水溅溅，无限意，清影徘徊自照。　　何郎空立马，恼乱余香，绮思凭花更娟妙。肠断处、天涯路远音稀，行人怨、角声吹老。叹客里、经春又三年，向月地云阶、负伊多少。

注：该词上阕第一句至第三句为乐段一中的格式（1），第四句至第六句为乐段二中的格式（2）；下阕第一句至第三句为乐段一中的格式（1），第四句和第五句为乐段二中的格式（10），第六句和第七句为乐段三中的格式（4）。全词双调，八十三字，上阕六句，三仄韵；下阕七句，三仄韵。

例七　洞仙歌（八十三字）
（宋）赵长卿

黄花满地，庭院重阳后。天气凄清透襟袖。动离情、最苦旅馆萧条，那堪更、风剪凋零飞柳。　　临岐曾执手。嘱付叮咛，知会别来念人否。为多情、生怕分离，教知道、准拟别来消瘦。甚苦苦、促装赴归期，要趁他、橘绿橙黄时候。

  注：该词上阕第一句至第三句为乐段一中的格式（2），第四句至第六句为乐段二中的格式（1）；下阕第一句至第三句为乐段一中的格式（1），第四句和第五句为乐段二中的格式（11），第六句和第七句为乐段三中的格式（2）。全词双调，八十三字，上阕六句，三仄韵；下阕七句，四仄韵。

例八　洞仙歌（八十二字）
（宋）京镗

  三年锦里，见重阳药市。车马喧阗管弦沸。笑篱边孤寂、台上疏狂，争得似，此日西南都会。　　痴儿官事了，乐与民同，况值高秋好天气。不羞短发、不照衰颜，聊满插、黄花一醉。道物外、高人有时来，问混杂龙蛇、个中谁是。

  注：该词上阕第一句至第三句为乐段一中的格式（1），第四句至第六句为乐段二中的格式（2）；下阕第一句至第三句为乐段一中的格式（1），第四句和第五句为乐段二中的格式（8），第六句和第七句为乐段三中的格式（4）。全词双调，八十二字，上阕六句，三仄韵；下阕七句，三仄韵。

例九　洞仙歌（八十二字）
（宋）吴文英

  花中惯识，压架珑璁雪。可见湘英间琅叶。恨春风将了、染额人归，留得个，袅袅垂香带月。　　鹅儿真似酒，我爱幽芳，还比酴醾又娇绝。自种古松根，待黄龙，乱飞上、苍髯五鬣。更老仙、添与笔端香，敢唤起桃花、问谁优劣。

  注：该词上阕第一句至第三句为乐段一中的格式（2），第四句至第六句为乐段二中的格式（2）；下阕第一句至第三句为乐段一中的格式（1），第四句和第五句为乐段二中的格式（7），第六句和第七句为乐段三中的格式（4）。全词双调，八十二字，上阕六句，三仄韵；下阕八句，三仄韵。

例十　洞仙歌（八十四字）
（宋）晏几道

  春残雨过，绿暗东池道。玉艳藏羞媚赪笑。记当时、已恨飞镜欢疏，那至此，仍苦题花信少。　　连环情未已，物是人非，月下疏梅似伊好。淡秀色、黯寒香，粲若春容，何心顾、闲花凡草。但莫使、情随岁华迁，便杳隔秦源、也须能到。

注：该词上阕第一句至第三句为乐段一中的格式（2），第四句至第六句为乐段二中的格式（1）；下阕第一句至第三句为乐段一中的格式（1），第四句至第六句为乐段二中的格式（12），第七句和第八句为乐段三中的格式（4）。全词双调，八十四字，上阕六句，三仄韵；下阕八句，三仄韵。

例十一　洞仙歌（八十四字）
（宋）李元膺

廉纤细雨，㳽东风如困。萦断千丝为谁恨。向楚宫一梦、千古悲凉，无处问。愁到而今未尽。　　分明都是泪，泣柳沾花，常与骚人伴孤闷。记当年、得意处，酒力方酣，怯轻寒、玉炉香润。又岂识、情怀苦难禁，对点滴檐声、夜寒灯晕。

注：该词上阕第一句至第三句为乐段一中的格式（1），第四句至第六句为乐段二中的格式（2）；下阕第一句至第三句为乐段一中的格式（1），第四句至第六句为乐段二中的格式（12），第七句和第八句为乐段三中的格式（4）。全词双调，八十四字，上阕六句，四仄韵；下阕八句，三仄韵。

例十二　洞仙歌（八十四字）
《梅苑》无名氏

梳风洗雨，兰蕙摧残后。玉蕊檀芳做霜晓。板桥平、溪岸小。月下归来，乘露冷，赢得清香满抱。　　一枝春在手。细嗅重看，风味人间自然少。拟欲问东君、妙语难寻，搜索尽、池塘春草。想不是、诗人赏幽姿，纵竹外横斜、有谁知道。

注：该词上阕第一句至第三句为乐段一中的格式（2），第四句至第七句为乐段二中的格式（6）；下阕第一句至第三句为乐段一中的格式（1），第四句和第五句为乐段二中的格式（1），第六句和第七句为乐段三中的格式（4）。全词双调，八十四字，上下阕各七句，四仄韵。

例十三　洞仙歌（八十四字）
（宋）黄　裳

世间言笑，天上谁欢聚。河汉涵秋静无暑。望丹霄杳杳、云屋俄开，缘会远，空引诗情万缕。　　彩楼人送目，今夕无双，巧在灵丝暗相许。爽气御西风、众乐难寻，乘槎看、鹊桥初度。过几刻良时、早已分飞，向月下何辞、十分芳醑。

注：该词上阕第一句至第三句为乐段一中的格式（2），第四句至第六句为乐段二中的格式

（2）；下阕第一句至第三句为乐段一中的格式（1），第四句和第五句为乐段二中的格式（1），第六句和第七句为乐段三中的格式（6）。全词双调，八十四字，上阕六句，三仄韵；下阕七句，三仄韵。

例十四　洞仙歌（八十四字）
（宋）周紫芝

　　江梅吹尽，更幽兰香度。可惜浓春为谁住。更嫌他、无数轻薄桃花，推不去，偏守定、东风一处。　　病来应怕酒，两眼常醒，老去羞春欲无语。准拟强追随、管领风光，人生只、欢期难预。纵留得、梨花做寒食，怎吃他、朝来这般风雨。

　　注：该词上阕第一句至第三句为乐段一中的格式（1），第四句至第六句为乐段二中的格式（5）；下阕第一句至第三句为乐段一中的格式（1），第四句和第五句为乐段二中的格式（1），第六句和第七句为乐段三中的格式（3）。全词双调，八十四字，上阕六句，三仄韵；下阕七句，三仄韵。

例十五　洞仙歌（八十四字）
（宋）晁补之

　　群芳老尽，海棠花时候。雨过寒轻好清昼。最妖娆一段、全是初开。云鬟小，涂粉施朱未就。　　全开还自好，骀荡春余，百样宫罗斗繁绣。纵无语也、心应恨我来迟，恰柳絮、将春归后。醉犹倚柔柯、怯黄昏，这一点愁、须共花同瘦。

　　注：该词上阕第一句至第三句为乐段一中的格式（3），第四句至第六句为乐段二中的格式（2）；下阕第一句至第三句为乐段一中的格式（1），第四句和第五句为乐段二中的格式（9），第六句和第七句为乐段三中的格式（7）。全词双调，八十四字，上阕六句，三仄韵；下阕七句，三仄韵。

例十六　洞仙歌（八十四字）
（宋）阮　阅

　　赵家姊妹，合在昭阳殿。因甚人间有飞燕。见伊底、尽道独步江南，便江北、也何曾惯见。　　惜伊情性好，不解嗔人，长带桃花笑时脸。向尊前酒底、见了须归，似怎地、能得几回细看。待不眨眼儿、觑著伊，将眨眼工夫、看伊几遍。

　　注：该词上阕第一句至第三句为乐段一中的格式（2），第四句至第六句为乐段二中的格式（4）；下阕第一句至第三句为乐段一中的格式（1），第四句和第五句为乐段二中的格式（4），第六句和第七句为乐段三中的格式（12）。全词双调，八十四字，上阕六句，三仄韵；下阕七句，三仄韵。

例十七　洞仙歌（八十五字）
（宋）京　镗

　　东皇着意，妙出妆春手。点缀名花胜于绣。向鱼凫国里、琴鹤堂前，仍共赏，蜀锦堆红炫昼。　　妖娆真艳艳，尽是天然，莫恨无香欠檀口。幸今年风雨、不苦摧残，还肯为、游人再三留否。算魏紫姚黄、号花王，若定价收名、未应居右。

　　注：该词上阕第一句至第三句为乐段一中的格式（2），第四句至第六句为乐段二中的格式（2）；下阕第一句至第三句为乐段一中的格式（1），第四句和第五句为乐段二中的格式（5），第六句和第七句为乐段三中的格式（8）。全词双调，八十五字，上阕六句，三仄韵；下阕七句，三仄韵。

例十八　洞仙歌（八十五字）
（宋）刘子寰

　　风餍雨足，也解为花地。收拾浮云放新霁。爱调停小翠、点滴猩红，新妆了，妃子朝来睡起。　　遥知春有主。整顿欢娱，兴在新亭锦围底。便选歌燕赵、授简邹枚，须记作、他日城山盛事。笑东君、不用管杨花，任飞去天涯、在东风里。

　　注：该词上阕第一句至第三句为乐段一中的格式（2），第四句至第六句为乐段二中的格式（2）；下阕第一句至第三句为乐段一中的格式（1），第四句和第五句为乐段二中的格式（4），第六句和第七句为乐段三中的格式（4）。全词双调，八十五字，上阕六句，三仄韵；下阕七句，四仄韵。

例十九　洞仙歌（八十五字）
（宋）卢祖皋

　　玉肌翠袖。较似酴醾瘦。几度熏醒夜窗酒。问炎州何事、得许清凉，尘不到，一段冰壶剪就。　　晚来庭户悄。暗数流光，细拾芳英黯回首。念日暮江东、偏为魂销，人易老，幽韵清标似旧。正簟纹如水、帐如烟，更奈向、月明露浓时候。

　　注：该词上阕第一句至第三句为乐段一中的格式（2），第四句至第六句为乐段二中的格式（2）；下阕第一句至第三句为乐段一中的格式（1），第四句和第五句为乐段二中的格式（3），第六句和第七句为乐段三中的格式（10）。全词双调，八十五字，上阕六句，四仄韵；下阕七句，四仄韵。

例二十　洞仙歌（八十五字）
（宋）李元膺

雪云散尽，放晓晴庭院。杨柳于人便青眼。更风流多致、一点梅心，相映远。约略颦轻笑浅。　　一年春好处，不在秾芳，小艳疏香最娇软。到清明时候、百紫千红，花正乱。已失春风一半。早占取韶光、共追游，但莫管春寒、醉红自暖。

注：该词上阕第一句至第三句为乐段一中的格式（2），第四句至第六句为乐段二中的格式（2）；下阕第一句至第三句为乐段一中的格式（1），第四句至第六句为乐段二中的格式（6），第七句和第八句为乐段三中的格式（8）。全词双调，八十五字，上阕六句，四仄韵；下阕八句，四仄韵。

例二十一　洞仙歌（八十五字）
《梅苑》无名氏

蓬莱宫殿。去人间三万。玉体仙娥有谁见。被月朋雪友、邀下琼楼，溪桥畔。相对寒光浅浅。　　一般天上格，独带真香，冰麝犹嫌未清远。似太真望幸、一饷销凝，愁未惯。消瘦难禁素练。又只恐、东风破寒来，伴神女同归、阆峰仙苑。

注：该词上阕第一句至第三句为乐段一中的格式（1），第四句至第六句为乐段二中的格式（2）；下阕第一句至第三句为乐段一中的格式（1），第四句至第六句为乐段二中的格式（6），第七句和第八句为乐段三中的格式（4）。全词双调，八十五字，上阕六句，五仄韵；下阕八句，四仄韵。

例二十二　洞仙歌（八十五字）
（宋）晁补之

年年青眼。为江梅肠断。一句新诗思无限。向碧琼枝上、白玉葩中，春犹浅。一点龙香清远。　　谁抛倾国艳。昨夜村前，都恐东皇未曾见。正倚墙红杏、芳意浓时，惊千片。何许飘零仙馆。待冰雪丛中、看奇姿，乍一笑能回、上林冬暖。

注：该词上阕第一句至第三句为乐段一中的格式（1），第四句至第六句为乐段二中的格式（2）；下阕第一句至第三句为乐段一中的格式（1），第四句至第六句为乐段二中的格式（6），第七句和第八句为乐段三中的格式（8）。全词双调，八十五字，上阕六句，五仄韵；下阕八句，五仄韵。

例二十三　洞仙歌（八十五字）
（宋）李　邴

一团娇软，是将春揉做。撩乱随风到何处。自长亭、人去后，烟草萋迷，归来了，装点离愁无数。　　飘荡无个事，刚被萦牵，长是黄昏怕微雨。记那回、深院静，帘幕低垂，花阴下、霎时留住。又只恐、伊家太轻狂，蓦地便和春、带将归去。

注：该词上阕第一句至第三句为乐段一中的格式（1），第四句至第七句为乐段二中的格式（6）；下阕第一句至第三句为乐段一中的格式（3），第四句至第六句为乐段二中的格式（12），第七句和第八句为乐段三中的格式（5）。全词双调，八十五字，上阕七句，三仄韵；下阕八句，三仄韵。

例二十四　洞仙歌（八十五字）
《梅苑》无名氏

摧残万物，不忍临轩槛。待得春来是早晚。向纷纷、雪里开，一枝见。清香满。漏泄东君先绽。　　暗香浮动，疏影横斜，只这些儿意不浅。怎禁他、淡淡地，匀粉弹红，争些儿、羞煞桃腮杏脸。为传语、东风共垂杨，奈辛苦、千丝万丝撩乱。

注：该词上阕第一句至第三句为乐段一中的格式（2），第四句至第七句为乐段二中的格式（8）；下阕第一句至第三句为乐段一中的格式（4），第四句至第六句为乐段二中的格式（13），第七句和第八句为乐段三中的格式（1）。全词双调，八十五字，上阕七句，五仄韵；下阕八句，三仄韵。

例二十五　洞仙歌（八十五字）
（宋）黄庭坚

月中丹桂，自风霜难老。阅尽人间盛衰早。望中秋、才有几日十分圆，霾风雨，云表常如永昼。　　不得文章力，白首防秋，谁念云中上功守。正注意、得人雄，静扫河西，应难指、五湖归棹。问持节冯唐、几时来，看再策勋名、印窠如斗。

注：该词上阕第一句至第三句为乐段一中的格式（1），第四句至第六句为乐段二中的格式（10）；下阕第一句至第三句为乐段一中的格式（2），第四句至第六句为乐段二中的格式（12），第七句和第八句为乐段三中的格式（8）。全词双调，八十五字，上阕六句，三仄韵；下阕八句，三仄韵。

例二十六　洞仙歌（八十五字）

（宋）晁补之

　　青烟幕处，碧海飞金镜。永夜闲阶卧桂影。露凉时、零乱多少寒螿，神京远，惟有蓝桥路近。　　水晶帘不下，云母屏开，冷浸佳人淡脂粉。待都将、许多明月，付与金尊，投晓共、流霞倾尽。更携取胡床、上南楼，看玉做人间、素秋千顷。

　　注：该词上阕第一句至第三句为乐段一中的格式（2），第四句至第六句为乐段二中的格式（1）；下阕第一句至第三句为乐段一中的格式（1），第四句至第六句为乐段二中的格式（15），第七句和第八句为乐段三中的格式（8）。全词双调，八十五字，上阕六句，三仄韵；下阕八句，三仄韵。

例二十七　洞仙歌（八十六字）

（宋）吴文英

　　芳辰良宴，人日春朝并。细缕青丝裹银饼。更玉犀金彩、沾座分簪，歌围暖，梅靥桃唇斗胜。　　露房花曲折，莺入新年，添个宜男小山枕。待枝上、饱东风，结子成阴，蓝桥去、还觅琼浆一饮。料别馆、西湖最情浓，烂画舫月明、醉袍宫锦。

　　注：该词上阕第一句至第三句为乐段一中的格式（2），第四句至第六句为乐段二中的格式（2）；下阕第一句至第三句为乐段一中的格式（1），第四句至第六句为乐段二中的格式（13），第七句和第八句为乐段三中的格式（5）。全词双调，八十六字，上阕六句，三仄韵；下阕八句，三仄韵。

例二十八　洞仙歌（八十六字）

（宋）蔡　伸

　　莺莺燕燕。本是于飞伴。风月佳时阻幽愿。但人心、坚固后，天也怜人，相逢处，依旧桃花人面。　　绿窗携手乍，帘幕重重，烛影摇红夜将半。对尊前如梦、欲语魂惊，语未竟、已觉衣襟泪满。我只是、相思特特来，这度更休推、后回相见。

　　注：该词上阕第一句至第三句为乐段一中的格式（2），第四句至第七句为乐段二中的格式（6）；下阕第一句至第三句为乐段一中的格式（1），第四句至第六句为乐段二中的格式（4），第六句和第七句为乐段三中的格式（5）。全词双调，八十六字，上阕七句，四仄韵；下阕七句，三仄韵。

例二十九　洞仙歌（八十六字）

（宋）林　外

飞梁敧水，虹影澄清晓。橘里渔村半烟草。叹来今往古、物换人非，天地里，唯有江山不老。　　雨巾风帽。四海谁知我。一剑横空几番过。按玉龙、嘶未断，月冷波寒，归去也、林屋洞门无锁。认云屏烟障、是吾庐，任满地苍苔、年年不扫。

注：该词上阕第一句至第三句为乐段一中的格式（2），第四句至第六句为乐段二中的格式（2）；下阕第一句至第三句为乐段一中的格式（5），第四句至第六句为乐段二中的格式（13），第七句和第八句为乐段三中的格式（9）。全词双调，八十六字，上阕六句，三仄韵；下阕八句，五仄韵。

例三十　洞仙歌（八十六字）

《梅苑》无名氏

断云疏雨，冷落空山道。匹马骎骎又重到。望孤村、两三间，茅屋疏篱，溪水畔，一簇芦花晚照。　　寻思行乐地，事去无痕，回首湘波与天杳。叹人生几度、能醉金钗，青镜里、赢得朱颜未老。入枝头、一点破黄昏，问客路春风、为谁开早。

注：该词上阕第一句至第三句为乐段一中的格式（2），第四句至第七句为乐段二中的格式（7）；下阕第一句至第三句为乐段一中的格式（1），第四句和第五句为乐段二中的格式（4），第六句和第七句为乐段三中的格式（4）。全词双调，八十六字，上下阕各七句，三仄韵。

例三十一　洞仙歌（八十六字）

（宋）赵长卿

芰荷已老，菊与芙蓉未。一夜秋容上岩桂。间繁英、嫩黄染就琼瑰，开未足，已早香传十里。　　从前分付处，明月清风，不用斜晖照佳丽。叹浮花、徒解诧，浅白深红，争似我、潇洒堆金积翠。看天阔秋高、露华清，见标致风流、更无尘意。

注：该词上阕第一句至第三句为乐段一中的格式（2），第四句至第六句为乐段二中的格式（3）；下阕第一句至第三句为乐段一中的格式（1），第四句至第六句为乐段二中的格式（13），第七句和第八句为乐段三中的格式（8）。全词双调，八十六字，上阕六句，三仄韵；下阕八句，三仄韵。

例三十二　洞仙歌（八十七字）
（宋）康与之

若耶溪路。别岸花无数。欲敛娇红向人语。与绿荷、相倚恨，回首西风，波淼淼，三十六陂烟雨。　　新妆明照水，汀渚生香，不嫁东风被谁误。遣踟蹰、骚客意，千里绵绵，仙浪远、何处凌波微步。想南浦、潮生画桡归，正月晓风清、断肠凝伫。

注：该词上阕第一句至第三句为乐段一中的格式（2），第四句至第七句为乐段二中的格式（6）；下阕第一句至第三句为乐段一中的格式（1），第四句至第六句为乐段二中的格式（13），第七句和第八句为乐段三中的格式（4）。全词双调，八十七字，上阕七句，四仄韵；下阕八句，三仄韵。

例三十三　洞仙歌（八十八字）
（宋）赵长卿

广寒宫殿，不在人间世。分付天香与岩桂。向西风、摇曳处，数十里始闻，金翠里，别有出群标致。　　东园盛事。五亩浓阴芘。必以诗书取荣贵。况一门、三秀才，未足钦崇，那更是、异姓同居兄弟。更细把繁英、祝姮娥，看禹浪飞腾、定应来岁。

注：该词上阕第一句至第三句为乐段一中的格式（2），第四句至第六句为乐段二中的格式（9）；下阕第一句至第三句为乐段一中的格式（5），第四句至第六句为乐段二中的格式（13），第七句和第八句为乐段三中的格式（8）。全词双调，八十八字，上阕七句，三仄韵；下阕八句，五仄韵。

例三十四　洞仙歌（八十八字）
（宋）潘 牥

雕檐绮户，倚晴空如画。曾是吴王旧台榭。自浣纱人去后，落日平芜，行云断，几见花开花谢。　　凄凉阑槛外，一簇青山，多少图王共争霸。莫闲愁、金杯潋滟，对酒当歌，欢娱地、梦中蕾腾休话。渐倚遍西风、晚潮生，明月里、鹭鸶背人飞下。

注：该词上阕第一句至第三句为乐段一中的格式（1），第四句至第七句为乐段二中的格式（11）；下阕第一句至第三句为乐段一中的格式（1），第四句至第六句为乐段二中的格式（14），第七句和第八句为乐段三中的格式（11）。全词双调，八十八字，上阕七句，三仄韵；下阕八句，三仄韵。

例三十五　洞仙歌（九十三字）
《梅苑》无名氏

广寒晓驾，姑射寻仙侣。偷被霜华送将去。过越岭、栖息南枝，匀妆面、凝酥轻聚。爱横管、孤吹陇头声，尽拚得幽香、为君分付。　　水亭山驿，衰草斜阳，无限行人断肠处。尽为我、留得多情，何须待、春风相顾。任倒断、深思向梨花，也无奈、寒食几番春雨。

注：该词上阕第一句至第三句为乐段一中的格式（2），第四句至第七句为乐段二中的格式（12）；下阕第一句至第三句为乐段一中的格式（4），第四句和第五句为乐段二中的格式（16），第六句和第七句为乐段三中的格式（2）。全词双调，九十三字，上阕七句，三仄韵；下阕七句，三仄韵。

例一　洞仙歌（一百二十三字）
（宋）柳　永

乘兴，闲泛兰舟，渺渺烟波东去。淑气散幽香，满蕙兰江渚。绿芜平畹，和风轻暖，曲岸垂杨，隐隐隔、桃花坞。芳树外，闪闪酒旗遥举。　　羁旅。渐入三吴风景，水村渔浦。闲思更绕神京，抛掷幽会小欢何处。不堪独倚危楼，凝情西望日边，繁华地、归程阻。空自叹当时，言约无据。伤心最苦。伫立对、碧云将暮。关河远，怎奈向、此时情绪。

注：该词上阕第一句至第三句为乐段一中的格式（1），第四句和第五句为乐段二中的格式（1），第六句至第九句为乐段三中的格式（1），第十句和第十一句为乐段四中的格式（1）；下阕第一句至第五句为乐段一中的格式（1），第六句至第八句为乐段二中的格式（1），第九句至第十一句为乐段三中的格式（1），第十二句和第十五句为乐段四中的格式（1）。全词双调，一百二十三字，上阕十一句，四仄韵；下阕十四句，八仄韵。

例二　洞仙歌（一百二十三字）
（宋）晁补之

当时我醉，美人颜色，如花堪悦。今日美人去，恨天涯离别。青楼朱箔，婵娟蟾桂，三五初圆，伤二八、还又缺。空伫立，一望不见心绝。　　心绝。顿成凄凉，千里音尘，一梦欢娱，推枕惊巫山远，洒泪对湘江阔。美人不见，愁人看花，心乱含愁，奏绿绮、弦清切。何处有知音，此恨难说。怨歌未阕。恐暮雨收、行云歇。窗梅发。乍似睹、芳容冰洁。

注：该词上阕第一句至第三句为乐段一中的格式（2），第四句和第五句为乐段二中的格式（2），第六句至第九句为乐段三中的格式（1），第十句和第十一句为乐段四中的格式（2）；下阕第一句至第六句为乐段一中的格式（2），第七句至第十句为乐段二中的格式（2），第十一句至第十三句为乐段三中的格式（1），第十四句至第十六句为乐段四中的格式（2）。全词双调，一百二十三字，上阕十一句，四仄韵；下阕十六句，七仄韵一叠韵。

《洞仙歌慢》的正格与变格（双调）

《洞仙歌慢》上阕，十句或十一句，五仄韵或四仄韵、七仄韵	
乐段一（三句，十二字或十三字、十四字）	乐段二（二句，十字或九字）
一｜（句）＋｜一一（句）＋｜＋｜ ＋｜（韵） （1）	＋｜｜一一（句）｜＋一 ＋｜（韵） （1）
＋一＋｜（句）＋一＋｜（句）＋一 ＋｜（韵） （2）	＋｜＋一｜（句）｜＋一＋｜ （韵） （2）
＋｜（句）｜＋一＋｜（句）＋｜＋一 ＋｜（韵） （3）	｜＋一｜（句）＋一＋｜ （韵） （3）
＋｜一一｜（韵）｜＋一＋｜（句）＋ 一＋｜（韵） （4）	｜＋一＋｜（句）＋一＋｜ （韵） （4）
一｜＋｜（句）｜＋｜一一（句）＋一 ＋｜（韵） （5）	

例三　洞仙歌（一百十八字）

（宋）柳　永

嘉景，况少年彼此，争不雨沾云惹。奈傅粉英俊，梦兰品雅。金丝帐暖银瓶亚。并粲枕轻倚，绿娇红姹。算一笑，百琲明珠非价。　　闲暇。每只向、洞房深处，痛怜极宠，似觉些子轻孤，早忔背人沾洒。从来娇纵多猜讶。更对剪香云，要深心同写。爱印了双眉，索人重画。忍负艳冶。断不等闲轻舍。鸳衾下。愿常恁、好天良夜。

注：该词上阕第一句至第三句为乐段一中的格式（3），第四句和第五句为乐段二中的格式

（3），第六句至第八句为乐段三中的格式（2），第九句和第十句为乐段四中的格式（1）；下阕第一句至第五句为乐段一中的格式（4），第六句至第八句为乐段二中的格式（3），第九句至第十一句为乐段三中的格式（2），第十二句至第十四句为乐段四中的格式（3）。全词双调，一百十八字，上阕十句，五仄韵；下阕十四句，九仄韵。

《洞仙歌慢》上阕，十句或十一句，五仄韵或四仄韵、七仄韵	
乐段三（三句或四句，十八字或十六字）	乐段四（二句，九字或十字）
＋－＋｜（句）＋－＋｜（句）＋｜－－（句）＋＋＋＋（读）－＋｜（韵） （1）	＋｜｜（句）＋｜＋－＋｜（韵） （1） ＋｜｜（句）＋｜＋｜－｜（韵） （2）
＋－＋｜－－｜（韵）｜＋｜－｜（句）＋－＋｜（韵） （2）	｜＋｜－－（句）＋｜－－｜（韵） （3）
＋－＋｜－－｜（韵）＋＋＋（读）＋－－｜｜（韵）－＋｜（韵） （3）	

例四　洞仙歌（一百二十六字）

（宋）柳　永

佳景留心惯。况少年彼此，风情非浅。有笙歌巷陌，绮罗庭院。倾城巧笑如花面。恣雅态、明眸回美盼。同心绾。算国艳仙材，翻恨相逢晚。　　缠绵。洞房悄悄，绣被重重，夜永欢余，共有海约山盟，记得翠云偷剪。和鸣彩凤于飞燕。向柳径花阴携手遍。情眷恋。问其间，密约轻怜事何限。忍聚散。况已结、深深愿。愿人间天上，暮云朝雨长相见。

注：该词上阕第一句至第三句为乐段一中的格式（4），第四句和第五句为乐段二中的格式（4），第六句至第八句为乐段三中的格式（3），第九句和第十句为乐段四中的格式（3）；下阕第一句至第六句为乐段一中的格式（3），第七句至第九句为乐段二中的格式（4），第十句至第十二句为乐段三中的格式（3），第十三句至第十五句为乐段四中的格式（4）。全词双调，一百二十六字，上阕十句，七仄韵；下阕十五句，九仄韵。

《洞仙歌慢》下阕，十四句、十五句、十六句或十八句，八仄韵或七仄韵一叠韵、九仄韵	
乐段一 （五句、六句或七句，二十六字或二十五字）	乐段二 （三句或四句，十八字或十七字）
一丨（韵）十丨十一十丨（句）十一 十丨（韵）十一十丨一一（句）十十 一丨十一十丨（韵） （1）	十一十丨一一（句）十 一十丨一一（句）十十 十（读）一十丨（韵） （1）
一丨（叠）丨十一一（句）十丨一一（句） 十丨一一（句）十丨十一十丨（句） 十丨十一十丨（韵） （2）	十一十丨（句）一一丨十 （句）十丨一一（句）十十 十（读）一十丨（韵） （2）
十丨（韵）十一十丨（句）十丨一一（句） 十丨一一（句）十丨十丨一一（句） 十丨十一十丨（韵） （3）	十一十丨一一丨（句）丨 十丨一一（句）丨十一十 丨（韵） （3）
一丨（韵）十十十（读）十一十丨（句） 十一十丨（句）十丨十一一一（句） 十丨十一十丨（韵） （4）	十一十丨一一丨（韵）丨 十丨十一一丨丨（韵）一 十丨（韵） （4）
一丨（韵）十丨一一（句）十丨一一（句） 十丨一一（句）十丨一一（句）十一 十丨（句）十一十丨（韵） （5）	

◇ 卷二十 ◇　　　　　　　　　　　　　　　　　　　　　　　　　　　　·1067·

《洞仙歌慢》下阕，十四句、十五句、十六句或十八句， 八仄韵或七仄韵一叠韵、九仄韵	
乐段三 （三句，十三字）	乐段四 （三句或四句，十七字或十六、十八字）
＋｜｜――（句）＋＋＋｜（韵）＋―＋｜（韵） （1）	＋＋＋（读）＋―＋｜（韵）―＋｜（句）＋＋＋（读）＋―＋｜（韵） （1）
	｜＋｜―（读）―＋｜（韵）―＋｜＋＋＋（读）＋―＋｜（韵） （2）
＋｜｜――（句）＋―＋｜（韵）＋＋＋｜（韵） （2）	＋｜＋―＋｜（韵）―＋｜（韵）＋＋＋（读）＋―＋｜（韵） （3）
｜――（句）＋｜＋―｜― ｜（韵）＋＋｜（韵） （3）	＋＋＋（读）―＋｜（韵）｜＋―｜（句）＋―＋｜―｜（韵） （4）
	｜―＋｜（韵）―＋｜（韵）―＋｜（韵）＋＋＋（读）＋―＋｜（韵） （5）
注：①下阕乐段二中的格式"｜＋｜＋――｜｜（句）"为"上一下七"句式。②下阕乐段四中格式"｜―＋｜（韵）"，为"上一下三"句式。	

例五　洞仙歌（一百二十四字）

（宋）晁补之

　　花恨月恼。更夏廡凉风，冬轩雪皎。闲事不关心，算四时皆好。从来又说，春台登览，人意多同，常是惜、春过了。须痛饮，莫放欢情草草。　　年少。尚忆瑶阶，得俊寻芳，骏骥东坡，适见垂鞭，酕醄南陌，又逢低帽。莺花荡眼，功名满意，无限嬉游，荣华事、如梦杳。伤富贵浮云，曾萦怀抱。为春醉倒。愿花更好。春休老。开口笑。占醉乡、莫教人到。

　　注：该词上阕第一句至第三句为乐段一中的格式（5），第四句和第五句为乐段二中的格式（1），第六句至第九句为乐段三中的格式（1），第十句和第十一句为乐段四中的格式（1）；下阕第一句至第七句为乐段一中的格式（5），第八句和第十一句为乐段二中的格式（2），第

十二句至第十四句为乐段三中的格式（1），第十五句至第十八句为乐段四中的格式（5）。全词双调，一百二十四字，上阕十一句，五仄韵；下阕十八句，九仄韵。

望 云 涯 引

调见《乐府雅词》。

《望云涯引》的长短句结构

《望云涯引》上阕，四个乐段			
乐段一（十字）	乐段二（十字）	乐段三（十二字）	乐段四（九字）
4　3　3	4　6	4　5　3	4　5

《望云涯引》下阕，四个乐段			
乐段一（十字）	乐段二（十字）	乐段三（十二字）	乐段四（十字）
4　3　3	4　6	4　5　3	4　6

《康熙词谱》只收集一体《望云涯引》，双调，上下阕分别可分为四个乐段，其长短句结构如表所示。该调八十三字，上下阕各十句，四仄韵，其基本格式如表所示。

《望云涯引》的基本格式（双调）

《望云涯引》上阕，十句，四仄韵	
乐段一（三句，十字）	乐段二（二句，十字）
＋　一　＋　｜（句）＋　一　｜（句）＋　一　｜（韵）	＋　｜　一　一（句）＋　｜　＋　一　＋　｜（韵）

《望云涯引》上阕，十句，四仄韵	
乐段三（三句，十二字）	乐段四（二句，九字）
＋　一　＋　｜（句）＋　｜　一　一　｜（句）＋　＋　｜（韵）	＋　｜　一　（句）｜　＋　＋　｜（韵）

《望云涯引》下阕，十句，四仄韵	
乐段一（三句，十字）	乐段二（二句，十字）
十 一 十 丨（句）十 一 丨（句）十 一 丨（韵）	十 丨 一 一（句）十 丨 十 一 十 丨（韵）

《望云涯引》下阕，十句，四仄韵	
乐段三（三句，十二字）	乐段四（二句，十字）
十 一 十 丨（句）十 丨 一 一 丨（句）十 十 丨（韵）	十 丨 一 一（句）十 丨 十 一 十 丨（韵）

例 望云涯引（八十三字）

（宋）李 甲

秋空江上，岸花老，蘋洲白。露湿蒹葭，溆浦渐增寒色。闲渔唱晚，鹜雁惊飞处，映远碛。数点归帆，送天际归客。　凤台人散，漫回首，沉消息。素鲤无凭，楼上暮云凝碧。危楼静倚，时向西风下，认远笛。宋玉悲怀，未信金樽消得。

注：全词双调，八十三字，上下阕各十句，四仄韵。

泛 兰 舟

调见《梅苑》，与前《新荷叶》别名《泛兰舟》平韵词不同。

《泛兰舟》的长短句结构

《泛兰舟》上阕，三个乐段							
乐段一（十一字）		乐段二（十一字）		乐段三（十八字）			
6	5	6	5	4	4	4	6

《泛兰舟》下阕，三个乐段							
乐段一（十四字）			乐段二（十一字）		乐段三（十八字）			
3	4	7	6	5	4	4	4	6

《康熙词谱》只收集一体《泛兰舟》，双调，上下阕分别可分为三个乐段，其长短句结构如表所示。该调八十三字，上阕八句，三仄韵；下阕九句，四仄韵，其基本格式如表所示。

《泛兰舟》的基本格式（双调）

《泛兰舟》上阕，八句，三仄韵		
乐段一 （二句，十一字）	乐段二 （二句，十一字）	乐段三 （四句，十八字）
＋｜＋－＋｜（句）＋－－＋｜（韵）	＋－＋｜－－（句）＋｜＋－｜（韵）	＋｜－－（句）＋－＋｜（句）＋｜＋－＋｜（句）－＋｜（韵）
注：乐段一中的格式"＋－－＋｜（韵）"，可平可仄两处，不可同时用平。		

《泛兰舟》下阕，九句，四仄韵		
乐段一 （三句，十四字）	乐段二 （二句，十一字）	乐段三 （四句，十八字）
＋－｜（韵）＋｜＋－（句）＋－＋｜（韵）	＋｜＋｜－－（句）＋｜＋－｜（韵）	＋｜＋－（句）＋｜＋－（句）＋－＋｜（句）＋－｜－＋｜（韵）

例　泛兰舟（八十三字）
《梅苑》无名氏

　　霜月亭亭时节，野溪开冰汈。故人信付江南，归也仗谁托。寒影低横，轻香暗度，疏篱幽院，何在秦楼朱阁。　称帘幕。携酒共看，新诗乘醉更堪作。雅淡一种天然，如雪缀烟薄。肠断相逢，手撚嫩枝，追思浑似，那人浅妆梳掠。

　　注：全词双调，八十三字，上阕八句，三仄韵；下阕九句，四仄韵。

踏　　歌

调见《太平樵唱》词，又见《梅苑群贤词》，与唐人小令《踏歌》词不同。

《踏歌》的长短句结构

上阕，两个乐段		中阕，两个乐段		下阕，两个乐段	
乐段一（十字）	乐段二（十六字）	乐段一（十字）	乐段二（十六字）	乐段一（十四或十五字）	乐段二（十七字）
2 35 2 8	35 8	2 35 2 8	35 8	3 3 35 7 35	5 5 7

《康熙词谱》共收集两体《踏歌》，三阕，每一阕可分为两个乐段，其长短句结构如表所示。该调有八十三字或八十四字等格式，上阕和中阕各四句，四仄韵；下阕六句或五句，四仄韵，《康熙词谱》以朱敦儒词为标谱词例。该调的正格与变格如表所示，其中，上下阕各乐段中的格式（1）为正格句式，其余为变格句式。

《踏歌》的正格与变格（三阕）

《踏歌》上阕，四句，四仄韵	
乐段一（二句，十字）	乐段二（二句，十六字）
十丨（韵）十十十（读）十丨一 一丨（韵） （1）	十十十（读）十丨十一丨（韵）丨 十一十丨一一丨（韵）
十丨（韵）丨十一十丨一丨（韵） （2）	

《踏歌》中阕，四句，四仄韵	
乐段一（二句，十字）	乐段二（二句，十六字）
十丨（韵）十十十（读）十丨一 一丨（韵） （1）	十十十（读）十丨十一丨（韵）丨 十一十丨一一丨（韵）
十丨（韵）丨十一十丨一丨（韵） （2）	

《踏歌》下阕，六句或五句，四仄韵	
乐段一（三句或二句，十四字或十五字）	乐段二（三句，十七字）
－　＋　｜（句）＋　＋　｜（韵）＋　＋ ＋（读）＋　｜　－　－　｜（韵） （1）	｜　＋　｜　－　－（句）＋　｜　－　－　｜（韵） ＋　－　＋　｜　＋　－　｜（韵） （1）
＋　－　＋　｜　＋　－　｜（韵）＋　＋ ＋（读）＋　｜　－　－　｜（韵） （2）	＋　｜　｜　－　－（句）＋　｜　－　－　｜（韵） ＋　＋　－　｜　－　＋　｜（韵） （2）
注：上阕和中阕相关乐段中的格式"｜　＋　－　＋　｜　－　－　｜（韵）"，为"上一下七"句式；下阕乐段二中的格式"＋　＋　－　｜　－　＋　｜（韵）"，为"上一下六"句式。	

例一　踏歌（八十三字）

（宋）朱敦儒

宴阕。散津亭、鼓吹扁舟发。离愁黯、隐隐阳关彻。更风愁雨细添凄切。　　恨结。叹良朋、雅聚轻离缺。一年几、把酒对花月。便山遥水远分吴越。　　书倩燕，梦借蝶。重相见、再把归期说。只愁到他时，彼此萍踪别。总难如再会时节。

注：该词上阕第一句和第二句为乐段一中的格式（1）；中阕第一句和第二句为乐段一中的格式（1）；下阕第一句至第三句为乐段一中的格式（1），第四句至第六句为乐段二中的格式（1）。全词三阕，八十三字，上阕和中阕各四句，四仄韵；下阕六句，四仄韵。

例二　踏歌（八十四字）

《梅苑》无名氏

带雪。向南枝一朵江梅坼。许多时、甚处收香白。占千葩百卉先春色。　　莹洁。正广寒宫殿人窥隔。销魂更、画角声声彻。胜暗香浮动黄昏月。　　最潇洒处最奇绝。孤标迥、不与群芳列。吟赏竟连宵，痛饮无休歇。输有心牧童偷折。

注：该词上阕第一句和第二句为乐段一中的格式（2）；中阕第一句和第二句为乐段一中的格式（2）；下阕第一句至第三句为乐段一中的格式（2），第四句至第六句为乐段二中的格式（2）。全词三阕，八十四字，上阕和中阕各四句，四仄韵；下阕五句，四仄韵。